U0798644

职工书屋文库·世界文学名著经典（全译本）

唐吉诃德（上）

【西班牙】塞万提斯 著
刘京胜 译

中国工人出版社

图书在版编目（CIP）数据

唐吉诃德 /（西）塞万提斯著；刘京胜译. —北京：中国工人出版社，2015.8
（职工书屋文库. 世界文学名著经典：全译本）
ISBN 978-7-5008-6183-6

Ⅰ. ①唐… Ⅱ. ①塞…②刘… Ⅲ. ①长篇小说—西班牙—中世纪 Ⅳ. ①I551.43

中国版本图书馆CIP数据核字（2015）第120097号

唐吉诃德

出 版 人	李庆堂
责任编辑	蒋佩轩　邢　璐
责任校对	赵贵芬
责任印制	黄　丽
出版发行	中国工人出版社
地　　址	北京市东城区鼓楼外大街45号　邮编：100120
网　　址	http://www.wp-china.com
电　　话	（010）62350006（总编室）　（010）62005039（出版物流部） （010）62354070（职工书屋）
发行热线	（010）62013878；62070193　（010）62013286（传真）
经　　销	各地书店
印　　刷	三河市东方印刷有限公司
开　　本	660毫米×960毫米　1/16
印　　张	53
字　　数	758千字
版　　次	2015年8月第1版　2019年11月第4次印刷
定　　价	116.00元

本书如有破损、缺页、装订错误，请与本社出版物流部联系更换
版权所有　侵权必究

出版说明

世界文学是指包括我国文学在内的世界各地区、各民族的文学。无论是我国文学，还是世界上其他各地区、各民族的文学，都是全人类共同的精神财富。优秀的文学作品，特别是文学名著，自然有着超越国界和时代的不朽魅力，能够启迪智慧、滋润心灵、陶冶性情、提高人们的文化品位。自20世纪以来，大量外国文学作品被翻译成我国文字，介绍给国人。时至今日，各类版本琳琅满目，给广大职工和读者以眼花缭乱之感。为帮助广大职工和读者阅读，我们精选了近百部世界文学名著，作为职工书屋出版工程的重要项目予以推出。这些作品基本涵盖了历史上特别是近现代以来世界著名作家的代表作，既有古典主义和启蒙主义作品，也有浪漫主义和现实主义作品；既有无产阶级革命文学作品，也有现代主义作品。这些作品的共同特点是文笔优美、思想深刻、情感细腻、含义隽永，是温暖人生的文化精品。

《唐吉诃德》是西班牙作家塞万提斯于1605年和1615年分两部分出版的反骑士小说。故事发生时，骑士早已绝迹一个多世纪，但主角基哈达（唐吉诃德原名）却因为沉迷于骑士小说，时常幻想自己是个中世纪骑士，进而自封为“曼查的唐吉诃德”，拉着邻居桑乔·潘萨做自己的仆人，“行侠仗义”、游走天下，作出了种种与时代相悖、令人匪夷所思的行径，结果四处碰壁。最终从梦幻中苏醒过来，回到家乡后死去。

小说记叙了唐吉诃德两次出征的种种奇遇，其中包含了近700名人物，以及大量的诗歌、传说等。在这两次游侠冒险中，唐吉诃德闹了无数的笑话，以善良的愿望做了许多荒诞之事，把风车当作巨人，把旅店当作城堡，把苦役犯当作被迫害的骑士，把皮囊当作巨人的头颅等。他风餐露宿，有时遍体鳞伤，有时遭人戏弄，但他却百折不屈，愈挫愈勇。最后，同村的卡拉斯科学士，装成骑士将他打倒，令他回家隐居一年，唐吉诃德这才履行诺言，回到了家中。在生命垂危之时，他终于幡然悔悟，承认自己过去的荒唐，并立下三条遗嘱，一是因为桑乔心地纯良，做事忠实，所以过去付给他的一笔钱不需要归还，剩下的全部归他所有；二是遗产全部归外甥女，但如果她嫁给了一个沉迷于骑士小说的人，那么遗产全部收回，拨给教会充做宣传费用；三是向《唐吉诃德》下卷的作者致歉。最后，这位骑士便安心地死去了。

《唐吉诃德》看似荒诞不经，实则隐含了作者对西班牙现实深刻的理解。作者采用讽刺夸张的艺术手法，把现实与幻想结合起来，一方面针砭时弊，揭露、批判社会的丑恶现象及不合时宜的骑士文化，一方面赞扬了除暴安良、惩恶扬善、扶贫济弱等优良品德。作者塑造人物的方法也是虚实结合的，否定中有歌颂，荒诞中有寓意，具有强烈的艺术性。文学评论家称《唐吉诃德》是西方文学史上的第一部现代小说，也是世界文学的瑰宝之一。

本套丛书在翻译上做到既忠实原著，又尽量使译文通晓流畅，通俗易懂；在编校方面做了大量严谨细致的工作，并提供了作品的基本脉络和主要人物简介，力求为广大职工和读者的阅读创造有利条件。阅读是与作者默默的对话，是心与心的交流。优秀的文学作品没有人阅读就不会有价值的实现。希望广大职工和读者能够喜爱这些作品，经常阅读这些作品，从中不断汲取丰富的营养和正能量。而伴随着大家的阅读，这些文学名著将会获得更加旺盛的生命力，继续为人类社会的进步服务。因水平有限，疏漏之处，请读者多提宝贵意见，以便再版时及时更正。

主要人物

唐吉诃德——西班牙曼查的落魄乡绅，书中的主人公。他喜爱阅读骑士小说，整日耽于幻想，立志恢复古代的骑士道，于是自封为“曼查的唐吉诃德”，骑着瘦马罗西南多踏上了两次冒险历程。他雇了附近的农民桑乔·潘萨做侍从，又把邻村的一个挤奶姑娘想象为他的女主人，给她取了名字叫杜尔西内亚。征险途中，他完全失掉对现实的感觉而沉入了漫无边际的幻想中，唯心地对待一切，处理一切，因此一路闯了许多祸，吃了许多亏，闹了许多笑话，然而一直执迷不悟。一番荒诞的“征险”后，他返回故里，临终时幡然醒悟。

桑乔·潘萨——唐吉诃德的侍从。他朴实善良、目光短浅、自私狭隘、胆小怕事。桑乔是一个穷帮工，因为生活没有出路，才跟着唐吉诃德出来“征险”，相信未来可以让主人给他一个“总督”做做，以借此改变他一家人的窘况。他是实际的，不论唐吉诃德有怎样的臆想，把事情说得怎样玄，他都有自己的判断，一切从切身利益出发。他是忠诚的，不管有多大的危险，都没有把唐吉诃德抛开过。他容易轻信，但却有判断的才能，并颇为聪明机智，能说出一连串的谚语，都富有深刻的生活哲理。他能主持公道，同情弱者，并仇视与嫉恨不平世道。最终，他随唐吉诃德回到家乡，从主人那里得到了一笔报酬。

杜尔西内亚——唐吉诃德的心上人。一位身强力壮、嗓门奇大、性格泼辣的地道村妇。却被唐吉诃德视为公主或贵妇人，并被称为“托博索的杜尔西内亚”。

参孙·卡拉斯科——学士，唐吉诃德的乡邻，头脑灵活、爱开玩笑。他假扮骑士打败唐吉诃德，迫使其履行回乡休整一年的誓言。

佩罗·佩雷斯——神父，唐吉诃德的好友，为人热情、善良。

目　录

上　　卷

致贝哈尔公爵

希夫拉莱昂侯爵、贝纳尔卡萨尔－巴尼亚雷斯伯爵、阿尔科塞尔城子爵及卡皮利亚、库列尔、布尔吉略斯诸镇的领主。

揆度阁下喜爱优秀艺术，垂顾诸色经籍，尤其惠爱风雅脱俗之作品，我不揣冒昧，仰承阁下之鼎鼎大名，把《唐吉诃德》付梓。兹恭请大驾荫庇，以求本书斗胆问世，纵使它全无文人雅士佳作之精美装帧与渊博学识，亦任凭浅薄鲰生挑剔。谨禀告阁下明鉴我一片真诚，不负我恳切愿望。

米格尔·德·塞万提斯·萨阿维德拉

上卷前言

闲逸的读者，你一定会以为我希望我杜撰的这本书，见微知著，尽善尽美，优美绝伦。可我却悖逆不了自然界物造其类的规律。像我这样思维贫乏、胸无点墨的人，就像一个出生在纷扰尽生、哀声四起牢房里的人[①]，除了编造一个枯瘦任性、满脑怪谲的孩子的故事，还能编什么呢？如果生活安逸，环境清幽，田园秀丽，天空晴朗，泉水低吟，心绪平静，再贫乏的创作思维也会变得丰富，从而为社会提供各种作品，让社会洋溢着美好和欢乐。有的父亲得了面目丑陋、毫不可爱的孩子，可是父爱蒙住了父亲的眼睛，对孩子的短处视而不见，反而认为是聪明漂亮，向朋友们说孩子机灵标致。我呢，就像唐吉诃德的父亲，虽然只不过是继父，却不愿意随波逐流，像别人那样，几乎是眼噙泪水，求尊贵的读者宽恕或掩饰你所看到的我儿子的短处。既然你不是孩子的亲戚，也不是他的朋友，你有自己的灵魂和意志，又聪明绝顶，而且还是在自己的家里，是一家之主，那么完全可以为所欲为。你知道，俗话说，“进我披风，国君可弑”。因此，你可以不受任何约束，不承担任何责任，对这个故事任意评论。请不必担心，说它不好，没有人指责你；说它好，也没有人奖励你。

我只想给你原原本本地讲个故事，而不用前言和卷首惯有的许多十四行诗、讥讽诗和颂词来点缀。我可以告诉你，虽然我编这个故事小费气力，却绝没有写这篇序言那么困难。多少次，我提笔欲写，却又因无从写起而搁笔。有一次，我面前铺着纸，耳朵上夹着笔，胳膊肘撑在桌上，手托脸颊，正冥思苦索，忽然来了一位朋友。他活泼可爱，熟谙世事，看见我若有所思，就问我在想什么。我直言不讳，说我正

① 塞万提斯曾两度身陷囹圄，也有资料认为，《唐吉诃德》始作于狱中。

想为唐吉诃德的故事写个序言，还说我简直不想写了，也不想把这位尊贵骑士的业绩公之于众了。“一想到那位被称之为民众的严厉的法官，我怎能不惶惶然呢？他们看到我默默无闻多年[①]，已是一大把年纪，现在又复出，编个故事竟干如茅草，毫无创新，风格平淡，文思枯窘，学识泛泛，会怎么说呢？ 而且这本书边白没有批注，书末没有注释，不像其他书，即使粗制滥造，也满篇亚里士多德、柏拉图和一大堆哲学家的格言，令读者肃然起敬，认为作者是博学多闻、文才横溢的人。他们引用《圣经》，不过是为了表示他们是圣托斯·托马斯[②]或其他神学家嘛！他们这行字刻画一个放荡的恋人，另一行字却是基督教说教，令人赏心悦目，又不伤风化。所有这些，我的书里都没有。我在边白没有什么可批注的，书尾也没有什么可注释的，更不知道有哪些我所参考的作者的名字可以列在卷首，不像其他人，按照字母 A、B、C 的顺序，从亚里士多德到色诺芬[③]、索伊洛[④]或宙克西斯[⑤]，逐一列注，虽然索伊洛只不过是批评家，而后一位是画家。我的书卷首没有十四行诗，起码连公爵、侯爵、伯爵、主教、贵夫人或著名诗人的十四行诗都没有，尽管我如果向我的两三个做官的朋友求诗的话，他们也会给我写的，而且写得绝不亚于我们西班牙最有名气的那些人。

“总之，我的朋友，”我又接着说，“我决定还是让唐吉诃德先生埋没于他留在曼查的故纸堆里，直到有一天，苍天造就了能够为其装点门面的人。反正我回天无力，才疏学浅，而且生性怠惰，懒得到处求人说那些我自己也能说的东西。因此我才发愣。你刚才听我说的这些事已经足以让我发愣了。”

听到这儿，我的朋友拍了一下额头，大笑着对我说：

“看在上帝分上，兄弟，认识你这么长时间了，我才刚刚醒悟过来。

---

① 塞万提斯在 1585 年出版了第一部小说《加拉特亚》第一部，然后一直到 1605 年，才出版了《唐吉诃德》上卷。

② 圣托斯·托马斯是基督教神学家。

③ 色诺芬是古希腊历史学家、作家。

④ 索伊洛是古希腊批评家。

⑤ 宙克西斯是古希腊的画家。

我一直以为你是个聪明谨慎的人，可现在看来，你远非如此，而且跟我料想的简直有天壤之别。本来在短时间内很容易做到的事情，却居然把像你这样饱经世故的人吓蒙了，想罢手不干了。其实，你不是能力不足，而是太懈怠了，懒于思索。你想想看我说的对不对？那么，请听我说，著名的唐吉诃德是所有游侠骑士的光辉楷模，你却怯于出版他的故事。你会看到，我如何在转瞬之间就克服你说的那些困难，把那些装点门面的东西都填补上。”

“你说吧，”我听了他的话说道，“你打算怎样扫除我的疑虑，解开我的谜团呢？”

他说：

“你首先考虑的是卷首没有十四行诗、讥讽诗和颂词，而且还得要风雅文士和贵族之作。其实，你只需自己费点神作几首诗，任意加上几个名字，加上教士国王①或特拉彼松达②皇帝的名字，据说他们都是著名诗人。即使他们不是诗人，而且有腐儒和多嘴家伙在背后嘀咕并诋毁你，也毫无损失。他们就算查清了那是虚构的，也不能把你写字的手砍掉。

“至于书页边白上，你可以引用经典以及那些经典的作者，只需凭记忆写些相应的格言或拉丁文就行了。或者你费点力气查一查，例如，谈到自由和禁锢，你就写上：

为黄金，失自由，并非幸福。

“然后，你就可以写上贺拉斯③或其他什么人的名字。如果谈到死亡的力量，你就引用：

死神踏平贫民屋，
同样扫荡君王殿。

---

① 教士国王是中世纪传说里的人物，指埃塞俄比亚王或鞑靼王。
② 特拉彼松达是古希腊时代的一个帝国。
③ 贺拉斯是古罗马的杰出诗人。

“如果说到上帝让我们对敌人也要友爱，你就引用《圣经》。你随便翻就能找到上帝的原话：‘只是我告诉你们，要爱你们的仇敌！’讲到邪念，你不妨援用《福音》：‘从心里发出来的恶念。’如果朋友不可靠，那么有加东[①]呢，他会告诉你：

顺利之时朋友多，
危难之时门冷落。

“有了这类拉丁文的东西，人们至少把你看成是语言学家，这在当今可以名利双收呢。要说书尾的注释，你也完全可以照此办理。如果你想在书里加上一位巨人的名字，你就写巨人歌利亚。这本来不费你什么事，还可以大做注释。你找到有关章节就可以注上：‘据《列王记》，巨人歌利亚或者歌利亚特，是腓力士人，在特雷宾托山谷[②]被牧人大卫用一块石头猛击而死。’

“然后，如果你要炫耀你对人文学和宇宙学有研究，就要尽量在你的故事里提到塔霍河，接着你就可以再作一段精彩的注解，写道：‘塔霍河得名于一位西班牙国王。它发源于某地，又沿着著名的里斯本城墙流入海洋，据说它含有金沙等等。’若是涉及小偷，我可以告诉你卡科[③]的故事，这我还记得。谈到风尘女，蒙多涅多主教会向你提供拉米亚、列伊达和弗洛拉，这个注释会让你信誉倍增。说到狠毒的人，奥维德[④]会举荐美狄亚[⑤]。要说女魔法师和女巫师，荷马有卡吕普索[⑥]、维吉尔[⑦]和喀尔刻[⑧]。论骁将，尤利乌斯·恺撒会挺身

---

① 加东是古罗马的政治家。

② 据《旧约·撒母耳记》第十七章，应为以拉山谷。

③ 卡科是古罗马神话中火神的儿子，因窃牛被杀。

④ 奥维德是古罗马诗人。

⑤ 美狄亚是希腊神话中科尔喀斯国王的公主，会巫术，后为伊阿宋之妻。年迈时伊阿宋另娶。美狄亚送新娘一件婚服，新娘披上即被焚死。美狄亚还杀死了两个儿子和她的弟弟。

⑥ 卡吕普索是古希腊神话中俄古癸亚岛的女神。

⑦ 维吉尔是古罗马诗人。

⑧ 喀尔刻是古希腊神话中太阳神和佩耳塞之女，精通魔法。

而出，献上他的《高卢战记》和《内战记》；普鲁塔克[①]会告诉你上千个亚历山大。提及爱情，你只需知道托斯卡纳语[②]之皮毛，就可以找到莱昂·埃夫雷奥，满足你的需要。倘若你不愿意到国外去找，家里就有丰塞卡的《上帝之爱》，你和旷世智者需要的材料在那里应有尽有。总之，你要做的事情就是开列出这些名字，或者把我刚才说的这些故事塞进你的故事，由我负责写批注和注释。我保证把边白都填满，书尾再补上四页。

“现在，咱们再来说说参考作家的名单吧。别人的书里都有，而你的书却没有。解决的方法很简单，你只消找一个作者名单，就像你说的那样，按照字母顺序从A到Z列到你的书上。尽管一看就是假的，因为你大可不必参阅那么多作者，那也没关系，说不定真有人头脑单纯，相信你为写这个简单普通的故事参阅了那么多作者呢。这个长长的名单即使没什么用，也至少可以给你的书额外地增加权威性。而且，也不会有人去调查你是否参阅了那些作者，这跟他没关系。尤其是我忽然想到，你说你这本书缺少那些装门面的东西，我觉得其实大可不必。这本书是讽刺骑士小说的，而骑士小说亚里士多德从未提及，圣巴西利奥也不置可否，西塞罗[③]又看不懂。这个故事的真实程度以及它是否有占星学的观测力，都不必听他们信口雌黄。至于是否有几何学的精确尺度，有修辞学的标准论据，都对你这本书无关紧要。你也无须将人的东西和神的东西混为一体，告诉某人说这本书是个综合体。任何一种基督教意识都不会认为应该有这种装饰。你只能依靠在写作的过程中摹仿得益。摹仿得越贴切，写得就越好。你这本书的宗旨是为了消除骑士小说在社会上和百姓中的影响和地位，因此不必到处乞求哲学家的警句、《圣经》的箴言、诗人编造的神话、修辞学家的词句和圣人的奇迹，而是要直截了当，言之有物，用词得体，写出的句子动人诙谐，尽可能地表现出你的意图，有条不紊、文从字顺地陈述你的观点。你还应该争取做到让人读了你的故事以后，忧郁的

---

① 普鲁塔克是古希腊传记作家、散文家。
② 托斯卡纳语是意大利一个地区的语言。
③ 西塞罗是古罗马政治家、演说家、哲学家。

人转忧为笑，愉快的人夸其创意，苛求的人不睥睨视之，矜持的人也赞不绝口。实际上，你的目的就是要推翻骑士小说胡编滥造的那套虚幻的东西。很多人厌恶骑士小说，但更多的人喜欢它。你要是能达到你的目的，收获可不小呢。”

对朋友的忠告我洗耳恭听，他说的条条在理，打动我心。我深信不疑，欣然采纳，按照他的意见写了这个序言。在这个序言里，温和的读者，你可以看到，我的朋友是多么聪明，我又是多么走运，在最需要帮助的时候遇到了这位顾问，而你也松了一口气，看到了曼查著名的唐吉诃德的真实故事。据蒙铁尔地区的所有居民说，多年来，唐吉诃德在那一带一直称得上是最忠实的情人，最勇敢的骑士。我不想强调是我向你介绍了这位尊贵正直的骑士，但希望你感谢我让你即将认识他的侍从，那位著名的桑乔·潘萨。我认为，我已把那些空洞的骑士小说里侍从的所有滑稽之处都集于他一身了。现在，愿上帝保佑你健康，毋忘我。

请多多保重。

第一章　著名贵族唐吉诃德的品性与行为

曼查有个地方，地名就不用提了，不久前住着一位贵族。他那类贵族，矛架上有一支长矛，还有一面皮盾、一匹瘦马和一只猎兔狗。锅里牛肉比羊肉多[①]，晚餐常吃凉拌肉丁，星期六吃脂油煎鸡蛋，星期五吃扁豆，星期日加一只野雏鸽，这就用去了他四分之三的收入，其余的钱买了节日穿的黑呢外套、长毛绒袜子和平底鞋，而平时，他总是得意洋洋地穿着上好的褐色粗呢衣。家里有一个四十多岁的女管家，一个不到二十岁的外甥女，还有一个能种地、能采购的小伙子，为他备马、修剪树枝。

我们的这位贵族年近五旬，体质健壮，肌肉干瘪，脸庞清瘦，每天起得很早，喜欢打猎。据说他还有一个别名，叫基哈达或克萨达（各种记载略有不同）。推论起来，应该叫吉哈纳。不过，这对我们的故事并不重要，只要我们谈起他来不失真实就行。

人家说这位贵族一年到头闲的时候居多，闲时常读骑士小说，而且读得爱不释手，津津有味，几乎忘记了习武和理财。他痴心不已，简直走火入魔，居然卖掉了许多田地去买骑士小说。他把所有能弄到的骑士小说都搬回家。不过，所有这些小说，他都觉得不如闻名遐迩的费利西亚诺·德席尔瓦写得好，此人的平铺直叙和繁冗陈述被他视为明珠，特别在读到那些殷勤话和挑逗信时更是如此。许多地方这样写道：“以你无理对我有理之道理，使我自觉理亏，因此我埋怨你漂亮也有道理。”还有：“高空以星星使你的神圣更加神圣，使你受之无愧地接受你受之无愧的伟大称号而受之无愧。”

这些话使得这位可怜的贵族惶惑不已。他夜不能寐，要理解这些

---

① 当时羊肉比牛肉贵。

即使亚里士多德再生也理解不了的句子，琢磨其意。他对唐贝利亚尼斯打伤了别人而自己也受伤略感不快，可以想象，即使高明的外科医生治好了病，也不免会在脸上和全身留下伤疤累累。然而，他很欣赏书的末尾说故事还没有完结，很多次，他甚至提笔续写。如果不是其他更重要的想法不断打扰他，他肯定会续写，而且会写完的。

他常常和当地的神父（一位知识渊博的人，毕业于锡古恩萨）争论，谁是最优秀的骑士，是英格兰的帕尔梅林呢，还是高卢的阿马迪斯？可是同村的理发师尼古拉斯师傅却说，谁都比不上太阳神骑士。如果有人能够与之相比，那么，只能是高卢的阿马迪斯的兄弟加劳尔。他具有各方面的条件，不是矫揉造作的骑士，而且不像他兄弟那样爱哭，论勇敢也不比他兄弟差。

总之，他沉湎于书，每天晚上通宵达旦，白天也读得天昏地转。这样，睡得少，读得多，终于思维枯竭，精神失常，满脑袋都是书上虚构的那些东西，都是想入非非的魔法、打斗、战争、挑战、负伤、献殷勤、爱情、暴风雨、胡言乱语等。他确信他在书上读到的所有那些虚构杜撰都是真的。对他来说，世界上只有那些故事才是实事。他说熙德·鲁伊·迪亚斯是一位杰出的骑士，可是与火剑骑士无法相比。火剑骑士反手一击，就把两个巨大的恶魔劈成了两半。他最推崇卡皮奥的贝尔纳多。在龙塞斯瓦列斯，贝尔纳多借助赫拉克勒斯[①]把地神之子安泰[②]举起扼死的方法，杀死了会魔法的罗尔丹。他十分称赞巨人摩根达。其他巨人都傲慢无礼，唯有他文质彬彬。不过，他最赞赏的是蒙塔尔万的雷纳尔多斯，特别是看到故事中说，他走出城堡，逢物便偷，而且还到海外偷了全身金铸的穆罕默德像的时候，更是赞叹不止。为了狠狠地踢一顿叛徒加拉隆，他情愿献出他的女管家，甚至可以再赔上他的外甥女。

实际上，他理性已尽失。他产生了一个世界上所有疯子都不曾有过的怪诞想法，自己倒认为既合适又有必要，既可以提高自己的声望，

---

① 赫拉克勒斯是古罗马神话中的大力神。
② 安泰一旦离开地面就失去了力量。

还可以报效他的国家。他要做个游侠骑士，带着他的甲胄和马走遍世界，八方征险，实施他在小说里看到的游侠骑士所做的一切，赴汤蹈火，报尽天下仇，而后流芳千古。可怜的他已经在想象靠自己双臂的力量，起码得统治特拉彼松达帝国。想到这些，他心中陶然，而且从中体验到了一种奇特的快感，于是他立即将愿望付诸行动。他首先做的就是清洗他的曾祖父留下的甲胄。甲胄长年不用，被遗忘在一个角落里，已经生锈发霉。他把甲胄洗干净，尽可能地拾掇好，可是他发现了一个大毛病，就是没有完整的头盔，只有一个简单的顶盔。不过，他可以设法补救。他用纸壳做了半个头盔接在顶盔上，看起来像个完整的头盔。为了试试头盔是否结实，是否能够抵御刀击，他拔剑扎了两下。结果，刚在一个地方扎了一下，他一星期的成果就毁坏了。看到这么容易就把它弄碎了，他颇感不快。他又做了一个头盔。为了保证头盔不会再次被毁坏，他在里面装了几根铁棍。他对自己的头盔感到满意，不愿意再做试验，就当它是个完美的头盔。

然后，他去看马。虽然那马的蹄裂好比一个雷阿尔 ①，毛病比戈内拉 ② 那匹皮包骨头的马毛病还多，他还是觉得，无论亚历山大的骏马布塞法洛还是熙德的骏马巴别卡，都不能与之相比。

他用了四天时间给马起名。因为（据他自言自语），像他这样有名望、心地善良的骑士的马没有个赫赫大名就太不像话了。他要给马起个名字，让人知道，在他成为游侠之前它的声名，后来又怎么样。主人地位变，马名随之改，这也是合情合理的。得起个鼎鼎煊赫、如雷贯耳的名字，才能与他的新品第、新行当相匹配。他造了很多名字，都不行，再补充，又去掉。最后，凭记忆加想象，才选定叫罗西南多。他觉得这个名字高雅、响亮，表示在此之前，它是一匹瘦马，而今却在世界上首屈一指 ③。

给马起了个称心如意的名字之后，他又想给自己起个名字。这

① 此句为双关语。“蹄裂”的原文又是一种辅币夸尔托。一个雷阿尔等于八个夸尔托。

② 戈内拉是意大利的滑稽家，有一匹瘦马。

③ 按照原文发音，罗西南多为“瘦马”和“第一”的合音。

又想了八天，最后才想起叫唐吉诃德。前面谈到，这个真实故事的作者认为他肯定叫基哈达，而不是像别人说的那样叫克萨达。不过，想到勇敢的阿马迪斯不满足于叫阿马迪斯，还要把王国和家乡的名字加上，为故里增光，叫高卢的阿马迪斯，这位优秀的骑士也想把老家的名字加在自己的名字上，就叫曼查的唐吉诃德。他觉得这样既可以表明自己的籍贯，还可以为故乡带来荣耀。

洗净了甲胄，把顶盔做成了头盔，又为马和自己起了名字，他想，就差一个恋人了。没有爱情的游侠骑士就好像一棵树无叶无果，一个躯体没有灵魂。他自语道："假如我倒霉或走运，在什么地方碰到某个巨人，这对游侠骑士是常有的事，我就一下子把他打翻在地或拦腰斩断，或者最终把他战胜，降伏了他。我让他去见一个人难道不好吗？我让他进门跪倒在我漂亮的夫人面前，低声下气地说：'夫人，我是巨人卡拉库利安布罗，是马林德拉尼亚岛的领主。绝代骑士曼查的唐吉诃德以非凡的技艺将我打败了，并且命令我到您这儿来，听候您的吩咐。'"哦，一想到这段话，我们的优秀骑士多得意呀，尤其是当他找到了他可以赋予恋人芳名的对象时，他更得意了。原来，据说他爱上了附近一位漂亮的农村姑娘。他一直爱着那位姑娘，虽然他明白，那位姑娘从不知道也从未意识到这件事。她叫阿尔东萨·洛伦索。他认为，把这位姑娘作为想象中的恋人是合适的。他要为她起个名字，既不次于自己的名字，又接近公主和贵夫人的名字。她出生在托博索，那就叫"托博索的杜尔西内亚"吧。他觉得这个名字同他给自己和其他东西起的名字一样悦耳、美妙、有意义。

第二章　足智多谋的唐吉诃德初离故土

事已就绪，他迫不及待地要把自己的想法付诸实施。他要铲除暴戾，拨乱反正，制止无理，改进陋习，清理债务，如果现在不做，为时晚矣。在炎热的七月的一天，天还未亮，他没有通知任何人，也没有让任何人看见，全副武装，骑上罗西南多，戴上破头盔，挽着皮盾，手持长矛，从院落的旁门来到了田野上。看到鸿图初展竟如此顺利，他不禁心花怒放。可是刚到田野上，他就想起了一件可怕的事情。这件事情非同小可，差点儿让他放弃了刚刚开始的事业。原来他想到，自己还未被封为骑士，按照骑士道，他不能也不应该用武器同其他任何一个骑士战斗。即使他已被封为骑士，也只能是个新封的骑士，只能穿白色的甲胄，而且盾牌上不能有标志，标志要靠自己努力去争得才会有。这样一想，他有点犹豫不决了。不过，疯狂战胜了他的其他意识，他决定像小说里看到的许多人所做的那样，请他碰到的第一个人封自己为骑士。至于白色甲胄，他打算有时间的时候把自己的甲胄擦得比白鼬皮还白。这么一想，他放心了，继续赶路，信马而行。他觉得是一种冒险的力量在催马前行。

这位冒险新秀边走边自语道："有谁会怀疑呢？将来有关我举世闻名的壮举的真实故事出版时，著书人谈到我如此早又如此这般的初征时肯定会这样写：'金红色的阿波罗刚刚把它的金色秀发披散在广袤的地面上，五颜六色的小鸟啼声宛转，甜甜蜜蜜地迎接玫瑰色曙光女神的到来。女神刚刚离开多情丈夫的软床，透过门户和阳台，从曼查的地平线来到世人面前。此时，曼查的著名骑士唐吉诃德放弃了多年不用的羽毛笔，跨上名马罗西南多，开始行走在古老而又熟悉的蒙铁尔原野[①]上。'"他的确是走在那片田野上。接着，他又自语道："幸运的时代，幸运的世纪，我的功绩将载在这里。它应该被铭刻在青铜器上，雕琢在大理石上，画在木板上，流芳千古。哦，还有你，杰出的智者，这部游侠的故事由你来写。我请求你不要忘记始终处处伴随我的良马罗西南多。"然后，他好像真的在恋爱，又说："哦，杜尔西内亚公主，你拥有我这颗被俘虏了的心！你撵我，斥责我，残酷地令我不得再造访你这位国色天香，已经严重伤害了我。美人儿，请你为想起这颗已经属于你的心而高兴吧，它为了得到你的爱情已

① 蒙铁尔原野是著名的古战场。

饱经了苦楚。”

他又说了一串胡话，而且词句上也尽力模仿书上教他的那套。他自言自语，走得很慢，可是太阳升得很快，而且赤日炎炎。如果他还有点头脑，这点头脑也被烈日照化了。他几乎全天都在走，可是并没有碰到什么值得记述的事情。他感到沮丧。他想马上碰到一个人，以便比试一下自己健臂的力量。有人说，他的第一次历险是在拉皮塞隘口，另一些人说是风车之战。可我的考证结果和曼查编年史的文字记载却是他全天都在游荡。傍晚，他的马和他疲惫不堪，饥饿至极，举目四望，看是否能发现一个城堡或牧人的茅屋，暂避一时，以便充饥、方便。他看到离路不远处有个客店，便仿佛看到了一颗星星，一颗不是引他去客店，而是引他去救生之地的福星。他加紧赶路，到达时已是日暮黄昏了。

恰巧门口有两个青年女子，人们称之为风尘女。她们随同几个脚夫去塞维利亚，今晚就投宿在这个客店里。我们这位冒险家所思所见所想象的，似乎都变成了现实，一切都和他在书上看到的一样。客店在他眼里变成了城堡，和书上描写的一样，周围还有四座望楼，望楼尖顶银光闪闪，吊桥、壕沟一应俱全。接近那家在他眼里是城堡的客店时，他勒住罗西南多的缰绳，等待某个侏儒在城堞间吹起号角，通报有骑士来到了城堡。可是迟迟不见动静，罗西南多又急于去马厩，他只好来到客店门口。看到门口两个女子，他宛如看到了两个漂亮的少女或两位可爱的贵夫人在城堡门口消磨时光。

就在这时，一个猪倌从收割后的地里赶回一群猪来。猪倌吹起号角，猪循声围拢过来。这回唐吉诃德希望的机会到来了，他认为这是侏儒在通报他的光临。他怀着一种极度的快乐，来到客店和那两个女人面前。两个女人看到他这副打扮，还手持长矛、皮盾，都惊恐不已，意欲躲进客店。唐吉诃德估计她们是因为害怕而企图逃避，便掀起纸壳做的护眼罩，态度优雅、声音平缓地对她们说：

“你们不必躲避，也无须害怕任何不轨。有骑士勋章作证，勇士不会对任何人图谋不轨，更何况对两位风范高雅的闺秀呢。”

两个女子望着他，用眼睛搜寻他那张被破眼罩遮护着的脸，听到称她们为“闺秀”，与她们的身份相距甚远，不禁大笑起来，笑得唐吉诃德直不好意思，对她们说：

“美女应该举止端庄，为一点小事就大笑更是愚蠢。我这样说不是为了惹你们生气，而是为你们好。”

两个女子听了更是迷惑不解，再看我们这位骑士的模样，愈发笑得厉害，唐吉诃德更生气了。如果不是这个时候店主走出来，事情就闹大了。店主很胖，性格很温和。看到这个人的反常样子，配备的胫甲、长镫、长矛、皮盾和胸甲也都各式不一，店主并不像两个女子那么开心。可是他害怕那堆家伙，决定还是跟唐吉诃德客客气气地说话。他说：

“骑士大人，您若是找住处，这里什么都富余，就是缺少一张床。”

唐吉诃德把客店看成城堡，把店主看成谦恭的城堡长官，回答说：

“卡斯蒂利亚诺①大人，我随便用什么东西都行，因为‘甲胄是我服饰，战斗乃我休憩②’……”

店主听到称他为卡斯蒂利亚诺，以为自己的样子像卡斯蒂利亚人。其实他是安达卢西亚人，是圣卢卡尔海滩那一带的人，论贼性不比那个卡科差，论调皮也不比学生或侍童次。他答道：

“既然如此，‘坚石为您床铺，不寐系您睡眠’。看来您可以下马了，您完全可以在寒舍一年不睡觉，何止一个晚上呢。”

说完，店主来扶唐吉诃德下马。唐吉诃德很困难、很吃力地下了马。他已经一整天未进食了。

他吩咐店主悉心照料他的马，因为世界上所有吃草料的动物中数它最好。店主看了看马，觉得它完全不像唐吉诃德说的那么好，连一半都不及。把马安顿在马厩之后，店主又回来看唐吉诃德还有什么吩咐。这时两个女子正在帮唐吉诃德脱甲胄，他们已经言归于好。虽然她们脱掉了唐吉诃德的护胸、护背，却脱不掉也不知道如何才能脱掉

① “卡斯蒂利亚诺”有多种含义，可以理解为城堡长官，也可以是卡斯蒂利亚人。此处唐吉诃德是指城堡长官。

② 此处唐吉诃德和下面店主均引用了一首古谣：“甲胄是我服饰，战斗乃我休憩，坚石为我床铺，不寐系我睡眠。”

护喉和破头盔，这些都用绿带子系住了，结子解不开，只能剪断带子。可是他无论如何也不同意。于是整个晚上，他一直戴着头盔，那副滑稽怪诞的样子就可想而知了。他想，那两个帮他脱甲胄的女子一定是城堡的贵小姐或贵夫人，便也谈吐文雅起来，说：

自古从无骑士，
幸如唐吉诃德。
纵然来自乡村，
却得佳丽侍奉。
夫人侍候勇士，
公主照料骏骑。

“哦，罗西南多，这是我的马的名字，我的美女们。曼查的唐吉诃德是我的名字。我本来不想暴露我的名字，直到有一天，我为诸位效劳的事迹会告诉你们我是谁。就因为借助兰萨罗特岛[①]古老民谣来应景，我才让诸位提前知道了我的名字。不过，以后定会有机会听候阁下的吩咐。我的臂膀的力量将证明我为诸位效劳的愿望。”

两位女子不习惯听这种辞令，所以无言以对，只是问他是否想吃点什么。

“随便什么吧，”唐吉诃德说，“因为我觉得我该吃点东西了。”

恰巧那天是星期五，整个客店里只有几份鱼，那种鱼在卡斯蒂利亚叫腌鳕鱼，在安达卢西亚叫咸鳕鱼，有的地方叫鳕鱼干，有的地方叫小鳕鱼。她们问阁下能不能吃点小鳕鱼，没有别的鱼可吃。

“既然有很多小鳕鱼，”唐吉诃德说，“你们不如给我来份大鳕鱼，就好比八个雷阿尔的零币和一枚八雷阿尔的钱币，对我来说都一样。更何况小鳕鱼还好呢，就像牛犊比牛好，羊羔比羊好一样。可是，不管怎样，得赶紧拿来。这副甲胄又沉又累人，空肚子已经受不了啦。”

---

① 北大西洋加那利群岛最东端的岛，属西班牙的拉斯帕尔马斯省。上面引的诗模仿了兰萨罗特岛的民谣。

客店门口放了张桌子，那儿凉快。店主给他端来一份腌得不好、烹得极差的咸鱼，还有一块像他的盔甲那样又黑又脏的面包。他吃饭的样子真能当作大笑料。他吃饭时仍戴着头盔，只是把护眼罩掀了起来，因此，如果别人不把食物放到他嘴里，光靠自己的手，他什么东西也吃不到嘴里。于是一位女子给他喂食，但喂水还是不行。多亏店主捅通了一节芦竹，一头放进他嘴里，从另一头把酒灌进去。他耐心地吃喝，只求不要把头盔的带子弄断。这时，一位劁猪人恰巧来到客店。他一到就吹了四五声芦笛，这一下唐吉诃德更确定他是在一个著名城堡里了，音乐是为他而奏的，还认定小鳕鱼就是大鳕鱼，面包是精白面的，风尘女是贵夫人，店主是城堡长官，由此断定他决心出征完全正确。不过，令他沮丧的是他还没有被封为骑士。他觉得没有骑士称号就不能合法从事任何征险活动。

第三章　唐吉诃德受封为骑士滑稽可笑

他心中不快，迅速吃完了那可怜的晚餐，叫来店主，两人来到马厩里。他跪在店主面前，对他说：

“勇敢的骑士，我得劳您大驾。有件事有利于您，也造福于人类。您若不答应，我就不起来。”

店主看到客人跪倒在脚下，又说了这番话，瞪着眼迷惑不解。店主请他起来，他坚持不起来，店主只好说同意帮忙。

“我知道您宽宏大量，我的大人。”唐吉诃德说，“是这样，我要劳您大驾而您又慷慨应允的事，就是要您明天封我为骑士。我今晚就在城堡的小教堂守夜[①]，明天，我说过，就可以完成我的夙愿，就可以周游四方，到处征险，为穷人解难了，这是骑士和像我这样的游侠

① 骑士受封前应在教堂守夜，看护甲胄。

的责任。我生来就渴望这样的业绩。”

店主是个比较狡诈的人，对客人的失常已有所察觉。听完这番话，他对此已确信无疑，为了给当晚增添点笑料，决定顺水推舟，于是对他说，他的愿望和要求很正确，这是像他这样仪表堂堂的杰出骑士的特性。他自己年轻的时候也曾投身于这项光荣事业，周游各地，到处征险，连马拉加的佩切莱斯、里亚兰岛、塞维利亚的孔帕斯、塞哥维亚的阿索格拉、巴伦西亚的奥利韦拉、格拉纳达的龙迪利亚、圣卢卡尔海滩、科尔多瓦的波特罗、托莱多的小客店和其他一些地方[①]都去过，凭着手脚利索，勾引过许多寡妇，糟蹋过几个少女，还欺骗了几个孤儿，干了不少伤天害理的事，几乎在西班牙所有法院都挂了号。最后，他引退在这座城堡里，靠自己和别人的钱过日子，还接待各种各样的游侠骑士。这纯粹是出于对骑士的热爱，同时也希望骑士们分些财产给他，作为对其好心的报酬。

他还说，城堡里没有用以守夜看护甲胄的小教堂。原来的小教堂已经拆了，准备盖新的。不过，如果需要的话，他知道，随便在什么地方都可以守夜。那天晚上，他可以在城堡的院子里守夜，待第二天早晨，有上帝为证，举行适当仪式，他就被封为骑士了，而且是世界上最标准的骑士。

店主问他是否带了钱。唐吉诃德说身无分文，因为他从未在骑士小说里看到某位游侠骑士还带钱。

店主说，他搞错了。骑士小说里没写带钱是因为作者认为，像带钱和干净的衬衣这类再明白不过的事情就不必写了，可不能因此就认为他们没带钱和衬衣。他肯定，所有游侠骑士（把那么多书都塞得满满当当的）都是腰缠万贯，以防万一。此外，他们还带着衬衣和一个装满创伤药膏的小盒子，因为并不是每次在野外或沙漠发生格斗时受了伤都有人医治的，也没有英明的魔法师朋友乘云托来一位少女或侏儒，送来神水，那水功力之大，骑士只要喝一滴，伤口立刻痊愈，恢复如初。所以，过去的骑士都让侍从带着钱和其他必需品，如纱布、

---

① 塞万提斯在这里列数了西班牙地痞、流浪汉的集中地。

药膏。有的骑士没有侍从（这种情况不多，很少见），他就自己把所有东西都装在几个精巧的褡裢里，挂在马屁股上。褡裢很小，几乎看不见，似乎里面装有其他更重要的东西。如果不是上述情况，带褡裢的方式一般不大为骑士们所接受。所以，店主劝导他（现在他可以像对待教子一般对他讲话，因为他一会儿就要做教父了），以后出门不要忘了带钱和其他备用品，他将会看到带着这些东西是多么有用，至少得这么想。

唐吉诃德答应按照店主的劝导一一照办。店主又让他到客店一侧的大院子里去看护甲胄。唐吉诃德收拾好全副甲胄，放在一个水井旁的水槽上，然后手持皮盾，拿着长矛，煞有介事地在水槽前巡视。此刻已是垂暮之时。

店主把他如何发疯，要看护甲胄，等待受封为骑士的事都告诉了客店里所有的人。大家对他这种奇特的发神经方式感到惊诧，纷纷从远处张望。大家看到他举止安详，忽而来回巡视，忽而靠在长矛上，长时间盯着甲胄。暮色已完全降临，然而皓月当空，犹如白昼，这位新骑士的一举一动大家都看得清清楚楚。这时，一位住宿的脚夫忽然想起要去打水饮马，这就得把唐吉诃德放在水槽上的甲胄拿下来。唐吉诃德看到脚夫走来，便高声说道：

"喂，你，大胆的骑士，无论你是谁，要是想来动这位最勇敢可是从未动武的勇士的甲胄，就小心点儿！你要是不想为你的莽撞丢命的话，就别去碰它！"

脚夫并没有从他这番话里觉悟过来（要是觉悟过来就好了，那就可以安全无事），却抓起甲胄的皮带，把甲胄扔得老远。这被唐吉诃德看见了。他仰望天空，心念（他觉得心里在念）他的情人杜尔西内亚，说：

"我的心上人，当第一次凌辱降临到这个已经归附你的胸膛的时候，请助我矣！请你在我的第一次战斗中不吝恩泽与保佑！"

说完这些和其他诸如此类的话，他放下皮盾，双手举起长矛，这次对着脚夫的脑袋奋力一击，把脚夫打翻在地。脚夫头破血流，如果再挨第二下，就不用请外科医生了。唐吉诃德打完后，收拾好甲胄，又像开始那样安详地巡视起来。

过了一会儿，又来了一个脚夫。他并不知道已经发生的事情（那个脚夫还未苏醒），准备打水饮骡子。他刚要挪开甲胄，腾出水槽，唐吉诃德二话不说，也不请谁保佑，就又拿起皮盾，举起长矛，这次倒是没把第二个脚夫的脑袋打碎，只是打成了三瓣还多——一共四瓣。听到声音，客店里所有的人都赶来了，包括店主在内。看到这种情况，唐吉诃德又拿起皮盾，扶剑说道：

“哦，美丽的心上人，我这颗脆弱的心灵的勇气和力量！被你征服的骑士正面临巨大的险恶，现在是你回首垂眸的时刻了！”

他似乎由此获得了非凡的力量，即使全世界的脚夫向他进攻，他也不会后退。脚夫的伙伴们从远处用乱石袭击唐吉诃德，他只能用皮盾尽力抵挡，却不敢离开水槽，怕他的甲胄失去保护。店主大声呼喊那些扔石头的人赶紧住手，因为已经告诉过他们，唐吉诃德是个疯子，所以，即使他把那些人都杀了，也不会受到制裁的。唐吉诃德喊的声音更大。他把那些人叫作叛逆，还说城堡长官是个坏骑士，竟然纵容他们这样对待游侠骑士。要是他已经接受了店主授予的骑士称号，决不会轻饶这个背信弃义的臭店主。“至于你们这些卑鄙下流的家伙，我并不理会你们。你们扔吧，来吧，使出你们的全部本事攻击我吧。你们如此愚妄，看着吧，一定会得到报应！”

他的威严震慑了那些攻击他的人，再加上店主的劝阻，那些人不扔石头了。于是，唐吉诃德也允许他们把受伤的人抬走，然后继续安然地看护甲胄。

店主觉得这位客人的胡闹太不像话，决定趁着还没有再出乱子，尽快授予他那个晦气的骑士称号。店主找到唐吉诃德，为那些蠢人对他的无礼行为表示歉意，说他自己事先对此事一无所知，而且那些人也由于他们的愚蠢行为受到了惩罚。店主说原来已讲过，城堡里没有小教堂，所以其他的形式也就不必要了。根据自己对授衔仪式所知，最重要的就是击颈击背，而这在田野里也可以进行，更何况他早已达到了看护甲胄的要求。本来，看护两个小时就足够了，而他已经看护了四个小时。

唐吉诃德信以为真，说他悉心遵命，以便尽快完成仪式。受封以后如果再受到攻击，他不会让城堡里留下活人，除非是长官关照的那些人。出于对长官的尊敬，他将饶那些人一命。这位城堡长官听了这话后不寒而栗。他让人马上找来一本记着他给脚夫多少麦秸和大麦的账簿，让一个男孩拿来一截蜡烛头，再带上那两位女子，来到唐吉诃德面前，命他跪下，然后念手中那本账簿（就好像在虔诚地祷告）。念到一半时，店主抬起手，在唐吉诃德的颈部一记猛击，然后又用唐吉诃德的剑在他背上轻轻一拍，嘴里始终念念有词。然后,店主命令一个女子向唐吉诃德授剑。那个女子做得既利索又谨慎，因为她们必须注意，在举行仪式的整个过程中不至于大笑起来。她们曾目睹新骑士的英勇行为，终于没敢笑出来。授剑后，一位贵女子说：

"上帝保佑你成为幸运大骑士，在战斗中为你赐福。"

唐吉诃德问她叫什么，为的是永远记住应该向谁报恩。他想把将来靠自己臂膀的力量获得的荣誉分给她一份。女子非常谦恭地回答说，她叫托洛萨，是托莱多一位修鞋匠的女儿，住在桑乔·别纳亚的那些小铺附近。还说无论在什么地方，她都愿意侍候他，把他奉为主人。唐吉诃德说，出于爱，他赐予她"唐"称[①]，从那以后她就叫唐娜托洛萨。她答应了。另一名女子为他套上马刺，唐吉诃德又把同授剑女子说的那套话对她说了一遍。问她姓名,她说叫莫利内拉，父亲是安特奎拉一位有威望的磨坊主。她也请求唐吉诃德赐予她"唐"称，叫唐娜莫利内拉，以后会为他效劳尽力。仪式以前所未有的快速结束之后,唐吉诃德迫不及待地要飞马出去征险。备好罗西南多后，他骑上马，拥抱店主，感谢店主恩赐他骑士称号，说了些莫名其妙的话，无法转述。店主看到他已出客店门，便用同样华丽却又简单得多的话语回答他，也没向他索要住宿费，就让他欢天喜地地走了。

---

① 西班牙的尊称。对男称"唐"，对女称"唐娜"。

第四章　我们的骑士离开客店后的遭遇

唐吉诃德离开客店时，天已渐亮。他有了骑士称号，满心欢喜，得意洋洋，兴高采烈，差点把马的肚皮给乐破了。他忽然想到店主曾劝导他要带好必要的物品，特别是钱和衬衣，就决定回家把这些东西置办齐，再找一个侍从。他打算找邻居的一个农民。那农民虽穷，还有孩子，可是做骑士的侍从特别合适。这么一想，他就掉转了罗西南多的头。马似乎也知恋家，立刻蹄下生风一般地跑起来。

没走多远，他就似乎听到右侧的密林中传来微弱的声音，像是有人在呻吟。于是他说：

"感谢苍天如此迅速赐给我机会，让我尽自己的职责，实现夙愿，旗开得胜。这声音一定是某个贫穷男人或女人在寻求我的照顾和帮助呢。"

他掉转缰绳，催马循声而去，刚进森林，就看见一棵圣栎树上拴着一匹母马，另一棵树上捆着一个大约十五岁的孩子，上身裸露，声音就是从他嘴里发出来的。原来是一个健壮的农夫正在用腰带抽打这个孩子，每打一下还训斥一声，说：

"少说话，多长眼。"

那孩子再三说：

"我再也不敢了，主人。我向上帝起誓，我再也不敢了。我保证以后多加小心，照看好羊群。"

看到这情景，唐吉诃德不禁怒吼道：

"无理的骑士，你真不像话，竟与一个不能自卫的人战斗。骑上你的马，拿起你的矛（拴母马的那棵树上正靠着一支长矛），我要让你知道，你这样做不过是个胆小鬼。"

农夫猛然看见这个全身披挂的人在他面前挥舞长矛，顿时吓得魂不附体，只好客客气气地回答：

“骑士大人，我正在惩罚的这个孩子是我的用人，负责照看我在这一带的羊群。可是他太粗心了，每天丢一只羊。我要惩罚这个冒失鬼、无赖。他说我这么做是因为我是个吝啬鬼，想借此赖掉我欠他的工钱。我向上帝，向我的灵魂发誓，他撒谎！”

“卑鄙的乡巴佬，竟敢在我面前说谎！”唐吉诃德说，“上有太阳作证，我要用长矛把你一下刺穿。你马上付他工钱，否则，有主宰我们的上帝作证，我现在就把你结果掉。你马上把他放开。”

农夫低下了头，一言不发地为孩子解开了绳子。唐吉诃德问那个孩子，主人欠他多少钱。孩子说一共欠了九个月的工钱，每个月七个雷阿尔。唐吉诃德算了一下，一共六十三个雷阿尔。他告诉农夫，如果不想丢命的话，就立刻掏钱。惊恐的农夫说，生死关头绝无假话，凭他发的誓（他其实没有发过誓），并没有那么多钱，因为还得扣除他给用人三双鞋的钱和用人生病时两次输血花的一个雷阿尔。

“即便如此，”唐吉诃德说，“鞋钱和输血的钱也被你无缘无故地抽打他而抵消了。就算他把你给他买的鞋穿破了，可是你也把他的皮打破了；就算他生病时你叫理发师为他输了血，他没病时你却把他打出了血。这样说来，他就不欠你钱了。”

“骑士大人，问题是我没带钱。让安德烈斯跟我到家去，我如数照付。”

“跟他去？”孩子说，“没门儿！不，大人，我不去。等到剩下我一个人的时候，他准会像对圣巴多罗美①那样扒了我的皮。”

“不会的，”唐吉诃德说，“只要我命令他听我的，他就得以骑士规则的名义向我发誓，我才放他走。他保证会付给你工钱。”

“大人，”孩子说，“您是这么说，可我的主人不是骑士，也没有接受过任何骑士称号。他是金塔纳尔的财主胡安·阿尔杜多。”

“这无关紧要，”唐吉诃德说，“阿尔杜多家族里也有骑士，更何况要以事观人嘛。”

---

① 圣巴多罗美是耶稣十二门徒之一，被剥皮而死。

“是的，”安德烈斯说，“可是我这位主人赖了我的血汗钱，该如何以其事观其人呢？”

“我不会赖账，安德烈斯兄弟。”农夫说，“请跟我来，我以世界上所有骑士的称号发誓，按照我刚才说的付给你全部工钱，而且还会多些。”

“多些就不必了，”唐吉诃德说，“你只要如数照付，我就满意了。你发誓就得做到，否则，我也同样发誓会再去找你，惩罚你。即使你比蜥蜴藏得还好，我也一定要找到你。如果你想知道是谁在命令你，好让你更加切实地履行诺言，那么我告诉你，我是曼查的英勇骑士唐吉诃德，专爱打抱不平。再见吧，不要忘记你答应过和发过誓的事情，否则，你就要受到应有的惩罚。”

说完，唐吉诃德双腿夹了一下罗西南多，很快就跑远了。农夫看着他跑出森林，已经无影无踪了，便转向用人安德烈斯，对他说：

“过来，孩子，我想把欠你的钱全部还清，就像那位专爱打抱不平的骑士命令的那样。”

“这我敢肯定，”安德烈斯说，“你得执行那位优秀骑士的命令。他是位勇敢而又善良的判官，应该活千岁。如果你不付我工钱，他就会回来，按照他说的那样惩罚你。”

“我也敢肯定。”农夫说，“不过，我太爱你了，所以我想多欠你一点儿，好多多还你钱。”说着农夫抓住孩子的胳膊，又把孩子捆在圣栎树上，狠狠鞭打孩子，差点把他打死。“现在，安德烈斯大人，你去叫那位专爱打抱不平的人吧，看他怎样打这个不平吧，尽管我觉得，要打抱不平，他年纪还不算老。我真想剥了你的皮，你最怕我剥你的皮。”

不过，农夫最后还是放开了孩子，让孩子去找那位判官来执行他的判决。安德烈斯有些沮丧，临走发誓要去找曼查的英勇骑士唐吉诃德，把刚才的事情一五一十地告诉他，让农夫受到加倍的惩罚。虽然嘴上这么说，孩子还是哭着走的，而农夫却在那里笑。英勇的唐吉诃德就是如此打抱不平的，而且他自己还得意至极，觉得自己在骑士生涯中已经有了一个极其顺利和高尚的开端，对自己非常满意，一面往村里走一面轻声说道：

“你真是世界上最幸运的人，托博索美丽绝伦的杜尔西内亚！你有幸拥有英勇著名的骑士唐吉诃德在你面前俯首听命。众所周知，他昨天得到了骑士称号，今天又讨伐了最无耻、最残忍的罪恶行径。今天，那个残忍的敌人无缘无故地鞭打那个瘦弱的孩子，他从那个敌人手里夺下了鞭子。”

这时他来到了一个十字路口，忽然想起游侠骑士常在交叉路口考虑该走哪条路。于是他也装模作样地站了一会儿,最后才考虑成熟了。他放开了罗西南多的缰绳，任它选择。马凭着它的第一感觉，朝着有马群的方向走。走了大约两英里，唐吉诃德看到一大群人，后来才知道，是托莱多的商人去穆尔西亚买丝织品。有六个人打着阳伞，四个用人骑着马，还有三个骡夫步行。刚从远处发现他们，唐吉诃德就想到又遇上了新的冒险行动。他尽力模仿书上的情节，只要有可能，他就模仿。他觉得又有了一次机会。于是他风度翩翩、威风凛凛地在马上坐定，握紧长矛，把皮盾放在胸前，停在路当中，等待那些游侠骑士到来。他觉得那些人就是游侠骑士。待那些人走到跟他可以互相看得见、听得着的距离时，他傲慢地打了个手势，提高声音，说道：

“如果你们这些人不承认世界上没有谁比曼查的女皇、托博索的杜尔西内亚更漂亮，就休想过去。”

听到这番话，商人们都停了下来。看到说话人的奇怪样子，再听他那番话，商人们立刻意识到这是个疯子。不过他们不慌不忙，还想听听他这番话的下文。其中一个人爱开玩笑却又很含蓄，对他说：

“骑士大人，我们不知道谁是您说的那位美丽夫人，让我们见见她吧。如果她真像您说的那么漂亮，我们诚心诚意地按照您要求的去做。”

“你们见到了她，才能承认这样一个明显的事实吗？”唐吉诃德说，“不管你们是否见过她，重要的是你们得相信、承认、肯定、发誓并坚持说她是最漂亮的。否则，你们这些高傲自大的人就得同我兵戎相见。现在，你们或者按照骑士规则一个个来，或者按照你们的陋习一起上，我都在这里等着你们。我相信正义在我一边。”

"骑士大人，"那个商人说，"我以在场所有王子的名义请求您，让我们承认我们前所未见、前所未闻的事情，实在于心不安，而且，这会严重伤害阿尔卡利亚和埃斯特雷马杜拉[①]的那些女皇和王后们。烦请您让我们看看那位夫人的画像吧，哪怕它只像麦粒一般微小。这样一了百了，我们满意了，放心了，您也高兴了，满足了。我们渴望瞻仰她的芳容。即使她在画像上是个独眼，另一只眼流朱砂和硫黄石，为了让您高兴，我们也会按照您的意愿夸奖她。"

"无耻的恶棍，"唐吉诃德怒气冲天地说，"她眼里流出的不是你说的那些东西，而是珍贵的琥珀和麝香。她也不是独眼或驼背，而且身子比瓜达拉马的纱锭还直。你们亵渎我如此美丽的夫人，该受到惩罚。"

说罢，他抓起长矛向刚才说那些话的人刺去。他愤怒至极，要不是幸好罗西南多失蹄跌倒在路上，那位大胆的商人就遭殃了。罗西南多一倒地，它的主人也摔得滚了很远。他想站起来，可是长矛、皮盾、马刺、头盔和沉重的盔甲碍手碍脚，就是站不起来。他挣扎了一番还是站不起来，嘴里仍在说：

"别跑，胆小鬼，卑贱的人，你们等着。我站不起来，这不怨我，是马的错。"

其中一个骡夫，也许人不太好，见他倒在地上还如此狂妄，忍不住要把他痛打一顿。那骡夫走过去，抓住长矛，撅成几截，拿起一截抽打唐吉诃德。虽然唐吉诃德身着甲胄，可还是被打得遍体鳞伤，商人们直喊骡夫别打得那么厉害，赶快放了他。可骡夫已经怒不可遏，直打到怒气全消才住手。然后，骡夫捡起其余几截断矛，扔在唐吉诃德身上。唐吉诃德虽然见到乱棍如雨般打在他身上，却仍然不住嘴地吓天吓地，吓唬那些他认为是坏蛋的人。

骡夫打累了，商人一行又继续赶路，一路上一直谈论这个被打的可怜虫。唐吉诃德看到只剩自己一人了，又试图站起来。可是他身体无恙时都站不起来，现在被打得遍体鳞伤，又怎能站起来呢？他暗自

---

① 阿尔卡利亚和埃斯特雷马杜拉是当时西班牙最落后的地区，并非两个国家。

解脱，认为这是游侠骑士必遭之祸，而且全是马的错。他浑身灼痛，自己根本站不起来。

第五章　我们这位骑士的遭遇续篇

看到自己动弹不得，唐吉诃德想起了自己的老办法——回想小说中的某一情节。他又疯疯癫癫地想起巴尔迪维诺在山上被卡尔·洛托打伤后遇到曼图亚侯爵的故事。这个故事孩子们知道，青年人知道，老年人更是大加赞赏，深信不疑，就像笃信穆罕默德的故事一样。唐吉诃德觉得这个情节与自己的处境极其相似，便作悲痛欲绝状，在地上打滚，嘴里还气息奄奄地说着据说是那位受伤的绿林好汉当时说的话：

你在哪里，我的夫人？
难道对我毫不怜悯？
夫人也许真的不知，
还是
虚情假意，早已变心？

然后，他又继续念小说里的歌谣，一直念到那句韵文：

哦，显贵的曼图亚侯爵，
我的舅父，长辈大人！

刚念到这句，当地的一位农夫，他的邻居，正巧送麦子到磨坊经过此地。农夫看到地上躺着一个人，就过去问他是谁，哪儿不舒服，何以如此伤心地呻吟。唐吉诃德认定这人就是他的舅父曼图亚侯爵，所以什么也不回答，只是继续念叨歌谣，诉说自己的不幸，还有什么皇子和他夫人偷情等，全是按照歌谣的内容说的。

听了这番疯话，农夫惊讶不已。农夫掀开唐吉诃德被打碎的护眼罩，拂去他脸上的灰尘，认出了他，说：

"吉哈纳大人（在他尚未失去理性，由安分的贵族变成游侠骑士之前，人们大概是这样称呼他的），谁把您弄成这个样子？"

可是不管农夫问什么，唐吉诃德只是继续说他的歌谣。这位好心人只好脱掉唐吉诃德的护胸护背，看看是否有伤，结果并没有发现血迹和伤痕。农夫把他从地上使劲扶了起来，又觉得还是自己的驴稳当，就把他扶到自己的驴上，费力可真不少。然后又收拾好甲胄，连同断矛一起捆在罗西南多的背上，牵着马和驴的缰绳回村，路上仍一直琢磨唐吉诃德那些胡言乱语的意思。唐吉诃德也不好受，满是伤痕的身躯在驴上摇摇晃晃，不时仰天长叹，于是农夫又问他哪儿难受。看来魔鬼又适时给他的记忆带来了故事，否则他怎么会在这个时候忘了巴尔多维诺斯，却想起了摩尔人阿温达赖斯被安特奎拉的要塞司令罗德里戈·德纳瓦埃斯捉住，送往要塞辖区的事呢。因此，农夫再问他感觉怎样时，他就用阿温达赖斯回答罗德里戈·德纳瓦埃斯的话回答农夫。这些话是他从豪尔赫·德蒙特马约尔的故事《迪亚娜》里读到的。农夫听他这么胡说八道，简直跟见了鬼似的，便明白了自己的邻居神经已经不正常，于是加紧往回赶，以免让唐吉诃德的滔滔不绝搅得心烦意乱。最后，唐吉诃德说：

"您应该知道，唐罗德里戈·德纳瓦埃斯大人，我刚才说的美人哈丽法就是当今托博索的美人杜尔西内亚。我已经为她、正在为她并且将继续为她创造世界上绝无仅有的最辉煌的骑士业绩。"

农夫回答说：

"大人您看看，请恕罪，我不是唐罗德里戈·德纳瓦埃斯，也不是曼图亚侯爵。我是您的邻居佩德罗·阿隆索。您既不是巴尔多维诺斯，也不是阿温达赖斯，而是光荣的贵族吉哈纳大人。"

"我知道我是谁，"唐吉诃德说，"我知道我不仅可以是我刚才说过的那些人，而且还可以当法兰西十二廷臣，甚至当世界九大俊杰。

他们的业绩无论从总体看还是以个别论，都比不上我。”

他们边说边走，回到村庄时天已渐黑。不过，农夫还得等天色完全黑下来，以免人们看到这位遍体鳞伤的贵族骑着这匹劣马。农夫觉得到时候了才进村，来到唐吉诃德家。唐吉诃德的家里熙熙攘攘，其中有村里的神甫和理发师，他们都是唐吉诃德的好朋友。女管家正高声对他们说：

“佩罗·佩雷斯神甫（这是神甫的名字），您估计我的主人遇到了什么麻烦？他已经两天没露面了，马也没了，皮盾、长矛和甲胄都不见了。真倒霉！现在我才明白，事情本该如此，就像有生必有死的道理一样。那些可恨的骑士小说他读起来没完，结果把人读傻了。现在我想起来了，以前我经常听他自言自语，说要去做游侠骑士，到各地去冒险。这些小说是教人学撒旦和巴巴拉[①]的，这不，全曼查最精明的人也完了。”

他的外甥女也这么说，而且还说：

“您知道吗，尼古拉斯师傅（这是理发师的名字），有很多次，我舅舅连续两天两夜读那些晦气的勾魂小说，看完后，把书一扔，拿着剑对墙乱刺，刺累了，就说自己已经杀死了四个高塔般的巨人，累出的汗是搏斗中受伤流的血。然后，他喝一大罐凉水，才安静下来，还说那水是他的朋友大魔法师埃斯费贤人送给他的圣水。不过，都怪我，没有告诉您我舅舅这些疯疯癫癫的事，趁他还没变成现在这个样子之前管管他，把那些邪书都烧了。他的很多书都应该像对异教邪说那样一把火烧掉。”

“我也这样认为，”神甫说，“明天一定要公审那些书，并且处以火刑，以免让那些读了这种书的人像我的善良的朋友一样做出那些事。”

这些话全被农夫和唐吉诃德听到了。农夫这才明白唐吉诃德得的是什么病。于是他大声说：

“请你们给巴尔多维诺斯大人和曼图亚侯爵大人开门，他伤得很重；还有摩尔人阿温达赖斯大人，他把安特奎拉的要塞司令，那位勇

① 巴巴拉是耶稣在耶路撒冷被捕时的监狱内一囚犯。

敢的罗德里戈·德纳瓦埃斯给抓来了。”

农夫这么一喊，大家都跑了出来，有些人认出这是他们的朋友，两个女人也认出了她们的主人和舅舅。唐吉诃德还骑在驴上，下不来，大家只好跑过去抱住他。他说：

“你们听着，我受了重伤，这全怪我的马。你们把我送到床上去。如果可能的话，叫乌甘达女巫来治治我的伤吧。”

“您看，真不幸，”女管家说，“我的心灵告诉我，我主人的一条腿跛了。您正好上床去，不用找什么乌疙瘩了，我们知道怎么给你治。那些该上百次诅咒的骑士小说把您害成了这个样子。”

人们把他抬到床上检查伤口，可是一个伤口也没找到。他说，他的伤全是在他的坐骑罗西南多跌倒时摔的。当时他正同十名世界罕见的胆大妄为的巨人搏斗。

“好啊，好啊，”神甫说，“这回还有巨人！我向十字架发誓，明天天黑之前我要把他们都烧死。”

大家向唐吉诃德提了很多问题，可是他一个问题也不愿回答，只是要求给他吃的，让他睡觉，现在这最重要。于是，神甫详细地询问农夫是如何找到唐吉诃德的。农夫把碰到唐吉诃德时他的丑态，以及带他来时半路上说的那些疯话都介绍了一遍。这回神甫听了愈发想找一天做他想做的那件事了。第二天，神甫叫上他的朋友尼古拉斯理发师，一同来到唐吉诃德家。

第六章　神甫和理发师在足智多谋的贵族书房里进行了别有风趣的大检查

唐吉诃德还在睡觉。神甫向唐吉诃德的外甥女要那个存放着罪孽书籍的房间的钥匙，他的外甥女欣然拿出了钥匙。大家进了房间，女管家也跟着进去了。他们看到有一百多册装帧精美的大书和一些小书。看到这些书，女管家赶紧跑出房间，然后拿回一碗圣水和一把刷子，说：

“拿着，神甫大人，请你把圣水洒在这个房间里，别留下这些书中的任何一个魔鬼，它会让我们中邪的。我们对它们的惩罚就是把它们清除出人世。”

女管家考虑得如此简单，神甫不禁笑了。他让理发师把那些书一本一本地递给他，看看都是什么书，也许有些书不必处以火刑。

“不，”外甥女说，“一本都不要宽恕，都是害人的书。最好把它们都从窗户扔到院子里，做一堆烧掉。要不然就把它们弄到畜栏去，在那儿烧，免得烟呛人。”

女管家也这么说，兴许，让那些无辜者去死是她们的共同愿望。不过神甫不同意，他起码要先看看那些书的名字。理发师递到他手里的第一本书是《高卢的阿马迪斯四卷集》。神甫说：

“简直不可思议，据我所知，这本书是在西班牙印刷的第一部骑士小说，其他小说都是步它的后尘。我觉得，对这样一部传播如此恶毒的宗派教义的书，我们应该火烧无赦。”

“不，大人，”理发师说，“据我所知，此类书中，数这本写得最好。它在艺术上无与伦比，应该赦免。”

“说得对，”神甫说，“所以现在先放它一条生路。咱们再来看旁边的那一本吧。”

理发师说：“这本是《埃斯普兰迪安的功绩》，此人是高卢的阿马迪斯的嫡亲儿子。”

“实际上，”神甫说，“父亲的功绩无助于儿子。拿着，管家夫人，打开窗户，把它扔到畜栏去。咱们要烧一堆书呢，就用它垫底吧。”

女管家非常高兴地把书扔了，《埃斯普兰迪安的功绩》被扔进了畜栏，耐心地等候烈火焚身。

“下一部。”神甫说。

“这本是《希腊的阿马迪斯》。”理发师说，“我觉得这边的书都是阿马迪斯家族的。”

“那就都扔到畜栏去。”神甫说，“什么平蒂基内斯特拉女王、达里内尔牧人以及他的牧歌，还有作者的种种丑恶悖谬，统统烧掉。即便是养育了我的父亲打扮成游侠骑士的模样，也要连同这些东西一起烧掉。”

“我也这样认为。”理发师说。

“我也是。”外甥女说。

“是这样，”女管家说，“来吧，让它们都到畜栏去。”

大家都往外搬书，书很多，女管家干脆不用楼梯了，直接把书从窗口扔下去。

“那本大家伙是什么？”神甫问。

理发师回答说：“是《劳拉的唐奥利万》。”

“这本书的作者就是写《芳菲园》的那个人。我也不知道这两本书里究竟哪一本真话多，或者最好说，哪一本书说假话少。我只知道这本胡言乱语、目空一切的书也应该扔到畜栏去。”

“下一本是《伊尔卡尼亚的弗洛里斯马尔特》。”理发师说。

“怎么，还有弗洛里斯马尔特大人？”神甫说，“虽然他身世诡怪，经历奇特，可是文笔生硬枯涩。把它和另外那本书都扔到畜栏去，管家夫人。”

“很荣幸，我的大人。”女管家高高兴兴地去执行委派给她的事情。

“这本是《普拉蒂尔骑士》。”理发师说。

“那是本古书，”神甫说，“我没发现它有什么可以获得宽恕的内容。别废话，也一起扔出去。”

然后，神甫又打开一本书，书名叫《十字架骑士》。

“此书名字神圣，可以宽恕它的无知。不过常言道：‘十字架后有魔鬼。’烧了它！”

理发师又拿起另一本书，说：“这是《骑士宝鉴》。”

“我知道这部大作，”神甫说，“写的是雷纳尔多斯·德蒙塔尔万和他的伙伴，个个比卡科还能偷。还有十二廷臣和真正的历史学家图尔平。说实话，我准备判它个终身流放，因为他们一部分是著名的马泰奥·博亚尔多的杜撰，接着又由基督教诗人卢多维科·阿里奥斯托来添枝加叶。如果我在这儿碰到他，他竟对我讲他母语之外的其他语言，我就对他不客气；他要是讲自己的语言，我就把他奉若上宾。”

“我倒有本意大利文的，”理发师说，“不过我看不懂。”

“你不懂更好，”神甫说，“这回咱们就宽恕卡皮坦先生吧，他并没有把这本书带到西班牙来，翻成西班牙文。那会失掉作品很多原意，所有想翻译诗的人都如此。尽管他们小心备至，技巧娴熟，也绝不可能达到原文的水平。依我说，实际上，把这本书和你们找到的其他谈论法兰西这类事情的书，都扔到枯井里存着，待商量好怎样处理再说。不过，那本《贝纳尔多·德尔卡皮奥》和另一本叫《龙塞斯巴列斯》的例外。只要这两本书到了我手里，就得交给女管家，再扔到火里，绝不放过。”

理发师觉得这样做很对，完全正确，觉得神甫是一位善良的基督教徒，热爱真理，对世上之事绝不乱说，所以他完全赞同。再翻开一本书，是《奥利瓦的帕尔梅林》，旁边还有一本《英格兰的帕尔梅林》。神甫看到书便说：

“把那本《奥利瓦》撕碎烧掉，连灰烬也别剩。那本《英格兰》留下，当作稀世珍宝保存起来，再给它做个盒子，就像亚历山大从大流士[①]那儿缴获的战利品盒子一样。亚历山大用那个盒子装诗人荷马的著作。这部书，老兄，以两点见长。其一是本身写得非常好，其二是作者身为葡萄牙的一位思维敏捷的国王，所以颇有影响。米拉瓜尔达城堡里的种种惊险，精彩至极，引人入胜。这部书的语言文雅明快，贴切易懂，非常得体。所以我说，尼古拉斯师傅，这部书和《高卢的阿马迪斯》应该免遭火焚，其他书就不必再审看了，统统烧掉，您看怎样？”

“不行，老兄，”理发师说，“我这本是名著《唐贝利亚尼斯》。”

神甫持异议：“对第二、三、四部需要加点大黄，去去它的旺肝火。所有关于法马城堡的内容和其他严重的不实之处也得去掉，再补以外

---

① 大流士是波斯帝国阿契美尼德王朝的国王。

来语。修改之后，再视情况决定是宽恕还是审判它。现在，老兄，你先把它放在你家，不过别让任何人阅读它。”

“我愿意。”理发师说。他不想再劳神看那些骑士小说了，就吩咐女管家把所有大本书都敛起来，扔到畜栏去。

女管家不傻也不聋，而且她烧书之心胜于织布之心，不管那是多宽多薄的布。听了理发师的话，她一下子抓起八本书，从窗口扔出去。因为拿得太多，有一本掉在理发师脚旁。理发师想看看是谁写的书，一看原来是《著名白人骑士蒂兰特传》。

“上帝保佑！”神甫大喊一声，说道，“白人骑士蒂兰特竟在这里！递给我，老兄，我似乎在这本书里找到了欢乐的宝库，娱乐的源泉。这里有勇敢的骑士基列莱松·德蒙塔尔万和他的兄弟托马斯·德蒙塔尔万以及丰塞卡骑士，有同疯狗战斗的英雄蒂兰特，有刻薄的少女普拉塞尔·德米比达，谈情说爱、招摇撞骗的寡妇雷波萨达，还有爱上了侍从伊波利托的女皇。说句实话，老兄，论文笔，它堪称世界最佳。书里的骑士也吃饭，睡在床上，死在床上，临死前也立遗嘱，还有其他事情。这些都是其他此类书所缺少的。尽管如此，作者故意编造这些乱七八糟的故事，还是应该罚他终生做划船苦役。你把它拿回家去看看，就知道我对你说的这些都是千真万确的了。”

“是这样，”理发师说，“不过，剩下的这些小书怎么办呢？”

神甫说：“这些书不会是骑士小说，大概是诗集。”说着他打开一本，是豪尔赫·德蒙特马约尔的《迪亚娜》，就说恐怕其他的也都是这类书。

“这些书不必像其他书那样都烧掉，它不像骑士小说那样害人或者将要害人，都是些供消遣的书，不会坑害其他人。”

外甥女说：“哦，大人，您完全可以下令像对其他书一样把这些书都烧掉。否则过不了多久，我舅舅治好骑士病后，读这些书，又会心血来潮地想当牧人，游历森林和草原，边唱边伴奏，或者更糟糕，想当诗人，那病就没法治了，而且还传染呢。”

“小姐说得对，”神甫说，“最好提前解除这种不幸和危险。咱们就先从德蒙特马约尔的《迪亚娜》下手吧。我觉得书可以不烧，不过，所有关于仙姑费丽西亚和魔水的内容以及大部分长诗都得删掉，适当保留散文，这样它仍然不失为此类小说中的一流作品。”

“接着这本又是《迪亚娜》，题为《萨拉曼卡人续集》，”理发师说，“另一本也叫《迪亚娜》，作者是吉尔·波罗。”

“萨拉曼卡人的那本，让它跟着那些该扔到畜栏去的书一起去充数吧。”神甫说，“吉尔·波罗的那本要当作阿波罗的作品保存起来。咱们得快点，老兄，时间不早了。”

“这本书，”理发师说着打开了另一本书，“是撒丁岛人安东尼奥·德洛弗拉索写的《爱运女神十书》。”

“我凭我的教职发誓，”神甫说，“自从有了阿波罗、缪斯和诗人以来，从没有任何著作像这部书这样既有趣又荒诞。由此说来，它也是所有这类书中最优秀绝世之作。没读过这部书，就等于没有读过任何有趣的东西。给我吧，老兄，这比给我一件佛罗伦萨呢绒教士服还珍贵呢。”

神甫极其高兴地把书放在一旁。理发师又继续说道：

“后面这几本是《伊比利亚牧人》《草地仙女》和《情嫉醒悟》。”

神甫说：“没别的，把它们都交给女管家。别问我为什么，否则就说个没完了。”

“下面这本是《菲利达牧人》。”

“那不是牧人，”神甫说，“而是个谨小慎微的大臣。把它当成珍品收藏起来。”

“这部大书名为《诗库举要》。”理发师说。

神甫说：“诗不多，所以很珍贵，不过要从这部书的精华里剔除糟粕。这个作者是我的朋友。看在他还写过一些如史诗一般高尚的著作分上，就把这本书留下吧。”

“这本是《洛佩斯·马尔多纳多诗歌集》。”理发师接着说。

“这本书的作者也是我的好朋友。他的诗一经他口，就倾倒听者。他朗诵的声调十分和婉，很迷人。就是田园诗长了些，不过好东西不怕长。把它和挑出来的那几本放在一起。旁边那本是什么？”

“是米格尔·德·塞万提斯的《加拉特亚》。”理发师说。

“这个塞万提斯是我多年的至交。我知道他最有体会的不是诗，而是不幸。他的书有所创新，有所启示，却不做结论。不过，得等等第二部，他说过要续写的。也许修改以后，现在反对他的那些人能够谅解他。现在，你先把这本书锁在你家。”

“我很高兴，老兄。”理发师说，“这儿有三本放在一起了。它们是唐阿隆索·德阿尔西利亚的《阿拉乌加人》、科尔多瓦的陪审员胡安·鲁福的《澳大利亚人》和巴伦西亚诗人克里斯托瓦尔·德比鲁埃斯的《蒙塞拉特》。”

“这三本书，”神甫说，“是西班牙语里最优秀的史诗，可以同意大利最著名的史诗媲美，把它作为西班牙诗歌最珍贵的诗歌遗产保存起来。”

神甫已没心思再看其他书，想把剩下的所有书都烧掉。可这时理发师又打开了一本，是《天使的眼泪》。

“如果把这本书烧了，我倒要流眼泪呢。”神甫说，“这个作者是西班牙乃至全世界最著名的诗人之一。他曾翻译过奥维德的几个神话故事，译得非常通顺。”

第七章　我们的好骑士
唐吉诃德第二次出征

这时，忽听唐吉诃德咆哮起来：

“来吧，来吧，勇敢的骑士们，是显示你们勇敢臂膀的力量的时候了，现在是宫廷骑士得势。”

人们都循吵闹声赶去，其他书就没有再继续检查，估计《卡罗莱亚》《西班牙的狮子》和路易斯·德阿维拉的《皇帝旧事》顷刻之间已化为灰烬。这几本大概都藏在剩下的那堆书里，神甫倘若看到这几本书，也许不会让它们遭受这样严厉的处罚。

大家赶到时，唐吉诃德已经起床了，正继续大喊大叫，到处乱扎乱刺，那个精神劲儿，一点儿也不像刚睡醒的样子。大家抱住他，硬把他按在床上。他安静了一会儿，又开始对神甫说：

"特平大主教大人，我们这些号称十二廷臣的人竟让这些宫廷骑士在这场战斗中大获全胜，真是奇耻大辱。前三天，我们这些征险骑士还连战连捷呢。"

"您安静点儿，老兄。"神甫说，"上帝会保佑我们时来运转的。'失之今日，得于明天'，您现在需要注意身体。我觉得您大概太累了，要不就是受了重伤。"

唐吉诃德说："没有受伤，不过浑身仿佛散了架，这倒是真的。那个婊子养的罗尔丹用圣栎木棍差点把我打散架。他完全是出于嫉妒，就因为我是他斗勇的敌手。待我能从床上起来时，不管他有多少魔法，我都要报仇，否则我就不叫雷纳尔多斯·德蒙塔尔万。现在，先给我弄点吃的，我知道这对我最合适。报仇的事就留给我吧。"

吃的拿来了，他又睡着了。他疯成这样，使大家目瞪口呆。

那天晚上，女管家把畜栏里和家里所有的书都烧了。那些本应留作永久资料的书，命运和懒惰的检查官并没有放过它们，也烧掉了。这就应验了那句俗语："有时正常为罪恶受过。"

神甫和理发师拯救朋友的一个办法，就是把唐吉诃德那间书房砌上砖堵死，让他伤好后找不到那些书（说不定会病除根断），说魔法师把书房和里面所有的东西都带走了。他们说做就做。两天后，唐吉诃德起床了。他做的第一件事就是去看他的书。可是他找不到原来放书的房间，就逐间搜寻，走到原来是门的地方，用手摸了摸，四处张望，默默无语。过了好一阵，他问女管家书房在什么地方。女管家很清楚该怎样回答，对他说：

"您找什么房，什么东西？这里没有书也没有房，都让魔鬼带走了。"

"不是魔鬼，"外甥女说，"是位魔法师。您走后的一个晚上，魔法师腾云而来。他从蛇背上下来，走进房间。我也不知道他在里面干什么。不一会儿，他从房顶飞出，房间里全是烟。待我们想起过去看看他究竟干了什么，已经是书、房皆空了。我和管家记得十分清楚，那个老东西临走时大声说，他和那些书籍以及房间的主人有私仇，对那间房子的处置随后就可见分晓。他还说他是圣贤穆尼亚通。”

“大概说的是弗雷斯通。”唐吉诃德说。

女管家说：“我也不知道是说弗雷斯通还是弗里通，只知道最后一个字是‘通’。”

“是啊，”唐吉诃德说，“那是一个狡猾的魔法师，我的大敌，对我嫉恨如仇。他先天有灵，预知过一段时间后，会有他手下的一个骑士来同我展开恶战。我定会取胜，他却无可奈何，所以他要对我竭尽破坏之能事。我断定，苍天安排好的事，他很难违拗和逃脱。”

“这还用问吗？”外甥女说，“可是舅舅，谁让您去管那些事？在家里老老实实待着，别到处去管闲事难道不好吗？况且弄不好的话，‘毛未剪成反被剪’呢。”

“你搞错了，外甥女，”唐吉诃德说，“谁想剪我的毛，不等他碰到我一根头发梢，我早已把他的毛全都剃光拔掉了。”

两个女人怕再勾起唐吉诃德的火气，不再言语。这样，唐吉诃德在家安安静静地住了十五天,没有再想出外疯跑的迹象。在这期间，他成天向两个老朋友神甫和理发师做有趣的讲述。他说世界上最需要的就是游侠骑士，而且他对游侠骑士的崛起责无旁贷。神甫有时表示反对，有时不得不让步。如果不采取这种方法，就无法和唐吉诃德谈下去。

这时候,唐吉诃德又去游说相邻的一位农夫。那农夫是个好人（如果这个称号可以送给穷人的话），就是缺少头脑。唐吉诃德对农夫又说又劝又许愿，总之，那个可怜的农夫决定跟他出走，去做他的侍从。唐吉诃德为了让农夫心甘情愿地跟他走，说也许会在某次历险之后，转眼之间得到一个岛屿，那就让农夫做岛屿的总督。如此这番许愿之后，桑乔·潘萨，也就是那个农夫，决定离开自己的老婆和孩子，充当邻居的侍从。

唐吉诃德然后下令筹款。有的东西卖了，有的东西典当了，反正都廉价出手，终于筹集了一笔钱。他戴上从朋友那儿借的护胸，勉强扣上破头盔，把他打算上路的日期和时辰通知了侍从桑乔，让桑乔收拾好必需品，特别嘱咐别忘了带个褡裢。桑乔说，一定会带上，同时，他还有头驴很不错，也想带上，因为他还不习惯走远路。关于驴的问题，唐吉诃德考虑了一下，回想是否有某位游侠骑士带着骑驴的侍从，结论是前所未有。尽管如此，他还是同意了桑乔带上驴，并打算等到以后有机会，碰上一个无礼骑士，就夺其马，给桑乔换个体面的坐骑。唐吉诃德按照那店主对他说的，带上了衬衣和其他可能带的东西。一切就绪之后，一个夜晚，桑乔没有向老婆和孩子告别，唐吉诃德也没有向女管家和外甥女辞行，就离开了村庄，没有被任何人发现。他们连夜赶路，待到天亮时断定，即使人们找他们也找不到了。

桑乔带着褡裢和酒囊，骑在驴上神态威严，渴望现在就成为主人承诺的岛屿总督。唐吉诃德碰巧又到了蒙铁尔原野上，也就是他初征失利的地方。这次不像上次那么难受了，正值清晨，太阳斜射在他身上，并没有让他感到疲惫。

这时，桑乔对他的主人说：

“游侠骑士大人，您别忘了您许诺的那个岛屿。无论岛有多大，我都能管理。”

唐吉诃德回答说：

“你应该知道，桑乔朋友，古时候游侠骑士征服岛屿或王国之后，就封他的侍从做那儿的总督。这是很流行的做法，我决不会破坏这个好习惯，而且我要做得比他们还好。有些时候，也许更多的时候，他们都要等到侍从老了，不愿意再白天受累、晚上吃苦地侍奉他们了，才给侍从封个不大不小的村镇或县区的伯爵，最多是个侯爵。只要你我都活着，我完全可以在六天之内征服一个王国，再加上几个附庸国，你正好可以做一个附庸国的国王。对此你别太当回事。有些前所未闻、连想也不敢想的事情往往会在骑士身上发生。我给你的会比我承诺给你的还多，这很容易做到。”

桑乔说：“那么，我就可以在您说的某次奇迹中当上国王，我老婆胡安娜·古铁雷斯至少是王后，我的儿子也成王子了。”

“难道还有谁对此怀疑吗？”唐吉诃德说。

"我就怀疑，"桑乔说，"对于我来说，即使上帝让王国似雨点一般从天而降，也不会有一个正好落在玛丽·古铁雷斯[1]头上。您知道，大人，王后也算不上什么，当女伯爵最好。这得靠上帝相助。"

"那你就向上帝乞求吧，"唐吉诃德说，"他会给你一个最合适的位置。不过你别太自卑。你至少得做个总督才行。"

"我不做总督，大人。"桑乔说，"我愿意跟随尊贵的主人。所有的职位，只要对我合适，我又承担得起，您都会给我的。"

第八章　骇人的风车奇险中唐吉诃德的英勇表现及其他

这时他们发现了田野里的三十四架风车。唐吉诃德一看见风车就对侍从说：

"命运的安排比我们希望的还好。你看那儿，桑乔·潘萨朋友，就有三十多个放肆的巨人。我想同他们战斗，要他们所有人的性命。有了战利品，我们就可以发财了。这是正义的战斗。从地球表面清除这些坏种是对上帝的一大贡献。"

"什么巨人？"桑乔·潘萨问。

"就是你看见的那些长臂家伙，有的臂长足有两西里[2]呢。"唐吉诃德说。

"您看，"桑乔说，"那些不是巨人，是风车。那些像长臂的东西是风车翼，靠风转动，能够推动石磨。"

唐吉诃德说："在征险方面你还是外行。他们是巨人。如果你害

① 桑乔说他妻子叫胡安娜，此处又称玛丽。在下文中，他妻子则自称特雷莎·卡斯卡霍。

② 此处为西班牙里程单位，简称为西里，一西里为 5572.7 米。

怕了，就靠边站，我去同他们展开殊死的搏斗。”

说完他便催马向前。侍从桑乔大声喊着告诉他，他进攻的肯定是风车，不是巨人。可他全然不理会，已经听不见侍从桑乔的喊叫，认定那就是巨人，到了风车跟前也没看清那是什么东西，只是高声喊道：

“不要逃跑，你们这些胆小的恶棍！向你们进攻的只是骑士孤身一人。”这时起了点风，大风车翼开始转动，唐吉诃德见状便说：

“即使你们的手比布里亚柔斯[①]的手还多，也逃脱不了我的惩罚。”

他又虔诚地请他的杜尔西内亚夫人保佑他，请她在这个关键时刻帮助他。说完他戴好护胸，攥紧长矛，飞马上前，冲向前面的第一个风车。长矛刺中了风车翼，可疾风吹动风车翼，把长矛折断成几截，把马和骑士重重地摔倒在田野上。桑乔催驴飞奔而来救护他，只见唐吉诃德已动弹不得。是马把他摔成了这个样子。

“上帝保佑！”桑乔说，“我不是告诉您了吗，看看您在干什么？那是风车，除非谁脑袋里也有了风车，否则怎么能不承认那是风车呢？”

“住嘴，桑乔朋友！”唐吉诃德说，“战斗这种事情，比其他东西更为变化无常。我愈想愈认为，是那个偷了我的书房和书的贤人弗雷斯通把这些巨人变成了风车，以剥夺我战胜他而赢得的荣誉。他对我敌意颇深。不过到最后，他的恶毒手腕终究敌不过我的正义之剑。”

“让上帝尽力而为吧。”桑乔·潘萨说。

桑乔扶唐吉诃德站起来，重新上马。那匹马已经东倒西歪了。他们谈论着刚才的险遇，继续向拉皮塞隘口方向赶路。唐吉诃德说那儿旅客多，可能会遇到各种各样的凶险。他最难过的是长矛没有了。他对侍从说：

“我记得在小说里看到过，一位叫迭戈·佩雷斯·德巴尔加斯的西班牙骑士，在一次战斗中折断了剑。他从圣栎树上砍下了一根大树枝。那天他用这根树枝做了很多事情，打倒了许多摩尔人，落了个绰号马丘卡。从那天起，他以及他的后代就叫巴尔加斯和马丘卡。我说这些是因为假如碰到一棵圣栎树或栎树，我就想折一根大树枝，要和

---

① 布里亚柔斯是希腊神话人物，又称埃盖翁，据说有五十个头、一百只手。

我想象的那根一样好。我要用它做一番事业。你真幸运，能看到并证明这些几乎令人难以相信的事情。”

“靠上帝恩赐吧，”桑乔说，“我相信您说的话。不过请您坐直点，现在身子都歪到一边去了，大概是摔痛了。”

“是的，”唐吉诃德说，“我没哼哼，是因为游侠骑士不能因为受伤而呻吟，即使肠子流出来也不能叫唤。”

“既然这样，我就没什么说的了。”桑乔说，“不过只有上帝知道，我倒是希望您既然痛就别忍着。反正我有点儿痛就得哼哼，除非规定游侠骑士的侍从也不能叫唤。”

看到侍从如此单纯，唐吉诃德忍不住笑了。唐吉诃德对他说，不论他愿意不愿意，他可以随时任意哼哼，反正直到此时，他还没读到过认为这违反骑士规则的说法。桑乔说该是吃饭的时候了。他的主人却说还没必要，而桑乔想吃也可以吃。既然得到了准许，桑乔就在驴背上坐好，从褡裢里拿出吃的，远远地跟在主人后面边走边吃，还不时拿起酒囊津津有味地呷一口，那个样子，就是马拉加[①]最有福气的酒店老板见了也会嫉妒。桑乔呷着酒，早把主人对他许的诺言忘得一干二净了，觉得这样到处征险并不怎么累，挺轻松的。

最后，他们在几棵树之间的空地上度过了那个夜晚。唐吉诃德还折了一根干树枝，把断矛上的铁矛头安上去，权当长矛。唐吉诃德彻夜未眠。他要模拟书中描写的样子，想念杜尔西内亚。书里的那些骑士常常在荒林中几夜不睡觉，以想念夫人作为排遣。桑乔可不是这样。他酒足饭饱，一觉睡到天亮。阳光照耀在他脸上，小鸟欢欣鸣啭，新的一天到来了。要不是主人叫醒他，他还不起来呢。起来后，他摸了一下酒囊，发现比前一天晚上瘪了些，不禁一阵心痛，他知道没有办法马上补充这个酒囊。唐吉诃德还是不想吃东西，就像前面说的，他要靠美好的回忆为生。他们又踏上了通往拉皮塞隘口的路程。大约三点钟，他们看见了隘口。

唐吉诃德一看见隘口就说：“桑乔·潘萨兄弟，我们会在这里深

---

① 马拉加是西班牙的著名酒产地。

深卷入被称为冒险的事业。不过你要注意，即使你看见我遇到了世界上最严重的险情，只要冒犯我的人不是恶棍和下等人，你就不要用你的剑来保护我。如果是恶棍和下等人，你可以帮助我。但如果是骑士，你就不能来帮助我。这是骑士规则所不允许的，除非你已经被封为骑士。”

“是的，大人，”桑乔说，“我完全听从您的吩咐，尤其是我本人生性平和，不愿招惹是非。可是说真的，要是该我自卫了，我可不管那些规则，因为不管是神的规则还是世俗的规则，都允许对企图侵犯自己的人实行自卫。”

“我也没说不是这样，”唐吉诃德说，“不过，在帮助我进攻骑士这点上，你还是得约束自己的冲动天性。”

桑乔说：“我会像记着礼拜日一样记着这点，照此行事。”

他们正说着话，路上出现了两个圣贝尼托教会的教士，骑着两匹骆驼一般大的骡子，戴着风镜，打着阳伞。后面跟着一辆车，车旁边有四五个骑马的人和两个步行的骡夫相随。后来才知道，车上是位比斯开贵夫人，要去塞维利亚，她的丈夫正在那儿，准备赴西印度群岛荣任官职。教士虽然同那一行人走的是同一条路，但并不是那位夫人的随行人员。唐吉诃德一发现他们，便对桑乔说：

“如果我没有弄错的话，这大概就是前所未有的奇遇了。那些黑乎乎的东西可能是——不，肯定是几个魔法师，他们劫持了车上的公主。我必须全力铲除这种罪恶行为。”

“这比风车的事还糟糕，”桑乔说，“您小心，大人，那是圣贝尼托教会的教士，那辆车肯定是某位过路客人的。您小心，我跟您说，您看看您在干什么吧，千万别让魔鬼搞昏了头。”

唐吉诃德说：“我对你说过，桑乔，关于征险的事情你知道得不多。我说的是真的，你马上就会看到。”说完，他冲上去，迎着两个教士站到路中间。待估计他们能听到自己的声音时，唐吉诃德高声喊道：

“你们这些罪恶的魔鬼，把你们劫持的公主立刻放掉，否则，你们马上就会为你们的罪恶行径而受到正义的惩罚。”

两个教士勒住缰绳，被唐吉诃德的装束和话弄得莫名其妙，说：

“骑士大人，我们不是罪恶的魔鬼，而是圣贝尼托教会的两个教士。我们赶自己的路，不知道这辆车上是不是有被劫持的公主。”

“花言巧语对我不起作用。我认识你们这些卑鄙的家伙。”唐吉诃德说。

不等两人回答，唐吉诃德便催马提矛冲向走在前面的教士。他怒气冲冲，凶猛至极，要不是那个教士自己滚落下马，唐吉诃德准会把他刺下马，那就严重了，即使不死，也得重伤。第二个教士看到自己的同伴这个样子，便夹紧那匹快骡的肚子，朝田野疾风般遁去。

桑乔·潘萨看到教士落地，便立刻下驴，跑到他身边，开始剥他的衣服。这时，教士的两个伙计赶来，问他为什么要扒教士的衣服。桑乔说，作为主人唐吉诃德打胜这一仗的战利品，这衣服理所当然属于他。两个伙计不懂得竟有这等荒唐事，也不明白什么战利品、打仗之类的事情，看到唐吉诃德正在同车上的人说话，便冲上去，把桑乔打倒在地，把他的头发和胡子都拔光了，还猛踢一顿，打得他躺在地上，不见气息，晕了过去。

那教士又惊又怕，面无血色，不敢滞留片刻，赶紧翻身上骡，催骡向逃跑的教士方向跑去。那个教士正远远地观望，看这场意外的遭遇如何收场。两个教士不愿等到最后结局，便继续赶路，一路上还画着十字，仿佛身后有什么魔鬼跟着似的。

上面说过，唐吉诃德正在和车上的夫人说话。他说：

“尊贵的夫人，您可以任意行动了。现在，劫持您的匪徒已经被我有力的臂膀打得威风扫地。您不必打听解救您的人的名字,您知道，我是曼查的唐吉诃德，一位游侠骑士和冒险家，托博索美丽无比的杜尔西内亚的追随者。作为您从我这里所得好处的报答，我只希望您能够到托博索去，替我拜见那位夫人，告诉她我为解救您所做的一切。”

唐吉诃德的这番话被一个跟车的侍从听到了。他也是比斯开人，看到唐吉诃德无意放车前行，而是说让他们回到托博索去，就走到唐吉诃德面前，抓住唐吉诃德的长矛，用蹩脚的西班牙语和更蹩脚的比斯开语说道：

“滚开，骑士，真讨厌。我向创造我的上帝发誓，如果你还不让车走，你就是自取灭亡！”

唐吉诃德听得十分清楚。他十分平静地回答：

“但愿你是骑士，正因为你不是骑士，我才没有对你如此放肆无礼予以惩罚，臭东西！”

比斯开人说：

“我不是骑士？我向上帝发誓，就像你这个基督教徒向上帝撒谎一样！如果你投矛拔剑，你就会看到‘水把猫冲走有多快’！陆地上的比斯开人，在海上是英雄，面对魔鬼也是英雄！而你呢，只会胡说八道，还会干什么？”

“阿格拉赫[①]说，看剑！”唐吉诃德说。

唐吉诃德把长矛扔在地上，拔出剑，端着护胸盾，向比斯开人冲去，一心要把他置于死地。

比斯开人一看唐吉诃德这架势，想下骡应战。真要打，那租来的破骡子靠不住。可是已经晚了，他只好抽剑迎战，又顺手从车内抽出一个坐垫当盾牌。两人对打起来，仿佛是两个不共戴天的仇敌。其余的人让他们别打了，可是他们不听。那个比斯开人还结结巴巴地说，如果不让他们交战，他就要把女主人和所有干扰他的人都杀掉。车上的夫人被眼前的景象吓得惊魂失魄，目瞪口呆。她让车夫把车赶远些，遥遥观看这场激战。比斯开人从护胸盾牌上侧向唐吉诃德的胳膊砍了一剑。要不是唐吉诃德有所防备，早就被齐腰劈成两半了。

唐吉诃德觉得肩上受到了重重的一击，便大叫一声：

“哦，我的宝贝夫人，绝世佳丽杜尔西内亚，请您来帮助您的骑士吧！为了报答您的恩宠，他现在正挺身迎战。”

说完，他握紧剑，拿好护胸盾，马上向比斯开人进攻，决意一剑见高低。

比斯开人看到唐吉诃德这么凶猛地冲来，决定以勇对勇。可那骡子已疲惫不堪，并且也不习惯这类事情，依然寸步不移。比斯开人无可奈何，只好用坐垫挡住自己的身体。

---

① 阿格拉赫是《高卢的阿马迪斯》里的一个人物。他常持剑说：“看剑！”

前面说过，唐吉诃德举剑向那狡猾的比斯开人冲去，决意把他劈成两半。比斯开人也同样举着剑，用坐垫挡护着自己，迎战唐吉诃德。观战的人都心惊胆战，提心吊胆，唯恐这番激战惹出什么事来，威胁到自己。车上的夫人和其他女仆不停地向西班牙所有神像和寺院祈祷，乞求上帝把比斯开人和她们从巨大的危险中解救出来。

可最糟糕的是，这个故事的作者讲到此时戛然而止，推诿说，除了谈过的内容之外，没有找到更多有关唐吉诃德事迹的材料。而这部著作的第二位作者实在不愿意相信这部奇书会被人遗忘，不愿意相信曼查的文人会如此冷漠，没有在他们的资料或写字台里保留一些有关这位著名骑士的文献。这样一想，他就对找到有关这个平淡故事的最后结局有信心了。天助也，他居然找到了。至于如何找到的，请看故事的第二部分[①]。

第九章　洒脱的比斯开人和英勇的曼查人恶战结束

前面我们谈到，英勇的比斯开人和著名的曼查人都高举利剑奋力向对方劈去。要是真劈着了，两人都会从头到脚被劈成两半，变成两个裂开的石榴。可是这个有趣的故事在关键时刻却戛然而止，作者也没有交代下文。

我十分沮丧。阅读伊始吊起的胃口现在变成了难觅其余的惆怅。我意识到其余部分对这个有趣的故事十分重要。我觉得不可能也不应该，竟没有某位贤人负责把这位优秀骑士前所未闻的业绩记录下来。人们说，所有游侠骑士的历险经历他们都了解，因为每个游侠骑士都

① 塞万提斯最初把本书的上卷分为四部分，但后来又改变了这种做法。

理所当然地有一两个贤人负责记录他的行动，而且还描绘他的每一个微小的思想变化和细节琐事，不管它们有多么隐秘。所以，如此优秀的骑士不应该如此不幸，更何况连普拉蒂尔和其他诸如此类的骑士都不乏贤人为他们写传呢。我不相信如此动人的故事会支离破碎，残缺不全。这只能归咎于可恶的时间，它吞噬了所有的一切，也隐匿或湮没了这个故事。

可是又一想，我觉得既然他的藏书里有《情嫉醒悟》与《草地仙女和牧人》之类的现代书，那么，有关他的故事也应该是现代的。即使没有写成文字，也应该留在他的村庄及其周围居民的记忆里。这样一想，我更加坐立不安，更想了解我们西班牙这位著名的唐吉诃德的真正生活和奇迹了。他是曼查骑士的精英。在当今灾难深重的年代里，他率先投身于游侠事业，除暴安良，帮助寡妇，保护少女。那些黄花女子跃马扬鞭，翻山越岭，若不是遭到强盗、手持利斧和头戴头盔的村夫或某个巨人强暴，即使活到八十岁也不会在外面宿夜，进入坟墓时仍守身如玉。由于种种原因,我们英勇的唐吉诃德应当不断被传诵，我为寻求这个动人故事的结尾所付出的努力也应该得到承认。这个故事要是认真读，得用两个小时。我完全清楚，如果苍天、机遇和命运不助我一臂之力，世界上就不会有这部消遣之作。故事的其余部分是这样被发现的：

有一天，我在托莱多的阿尔卡纳碰到一个小孩，他正在向一个丝绸商兜售几个笔记本和一些旧纸。我爱看书，连街上扔的碎纸也要看看。被这种嗜好驱使，我拿过一个笔记本翻看，认出上面的字是阿拉伯文。我虽然能认出来，可是看不懂，于是就四处寻找，想找个懂阿尔哈米亚文①的摩尔人,结果没费什么力就找到了。倘若找其他更复杂、更古老语言的翻译，也能找到。总之，我凑巧找到了一个翻译。我告诉他我的想法。他把书拿在手里，从中间翻开，读了一点儿就笑开了。我问他笑什么。他说笑书的边白上加的一个注释。我让他告诉我那上面说了什么，他边笑边说：

① 用阿拉伯字母拼写的西班牙文。

“我说了，边白上这样写着：故事里常常提到的托博索的杜尔西内亚，据说是曼查所有妇女中腌猪肉的最佳能手。”

我一听说托博索的杜尔西内亚，先是一惊，然后才想起来，那几个笔记本里一定有唐吉诃德的故事。于是，我就催他把笔记本的开头部分念给我听。他当即把阿拉伯文翻译成西班牙文，说是“曼查人唐吉诃德的故事，阿拉伯历史学家锡德·哈迈德·贝嫩赫利著”。

我付出了极大的努力来掩饰我听到这个书名时的喜悦。我只花了半个雷阿尔，就把那孩子的所有纸张和笔记本从丝绸商那儿截了过来。如果那孩子再仔细点儿，发现我需要这些东西，完全可以再讨价还价，卖到六个雷阿尔以上。我随即和那个摩尔人来到一个大教堂的回廊里，让他把笔记本里所有关于唐吉诃德的内容原原本本地翻译成西班牙文，要多少钱都可以给他。他只要两阿罗瓦[①]葡萄干和两法内加[②]小麦，并答应尽快又好又准地翻译过来。我为了我们合作得更顺利，而且也不愿意让这样珍贵的发现离开我，就把他带到我家。他用了一个半月多一点儿的时间，就把整个故事都翻译过来了，其内容如下。

第一个笔记本里有一幅唐吉诃德同比斯开人战斗的插图，画得非常逼真，完全就是故事里讲述的那个架势。两个人都举着剑，一个戴着头盔，另一个抱着坐垫。比斯开人的骡子也画得栩栩如生，一看就知道是头租来的骡子。比斯开人脚下还注着“唐桑乔·德阿斯佩蒂亚”，这无疑是他的名字。罗西南多脚下注着“唐吉诃德”。罗西南多画得简直绝了，又长又细，弱不禁风，弯腰拱背，病入膏肓，使罗西南多这个名字的特性一览无遗。旁边是桑乔·潘萨，牵着驴，脚下注明的是桑乔·桑卡斯。按照图上的画法，他是个大肚子，矮身材，长腿，大概因此才叫他潘萨和桑卡斯[③]吧。故事里有时候也是用这两个名字称呼他的。还有一些琐闻，不过都无关紧要，并不影响故事的真实性。所有琐闻都是真实的。

---

① 重量单位，一阿罗瓦相当于 11.5 公斤。

② 容量单位，一法内加在不同地区分别相当于 22.5 或 55.5 公升。

③ 在西班牙文中“潘萨”为大肚子，“桑卡斯”为长腿。

如果有人对它的真实性持异议，那无非因为作者是阿拉伯人。说谎是那个民族的特性之一。既然他们跟我们嫌隙颇深，故事里面真话只少不多也是可以理解的。我就是这样认为的。本来可以对这位优秀骑士浓笔酣墨地大加赞扬的地方，作者却故意闭口不谈。这种做法很可恶，想法也可恶。历史学家应当力求准确真实，不能掺杂自己的感情，更不能凭自己的情趣、恐惧、仇恨和喜好去歪曲事实。历史造就了真理，它要经受时间的考验。它记述了各种行为，是往昔的见证，是当今的圭臬，是未来的预示。我知道在这部传记里可以找到一切需要的情节。如果它有所缺憾的话，我觉得那全是作者的毛病，而不是题材本身的过失。总之，按照译文，以下是第二部分的开头。

两位愤怒的勇士高举利剑，利剑仿佛直指天空，直指深渊，这就是他们的勇气和风采。首先出击者是悻然的比斯开人。这一剑有力凶猛，要不是劈偏了，完全可以把比斯开人桀骜的对手干掉，我们的骑士及其征险生涯也就结束了。然而幸运的是，还有更重要的事情有待这位骑士去完成，所以利剑劈偏，只是把他左半边的甲胄、大半个头盔和半只耳朵由左肩劈下，七零八落地散在地上，使骑士十分难堪。

上帝助我！现在谁能恰当地描述这位曼查人看到自己这副样子时心中燃起的怒火呢？闲话免谈，只说他重新翻身上马，双手持剑，气势汹汹地刺向比斯开人，正中坐垫和比斯开人的脑袋。比斯开人的脑袋可没戴头盔，结果如山压顶，鼻、嘴和耳朵开始流血，要不是他抱着骡子的脖子，早就栽下来了。不过，比斯开人的脚已经脱离了马镫，手后来也松开了。骡子被突如其来的攻击吓坏了，沿着田野狂奔起来，几个跳跃就把主人摔到地上。

唐吉诃德极其沉着地看着，看到比斯开人落马，便纵马悠然走到比斯开人面前，用剑尖指着他的眼睛，令他投降，否则，就要把他的脑袋割下来。比斯开人已经惊魂失魄，竟然一句话也说不出来。唐吉诃德正在气头上，幸亏车上那几位一直在惊恐地观战的夫人来到唐吉诃德面前，哀求他大发慈悲，饶恕她们的侍从。唐吉诃德极其骄矜地说：

“是的，美丽的夫人们，我十分愿意遵命，不过有个条件，就是这位骑士得答应去托博索，以我的名义去拜见至尊的唐娜杜尔西内亚，由她打发这位骑士去做她愿意做的任何事情。”

惊恐万状的夫人们其实并没有弄清唐吉诃德要求的是什么，也没问谁是杜尔西内亚，就答应让她们的侍从按照他的吩咐去办。

“我相信你们的话，就不再惩罚他了。他本来是不该轻饶的。”

第十章　唐吉诃德和侍从桑乔的有趣对话

桑乔·潘萨被教士的伙计打了一顿，这时也站了起来。他一直关注着主人唐吉诃德的战斗，心里祈求上帝保佑主人胜利，能够夺取某个小岛，让他如约当个总督。因此，他看到战斗结束，主人准备翻身上马，便抓住马镫，不等主人上马便跑到主人面前，抓住主人的手亲吻了一下，说：

“我的唐吉诃德大人，请您把在这场激战中赢得的小岛赐予我吧。不管它有多大，我自认为有能力像世界上其他管理小岛的人一样，管理好这个岛。”

唐吉诃德答道：

“听着，桑乔兄弟，这次征险以及其他此类征险并不是争岛之险，只是路遇之战。这种战斗只能落个头破或耳缺。别着急，以后还会遇到征险，那时候你不仅可以当总督，而且可以做更大的官。”

桑乔感激万分，他再次吻唐吉诃德的手和护马甲，扶唐吉诃德上罗西南多，自己也骑上驴，没同车上的夫人告辞或再说点什么，就快步跟在主人后面，走进旁边的一片树林。桑乔紧催他的驴追赶，可是罗西南多走得很快，眼看他已落在后面，只好拉开嗓门，让主人等等他。唐吉诃德勒住罗西南多的缰绳，等这位疲惫不堪的侍从赶上来。桑乔刚一赶上，就说：

“大人，我觉得咱们最好先到某个教堂去暂避一时。刚才同您战斗的那个人受了伤，很快就会向圣友团[①]报告，追捕咱们。若是把咱们抓住了，要逃出来就不那么简单了。”

唐吉诃德说：“住嘴！游侠骑士可以杀人累累，哪儿有被抓起来的！你见到过或读到过吗？”

“我对杀人罪一无所知，”桑乔说，“也从来没对任何人做过这种事。别的我不管，我只知道圣友团专管野外争斗的事。”

“别担心，朋友，”唐吉诃德说，“即使你落在迦勒底人手里，我也会把你救出来，更别说圣友团了。不过你说实话，你看世界上是否还有比我英勇的骑士？在你读过的传记里，是否有人比我更能攻善守、巧制强敌？”

桑乔答道：“实际上，我既不会念，也不会写，从没读过任何传记。不过我敢打赌，比您更神勇的主人，我这一辈子从没服侍过。愿上帝保佑，您这种神勇别在我刚才说的那个地方受挫。我要请求您的是给自己治伤。您那只耳朵流了很多血。我的褡裢里有纱布，还有些白药膏。”

“这些都不需要，”唐吉诃德说，“要是我早想到做一瓶菲耶拉布拉斯[②]圣水，只需一滴，便可以即刻痊愈。”

“那是什么圣瓶、什么圣水呀？”桑乔问。

唐吉诃德说：“那种圣水的配方我还记得。有了那种圣水就舍身无所惧，受伤不致亡了。我把圣水做好了就交给你。你要是看到我在战斗中被拦腰斩断（这种事常有），就在血还未凝固之前，把我轻巧落地的上半身非常仔细地安放在鞍子上另外那半截身子上，要注意安放得完好如初。然后，你再喂我两口我刚才说的那种圣水，你就会看到，我依然完好无恙。”

“如果有那种圣水，”桑乔说，“我从现在起就放弃原来当海岛总督的要求。作为对我诸多周到服侍的回报，我不要别的，只求您把那

---

① 圣友团是西班牙于 1476 年建立的民团，旨在保护居民不受盗匪侵犯。
② 菲耶拉布拉斯是查理大帝的武士，据说他得到了耶稣就难时的荆冠与圣水。

种圣水的配方告诉我。我估计无论在什么地方，一盎司圣水都可以卖两个雷阿尔以上。有了它，我就可以过一辈子体面舒服的日子了。不过我想知道，要做那种圣水是不是得花很多钱？”

“用不了三个雷阿尔就可以做三阿孙勃雷[①]的圣水。”唐吉诃德说。

“都怨我，”桑乔说，“那么您还等什么，为什么不现在就做圣水，并且教我做呢？”

“住嘴，朋友，”唐吉诃德说，“我想教给你更大的秘诀，让你得到更多的利益。现在咱们先治伤。我这只耳朵疼得很厉害。”

桑乔从褡裢里拿出了纱布和药膏。可是，唐吉诃德一看到自己的头盔破了，又走火入魔了。他一手按剑，仰望天空，说道：

“我要向万物的创造者和四大《福音》巨著发誓，在向那个对我无礼的家伙报仇之前，我要过曼图亚侯爵那样的生活。他为了给他的侄子巴尔多维诺斯报仇，食不近桌，眠不近妻，还有其他一些情况，我想不起来了，不过我都发誓要一一照做。”

桑乔闻言说道：

“您看，唐吉诃德大人，如果那个骑士按照您的吩咐去拜见了托博索的杜尔西内亚夫人，他的事也就算完了。只要他不再做别的坏事，就不该再受惩罚。”

“你说得千真万确，”唐吉诃德说，“我取消要向他报仇的盟誓。不过我还要发誓，在从某个骑士那里抢到一个与此头盔一模一样的头盔之前，我还要过我刚才说的那种生活。桑乔，你不要以为我只是心血来潮，我是在效仿先人。我的头盔和曼布里诺的头盔完全一样，萨克里潘特为此可付出了巨大的代价。”

“这种誓言您还是让魔鬼去说吧，我的大人，”桑乔说，“这样既伤身体又伤神。不信，您现在就告诉我，假如我们很多天都碰不到一个身披甲胄、头戴头盔的人怎么办？您难道真的为了实现自己的誓言而给自己找种种麻烦，例如和衣睡觉，露宿风餐，还有那位曼图亚老侯爵发誓要做的那些乱七八糟的事情？您看看，这路上根本没有披甲

① 容量单位，一阿孙勃雷相当于 2.016 公升。

胄的人，全是些脚夫车夫。他们不仅不戴头盔，也许一辈子都没听说过头盔呢。”

“你错了，”唐吉诃德说，“用不了两个小时，咱们在这个路口就可以看到，披挂甲胄的人比去阿尔布拉卡追求安吉丽嘉[①]的人还多。”

“好吧，但愿如此，”桑乔说，“求上帝让我们走运。现在应该出大代价赢得这个岛屿，然后我就是死也闭眼了。”

“我对你说过，桑乔，你别担心。要是没有岛屿，一定会有丹麦王国或索夫拉迪萨王国在恭候你，而且还是在陆地上，你应该高兴。咱们先不谈这个，你先看看褡裢里是否有什么食物，吃完好去找个城堡过夜，做我说的那种圣水。说实话，我的耳朵疼得很厉害。”

“我这儿有一个葱头、一点儿干酪和几块硬面包，”桑乔说，“不过这不是您这种勇敢骑士吃的东西。”

“你怎么这样想！”唐吉诃德说，“你要知道，桑乔，一个月不吃东西是游侠骑士的骄傲。即使吃，也是有什么吃什么。你若是像我一样读很多书，就知道这确有其事。不过，虽然这种书很多，却并不意味着游侠骑士除了偶尔吃一些奢侈的宴会之外，整日节食。我们可以想象，他们不能不吃东西，不能没有其他一些本能的需要，因为他们也是和我们一样的人。而且你也该知道，他们一生中大部分时间周游于野林荒郊，又没有厨师，所以他们的日常食物就是粗茶淡饭，就像你给我的那些食物一样。所以，桑乔朋友，你别担心，我愿意要这种东西。你也不要别出心裁，惹游侠骑士生气。”

“对不起，”桑乔说，“我刚才说过，我既不会读，也不会写，根本不懂骑士的规矩。从现在起，我负责为您这位骑士提供各种干果做食品。我不是骑士，所以就给自己准备些飞禽或其他更有营养的东西。”

唐吉诃德说：“桑乔，我不是说骑士只能吃你说的那些果子，而是说他们最通常的食物是那些东西和一些野草。他们能辨别那些野草，我也能。”

---

① 安吉丽嘉是契丹公主，阿尔布拉卡是她所居住的城堡。

桑乔说："能够辨别那些野草可有用呢。我想，说不定哪天就用得上。"

桑乔把带的东西拿了出来，两人和和气气地吃起来。不过，他们又急于找到一个过夜的地方，便草草吃完了那些冷干粮，骑上马连忙赶路，要在天黑之前赶到村落。可是他们只看到几间牧羊人的茅屋，于是决定在那儿过夜。桑乔为没能赶到村落而沮丧，可唐吉诃德却很愿意露宿。每当遇到这种情况时，他都认为这是锻炼其骑士精神的好机会。

第十一章　唐吉诃德与几个牧羊人的故事

唐吉诃德受到几个牧羊人的热情接待。桑乔将就着安顿好罗西南多和他的驴，闻到锅里炖羊肉散发出的香味就折了回来。他想看看羊肉熟了没有，巴不得马上就端下锅来吃肉。这时，牧羊人把锅从火上端了下来，在地上铺了几张羊皮，迅速摆上一张旧桌子，非常客气地请两人共同进餐。茅屋里的六个牧羊人围坐在羊皮四周。他们首先以粗俗的礼仪请唐吉诃德坐在一个倒置的木桶上。唐吉诃德坐下后，桑乔站在旁边用角杯斟酒。唐吉诃德看到桑乔站着，就对他说：

"桑乔，为了让你看到游侠骑士的殊荣，看到任何人只要与骑士稍有联系，马上就会得到世人的赞扬和尊重，我要你坐在我身边，陪伴我这位好人，与我同餐共饮，不分你我，尽管我是你的主人，也是你的大人。所谓游侠骑士，可以用一句谈论爱情的话来说，就是'万事皆同'。"

"不胜荣幸！"桑乔说，"不过我可以告诉您，只要有的吃，我自己一人站着吃和陪着皇帝吃一样好，甚至比陪着皇帝吃更好。而且说实话，您应该知道，我自己在角落里可以不必装模作样，拘于礼仪，即使吃面包葱头，也比在餐桌上吃吐绶鸡强，在餐桌上我得强装斯文，细嚼慢咽，还得不时揩嘴，想打喷嚏、咳嗽或做其他事都不行。因此，我的大人，您想把游侠骑士亲随的荣誉授予我，可我是您的侍从，已经是您的亲随了，所以我请您把这荣誉换成其他更实用的东西。这些荣誉，即使我领情接受下来，也永远用不上啊。”

“尽管如此，你还是得坐下，‘卑微之人，上帝举荐’。”

唐吉诃德拉着桑乔的胳膊，让他坐在自己身旁。几位牧羊人对侍从和游侠骑士之间的调侃不知所云，只是边吃边默默地注视着客人彬彬有礼而又津津有味地把拳头大小的羊肉块吞进肚里。羊肉吃完后，主人又在羊皮上摆了很多褐色橡子和半块奶酪，那奶酪硬得像泥灰块。斟酒频频，觥筹交错（角杯忽满忽空，就像水车上的戽斗），很快就把面前摆着的两只酒囊喝空了一个。唐吉诃德饭饱酒足，抓起一把橡子，端详一番，开始高谈阔论：

“古人云，幸福的世纪和年代为黄金年代，这并不是因为在我们这个铁器时代非常珍贵的黄金到那个时候便唾手可得。人们称之为黄金年代，是因为生活在那个时代的人没有你我之概念。在那个神圣的年代，一切皆共有。任何人要得到基本食物，只需举手之劳，便可以从茂盛的圣栎树上得到香甜的果实。源源不断的清泉与河流提供了甘美澄澈的饮水。勤劳机智的蜜蜂在石缝树洞里建立了它们的国家，把丰收的甜蜜果实无私地奉献给大家。茁壮的栓皮槠树落落大方地褪去它宽展轻巧的树皮，在朴质的木桩上盖成了房屋，为人们抵御酷暑严寒。

“那时候，人们安身立命，情同手足，和睦融洽，笨重的弯头犁还没敢打开我们仁慈的大地母亲的脏腑，而她却心甘情愿地用富庶辽阔的胸膛所拥有的一切来喂养和愉悦那些拥有她的儿女们。真的，那时候，纯真的靓女松散着头发，越山谷，过山丘，除了把该遮羞的部位遮住之外，并没有什么其他服饰。那点遮饰同现在的服饰不一样。现在多用蒂罗紫和五彩纷呈的丝绸，而那个时候只是将牛蒡的几片绿叶和常春藤编在一起而已，但却同现在的嫔妃们穿着新颖艳丽的服装一样显得庄重奢华。那时表达爱情的方式也很简朴，只是直抒心怀，从不绞尽脑汁去胡吹乱捧。欺诈和邪恶还未同真实和正义混杂在一起。正义自有它的天地，任何私欲贪心都不敢干扰冒犯它。而现在，这些东西竟敢蔑视、干扰和诋毁正义。那时候在法官的意识里，还没有枉法断案的观念,因为没有什么事什么人需要被宣判。我刚才说过，童女们可以只身到处行走，无须害怕恶棍歹徒伤害她们。如果她们失身，那也是心甘情愿的。

“而现在呢，在我们这可恶的时代里，就是再建一座克里特迷宫[①]，也不会让任何一个女孩子感到安全。可恶的欲火使情爱的瘟疫通过缝隙和空气渗透进去，任何幽居处所对她们都无济于事。时间流逝，邪恶渐增。游侠骑士的出现可以使少女得到保护，使寡妇受到帮助，孤儿和穷人也能得到救济。

“牧羊兄弟们，我就是这类游侠骑士。对于你们给予我和我的侍从的热情款待,我表示感谢。人人都理所当然地有义务帮助游侠骑士，可我知道你们并不了解这种义务，却能如此款待我，因此我才对你们诚挚地表示感谢。”

唐吉诃德的这番议论完全可以谅解，因为牧羊人的橡子使他想起了黄金时代，他忽然心血来潮，便对牧羊人慷慨陈词。牧羊人一言不发，怔怔地听着。桑乔则默默地吃着橡子，还不时到第二个酒囊那儿去一下。那个酒囊挂在一棵栓皮槠树上，这样酒可以更凉些。

唐吉诃德说话的时间比吃饭用的时间还多。晚饭结束后，一个牧羊人说：

“游侠骑士大人，为了进一步证实您所说的我们招待您的真情，我们想请我们的一个伙伴唱唱歌，让您放松一下，高兴高兴。我们这个伙伴一会儿就来。他是个十分聪明而又多情的小伙子，并且能认字写字。他是三弦牧琴演奏手，演奏得妙极了。”

牧羊人刚说到这儿，耳边就传来了三弦牧琴的乐曲声。那个小伙子也随之出现。他最多二十二岁,面目清秀。牧羊人问他是否吃了饭，他说吃过了。刚才推荐他的那个人对他说：

① 希腊神话中传说的四座迷宫之一,是代达洛斯为囚禁怪物弥诺陶罗斯所建。

“安东尼奥，你赏脸唱一点儿，就可以为我们带来欢乐，也让我们这位贵客看看，在这深山老林里也有懂音乐的人。我们已经对他介绍了你的才干，希望你露一手，证明我们说的是真话。你请坐，唱唱你那教士叔叔为你作的爱情歌谣吧，这歌谣在村镇上挺受欢迎的。”

“不胜荣幸。”小伙子说。

小伙子没有再推辞，坐在一截圣栎树干上，弹着三弦牧琴，很动情地唱起来。

安东尼奥之歌

纵使你嘴上不说，
娇眸顾盼情默默。
我心明白，奥拉利亚，
你在倾慕我。

我知你痴心相印，
笃信你钟情于我。
仰慕春思尽表露，
幸福美满无失落。

奥拉利亚，你确曾
若明若暗表露过，
你心宛如青铜坚，
白皙胸脯似石砣。

你曾对我多呵叱，
孤高自赏显冷漠。
希望容或此中生，
石榴裙展舞婆娑。

义无反顾，
信念执着，
一厢情思不沮丧，
倘得青睐亦自若。

爱情若需常趋附，
殷殷关切总投合。
我曾时时暗传情，
意乱情迷似入魔。

你若有心人，
秀眼会见我，
周日披盛装，
周一仍穿着。

爱情与盛装，
交相辉映同衬托。
我愿你眼中，
风骚我独获。

可为你起舞，
可为你唱和，
夜半余音绕，
报晓鸡同歌。

盛赞无需有，
我叹你天姿国色。
句句意真切，
引来恶语饶长舌。

我把你颂扬，
贝罗卡尔的特雷莎却说：
“你以为钟情于天使，
其实是中了邪魔。

你赞赏不止孰不知，
伊人青丝系假发，
伊人娇媚是矫饰，
骗取爱情心险恶。”

我斥特雷莎，
她嗔怒唤兄来挑衅。
他之于我我于他，
你尽可揣测。

我爱你不沉湎，
追求你不曲合。
愿望诚高尚，
为享天伦乐。

教堂可结缡，
连理夫妻相伴。
向前莫犹豫，
我甘结丝萝。

你若弃我情，
我指天为誓，
从此做修士，
今生隐遁深山过。

牧羊人唱完了，唐吉诃德请求牧羊人再唱点什么。可桑乔想去睡觉，不愿意再听歌了。他对主人说：

“您该去过夜的地方休息了。这几位好人劳累了一天，晚上不能再唱了。”

“我明白了，桑乔，”唐吉诃德说，“你刚才去拿酒囊喝了酒，现在需要的是睡觉而不是音乐。”

“感谢上帝，大家都唱得不错。”桑乔说。

“这我不否认，”唐吉诃德说，“你找地方休息吧。干我这种差事，似乎最好是守夜，而不是睡觉。不过，不管怎样，桑乔，你最好先看看我的耳朵，它疼得太厉害了。”

桑乔照办了。一个牧羊人看到唐吉诃德的伤，对他说不必着急，自己有个办法，可以使他很快康复。牧羊人拿来几片迷迭香叶子，这种东西当地很多。牧羊人把叶子嚼碎，加上一点儿盐，敷在唐吉诃德的耳朵上，包扎好，说用不着别的药了。唐吉诃德的耳朵果然好了。

第十二章　一位牧羊人向唐吉诃德等人讲的故事

这时，又来了一个从村里送粮食来的小伙子。他说：

“伙计们，你们知道村里的事吗？”

“我们怎么会知道。”一个牧羊人说。

“你们知道吗？”小伙子说，“那个有名的学究牧人克里索斯托莫今天早晨死了。人们私下说，他是因为爱上了财主吉列尔莫的女儿马塞拉而死的。那个小妖精常扮成牧羊姑娘在旷野里走动。”

“你是说为了马塞拉？”有人问。

“就是她。”小伙子说，“好在他已立下遗嘱，要把他像摩尔人那样埋在野外，还得是在栓皮槠树旁边的石头脚下。据传，他说过那是他第一次看到马塞拉的地方。他还要求了其他事情，镇上的牧师们说不能照办，也不应该照办，估计是些邪恶的事情。可他的老朋友安布罗西奥跟他一样是个学究，也是牧人，却要全都按照他的吩咐办，村上对此议论纷纷。据说，最后还是得按照克里索斯托莫和他那几个牧人朋友的意志办。明天，他们要到我刚才说的那个地方大张旗鼓地安葬。这事我可得看看，即使明天赶不回去，我也得去。”

“我们也去，”那群牧羊人说，“现在咱们抓阄吧，看明天谁留下来看羊。”

“说得对，佩德罗，”一个牧羊人说，“不过别抓阄了，我留下来看羊。倒不是我心眼好或者不想去看，我这只脚那天被树杈扎了一下，走不得路。”

“那我们得谢谢你。”佩德罗说。

唐吉诃德请求佩德罗告诉他，死者是什么人，那个牧羊姑娘又是什么人。佩德罗回答说，据他所知，死者是山那边一个地方的富豪子弟，在萨拉曼卡读了很多年书，据说学成回乡时已是博学多才，满腹经纶。听说他最了解的是星星的学问，还有太阳和月亮在天上的事。他能准确地告诉我们什么时候太阳失、月亮失。

“那叫日蚀、月蚀，朋友，是那两个发光天体被遮住了。”唐吉诃德说。

佩德罗不在意这些，接着说：

“他还能算出哪年是丰年，哪年是‘黄年’。”

“你大概是说荒年吧，朋友。”唐吉诃德说。

“荒年或黄年，”佩德罗说，“就是那意思。据说他父亲和那些听他话的朋友们都发了财。那些人都听他的。他常告诉那些人：‘今年该种大麦，不要种小麦；或今年种鹰嘴豆，不能种大麦；来年油料大丰收，以后三年油料无收。’”

“那叫占星学。”唐吉诃德说。

“我不知道叫什么，”佩德罗说，“不过我知道，这些东西他都懂，而且懂得比这还多。简单地说，他从萨拉曼卡回来没几个月，有一天，突然脱下了他上学时穿的长服，换上牧人的衣服，还拿着牧杖，披上了羊皮袄。他那个叫安布罗西奥的好朋友，原来和他是同学，也同他一起打扮成牧人的样子。我还忘了说，那个死去的克里索斯托莫还是个编民谣的能手哩。他编的关于耶稣诞生的村夫谣[①]和圣诞节的剧目，由我们村里的小伙子们演出后，大家都说好极了。所以，村里人看到两个学生忽然穿上了牧人的衣服，都很惊讶，猜不透他们为什么要莫名其妙地换上这身打扮。那个时候，克里索斯托莫的父亲已经死了。他继承了大量财产，有动产和不动产，有数量不少的大大小小牲畜，有大量的钱，他全继承了，这确实是他应得的。他与人相处得很好，很随和，好人都喜欢他，他还有一副慈善的面孔。后来人们才明白，他扮成牧人就是为了在野外追求那个牧羊姑娘马塞拉。可怜的克里索斯托莫早已爱上了她。现在我想告诉你，你也该知道这个姑娘是谁了。也许，或者根本不用也许，你这辈子也不会听说这样的事情，即使你活得比萨尔纳还长。"

"应该说萨拉[②]。"唐吉诃德说。他简直忍受不了牧羊人说话如此颠三倒四。

"萨尔纳活得就够长了。"佩德罗说，"大人，要是我一边说您一边给我挑错，咱们恐怕一年也讲不完。"

"请原谅，朋友，"唐吉诃德说，"因为萨尔纳和萨拉的区别太大了，所以我才说。不过你说得很对，萨尔纳比萨拉活得长。你接着讲，我再也不给你挑错了。"

"我说，亲爱的大人，"牧羊人说，"在我们村里有个农夫，比克里索斯托莫的父亲还阔气，他叫吉列尔莫。上帝不仅赐予他大量财产，还赐给他一个女儿。孩子的母亲在生产时死了。她是我们这一带最好的女人。我现在似乎还能看到她那张脸，一边有个太阳，一边有个月亮。她善于理财，而且还是穷人的朋友。所以，我觉得她正在另一个世界里与上帝同在。她的丈夫吉列尔莫为失去这样的好妻子而悲痛得

---

① 西班牙的一种民谣，一般以耶稣降生为题材，在圣诞节期间演唱。

② 《圣经·旧约》中亚伯拉罕的妻子，终年 127 岁。但前一句小伙子说的萨尔纳并非指她，而是巴斯克语"老家伙"的意思。

死了，把女儿马塞拉，那个有钱的姑娘，留给了她的一个当神甫的叔叔。她叔叔就在我们村任职。

“小女孩越长越漂亮，让我们想起她的母亲。她的母亲也很美，可是人们觉得她比母亲更美。她长到十四五岁的时候，凡是见到她的人无不称赞上帝把她培育得如此漂亮。还有更多的人爱上了她，整天魂不守舍。她的叔叔对她看管得很严。尽管如此，她的美貌，还有巨富，不仅名扬我们村，而且传到了方圆数十里之外很多富人家那儿。他们请求、乞求并纠缠她叔叔，要娶她为妻。她叔叔呢，确实是个好基督徒，后来看她到了结婚的年龄，也愿意让她嫁人，可是一定要事先征得她的同意，倒不是因为他照看着马塞拉的财产，想图点便宜，故意拖延她的婚期。村里不少人也的确是这么说的，都称赞他是位好神甫。我应该告诉你，游侠大人，在这种小地方，人们什么都说，什么都议论。你想想，我也这么想，一个神甫能够让他的教民们都说他好，特别是在村里，那么他一定是个特别好的神甫。”

“是这样，”唐吉诃德说，“你再接着讲。这事很有意思，而你呢，有意思的佩德罗，讲得也很有趣。”

“大人觉得有趣就行了，这对我很重要。你知道，后来她叔叔向她介绍了一个个求婚小伙子的情况，让她任意挑选一个。可她只是回答说还不想结婚，说觉得自己还小，还不能够承担起家庭的担子。这些话听起来很对，她叔叔也就不再坚持了，想等她年龄再大些，能够自己选择伴侣再说。她叔叔常说，他说得很对，做父母的不应该让儿女们违心地结婚。

“可是谁也没想到，有一天，娇贵的马塞拉成了牧羊姑娘。她叔叔和村里所有人都劝她别这样，可是她不听，和村里其他牧羊女一起去了野外。这回她亮了相，她的美貌让人看见了。我也说不清有多少小伙子、贵族和农夫都换上了克里索斯托莫那样的衣服，到野外追求她。其中一个，我刚才说过，就是我们那位死者。人们说，他对马塞拉不是爱，而是崇拜。你不要以为马塞拉在那种自由自在的、很少约束或根本没有约束的日子里，可能放松对自己品行的要求，相反，她对保持自己的名誉十分注意，不给所有讨好她、追求她的人一点儿如愿的希望,所以那些人也无法向别人夸口。她并不回避和牧羊人做伴、谈话，对他们既有礼貌又友好。可一旦发现其中任何一个人有企图，哪怕是最正经、最神圣的求婚，她就立刻把那人甩掉。她这种脾气给人的伤害太大了，就好比她给人们带来了瘟疫。她漂亮可爱，吸引了那些想向她献殷勤并得到她青睐的人的心，可是她的蔑视和指责却又让那些人绝望。他们不知道该如何对马塞拉讲，只能说她狠心、忘恩负义及其他诸如此类的话。这些话完全反映了马塞拉的性格。

“如果你在这里待一天，大人，你就会看到，在田野里，回荡着那些绝望者的叹息。离这儿不太远有个地方，长着几十棵山毛榉树，光滑的树皮上无不刻写着马塞拉的名字。在某个名字上端，还刻着一个王冠，似乎她的追求者在说，马塞拉正戴着它，世上所有美女中只有她当之无愧。

“这儿有个牧人在叹息，那儿有个牧人在抱怨;那边是情歌，这边是哀歌。有的人在圣栎树或大石头脚下彻夜不眠，任思绪遨游，直到第二天早晨太阳升起;有的人在夏天炽热的中午躺在灼人的沙土上，不停地叹息，向仁慈的老天诉说心中的哀怨。这个，那个，那边，这边，马塞拉轻轻松松地得胜了。我们所有认识她的人都在等待她的高傲何时休止，看谁有福气能驯服她这种可怕的脾气，享受到她的极度美丽。我讲的这些都是确凿的事实，我也可以理解那个小伙子说的克里索斯托莫为何而死了。所以,我劝你,大人,明天去参加他的葬礼，应该去看看，克里索斯托莫有很多朋友，而且埋葬他的地方离这儿只有半西里远。”

“我会考虑的，”唐吉诃德说，“感谢你给我讲了这样一个有趣的故事。”

“噢，”牧羊人说，“有关马塞拉那些情人的事，我知道的还不足一半呢。不过，明天也许咱们能在野外碰到个把牧人给我们讲讲。现在，你还是到屋里睡觉吧，夜露对你的伤口不好。你的伤口上了药，不用怕，不会有什么事的。”

桑乔·潘萨已经在诅咒这个滔滔不绝的牧羊人了，现在他也请求主人到佩德罗的茅屋里去睡觉。

唐吉诃德进了茅屋，不过整夜都在模仿马塞拉情人的样子思念杜尔西内亚。桑乔·潘萨在罗西南多和他的驴之间睡觉。他睡觉不像个失意的情人，倒像个被踢得浑身是伤的人。

第十三章　牧羊女马塞拉的故事结束及其他

曙光刚刚从东方露头，五六个牧羊人便起了床。他们又叫醒了唐吉诃德，问他是否准备去看克里索斯托莫的隆重葬礼，如果去，他们陪他一起去。唐吉诃德也没有别的事，便起来叫桑乔马上套马备鞍。桑乔麻利地备好马，大家一起上了路。走了不远，穿过一条小路时，他们看到迎面来了六个牧羊人，都穿着黑皮袄，头上戴着用柏枝和苦夹竹桃枝扎成的冠，手里还拿着一根冬青木棍。同他们一起的还有两个骑马的英俊男子，行装齐备，旁边是三个徒步的仆人。碰到一起时，大家都彬彬有礼地相互问候，一打听才知道都是去参加葬礼的。于是大家一起赶路。这时，一个骑马的人对他的伙伴说：

“比瓦尔多大人，咱们宁可晚点走，也要去看看这场隆重的葬礼，我觉得这样做得很对。按照这些牧人的讲法，无论那个死去的牧人还是那个害死人的牧羊姑娘，都是新鲜事。这番葬礼一定很引人注目。”

“我也这样认为，”比瓦尔多说，“我觉得别说是晚走一天，就是晚走四天，也应该去看看。”

唐吉诃德问他们听说了什么有关马塞拉和克里索斯托莫的情况。一个人说，那天早晨，他们遇到了这几个牧人，看到牧人们穿着丧服，就问其缘由。有个牧人告诉他们，一个叫马塞拉的牧羊姑娘如何漂亮，很多人对她爱慕倾倒，还有克里索斯托莫之死，几个牧人就是去参加他的葬礼等等。总之，把佩德罗对唐吉诃德讲的事情又叙述了一遍。

此事谈完又转了话题。那个叫比瓦尔多的人问唐吉诃德，在这块如此和平的土地上行走为何这般装束。唐吉诃德答道：

“我从事的职业不允许我有其他装束。安逸、享受和休养是为那些怯懦的朝臣们准备的，而辛劳、忧虑和武器则是为世界上那些被称为游侠骑士的人创造的。我就是个游侠骑士，虽然很惭愧，我只是个微不足道的游侠骑士。”

一听这话，大家就知道他精神不正常。为了看看他到底不正常到什么程度，比瓦尔多又问他，游侠骑士是什么意思。

“诸位没有读过英国的编年史和历史吗？”唐吉诃德说，“里面谈到了亚瑟王，我们罗马语系西班牙语称之为亚图斯国王的著名业绩。人们广泛传说，英国那个国王并没有死，而是被魔法变成了一只乌鸦。随着时间的推移，他还会恢复他的王国和王位，重新统治他的王国。从那时起到现在，没有一个英国人打死过一只乌鸦，这难道还不能证明这一点吗？在这位优秀国王当政时期，建立了著名的圆桌骑士党，而且也确实发生了兰萨罗特·德尔拉戈同西内夫拉女王的恋情。那是由很正派的女管家金塔尼奥娜牵线联系的，由此产生了那桩世人皆知的罗曼史，而且在我们西班牙广为传唱。

自古从无骑士，
幸如兰萨罗特。
只身来自英国，
却得佳丽眷顾。

“歌谣把他们的坚定爱情叙述得娓娓动听。就从那时开始，骑士道开始逐步发展起来，一直扩展到世界各地。其中有以其英勇行为著称的高卢的阿马迪斯以及他的子子孙孙，直到第五代；有伊尔卡尼亚的猛将弗洛里斯马尔特；应该得到最高赞誉的白人骑士蒂兰特，还有希腊的骑士、天下无敌的贝利亚尼斯，似乎现在我们还可以看到他，听到他说话，与他沟通。诸位大人，这就是游侠骑士，而我说的就是游侠骑士道。就像我说过的那样，我虽然也是罪人，可我从事的就是我刚才说的那些骑士所从事的职业。因此，我才来到这人烟稀少的偏远地区征险，以高昂的热情将我的臂膀和我本人投入到命运交给我的这个危险事业中，扶弱济贫。”

听了这番话，那几个旅客终于明白了，唐吉诃德已经精神失常，是个疯子，不由得感到一阵惊讶，就像其他人每次遇到疯子时一样。那个比瓦尔多生性机敏，又很活跃，听说离山上的安葬地点还有一段路，为了解闷，便想让唐吉诃德继续胡言乱语，于是他说：

“游侠骑士大人，我觉得您从事了世界上最孤寂的职业。依我看，即使卡尔特苦修会的僧侣也不会这么孤寂。”

“很可能一样孤寂，”唐吉诃德说，“不过，它却是世界上不可缺少的职业，我对此深信不疑。说实话，士兵执行的不过是长官发布给他的命令。我是说，僧侣们与世无争，只求老天保佑人世太平。可我们战士和骑士是在实现他们向老天祈求的事情，用我们的臂膀的力量和刀剑的锋刃去保护它，不过不是在室内，而是在野外，迎着夏天难以忍受的烈日和冬天的冰霜。我们是上帝在人间的使者，是他在人间主持正义的助手。

“凡是战斗和与战斗有关的事情，都必须付出汗水、苦力和劳动才能实现。所以从事这个职业的人必然要比那些平平安安祈求上帝扶弱济贫的人要付出更多的气力。我并不是说，也从未想过，要求游侠骑士的生活条件同那些隐居的宗教信徒们一样好。我只是想说，根据我遭受的经历，游侠骑士必然更勤劳、更辛苦，常常忍饥受渴，衣衫褴褛，蓬头垢面。毫无疑问，游侠骑士一生要经历许多艰难险阻。如果有的人靠自己臂膀的力量当上了皇帝，那么他也一定付出了不少血汗。不过，即使他们爬到了那么高的地位，如果没有魔法师和贤人帮助，他们也会壮志难酬，希望落空。”

“我也这么认为，”那旅客说，“不过我认为游侠骑士有一点很不好，那就是每当从事一项巨大的冒险行动，很有可能失去性命的时候，他们从不想起祈求上帝保佑，而是祈求他们的夫人保佑，而且十分虔诚，仿佛她们就是上帝。我觉得这有点像异教的做法。”

“大人，”唐吉诃德说，“这也是不得已的事情，否则游侠骑士的情况就更糟了。这在游侠骑士道已经成了惯例，就是每当游侠骑士准备进行大的战斗时，都要有夫人在前，让她眼睛朝后，目光柔情似水，仿佛恳求她在可能的关键时刻保佑自己。即使没有人听见，嘴里也必须嘟哝几句话，请求她真心实意地保护自己。这种例子在历史上举不胜举。不要因此就以为他们不祈求上帝保佑了。在战斗中只要有时间，有地方，他们也会祈求上帝保佑的。”

“即使这样，”那旅客说，“我还是有一点不明白，那就是有很多次我从书上读到，两个游侠骑士没说几句话就动了火，各自掉转马头，奔跑一阵，然后什么也不说，掉过头来往回冲，边跑边祈求他们的夫人保佑，结果碰到一起后，一个被对方扎了个穿心透，掉下马去；另一个要不是抓住了马鬃，也得掉下马来。我不知道，那个死去的骑士在这么短暂的战斗里怎么可能有时间祈求上帝保佑。倒不如把在奔跑中祈求夫人保佑的那些话用于基督徒应尽的本分呢。而且我觉得，也不见得所有游侠骑士都有夫人呀，并不是所有人都谈恋爱嘛。”

“这不可能，”唐吉诃德说，“我说骑士不可能没有夫人，因为他们恋爱是很自然的事情，就像天上有星星一样。历史上还从来没有出现过没有爱情生活的骑士呢。如果骑士没有爱情生活，那么他一定是个杂牌货。他进入游侠骑士的城堡时，就不是从大门进去，而是从墙头进去，像个盗贼似的。”

“尽管如此，”旅客说，“我觉得，如果我没有记错的话，我曾经在书里读到过，高卢的英勇的阿马迪斯的兄弟加劳尔从来都不向某个夫人祈求保佑，而且也并没有因此受到歧视。他是位有名的勇武骑士。”

唐吉诃德答道：

“大人，‘一只燕子不算夏’。而且据我所知，这位骑士私下是很多情的，并且喜爱所有他觉得漂亮的女人。这也是人之常情，谁都管不了。不过一句话，很清楚，他的意中人只有一个，而且他经常极其秘密地祈求她保佑，因为他自诩是个秘密骑士。”

“如果所有游侠骑士真的都得恋爱，”旅客说，“那么，您既然干这行，也肯定是如此了。如果您不像加劳尔那样自诩是秘密骑士，我以我们这一行人以及我个人的名义恳求您，把您夫人的名字、祖籍、身份及美貌告诉我们吧。她一定会为大家都知道她受到一位像您这样的骑士尊宠而感到荣幸。”

唐吉诃德深深叹了口气，说：

“我还不能肯定我那位可爱的冤家是否愿意让别人知道我尊宠她。既然你如此谦恭地问我，我只能说她的名字叫杜尔西内亚，祖籍托博索，那是曼查的一个地方。她的身份至少是一位公主，她是我的女王、女主人。她美貌超群，所有诗人赞美他们的意中人的种种难以想象的美貌特征，都在她身上体现出来。头发是金色的，前额如极乐净土，眉如彩虹，眼似太阳，玫瑰色的面颊，珊瑚色的嘴唇，珍珠般的牙齿，雪白的脖颈，大理石色的胸脯，象牙色的双手，白皙若雪，至于那隐秘部分，依我看，只能赞叹，不可比喻。”

“我们还想知道她的门第、血统和家世。”比瓦尔多说。

唐吉诃德答道：“她既不属于古代罗马的库尔西奥、加约、埃西皮翁家族，也不属于现代罗马的科洛纳、乌西诺家族，更别提巴伦西亚的雷韦利亚、比利亚诺瓦家族了；她不是阿拉贡的乌雷亚、福塞斯、古雷亚家族，也不是葡萄牙的阿伦卡斯特罗、帕拉斯、梅内塞斯家族；她属于曼查的托博索家族，虽然门第有点新，但说不定会在未来几个世纪里发家，成为豪门望族。如果不具备塞维诺从前为奥兰多兵器战利品写的那个条件，就不要对此持异议吧。他写的那个条件就是：

不敌奥兰多，
莫动此处兵戈。”

“虽然我出自拉雷多的卡乔平家族，”旅客说，“不敢同曼查的托博索家族相提并论，可是说老实话，这个姓氏我至今还从未听说过呢。”

“怎么会没有听说过呢！”唐吉诃德说。

其他人边走边仔细听这两个人的对话，就连牧羊人也听得出来，唐吉诃德已经深中疯魔。只有桑乔·潘萨认为唐吉诃德说的都是实情，因为他知道唐吉诃德是谁，而且生来就认识唐吉诃德。他有点怀疑的是那位美丽的杜尔西内亚。虽然他就住在托博索附近，却从未听说过这个名字和这位公主。

他们正说着话，就看到两座高山之间的山谷里下来了大约二十个牧人，个个穿着黑羊皮袄，头上戴着花环，后来才看清有的是用紫杉枝做的，有的是用柏树枝做的。其中六个人抬着一口棺材，上面盖满了花环和树枝。一个牧羊人看到了，说：

“来的那几个人抬的是克里索斯托莫的遗体，那个山脚就是克里索斯托莫吩咐埋葬他的地方。”

他们立刻跑过去，正好看到那几个人把棺材放到地上，其中四个人拿着尖嘴镐，正在一块坚石旁挖坑。

彼此问候之后，唐吉诃德以及和他一起来的几个人就去看那个棺材。棺材里一具尸体身着牧人服，上面盖满了鲜花。死者约三十岁。人虽然死了，却仍能看出，他活着的时候，面孔很漂亮，身体也很匀称。在棺材里，尸体周围摆着几本书，有的打开，有的合着，还有很多手稿。旁观的人、挖坟的人以及所有其他人都沉默不语。后来，才有一个抬棺材来的人对另一个人说：

“安布罗西奥，你既然要完全按照克里索斯托莫的遗嘱办，那么你看看，这是不是他指定的那个地方？”

“是的，”安布罗西奥回答，“我那不幸的朋友曾几次在这儿向我讲述他的伤心史。他说就是在这儿第一次向她倾诉衷肠，最后一次也是在这儿，马塞拉拒绝了他，并且蔑视他。因此，他才悲惨地结束了自己可怜的生命。在这里，为了纪念如此多的不幸，他希望人们把他安置在永久的忘却中。”

他又转向唐吉诃德和几位旅客说：

“各位大人，在你们用怜悯的目光注视的这个身体里，寄寓过一个上苍曾赋予无限天赋的灵魂。这是克里索斯托莫的身体。他聪颖过人，温文尔雅，慷慨大度，友遍四方，尊贵无上；他深沉而不狂妄，随和而不卑贱，总之，他的优秀品德堪称世界第一，而他的不幸也举世无双。他想爱，却受到厌弃；他崇拜，却遭到睥睨；他向母兽恳求，他与顽石缠绵，他逐风奔跑，他在孤独中咆哮，他向负心人传情，换来的却是生命中途的一具尸体。一个牧羊姑娘结束了他的生命，而他曾想让那牧羊姑娘在人们的记忆中永存。你们看到的这些手稿完全可以证明这一切。他曾嘱咐我，埋葬了他的尸体之后，就把这些手稿付之一炬。”

“你若是如此对待这些手稿，”比瓦尔多说，“那就比手稿的主人对待它们的做法还冷酷。如果死者对你的吩咐超出了人之常情，就不应该按照他的吩咐办。奥古斯都大帝如果同意执行曼图亚诗圣[①]的遗嘱，那就不对了。所以，安布罗西奥大人，他是伤心至极才如此吩咐的。你既然把你的朋友安葬在此，不愿意让他的手稿被人遗忘，那就最好不要草率地照办。你还是把这些手稿保留起来，让人们永远记得马塞拉的冷酷吧，把它作为例证，避免活着的人今后重蹈覆辙。我和在场的诸位已经了解了你这位痴情而又绝望的朋友的故事，了解了你们的友谊、他的死因以及他结束自己生命时留下的遗嘱。从这个可悲的故事里，可以了解到马塞拉的残酷、克里索斯托莫的痴心、你们之间友谊的真诚以及在爱情的迷途上执迷不悟的人的结局。昨天晚上，我们听说了克里索斯托莫之死，还有要在这个地方安葬他的消息。出于好奇和怜悯，我们商定绕路到此观看这件让我们惋惜的事情。

“出于我们要对这一悲剧尽力作出补偿的愿望，我们请求你，至少我以个人的名义恳求你，精明的安布罗西奥，不要烧掉这些手稿，让我带走一部分吧。”

不等安布罗西奥同意，他就顺手拿起了一些手稿。安布罗西奥见此说道：

“出于礼貌，我同意您留下您拿到的那些手稿，可是剩下的那些，您别想不让我烧掉。”

比瓦尔多急于看手稿里说了什么，就翻开一页，看到上面的标题

① 曼图亚诗圣指维吉尔，因为他是曼图亚人。他曾遗命把史诗《埃涅阿斯纪》烧毁，古罗马皇帝奥古斯都没有照办。

是《绝望的歌》。

安布罗西奥听到这个标题后说：

“这是那个不幸者写下的最后一份手稿，大人，你从上面可以看到，他的悲伤达到了什么程度。请你念一下吧，让大家都听听。坟墓还没有挖好，你有充分的时间。”

“我很愿意念。”比瓦尔多说。

其他在场的人也想听，就围成了一圈。比瓦尔多字句清楚地朗读起来。

第十四章　已故牧人的绝望诗篇及其他意外之事

克里索斯托莫之歌

狠毒的你，既然愿意，
把你的冷酷
公之于众，任人街谈巷议，
我只好让这地狱
传达我
抑郁心胸的悲歌，
它的声音已经扭曲。
我要全力诉说
我的苦痛和你的劣迹。
那声调一定骇人，
交织着
我饱受折磨的辛酸凄厉。

听吧，你仔细听，
不是和谐的旋律，
而是我
苦闷肺腑的声音，
是我的爱慕、你的负心
带来的谵语。

狮子咆哮豺狼嗥，
让人心悸，
披鳞毒蛇咝咝鸣，
何处怪物悚人啼，
乌鸦呱呱兆不吉，
海狂风更急。
斗败的公牛震天吼，
失伴的斑鸠凄惨兮，
遭妒的鸱鸮声声哀，
黑暗的地狱尽哭泣，
伴随痛苦之幽灵
汇成新曲调，
唱诉出
我的极度的悲戚。

塔霍之父竞技场，
著名的贝蒂斯橄榄园，
却听不到
这哭泣的回声。
我的极度悲伤
以僵硬的语言，
逼真的词句，
传播在

危岩深洞，
暗无天日的僻野，
渺无人烟的荒滩，
阳光从不光顾的地域，
或者那
利比亚平原的野兽群里。
我嘶哑的不幸声音
与你的冷酷绝情，
飘荡在
偏僻的荒野，
缅怀着我短促的生命，
飞向无垠的寰宇。

藐视荼毒生灵，
猜忌攘除平静，
欲火强烈害非浅，
长久分离扰生息。
恐惧被遗忘，
却遏制了
美好命运的希冀。
四方皆死亡，
而我，真是罕见的奇迹，
猜忌欲置我于死地，
我却依然活着，
热情、孤单、遭嫌弃而诚心意。
我的热情在忘恩负义中燃烧，
在这煎熬里
看不到希望的踪迹。
我不再无谓地追求，
宁愿极度沮丧，

永无叹息。

恐惧犹存希望？
希望造成恐惧？
纵使春情在前，
却看到
裸露的灵魂百孔千疮，
我是否应该
合上我的眼皮？
当人们面对蔑视，
猜疑痛苦变事实，
纯洁真言化谎语，
谁不开门迎狐疑？
在可怕的爱情王国里，
不可遏制的情欲呀，
请为我套上手铐，
让鄙夷给我套上
不公的绳索吧。
而你，
虽然冷酷得胜利，
却被我的痛苦
抹去了
对你的回忆。

我终将逝去，
无论生与死，我都
执着地憧憬，
从未企盼过运气。
我要说，
爱当真心爱，

投入真情，
灵魂才飘逸。
我要说，我的冤家啊，
你的灵魂一如形体美，
你负我心，
造成我不幸，
是我咎由自取。
你的桀骜
要让爱安谧。
你的鄙视导致我
带着如此痴迷，如此桎梏，
缩短我的生存期。
我让身心随风去，
安然遁迹悄无息。

你对我的无礼
使我厌弃生命。
你清楚地看到，
这颗备受创伤的心灵，
心甘情愿地
忍受你的严厉。
如果你认为，
我为你而死引得
你美丽的明眸黯然，
我要说，
完全不必。
我把亡灵奉献给你，
你无须负疚。
你会在葬礼上
愉快地看到，

我的终结
是你的喜庆大吉。
你会得知，
我生命仓促结束之日，
正是你得意之期。

来吧，此其时矣，
焦渴难忍的坦塔洛斯①，
身负重石的西叙福斯②，
兀鹫在身的提梯俄斯③，
旋转不停的艾西翁④，
徒劳无息的同胞姐妹⑤，
皆从地狱走来，
向我致哀；
向这未装裹的遗体
低吟起伤感的挽歌。
三脸狱吏和成千的魑魅魍魉
参加了沉痛的殡殓。
这是对已故情人
最高的奠祭。

---

① 坦塔洛斯是希腊神话中宙斯的儿子，被罚入冥界后，关在一个湖中央。他低头想喝水时，水便退去，抬头想吃树上的果子时，树枝便抬高。西方语言中常用“坦塔洛斯的痛苦”来形容可望不可及而引起的痛苦。坦塔洛斯被打入地狱的原因据说是他向人间泄露了宙斯的决定。

② 根据荷马的描写，西叙福斯是个自私、狡猾、罪恶多端的人，死后受到惩罚，要永不停息地向山上推石头。石头刚推上去便滚下来，他又得重新开始。

③ 提梯俄斯是希腊神话中盖亚之子（又说是宙斯和厄拉拉之子）。因为欲对阿波罗之母勒托非礼，被宙斯打入地狱。在地狱中，有两只鹰不停地啄食他的肝脏。

④ 艾西翁因亵渎宙斯之妻，被罚入地狱，缚在旋转不息的火轮上。

⑤ 在希腊神话中，达那俄斯被迫将自己的五十个女儿嫁给埃古普托斯的五十个儿子。他秘嘱女儿们在新婚之夜把新郎全部杀死，结果有四十九个女儿照办。传说她们后来在冥界受罚，永不停息地向无底桶内倒水。

当你离我而去时，
绝望的歌啊，
不必再叹息。
既然
我的不幸
增加了你的欢娱，
在这坟茔，
你也不必凄迷。

大家听了克里索斯托莫之歌，都觉得不错，尽管念诗的人说，他觉得这与他听说的有关马塞拉的情况不符。他听说马塞拉正派善良，可克里索斯托莫却在诗里说什么情欲、猜疑、分离，这有损马塞拉的良好声誉。安布罗西奥最了解朋友内心的思想，说：

"大人，我一讲你就会明白，这位不幸的人写这首诗的时候已经与马塞拉分手了。他是故意离开马塞拉的，想看看自己能不能忘掉她。这位失恋的人对所有事情都烦躁，都恐惧，所以杜撰出那些情欲、猜疑等，而且都当真了。马塞拉的善良名声依然如故。她冷酷，有点傲慢，看不起人，不过这些都不会对她造成什么不良影响。"

"这倒是真的。"比瓦尔多说。

比瓦尔多正要从那些准备烧掉的手稿里再抽出一份来朗读，他眼前忽然出现了一个令他眼花缭乱的仙女，原来是牧羊姑娘马塞拉出现在墓旁那块石头的上方。她真漂亮，比传说的还漂亮。原来没见过她的人看得张口结舌，原来经常见到她的人也目瞪口呆。可是安布罗西奥一看到她，就显得大为不快，说：

"恶毒的山妖，你是来看被你凶残地害死的人伤口流血，还是来为你的罪恶行径洋洋自得？你是要像暴戾的尼禄[①]那样俯瞰你的罗马在焚烧，还是来高傲地践踏这位不幸者的尸体，就像塔奎尼乌斯[②]的

---

① 尼禄是古罗马暴君。公元64年罗马城遭大火，民间盛传是尼禄唆使纵火焚烧的。

② 塔奎尼乌斯是传说中罗马的第五代国王。他篡夺王位后，又被女儿杀死。

忤逆女儿对她的父亲那样？你快说，你究竟想干什么？我最了解克里索斯托莫，他生前对你百依百顺。因此，即使他死了，我也要叫所有自称是他朋友的人都按照你的意志办。”

“噢，安布罗西奥，我并不是为你说的那些事情而来。”马塞拉说，“我是来说明，大家把克里索斯托莫的痛苦及死亡归咎于我是多么不合理。我请所有在场的人都听我说。这不需要很多时间，也不用很多话，就可以说清楚。你们说，我天生很漂亮，你们都喜欢我，既然你们喜欢我，我就得喜欢你们。上帝给我的智慧告诉我，所有美丽的东西都可爱，可是没有告诉我，如果一个人因为漂亮而被别人喜欢，他也就得喜欢别人。常常是喜欢漂亮的人自己很丑，而丑是讨厌的。所以，说‘我爱你美丽，你也应爱我，即使我很丑’，就不对了。

“而且，就算两个人都很漂亮，也不一定就两厢情愿。并不是所有漂亮的人都招人喜欢。有的美丽只悦目，却并不赏心。如果看见漂亮的人就喜欢，就动心，就会意乱情迷，无所适从。因为漂亮的人比比皆是，那么他的倾慕也就无止境了。我听说，真正的爱不是单方面的，而且应该是自觉自愿的。既然如此，我也这样认为，你们怎么能要求我，因为你们说爱我，我就得违心地爱你们呢？如果不是这样，你们说，假如我生来很丑，却抱怨你们不爱我，这合理吗？你们再想想，我的美貌并不是我挑选的，而是上帝赐予我的，我并没有要求或选择这种美貌。这就好比毒蛇有毒不能怪它一样，这是它的天性，因此能毒死人。我也不该因为漂亮就受到谴责。一个正派女人的美貌好比一束独立的火焰或者一把利剑，如果不靠近它，它既不会烧人，也不会伤人。名誉和品行是灵魂的装饰品，没有它们，再漂亮的身体也不算美。贞洁既然是美化人身体和灵魂的一种道德，那么，为什么因为漂亮而被爱的人就得迎合某些人去失掉贞洁呢？而那些人仅仅因为自己愿意就要千方百计地企图占有她？

“我生来是自由人。为了生活得自在些，我选择了僻静的乡村。山上的大树是我的伙伴，清澈的泉水是我的镜子，我向大树倾诉我的思想，在泉水里观看我的美貌。我是孤火单剑。对于以貌取我的人，我直言相劝。至于说幻想造成了希望，无论是克里索斯托莫还是其他人，我都没有让他们存一点幻想。完全可以说，不是我的冷酷，而是他们的痴心害死了他们。如果有人说他们的要求是善良的，我就得答应，那么我告诉你们，当他在你们现在挖坟的这个地方向我表露他的善良愿望时，我就已经对他讲明了，我的愿望是一辈子单身，让大地享受我的美貌躯体。既然我讲得这样明白了，他还执迷不悟，逆风行舟，怎么能不迷途翻船呢？

“我若是敷衍他，就算我虚伪；我若是迎合他，就违背了我的初衷。他明知不行却迷途不返；没人厌弃他，他却心灰意冷。你们说，现在把他的悲剧归罪于我，这像话吗？如果是我骗了他，他还有理由可怨；如果我答应了他又不履行诺言，他也有理由绝望；如果我勾引他，他信以为真，那还说得过去；如果我迎合了他，他也可以高兴。可是，我并没有欺骗他、答应他、勾引他、迎合他，这就不能说我冷酷，不能说我害死了他。直至现在，老天也没有让我爱上谁，要想让我任人挑选更是徒劳。

“但愿我这番表白使每个向我求爱的人都有所鉴戒，知道从今天起如果有人为我而死，那他并不是殉情而死。因为我对谁也不爱，对任何人也不会给予热情。此外，回绝他也不应该算作蔑视。说我是妖魔鬼怪的人，就当我是妖魔鬼怪吧，别理我；说我无情义的人，不必向我献殷勤；说我翻脸不认人就别理我；说我冷酷就别追求我。我这个妖魔鬼怪，我这个负义、冷酷而翻脸不认人的女子，无论如何也不会去找你们，向你们献殷勤，套近乎，追你们的。是克里索斯托莫的焦虑和奢望害死了他，为什么你们一定要把罪责推卸到我这个品行端庄的人身上呢？我洁身自好，与树为伍，可那些让我在男人们面前保持清白的人，为什么又一定要让我失节呢？你们都知道，我有自己的财产，不觊觎别人的东西；我生性开朗，不喜欢这个人，也不会去追求其他人；我不嘲弄这个人或拿那个人开心。同村里的牧羊姑娘们聊聊天，看护好羊群，已经使我心满意足了。我的愿望只限于这山上。如果超出了这些山，那就是为了欣赏美丽的天空，灵魂也随之走向冥府。”

讲完这番话，她不想再听别人说什么，就转身走进附近山上的密林深处去了。所有在场的人都被她的机敏和美貌惊呆了。有的人仿佛被她秀丽的目光撩拨得还想去追她，丝毫没有领会马塞拉刚才那番表白的意思。唐吉诃德见此情景，觉得是他发扬骑士精神帮助弱女的时候了。他手握剑柄高声说道：

“任何人，无论他是什么身份和等级，如果敢去追赶美丽的马塞拉，就别怪我发脾气了。她已经以明确充分的理由说明，她对克里索斯托莫之死只负很少责任或根本就没有责任。她没有理会任何人的请求。她应该受到的不是追求，而是世界上所有善良人的尊敬和爱戴，证明她是世界上唯一有高尚愿望的人。”

也许是大家被唐吉诃德吓住了，也许是因为安布罗西奥要求大家把该对死者做的事情都做完，反正没有一个牧羊人去追赶马塞拉。坟坑挖好了，克里索斯托莫的手稿也烧完了，大家把他的遗体放进坑里，还流了不少眼泪。大家用一块大石头把坟封好。墓碑还没有刻好。安布罗西奥说，他打算刻上这样的墓志铭：

这里躺着一位情人，
他的身体已经僵硬。
他本是一个牧羊人，
因为失恋而殉情。

他死于一位
负心美人的冷酷之手，
她的孤傲
更加剧了他爱情的痛苦。

然后，大家在坟上撒了些花束，向死者的朋友安布罗西奥表示了自己的哀痛，便纷纷告辞了。比瓦尔多和伙伴们告辞后，唐吉诃德也向牧羊人和旅客们道别。几位旅客邀请唐吉诃德随他们去塞维利亚，说那地方征险最合适，每条街、每个角落都会险象环生。唐吉诃德对他们的邀请和热情表示感谢，说他一时还不想去，也不应该去塞维利亚，他还要把山里的恶贼扫除干净，这山上恶贼遍野，臭名昭著。旅客们见唐吉诃德决心已定，便不再坚持。他们再次同唐吉诃德道别，继续赶路。路上不乏话题，有马塞拉和克里索斯托莫的故事，也有疯子唐吉诃德的故事。唐吉诃德想去寻找牧羊姑娘马塞拉，尽力为她效劳。可是按照信史的记载，以后的事出人意料。故事的第二部分到此结束。

第十五章　唐吉诃德不幸碰到几个凶狠的杨瓜斯①人

根据圣贤锡德·哈迈德·贝嫩赫利的记载，唐吉诃德告别了牧羊人以及在克里索斯托莫葬礼上见到的所有人，与他的侍从一起钻进了牧羊姑娘马塞拉走进的那片树林。他们在树林里走了近两个小时，四处寻找马塞拉，最后来到一片绿草如茵的平地上，旁边有一条清澈的小溪缓缓流淌。此时正当夏日炎炎，他们不由自主地要在此午休。唐吉诃德和桑乔翻身下马，让罗西南多和驴子尽情吃草，自己也把褡裢来了个底朝上。主仆二人无拘无束，把袋子里的东西美美地吃了个一干二净。

桑乔没有给罗西南多套上绊索。他知道罗西南多很温驯，很少发情，科尔多瓦牧场的所有母马都不会令它动邪念。可是命运和魔鬼并不总是睡觉，那个地方正巧有杨瓜斯人喂养的一群加利西亚小母马在吃草。杨瓜斯人常常在这个地方午休，正好让他们的小马吃草饮水。这个地方很合他们的心意，而唐吉诃德停留之处也正是这个地方。结果，这回罗西南多忽然心血来潮地要同母马们开开心。它未经主人的

---

① 杨瓜斯是西班牙的一个地方。

许可，嗅着母马们的气味溜达着走过去，后来竟碎步跑起来，要去同母马合欢。可是，母马们当时觉得最需要的是吃草，而不是合欢，于是报之以蹄子踢和嘴巴啃。不一会儿，罗西南多就弄得肚带断，鞍子脱落，浑身光溜溜了。不过，最令它难忘的还是那些脚夫们看到罗西南多要对母马施暴，便手持木棒赶来，一顿痛打，打得它浑身是伤，躺在地上起不来。

唐吉诃德和桑乔看到罗西南多被打，气喘吁吁地跑来。唐吉诃德对桑乔说：

“依我看，桑乔朋友，这些人不是骑士，只是一群下人。我是说，你可以帮助我。现在罗西南多受到了伤害，我们得为它报仇。”

“报什么鬼仇呀，”桑乔说，“他们有二十多人，咱们只不过两个人，也许还只能说是一个半人。”

“我以一当百。”唐吉诃德说。

唐吉诃德不再说什么，持剑向杨瓜斯人冲去。桑乔受主人鼓舞，也跟着冲了上去。唐吉诃德首先刺中了对方一个人，把他的皮衣划开了一个大口子，背上的皮也撕掉了一块。

那几个杨瓜斯人看到他们只有两个人，仗着自己人多，手持木棒拥上来，把两人围在中间，痛打起来，没两下便把桑乔打倒在地。唐吉诃德虽然技术高超，勇气过人，也同样被打倒了。他希望幸运能够降临到罗西南多脚下，可罗西南多终究还是未能站起来，可见那些粗人的怒棒打得多么沉重。杨瓜斯人看到闯了大祸，赶紧把货物放到马背上启程赶路，只剩下两个垂头丧气的征险者。

桑乔首先醒来。他来到主人身边，声音凄惨地叫道：

“唐吉诃德大人！哎，唐吉诃德大人！”

“干什么，桑乔兄弟？”唐吉诃德说，声调和桑乔一样软弱凄惨。

“如果您手里有那个什么布拉斯的圣水，”桑乔说，“能不能给我喝两口？兴许它能治断骨，也能治伤口呢。”

“真倒霉！要是我手头有这种圣水，那还怕什么呢？”唐吉诃德说，“不过，桑乔·潘萨，我以游侠骑士的名义发誓，如果不是命运另有安排，用不了两天，我就会有这种圣水。”

“您看我们过多少天才能走路呢？”桑乔问。

“我只能说，我也不知道得过多少天。”唐吉诃德说，“这都怨我，我不应该举剑向那些人进攻。他们同我不一样，不是受封骑士。我违反了骑士规则。我觉得是战神让杨瓜斯人惩罚我。所以，桑乔·潘萨，你最好记住我下面说的话，这对咱们俩都很重要。如果你再看到这样的无赖跟我们捣乱，可别等我举剑向他们进攻，我不会再那样做了。你应该举剑进攻，任意处置他们。如果有骑士来帮助保护他们，我也会来保护你，全力惩治他们。你大概已经无数次地体察到我这雄健臂膀的力量了吧。”

这位曾经战胜过勇猛的比斯开人的可怜大人显得不可一世。

可是，桑乔·潘萨却对主人说的不以为然。他说道：

“大人，我是个和气、安稳、本分的人。我还有老婆孩子，所以我可以容忍所有的挑衅。我也可以告诉您，我不会听从您的指使。不管是无赖还是骑士，我都不会持剑进攻他们。而且从现在开始，直到见上帝的时候，不管什么人欺辱我，不管是高的、矮的、贫的、富的、贵人或是老百姓，我都宽恕他们，毫无例外。”

唐吉诃德听后说道：

“现在我这肋骨疼得厉害，我应该再有点精神，这样就可以说得轻松些，使你明白你的错误所在，桑乔。过来，罪人，咱们一直走背运。如果现在时来运转，鼓起咱们愿望的风帆，咱们肯定会驶进我许诺过的某个岛屿的港口。如果我征服了这个岛，把它封给你，你行吗？你肯定不行，因为你不是骑士，也不想是骑士，而且连为你所遭受的侮辱报仇，以维护自己尊严的勇气和企图都没有。你应该知道，在那些刚刚征服的王国和省份里，当地人的情绪不会平静，也并不那么服从新主人。新主人不必害怕他们兴风作浪、重蹈覆辙，或者像他们说的那样，碰碰运气。这就需要新的统治者有治理的才智和应付各种事件、保护自己的勇气。”

“这种事情现在就发生了。”桑乔说，“我也希望具有您所说的那些才智和勇气。可是我以一个穷人的名义发誓，我最需要的是膏药，而不是训诫。您看看自己是否能站起来，或者咱们去帮帮罗西南多吧，尽管它并不配我们去帮助，因为它是造成咱们被痛打的主要原因。我从未想到罗西南多竟会是这样，我一直把它看成贞洁的，像我一样老实。反正俗话说得对，‘日久见人心’，‘世事莫测’。您向那个倒霉的游侠骑士猛刺之后，谁能料到还会有乱棍打在咱们的背上呢？”

“桑乔，”唐吉诃德说，“你的背想必已习惯于风雨，可是我的背却弱不禁风，这回挨打，自然会疼得很厉害。可是我想，不，不是什么我想！我肯定,要习武就肯定会有这类痛苦,不然的话,我早就气死了。”

桑乔说：

“如果这些倒霉的事情是骑士的必然结果，那么请您告诉我，它是频频发生呢，还是在特定的时候才降临？我觉得像这种事情，如果上帝不以他的无限怜悯帮助咱们，咱们有两次也就完蛋了，用不着第三次。”

“你知道，桑乔朋友，”唐吉诃德说，“游侠骑士的生活就是与成千的危险和不幸联系在一起的，不过，他们同样也有可能成为国王或皇帝，很多游侠骑士的经历就证明了这一点，我对此十分清楚。如果我身上不疼的话，现在就可以给你讲几个游侠骑士的故事。他们仅仅凭着自己臂膀的力量爬到了我刚才说的那种高位，而在此前后他们经历过各种苦难磨砺。高卢的英勇的阿马迪斯就曾落到他的死敌阿尔卡劳斯魔法师手里。阿尔卡劳斯抓住他以后，把他捆在院子里的一根桩子上，用马缰绳打了他两百下，这是确凿无疑的。还有一位不大出名的作家，也是很可信的，说太阳神骑士有一回在某个城堡里掉进了陷阱。他手脚被捆着，一下子就落进了地下的深渊，还被喂了用水、雪、沙混合而成的所谓药品，差点儿丢了性命。要不是一位聪明的老朋友在这个倒霉的时候救了他，这位可怜的骑士可就惨了。

“我也可以列入这类优秀人物。他们遭受的磨难比咱们现在遭受的要大得多。我可以告诉你，桑乔，被对方用随手拿起来的东西打出伤来并不算耻辱，这是决斗法规上明确写明的。假如修鞋匠随手用楦子打伤别人，不能说那个人被用棍子打了一顿，尽管楦子也是棍子。我这样说是让你别以为咱们在这次战斗里被打痛了，就是蒙受了耻辱。那些人用来打咱们的家伙不是别的，只是他们手里的木棒。我记得他们当中没有任何人使用了剑或者匕首。”

“我倒没看那么仔细，”桑乔说，“当时我的手刚要拿剑，肩膀就被他们用松木棒狠揍了一通，什么也看不见了，脚也站不住了，倒在我现在躺的这个地方。我伤心的倒不是这顿棒打算不算羞辱，而是肩上背上被打的疼痛劲儿，那真是刻骨铭心啊。”

“桑乔兄弟，我得告诉你，”唐吉诃德说，“时间长了，记忆就消失了；人一死，痛苦也就没有了。”

“那么，还有什么东西比时间才能抹掉的记忆，比死亡才能结束的痛苦更为不幸呢？”桑乔说，“如果咱们的不幸是几块膏药就能够治好的，事情还不算很糟糕。可是我却看到，即使一所医院的所有膏药也不足以治好咱们的伤。”

“别这么说，桑乔，你得从咱们的短处见出力量来，”唐吉诃德说，“我也会这样做。咱们去看看罗西南多吧，我觉得可怜的它对这场不幸倒一点不在乎。”

“这倒没什么可夸耀的，”桑乔说，“它也是个游侠骑士呀。我可以夸耀的倒是我的驴没事，没有任何损失。咱们反正没少遭罪。”

“幸运总是在不幸中网开一面，也让人有所安慰。”唐吉诃德说，“我这样讲是因为这头驴现在可以弥补罗西南多的空缺。它可以驮我到某个城堡去，治治我的伤。我骑这样的牲畜也不算不体面。我记得那个好老头西勒尼[①]，快乐笑神的家庭教师和导师，进入千门城时就骑着一头很漂亮的驴，而且非常得意。”

“也许他真的像您说的那样，是骑着驴去的，”桑乔说，“不过，要是像个驴粪袋似的横搭在驴背上，那可跟骑着驴去大不一样。”

“在战斗中受了伤是光荣，而不是耻辱。所以，潘萨朋友，别说什么了，而是像我刚才说的那样，尽力站起来，用你愿意的任何方式把我扶到你的驴上吧。咱们得在天黑之前离开这里，以免在这荒无人烟的地方遭受袭击。”

---

① 西勒尼是希腊神话中的一个神，终日饮酒作乐，睡眼惺忪，总要别人扶着或骑在驴上。

“不过我听您说过，”桑乔说，“游侠骑士每年都有很多时间是在荒山野岭度过的，他们觉得这很幸福。”

“那只是在迫不得已或者恋爱的时候才如此。”唐吉诃德说，“不过，确实有的骑士苦行了足足两年时间，迎着烈日睡在岩石上；无论严寒酷暑都在野外露宿，连他的意中人都不知道他到哪儿去了。这其中就有阿马迪斯，当时他叫贝尔特内夫罗斯，就在‘卑岩’上住了不知是八年还是八个月，我记得不很清楚了。反正他是在那里受苦，也不知道他夫人奥里亚娜怎么惹他了。不过，咱们别说这个了，桑乔，趁着你的驴和罗西南多没再遭别的难，你再使把劲儿。”

“简直是活见鬼。”桑乔说。

他们喊了三十声“哎哟”，叹了六十口气，咒骂了一百二十遍引他们到这里来的人，才筋疲力尽地爬起来，站在路中央，就像两只弯弓，总是站不直，费了半天劲，总算给驴备上了鞍。那只驴那天也太逍遥自在了，走起路来有些心不在焉。后来桑乔把罗西南多也扶了起来。如果它能说话，它发的牢骚肯定不比桑乔和唐吉诃德少。桑乔总算把唐吉诃德扶上了驴，又套上罗西南多，拉着驴的缰绳，向他们估计是大路的方向走去。幸亏情况慢慢好转了。他们走了不到一西里路，一条道路就出现在他们面前，路旁还有个客店，唐吉诃德认为那是城堡。桑乔坚持说是客店，主人则说不是客店，是城堡。他们争论不休，一直争到门前，桑乔领着一行人走进去，也不再争辩了。

第十六章　足智多谋的贵族在他认为城堡的客店里的遭遇

店主看到唐吉诃德横趴在驴上，就问桑乔是哪儿不舒服。桑乔说他没什么，只是从一块石头上掉了下来，脊背难受。店主有个老婆，同其他客店的主妇不一样，心地善良，总是为别人的遭遇难过。她赶来为唐吉诃德治伤，并且让她的一个漂亮闺女帮助自己照顾客人。客店里还有个女仆，是阿斯图里亚斯人，宽宽的脸庞，粗粗的后颈，扁鼻子，一只眼瞎，另一只眼也不好。这女仆还有其他毛病，就是她从头到脚不足七拃，背上总是如承重负，压得她总是不大情愿地盯着地。不过，这几个缺陷都被她那优美的体态弥补了。这位优雅的女仆又帮着店主的女儿在一间库房里为唐吉诃德准备了一张破床。那库房显然多年来一直是堆草料用的。库房里还住着一位脚夫，他的床虽然也只是用驮鞍和马披拼凑成的，却比唐吉诃德的床强得多。唐吉诃德的床只是架在两个高低不平的凳子上的四块木板，一条褥子薄得像床罩，还净是瘀疙瘩。若不是从破洞那儿看得见羊毛，还以为里面装的是鹅卵石呢。床单是用皮盾的破皮子做的，还有一条秃秃的毯子。要是有人愿意的话，那上面一共有多少根线他都能数出来。

唐吉诃德在这张破床上躺下来。客店的主妇和她的女儿把唐吉诃德从上到下都抹上了膏药，那个阿斯图里亚斯丑女仆在旁边照着亮。女主人看到唐吉诃德身上净是淤斑，就说这伤是打的，不是摔的。

"不是打的，"桑乔说，"只是那块石头上有很多棱角，每个棱角都撞出一块瘀伤。"

他还说：

"夫人，请您把那块麻布省着点用，还会有人需要的。我的腰就有点疼。"

"要是这么讲，"主妇说，"你大概也摔着了。"

"我没摔着，"桑乔说，"只不过突然看到我的主人摔倒了，我的身上就也疼，好像挨了许多棍子似的。"

"这完全可能，"那位姑娘说，"我有好多次梦见自己从一个塔上掉下来，可是从未真正摔到地上。一觉醒来，浑身疼得散了架，真好像摔着了。"

"关键就在这儿，夫人，"桑乔说，"我什么梦也没做，而且比现在还清醒，可是身上的瘀伤比我的主人唐吉诃德少不了多少。"

"这位骑士叫什么名字？"阿斯图里亚斯的丑女仆问。

“曼查的唐吉诃德。”桑乔说，“他是征险骑士，可算是自古以来最优秀、最厉害的征险骑士。”

“什么是征险骑士？”女仆问。

“你连这都不知道？世界上竟有这种新鲜事！”桑乔说，“告诉你吧，妹妹，征险骑士就是刚才还被人打，转眼间又成了皇帝。今天他还是世界上最不幸、最贫穷的家伙，明天就可以有两三个王国赐给他的侍从。”

“既然你的主人这么出色，”女仆问，“你怎么好像连个伯爵都没混上呢？”

“为时尚早，”桑乔说，“我们到处寻险，已经一个月了，直到现在，还没有遇到一次险情。不过，说不定什么时候就歪打正着碰上了呢。要是我的主人唐吉诃德这次真能治好伤，或者没摔坏，我也没事。即使把西班牙最高级的称号授予我，我也不会放弃我的希望。”

唐吉诃德一直认真地听他们说话，这时也挣扎着坐起来，拉着主妇的手，对她说：

“相信我，美丽的夫人，你完全可以因为在这座城堡里留宿了我这个人而自称为幸运之人。我并不是自吹，人们常说，自褒即自贬。不过，我的侍从会告诉你我是什么人。我只对你说，你对我的照顾我会铭刻在心。只要我一息尚存，我就会感谢你。我向天发誓，我从未像现在这样被爱情所俘虏，嘴里念叨着那个狠心的美人，还仿佛能看到她的眼睛。不然的话，你这位美丽千金的眼睛就是我的灵魂的主人。”

客店主妇、她的女儿和那位女仆听着游侠骑士的话仿佛在听天书，莫名其妙，虽然她们能够猜测到那无非是些愿意效劳之类的殷勤话。她们还不习惯于这种语言，面面相觑，觉得这是个与其他人不同的人。她们用客店里的套话表示感谢，然后便离开了。丑女仆去看桑乔的伤。他同唐吉诃德一样需要治疗。

脚夫已经同丑女仆商量好那天晚上要共度良宵。丑女仆对脚夫说，待客人们都休息了，主人也睡觉了，她就去找脚夫，让他随心所欲。据说这位善良的女仆只要说了这类的话，即使是在山里许的愿，并没有人作证，她也会如期赴约。她觉得自己很大方，对自己在客店里做这种事并不感到低人一头。她曾多次说，她生来就倒霉，总是有不幸和苦难。唐吉诃德那张拼凑起来的又硬又窄的破床摆在库房中间，后面摆的是桑乔的床，上面只有一张草席和一条毯子。那毯子不像是毛的，倒像是破麻布的。再往后是脚夫的床，像前面说的，那床是用驮鞍和两匹最好的骡子的装备拼凑成的。他总共有十二匹骡子，个个都膘肥体壮，远近闻名。据这个故事的作者说，他是阿雷瓦洛的脚夫大户。作者特意提到他，也很了解他，据说还和他有点亲戚关系。锡德·哈迈德·贝嫩赫利是个对所有事情都喜欢刨根问底，而且记事准确的作者，这点很容易看出来，因为他对所记录的情况事无巨细，都一一提及。那些讨厌的历史学家可以向他学习。那些历史学家凡事都叙述得简短扼要，大概是出于粗心、恶意或者无知，把最关键的东西刚送到嘴边，却又略去了。《塔布兰特·德里卡蒙特》和另一本叙述托米利亚斯伯爵事迹的著作的作者是多么准确地描述了一切呀！

且说那个脚夫照看完他的牲口，喂了第二遍草料，就躺在驮鞍上静等那极其守时的丑女仆。桑乔敷好了药膏也躺了下来。他想睡觉，可是背上疼得厉害，睡不着。唐吉诃德的背也疼，一直像兔子似的睁着眼睛。整个客店一片寂静，只有大门中央的一盏灯还发出光亮。这种宁静，以及这位骑士对那些导致他疯癫的书中种种情节的回忆，使他产生了一种荒唐至极的想法。他想象自己来到了一座著名的城堡（前面说过，他把自己投宿的所有客店都看作城堡），店主的女儿是城堡长官的小姐。她被自己的风度折服了，已经爱上了自己，答应那天晚上瞒着父母来陪他好好睡一觉。这些杜撰的幻景使他仿佛觉得确有其事，于是开始不安，觉得考验他是否忠诚的时候到了。他在心里告诫自己，一定不能背叛托博索的杜尔西内亚，即使希内夫拉女王和她的侍女金塔尼奥斯来了也不能动心。

唐吉诃德正在胡思乱想，恰巧那个阿斯图里亚斯女仆赴约的时间到了。她穿着衬衣，光着脚，头发盘在一个用绒布做的发套里，蹑手蹑脚地摸索着溜进他们三人的房间里，准备同脚夫幽会。她刚走到门边，唐吉诃德就察觉了。虽然身上涂着药膏，背很疼，唐吉诃德还是坐在床上，伸出双臂来迎接自己的美丽夫人。阿斯图里亚斯女仆全神贯注地悄悄伸着手找她的情郎，手碰到了唐吉诃德的胳膊。唐吉诃德用力抓住女仆的一只手腕，把她拉过来，让她坐在床上。女仆吓得不敢言语。唐吉诃德又触摸到女仆的衬衣。那衬衣虽然是用粗布做的，可唐吉诃德还是觉得它薄如细纱。女仆的手腕上戴着玻璃珠串，于是唐吉诃德仿佛看到了东方的明珠。女仆的头发在某种程度上像马鬃，可唐吉诃德却把它当作阿拉伯光彩夺目的金丝，照得太阳黯然失色。她的呼吸无疑散发出一股隔夜色拉的味道，可唐吉诃德觉得它是那么芬芳馥郁。最后，唐吉诃德在头脑里把她想得跟书里的一位公主一模一样。那位公主就像刚才描写的那么迷人。她被爱情驱使，来看望受伤的骑士。唐吉诃德已经鬼迷心窍，无论是对女仆的触摸还是她的气息或者其他东西，都不能让他清醒过来。除了脚夫以外，所有人都会对女仆的身体和气息作呕，可是唐吉诃德却觉得他搂着一位天姿国色。他搂紧女仆，情意绵绵地喃喃道：

"美丽尊贵的夫人，承蒙大驾光临，不胜报答。可是命运偏偏不断地捉弄好人，让我躺在床上，浑身疼痛，虽然我十分愿意满足您，却又不可能。而且，更重要的是我已经对托博索举世无双的杜尔西内亚表示了忠心。我在灵魂最深处认为她是我唯一的意中人。不然的话，我不会像个愚蠢的骑士那样放弃您赐予我的这次幸遇。"

女仆被唐吉诃德紧搂着，已经烦恼万分，身上直冒虚汗。她并没有听懂，也根本没有听唐吉诃德说些什么，只想能默不作声地摆脱出来。脚夫被邪欲搅得不能入睡，他的姘头刚到门口他就知道了。他一直仔细听着唐吉诃德说的话，而且由于阿斯图里亚斯女仆失约投入别人的怀抱而醋意大发。他悄悄走近唐吉诃德的床，看唐吉诃德到底还能说些什么。可是，他看到女仆正竭力想挣脱出来，而唐吉诃德却缠着她不放，他觉得这太过分了。脚夫高举手臂，一记猛击打在这位多情骑士的尖嘴巴上，立刻打得他满嘴是血。脚夫觉得这还不够，又踩到唐吉诃德的背上，从头到脚把唐吉诃德踢了个够。这张床本来就不结实，床架也不牢，脚夫再一上来就更禁不住了，结果连人带床塌了下去。响声惊醒了店主。店主估计是女仆在闹腾。刚才店主喊过她，却没听到她应声。这么一猜，店主便起身点燃一盏油灯，向他估计正在打架的地方走来。

女仆看到主人走过来了。她知道店主生性暴躁，吓得惊恐万状，赶紧藏到桑乔的床下，缩成一团。桑乔还睡着。店主走进来说道：

“臭婊子，你藏在哪儿？我就知道准是你在闹事。”

这时候桑乔醒了。他感觉到有个人影几乎压在他身上，以为是做噩梦，就挥拳乱打，有不少下打在了女仆身上。女仆被打疼了，也顾不得什么体面，反手打了桑乔很多下。这回桑乔可醒了。他看到有人打他，但不知那人是谁，就赶紧坐起来，抱住女仆，于是两人展开了一场世界上最激烈也最滑稽的争斗。

脚夫借着店主的灯光看到女仆这种状况，便放开唐吉诃德过去帮忙。店主也想过去，不过他另有目的。店主认为是女仆造成了这场混战，所以他是过去惩罚女仆的。这真可谓“猫追老鼠鼠咬绳，绳缚棍子忙不停”，脚夫揍桑乔，桑乔打女仆，女仆又打桑乔，店主追女仆，大家都忙个不停,连喘息的时间也没有。妙就妙在店主手里的灯灭了，四周一片黑暗。大家摸黑乱打，无所顾忌，手到之处，一片狼藉。

那天晚上，恰巧有个所谓托莱多老圣友团的团丁住在客店里。他听到这种奇怪的激烈打斗声，便抓起他的短杖和铁皮头盔，摸黑走进房间，说道：

“别动，是正义！别动，是圣友团！”

团丁首先抓到的是已经饱尝恶拳的唐吉诃德。唐吉诃德倒在他那已经倒塌的破床上，失去了知觉。团丁摸到他的胡子，不停地喊着：“服从正义！”可是看到被抓的人既不喊叫也不动，才意识到这人大概已经死了，那么其他在场的人就是凶手。这么一想，他就扯足嗓门喊道：

“关上客店的门！不要让任何人跑掉，这里有个人被杀死了。”

他这一叫可把在场的人吓坏了。大家都停止了打斗。店主回到自己的房间里，脚夫回到驮鞍上，女仆也回到自己的茅屋里。只有倒霉的唐吉诃德和桑乔倒在原地动弹不得。这时团丁松开了唐吉诃德的胡子，出门找灯，准备寻找抓捕罪犯。可是灯没找到。原来店主回自己房间的时候，已经把油灯弄坏了。团丁好不容易才找到壁炉，费了不少周折和时间才点燃了另外一盏灯。

第十七章　错把客店当城堡，唐吉诃德和桑乔遇到了种种麻烦事

唐吉诃德这个时候已经苏醒过来。他用前一天被人乱棍打倒在谷地时叫桑乔的那种声音叫道：

“桑乔朋友，你睡着了？你睡着了吗，桑乔朋友？”

“就我这样，还睡什么觉啊！”桑乔又怕又恼地说，“好像今天晚上所有的魔鬼都跟我过不去呢。”

“你可以这么想，没问题。”唐吉诃德说，“或者是我见识太少，或者是这座城堡中了邪气，你应该知道……不过你得发誓，对我现在要告诉你的事情绝对保密，直到我死后才能说。”

“我发誓。”桑乔说。

唐吉诃德说：“我这样讲是因为我不想败坏任何人的名声。”

“我发誓，”桑乔又说，“我一定保密，直到有一天您老过世。不过，但愿上帝能让我明天就可以说出去了。”

“我怎么惹你了，”唐吉诃德说，“你竟然希望我这么快就死？”

“那倒不是，”桑乔说，“只是我最讨厌把什么都藏着掖着，把东西都放烂了。”

“不管怎么说，”唐吉诃德说，“你对我敬爱和尊崇，这点我是信得过的。所以，我想让你知道我今晚一次特别的神奇经历。简单地说，就是这个城堡长官的小姐刚才跑来找我，她是世界上最高雅最漂亮的姑娘。我应该怎样形容她的相貌呢？怎样描述她机敏的头脑呢？怎样介绍她那些隐秘之处呢？为了保持对托博索我美丽夫人的忠诚，还是

暂且不说吧。我只想对你说，老天看到我这送上门来的艳福都眼红了，或者也许（绝对是也许），是这座城堡中了邪气。我正同她亲密地交谈，不知从何处飞来一个超级巨人的一只手，一拳打在我的下巴上，打得我满嘴是血。昨天由于罗西南多放荡不羁，几个脚夫把咱们揍得够呛，这你知道。可今天我的状况比昨天还糟糕。因此我想，这个漂亮的宝贝姑娘大概是留给某个会魔法的摩尔人的，而不是属于我的。”

“也不属于我。”桑乔说，“曾有四百多个摩尔人追打我，与之相比，这顿棍棒简直不算什么。不过，请您告诉我，大人，现在咱们弄到这种地步，您怎么还说是少有的妙事呢？您好歹还有过一个您说是美丽无比的姑娘；而我呢，除了挨一顿估计是我平生最厉害的毒打外，还得着什么了？我和养育了我的母亲真倒霉呀！我不是游侠骑士，也从未想过要当游侠骑士，可是那么多的厄运却都让我摊上了。”

“你后来也挨打了？”唐吉诃德问。

“我不是对您说过我也挨打了嘛，尽管我不是游侠骑士。”桑乔说。

“别伤心，朋友，”唐吉诃德说，“我现在就做那种珍贵的圣水，咱们的伤立刻就会好。”

这时，团丁刚刚点燃了油灯，进来看他以为已经死了的人。桑乔见他穿着衬衣，头上裹着布，手里拿着油灯，面目极为丑恶，便问他的主人：

“大人，难道那个再次惩罚我们的摩尔人魔法师就是他吗？”

“不会是摩尔人，”唐吉诃德说，“魔法师从来不会让人看见。”

“不让人看见，却让人感觉得到，”桑乔说，“不信，我的背就可以证明这一点。”

“我的肩膀也能证明，”唐吉诃德说，“不过，这还是不能让人相信，能让人看到的这个人就是会魔法的摩尔人。”

团丁走进来，看到唐吉诃德和桑乔正不慌不忙地说话，不禁愕然。唐吉诃德依然躺在那里，动弹不得，浑身是伤，而且涂满了药膏。团丁走过来问他：

“怎么样，大好人？”

“如果我是你，”唐吉诃德说，“说话就会更文明些。蠢货，你常常在这个地方同游侠骑士如此讲话吗？”

团丁看到一个其貌不扬的人竟敢如此对待自己，哪里受得了。他举起装满了油的油灯，向唐吉诃德的脑袋砸去，打得他头晕眼花。四周一片黑暗，团丁走了。

桑乔说：

“毫无疑问，大人，他就是会魔法的摩尔人。好东西都是留给别人的，留给我们的只是遭拳打，遭油灯砸。”

“是的，”唐吉诃德说，“不过，对于魔法这类的事情不必介意，也没什么可生气的。这种东西肉眼看不到，又很离奇，咱们就是再费气力，也不知道该向谁报仇。你要是能站起来，桑乔，就起来去叫这座城堡的要塞司令，想办法弄些油、酒、盐和迷迭香来，做点治伤的圣水。真的，我现在需要它。我被那个魔鬼弄伤的地方流了很多血。”

桑乔忍着筋骨的剧痛站起来，摸黑向店主的方向走去，结果碰上了正打算探听敌情的团丁，便对他说：

“大人，不管您是谁，请您开恩给我们一点儿迷迭香、油、盐和酒吧，好医治世界上一位最优秀的游侠骑士。他被这座客店里的摩尔人魔法师打得很严重，正躺在床上。”

团丁听到这番话，断定这个人精神不正常。既然天已经开始亮了，他就打开客店的门，告诉店主桑乔所需要的东西。店主如数给了桑乔，桑乔把这些东西带给了唐吉诃德。唐吉诃德正捂着被油灯砸伤的脑袋呻吟。其实，他头上不过是被砸起了两个鼓包。他以为头上流了血，其实那只是由于厄运临头流的汗。

最后，唐吉诃德把这些东西混在一起，煮了很长时间，一直煮到他以为到了火候的时候。他又要瓶子盛药。可是客店里没有瓶子，就用铁皮水筒装。店主送给他一个水筒。唐吉诃德对着水筒念了八十遍《天主经》，又说了八十遍万福玛利亚、《圣母颂》和《信经》。每念一遍，他都画个十字，表示祝福。桑乔、店主和团丁一直都在场，而脚夫却已悄悄去照料他的骡子了。

唐吉诃德想试试熬出的圣水是否有他想象的那种效力，就把剩在锅里的近半升的水喝了下去。刚喝完，他就开始呕吐，把胃里的东西吐得一干二净，直吐得浑身大汗淋漓，只好让大家给他盖好被，一个人躺在床上。被子盖好后，他睡了三个多小时。醒来后他觉得身体轻松极了，身上也不疼了，以为自己已经好了，并且深信自己制成了菲耶拉布拉斯圣水，从此不用再惧怕任何战斗了，无论它们有多么危险。

桑乔也觉得主人身体好转是个奇迹。他请求唐吉诃德把锅里剩下的那些水都给他。锅里还剩了不少，唐吉诃德同意都给他。桑乔双手捧着水，满怀信心、乐不可支地喝进肚里，喝得绝对不比唐吉诃德少。大概他的胃不像唐吉诃德的胃那么娇气，所以恶心了半天才吐出一口，弄得他浑身是汗，差点晕过去，甚至想到了他会寿终正寝。桑乔难受得厉害，一边咒骂可恶的圣水，一边诅咒给他圣水的混蛋。唐吉诃德看到他这个样子，就对他说：

“桑乔，我觉得你这么难受，完全是由于你还没有被封为骑士。依我看，没有被封为骑士的人不该喝这种水。”

“既然您知道这些，”桑乔说，“为什么还让我喝呢？真是倒了八辈子霉！”

这时圣水开始起作用了。可怜的桑乔马上开始上吐下泻。他刚才已经躺到了草席上，结果弄得床上和他盖的麻布被单上都有秽物。他的汗越出越多，越出越厉害，不仅他自己，连在场的人都认为他的生命这次到头了。这样足足折腾了两个小时，结果却不像主人那样，只觉得浑身疼痛难忍，骨头像散了架。前面说到唐吉诃德感觉身上轻松了，已经康复了，就想马上离开，再去征险，觉得他在这里耽搁，整个世界和世界上所有需要他帮助和保护的穷人就失掉了他。而且，他对自己带的圣水信心十足。他受这种愿望驱使，自己为罗西南多和桑乔的驴上了驮鞍，又帮助桑乔穿好衣服，扶他上驴。唐吉诃德骑上马，来到客店的一个墙角，拿起一支短剑权当长枪。

当时客店里足有二十多人，大家都看着唐吉诃德，店主的女儿也看着他。唐吉诃德同样也盯着店主的女儿，不时还深深地叹口气。大家想，大概是他的背还在痛，至少那天晚上看见他浑身涂满了药膏的人都是这么想的。

两人在客店门前骑上了马。唐吉诃德又叫店主，声音极其平缓和沉重，对店主说：

“在此城堡里承蒙您盛情款待，要塞司令大人，我终生感激不尽。作为报答，假如有某个巨人对您有所冒犯，我定会为您报仇。您知道，我的职业就是扶弱济贫，惩治恶人。请您记住，如果您遇到了我说的这类事情，一定要告诉我。

“我以骑士的名义保证，替您报仇，而且让您满意。”

店主也心平气和地说：

“骑士大人，我没有受到什么侵犯需要您为我报仇。如果有必要的话，我自己会去报仇的。我只需要您为今晚您的两匹牲口在客店里所用的草料，以及您二位的晚餐和床位付款。”

“难道这是个客店？”唐吉诃德问。

“是啊，而且是个很正规的客店。”店主说。

“我被欺骗了，”唐吉诃德说，“以前我真的以为这是座城堡，而且是座不错的城堡。既然这不是城堡，而是客店，现在能做的只是请您把这笔账目勾销。我不能违反游侠骑士的规则。我知道，游侠骑士无论在什么地方住旅馆或客店都从来不付钱，我从来没有在哪本书上看到他们付钱的事。作为回报，他们有权享受周到的款待。他们受苦受累，无论冬夏都步行或骑马，忍饥挨饿，顶严寒，冒酷暑，遭受着各种恶劣天气和世间各种挫折的袭扰，日夜到处征险。”

“我与此没什么关系。”店主说，“把欠我的钱付给我，别讲什么骑士的事了。我只知道收我的账。”

“你真是个愚蠢卑鄙的店主。”唐吉诃德说。

唐吉诃德双腿一夹罗西南多，提着他那支短剑出了客店，没有人拦他。他也没有看桑乔是否跟上了他，便走出好远。店主看唐吉诃德走了，没有结账，就向桑乔要钱。桑乔说，既然他的主人不愿意付钱，他也不打算付。他是游侠骑士的侍从，所以住客店不付钱的规则对他和他的主人都是一样的。店主愤怒极了，威胁说如果他不付账，就不会有好果子吃。桑乔对此的回答是，按照他主人承认的骑士规则，他即使丢了性命，也不会付一分钱的。他不能为了自己而丧失游侠骑士多年的优良传统，也不能让后世的游侠骑士侍从埋怨他，指责他破坏了他们的正当权利。

真该桑乔倒霉。客店的人群里有四个塞哥维亚的拉绒匠、三个科尔多瓦波特罗的针贩子和两个塞维利亚博览会附近的居民。这些人生性活泼，并无恶意，却喜欢恶作剧、开玩笑。他们不约而同地来到桑乔面前，把他从驴上拉下来。其中一个人到房间里拿出了被单，大家把桑乔扔到被单上，可抬头一看，屋顶不够高，便商定把桑乔抬到院子里，往上抛。他们把桑乔放在被单中，开始向上抛，就像狂欢节时要狗那样拿桑乔开心。

可怜的桑乔的叫喊声传得很远，一直传到了唐吉诃德的耳朵里。他停下来仔细听了一下，以为又是什么新的险情，最后才听清楚是桑乔的叫喊声。他掉转缰绳，催马回到客店门前，只见门锁着。他转了一圈，看看有什么地方可以进去。院墙并不高，还没到院墙边，他就看见了里边的人对桑乔的恶作剧。他看到桑乔在空中一上一下地飞舞，既滑稽又好笑。要不是因为当时他正怒气冲冲，准会笑出声来。唐吉诃德试着从马背往墙头上爬，可浑身疼得像散了架，连下马都不行。他开始在马背上诅咒那些扔桑乔的人，用词十分难听，很难准确地在此表述。不过，院里的笑声和恶作剧并没有因为唐吉诃德的诅咒而停止。桑乔仍叫唤不停，同时还能听见他的恫吓声和求饶声。可是求饶也没有用，那些人一直闹到累了才住手。他们牵来驴，把桑乔扶上去，给他披上外衣。富于同情心的女仆看到桑乔已精疲力竭，觉得应该给他一罐水帮帮他。井里的水最凉，她就从井里打来一罐水。桑乔接过罐子，刚送到嘴边，就听见唐吉诃德对他喊：

"桑乔，别喝那水。孩子，别喝那水，会要了你的命的。你没看到我这儿有圣水吗？"唐吉诃德说着晃了一下铁筒，"你只须喝两口就会好的。"

桑乔循声转过头去，因为是斜视，桑乔的声音竟比唐吉诃德的声音还要大，喊道：

"您大概忘了我不是骑士，要不就是想让我把昨天晚上肚子里剩下的那点东西全吐掉？把您那见鬼的圣水收起来，饶了我吧。”

桑乔说完就赶紧喝起来，但一喝是井水，他又不想再喝了。他请求女仆给他拿点酒来。女仆很高兴地给他拿来了酒，这酒是她自己掏钱买的。据说她虽然是干那种事的人，可毕竟还有点基督徒的味道。桑乔喝完酒，脚后跟夹了一下驴。客店的门已经打开，桑乔出了门。他到底没有付房钱，最后还是得听他的，所以心里很高兴，尽管替他还账的是他的后背。

实际上,店主把桑乔的褡裢扣下抵账了。桑乔慌慌张张地出了门,并没有发现褡裢丢了。店主看到桑乔出了门,想赶紧把门闩上。可是,刚才扔桑乔的那些人却不以为然。他们觉得唐吉诃德即使真是圆桌骑士，也一文不值。

第十八章　桑乔同主人唐吉诃德的对话及其他险遇

桑乔追上唐吉诃德时已经疲惫不堪，连催驴快跑的力气都没了。唐吉诃德看见他这个样子，就对他说：

“现在我才相信，好桑乔，那个城堡或客店肯定是中了邪气。那些人如此恶毒地拿你开心，不是鬼怪或另一个世界的人又是什么呢？我敢肯定这一点，因为刚才我从墙头上看他们对你恶作剧的时候，想上墙头上不去，想下罗西南多又下不来，肯定是他们对我施了魔法。我以自己的身份发誓，如果我当时能够爬上墙头或者下马，肯定会为你报仇，让那些歹徒永远记住他们开的这个玩笑，尽管这样会违反骑士规则。

“我跟你说过多次，骑士规则不允许骑士对不是骑士的人动手，除非是在迫不得已的紧急情况下为了自卫。”

“如果可能的话，我自己也会报仇，不管我是否已经被封为骑士，可是我办不到啊。不过，我觉得拿我开心的那些人并非像您所说的那样是什么鬼怪或魔法师，而是和我们一样有血有肉的人。他们扔我的时候，我听到他们每个人都有自己的名字。有个人叫佩德罗·马丁内斯，另外一个人叫特诺里奥·埃尔南德斯。我听见店主叫左撇子胡安·帕洛梅克。所以，大人，您上不了墙又下不了马并不是魔法造成的。我把这些都挑明了，是想说，咱们到处征险，结果给自己带来许多不幸，弄得自己简直无所适从。我觉得最好咱们掉头回老家去。现在正是收获季节，咱们去忙自己的活计，别像俗话说的‘东奔西跑，越跑越糟’啦。”

“你对骑士的事所知甚少，”唐吉诃德说，“你什么也别说，别着急，总会有一天，你会亲眼看到干这行是多么光荣的事情。否则，你告诉我，世界上还有什么比这更令人高兴呢？还有什么可以与赢得一场战斗、打败敌人的喜悦相比呢？没有，肯定没有。”

“也许是这样，”桑乔说，“尽管我并不懂。我只知道自从咱们当了游侠骑士以后，或者说您成了游侠骑士以后（我没有理由把自己也算在这个光荣的行列里），要是不算同比斯开人那一仗，咱们可以说从未打胜过一场战斗，而且就是在同比斯开人的那场战斗里，您还丢了半只耳朵，半个头盔。后来，除了棍子还是棍子，除了拳头还是拳头。我还额外被人扔了一顿。那些人都会魔法，我无法向他们报仇，到哪儿去体会您说的那种战胜敌人的喜悦呢？”

“这正是我的伤心之处，你大概也为此难过，桑乔。”唐吉诃德说，“不过，以后我要设法弄到一把剑。那把剑的特别之处就在于谁佩上它，任何魔法都不会对他起作用。而且，我也许还会有幸得到阿马迪斯的那把剑呢，当时他叫火剑骑士，而那把剑是世界上的骑士所拥有的最佳宝剑之一。除了我刚才说的那种作用外，它还像把利刀，无论多么坚硬的盔甲都不在话下。”

“我真是挺走运的，”桑乔说，“不过就算事实如此，您也能找到那样的剑，它恐怕也只能为受封的骑士所用，就像那种圣水。而侍从呢，只能干认倒霉。”

“别害怕，桑乔，”唐吉诃德说，“老天会照顾你的。”

两人正边走边说，唐吉诃德忽然看见前面的路上一片尘土铺天盖地般飞扬，便转过身来对桑乔说：

“噢，桑乔，命运给我安排的好日子到了。我是说，我要在这一天像以往一样显示我的力量，而且还要做出一番将要青史留名的事业来。你看见那卷起的滚滚尘土了吗，桑乔？那是一支由无数人组成的密集的军队正向这里挺进。”

“如此说来，应该是两支军队呢，”桑乔说，“这些人对面也同样是尘土飞扬。”

唐吉诃德再一看，果然如此，不禁喜出望外。他想，这一定是两支交战的军队来到这空旷的平原上交锋。他的头脑每时每刻想的都是骑士小说里讲的那些战斗、魔法、奇事、谵语、爱情、决斗之类的怪念头，他说的、想的或做的也都是这类事情。其实，他看到的那两股飞扬的尘土是两大群迎面而至的羊。由于尘土弥漫，只有羊群到了眼前才能看清楚。唐吉诃德一口咬定那是两支军队，桑乔也就相信了，对他说：

“大人，咱们该怎么办呢？”

“怎么办？”唐吉诃德说，“扶弱济贫啊！你应该知道，桑乔，迎面而来的是由特拉波瓦纳[①]大岛的阿利凡法龙大帝统率的队伍，而在我背后的是他的对手，加拉曼塔人的捋袖国王彭塔波林，他作战时总是露着右臂。”

“那么，这两位大人为什么结下如此深仇呢？”桑乔问。

“他们结仇是因为这个阿利凡法龙是性情暴躁的异教徒，他爱上了彭塔波林的女儿，一位绰约多姿的夫人，而她是基督徒。她的父亲不愿意把女儿嫁给一位异教的国王，除非国王能放弃他的虚妄先知穆罕默德，皈依基督教。”

“我以我的胡子发誓，”桑乔说，“彭塔波林做得很对！我应该尽力帮助他。”

---

① 特拉波瓦纳是锡兰的旧名，即现在的斯里兰卡。

“你本该如此，”唐吉诃德说，“参加这类战斗不一定都是受封的骑士。”

“我明白，”桑乔说，“不过，咱们把这头驴寄放在哪儿呢？打完仗后还得找到它。总不能骑驴去打仗啊，我觉得至少到目前为止还没有这样做的。”

“是这样，”唐吉诃德说，“你能做的就是让它听天由命，别管它是否会丢了。咱们打胜这场仗后，不知可以得到多少马匹哩，说不定还要把罗西南多换掉呢。不过你听好，也看好，我要向你介绍这两支大军的主要骑士了。咱们撤到那个小山包上去，两支大军在那儿会暴露无遗，你可以看得更清楚。”

他们来到小山包上。要是飞尘没有挡住他们的视线，他们完全可以看清，唐吉诃德说的两支军队其实是两群羊。可是唐吉诃德却想象着看到了他其实并没看到也并不存在的东西。他高声说道：

“那个披挂着深黄色甲胄，盾牌上有一只跪伏在少女脚下的戴王冠狮子的骑士，就是普恩特·德普拉塔的领主，英勇的劳拉卡尔科。另一位身着金花甲胄，蓝色盾牌上有三只银环的骑士，是基罗西亚伟大的公爵，威武的米科科莱博。他右侧的一位巨人是博利切从不怯阵的布兰达巴尔瓦兰，三个阿拉伯属地的领主。你看他身裹蛇皮，以一扇大门当盾牌。据说那是参孙[①]以死相拼时推倒的那座大殿的门呢。

“你再掉过头来向这边看，你会看到统率这支军队的是常胜将军蒂莫内尔·德卡卡霍纳，新比斯开的王子。他的甲胄上蓝、绿、白、黄四色相间，棕黄色的盾牌上有只金猫，还写着一个‘缪’字，据说是他美丽绝伦的情人、阿尔加维的公爵阿尔费尼肯的女儿缪利纳名字的第一个字。另外一位骑着骠马，甲胄雪白，持没有任何标记的白盾的人是位骑士新秀，法国人，名叫皮尔·帕潘，是乌特里克的男爵。还有一位正用他的包铁脚后跟踢那匹斑色快马的肚子，他的甲胄上是

① 参孙是《圣经》故事中古代犹太人的领袖之一，后被喻为大力士。他被非利士人牵至大殿加以戏弄时，奋力摇动柱子，致使大殿倒塌，和非利士人一同被压死。

对置的蓝银钟图案，那就是内比亚强悍的公爵、博斯克的埃斯帕塔菲拉尔多。他的盾牌上的图案是石刁柏，上面用卡斯蒂利亚语写着‘为我天行道’。”

唐吉诃德就这样列数了在他的想象中两支军队的许多骑士的名字，并且给每个人都即兴配上了甲胄、颜色、图案以及称号。他无中生有地想象着，接着说：

“前面这支军队是由不同民族的人组成的。这里有的人曾喝过著名的汉托河的甜水；有的是蒙托萨岛人，去过马西洛岛；有的人曾在阿拉伯乐土淘金沙；有的人到过清澈的特莫东特河边享受那著名而又凉爽的河滩；有的人曾通过不同的路线为帕克托勒斯的金色浅滩引流；此外，还有言而无信的努米底亚人，以擅长弓箭而闻名的波斯人，边打边跑的帕提亚人和米堤亚人，游牧的阿拉伯人，像白人一样残忍的西徐亚人，嘴上穿物的埃塞俄比亚人，以及许多其他民族的人，他们的名字我叫不出来，可他们的面孔我很熟悉。在另一方的军队里，有的人曾饮用养育了无数橄榄树的贝蒂斯河的晶莹河水；有的人曾用塔霍河甘美的金色琼浆刮脸；有的人享用过神圣的赫尼尔河的丰美汁液；有的人涉足过塔尔特苏斯田野肥沃的牧场；也有的人在赫雷斯天堂般的平原上得意过；有头戴金黄麦穗编的冠儿、生活富裕的曼查人；有身着铁甲、风俗古老的哥特遗民；有的人曾在以徐缓闻名的皮苏埃卡河里洗过澡；有的人曾在以暗流著称的瓜迪亚纳河边辽阔的牧场上喂过牲口；还有的人曾被皮里内奥森林地区的寒冷和亚平宁高山的白雪冻得瑟瑟发抖。一句话，欧洲所有的民族在那里都有。”

上帝保佑，他竟列数了那么多的地名和民族，而且如此顺溜地一一道出了每个地方和民族的特性，说得神乎其神，其实全是从那些满纸荒唐的书里学来的！桑乔怔怔地听着，一句话也不说，不时还回头看看有没有主人说的那些骑士和巨人，结果一个也没有发现，便说：

“大人，简直活见鬼，您说的那些巨人和骑士怎么这里都没有呢？至少我还没有看见。也许这些人都像昨晚的鬼怪一样，全是魔幻吧。”

“你怎么能这么讲！”唐吉诃德说，“难道你没有听到战马嘶鸣，号角震天，战鼓齐鸣吗？”

“我只听到了羊群的咩咩叫声。”桑乔说。

果然如此，那两群羊这时已经走近了。

“恐惧使你听而不闻，视而不见，桑乔。”唐吉诃德说，“恐惧产生的效果之一就是扰乱人的感官，混淆真相。既然你如此胆小，就站到一边吧，让我一个人去。我一个人就足以让我帮助的那方取胜。”

唐吉诃德说完用马刺踢了一下罗西南多，托着长矛像闪电一般地冲下山去。桑乔见状高声喊道：

“回来吧，唐吉诃德大人！我向上帝发誓，您要进攻的只是一些羊！回来吧，我倒霉的父亲怎么养了我！您发什么疯啊！您看，这里没有巨人和骑士，没有任何人和甲胄，没有杂色或一色的盾牌，没有蓝帷，没有魔鬼。您在做什么？我简直是造孽呀！”

唐吉诃德并没有因此回头，反而不断地高声喊道：

“喂，骑士们，投靠在英勇的捋袖帝王彭塔波林大旗下的人，都跟我来！你们会看到，我向你们的敌人特拉波瓦纳的阿利凡法龙报仇是多么容易。”

唐吉诃德说完便冲进羊群，开始刺杀羊。他杀得很英勇，似乎真是在诛戮他的不共戴天的敌人。跟随羊群的牧羊人和牧主高声叫喊，让他别杀羊了，看到他们的话没起作用，就解下弹弓，向唐吉诃德弹射石头。拳头大的石头从唐吉诃德的耳边飞过，他全然不理会，反而东奔西跑，不停地说道：

“你在哪里，不可一世的阿利凡法龙？过来！我是个骑士，想同你一对一较量，试试你的力量，要你的命，惩罚你对英勇的彭塔波林·加拉曼塔所犯下的罪恶。”

这时飞来一块卵石，正打在他的胸肋处，把两条肋骨打得凹了进去。唐吉诃德看到自己被打成这样，估计自己不死也得重伤。他想起了他的圣水，就掏出瓶子，放在嘴边开始喝。可是不等他喝到他认为够量的时候，又一块石头飞来，不偏不倚正打在他的手和瓶子上。瓶子被打碎了，还把他嘴里的牙也打下三四颗来，两个手指也被击伤了。这两块石头打得都很重，唐吉诃德不由自主地从马上掉了下来。牧羊人来到他跟前，以为他已经死了，赶紧收拢好羊群，把至少七只死羊扛在肩上，匆匆离去了。

桑乔一直站在山坡上，看着他的主人抽风。他一边揪着自己的胡子，一边诅咒命运让他认识了这位唐吉诃德。看到主人摔到地上，而且牧羊人已经走了，他才从山坡上下来，来到唐吉诃德身边，看到唐吉诃德虽然还有知觉，却已惨不忍睹，就对他说：

“我说过，您进攻的不是军队，是羊群。难道我没有说过吗，唐吉诃德大人？”

“那个会魔法的坏蛋可以把我的敌人变来变去。你知道，桑乔，那些家伙要把咱们面前的东西变成他们需要的样子很容易。刚才害我的那个恶棍估计我会打胜，很嫉妒，就把敌军变成了羊群。否则，桑乔，我以我的生命担保，你去做一件事，就会恍然大悟，看到我说的都是真的。你骑上你的驴，悄悄跟着他们，会看到他们走出不远就变回原来的样子，不再是羊，而是地地道道的人，就像我刚才说的。不过你现在别走，我需要你的帮助。你过来看看，我缺了多少牙，我觉得嘴里好像连一颗牙也没有了。”

桑乔凑过来，眼睛都快瞪到唐吉诃德的嘴里去了。就在这时，唐吉诃德刚才喝的圣水发作了。桑乔正向他嘴里张望，所有的圣水脱口而出，比枪弹还猛，全部喷到了这个热心肠侍从的脸上。

“圣母玛利亚！”桑乔说，“这是怎么回事呀？肯定是这个罪人受了致命的伤，所以才吐了血。”

桑乔顿了一下，看看呕吐物的颜色、味道和气味，原来不是血，而是刚才唐吉诃德喝的圣水，不禁一阵恶心，胃里的东西全翻出来，又吐到了主人身上，弄得两个人都湿漉漉的。

桑乔走到驴旁边，想从褡裢里找出点东西擦擦自己，再把主人的伤包扎一下，可是没找到褡裢。他简直要气疯了，又开始诅咒起来，有心离开主人回老家去，哪怕他因此得不到工钱，也失去了当小岛总督的希望。

唐吉诃德这时站了起来。他用左手捂着嘴，以免嘴里的牙全掉出来，又用右手抓着罗西南多的缰绳。罗西南多既忠实性情又好，始终伴随着主人。唐吉诃德走到桑乔身边，看见他正趴在驴背上，两手托腮，一副沉思的样子。见他这般模样，唐吉诃德也满面愁容地对他说：

“你知道，桑乔，‘不做超人事，难做人上人’。咱们遭受了这些横祸，说明咱们很快就会平安无事，时来运转啦。不论好事还是坏事都不可能持久。咱们已经倒霉很长时间了，好运也该近在眼前了。所以，你不要为我遭受的这些不幸而沮丧，反正也没牵连你。”

“怎么没牵连？”桑乔说，“难道那些人昨天扔的不是我父亲的儿子吗？丢失的那个褡裢和里面的宝贝东西难道是别人的吗？”

“你的褡裢丢了，桑乔？”唐吉诃德问。

“丢了。”桑乔答道。

“那么，咱们今天就没吃的了。”唐吉诃德说。

“您说过，像您这样背运的游侠骑士常以草充饥，”桑乔说，“如果这片草地上没有您认识的那些野草，那么咱们的确得挨饿了。”

“不过，”唐吉诃德说，“我现在宁愿吃一片白面包，或一块黑面包，再加上两个大西洋鲱鱼的鱼头，而不愿吃迪奥斯科里斯[①]描述过的所有草，即使配上拉古纳[②]医生的图解也不行。这样吧，好桑乔，你骑上驴，跟我走。上帝供养万物，决不会亏待咱们，更何况你跟随我多时呢。蚊子不会没有空气，昆虫不会没有泥土，蝌蚪也不会没有水。上帝很仁慈，他让太阳普照好人和坏人，让雨水同沐正义者和非正义者。”

“要说您是游侠骑士，倒不如说您更像个说教的道士。”桑乔说。

“游侠骑士都无所不知，而且也应该无所不知，桑乔。”唐吉诃德说，“在前几个世纪里，还有游侠骑士能在田野里布道或讲学，仿佛他是从巴黎大学毕业的，真可谓‘矛不秃笔，笔不钝矛’。”

“那么好吧，但愿您说得对，”桑乔说，“咱们现在就走，找个过夜的地方，但愿上帝让那个地方没有被单，没有用被单扔人的家伙，没有鬼怪，没有摩尔人魔法师。如果有，我再也不干这一行了。”

---

① 迪奥斯科里斯是古希腊名医、药理学家。他的著作《药物论》为现代植物学提供了最经典的原始材料。

② 拉古纳是16世纪的西班牙名医，曾将《药物论》译成西班牙文，并配上图解。

“你去向上帝说吧，孩子。”唐吉诃德说，“你带路，随便到哪儿去，这回住什么地方任你挑。你先把手伸过来，用手指摸摸我的上腭右侧缺了几颗牙。我觉得那儿挺疼的。”

桑乔把手指伸了进去，边摸边问：

“您这个地方原来有多少牙？”

“四颗，”唐吉诃德说，“除了智齿，都是完好的。”

“您再想想。”桑乔说。

“四颗，要不就是五颗。”唐吉诃德说，“反正我这辈子既没有拔过牙，也没有因为龋齿或风湿病掉过牙。”

“可是您这下腭最多只有两颗半牙，”桑乔说，“而上腭呢，连半颗牙都没有，平得像手掌。”

“我真不幸，”唐吉诃德听了桑乔对他说的这个伤心的消息后说道，“我倒宁愿被砍掉一只胳膊，只要不是拿剑的那只胳膊就行。我告诉你，桑乔，没有牙齿的嘴就好比没有石磙的磨，因此一颗牙有时比一颗钻石还贵重。不过，既然咱们从事了骑士这一行，什么痛苦就都得忍受。上驴吧，朋友，你带路，随便走，我跟着你。”

桑乔骑上驴，朝着他认为可能找到落脚处的方向走去，但始终没有离开大路。他们走得很慢，唐吉诃德嘴里的疼痛弄得他烦躁不安，总是走不快。桑乔为了让唐吉诃德分散精力，放松一下，就同他讲了一件事。详情请见下章。

第十九章　桑乔的高见，路遇死尸及其他奇事

“这几天咱们碰到了不少晦气，大人，我敢肯定，这是您违反了骑士规则而受到的惩罚。您没有履行您在夺取马兰德里诺（或者叫摩

尔人，我记不清了）的头盔之前不上桌吃饭、不和女王睡觉以及其他的种种誓言。”

“你说得对，桑乔，”唐吉诃德说，“说实话，那些誓言我早就忘了。不过你也该明白，由于你没有及时提醒我，才发生了你被人用被单扔的事情。然而，我会设法弥补的，骑士界里有各种挽救损失的办法。”

“难道我发过什么誓吗？”桑乔问。

“是否发过誓倒无关紧要，”唐吉诃德说，“我只是大概知道你没参与，这就够了，不管怎样，采取补救措施总不会错。”

“既然这样，”桑乔说，“这事您可别忘了，就好比别忘了誓言一样。也许那些鬼怪又会想起来拿我开心呢。要是它们看到您还是这么固执，说不定还会找您的麻烦呢。”

两人边走边说，已经傍晚了，也没有发现一个可以过夜的地方。糟糕的是他们饿得厉害，可褡裢丢了，所有的干粮也没有了。真是祸不单行。他们果真遇到了麻烦事。当时已近黄昏，可两人还在赶路。桑乔觉得既然他们走的是正路，再走一两西里，肯定会有客店。走着走着，夜幕降临。桑乔饥肠辘辘，唐吉诃德也饥饿难耐。这时，他们看见路上有一片亮光向他们移动过来，像是群星向他们靠拢。桑乔见状惊恐万分，唐吉诃德也不无畏怯。桑乔抓住驴的缰绳，唐吉诃德也拽紧了罗西南多，两人愣在那里，仔细看那是什么东西。那些亮光越来越近，越来越大，桑乔怕得直发抖，唐吉诃德的头发也直竖起来。他壮了壮胆，说：

“桑乔，这肯定是咱们遇到的最严重、最危险的遭遇。现在该显示我的全部勇气和力量了。”

“我真倒霉，”桑乔说，“如果这又是那伙妖魔作怪，我就是这么认为的，那么我的背怎么受得了啊？”

“即使是再大的妖怪，”唐吉诃德说，“我也不会允许它们碰你的一根毫毛。那次是因为我上不了墙头，才让它们得以拿你开心的。可这次咱们是在平原上，我完全可以任意挥舞我的剑。”

“如果它们又像那次那样，对您施了魔法，让您手脚麻木，”桑乔说，“在不在平原上又有什么用呢？”

“无论如何，”唐吉诃德说，“我求求你，桑乔，打起精神来，到时候你就会知道我的本事了。”

“上帝保佑，我会知道的。”桑乔说。

两人来到路旁，仔细观察那堆走近的亮光到底是什么东西。他们很快就发现原来是许多穿白色法衣的人，这一看可把桑乔的锐气一下子打了下去。他开始牙齿打颤，就像患了疟疾时发冷一样。待两人完全看清楚了，桑乔的牙齿颤得更厉害了。原来那近二十名白衣人都骑着马，手里举着火把，后面还有人抬着一个盖着黑布的棺材，接着是六个从人头到骡蹄子都遮着黑布的骑骡子的人。那牲口走路慢腾腾的，显然不是马。

那些身穿白色法衣的人低声交谈着。这个时候在旷野里看到这种人，也难怪桑乔从心里感到恐惧，连唐吉诃德都害怕了。唐吉诃德一害怕，桑乔就更没了勇气。不过，这时唐吉诃德忽然一转念，想象这就是小说里一次历险的再现。他想象那棺材里躺着一位受了重伤或者已经死去的骑士，只有自己才能为那位骑士报仇。他二话不说，托定长矛，气宇轩昂地站在路中央那些人的必经之处，看他们走近了，便提高嗓门说道：

“站住，骑士们，或者随便你们是什么人。快告诉我，你们是什么人，从哪儿来，到哪儿去，棺材里装的是什么。看样子，你们是干了什么坏事，或者是有人坑了你们，最好还是让我知道，好让我或者对你们做的坏事进行惩罚，或者为你们受的欺负报仇。”

“我们还有急事，”一个白衣人说，“离客店还很远，我们不能在此跟你费这么多口舌。”

说着他催马向前。唐吉诃德闻言勃然大怒，抓住那匹马的缰绳，说：

“站住，规矩点儿，快回答我的问话，否则，我就要对你们动手了。”

那是一匹极易受惊的骡子。唐吉诃德一抓它的缰绳，立刻把它吓得扬起前蹄，将主人从它的屁股后面摔到地上。一个步行的伙计见状便对唐吉诃德骂起来。唐吉诃德立刻怒上心头，持矛向一个穿丧服的人刺去。那人伤得很厉害，摔倒在地。唐吉诃德又转身冲向其他人，看他冲刺的那个利索勇猛劲儿，仿佛给罗西南多安上了一对翅膀，使得它轻松矫捷。那些白衣人都胆小，又没带武器，无意恋战，马上在原野上狂奔起来，手里还举着火把，样子很像节日夜晚奔跑的化装骑手。那些穿黑衣的人被衣服裹着动弹不得，使唐吉诃德得以很从容地痛打他们。他们以为这家伙不是人，而是一个地狱里的魔鬼，跑出来抢夺棺材里的那具尸体，也只好败阵而逃。

桑乔把这一切都看在眼里，很佩服主人的勇猛，心里想："我这位主人还真像他自己说的那样勇敢无畏。"刚才被骡子扔下来的那个人身旁有支火把还在燃烧。唐吉诃德借着火光发现了他，于是走到他身旁，用矛头指着他的脸，让他投降，否则就杀了他。那人答道：

"我有一条腿断了，动弹不得，早已投降了，如果您是位基督教勇士，我请求您不要杀我，否则您就亵渎了神明。我是教士，而且是高级教士。"

"你既然是教士，是什么鬼把你带到这儿来了？"唐吉诃德问。

"大人，您问是什么鬼？是我的晦气。"那人答道。

"你要是不回答我刚才的问题，"唐吉诃德说，"还有更大的晦气等着你呢。"

"您马上会得到回答，"教士说，"是这样，您知道，刚才我说我是个教士，其实我只不过是个传道员。我叫阿隆索·洛佩斯，是阿尔科本达斯人。我从塞哥维亚城来。同来的还有十一个教士，也就是刚才举着火把逃跑的那几个人。我们正在护送棺材里的尸体。那个人死在巴埃萨，尸体原来也停放在那里。他是塞哥维亚人，现在我们要把他的尸体送回去安葬。"

"是谁害了他？"唐吉诃德问。

"是上帝借一次瘟疫发高烧送走了他。"

"既然这样，"唐吉诃德说，"上帝也把我解脱了。要是别人害死了他，我还得替他报仇。既然是上帝送他走，我就没什么可说了，只能耸耸肩。即使上帝送我走，我也只能如此。我想让你知道，我是曼查的骑士，名叫唐吉诃德。我的职责就是游历四方，除暴安良，报仇雪恨。”

“我不知道你这叫什么除暴，”传道员说，“你不由分说就弄断了我的一条腿，我这条腿恐怕一辈子也站不直了。你为我雪的恨就是让我遗恨终生。你还寻险呢，碰见你就让我够险的了。”

“世事不尽相同，”唐吉诃德说，“问题在于你，阿隆索·洛佩斯传道员，像个夜游神，穿着白色法衣，手里举着火把，嘴里祈祷着，身上还戴着孝，完全像另一个世界里的妖怪。这样我不得不履行我的职责，向你出击。哪怕知道你真是地狱里的魔鬼，我也得向你进攻。我一直把你们当成了地狱的魔鬼。”

“看来我是命该如此了，”传道员说，“求求您，游侠骑士，请您帮忙把我从骡子底下弄出来，我的脚别在马鞍和马镫中间了。”

“我怎么忘了这件事呢，”唐吉诃德说，“你还想等到什么时候再提醒我呀。”

然后，唐吉诃德喊桑乔过来。桑乔并没有理会，他正忙着从教士们的一匹备用马上卸货，全是些吃的东西。桑乔用外衣卷成个口袋，使劲往里面装，然后把东西放到他的驴上，才应着唐吉诃德的喊声走过来，帮着唐吉诃德把传道员从骡子身下拉出来，扶他上马，又将火把递给他。唐吉诃德让他去追赶他的同伴们，并且向他道歉，说刚才的冒犯是身不由己。桑乔也对传道员说：

“如果那些大人想知道打败他们的这位勇士是谁，您可以告诉他们，是曼查的唐吉诃德，他另外还有个名字叫猥獕骑士。”

传道员走后，唐吉诃德问桑乔怎么想起叫自己猥獕骑士。

“我这么说是因为我借着那个倒霉旅客的火把光亮看了您一会儿，”桑乔说，“您的样子确实是我见过的最猥獕的样子。这大概是因为您打累了，或者因为您缺了很多牙。”

“并非如此，”唐吉诃德说，“大概是负责撰写我的业绩的那位贤人找过你，说我最好还是取个绰号，就像以前所有的骑士一样。他们有的叫火剑骑士，有的叫独角兽骑士，这个叫少女骑士，那个叫凤凰骑士，另外一个叫鬈发骑士，还有的叫死亡骑士，这些名称或绰号尽人皆知。所以我说，准是那位贤人把让我叫猥獕骑士的想法加进了你的语言和思想。这个名字很适合我，我想从现在起就叫这个名字。以后如果盾牌上有地方，我还要在我的盾牌上画一个猥獕的人呢。”

“没必要浪费钱和时间做这种事情，”桑乔说，“现在您只消把您的面孔和您本人暴露在众目睽睽之下，用不着其他什么形象或盾牌，人们就会称您是猥獕骑士。请您相信我说的是真话，我敢肯定，大人，说句笑话，挨饿和掉牙齿已经让您的脸够难看的了，我刚才说过，完全不必要再画那副猥獕相了。”

唐吉诃德被桑乔的风趣逗笑了，不过，他还是想叫这个名字，而且仍要把这副样子画在盾牌上，就像原来设想的那样。唐吉诃德对桑乔说：

“我明白，桑乔，我现在已经被逐出教会了，因为我对圣物粗鲁地动了手。‘受魔鬼诱惑者，与魔鬼同罪’，尽管我知道我动的不是手，而是短矛，而且当时我并不是想去袭击教士和教会的东西。对于教士和教会的东西，我像天主教徒和虔诚的基督教徒一样尊重和崇拜。我只是想消灭另一个世界的妖魔鬼怪。如果把我逐出教会，我就会记起锡德·鲁伊·迪亚斯由于当着教皇陛下的面砸了那个国王使节的椅子而被逐出了教会的事。那天罗德里戈·德比瓦尔表现得也很好，像个勇敢正直的骑士。”

听到这些，传道员什么话也没说便离去了[①]。唐吉诃德想看看棺材里的尸体是不是已经变成尸骨，桑乔不同意，说：

“大人，您刚刚又冒了一次险，这是我见过的您受伤最少的一次。这些人虽然被打败了，但他们很可能想起来，他们是被一个人打败的，会恼羞成怒，再来找咱们的麻烦。驴已经安排好了，附近有山，咱们的肚子也饿了，最好现在就悠悠地启程吧。俗话说，‘死人找坟墓，活人奔面包’。”

桑乔牵着驴，求唐吉诃德跟他走。唐吉诃德觉得桑乔说的有理，不再说什么就跟着桑乔走了。两人走了不远，来到两山之间一个人迹罕见的空旷山谷里，下了马。桑乔把驴背上的东西拿下来，两人躺在

① 前一页说传道员已走，此处又说传道员离去，显系作者的疏忽。

绿草地上，饥不择食地把早饭、午饭、点心和晚饭合成一顿，把送尸体的教士骡子上带的饭盒（他们一直过得很不错）吃了好几个，填饱了肚子。可是，还有一件不顺心的事，桑乔觉得这事最糟糕，那就是教士们没有带酒，连喝的水也没有，两人渴得厉害。桑乔看着绿草如茵的平原，讲了一番话，内容详见下章。

第二十章　世界著名的骑士唐吉诃德进行了一次前所未闻却又毫无危险的冒险

"我的大人，这些草足以证明附近有清泉或小溪滋润着它们。所以，咱们最好往前再走一点儿，看看是否能找个解渴的地方。咱们渴得这么厉害，比饿还难受。"

唐吉诃德觉得桑乔说得对，便拿起了罗西南多的缰绳。桑乔把吃剩下的东西放到驴背上，拉着驴，开始在平原上摸索着往前走。漆黑的夜，什么都看不见。走了不到两百步，就听到一股巨大的声音，仿佛是激流从高山上汹涌而下。两人为之振奋，停住脚步想听听水声的方向。可是，他们骤然又听到另一声巨响，把水声带来的喜悦一扫而光，特别是桑乔，本来就胆小。他们听到的是一种铁锁链有节奏的撞击声，还伴随着水的咆哮声。除了唐吉诃德，任何人听到这种声音都会毛骨悚然。刚才说过，这是个漆黑的夜晚。他们恰巧又走进一片高高的树林，微风吹动着树叶，产生出一种可怕的响声。这种孤独、荒僻、黑夜和水声，再加上树叶的窸窣声，令人产生一种恐惧。尤其是他们发现撞击声不止，风吹不停，长夜漫漫。更有甚者，他们不知道自己到底是在什么地方，因而惊恐万状。可是，唐吉诃德勇敢无畏。他跳上罗西南多，手持盾牌，举起长矛说：

"桑乔朋友，你该知道，承蒙老天厚爱，我出生在这个铁器时代，就是为了重新恢复黄金时代，或者如人们常说的那个金黄时代。各种危险、奇遇和丰功伟绩都是专为我预备的。我再说一遍，我是来恢复圆桌骑士、法兰西十二廷臣和九大俊杰的。我将使人们忘却普拉蒂尔、塔布兰特、奥利万特和蒂兰特、费博和贝利亚尼斯，以及过去所有的著名游侠骑士，用我当今的伟绩、奇迹和战绩使他们最辉煌的时期都黯然失色。

“你记住，忠实的合法侍从，今晚的黑暗、奇怪的寂静，这些树难以分辨的沙沙声，咱们正寻找的可怕水声，那水似乎是从月亮的高山上倾泻下来的，以及那些刺激着我们耳朵的无休止的撞击声，无论合在一起或者单独发出，都足以让玛斯[①]胆寒，更别提那些还不习惯于这类事情的人了。所以，你把罗西南多的肚带紧一紧，咱们就分手吧。你在这儿等我三天。如果三天后我还不回来，你就回到咱们村去，求求你，做件好事，到托博索去告诉我美丽无双的夫人杜尔西内亚，就说忠实于她的骑士为了做一些自认为是事业的事情阵亡了。”

桑乔闻言伤心极了，对唐吉诃德说：

“大人，我不明白您为什么要从事这件可怕的事情。现在是夜晚，谁也看不见咱们。咱们完全可以绕道，避开危险，哪怕再有三天没水喝也行。谁也没有看见咱们，更不会有人说咱们是胆小鬼。还有一层，咱们那儿的神甫您是很熟悉的，我听他多次说过，‘寻险者死于险’。所以，您别去招惹上帝，做这种太过分的事情。否则，除非产生奇迹，您是逃不掉的。老天保佑您，没让您像我那样被人扔，而且安然无恙地战胜了那么多护送尸体的人，这就足够了。如果这些还不能打动您的铁石心肠，请您想想吧，您一离开这里，要是有人来要我的命，我就会吓得魂归西天！

“我远离故土，撇下老婆孩子，跟着您，原以为能够得到好处，可是偷鸡不成反蚀米，我也不抱什么希望了。本来只要您活着，我还可以指望得到您多次许诺的某个倒霉的破岛，可是现在换来的却是您要把我撇在这么一个远离人烟的地方。只求您看在上帝的分上，我的

① 玛斯是希腊神话中的战神。

大人，别做这种缺德事吧。假如您非要这么做不可，至少也要等到天亮。根据我当牧羊人时学到的知识,从现在起到天亮最多不过三小时，因为小熊星座的嘴正在头上方，如果嘴对着左臂线就是午夜。”

“桑乔，”唐吉诃德问，“天这么黑，一颗星星都不见，你怎么能看清你说的那条线、那个嘴和后脑勺在哪儿呢？”

“是这样，”桑乔说，“恐惧拥有很多眼睛，能够看到地下的东西，天上的就更不用说了。所以，仔细推论一下，完全可以肯定从现在到天亮没多少时间了。”

“不管差多少时间，”唐吉诃德说，“反正不能由于别人哭了、哀求了，无论是现在还是任何时候，我就该放弃骑士应该做的事情。桑乔，我求求你，别再说了，既然上帝要我去征服这一罕见的可怕险恶，你只需照顾好我的身体就行了，自己也要注意节哀。你现在要做的就是勒紧罗西南多的肚带，留在这里。我马上就会回来，不管是死还是活。”

桑乔看到主人决心已下，而自己的眼泪、劝告和哀求都不起作用，就想略施小计，如果可能的话，争取拖到天明。于是他在给罗西南多紧肚带时，不动声色地用缰绳把罗西南多的两只蹄子利索地拴在了一起。因此，唐吉诃德想走却走不了，那马不能走，只能跳。桑乔见他的小计谋得逞了，就说：

“哎，大人，老天被我的眼泪和乞求感动了，命令罗西南多不要动。如果您还这么踢它，就会惹怒老天，就像人们说的，物极必反。”

唐吉诃德无可奈何。他越是夹马肚子，马越不走。他没想到马蹄会被拴着，只好安静下来，等待天亮，或者等罗西南多能够走动。他没想到这是桑乔在捣鬼，而以为另有原因，就对桑乔说：

“既然罗西南多不能走动，桑乔，我愿意等到天明。我就是哭，也得等到天亮啊。”

“不用哭，”桑乔说，“如果您不愿意下马，按照游侠骑士的习惯，在这绿草地上睡一会儿，养精蓄锐，待天亮后再去从事正期待着您的非凡事业，那么我可以讲故事，从现在讲到天明，给您解闷。”

“你为什么叫我下马睡觉呢？”唐吉诃德说，“我难道是那种在危险时刻睡觉的骑士吗？你去睡吧，你生来就是睡觉的，或者你愿意干什么就干什么吧。我反正要我行我素。”

“您别生气，我的大人，”桑乔说，“我可不是那个意思。”

桑乔走近唐吉诃德，一手扶着马鞍前，另一只手放在马鞍后，拥着主人的左腿，不敢离开一点儿。他是被那不断发生的撞击声吓的。

唐吉诃德让桑乔照刚才说的，讲个故事解闷。桑乔说，要不是听到那声音害怕，他就讲了。

“尽管如此，我还是凑合讲一个吧。只要我认真讲，不打断我，那肯定是个最好的故事。您注意听，我开始讲了。以前那个时候，好处均摊，倒霉自找……您注意，我的大人，以前故事的开头并不是随便讲的，而是要用罗马人卡顿·松索里诺的一个警句，也就是‘倒霉自找’。这句话对您最合适,您应该待在这儿,别到任何地方去找麻烦，或者最好再去找一条别的路。反正也没人强迫咱们非走这条路。这条路上吓人的事太多。”

“你接着讲吧，桑乔，”唐吉诃德说，“该走哪条路还是让我考虑吧。”

“好吧，我讲，”桑乔说，“在埃斯特雷马杜拉的一个地方有个牧羊人，也就是说，是放羊的。我的故事里的这个牧人或牧羊人叫洛佩·鲁伊斯。这个洛佩·鲁伊斯爱上了一个叫托拉尔瓦的牧羊姑娘。那个叫托拉尔瓦的牧羊姑娘是一位富裕牧主的女儿。而这个富裕牧主……”

“你要是这么讲下去，桑乔，”唐吉诃德说，“每句话都讲两遍，两天也讲不完。你接着说吧，讲话时别犯傻，否则，就什么也别说。”

“我们那儿的人都像我这么讲，”桑乔说，“我也不会用别的方式讲，而且，您也不应该要求我编出什么新花样。”

“随你的便吧，”唐吉诃德说，“我命里注定该听你讲。你就接着说吧。”

“于是，我亲爱的大人，”桑乔说，“我刚才说，这位牧人爱上了牧羊姑娘托拉尔瓦。她是位又胖又野的姑娘，有点儿男人气，嘴上还有点儿胡子，那模样仿佛就浮现在我眼前。”

"那么，你认识她？"唐吉诃德问。

"不认识，"桑乔说，"不过，给我讲这个故事的人告诉我，故事情节千真万确，如果再给别人讲，可以一口咬定是亲眼所见。后来日子长了，魔鬼是不睡觉的，到处捣乱，让牧人对牧羊姑娘的爱情变成了厌恨。原因就是有些饶舌的人说她对牧羊人的某些行为越轨犯了禁，所以牧羊人从此开始厌恶她。由于不愿意再见到她，牧羊人想离开故乡，到永远看不到她的地方去。托拉尔瓦觉得洛佩小看她，反而爱上他了，虽然在此之前她并不爱他。"

"这是女人的天性，"唐吉诃德说，"蔑视爱她的人，喜爱蔑视她的人。你接着讲，桑乔。"

"结果牧羊人打定主意出走。"桑乔说，"他赶着羊，沿着埃斯特雷马杜拉的原野走向葡萄牙王国。托拉尔瓦知道后，光着脚远远地跟在他后面，手里还拿着一支拐杖，脖子上挎着几个褡裢，里面装着一面镜子和一截梳子，还有一个不知装什么脂粉的瓶子。至于她到底带了什么，我现在也不想去研究了。我只讲，据说牧人带着他的羊去渡瓜迪亚纳河。当时河水已涨，几乎漫出了河道。他来到河边，既看不到大船，也看不到小船，没有人可以送他和他的羊到对岸。牧人很难过，因为他看到托拉尔瓦已经很近了，而且一定会又是哀求又是哭地纠缠他。不过，他四下里再找，竟看到一个渔夫，旁边还有一只小船，小得只能装下一个人和一只羊。尽管如此，牧人还是同渔夫商量好，把他和三百只羊送过去。渔夫上了船，送过去一只羊，再回来，又送过去一只羊，再回来，再送过去一只羊。您记着渔夫已经送过去多少只羊了。如果少记一只，故事就没法讲下去了，也不能再讲牧人的事了。我接着讲吧。对岸码头上都是烂泥，很滑，渔夫来来去去很费时间。尽管如此，他又回来运了一只羊，又一只，又一只。"

"你就算把羊全都运过去了吧，"唐吉诃德说，"别这么来来去去地运，这样一年也运不完。"

"到现在已经运过去多少只羊了？"桑乔问。

"我怎么会知道，活见鬼！"唐吉诃德说。

"我刚才跟您说的就是这事。您得好好数着。真是天晓得，现在这个故事断了，讲不下去了。”

“这怎么可能？”唐吉诃德说，“有多少只羊过去了，对这个故事就那么重要吗？数字没记住，故事就讲不下去了？”

“讲不下去了，大人，肯定讲不下去了。”桑乔说，“我问您一共有多少只羊过去了，您却说不知道，这下子我脑子里的故事情节全飞了，而那情节很有意义，很有趣。”

“故事就这么完了？”唐吉诃德问。

“就像我母亲一样，完了。”桑乔说。

“说实话，”唐吉诃德说，“你讲了个很新颖的故事或传说，世界上任何人都想不出来。还有你这种既讲又不讲的讲法，我这辈子从来没见到过，当然，我也没指望从你的故事里得到什么东西。不过，我并不奇怪，大概是这些无休止的撞击声扰乱了你的思路。”

“有可能，”桑乔说，“不过我知道，有多少只羊被送过去的数字一错，故事就断了。”

“你见好就收吧，”唐吉诃德说，“咱们去看看罗西南多是不是能走路了。”

唐吉诃德又夹了夹马。马跳了几下又不动了。那绳子拴得很结实。

这时候天快亮了。桑乔大概是受了早晨的寒气，或者晚上吃了些滑肠的东西，要不就是由于自然属性（这点最可信），忽然想办一件事，而这件事别人又代替不了他。不过，他心里怕得太厉害了，甚至不敢离开主人，哪怕是离开指甲缝宽的距离也不敢。可是，不做他想做的这件事又不可能。于是他采取了折衷的办法，松开那只本来扶在鞍后的右手，又无声无息地用右手利索地解开了裤子的活扣。扣子一解开，裤子就掉了下来，像脚镣似的套在桑乔的脚上。然后，桑乔又尽可能地撩起上衣，露出了一对屁股，还真不小。做完这件事之后（他本以为这就是他解脱窘境时最难办的事），没想到更大的麻烦又来了。原来他以为要腾肚子，不出声是不行的，所以咬紧牙关，抬起肩膀，并且尽可能地屏住呼吸。尽管他想了这么多办法，还是不合时宜地出了点声。这声音同那个让他心惊肉跳的声音完全不同。唐吉诃德听见了，问道：

“是什么声音，桑乔？”

“我也不知道，”桑乔说，“大概是什么新东西。倒霉不幸，总是风起云涌。”

桑乔又试了一次。这次挺好，没像刚才那样发出声音，他终于从那种难受的负担里解脱出来了。可是，唐吉诃德的嗅觉和他的听觉一样灵敏，桑乔又几乎同他紧贴在一起，那气味差不多是直线上升，难免有一些要跑到他鼻子里。唐吉诃德赶紧用手捏住鼻子，连说话都有些齉：

“看来你很害怕，桑乔。”

“是害怕，”桑乔说，“不过，您怎么忽然发现了呢？”

“是你忽然发出了气味，而且不好闻。”唐吉诃德回答。

“完全可能，”桑乔说，“可这不怨我。是您深更半夜把我带到这个不寻常的地方来。”

“你往后退三四步，朋友。”唐吉诃德说这话的时候，手并没有放开鼻子，“以后你得注意点，对我的态度也得注意。过去我同你说话太多，所以你才不尊重我。”

“我打赌，”桑乔说，“您准以为我做了什么不该做的事。”

“还是少提为好，桑乔朋友。”唐吉诃德说。

主仆二人说着话度过了夜晚。桑乔看到拂晓将至，就悄悄为罗西南多解开了绳子，自己也系上了裤子。罗西南多天性并不暴烈，可一松开它，它就仿佛感到了疼痛，开始踩蹄子，而扬蹄直立它似乎不会。唐吉诃德看到罗西南多可以走了，觉得是个好兆头，就准备开始征险了。

此时东方破晓，万物可见。唐吉诃德发现四周高高的栗树遮住了阳光。他能感觉到撞击声并没有停止，可是看不见是谁发出的。他不再耽搁，用马刺踢了一下罗西南多，再次向桑乔告别，吩咐桑乔就像上次说的，最多等自己三天，如果三天后还不回来，那肯定是天意让他在这次征险中送命了。他又提醒桑乔替他向杜尔西内亚夫人传送口信。至于桑乔跟随他应得的报酬，他叫桑乔不要担心，他在离开家乡之前已经立下了遗嘱，桑乔完全可以按照服侍他的时间得到全部工钱。如果上帝保佑，他安然无恙，桑乔也肯定会得到他许诺的小岛。

桑乔听到善良的主人这番催人泪下的话，不禁又哭起来，打定主意等着主人，直到事情有了最终结果。

本文作者根据桑乔的眼泪和决心，断定他生性善良，至少是个老基督徒。桑乔的伤感也触动了唐吉诃德，但是唐吉诃德不愿表现出一丝软弱。相反，他尽力装得若无其事，开始向他认为传来水声和撞击声的方向走去。桑乔仍习惯地拉着他的驴，这是和他荣辱与共的伙伴，紧跟在唐吉诃德后面。他们在那些遮云蔽日的栗树和其他树中间走了很长一段路，发现在高高的岩石脚下有一块草地，一股激流从岩石上飞泻而下。

岩石脚下有几间破旧的房屋，破得像建筑物的废墟。两人发现撞击声就是从那儿发出来的，而且仍在继续。罗西南多被隆隆的水声和撞击声吓得不轻，唐吉诃德一边安抚它，一边接近那些破屋，心里还虔诚地请求他的夫人在这场可怕的征战中保佑自己。同时，他还请求上帝不要忘了自己。桑乔跟在旁边，伸长脖子从罗西南多的两条腿中间观看，寻找那个让他心惊胆战的东西。他们又走了大概一百步远，拐过一个角，发现那个令他们失魂落魄、彻夜不安的声音的出处已经赫然在目。原来是（读者请勿见怪）砑布机的六个大槌交替打击发出的巨大声响。

唐吉诃德见状惊愕得一句话也说不出来，桑乔也满面羞愧地把头垂在胸前。唐吉诃德又看了看桑乔，见他鼓着腮，满嘴含笑，显然有些憋不住了。唐吉诃德对他恼不得，自己也忍不住笑了。桑乔见主人已经开了头，自己也开怀大笑起来，笑得双手捧腹，以免笑破了肚皮。桑乔停了四次，又笑了四次，而且始终笑得那么开心。这回唐吉诃德怒不可遏了。这时，只听桑乔以嘲笑的口吻说："你该知道，桑乔朋友，承蒙老天厚爱，我出生在这个铁器时代是为了重振金子的时代或黄金时代。各种危险、伟绩和壮举都是为我准备的……"原来是他在模仿唐吉诃德第一次听到撞击时的那番慷慨陈词。

唐吉诃德见桑乔竟敢取笑自己，恼羞成怒，举起长矛打了桑乔两下。这两下若不是打在桑乔背上，而是打在脑袋上，他就从此不用再付桑乔工钱了，除非是付给桑乔的继承人。桑乔见主人真动了气，怕他还不罢休，便赶紧赔不是，说：

“您别生气。我向上帝发誓，我只是开个玩笑。”

“你开玩笑，我可没开玩笑。”唐吉诃德说，“你过来，快乐大人，假如这些东西不是砑布机的大槌，而是险恶的力量，我难道不会一鼓作气，去进攻它，消灭它吗？作为骑士，难道我就该区分出那是不是砑布机的声音吗？而且，我这辈子还没见过这种东西哩。不像你这个乡巴佬，就是在砑布机中间长大的。要不然你把那六个大槌变成六个巨人，让他们一个一个或一起过来，我要是不能把他们打得脚朝天，就随便你怎么取笑我！”

“别说了，大人，”桑乔说，“我承认我刚才笑得有点过分了。不过，您说，大人，咱们现在没事了，如果上帝保佑您，以后每次都像这回一样逢凶化吉，这难道不该笑吗？还有，咱们当时害怕的样子不可笑吗？至少我那样子可笑。至于您的样子，我现在明白了，您不知道什么是害怕，也不知道什么是恐惧和惊慌。”

“我不否认咱们刚才遇到的事情可笑，”唐吉诃德说，“不过它不值一提。聪明人看事情也并不总是准确的。”

“不过您的长矛还是瞄得挺准的，”桑乔说，“指着我的脑袋，多亏上帝保佑，我躲闪得快，才打在我背上。得了，现在事情都清楚了。我听人说过，打是疼，骂是爱。而且我还听说，主人在骂了仆人一句话之后，常常赏给仆人一双袜子。我不知道主人打了仆人几棍子之后会给仆人什么，反正不会像游侠骑士那样，打了侍从几棍子后，就赏给侍从一个小岛或陆地上的王国吧。”

“这有可能，”唐吉诃德说，“你说的这些有可能成为现实。刚才的事情请你原谅。你是个明白人，知道那几下并非我意。你应该记住，从今以后有件事你得注意，就是跟我说话不能太过分。我读的骑士小说数不胜数，却还没有在任何一本小说里看到有侍从像你这样同主人讲话的。说实在的，我觉得你我都有错。你的错在于对我不够尊重。我的错就是没让你对我很尊重。你看，高卢的阿马迪斯的侍从甘达林是菲尔梅岛的伯爵。书上说，他见主人的时候总是把帽子放在手上，低着头，弯着腰，比土耳其人弯得还要低。还有，唐加劳尔的侍从加萨瓦尔一直默默无闻，以至于我们为了表现他默默无闻的优秀品质，在那个长长的伟大故事里只提到他一次。对他这样的人我们还有什么可说的呢？从我说的这些话里你应该意识到，桑乔，主人与伙计之间，主人与仆人之间，骑士与侍从之间，需要有区别。所以，从今以后，咱们得更庄重，不要嘻嘻哈哈的。而且，无论我怎样跟你生气，你都得忍着。我许诺给你的恩赐，到时候就会给你。要是还没到时候，就像我说过的，工钱至少不会少。”

“您说的都对，”桑乔说，“可我想知道，那时候，假如恩赐的时候还没到，只好求助于工钱了，一个游侠骑士侍从的工钱是按月计呢，还是像泥瓦匠一样按天算？”

“我不认为那时的侍从能拿到工钱，”唐吉诃德说，“他们只能得到恩赐。我家里那份秘密遗嘱里提到你，只是为了以防万一。我还不知道在我们这个灾难性时刻应该如何表现骑士的风采。我不愿意让我的灵魂为一点点小事在另一个世界里受苦。我想你该知道，桑乔，世界上没有什么比征险更危险的事了。”

“的确如此，”桑乔说，“仅一个砑布机大槌的声音就把像您这样勇敢的游侠骑士吓坏了。不过您可以放心，我的嘴绝不会再拿您的事开玩笑了，只会把您当作我的再生主人来赞颂。”

“这样，你就可以在地球上生存了。”唐吉诃德说，“除了父母之外，还应该对主人像对待父母一样尊敬。”

第二十一章　战无不胜的骑士冒大险获大利赢得了曼布里诺头盔及其他事

这时下起了小雨。桑乔想两人一起到砑布机作坊里去避雨。刚刚闹了个大笑话，所以，唐吉诃德对这个砑布机感到厌恶，不想进去。

于是两人拐上右边的一条路，同他们前几天走的那条路一样。没走多远，唐吉诃德就发现一个骑马的人，头上戴个闪闪发光的东西，好像是金的。唐吉诃德立刻转过身来对桑乔说：

“依我看，桑乔，俗话句句真，因为它是经验的总结。而经验是各种知识之母。特别是那句：‘此门不开那门开。’我是说，昨天晚上，命运用砑布机欺骗咱们，把咱们要找的门堵死了。可现在，另一扇门却大开，为咱们准备了更大更艰巨的凶险。这回如果我不进去，那就是我的错，也不用怨什么砑布机或者黑天了。假如我没弄错的话，迎面来了一个人，头上戴着曼布里诺的头盔。我曾发誓要得到它，这你知道。”

“那个东西您可得看清楚，”桑乔说，“但愿别又是一些刺激咱们感官的砑布机。”

“你这家伙，”唐吉诃德说，“头盔跟砑布机有什么关系！”

“我什么也不懂，”桑乔说，“可我要是能像过去一样多嘴的话，我肯定能讲出许多道理来，证明您说错了。”

“我怎么会说错呢，放肆的叛徒！”唐吉诃德说，“你说，你没看见那个向我们走来的骑士骑着一匹花斑灰马，头上还戴着金头盔吗？”

“我看见的似乎是一个骑着棕驴的人，那驴同我的驴一样，他头上戴着个闪闪发光的东西。”

“那就是曼布里诺的头盔。”唐吉诃德说，“你站到一边去，让我一个人对付他。你会看到，为了节省时间，我一言不发就能结束这场战斗，得到我盼望已久的头盔。”

“我会小心退到一旁，”桑乔说，“上帝保佑，我再说一遍，但愿那是牛至[①]，而不是砑布机。”

“我说过了，兄弟，你别再提，我也不再想什么砑布机了。”唐吉诃德说，“我发誓……我不说什么了，让你的灵魂去捶你吧。”

桑乔怕主人不履行对他发过的誓言，便缩成一团，不再做声了。

唐吉诃德看到的头盔、马和骑士原来是下面这么回事：那一带有

---

① 牛至是一种植物。西班牙谚语：“牛至不会遍山岗，世上不会皆坦途。”

两个地方。一个地方很小，连药铺和理发店也没有。而旁边另一个地方就有。于是大地方的理发师[①]也到小地方来干活。小地方有个病人要抽血，还有个人要理发。理发师就是为此而来的，还带了个铜盆。他来的时候不巧下雨了。理发师的帽子大概是新的。他不想把帽子弄脏，就把铜盆扣在头上。那盆还挺干净，离着半里远就能看见它发亮。理发师就像桑乔说的，骑着一头棕驴。这就是唐吉诃德说的花斑灰马、骑士和金盔。唐吉诃德看到那些东西，很容易按照他的疯狂的骑士意识和怪念头加以想象。看到那个骑马人走近了，他二话不说，提矛催马向前冲去，想把那人扎个透心凉。冲到那人跟前时，他并没有减速，只是对那人喊道：

“看矛，卑鄙的家伙，要不就心甘情愿地把本应该属于我的东西献出来！”

理发师万万没有想到，也没有提防会有这么个怪人向他冲过来。为了躲过长矛，他只好翻身从驴背上滚下来。刚一落地，他又像鹿一样敏捷地跳起身，在原野上跑起来，速度快得风犹不及。理发师把铜盆丢在了地上，唐吉诃德见了很高兴，说这个家伙还算聪明，他学了海狸的做法。海狸在被猎人追赶的时候会用牙齿咬断它那个东西。它凭本能知道，人们追的是它那个东西。唐吉诃德让桑乔把头盔捡起来交给他。桑乔捧着铜盆说：

“我向上帝保证，这个铜盆质量不错，值一枚八雷阿尔的银币。”

桑乔把铜盆交给主人。唐吉诃德把它扣在自己脑袋上，转来转去找盔顶，结果找不到，便说：

“这个著名的头盔当初一定是按照那个倒霉鬼的脑袋尺寸造的。那家伙的脑袋一定很大。糟糕的是这个头盔只有一半。”

桑乔听到唐吉诃德把铜盆叫作头盔，忍不住笑了。可他忽然想起了主人的脾气，笑到一半就止住了。

“你笑什么，桑乔？”唐吉诃德问。

“我笑这个头盔的倒霉主人的脑袋竟有这么大。”桑乔说，“这倒

---

① 当时的风俗，理发师往往以医疗为副业。

像个理发师的铜盆。”

“你猜我怎么想，桑乔？这个著名的头盔大概曾意外地落到过一个不识货也不懂得它的价值的人手里。那人不知道这是干什么用的，看到铜很纯，就把那一半熔化了，卖点钱。剩下的这一半就像你说的，像个理发师用的铜盆。不管怎么样，我识货，不在乎它是否走了样。回头找到有铜匠的地方，我就把它收拾一下，哪怕收拾得并不比铁神为战神造的那个头盔好，甚至还不如它。我凑合着戴，有总比没有强，而且，对付石头击打还是挺管用。”

“那石头只要不是用弹弓打来的就行，”桑乔说，“可别像上次两军交战时那样崩掉了您的牙，还把那个装圣水的瓶子打碎了，那圣水让我差点儿把五脏六腑都吐出来。”

“那圣水没了，我一点也不可惜。你知道，桑乔，它的配方我都记在脑子里了。”唐吉诃德说。

“我也记得，”桑乔说，“可是如果我这辈子再做一回并再喝一回那种圣水，我马上就完蛋了。而且，我不想弄到需要喝那种水的地步。我要全力以赴，防止受伤，也不伤害别人。我不想再被人用被单扔，这种倒霉的事情可以避免。可是如果真的再被扔，我也只好抱紧肩膀，屏住呼吸，听天由命，让被单随便折腾吧。”

“你不是个好基督徒，桑乔，”唐吉诃德闻言说道，“一次受辱竟终生不忘。你该知道，宽广的胸怀不在乎这些枝节小事。你是少了条腿，断了根肋骨，还是脑袋开花了，以至于对那个玩笑念念不忘？事后看，那完全是逗着玩呢。我如果不这样认为，早就去替你报仇了，准比对那些劫持了海伦的希腊人还要狠。海伦要是处在现在这个时代，或者我的杜尔西内亚处在海伦那个时代，海伦的美貌肯定不会有现在这么大名气。”

唐吉诃德说到此长叹一声。桑乔说：

“就当是逗着玩吧，反正又不能真去报仇。不过，我知道什么是动真格的，什么是逗着玩。我还知道它永远不会从我的记忆里抹去，就像不能从我的背上抹去一样。还是别说这个了。您告诉我，那个马蒂诺[①]被您打败了，他丢下的这匹似棕驴的花斑灰马怎么办？看那人逃之夭夭的样子，估计他不会再回来找了。我凭我的胡子发誓，这真是匹好灰马呀。”

“我从不习惯占有被我打败的那些人的东西，”唐吉诃德说，“而且夺取他们的马，让他们步行，这也不符合骑士的习惯，除非是战胜者在战斗中失去了自己的马。只有在这种情况下，作为正当的战利品，夺取战败者的马才算合法。所以，桑乔，你放了那匹马或那头驴，随便你愿意把它当成什么吧。它的主人看见咱们离开这儿，就会回来找它。”

“上帝知道，我想带走它，”桑乔说，“至少跟我这头驴换一换。我觉得我这头驴并不怎么好。骑士规则还真严，连换头驴都不让。我想知道是否连马具都不让换。”

“这点我不很清楚，”唐吉诃德说，“既然遇到了疑问，又没有答案，如果你特别需要，我看就先换吧。”

“太需要了，”桑乔说，“对于我来说，这是再需要不过的了。”

既然得到了允许，桑乔马上来了个交换仪式，然后把他的驴打扮一番，比原来漂亮了好几倍。从教士那儿夺来的骡子背上还有些干粮，他们吃了，又背向研布机，喝了点旁边小溪里的水。研布机曾经把他们吓得够呛。他们已经讨厌研布机，不想再看见它了。

喝了点凉水，也就没什么可忧虑的了。两人上了马，漫无方向（游侠骑士之根本就是漫无目的）地上了路，任凭罗西南多随意走。主人随它意，那头驴也听它的，亲亲热热地在后面跟着。罗西南多走到哪儿，那头驴就跟到哪儿。最后他们还是回到了大路，毫无目标地沿着大路溜达。

正走着，桑乔问主人：

“大人，您准许我同您说几句话吗？自从您下了那道苛刻的命令，不让我多说话后，我有很多东西都烂在肚子里了。现在有件事就在我嘴边上，我不想让它荒废了。”

---

① 桑乔把曼布里诺说错成马蒂诺了。

“说吧，”唐吉诃德答道，“不过简单些。话一长就没意思了。”

“我说，大人，”桑乔说，“这几天我一直在想，您在荒野岔口寻险征险，得到的太少了。虽然您克敌制胜，勇排凶险，可是没人看见，也没人知道，恐怕会一辈子无声无息。这就辜负了您的苦心，您也没有得到相应的报答。所以，除非您有更好的主意，我建议咱们去为某个正在交战的皇帝或君主效劳，您可以在那儿显示您的勇气、您的力量和您超人的智力。咱们去投奔的那位大人发现这些之后，就会论功行赏，您的业绩也就会被永远铭记。至于我就不用说了，反正超不出侍从的范围。我敢说，如果骑士小说里少不了写上侍从的功劳，写我的部分也不会超过三行。”

“你讲得不错，桑乔。”唐吉诃德说，“可是在达到那个地步之前，骑士还是应该四方征险，经受锻炼，待获得几次成功之后，就能声名显赫。那个时候再去觐见朝廷，也算是知名骑士了。小伙子们在城门口一看见他，就会围上来喊‘他就是太阳骑士’，或者‘蛇骑士’，或者功成名就的其他称号的骑士。他们会说：‘就是他战胜了力大无比的巨人布罗卡布鲁诺，解除了横行将近九百年的波斯国马木路克王朝的魔法。’于是他的事迹就传开了。听到小伙子和其他人的喧嚷声，那个王国的国王来到王宫窗前。国王看到了骑士，一眼就从甲胄和盾牌的徽记认出了他。于是国王大声喊道：‘喂，朝廷所有的勇士，都去迎接远道而来的骑士精英呀。’国王一喊，大家都出来了。国王走到台阶上迎接他，紧紧拥抱他，同他行接吻礼，然后拉着他的手，来到后宫。骑士会在后宫碰到公主，她是世界上难得的一位最完美的公主。

“下面的情况就是，公主看着骑士，骑士也盯着公主的眼睛，两人都认为对方是世界上最神圣的。他们不知道怎么会又怎么不会坠入情网，无以自拔，还为不知怎样说才能表达自己的热望和情感而从内心感到痛苦。骑士肯定会被带到王宫一间布置豪华的房间里，为他脱去甲胄，拿来一件红色的披风。骑士穿戴甲胄时就显得很精神，现在脱去甲胄更显得英俊了。

“骑士同国王、王后和公主共进晚餐。骑士的眼睛始终没有离开公主，偷偷地看她。公主也同样看着骑士，也是偷偷地瞧，我说过，这是一位很规矩的公主。晚餐快结束的时候，不料，有一个又丑又矮的侏儒从客厅的门口进来，身后还有一个漂亮的女人，由两名巨人左右相伴。那个女人说遇到了一点有关骑士的麻烦事，谁要是能解决，就会被认为是世界上最优秀的骑士。国王吩咐所有在场的人都试试看，结果只有这位骑士客人能够解决，于是他名声更噪。公主对此非常高兴，而且为自己钟情于一位如此高尚的人感到了极大的满足。

“正巧这位国王或王子或随便他是谁吧，同另一个与他势均力敌的人交战。这位骑士客人在朝廷住了几天之后，就请求允许他在这场战斗中为国王效劳。国王很痛快地答应了，骑士彬彬有礼地吻了国王的手谢恩。当天晚上，骑士隔着花园的栅栏同公主告别，公主的卧室在那个花园里。骑士已经隔着栅栏同公主幽会过多次，都是由公主信任的一个女仆牵线联系的。骑士唉声叹气，公主则晕了过去，女仆端来了水。女仆很着急，因为天快亮了，女仆不愿意事情败露，这会影响公主的声誉。公主醒过来，把两只白皙的手伸给栅栏外的骑士。骑士无数次地吻她的手，以泪洗她的手。两人商定，不管事情是好是坏，都要告诉对方。公主求骑士尽可能早些回来，骑士发誓说一定早回来。骑士又吻她的手，告别时更是难分难舍，差点没死过去。

“骑士回到自己的房间，躺在床上，离别的痛苦使他难以成眠。他很早就起来向国王、王后和公主告别。同国王和王后告别后，听说公主身体不舒服，不能见他，骑士心如刀割，差点让痛苦在脸上表现出来。那个牵线的女仆当时在场，有所察觉，就把这些情况告诉了公主。公主听后流泪了，对女仆说，她最伤心的一件事就是不知道骑士是否是国王后裔。女仆肯定地说，骑士如果不是国王的后代，就不会那样彬彬有礼，风度翩翩，雄姿英发。公主听到这话放心了。她尽力安慰自己，以免父母看出什么。两天之后，公主又开始露面了。

“骑士走了。他参加了战斗，打败了国王的敌人，赢得了许多城市，打了很多胜仗。后来他回到朝廷，到与公主常常幽会的地方去找公主，商定要向公主的父亲提亲，以此作为国王对自己的酬报。国王不愿意，因为他不知道骑士的身世。可骑士和公主还是想出了对策，或者靠私奔，或者靠其他什么办法，反正公主成了骑士的夫人。国王也开始觉得这是件好事了，因为他弄清了这个骑士是某个我也不知道叫什么的王国的勇敢国王的儿子，我觉得地图上好像没有那个王国。国王死了，公主承袭王位，骑士转眼间成了国王。于是他开始赏赐他的侍从和所有曾帮助他爬上如此高位的人。他把公主的一个女仆，也就是当初给他们牵线的那个女仆，许配给了他的侍从。那个女仆是一位赫赫有名的公爵的女儿。”

“我就是要这样的，”桑乔说，“我有话直说，我就是要这样的。而刚才说的这些，您这位猥獕骑士也会遇到。”

“对此你不必怀疑，桑乔，”唐吉诃德说，“那些游侠骑士就是按照我刚才说的方式爬上国王或皇帝宝座的。现在要做的就是看看哪个基督教徒或异教徒的国王遇到了战争，而且有个漂亮的女儿。可是，这事还得过一段时间再想。我刚才说过，咱们得先到别处闯出名声，才能有资格到朝廷去。还有一件事，就算是某个国王遇到了战争，他也有个漂亮的女儿，而且我也获得了威震天下的名气，但我不知道怎样才能证明我是国王的后裔，哪怕是国王表兄的后裔呢。如果国王不首先知道这点，我就是战功再卓著，国王也不会让他的女儿嫁给我。我怕因为这个失掉本应该属于我的东西。我的确是名门之后，家里有财产土地，能得到五百苏埃尔多[①]，说不定撰写我的传记的贤人会查清我的身世，证明我是国王的第五代或第六代重孙。

“我该让你知道，桑乔，世界上有两种身世。一种是帝王君主的后裔，他们慢慢衰落，最后只剩下一个尖了，就像个倒置的金字塔。还有一种是出身卑微 ，一步一步一直爬到了上等人的地位。这两类人的区别在于一些人过去是，现在不是了，而另一些人现在是，过去不是。我大概属于前一种。查清我属于豪门贵族，国王就高兴了，就会成为我的岳父了。如果不是这样，公主也会对我一往情深。即使她

① 苏埃尔多是西班牙古币名。按照西班牙中世纪法律，对侮辱贵族者可处以五百苏埃尔多的罚款，并将此款交给受辱贵族作为赔偿。

父亲不同意，她也明知我是布衣，她仍然会同意我做她的主人或丈夫。否则我就会把她劫走，带到我愿意去的地方。等过些时候，或者她的父母死了，他们也就不生气了。”

“在这儿就用上了有些没良心人的话：‘能豪夺者不巧取。’”桑乔说，“不过还有句更合适的话：‘苦苦哀求，莫如溜走。’我这么说是因为万一国王大人，您的岳父，不乖乖地把公主交给您，也只好像您说的那样，把公主劫走或转移掉。不过还有个问题，那就是若在王国里过安分日子，可怜的侍从应该得到恩赐，要不然就让给他们牵线的女仆跟公主一起走。她本来就应该成为侍从的妻子。侍从与女仆患难与共，直到老天开眼。我相信主人最后一定会把女仆赏给侍从做正式妻子。”

“没人能阻止这事。”唐吉诃德说。

“倘若如此，”桑乔说，“咱们就求上帝保佑，听天由命吧。”

“上帝会保佑咱们，”唐吉诃德说，“按照我的愿望和你的情况分别安排的。平民就是平民。”

“听凭上帝安排吧，”桑乔说，“我是个老基督徒，能当个伯爵就知足了。”

“这要求已经有些过高了，”唐吉诃德说，“你即使没有成为伯爵，也不要在意。只要我当上国王，完全可以赐给你贵族身份，根本用不着花钱去买或者向我进贡。我让你当伯爵，你就成了贵族，别管人家说什么。他们就是不高兴，也得称你为‘阁下’。”

“那好哇，我要受封‘嚼位’啦。”桑乔说。

“应该是‘爵位’而不是‘嚼位’。”唐吉诃德说。

“就算是吧。”桑乔说，“这我可会安排。我这辈子曾经当过教友会的差役。我穿差役的外衣特别合适，大家都说我完全可以当教友会的总管。我若是像外国的伯爵那样，披着公爵的披风，浑身黄金珠宝该多好哇。我得让大家都看清楚。”

“那样子一定不错，”唐吉诃德说，“不过你得经常刮胡子。像你这样又浓又密、乱七八糟的胡子，至少每两天就得剪一次。否则离着很远就看到你的胡子了。”

“家里雇个理发师不就行了吗？”桑乔说，“必要的话，还可以让他跟在我后面，就像个贵族的马夫。”

“你怎么知道贵族后面总跟着个马夫呢？”唐吉诃德问。

“我告诉你吧，”桑乔说，“以前我曾在朝廷干过一个月。我在那儿看到一位个子很矮的大人，听说他爵位很高。总有个人骑马跟着他转，像个尾巴。我问为什么那个人不与贵族同行，而是跟在后面。有人告诉我，说那人是贵族的马夫。贵族们身后总是带着个马夫。从那时候起，我就知道了，而且从来没忘过。”

“说得对，”唐吉诃德说，“你也可以带着你的理发师。习惯不一样，做法也可以不一样。你完全可以成为第一个带理发师的伯爵，况且刮胡子是比备马还贴身的事哩。”

“理发师的事我来办，”桑乔说，“您就争取做国王，让我当伯爵吧。”

“会这样的。”唐吉诃德说。

这时唐吉诃德抬起头，看见了一样东西，究竟是什么，详情见下章。

第二十二章　唐吉诃德解放了一批被押送到他们不愿去的地方的不幸者

曼查的阿拉伯作家锡德·哈迈德·贝嫩赫利在这个极其严肃、夸张、细致、优美的虚构故事里讲到，曼查著名的唐吉诃德和他的侍从桑乔·潘萨如第二十一章所述，讲完那番话后，唐吉诃德抬头看到路上迎面走来大约十二个人，一条大铁链拴着他们的脖子，把他们连成一串，而且那些人都戴着手铐。此外，还有两个人骑马，一个人步行。骑马的人带着转轮手枪，步行的人拿着长矛和剑。桑乔一看见他们，就对唐吉诃德说：

“这是国王强制送去划船的苦役犯。”

“什么强制苦役犯？”唐吉诃德问，“国王难道会强制某个人吗？”

“不是这个意思，”桑乔说，“是这些人犯了罪，被判去为国王划船服苦役。”

“一句话，不管他们愿意不愿意，”唐吉诃德说，“这些人是被强迫带去，而不是自愿的。”

“是这样。”桑乔说。

“既然这样，”唐吉诃德说，“那就该行使我的除暴安良的职责了。”

“您注意点儿，”桑乔说，“法律，也就是国王本人，并没有迫害这类人，而是对他们的罪恶进行惩罚。”

这时，那些苦役犯已经走近了。唐吉诃德极其礼貌地请那几个押解的人告诉他，究竟为了什么原因押解那些人。一个骑马的捕役回答说，他们是国王陛下的苦役犯，是去划船的，此外就没什么可说的了，连他也只知道这些。

“即便如此，”唐吉诃德说，“我也想知道每个人被罚做苦役的原因。”

唐吉诃德又如此这般地补充了一些道理，想动员他们告知他想知道的事情。另一个骑马的捕役说：

“虽然我们身上带着这帮坏蛋的卷宗和判决书，可是现在不便停下拿出来看。您可以去问他们本人。他们如果愿意，就会告诉您。他们肯定愿意讲。这些人不仅喜欢干他们的卑鄙行径，而且喜欢讲。”

既然得到允许，唐吉诃德就去问了。其实即使不允许，他也会我行我素。他来到队伍前，问第一个人究竟犯了什么罪，竟落得如此下场。那个人说是因为谈情说爱。

“仅仅为这个？”唐吉诃德说，“如果因为谈情说爱就被罚做划船苦役，我早被罚到船上去了。”

“并不是像您想的那种谈情说爱，”苦役犯说，“我喜欢的是一大桶漂白的衣服。我使劲抱着它，若不是司法的力量把我强行拉开，我到现在也不会自己松手。我是被当场抓住的，用不着严刑拷问，审理完毕，我背上挨了一百下，再加上三年整的‘古拉巴’就完事了。”

“什么是‘古拉巴’？”唐吉诃德问。

“‘古拉巴’就是罚做划船苦役。”苦役犯回答。这个小伙子至多二十四岁，他说自己是皮德拉伊塔人。

唐吉诃德又去问第二个人。那人忧心忡忡，一言不发。第一个人替他回答说：

“大人，他是金丝雀。我是说，他是乐师和歌手。”

“怎么回事？”唐吉诃德问，“乐师和歌手也要做苦役？”

“是的，大人，”苦役犯说，“再没有比‘苦唱’更糟糕的事了。”

“我以前听说，一唱解百愁。”唐吉诃德说。

“在这儿相反，”苦役犯说，“一唱哭百年。”

“我不明白。”唐吉诃德说。

这时一个捕役对唐吉诃德说：

“骑士大人，在这帮无赖里，‘苦唱’的意思就是在刑讯之下招供。对这个犯人动了刑，他才认了罪。他是盗马贼，也就是偷牲口的。他招认后，判在他背上鞭笞两百下，这个已经执行了，另外再加六年苦役。他总是沉默不语，愁眉不展，因为留在那边的罪犯和在这儿的苦役犯都虐待他，还排挤他，嘲弄他，蔑视他，就因为他招了，不敢说‘不’。他们说‘是’或‘否’都是那么长的音，而且罪犯见识多了，就知道他们的生死不由证人和证据决定，全在自己一张嘴。我觉得他们说的也有道理。”

“这我就明白了。”唐吉诃德说。

唐吉诃德又走到第三个人跟前，把刚才问别人的那几句话又问了一遍。那人立刻满不在乎地说：

“我因为欠人家十个杜卡多[①]，要去享受五年美妙的古拉巴。”

“我很愿意给你二十杜卡多，让你从这一苦难中解脱出来。”唐吉诃德说。

“我觉得这就好比一个身在海上的人有很多钱，”苦役犯说，“他

---

① 杜卡多是曾用于西班牙和奥匈帝国的金币，也是一种假想的币名。

眼看就要饿死了，可就是买不到他所需要的东西。我是说，如果我当时能够得到您现在才给我的这二十杜卡多，我至少可以拿它疏通一下书记员，活动一下检察官，现在则完全可以留在托莱多的索科多韦尔广场上，而不是在这儿像条猎兔狗似的被拴着。不过，上帝是伟大的。耐心等待吧，什么也别说了。”

唐吉诃德又去问第四个人。第四个人长着尊贵的面容，一大把白胡子垂到胸前。听到唐吉诃德问他怎么到这儿来了，他竟哭了起来，一言不发。第五个苦役犯解释说：

“这位贵人被判了四年苦役，而且临走还被拉着骑在马上，穿着华丽的衣服，在净是熟人的街上招摇过市。”

“我觉得，”桑乔说，“那是当众羞辱他。”

“是的，”苦役犯说，“给他判刑的罪名就是给人家的耳朵甚至整个身子牵牵线。其实我是说，这位是拉皮条的。此外，他还会点巫术。”

“若不是因为他会点巫术，”唐吉诃德说，“单因为他拉皮条，就不该判他做划船苦役，而应该让他去指挥海船，做船队的头头。因为拉皮条这行当并不是随便可以干的。这是机灵人的职业，在治理有方的国家里特别需要，而且必须是出身高贵的人才行。此外，还得像其他行业一样，就像市场上的经纪人那样，有廉洁的知名人士来监督他们。这样可以避免一些蠢货从事这个行业所产生的弊病。像那些平淡无奇的娘儿们，乳臭未干、涉世不深的毛孩子和无赖，关键时刻需要他们拿主意的时候，他们却举棋不定，手足无措。我本来想再说下去，讲讲为什么要对这个国家从事这项必不可少的职业的人进行挑选，可是在这儿讲不合适。等到某一天，我再对能够解决这个问题的人讲吧。

“我只想说，看到这位两鬓斑白、面容尊贵的老人因为拉皮条被累成这个样子，我感到难过，可是再一想到他会巫术，我又不难过了，虽然我知道世界上并不是像某些头脑简单的人想的那样，有能够动摇和左右人的意志的巫术。我们的意志是自由的，没有任何迷魂药和魔法能够迫使它改变。一些粗俗的女人和居心叵测的骗子常常做些混合剂和春药，让人疯狂，让人们相信它们能催人纵欲，可是我要说，意志是改变不了的。”

“是的，”那位慈祥的老人说，“说真的，大人，关于巫术的事，我没有罪；拉皮条的事我无法否认，可我从未想到这是做坏事。我只是想让大家都痛痛快快，生活安定，无忧无虑。然而，我的良好愿望并没有给我带来任何好处，我还是得去那个回头无望的地方。我已经这么大年纪了，又有尿道病，这闹得我一刻也不得安宁。”

说到这儿，他又像刚才一样哭了起来。桑乔看他十分可怜，便从怀里掏出一枚值四雷阿尔的钱币周济他。

唐吉诃德走过去问另外一个人犯了什么罪。这个人回答得比前面那个人爽快得多。他说：

“我到了这儿，是因为我同我的两个堂妹和另外两个不是我堂妹的姐妹开玩笑开得太过分了。结果我们的血缘队伍乱了套，连鬼都说不清了。事实确凿，没人帮忙，我又没钱，差点儿丢了脑袋。判我六年苦役，我认了，咎由自取嘛。我还年轻，只要活着，一切都会有希望。假如您，骑士大人，有什么东西能帮帮我们这些可怜人，上帝在天会报答你，我们在地上祈祷时也不会忘记求上帝保佑您长命百岁，身体健康，祝您这样慈祥的人万寿无疆。”

这时，来了一个学生装束的人。一个捕役说，这个人能言善辩，而且精通拉丁文。

最后过来的是个相貌端庄的人，年龄约三十岁，只是看东西的时候，一只眼睛总是对向另一只。他的桎梏与其他人不同，脚上拖着一条大铁链，铁链盘在身上，脖子上套着两个铁环，一个连着铁链，另一个拴在一种叫作枷的械具上，下面还有两条锁链一直搭拉到腰间的两只手铐上，手铐上拴着一个大锁，这样他的手够不着嘴，头也不能低下来够着手。

唐吉诃德问那人为什么他戴的械具比别人多。捕役回答说，因为他一个人犯的罪比其他人所有的罪还多。他是个胆大妄为的家伙，即使这样锁着也还不放心呢，怕他跑了。

“他犯了什么罪，又判了多少年苦役呢？”唐吉诃德问。

“判了十年，”捕役说，“相当于剥夺公民权。不过，只要你知道这家伙是大名鼎鼎的希内斯·帕萨蒙特就行了。他还有个名字叫希内西略·帕拉皮利亚。”

“差官大人，”苦役犯说，“你注意点，别给人胡编名字和绰号。我叫希内斯，而不是希内西略。我的父名叫帕萨蒙特，而不是你说的帕拉皮利亚。各人管好自己的事就行了。”

“江洋大盗先生，不管你愿意不愿意，你若是不想让我帮你住嘴，说话就小声点儿。”

“人完全应当像上帝一样受到尊敬，”苦役犯说，“总有一天，我会叫你知道我到底是不是叫希内西略·帕拉皮利亚。”

“难道别人不是这样叫你吗，骗子？”捕役说。

“是这么叫，”苦役犯说，“可我会让他们不这么叫的。否则，我就把自己身上几个地方的毛全拔掉。骑士大人，如果你能给我们点什么，就给我们个到此为止，抬腿走人吧。你总打听别人的事情，已经让大家烦了。如果你想知道我的事情，我告诉你，我是希内斯·帕萨蒙特，我正在亲自记录我的生活。”

“他说的是真的，”捕役说，“他正在写他自己的故事，写得真不错。他在监狱里把书典押了二百雷阿尔。”

“即使是二百杜卡多，我也要把它赎回来。”希内斯说。

“书就这么好？”唐吉诃德问。

“简直可以说太好了，”希内斯说，“与之相比，《托尔梅斯河的领路人》以及其他所有那类书都相形见绌。我可以告诉你，那里面写的全是真事，若是杜撰的，不可能写得那么优美风趣。”

“书名是什么？”唐吉诃德问。

“《希内斯·帕萨蒙特传》。”希内斯说。

“写完了吗？”唐吉诃德问。

“我的生活还没有完，书怎么能写完了呢？”希内斯说，“写好的是从我出生到上次做划船苦役。”

“你原来做过划船苦役？”唐吉诃德问。

“愿为上帝和国王效劳。我那次做了四年苦役，知道了干面包和鞭子的滋味。”希内斯说，“做划船苦役我并不很害怕，我可以在船上写我的书。我有很多话要说,而在西班牙的船上空闲时间很多。其实，我用于书写的时间并不要很多。我主要靠打腹稿。”

“看来你很聪明。”唐吉诃德说。

“也很不幸，”希内斯说，“不幸总是伴随着聪明人。”

“也伴随坏蛋。”捕役说。

“我已经说过，差官大人，”希内斯说，“你讲话客气点儿。那些大人只是让你把我们带到陛下指定的地方去，并没有给你侮慢我们这些可怜人的权力。你若是再不客气点儿，我发誓……行了，‘说不定哪天客店的事情就会水落石出呢’。谁也别说了，你好好待着，说话客气点儿。已经费半天口舌了，咱们赶路吧。”

闻此狂言，捕役举棍要打帕萨蒙特。唐吉诃德立刻起身挡住，求他别打帕萨蒙特，说帕萨蒙特手被锁得那么紧，说话有点儿出圈也该谅解。然后，唐吉诃德转身对所有苦役犯说：

“极其尊贵的弟兄们，听了你们讲的这些话，我弄清楚了，虽然你们是犯了罪才受惩罚，你们却不大愿意受这个苦，很不情愿。看来你们有的人因为受到刑讯时缺乏勇气，有的人因为没钱，有的人因为没有得到帮助，反正都是法官断案不公，你们才落到这种地步，没有得到公正的待遇。所有这些现在都要求我、劝说我甚至迫使我对你们起到老天让我来世上做骑士的作用，实现我扶弱济贫的誓言。

“不过，我知道聪明一点儿的办法就是能商量的不强求。所以，我想请求这几位捕役和差官大人行行好，放了你们。若是愿意为国王效劳，比这更好的机会还多着呢。我觉得把上帝和大自然的自由人变成奴隶是件残忍的事情。况且，捕役大人，”唐吉诃德说，“这些可怜人丝毫也没有冒犯你们。咎由自取，上帝在天不会忘记惩恶扬善，正直的人也不该去充当别人的刽子手，他们本来就不该干这个。我心平气和地请求你们。如果能做到呢，我会对你们有所答谢，否则，我的长矛和剑，还有我臂膀的力量，就会强迫你们这样做。”

“可笑的蠢话！”差官说，“说了半天，竟是这等蠢话！你想让我们把国王的犯人放了，就好像我们有权力或者你有权力命令我们把犯人放了似的！走吧，大人，戴好你脑袋上的那个盆儿，趁早赶你的路吧，别在这儿找三爪猫[①]了。”

“你就是猫，是老鼠，是混蛋。”唐吉诃德说。

说完唐吉诃德便冲了上去。差官猝不及防，被长矛刺伤翻倒在地。还算唐吉诃德刺对了，那人身上带着火枪呢。其他人被这突如其来的事情惊呆了。不过他们立刻明白过来，于是骑马的人举起剑，步行的人拿起了标枪，向唐吉诃德冲来。唐吉诃德镇静自若地迎战。要不是那队苦役犯看到他们获得自由的机会已到，纷纷挣脱锁链，企图逃跑，这回唐吉诃德说不定就遭殃了。

大乱中，捕役们得追赶逃散的苦役犯，又得同与他们激战的唐吉诃德周旋，顾此失彼。桑乔帮着放开了希内斯·帕萨蒙特。希内斯第一个摆脱锁链，投入战斗。他向已经倒在地上的差官冲去，夺下了他的剑和枪，然后用剑指指这个人，又用枪瞄瞄那个人，不过他一直没有开枪。面对希内斯的枪和苦役犯们不断扔来的石头，捕役们全部落荒而逃，整个原野上已看不到他们的踪影。桑乔对此很担心。他想到这些逃跑的人一定会去报告圣友团，那么圣友团马上就会出来追捕苦役犯。桑乔把自己的担心对唐吉诃德讲了，请求他赶快离开那里，躲到附近的山上去。

“那好，”唐吉诃德说，“不过我知道现在最应该做什么。”

唐吉诃德叫苦役犯都过来。那些苦役犯吵吵嚷嚷地已经把差官的衣服都剥光了。大家围在一起，听唐吉诃德吩咐什么。唐吉诃德对他们说：

“出身高贵的人知恩图报，而最惹上帝生气的就是忘恩负义。各位大人，你们已经亲眼看到了你们从我这儿得到的恩典。作为对我的报答，我希望你们带着我从你们脖子上取下的锁链，去托博索拜见杜尔西内亚夫人，告诉她，她的骑士，猥獕骑士，向她致意，并且把这次著名的历险经过，一直到你们获得了渴望已久的自由，都原原本本地向她讲述一遍。然后，你们就各奔前程。”

---

① 西班牙成语，意即“自找苦吃”。

希内斯·帕萨蒙特代表大家说：

“大人，我们的救星，您吩咐的事情万万做不得。我们不可能一起在大路上走，只能各走各的路，争取进到大山深处，才不会被圣友团找到。圣友团肯定已经出动寻找我们了。您能够做的,也应该做的，就是把您对托博索的杜尔西内亚夫人的进见礼，换成让我们按照您的意志念几遍万福玛利亚和《信经》。这件事我们无论白天还是黑夜，无论逃遁还是休息，无论和平时期还是战争年代，都做得到。但是，如果以为我们现已回到了太平盛世，可以拿着锁链去托博索了，那简直是白日做梦，让我们缘木求鱼。”

“我发誓，”唐吉诃德勃然大怒说，“我要让你这个婊子养的希内西略·帕罗皮略，或者就像他们叫你的那样，我一定要让你一个人老老实实地带着整条锁链去！”

帕萨蒙特本来就是火暴脾气。他听到唐吉诃德这番胡言乱语，什么要解放他们，却又让他们做蠢事，知道唐吉诃德精神不太正常。他向伙伴们使了个眼色，大家退到一旁，向唐吉诃德投起石头来。石头似雨点般打来，唐吉诃德拿护胸盾遮挡都来不及。而罗西南多也像铜铸一般，任凭唐吉诃德怎么踢都一步不移。桑乔藏在驴后边，躲避向两人铺天盖地打来的石头。唐吉诃德躲避不得，身上不知道挨了多少石头。石头来势凶猛,竟把他打倒在地。他刚倒下,那个学生就扑上来，夺过他头上的铜盆，在他背上砸了三四下，然后又在地上摔了三四下，差点把铜盆摔碎了。他们扒掉唐吉诃德套在甲胄上的短外套，又去脱他的袜子。要不是护胫甲挡着，连袜子也没了。那些人把桑乔的外衣也抢走了。桑乔被剥得只剩下了内衣。那些人把其他战利品也分了，然后就各自逃走了。他们着急的是逃脱圣友团的追捕，而不是带着锁链去拜见托博索的杜尔西内亚。

现在，只剩下驴和罗西南多，还有桑乔和唐吉诃德。驴低头沉思，不时还晃动一下耳朵，以为那场石雨还没有停止，正从耳边飞过。罗西南多躺在主人身旁，它也是被一阵石头打倒的。只穿着内衣的桑乔仍在为圣友团害怕。唐吉诃德看到自己本来对那些人那么好，却被他们弄成这副样子，气急败坏。

第二十三章　著名的唐吉诃德在莫雷纳山的遭遇

看到自己的狼狈样，唐吉诃德对桑乔说：

“桑乔，我一直听说，‘善待无赖等于向海里泼水’。如果我早听你的，就不会有这场乱子了。不过事情已经做了，别着急，从现在起，引以为戒。”

“您若真能引以为戒，我也就能变成突厥人了。”桑乔说，“不过既然您说了，如果当初听我的话，就不会吃这个亏，那么现在请您相信我的话吧，以免吃更大的亏。我告诉您，用骑士那套做法对付圣友团可行不通。在他们眼里，游侠骑士一钱不值。您知道吗，我觉得现在仿佛就能听到他们的箭在我耳边嗡嗡作响呢[①]。”

“你天生是个胆小鬼，桑乔。”唐吉诃德说，“为了不让你说我这个人顽固不化，从来不听你的劝告，我想这次就听你这一回，躲开这帮让你如此恐惧的复仇分子。不过得有个条件，那就是不管我生前还是死后，都不许对任何人说我这次害怕了，只能说我是应你的请求，才在危险面前退却的。假如你说了别的，就是说谎。从现在到那时，从那时回到现在，我都会否认。每当你想说出来或者已经说出来的时候，我都会说你在说谎，而且还会再说谎。你别再说什么了。只要你想到我是由于恐惧作祟，才在某个危险特别是这个危险面前退却，我就不准备走了，要一个人留在这里，不仅等着你说你害怕的那个圣友团，还要等着以色列十二部落兄弟，等着七个马加比[②]，等着卡斯托

① 圣友团通常将罪犯用箭射死，然后陈尸荒野。

② 公元前2世纪统治巴勒斯坦的犹太祭司哈斯蒙尼家族的马塔蒂亚及其儿子，因骁勇善战，得绰号“马加比”，意为“锤子”。

尔和波卢克斯[1]，以及世界上所有的兄弟姐妹们。”

“大人，”桑乔说，“退却不等于逃跑，等着也不算聪明。如果危险超过了希望，明智的办法就是养精蓄锐，而不是孤注一掷。您应该知道，我虽然是个粗人，可是还能做到人们所说的克制。您如果听我的劝告，就不会后悔，那就是如果身体还行，您就骑上罗西南多，如果不行，让我来扶您上，然后跟我走。我的头脑告诉我，现在咱们最需要的不是动手，而是动腿。”

唐吉诃德不再多说，桑乔牵着他的驴，两人从旁边的一个山口走进莫雷纳山脉。桑乔想越过山脉，到维索或坎普的阿尔莫多瓦尔去，在穷山僻壤待几天，圣友团就是找他们也找不到。他再一看，同苦役犯们厮打时被抢走了不少东西，可是驮在驴背上的食物居然保存了下来，桑乔更振奋了，觉得这是个奇迹。

那天晚上，两人来到莫雷纳山脉深处。桑乔想在那儿过夜，然后再待几天，至少他们带的食物能维持多久就待多久。于是，两人在栓皮槠树林里的两块石头之间安歇下来。可是，就像某些从来没有真正信仰的人认为的那样，厄运总是如期而至。由于唐吉诃德的好心和糊涂而挣脱了锁链的著名骗子、盗贼希内斯·帕萨蒙特，出于对圣友团的恐惧，他当然有理由感到恐惧，也想在莫雷纳山脉藏身，而且居然鬼使神差地跑到了唐吉诃德和桑乔安歇的那个地方。希内斯立刻就认出了这两个人，不过没有惊动他们。两人依然睡着。坏人总是忘恩负义，不免干些不该干的事，而且为了眼前的利益放弃将来的利益。希内斯不知恩图报，反而居心不良，竟决定偷走桑乔的驴。不过，他没有动罗西南多，因为知道无论是典当还是出卖它，都得不到好价钱。桑乔睡觉的时候，希内斯偷走了他的驴，在天亮之前就逃之夭夭，无论如何也追赶不上了。

曙光初照，给大地带来了欢乐，却给桑乔带来了悲伤。他看到自己的驴不见了，十分伤心地哭了起来。唐吉诃德被他的哭声惊醒了，听见他在说：

---

① 希腊神话里宙斯的孪生子，又合称狄奥斯库里，意为“宙斯的儿子们”。

“我的心肝宝贝呀，你生在我家，是孩子们的宠物，是我老婆的宝贝，连邻居们都嫉妒我。你减轻了我的负担，供养了我的一半生活，你每天挣的二十六个马拉维迪，完全可以支付我的一半伙食！”

唐吉诃德见桑乔大哭不止，问清缘由后，极力好言相劝，叫他别着急，还答应给他立下一张凭据，把自己家里的五头驴送给桑乔三头。

桑乔这才放下心来。他揩干眼泪，哭腔也没那么厉害了，感谢唐吉诃德给他的恩赐。唐吉诃德自从进了山，心情愉快，觉得这正是他寻险的理想之地。他又想起了游侠骑士在荒山野岭的种种奇遇，完全沉醉了，脑子里根本没有其他东西。桑乔到了自以为安全的地方后，也心中释然，用教士们剩下的那些残羹剩饭大饱口福。他背着那些本来是驴驮的东西，跟在主人后面，不时从口袋里掏出食物，狼吞虎咽地塞进肚子。他宁愿这样，不想再寻求什么冒险了。

桑乔抬起头，看到唐吉诃德止住了脚步，试图用长矛把路上的一包东西挑起来。他赶紧过去帮忙。赶到跟前时，唐吉诃德正好用长矛挑起一个坐垫，上面系着一个手提箱。手提箱已经烂得差不多了，或者说全烂了，不过还挺沉，桑乔只好用手去拿。唐吉诃德让他看看手提箱里装的是什么东西。桑乔赶紧看了看。虽然手提箱上有条锁链，还有一把锁，可是从箱子破漏的地方能看到里面。原来是四件荷兰细麻布衬衣，还有其他一些麻布织品，都挺干净。一块手绢里有不少金盾。桑乔一看见金盾就说：

“老天有眼，给我们带来了外快！”

桑乔继续翻看，发现有个装帧精美的备忘记事本。唐吉诃德要了笔记本，让桑乔自己把钱留下。桑乔见主人如此慷慨大方，吻了唐吉诃德的手，然后把箱子里的东西掏出来，放进干粮袋里。唐吉诃德见状说：

“桑乔，我觉得可能是某个迷路的人途经此地，遭到了歹徒袭击。大概歹徒已经把他杀了，然后转移到如此闭塞的地方埋了。”

“不可能，”桑乔说，“如果是强盗，这钱就不会剩下了。”

“你说得对。”唐吉诃德说，“既然这样，我就猜不出到底是怎么回事了。等一等，咱们看看笔记本上记着什么，看能不能找出咱们需要的东西。”

唐吉诃德打开笔记本，看见上面写着一首诗，虽然是草稿，可字体写得很漂亮。他高声念起来，让桑乔也听听。诗是这样写的：

或许爱情无知，
或许爱情残酷，
想来我不该
屈受此痛苦。

爱情若是神，
学当五车富，
残酷不应有，
是谁使我受此苦？

若说是你，菲丽，
那是我的谬误。
罪恶善良不相容，
横祸绝非天上出。

唯有我将逝，
有目皆共睹。
苦因尚不明，
回天亦无术。

“仅凭这首诗，什么也看不出，”桑乔说，“除非先理出个头绪来。”

“这里有什么头绪？”唐吉诃德问。

“大概，”桑乔说，“就是您刚才说的那个头绪吧。”

“我刚才只说了‘菲丽’，”唐吉诃德说，“这肯定是诗作者抱怨的那位贵妇人的名字。看来他是一位理智的诗人，或许我对诗懂得不多。”

“您也懂得诗？”桑乔问。

“懂得比你想象的多，”唐吉诃德说，“以后你给托博索的杜尔西内亚夫人带信的时候就会看到，通篇都是用诗写的。我该让你知道了，桑乔，上个世纪所有或者大部分游侠骑士都是伟大的诗人和伟大的音乐家。更确切地说，这两种才能或天赋是多情的游侠骑士的必备条件。不过，以前骑士的诗更注重情感，而不是辞藻。”

“您再念点儿，”桑乔说，“也许能找到些有用的东西。”

唐吉诃德又翻了一页，说道：

“这是散文，像是一封信。”

“是信函吗，大人？”桑乔问。

“开头倒像是情书。”唐吉诃德说。

“那么您大点声念，”桑乔说，“我对这些谈情说爱的事情挺感兴趣。”

“好吧。”唐吉诃德说。

既然桑乔求他，他就高声念起来。信是这样写的：

你虚假的诺言和我切实的不幸让我来到了这个地方。你首先听到的将是我的死讯，然后才是我的抱怨。负心人，你为了比我富有但是并不比我更有价值的人而抛弃了我。可是，品德比财富更重要。我不会对别人的幸运嫉妒，也不会为自己的不幸哭泣。你的美貌造就的东西又被你的行为摧毁了。凭你的美貌，我把你看成天使；凭你的行为，你不过是个女人。是你造成了悲剧。放心吧，但愿老天让你丈夫对你的欺骗永远不被揭露，你不必为你的行为后悔，我也不会为我并不喜欢的东西而去报复。

念完信，唐吉诃德说：

“那首诗比这封信上说的东西还要多。看得出，这是个被抛弃的情人。”

唐吉诃德差不多翻遍了整个本子，又看到一些诗和信件。有的能看清，有的看不懂，里面无非都是些抱怨和怀疑，有奉承和鄙夷，有信誓旦旦，也有哭哭啼啼。有的有趣，有的乏味。唐吉诃德翻看笔记本，桑乔则忙着翻手提箱，连箱角和坐垫也不放过，又查又找，每一道缝都扒开看，每一根线都捋一捋，无一疏漏，结果找到的金盾竟达一百多个，桑乔兴奋得不得了。虽然没有再找到其他东西，他还是觉得以前被人用被单扔，被圣水灌得直呕吐，以及棍棒的教训，脚夫的拳头，褡裢和外套的丢失，跟随主人忍饥挨渴受累，都不冤枉了。他认为所有这些都已由金盾作了极好的补偿。

猥獕骑士特别想知道谁是手提箱的主人。从那些诗和信、金盾和高级衬衣来看，唐吉诃德估计一定是位有身份的恋人，由于受到他那位贵妇人的抛弃和冷遇而寻了短见。可是，在那个渺无人烟、道路崎岖的地方，没有人能够证实这一点，唐吉诃德也只好任凭罗西南多随意择路而行，脑子里仍一直想着，在这荆棘丛生之地一定会遇到险情。

唐吉诃德边想边走，忽然看见前面一个山头上有个人在岩石杂草中极其轻盈地跳跃而行。那人似乎赤身裸体，胡子又黑又密，头发也乱蓬蓬，脚上没穿鞋，小腿也光着，大腿部穿条短裤，好像是棕黄色丝绒，可是也已经破破烂烂，很多地方都露出肉来，头上什么也没戴。虽然那人跳跃得很轻盈，可这些细节都被猥獕骑士看在眼里。他想追赶却追不上，因为罗西南多不习惯走这种崎岖山路，而且步子小，行动迟缓。唐吉诃德估计坐垫和手提箱就是那个人的，想去追他，即使追一年，也一定要追上他。唐吉诃德让桑乔在山的一侧堵截那人，自己从山的另一侧过去，也许这样能找到那个在他们眼前转瞬消失的人。

"我不能去，"桑乔说，"我只要离开您就害怕，觉得危机四伏。我告诉您，从现在起，我要一直守在您身边，寸步不离。"

"那也好，"唐吉诃德说，"我很高兴你愿意得到我的勇气的保护。哪怕你身体的灵魂没有了，这种勇气也会保护你。你现在跟着我慢慢走，尽可能把你的眼睛睁大些。咱们绕过这座小山，也许就会碰到刚才看见的那个人。咱们捡到的那些东西肯定是他的。"

桑乔答道：

“最好还是别找了。假如咱们找到了他，而且钱也是他的，当然就得把钱还给他。所以，最好别瞎费那个劲。让我把钱好好保存着，等以后钱的真正主人以其他不那么神秘的方式出现。或许那时候钱也花完了，国王就会宽恕我。”

“你这是自欺欺人，桑乔，”唐吉诃德说，“咱们已经猜出钱的主人是谁，而且几乎近在眼前，就有义务找到他，把钱还给他。如果咱们不找到他，咱们的这种猜测就足以让咱们内疚了，仿佛咱们真办了错事似的。所以，桑乔朋友，你别为找他而难过。如果找到他，我就不难过了。”

于是，唐吉诃德用脚夹了一下罗西南多，桑乔背着东西步行跟在后面，这全是希内斯·帕萨蒙特办的好事。他们绕着山跑了一阵，在一条小溪里发现了一匹鞍辔俱全、已倒地而死的骡子。骡子已经被野狗和乌鸦吃了一半。这些都证实了他们的怀疑：刚才跑的那个人就是骡子和坐垫的主人。

他们正看着，忽然听见一声像是牧羊人放羊的口哨声，接着左侧出现了一大片羊群。羊群后面，在一座山的山顶上，出现了一位牧羊老人。唐吉诃德高声喊叫，请老人下到他们待的地方来。老人则高声问，是谁把他们带到这个地方来的。除了羊、狼和附近的其他野兽外，很少或者根本没有人来到这个地方。桑乔让他下来，再跟他细说。老人下了山，来到唐吉诃德身边，说：

“我打赌，你们正在看地上那匹死骡子。它倒在那儿已经六个月了。告诉我，你们碰到它的主人了吗？”

“我们谁也没碰到，”唐吉诃德说，“只是在离这儿不远的地方发现了一只坐垫和一个手提箱。”

“我也发现了，”羊倌说，“不过我没有去拿它，也没有到它跟前去，怕那是什么祸害，或者让别人以为我做贼，再来跟我算账。魔鬼很狡猾，人走过去，脚下的东西就会飞起来，稀里糊涂地就把人掀倒了。”

“我也这样说。”桑乔说，“我看见了它，可是连块石头都懒得扔过去。东西仍然原封不动地放在那儿，我并不想招惹是非。”

“请告诉我，善良的人，”唐吉诃德说，“你知道这些东西是谁的吗？”

“我可以告诉你的就是，大约六个月以前，”牧羊人说，“有个英俊潇洒的小伙子来到牧羊人住的棚子里，那个棚子离这儿有三西里远。他骑的就是那匹现在已经死了的骡子，带的就是你们见过却没有动过的坐垫和手提箱。他问我们，这山上什么地方最险峻、最隐秘。我们告诉他，就是咱们现在待的这个地方。这是真的。假如你再往前走半西里路，恐怕就没路走了。我感到惊奇，不知你们怎么能够来到这个地方。没有一条路通向这里。总之，那个小伙子听到我们的回答后，掉转骡子，向我们给他指的地方走去。我们喜欢他那样子，可是对他的要求感到奇怪，对他来去匆匆也感到奇怪。此后就一直没见到他。过了几天，他在路上碰到我们当中的一位牧羊人，二话不说，上前就对牧人又打又踢，接着又向驮干粮的驴奔去，把所有的面包和奶酪都抢走了。然后，他又极其敏捷地藏进山里。我们几个牧羊人听说后，找了两天，连山上最荒僻的地方都找了，最后才在一棵又粗又挺拔的栓皮槠的树洞里找到他。

“他出来迎接我们时，态度很和气。他的衣服已经破了，脸被太阳晒得已经扭曲，我们几乎认不出他了。不过凭他身上的衣服，虽然破了，我们还是认出他就是我们要找的那个人。他彬彬有礼地问候我们，然后有条有理简单地告诉我们，不要为看到他这个样子而感到奇怪。只有这样，才能对过去的许多错误进行忏悔。我们请他告诉我们他的名字，可他最终也没有说。我们还要求他，需要食品的时候，可以告诉我们在哪儿能找到他，我们会非常友好、非常认真地给他送去，人没有食品没法活。如果他不愿意给他送，他也可以出来要，而不用向牧羊人抢。

“他对我们的帮助表示感谢，并且请求原谅他前几次的行抢。看在上帝分上，需要食品的时候，他会出来要，不会再对任何人非礼了。至于他的住所，他说只有那个睡觉的地方。说到最后，他竟轻声哭了起来，哭得那么动情，除非我们是石头做的，否则一想到我们初次看到他时的样子，以及现在这个样子，我们也为之落泪。我刚才说过，他本是个英俊潇洒的小伙子，从他的礼貌和得体的言谈中，可以断定他是个出身高贵的有教养的人。我们虽然是些粗人，可就是再粗的人，听他这么讲话，也知道他是位贵人。大家正说到兴头上，他忽然顿住了，沉默不语，两眼盯着地，一直盯了很长时间。我们都愣住了，不无怜悯地等着，想知道他为什么发呆。他睁着眼睛，一直盯着地，连眼皮也不眨一下，过一会儿闭上了眼睛，可是又咬紧牙关，眉头紧蹙。我们很容易就知道他一定受过什么刺激。

“他很快就证实了我们的猜测。他本来躺在地上，突然怒气冲天地从地上跳起来，疯狂地向他身边的一个人冲去。要不是我们把他拉开，他会把那人连打带咬地弄死。他一边发疯一边喊：‘哎，你这狼心狗肺的费尔南多，我要跟你算账！我这双手要掏出你的心，你的心集万恶之大成，尤其是对我背信弃义！’

“他还说了些其他的话，都是骂费尔南多的，说他狡诈欺骗。我们把他拉开了，心里都很难过。他不再说什么，离开我们，跑进乱草丛中藏了起来，我们根本找不到他。我们猜想他犯病是有规律的，可能有个叫费尔南多的人做了什么对不起他的事，而且把他坑害得不轻，才把他弄成这个样子。后来我们又多次发现，他出来时，有时向牧人们要他们随身带的食物，有时就硬抢。他犯病的时候，即使牧人们诚心诚意地给他吃的，他也不好好拿着，非得打人家几拳才行。可是他神态正常时，就会谦恭有礼地说‘看在上帝分上’之类的话，并且千谢万谢，还常常感激涕零。

“说实话，大人，”牧人接着说，“我和四个人，其中两个人是伙计，两个是朋友，决定一起去找他，等找到他，不管他愿意不愿意，定要把他送到八西里之外的阿尔莫达瓦尔镇去。如果病能治，就给他治病，或者趁他明白的时候，问他叫什么，是否有什么亲戚，去报个信。两位大人，你们问的事情，我知道的就这些。还有，你们捡到的那些东西就是他的，他就是你们看见的那个赤身裸体、健步如飞的人（因为唐吉诃德刚才向牧人讲述了那个在山上跳着走的人）。”

唐吉诃德听了牧人的话后很惊奇，并且更急于知道这位不幸的疯子到底是谁了。他心中暗想，一定要找遍整座山，所有隐蔽之处和山洞都不放过，直到找到他为止。真可谓天助人也，就在这个时候，他们要找的那个小伙子从一个山口向他们走过来，嘴里还嘟囔着什么，即使在近处都听不清，就更别提从远处了。他的衣服仿佛是花色的。可是等他走近了，唐吉诃德才看清，他穿的破烂皮坎肩是用龙涎香鞣制的。可以断定，穿着这种衣服的人身份不会低。

小伙子走近他们，向他们问好，声音虽然嘶哑，却很有礼貌。唐吉诃德同样很客气地向他问好，并且下了马，文雅潇洒地同他拥抱，而且拥抱了好一会儿，仿佛见到了一位久违的朋友。我们称唐吉诃德为猥獕骑士，那个小伙子，我们就暂且称他“褴褛汉”吧，他也同唐吉诃德拥抱，随后把唐吉诃德向后推开一点儿，双手放在他肩上，端详着他，仿佛看是否认识他。看到唐吉诃德这副样子和打扮，他感到惊奇，就像唐吉诃德初见他时也惊奇一样。拥抱过后，褴褛汉首先开口，说了下面一席话。

第二十四章　莫雷纳山奇闻续篇

据记载，唐吉诃德全神贯注地听那位衣衫褴褛的“山林勇士”讲话。他说：

“大人，虽然咱们不曾相识，但不论你是谁，我都要感谢你对我以礼相待。承蒙你热情接待，礼当回报，然而时运不佳，唯有以美好心愿酬谢厚遇之恩。”

“我愿效劳，”唐吉诃德说，“此心甚诚。我甚至已下决心，如果找不到你，不了解清楚你内心深处的痛苦是否已找到了排遣的办法，我决不出山。必要的话，我还要想尽各种办法帮你排遣痛苦。如果你的不幸还没有得到任何安慰，我想过，要陪你为你的不幸而尽情哭泣。能有人为自己的遭遇难过，总算是一种安慰。如果我的好意值得得到某种礼遇，那么我请求你，我看你特别内向，那么我再恳求你，大人，看在你一生中热爱过或最热爱的东西分上，告诉我，你是什么人，究竟为什么要到这荒山野岭中像野兽一般地了此一生。你住在这种地方与你的穿戴和你本人太不相称了。”唐吉诃德接着又说，“虽然我是个不称职的有罪骑士，我以骑士的名义发誓，为了行使游侠骑士的职责，如果你能在这个问题上满足我的要求，大人，我一定以我应有的真诚为你效劳。假如你的不幸有办法补救，我就设法补救；否则就像我刚才答应你的那样，陪你哭泣。”

“山林勇士”听猥獕骑士这么说，只是对他看了又看，又把他从上到下打量了一番，看够了之后才说：

“如果你们有什么吃的东西，请看在上帝分上给我吧。吃完之后，我会悉听吩咐，以报答你们对我的一片好心。”

桑乔和牧羊人从各自的袋子里拿出了食物给褴褛汉充饥。他接过食物，像个傻子似的一口紧接一口，迅速地吃着，与其说是吃还不如说是狼吞虎咽。他吃的时候，他和看他的人都一言不发。吃完后，他示意大家跟他走。大家跟他走了。他带着大家绕过一块略微突起的岩石，来到一块绿草地上。一到那儿，他就躺到绿草地上。其他人也躺下来，一句话都不说。直到后来，褴褛汉才端坐好，说：

“各位大人，如果你们想让我简短地谈谈我的巨大不幸，就得答应我什么都别问，也不要打断我讲悲惨故事的思路。如果你们问了或打断了，故事就会悬在那儿。”

褴褛汉的这几句话让唐吉诃德想起来，桑乔给他讲故事的时候，也是因为自己没有记住过河的羊数，把故事悬在那儿了。褴褛汉又接着说：

“我有话在先，是想把我的不幸故事尽快讲完。回忆往事只能让我的旧伤口上又加新伤。你们问得越少，我就可以越快地讲完。不过，重要的事情我一件也不会漏掉，足以满足你们的要求。”

唐吉诃德以所有人的名义答应了，他才放心地讲了起来：

“我叫卡德尼奥，故乡也算是安达卢西亚一座最好的城市了。我出身高贵，父母阔绰。可是我的不幸太深重了，父母为我哭泣，亲属为我惋惜。意外的不幸常常是财富不能弥补的。就在这块土地上，生活着一位宝贝，爱情赋予她整个光环，我也爱上了她。她就是美丽的卢辛达，一位尊贵的姑娘，和我一样富有。她比我幸运，却对我的真诚追求不够坚贞。对于这个卢辛达，我从年幼时就爱她，喜欢她，崇拜她。她也以她那个年龄的天真烂漫喜欢我。我们的父母知道我们的意思。他们并不担心，知道发展下去，最后无非是让我们结婚。这简直是门当户对的安排。

“随着年龄的增长，我们之间的爱情也加深了。卢辛达的父亲觉得该尊重社会常规，所以反对我再进他家门。在这方面，他几乎完全模仿了那位被诗人讴歌的提斯柏[①]的父亲的做法。可这种反对只能是火上浇油，情上加亲。虽然他不让我们见面说话，却不能让我们的笔沉默。笔比舌头更容易表达人的内心灵魂。当着情人的面，最坚定的意志往往动摇，最灵巧的舌头也常常显得笨拙。哎，天啊，我写了多少页的情书呀！我收到了她多少优美动人的回信呀！我曾写过多少情歌情诗来表达我的情感，描述我炽热的追求，回忆美好的往事，陶醉我的身心呀！

“后来，我急不可耐，我的灵魂被想见到她的愿望折磨着。我决定马上行动，认为只有这样才能得到我最喜爱、最受之无愧的心上人。这个行动就是请求她的父亲允许她做我的正式妻子。我去求婚了。她的父亲回答说，他对我的请求深感荣幸，不胜感谢，而且他也愿意以相宜之礼让我感到荣幸。不过，既然我的父亲仍然健在，只有我父亲才有权向他提亲，如果没有我父亲诚心诚意的请求，卢辛达可不是随便就能娶走的。我感谢他的一番好意，觉得他说得也有道理，而且我旦同父亲讲了，他也一定会来提亲。我即刻带着这种想法去见我父亲，告诉他我的要求。一走进父亲的房间，就看见他手里拿着一封打开的信。还没等我开口，他就把信递给我，对我说：‘卡德尼奥，你看看这封信吧，里卡多公爵有心要提拔你。’

“这个里卡多公爵，各位大人，你们大概知道，他是西班牙的一位大人物，他的领地在安达卢西亚是最好的。我接过信看起来。信

① 提斯柏是希腊神话中的河神，后在奥维德的《变形记》中被述为巴比伦一少女，与皮拉摩斯相爱至深，两家又是近邻，但爱情受到了父母阻挠，只能隔着墙缝互诉衷肠，最后两人自杀。

上言真意切，我觉得父亲如果不答应他的请求就太不合适了。信上希望我马上到他那儿去，做他的长子的伙伴，不是当用人，他负责为我安排与我身份相符的职位。我默默地看完信，听见父亲说道：‘再过两天你就出发，卡德尼奥，听从公爵的安排吧。感谢上帝为你开辟了一条路，你可以得到你应得的东西了。接着父亲又说了些嘱咐的话。临走前的一个晚上，我把事情全部告诉了卢辛达，也告诉了她父亲，请求他再宽限几天，把婚期推迟，先看看里卡多怎样安排我。她父亲答应了，她也对我山盟海誓不知多少遍，还晕过去不知多少次。

“后来我到了里卡多公爵那儿。我受到很好的招待，自然也开始引起其他人的嫉妒。那些老用人觉得公爵待我这么好，会损害他们的利益。不过，最欢迎我到来的是公爵的二儿子。他叫费尔南多，是个很精神的小伙子，雍容大度，风流倜傥。很快他就成了我的朋友，这也引得大家议论纷纷。公爵的长子对我也很好，很照顾我，可是不如费尔南多那样喜欢我，对待我。朋友之间，自然无所不谈，费尔南多对我的另眼看待也变成了友情。他把所有想法都告诉我，甚至他在情场上的一件心事。这件心事让他感到一些躁动。他很喜欢他父亲领地里的一位农家姑娘。她的父母很有钱。姑娘漂亮、端庄，守规矩，人又好，凡是认识她的人都说不清在这几方面中，她哪一方面最好、最突出。

“这样好的农家姑娘让费尔南多风情难捺。为了得到她这个人，夺到她的身子，费尔南多答应做她的丈夫，否则就根本没有指望。我出于关心，尽我所能说明道理，尽我所知列举生动的事例，想劝阻他，让他打消他的念头。看到这些都不起作用，我决定把这件事告诉他的父亲里卡多。可是费尔南多诡计多端，他既怀疑又害怕我这样做。他觉得我作为一个忠实的仆人，肯定不会隐瞒这件有损我的公爵主人名誉的事。为了转移我的注意力，他骗我说，为了从头脑里摆脱难以忘怀的漂亮姑娘，他必须离开几个月。这期间我们两人到我父亲家去，这样就可以托辞向他父亲说，要到我家所在的城市去看看，买几匹好马，说世界上最好的马都是那个地方产的。我听他一说就动了心。虽然他居心不良，我还是同意了，觉得这是个再好不过的难得机会，可以回去看看我的卢辛达。

“出于这种想法和愿望，我同意他的主意，鼓励他这么做，让他尽快成行，因为离开一段时间后，即使再顽固的念头也会发生动摇。当他跟我说这事的时候，据说他已经谎称要做姑娘的丈夫而占有了她。他怕他的父亲知道后因为他的胡作非为而惩罚他，想找个合适的机会再说。其实，大部分年轻人在一起并不是为了爱情，只是为了情欲。情欲只是以享乐为最终目的，一旦满足了情欲，也就完了，那个像是爱情的东西也就向后倒退了，因为它不可能超越本能的界限，那种界限并没有被当作真正的爱情。我是说，费尔南多就是这样的人。他占有了农家姑娘后，欲望锐减，热情全消。表面上他装着躲出去是为了忘掉他的念头，实际上他是企图躲出去逃避履约。

“公爵同意了他的请求，让我陪他去。我们来到了我家所在的那个城市，我父亲不失礼仪地接待了他。然后，我去看望卢辛达，我本来就没有泯灭和减弱的追求又重新燃烧起来，而且很不幸地把这些都告诉了费尔南多。我本来觉得凭我们之间的友谊,不该向他隐瞒什么。我向他夸耀卢辛达漂亮、娴静、机灵。我的夸耀勾起了他想看看这位完美姑娘的愿望。算我倒霉，我答应了他。一天晚上借着烛光，通过我正和卢辛达说话的窗口，我把卢辛达指给他看。费尔南多一见她，把以前见过的所有美女都忘了。他看得目瞪口呆，魂不守舍。你们听我接着讲我的不幸故事，就知道他坠入情网到什么程度了。

“费尔南多的欲念有增无减，而我对这些却还蒙在鼓里，只有老天知道。命运让我有一天看到了他的一封信，请求我向卢辛达的父亲去提亲。他措辞谨慎，一本正经，情真意切，在信上对我说，卢辛达把世界上其他女人的所有美貌和才智都集于一身了。现在我承认，说实话，尽管费尔南多对卢辛达的赞美合情合理，可那些赞美出自他之口，却让我很不舒服。我开始害怕，开始怀疑他，因为他无时无刻不想谈论卢辛达，总是拿她当话题，尽管常常是风马牛不相及，结果往往引起我一种说不出的嫉妒，这倒并不是害怕卢辛达的好感和忠诚会产生什么变化。尽管她再三向我保证，可是命运让我担心。费尔南多总是想看我写给卢辛达的信和卢辛达给我的回信，说是很喜欢我们两人的文笔。卢辛达很喜欢骑士小说，有一次，她向我借一本骑士小说，书名是《高卢的阿马迪斯》……”

唐吉诃德一听他提到骑士小说，急忙说：

“假如你一开始就提到尊贵的卢辛达夫人喜欢读骑士小说，不用你再夸，我就可以想象到她的高贵才智。如果她没有如此雅兴，我也不会相信她有你描述得那么好。所以，在我面前，你不必使用很多语言就可以向我表明她的美貌、品质和才智。只要知道了她的这种爱好，我就完全可以相信她是世界上最漂亮最聪明的女性。但愿你，大人，把《希腊的唐鲁赫尔》那本好书连同《高卢的阿马迪斯》一起借给了她。我知道卢辛达夫人一定很喜欢达雷达和加拉亚，喜欢机智的达里内尔牧师以及他朗诵的风雅、严谨而又轻松的田园诗。不过，这个缺憾以后可以得到弥补。如果你愿意同我一起回到我的家乡去，这一缺憾马上就可以补偿。我家里有三百多本书可以给你，那些书是我的精神享受，是我的生活消遣，尽管我得承认，由于嫉贤妒能的恶毒魔法师的破坏，现在已经一本不剩了。请原谅，我违反了刚才我答应的事情，打断了你的讲话。只要一说到骑士精神和游侠骑士的事，要想让我不开口，就像不让阳光发热，不让月光发潮一样。对不起，请继续讲下去，现在这才是最重要的。”

唐吉诃德讲话的时候，卡德尼奥已经把头垂到了胸前，好像陷入了深深的沉思。唐吉诃德又说了两遍，请他继续讲下去，可是他既不抬头，也不答话。过了好一会儿，他才抬起头说：

“我脑子里有个意念无法驱除，世界上任何人也无法为我驱除，不能让我不这样想，谁不相信这点就是个笨蛋。现在，那个下流的埃利萨瓦特医生已经同马达西马女王姘居了。”

“不，这不可能！”唐吉诃德暴跳如雷，“这是极其恶毒的中伤，或者最好说是卑鄙的行为！马达西马女王是位非常尊贵的夫人，这样高贵的夫人同一个破大夫姘居，这根本不可想象。谁这么想，就是十足的大坏蛋在撒谎，无论他是步行还是骑马，无论他有没有武器，无论白昼还是夜晚，随他的便，我都会叫他明白过来。”

卡德尼奥十分认真地看着唐吉诃德。现在他又犯病了，不能把故事讲下去了。唐吉诃德对有关马达西马的议论极为不满，也听不下去了。简直不可思议，他竟为马达西马大动肝火，仿佛她是唐吉诃德的正式合法夫人！这全是那些异教邪书造成的。且说卡德尼奥已经精神失常，听见说他撒谎、是坏蛋以及其他诸如此类的咒骂，觉得玩笑开得过分了。他捡起身边的一块石头，打到唐吉诃德的胸上，把他打得仰面摔倒。桑乔看到主人这副样子，便攥紧拳头向卡德尼奥打去。褴褛汉一拳把桑乔打倒，然后骑在他身上，朝着他的肋部狠打了一通。牧羊人想去解救桑乔，也被打倒了。等把所有人都打得筋疲力尽，浑身是伤，褴褛汉才不慌不忙地躲进山里。

桑乔站起来，看到自己平白无故地被打成这样，就去找牧羊人算账，怨牧羊人不事先通知那人会发疯。如果知道他犯病了，就可以有所防备。牧羊人说他已经说过，假如桑乔没听见，那不是他的错。桑乔反驳，牧羊人再反驳，最后反驳成了互相揪胡子，拳脚相加。要不是唐吉诃德劝他们息怒，两人非得打得皮开肉绽不可。

桑乔抓着牧羊人对唐吉诃德说：

“您别管我，猥獾骑士大人，在这儿他和我一样，都是乡巴佬，没有被封为骑士。我完全可以堂堂正正地同他徒手对打，以解我心头之恨。”

“话虽然可以这么说，”唐吉诃德说，“但是刚才的事，他一点儿责任也没有。”

两人这才平静下来。唐吉诃德又问牧羊人是否还能找到卡德尼奥，因为他急于知道故事的结局。牧羊人仍像他原来说的那样，说不知道卡德尼奥确切的栖身处。不过，只要努力在周围找，不管他犯病没犯病，都能找到他。

第二十五章　英勇的骑士在莫雷纳山遇到的怪事，以及他仿效贝尔特·内夫罗斯的苦修行

唐吉诃德告别牧羊人，又骑上罗西南多，让桑乔跟着他。桑乔很不情愿地跟着他走了。两人渐渐来到了山上的最崎岖之处。桑乔很想同主人聊聊天，但又想让主人先开口，这样就不会违反唐吉诃德的命令了。最后他实在忍不住了，说：

“唐吉诃德大人，请您行行好，开开恩。现在我想回家去，找我的老婆孩子。我同他们至少还可以随心所欲地说说话。您让我跟您日夜兼程，在荒郊野岭奔走，想跟您说话的时候还不能说，这简直是活埋我。如果命运让动物能说话，就像吉索[①]那时候一样，那还好点儿，至少我想说话的时候还可以同我的驴说说话，遇到不顺心的事情时，心里也好受些。可是整天到处征险，得到的却是挨脚踢，让人用被单扔，还有石头砸，拳头打，除此之外还得闭上嘴，心里有话不敢说，像个哑巴似的，这真让人受不了。”

“我明白了，桑乔，”唐吉诃德说，“你受不了啦，想让我解除对你嘴巴的禁令。现在禁令解除了，你想说什么就说吧。不过有个条件，这次解除禁令只限于我们在这座山上行走的时候。”

“既然这样，”桑乔说，“我现在就开始说话了，以后的事谁知道会怎么样呢。一开始享受这项特许，我就要说，您何必那么偏袒那个马吉马萨[②]或者随便叫什么名字的女王呢？还有，您管那个阿瓦特是

---

① 桑乔此处想说的是著名寓言家伊索。

② 桑乔在这里把马达西马错说成马吉马萨，在下一句把埃利萨瓦特错说成阿瓦特了。

不是她的情人呢。您又不是法官。如果您不理他，我相信这个疯子会把他的故事讲下去，咱们也不会挨石头打，挨脚踢，再饶上那至少六巴掌。”

“桑乔，”唐吉诃德说，“你要是像我一样知道马达西马女王是位多么高贵的夫人，你就会说我多有耐心了，因为我没把他那张胡说八道的嘴打烂。别说用嘴讲，仅仅想到一位女王竟会同一个医生姘居，就是一种极大的亵渎。事实上，疯子说的那个埃利萨瓦特大夫很规矩，是个好谋士。他是女王的教师和大夫。可要是把女王当成他的情人，那纯粹是捕风捉影，理当受到严惩。你应该注意到，连卡德尼奥都不知道自己说了什么。他说这话的时候，神经并不正常。”

“我也这么说，”桑乔说，“所以，没有必要去理会一个疯子的话。还算您走运，要是石头没打在您胸上，而是打在您脑袋上，咱们可就为维护女王的名誉受罪了，那真是老天瞎了眼。至于那个疯子，还是让他疯吧！”

“不论是在正常人还是在疯子面前，游侠骑士都有义务维护女人的声誉，不管是谁，更何况是像马达西马这样尊贵的女王呢。我对马达西马女王的高尚品质有着特别的好感，不仅因为她漂亮，还因为她品行端正，饱经磨难，她受过很多苦。埃利萨瓦特医生的教诲和陪伴对她很有益处，减轻了她的痛苦，她才得以耐心谨慎地渡过难关。那个无知的乡巴佬别有用心地利用这点，不仅猜疑而且传说她是大夫的情妇，真是无稽之谈。我再说一遍，即使他们再重复两百遍，他们想的和说的也还是无稽之谈。”

“我不这么说，也不这么想。”桑乔说，“他们做他们的事，大家‘各扫自家门前雪，莫管他人瓦上霜’。他们是不是情人，只有上帝明白，‘我走我路全不知’。我不喜欢打听别人的生活。‘拿了东西不认账，钱包里面最有数’。‘我来世至今赤条条，不亏也不赚’，天塌地陷与我何干？‘以为有便宜占，结果扑个空’。‘别人的嘴谁能管，上帝还被瞎扯淡’呢！”

“上帝保佑，”唐吉诃德说，“你哪儿来的这堆胡话，桑乔！你讲这堆俏皮话跟咱们说的事情有什么关系？我的天哪！桑乔，你住嘴吧。从现在起，你管好你自己的事，与咱们无关的事你不要做。你听清楚，我过去、现在和将来做的事都自有它的道理，完全符合骑士规则。在这方面，我比世界上所有游侠骑士了解得还清楚。”

“大人，”桑乔说，“咱们在这既没有道也没有路的山上漫无目的地走，寻找一个疯子，也是骑士规则的规定吗？咱们就是找到了疯子，说不定他还要结束他没有完成的事情呢，那倒不是讲故事，而是把您的脑袋和我的肋骨全部打烂！”

“住嘴，我再跟你说一遍，桑乔。”唐吉诃德说，“我告诉你，我到这儿来不仅是要找到那个疯子，而且还要在这儿做番事业，以求在整个大地上留名千古，流芳百世。我要以此完成使游侠骑士一举成名的全部事情。”

“那番事业很危险吗？”桑乔问。

“不，”唐吉诃德一副猥獕的样子回答，“我们掷骰子时如果没有彩头，掷了坏点，倒有可能走运。不过，这全都看你机灵不机灵了。”

“看我机灵不机灵？”桑乔问。

“对，”唐吉诃德说，“如果你马上回到我派你去的那个地方，我的苦难马上就会结束，我的荣耀马上也就开始了。别这么傻等着听我说，这不合适。我想告诉你，桑乔，著名的高卢的阿马迪斯是世界上一位最优秀的游侠骑士。我说他是‘一位’不准确，他在那个时代是世界上仅有的、空前绝后的真正骑士。唐贝利亚尼斯和其他所有那些自称可以在某方面与他相提并论的人都纯粹是胡说八道，而且自欺欺人，我发誓是这样。我还要说，一个画家如果想在艺术上出名，就得尽力临摹他所知道的几位独到画家的原作。这个规律适用于所有可以为国争光的重要职业。谁要想得到谨言慎行、忍辱负重的名声，就应该、必须这样做，就得学习尤利西斯[①]。荷马通过介绍他的人和事，已经为我们勾画出了一个活生生的谨言慎行、忍辱负重的形象。维吉尔也通过埃涅阿斯[②]的形象描述了一个可怜孩子的坚毅和一位勇敢机

---

① 尤利西斯是罗马神话中的称呼，在希腊神话中称为奥德修斯，以勇敢、机智和狡猾闻名。

② 维吉尔著名史诗《埃涅阿斯纪》中的王子，曾与迦太基女王狄多有过爱情。

智的领袖的精明。他们并没有按照这些人的本来面貌描述这些人，而是把这些人写成他们应该成为的那种样子，以供后人学习。

“阿马迪斯同时也是勇敢多情的骑士们的北斗星、启明星或太阳。我们所有集合在爱情和骑士大旗之下的人都应该学习他。既然如此，桑乔朋友，我作为游侠骑士，当然越是仿效他，就越接近于一个完美的骑士。有一件事特别表现了这位骑士的谨慎、刚毅、勇气、忍耐、坚定和爱情，那就是他受到奥里亚娜夫人冷淡后，到‘卑岩’去苦苦修行，把自己的名字改成贝尔特内夫罗斯。这个名字意味深长，很适合他自己选择的这种生活。对于我来说，在这方面仿效他，就比仿效劈杀巨人、斩断蛇头、杀戮怪物、打败军队、破除魔法要容易得多了。在这个地方做这些事情可是再也合适不过了。天赐良机，我没有必要放弃这个机会。”

“可是，”桑乔说，“您到底要在偏僻的地方干什么？”

“我不是对你说过了嘛，”唐吉诃德说，“我要仿效阿马迪斯，在这里扮成一个绝望、愚蠢、疯狂的人。同时，我还要模仿英勇的罗尔丹。罗尔丹在泉边发现了美女安杰丽嘉和梅多罗干丑事的迹象，难过得气疯了。他拔出大树，搅浑了清泉，杀死牧人，毁坏畜群，焚烧茅草房，推倒房屋，拖走母马，还做了其他不计其数的狂暴之事，值得大书特书，载入史册。罗尔丹或奥兰多或罗托兰多，这三个名字都是他一个人，我并不想对他所做、所说、所想的全部疯狂之举逐一仿效，只想大体把我认为是最关键的东西模仿下来。其实，只要模仿阿马迪斯就足以让我满意了。他不进行疯狂的破坏，只是伤感地哭泣，也像其他做了很多破坏之事的人一样获得了名望。”

桑乔说：“我觉得这类骑士都是受了刺激，另有原因才去办傻事、苦修行的。可您为什么要变疯呢？哪位夫人鄙夷您了？您又发现了什么迹象，让您觉得托博索的杜尔西内亚夫人同摩尔人或基督教徒做了什么对不起您的事？”

“这就是关键所在，”唐吉诃德说，“也是我这么做的绝妙之处。一个游侠骑士确有缘故地变疯就没意思了，关键就在于要无缘无故地发疯。我的贵夫人要是知道我为疯而疯，会怎么样呢？况且，我离开托博索的杜尔西内亚夫人已经很长时间了，这就是充足的理由。就像你以前听到的那个牧羊人安布罗西奥，没有同情人在一起，他就疾病缠身，忧心忡忡。所以，桑乔朋友，你不必费时间劝阻我进行这次罕见的幸福的仿效了。我是疯子，一直疯到托你送封信给我的杜尔西内亚夫人，并且等你带来她的回信为止。如果她对我依然忠诚，我的疯癫和修行就会结束。否则，我就真疯了。即使疯了，我也毫无怨言。你拿来回信时，我如果没疯，就会结束这场折磨，为你给我带来的佳音而高兴。我如果疯了，也不会为你带来的坏消息而痛苦。不过，你告诉我，桑乔，你还保留着曼布里诺的那个头盔吧？我看见你把它捡起来了。那个忘恩负义的家伙想把它摔碎，可是没能摔碎。从这件事可以看出你的细心。”

桑乔回答说：

“我的上帝哟！猥獕骑士大人，您说的一些东西我实在受不了。一提到这些，我就想起您说的所有关于骑士的事情，什么得到王国或帝国，什么按照游侠骑士的习惯给予岛屿或其他恩赐，全都是空话谎话，都是胡咒，或是咱们说的胡诌。如果有人听见您把理发师的铜盆说成是曼布里诺的头盔，而且很多天不认错，会怎么想呢？准得说讲这话的人脑子有毛病。铜盆就放在口袋里，全瘪了。要是上帝保佑，能让我见到老婆孩子，我就把它带回家去修理一下，刮胡子用。”

“你看，桑乔，”唐吉诃德说，“就像你以前发誓一样，我也发誓，无论过去还是现在，你都是世界上最没有头脑的侍从！怎么，你跟我在一起这么长时间，难道就没有发现，游侠骑士的所有事情都像是幻境、蠢事、抽风，都是不顺当的吗？其实不是这样，只是有一帮魔法师在咱们周围，把咱们所有的东西都变了，然后再根据他们是帮助咱们还是给咱们捣乱的意图任意变回。所以，你认为是理发师铜盆的那个东西，在我看来就是曼布里诺的头盔。在别人眼里，它是别的东西。那是魔法师特别照顾我，让大家都认为那是铜盆，其实是地地道道的曼布里诺头盔。原因就在于：如果大家都知道那是非常珍贵的东西，一定会追着我想夺走它；可如果看到它只不过是个理发师的铜盆，就不会去抢它了。那个人想把它摔碎，又把它丢在地上，这就是明证。如果那个人认出它来，绝对不会放过它。你留着它吧，朋友，我现在还不需要它。而且我还得脱去这身甲胄，像出生时那样赤条条的，假如我想模仿罗尔丹，而不是学阿马迪斯的样子修行的话。”

说着话，他们来到一座高山脚下，那座山陡得简直像一块巨石的断面，四面环山，唯它孤峰独立。山坡上，一条小溪蜿蜒流淌，萦绕着一块绿色草地。草地上野树成林，又有花草点衬，十分幽静。猥獕骑士选择了这个地方修行。他一见此景就像真疯了似的高声喊道：

“天啊，我就选择这块地方为你给我带来的不幸哭泣。在这里，我的泪滴将涨满这小溪里的流水，我的不断的深沉叹息将时时摇曳这些野树的树叶，以显示我心灵饱受煎熬的痛苦。哦，在这杳无人烟的地方栖身的山神呀，你们听听这位不幸情人的哀叹吧。他与情人别离多时，猜忌使他来到这陡峻之地，为那背信弃义的绝世佳丽仰天唏嘘。噢，森林女神们，轻浮淫荡的森林男神对你们的徒劳追求，从来没能扰乱你们的和谐宁静，可现在，请你们为我的不幸而哀叹吧，至少烦劳你们听听我的不幸吧。噢，托博索的杜尔西内亚，你是我黑夜中的白昼，你是我苦难中的欢欣，你是我引路的北斗星，你是我命运的主宰。求老天保佑你称心如意。你看看吧，没有你，我就落到了这种地步，但愿你不要辜负我对你的一片忠诚。形影相吊的大树啊，请你从现在起陪伴着孤独的我吧。请你轻轻地摆动树枝，表示你不厌弃我在此地吧。噢，还有你，我可爱的侍从，休戚与共的伙伴，请你记住你在这里看到的一切，告诉她吧，这一切都是为了她！”

说完唐吉诃德翻身下马，给马摘下嚼子，卸下马鞍，在马的臀部拍了一巴掌，说：

“失去了自由的人现在给你自由，我的战绩卓著却又命运不济的马！你随意去吧，你的脑门上已经刻写着：无论是阿斯托尔福的伊波格里福，还是布拉达曼特付出巨大代价才得到的弗龙蒂诺，都不如你迅捷。”

桑乔见状说：

"多谢有人把咱们从为灰驴卸鞍的活计里解脱出来，也用不着再拍它几下，给它点吃的来表扬它了。不过，假如灰驴还在这儿，我不会允许任何人为它卸鞍，不为什么。它就像我这个主人一样，没有热恋和失望。上帝喜欢它。说实话，猥猥骑士大人，如果当真我要走，您真要疯，最好还是给罗西南多再备好鞍，让它代替我那头驴，这样我往返可以节省不少时间。如果我走着去，走着回，不知道什么时候才能到，什么时候才能回。反正一句话，我走得慢。"

"我说桑乔，"唐吉诃德说，"随便你，我觉得你的主意不错。不过，你过三天再走吧。我想让你看看我为她所做所说的，以便你告诉她。"

"还有什么好看的，"桑乔说，"我不是都看见了吗？"

"你说得倒好！"唐吉诃德说，"现在还差把衣服撕碎，把盔甲乱扔，把脑袋往石头上撞，以及其他一些事情，让你开开眼呢。"

"上帝保佑，"桑乔说，"您看，这样的石头怎么能用脑袋去撞呢？石头这么硬，只要撞一下，整个修行计划就算完了。依我看，您要是觉得有必要撞，在这儿修行不撞不行，那就假装撞几下，开开心，就行了。往水里，或者什么软东西，例如棉花上撞撞就行了。这事您就交给我吧。我去跟您的夫人说，您撞的是块比金刚石还硬的尖石头。"

"我感谢你的好意，桑乔朋友，"唐吉诃德说，"不过我想你该知道，我做的这些事情不是开玩笑，是真的，否则就违反了骑士规则。骑士规则让我们不要撒谎，撒谎就得受到严惩，而以一件事代替另一件事就等于撒谎。所以，我用头撞石头必须是真的，实实在在的，不折不扣的，不能耍一点滑头，装模作样。你倒是有必要给我留下点儿纱布包伤口，因为咱们倒了霉把圣水丢了。"

"最糟糕的就是丢了驴，"桑乔说，"旧纱布和所有东西也跟着丢了。我求您别再提那该诅咒的圣水了。我一听说它就浑身都难受，胃尤其不舒服。我还求求您，您原来让我等三天，看您抽风。现在您就当三天已经过去了，那些事情我都看到了，该做的也都做了。我会在夫人面前夸奖您的。您赶紧写好信给我吧，我想早点儿回来，让您从这个受罪的地方解脱出来。"

“你说是受罪地方，桑乔？”唐吉诃德说，“你还不如说这儿是地狱呢。若是有不如地狱的地方，你还会说这儿不如地狱呢。”

“我听说，‘进了地狱，赎罪晚矣’。”桑乔说。

“我不明白什么是赎罪。”唐吉诃德说。

“赎罪就是说，进了地狱的人永远不出来了，也出不来了。您的情况就不一样了。我腿脚不好，如果骑着罗西南多快马加鞭，很快就会赶到托博索的杜尔西内亚夫人那儿，把您在这儿已经做和正在做的疯事傻事糊涂事，反正都是一回事，告诉她。她就是硬得像棵树，我也得叫她心肠软下来。拿到温情甜蜜的回信，我马上就回来，让您从这个像是地狱又不是地狱的受苦地方解脱出来。现在您还有希望出来。我说过，地狱里的人是没希望出来了。我觉得您对此也不会不同意吧。”

“那倒是，”唐吉诃德说，“可现在咱们拿什么写信呢？”

“还要写取驴的条子。”桑乔补充道。

“都得写。”唐吉诃德说，“既然没有纸，咱们完全可以像古人一样，写在树叶或蜡板上。然而，这些东西现在也像纸一样难找。不过我倒想起来，最好，而且是再好不过的，就是写在卡德尼奥的笔记本上。你记着无论到什么地方，只要一碰到学校的老师，就请他帮忙抄到纸上。如果碰不到教师，随便哪一位教堂司事都可以帮忙。不过，不要让书记员抄，他们总连写，连鬼都认不出来。”

“那签名怎么办呢？”桑乔问。

“阿马迪斯的信从来不签名。”唐吉诃德说。

“好吧，”桑乔说，“不过，取驴的条子一定得签。如果那是抄写的，别人就会说签名是假的，我就得不到驴了。”

“条子也写在笔记本上，我签名。我的外甥女看到它，肯定会照办，不会为难你。至于情书，你就替我签上‘至死忠贞的猥猥骑士’吧。这个让别人写没关系，因为我记得，杜尔西内亚不会写字，也不识字，而且她从来没见过我的字体，也没见过我的信。我们的爱情一直是柏拉图式的，最多只是规规矩矩地看一眼。即使这样，我敢发誓，实际上，十二年来，尽管我对她望眼欲穿，见她也只不过四次，而且很可能就是这四次，她也没有一次发现我在看她。是她父亲洛伦索·科丘埃洛和母亲阿尔东萨·诺加莱斯把她教育得这么安分拘谨。”

“啊哈，”桑乔说，“原来托博索的杜尔西内亚夫人就是洛伦索·科丘埃洛的女儿呀。她是不是还叫阿尔东萨·洛伦索？”

“就是她。”唐吉诃德说，“她可以说是世界第一夫人。”

“我很了解她，”桑乔说，“听说她掷铁棒[①]抵得上全村最棒的小伙子。我的天哪，她真是个地地道道的壮妇！哪个游侠骑士要是娶了她，即使掉进淤泥里，也能让她薅着胡子揪出来！我的妈呀，她的嗓门可真大！听说有一次，她在村里的钟楼上喊几个正在她父亲的地里干活的雇工。虽然干活的地方离钟楼有半西里远，可雇工们就好像在钟楼脚下听她喊似的。她最大的优点就是丝毫不矫揉造作，很随和，到哪儿都开玩笑，做鬼脸，说俏皮话。现在我得说，猥猥骑士大人，您为了她不仅可以而且应该发疯，甚至光明正大地绝望上吊！凡是听说您上吊的人都会说，即使被魔鬼带走，您自缢也是太对了。我现在得专程去看看她。已经很长时间没看见她了，大概她也变样了。在地里干活，风吹日晒，女人的脸是很容易变老的。

“我承认，唐吉诃德大人，我原来对此一直一无所知，真的以为您热恋的杜尔西内亚夫人是位公主或什么贵人呢，所以您才给她送去像比斯开人、苦役犯那样的贵重礼物。在我还没给您当侍从的时候，您大概还打过许多胜仗，估计也送了不少礼物吧。不过我想，您派去或者您将派去的那些战败者跪倒在阿尔东萨·洛伦索，我是说杜尔西内亚夫人面前的时候，情况会怎么样呢？因为很可能在那些人赶到那儿时，她正在梳麻或者在打谷场上脱粒，那些人会茫然失措，她也一定会觉得这种礼物又可气又好笑。”

“我对你说过不知多少次了，桑乔，”唐吉诃德说，“你的话真多。尽管你头脑发木，却常常自作聪明。我给你讲个小故事，你就知道你有多死心眼，我有多聪明了。有个年轻漂亮的寡妇，人开化，又

---

① 西班牙的一种运动和游戏。

有钱，还特别放荡。她爱上了一个又高又壮的杂役僧。杂役僧的上司知道后，有一天善意地规劝这位善良的寡妇，说：‘夫人，我感到非常意外，而且也有理由感到意外，就是像您这样高贵、漂亮而又富有的夫人，怎么会爱上这么一个蠢笨、低下而又无知的人呢？这儿有那么多讲经师、神学教师和神学家，您完全可以尽情挑选，说‘喜欢这个，不要那个’。可是寡妇却很风趣而又厚颜无耻地回答：‘您错了，我的大人。如果您以为他很笨，我选择他选择错了，您就太守旧了。至于我为什么喜欢他，他比谁都清楚。’我也一样，桑乔，我爱杜尔西内亚如同爱世界上最高贵的公主。并不是所有按照自己的意志给夫人冠以名字，并加以称颂的诗人都确有夫人。你想想，书籍、歌谣、理发店、剧院里充斥的什么阿玛里莉、菲丽、西尔维娅、迪亚娜、加拉特娅、菲丽达和其他名字，都确有其人，都是那些歌颂者的夫人吗？并不是真有，只是把她们当作讴歌的对象，让人们以为自己恋爱了，而且他们有资格热恋。所以，我只要当真认为善良的阿尔东萨·洛伦索是位漂亮尊贵的夫人就行了。她的门第无关紧要，不用去了解她的家世，给她什么身份。我在心目中把她想象成世界上最高贵的公主。

“如果你还不明白的话，你应该知道，桑乔，热恋中最动人的两样东西就是美貌和美名。杜尔西内亚这两样东西俱佳。论美貌，无人能与之相比；论美名，多数人远不能及。总之，我觉得我说得恰如其分，并且是按照我的意愿对她的相貌和品德进行想象。海伦[①]逊她一筹，卢克雷蒂娅[②]为之失色，无论是古代、希腊时代、野蛮时代还是拉丁时代，没有一个著名女人能够超过她。随便别人怎样说，无知的人会由此而非议我，严肃的人却不会因此而指责我。”

“您说得有道理，”桑乔说，“我笨得简直像头驴。我怎么又提起驴来了？真是哪壶不开提哪壶。您把信拿来，我该走了。”

唐吉诃德拿出笔记本，退到一旁，十分平静地写起信来。写完后，

---

① 海伦是希腊神话中的美人。

② 卢克雷蒂娅是传说中的古罗马烈女，被罗马暴君之子塞克斯图斯奸污后，要求父亲和丈夫为她复仇，随即自杀。

唐吉诃德就叫桑乔，说想把信念给他听，让他背下来，以防路上万一丢了信，要知道命途多舛，万事堪忧呢。桑乔回答道：

“您在笔记本上写两三遍再给我，我会仔细保管的。想让我背下来，简直是异想天开。我的记性太差了，常常连我自己叫什么都忘了。不过尽管如此，您还是给我念念吧，我很愿意听。信大概写得很好。”

唐吉诃德说：“你听着，信是这样写的：

唐吉诃德致托博索的杜尔西内亚的信

尊贵的夫人：

最亲爱的托博索的杜尔西内亚，诚致问候。离别的刺痛，心灵的隐伤，已使我心力交瘁。如果你凭美貌对我睥睨，居高傲对我厌弃，以轻蔑对我热忱，对我打击厉害而又长久，纵使我饱经磨难，亦难以承受。噢，美丽的负心人，我爱慕的仇人，我的忠实侍从桑乔会向你如实讲述。我为你而生存。你若愿意拯救我，我属于你。否则，你尽情享乐吧。对于你的冷酷和我的追求，唯有以死相报。

至死忠贞的

猥獕骑士

“我的天啊，”桑乔说，“我还从未听过如此高雅的东西呢。看您把您想的东西都写出来了。再签上‘猥獕骑士’，多棒呀！说实话，您简直就是神，真是无所不能。”

“我的职业需要无所不能。”唐吉诃德说。

“那么，”桑乔说，“您就把取驴的条子写在背面吧。您把名字签得清楚些，要让人一目了然。”

“好啊。”唐吉诃德说。

写完后，唐吉诃德把条子念给桑乔听。条子上这样写着：

外甥女小姐：

凭此单据，请将我托付你的家里五头驴中的三头交给我的侍从桑乔·潘萨。兹签发此据，以此三头驴支付在此刚收到的另外三头驴。凭此单据及侍从的收条完成交割。立据于莫雷纳山深处。本年八月二日二十时立据。

“好了，”桑乔说，“你就在这儿签字吧。”

“不用签字了，”唐吉诃德说，“有花押就够了，跟签字的作用一样，凭这个花押，别说三头驴，就是三百头驴也能取走。”

“我相信您。”桑乔说，“现在让我去给罗西南多备鞍吧。您为我祝福吧。然后我就走了，不打算再看您要做的那些蠢事了。我会把我所看到的一切都告诉她，一点儿都不会漏下。”

“至少我想让你看看我光着身子完成一两个疯狂之举，桑乔，这很有必要。我半个小时之内就会做完。你如果自己亲眼看见，以后就可以信誓旦旦地随意添油加醋了。我想做的事情，肯定让你讲都讲不完。”

“看在上帝的分上，我的大人，别让我看您赤身裸体，我会很伤心，肯定会哭的。昨天晚上我哭那头驴，哭得脑袋够难受的了，我不想再哭。您如果想让我看你再抽点风，就穿着衣服做点简单有用的吧。况且，我现在需要的不是这些，而是早点回来。我一定会带来您希望和应该得到的消息。如果不是这样，那就让杜尔西内亚夫人小心点儿。她的回信要是不合情理，无论向谁我都可以发誓，我一定会连踢带打地从她那儿逼出个适当的回答来。哪儿有像您这样著名的游侠骑士无缘无故地受罪变疯，就为了一个……别让我再说夫人什么了。上帝保佑，别让我一时冲动做出什么事来。我干这个在行！她是不知道我的厉害！要是知道，肯定怕我！”

“依我看，桑乔，”唐吉诃德说，“你也不比我明白多少。”

“我可不那么疯，”桑乔说，“我是生气。不过咱们先别说这个啦。我回来之前，您吃什么呢？您也得像卡德尼奥那样到路上去抢牧人的东西吃吗？”

“您别担心这个，”唐吉诃德说，“即使有吃的，我也只吃这块草地和这些树给予我的绿草和果子。我修行的关键就在于不吃东西，而且还有其他一些受罪的事情。再见吧。”

桑乔说：

“可是，您知道我担心什么吗？我怕回来的时候找不到这个地方。这个地方太隐秘。”

“您做好记号，我也不会离开太远。”唐吉诃德说，“而且您回来时，我还会登上这些高高的石头望您。不过要想不迷路，最保险的办法就是你采些金雀花。这里有很多金雀花。你走一段路，撒一些金雀花，直到走上平原。这些金雀花可以当路标，你回来时就可以按照忒修斯迷宫线路[①]的方式找到我。”

“我会这样做的。”桑乔说。

桑乔采了一些金雀花，请主人祝福他，然后向主人告别，两人还淌了几滴眼泪。桑乔骑上罗西南多，唐吉诃德千叮咛，万嘱咐，让桑乔像他本人那样照顾好罗西南多，要走平路，要按照他说的那样，走一段路就撒一些金雀花。唐吉诃德还想让桑乔再看他发点疯，可是桑乔已经走了。走了不过百步，桑乔又折回来，说：

“大人，您说得很对，虽然我已经看见您在这儿抽了不少风，可还是再看一次好，这样我就可以问心无愧地发誓说看见您抽风了。”

“我早对您说过嘛。”唐吉诃德说，“您等一下，桑乔，我马上就做。”

唐吉诃德迅速脱掉裤子，只穿件衬衣。然后二话不说，先跳跃两下，接着又翻了两个筋斗，来了个头朝下、脚朝上的姿势，露出了自己的隐秘部位。桑乔实在不想再看了。他一勒罗西南多的缰绳，高兴满意地掉头而去。这样他可以发誓说看见主人抽风了。“我们先让他赶路去吧，他一会儿就会回来的。”

---

① 根据希腊神话，忒修斯进迷宫杀怪物时，公主阿里阿德涅给他一个线球，并教他将线的一端拴在迷宫入口处。忒修斯放线而去，杀死怪物后又沿线返回。

第二十六章　唐吉诃德为了爱情在莫雷纳山修行细述

再说那位上身穿衣下身光、翻了几个筋斗后倒立的猥猥骑士，见桑乔不愿再看他抽风，已经离去，只好独自爬到一块高岩石顶上，继续思考一个他百思而不得要领的问题，那就是应该学习罗尔丹暴戾的癫狂呢，还是仿效阿马迪斯的凄恻痴迷？哪个对他最好最合适呢？他自言自语道：

“即使罗尔丹像传说的那样，是位英勇善战的骑士，也没什么了不起。他已经掌握了魔法，谁也杀不死他，除非从他脚尖插进一根大针，而他又总是穿着七层铁底鞋。尽管他对付罗纳尔多·德尔卡皮奥的计策被对方识破，没有起到作用，但最后他还是在龙塞斯瓦列斯山把罗纳尔多·德尔卡皮奥扼死了。

“且不说罗尔丹的勇敢，先说他的精神不正常吧。他的确精神不正常。他在泉水边发现了一些迹象，并且听一个牧羊人说，安杰丽嘉同那个摩尔小子，即阿格拉曼王的侍童梅多罗，至少睡了两次午觉。他认为这是真的，他的夫人做了对不起他的事，他当然马上就疯了。可是我并没遇上这样的事，怎么能去学着他的样子发疯呢？我敢发誓，托博索的杜尔西内亚这辈子从未见过一个穿着摩尔人衣服的摩尔人。她至今仍守身如玉。如果我对她有什么怀疑，自己变成狂暴的罗尔丹那样的疯子，那显然是对她的侮辱。此外，我还看到高卢的阿马迪斯精神正常，并没有变疯，同样获得了多情的美名。按照故事上说的，他的意中人奥里亚娜鄙视他，让他未经许可不要在她面前露面，于是阿马迪斯隐退到‘卑岩’，与一位隐士为伍。他在那儿哭天号地，求上帝保佑。后来老天有眼，在他最痛苦的时候帮助了他。事实如此，我为什么要费力劳神地赤身裸体？为什么要去伤害大树呢？它们又没有做任何对不起我的事。为什么要搅浑这清清的泉水呢？我渴的时候还得喝呢。

“没齿不忘的阿马迪斯啊，值得曼查的唐吉诃德竭力学习。过去有句话，现在可以用于此，那就是事业未竟人欲动。我并没有受到托博索的杜尔西内亚的睥睨，我说过，只是与她天各一方。来吧，干起来吧。想想阿马迪斯做过的事情，我该从何学起呢？不过，我知道他做得最多的就是念经，祈求上帝保佑。可是我没有念珠，该怎么办呢？”

这时候，唐吉诃德想起来该怎么办了。他从衬衣的下摆扯下一大条，系成十一个扣，其中一个特别大，他就拿这个扣当念珠，念了无数次“万福玛利亚”。他又苦于找不到一个隐士，以便向他忏悔，并且从那儿得到安抚。于是他就在这块草地上遛来遛去，在树皮和细沙上写写画画，尽是描述他伤感的诗句，有些还赞颂了杜尔西内亚。可是后来能够完整保存下来，并且能够看得清的只有下面这几句：

高树参天青草绿，
灌木丛生遍山地，
倘若你们不笑我，
请听我圣洁的怨泣。
我的痛苦纵有天大，
但愿不会扰你心，
为我分忧也悲凄，
远离托博索的杜尔西内亚呀，
唐吉诃德在此哭泣。

最忠实不二的情人
隐匿在此受淬砺，
竟不知何为缘起。
沉湎于悲哀的爱情，

泪水横流，
远离托博索的杜尔西内亚呀，
唐吉诃德在此哭泣。

四方征险，
奔走于高崖绝壁，
诅咒她心肠如岩石，
壁立千尺路崎岖，
叫我忍受不幸倍感悲戚。
爱情并非如柔带，
却似皮鞭向我抽击，
远离托博索的杜尔西内亚呀，
唐吉诃德在此哭泣。

看到诗中杜尔西内亚的名字前面还加上了“托博索”，人们不禁哑然失笑。他们猜测，唐吉诃德以为提到杜尔西内亚的时候若不加上“托博索”，人们就看不懂他的诗。唐吉诃德承认确实如此。他还写了很多诗，刚才说过，除了这三首外，其他的都字迹不清或残缺不全了。唐吉诃德在此写诗，在此叹息，在此呼唤农牧女神和森林女神，呼唤河流里的女神，呼唤以泪洗面的回声女神，请求她们回答他，安慰他，倾听他的诉说，以此消磨时间。在桑乔赶回来之前，他一直以草充饥。如果桑乔不是三天，而是三个星期才回来，唐吉诃德肯定会饿得判若两人，连他的生母都认不出他了。

咱们暂且把他这些唉声叹气的诗放在一边，说说正肩负使命的桑乔吧。他走上大道以后，就循着托博索的方向赶路。第二天，他来到了他曾经不幸被扔的那个客店。一看到客店，桑乔就觉得自己仿佛又在空中飞腾，不想进去了。其实这个时候他能够也应该进去，要知道现在正是开饭的时候，而且桑乔也想吃点热东西。这几天他全是吃冷食。在这个愿望驱使下，他走近客店，可是对是否进去仍然犹豫不决。这时从客店里走出两个人，认出了他。其中一个对另外一个说：

“你看，教士大人，那个骑马的人是不是桑乔·潘萨？咱们那位冒险家的女管家说，他跟主人出去当侍从了。”

“是的，”教士说，“那匹马就是咱们那位唐吉诃德的马。”

原来这两个人就是桑乔家乡那次查书焚书的神甫和理发师，因此他们一眼就认出了桑乔。认出桑乔和罗西南多后，他们又急于知道唐吉诃德的下落，于是走了过去。神甫叫着桑乔的名字说：

“桑乔·潘萨朋友，你的主人在哪儿？”

桑乔也认出了他们。桑乔决定不向他们泄露唐吉诃德所在的地方和所做的事情，就说他的主人正在某个地方做一件对主人来说十分重要的事情。他发誓，就是挖掉脸上的眼睛也不能把实情说出来。

“不，不，”理发师说，“桑乔·潘萨，你如果不告诉我们你的主人在哪儿，我们就会想象，其实我们已经想象到了，你把他杀了，或者偷了他的东西，否则你为什么骑着他的马？现在你必须交出马的主人，要不就没完！”

“你不用吓唬我，我既不杀人，也不偷人东西。谁都是生死有命，或者说听天由命。我的主人正在这山里专心致志地修行呢。”

然后，桑乔一口气讲了主人现在的状况和所遇到的各种事情，以及捎给托博索的杜尔西内亚的一封信。他还说杜尔西内亚就是科丘埃洛的女儿，唐吉诃德爱她一往情深。神甫和理发师听了桑乔的话十分惊愕。虽然他们听说过唐吉诃德抽风的事，而且知道他抽的是什么风，但每次听说他又抽风时还是不免感到意外。他们让桑乔把唐吉诃德写给托博索的杜尔西内亚的信拿给他们看看。桑乔说信写在一个笔记本上，主人吩咐有机会就把它抄到纸上去。神甫让把信拿给他，他可以很工整地誊写一遍。桑乔把手伸进怀里去找笔记本，可是没找到。即使他一直找到现在恐怕也不会找到。原来唐吉诃德还拿着那个本子呢，没给桑乔，桑乔也忘了向他要了。

桑乔没有找到笔记本，脸色骤然大变。他赶紧翻遍了全身，还是没找到。于是他两手去抓自己的胡子，把胡子揪掉了一半，然后又向自己的面颊和鼻子一连打了五六拳，打得自己满脸是血。神甫和理发师见状问桑乔到底是怎么回事，为什么要这个样子。

“怎么回事？”桑乔说，“转眼之间我就丢了三头驴。每头驴都价值连城。”

“这是什么意思？”理发师问。

“笔记本丢了，”桑乔说，“那上面有给杜尔西内亚的信和我主人签字的凭据。主人让他的外甥女从他们家那四五头驴里给我三头。”

于是桑乔又说了丢驴的事。神甫安慰他，说只要找到他主人，神甫就让唐吉诃德重新立个字据，并且按照惯例写在一张纸上，因为笔记本上的东西不能承认，不管用。桑乔这才放下心来，说既然这样，丢了给杜尔西内亚的信也不要紧，因为他差不多可以把信背下来了，随时随地都可以让人记录到纸上。

“你说吧，桑乔，”理发师说，“待会儿我们把它写到纸上去。”

桑乔搔着头皮，开始回忆信的内容。他一会儿右脚着地，一会儿左脚着地，低头看看地，又抬头望望天，最后叼上了手指头。神甫和理发师一直等着他。过了好一会儿他才说：

“上帝保佑，神甫大人，魔鬼把我记住的信的内容都带走了。不过，开头是这样写的：‘尊鬼的夫人’。”

“不会是‘尊鬼’，”理发师说，“只能是尊敬或尊贵的夫人。”

“是这样。”桑乔说，“然后是，如果我没记错的话：‘心受创伤、睡不着觉的人吻您的手，忘恩负义的美人。’关于他的健康和疾病，我忘了是怎么说的。反正就这样一直写下去，到最后是‘至死忠贞的猥猥骑士’。”

神甫和理发师对桑乔的好记性比较满意，对他赞扬了一番，又让他把信再背两遍，好让他们也背下来，找时间写到纸上去。桑乔又说了三遍，还乱七八糟地胡诌一气。最后他又讲了主人的情况，可是没说自己在客店被人用被单扔的事情，而那个客店他现在也不想进去了。

桑乔还说，只要他能带回托博索的杜尔西内亚的好消息，唐吉诃德就会着手争取做国王，至少得做个君主，这是两人商量好的。就凭唐吉诃德的才智和他的臂膀的力量，这很容易做到。到了那个时候，就要为他桑乔完婚。到那时候他得是鳏夫，这才有可能把王后的一个侍女嫁给他。侍女是大户人家的后代，有大片的土地。那时候他就不要什么岛屿了，他已经不稀罕了。桑乔说这番话的时候十分自然，还不时地擦擦鼻子。看到他的精神也快不正常了，神甫和理发师又感到惊奇不已。连唐吉诃德带的这个可怜人都成了这样，唐吉诃德疯到什么程度就可想而知了。

不过，神甫和理发师不想费力让他明白过来。他们觉得桑乔这么想也不会碍什么事，索性就由他去。他们还想听听桑乔做的蠢事，就让桑乔祈求上帝保佑他主人的健康，而且很可能随着时间的推移，他的主人就像他说的那样当上国王，至少当个红衣主教或其他相当的高官呢。桑乔说：

"大人们，如果命运让我的主人不做国王，而是做红衣主教，我现在想知道，巡回的红衣主教通常赏给侍从什么东西。"

"通常是教士或神甫的职务，"神甫说，"或者是某个圣器室，收入不少，另外还有礼仪酬金，数目跟收入差不多。"

"那么这个侍从就不能是已婚的，"桑乔说，"至少得帮着做弥撒吧。如果是这样，我就完了。我已经结婚了，而且连字母都不认识几个。万一我的主人心血来潮不愿意做皇帝，却要做红衣主教，就像游侠骑士常常做的那样，我该怎么办呢？"

"别着急，桑乔朋友，"理发师说，"我们会去请求你的主人，劝他，甚至以良心打动他，让他做国王，而不做红衣主教。他的勇多于谋，所以做国王更合适。"

"我也这样认为，"桑乔说，"虽然我知道，他做什么都能胜任。我只是想祈求上帝，把他安排在最适合他的地方，也把我安排在最有利可图的地方。"

"你讲得很有道理，"神甫说，"你会成为一个很好的基督徒。不过现在应该做的，就是让你的主人从他正在做的无谓的苦修中解脱出来。现在已是吃饭的时候，咱们还是先进客店去，一边吃饭一边想办法吧。"

桑乔让他们两人先进去，自己在外面等着，以后再告诉他们为什么自己不进去，以及最好不进去的原因，可是，请他们给他带出点热食来，再给罗西南多弄些大麦。神甫和理发师进了客店，理发师很快就给他拿出来了一点吃的。然后，神甫和理发师又仔细考虑如何实现他们的计划。神甫想起一个既适合唐吉诃德的口味，又能实现他们意图的做法。神甫对理发师说，他的想法就是自己扮成一个流浪少女，理发师则尽力装成侍从，然后去找唐吉诃德。假扮的贫穷弱女去向唐吉诃德求助。唐吉诃德是位勇敢的游侠骑士，肯定会帮助她。这种帮助就是请他随少女去某个地方，向一个对她作恶的卑鄙骑士报仇。同时，她还请求唐吉诃德，在向那个卑鄙骑士伸张正义之前，不要让她摘掉面罩，也不要让她做什么事情。唐吉诃德肯定会一口答应。这样，就可以把他从那儿弄出来，带回家去，设法医治他的疯病。

第二十七章　神甫和理发师如何按计而行，以及其他值得记述的事情

理发师觉得神甫的主意不错，于是两人就行动起来。他们向客店的主妇借了一条裙子和几块头巾，把神甫的新教士袍留下作抵押。理发师用店主挂在墙上当装饰品的一条浅红色牛尾巴做了个大胡子。客店主妇问他们借这些东西干什么用，神甫就把唐吉诃德如何发疯，现正在山上修行，所以最好乔装打扮把他弄下山来等简单讲了一下。店主夫妇后来也想起，那个疯子曾经在这个客店住过。他做了圣水，还带着个侍从，侍从被人用被单扔了一通等。他们把这些全都告诉了神甫，把桑乔极不愿意让别人知道的事情全说了。

后来，女主人把神甫打扮得惟妙惟肖。她让神甫穿上呢料裙，裙子上嵌着一拃宽的黑丝绒带，青丝绒紧身上衣镶着白缎边，大概万巴

王[①]时代的装束就是这样的。神甫不让碰他的头，只允许在他头上戴一顶粗布棉睡帽，脑门上缠着一条黑塔夫绸带，再用另一条同样的带子做成面罩，把整个面孔和胡须全遮上了。他戴上自己的帽子，那帽子大得能当遮阳伞，又披上他的黑色短斗篷，侧身坐到骡背上。理发师也上了他的骡子，让浅红色的胡子垂到腰间。刚才说过，那胡子是用一条浅红色的牛尾巴做成的。

两人向大家告别，也向丑女仆告别。丑女仆虽然并不清白，却答应念《玫瑰经》，求上帝保佑他们完成这项艰巨而又仁慈的使命。两人刚走出客店门，神甫忽然想起来，虽然这事很重要，但自己这样做毕竟不妥，一个神职人员打扮成这个样子成何体统。他请求理发师同他互换衣服，觉得让理发师扮成苦难少女更合适，自己应该扮成侍从，这样可以减少对他的尊严的损害，如果理发师不答应，哪怕唐吉诃德死掉，他也不再去了。

这时桑乔走过来。看到两人这般装束，不禁笑起来。最后，理发师只好依从神甫，互相交换衣服。神甫告诉理发师，应当对唐吉诃德如何做，如何说，才能动员、强迫他放弃在那个地方进行无谓苦修的打算。理发师说不用他指导，自己知道该怎么做。理发师不愿意立刻就换上那身打扮，要等快到唐吉诃德所在的地方再穿。他把那身衣服叠了起来。神甫也把胡子收了起来。桑乔在前面引路，两人启程。桑乔给他们讲了在山上碰到一个疯子的事情，但是没提那只手提箱和里面的东西。这家伙虽然不算机灵，却有点贪心呢。

第二天，他们来到了有金雀花枝的地方，那是桑乔离开唐吉诃德时做的路标。桑乔确认了路标后，告诉他们从那儿就可以上山，他们现在可以换衣服了，如果这样更有利于解救他的主人的话。原来两人已在路上对桑乔讲了，他们这副打扮、这种方式，对于把他的主人从他选择的恶劣生活中解脱出来是至关重要的。神甫和理发师千叮咛、万嘱咐，让桑乔不要告诉主人他们是谁，也不要说认识他们。如果唐吉诃德问是否把信交给杜尔西内亚了，他肯定会问的，那就说已经转

① 万巴王是西班牙古代的国王。这里指很古老的时候。

交了。可是杜尔西内亚不识字，因此只捎回口信，叫桑乔告诉他，让他即刻回去见杜尔西内亚，否则她会生气的。这对她很重要。这样一说，再加上神甫和理发师编好的其他话，肯定能让唐吉诃德回心转意，争取当国王或君主。至于当红衣主教，桑乔完全不必担心。

桑乔听后都一一牢记在脑子里。他很感谢神甫和理发师愿意劝说主人做国王或君主，而不去做红衣主教。他心想，要论赏赐侍从，国王肯定要比巡回的红衣主教慷慨得多。桑乔还对他们说，最好先让他去找唐吉诃德，把他的意中人的回信告诉他。或许仅凭杜尔西内亚就足以把唐吉诃德从那个地方弄出来，而不必再让神甫和理发师去费那个劲了。神甫和理发师觉得桑乔说得也对，决定就地等候桑乔带回唐吉诃德的消息。

桑乔沿着山口上了山，神甫和理发师则留在一条小溪旁。小溪从山口缓缓流出，周围又有岩石和树木遮荫，十分凉爽。此时正值八月，当地的气候十分炎热，并且正是下午三点。这个地方显得格外宜人，于是两人身不由己地停下来，等候桑乔。

两人正在树阴下悠然自得，耳边忽然传来一阵歌声。虽然没有任何乐器伴奏，那歌声却也显得十分甜蜜轻柔。两人都为能在这种地方听到如此美妙的歌声而惊讶不已。人们常说，在森林原野能听到牧人的优美歌声，不过，那与其说是真事，还不如说是诗人们的夸张。况且，他们听到的歌词竟是诗，而且不是粗野牧民的诗，是正经的宫廷诗，他们更是深以为异。他们听到的确实是诗。诗是这样写的：

谁藐视了我的幸福？
嫌厌。
谁增加了我的痛苦？
妒忌。
谁能证明我的耐心？
分离。
我的痛苦
无法摆脱，

嫌厌、妒忌和分离
扼杀了我的希冀。

谁造成了我的悲伤?
爱欲。
谁夺走了我的乐趣?
天意。
谁傲视我的凄楚?
苍天。
在巨痛中
我渴望死去。
爱欲、天意和苍天
一起把我毁灭。

谁能改变我的命运?
死亡。
谁能得到爱情的福祉?
逃避。
谁来医治这悲伤?
疯狂。
医治伤者
并非理智。
死亡、逃避和疯狂
是我得以解脱之计。

在那个时间、那种偏僻之地，能听到那样的嗓音、那样流利的诗句，两人不禁为之赞叹。他们静候着，听听还唱些什么。等了一会儿，不见动静，神甫和理发师决定去找这位具有如此美妙歌喉的歌唱家。他们刚要走，歌声又响起来，两人又不动了。这回传到他们耳朵里的是一首十四行诗：

十四行诗

　　圣洁的友谊，展开轻盈的翅膀
奔向天宫，逍遥直上。
天上神灵共相济，
只把影子留地上。
　　你从天上指点，
粉饰的太平在望。
让人隐约可求，
到头来，美好却是欺诳。
　　情谊啊，别高居天上，
别让欺骗披上你的外衣，
它会毁坏真诚善良。
　　倘若不剥去你的外表，
世界即刻陷入纷争，
回复到昔日动荡。

歌声随着一声深深的叹息结束了。两人仍认真地等，看看是否还要唱什么。可是歌声却变成了抽泣和哀叹。两人决定弄清究竟是什么人唱得这么好，却又如此难过地叹息。没走多远，绕过一块石头，他们看见一个人，其身材就像桑乔给他们讲的卡德尼奥一样。那个人看见他们过来了，并没有动，仍然待在那儿，头垂到胸前，若有所思，除了两人刚出现时看了他们一眼外，再也没有抬起头来看他们。神甫本来就听说过他的不幸，又从外表上猜出了他是谁，于是走向前去。神甫很善言辞，简单而又有分寸地讲了几句话，劝说并请求那个人放弃这种可悲的生活，不要在那儿沉沦，那样可就是不幸中的大不幸了。

卡德尼奥当时神志完全清醒，已经摆脱了那件时时令他暴怒的事情。他看到这两个人穿戴并不像这一带偏僻地方的人，不由得感到奇怪，听神甫同他讲话时，又觉得神甫对他的事似乎了如指掌，更是意外，便说道：

“二位大人，无论你们是什么人，我都能想到，老天总是注意拯救好人，也常常帮助坏人。虽然我离群索居，可是仍有烦老天派二位到我面前，用种种生动的话语告诉我，我现在的生活是多么没有道理，并且想把我从这儿弄到一个更好的地方去。不过你们并不知道，我即使能从这种痛苦里解脱出来，也仍然会陷入新的痛苦中。因此，你们可能会认为我精神有些不正常，更有甚者，认为我精神完全不正常。如果你们这样认为，也不足怪，我自己也觉得，每当我想起我的不幸时，便痛苦万分，难以自拔，但又无力阻止它，只觉得自己呆若石头，神志不正常。事后许多人告诉我，并且向我证明了我犯病时的所作所为。尽管我意识到这是真的，却也只能徒劳地后悔，无谓地自责，向所有愿意听我解释原因的人表示歉意。那些明白人听我解释后，对发生的事情就不感到奇怪了。尽管他们也无法帮助我，但至少没有怪罪我，原来对我的行为感到的愤怒也转化为对我的不幸表示同情了。如果诸大人也是抱着同样的目的而来，在你们谆谆教诲我之前，还是请你们先听听我的诉说不尽的辛酸史吧。也许听完之后，你们就不会再费力试图安抚这种无法安抚的痛苦了。”

神甫和理发师正想听他本人讲述得病的原因，就请他讲讲自己的事，并保证一定按照他的意愿帮助他或者安抚他。于是，这位可怜的年轻人开始讲他的辛酸故事，其语言和情节都同前几天给唐吉诃德和牧羊人讲述的差不多。只是前几天讲到埃利萨瓦特医生时，唐吉诃德为了维护骑士的尊严，打断了故事。好在这次卡德尼奥没有犯病，完全可以把故事讲完。他讲到费尔南多在《高卢的阿马迪斯》一书里找到了一封信。卡德尼奥说，他还清楚地记得，信是这样写的：

卢辛达致卡德尼奥的信

我每天都从你身上发现新的优秀品质，我不由自主地更加敬重你。如果你愿意，完全可以把我从目前这种状况里解救出来，并且不损害我的名誉。你完全可以很好地做到这点。我父亲认识你，你又爱我。如果你尊重我，我也相信你说的是真的，那么你完全可以实现你的意志。而且，这也不违背我的意志。

“看了这封信，我就去向卢辛达的父亲求婚。我说过，在费尔南多看来，卢辛达是当代最聪明机智的女人。费尔南多就是想用这封信在我还没沉沦之前毁了我。我告诉费尔南多，卢辛达的父亲坚持要我父亲出面提亲，可我怕父亲不来，没敢跟他说。这并不是因为我不了解卢辛达的道德品质和她的美貌、善良。她品貌双全，完全可以让西班牙任何世家生辉。我只是以为卢辛达的父亲不想让我们仓促结婚，要先看看里卡多公爵怎样安排我。

“总之，我对他说，就因为这点，还有其他原因，我忘记了究竟是哪些原因，使得我没敢跟父亲说。不知为什么，我总觉得我希望的事不会成为现实。费尔南多回答说，他去同我父亲讲，让我父亲去向卢辛达的父亲提亲。噢，这个野心勃勃的马里奥！这个残忍的喀提林！这个狠毒的西拉！这个奸诈的加拉隆！这个背信弃义的贝利多！这个耿耿于怀的胡利安！这个贪婪的犹大！你这个背信弃义、阴险狡诈、耿耿于怀的家伙，我这个可怜人把我内心的秘密和快乐都毫无保留地告诉了你，还有什么对不起你的事？我怎么惹你了？我哪句话、哪个劝告不是为了维护你的名誉和利益？可是，我还有什么可说的呢？我真是倒霉到家了。灾星带来的不幸仿佛激流飞泻而下，世上没有任何力量可以阻止它，人间没有任何办法可以防备它。谁能想到，像费尔南多这样的名门贵族，举止庄重，受着我的服侍，无论到哪儿都是情场得意，竟会丧尽天良地夺走我仅有的一只羊[①]，而且这只羊当时还不属于我呢！

“先不说这些，反正也没有用，咱们还是把我的悲惨故事接着讲下去吧。费尔南多觉得我在那儿对他实施其虚伪恶毒的企图不利，就想把我打发到他哥哥那儿去，借口是让我去要钱买六匹马。这是一计，实际上就是想支开我，以实现他的罪恶企图。他故意在自告奋勇说要

---

① 参见《圣经》故事。大卫害死乌利亚并娶其妻。拿单指责大卫就像富户一样，舍不得用自己的羊招待客人，却夺走穷人仅有的一只羊。

去同我父亲谈话的那天买了六匹马，让我去拿钱。我怎么会想到他竟做出这种背信弃义的事呢？我怎么可能去往这方面想呢？我一点儿都没有想到。相反，对这笔大买卖我很满意，十分高兴地出发了。那天晚上我又去找卢辛达，告诉她我已经同费尔南多商量好，我完全相信我们两人的良好愿望会实现。她同我一样，对费尔南多的恶意毫无察觉，只是让我早点回来。她相信，只要我父亲向她父亲一提亲，我们的愿望就会有结果。不知为什么，她一说完这句话，眼睛里就噙满了泪水，喉咙也哽咽了，似乎有许多话要说，却一句也没说出口。

"我对她这种反常的状况感到很惊奇，这种情况过去从来没有过。以前我们见面时，只要时间合适，安排得当，总是说得兴高采烈，从来没有什么眼泪、叹息、嫉妒、怀疑或恐惧。这使我更觉得，娶卢辛达做我的夫人真是天赐良缘。我对她的美貌更加崇拜，对她的才智更加赞赏。她也对我以德相报，说我是她的值得称赞的恋人。我们爱意绸缪，邻里周知，不过即使这样，我最放肆的行为也只是隔着栅栏的狭窄缝隙，把她的一只纤细白皙的手放到我嘴边。可是在我出发的前一天晚上，她却哭泣、呻吟、叹气，然后离去，我在那里满腹狐疑，茫然不知所措，对卢辛达的反常悲戚感到恐惧。可我并不想让我的希望破灭，只把这种现象当成是爱我所致，是感情至深的人一旦分离常常出现的痛苦。反正我走的时候既伤心又凄惶，满肚子猜疑，也不知道自己到底猜什么疑什么。不过，这明显预示着有什么悲惨不幸的事情在等着我。

"到达了目的地，我把信交给费尔南多的兄弟。他们对我照顾得很周到，可就是不办事情。虽然我很不乐意，但他们还是叫我在一个公爵看不到我的地方等候八天，因为费尔南多在信上说，要钱的事不能让公爵知道。这全是费尔南多编的瞎话，因为他兄弟有钱，完全可以马上把钱给我。这种吩咐我实在难以从命，让我同卢辛达分别这么多天简直难以想象，况且我离开的时候她是那么伤心。尽管如此，作为一个好仆人，我还是服从了，虽然我也清楚，这样做对我的身体不利。可是到了第四天，就有人拿着一封信找我，我认出信封上的字是卢辛达写的。我惶惑地打开信，心想一定有什么大事，她才这么远道给我写信，以前她很少写信的。看信之前，我先问那个人，是谁把信交给他的，他在路上用了多少时间。他说，中午路过那座城市的一条街时，有一位非常漂亮的小姐从窗口叫他。小姐的眼睛饱含泪水，急促地对他说：‘兄弟，看来你是基督徒，看在上帝的分上，我求你把这封信交给信封上写的那个地方的那个人，很好找的，这样你就为上帝做了件好事。你把这个手绢里的东西拿着。这样办事会方便些。’那人又接着说：‘她从窗口扔出一个手绢包来，里面有一百个雷阿尔，有我手上的这枚金戒指，还有我交给您的这封信。然后，她不等我回答就离开了窗户，不过在此之前，她已经看到我拾起了信和手绢包，并且向她打手势说，我一定把信送到。既然有这么高的报酬，而且从信封上看到信是写给您的，大人，我很了解您，再加上那位漂亮小姐的眼泪，我决定不委托任何人，亲自把信给您送来。路上我一共用了十六个小时，您知道，那个地方离这儿有十八西里地呢。’

“我听这位值得我感激的临时信使说话时，心一直悬着，两腿不住地打哆嗦，几乎要站不住了。后来我打开信，看到信是这样写的：

> 费尔南多对你说，要去见你的父亲，让你父亲向我父亲提亲，可他做的事并没有维护你的利益，而是损坏了你的利益。你知道吗？他已经向我求婚了。我父亲认为费尔南多的条件比你的条件好，就答应了，再过两天就举行婚礼。婚礼将秘密地单独举行，只有老天见证，还有一些家人在场。我现在的情况怎么样，你可想而知。如果你能来，就赶紧来。我究竟爱不爱你，以后发生的事情会让你明白。但愿上帝保佑，让这封信在我同那个背信弃义的家伙结成连理之前交到你手上。

“简单说，这就是信上的内容。看完信后，我不再等什么回信或钱，立刻启程往回赶。这时我完全明白了，费尔南多让我到他兄弟这儿来并不是为了买马，而是为了实现他的目的。对费尔南多的愤怒，还有唯恐失去我多年追求的心上人的惧怕，仿佛给我安上了翅膀。我飞一般往回赶，第二天就赶到了家，而且正好是在我通常同卢辛达约会的时间。我把骡子放到那个好心送信的人家里，悄悄溜进去，恰巧碰到卢辛达正站在栅栏前，那栅栏就是我们爱情的见证。卢辛达看见了我，我也看到了她，可是彼此都不像往常见面时那样了。世界上有谁敢说自己深知女人的复杂思想和易变性格呢？真的，没有任何人敢这么说。

“卢辛达一看见我就说：‘卡德尼奥，我已换上了婚礼的服装，那个背信弃义的费尔南多，还有我那贪得无厌的父亲和证婚人，正在客厅等着我。不过，他们等到的不会是我的婚礼，而是我的死亡。你别慌，朋友，你应该设法看到这场悲剧。如果我不能用语言避免这场悲剧，我身上还带着一把匕首，任何强暴都可以用它抵挡。我要用它结束我的生命，并且证明我对你的一往情深。’

“我相信了。我怕时间紧，赶紧对她说：‘小姐，但愿你说到做到。你身上带着匕首，可以表白自己，我身上带着剑，也可以卫护你，万一事情不成，我就用它自杀。’

“我觉得她并没有听完我的话，好像有人在叫喊催促她，正等着她举行婚礼呢。这时，我那悲惨之夜降临了，我那欢乐的太阳也落山了。我眼前漆黑一片，思想也静止了。我不能进她家的门，可是又不愿离开。一想到万一发生什么事，我在场有多么重要，我就鼓足勇气，进了她家。我对她家出入的地方都熟悉，而且大家都在里面忙活，没人看见我。我神不知鬼不觉地藏到客厅一扇弧形窗凹处的窗帘后面。我可以看到客厅里的全部活动，别人看不到我。我当时心跳得厉害，而且心烦意乱。那种情况简直没法形容，也最好别去形容。你们知道新郎进了客厅就行了。他穿着同往常一样的衣服。还有卢辛达的一个表兄做伴郎。客厅里除了几个用人之外，没有别人。

“过了一会儿，卢辛达从内室出来了，她的母亲和两个女佣陪着她。她梳理打扮得雍容华贵，与她的玉洁美貌相得益彰。我没有心思仔细欣赏她的服饰，只注意到她的服装是肉色和白色的。头饰和全身的珠宝交相辉映，而她那无与伦比的金色秀发更显得格外突出，似乎在与客厅里的宝石和四支四芯大蜡烛争奇斗艳。她的出现可以说使得满堂生辉。哎，一想起这些，我就不得安宁！我现在回忆我那可爱冤家的绝伦美貌又有什么用呢？可怕的回忆，你叙述一下她的所作所为难道不好吗？对于这种公然的欺辱，即使我不能报仇，还不能舍命吗？各位大人，烦请你们再听我几句话。我的痛苦并不是三言两语就可以一带而过的，我觉得每件事都应该仔细讲述一番。”

神甫回答说，他们不仅不感到厌烦，而且还对这些细节十分感兴趣。这些细节不应该被遗忘，而且应该像故事的主要内容一样受到重视。

“大家到齐之后，”卡德尼奥继续讲道，“教区的神甫走进了客厅。他按照婚礼的程序，拉着两个人的手说：‘卢辛达小姐，你愿意按照神圣教会的规定，让你身旁的费尔南多大人做你的合法丈夫吗？’我躲在窗帘后面伸长了脑袋，惶惶不安地仔细听卢辛达回答，等着她对我的生死进行宣判。嗐，那时候我竟没敢站出来大声说：‘喂，卢辛达，卢辛达！你看你在干什么！你想想你该对我做的事情吧。你是我的，不能属于别人！你听着，你只要说声‘愿意’，我的生命即刻就会结束。还有你，你这背信弃义的费尔南多，你夺走了我的幸福，夺走了我的生命！你想干什么？你别想利用教会达到你的目的。卢辛达是我的妻子，我是她的丈夫。’哎，我真是个疯子。现在我远离她，远离了危险。当时我应该这样做，可是我没有这样做，结果让人夺走了我珍贵的宝贝。我要诅咒这个夺走我心上人的强盗。当时我如果有心报复他，完全可以报仇雪恨，可是现在我只能在这里后悔。总之，我当时胆小怯懦，因此现在羞愧难当，后悔莫及，变得疯疯癫癫。

“神甫在等待卢辛达的回答。卢辛达过了好一会儿才说话。当时我以为她要拔匕首自尽，或者说明真相，揭露骗局，这都有利于我。可是我却听到她有气无力地说：‘是的，我愿意。’费尔南多也说了这样的话，还给卢辛达戴上了戒指，于是他们就结成了解不开的婚姻。新郎过去拥抱新娘，她却把手放在自己的胸上，昏倒在她母亲的怀里。现在不必再说我听到这声‘愿意’时是如何感到我的愿望受到了愚弄，卢辛达的诺言是多么虚伪，我在这一时刻失去的东西是永远也不可能再得到了。我顿时不知所措，觉得偌大的天下竟无依无靠，脚下的大地也成了我的仇敌，拒绝给我以叹息的空气，拒绝给我的眼睛以泪水。

只有怒火在燃烧,所有的愤怒和嫉妒都燃烧了起来。卢辛达昏过去后，在场的人都慌了手脚，卢辛达的母亲把卢辛达胸前的衣服解开，让她能够透过气来，却发现她胸前有一张叠起来的纸条。费尔南多把纸条拿过来，借着一支大蜡烛的光亮看起来。看完后，他坐在椅子上，两手托着脸，不去帮别人抢救自己的妻子，看样子是陷入了沉思。

“看到客厅里的人乱成一团，我也不管别人是否会发现我，贸然跑了出来，心想若是有人看见我，我就对他们不客气了，让大家都知道我已经义愤填膺，要惩罚虚伪的费尔南多，还有那个晕倒的变心女人。可是命运似乎要让我备受折磨，假如还有更痛苦的折磨的话。命运让我那个时候格外清醒，事后却变得痴呆了。结果我没有想到向我的冤家报仇，要报仇当时很容易，他们根本没想到我在场。我把痛苦留给了我自己，把本应该让他们忍受的痛苦转移到我身上，而且这种痛苦也许比他们应该遭受的痛苦还要严重。如果我当时杀了他们，他们突然死亡，其痛苦也随即消失。可是像我这样，虽然性命犹存，却要遭受无穷无尽的折磨，才是最痛苦的。最后，我跑出了那个家，来到为我照看骡子的那个人的家，让他为我备骡，没向他道别就骑上骡子出了城，像罗得①一样，连头也不敢回。我只身来到野外，夜幕笼罩了我，我在寂静的夜色中呻吟，不怕别人听见我的呻吟声或者认出我来。我放开喉咙，大声地诅咒卢辛达和费尔南多，仿佛这样就能解除他们侮辱我的心头之恨。

“我骂他们残忍、虚伪、忘恩负义，而且最贪婪，因为是我的情敌的财富蒙住了爱情的双眼，把卢辛达从我这儿夺走，交给了那个命运对他格外慷慨的人。我一边咒骂，一边又为卢辛达开脱，说像她这样总是被父母关在家里的女孩子，对父母言听计从也不为过，因而她宁愿迁就父母。父母给她找了这样一位显贵富有、文质彬彬的丈夫，她如果不答应，别人就会以为她精神不正常，或是另有新欢，那就会影响她的良好声誉。可是话又说回来，假如卢辛达说愿意让我做她的

---

①《旧约》人名。他在所多玛被东方五王掠掳，上帝降天火毁灭所多玛城时得到天使的救援而幸免。出逃之际，上帝吩咐他不可回头观看。

丈夫，她的父母也会觉得她这个选择不错，不会不原谅她。而且，费尔南多去求亲时，如果他们合理地考虑一下卢辛达的愿望，就不应该决定或者希望其他比我条件好的人做卢辛达的丈夫。卢辛达在迫不得已要结婚的最后关头，不妨说我已经和她私订了终身。在这种时候，无论她编造出什么理由，我都会照说不误。总之，我觉得是追求富贵的贪心战胜了爱情和理智，使她忘记了那些话。她曾用那些话蒙蔽了我，让我沉醉，让我怀有坚定的希望和纯真的爱情。

“我就这样连喊带闹地走了一夜，天亮时来到这座山的一个山口。我又在山上漫无目的地走了三天，最后来到这块草地上。我也不知这块草地在山的哪一面。我问几个牧羊人，这山上什么地方最隐秘，他们告诉我就是这个地方。我来到这儿，想在这儿了此一生。刚走到这儿，我的骡子饥劳交加，竟倒地而死。可我更觉得，它是要自行解除它对我的无谓负担。我站在这儿筋疲力尽，饥肠辘辘，没找到人，也没想向什么人求救。后来，我不知在地上躺了多少时间，等我醒来时已经不饿了，只见身旁站着几个牧羊人，想必是他们给了我吃的喝的。他们告诉我，他们如何发现了我，我当时又是如何胡言乱语，很明显，我已经精神失常了。从那以后，我自己也感觉到，我并不总是正常的，常常胡言乱语，疯疯癫癫，撕破自己的衣服，在这偏僻的地方大喊大叫，诅咒我的命运，不断空喊着我的负心人那可爱的名字，一心只想呼号着结束自己的生命。可是当我恢复正常的时候，我又心力交瘁，几乎动弹不得。

“我经常住的地方是一个能够遮蔽我这可怜身体的栓皮槠树洞。山上的牧羊人怜悯我，他们把食物放在路边和石头上，预料我会从那儿路过，看到那些食物。他们就这样养活了我。尽管我常常神志不清，可本能还是让我能够认出食物，引起食欲，想得到它。还有几次，在我清醒的时候，他们告诉我，有时牧人带着食物去放牧，我就跑到路上去抢他们的食物，尽管他们十分愿意把食物送给我。我就这样过着可怜至极的生活，要等老天开眼，让我的生命终止，或者让我的记忆终止，不再记起背叛了我的卢辛达的美貌以及费尔南多对我的伤害。如果老天让我活着，并且忘掉他们，我会让我的思维尽可能恢复正常，否则，我只求老天怜悯我的灵魂，我觉得自己没有勇气和力量把我从自己选择的这种境况里解脱出来。

“噢，两位大人，这就是我遭遇不幸的悲惨经历。你们看，我成了这个样子。可你们说说，遇到这样的事，我能不成这个样子吗？所以，你们也别再费力劝我，让我做那些说起来对我有利的事情，因为那对我只能相当于名医为不愿吃药的病人开的药一样。没有卢辛达，我不想恢复健康。她本来是或者应该是我的，可是她却宁愿属于别人。既然这样，我本来可以幸福，现在我却宁愿选择痛苦。她变了心，愿意让我常年沉沦，那么我宁愿沉沦，让她称心。可以让后人知道的就是：所有那些不幸的人身上最多的东西在我身上恰恰没有。他们会因为肯定得不到某件东西而死了心，可我却为此遭受更大的痛苦和不幸，而且，我觉得只要我一息尚存，这种痛苦就不会结束。”

卡德尼奥滔滔不绝地讲完了他的不幸的爱情故事。神甫正想说几句话安慰他，忽然耳边传来一个声音制止了神甫。那声音以悲哀的语调讲述了第四部分的事情。大智若愚、考虑周全的锡德·哈迈德·贝嫩赫利的第三部分到此结束。

第二十八章　神甫和理发师在莫雷纳山遇到的新鲜趣事

曼查英勇无比的骑士唐吉诃德降生的年代真乃幸运之至，他竟堂而皇之地要重建几乎已在世界上销声匿迹的游侠骑士，以至于我们在这个需要笑料的时代里，不仅可以了解他的真实历史，而且还可以欣赏到他的一些奇闻轶事。有些部分真真假假，其有趣的程度并不亚于他那条理清晰、情节错综曲折的历史本身。上面说到神甫正想安慰卡德尼奥几句，耳边却传来一个声音。神甫止住话，只听那声音语调凄切地说道：

“啊，上帝！我大概已经找到了可以秘密埋葬我这违心支撑的沉重身体的墓地！这孤寂的山脉肯定没有欺骗我。不幸之人啊，唯有这岩石草丛与我相随，给我一席之地，让我能够把我的不幸向天倾诉。当今之世，已经没有任何人可以与我为伴，遇迷津给我指点，遇忧怨给我安慰，遇困难给我帮助！”

这些话神甫和另外两个人都听得清清楚楚，觉得声音就是从附近发出的。事实正是如此。于是他们起身寻找那个说话人，走了不到二十步远，就在一块岩石后面发现，一个农夫打扮的小伙子正坐在一棵白蜡树下。他正低头在一条小溪里洗脚，因此看不见他的脸。他们悄悄走过去，那人竟一点也没有察觉，只顾自己专心致志地洗脚。与小溪中的石头相比，他那两只脚简直像两块白玉。

大家对着那两只又白又漂亮的脚发怔，觉得那可不是两只可以在泥土里耕种的脚，不是像他那种打扮的人的脚。既然没有被发现，走在前面的神甫就向另外两个人做了手势，示意他们在石头后面藏起来。藏好后，三人仔细看那人在干什么。小伙子上身穿一件棕褐色双兜短斗篷，一条白毛巾把斗篷紧紧束在身上；下身着棕褐色呢裤和裹腿，头戴一顶棕褐色帽子。裹腿裹住了半条肯定也是白石膏一般的腿。小伙子洗完他的纤秀的脚，从帽子下面抽出头巾，把脚擦干了。他抽头巾时抬了一下头，大家才看见他无比美貌。卡德尼奥对神甫低声说：

“这个人若不是卢辛达，那就不是凡人，是仙人。”

小伙子把帽子摘下来，向两侧甩了甩，头发开始散落下来，那潇洒的样子，连太阳见了都会嫉妒。这时大家才看清那个貌似小伙子的人竟是个娇嫩女子。神甫和理发师从未见过如此漂亮的女人。卡德尼奥若不是早就认识了卢辛达，也大开眼界了。卡德尼奥断定，只有卢辛达才能与之媲美。那女人长长的金色秀发不仅遮盖住了她的背部，而且遮盖了她全身；若不是下面还露出两只脚来，简直可以说她的身体的所有部分都看不见了。这时，她用手拢了拢头发。如果说她的两只脚像两块白玉，那么她的两只手就像两块密实的雪块。三人见了都赞叹不已，而且更想知道她是谁了。

三人觉得该露面了。他们刚站起来，那漂亮的女子就抬起了头。她用双手拨开眼前的头发，看是什么东西发出了动静。她一看见三个人，就赶紧抓起身旁一包像是衣服的东西，慌慌张张地想要逃走。可是没跑出几步，她的细嫩双脚就再也受不了地上的乱石，跌倒在地。三个人见状来到她面前。神甫首先开口：

“站住，姑娘，不管你是谁，我们都愿意为你效劳。你没有必要逃跑。你的脚受不了，我们也不会让你跑掉。”

姑娘惊慌失措,一言不发。三个人走过去。神甫拉着她的手,说道：

“姑娘，你想用服装掩饰的东西，你的头发却把它暴露了。很明显，你如此漂亮，却打扮得如此不相称，来到如此偏僻的地方，原因一定非同小可。幸好我们现在找到你了,即使不能帮你解决什么困难,至少可以给你一些忠告。人只要还活着，就不应该拒绝别人的善意劝告，任何困难也不会大到让人拒绝劝告的地步。因此，我的小姐或少爷，或者随便你愿意当什么吧，不要因为我们发现了你而吓得惊慌失措。给我们讲讲你的情况吧，不管它是好是坏，看看我们这几个人或者其中某个人是否能为你分担不幸。”

神甫说这番话的时候，那个乔装打扮的姑娘只是痴迷地看着他们，嘴唇不动，一句话也不说，仿佛一个乡下人突然见到一个从未见过的稀世之物一样。后来，神甫又讲了些同样内容的话，她才长长地吁了一口气，开口说道：

“看来这荒山野岭并非我的藏身之地，这披散的头发也不再允许我说假话了。我现在再继续装下去已经毫无意义。如果你们相信我，我可以告诉你们，我这样做主要是出于礼貌，倒不是为了其他什么原因。诸位大人，我感谢你们愿意帮助我，也正因为如此，我应该满足你们的各种要求。不过我担心,我的不幸不仅会让你们对我产生同情,而且还会让你们感到难过，因为你们找不出什么办法可以帮助我、安慰我。尽管如此，为了不让你们对我的品行产生怀疑，我就把我本来想尽可能隐瞒的事情告诉你们吧。否则，你们已经认出我是女人，而且年纪轻轻，只身一人，又是这身打扮，无论是加起来还是仅只其中一项，都足以使我的名声扫地了。”

这个女人很美，说起话来滔滔不绝，而且语调轻柔，使三个人不仅欣赏她的美貌，而且对她的机敏赞叹不已。三个人再次表示愿意帮助她，并且再次请求她讲讲自己的事。那女人也不再推辞，大大方方地穿上鞋，把头发拢好，坐到一块石头上。等三个人在她周围坐好，她强忍住眼泪，声音平缓清晰地讲起了自己的不幸身世：

“在安达卢西亚，有一块领地是一位公爵的，他在西班牙也称得上是个大人物了。公爵有两个儿子。大儿子继承了公爵的领地，似乎也继承了公爵的良好品行。小儿子继承了什么我不知道，反正贝利多的背信弃义和加拉隆的奸诈他都学会了。我的父母是公爵的臣民。父母虽然门第卑微，却很富裕。如果他们的门第能与他们的财产匹配，他们也就心满意足，我也不用害怕自己落到这种境地了。大概，我命运不佳就是因为我没有出生于豪门贵族吧。父母的门第既没有低贱到自惭卑微的地步，也没有高贵到让我否认我的不幸就是因为家世孤寒的程度。总之，他们是农夫，是平民，与那些臭名昭著的血统没有任何联系，就像人们常说的，是老基督徒了。他们生财有道，理财有方，逐渐获得了绅士的名声。不过，他们最大的财富就是有我这么个女儿。父母很喜欢我，而且只有我这么一个继承人，可以说我是个备受父母宠爱的孩子。他们对我奉若神明，把我当成他们老年的依靠，凡事都同我商量，从我的需要出发，我总是能随心所欲。

“同时，我还是他们的精神支柱，是他们的财富的管家。雇用和辞退用人，播种和收割多少，都得经过我手。还有油磨、酒窖、大大小小的牲口和蜂箱都由我管。 句话，凡是一个像我父亲这样富有的农夫可能拥有和已经拥有的一切，都由我管。我成了女管家、女主人。我很愿意管，他们也很高兴让我管，愿意得没法再愿意了。我每天给领班、工头和用人们派完活，就做些姑娘该做的事情，例如针线活、刺绣、纺织等。有时候为了活跃一下精神生活，我还读点我喜欢的书，弹弹竖琴。根据我的体会，音乐可以调节紧张的精神生活，减轻人的精神负担。这就是我在我父母家里的生活。我特别提到这些并不是为了炫耀自己，或者让你们知道我是富人家的女儿，我只是想让你们知道，我从那样好的生活环境落到现在这种不幸的状况，责任全不在我。

“我就这样每天忙忙碌碌，而且深居简出，简直像个道士，我觉得除了家里的用人，没有人能看见我。因为我去做弥撒的时候总是去得很早，而且有母亲和几个女佣陪伴，捂得严严实实，走路也规规矩矩，眼睛几乎只看脚下的那点地方。尽管如此，费尔南多爱情的眼睛，最好说是淫荡的眼睛，简直像猞猁一样敏锐，还是发现了我。这人就是我刚才说的那位公爵的小儿子。”

一听说费尔南多这个名字，卡德尼奥的脸骤然变色，并且开始冒汗。神甫和理发师都注意到了卡德尼奥脸上的变化，生怕他这时又犯起他们听说他常犯的疯病来。不过，卡德尼奥仅仅是脸上冒汗、目光呆滞而已。他紧紧盯着那个农家女，思索她究竟是谁。可那个姑娘并没有注意到卡德尼奥的这些变化，继续讲道：

“他后来对我说，他还没认清我的模样就已坠入了情网，他后来的所作所为也证明了这点。不过为了尽快讲完我的故事，不过多地回溯我的不幸，我就别再讲费尔南多如何费尽心机，向我表示了他的心愿，他又如何买通了我家里所有的人，向我所有的亲戚送礼了吧。我家那时每天白天都热热闹闹，夜晚音乐搅得谁也睡不了觉。还有那些情书，简直不知是如何到我手里的，尽是没完没了的山盟海誓。他的这些做法不仅没有打动我，反而叫我心肠更硬了，仿佛他是我不共戴天的敌人。他搞这些动作，是为了实现他的目的，但结果恰恰相反。倒不是我觉得费尔南多风度不够，也不是觉得他殷勤过分了。被这样一位高贵的小伙子倾慕，我心里别提多高兴了。看到他那些情书上的满纸恭维，我并不觉得有什么不合适。在这方面，我觉得我们女人即使再丑，也愿意听别人说我们漂亮。只是我的品德和我父母对我的劝告让我对他的这些做法很反感。父母完全了解费尔南多的意图，因为他满不在乎地到处张扬。

“父母常常对我说，我的品行牵涉到他们的声誉，他们要我注意到我同费尔南多之间的差距。从这儿可以看出他们考虑的是他们的好恶，而不是我的利益。当然，这是另外一回事了。他们说，如果我愿意设法让他放弃其非分追求，他们愿意以后把我嫁给我喜欢的任何人，不管是我们那儿还是附近的大户人家。凭我家的财产和我的好名声，这是完全可以做到的。既然父母这样允诺我，又讲了这些道理，我自然坚守童贞，从没给费尔南多回过任何话，不让他以为有实现企图的希望，更何况这是根本不可能的。

“他大概把我的这种自重看成对他的蔑视了，也大概正因为如此，他的淫欲才更旺。我用这个词来形容他对我的追求。如果这是一种正当的追求，你们现在就不会知道这件事了，我也就没有机会给你们讲这件事了。总之，费尔南多知道了我父母正准备让我嫁人，让他死了这条心，至少知道我父母让我防着他。这个消息或猜疑使他做出一件事来。那是一个晚上，我正在自己的房间里，同我的一个侍女在一起。我把门锁好，以防万一有什么疏忽，我的名声会受到威胁。可不知是怎么回事，也想象不出到底是怎么回事，即使我这么小心防范，在那寂静的夜晚，他竟忽然出现在我眼前。他的目光使得我心慌意乱，眼前一片漆黑，舌头也不会动了。我没有力量喊叫，我觉得他也不会让我喊出来。他走到我面前，把我搂在怀里。我当时心慌意乱，已经无力保护自己。他开始跟我说话。我也不知道是怎么回事，他把谎话编得跟真话似的。

“那个背信弃义的家伙想用眼泪证实他的话，用叹息证明他的诚意。可怜的我孤陋寡闻，不善于应付这种情况，不知是怎么回事，竟开始以假当真了。不过，他并没有能通过怜悯、眼泪和叹息打动我。稍稍镇定之后，连我自己也没有想到，我会有那样的勇气对他说：‘大人，我现在就在你怀里，可我即使被一头野狮搂抱着，如果要我做出或说出损害我贞洁的事才肯放开我，无论是怎样做或怎样说，我都是不会答应的。所以，尽管你已经把我的身子搂在你怀里，我仍然坐怀不乱。如果你想强迫我再走下去,你就会看到你我的想法有多么不同。我是你的臣民，可不是你的奴隶。你的高贵的血统不能也不该让你有权力蔑视我的出身。你是主人，是贵族，应该受到尊重。我是农妇，是劳动者，也应该受到尊重。你的力气不会对我产生任何作用，你的财产在我眼里毫无价值，你的话骗不了我，你的眼泪和叹息也不会打动我的心。如果我刚才说的这些东西有一样出现在我父母同意他做我丈夫的那个人身上，而且他合我意，我顺他心，因为那是光明正大的，我即使没兴趣，也会心甘情愿地把你现在想强求的东西交给他。我的这些话就是想说明，除了我的合法丈夫，任何人也别想从我身上得到任何东西。’那个负心的贵族说：‘如果你考虑的仅仅是这个，美丽无比的多罗特亚（这是我这个不幸者的名字），我现在就和你拉手盟誓，让洞察一切的老天和这座圣母像作证。’”

卡德尼奥一听说她叫多罗特亚，又开始不安起来，他的猜测终于得到了证实。不过他并没有打断她的话，想看看事情的最后结局，其实，他对此几乎了如指掌。卡德尼奥说：

“你叫多罗特亚，小姐？我也听说过一个同样的名字，而且她的遭遇也许和你差不多。请你继续讲下去，回头我再给你讲，肯定会让你既害怕又伤心。”

多罗特亚听到卡德尼奥的话，又见他破衣怪样，就说，如果他知道有关这个姑娘的事就请告诉她。假如命运还给她留下了一点好东西的话，那就是她有能够承受任何突如其来的灾难的勇气。她觉得自己经历过的痛苦已经到了无以复加的程度。

“如果事实真如我想象的那样，小姐，”卡德尼奥说，“我会把我想的这件事告诉你，不过下面还有机会，现在就说出来对你我都没必要。”

“那就请便吧。”多罗特亚说，“我接着讲的就是费尔南多捧着我房间里的一座圣像，把它当作证婚物，信誓旦旦地说要做我的丈夫。不过他还没说完，我就告诉他，让他再好好考虑一下。还有，他父亲看到他娶了个自己管辖下的农家姑娘，一定会生气的，叫他不要为了我的容貌而冲动一时。因为这点并不足以让他为自己开脱。如果他出于对我的爱，真对我好，就应该尊重我的意志，尊重我的人格。不般配的婚姻并不幸福，而且很快就不会美好如初了。刚才说的这些话我都对他讲了，另外还说了许多话，我都忘记了。可是这些都未能让他放弃自己的企图，就好比一个人本来就不想付款，所以他签约时并无担心一样。

“这时候，我自言自语了几句：我肯定不会是第一个通过联姻爬到贵族地位的女人，费尔南多也不会是第一个被美貌或盲目的热情所驱使，结成了与自己贵族身份极不相称的姻缘的男人。如果命运给我提供了机会，我完全可以获得这个荣誉。即使他在实现了自己的目的之后，没有对我继续表现出他的热情，在上帝面前我还是他的妻子。假如我轻蔑地拒绝了他，最后他也会使用不应使用的手段，使用暴力，那样我还会丢人现眼，还得为我根本没有责任的罪孽替自己辩解。我怎么能让我的父母和其他人相信，这个男人是未经允许就进了我的房间呢？

“这些要求和后果我顷刻之间全都考虑过了，而且它们开始对我产生了作用，并最终导致了我的失身，连我自己也没想到会这样。费尔南多信誓旦旦，以圣母像为证，泪流满面，还有他的气质相貌，再加上各种真情的表示，完全可以俘虏一颗像我这样自由纯真的心灵。我叫来我的侍女，上有天，下有她为证，费尔南多再次重复了他的誓言。除了他刚刚说过的誓言，又补充了新的神圣誓言为证。他说如果不履行自己的诺言，将来会受到各种诅咒。他的眼睛里又噙满了泪水，叹息也更深重了。虽然我并不同意，可是他把我搂得更紧了。我的侍女后来又退出去了。最终我失去了童贞，然而他还是背叛了我。

“我没想到费尔南多让我遭到不幸的那个夜晚会那么快来临，而他在心满意足之后，最大的愿望却是避免让人们在那儿见到他。费尔南多急于离开我。原来是我的侍女设法把他带进来的，这时又是她在天亮之前把他带到了街上。他离开我的时候，虽然不再像来时那样急切了，但还是让我放心，说他一定会履行诺言。为了证实自己的话，他还掏出一个大戒指，套在我手上。

“他走了以后，我也不知道自己到底是喜还是忧。不过我可以说，我已心慌意乱，思绪万千，被这突如其来的事情弄得精神恍惚，没有勇气或者说没想起来同我的侍女争吵，责骂她竟敢背着我悄悄把费尔南多放进我的房间，因为已发生的事情究竟是好事还是坏事，我还没有拿准。临走时，我告诉费尔南多，他可以按照他那天晚上来的路线，以后晚上再来找我，因为我已经是他的人了，直到某一天他愿意把这件事公之于众。但他只是第二天来了一次，以后一个多月，无论在街上还是在教堂，我都再也没有见过他。我苦苦寻找，因为我知道他就在镇上，而且常常去打猎。他很喜欢打猎。

“那些日子，我心里极度苦闷和害怕。我知道自己已经开始怀疑费尔南多了。我对侍女的胆大妄为也开始责怪，而在此之前，我并没有责骂过她。我知道自己是在强忍眼泪，强作欢颜，以免父母亲问我为什么不高兴，我还得编一番话应付他们。

“不过这些很快就结束了。如果一个人的尊严受到了损害，不再顾及面子，他就会失去耐心，让自己的内心思想昭然于天下。原来过了不久之后，我听说费尔南多在附近一个城市同一个品貌俱佳的姑娘结了婚。姑娘的父母有地位，但不很富裕，仅凭嫁妆是攀不上这门高亲的。听说她叫卢辛达，在他们的婚礼上还出了一些怪事。”

卡德尼奥一听到卢辛达的名字，就不由得耸起肩膀，咬紧嘴唇，蹙紧眉头，眼睛里差点流出眼泪来。不过，他还是听着多罗特亚继续讲下去：

“我听到这个悲伤的消息后，并没有心寒，而是怒火中烧，差点儿跑到大街上去大叫大嚷，把他对我的背叛公之于众。后来我的愤怒又转化为一种新的想法，而且我当晚就付诸实施了。我穿上这身衣服，这是一个雇工给我的衣服，他是我父亲的用人。我把我的不幸告诉了他，请他陪我到我的仇人所在的城市去。他先是对我的大胆设想大加指责，可是看到我主意已定，就同意陪我去，还说哪怕是陪我到天涯海角。后来，我在一个棉布枕套里藏了一身女装和一些珠宝与钱，以防万一，然后就在那个寂静的夜晚，背着那个背叛了我的侍女，同那个雇工一起出门上了路，脑子里乱哄哄的，心里想，事实既成已经无法改变了，不过我得让费尔南多跟我讲清楚他到底安的是什么心。

“我们走了两天半，到了我们要去的地方。一进城，我就打听卢辛达父母的家在哪儿。我刚问了一个人，他就告诉了我，而且比我想知道的还要多。他告诉了我卢辛达父母家的地址以及在卢辛达婚礼上发生的事情。这件事在城里已经众所周知，而且闹得沸沸扬扬。那人告诉我，费尔南多同卢辛达结婚的那天晚上，卢辛达说‘愿意’做费尔南多的妻子之后，就立刻晕了过去。她的丈夫解开她的胸衣，想让她透透气，结果发现了卢辛达亲手写的一张纸条，说她不能做费尔南多的妻子，因为她已经是卡德尼奥的人了。那人告诉我，说卡德尼奥是同一城市里的一位很有地位的青年。她说‘愿意’做费尔南多的妻子，只是不想违背父命。

“反正纸条上的话让人觉得她准备一举行完结婚仪式就自杀，而且还讲了她为什么要结束自己的生命。后来，人们从她的衣服的不知什么地方找到了一把匕首，证明了纸条上说的那些话。费尔南多看到这些，觉得卢辛达嘲弄蔑视了他。卢辛达还没醒来，他就拿起从卢辛达身上发现的那把匕首向卢辛达刺去。若不是卢辛达的父母和其他在场的人拦住他，他就真的刺中卢辛达了。听说后来费尔南多就不见了，卢辛达第二天才醒过来，并且告诉父母，自己实际上是我刚才说的那个卡德尼奥的妻子。我还知道，举行婚礼仪式时卡德尼奥也在场。他看到卢辛达结了亲，这是他万万没有想到的。绝望之余，他离开了那座城市，临走前还留下一封信，信上说卢辛达伤害了他，还有他要到一个人们见不到他的地方去。

“这件事在城里已经家喻户晓，人们对此议论纷纷。后来听说卢辛达从父母家里出走了，满城都找不到她，人们议论得更厉害了。卢辛达的父母都快急疯了，不知道怎样才能找到她。我听到的这些话又重新给我带来了希望，觉得虽然没有找到费尔南多，也比找到一个结了婚的费尔南多好。我觉得事情还有挽回的余地，觉得大概是老天阻止他第二次成亲吧，让他认识到他应该对第一次成亲负责，让他知道他是个基督教徒，应该对社会习俗承担义务，更要对自己的灵魂承担义务。我还想入非非，用不存在的安慰来安慰自己，用一些渺茫黯淡的希望给自己已经厌倦了的生活增添乐趣。

“我虽然到了城里，却不知道该怎么办。还没找到费尔南多，我却听说有个公告，说谁若是能找到我，将得到重赏，并且公布了我的年龄和这身衣服的特征。人们以为我是被那个雇工从父母家拐走的，我从心底觉得这回丢尽了脸。我出走本来就够丢人的，现在又加上是私奔，本来很好的想法竟变成了这么卑贱的事情。我一听说公告的事，就带着那个雇工出了城。这时候，那个原来表示忠实于我的雇工也开始表现出犹豫了。那天晚上我们怕被人找到，就躲进了山上隐秘处。人们常说祸不单行，逃出狼窝又进了虎口，我就遇到了这种情况。那个雇工本来人挺好，忠实可靠，可现在他见我处于这种境地，竟趁机向我求欢。他不顾廉耻，无视上帝，不尊重我，并不是我的美貌刺激了他，而是他自己邪念横生。他见我严辞拒绝，便不再像原来打算的那样，靠软的得逞，而是开始对我来硬的。

“然而正义的老天很少或从来没有放弃主持正义。老天助我，尽管我力气小，却没费多少劲就把他推下了悬崖，也不知他最后是死还是活。然后，我又怕又累，赶紧跑到这山上，心里只想躲进山里，避免父亲和那些帮助他的人找到我。就这样我不知在山里过了几个月，后来碰到一个牧羊人，他把我带到这座山深处的一个地方给他帮忙。这段时间我一直给他放牧，为的是常待在野外，藏住我这长头发。没想到，这回暴露了。

“不过，我的用意和打算并没能起到什么作用。后来那个牧羊人发现我不是男人，就同我那个雇工一样产生了邪念。命运不会总是来帮助我，我也不是总能碰到悬崖，就像对我的雇工那样，把我的雇主推下去。最后我还是离开了他，再次藏进大山深处，免得同牧人较劲或求饶。我是说,我又重新隐藏起来,寻找一个可以毫无顾忌地叹息流泪，乞求老天同情我的不幸，指引我摆脱苦难的地方，不然就让我生活在这荒山野岭，让人们忘记这个被当地和外乡人无辜议论的可怜人吧。”

第二十九章　匠心妙计使
我们的多情骑士摆脱了苦修行

“各位大人，这就是我的真实的悲惨故事。现在你们看到了，也该认识到了，我有足够的理由唉声叹气，终日以泪洗面，尽情宣泄我的悲痛。你们想想我不幸的程度，就会知道，任何安慰都无济于事，因为这件事已经无可挽回。我只请求你们做一件事，这件事对于你们来说轻而易举，而且义不容辞，那就是告诉我，我应该躲到什么地方去了此一生，而且不必害怕被那些寻找我的人发现。尽管我知道父母很爱我，肯定会热情地欢迎我，但只要一想到面对他们，我就羞愧难当。我已经不是他们所希望的那样贞洁了，所以我宁愿远离他乡，永远不让他们再见到我，我也不愿意再看到他们。”

说到这儿，她止住了话，脸上蒙罩了一种从内心感到痛苦和惭愧的神色。几个人听她讲述了自己的不幸之后，深感同情和惊讶。神甫想安慰开导她几句，可是卡德尼奥却抢先说道：

“姑娘，你就是富人克莱纳尔多的独生女儿，美丽的多罗特亚？”

多罗特亚听到有人提起她父亲的名字，颇感意外，尤其奇怪提到他父亲名字的这个人竟是个落魄的平民，卡德尼奥的破衣烂衫清楚地表明了这点。多罗特亚问他：

“你是什么人，兄弟？你怎么知道我父亲的名字呢？如果我没记错的话，刚才我讲述自己不幸的时候，始终没有提到父亲的名字。”

“我就是你刚才讲到的被卢辛达称为未婚夫的那个失意人。”卡德尼奥说，“我就是倒霉的卡德尼奥。把你害成这个样子的那个坏蛋，也把我坑到了这种地步。你看我衣衫褴褛，衣不蔽体，得不到真情安慰。更有甚者，我的神志已经失常，只有在老天开眼的时候，才让我清醒一段时间。多罗特亚，就是我曾目睹费尔南多的阴谋得逞，就是我听见了卢辛达说她‘愿意’做费尔南多的妻子，就是我在卢辛达晕倒时连去看看她的勇气都没有，也没有看她身上的那张纸条到底是怎么回事。这些不幸同时出现，我的灵魂简直承受不了。我迫不及待地离开了她家，只给一位客人留了一封信，请他把信交到卢辛达手里。我来到这荒山野岭，打算在这儿了结一生。从那时开始，我开始厌恶生活，仿佛它是我的不共戴天之敌。

“不过命运并不想剥夺我的生命，它只是剥夺我的正常神志，这大概是为了让我有幸在此遇到你。我觉得，假如你刚才讲的都是真话，也许老天还为咱们俩安排了不幸中的万幸。既然卢辛达是我的，她不能同费尔南多结婚，而费尔南多又是你的，不能同卢辛达结婚，这点卢辛达已经明确讲过，咱们完全可以指望老天安排物归原主。这本是命中注定，无可变更的。我们可以从这并不遥远的希望里得到安慰，这并不是胡思乱想。我请求你，小姐，振奋精神，重新选择。现在我已另有安排，让你得到好运。我以勇士和基督徒的名义发誓，一定要照顾你，一直到你回到费尔南多身边。如果讲道理仍不能让费尔南多认识到他对你的责任，我就要行使我作为男士的权利，为他对你的无礼，名正言顺地向他挑战，而丝毫不考虑他与我的个人恩怨。我的仇留给老天去报，我在人间只为你雪恨。”

听了卡德尼奥的话，多罗特亚不胜惊喜。她不知道应该如何感谢卡德尼奥，就想去吻他的脚，可卡德尼奥不允许。神甫这时出来解围说，他同意卡德尼奥的说法。另外，他还特别请求并劝说他们，同他一起回乡，这样可以补充一些必需的物品，还可以计议一下如何找到费尔南多，或把多罗特亚送到她父母那儿，或者还有什么其他更合适的办法。

卡德尼奥和多罗特亚对此表示感谢，并接受了神甫的建议。理发师本来一直在旁边默不作声，现在也像神甫一样十分友好地表示，只要是对他们有利的事情，都愿意效劳。理发师还扼要地介绍了一下他和神甫来此的原因，以及唐吉诃德如何莫名其妙地抽风，他们如何在此等待唐吉诃德的侍从，而他已经去找唐吉诃德了。卡德尼奥忽然想起来，他似乎在梦中同唐吉诃德争吵过一回，于是就把这件事同大家说了，不过他自己也不知道到底是为什么争吵。

这时忽听有人叫喊，他们听出是桑乔的声音。原来是桑乔找不到原来的地方了，所以喊起来。大家走出来，迎面碰到了桑乔。桑乔说已经找到了唐吉诃德，他身着单衣，面黄肌瘦，饿得半死不活，嘴里还唉声叹气地念叨着杜尔西内亚。桑乔已经告诉唐吉诃德，杜尔西内亚让他离开那个地方，到托博索去，杜尔西内亚在那儿等着他。可是唐吉诃德回答说，如果不干出些像样的事业来，他决不去见杜尔西内亚。假如这样下去，唐吉诃德就当不成国王了，而这本来是他分内之事。而且，他连大主教也当不成了，他至少应该当个大主教。因此，桑乔请大家看看怎样才能把唐吉诃德引出来。神甫说不要着急，不管唐吉诃德愿意不愿意，都得把他从那儿弄出来。

然后，神甫向卡德尼奥和多罗特亚讲述了他和理发师原来商量的解救唐吉诃德的办法，说至少得把他弄回家去。多罗特亚说，要扮成落难女子，她肯定比理发师合适，而且她这儿还有衣服，会扮得更自然。她让大家把这事儿交给她，她知道该怎样做，原来她也读过许多骑士小说，知道落难女子向游侠骑士求助时应该是什么样子。

“不过，现在最需要的是行动起来。”神甫说，“我肯定是遇上好运了，真是没想到，这样你们的事情还有挽回的希望，我们的事情也方便多了。”

多罗特亚随即从她的枕套里拿出一件高级面料的连衣裙和一条艳丽的绿丝披巾，又从一个首饰盒里拿出一串项链和其他几样首饰，并且马上就戴到身上，变得像一位雍容华贵的小姐了。她说这些东西都是从家里带出来的，以防万一有用，但直到现在才有机会用上它们。大家都觉得她气度非凡、仪态万方和绰约多姿，更认为费尔南多愚蠢至极，竟抛弃这样漂亮的女子。不过，最为感叹的是桑乔，他觉得自己从未见过如此漂亮的女孩子，事实也的确是如此。桑乔急切地问神甫，这位美丽的姑娘是谁，到这偏僻之地干什么来了。

“这位漂亮的姑娘，桑乔朋友，是伟大的米科米孔王国直系男性的女继承人。”神甫说，“她来寻求你主人的帮助。有个恶毒的巨人欺负了她。你主人是优秀骑士的名声已经四海皆知，因此她特意慕名从几内亚赶来找他。”

“找得好，找得妙！”桑乔说，“假如我的主人有幸能为你报仇雪恨，把刚才说的那个巨人杀了，那就更好了。只要那个巨人不是鬼怪，我的主人找到他就能把他杀了。对于鬼怪，我的主人就束手无策了。我想求您一件事，神甫大人，就是劝我的主人不要做大主教，这是我最担心的。请您劝他同这位公主结婚,那么他就当不成大主教了，就得乖乖地到他的王国去,这是我的最终目的。我已经仔细考虑过了，按照我的打算，他当主教对我不利。我已经结婚了，在教会也无事可做。我有老婆孩子，要领薪俸还得经过特别准许，总是没完没了的。

所以，大人，这一切全看我的主人是否同这位公主结婚了。到现在我还没问小姐的芳名，不知应该怎样称呼她呢。”

“你就叫她米科米科娜公主吧，”神甫说，“她的那个王国叫米科米孔，她自然就得这么叫了。”

“这是肯定的，”桑乔说，“我听说很多人都以他们的出生地和家族为姓名，叫什么阿尔卡拉的佩德罗呀，乌韦达的胡安呀，以及巴利阿多里德的迭戈呀。儿内亚也应该这样，公主就用她那个王国的名字吧。”

“应该这样，”神甫说，“至于劝你主人结婚的事，我尽力而为。”

桑乔对此非常高兴，神甫对他头脑如此简单，而且同他的主人一样想入非非感到震惊，他居然真心以为他的主人能当上国王呢。

这时，多罗特亚已骑上了神甫的骡子，理发师也把那个用牛尾巴做的假胡子戴好了。他们让桑乔带路去找唐吉诃德，并且叮嘱他，不要说认识神甫和理发师，因为说不认识他们对让他的主人去做国王起着决定性作用。神甫和卡德尼奥没有一同去。他们不想让唐吉诃德想起他以前同卡德尼奥的争论，神甫也没有必要出面，因此他们让其他人先走，自己在后面慢慢步行跟随。神甫不断地告诉多罗特亚应该怎样做。多罗特亚让大家放心，她一定会像骑士小说里要求和描述的那样，做得一模一样。

他们走了不到一西里远，就发现了乱石中间的唐吉诃德。他现在已经穿上了衣服，不过没有戴盔甲。多罗特亚刚发现唐吉诃德，桑乔就告诉她，那就是他的主人。多罗特亚催马向前，跟上了走在前面的大胡子理发师。他们来到唐吉诃德面前，理发师从骡子上跳下来，伸手去抱多罗特亚，多罗特亚敏捷地跳下马，跪倒在唐吉诃德面前。唐吉诃德让她起来，可是她坚持不起来，嘴里说道：

“英勇强悍的勇士啊，您若不答应慷慨施恩，我就不起来。这件事有利于提高您的声望，也有助于我这个忧心忡忡、受苦受难的女孩子。太阳若有眼，也不会视而不见。如果您的臂膀真像您的鼎鼎大名所传的那样雄健有力，您就会责无旁贷地帮助这位慕名远道而来、寻求您帮助的少女。”

“美丽的姑娘，”唐吉诃德说，“你要是不站起来，我就不回答你的话，也不会听您说有关你的事。”

“如果您不先答应帮助我，大人，我就不起来。”姑娘痛苦万分地说。

“只要这件事不会有损于我的国王、我的祖国和我那个掌握了我的心灵与自由的心上人，我就答应你。”唐吉诃德说。

“决不会有损于您说的那些，我的好大人。”姑娘悲痛欲绝地说。

这时桑乔走到唐吉诃德身边，对着他的耳朵悄悄说道：

“您完全可以帮助她，大人，没有什么了不起的大事，只是去杀死一个大个子。这个恳求您的人是高贵的米科米科娜公主，是埃塞俄比亚的米科米孔王国的女王。”

“不管她是谁，”唐吉诃德说，“我都要奉行我的原则，按照我的义务和良心行事。”唐吉诃德又转向少女说，“尊贵的美人，你请起，我愿意按照你的要求帮助你。”

“我的要求就是，”姑娘说，“劳您大驾，随同我到我带您去的一个地方，并且答应我，在为我向那个违背了人类所有神圣权利、夺走了我的王国的叛徒报仇之前，不要再穿插任何冒险活动，不要再答应别人的任何要求。”

“就这么办，”唐吉诃德说，“姑娘，从今天开始，你完全可以抛弃你的忧伤烦恼，让你已经泯灭的希望得以恢复。有上帝和我的臂膀的帮助，你很快就可以重建你的王国，重登你的古老伟大国家的宝座，尽管有些无赖想反其道而行之。”

可怜巴巴的姑娘坚持要吻唐吉诃德的手，可唐吉诃德毕竟是谦恭有礼的骑士，他怎么也不允许吻他的手。他把姑娘扶了起来，非常谦恭有礼地拥抱了一下姑娘，然后吩咐桑乔查看一下罗西南多的肚带，再给他披戴上甲胄。桑乔先把那像战利品一般挂在树上的甲胄摘下来，又查看了罗西南多的肚带，并且迅速为唐吉诃德披戴好了甲胄。唐吉诃德全身披挂好，说：

“咱们以上帝的名义出发吧，去帮助这位尊贵的小姐。”

理发师还跪在地上呢。他强忍着笑，还得注意别让胡子掉下来。胡子若是掉下来，他们的良苦用心就会落空。看到唐吉诃德已经同意帮忙，并且即刻准备启程，他也站起来，扶着他的女主人的另一只手，同唐吉诃德一起把姑娘扶上了骡子。唐吉诃德骑上罗西南多，理发师也上了自己的马，只剩下桑乔还得步行。桑乔于是又想起了丢驴的事，本来这时候他正用得着那头驴。不过，这时桑乔走得挺带劲，他觉得主人已经上了路，很快就可以成为国王了，因为他估计主人肯定会同那位公主结婚，至少也能当上米科米孔的国王。可是，一想到那个王国是在黑人居住的土地上，他又犯愁了，那里的臣民大概也都是黑人吧。但他马上就想出了解决办法，自语道："那些臣民都是黑人又与我有什么关系呢？我可以把他们装运到西班牙去卖掉，人们会付我现金，我用这些钱可以买个官职或爵位，舒舒服服地过我的日子。不过别犯糊涂，你还没能力掌握这些东西呢，把三万或一万废物都卖出去可不容易。上帝保佑，我得不分质量好坏，尽可能把他们一下子都卖出去，把黑的换成白的或黄的[①]。看我，净犯傻了。"他越想越高兴，已经忘了步行给他带来的劳累。

躲在乱石荆棘中的卡德尼奥和神甫把这一切都已看在眼里，但他们不知道怎样同他们会合才合适。还是神甫足智多谋，马上想出了一个应付的办法。神甫从一个盒子里拿出剪刀，把卡德尼奥的胡子迅速剪掉，又把自己的棕色外套给他穿上，再递给他一件黑色短斗篷，自己只穿裤子和坎肩。这回卡德尼奥已判若两人，连他自己对着镜子也认不出自己了。他们这么收拾的时候，前面的人已经走出很远，他们很快就来到了大路上。那个地方的乱草杂石很多，骑马还不如走得快。他们来到山口的平路上时，唐吉诃德那一行人也出现了。神甫仔细端详着，装成似曾相识的样子。看了好一会儿，神甫才伸出双臂，大声喊道：

"骑士的楷模，我的老乡，曼查的唐吉诃德，耿介之士的精英，受苦人的保护神和救星，游侠骑士的典范，我终于找到你了。"

神甫说完就跪着抱住唐吉诃德左腿的膝盖。唐吉诃德耳闻目睹那个人如此言谈举止，不禁一惊。他仔细看了看，终于认出了神甫，于是，

---

① 指换成金银。

他慌慌张张地使劲要下马，可是神甫不让他下马。于是，唐吉诃德说：

“请您让我下来，教士大人，我骑在马上，而像您这样尊贵的人却站在地上，实在不合适。”

“这我无论如何也不会允许，”神甫说，“请您仍然骑在您的马上吧。因为您骑在马上，可以完成当今时代最显赫的业绩和最大的冒险。而我呢，只是个不称职的教士，与您同行的几位都骑着马，只要你们不嫌，随便让我骑在某一位所骑的马的臀部就行了。我会觉得我仿佛骑着一匹飞马，或者是那个著名摩尔人穆萨拉克骑过的斑马或骠马。穆萨拉克至今还被魔法定在扎普鲁托附近的苏莱玛山上哩。”

“这样我也不能同意。”唐吉诃德说，“不过我知道，我的这位公主会给我面子，让她的侍从把骡子让给您。他坐在骡臀上还是可以的，只要他的骡子受得了。”

“我觉得能够受得了，”公主说，“而且我还知道，不必吩咐，我的侍从就会把骡子让给您。他非常有礼貌，决不会让一位神甫走路而自己却骑在骡子上。”

“是这样。”理发师回答。

理发师马上从骡子背上跳下来，请神甫骑到鞍子上。神甫也不多推辞。而理发师则骑在骡子的臀部上。这下可糟了，因为那是一匹租来的骡子。只要说是租来的，就知道好不了。骡子抬起两只后蹄，向空中踢了两下，这两下要是踢在理发师的胸部或者头上，他准会诅咒魔鬼让他来找唐吉诃德。尽管如此，他还是被吓得跌落到地上，稍不留意，竟把胡子掉到了地上。理发师见胡子没有了，便赶紧用两手捂着脸，抱怨说摔掉了两颗牙齿。

唐吉诃德见侍从的胡子掉了下来，离脸那么远，却连一点血也没有，就说：

“上帝呀，这简直是奇迹！胡子竟能从脸上脱落下来，就像是故意弄的一样！”

神甫见事情有可能败露，便赶紧拾起胡子，走到那个仍在大声呻吟的尼古拉斯师傅身旁，把他的脑袋往胸前一按，重新把胡子安上，还对着他念念有词，说是大家就会看到，那是某种专门粘胡子用的咒语。安上胡子后，神甫走开了，只见理发师的胡子完好如初。唐吉诃德见了惊诧不已。他请求神甫有空时也教教他这种咒语。他觉得这种咒语的作用远不止是粘胡子用，它的用途应该更广泛。很明显，如果胡子掉了，肯定会露出满面创伤的肉来。因此，它不仅能粘胡子，而且什么病都可以治。

“是这样。”神甫说，并且答应唐吉诃德，一有机会就教给他制作的方法。

于是大家商定，先让神甫骑上骡子，走一段路之后，三个人再轮换，直到找到客店。三个骑马人是唐吉诃德、公主和神甫。三个步行的人是卡德尼奥、理发师和桑乔。唐吉诃德对公主说：

“我的小姐，无论您把我们带到什么地方去，我都愿意相随。”

还没等她回答，神甫就抢先说道：

“您想把我们带到什么王国去呀？是不是去米科米孔？估计是那儿吧，我不知道是否还有其他什么王国。”

姑娘立刻明白了应该这样回答，于是她说：

“是的，大人，就是要去那个王国。”

“如果是这样，”神甫说，“那就得经过我们那个镇，然后您转向卡塔赫纳，在那儿乘船。如果运气好，风平浪静，没有暴风雨，用不了九个年头，就可以看到宽广的梅奥纳湖，或者叫梅奥蒂德斯湖了，接着再走一百多天，就到您的王国了。”

“您记错了，我的大人，”姑娘说，“我从那儿出来还不到两年，而且从来没有遇到过好天气。尽管如此，我还是见到了我仰慕已久的曼查的唐吉诃德。我一踏上西班牙的土地，就听说了他的事迹。这些事迹促使我来拜见这位大人，请求他以他战无不胜的臂膀为我主持公道。”

“不要再说这些恭维话了，”唐吉诃德说，“我反对听各种各样的吹捧。尽管刚才这些并不是吹捧，它还是会玷污我纯洁的耳朵。我现在要说的是，我的公主，我的勇气时有时无。无论我是否有勇气，我都会为您尽心效力，直到献出自己的生命。这个问题以后再说，我现在只请求神甫大人告诉我，是什么原因使您冒冒失失地只身到此，也没带用人，简直把我吓了一跳。”

“我简短地讲一下。”神甫说，“您知道，唐吉诃德大人，我和咱们的理发师朋友尼古拉斯师傅去塞维利亚收一笔钱。那笔钱是我的一位亲戚很多年以前从天府之国给我寄来的。数目不算小，大概有六万比索，不得了啊。昨天，我们在这个地方忽然碰上了四个强盗。他们把我们洗劫一空，连胡子都抢走了。胡子被抢走了，我就劝理发师安个假胡子。还有这个小伙子，他的胡子跟新的一样。好就好在这一带人们都说，袭击我们的强盗是些苦役犯。听说他们几乎就是在这个地方被一个人释放的。那个人相当勇敢，尽管差役和捕快们反对，他还是把所有苦役犯都放了。这个人精神肯定不正常，要不就是和那些人一样是个大坏蛋，或者是个没心没肺的人，因为他要把狼放进羊群，把狐狸放进鸡窝，把苍蝇放进蜜里。他辜负了正义的期望，违背了国王和上帝的意志，违反了他们的神圣命令。因此我说呀，他放了那些苦役犯就是放虎归山，给圣友团带来了麻烦，本来圣友团已经好多年没有事干了。反正一句话，他做这件事在肉体上并没有好处，同时却丢失了灵魂。”

桑乔已经把苦役犯的事情告诉了神甫和理发师，说主人对此洋洋自得。因此，神甫特意提到这件事，看唐吉诃德怎么做或怎么说。神甫每说一句，唐吉诃德的脸就变一下颜色，没敢承认就是他把那些人放了。

“就是那些强盗抢走了我们的钱。”神甫说，“慈祥的上帝，饶恕这个人，免了他该受的惩罚吧。”

第三十章　美丽机敏的多罗特亚及其他趣事

神甫还没讲完，桑乔就说：

“依我看，教士大人，做这事的就是我主人。我事先并不是没有提醒他，而且让他当心自己在干什么，那些人都是江洋大盗，给他们自由就是造孽。”

“你这个蠢货，”唐吉诃德这时说话了，“游侠骑士在路上遇到受苦受罪、身带锁链、失去了自由的人，无须去了解他们原来做的事是对还是错。游侠骑士注意的是他们正在受苦,而不是他们犯过什么罪。他们要做的就是帮助受苦人。我碰到的是一队垂头丧气、痛苦不堪的人。是我的信仰要求我这样做的，否则我才不管呢。那些说我做得不对的人，除了神圣威严、品行端庄的神甫大人外，我只能说，他们对骑士的事所知甚少，就像卑贱的小人一样信口雌黄。我会用我的剑让他明白这点，以儆效尤。”

唐吉诃德在马上坐定，又把头盔戴上。那个头盔本是理发师的铜盆，可他非认定那是曼布里诺的头盔不可，虽然被苦役犯砸扁了，却仍一直挂在鞍头上，等待机会修理呢。

机灵而又风趣的多罗特亚对唐吉诃德的愚蠢可笑行为早有耳闻，而且知道除了桑乔之外，大家都是在拿唐吉诃德取笑。于是她也不甘落后，见唐吉诃德已怒气冲冲，便说道：

“骑士大人，您可别忘了，您答应在给我帮忙之前，即使再紧急的事情也不参与。请您消消气，假如神甫大人知道是您放了那些苦役犯，他就是再忍不住，也会守口如瓶，不至于说出那些有损您尊严的话来的。”

“我发誓是这样,”神甫说,“我甚至可以扯掉一绺胡子来证明这点。”

“那我就不说什么了，我的公主。”唐吉诃德说，“我会强压我胸中已经燃起的怒火，在完成我答应要帮您做的事情之前一直心平气和。不过，作为对我这种友好表示的回报，我请求您，如果没有什么不便的话，请您告诉我，是什么事让您如此悲愤。我要向他们理所当然地、痛痛快快地、毫不留情地报仇。那些人一共有多少，都是些什么人？”

“要是这些可怜和不幸的事情不会惹您生气，我很愿意讲。”多罗特亚说。

“我不会生气，我的小姐。”唐吉诃德说。

于是，多罗特亚说：

“既然如此，那你们都仔细听着。”

她这么一说，卡德尼奥和理发师都赶紧凑到她身边，想听听这位机灵的多罗特亚如何编造她的故事。桑乔也很想听，不过他同唐吉诃德一样，仍被蒙在鼓里。多罗特亚在马鞍上坐稳后，咳嗽了一声，又装模作样一番，才十分潇洒地讲起来：

“首先，我要告诉诸位大人，我叫……”

说到这儿，她顿了一下，因为她忘记了神甫给她起的是什么名字。不过，神甫已经意识到是怎么回事了，赶紧过来解围，说：

“我的公主，您一谈起自己的不幸就不知所措，羞愧难当，这并不奇怪。深重的痛苦常常会损害人的记忆力，甚至让人忘记了自己的名字，就像您刚才那样，忘记了自己是米科米科娜公主，是米科米孔伟大王国的合法继承人。这么一提醒，您自然会十分容易地回想您的悲伤往事，就可以讲下去了。”

“是的，”姑娘说，“我觉得从现在起，我不再需要任何提醒，完全可以顺利地讲完我的故事了。我的父亲蒂纳克里奥国王是位先知，很精通魔法，算出来我的母亲哈拉米利亚王后将先于他去世，而且他不久也会故世，那么我就成了孤儿。不过，他说最让他担心的还不是这些，而是他断定有个超级巨人管辖着一个几乎与我们王国毗邻的大岛，他名叫横眉怒目的潘达菲兰多。听说他的眼睛虽然长得很正，可是看东西的时候，眼珠总是朝两边看，像个斜眼人。他就用这对眼睛作恶，凡是看见他的人无不感到恐惧。父亲说，这个巨人知道我成了孤儿，就会大兵压境，夺走一切，甚至不留一个小村庄让我安身。不过，只要我同他结婚，这一灭顶之灾就可以避免。然而父亲也知道，这样不般配的姻缘，我肯定不愿意。父亲说得完全对，我从来没想过和那样的巨人结婚，而且也不会同其他巨人结婚，无论巨人是多么高大，多么凶狠。

“父亲还说，他死后，潘达菲兰多就会进犯我们的王国，我不要被动防御，那是坐以待毙。如果我想让善良忠实的臣民不被彻底消灭，就得把王国拱手让给他，我们根本无法抵御那巨人的可怕力量。我可以带着几个手下人奔赴西班牙，去向一位游侠骑士求救。那位游侠骑士的大名在我们整个王国众所周知，如果我没记错的话，他的名字大概叫唐阿索德或唐希戈德。”

“你大概是说唐吉诃德，公主，”桑乔这时插嘴道，“他还有个名字，叫猥獾骑士。”

“是这样，”多罗特亚说，“父亲还说，那位骑士大概是高高的身材，干瘪脸，他的左肩下面或者旁边有一颗黑痣，上面还有几根像鬃一样的汗毛。”

唐吉诃德闻言对桑乔说：

“过来，桑乔，亲爱的，你帮我把衣服脱下来，我要看看我是不是先知国王说的那个骑士。”

“可您为什么要脱衣服呢？”多罗特亚问。

“我想看看我是否有你父亲说的那颗黑痣。”唐吉诃德说。

“那也没有必要脱衣服，”桑乔说，“我知道在您脊梁中间的部位有一颗那样的痣，那是身体强壮的表现。”

“这就行了，”多罗特亚说，“朋友之间何必认真，究竟是在肩膀还是在脊柱上并不重要，只要知道有颗痣就行了，在哪儿都一样，反正是在一个人身上。我的好父亲说得完全对，我向唐吉诃德大人求救也找对了，您就是我父亲说的那个人。您脸上的特征证明您就是那位大名鼎鼎的骑士。您的大名不仅在西班牙，而且在曼查也是尽人皆知。我在奥苏纳一下船[①]，就听说了您的事迹，我马上预感到这就是我要找的人了。”

“可您为什么会在奥苏纳下船呢？”唐吉诃德问，“那里并不是海港呀。”

不等多罗特亚回答，神甫就抢过来说：

“公主大概是想说，她从马拉加下船后，第一次听说您的事迹是在奥苏纳。”

“我正是这个意思。”多罗特亚说。

---

① 这里多罗特亚不熟悉地理，以为曼查比西班牙更大，还以为奥苏纳是海港。

“这就对了，”神甫说，“您接着讲下去。”

“没什么好讲的了。”多罗特亚说，“我真走运，找到了唐吉诃德。我觉得我已经是我的王国的女王或主人了，因为谦恭豪爽的他已经答应随我到任何地方去。我会把他带到横眉怒目的潘达菲兰多那儿，把那巨人杀了，重新恢复我那被无理夺取的王国。这件事只要我一开口请求，就可以做到，对这点我的好父亲蒂纳克里奥先知早就预见到了。父亲还用我看不懂的迦勒底文或是希腊文留下了字据，说杀死那个巨人后，骑士若有意同我结婚，我应当毫无异议地同意做他的合法妻子，把我的王国连同我本人一同交给他。”

“怎么样，桑乔朋友，”唐吉诃德这时说，“你没听到她刚才说的吗？我难道没对你说过吗？你看，咱们是不是已经有了可以掌管的王国，有了可以娶为妻子的女王？”

“我发誓，”桑乔说，“如果扭断潘达菲兰多的脖子后不同女王结婚，他就是婊子养的！同样，女王如果不结婚也不是好女王！女王真漂亮！”

说完桑乔跳跃了两下，显出欣喜若狂的样子，然后拉住多罗特亚那头骡子的缰绳，跪倒在多罗特亚面前，请求她把手伸出来让自己吻一下，表示自己承认她为自己的女王和女主人，接着又千恩万谢地说了一番，把在场的人都逗笑了。

“各位大人，”多罗特亚说，“这就是我的故事。现在我要说的就是所有随同我从王国逃出来的人，除了这位大胡子侍从外，已经一个都不剩了，他们都在港口那儿遇到的一场暴风雨中淹死了，只有这位侍从和我靠着两块木板奇迹般地上了岸。你们大概注意到了，我的生活始终充满了奇迹和神秘。如果有些事说得过分或者不准确的话，那就像我刚开始讲时神甫大人说的那样，持续不断的巨大痛苦会损害人的记忆力。”

“但是损害不了我的记忆力，勇敢高贵的公主！”唐吉诃德说，“无论碰到什么样的事情，无论有多么严重，多么罕见，我都一定为您效劳。我再次重申我对您的承诺，发誓即使走到天涯海角，我也始终追随您，一直到找到您那凶猛的敌人。我想靠上帝和我的臂膀，把他那高傲的脑袋割下来，就用这把利剑……现在我不能再说这是一把利剑了，我的利剑被希内斯·帕萨蒙特拿走了。”

唐吉诃德嘀咕了这么一句，又接着说下去：

“把巨人的头割掉之后，您又可以过太平日子了，那时候您就可以任意做您想做的任何事情。而我呢，记忆犹存，心向意中人，无意再恋……我不说了，反正我不可能结婚，甚至也不去想结婚的事，哪怕是同天仙美女。”

桑乔觉得主人最后说不想结婚太可恶了。他很生气，提高了嗓门，说：

“我发誓，唐吉诃德大人，您真是头脑不正常。同这样一位高贵的公主结婚，您还有什么可犹豫的？您以为每次都能碰到像今天这样的好事吗？难道杜尔西内亚小姐比她还漂亮？不比她漂亮，一半都不如。我甚至敢说，比起现在您面前的这位公主来，她简直望尘莫及。如果您还心存疑虑，我想当个伯爵也就没什么指望了。您结婚吧，马上结婚吧，我会请求魔鬼让您结婚。您得了这个送上门的王国，当上国王，也该让我当个侯爵或总督，然后您就随便怎么样吧。”

唐吉诃德听到桑乔竟如此侮辱他的杜尔西内亚，实在忍无可忍，他二话不说，举起长矛打了桑乔两下，把他打倒在地。若不是多罗特亚高喊不要打，桑乔就没命了。

“可恶的乡巴佬，”唐吉诃德过了一会儿又说，“你以为我总让你这么放肆吗？总让你办了错事再饶你吗？休想！你这个无耻的异己分子，你肯定已经被逐出教会了，否则你怎么敢说天下绝伦的杜尔西内亚的坏话！你这个笨蛋、下人、无赖，如果不是她给我力量，我能打死一只跳蚤吗？你说，你这个爱说闲话的狡诈之徒，如果不是大智大勇的杜尔西内亚通过我的手建立她的功绩，你能想象我们会夺取这个王国，割掉那个巨人的头，让你当伯爵吗？事实确凿，不容置疑。她通过我去拼搏，去取胜，我仰仗她休养生息。你这个流氓、恶棍，怎么能如此忘恩负义，一旦平步青云，受封晋爵，就以诽谤来回报一直扶植你的人呢！”

桑乔被打得晕头转向，并没有完全听清主人对他说的话。不过他还算机灵，从地上爬起来，躲到多罗特亚的坐骑后面，对唐吉诃德说：

“您说吧，大人，要是您决意不同这位高贵的公主结婚，那么王国肯定就不是您的了。如果是这样，您有什么能赏赐给我呢？我就是抱怨这个。这位女王简直就像从天而降，您赶紧同她结婚吧，然后，您还可以去找我们的杜尔西内亚，在这个世界上，姘居的国王大概是有的。至于她们的相貌，我就不妄言了，不过，要是让我说的话，我觉得两个人都不错，虽然我并没有见过杜尔西内亚夫人。”

“你怎么会没见过呢，无耻的叛徒。”唐吉诃德说，“你不是刚刚从她那儿给我带信来吗？”

“我是说，我并没有仔细看她的美貌，”桑乔说，“没能认真看她那些漂亮的部位，只是大体上看了，我觉得还不错。”

“现在我向你道歉，”唐吉诃德说，“请原谅我对你发脾气。刚才我一时冲动，按捺不住。”

“我也是，”桑乔说，“一时心血来潮，就想说点什么。而且只要我想说，就非得说出来不可。”

“可也是，”唐吉诃德说，“你看你总是说，桑乔，喋喋不休，难免……行了，我不说了。”

“那好，”桑乔说，“上帝在天上看得清楚，就让上帝来裁判吧，究竟是谁最坏，是我说的最坏，还是您做的最坏。”

“别再没完了，”多罗特亚说，“桑乔，过去吻你主人的手吧，请他原谅，从今以后，你无论是赞扬还是诅咒什么，都注意点儿，别再说那位托博索夫人的坏话了。我虽然并不认识她，却愿意为她效劳。你相信上帝，肯定会封给你一块领地，你可以在那儿生活得极其优裕。”

桑乔低着头走过去，请求主人把手伸给他。唐吉诃德很矜持地把手伸出来，待桑乔吻完并为他祝福后，又让桑乔和他往前走一点儿，因为有很重要的事要同他谈。桑乔往前赶了几步,唐吉诃德随后过去，对桑乔说：

“自从你回来后，我一直没有机会问你有关我让你带的信和你带来的回信之事。现在天赐良机，你别错过这个告诉我好消息的良机。”

“您随便问，”桑乔说，“我都会应答自如。不过我请求您，我的大人，以后别再那么记仇了。”

“你为什么这么说，桑乔？”唐吉诃德问。

“我这么说，”桑乔说，“是因为您刚才打我那几下，主要还是由于那天晚上我说了杜尔西内亚的坏话。其实我像对圣物那样热爱她，尊重她，虽然她并不是圣物，这全都因为她是属于您的。”

“你小心点儿，别转话题，桑乔，”唐吉诃德说，“这会让我不痛快。我原谅你，你要知道人们常说的，‘重新犯罪，重新忏悔’。”

正说着，路上有个人骑着驴迎面走过来了，走近才看出是个吉卜赛人。桑乔无论到什么地方，只要有驴，他都要仔细看个究竟。他一下子就认出那人是希内斯·帕萨蒙特，于是由吉卜赛人认出了他的驴。果然如此，帕萨蒙特骑的就是他的驴。帕萨蒙特为了不被人认出来，也为了卖驴方便，已经换上了吉卜赛人的装束。他会讲吉卜赛语和其他许多语言，讲得跟自己的母语一样。可是桑乔一看见他就认出来了，立刻喊起来：

“喂，臭贼希内西略！你放开它，那是我的东西，是我的宝贝，你别恬不知耻拿我的东西！你放开我的驴，我的心肝！躲开，你这婊子养的！躲远点儿，你这个贼！不是你的东西你别要！”

其实桑乔完全不必这么叫骂。他刚喊第一声，希内斯就放开驴，狂奔起来，一下子就无影无踪了。桑乔过去抱住他的驴，对它说道：

“你怎么样啊，我的命根子，我的宝贝，我的伙伴？”

桑乔对驴又是亲吻又是抚摸，仿佛它是个活人。驴一声不吭，也不回答桑乔的话，任凭他亲吻抚摸。大家都过来祝贺桑乔找到了驴，特别是唐吉诃德，他还说他给桑乔的那张交付三头驴的票据仍然有效。桑乔对此表示感谢。

这边唐吉诃德和桑乔说着话，那边神甫称赞多罗特亚刚才讲的故事讲得很不错，既简短又符合骑士小说里的情节。多罗特亚说她常读骑士小说消遣，只不过不知道一些省份和海港在什么地方，因此才说是在奥苏纳下船的。

“我知道就是由于这个原因，”神甫说，“所以赶紧过去说了刚才说的那些话，这样就没问题了。不过，这位落魄贵族因为这些胡编乱造的东西同骑士小说里描写的一样就轻易相信了，难道不奇怪吗？”

“是很奇怪，”卡德尼奥说，“而且也少见。我简直想象不出，要编造这么多稀奇古怪的事情，得需要什么样的脑子才行。”

“另外还有一件事，”神甫说，“这位善良的贵族除了他的荒谬疯话之外，说到其他事情时侃侃而谈，看样子头脑很清楚。所以，只要不提起骑士的事情，所有人都会认为他是个足智多谋的人。”

与此同时，唐吉诃德继续与桑乔说着他的事：

“桑乔朋友，咱们消释前嫌吧，别再争吵了。你现在不要再计较什么恩怨，告诉我，你是何时何地以及如何找到杜尔西内亚的？她当时在干什么？你对她说了什么？她又是怎样回答的？她看信时脸色如何？谁帮你誊写了我的信？你当时看到的情况我都要知道，都该问，你也不必添枝加叶，为了哄我高兴就胡编，或者怕我不高兴就不说了。”

“大人，”桑乔说，“如果说实话，那就是没有任何人帮我誊写信，因为我什么信也没带。”

“这就对了，”唐吉诃德说，“因为你走了两天之后，我才发现记着我那封信的笔记簿还在我手里。我很伤心，不知道你发现没带信时怎么办。我觉得你发现没带信时肯定会回来。”

“要是我没有把它记在脑子里，”桑乔说，“我就回来了。您把信念给我听以后，我把信的内容告诉了一个教堂司事，他帮我一字不漏地写了下来。那个司事还说，他见过许多封把人开除出教会的函件，可是像这封信写得一样好的函件却从没见过。”

“那么，你现在还能记起来吗？”唐吉诃德问。

“不，大人，”桑乔说，“我把信的内容告诉司事之后，觉得已经没什么用了，就把它忘了。如果我还能记得一点的话，那就是‘尊鬼的夫人’，噢，应该是‘尊贵的夫人’，最后就是‘至死忠贞的猥獕骑士’，中间加了三百多个‘我的灵魂、宝贝、心肝’等等。”

第三十一章　唐吉诃德与桑乔的有趣对话及其他

“我对此还算满意。你接着讲下去。”唐吉诃德说，“你到的时候，那个绝世美人正在干什么？肯定是在用金丝银线为我这个钟情于她的骑士穿珠子或绣标记吧。”

“不是，”桑乔说，“我到的时候，她正在她家的院子里筛两个法内加的麦子。”

“那么你一定注意到了，”唐吉诃德说，“那些麦粒一经她手，立刻变得粒粒如珍珠。你是否看清楚了，朋友，那是精白麦还是春麦？”

“是荞麦。”

“我敢肯定，”唐吉诃德说，“经她手筛出的麦子可以做出精白的面包。不过你接着说，你把我的信交给她时，她吻了信吗？把信放到头上了吗？有什么相应的礼仪吗？或者，她是怎么做的？”

“我把信交给她的时候，”桑乔说，“她正用力摇动筛子里的一大堆麦子。她对我说，朋友，把信放在那个口袋里吧，她得把麦子全部筛完之后才能看信。”

“多聪明的夫人啊！”唐吉诃德说，“她大概是为了慢慢品味这封信。你往下说，桑乔，她在忙她的活计时，跟你说话了吗？向你打听我的情况了吗？你是怎么回答的？你一下子都告诉我，一点儿也别遗漏。”

“她什么也没问，”桑乔说，“不过我倒是对她讲了，您如何为了表示对她的忠心，正在山里苦心修行，光着上身，像个野人似的，眠不上床，食不近桌，不修边幅，边哭边诅咒自己的命运。”

“你说我诅咒自己的命运就错了，”唐吉诃德说，“恰恰相反，我每天都在庆幸自己能够爱上高贵的托博索的杜尔西内亚夫人。”

“她确实够高的，”桑乔说，“至少比我高一拃多。”

“怎么，桑乔，”唐吉诃德问，“你同她比过身高？”

“我是这样同她比的，”桑乔说，“我帮她把一袋麦子放到驴背上，凑巧站在一起，我发现她比我高一拃多。”

“她其实没有那么高，”唐吉诃德说，“可是她数不尽的美德却使她楚楚动人！有件事你别瞒着我，桑乔，你站在她身边的时候，是不是闻到了一种萨巴人的味道，一种芳香或是其他什么高级东西的味道，我叫不出它的名称来。我是说，你是不是有一种置身于某个手套精品店的感觉？”

“我只能说我感觉到的是一股男人的气味，”桑乔说，“大概是她干活太多、出汗也太多造成的气味，不太好闻。”

“不会的，”唐吉诃德说，“大概是你感冒了，或者是你自己身上的气味。我知道她发出的是带刺灌木中的玫瑰、田野里的百合或者熔化了的琥珀发出的那种味道。”

“这也可能，”桑乔说，“因为我身上常有那股味道，就把它当成您的杜尔西内亚夫人的味儿了。那种味儿并不一定就是从她身上发出的，这没什么可奇怪的。”

“好吧，”唐吉诃德说，“她已经筛完了麦子，把麦子送到磨房去了。她看信的时候是什么样子？”

“她没看信，”桑乔说，“她说她不识字，也不会写字。她把信撕成了碎片，说不愿意让别人看到信，不愿意让当地人知道这些秘密。她已经知道了我告诉她的您爱她，并且为她苦心修行就行了。最后她让我告诉您，说她吻您的手，她不想给您写信了，只想见到您。她让我请求您，命令您，如果没有其他更重要的事情，就离开那些杂草荆棘，别再折腾了，即刻上路回托博索吧，她非常想见到您。我告诉她您叫猥獕骑士时，她笑得可厉害了。我问她以前是否有比斯开人去过她那儿，她说去过，那是个挺善良的人。我还问她是否有苦役犯去过，她说至今没见过一个。”

“一切都很顺利，”唐吉诃德说，“不过，你告诉我，既然你替我送了信，你离开她时，她给你什么首饰了？游侠骑士和夫人之间自古就有个习惯，无论是替骑士给夫人送信，还是替夫人给骑士送信，总要给那些送信的侍从、侍女或侏儒一件贵重的首饰做赏钱，感谢他们送信来。”

“这完全可能，我觉得这是个好习惯。不过，这大概是过去的事情，现在恐怕只给一块面包或奶酪了。我们的杜尔西内亚夫人就是这样，我走的时候，她隔着院子的墙头给了我一块，说得具体点，是一块羊奶酪。”

“她这个人非常随便，”唐吉诃德说，“如果她没给你金首饰，那肯定是因为她当时手边没有。不过，‘如愿虽晚却更好’。等我去跟她商量，一切问题都会得到解决。你知道什么事最让我惊奇吗，桑乔？我觉得你是飞去飞回的。因为你去托博索跑了一个来回，只用了三天多时间，可是从这儿到那儿有三十多里路呢。我估计准是有个很关心我、又对我很友好的魔法师帮助了你。肯定有这样的魔法师，也应该有，否则我就算不上优秀的游侠骑士了。我说呀，大概是这种人帮着你赶路，可是你自己却根本感觉不到。有的魔法师把正在床上睡觉的游侠骑士弄走了，连游侠骑士自己也不知道是怎么回事，第二天早晨醒来的时候，已经到了千里之外。

“如果不是这样，游侠骑士们就不能在危难时帮助别人。他们常常互相帮助。有时候，一个骑士在亚美尼亚的山里同一个怪物或野妖打斗，或者同别的骑士搏斗，情况紧急，眼看就要没命了，忽然，他的一位骑士朋友腾云驾雾或者驾着火焰战车出现了。他刚才还在英格兰，现在却突然来到，来帮助你，救你的命，晚上就在你的住处津津有味地吃晚饭了。两地之间常常相隔两三千里，这些全靠时刻关照勇敢骑士的魔法大师们的高超本领。所以，桑乔朋友，你在这么短的时间里就到托博索跑了一个来回，我没什么信不过的，就像我刚才说的，一定有某个魔法师朋友带着你腾飞，而你自己却一点儿也没有感觉到。”

“大概是这样，”桑乔说，“罗西南多跑得矫健如飞，简直像吉卜赛人的驴。”

“它矫健如飞，”唐吉诃德说，“因为有很多鬼怪簇拥着它呢。它们可以随心所欲地不间歇地跑路或者带着人跑路。不过，咱们暂且不说这些吧。我的夫人命令我去看她，你看我现在该怎么办呢？我虽然知道必须听从她的命令，可是又不能不履行我对那位与咱们同行的公主许下的诺言啊。骑士法则规定我必须履行诺言，不能由着自己的性子来。一方面，我对我的夫人望眼欲穿；另一方面，我答应的事情和我为此将得到的荣誉又使我欲罢不能。不过，我想，抓紧时间赶到那个巨人那儿，砍掉他的头，为公主重建太平，然后就立刻去看望那位给了我光明的宝贝。我会向她请求原谅。她会觉得我姗姗来迟是对的，因为她发现这增加了她的声誉。而我这一辈子，无论过去、现在和将来，凡是靠武力取得的声誉，全都是她保佑我、我忠于她的结果。”

“唉，”桑乔说，“您的脑子真是有毛病了。请您告诉我，大人，您真想白跑一趟，放弃一门如此富贵的亲事吗？她有一个王国作嫁妆，而且我确实听说过，那个王国方圆两万里，里面人类生活所需的各种物品应有尽有，比葡萄牙和卡斯蒂利亚加起来的面积还要大。看在上帝分上，别再说什么了。您应该为您刚才说的话感到羞耻。听我的劝告，只要到了有神甫的地方，就赶紧结婚吧。或者，咱们这儿就有神甫，他能为您主持婚礼是再好不过了。您知道，我这个年龄，也有资格劝劝人了，而且我这个劝告对您很中肯。‘百鸟在天，不如一鸟在手’，‘弃善从恶，咎由自取’。”

“桑乔，”唐吉诃德说，“假如你劝我结婚是为了等我杀死巨人后你可以得到赏赐，那么我可以告诉你，我即使不结婚，要让你如愿也很容易。我可以在进行战斗之前就讲明，如果打胜了，即使不结婚，也得把她的王国分一部分给我，让我随意赏人。一旦得到了那部分王国，你说，除了给你，我还能给谁呢？”

“那当然。”桑乔说，“不过您得注意挑选离海近的地方。万一我对那儿的生活不满意，还可以把我管辖的黑人装上船，按照我以前说过的那样处理他们。您现在不必去看咱们的杜尔西内亚夫人，只须一心去杀那巨人，先把这件事了结。上帝保佑，我敢保证，这是件名利双收的事情。”

“我说，桑乔，”唐吉诃德说，“你说得对，我会听从你的劝告，先跟公主走，而不是先去看杜尔西内亚。我得告诉你，桑乔，咱们刚才谈的事情，你对别人丝毫也不能透露，即使对与咱们同行的人也一样。杜尔西内亚是个谨慎的人，她不愿意让别人知道她的事情，所以，我或者其他人若是把她的事情说出去就不好了。”

“如果这样，”桑乔说，“那么，您如何让所有被您打败的人去拜见咱们的杜尔西内亚夫人呢？那不就证明了您爱她，是她的情人吗？那些被迫前去的人必然得跪倒在她面前，说是受您差遣，前去听从她的吩咐，那么，你们俩的事怎么隐瞒得了呢？”

“哎，你真是既愚蠢，又单纯！”唐吉诃德说，“你就不明白，桑乔，这是在抬高她的身价吗？你应该知道，在我们骑士看来，一位夫人有很多游侠骑士追求是很光荣的事情。骑士们追求她仅仅是为了追求而已。他们百般殷勤并无他求，只望她为自己有这么多骑士追求而高兴。”

“我在听布道时听说过，我们对上帝就应该是这么个爱法。”桑乔说，“我们只求爱他，并不指望得到荣誉或者害怕受到惩罚。我倒是很愿意爱上帝，尽可能地为他效劳。”

“你这个乡巴佬，”唐吉诃德说，“有时候说起话来倒挺聪明，好像还有点儿学问。”

“可我确实不识字。”桑乔说。

这时，尼古拉斯师傅叫他们等一等，大家想在一股清泉那儿喝点水。唐吉诃德停了下来，桑乔也挺高兴。他对如此说谎话已经厌倦了，怕主人会抓住他什么话柄。他虽然知道杜尔西内亚是托博索的一个农家女，却从来没见过她的模样。

卡德尼奥这时已经换上了多罗特亚最初穿的那身衣服。衣服虽然不算很好，还是比他自己原来那身强多了。此时大家都已饥肠辘辘，便下马来到清泉边，以神甫在客店弄到的一点儿食物充饥。

这时候，有个男孩子路过。他停住脚，仔细地看着清泉旁边这些人。忽然，男孩子奔向唐吉诃德，抱住他的腿，放声大哭，说道：

“我的大人啊！您不认识我了吗？您仔细看看，我就是那个被捆在圣栎树上的孩子安德烈斯，是您解救了我呀。”

唐吉诃德也认出了他，于是拉着他的手，转身对大家说：

“诸位请看，在这个世界上，游侠骑士是多么重要，是他们制止了世界上无耻恶棍为非作歹。我告诉你们，前几天，我从森林边路过，听见喊声和凄惨的叫声，好像有人在遭受痛苦。我出于责任感，向传来喊叫声的方向走去，发现有个孩子被捆在一棵圣栎树上。这个孩子现在就站在你们面前。我很高兴他在这里，因为他可以证明我所说的没有半句假话。他被捆在圣栎树上，上身裸露，一个农夫正在用马缰绳抽打他。后来我知道那是他的主人。我马上就问为什么抽打他。那个粗野的家伙说，这孩子是他的牧童，不仅笨，而且手脚不老实，办了错事。这孩子说：‘大人，他打我仅仅是因为我向他要工钱。’孩子的主人又说了一些话为自己辩解。我虽然都听到了，可没有相信。

“反正，最后我让农夫放了孩子，责令他必须一文不少地照付全部工资，而且要再加点钱。这都是真的吧，安德烈斯？你当时注意到了吗，我责令他的时候多么威风，他答应一切照办时多么唯唯诺诺！你说吧，没什么可顾虑的，把发生的事情告诉这几位大人，让他们知道有游侠骑士巡游是不是好事。”

“您刚才讲的都很真实，”男孩子说，“不过事情的结局与您想象的大不一样。”

“怎么回事？”唐吉诃德问，“难道那个农夫没付你工钱？”

“不仅没付我工钱，”小伙子说，“而且，您刚刚离开树林，只剩下我们两人时，他就重新把我捆在那棵树上，又打起我来，把我打得遍体鳞伤。他每打一下，还说一句俏皮话嘲笑您。我要不是疼得厉害，恐怕也会笑起来。结果我被打得住进了医院，现在刚刚从医院出来。这都怨您。如果您赶自己的路，别顺着喊声过来，也别管别人的事情，我的主人打我几十下也就够了，然后他就会放开我，付给我应得的工钱。可您这一来，让他丢了脸，而且您还说了那么多难听的话，把他惹火了。可是他无法向您发作，于是就等剩下我们两人时拿我出气，我觉得这么一折腾，让我一辈子也抬不起头来了。”

“问题就出在我没等他向你付工钱就离开了那儿。”唐吉诃德说，

“而且，根据我多年的经验，我完全应该知道，这类乡下佬见到没人督促，就会自食其言。不过你还记得吧，安德烈斯，我说过，如果他不付你工钱，我还会找他。我肯定要找他。他就是躲进鲸鱼肚子里，我也要找到他。”

“您确实这么说过，”安德烈斯说，“可是那也没什么用。”

“你马上就会看到有没有用了。”唐吉诃德说。

唐吉诃德说完马上就站了起来。他让桑乔备好马。大家吃饭的时候，马也在吃草。

多罗特亚问唐吉诃德想怎么办。唐吉诃德回答说，他要去找那个无赖。不管世界上有多少个无赖，也一定要把那个无赖找出来，狠狠地惩罚他，让他把欠安德烈斯的钱全部付清。多罗特亚让唐吉诃德注意点儿，别这样做。按照他们的约定，在完成她的事之前，他不能插手其他事。这一点他应该比任何人都清楚，所以她请唐吉诃德先消消气，等从她的王国回来再说。

“可也是，”唐吉诃德说，“这样安德烈斯就只好耐心等待了，就像公主您说的，等我回来再说。我再一次发誓，为安德烈斯报仇，让他得到工钱，否则誓不罢休。”

“我对这些誓言已经无所谓了，”安德烈斯说，“我现在最需要的就是弄点盘缠到塞维利亚去，而不在乎世界上有多少该报的仇。如果你们有什么吃的或带的东西，就给我一点吧。上帝与你们同在，诸位大人以及所有的游侠骑士。但愿游侠骑士们巡游时善待自己，就像他们善待我那样。”

桑乔从他的口粮里拿出一块面包和一块奶酪，递给小伙子，对他说：

“拿着吧，安德烈斯兄弟，你的部分不幸已经影响了我们大家。”

“哪一部分影响你了？”安德烈斯问。

“就是我给你的这块面包和奶酪，”桑乔回答说，“只有上帝才知道我是否也需要这些东西。我可以告诉你，朋友，游侠骑士的侍从常常忍饥受难，还有其他一些事情，只有亲身体验才会知道。”

安德烈斯拿着面包和奶酪，看见别人不会再给他什么东西了，就低头准备上路。临行前，他对唐吉诃德说：

“看在上帝分上，游侠骑士大人，如果您再次碰到我，即使看到我被撕成碎片，也不要来帮我，还是让我自己倒霉吧。我就是再倒霉，也不会比您帮我之后倒霉得那么厉害。上帝会诅咒您，诅咒世界上的所有游侠骑士。”

唐吉诃德要站起来打安德烈斯，可是他拔腿飞跑，没人能赶上他。唐吉诃德被安德烈斯的话弄得羞愧难当。大家只好极力忍住不让自己笑出声来，免得唐吉诃德无地自容。

第三十二章　唐吉诃德一行人在客店里的遭遇

吃完那顿美餐，大家又上了马，一路上没有什么可叙述的事情，第二天便到了那家让桑乔心惊肉跳的客店。桑乔不想进去，可是又走不脱。客店的主妇、主人、他们的女儿和丑女仆看到唐吉诃德和桑乔来了，都显出高兴的样子出来迎接。唐吉诃德摆出漫不经心的架势，让他们准备一张床，要比上次的那张床更高级。店主妇说，只要他愿意出比上次更高的价钱，可以为他准备一张极其舒适的床。唐吉诃德说他会出个好价钱，于是他们就在唐吉诃德上次住的那间库房里安排了一张还算说得过去的床。唐吉诃德觉得浑身像散了架，便昏沉沉地躺到了床上。

刚关上店门，店主妇就揪住理发师的胡子对他说：

“我凭我的信仰发誓，你不能再用我的尾巴当胡子用了。你得把尾巴还给我。我丈夫的那件东西老放在地上太难看，我是说，他那把插在这条高级尾巴上的梳子。”

尽管店主妇揪着理发师的胡子不放，理发师还是不愿意把胡子还给她。后来，神甫让理发师把东西还给她，说现在已经不必再化装成那模样了，可以除掉这个伪装，还其真相了。可以对唐吉诃德说，理发师因遭到苦役犯们的抢劫，逃到了这个客店。如果唐吉诃德问起公主的侍从，就说公主已派他回她的王国，告诉人们她给大家带来了救星。

理发师这才痛痛快快地把尾巴和所有为解救唐吉诃德而借用的东西还给了客店主妇。大家都惊叹多罗特亚的美貌和卡德尼奥的身材。神甫吩咐用客店里现有的东西给他们做些吃的。店主想多赚些钱，赶紧准备了一顿像样的饭菜。唐吉诃德始终在睡觉，大家觉得不必叫醒他，他目前最需要的不是吃而是睡。饭桌上，大家和店主、他的妻子、女儿、丑女仆以及其他旅客谈起了唐吉诃德莫名其妙的疯癫以及找他的经过。店主妇向他们讲起唐吉诃德和脚夫的事情，见桑乔不在场，又讲了桑乔被扔的事情，大家听得津津有味。神甫说，唐吉诃德是因为读了那些骑士小说才变得不正常的。店主这时说道：

"不知是怎么回事，我也觉得世界上再没有比这更好的书了。我这儿就有两三本，还有一些这方面的手稿。我觉得它不仅给我，也给其他很多人带来了快乐。每到收获季节，这里都会聚集很多来收割的人，其中总有个把识字的。他手里拿着一本这样的书，有三十多人围着他。我们都认真地听他念，仿佛觉得自己也年轻了。至少，当我听到骑士们激烈地拼杀时,我也想来那么几下。哪怕让我不分昼夜地听，我都愿意。"

"这我无所谓。"店主妇说，"反正只有在你去听骑士小说时，我才得安宁。你听得如痴如醉，就忘记吵架了。"

"这倒是真的，"丑女仆说，"我觉得我也很喜欢听这类东西。它特别精彩，尤其是讲到一位姑娘在橘子树下和骑士拥抱时，还有女仆为他们望风，我真是既羡慕又紧张。我觉得这种事挺美滋滋的。"

"你呢，你觉得怎么样，小姐？"神甫问店主的女儿。

"我真的不知道，大人。"姑娘回答，"我也喜欢听。说实话，我虽然听不懂，可是挺爱听。不过，我不喜欢我爸爸爱听的打打杀杀，只喜欢听骑士们离别意中人时那种凄凄切切，真的，有时候我都哭了，他们都很可怜。”

“那么，如果他们为你而哭泣，”神甫问，“你会好好安慰他们吗？”

“我不知道该怎么办，”姑娘说，“我只知道有的姑娘非常残忍，骑士们称她们是老虎、狮子，还有其他许多难听的称呼。天哪，我不知道那是些什么人，没心没肺，为了毁灭一个人，宁愿看着他死或者变疯。我不知道这种人为什么如此装蒜，如果她们为了显示自己正经，同人家结婚就行了，他们图的不就是这个嘛。”

“住嘴，丫头，”店主妇说，“这种事你知道得太多了。姑娘家不该知道，也不该说这种事情。”

“这位大人问我，”姑娘说，“我总得回答人家的问话呀。”

“那好，”神甫说，“店主大人，请您把那些书拿来，我想看看。”

“十分荣幸。”店主说。

说着他走进自己的房间，从屋里拿出一个用锁链锁着的箱子，把箱子打开，从里面拿出几本大部头的书和一些写得很整齐的手稿。他拿出的第一本书是《特拉夏的西龙希利奥》，另一本是《费利克斯马尔特·德伊尔卡尼亚》，还有一本是大将军贡萨洛·费尔南德斯·德科尔多瓦的传记，还附有迭戈·加西亚·德帕雷德斯的生平。神甫看了前面两本书的题目，就回过头来对理发师说：

“现在要是有我那位朋友的女管家和外甥女在这儿就好了。”

“用不着，”理发师说，“我也可以把它们送到畜栏或者壁炉里去，现在火正旺。”

“你想烧我的书？”店主问。

“只是这两本，”神甫说，“《西龙希利奥》和《费利克斯马尔特》。”

“难道我的书是异端邪说或者异教分治，”店主说，“因此您想烧掉它们？”

“应该是异教分支，朋友，”理发师说，“不是异教分治。”

“是这样，”店主说，“不过您要是想烧的话，还是烧那本关于大将军与迭戈·加西亚的书吧。至于这两本书，我宁愿让您烧死我的孩子，也不愿意它们被烧掉。”

“我的兄弟，”神甫说，“这两部书通篇谎话，一派胡言。这本关于大将军的书记载的倒是真人真事，里面还有贡萨洛·费尔南德斯·德科尔多瓦的事迹。他功绩卓著，堪称大将军。这样显赫的称号只有他受之无愧。而迭戈·加西亚·德帕雷德斯则是一位有名的骑士，出生在埃斯特雷马杜拉的特鲁希略市，是一位极其勇猛的战士。他生来力大无比，用一根手指头就顶住了一个正在旋转的磨盘。他手持长剑伫立桥头，大军就难以通过。他还做了其他一些事情。这些都是他自己讲、自己写的，所以有一种骑士和传记家的谦逊。如果由别人来写，那就可以不受什么约束，写得更符合实际，让人把赫克托、阿基莱斯和罗尔丹的事迹都忘了。”

“那有什么了不起的，”店主说，“挡住一个磨盘有什么了不起！上帝保佑，您应该读一读我看的有关费利克斯马尔特·德伊尔卡尼亚的书。他反手一剑，就把五个巨人像斩豆角似的拦腰斩断了，就像小孩子们切凤头麦鸡一样。还有一次，他与一支极其强大的军队相遇。那支军队足有一百六十万人，从头到脚全副武装。可是他竟把那支军队打败了，就像打散一群羊一样。至于特拉夏的西龙希利奥，就更没的说了，就像书里说的那样勇猛顽强。有一次他正渡河，忽然从水里蹿出一条火蛇。他立刻扑上去，骑到那条蛇的背上，双手用力掐住蛇的脖子。蛇眼看就要没气了，只好沉入水底。可骑士始终不撒手，于是把骑士也带到了水底。水底有宫殿，有花园，美丽无比，令人叹为观止。后来蛇变成了一位老人，对他讲了许多事情，这些就不用多说了。大人，您如果听到这些，非得乐疯了不可。您说的大将军和那个迭戈·加西亚算老几呀！”

多罗特亚听到这些，悄悄对卡德尼奥说：

“咱们这位店主也快要步唐吉诃德的后尘了。”

“我也这样认为，”卡德尼奥说，“看样子，他把书上写的那些事情都当真了。就连赤脚僧侣也拿他没办法。”

“兄弟，你看，”神甫又说，“世界上没有费利克斯马尔特·德伊尔卡尼亚，没有特拉夏的西龙希利奥，也没有骑士小说里说的其他什么骑士。这些全都是那些无所事事的文人杜撰的，供你们消遣，譬如在收割休息时用来解闷。我发誓，世界上从来没有那样的骑士，那些业绩或者蛮干也都不存在。”

“你别来这套，”店主说，“就好像我们什么都不懂，连自己能吃几碗干饭都不知道似的！上帝保佑，您别哄我们了，以为我们就那么笨。您想让我们相信，经过卡斯蒂利亚议会批准印刷的这些好书都是胡说八道，这未免太天真了。就好像他们同意把这些胡言乱语、打斗和魔法印出来，是为了让人们抽风似的。”

“我已经对你讲过了，朋友，”神甫说，“那只是我们百无聊赖的时候用来消遣的。这就好比在那些国泰民安的国家里，不愿意、不必要或不能够劳动的人可以下棋、打球、玩台球一样。在我们国家里可以印刷出版这种书，想来不会有人如此无知，竟把这种书当成真实的故事看待。事实也是如此。如果我觉得有必要，诸位又愿意听的话，现在我可以讲讲一部好骑士小说应具有的内容，这也许会对某些人有好处，而且他们也会对此感兴趣。不过，我更愿意将来同某个能够解决这一问题的人共同探讨。至于现在，店主大人，请你听我的，把你的书拿走，不管书上说的是真是假，对你有没有好处，上帝保佑，可别让你变得跟唐吉诃德一样。”

“这不会，”店主说，“我不会疯到去当游侠骑士的地步。我很清楚，现在不像过去了。据说那个时候，著名骑士都到处周游。”

他们正说着话，桑乔出现了。他听人们说现在不时兴游侠骑士那一套了，说所有骑士小说都是一派胡言，不禁感到困惑，有些担心，心里盘算着在主人结束周游之后，看看结果如何。如果没有得到预期的好处，他就离开主人，回去和老婆孩子干自己的活儿去。

店主拿起手提箱和书正要走，神甫对他说：

“等一等，我想看看这是什么手稿，字写得倒很漂亮。”

店主把手稿拿了出来，递给神甫。手稿足有八大张，上方有个大标题，上面写着《无谓的猜疑》。神甫看了三四行便说：

“我觉得这本小说的题目确实不错，想把它全部读完。”

店主说：

“您真应该看看。我可以告诉您，有的客人看过这本书，很喜欢它，非要跟我借不可。但我不想借给他们，只想把它还给它的主人。这一手提箱书和手稿是人家忘在这儿的，说不定什么时候他就会回来取。我虽然也需要这几本书，但还是想物归原主。尽管我是个开店的，可我毕竟还是个基督徒呀。”

“你说得很对，朋友，”神甫说，“但尽管如此，要是我喜欢这本书，你还是得让我抄一下。”

“我很愿意。”店主说。

两人说话的时候，卡德尼奥已经拿着书看起来了。他的看法同神甫一致。他请神甫把书给大家念念。

“念念也好，”神甫说，“至少是出于好奇，我也想念念它。兴许还有点意思。”

尼古拉斯师傅和桑乔也请求神甫朗读。神甫见大家都喜欢听，就同意了。他说：

“那就请大家注意听，故事开场了。”

第三十三章 《无谓的猜疑》

在意大利托斯卡纳省著名的繁华城市佛罗伦萨，有两位有钱有势的年轻人安塞尔莫和洛塔里奥。两人亲密无间，所有认识他们的人都称他们为“朋友俩”。他们都是单身，年龄相仿，情趣相同，所以你来我往，友谊与日俱增。安塞尔莫比洛塔里奥喜欢谈情说爱，洛塔里奥则更愿意打猎。不过，安塞尔莫常常撇下自己的志趣去服从洛塔里奥的爱好，洛塔里奥也常常让自己的爱好顺应安塞尔莫的志趣。两人总是心心相印，形同一人。

安塞尔莫后来迷上了该城一位门第高贵、美丽漂亮的姑娘。姑娘的父母和姑娘本人都很不错。安塞尔莫同洛塔里奥商量，他凡事都同洛塔里奥商量，然后决定向姑娘的父母提亲，而且他也确实去提亲了。出主意想办法的是洛塔里奥，结果使安塞尔莫很称心，他很快就如愿以偿了。卡米拉也很高兴安塞尔莫做她的丈夫，而且一直感谢老天和洛塔里奥给她带来了如此好运。婚礼很热闹。最初几天，洛塔里奥还像以往一样，常常到安塞尔莫家去，尽自己所能为安塞尔莫增加些热闹气氛。可是婚礼结束后，来祝贺的人逐渐少了，洛塔里奥也就不太常去安塞尔莫家了。他觉得，所有谨慎的人都会这样认为，不应该再像朋友单身时那样常去已婚朋友的家了。他觉得虽然他们之间的友谊很真诚，但还是不应该让人引起任何怀疑。结了婚的人名声很重要。即使在兄弟之间也会发生误会，更何况是在朋友之间呢。

安塞尔莫发现洛塔里奥在疏远他，便对洛塔里奥大发牢骚，说如果自己早知道结婚会妨碍他们两人之间的交往，他就不结婚了。他还说自己单身时，两人来往甚密，以至于获得了“朋友俩”的美称，他不愿意仅仅因为出于谨慎就失去这个美称。如果他们之间可以使用“请求”这个词的话，他请求洛塔里奥像以前一样把这个家当做自己的家，随便出入。他还向洛塔里奥保证，他的妻子卡米拉同他的意见一致，她知道他们两人以前情谊甚笃，因此看到洛塔里奥躲避他们，颇为迷惑不解。

安塞尔莫对洛塔里奥苦口婆心，劝他同以前一样常到自己家去。洛塔里奥很有节制地答应了，安塞尔莫对朋友的好意表示感谢。两人商定，洛塔里奥每星期去两次，再加上节假日，都要到安塞尔莫家吃饭。虽然两人是这么商定的，洛塔里奥还是说，看在朋友的面子上，他仅此而已。他把朋友的声誉看得比自己的声誉还重要。他说得对，既然家有娇妻，就必须对到家里来的朋友加以选择，即使对妻子的女友也得注意，因为有些在广场、教堂、公共节日或去做私人祈祷时不便做的事情，在最信任的朋友或亲戚家里却可以做到。当然，丈夫也不应该一味地禁止妻子到那些公共场合去。

洛塔里奥还说，每个结了婚的人都需要有朋友指出自己行为上的疏忽。因为丈夫常常对妻子过分宠爱，或者他自己并没有意识到这点，怕妻子生气，就不去告诉她应该做什么，不应该做什么；而这却是牵涉到人的名誉或是否会遭人指责的事情。如果有朋友提醒，就可以及时预防。可是有谁能找到像洛塔里奥要求的那样明智而又忠实的知心朋友呢？我实在不知道。只有洛塔里奥才称得上是这样的人。他关注自己朋友的名誉，即使在约定的日期去朋友家时，也把在那儿停留的时间尽量缩短。他知道自己有些优越条件，因而在一些游手好闲、别有用心的小人看来，一位如此富有、英俊而又出身高贵的小伙子出入一位像卡米拉这样漂亮女人的家，一定是件很有意思的事。虽然他的人品可以让那些恶意的中伤不攻自破，可他还是不想让人们对他自己以及他朋友的信誉产生怀疑。因此，他常常在约定去安塞尔莫家的那天忙于其他一些似乎不可推托的事情。就这样，一个人埋怨不止，另一个人借口躲避，过了很长时间。有一天，他们在城外的草地上散步，安塞尔莫对洛塔里奥说了下面这番话：

"洛塔里奥朋友，你以为上帝赐福于我，让我有了这样的父母，手头阔绰，给了我财富，人们称我为天生富贵命，我就会感恩不尽吧。其实，我还有你做我的朋友，有卡米拉做我的妻子。这两样宝贝我也十分看重。要是别人有了这些，肯定会欢天喜地，可是我却苦恼极了，可以说是世界上最沮丧的人。也不知道是从什么时候开始，总有一个超乎常情的怪诞念头困扰着我，连我自己都感到奇怪。我暗暗自责，力图隐匿我的这种想法。现在我要把这个秘密说出来，似乎我必须把这个想法说出来，让大家都知道才行，而且这个想法确实也该说出来了。我想让它埋藏在你的内心深处，我相信只有这样，再加上你的聪明才智，作为我的真心朋友，你才有可能帮助我，使我从这种痛苦中迅速解脱出来。我的癫狂给我带来惆怅，你的关心一定会给我带来快乐。"

洛塔里奥被安塞尔莫的话弄得莫名其妙，不知道安塞尔莫这番长长的开场白究竟用意何在。他努力猜测究竟是什么念头让他这位朋友如此局促，可是都觉得不着边际。洛塔里奥不愿意再绞尽脑汁猜测了，对安塞尔莫说，这样转弯抹角地说自己的内心秘密是对他们之间深厚友谊的公然侮辱。他保证劝说安塞尔莫消除烦恼，或者帮助他实现自己的想法。

"确实如此，"安塞尔莫说，"正是出于信任，我才告诉你，洛塔里奥朋友，一直让我困惑的想法，就是我想知道我的妻子卡米拉是否像我想的那样善良完美。如果没有证据证明她的优良品德，就像烈火见真金那样，我就不能肯定这一点。噢，朋友，我觉得仅凭一个女人是否有人追求，还不能判断她是否是一个完美的女人。只有在追求者的许诺、馈赠、眼泪和不断骚扰下不屈服的女人，才算是坚强的女人。

“如果一个女人没有人引诱她学坏，她就是再好又有什么可庆幸的呢？”安塞尔莫说，“如果她没有机会放纵自己，而且她知道她的丈夫一旦发现她放荡，就会杀了她，那么她就是再深居简出、安分守己，又算得了什么呢？因此，我对由于惧怕或者没有机会才老实的女人看不上，我倒更看得上那种受到追求并战胜了这种追求的女人。出于这些原因以及其他原因，我可以告诉你，以便进一步说明我的想法，那就是我想让我的妻子卡米拉经受这种考验，在被追求的火焰中接受锻炼，而且得找一个有条件考验她的意志的人。如果她能像我认为的那样，经受得住考验，我就会觉得我幸运无比，我才可以说，我的猜测落空了，我有幸得到了一个坚强的女人，就像圣人说的，这样的人上哪儿去找呀。可是事情如果与我期望的相反，我也很高兴我的猜测得到了证实，我虽然为这次考验付出了沉重的代价，也决不后悔。无论你怎样说，都不能阻止我将我的这个想法付诸实施。我现在需要的是，洛塔里奥朋友，让你充当我实现这个想法的工具。我会给你创造机会，以及其他各种必要的条件，让你去追求一个正派、规矩、安分、无私的女人。

“还有，我把如此艰巨的事情委托给你，如果卡米拉败在你手里，你不要真的去征服她，还得尊重社会习俗，只当已经征服了她就行了。这样，我就不会再为我的想法所困扰。只要你不说，我的难堪永远不会被人知道，我的想法也就永远消失了。因此，你如果想让我堂堂正正地活着，就立刻开始这次情斗吧，别不慌不忙，慢吞吞的。你应该按照我的想法，心急如焚，快马加鞭，看在我们之间的友谊分上，我相信你会这样做。”

洛塔里奥全神贯注地听安塞尔莫讲完了这番话。除了刚才那几句插话，他一直缄口不言。安塞尔莫说完后，洛塔里奥又盯了他好一会儿，好像在看一件他从未见过而且令他感到惊恐的东西。他说：

“安塞尔莫朋友，我还是不能让我相信，你刚才说的那些话不是开玩笑。假如刚才我想到你说的是真的，就不会让你说下去了。我不听，你也就不会如此滔滔不绝了。我已经想象到了，或者是你还不了解我，或者是我还不了解你。我当然知道你是安塞尔莫，你也知道我是洛塔里奥。问题在于我觉得你已不是原来的安塞尔莫，你大概也觉得我不是原来的洛塔里奥了。你刚才说的那些话并不像我的朋友安塞尔莫说的，而且你要求我做的那些事也是你不该向你所了解的洛塔里奥要求的。好朋友之间应该彼此信任，就像一位诗人说的，光明磊落，不应该利用友谊做违反上帝意志的事情。

“如果连一个异教徒都能注意到友谊的这个方面，那么，深知应对所有人都保持圣洁友谊的基督教徒难道不应该做得更好吗？如果一个人竭尽所能，置天理于不顾，去满足朋友的要求，那么他肯定不是为了微小和暂时的事情，而只能是那些涉及朋友的名誉和生命的事情。现在请你告诉我，安塞尔莫，在这两方面，你哪一方面受到了威胁，以至于我得冒险做你让我做的那件缺德事，来满足你的要求？实际上，你没有一样东西受到威胁。而且我认为，你这是在让我毁掉你的名誉和生命，同时也毁掉我的名誉和生命。因为我如果毁掉了你的名誉，自然也就毁掉了你的生命。一个丧失了名誉的人就如同行尸走肉。我如果像你希望的那样，充当你作恶的工具，我同时不也就名誉扫地，虽生犹死了吗？你听着，安塞尔莫朋友，就你所要求我做的事情，我想谈谈我的想法，请你耐心听我说完，然后还有时间我再听你说吧。”

“我很高兴，”安塞尔莫说，“你随便说吧。”

洛塔里奥接着说：

“安塞尔莫，我觉得你的头脑现在就像摩尔人的头脑一样。如果想让摩尔人认识到他们的错误，不能靠引用《圣经》上的句子，不能靠思考道理或讲信条的办法，只能用显而易见、不容置疑的数学表示方法来让他们理解。比如说：‘两方相等，再去掉数量相同的部分，余下的部分仍然相等。’如果这样说他们还不能理解，你就得做手势或者把实物放在他们眼前。即使这样，还是不能够说服他们相信我们的神圣信仰的真理。你的情况也如此，因为你的想法太离谱、太不像话了。想让你认识到你的愚蠢恐怕是浪费时间，现在我只能说你愚蠢。我现在甚至想随你误入歧途，让你自作自受。可我不会采用这种有损我与你的友谊的方法，友谊不允许我让你去冒这种灭顶之灾的危险。

“为了让你看得更清楚，安塞尔莫，请你告诉我，你不是让我去追求一个深居简出的女人，向一个正派的女人献媚，向一个无私的女人讨好，向一个守规矩的女人献殷勤吗？是的，你对我说过。可你既然知道你有个深居简出、正派、无私、守规矩的妻子，你还想干什么呢？你既然知道她不会对我的进攻动心，是的，她肯定不为所动，除了你对她现有的赞美外，你还想给她什么荣誉呢？也许是你现在还没有把她看成你说的那种人，或者是你自己也不清楚自己想要什么，你为什么要考验她呢？你如果觉得她不好，那么你愿意怎么办就怎么办。如果你觉得她像你想象的那么好，那么考察其真假则完全是件不必要的事情，因为至多也只能证明你原来的看法而已。所以，简言之，做这种事可能会适得其反。这是一种欠考虑的鲁莽想法。做这种并不是非做不可的事情，非但不会有什么结果，只能说是一种疯狂的表现。

“奋争无非是为了上帝或为了世俗之事，再不然就是两者兼而有之。为上帝者就是那些追求人类过上天使般生活的圣人们；为世俗者就是那些涉水过河，忍受严寒酷暑，远离人烟，为所谓财富而奋斗的人；而同时为上帝又为世俗之事者则是那些勇敢的战士。他们只要看到前面的城墙上有一颗炮弹能够打开的那么大空隙，就会无所畏惧，不顾危险，为保卫他的信仰、民族和国王的意志所驱使，勇猛地向他们面临的死敌发起进攻。

“这些就是人们通常追求的东西，而追求它本身就是一种声誉、荣耀和裨益，尽管这里面充满了烦恼和危险。不过你追求和实施的东西，既不会给你带来上帝的荣耀，也不会带来人间的财富和名誉。因为即使你达到了你的目的，你也不会比现在更得意、更富有、更荣光。如果你没有达到目的，你反倒会陷入极大的痛苦，即使你以为别人不知道你的不幸对你也无济于事，只要你自己知道就足以让你痛苦不堪了。为了证明这点，我想给你念一段著名诗人路易斯·坦西洛[①]的诗。他的《圣彼得的眼泪》第一段末尾是这样写的：

天色将明，
佩德罗却
痛苦与羞辱俱增。
纵然无人知晓，
他已愧汗淋漓，
心地虽宽，羞惭难容，
即便唯有天地知，
终归难免赧赧情。

“保密并不能避免你的痛苦，你会不停地哭泣，如果不是眼睛流泪，那就是从心上流出血泪，就像我们的诗人所描述的那位用魔杯喝酒[②]的纯朴大夫那样流泪。经过好言劝说，机敏的利纳乌多斯终于避免了这次考验。虽然这只是诗人的杜撰，其中却包含着深刻的道德意义，值得人们借鉴、思考和学习。我现在还想对你说，你马上就会明白你犯了多么大的错误。你说，安塞尔莫，假如老天和命运让你拥有一颗无比珍贵的钻石，而这颗钻石的成色令所有见过它的钻石商人都感到满意，大家异口同声地说这颗钻石的重量、质量和雕琢水平都达到了无与伦比的程度，你自己也这样认为，可是又无缘无故地要把这颗钻石放到铁砧上用锤子砸，看看它是否像人们说的那样坚硬精细，你说这样做合理吗？即使你这样做了，那颗钻石经受住了这样的锤打，也并不能因此而增加它的价值和名气。如果它被砸碎了，而这是完全可能的，那不就全完了吗？结果只能是大家都认为，钻石的主人是个大傻瓜。

“你想想，安塞尔莫朋友，卡米拉就是一颗珍贵无比的钻石。让

① 路易斯·坦西洛是16世纪的意大利诗人。
② 据中世纪传说，用魔杯喝酒，若妻子不贞，酒会从杯中泼出来。

她面临破碎的可能性是不合理的。因为你即使能证明她洁身自好，她的名声也不会有所增加。如果她经受不住这样的考验,你现在就想想，失去了她，你会怎么样，你会如何因为毁了自己也毁了她而后悔。世界上没有任何珠宝比贞洁正派的女人更宝贵，而女人的清白都在于人们对她有个良好的看法。你既然知道你夫人的名声甚佳，为什么还要对这个事实产生怀疑呢？你看，朋友，女人并不是十全十美的动物，不应该为她们设置障碍，而应该为她们清除障碍，消除她们道路上的所有不利因素，使之完善，成为冰清玉洁的女人。

“自然学家们说，白鼬是一种皮毛极白的动物，猎人们想猎取它的时候就利用这点。他们知道白鼬从什么地方经过，就用淤泥把那个地方堵住，然后把白鼬驱赶到那个地方去。白鼬一到那个地方就不动了，宁可被捉住，也不愿意从淤泥那儿穿过去，弄脏自己的皮毛，它们把自己的皮毛看得比自由和生命还重要。清白的女人就像白鼬，她们的品行比白雪还要清白纯洁，不想失掉她的人就应该保护她，不应该使用对待白鼬的办法，不应该在她面前无中生有地设置情人的礼物与殷勤的淤泥。她自己也许或者肯定没有能力逾越这些障碍，因而有必要为她清除这些障碍，让她纯洁的美德为她带来良好的美名。

“一个善良的女人本身就是一面亮晶晶的镜子，只要对它呵一口气就可以使它变污。你应该像对待文物那样对待品行端正的女人，那就是只欣赏，不触摸。你应该像保护一个鲜花盛开的花园那样尊重一个清白的女人，花园的主人不会允许任何人进入花园摸他的花，只能从远处隔着铁栅栏享受花的芳香和美丽。我忽然想起几句诗来，现在想念给你听。这几句诗选自一部现代喜剧，我觉得很适合咱们说的这个题目。

“一个行为严谨的老人劝说另一个老人看管好自己的女儿，他的道理是：

女人仿佛玻璃，
不可考验其
是否易碎，因为

后果实难预计。

破碎容易，
修补难矣，
冒险从事，
明智者不可取。

众人如是说
我亦持此意。
世上若有达娜厄，
也会有金雨[①]。

“安塞尔莫啊，以上这些都是说你的。现在该说说我了。如果话说得长了些，请你原谅，这都是为了把你从你那迷宫里拉出来。你把我当作朋友，却要诋毁我，这是与友谊背道而驰的事情。你不仅想诋毁我，而且想让我诋毁你。你想诋毁我的名誉，这点很清楚，因为卡米拉一旦发现我像你要求我做的那样，向她献殷勤，肯定会把我当成一个厚颜无耻的人。因为我所追求的东西和我所做的事情，已经大大超出了我本人和你我之间的友谊所要求的范围。

“你想让我毁了你的名誉，这点已确切无疑。如果卡米拉发现我在追求她，肯定会以为我觉得她有些轻浮，才敢放肆地表达我的邪念。她把自己看成是轻浮的人，那也就是把你看成了轻浮的人，因为她是你的，这也是对你的侮辱。这就出现了常有的那种情况，虽然丈夫并不知道妻子偷情，并没有给妻子做出格事情的机会，也不是疏于防范造成了不幸，可人们还是叫他下贱人。有些人知道他妻子的行为，可是不仅不用怜悯的目光看待他，反而用鄙夷的目光看待他，虽然他们知道并不是由于丈夫的过错，而是由于妻子的不忠才造成

① 阿克里西俄斯从神谕中得知，女儿达娜厄日后所生之子会杀死他，就把她囚禁起来。但宙斯却化成一阵金雨，使达娜厄受孕，生下佩耳修斯。佩耳修斯后来在一次竞技会上掷铁饼，无意中将阿克里西俄斯打死。

了这场不幸。

“不过我想给你讲讲，为什么说妻子偷情，丈夫也耻辱，哪怕他并不知道，没有责任，没有参与，并没让妻子这样做。你别不爱听，这些话最终都会对你有利。《圣经》上说，上帝在伊甸园为我们创造了始祖亚当，并且让他睡觉，在他睡觉的时候，从他的左侧取下了一根肋骨,用它创造了我们的女始祖夏娃。亚当醒来后看到了她,说:‘这是我身上的肉，我身上的骨头。’上帝说:‘男人为了女人要离开自己的父母，两人结合成一个肉体。’为此，结成了神圣的婚姻，这种关系至死才能解除。

“这种神奇的姻缘功效极大，它使两个不同的人结为一体。两个美满的已婚者更是如此。他们有两个灵魂,却只有一个意志。所以说，妻子和丈夫已经结为一体，妻子身上的污点，或者她犯的错误，最终都会波及丈夫身上，虽然并不是他造成了这种伤害。这就好比脚上或身体的任何一个部位上疼痛，全身都可以感觉到一样，因为它们都同属于一个肉体。头可以感觉到脚踝的疼痛，虽然头的疼痛并不是脚踝造成的。同样如此，丈夫也会为妻子的不忠蒙受耻辱，因为他们同属一体。世界上一切荣辱皆源于血肉之躯，风流荡妇的荣辱也属于这一类，而且必然会部分地影响到丈夫。妻子轻佻，做丈夫的即使不知道，也会被人看成无耻之徒。

“安塞尔莫，你想打破你善良妻子的平静生活，这是多么危险；你想扰乱你贤惠妻子的宁静心绪，又是多么无聊啊。你应该注意到，你如此冒险，得之甚少，失之甚多。我也只好随你去了，我已经没法再说了，不过，如果我说了这些还不足以打消你的可恶念头，你完全可以去另找一个让你出丑、让你冒险的工具，我不想充当这个工具，哪怕我会因此失掉同你的友谊，而失掉这种友谊自然是我莫大的损失。”

精明正直的洛塔里奥说到这儿不言语了，安塞尔莫也茫然地陷入了沉思。过了很长时间，他竟一句话也回答不出来。最后，他说：

“洛塔里奥朋友，你已经看见，我认真地听完了你的话。从你叙述的道理、事例和比喻里，我看到了你的细心和你的真情。我承认，我如果不照你说的去做，而是固执己见，我就会弃善从恶。可是你得体谅我现在患了某些女人常患的一种病，竟然想吃泥土、石膏、煤块和其他乱七八糟的东西。这些东西看起来就够人恶心的，更别说吃了。你得设法让我康复，可是这又不容易做到，只有靠你向卡米拉献些殷勤，即使是不冷不热、装模作样也行。她也不会那么软弱，你刚有所表示，她就失节。只有这样我才满足，你也尽了你与我的友谊之情。这样你就不仅帮助了我，而且保住了我的面子。

“你必须这样做，原因还有一个，那就是我已决意进行这次考验。你大概不会同意我把这个怪念头告诉别人，因为这样就有可能危及你千方百计为我维护的名誉。至于你的名誉，在你追求卡米拉的时候，可能会在她的心目中受到一些影响，不过这没关系，你如果看到她像我们想象的那样毫不动摇，就可以马上把咱们的计谋据实告诉她，这样你的名誉就会恢复如初。你这样做并没有很大风险，而我也满足了。所以，你即使再有什么不便，也得去做。我说过，这件事只要你开始做，就算了结了。”

洛塔里奥见安塞尔莫决心已下，不知该怎样再向他举例，跟他讲道理，才能让他改变主意。他见安塞尔莫竟威胁说要把这个丑恶的想法告诉别人，就决定满足安塞尔莫的要求，照他说的去做，以免造成更大的不幸，最终把这件事办得既不影响卡米拉，又让安塞尔莫高兴。于是洛塔里奥告诉安塞尔莫，不要把他的想法对别人讲，自己可以负责完成这件事，而且在他愿意的时候就着手进行。安塞尔莫亲亲热热地拥抱了洛塔里奥，感谢洛塔里奥慷慨应允，仿佛洛塔里奥为他做了什么大好事似的。两人商定第二天就开始行动。安塞尔莫将提供地点和时间，让洛塔里奥同卡米拉有机会单独讲话，而且安塞尔莫还将为洛塔里奥提供准备送给卡米拉的钱和首饰。安塞尔莫让洛塔里奥为卡米拉放音乐，写赞美她的诗。虽然洛塔里奥都同意了，可目的同安塞尔莫完全不同。两人商量好后，来到了安塞尔莫家，卡米拉正焦急地等待丈夫归来，因为这天丈夫回去得比平时晚。

洛塔里奥回家去了。安塞尔莫想着自己的事满心欢喜，而洛塔里奥那边却在苦思冥想，不知如何才能处理好这种怪事。不过，那天晚上，他想出了一个既能瞒住安塞尔莫，又不伤害卡米拉的办法。第二天，洛塔里奥去安塞尔莫家吃饭，受到了卡米拉的热情招待。卡米拉对洛塔里奥非常友好，她知道丈夫跟洛塔里奥很有交情。吃完饭，收拾了桌子，安塞尔莫对洛塔里奥说，他有点急事要出去一下，大约一个半小时后回来，让洛塔里奥留下来陪卡米拉。卡米拉让安塞尔莫别离开，洛塔里奥则表示愿意陪安塞尔莫一同去办事。可是安塞尔莫都不听，一定要洛塔里奥留下等他回来，他还要同洛塔里奥商量一件很重要的事情。他又对卡米拉说，在他回来之前，不要冷落了洛塔里奥。实际上，安塞尔莫是假装非出去不可，谁也没有想到那是装的。

安塞尔莫走了，桌旁只剩下卡米拉和洛塔里奥，家里的其他人都去吃饭了。洛塔里奥陷入了朋友安塞尔莫安排的窘境，面前就是他的对手。她太漂亮了，仅凭她的美貌就足以征服一队武装骑士，所以，洛塔里奥感到害怕自有道理。洛塔里奥索性把胳膊肘放在椅子的扶手上，两手撑着脸。洛塔里奥请卡米拉原谅自己这副难看的样子，他想在安塞尔莫回来之前休息一会儿。卡米拉说他最好到起居室去，请他到起居室去睡觉。洛塔里奥不愿意去，就坐在椅子上睡到安塞尔莫回来。安塞尔莫回来了，看见卡米拉在自己的房间里，而洛塔里奥在睡觉，以为自己在外耽搁过久，他们已经说完话了，所以才有时间睡觉。安塞尔莫不知道洛塔里奥什么时候醒，想同他一起出去，问问情况。

一切如愿。洛塔里奥醒了，两人来到外面。安塞尔莫向洛塔里奥打听情况。洛塔里奥回答说，他觉得一开始就全盘托出不太好，所以他只说了些恭维卡米拉的话，说整个城里没有任何人像她那样美丽聪明。他觉得要赢得她的芳心，最初只能这样做，下次再说什么她才能听得进去。魔鬼在引诱一些洁身自好的人时就采用这种手段：它本是黑暗之魔，却扮成光明天使，装出一副慈善面孔，如果骗局没有被揭露，它最后才暴露出本来面目，阴谋得逞。安塞尔莫对此很高兴，说以后每天都给洛塔里奥这样的机会，即使不出门，也在家里忙些其他事情，这样卡米拉就不会发现他们的计谋了。

过了很多天，洛塔里奥一直没有同卡米拉说话，却告诉安塞尔莫，他已经同卡米拉谈过了，可是卡米拉没有一点儿邪念的表示，没有给他一点猥亵的希望，相反还威胁说，如果他不打消罪恶的念头，就要告诉自己的丈夫了。

“很好。”安塞尔莫说，“卡米拉一直没有为甜言蜜语所动。现在该看看她是否能抵御住物质的引诱了。明天我给你两千金盾，你送给她。我再另外给你这么多钱，你去买些首饰作诱饵。女人都喜欢首饰，即使再正经，也喜欢珠围翠绕，穿红戴绿，漂亮的女人更是如此。如果卡米拉能够抵御住这个引诱，我就放心了，以后也不会再麻烦你了。”

洛塔里奥说，既然事情已经开始了，他准备把事情做到底，虽然他知道到头来只能是筋疲力尽，徒劳一场。第二天，洛塔里奥拿到了四千金盾，但同时也得了无尽的烦恼，不知该怎样继续说谎了。实际上，他已经决定告诉安塞尔莫，卡米拉对待厚礼就像对待甜言蜜语一样，毫不动心，所以，已经没有必要再劳神浪费时间了。

可是节外又生枝。这回安塞尔莫还像以前一样，让洛塔里奥和卡米拉单独在一起，自己则躲进另一个房间，从锁眼里看他们做什么说什么。安塞尔莫发现，在半个多小时的时间里，洛塔里奥竟没有同卡米拉说一句话，而且就是再等一百年也不会说什么话。这时安塞尔莫才明白，原来洛塔里奥说的那些有关卡米拉的话都是编的假话。他为了弄清真相，就走出房间，把洛塔里奥叫出来，问他有什么消息，卡米拉情况如何。洛塔里奥回答说，这件事还没有什么进展，因为卡米拉回答得太尖刻，自己没有勇气再对她说什么了。

“哎，洛塔里奥啊洛塔里奥，”安塞尔莫说，“你竟辜负了我对你的信任。我一直通过这个锁眼观察你，看见你对卡米拉什么也没说。由此我可以想到，前几次你也什么都没说。如果是这样，而且肯定是这样，那么，你为什么要骗我，或者说，你为什么要耍心眼儿使我不能称心如愿呢？”

安塞尔莫没有再说什么，不过这些话就足以让洛塔里奥不好意思了。他觉得被人发现说谎是件丢人的事。他向安塞尔莫保证，以后，他一定让安塞尔莫满意，不再骗安塞尔莫了。安塞尔莫不妨暗中观察，就可以肯定这一点。现在已经无须留任何心眼了，因为只有让安塞尔莫满意，才可以使他释疑。安塞尔莫相信了，为了使事情进展得顺利，不出什么偏差，安塞尔莫决定离开家八天，到离城市不远的一个村庄的朋友家里去。他同朋友约定，让那个朋友派人来找他，这样他就有借口离开卡米拉了。

糊涂不幸的安塞尔莫呀，你在干什么！你究竟想干什么？你策划的是什么？你与自己过不去，竟策划让你丢脸、让你堕落的事情！你的妻子卡米拉是善良的人，你本可以平平安安地拥有她，谁也不会打搅你的兴致。她的心从来没有飞出这个家，你是她最亲近的人，是她的所爱，你让她感到高兴，你是衡量她意志的尺度，让她的一切只求符合你的愿望和天意。她的名誉、美貌、正直和持重的宝藏让你毫不费力地得到了你已经拥有和可以指望拥有的一切，你为什么还要冒着塌陷的危险，挖掘土地，重新寻找新的地层和并不存在的宝贝呢？她的这一切都建立在她的柔弱天性的薄弱基础上。你在寻找根本不可能的东西，当然就没有找到的可能性了。有个诗人说得好：

我向死亡求生存，
我向疾病求健身，
我向幽禁求自由，
我向叛逆求忠贞。

我不乞求幸运神，
命运在天不由人，
我求虚无无结果，
本应有得却失尽。

第二天，安塞尔莫去了朋友那个村子。临走前他对卡米拉说，他不在家的这段时间里，洛塔里奥来帮助照看家，并且同她一起吃饭，让卡米拉像对待自己一样对待洛塔里奥。卡米拉是个聪明正派的人，她对丈夫的吩咐感到难过，对丈夫说，他不在家的时候，最好谁也别来。如果他这么做是因为担心妻子管不好家的话，这次不妨试一试，就会知道她做这种事完全是绰绰有余的。安塞尔莫说他愿意这样，她应该做的就是俯首听命。卡米拉说，虽然她不情愿，也只好遵命照办。

安塞尔莫走了。第二天，洛塔里奥来到安塞尔莫家，受到了卡米拉亲热而又得体的招待。不过，两个人从来都没有单独在一起，卡米拉周围总是有男女用人，特别是总有一个叫莱昂内拉的女佣在身旁。她是在卡米拉家长大的，卡米拉很喜欢她，结婚时就把她带了过来。开头三天，洛塔里奥没有同卡米拉说任何话，虽然用餐完毕后他们有机会说话，当时用人们正在匆忙吃饭，这也是卡米拉吩咐的。卡米拉还吩咐莱昂内拉先吃饭，而且一直不离自己左右。可是莱昂内拉想着自己的事，要做她自己喜欢的事情，并不是每次都按女主人的吩咐去做。相反，她常常撇下洛塔里奥和卡米拉单独在一起，仿佛这才是卡米拉吩咐她的。然而卡米拉正襟危坐，表情严肃，举止稳重，使得洛塔里奥欲言又止。

卡米拉的端庄举止使洛塔里奥沉默不语，但也给两人带来了不利的后果。嘴可以不张，头脑却在动，眼睛也可以仔细看。品貌皆优的卡米拉，就是石头人见了也会爱上的，更何况一颗肉长的心呢。洛塔里奥本来应该同卡米拉说话，可这段时间一直看着卡米拉，觉得她真值得爱。这个想法慢慢侵蚀了他对安塞尔莫的忠诚。无数次，他想逃离这个城市，到一个安塞尔莫永远也看不到他，他也永远看不到卡米拉的地方去。他奋力屏弃和遏止看见卡米拉时产生的那种快感。他暗暗责备自己胡思乱想，称自己不是个好朋友，甚至不是个好基督徒。他把自己同安塞尔莫的情况做了比较，得出了结论：这是由于安塞尔莫的疯狂和信任，主要不是自己的不忠诚造成的，无论对上帝还是对普通人，他都可以为自己的想法开脱，也不必害怕因为自己的罪恶而受到惩罚。

实际上，卡米拉的相貌和品德，再加上她的无知丈夫创造的机会，已经摧垮了洛塔里奥的思想意志。他一直看着他喜欢看的东西。在安塞尔莫走了三天以后，他开始向卡米拉传情，他的话情意绵绵，让人心乱，使得卡米拉不知所措，只好起身回到自己的房间里去，不同洛塔里奥说任何话。然而，洛塔里奥对卡米拉的相思并没有因为卡米拉的冷淡而破灭，他反而更喜欢她了。卡米拉想不到洛塔里奥会是这个样子，不知如何是好，觉得不能再让洛塔里奥胡说八道了，便决定连夜派一个用人给安塞尔莫带去一封信。信见下文。

第三十四章 《无谓的猜疑》续篇

常言道，军队不可无将军，城堡不可无长官。我觉得，一个年轻的已婚女子更不可身边无丈夫。特别需要的时候除外。没有你在身边，我的情况很不好，我简直忍受不了这种孤独。你如果不马上回来，我只好回我父母家去散心，不能为你照顾家了。我觉得你留给我的看护人，若是应当如此称呼他的话，他照顾更多的是他自己的利益，而不是你的利益。你是个聪明人，我不必再说，也不便再说什么了。

安塞尔莫收到了这封信。他根据信上说的，以为洛塔里奥已经开始行动，而且卡米拉也做出了他所希望的那种反应，感到很高兴。他给卡米拉带回口信，叫她无论如何不要离开家，他很快就会回来。卡米拉接到信后感到很意外，比以前更加迷惑不解了。她不敢离开自己家，也不敢到父母家去。留下来，她的名声可能会受到影响，可是，离开又违背了丈夫的命令。最后她作出了她认为是最坏的决定，也就是留下来，而且不躲避洛塔里奥，以免用人们有什么议论。她后悔自己给丈夫写了那封信，生怕丈夫以为洛塔里奥发现她有些轻佻才敢放肆。不过她相信自己的情操，相信上帝，相信自己的良好愿望，所以，无论洛塔里奥再跟她说什么，她也不再告诉丈夫了，以免引起什么争执和麻烦。而且她还寻思，如果丈夫回来问她为何想起要写那封信，她应该如何为洛塔里奥开脱。

卡米拉的这些想法虽然用意良好，却并不正确，也是无益的。第二天，她一直听洛塔里奥说。洛塔里奥百般谄媚，渐渐动摇了卡米拉的意志。她竭力克制自己，不让洛塔里奥以眼泪和话语在她胸中激起的情感从她眼中有任何流露。洛塔里奥已经察觉到这些，于是欲火更旺。最后，他觉得应该利用安塞尔莫不在家的机会，加紧向这座堡垒进攻。他开始行动，对卡米拉的美貌大加赞扬。恐怕没有什么比虚荣更能攻破美女的高傲堡垒了。最后，洛塔里奥不择手段地用这种弹药攻破了她的洁身自好，卡米拉就是铁人也难以抵挡。洛塔里奥哭泣、乞求、许愿、吹捧、纠缠，装得情真意切。他装得很逼真，终于摧毁了卡米拉的防线，意想不到地得到了他求之不得的东西。

卡米拉投降了，卡米拉屈服了。可是这又怎么样呢？这是洛塔里奥的友谊控制不了的。这个例子明确地告诉我们，只有逃避才能战胜情感。面对如此强大的对手，谁能无动于衷呢？要战胜人类这种本能，必须有一种神圣的力量。只有莱昂内拉知道卡米拉的脆弱。这两个丑恶朋友和新情人的事瞒不了她。洛塔里奥不想把安塞尔莫当初的意图告诉卡米拉，也没说是安塞尔莫提供条件让他们发展到了这一步。他不愿意让卡米拉小看他的爱情，认为他本意并不想来追求她。

几天后，安塞尔莫回到了自己家。他没有发现家里已缺少了一件东西，那件他最珍视却又忽略了的东西。随后，他去洛塔里奥家看望洛塔里奥。两人拥抱，安塞尔莫向洛塔里奥打听那件与自己性命攸关的事情。

“我可以告诉你的事情，安塞尔莫朋友，”洛塔里奥说，“就是你有一个堪称世界妇女楷模和典范的妻子。我对她说的那些话，她全都当成了耳旁风；我对她的许诺，她全都不放在眼里；我送给她的那些东西，她全都不接受；对我装出的几滴眼泪，她大加嘲笑。总之，卡米拉是美的精华，是个正直、稳重、端庄的人，集中了一个值得赞扬的幸福女人的所有美德。把你的钱拿回去吧，朋友，它在我手里已经毫无用处了。洁身自好的卡米拉不会向这种馈赠和诺言之类的玩意儿屈服。你该高兴了，安塞尔莫，以后别再进行这类考验了。女人往往是造成困扰和猜疑的苦海，你既然蹒跚渡过了这个苦海，就不要再重新陷进去了。老天给了你这条船，让你用它渡过了尘世之海，你就不要再找其他船员去试验这艘船的品质和坚固性了。你应该意识到，你已经抵达了一个可爱的港湾，应该认真地停在那儿，等着上帝来召唤，没有任何贵人能逃避召唤的。”

安塞尔莫听了洛塔里奥这番话非常高兴，仿佛这是神谕似的，信以为真。尽管如此，他还是请求洛塔里奥把这件事继续做下去，不过现在只是出于好玩，当作消遣，而且也不用像以前那样用心计了。他只请求洛塔里奥写几首赞美诗，开头的名字用克洛莉，让卡米拉以为洛塔里奥爱上了一位叫克洛莉的小姐，这样就可以用这个名字来赞美卡米拉，而又不影响卡米拉安分守己的气节。如果洛塔里奥不愿意写，自己可以为他代劳。

“这没必要，”洛塔里奥说，“缪斯对我倒不那么陌生，每年都来看看我。你只管把你编的有关我的爱情故事告诉卡米拉吧,我来写诗。如果诗写得并不很扣主题，至少我也是尽我所能了。”

一个糊涂人和一个背叛了他的朋友就这样商定了。安塞尔莫回到家，问卡米拉为什么写信给他。而卡米拉正奇怪为什么安塞尔莫不问这件事呢。她说，原来觉得洛塔里奥比安塞尔莫在家时有些放肆，不过她已经看清了，是自己多心，因为洛塔里奥一直躲着她，避免同她单独在一起。安塞尔莫说，她完全可以放心了，因为他听说洛塔里奥已经爱上了城里一位尊贵的小姐，洛塔里奥还曾以克洛莉的名字为抬头，为她写诗呢。即使自己不在，也不必担心洛塔里奥的为人和他们两人之间的友谊。如果洛塔里奥事先没有告诉卡米拉，自己同克洛莉的爱情故事是虚构的，而且自己同安塞尔莫讲的那些诗实际上是赞美卡米拉的，卡米拉恐怕早就嫉妒了。由于事先已经知道了，卡米拉并没有感到意外或难过。

第二天，三个人坐在一起的时候，安塞尔莫请洛塔里奥说说他写给情人克洛莉的东西。卡米拉并不认识她,洛塔里奥想说什么都可以。

“即使卡米拉认识她，我也不隐瞒什么。”洛塔里奥说，“因为一个人赞美他的情人漂亮，并且说她冷酷，丝毫也不会影响她的名誉。不管怎么说，我告诉你们，我昨天为这个负心的克洛莉写了一首十四行诗。诗是这样写的：

十四行诗

夜色茫茫万籁静，
世人皆入甜蜜梦。
我对苍天和克洛莉
凄切诉说我不幸。
东方玫瑰红大门处，
朝阳初露冉冉升。
我又重新吐积怨，
唉声叹气诉不平。
太阳升起达金座，
光芒直射映大地，
哭泣愈频，呻吟更盛。
夜幕再降临，我又述
我的不幸，然而
老天装聋作哑，克洛莉也充耳不听。

卡米拉觉得这首诗不错，安塞尔莫更是赞不绝口，说那位小姐对这样的真情竟然不动声色，未免太残酷了。卡米拉接着说：

“那么，那些坠入情网的诗人说的都是真的？”

“诗人说的不一定是真的，”洛塔里奥说，“可那些坠入情网的人说得不多，却情真意切。”

“说得对。”安塞尔莫支持洛塔里奥的说法。卡米拉不在意这是安塞尔莫的计策，她已经爱上了洛塔里奥。

卡米拉对与洛塔里奥有关的一切东西都感兴趣，而且她知道洛塔里奥想的、写的都是她，她才是真正的克洛莉。所以，她对洛塔里奥说，如果他还有什么诗，就请拿出来念念。

“有倒是有，”洛塔里奥说，“不过我觉得它不像刚才那首那么好，或者说，比刚才那首差。你们不妨自己来判断一下。就是下面这首诗：

十四行诗

　　我会死去，即使我不信，
也必死无疑。
我会死在你脚下，负心的美人，
却并不后悔爱上了你。
　　我不会再被人记起，
没有了生命、荣耀和福气，
可你会看到，你美丽的面孔
已镌刻在我敞开的心里。
　　那是我临终的至宝。
你对我越冷酷，
我的追求越凌厉。
　　夜色漆黑，小船漂移，
浩海迷茫，路途漫漫，
不见港湾，不见北极。

安塞尔莫对这首诗也像对前面那首一样赞赏。这等于又增加了绕在他身上的侮辱他的锁链。洛塔里奥越是羞辱他，他越觉得光荣；卡米拉越是藐视他，他越觉得卡米拉品行端正，声名俱佳。后来有一次，卡米拉同她的女仆在一起，她对女仆说：

"莱昂内拉朋友，我感到惭愧，自己竟那么不自重，让洛塔里奥没费多少时间就得到了我的真心。我怕他因为我这么轻易就把自己交给了他而鄙视我，却忘了他当初费了多少力，才使我不得不依从他。"

"不用伤心，我的主人，"莱昂内拉说，"是否轻易就把自己交给了他，这并不重要，而且谁也不会因为轻易许人就被人鄙视，只要许得对，同样会受到尊重。俗话说，'给得干脆，价值双倍'。"

"不过俗话还说过，'便宜没好货'。"

"您别信那个，"莱昂内拉说，"我听说，爱情有时飞跑，有时漫步，对某些人不冷不热，对某些人炽热难当；它可以伤害一些人，也可以杀死一些人；它在一个地方产生，又在同一个地方泯灭；往往早晨还在围攻一个堡垒，傍晚就把堡垒攻破了，没有任何力量可以阻止爱情。既然这样，您还有什么可怕的？洛塔里奥也是如此，他趁我主人不在的时候，用爱情征服了您。爱情决定的事情必须趁安塞尔莫不在时完成，不能犹豫不决。等到安塞尔莫回来，事情就没法办了。爱情要如愿，最重要的是机会，尤其是在最初的阶段。这些事情我都清楚，不仅是听说来的，还有自己的经历。以后我会告诉您的，夫人，因为我也是有血有肉的少女。

"而且，卡米拉夫人，您是首先从洛塔里奥的眼睛、叹息、话语、许诺和馈赠里看到了他的一片心，又由他的心和种种品德看出他是个值得爱的人，然后才以身相许的。如果是这样，您就不应该胡思乱想了，应该相信洛塔里奥敬重您，就像您敬重他一样，他为您坠入情网而高兴满足，他是靠勇气和尊重猎取了您。他不仅具有人们说的一个好情人应具有的四点[①]，而且还具有完全的ABC特性[②]。您如果不信，听我给您背背看。我觉得，他这个人一感恩，二善良，三威武，四慷慨，五多情，六坚定，七英俊，八正直，九高贵，十忠诚，十一年轻，十二优秀，十三老实，十四显赫，十五豁达，十六富有，还有刚才说的那四点，接着是内向和真心。X就别说了，这个字母不好听。Y已经说过了。Z就是注重您的名誉。"

卡米拉听到女仆的这番话不禁笑了，觉得她在谈情说爱方面也许做的比说的还内行。女仆向卡米拉承认，她正和本城一位出身高贵的青年谈情说爱。卡米拉有些慌了，怕发展下去会影响自己的声誉，赶紧追问她是否已经超越了谈与说。女仆也没什么不好意思，大大方方地说已经超越了。女仆看到上梁不正，也就不怕说下梁歪了。卡米拉只好求她别把自己同洛塔里奥的事告诉她的情人，而且对她自己的事也保密，千万别让安塞尔莫和洛塔里奥知道。

---

① 即聪明、有个性、体贴人、能保密。

② 下面引述的形容词在原文中是按照字首字母的ABC顺序排列的。

莱昂内拉说一定遵命，可她的行为确实让卡米拉担心，女仆的不检点会影响自己的名誉。大胆无耻的莱昂内拉自从发现女主人行为反常后，竟擅自让情人出入卡米拉的家。她相信女主人即使看见了，也不敢说出去。于是，就出现了女主人犯过失而带来的一种恶果，那就是她们自己反倒成了女仆的奴隶，不得不为女仆们掩饰其丑恶行径。卡米拉的情况就是如此。尽管她一再发现女仆同那个男青年在自己家的一个房间里，却不仅不敢说她，还得找地方让他们藏起来，为他们提供方便，以免让丈夫看到他们。可是有一天凌晨，洛塔里奥还是发现了那个青年。洛塔里奥不认识他，起初还以为是碰上了鬼影，但是见那人缩头缩脑地走路，马上就想到了另外一面。如果不是卡米拉及时补救，事情就全完了。洛塔里奥没有想到，那个人这种时候出入卡米拉家是为了莱昂内拉，他完全忘记了莱昂内拉在世界上的存在，只是想到卡米拉既然能轻易同他混到一起，也就很容易同别人混在一起。这就是罪恶女人得到的另一种恶果。她被殷勤和劝说引诱，投入了某个人的怀抱，丧失了自己的名誉，而那个人却以为她同样可以轻易地投入别人的怀抱，并且对自己的每一个猜疑都信以为真。洛塔里奥在这点上就考虑欠缺。他把自己以前的谨慎置于脑后，没有认真合理地考虑一下，就按捺不住胸中的嫉妒之火，一心要报复卡米拉。安塞尔莫还没起床，他就迫不及待地闯了进去，对安塞尔莫说：

“你知道吧，安塞尔莫，这些天来，我的内心一直在斗争，极力想让自己不对你说这件事。可是现在不说不行了，而且也太不像话了。你该知道，卡米拉这座堡垒已经被攻破，我完全可以在那里为所欲为了。我原来没有告诉你真相，是想看看她究竟是一时糊涂还是为了考验我，坚贞地对待我按照你的吩咐同她建立的爱情。我原来觉得，如果她是咱们想象的那种正派女人，就会把我追求她的事告诉你。可是过了这么长时间，我就明白了，她原来对我说，你再出门的时候，她就在你保存贵重物品的内室里等我是真的（卡米拉确实有几次在那个地方等他）。我不想让你现在慌慌张张地报复，因为现在她还只是在想这件事，并没有去做。也可能从现在到开始行动的时候，卡米拉会有所改变，会后悔。你过去一直听从我的劝告，现在我再告诉你一个办法，你照着去做，就可以明白无误地以你认为最合适的方式解决问题。你还像前几次一样，装着外出两三天，然后再设法藏到你的内室里去吧。内室里有壁毯和其他东西，你可以舒舒服服地藏在里面，你用你的眼睛，我用我的眼睛，看看卡米拉到底想干什么。如果是什么意外的坏事，你也可以悄悄地、稳稳当当地、迅速地为你受到的伤害报仇了。”

安塞尔莫听了洛塔里奥这番话惊呆了。他以为卡米拉已经战胜了洛塔里奥的假意引诱，正享受胜利的快乐，万万没有料到事情竟是这样。过了很长一段时间，他默默无语，眼睛眨也不眨地盯着地面。最后他说：

“洛塔里奥，你已经尽到了朋友的责任。现在我还得听你的。你随便怎么做，而且对这件意想不到的事情，你如果觉得有必要，就继续保密吧。”

洛塔里奥答应了。不过他刚一离开安塞尔莫，就后悔跟他说了这么多，觉得自己做得过分了。他自己完全可以报复卡米拉，没有必要采取这种残忍卑鄙的手段。他诅咒自己的这种想法，斥责自己这种轻率的决定，不知道如何才能挽回自己的这种做法或者找出某种合理的解决办法。最后他想起来，应该把这一切都告诉卡米拉。他们一直有很多机会见面。洛塔里奥当天就去找卡米拉。卡米拉正只身一人，一看到洛塔里奥就说：

“你知道吧，洛塔里奥朋友，我心里很难受，觉得胸口快要炸了，不炸才怪呢。莱昂内拉太无耻了，她每天都把一个小伙子带到这个家里来，一直到天亮。这会大大损害我的名誉，谁看见那个小伙子在那种时候从我家出来，都会以为是我做了什么见不得人的事。最麻烦的就是我既不能惩罚她，也不能说她。她知道咱们的事情，因而我总是欲言又止，我怕这样早晚会坏了事。”

卡米拉刚开始说这件事时，洛塔里奥还以为卡米拉撒谎，说他看见的那个人是来找莱昂内拉，而不是来找她的。可后来看卡米拉哭得很难过，还让他想办法，才相信这是真的，于是他现在更加不知所措，更加后悔了。尽管如此，他还是让卡米拉不要着急，他会想办法不让莱昂内拉太放肆。同时他还告诉卡米拉，自己被嫉妒之火烧昏了头，已经把这件事告诉安塞尔莫了，并且同安塞尔莫约定，让安塞尔莫藏在内室里，这样可以清楚地看到卡米拉如何对他不忠。他请求卡米拉原谅自己的疯癫之举，并且请卡米拉设法把他从胡乱猜疑造成的这场麻烦中解脱出来。

卡米拉听了洛塔里奥的话吓坏了。她非常气愤而又非常得体地数落了洛塔里奥，批评了他的胡乱猜疑和轻率决定。不过卡米拉天生有应急的智慧，这点比洛塔里奥强。每当特别需要洛塔里奥拿主意的时候，他就没主意了。对于这样已经几乎无法挽回的事情，卡米拉马上就想出了补救办法。她对洛塔里奥说，一定要让安塞尔莫藏到他们那天商定的内室里去，她想利用安塞尔莫藏身这个机会，把事情说清楚，以便两人从此不再担惊受怕。不过，她没有把自己的全部想法都告诉洛塔里奥，只让他注意，安塞尔莫藏在内室里的时候，莱昂内拉一叫他，他就赶紧来，卡米拉问什么他就答什么，就好像不知道安塞尔莫能听见似的。洛塔里奥一定要卡米拉把自己的意图告诉他，这样他可以充分做好各种必要的准备。

“我问什么，你就答什么，没什么可准备的。”卡米拉说，她不想把自己的想法告诉洛塔里奥，怕他不同意自己的想法又去寻找其他办法。她觉得自己的想法再好不过了。

洛塔里奥走了。第二天，安塞尔莫推说要到朋友的那个村庄去，离开了家，然后又折回来藏了起来。一切都很顺利，其实卡米拉和莱昂内拉都已经安排好了。

安塞尔莫藏了起来，想到要亲眼目睹这件关乎自己名誉的事到底是什么样子，自己眼看就会失掉心爱的卡米拉，他忐忑不安的心情可想而知。卡米拉和莱昂内拉断定安塞尔莫已经藏好，就走进了内室。脚刚落地，卡米拉就长吁了一口气，说道：

“哎，莱昂内拉朋友！在我做那件事之前，我不想让你知道是什么事，免得你也来打扰我。我让你把安塞尔莫的那把短剑拿来，让它穿透我这卑鄙的胸膛，难道不好吗？不过你先不要这样做，我觉得替人受过是不合理的。首先我想知道，洛塔里奥那双肆无忌惮、恬不知耻的眼睛究竟在我这儿看到了什么，竟敢藐视他的朋友和我的名誉，在我面前大胆地表露他的丑恶想法。莱昂内拉，你到窗口去喊他。他肯定在街上等着实现他的罪恶企图呢。然而，他遇到的将是一个冷酷而又正直的我！”

“哎呀，我的主人，”聪明而又知情的莱昂内拉说，“你想用这把短剑干什么？你难道想用它要自己的命或者要洛塔里奥的命吗？无论你要谁的命，都只会让你失掉自己的声誉。你最好还是装作不知道你受到的侮辱吧，别让这个恶毒的男人现在进入这个家，看到只有咱们两人。你看，夫人，咱们都是纤弱女子，他是个男人，而且横了心。他抱着疯狂的情欲目的而来，也许你还没对他怎么样，他就已经对你下手了，这比要你的命还糟糕。我的主人安塞尔莫也够可恨的，竟把自己的家交给了这个无耻之徒！我看出你是想杀掉他，可你就是把他杀了，咱们又怎么办呢？”

“什么，朋友？”卡米拉说，“咱们把他扔在那儿，等安塞尔莫回来再埋。把自己的耻辱埋在地下应该是件惬意的事情。你去叫他来。拖延时间，不为我所受到的侮辱而报仇，就是对我忠实于丈夫的一种侮辱。”

这些话安塞尔莫全都听见了。卡米拉的每句话都对他有所触动。后来听到卡米拉想杀掉洛塔里奥，他就想出来，以免这种事情发生。不过，他又止住了，想等卡米拉这一正直的决心发展到一定程度，他再适时地出面阻止。

卡米拉这时突然感到一阵强烈的晕眩，扑倒在床上。莱昂内拉哭起来，说：

“哎呀，你多么不幸呀，你竟死在我的怀抱里！你就是世上贞洁的集中代表，是所有善良女人的光荣，是洁身自好的典范！”

莱昂内拉又说了其他诸如此类的话，谁听了都会把她当成世界上最令人同情、最忠实的女仆，而把她的主人当成又一个受到迫害的佩涅洛佩①。

---

① 佩涅洛佩是《奥德赛》的主人公之一。丈夫奥德修斯外出二十年，她想出种种办法和借口摆脱求爱者的纠缠，是忠于丈夫的妻子之典范。

卡米拉一会儿醒过来了。她一醒来就说：

“莱昂内拉，你为什么不去叫那个最不忠实的朋友？这种人白天的太阳没见过，晚上的月亮也没见过。你快去叫他，免得耽误了时间，让我的怒火熄灭，把我这种正义的报仇仅仅转为几句吓唬和诅咒的话。”

“我就去叫他，我的主人，”莱昂内拉说，“不过你得先把短剑交给我，以免我稍不留意，你就会做出让所有爱你的人都痛哭一辈子的事情来。”

“你放心地去吧，莱昂内拉朋友，我不会那样做。”卡米拉说，“我即使像你认为的那样，是个大胆而又头脑发热的人，也不会为了维护我的名誉而做出古罗马烈女卢克雷蒂娅那样的事情来。据说她没有任何过失却自杀了，也没有先杀死那个造成她不幸的人。如果要我死，我会死的，不过我得报了仇，让那个害我走到这种地步的人为他的冒失而哭泣才行，这中间并没有我的过错。”

卡米拉再三乞求，莱昂内拉才出去叫洛塔里奥。莱昂内拉出去了。她回来时，看见卡米拉正在自言自语：

“上帝保佑，我拒绝了洛塔里奥难道不是最正确的吗？我以前已经多次拒绝了他。我不能让他把我当作不正经的坏女人，即使现在我也要花费时间向他讲清楚。拒绝他肯定是最正确的。不过我还没有报仇，我丈夫的名誉还没有得到洗刷，不能让他这些罪恶想法就这么随随便便地了结。背信弃义的人得用自己的生命来补偿他的罪恶念头企图得到的东西。要让整个世界都知道，假如世界能够知道的话，卡米拉不仅保持了对丈夫的忠贞，而且向敢于冒犯她的人报了仇。不过，即使这样，我觉得最好还是让安塞尔莫知道这些。当初他去村庄时，我已经在写给他的那封信里点到了这件事，我觉得他没有像我给他点明的那样设法弥补过失，大概是出于好心和诚心，不愿意也不能够相信在他如此忠实的朋友心里会藏有损害他名誉的想法吧。若不是过了很多天之后，洛塔里奥竟公然无耻地赠送礼物，乱许愿，还流眼泪，我也不会相信这点。可我现在为什么要说这些呢？难道一个正确高贵的决定还需要什么解释吗？没有必要。这里要的就是报仇！不管怎么样，让那些背信弃义的人滚吧！让那个虚伪的人进来，过来吧，走到这儿，让他死，一切就都结束了。我清清白白地属于老天赐给我的那个人，我也应该清清白白地离开他，若是我身上沾了这个世上最虚伪的朋友的肮脏血液，我的血液仍是完全纯洁的。”

说完，卡米拉拔出短剑，在房间里走来走去，步履狂乱，似乎已经有些精神失常，简直不像一个弱女子，倒像个绝望的无赖。

安塞尔莫躲在壁毯后面，把一切都看在眼里。他对这一切都感到很意外，觉得他看到听到这一切已足以消除他的疑虑，甚至觉得洛塔里奥出面已经没有必要了，因为担心会发生意外。他正要走出来拥抱妻子，向她做解释，突然看见莱昂内拉扯着洛塔里奥的手回来了，便止住了脚步。卡米拉一看见洛塔里奥，就用短剑在自己面前划了一条长长的横线，对洛塔里奥说：

“洛塔里奥，你注意听我说，如果你敢越过这条线，或者你没有越过，可是我看到你企图越过这条线，我就让手中的这把短剑刺进自己的胸膛。现在我要你回答我的话。你先听我说几句，然后你随意回答。首先，我想让你告诉我，洛塔里奥，你是否认识我丈夫安塞尔莫，你觉得他怎么样。第二，我想让你告诉我，你是否认识我。你回答我，不用慌，也不用考虑，我问你的这些问题并不难回答。”

洛塔里奥并不笨。卡米拉叫他设法让安塞尔莫藏进小房间的时候，他就意识到卡米拉想干什么了。现在，他机警而又适时地回答卡米拉的话，两人把假戏演得比真戏还真。对卡米拉的问话，洛塔里奥回答说：

“美丽的卡米拉，我没有想到，你叫我来是为了问我一些与我到此的目的无关的事情。你这样做大概是为了拖延实现你对我的承诺吧。其实你早就开始拖延了，对于渴望已久的东西，得到它的希望越临近，人的心绪也就越慌乱。为了不让你说我避而不答你的问题，我告诉你，我认识你的丈夫安塞尔莫，我们从很小的时候就认识。对于我们之间的友谊，你了解得很清楚。我不想说这点，是因为我不愿正视爱情已迫使我对他造成了伤害，这样即使有再大的错误，我也有理由原谅自己。我认识你，我像他一样尊重你。如果不是为了心爱的你，我也不会违背真正友谊的神圣法则，做出我不应该做的事情。现在，为了难以抵御的爱情，我已经破坏践踏了这些法则。”

“既然你承认这些，”卡米拉说，“你就是所有真正值得爱的东西的死敌，你还有什么脸面，竟敢出现在我面前呢？你知道，他非常喜爱我，那你就该想想，你伤害他是多么没有道理。我真不幸，现在才明白，你为什么会这样不安分。这大概是由于我有点放纵自己吧，我不想用‘不知廉耻’这个词，因为我并不是有意这样做的，而只是由于某种不在意。女人们觉得没有必要装模作样的时候，常常会无意识地出现这种情况。除此之外，你说，你这个背信弃义的家伙，我对你的乞求什么时候表露过一丝让你得逞的希望？你那些甜言蜜语什么时候没有受到我的拒绝和严厉驳斥？你信誓旦旦，慷慨赠礼，我相信了吗，接受了吗？可是我觉得，如果一个人的色欲没有一点得逞的希望，就不可能坚持很长的时间，因此我想，你心术不正的责任还在于我，肯定是我不在意，助长了你的歹意，所以，我要惩罚自己，承担起你应当承担的罪责。

“为了让你看到我将无情地对待自己，对你就更得无情，我要让你看看为我值得尊敬的丈夫的名誉受损而举行的祭奠。我的丈夫受到了你最大程度的蓄意伤害，也由于我不够谨慎，让你钻了空子，助长了你的罪恶企图，因而使他受到了我的伤害。我再说一遍，我怀疑由于我疏于防范才造成了你胡思乱想，并且为此而痛心疾首。我现在最想做的，就是亲手惩罚自己，因为如果由别人来惩罚，事情可能会泄露出去。不过在此之前，我要先杀死一个人，让他同我一齐走，以此实现我的复仇愿望。这样，无论到哪儿，都可以让人看到，正义已经对此进行了无私的惩罚，并且没有放过把我逼上如此绝路的人。”

说完，卡米拉拔出短剑，以一种令人难以置信的力量和敏捷向洛塔里奥扑去，看样子是要把短剑插进洛塔里奥的胸膛。洛塔里奥一时难辨卡米拉这番动作的真假，只好靠自己的灵巧和力量来抵挡卡米拉，以免她刺中自己。卡米拉为了给自己这番把戏增加些真实色彩，便想用自己的鲜血渲染一下气氛。她看刺不中洛塔里奥，或者是她故意假装刺不中，就说：“如果命运不想全部满足我的正义愿望，至少它不能阻止我的愿望得到部分满足。”

她用力掰开洛塔里奥按住短剑的那只手，把剑锋指向自己不会刺得很深的部位扎了下去，又把剑掩藏到左肩锁骨上方的衣服里，然后倒在地上，装出晕过去的样子。

莱昂内拉和洛塔里奥被这情景吓坏了。他们见卡米拉倒在地上，浑身是血，仍拿不定这是真的。洛塔里奥吓得一下子跑到卡米拉身边，拔出短剑。他见伤口不大，立刻消除了刚才的恐惧，心中再次佩服卡米拉办事精明、谨慎、周全。现在轮到他表演了。他趴在卡米拉身上，伤心地哀叹了很长时间，好像卡米拉真的死了似的，并且不停地咒骂，不仅咒骂自己，还咒骂把他推到了这种结局的人。他知道他的朋友安塞尔莫正在听他说话，就一通胡言，让人听了觉得即使卡米拉死了，也不如他可怜。莱昂内拉把卡米拉抱起来，放到床上，求洛塔里奥赶紧找人来悄悄为卡米拉治伤。她还同洛塔里奥商量，万一安塞尔莫回来时卡米拉的伤还没好，该如何向安塞尔莫解释女主人的伤。洛塔里奥说随便怎么解释吧，他现在也想不出什么好的解释办法。他只让莱昂内拉想办法为卡米拉止住血，他自己得躲到一个谁也找不到他的地方去。他装出非常伤感的样子走出房间，见四周无人，就不停地画十字，暗暗赞叹卡米拉的手腕和莱昂内拉恰到好处的表演。他还料想，安塞尔莫会把自己的妻子当成第二个波尔恰①，并且同他一起庆贺这场骗局和伪装得惟妙惟肖的事实真相。

莱昂内拉止住了女主人的血。光是这点血就足以让人们相信卡米拉的骗局了。莱昂内拉用葡萄酒清洗了一下伤口，凑合着把伤口包好。她一边忙着，一边嘴里还说着。即使没有前面所说的那些话，现在这些话也足以让安塞尔莫相信卡米拉的贞洁形象了。莱昂内拉说，卡米拉也说。她说自己是胆小鬼，没有足够的勇气，在最需要勇气的时候，却没有足够的勇气自杀。她对自己的生命已经厌倦了。卡米拉还同莱昂内拉商量，是否要将全部事情都告诉自己的丈夫。莱昂内拉说，还是不要对他讲为好，否则安塞尔莫肯定会去找洛塔里奥算账，那么安

① 波尔恰是古罗马的烈女，丈夫战死后，她吞食燃烧的煤自杀。

塞尔莫本人也会有危险。一个好女人不应该让自己的丈夫参加殴斗，而是应该尽可能避免各种事端。

卡米拉说她觉得莱昂内拉说得很对，她就这样办。不过，最好还是想想该怎样向安塞尔莫解释这处伤，安塞尔莫肯定会发现这处伤。莱昂内拉说，她连开玩笑都不会编假话。

“可是妹妹啊，”卡米拉说，“我怎么知道该怎么说呢？就是要了我的命，我也不会说呀。如果咱们想不出什么办法来，最好还是把事情和盘托出吧，免得不能自圆其说。”

“别着急，夫人，”莱昂内拉说，“今天晚上我再想想咱们该怎么说。伤口是在那么个部位，也许可以遮住，不让他看见。这个办法合情合理，老天会助咱们一臂之力。安静一下吧，我的夫人，尽量把你的情绪安定下来，别让我主人看到你这副失魂落魄的样子。其他的事情都交给我，交给上帝吧，上帝总是施恩于善良的愿望。”

安塞尔莫十分认真地耳闻目睹了这场断送了他的名誉的悲剧。悲剧的演员们演得太逼真了，竟让安塞尔莫信以为真。他急于等到天黑，以便离家去找他的好朋友洛塔里奥，同他一起祝贺自己证明了妻子的清白，发现了这颗珍珠。

卡米拉和莱昂内拉故意让安塞尔莫有出门的机会。安塞尔莫赶紧去找洛塔里奥。对于安塞尔莫同自己的拥抱，安塞尔莫高高兴兴叙述的那些事情，以及他对卡米拉的赞扬，洛塔里奥都表现得很不自在，没有显出一分高兴的样子，因为他知道安塞尔莫受的骗有多深，而自己对他的伤害又是多么不合天理。安塞尔莫看出洛塔里奥并不高兴，还以为他是因为卡米拉受了伤，而且是由于自己受了伤才难过的，就劝洛塔里奥不要为卡米拉的事情难过，卡米拉肯定伤得不重，因为卡米拉和莱昂内拉已商定要对他瞒着这件事，既然这样，问题就不大。安塞尔莫劝洛塔里奥以后与他共享欢乐，因为正是靠洛塔里奥出主意帮忙，他才得到了渴望已久的幸福。以后，他只想以写诗赞美卡米拉为消遣，让以后几个世纪的人都记住她。洛塔里奥对安塞尔莫的好主意表示赞赏，并说他将帮助安塞尔莫建立起这座丰碑。

就这样，安塞尔莫成了上了当还最为得意的大傻瓜。是他亲自把断送自己名誉的人带到自己家，还以为带回了一个让自己获得荣誉的工具。卡米拉碰到洛塔里奥时满心欢喜，脸上却故意显出气愤的样子。这个骗局持续了一段时间。几个月后，命运女神扭转乾坤，他们精心设置的骗局昭然若揭，安塞尔莫则因为自己无谓的猜疑而丢掉了性命。

第三十五章　唐吉诃德大战红葡萄酒囊，《无谓的猜疑》结束

故事还差一点儿没有讲完，这时，桑乔忽然慌慌张张地从唐吉诃德住的那个顶楼上跑了下来，大声喊道：

“诸位，快来吧，来帮帮我的主人吧，他正在进行一场我从没见过的激烈战斗呢。感谢上帝，他一剑就把同米科米科娜公主作对的巨人的脑袋像砍萝卜似的整个砍下来了。”

“你说什么，兄弟？”神甫放下手中的书问道，“你发疯了吗，桑乔？那个巨人离这儿远着呢，你说的是什么魔鬼呀？”

这时只听顶楼上一声巨响，唐吉诃德大声喊道：

“站住！你这个盗贼、恶棍、歹徒！我已经抓住你了，你的破刀也没用了！”

听声音好像是唐吉诃德在奋力砍墙壁。桑乔说：

“你们别光站着听，倒是进去劝劝架呀，或者帮帮我的主人嘛。不过也许不需要了，那个巨人肯定已经死了，向上帝招认他以前的罪孽去了。我刚才看见地上流着血，巨人被砍掉的头颅落在一旁，体积有大皮酒囊那么大呢。”

“我敢打赌，”店主说，“肯定是唐吉诃德或唐魔鬼把他床边的红葡萄酒囊扎破了，流到地上的葡萄酒大概就是这个好心人说的血吧。”

店主说着走进顶楼，大家也都跟了进去，只见唐吉诃德穿着一身可以说是世界上最奇特的服装。他只穿着一件衬衣，前面只能盖到大腿，后面比前面还短六指。他的两条腿特别长，还长满了汗毛，没有一点不带汗毛的地方。头上戴着店主那顶脏兮兮的红帽子，左臂上绕着桑乔最反感的被单，至于桑乔为什么对它反感，他自己当然知道。唐吉诃德的右手拿着一把短剑，正挥舞着到处乱刺，嘴里还说着什么，似乎真是在同什么巨人搏斗。

好在唐吉诃德的眼睛并没有睁开。他仍然处于睡眠状态，做着梦同巨人作战。他急于完成自己的大业，所以梦见自己已经来到了米科米孔王国，正在同自己的敌人战斗。他对着酒囊刺了很多下，以为自己正在刺向巨人，结果弄得满屋子都是葡萄酒。店主见状勃然大怒。他向唐吉诃德冲去,攥紧拳头猛打。若不是卡德尼奥和神甫把他拉开，那么，结束这场同巨人战斗的人就是店主了。即使这么打，可怜的唐吉诃德还是没有醒。直到后来理发师从井里弄来一大罐凉水，朝着唐吉诃德从头到脚浇下去，唐吉诃德才醒过来。不过，他还是没想起自己为什么成了这个样子。多罗特亚见唐吉诃德穿得这么短又这么单薄，不好意思进来看这位游侠和他的对手作战。

桑乔正在满地找巨人的脑袋，结果没有找到，就说：

“现在我知道了，这间房子里所有的东西都中了魔法。上一次，我就是在我现在待的这个地方被人打了一顿老拳，却不知道是什么人打的，看不见任何人。这回，我刚才亲眼看到巨人的脑袋被砍掉了，血如喷泉从巨人的身体里涌出来，现在却找不到巨人那个脑袋了。”

“什么血呀泉的，你这个上帝和神明的敌人！”店主说，“你没看到吗？笨蛋，血和泉就是从这房间被戳破的酒囊里流出来的红葡萄酒！我要让戳破酒囊的人的灵魂到地狱里去游荡！”

“这些我都不知道，”桑乔说，“我只知道若是找不到这个脑袋，我就会倒霉透顶，我的伯爵称号就会化为乌有。”

桑乔没睡觉，却比唐吉诃德睡着觉还糊涂，这大概是他主人的诺言造成的。

店主看到侍从糊涂，主人疯癫，简直气得绝望之极。他发誓绝不能像上次那样，让他们不付钱就跑掉。这次他们别想靠什么骑士的特权赖任何账，就连修补酒囊用的钱也得让他们掏。

神甫抓住唐吉诃德的双手。唐吉诃德以为自己已经大功告成，眼前站着的是米科米科娜公主。他在神甫面前跪了下来，说道：

“尊贵著名的公主，从今以后，您不用担心那个恶棍再对您作恶了。我已经在高贵的上帝和我视为命根子的公主帮助下履行了我的诺言，从今以后也不再受它约束了。”

“难道我没说过吗？”桑乔听了说道，“我并没有醉。你们看看，我的主人是不是已经把那个巨人打跑了！我的伯爵称号也妥了，果不其然！”

谁听了主仆二人的胡话都会忍俊不禁。大家都笑了，只有店主气得要发疯。最后，理发师、卡德尼奥和神甫费了不少力气，才把唐吉诃德弄到床上。唐吉诃德看样子疲惫已极，倒头沉沉睡去。大家又到客店门口安慰桑乔，他正为找不到巨人的头而着急呢。不过，最主要的是让店主消消气。店主为突然损失了这么多酒囊而气急败坏。客店主妇也大声喊道：

“这个游侠骑士到我们店里来，可算让我们倒霉透了，我这辈子也不想再见到他们了。他们让我们赔了多少钱！上次赔了一个晚上的晚饭、床铺、稻草和大麦，这是他和他的侍从以及骡子和一头驴用的。他们说自己是征险骑士，是上帝让他们和世界上的所有冒险者走厄运，所以什么钱也不用付，还说游侠骑士的章程上就是这么写的。现在，还是为了他，又来了一位大人，拿走了我的尾巴，等到还回来的时候，已经毁得差不多了，毛都秃了，我丈夫想用也没法用了。最可恶的就是弄破了我的酒囊，流了一地葡萄酒，我倒愿意这地上流的都是他的血呢。我以我已故父母的名义发誓，他们不能少给一文钱，休想！否则我就不叫我自己的名字，就不是我父母养的！”

客店主妇说得怒气冲冲，丑女仆又在一旁帮腔。她的女儿一声不吭，只是不时地微笑一下。神甫一直在安慰她，说将尽可能地赔偿她的所有损失，包括酒囊和葡萄酒，特别是那只贵重的尾巴。多罗特亚安慰桑乔说，只要能证实他的主人砍掉巨人的头一事是真的，等她的王国太平了，她肯定会把王国里最好的伯爵领地赏给他。

桑乔听了这话才放心了。他向公主发誓说，他的确看到了巨人的脑袋。说得更具体些，他看到巨人有一副直拖到腰部的胡子。如果巨人不见了，那肯定是魔法弄的。那间房子里的所有事都受到了魔法操纵，上次他在这儿住的时候就遇到这种情况。多罗特亚说她相信是这样。她让桑乔别着急，一切都会如愿以偿。大家都安静下来了，神甫就想把书看完，那本书已经看得差不多了。卡德尼奥、多罗特亚和其他所有人都请求神甫把书读完。神甫为了让大家高兴,他自己也想看，就把故事讲了下去。故事是这样说的：

且说安塞尔莫对卡米拉的品德很满意，过着无忧无虑的快乐日子。卡米拉故意冷冷地对待洛塔里奥,为的是让安塞尔莫有一种错觉。为了更保险，卡米拉还让洛塔里奥请求以后不再来他家了，因为卡米拉见了他会明显不高兴。可是被蒙在鼓里的安塞尔莫坚决不同意他这么做。这样，无论从哪一方面讲，安塞尔莫都使自己丢尽了脸，而他却以为这是自己的福气。与此同时，莱昂内拉觉得自己的情爱也得到了认可，便更加肆无忌惮地放纵自己，相信女主人会帮她掩盖，而且还会告诉她如何避免引起怀疑。结果有一天晚上，安塞尔莫觉得莱昂内拉的房间里有脚步声，他想看看是谁在走动，可是似乎有人在顶着门。这样安塞尔莫就更想进去看看了。他用力推开门闯进去，看到一个男人正从窗口跳到街上。他想赶紧追出去看看到底是谁。可是莱昂内拉紧紧抓住他不放，使他脱身不得。莱昂内拉说：

“别着急，我的主人，您别再追那个跳出去的人了。这是我的事，他是我丈夫。”

安塞尔莫不相信。他简直气昏了头，拔出短剑就要刺莱昂内拉，还说如果她不说实话就杀死她。莱昂内拉吓坏了，不知是怎么回事，她竟说：

“别杀我，我的主人，我还有您想象不到的重要事情要告诉您呢。”

“快说，”安塞尔莫说，“要不然你就死定了。”

“现在我可没法说出来，”莱昂内拉说，“我这会儿心慌意乱。让我明天早晨再告诉您吧，那时候您就会知道一件让您意外的事情。

我保证刚才从窗户跳出去的是本城的一个青年，他已经同意和我结婚了。”

安塞尔莫这才放下心来。他想等到莱昂内拉要求的第二天再说。他没想到这件事会与卡米拉有关，现在他对卡米拉的品行已经满意和放心了。他走出莱昂内拉的房间，把莱昂内拉锁在里面，对她说，如果她不把该说的事情告诉他，就别想出来。

然后，安塞尔莫就去看望卡米拉，对她讲了刚才在女仆那儿发生的事情，还说女仆要同他说一件至关重大的事情。卡米拉是否慌了手脚，且不必说，反正她怕得要死。她完全相信，也有理由相信，莱昂内拉会把她知道的有关自己不忠的事情告诉安塞尔莫。卡米拉没有勇气再等着瞧自己的猜测是否正确，当天晚上，她估计安塞尔莫已经睡着了，就把自己最贵重的首饰和一些钱收拾好，神不知鬼不觉地出了家门，去找洛塔里奥。她把发生的事情告诉了洛塔里奥，求他或者把自己藏起来，或者两人一同逃到安塞尔莫肯定找不着他们的地方去。

卡米拉这么一说，洛塔里奥也慌了神，不知如何回答是好，也拿不定主意该怎么办了。最后，他想到可以把卡米拉送到一个修道院去，他的一个姐妹在那儿当院长。卡米拉同意了。洛塔里奥把卡米拉火速送到了修道院，接着他自己也从城里悄悄地失踪了。

第二天早晨，安塞尔莫没有发现卡米拉已经不在他身边了。他只是急于知道莱昂内拉要告诉他的事情，起床后就到关莱昂内拉的房间去了。他打开门，走进房间，可是不见莱昂内拉，只见窗台上系着几条床单，看来莱昂内拉就是从那儿溜走的。他闷闷不乐地赶紧回来告诉卡米拉，可是无论在床上还是在家里，到处都找不到卡米拉，他感到很奇怪。他向家里的用人打听卡米拉到哪儿去了，可是大家都不知道。结果在找卡米拉的过程中发现卡米拉的首饰盒都打开着，里面的大部分首饰都没有了，他才意识到出事了，而且问题不在莱昂内拉身上。于是他连衣服都来不及穿好，便忧心忡忡地去把自己的倒霉事告诉洛塔里奥。可是洛塔里奥也找不到了。用人们告诉他，那天晚上，洛塔里奥就不见了，而且把所有的钱都带走了，大概是发疯了。更有甚者，安塞尔莫回到家，发现家里的男女用人都不见了，家徒四壁，只剩下他孤零零的一个人。

他不知道该怎么想、怎么说、怎么做，慢慢才开始明白过来。瞬时，他惊奇地发现自己没有了妻子，没有了朋友，没有了用人。他觉得天仿佛塌了，尤其是他已经名誉扫地了。卡米拉这一走，他可以断定，她已经堕落了。他考虑了一会儿，决定到自己在乡间的朋友那儿去。当初这个悲剧发生时，他就是住在那儿的。他锁好家门，骑上马，迷迷糊糊地上了路。刚走到一半，他心绪纷乱，只好下了马，把马拴在树上，并且在树旁躺下来，长吁短叹，一直待到天快黑了。这时，他看见有人骑马从城里走来，便向他问好，然后问佛罗伦萨城里有什么消息。那人说道：

"城里出了可以说是这些天来最新鲜的事。大家都在说，住在圣胡安的富翁安塞尔莫昨晚被老朋友洛塔里奥拐走了妻子卡米拉，安塞尔莫本人也不见了。这些都是卡米拉的一个女佣说的。昨天晚上，总督发现她用床单从安塞尔莫家的窗口溜了下来，把她逮住了。我也不知道详情是怎么回事，只知道整个城市都因为这件事轰动了。这种事情发生在两个情同手足的朋友之间，简直令人难以想象。大家都说他们是'朋友俩'。"

"那么，你知道洛塔里奥和卡米拉到哪儿去了吗？"安塞尔莫问。

"总督全力查找，都没能发现他们，我就更不知道了。"那个城里人说。

"再见吧，大人。"安塞尔莫说。

"上帝与你同在。"城里人说完就走了。

这不幸的消息对安塞尔莫打击太大了，他不仅快气疯了，而且快气死了。他挣扎着站起来，到了朋友家。那位朋友还不知道他的事情，但一看到他脸色蜡黄、心力交瘁的样子，就知道准是被某件严重的事情弄的。安塞尔莫请求让他躺下，并且要写字用的文具。朋友按照他的吩咐做了，留下他躺在房间里。安塞尔莫要求让他一个人留在房间里，而且把门关好。这特人的不幸涌上心头，他感到了死亡的先兆，知道自己将不久于人世。他要让人们知道自己突然死亡的原因。他开始留言，可是还没写完，就咽了气。

房子的主人见天色已晚，安塞尔莫却没叫他，就想进去看看他是否有什么不舒服，结果看到安塞尔莫脸朝下趴着，半个身子坐在床上，半个身子趴在写字台上。写字台上有一张打开的便条，安塞尔莫手上还拿着一支笔。主人叫他，见他不回答，才发现他身体冰凉，已经死了。他的朋友既惊讶又难过，赶紧把家里的人都叫来，让他们也看到了安塞尔莫遭遇的不幸。最后，他看了纸条，认出这是安塞尔莫亲笔写的。纸条上这样写着：

> 一个固执无聊的念头断送了我的生命。如果我的死讯能够传到卡米拉的耳朵里，就告诉她，我原谅她，因为她没有义务创造出奇迹来，我也不曾希望她创造出奇迹来。是我自己制造了我的耻辱，没有理由……

安塞尔莫就写到这儿。可以看得出，他还没有写完就终止了生命。第二天，安塞尔莫的朋友将他的死讯通知了他的亲属，他们已经知道了安塞尔莫的丢脸事。那位朋友还通知了卡米拉所在的修道院。卡米拉差点陪丈夫走上同一条路，这倒不是因为她得知了丈夫的噩耗，而是因为她听说洛塔里奥不见了。后来人们听说她虽然成了寡妇，可是既不愿意离开修道院，也不肯出家做修女，直到很多天后，有消息说，洛塔里奥后悔不迭，已经在洛特雷克大人同贡萨洛·费尔南德斯·德科尔多瓦大将军争夺那不勒斯王国的一场战斗中阵亡，她才出了家，并且几天之后在忧郁和悲伤中结束了自己的生命。这就是一场由荒谬引起的悲剧中几个人的结局。

“我觉得这本书还不错，”神甫说，“不过我不能相信这是真事。如果是编的，那么这位作者编得并不好，因为无法想象世界上有像安塞尔莫这样愚蠢的丈夫，竟付出如此大的代价去考验妻子。在一个美男子和一位贵夫人之间，有可能发生这种情况，然而在丈夫和妻子之间，这是根本不可能的。至于叙述的方式，我还算喜欢。”

第三十六章　客店里发生的其他奇事

这时，站在客店门口的店主说：

“来了一队贵客。如果他们在这儿歇脚，咱们可就热闹了。”

“是什么人？”卡德尼奥问。

“四个人骑着短镫马，”店主说，“手持长矛和皮盾，头上都蒙着黑罩。还有一个穿白衣服的女人坐在靠背马鞍上，与他们同行，脑袋上也戴着头罩。另外有两个步行的伙计。”

“他们已经走得很近了吗？”神甫问。

“太近了，马上就要到了。”店主回答。

听到这话，多罗特亚又把脸蒙上了，卡德尼奥也走进了唐吉诃德的那个房间。店主说的那些人进来后，客店里几乎没地方了。四个骑马的人下了马，看样子都是一表人才。他们又去帮那个女人下马，其中一人张开双臂，把那女人抱了下来，放在卡德尼奥躲着的那个房间门口的一把椅子上。那个女人和那几个人始终都没有把头罩摘掉，也不说一句话。只有那个女人在椅子上坐下后，发出了一声深深的叹息，把胳膊垂了下来，宛如一个萎靡不振的病人。两个伙计把马牵到马厩去了。

看到这种情况，神甫很想知道这些如此装束、一言不发的人到底是干什么的。于是他跟着两个伙计，向其中一人打听。那人回答说：

“天哪，大人，我无法告诉您他们到底是什么人。我只知道他们显得很有身份，特别是把女人从马上抱下来的那个人显得更有身份，其他人都对他很尊敬，完全按照他的吩咐行事。”

“那女人是谁？”神甫又问。

“这我也没法告诉你，”那个伙计说，“一路上我始终没有看到过她的面孔。不过，我确实听到她叹了很多次气，每叹一次气都仿佛要死过去似的。我们只知道我们看到的这些。这也没什么可奇怪的，我和我的伙伴是两天前才开始与他们同行的。我们在路上碰到了他们，他们连求带劝，要我们陪他们到安达卢西亚去，答应给我们很高的报酬。”

“你听说他们叫什么名字吗？”神甫问。

“一点儿也没听到。”那个伙计说，“因为大家走路都不说话。这倒有点儿奇怪，因为只能听到那个可怜女人唉声叹气，我们都觉得她挺可怜。我们猜她一定是被迫到某个地方去。从装束上可以看出她是个修女，或者要当修女了，这是肯定的。很可能她当修女并不是出于本意，所以显得很伤心。”

“都有可能。”神甫说。

神甫离开伙计，回到多罗特亚那儿。多罗特亚听到那蒙面女人叹息，不禁动了恻隐之心。她来到那女人身边，对她说：

“您哪儿不舒服，夫人？如果是女人常得的病，而且我又有治这种病的经验，我很愿意为您效劳。”

可是可怜的女人仍然不开口。尽管多罗特亚一再表示愿意帮忙，那女人还是保持沉默。随后，来了一位蒙面男人，也就是伙计说的那个发号施令的人。他对多罗特亚说：

“您不必费心了，她没有对别人为她做的事表示感谢的习惯，除了从她嘴里听到谎言，您别想从她那儿得到什么报答。”

“我从来不说谎，”那女人直到这时才开了口，“相反，正因为我真心实意，不作假，才落到现在这倒霉地步。你自己明白，正因为我真诚，你才虚伪和狡诈。”

这些话卡德尼奥听得一清二楚。他就在唐吉诃德的房间里，与那女人只有一门之隔，仿佛这些话就是在他身边说的。他大声说道：

“上帝保佑！我听见什么了？我听到的是谁的声音？”

那个女人听见声音回过头来，却没看到人。她吓坏了，站起来就往房间里跑。那个男人看见了，立刻抓住她，使她动弹不得。那女人在慌乱和不安中弄掉了盖在头上的绸子，露出了自己的脸，虽然显得苍白和不安，却是一张美丽无比的脸。她的眼睛迅速向一切可以看到的地方张望，神态似乎有些不正常。她那副表情让多罗特亚和所有见到她的人都觉得她很可怜。那个男人从背后紧紧抓着她，自己头上的头罩都要掉了，也顾不上去扶一下。多罗特亚正搂着那女人。她抬头一看，发现把她同那女人一齐抱住的人竟是自己的丈夫费尔南多。多罗特亚刚一认出他来，就从内心深处发出了一声长长的哀叹，脑袋一阵晕眩，仰面向后倒去。若不是旁边的理发师及时抓住了她的胳膊，她就会摔倒在地了。

神甫立刻站起来拿掉多罗特亚的头罩，往她脸上喷水。神甫刚一拿掉多罗特亚的头罩，费尔南多就认出了她，差点儿被吓死。他呆若木鸡，不过并没有因此而放开抓着那个女人的手。而在费尔南多怀里挣扎的女人正是卢辛达。她已经听见了卡德尼奥的叹息，卡德尼奥现在也认出了她。卡德尼奥刚才听到多罗特亚的那声哀叹，以为那是卢辛达在哀叹,便慌忙跑出了房间。他首先看到费尔南多正抱着卢辛达。费尔南多也马上认出了卡德尼奥。卢辛达、卡德尼奥和多罗特亚面面相觑，不知道这是怎么一回事。

大家都默不作声地互相看着。多罗特亚看着费尔南多，费尔南多看着卡德尼奥，卡德尼奥看着卢辛达，卢辛达又看着卡德尼奥。首先打破沉默的是卢辛达。她对费尔南多说：

“放开我，费尔南多大人，请你自重，不要忘了自己的身份。你让我接近那堵墙吧，我是那墙上的常春藤。我依附于它，无论你骚扰威胁还是山盟海誓、慷慨赠与，都不能把我们分开。你看到了，老天通过我们看不见的神奇途径，又把我真正的丈夫送到了我面前。你经过百般周折，也该知道了，只有死亡才足以把他从我的记忆里抹掉。这些明确无误的事实只能让你的爱心变成疯狂，让你的好感变成厌恶。结束我的生命吧。如果我能在我的好丈夫面前献出我的生命，我觉得死得其所。也许我的死能够证明我对丈夫的忠诚。”

多罗特亚一直在听卢辛达说话，现在她才明白眼前这个人到底是谁。她见费尔南多还抓着卢辛达不松手，对卢辛达的话也置之不理，就全力挣脱出来，然后跪在费尔南多脚下，流着泪说道：

“我的大人，如果你怀中那蔽日的昏光没弄花你的眼睛，你就该看见，跪在你面前的是不幸的多罗特亚。如果你不给她幸福，她就不会幸福。我就是那个卑微的农家女子。你曾大发慈悲,或者一时高兴，想抬举我做你的妻子。我过去深居闺阁，无忧无虑，直到后来，在你似乎正当的纠缠骚扰下，向你敞开了我贞洁的大门，把我的自由的钥匙交给了你，以身相许，结果得到的却是忘恩负义。我来到这个地方，落到这种地步，实在是迫不得已。尽管这样，我也不愿意让你错以为我是忍辱到此，是被你遗弃的痛苦和悲伤把我带到了这里。你当初想让我做你的人，现在你虽然不再想这样，但也不可能不属于我了。

“看一看吧，我的大人，我对你的真心实意足以抵消你所喜欢的卢辛达的美貌和雍容。你不能属于美丽的卢辛达，你是我的；她也不能属于你，她是卡德尼奥的。如果你注意到了，你就会发现，对于你来说，把你的爱转向对你尊崇的人，要比让讨厌你的女人真心爱你容易得多。你大献殷勤,使我放松了自己；你百般乞求,得到了我的童身；你并不是不知道我的地位；你十分清楚，我是如何委身于你的。你没有理由说自己是受了欺骗。你作为一个基督教徒和男人，为什么要百般寻找借口推托，没有像过去说的那样，让我最终成为幸福的人呢？即使你由于我现在这种样子不爱我了，我仍是你真正的合法妻子，你至少还得爱我，把我当女奴接纳。我只有成为你的妻子，才会觉得自己是幸运的人。

“你不要抛弃我，让我成为街头巷尾被人们羞辱的话题。你不要害得我父母无法安度晚年，他们一直忠心为你服务，是你的好臣民，不该受到这样的待遇。如果你觉得你我的血混在一起就搞乱了你的血缘，你不妨想想世上很少有或根本没有哪个贵族的血缘是没被搀杂的。女人的血质并不是影响血统高贵的因素，相反，真正的高贵在于它的道德。如果你拒绝履行你应该对我做的事情，缺乏应有的道德，我的血统就比你的血统高贵。总之一句话，大人，我最后要对你说的就是：不管你愿意与否，我都是你的妻子。这有你的话为证。如果你自以为高贵，并且因此而鄙视我，就不应该食言。这里有你写的字据为证，有天为证，你对我许诺时曾指天为誓。如果这些都不算数，你的良心也会在你的快乐之中发出无声的呼喊，维护我所说的这个真理，使你在尽情的欢乐中总是惴惴不安。”

可怜的多罗特亚声泪俱下的陈述使费尔南多的随行人员和所有在场的人都为之动容。费尔南多一言不发地听多罗特亚说话。多罗特亚说完后不禁哀声饮泣，心肠再硬的人也不会无动于衷。卢辛达也一直在看着多罗特亚，既对她的不幸深表同情，又为她的机敏和美貌而惊讶。卢辛达想过去安慰多罗特亚几句话，无奈费尔南多依然抓着她的胳膊，使她不能动弹。费尔南多内心也充满不安和恐惧。他一直盯着多罗特亚，过了很长时间，终于放开了卢辛达，说道：

“你赢了，美丽的多罗特亚，你赢了。你这种真情是无法拒绝的。”

费尔南多一放开手，本来就感到晕眩的卢辛达差点儿倒在地上。幸亏卡德尼奥就在旁边，他一直站在费尔南多身后，不愿意让他认出自己来。这时卡德尼奥忘记了恐惧，不顾一切地冲过来扶住了卢辛达，抓住她的胳膊，对她说：

“老天若有情，会让你得到安宁的，我坚贞美丽的夫人。你在任何地方都不会比在我的怀里感到安全。你曾投身于我的怀抱，是命运让你成为我的妻子。”

听到这话，卢辛达把目光投到卡德尼奥身上。她先是从声音上认出了卡德尼奥，又看清确实是他，便不顾往日的庄重，忘情地搂住了卡德尼奥的脖子，把自己的脸贴在卡德尼奥的脸上，对他说：

“是你，我的大人，即使命途多舛，这个依附于你的生命再受到威胁，你仍是这个女囚的真正主人。”

费尔南多和所有在场的人看到这奇怪的场景都怔住了。多罗特亚觉得费尔南多脸上已经失去了血色，她看见费尔南多伸手去抽短剑，看样子是要跟卡德尼奥拼命，便赶紧抱住费尔南多的双膝，让他的腿动弹不得，而且不停地流着泪说：

“我唯一的支柱呀，在这个意想不到的时刻，你究竟想干什么？你的妻子就在你的脚下，而你想强占的那个女人正在她丈夫的怀里。你想打破老天的安排，你觉得对不对，而且可能不可能呢？她置一切干扰于不顾，当着你的面，把爱情的烈酒洒在了她真正丈夫的脸庞和胸膛上，证实了她的坚贞爱情。你想与她结发为妻，你觉得合适吗？

看在上帝分上，我哀求你；看在你自己的身份上，我乞求你；现在事情已经真相大白，你不仅不该怒从心头起，相反倒应该息事宁人，让这一对有情人在天赐的良辰顺利地结成眷属，这样才能显示出你高贵的宽广胸怀，让大家看到你的理智战胜了欲望。”

在多罗特亚说话的时候，卡德尼奥虽然双手搂着卢辛达，眼睛却一直没有离开费尔南多。如果费尔南多有什么可能会伤害他的动作，他一定会奋起自卫，竭尽全力反击可能会伤害他的行动，即使牺牲了生命也在所不惜。不过这时候，费尔南多的朋友们、神甫和理发师都赶来了，连老好人桑乔也来了。大家围着费尔南多，请求他顾惜多罗特亚的眼泪。他们相信多罗特亚刚才讲的都是真的，不要辜负了她如此合理的愿望，让他想想，大家在这个地方意外地相逢，看来不是偶然的，而是老天的刻意安排。神甫还提醒说，看来只有死亡才能把卢辛达和卡德尼奥分开，而且，即使短剑的锋刃可以把他们分开，他们也会把死亡视为最大的幸福。在事情已经无可挽回的情况下，克制自己，表现出宽广的胸怀，诚心诚意地让他们享受老天赐予他们的欢乐，才算是勇气。只要他把自己的眼光放在美丽的多罗特亚身上，就会发现，很少有人或者根本没有人可以与她媲美，况且多罗特亚爱他是如此谦恭，一片赤诚。更重要的是，如果他还自认为是个男子汉，是基督教徒，就必须履行自己的诺言。履行了自己的诺言，就是向上帝履行诺言，让所有规矩的人都满意。他们都知道，美貌是一个人的优越长处。即使她出身卑微，也可以上升到贵族的地位，并且不受抬举她的人歧视。爱情的不变规律里容不得任何罪恶，只要遵守这个规律，就摆脱了罪恶。

费尔南多毕竟是个贵族，有着宽广的胸怀，听了大家这番话，他的心软了下来，只得面对现实，这个现实是他无法否认的。他只好服从大家的好言相劝，蹲下身来抱住多罗特亚，对她说：

“站起来吧，我的夫人，让我的宝贝跪在我的脚下太不合理了。在此之前我没有对你作出明确表示，大概是老天见你忠实地热爱我，才有意让我知道应当如何珍视你。我请求你不要责备我的过错和我的粗心大意。当初我不愿意让我属于你，而现在我以同样的决心接受了你。如果你转过头去，看看卢辛达那双快乐的眼睛，从那双眼睛里看到她已经原谅了我的所有过错，你就会知道这些都是真的。她已经得到了她希望得到的东西，我也从你这儿得到了我的东西。她可以放心地同她的卡德尼奥天长地久，我也会乞求老天让我同我的多罗特亚生活在一起。”

说完，费尔南多又抱住了多罗特亚，把自己的脸深情地贴到她脸上，极力不让自己的眼泪泄露他无可置疑的爱怜与悔恨。卢辛达和卡德尼奥流的却不是这种眼泪，几乎所有在场的人也都是如此。大家热泪盈眶，有的人为自己高兴，有的人为别人高兴，可是样子就好像是遭了什么大难似的。桑乔也哭了，不过他哭是因为他这才知道，多罗特亚并不像他想的那样是什么米科米科娜公主，他本来指望从她那儿得到很多赏赐呢。大家感到一阵惊讶，而后，卡德尼奥和卢辛达又跪在费尔南多面前，感谢费尔南多成全了他们。他们言辞得体，费尔南多竟不知如何回答是好。他也显得非常友好，非常有礼貌地把他们扶了起来，又问多罗特亚如何到了这个如此遥远的地方。她简明扼要地把原来对卡德尼奥讲过的那些事又讲了一遍，费尔南多和他的随行人员对此都很感兴趣，多罗特亚把自己的不幸讲得太生动了，他们都希望她讲得再长些。

多罗特亚讲完后，费尔南多接着讲了他发现卢辛达怀里有张纸条，说她是卡德尼奥的妻子，因而不能再属于他等等事情。费尔南多说他想杀了卢辛达，若不是她父母阻止，他真会这样做。后来，他既沮丧又羞愧地离开了家，决心找个更合适的机会报复。第二天，他得知卢辛达已经离开了父母家，去向不明。几个月后，他听说卢辛达在一个修道院里，还说如果不能同卡德尼奥一起生活，她就永远待在修道院里。费尔南多了解到这些情况后，就找了那三个人陪同他来到了修道院。不过他并没有告诉卢辛达，怕她知道后会有所防备，只是在外面等待。有一天，修道院的门开着，他就让两个人守住大门，自己带着一个人进去找卢辛达，发现卢辛达正在回廊里同一个修女说话。他不容分说，就把卢辛达抢走了。他们带她到了一个地方，做了一些准备。那个修道院地处原野，离村镇很远，因而一切都进行得很顺利。

卢辛达发现自己到了费尔南多手里，顿时晕死过去，醒来后，也只是边哭边哀叹，一句话也不说。就这样，他们由沉默和眼泪伴随着来到了这个客店。算是老天开眼，世间的所有不幸都在这里结束了。

第三十七章　美丽公主米科米科娜的故事及其他趣闻

这些话桑乔全听到了。他见美丽的米科米科娜公主成了多罗特亚，巨人变成了费尔南多，他所希望的伯爵称号也成了泡影，心里不免隐隐作痛。可是他的主人却依然鼾声大作,对发生的事情全然不知。此时的多罗特亚仍在怀疑自己得到的幸福是一场梦，卡德尼奥也这么想，卢辛达同样如此。费尔南多则感谢功德无量的老天，把他从险些断送名誉和灵魂的迷途中解救了出来。总之，客店里的所有人都为这件本来无望解决的棘手事情有了如此美满的结局而高兴。办事有方的神甫把问题解决得恰到好处，他祝贺每个人都各有所得。不过，最高兴的是客店主妇，因为卡德尼奥和神甫已经答应赔偿应由唐吉诃德赔偿的所有损失和财物。

只有桑乔像刚才说的，显得很难过，很不幸，很伤心。他满面阴云地来到唐吉诃德的房间。唐吉诃德刚睡醒。桑乔对他说：

“猥猥大人，您完全可以任意睡下去，不用再操心去杀什么巨人，或者为公主光复王国了。一切都已经结束了。”

“我觉得这很好，”唐吉诃德说，“我刚才同那个巨人进行了一场估计是我这一生中最激烈的战斗。我一个反手就把他的头砍落在地，流了那么多血，就像水一样在地上流淌。”

“您最好说像红葡萄酒一样流淌，”桑乔说，“如果您不知道，我告诉您，那个死了的巨人是个酒囊，血是六个阿罗瓦的红葡萄酒，被砍掉的头呢……是养我的那个婊子，都他妈的见鬼去吧。”

“你说什么？你疯了？”唐吉诃德问，“你头脑清醒吗？”

“您起来吧，”桑乔说，“看看您做的好事吧，咱们还得赔偿呢。您还会看到，女王变成了普通少女，名叫多罗特亚。还有其他一些事情哩。您知道后准会惊奇。”

“我一点儿也不惊奇，”唐吉诃德说，“你想想，上次咱们在这儿的时候，我对你说过，这里发生的一切都是受魔法操纵的，所以，这次故伎重演也不足为奇。”

“假如我被人用被单扔也属于这种情况，我当然相信，”桑乔说，“可惜并不是这样，那是千真万确的事情。我看见今天在这儿的店主当时抓住被单的一角，既开心又用力地把我往天上扔，虽然我头脑简单，是个笨蛋，可我还认得这个人，肯定没有什么魔法，有的只是痛苦和倒霉。”

“那好，上帝会安抚你的，”唐吉诃德说，“你把衣服给我，我出去看看你所说的那些事情和变化。”

桑乔把衣服递给他。这边唐吉诃德穿衣服，那边神甫则向卡德尼奥和其他人讲唐吉诃德如何抽风，他们又是如何设计把他从“卑岩”弄回来的，当时唐吉诃德正胡想自己受到了夫人的藐视。神甫把桑乔告诉他的那些事几乎全讲了，大家听后觉得惊奇而又可笑，一致认为这是胡思乱想造成的最奇怪的疯癫。神甫还说，多罗特亚的好事使得他这个计划不能再继续下去了，因此还得再想个办法，把唐吉诃德弄回老家去。卡德尼奥愿意把这件事继续下去，让卢辛达来扮演多罗特亚原来扮演的角色。

“不必这样，”费尔南多说，“我倒愿意让多罗特亚继续把她的角色扮演下去。如果这位骑士的家乡离这儿不远，我倒愿意想办法治好他的病。”

“离这儿不过两天的路程。”

“即使再远的路，我也愿意去，做点好事么。”

这时候，唐吉诃德全副武装地出来了。他头戴已经被砸瘪的曼布里诺的头盔，手持皮盾，胳膊还夹着那根当长矛用的棍子。唐吉诃德的样子让费尔南多和其他人感到吃惊。他的脸拉得很长，又黄又干，身上的披挂也是各式不一，神态矜持。大家都没有吱声，看他想说什么。唐吉诃德看着美丽的多罗特亚，极其严肃而又平静地说：

"美丽的公主，我已经从我的侍从那儿得知，您的尊贵地位已经没有了，您的身份也没有了，您已经从过去的女王和公主变成了普通少女。如果这是您的会巫术的父亲的旨意，怕我不能给您必要的帮助，那么我说，他过去和现在对于骑士小说都是一无所知，或知之甚少。如果他像我一样认真阅读骑士小说，随处都会发现，一些名气比我小得多的骑士，没费什么气力就杀死了某个巨人，不管那个巨人有多么高傲，从而完成了一些十分困难的事情。我没费什么时间就把那巨人……我不说了，免得你们说我吹牛。不过，时间会揭示一切，它会在我们意想不到的时候把这件事公之于众。"

"您看看，您攻击的是两个酒囊，而不是巨人。"店主这时说道。

费尔南多让店主住嘴，无论如何别打断唐吉诃德的话。唐吉诃德接着说道：

"总之，失去了继承权的尊贵公主，如果您的父亲是因为我说的那个原因而改变了您的身份，您不必往心里去。在任何危险面前都没有我的短剑打不开的道路。用不了几天，我就会用这把剑把您的敌人的头砍落在地，把王冠戴到您头上。"

唐吉诃德不再说话，等待公主的回答。多罗特亚心里明白，费尔南多已经决定把这场戏演下去，直到把唐吉诃德带回他的家乡，于是就风趣十足而又一本正经地回答道：

"勇敢的猥獕骑士，无论谁对您说我的情况变了，他说的都不是真的。我确实出乎意料地交了点好运，可我并没有因此就不是以前的我了，而且我要依靠您战无不胜的臂膀力量的想法依然没有变。所以，我的大人，请您相信我的父亲，承认他是个精明而又谨慎的人，他养育了我，以他的学识为我找到了一条弥补我的不幸的真正捷径。我认为，如果不是由于大人您，我绝不会遇到今天这样的好事。我说的都是真话，在场的很多大人都可以证明这点。现在剩下的事情就是咱们明天继续赶路，今天的时间不多了。至于我期望的更多的好事，就全仰仗上帝和英勇的您了。”

机灵的多罗特亚刚说完，唐吉诃德就把头转向桑乔，满面怒容地说道：

“现在我告诉你，你这个臭桑乔，你是西班牙最大的坏蛋！江湖骗子！你说，刚才你不是对我说，这位公主已经变成了叫多罗特亚的少女吗？你不是说我砍下的那个巨人的脑袋是养你的婊子吗？你还说了其他一些混账话，把我都弄糊涂了，我这辈子还从来没这么糊涂过呢。我发誓，”唐吉诃德咬牙切齿地仰天说道，“我要教训教训你，让天下游侠骑士的所有敢撒谎的侍从都长点记性！”

“您息怒，我的大人，”桑乔说，“就算我说米科米科娜公主的身份已改变是错了，可巨人脑袋的事，那些被扎破的酒囊，还有那些血是葡萄酒，我都没讲错，上帝万岁，那些破酒囊就在您床边，屋里的红葡萄酒也流成河了。您若不信，到时候就知道了。我的意思是说，等店主让您赔的时候您就知道了。至于女王的身份没有变，我也和大家一样从心里感到高兴。”

“现在我告诉你，桑乔，”唐吉诃德说，“你是个笨蛋。对不起，完了。”

“行了，”费尔南多说，“别再说这些了。公主说明天再走。今天已经晚了，就这么办吧。今天晚上，咱们可以好好聊一夜，明天陪同唐吉诃德大人一起赶路，我们也想亲眼目睹他在这一伟大事业中前所未有的英勇事迹呢。”

“是我为大家效劳，陪同大家赶路。”唐吉诃德说，“感谢大家对我的关照和良好评价。我一定要做到名副其实，即使为此牺牲自己的生命或者其他可能比生命还宝贵的东西也在所不辞。”

唐吉诃德和费尔南多彼此客气谦让了一番。这时有个旅客走进客店，大家一下子都不说话了。从装束上看，那个人是刚从摩尔人那边来的。他上身穿着蓝呢半袖无领短上衣，下身是蓝麻布裤，头上戴着一顶蓝色帽子，脚上是枣色高筒皮鞋，胸前的一条皮肩带上挂着一把摩尔刀。他身后跟着一个摩尔装束的女人。那女人骑在驴上，一块头巾包住了整个脑袋，把脸也遮住了。她头上还戴着一顶锦缎帽子，从肩膀到脚罩着一件摩尔式长袍。那男人有四十多岁的样子，脸色有些发黑，长长的胡子梳理得井井有条。总之，看他那副样子，如果穿戴得再好些，人们肯定会以为他是什么豪门巨子。他一进客店，就要一个房间。当他得知已经没有房间的时候，显得极为不快。他走到那个打扮像摩尔人的女人身旁，把她从驴背上抱了下来。多罗特亚、客店主妇和她的女儿，还有女仆，从没见过摩尔女人的装束，觉得很新鲜，就围了过来。多罗特亚总是那么和蔼、谦恭、机敏，她发现那个女人和那个同她一起来的人对没有房间感到很懊丧，就对那女人说：

"别着急，我的夫人，这里的条件不大好，但客店就是这个样子。也许您愿意同我们住在一起，"多罗特亚说着指了指卢辛达，"这条路上的其他客店恐怕还不如这儿呢。"

蒙面女人一言不发，只是从她原来坐的地方站了起来，两手交叉在胸前，低着头，深深一躬表示谢意。大家见她不说话，料想是摩尔人不会讲西班牙语。

这时，那个俘虏[①]过来了，他刚才一直在忙别的事情。他见她们围着与自己同行的那个女人，而她对别人跟她说的话都不作答，就说：

"夫人们，这位小姐几乎不懂我们的语言，她只能讲她家乡的语言，所以问她话她也回答不了。"

"我们什么也没问，"卢辛达说，"我们只是请她今晚与我们做伴。我们在我们的房间里给她腾个地方，这样她可以更方便些。我们愿意为所有外国人，特别是外国女人，提供便利条件。"

"我以她和我个人的名义吻您的手，我的夫人。"那个俘虏说，"我很珍重您的关怀。从您在这种情况下的举动可以看出，您一定是个非常伟大的人。"

"请告诉我，大人，"多罗特亚说，"她是信基督教的人还是摩尔人？她这身打扮，还有她始终不说话，让我们以为她是我们并不希望的摩尔人。"

"她的装束和外表是摩尔人，不过她的灵魂是个地地道道的信基

① 上文只提到这个人是个旅客，并未说明他是俘虏。

督教的人。她特别想做基督教徒。”

“那么，她受洗礼了吗？”卢辛达问。

“自从她离开她的故乡阿尔及尔后，一直没有机会受洗礼。”俘虏说，“直到现在她还没有遇到什么死亡威胁，迫使她必须受洗礼。而且，她首先应该学习我们神圣信仰的各种礼仪。不过上帝保佑，她很快就要以与她身份相符的方式受洗礼了。她和我的衣服远远不能体现她的身份。”

大家听到这几句话，都很想知道摩尔女人和这个俘虏到底是什么人。不过谁也不想在这个时候问，大家知道这两个人现在最希望的是休息，而不是人们打听他们的生活。多罗特亚拉起那女人的手，让她坐在自己身边，并请她摘掉头上的面罩。那女人看着俘虏，好像在问他们说什么。俘虏用阿拉伯语告诉她，他们让她把面罩摘了。那女人把面罩摘了下来，露出一张俊秀的脸，多罗特亚觉得比卢辛达的脸还俏丽，卢辛达觉得比多罗特亚的脸还娇媚。在场的人都承认，如果说有谁的脸比多罗特亚和卢辛达的脸还漂亮，那么只有那个摩尔女人了，甚至有人觉得摩尔女人比她们俩更美。美貌历来都得宠，它能够令人动情，赢得好感，所以大家都愿意为摩尔女人尽心效力，殷勤备至。

费尔南多问俘虏，摩尔女人叫什么名字。俘虏说叫莱拉·索赖达。摩尔女人听见了，知道费尔南多问的是什么，急忙嗔怪地说：

“不，不是索赖达，是玛丽亚，玛丽亚。”她这么说显然是为了告诉人们，她叫玛丽亚而不是索赖达。

她说的这句话以及说话的感情让在场的几个人，特别是女人们，流下了眼泪。女人的性情就是心慈手软。

卢辛达非常亲热地抱住她，对她说：

“是的，是的，玛丽亚，玛丽亚。”

摩尔女人说：

“是的，是的，玛丽亚！索赖达马坎赫！”马坎赫的意思是“不是”。

这时夜幕降临。店主按照与费尔南多同行的那些人的吩咐，精心准备了一顿他最拿手的晚饭。客店里既没有圆桌，也没有方桌，到了吃晚饭的时间，大家就像仆人用餐一样，围坐在一条长桌前，把桌首的位置让给了唐吉诃德，尽管他尽力推辞。他觉得自己是米科米科娜的守护者，应该坐在她旁边。依次下去是卢辛达和索赖达。她们的对面是费尔南多和卡德尼奥，接着是俘虏和其他男人，神甫和理发师坐到了女人们的一侧。晚餐吃得兴致勃勃。后来看到唐吉诃德又像那次同牧羊人吃饭那样，一时说兴大发，饭都不吃就滔滔不绝地说起来，大家的兴致更浓了。唐吉诃德说：

“只要你们注意一下，诸位大人，就会看到游侠骑士所从事的事业的确是空前伟大的。否则，假如现在有人从这座城堡的大门进来，看见了我们，怎么会想象得到我们是什么人呢？他怎么会知道坐在我身旁的这位女子就是大名鼎鼎的女王，而我就是人们到处传颂的猥猥骑士呢？

“毫无疑问，这项事业胜过人们从事的所有行业。它遇到的危险越大，越是受到人们的尊重。如果有人说舞文弄墨比舞刀弄枪好，就让他从我面前滚开吧，那是信口胡言。他们依据的理由就是脑力劳动比体力劳动辛苦，舞刀弄枪使用的只是体力，就像臭苦力干活那样，只要有力气就行了；就好像我们从事的这个舞刀弄枪的行业不包括防御似的，而防御需要很好的智力；就好像一个率领军队或承担防守一座被围困的城市的斗士不需要动脑子一样，其实这既需要脑力又需要体力。

“你们想想，要揣测了解敌人的意图和计谋，要估计存在的困难，避免可能遇到的损失，光靠体力能做到吗？这全是动脑子的事情，与体力根本无关。而且，舞刀弄枪也同舞文弄墨一样，需要动用脑力。咱们不妨看看，文武相比，哪一项最辛苦。不过，这要看每个人追求的目的和结局。追求的目标越高尚，就越应该受到尊重。

“咱们不说神职人员，神职人员的目的就是把人的灵魂送上天。这是一个无与伦比的崇高目标。咱们就谈世俗文人的目的吧。他们的目的就是实现公平的分配，让每个人得其所应得，并且让公正的法律得到遵守。这的确是个宏伟、高尚、值得赞扬的目标。不过，它还无法与武士的目标相比，这些人把平安视为最终目标，平安才是人类生活可以企望的最高利益。所以，世界和人类最初听到的福音，就是我们在见到光明的那个晚上[①]听到的天使的声音。天使在空中唱道：‘在至高之处荣耀归于神，在地上平安归于他所喜悦的人。’无论在人间还是在天上，我们最高的导师都教导他们的信徒和受到他们帮助的人，到某人家去的时候，最好的问候就是‘愿这一家平安’，并且常常教导他们说：‘我留下平安给你们，我将我的平安赐给你们，愿你们平安。’这平安就好比一件珍宝。没有这件珍宝,无论人间还是天上，都不会有任何幸福。这个平安就是打仗的真正目的，而从戎就是要打仗。

“如果是这样，打仗的最终目的是平安，而这个目的又比文人的目的要强得多。咱们现在看看文人和武将各自付出的辛劳吧，看看谁消耗的体力最多、最辛苦。”

唐吉诃德口若悬河，侃侃而谈，听他讲话的那些人谁也不能把他看成是疯子。相反，其他男人都与从武的行业无缘，因此听起来津津有味。唐吉诃德接着说：

“我认为文人的最大难处就是穷，当然并不是所有的文人都穷，我只是想在这种情况下把事情说绝对些。我觉得受穷就是一种不幸，因为穷人历来都不会有什么顺心的事。他们受贫穷之苦表现在几个方面，挨饿、受冻或缺衣少穿，或者是尽皆有之。不过尽管如此，他们并不是没有吃的，只是不能按时吃，或者吃些富人的残羹剩饭。他们最大的难处就是这个‘吃乞食’。他们也不是没有火炉或壁炉，即使火不热，至少可以驱驱寒，总之他们可以在房间里睡得很舒服。其他一些琐事，我就不提了。譬如说他们缺衣少鞋，衣服单薄，如果有幸吃顿好饭就狠吃猛塞。

“在我描述的这条艰辛道路上，他们在这里摔倒了，爬起来，再摔倒，一直到达他们所希望的地位。我们看到过很多这种情况，他们含辛茹苦，一旦达到了目标，就好像插上了时来运转的翅膀，开始坐在椅子上统治世界，饥肠辘辘变成了脑满肠肥，忍寒受冻变成了怡然

① 此处指耶稣诞生之夜。下面的几句引语均出自《新约全书》。

自得，缺衣少穿变成了穿着阔绰，铺席而眠变成了铺绫盖缎。这些都是他们功德的合理所得。不过他们付出的代价如果与战士们相比，就差得太远了。下面我再继续讲。”

第三十八章　唐吉诃德妙论文武之道

唐吉诃德接着说：

“我们刚才谈到了文人学士的清苦和他们这方面的其他情况，我们再来看看他们是否比士兵有钱。我们可以看到，没有人比士兵更清苦了。他们靠的只是菲薄的军饷，而且这军饷还晚发或不发。有的就靠动手去抢，可这就得冒丧失性命和良心的极大危险。有时候简直衣不蔽体，一件破了洞的上衣既当礼服，又当衬衫。在严冬他们常常冒着严寒在野外露宿，只能靠嘴里哈的气御寒。可是气出自空腹，据我了解，与常规相反，呼出的是凉气。他们等啊等，想等到天黑在床上暖和暖和。只要他们不是跟自己过意不去，床倒是肯定窄不了，只要他们的脚走得到，都可以算是床，可以在上面尽情翻滚，不用担心床单掉地。

“就这样，到了他们接受军阶的日子。有一天，战斗来临了。他们每个人头上戴着线做的帽缨，以便万一子弹打到太阳穴上或者打断胳膊和腿的时候治伤用。即使仁慈的老天让他们没有遇上这种情况，安然无恙，他们仍然同以往一样一贫如洗，然后又得一次次地集合，一次次地战斗。即使他们每次都打了胜仗，也只能得到一点儿好处。而且这种奇迹极为罕见。

“诸位大人，你们是否发现，为打仗而受奖的人要比战死的人少得多？你们肯定会说这无法相比，因为死者不计其数，而得奖的人不过三位数。但文人的情况相反，不管怎么样，他们至少表面上有维持生计的手段。虽然战士们付出的代价大，可是得到的奖励却很少。据说，奖励两千个文人要比奖励三万个士兵容易得多，因为奖励前者，只需给他们一个符合他们专业的职位就行了，而要奖励后者，只能靠他们为之效力的那个人的财力。这是难以做到的，可它又进一步证明了我说的道理。咱们暂且不谈这些，这是个难以解开的谜团，还是谈谈武装比文治的重要性吧。这个问题还有待考证，因为各方都坚持己见。文士们认为，没有文治，武装就不可能生存，因为战争也有自己的法则，而法则是由文士完成的，法则受到文化和文人的制约。

“可武官对此的回答是，如果没有武装力量的支持，法则是不可能存在的，因为保卫国家、维护王国、保护城市、保证道路交通、清除海盗，这一切都离不开武装力量。如果没有武装力量，民主国家、王国、帝国、城市、海路和陆路都会遭受战争所带来的灾难与混乱。谁付出的代价越多就越重要，就越应该受到重视，这是显而易见的道理。谁要想在文化方面表现得突出，就得花费时间，熬夜不眠，忍饥挨饿，缺衣少穿，头脑发涨，消化不良，还有其他一些与此相关的事情，有一些刚才我已经谈到了。可是按照另外一些人的说法，谁要想成为好战士，同样要付出上面所说的代价，而且程度还更严重，简直无法比拟，因为他们随时都有丧失生命的危险。

“文人面临的危险和清苦怎能和战士相比呢？战士们被围困在某个碉堡或工事里，站岗值班，知道敌人正在向他所在的地方挖坑道，可他无论如何不能离开，也不能逃避这近在咫尺的危险。他只能把发生的情况向班长报告，以便采取对策，可他自己只能留在那里，心惊胆战地等待着自己不知什么时候会突然身不由己地飞上天或者掉进地底下去。如果这个危险还不算大，我们不妨看看两只军舰在辽阔的大海上对撞是否能与之相比，或者比这更厉害吧。两只船碰撞在一起，战士们只能在船头的冲角上有两尺宽的立足之地。尽管他们看到敌方舰上的枪炮离自己的身体仅有一支长矛的距离，正像死神一样威胁着自己的生命，脚下一不小心还会掉到涅普图努斯[①]的肚子里去，但他们仍然被荣誉感激励着，勇猛向前，迎着枪弹，企图跃到敌舰上去。

① 涅普图努斯原为罗马水神，同希腊神波塞冬混同后成为海神。

更令人钦佩的是，一个人刚刚倒下去，掉进无底深渊，另一个人立刻补充了他的位置。如果这个人也掉进海里，就好像大海在等待它的对手似的，后面一个又一个的人紧接着冲上去，英勇赴死。这是所有战争中最壮观的情景。

“没有凶恶火器的年代该是多么幸福啊，对于这些火器的发明者，我看他们的罪恶的发明也正在地狱里等着要惩罚他们呢。这种发明使得一些无耻的胆小鬼可以夺取一个勇士的生命。一个有意气风发、豪情满怀的战士，可能在转瞬间糊里糊涂地被一颗流弹夺走思想和生命。他本来应该生命长存，而那个射击的家伙却可能早已被这个可恶的东西发射时出现的火光吓跑了呢。由此想来，我不禁在心里为我在这个应该遭到唾弃的年代里当游侠骑士感到心情沉重。尽管任何危险也吓不倒我，可是一想到火药和铅弹可能会夺走我依靠臂膀的力量和短剑的锋刃在世界上扬名的机会，我就不禁火冒三丈。

“不过还是听天由命吧，即使我面临的危险比过去的所有游侠骑士面临的危险还要大，只要我能做到我要做的事情，我还是会受到比他们更多的尊重。”

唐吉诃德侃侃而谈，其他吃饭的人竟忘了把食物放进嘴里。桑乔几次催大家吃饭，说吃完饭，大家愿意怎么说就怎么说。在场的人忽然对唐吉诃德添了几分恻隐之心。看起来唐吉诃德的思路很清楚，可一说起骑士乌七八糟的事情就简直不可救药了。神甫说唐吉诃德为武士们的辩解很有道理。他自己虽然属于文职人员，也同意他的看法。

吃完晚饭，撤去了桌子，客店主妇、她的女儿和丑女仆就去收拾唐吉诃德的那间顶楼。他们决定那间房子当晚给所有女人住。费尔南多让俘虏讲讲他的生活经历。看他陪索赖达来时的那个样子，他的经历一定很有趣。俘虏说很愿意听从费尔南多的吩咐，只是怕自己讲得不像他们希望的那样有趣。尽管如此，他还是遵命，以后会讲的。神甫和其他人表示感谢，并再次请求他现在就讲。俘虏见大家请求他说，说不用求，只要吩咐就行。

“既然这样，你们诸位就注意听。这是真事，那些精心编造的故事也许还不如它好听呢。”

他让大家坐好，别再说话了。他见大家不再吱声，等着他讲，就开始以柔和平稳的语调讲起来。

第三十九章　俘虏叙述其身世及经历

“我的祖籍在莱昂山区的一个地方。门第似乎比财运更为照顾我的家族。不过在那些小村镇里，我父亲也称得上是富人了。如果父亲能精心维持这个家庭，而不是把家里的财产都乱花掉，他真的会成为一个富人。他这个大手大脚的习惯是在他年轻时当兵的那几年里形成的。军队可以让人由小气变成大方，由大方变成挥霍无度。如果谁显得寒酸，就会被视为魔鬼。不过，这种情况并不多见。

“我的父亲由大手大脚变成了挥霍无度。这对一个已经结婚、有了后代的人来说，是极为不利的。父亲有三个孩子，都是男孩，而且后来都到了结婚的年龄。据他自己说，他见自己积习难改，就想剥夺自己挥霍无度的手段和病因，也就是剥夺自己的财产。没有了财产，即使是亚历山大大帝也会感到窘迫。于是有一天，他把三个孩子叫到自己的房间，说了一番话。他大概是这么说的：

“‘孩子们，我要说我爱你们，我只说你们是我的孩子就够了。我要说我不爱你们，我只须让你们知道，我并没有着意为你们保管财产就行了。为了让你们知道，我想从现在起做得像个亲爹的样子，而不是像个后爹似的毁了你们，我想做一件事情。这件事我已经考虑了很多天，现在已经考虑好了。你们已经到了能够自立的年龄，至少有能力选择将来对你们有利的事情。我要做的事情就是把我的财产分成四部分，你们每人一份，平均一样多。还有一份我留下维持生活用，直到老天保佑我能够活到的那一天。不过我给你们指出几条路，希望你们每个人拿到自己应得的那份财产后，能够选择其中的一条。在我们西班牙有句老话，我觉得说得很实在，这些老话是多年经验的精确总结，所以都很符合实际。这句话是这么说的：教会、海洋或王宫。若加以解释就是说：欲富欲贵者，或入教会，或海上经商，或进王宫服侍国王。俗话说，国王的残羹胜过领主的佳肴。我说这些是希望你们其中一人从文，另一个人经商，还有一个人为国王打仗，因为要进王宫服侍国王很困难。虽然战争不能给人带来很多财富，却可以给人带来很高的地位和名声。八天之内，我把你们每人分得的钱全部给你们，一分也不会少，你们到时候就知道了。你们现在告诉我，你们愿意听从我的劝告吗？'

“我是老大，父亲让我先说。我说家产不要分了，他愿意怎么花就怎么花。我们都是小伙子了，可以自己挣钱。最后，我说我会听从他的意志，我选择从军，为上帝和我的国王效忠。我的大弟弟也是同样的意见，他选择的是带着他那份财产到美洲去。小弟弟选择的是从事教会职业，或者到萨拉曼卡去完成他的学业。我觉得小弟弟最聪明。

“我们刚一说完各自的看法和选择，父亲就拥抱了我们，并且在他说的日子里，把他说的事情全做到了，给了我们每人一份钱。我记得是每份三千杜卡多。有个叔叔不愿意家产外流，已经用现金买下了我们三人的产业。我们在同一天告别了我们善良的父亲。当时我觉得我父亲已经老了，只给他留下那么点儿财产，未免太不人道了，就让他从我的三千杜卡多里拿出两千，我留下一千，当兵已经足够用了。我的两个兄弟被我感动了，每人也拿出一千。这样父亲就有了四千杜卡多，还有一份大约值三千杜卡多的产业。他不想把那点家产卖了，想留作自己的不动产。下面，我把我在这期间的情况简单讲讲。

“最后，我们告别了父亲和我刚才提到的那个叔叔。大家都不无伤感和流眼泪。父亲和叔叔叮嘱我们，只要有条件，不管情况好坏，都要把我们的情况告诉他们。我们答应了。父亲和叔叔拥抱了我们，为我们祝福。然后，我们一人去了萨拉曼卡，另一人去了塞维利亚，我去的是阿利坎特，在那儿我听说有条船要装运羊毛去热那亚。

“我这一离开父亲就是二十二年。我虽然在这期间给他写过几封信，却未得到有关他和我的两个兄弟的消息。我在阿利坎特上了船，顺利抵达热那亚，又从那儿去了米兰。我在米兰得到了武器和几件漂亮的军服，又打算到皮埃蒙特服役。在去亚历山大里亚·德拉帕利亚的路上，我听说伟大的阿尔瓦公爵正要去佛兰德，就又改变了主意，投奔了他，服侍他巡行，处死埃格蒙和奥尔诺斯伯爵的时候我也在场。后来，我终于在瓜达拉哈拉一位名叫迭戈·德乌尔维纳的著名军官手下当上了少尉。我到佛兰德不久又听说查理五世陛下，想起他就令人愉快，说他已经同威尼斯和西班牙结盟，反对共同的敌人土耳其。当时土耳其的军队已经攻占了原来由威尼斯人统治的著名的塞浦路斯岛，这是极其不幸的损失。

"后来得到确切消息，我们圣明的费利佩国王的兄弟胡安·德奥斯特里亚要来做这个联盟的统领，还传说庞大的战争机器已经运转起来。这些又燃起了我要在即将来临的关键时刻挺身而出的激情和愿望。虽然我预感到，或者已经得到了确切的承诺，说一有机会就要把我提升为上尉，我还是放弃了一切，来到了意大利。恰好胡安·德奥斯特里亚刚刚抵达热那亚，要经过那不勒斯同威尼斯的军队会合，不过后来他们是在墨西拿会合的。总之，我在那个极其幸运的关键时刻当上了步兵上尉，这主要是由于我的运气好，并不是由于我的贡献大。那是基督教的幸福日子，就在那天，世界各国认为土耳其在海上不可战胜的错误观念被打破了，奥斯曼帝国的傲慢和威风被一扫而光。对于很多人来说，那是幸运的一天，而且在那天，战死的基督教徒要比后来成为战胜者的生还者还要幸运。只有我最倒霉。与我期望的相反，那天晚上，我得到的是手上的手铐和脚上的锁链。本来按照罗马时代的习惯，我是完全可以得到一个冠状圈环[①]的。

"事情是这样的：阿尔及尔的国王乌查利是一个凶狠而又幸运的海盗。他打败了马尔他的旗舰，并迫使它投降。那艘舰上只有三个人活了下来，而且遍体鳞伤。我和同伴们所在的胡安·安德雷亚旗舰前去营救马尔他的旗舰。我做了在这种情况下应该做的事情，跃上了敌舰。可敌舰突然转向，结果我的士兵们没有来得及跟上我。我孤身陷

① 奖给第一个冲上敌舰或冲入敌阵的士兵的特别奖。

敌，无法抵御那么多人的敌人，浑身负了很多伤，最后被他们俘虏了。你们大概听说了，大人们，乌查利的整个舰队逃跑了，而我却成了他们的俘虏。在众人欢乐的时候，我独自悲伤；众人获得自由的时候，我却成了俘虏。那天有一万五千名基督徒，在土耳其的舰只中间划着小船获得了他们渴望的自由。

"我被带到君士坦丁堡。我的主人由于恪尽职守，并且把马尔他的军旗带了回来以显示他的勇气，被土耳其苏丹[①]谢里姆任命为海军统帅。第二年，也就是七二年，我在纳瓦里诺的一艘三灯船上做划船手的时候，发现我们失去了在那个港口将土耳其的舰队全部俘获的机会。因为那个地方的所有海陆士兵都断定我们会从那个港口向他们进攻，已经把衣服和鞋收拾好，准备在我们攻克港口的时候就从陆地上逃走。他们对我们的海军竟是如此惧怕！可是老天却偏不作美，这并不是我们侥幸的过错或疏忽，而是由于基督徒们的罪过，老天让我们总是受到惩罚。实际上，乌查利一直龟缩在莫东，那是纳瓦里诺附近的一个岛。乌查利把人都赶到陆地上，在海港口岸修筑工事，一直到唐胡安[②]回来。

"唐胡安返程途中俘获了一艘'猎物号'军舰，那艘舰是由著名的海盗巴瓦罗哈的一个儿子指挥的。俘获它的是那不勒斯的一艘'母狼号'军舰，由号称'战地闪电'、'士兵之父'的圣克鲁斯的侯爵、战无不胜的幸运舰长唐阿尔瓦罗指挥。我还想说说俘获'猎物号'过程中的事情。巴瓦罗哈的那个儿子太残忍了，他虐待俘虏，所以那些划船的俘虏就在'母狼号'向他们的船接近,要夺取他们的船的时候，同时放下了船桨，抓住坐在指挥台上高喊'快划'的船长，从船尾逐排地[③]向船头传递，边传还边咬他，不等传过桅杆，船长就魂归西天了。我说过，待人残忍，触犯众怒。

"我们又回到了君士坦丁堡。第二年，也就是七三年，听说唐胡安大人攻占了突尼斯，征服了土耳其的王国，把它交由穆莱·哈米达

---

① 苏丹即土耳其君主。

② 西班牙人习惯如此称呼胡安·德奥斯特里亚。

③ 划桨的俘虏是分为前后许多排锁在座位上的。

统治。有世界上最残忍又最勇敢的摩尔人穆莱·哈米达在那儿，土耳其人要重新恢复统治的希望就破灭了。土耳其苏丹对这个损失痛心不已，便动用了土耳其人的全部智慧，同威尼斯人讲和。而威尼斯人求和心更切。又过了一年，也就是七四年，土耳其苏丹向戈利达要塞和突尼斯附近唐胡安只建了一半的要塞发动了进攻。这段时间，我一直在船上做划船手，根本没有获得自由的希望，至少没有被营救的希望，当时我已决意不把我的任何不幸消息告诉父亲。

"戈利达最后终于失守了，堡垒也失守了，总共有七万五千名土耳其雇佣军以及来自整个非洲的四十万摩尔人和阿拉伯人向它们进攻。如此庞大的军队，而且装备精良，再加上那么多的苦役犯，他们只须用手撮土，就足以把戈利达和那个堡垒盖上。戈利达首先失守。在此之前，一直以为它是坚不可摧的。不过，它并不是由于守卫者的失职才失守的，他们已经尽了自己的全部所能。就像后来事实证明的那样，在那块沙地上建立掩体太容易了。一般的沙地，挖两拃深就会遇到水，可土耳其人在那儿挖了两尺深也没碰到水，因此他们得以用很多沙袋建起了高层工事，可以居高临下地射击，任何人也抵御不了。

"人们普遍认为，我们的士兵不应该困守在戈利达，而应该主动出击，迎战登陆的敌人。说这种话的人对这类事很少经历过，因而说起话来相去甚远。我们在戈利达和那个堡垒只有不到七千名士兵。数量如此少，即使装备再好，也不可能跑到工事外去，对付数量如此之多的敌人。而且他们得不到及时的援助，特别是他们受到如此之多的顽固敌人的包围，怎么能不失守呢？不过很多人认为，我也这么认为，这是天助西班牙，让他们扫平这个罪恶的滋生地，这个贪得无厌、巧取豪夺、消耗了无尽钱财的要塞。他们毫无意义地把钱挥霍掉，把钱都用来为那个战无不胜的卡洛斯五世树碑立传，似乎真有必要让他英名永存，而且那些石头真能让他英名永存似的。那座堡垒也失守了，不过守卫堡垒的士兵进行了英勇顽强的战斗。土耳其人发动了二十二次总攻，死了二万五千多人，才一点一点地占领了堡垒。活着的守军不过三百人，而且都是负了伤才被俘的，这更证明了他们都已经竭尽全力，而且斗志旺盛，忠实地守卫了自己的阵地。在那个滨海湖中央有个由巴伦西亚英勇的著名战士唐胡安·萨诺格拉负责的小堡垒，它也被占领了。

“戈利达的指挥官唐佩德罗·普埃尔托·卡雷罗被俘虏了，他已经尽了全力来守卫戈利达。失守对他的打击太大了，在被押往君士坦丁堡的路上，他郁郁而死。堡垒的指挥官卡布里奥·塞韦略是米兰了不起的工程师、英勇的战士，也被俘了。在这两个地方还牺牲了不少重要人物，其中有一个是帕甘·德奥里亚，他是圣胡安骑士团的武士，生性豪爽。他和著名的胡安·安德烈亚·德奥里亚是亲兄弟。最惨的就是他死在他所信任的几个阿拉伯人手里。那几个人见堡垒已经失守，就提议他换上摩尔人的衣服，然后把他送到塔巴尔卡，那是采珊瑚的热那亚人在海边的一个住所。结果那几个阿拉伯人把他的头割了下来，交给了土耳其军队的指挥官。这里验证了我们西班牙的一句俗话：‘背叛乐了别人，毁了自己。’据说因为他们没有献上活的德奥里亚，土耳其军队的指挥官下令把那几个阿拉伯人也绞死了。

“在堡垒里的西班牙人当中，有一个叫唐佩德罗·德阿吉拉尔，我不知道他是安达卢西亚哪个地方的人。他是堡垒的旗手，是个很重要又很机灵的战士，而且特别擅长作诗。我提到他是因为他曾与我在同一条船上同一排座位，为同一个船老大划船。我们离开港口之前，他按照墓志铭的形式写了两首十四行诗。一首献给戈利达，另一首献给堡垒。我完全可以把这两首诗念出来，我已经把它们背下来了。我相信你们会喜欢这两首诗。”

当俘虏提到唐佩德罗·德阿吉拉尔这个名字时，费尔南多看了他的几个同伴一眼，三个人都会意地笑了一下。提到十四行诗时，其中一人说：

“您先别往下说了，我请求您告诉我，您提到的那位唐佩德罗·德阿吉拉尔后来怎么样了。”

“我所知道的是，”俘虏回答说，“他在君士坦丁堡待了两年，后来扮成阿尔巴尼亚人同一个希腊间谍逃走了。我不知道他是否获得了自由。不过我觉得他已经获得了自由。因为一年后我在君士坦丁堡见到了那个希腊人，可是没来得及问他们那次逃跑后的情况。”

“他的确获得了自由。”那个人说，“那个唐佩德罗是我兄弟，现在就在我们家乡，生活得既愉快又富裕，已经结了婚，有三个孩子。”

“这全靠上帝恩赐，”俘虏说，“依我看，世界上再没有比重新获得自由更令人高兴的事情了。”

“而且，”那个人说，“我还知道我兄弟做的那两首十四行诗。”

“那就请您念念吧，”俘虏说，“您肯定比我记得准确。”

“好，”那人说，“先来看他凭吊戈利达的那一首吧。”

第四十章　俘虏继续谈其经历

　　幸福的英灵，功德卓著，
已经脱离冥府，
从地下九泉
升腾到高天极乐处。
　　你们义愤填膺，热情满腹，
奋力拼搏，驰骋沙场，
以自己和他人的鲜血
染红了领海疆土。
　　名节重于生命，
虽败犹如胜，
精疲力竭身先故。
　　墙垒前的炮火中，
勇士献英骨，赢得
英名今世，流芳千古。

“我记得这首诗正是这样的。”俘虏说。

“那首凭吊堡垒的诗，如果我没记错的话，”那人说，“是这样写的：

落寞的土地上，
铺洒着这样的土壤，
三千战士的英魂
扶摇直上天堂。
你们曾以坚强的臂膀，
在这里进行了失败的抵抗，
寡不敌众，力不可挡，
最终迎刃而亡。
就在这块土地上，
古往今来，
令人遗恨四方。
它坚实的胸膛
亦不能支撑勇士的身躯，
英魂升空天晴朗。”

大家觉得这两首诗都不错，而俘虏更为得到了伙伴的消息而高兴。然后，他接着讲道：

“戈利达和堡垒都被攻克了，土耳其人下令把戈利达炸毁。堡垒原来就是那个样子，已经没什么可拆的了。为了省点事，尽快地拆掉戈利达，土耳其人在三处似乎不太坚固的地方安放了炸药，可是竟没有一处被炸塌，那些都是老式的城墙。倒是费拉廷[①]修建的新工事塌了。最后，土耳其的军队大胜返回君士坦丁堡。没过几个月，我的主人乌查利就死了。人们都叫他乌查利·法尔塔克斯，土耳其语的意思就是‘癞疮叛徒’。他确实长了癞疮。土耳其人常常用一个人的生理或道德缺陷来称呼那个人。他们只有奥斯曼家族繁衍出来的四个家族姓氏，所以他们往往用一个人的体形或者品性作为一个人的姓名。

“这个癞子做了苏丹的奴隶，为他划了十四年船。他三十四岁那年，由于划船的时候土耳其人打了他一个耳光，他又不能报仇，才背

① 费拉廷是西班牙的一位军事建筑工程师。

叛了他的信念。他没有像土耳其大公的心腹那样靠歪门邪道往上爬，而是靠自己的勇气终于成了阿尔及尔的国王，而后又成了海军统帅，成了那个统治阶层的第三号人物。他是卡拉布里亚人,是个正直的人，对待俘虏很人道。他手下共有三千俘虏。按照他的遗嘱，他死后，这些俘虏被分配给土耳其苏丹（苏丹参与继承所有死者的财产）和他手下的叛教者们。我被分配给了一个威尼斯叛教者，他是个见习水手，是被乌查利俘获的。乌查利非常宠爱他，后来他竟成了乌查利最宠幸的亲信之一，并且成了最残忍的叛教者。

“他叫阿桑·阿加，后来变得很富裕，而且成了国王。我跟他从君士坦丁堡来到阿尔及尔，心里很高兴，觉得这回离西班牙更近了。这倒不是我想把我的不幸告诉谁，而是想看看在这儿是否能得到比君士坦丁堡更好的运气。在君士坦丁堡我曾千方百计地逃跑，可是没有一次成功，因此我想在阿尔及尔想想办法，得到我渴望得到的东西。我从来没有放弃得到自由的希望。我设计并实施的办法并没有达到我的目的，可我并不自暴自弃，而是继续伪装下去，寻求新的希望，哪怕是很渺茫的希望。

“我被关在土耳其人称作‘囚牢’的牢房里打发时光。囚牢里关的是西班牙俘虏，有些是属于国王的，有些是属于私人的，还有属于公家的被称为‘市政’的囚犯，也就是专门从事公共设施以及其他工程建设的人。这类囚犯很难获得自由，因为他们属于公共事业，不属于某个人。所以，即使他们定了赎金，也没有人去赎他们。此外，当地一些人也常常把他们的俘虏送到这种囚牢来，特别是这些俘虏可能被赎走的时候，因为在这种囚牢里管理比较松，也比较让人放心，一直到他们被赎走。国王的那些等待赎身的俘虏一般不同其他囚犯一起出去劳动，只有他们的赎金迟迟不到位，为了让俘虏写信催赎金时，才让他们同其他犯人一起劳动打柴，这个活儿的劳动量可不小。

“我算是等钱赎身的俘虏。土耳其人知道我是上尉，所以，尽管我声明没什么财产，极少可能有人来赎我，他们却不理会，还是把我归入了可赎贵人之列。他们给我戴了副锁链，这主要是为了表示我是个等待赎身的俘虏，并不是为了看住我。我就这样与其他一些等钱赎身的贵人一起过着囚牢生活。虽然饥寒不时困扰着我们，但任何事都比不上耳闻目睹我们的主人极其残忍地对待犯人更令人心寒。他每天都要任意绞杀人，不是用扦子刺这个人，就是扎穿那个人的耳朵，而且常常是因为很微小的原因。或者根本就没有原因。他们纯粹是为了这样做而这样做,已经杀人成性了。只有一个叫萨阿韦德拉[1]的西班牙战士能够逃脱这样的厄运。他的所作所为很多年后都会留在那些人的记忆中，他所做的一切都是为了获得自由。不过主人从来没有打过他，也没有叫人打他，甚至没骂过他。他做的那些事情，哪怕是其中最小的事,我们都完全有理由担心他挨打。他也多次担心自己会挨打。如果不是时间不够，我现在就可以给你们讲讲这位战士的事迹，肯定会比我的经历更有意思。

“在我们牢房的院子上方，有一个摩尔权贵家的一排窗户。就像一般摩尔人家一样，那与其说是窗户，倒不如说是窟窿，即使是这么小的窗户，也捂得严严实实。有一天，我和另外三个伙伴一起在监狱房顶的平台上练习带链跳，借此消磨时间。当时只有我们这几个人，其他人都已经出去干活儿了。我抬起头，发现从那紧闭的窗户里伸出一根竹竿，竹竿上还拴着一块麻布。竹竿来回摆动，仿佛在召唤我们过去拿住它。我们看着那根竹竿。我们之中的一个人走到了竹竿下面，看拿竹竿的人是否会松手，或者想干什么。可是他一过去，竹竿就抬了起来，并且向两侧摆动，似乎是在摇头说‘不’。

“这个人回来了，竹竿又垂下来，像原来那样摇动。我的另一个伙伴也过去了，但也遇到了和第一个人同样的情况。后来我的第三个伙伴过去了，又遇到了同前两个人一样的情况。我也不想放弃这个碰运气的机会。我刚走到竹竿下面，竹竿就落到我脚旁。我随手解开了麻布。麻布上打了个结，里面有十个西亚尼，这是摩尔人使用的一种成色不高的金币，每个值我们的十个雷阿尔。我那高兴劲儿就不必说了。我又惊又喜，不知为什么会有这种好事，尤其是这件好事又落到了我头上。看来那根竹竿是有意落到我脚下的，这明确表明有人在特

---

① 此处写的是塞万提斯自己，他曾几次为逃跑差点儿丧命。

别关照我。我拿上这笔钱，折断了竹竿，又回到平台上，向窗户望去，只见从窗户伸出一只白皙的手，打开窗户又迅速把窗户关上了。

“我们明白了，肯定是住在这里的某位夫人照顾我们。为了表示感谢，我们低头弯腰，双臂抱在胸前，按照摩尔人的方式行深度鞠躬礼。不一会儿，那扇窗户里又伸出一个用竹棍做的小十字架，然后收了回去。这个情况更让我们相信，那间房子里大概住着基督教女俘虏，就是她在给我们钱。可是那只白皙的手以及手上的手镯却又否定了我们这个想法。我们又想，她大概是个背叛了我们的基督教女人。通常她们的主人正式娶她们为妻，并且待她们很好，觉得她们比摩尔女人强。

“在整个过程中，我们始终不知道到底是怎么回事。从那以后，我们一直往那个伸出过竹竿的窗户张望，把它当成我们的福星。可是我们看了十五天，也没有看到什么手或竹竿。这段时间里我们四处打听那间房子里住的是什么人，里面是否有个背叛了基督教的女人，可是人们告诉我们，里面只是住着一位摩尔人权贵，名叫阿希·莫拉托，是巴塔的典狱长，这是个很重要的职务。可是，当我们不再指望从那个窗口得到很多西亚尼的时候，有一天，忽然发现窗口又像上次那样伸出了竹竿，而且竹竿上的麻布结更大了。时间也和上次一样，是在没有其他人的时候。我们又做了个试验,还是让上次那三个人先去取，可是竹竿上的东西只有我才能拿到。只有当我来到竹竿前，竹竿上的东西才会落下来。我打开麻布结，发现里面有四十个西班牙金盾和一张阿拉伯文写的字条,字条的末尾画着一个大十字架。我吻了十字架，拿了金盾后又回到平台上，行深度鞠躬礼，那只手又伸了出来。我们表示我们将看那张纸条，于是窗户又关上了。

“我们对这件事既欣喜若狂又莫名其妙。我们几个人都不懂阿拉伯文，可是又急于知道纸条上写的是什么内容。现在最麻烦的就是要找人帮我们看看纸条。我决定去找一个已经背叛了基督教的木尔西亚人。他曾经是我的好朋友，他有把柄在我手里，所以不敢把这个秘密泄露出去。当时有的叛教者想回到基督教国家去，就随身带着某位有身份的俘虏的签名信，信上证明这个持信人是好人，而且没有对基督教徒做过坏事。这种人总想一有机会就逃跑。有的人要这种签名信并没有歹意，而有的人则别有用心，以防万一。例如，他们去基督教国家抢掠时被抓住了，就拿出签名信，说这信可以证明他来的目的，是要留在基督教国家里，而抢掠则是被土耳其人强迫所为。这样先避免吃眼前亏，然后再同教会讲好话，最后安然无恙。待蒙混过关后，又会回到贝韦里亚重操旧业。当然有的人持这种签名信并没有歹意，而且在基督教国家住了下来。我刚才说的那个叛教者是我的朋友，他的签名信在我手上，信上有我们所有人的签名，尽力证明他是好人。假如摩尔人发现了这封签名信，就会把他活活烧死。我知道他的阿拉伯文很好，不仅能说，而且能写。不过我没有把实情告诉他，只说让他给我念念这张纸条，这是我偶然在我房间的一个窟窿里发现的。

“他打开纸条，看了好一会儿，嘴里还嘟嘟囔囔地念着。我问他是否能看懂，他说完全能看懂，如果我认为有必要逐句翻译，就给他笔和墨水，这样可以翻译得更准确。我把笔墨给了他，他逐字逐句地翻译。翻译完以后他说：‘这就是从这张摩尔语纸条上翻译过来的地道的西班牙语。你注意一下，里面说的莱拉·马里安就是我们说的圣母玛利亚。’

“我看了纸条，纸条上写着：

我小时候，父亲给我找了个女奴，她用我们的语言教我做基督教式的祈祷，并且给我讲了很多有关莱拉·马里安的事情。那个女奴死了。我知道她没有死，而是同真主在一起，因为后来我见过她两次。她让我到基督教国家去看看莱拉·马里安，莱拉·马里安非常喜欢我。我不知道该怎么去。很多基督教徒都曾在这个窗户看见过我，可没有人像你这样称得上是个男子汉。我是个非常漂亮的姑娘，有很多钱。你看看咱们是否能一同去，到了那边，你如果愿意的话，可以做我的丈夫；如果不愿意也没关系，莱拉·马里安会给我找个能同我结婚的人。我要写的就是这些。你让别人帮你看纸条时要注意点，不要相信任何一个摩尔人，他们都是骗子。我对此很担心，请你不要把事情告诉任何人。如果我父亲知道了这件事，会把我扔进井里，用石头埋了。竹竿上有条线，你可以把你的答复挂在上面。如果没有人帮你写阿拉伯文，你就打手势，莱拉·马里安保佑，我会懂你的意思。莱拉·马里安和真主会保护你，这个十字架我已吻过多次，这是那个女奴告诉我的。

“你们可以想象，大人们，我们知道了纸条上的话真是又惊又喜。当然，那个叛教者一看就知道，这张纸条并不是偶然捡到的，而是专门写给我们当中某个人的。于是他请求我们，如果他的猜测是真的，就请我们相信他，把事情告诉他，他冒死也要帮助我们获得自由。说完他从怀里掏出一个金属的耶稣受难像，泪流满面地向那个神像发誓，说尽管他是个罪人，还是请相信他，他一定忠于我们，对我们告诉他的事情保密。他已经猜到了，靠那个写纸条的女人帮忙，他和我们都可以获得自由。他梦寐以求的就是重新皈依神圣的教会，这是他的支柱，虽然他愚昧无知，罪恶深重，已经被革除教籍，逐出了教会。

“这个叛徒痛哭流涕，悔恨不已，我们都同意把真相告诉他。于是我们毫不隐瞒地把实情全部告诉了他。我们还把伸出竹竿的那个窗户指给他看。他看清了是哪间房子，又准备特意去打听是谁住在那间房子里。我们商定，既然有人能帮我们写，就该对那个摩尔姑娘的纸条作出答复。那个叛教者按照我的口述写了封信。确切的原话我马上就会告诉你们。这些都是发生在我身上的事，所以我至死一点儿也不会忘记。给摩尔姑娘的回信是这样写的：

真主会保佑你，我的小姐。那个神圣的马里安也会保佑你，她是真正的上帝之母。她非常爱你，才促使你到基督教国家去。你去请求她，让她告诉你怎样把她对你的吩咐付诸实施吧。仁慈的她一定会帮助你。我以我和与我在一起的几个基督教徒的名义保证，我们会为你做出一切，即使付出生命也在所不惜。你一定要给我们写信，把你的想法告诉我们。我们一定给你回信。

伟大的真主已经赐给我们一个基督教徒俘虏，他既会说又会写你们的那种语言，你看看信就知道了。你不用害怕，可以把你的想法都告诉我们。你说如果到了基督教国家，你愿意做我的夫人，那么我作为一个善良的基督徒答应你。你知道，基督徒在实现诺言方面要比摩尔人强。愿真主和你的圣母马里安保佑你，我的小姐。

“信写好后，我把信叠了起来，等到两天后，像以往一样，只有我一个人在囚牢的时候，我又到我熟悉的平台上，看看窗户里是否有竹竿出现。果然不一会儿竹竿就出现了。虽然我看不见是谁在拿竹竿，可我一看见竹竿出现，就扬了扬手里的信，示意她把线拴上。其实线已经拴在竹竿上了。我把信捆在竹竿上，很快那个福星般的带结白旗又出现了。白旗落了地，我拾起来一看，发现布包里有各种各样的银币和金币，足有五十多个盾。这些钱使得我们快乐倍增，它又证实了我们获得自由的希望。当天晚上，那个叛教者又来了，告诉我们说，他已经弄清楚了，那间房子里住的就是我们说的那个摩尔人，他叫阿希·莫拉托，是当地的首富。他只有一个女儿，这个女儿是他全部财产的继承人。全城的人都公认她是贝韦里亚最漂亮的女人。很多总督都来向她求婚，可她从不想嫁人。此外，叛教者还听说她有一个女奴,那个女奴已经死了。他说的这些与纸条上写的情况吻合。

“然后我们又同那个叛教者商量，以什么方式把摩尔姑娘救出来，大家一起到基督教国家去。最后我们商定再等索赖达的通知。现在她愿意让人们叫她玛丽亚，可当时她叫索赖达。我们觉得只有她才能解决这些困难。我们商定后，那个叛教者又劝我们不要着急，他即使献出生命，也要让我们获得自由。随后的四天里，囚牢里总是有人，所以竹竿一直没出现。四天之后，囚牢又没有其他人的时候，一个鼓鼓的麻布包又出现了，那简直是福星高照。她把竹竿和麻布包又伸到我面前。我发现布包里有一张纸条和一百个清一色的金币。那个叛教者也在场。我们让他在我的房间里把纸条念念。纸条是这样写的：

我的大人，我也不知道咱们如何才能去西班牙。我问过莱拉·马里安，她也不知道。现在可做的事情只能是我通过这个窗户给你们很多钱，你和你的朋友们用它赎了身，然后你们其中一人到基督教国家，在那儿买条船，再回来接大家。你可以在海滨的巴巴松门外我父亲的花园里找到我。整个夏天，我和我父亲以及用人们都在那里。到了晚上，你可以放心地把我从花园接走，带到船上去。别忘了，你得做我的丈夫，否则我会请求马里安惩罚你。如果别人去买船你不放心，你就先赎了身自己去。我知道你回来的可能性比别人大，因为你是个男子汉，是基督徒。你设法认清花园的位置。每当你散步的时候，我就知道只有你一个人在囚牢，我就会给你很多钱。真主保佑你，我的大人。

“这就是第二张纸条的内容。大家看了纸条，都自告奋勇要去赎身，并且保证一定按时去，按时回。我也报了名。可叛教者对此反对，说他反对让任何一个人先获得自由，要走大家一起走。过去的经验证明，凡是获得了自由的人，都没有履行他身陷囹圄时的诺言。过去常常有一些有身份的俘虏借用这种方法，让一个人先赎身，带钱到巴伦西亚或马略尔卡去弄只船，再回来接那些为他赎身的人。可是没有一个人回来。人一旦获得了自由，就唯恐再失掉它，忘记了自己应当承担的责任。

“为了证明他说的是实情，他还列举了几个基督教徒的遭遇。在那个地方，令人心寒的意外事件层出不穷。这种事在那个地方是很典型的。最后他说，现在能做也应该做的事，就是把那些用来赎救基督教徒的钱交给他，他到阿尔及尔去买只船，借口在德土安及其沿海地区做些买卖，等他成了船主，就很容易把我们弄出囚牢，把大家送上船。况且，按照摩尔姑娘说的，她拿钱就是为了给大家赎身。待大家自由了，完全可以光明正大地上船。现在最大的困难就是除非出海劫掠，否则摩尔人不会允许任何一个叛教者特别是西班牙叛教者购买和拥有一艘船，他们怕这个人买了船到基督教国家去。

不过他可以设法解决这个困难。他可以同一个塔加林人[①]一起买船赚钱，他可以打着这个幌子，待成为船主后，一切问题就迎刃而解了。虽然我和我的伙伴们觉得最好还是按摩尔姑娘说的，到马略尔卡去买只船，可是又不敢对叛教者的说法提出异议，怕如果我们不照他说的去做，他就会告发我们，我们就没命了。而且，一旦索赖达的计划暴露了，我们也会丢了性命。于是我们决定听从上帝和那个叛教者的安排。

“我们立刻给索赖达回信，说我们完全按照她说的去办，她说得很对，这就像是莱拉·马里安的旨意。至于是先等一等，还是立即着手进行，全由她决定。我又再度重申我将做她的丈夫。就这样，有一天，我一个人在囚牢的时候，她用竹竿和布包分几次给了我们两千金币，还有一张纸条，上面写着在下一个‘胡马’，也就是下一个星期五，她要到父亲的花园去。在离开花园之前，她还会给我们钱。如果钱不够，就告诉她，她可以如数给我们。她父亲有很多钱，不会发现家里的钱少了，更何况她还掌握着所有钥匙。

“后来我们给了叛教者五百金币，让他买船。我又用了八百金币让一个当时在阿尔及尔的商人为我赎身。那个商人向国王保证，一有船从阿尔及尔来，他就交付赎金。这样做是因为如果马上交付赎金，国王就会怀疑赎金早已到了阿尔及尔，只是商人为了自己牟利，知情不举。我就这样被赎了出来。美丽的索赖达星期四又给了我们一千金币。星期五，她来到花园，告诉我们她就要走了。她请求我，既然我已经赎了身，就去认认那个花园，无论如何也要找机会到那儿去看看她。我只说了几句话，告诉她我一定去，并请她不要忘了用女奴教给她的所有祷辞祈祷莱拉·马里安保佑我们。随后，她又让我为我的三个伙伴赎身，这样就能顺利地离开囚牢。否则那三个人看见只为我赎了身，没有赎他们，又不是没有钱，就会捣乱，居心险恶地做出伤害索赖达的事情来。我知道他们的为人，用不着为此担心。不过，我不想在这件事上冒任何风险，便还是通过那个商人，把钱全部交给他，

---

① 塔加林人是生活在基督徒中间的摩尔人。

让他为我们放心作保。但为了防止意外，我们没有把我们的计划和秘密告诉他。”

第四十一章 俘虏再谈其遭遇

“没过十五天，那个叛教者就买好了一艘质量上乘的船，能装三十人。为了把事情办得稳妥，像那么回事，他又去了一趟一个叫萨赫尔的地方。那个地方在奥兰那个方向，离阿尔及尔有三十西里远，无花果的交易很发达。他同那个塔加林人去了两三次。在贝韦里亚，人们称阿拉贡的摩尔人为‘塔加林’，称格拉纳达的摩尔人为‘穆德哈尔’；而在非斯王国，人们称穆德哈尔为‘埃尔切’，国王打仗时大多用这种人。每次划船经过一个离索赖达等待我的那个花园不远的小海湾时，他都有意和几个划船的摩尔人一起把船停泊在那儿，或者做祈祷，或者为他真要干的事做些假戏。他还到索赖达的花园去要水果。索赖达的父亲不认识他，就给了他水果。后来他对我说，他本想找机会同索赖达说话，说明自己就是奉我之命，要把她带到基督教国家去的那个人。这样她就会高兴，并且放心。可是，摩尔女人除非有丈夫或父亲的吩咐，一般不能让任何摩尔男人或土耳其男人看到自己，但是却可以同基督徒俘虏自由接触。因此，他根本不可能见到索赖达。假如他真的同索赖达讲了，我倒很不放心，怕索赖达看到她的计划已经被叛教者知道了会感到不安。

“不过上帝自有安排。那个叛教者的愿望虽好，可是得不到实现的机会。他本来在萨赫尔来去都很安全，可以随时随地停船，而他的伙伴，那个塔加林人，也完全听他的吩咐。我当时已经赎了身。现在需要的就是找几个划船的基督徒。叛教者让我留意，除了几个已赎身的以外，我还想带走哪几个人，叫我下星期五就把计划告诉那几个人，他已经决定我们下星期五启程。于是我就找了十二个西班牙人，他们都是划船能手，人也勇敢，而且都能自由出城。能找到这些人已经不算少了。当时有二十条船外出掳掠，把划船手全带走了。若不是有一条双桅船的主人那年夏天修船，没有外出，连这些人也找不到了。对这些人，我只是让他们下个星期五一个个悄悄出城，到阿希·莫拉托花园的拐角处等我。我是分别对每个人讲的，而且告诉他们，如果他们在那儿看到其他基督徒，也只说是我吩咐他们在那儿等我的。

“安排好这些后，我还得做一件事，就是把这个计划告诉索赖达，让她事先知道，以免因为我们在她估计这条基督徒的船回来的时间之前去找她而把她吓着。于是我决定到花园去，看看是否有机会同她说话。启程的前一天，我借口去找点野菜，去了花园。我在花园首先碰到的就是索赖达的父亲。他对我讲的是一种在贝韦利亚以及君士坦丁堡，俘虏和摩尔人之间通用的语言，既不是摩尔语，也不是西班牙语，更不是其他某个民族的语言，而是一种各类语言的大杂烩，这样我们互相都能理解。他就是用这种语言问我在花园里找什么。我知道他有个很有势力的朋友叫阿尔瑙特·马米，于是就说我是阿尔瑙特·马米的奴隶，来找几种野菜做色拉。接着他又问我是否已经赎了身，我的主人要了多少钱。

“我们正在说话的时候，美丽的索赖达从花园的房间里走出来。她原来已经见过我多次，而且就像我刚才说的，摩尔女人并不避讳在基督教徒面前露面，所以她毫无顾忌地向她父亲同我说话的地方走来。她父亲看见她，也叫她到自己身边来。

“现在我不必侈谈在我眼里索赖达如何花容月貌、亭亭玉立以及她的服饰如何华丽了。我只需说，她清秀无比的脖子、耳朵和头发上戴的珠宝比头上的头发还多。在她的脚腕上按照她们的习俗裸露着一对‘卡尔卡哈’，摩尔语的意思就是戴在脚上的镯子。她那副脚镯是纯金的，上面还嵌满了钻石。她后来对我说，她父亲估计那副脚镯值一万罗乌拉[①]。她的手腕上戴着一副同样贵重的手镯。她身上还有很多贵重的珍珠，摩尔女人最大的奢侈就是用各种珍珠装饰自己，也正

① 罗乌拉是西班牙古金币。

因为如此，摩尔人的珍珠要比世界上其他各国的珍珠总和还多。索赖达的父亲拥有许多阿尔及尔最宝贵的珍珠是众所周知的。此外，他还拥有二十多万西班牙盾。所有这些现在都属于我这位夫人。至于她当时戴这么多首饰是否漂亮，你们看，她经历了这么多周折之后依然楚楚动人，那么，她春风得意之时是什么样子就可想而知了。大家知道，有些女人的美貌有时期性，会随着某些事情变弱或变强。所以，有时候情绪可以影响一个人的容貌，而且更多的时候是破坏人的容貌。

“总之，可以说当时她靓妆华丽，容姿无比，至少在我眼里是这样的。再一想到她曾给予我的照顾，我更觉得她是天女下凡到人间，给我带来了幸福，来拯救我。她刚走过来，她父亲就用他们的语言告诉她，我是他的朋友阿尔瑙特·马米的俘虏，到此来找野菜做色拉。索赖达用我刚才提到的那种大杂烩语言问我究竟是不是个男子汉，为什么没有给自己赎身。我说我已经为自己赎了身，从我付给我主人的赎金数量就可以看出我的主人对我多么重视，我付给了我的主人一千五百个索尔塔尼[①]。

“她却说：‘如果你是我父亲的俘虏，你就是再付两倍的价钱，我也不会让我父亲答应放你。你们基督教徒总是说谎，你们装穷就是为了骗摩尔人。’

“‘可能有这种事’我说，‘但是无论过去、现在或将来，我对我的主人都是诚实的，我对世界上所有人都诚实。’

“‘你什么时候走？’索赖达问。

“‘我想明天，’我说，‘因为这儿有一艘法国船，明天启航。我想乘那艘船走。’

“‘等西班牙的船来了，乘西班牙的船走不是更好吗？’索赖达说，‘不要乘法国的船，他们又不是你们的朋友。’

“‘不，’我说，‘除非有确切消息说，这儿停泊着一艘西班牙的船，我才会在此等待，否则还是明天走最保险。我要回到我的国土，同我热爱的人团聚的愿望太强烈了，别的船来得晚，即使条件再好，我也

① 索尔塔尼是土耳其古金币。

不能等待了。’

“‘你大概已经在你们国家结婚了，’索赖达说，‘所以你急于回去见到你的妻子。’

“‘我并没有结婚，’我说，‘不过我已经答应，到了那儿就结婚。’

“‘你说的那位夫人漂亮吗？’索赖达问。

“‘很漂亮，’我说，‘说实话，我觉得她特别像你。’

“她父亲听了哈哈大笑，说：‘真主保佑，基督徒，如果她长得像我女儿，那确实很漂亮。我女儿在这个王国里最漂亮。不信你看看，就会知道我说的是真的。’

“索赖达的父亲懂得西班牙语比较多，所以我同索赖达的对话都是由他翻译的。索赖达只能讲我刚才说的那种杂拌语，这种语言在当地通用。她表达自己的意思主要靠手势而不是语言。

“我们正在说话的时候，一个摩尔人跑来大声说，有四个土耳其人从花园的墙跳进来，正在找水果，其实当时水果还没熟呢。老头子吓坏了，索赖达也吓得不轻。摩尔人似乎天生都害怕土耳其人，尤其是土耳其士兵。那些士兵对摩尔人非常粗鲁，对他们手下的摩尔人更是盛气凌人，像对待奴隶一样虐待他们。索赖达的父亲对她说：‘孩子，你赶紧回到房间去，关好门，我去同这些畜生说说。你，基督教徒，找你的野菜去吧。祝你走运，愿真主保佑你回国一路顺风。’

“我向他鞠了一躬，他赶紧去找土耳其人了，只剩下我和索赖达。索赖达装着按照父亲的吩咐往回走。可她父亲刚刚消失在花园的树丛中，她就向我转过身来，眼里噙满了泪水，对我说：‘塔姆西西，基督徒，塔姆西西？’意思是问我：‘你要走吗，基督徒，你要走吗？’

“我回答说：‘是的，小姐，不过无论如何我不会撇下你。下一个胡马你等着我。你看见我们时别害怕。咱们一定一起到基督教国家去。’

“我说完这些，她就完全明白了我们刚才那番对话的含义。她伸出一条胳膊，搂着我的脖子，慢慢向她的房间走去。如果不是老天帮忙，事情就糟了。我们两人正这样子走着，她的父亲把土耳其人赶走后又回来了，看见了我们这副样子，我们也看见他已经发现了我们。可是索赖达很机警，她不仅没有把放在我脖子上的手臂拿开，反而离我更近了，把头垂在我胸前，双腿弯曲，就像要昏过去的样子。我也装出迫不得已扶着她的样子。索赖达的父亲赶紧跑过来，见女儿这副样子，问她怎么了。可索赖达并不答话。

“她父亲说：‘肯定是让刚才进来的那几个畜生吓晕了。’他把索赖达从我身边接过去，搂着她。

“索赖达叹了一口气，眼里的泪水还未干，就说‘阿梅西，基督徒，阿梅西。’

“她父亲对她说：‘别着急，孩子，让基督徒走，他没有伤害你。那几个土耳其人已经走了。你别害怕，什么事也不会有了。我已经请那几个土耳其人从原路回去了。’

“‘的确像您说的，是那几个人把她吓着了，’我说，‘不过既然她让我走，我也不想惹她不高兴。您放心吧，只要您允许，有必要的话，我还会来采野菜。我的主人说，要做凉拌色拉，哪儿的野菜也不如这儿的好。’

“‘你喜欢什么野菜都可以采，’阿希·莫拉托说，‘我女儿那么说，并不是因为你或其他基督徒惹她生气了，她想说让土耳其人走，却说成让你走，或许是因为你该去采野菜了。’

“我马上告别了他们两人。索赖达也装出非常痛心的样子同父亲回去了。我则借口找野菜，把花园仔细转了一遍。我仔细观察了花园的进口和出口、花园的防卫设施以及各种有助于我们行动的便利条件。事后，我把这一切都告诉了叛教者和我的同伴们，然后急切地盼望着得到命运赐给我的索赖达。时间流逝，我们期待已久的日子终于来到了。我们按照我们多次精心策划的步骤，进展很顺利。我在花园里碰到索赖达后的那个星期五傍晚，我们的叛教者把船停泊在几乎面对绝代佳人索赖达所在花园的地方。

“那些基督教徒划船手已经事先埋伏在周围。大家都兴高采烈又忐忑不安地等着我，准备一看见有船过来就动手。他们不知道叛教者的安排，以为必须动手杀死船上的摩尔人才能获得自由。我和我的几个同伴刚一露面，那些隐藏在周围的人就围了过来。这时候城门已经关闭了，荒郊旷野上空无一人。人都凑齐了，我们就开始考虑究竟是先去接索赖达好，还是先去制服船上雇佣的摩尔划船手好。正在大家犹豫之时，我们的叛教者来了，说时候已到，现在正是摩尔人疏于防备的时候，而且大部分已经睡觉了，问我们还等什么。我们把自己的想法对他说了。他说现在最重要的是制服那条船，这很容易办到，而且也没有任何危险，然后我们再去救索赖达。我们觉得他说得对，就立刻跟着他来到船边。叛教者第一个跳上船去，抄起一把大刀，用摩尔语对他们说：'你们要想不丢掉性命，就都不要动！'

"这时几乎所有基督徒都上船了。摩尔人本来就胆小，见他们的船主这么一说，全吓坏了，没有一个人去拿武器。他们的武器本来就少，几乎可以说是没有。摩尔人一言不发，任凭基督徒们捆住他们的手。基督徒麻利地捆住了他们的手，又威胁他们说，只要有人出声，就把他们都杀了，随后，我们一半人留下来看守摩尔人，其余的人都跟着叛教者来到阿希·莫拉托的花园。我们运气不错，刚去推门，门就开了，好像没锁一样。我们不慌不忙，神不知鬼不觉地来到索赖达的住处。

"绝代佳丽索赖达正在一个窗口等我们。她听到有人来了，就低声问我们是不是尼撒拉尼，也就是问我们是不是基督徒。我回答说是，让她下来。她一认出我，来不及回答我的话，就立刻下来打开门，展露出她那美丽的容貌和华贵的服装，漂亮得简直难以形容。我看见了她，就拉着她的一只手吻了她，叛教者和我的两个伙伴也吻了她。其他人不知缘由，看见我们这样，以为是她给了我们自由，所以我们才向她致谢。叛教者用摩尔语问她，她的父亲是否在花园里。她说在，正睡觉呢。

"'那得叫起他来，'叛教者说，'我们得把他和这座花园里所有值钱的东西都带走。'

"'不，'索赖达说，'无论如何不许你们碰我父亲。这座房子里值钱的东西我都带上了，够多的了，完全可以让咱们过得既富裕又快活。你们稍等一下就知道了。'说完她又转身进去，说马上就出来，让我们等着别出声。我问叛教者她怎么了，叛教者把情况告诉了我。我对叛教者说，要完全按照索赖达的意思办。索赖达出来时拿着满满一小箱金币，重得她几乎都拿不动了。

“真倒霉，这时候索赖达的父亲醒了。他听见花园里有动静，就从窗户探出身子张望。他看到花园里站了许多基督徒，就拼命声嘶力竭地用阿拉伯语喊：‘基督徒，基督徒！有贼，有贼！’他这么一喊，我们都吓坏了，不知所措。我们的行动必须悄悄进行，叛教者见出现了意外，就极其敏捷地跑上去，有几个人也跟了上去。我不敢把索赖达单独撇下，她好像晕了，躺在我的怀里。那几个人很灵巧地上去了，不一会儿就把阿希·莫拉托带了下来，把他的手捆上了，嘴里还塞了块手帕，不让他出声，否则就要他的命。索赖达一看见他，就捂住眼睛不敢再看了。她父亲也吓坏了，而且他不知道索赖达是心甘情愿同我们在一起的。不过，那时候最需要的是赶紧离开。我们赶紧上了船，船上的人一直在焦急地等待我们，唯恐我们遇到什么不测。

“我们没用两个小时就又回到了船上。我们在船上为索赖达的父亲解开了捆在手上的绳子，拿掉了堵在嘴里的手帕。不过叛教者又叮嘱他不许出声，否则就要他的命。他看到自己的女儿也在船上，心疼地长吁短叹。可是，他见我紧紧搂着索赖达，她却既不埋怨，也不躲避，还挺安心，也没敢说什么，以免叛教者威胁他的话变成现实。索赖达看到我们已经到了船上，就要划桨启程，而她的父亲和那些已经被捆住手的摩尔人还在船上，就让叛教者对我说，让我给那些摩尔人松绑，放她父亲走，否则她宁愿跳海，也不愿意看到她热爱的父亲由于她的原因成了俘虏。叛教者对我说了，我说我很愿意放了他们，可叛教者说这样不行，因为如果放了他们，他们就会到陆地上去求救，整个城市就要被惊动，人们就会出动轻型船只从陆地和海上追捕我们，那我们就跑不掉了。现在能做的就是我们抵达基督教国家后，马上就放了他们。

“我们都同意这样做，并且也对索赖达讲了我们暂时不放他们的原因，她也同意了。随后，每一个勇敢的划船手都拿起了船桨，怀着喜悦的心情，暗暗请求上帝保佑我们，默默地把船迅速划向离我们最近的基督教地区马略尔卡岛。可这时刮起了一点儿北风，海面开始翻腾，我们已经不可能沿着马略尔卡的航向前进了，只好迫不得已沿海岸向奥兰方向划去。我们对此担心，怕被萨赫尔的人发现，那个地方离阿尔及尔只有六十海里远。我们还怕在那个地方碰到定期从德土安驶来的商船，尽管我们大家都认为，假如我们碰到的是条商船，而不是海盗船，我们不仅不会出事，还可以搭乘那条船，安全地完成我们的航程。在海上行船的整个过程中,索赖达始终把头埋在我的双手里，以免看到她的父亲。我可以感觉到，她一直在呼唤莱拉·马里安帮助我们。

“我们划了大约三十海里的时候，天渐渐亮了。我们距陆地只有三个火枪射程之遥，可以看到陆地上荒无人烟，不会有人看见我们。尽管如此，我们还是尽力往海中间靠。这时候的大海已经开始平静一些了。又划了两海里远，我们让划船手轮班划船，这样大家可以吃点东西。船上的食物很充裕。可是划船手都说，在那种时刻，一刻也不能休息。他们让不划船的人喂他们吃，他们则始终没有放下手中的桨。

“此时风力渐强，我们别无选择，只好放下手中的桨，扬帆向奥兰驶去。我们迅速升起帆，以每小时八海里的速度前进。这时候我们最担心的就是碰上海盗船。我们也把食物分给摩尔人，叛教者还安慰他们说，他们并不是俘虏，只要有机会，就放了他们。对索赖达的父亲也是这么说的。可是他却说：‘如果是其他任何事，我都可以相信你们的慷慨大度。唯独放我这件事，你们别以为我会想得那么简单。你们绝不会冒险把我抢来，又随随便便地把我放了，何况你们知道我的情况，也知道可以从我身上榨到油水。为了我和我不幸的女儿，或者仅仅为了她，她是我灵魂的根本，你们可以开个价，我一定如数照付。’

“说完这些，他开始恸哭，哭得我们大家都很难受。索赖达听到哭声也不由得抬起了头。看到父亲哭成这个样子，她的心也软了。她从我身旁站起来，走过去搂着他，把脸贴在父亲的脸上，两人伤心地哭起来。很多在场的人都陪着他们掉泪。可是索赖达的父亲看到她身着盛装，还戴了很多首饰，就用摩尔语问她：‘怎么回事，孩子？昨天晚上，这件可怕的事情还没发生的时候，我看见你穿着家常服装，可现在，你根本没有时间换衣服，也没有什么好消息值得你刻意打扮嘛。你现在穿戴的是咱们最得志的时候我给你买的最好的服装，告诉我这是怎么回事，我觉得这比我现在遭受的不幸还突如其来。’

“叛教者把索赖达的父亲对索赖达说的话都告诉了我们。索赖达一言不发。索赖达的父亲忽又发现了他平时保存珠宝的箱子放在船的一侧。他清楚地记得他把箱子放在阿尔及尔了，并没有把它带到花园来。这回他更糊涂了，就问索赖达那个箱子怎么会落到我们手里，箱子里装的是什么东西。

“不等索赖达答话，叛教者就说：‘大人，你别费心问索赖达那么多了。我说一句话，你就全明白了。我只想让你知道，她是基督徒。是她解开了我们的锁链，给了我们自由。我想，她心甘情愿走到这一步，可以说是弃暗投明，起死回生，由辱变荣。’

“‘他说的是真的吗，孩子？’索赖达的父亲问。

“‘是真的。’索赖达答道。

“‘原来你是基督徒，’她父亲说，‘而且是你让父亲落到了敌人手里？’

“索赖达对此答道：‘我是基督徒，可并不是我把你弄到了这种地步。我从不想给你造成不幸，我只是为了我自己。’

“‘你为自己什么，孩子？’

“‘这个嘛，’索赖达说，‘你去问莱拉·马里安吧，她会比我说得清楚。’

“索赖达的父亲一听这话，立刻以一种难以置信的敏捷一头向海里扎去。若不是他那宽大的长袍托着他在水上漂浮了一阵，他肯定没命了。索赖达呼叫人们把他赶紧捞上来。大家都过来抓住他的长袍，把他拖了上来。他已经被淹得半死不活，失去了知觉。索赖达悲痛万分，趴在他身上伤心地哭起来，好像他真死了似的。我们把他头朝下翻过来，控出了许多水。过了两个小时，他才苏醒过来。这时候风向已经变了，我们只好驶向陆地，而且还得用力向相反的方向划桨，以免船被冲到岸上去。我们还算走运，到达了一个海角旁边的小海湾，摩尔人称那个海角为‘卡瓦·鲁米亚’，翻译成西班牙语就是‘基督浪女’。摩尔人传说在那个地方埋葬着断送了西班牙的‘卡瓦’。在他们的语言里,‘卡瓦’就是‘浪女’的意思,‘鲁米亚’就是‘基督的’。他们认为在那儿停泊是不祥之兆。所以，除非是迫不得已，他们从不在那儿停留。不过，对于我们来说，它并不是浪荡女人的避风港，在汹涌的海浪中，它是我们的安全救急港。

“我们派人上岸放哨，船上的人始终手不离桨。我们吃了叛教者准备的食物，发自内心地请求上帝，请求我们的圣母帮助我们顺利完成这件开头还算如意的事情。应索赖达的恳求，我们决定把索赖达的父亲和其他被捆绑的摩尔人都送到岸上去。索赖达心肠软，不忍心看着自己的父亲和同胞成为囚徒。我们答应索赖达，在启航的时候放了他们。在那个荒无人烟的地方放了他们，已经不会对我们构成危险了。看来我们的祈求被老天听到了。天助我们，很快就风平浪静了，我们又可以愉快地继续我们的航行了。于是我们给摩尔人松了绑，把他们一个个送上岸。他们对此都感到意外。我们送索赖达的父亲上岸时，他已经完全醒过来了。可是他却说：‘你们想想，基督徒们，为什么这个坏女人很愿意你们放了我？你们以为是因为她对我的孝心吗？不，并不是，而是因为我在这儿会妨碍她的邪恶活动。你们不要以为，她改变自己的宗教信仰是因为她相信你们的信仰比我们的信仰优越，而是因为在你们的土地上，寡廉鲜耻比在我们的土地上更自由。’

“他又转向索赖达。我和另一个基督徒拉着手，以防他对索赖达有什么不测。他对索赖达说：‘噢，你这个不要脸的女子，你这个不听话的丫头，你鬼迷心窍，跟这些畜生，跟我们的敌人在一起会怎么样呢？我悔不该养了你，悔不该对你娇生惯养！’

“我看他没完没了，就赶紧把他送上岸。他又在岸上大声咆哮，继续诅咒，继续叹息，请求穆罕默德和真主帮助他拆散我们、羞辱我们、消灭我们。我们已经扬帆起航，已经听不见他说什么了，只能看到他在那儿捋头发，揪胡子，在地上爬。有一句话是他使尽力气喊出来的,我们听到了。他说:‘回来吧,我亲爱的女儿,回到这块土地上来,我一点儿也不怪罪你。你把钱给那些人吧。就算你给他们的。你回来

安慰你可怜的父亲吧。你要是撇下他，他就会死在这个荒凉的地方。’

“这些话索赖达全都听见了。她心如刀绞，泪如泉涌，不知该怎么回答，只是说：‘祈求真主吧，爸爸，是莱拉·马里安让我成为基督徒的，让她安慰你那颗悲伤的心吧。真主知道我不得不这样做。这些基督徒并没有违背我的任何意志，虽然我想不同他们走，留在家里，可是这又绝对办不到。我的灵魂敦促我这样做。你觉得这是件坏事，我亲爱的爸爸，可我觉得这是件好事。’

“她的父亲此时已经听不到她说的这几句话了，我们也看不到他了。我安慰索赖达，大家都专心致志地划船。风也助我们。我们断定，这样下去，第二天早晨，我们完全能够到达西班牙的海岸。可是好事很少或从来没有一帆风顺的，总要伴随一些节外生枝的事情。真不巧，要不就是索赖达的父亲对她的诅咒灵验了，不管是什么样的父亲，父亲的诅咒都令人胆寒。已经夜里三点了，船眼看就要驶进海湾，我们已经收起了桨，张起帆，充足的风力免去了我们划桨之劳。天上月光皎皎，我们看见一艘张满帆的船迎风而来，从我们前面通过。两船相距太近。我们怕撞上，连忙收帆。那艘船也奋力转舵，让我们的船得以通过。

“有几个人来到船舷，问我们是什么人，到哪儿去，从哪儿来，不过他们用的是法语。叛徒者对我们说：‘谁也别答话。他们肯定是法国海盗，什么都抢。’他这么一说，谁也不答话了。过了一会儿，那条船调头顺风而行，用两门炮突然向我们射击，而且似乎打的是连弹[①]，一发炮弹把我们船上的桅杆拦腰打断，结果连桅杆带帆都掉到了海里。同时，另一门炮也开火了，炸弹落在我们船的中央，把船打成了两截。我们眼看就要沉入海底，于是大喊救命，请求那条船上的人把我们救上去，否则我们就要淹死了。那条船减了速，并且放下一条小船，十二个全副武装的法国人上了小船，手里拿着火枪和点火绳[②]。他们来到我们的船旁边，看到我们人并不多，而且船眼看就要

① 把炮弹一分为二，中间用小铁链拴着。这种炮弹的破坏力较强。

② 当时的火枪靠点火发射。

沉了，就把我们拉到他们的小船上，嘴里还说因为我们太无礼，不回答他们的话，才出现了这种情况。叛教者趁人不注意的时候，拿起索赖达装宝贝的小箱子，扔进海里。

“后来，我们都上了法国人的船。他们把想问的事情都问完后，就好像跟我们有多大仇似的，把我们的东西全抢走了，连索赖达的脚镯也掠走了。对他们抢了索赖达的东西，我倒不像索赖达那么害怕。我最担心的就是他们不仅抢走索赖达贵重无比的珠宝，还要夺去她更为宝贵的东西。好在那些人的欲望仅限于钱财，不过欲壑难填，连俘虏的衣服，只要他们用得上的，就都抢走。他们中间似乎有人建议把我们用船帆包起来,扔到海里去。他们本来想谎称他们是布列塔尼人，到西班牙几个港口去做买卖，怕如果我们还活着，他们的海盗行径就会败露，他们就会受到惩罚。可是那个船长抢了索赖达的东西之后，感到很满足，说不想再到西班牙的任何一个港口去了，准备夜间通过直布罗陀海峡到拉罗谢尔去，他们就是从拉罗谢尔来的。于是他们商定把他们那条小船给我们，并且配给一些必需品，让我们完成余下的那段不远的航程。第二天，西班牙的陆地已经举目在望。一看见这块陆地，所有的屈辱和艰难都忘在了脑后，好像什么也没发生过一样，这就是我们重新获得自由的快乐。

“接近中午的时候，法国人让我们上了小船，给了我们两桶水和一些饼干。索赖达登上小船的时候，船长不知怎么动了恻隐之心，竟给了她四十个金盾，而且不许他的手下人再剥我们穿在身上的衣服。我们又来到船上，装出很感激而不是怨恨的样子，对他们给予我们的照顾表示感谢。他们继续往直布罗陀海峡方向前进，我们则只向展现在我们眼前的北方陆地拼命划船。太阳落山的时候，我们已经离陆地很近了。我们觉得天黑之前完全可以登上陆地。

“可那天晚上没有月亮，夜色昏黑，我们不知道我们到底在什么地方，觉得贸然上岸有危险。可是又有不少人认为应该上岸，哪怕是在岩石林立、荒无人烟的地方上岸，这样才不会因为那一带海上常有德土安的海盗船游弋而心惊胆战。那些海盗通常夜伏贝韦里亚，晨游西班牙，抢完东西后，回家去睡觉。考虑了两种意见之后，我们决定慢慢向岸边靠近，如果海浪不大，就随便在什么地方上岸。将近午夜的时候，我们来到了一座极其险恶的高山脚下。山并不是紧靠海边，有一部分平地，上岸比较方便。我们的船冲上海滩，我们下了船，吻了土地，含着极其幸福的眼泪衷心感谢我主上帝，在我们的航程中给了我们无可比拟的关怀。我们把船上的补给卸下来，把船拖上岸，往山上爬了一大段路。可即使这样，还是不能肯定，不能最终相信我们脚下就是基督教的国土。

“我觉得过了很长时间，天才亮了。我们爬上山顶，想看看能否发现某个村落或者牧人的茅屋。我们极目远眺，却始终没有发现任何村落、人影、大路或小道。尽管如此，我们还是决定继续往内陆走，为的是赶紧找到某个人打听一下当地的情况。不过，最让我难受的就是看着索赖达在这崎岖的路上行走。有一次，我背着她走，可是她见我累成那个样子，又于心不忍，再也不让我背她了。我装着不着急，而且很高兴的样子，总是拉着她的手走。大概走了将近四分之一西里的时候，耳边传来一阵小铃铛的声音，这表明附近有畜群。大家都仔细观看是否有什么人，只见一棵栓皮槠树下有个牧童正在悠闲自得地用刀削一根棍子。我们大声喊他。他抬起头，立刻站起来。后来我们才知道，他首先看到的是叛教者和索赖达。他看见这两个人穿的都是摩尔人的服装，以为是贝韦里亚的摩尔人在监视他，便极其敏捷地钻进前面的树林，高声喊道：‘摩尔人，那边有摩尔人！摩尔人，摩尔人！快拿武器，快拿武器！’

“他这么一喊，我们都慌了，不知所措。我们估计他这么一喊，肯定会惊动陆地上的人，海岸巡逻队很快就会来看发生了什么事情，于是就商量好，让叛教者脱掉他的摩尔人服装，换上基督教俘虏的外套。有个俘虏马上把自己的外套给了他，自己则只穿着衬衣。我们一边祈求上帝保佑，一边沿着牧童逃走的路线往前走，总盼着什么时候能碰到海岸巡逻队。果然不出我们所料，没过两个小时，我们走出树丛，来到一片平原的时候，发现有五十名骑兵纵马驰骋，迎面而来。我们一看到他们，就原地不动，等待他们过来。他们来到我们面前，发现我们并不是摩尔人，而是一群可怜的基督徒，都愣住了。其中一人问我们，刚才那个牧童是不是因为看见了我们才叫大家拿武器的。‘是的，’我说。我刚要诉说我的遭遇以及我们从哪儿来、都是什么人，我们当中的一个基督徒认出了那个问话的骑兵。不等我讲话，他就说：‘大人们，感谢上帝把我们指引到了这个好地方。如果我没弄错的话，我们脚下就是贝莱斯马拉加。如果多年的囚徒生活还没有剥夺我的记忆，我认出来了，问我们是什么人的这位大人，您就是我的舅舅佩德罗·德布斯塔门特！’

“他刚说完，那个骑兵就从马上跳下来，抱住了他，对他说：‘我的宝贝外甥，我认出你了。我和我姐姐也就是你的妈妈，以及你所有健在的亲人都以为你已经死了，都为你哭泣。上帝保佑，让他们今生还得以享受到与你重逢的快乐。我们当初知道你在阿尔及尔。从你和你们这些人的装束上我看得出来，你们已经奇迹般地获得了自由。’

“‘是的，’那个小伙子说，‘以后我们有时间再细谈。’

“那些骑兵马上明白了我们是基督囚徒，纷纷下马，让我们骑他们的马，要把我们送到离那儿一西里半的贝莱斯马拉加去。他们有几个人要把我们的船弄到城里去，我们告诉他们船放在什么地方了。其他人扶我们上了马。索赖达骑的是那个基督徒舅舅的马。已经有人把我们到达的消息传到了村镇上，镇上所有人都出来迎接我们。他们无论对获得了自由的基督徒，还是对摩尔人囚徒，都不感到新鲜，沿岸地区的人常常能见到这种或那种人，他们只是对索赖达的美貌感到惊奇。索赖达这时候显得很美丽。一路辛劳，再加上踏上了基督教国家的土地，不用再担惊受怕，心里喜悦，使得她满面红光。并不是我对她的爱使我眼里出美人，我敢说，她是世界上最美丽的人，至少是我见过的最美丽的人。

“我们径直到教堂去感谢上帝赐予我们的恩德。索赖达一走进教堂，就说看到了许多与莱拉·马里安相仿的面孔。我们告诉她，那就是莱拉·马里安。叛教者尽可能地为她做了各种解释，让她崇拜这些神像，仿佛这每一尊神像都真是人们对她说的莱拉·马里安似的。索赖达的理解力很强，很快就明白了有关每一尊神像的讲解。我们从教堂出来被分送到村镇的各个家庭，叛教者、索赖达和我被分配到与我们同行的那个基督徒的父母家。在那个中产阶级家庭里，他们像对待自己的子女一样疼爱我们。

“我们在贝莱斯马拉加待了六天。叛教者打听好有关情况后，去了格拉纳达城，通过那儿的宗教裁判所重新皈依了基督教会。其他获得了自由的基督徒各奔前程，只剩下索赖达和我。我们用那个法国人送给索赖达的金盾买了她现在骑的这匹牲口。我直到现在一直像索赖达的父亲和侍从一样，而不是作为她的丈夫照顾她。我们想去看看我的父亲是否还健在，或者我的某个兄弟是否比我的情况好。老天让我与索赖达为伴，我觉得即使碰到比这还好的运气，我也不稀罕了。索赖达吃苦耐劳，虔诚地要做基督徒，使我对她很钦佩，也很感动，我要终生服侍她。我愿意属于她，她愿意属于我，可是我惴惴不安，因为我竟不知道能否在我的家乡为她找到一个立足之地，而且过去这么长时间了，不知道父亲和兄弟们的财产与生活是否有什么变化。如果他们不在了，我恐怕连个熟人都找不到了。

“我的经历就讲到这儿吧，大人们。至于它是否既惊险又有意思，就全凭你们说了。我只能告诉你们，我已经删去了很多情节，尽可能讲得简短些，以免让你们讨厌。”

第四十二章　客店里后来发生的事及其他应该知道的情节

俘虏讲到这儿不说话了。费尔南多对他说：

“的确，上尉大人，您把您的经历讲得太生动了，仿佛历历在目。整个经历惊险曲折，实为世上罕见，使听者甚感惊奇，完全被吸引住了。我们都非常喜欢听。即使讲到明天早晨也讲不完，我们也愿意再从头听起。”

说完，费尔南多以及其他人都言真意切地表示愿意尽可能帮助他。俘虏被大家的一番好意深深感动了。费尔南多还问他是否愿意同自己一起回去。费尔南多可以让他的兄弟侯爵大人做索赖达洗礼的见证人，而费尔南多自己则将尽可能地安排俘虏堂堂正正地回到自己的家乡。俘虏对所有这些都很客气地表示感谢，不过他不能接受大家如此慷慨的帮助。

这时天黑了。一驾马车来到了客店，旁边还有几个骑马的人相随。他们要求在客店住宿。客店主妇说客店里一点儿地方也没有了。

几个骑马的人已经进了客店。其中一人说："不管怎么样，总不能没有法官的地方。"

一听说是法官，客店主妇慌了，说道：

"现在的问题是房间里没有被褥了。法官大人肯定带着铺盖吧，要是他随身带着，那就请进吧，我和我丈夫可以把我们的房间让给他。"

"那就快点儿。"一个侍从说。

这时，那个人已经从马车里出来了。从他的服装上就可以看出他的身份。他穿的长袍表明他的确像他的侍从说的，是个法官。他手里还拉着一个看起来足有十六岁的女孩。她穿着一身旅行便装，显得俊秀、娇美，风姿如玉。谁看见她都会感到惊奇。如果不是因为他们在客店里见过多罗特亚、卢辛达和索赖达，一定会以为像她这样美丽的少女真是世上难觅。法官和那少女进来时，唐吉诃德正站在客店里。他看见法官就说：

"您完全可以进入这座城堡休息，尽管它有些狭窄简陋。不过，世界上还没有什么地方狭窄简陋得容不下文官武士，若再有美女在前引路，就像您这位文官带着一位漂亮的少女，那就更是如此了。不仅城堡应该敞开大门，连岩石都应该让路，高山也要低头，以迎接他们。您快请进入这个乐园吧。如果您带的这位少女是天空，这里有与天空为伴的星月，这里有标准的武士和绝伦的美女。"

法官被唐吉诃德这番话弄得莫名其妙。他仔细看了看唐吉诃德，对唐吉诃德的装束深感诧异，不知说什么好。但更让他奇怪的是站在自己面前的卢辛达、多罗特亚和索赖达。她们听客店主妇说来了一位漂亮的少女，一起来看她迎接她。费尔南多、卡德尼奥和神甫对法官则是以礼相迎。法官对他看到和听到的这些深感不解，满心疑惑地进了客店。客店里的几个女人把那位少女迎了进去。不过，法官觉得这些旅客毕竟都是些有身份的人，唯独唐吉诃德的装束、表情和行为显得不正常。大家客气地相互问候，谈了一下客店的条件，然后仍然按照原来的安排，所有的女人都住在顶楼，男人们都住在外面，也算替她们看门。那个少女是法官的女儿，她高高兴兴地跟着几个女人进去了。法官也感到很满意。虽然只有店主那块窄小的床板，再加上法官自己的一点儿铺盖，但他还是觉得比自己预料的要好得多。

俘虏从看到法官的第一刻起，就开始心跳，总有一种预感，觉得那个法官就是他兄弟。他问法官的一个侍从，法官叫什么名字，是否知道法官是什么地方的人。侍从回答说，他是胡安·佩雷斯·德别德马硕士,听说他是莱昂山区某个地方的人。俘虏根据自己的观察，再这么一联系，断定那个法官就是自己的兄弟，当年他听从了父亲的吩咐，终于从文。俘虏既激动又高兴，把费尔南多、卡德尼奥和神甫叫到一旁,把他断定法官就是自己兄弟的事告诉了他们。他还说，侍从告诉他，法官已经被委派到美洲的墨西哥法庭任职。他还知道那个少女是法官的女儿，女孩的母亲生她时死了，把自己的嫁妆留给了法官和女儿，所以法官现在很有钱。俘虏还同他们商量如何与法官相认，是否应该先了解一下，如果他去相认，他的兄弟会不会因为他穷困潦倒，怕丢自己的面子而拒绝相认，或是欣喜若狂地与他团聚。

“让我去试探吧。”神甫说，“不过上尉大人，你不必想别的，你兄弟肯定会与你高高兴兴地相认。看他外表上那精明能干的样子，不会看不起你或不与你相认，他应该会处理人情世故。”

“即使这样，”上尉说，“我想还是不要太唐突，而是婉转一些，让他与我相认。”

“我告诉你们，我会安排得让我们大家都满意。”神甫说。

这时，晚饭准备好了，大家都坐到桌旁吃饭，只有俘虏和女人们除外，他们在各自的房间里吃饭。晚饭中，神甫说：

“法官大人，我在君士坦丁堡有个与您同名的伙伴。我在君士坦丁堡做了几年俘虏，而那位伙伴是西班牙步兵的一位勇敢的战士和上尉。他非常勇敢，不过他也非常不幸。”

“那位上尉全名叫什么，大人？”法官问。

“他叫鲁伊·佩雷斯·德别德马，”神甫说，“是莱昂山区某个地方的人。他对我讲过他父亲同他兄弟的事情。若不是像他这么诚实的人亲口对我说，我只会把它当成老人们冬天在炉火旁讲的那种故事。他对我说，他父亲把财产分给了自己的三个儿子，并且给他们以教诲，那教诲比卡顿的先见还英明。我只知道从军的那个儿子干得很出色，没过几年，就全凭自己的勇敢和努力，而不是靠任何人提挈，当上了陆军上尉，并且很可能提升为少校。不过他后来碰到了厄运，在莱潘多的那场战斗中，很多人获得了自由，他却失去了自由，失去了自己的佳运。我在戈利达被俘。几经周折，我们又在君士坦丁堡重逢了。后来他到了阿尔及尔，据我所知，在那儿遇到了一次可以算得上世界罕见的奇遇。”

接着，神甫又简单讲了一下索赖达同俘虏的事情。法官始终全神贯注地听着，他从未这样认真地听别人讲话。后来，神甫又讲到法国人抢掠了船上基督徒的东西，这位伙伴和美丽的摩尔女人陷入了贫困境地，以后就不知道他们的情况怎么样了，不知道他们究竟是到了西班牙还是被法国人带到法国去了。

上尉在一旁听神甫说话的时候，一直注意观察他兄弟的一举一动。法官见神甫已经讲完了，长长地叹了一口气，两眼噙着泪水说：

“哎，大人，你大概不知道，你讲的这些事情与我有多大关系。我丢开了往日的持重，不禁泪眼潸然。你刚才说的那位勇敢的上尉是我哥哥。他比我和我弟弟都坚强，更具有远见卓识，选择了一条既光荣又高尚的从军道路，这就是你那个伙伴讲的近乎故事的经历中，我父亲指出的三条道路之一。我选择的是文职，靠上帝保佑和我的勤奋，才达到了今天这个地步。

“我的弟弟现在在秘鲁，过得很富裕。他寄给我父亲和我的钱远远超过了他带走的那些钱。他供养我父亲过原来那种大手大脚的生活，我也能够专心致志地完成我的学业，得到了我现在这个职位。我父亲还健在，他急于知道我哥哥的消息，望眼欲穿。他不断地祈求上帝，在他看到自己的儿子之前，不要让他瞑目。我也很奇怪，无论我哥哥饱尝苦难还是生活丰裕，为什么就想不起把自己的消息告诉我父亲呢？如果我父亲或我们兄弟俩当中的一个知道了他的消息，他就不必靠那根神奇的竹竿赎身了。不过，现在最让我担心的就是那些法国人究竟是放了他，还是为了掩盖他们的罪恶杀了他。这么一想，我再赶路时就不会像启程时那样高高兴兴了，只能是忧心忡忡。我的好兄弟呀，如果有人知道你现在何方，我愿历尽千辛万苦，甚至可以抛弃我的一切，也要去寻找你，解救你。如果当时有人告诉我父亲，说你还活着，即使你被关在贝韦利亚地牢的最底层，他也会不惜他和我们兄弟的财产把你救出来。噢，美丽豁达的索赖达，我们如何才能报答你对我哥哥的恩情啊！当你灵魂再生的时候，我们真想参加你们的婚礼，我们大家该多么高兴啊！”

法官听说了哥哥的消息后，满怀深情地说了上面这番话。听见他说这话的人都不由自主地与他共同伤感。神甫见自己的意图以及上尉的期望都实现了，不想让大家都跟着伤心，就从桌旁站起来，来到索赖达待的房间，拉着她的手走了出来。卢辛达、多罗特亚和法官的女儿也都跟着出来了。上尉正等着看神甫干什么，神甫又过来拉起他的手，领着两人来到法官和其他客人面前，说：

“您停止流泪吧，法官大人，现在您完全如愿以偿了。现在，站在您面前的就是您的哥哥和您的嫂子。这位就是德别德马上尉，那一位就是对他施以恩德的摩尔美人。我说那些法国人把他们害苦了，而你正好可以对他们解囊相助。”

上尉过来拥抱他的弟弟。法官把双手放在上尉胸前，以便离得远一点儿端详他。法官终于认出了自己的哥哥，马上紧紧拥抱住他，眼里流出了幸福的泪水。其他在场的人也不禁为之欷歔。兄弟俩说的话、诉的情恐怕是人们难以想象的，就更不要说用文字写出来了。

兄弟俩互相简单介绍了自己的情况，看上去真是情同手足。法官又拥抱了索赖达，并表示要将自己的家产供她使用，还让自己的女儿拥抱了索赖达。基督美女和摩尔美女拥抱在一起，不禁又泪湿衣衫。唐吉诃德仔细看着这一切，一言不发，他觉得这是奇怪的事情，是游侠骑士的幻觉。大家商定上尉和索赖达与法官一起回到塞维利亚去，把碰到上尉和上尉已经获得自由的消息告诉上尉的父亲，还要让他尽可能出席他们的婚礼和索赖达的洗礼。法官恐怕赶不上了，他还得继续赶路。有消息说，一个月后塞维利亚有条船到新西班牙[①]去。总之，大家都为俘虏的好运高兴。此时，已经夜过三更，大家决定休息。唐吉诃德自告奋勇去看守城堡，以免某个巨人或坏蛋觊觎城堡里的美人跑来捣乱。凡是认识唐吉诃德的人都向他表示感谢，并且把他的怪诞举动告诉了法官。法官也很高兴地同意了。只有桑乔对这么晚才睡觉感到很失望。他躺到驴的鞍具上，比别人睡得都舒服。不过，后来他可为这副鞍具吃了不少苦头，这在下面会谈到。女人们在她们的房间里睡着了，其他人也都将就着躺下了。唐吉诃德走出客店，按照自己答应的话，为他的城堡站岗放哨。

天快亮的时候，女人们的耳边传来一阵悠扬的歌声。大家都竖起耳朵听着，特别是多罗特亚，她早已醒了。多罗特亚旁边睡的是法官的女儿克拉拉·德别德马。没人猜得出究竟是谁唱得这么好。这是一个人在独唱，没有任何乐器伴奏。有时似乎是在院子里唱，有时又像在马厩里唱。大家正莫名其妙地听着，卡德尼奥来到房间门口，说：

“如果谁还没睡着，就听听，有个年轻的骡夫在唱歌，唱得非常动听。”

“我们已经听到了，大人。”多罗特亚说。

卡德尼奥听到这话就走了。多罗特亚则全神贯注地听着。她听出歌词是下面的话。

---

① 此处指美洲的西班牙殖民地。

第四十三章　骡夫逸事及客店里的其他奇事

　　我是爱情的水手，
在深深的情海里
无望地漂游，
碧波漫漫不见港口。
　　我追寻一颗星，
它遥挂在夜空，
恐怕帕利努罗[1]也不曾见过
如此美丽明亮的星斗！
　　不知它引我向何方，
我茫然随波逐流。
貌似漫不经心，
其实一心追求。
　　无谓的羞涩，
格外的矜持，
我试图看到它，
云幕却不让它露头。
　　美丽明亮的星斗，
我渴望它的垂眸。
阴云遮蔽终不见，
我的生命到尽头。

骡夫唱到这儿，多罗特亚觉得如此优美的歌喉要是克拉拉没听到

① 古罗马诗人维吉尔的史诗《埃涅阿斯纪》中的水手。

就太可惜了。她摇晃了克拉拉几下，把她弄醒了，对她说：

“对不起，孩子，我把你弄醒了，不过我想这么好听的歌喉，你肯定喜欢，也许你这辈子都不会再听到了。”

克拉拉还没有完全醒过来。起初她没听清多罗特亚对她说什么，又问了一次，于是多罗特亚再说了一遍。于是，克拉拉注意听起来。可是她刚听了两段，就奇怪地颤抖起来，仿佛突然得了四日疟。她紧紧地抱住多罗特亚，说：

“我可爱的夫人呀，你为什么要把我叫醒呢？目前命运能给我的最大恩泽就是把我的眼睛和耳朵捂上，不让我再看到这个倒霉歌手或听到他的歌声。”

“你说什么，孩子？人家说这个唱歌的人是个骡夫。”

“不，他是封邑的领主。”克拉拉说，“他已经牢牢地占据了我的灵魂。只要他不愿意放弃我的灵魂，我就永远也离不开他。”

克拉拉这番缠绵多情的话让多罗特亚感到很奇怪，觉得这些话已大大超出了她那个年龄的水平，就对克拉拉说：

“你说什么呀，克拉拉，我根本不明白。你再说清楚点儿，告诉我，你说的灵魂和封邑是怎么回事。还有这个歌唱家，为什么会让你如此不安。不过你现在先别说，我不想因为你的激动情绪而失去听歌的乐趣。好像他现在唱的是新词新调。”

“随你便吧。”克拉拉说。

克拉拉用手捂住了耳朵，不愿意听那个人唱歌。这也使多罗特亚颇感不解。多罗特亚仔细听着，只听那人继续唱道：

　　我甜蜜的希望，
不畏艰难，披荆斩棘，
沿着既定的道路，
坚忍前往，
不要泄气，即使步步
接近你的死亡。
　　懒惰匹夫，得不到

辉煌的胜利，胜利无望。
不与命运抗争，
甘于现状，
悠然自得，
幸福不会从天降。
　　为爱情付出高昂代价，
理所应当。
世上任何东西
都不如爱情芬芳。
得来全不费功夫，
莫如奋力争向上。
　　不懈的爱情追求
也许能实现我的梦想。
虽然困难重重，
我从不彷徨，
纵然难于上青天，
我从不怀疑我的理想。

歌声到这儿停止了，克拉拉哭起来。这一下多罗特亚更急于知道为什么歌声那么委婉，而克拉拉却这么伤心了。多罗特亚问克拉拉刚才究竟想说什么。克拉拉怕卢辛达听见，紧紧搂着多罗特亚，把嘴贴近多罗特亚耳边，断定别人听不到之后才说：

“夫人，这个唱歌的人是阿拉贡王国一位贵族的儿子，他家就在京城我父亲家对面。尽管我父亲冬天拉上窗帘，夏天放下百叶窗，可不知怎么回事，这个仍在上学的小伙子还是在教堂或是别的地方看见了我，后来竟爱上了我。他从他家的窗户那儿向我打手势，流眼泪，表示爱上了我。我相信了，虽然我并不知道他到底爱我什么。

“他用一只手抱住另一只手，向我打手势，表示他想和我结婚。如果这样，我当然很高兴，可我只身一人，没有母亲，我不知道该向谁说。所以，我所做的只是趁我父亲不在家而他在家的时候，把窗帘或百叶窗抬起一点儿，让他能看见我的全身。这就让他高兴得不得了，像疯了似的。

“我父亲启程的时间到了。他知道我们要走了。不是我告诉他的，我和他根本就没说过话。他情绪很不好，我知道，他准是很难过。我们出发那天，我没能去看他，向他告别，连用眼睛向他告别都没能做到。不过我们上路两天，走进一个离这儿有一天路程的客店时，我看见他站在客店门口。他打扮成骡夫的样子。他打扮得太像了，要不是他的相貌已经牢牢刻在我心里，我恐怕根本认不出他来。我认出了他，心里又惊讶又高兴。他避开我父亲偷偷地看我。他在路上从我们面前走过或者在我们住的客店里碰见我，总是躲着我父亲。可我知道他是谁，觉得他是因为爱我，才如此艰苦地步行跟着我，所以很难过。他走到哪儿，我的眼睛也跟到哪儿。我不知道他为什么要这样，也不知道他是如何瞒着他的父亲跑出来的。他父亲特别喜欢他，他是他父亲唯一的继承人，而且他也当之无愧，你如果见到他就知道了。我还可以告诉你，他唱的那些歌全是他自己编的。我听人说，他很有学问，又擅长作诗。不过，我每次看到他或听到他唱歌的时候，就浑身发抖，怕得要死，唯恐我父亲认出他来，知道了我们的心思。我一直没和他说过话。尽管如此，我爱他爱得已经离不开他了。我的夫人，这就是我对你说他是个歌手的原因。你很喜欢他的歌喉，仅从这点你就可以看出他不是你说的什么骡夫，而是我对你说的灵魂和封邑的主人。”

“别再说了，克拉拉，”多罗特亚这时候说，还频频吻着她，“别再说了。你等着吧，那天一定会到来。我祈求上帝让你们的事情有个美好的开端，也有个圆满的结局。”

“哎，夫人呀，”克拉拉说，“还能指望什么结局呢？他的父亲有钱又有势，会觉得我给他家做用人都不配，更别提做什么妻子了。而且，让我背着我父亲结婚，我无论如何也不会答应。我只希望这个小伙子回家去，不要再理我。也许看不到他，再加上我们走过的遥远的距离，可以减轻我现在这种痛苦。不过也可以告诉你，我觉得这种办法不会对我起很大作用。我不知道究竟是什么魔鬼在捣乱，我怎么会爱上了他。我们还这么年轻，我估计我们两人的年龄一样大。我现在还不满十六岁。父亲说，到圣米格尔日那天，我就满十六岁了。”

多罗特亚听到克拉拉这番孩子气十足的话，不由得笑了。她对克拉拉说：

“咱们睡吧，孩子，时间不早了。等天亮了，咱们再想办法，也许事情还有希望。”

说完她们就躺下了。客店里一片岑寂，只有客店主妇的女儿和丑女仆还没睡着。她们知道唐吉诃德正在客店外面出洋相，全身披挂地骑着马放哨，就决定和他开个玩笑，至少去听听他说了什么胡话。

整个客店没有一扇可以看到外面的窗户，只有一个存放稻草的房子里有两个用来向外扔稻草的窟窿。两个人就趴在这两个窟窿那儿向外看，只见唐吉诃德正骑在马上，手持长矛，不时深深地发出几声痛苦的叹息，仿佛痛苦得肠断魂消。一会儿，她们又听到唐吉诃德柔情似水地说道：

“噢，我的夫人呀，国色之天香，智慧之精华，娴雅之典范，贞洁之集成，总之一句话，世界上所有有益、有德、有趣事物之思想，托博索的杜尔西内亚哟，你现在正在做什么？你是否想起了这位已经被你俘虏的骑士？他涉危履险，只是为了向你效忠，博取你的欢心！噢，三张脸的明月[①]啊，请你告诉我她的情况吧！也许你现在正以嫉妒的目光注视着她。她大概正沿着她的豪华宫殿的长廊漫步，或者在平台上凭栏远眺，以她正直伟大的胸怀思考着如何安抚这颗为她而痛苦不堪的心灵，思考着如何给我的痛苦以欢乐，给我的不安以宽慰，给我的悲痛欲绝以欣喜若狂，给我的忠心耿耿以报答。而太阳啊，你大概已经骑上你的马，迎着早晨出来看望我的夫人了。你看到她时，请代我向她问好。不过你注意点儿，看望她并向她问好时千万不要吻她的脸，比起你从前在特萨利平原或者佩纽斯河边，我忘了你到底是在什么地方了，挥汗如雨，妒火焚心，追赶那个忘恩负义的狠心女人[②]时的心情，我只能是有过之而无不及。”

---

① 唐吉诃德此处指月亮的三个月相，即望月、亏月和盈月。

② 此处指希腊神话中的达佛涅。特萨利的河神佩纽斯之女达佛涅被阿波罗追求，后求助于神，变为月桂树。

唐吉诃德情意缠绵地刚说到这儿，店主妇的女儿就向他发出了几声“嗞嗞”，对他说：

“大人，劳驾请过来一下。”

唐吉诃德顺声转过头去。借着当晚皎洁的月光，他发现有人从那个窟窿里叫他。在唐吉诃德看来，那窟窿是一扇窗户，而且还有金窗栏。他把客店当成富丽堂皇的城堡，所以有金窗栏自然也是情理之中的事情。然后他又像以前一样，疯疯癫癫地想到，城堡长官的漂亮女儿已经坠入爱河，又来向他传情。不过，为了表示他并不是个没有礼貌、不识好歹的人，就掉转罗西南多的缰绳，来到窟窿前。他发现是两个姑娘，便对她们说：

“非常遗憾，美丽的姑娘，你们把你们的情思投注到了一个根本不可能与你们相爱的人身上，凭你们的身份和娴静，本来你们完全应该得到爱情。你们不要怪罪这位可怜的游侠骑士。他对一位夫人一见钟情，而且情深意笃，不可能再移情于别人了。请原谅，好姑娘，赶紧回房间去吧，不要再表示什么情意了，以免让我显得不识好歹。如果你们除了袒露爱情，还有其他事情有求于我，请尽管说。我向你们那位不在此地的温柔情敌发誓，我一定会毫无保留地满足你们，哪怕你们要的是墨杜萨[①]那一根根都是蛇的头发或者一瓶太阳光。”

“这些我的女主人都不需要，骑士大人。”丑女仆这时说。

“那么你的女主人需要什么呢，聪明的女仆？”唐吉诃德问。

“只需要您一只美丽的手，”丑女仆说，“用它来安抚这个窟窿给她造成的激情。她的名誉已经因此受到了很大影响，如果她的父亲察觉了，至少要割下她的一只耳朵。”

“我倒要看看呢，”唐吉诃德说，“如果他不想做世界上下场最惨的父亲的话，就老实点儿，不要用他的手触动他的坠入情网的女儿的任何一个娇嫩的部位。”

丑女仆觉得唐吉诃德肯定会答应她的请求，把手伸过来。她又想

---

① 希腊神话的三女怪之一。女怪头上长的不是头发，而是毒蛇，生有翅膀、利爪和巨齿。

了一下，就离开那个窟窿，来到马厩，拿起桑乔那头驴的缰绳，赶紧跑了回来。此时唐吉诃德已经站在罗西南多的鞍子上，把手伸进了窗栏。他想象那位伤心的姑娘就在窗户里，便对她说：

"姑娘，拉住这只手吧。应该说，这是一只消灭世间万恶的手。拉住这只手吧，还没有任何女人碰过这只手，包括那个已经占据了我的身心的女人。我把手伸给你不是为了让你吻它，而是让你看看那上面密布的青筋、结实的肌肉和粗壮的血管。你由此就可以看出，掌握着这只手的胳膊该有多大的力量。"

"我们现在就看看。"丑女仆说。她在缰绳上打了个活结，套在唐吉诃德的手腕上，然后又离开那个窟窿，把缰绳紧紧拴到稻草房的门闩上。

唐吉诃德感到手腕上有股绳子勒的疼痛，说道：

"我觉得你不是在爱抚我的手，而是在折磨它。你不要这样对待它。我不爱你并不是它的错，而且你也不应该在这么小的地方发泄你的全部仇恨。痴情的人不该记仇。"

不过，唐吉诃德这些话已经没人听见了。丑女仆把绳子拴好后和客店主妇的女儿一起捧腹大笑，然后立刻离开了。唐吉诃德被拴在那里，自己根本无法解开。

唐吉诃德就这样站在马鞍上，胳膊伸在窟窿里，手腕被拴在门闩上，胆战心惊而又小心翼翼地怕罗西南多挪动，那样他就会悬空吊在一只胳膊上了，所以，他一动也不敢动。不过，罗西南多倒是很有耐心，很安静，它可以永远站在那儿，寸步不移。唐吉诃德看到自己被拴在那儿，两个姑娘已经走了，就想象这回又像上次在这座城堡里被会魔法的摩尔脚夫痛打了一顿那样，被魔法治住了。他暗暗责备自己欠考虑，第一次在这座城堡里遭遇不幸，就不该再冒冒失失地第二次进来。游侠骑士们有条规矩，如果第一次经历失败，就证明这不是他们的事，而是别人的事，不该再进行第二次尝试了。他拽了拽胳膊，看能不能把胳膊抽出来，可是胳膊被结结实实地拴在那儿，尝试了几次都没有成功。不过他也没敢使劲拽，怕罗西南多挪动。他想坐到鞍子上，可是又坐不下来，除非他把手砍了，于是只好在那儿站着。

此时此地，唐吉诃德很想得到阿马迪斯的宝剑，他的宝剑可以抵御各种魔法；他暗暗诅咒自己的厄运；他不无夸大地估计了自己被魔法制服会使世界遭受的损失，他真心相信自己有那么大的作用；他又想起了心爱的托博索的杜尔西内亚；他呼唤他的侍从桑乔，可桑乔此时正躺在驴的驮鞍上鼾声大作，连生养自己的母亲都忘了；他呼唤大智若愚的利甘德奥和阿尔基费来帮助他；他祈求他的好友乌甘达来支援他。他就这样惶惑绝望地像一头公牛似的吼叫，一直待到天明，不过他并没有指望他的痛苦到天明就可以摆脱，他觉得他已经被魔法永远地定身在那儿了。他相信这点是因为他看到罗西南多只能在那儿微微地动一动。他相信他和他的马只能在那儿不吃不喝也不睡，星移斗转，直到另一个会魔法的圣人为他解除魔法。

不料他估计错了。天刚蒙蒙亮，就有四个骑马的人来到客店门前。四个人穿戴得体，仪容整洁，鞍架上还挂着猎枪。客店的门还关着，四个人用力打门。唐吉诃德看见了，此时他仍然没有忘记自己哨兵的职责，便声调高傲地说道：

“骑士或侍从们，不管你们是什么人吧，都没有理由叫门。现在这个时辰，明摆着里面的人都在睡觉，而且不到阳光洒满大地的时候，城堡没有开门的习惯。你们靠边点儿，等到天亮再说到底该不该给你们开门。”

“什么鬼城堡，”其中一人说，“还有那么多规矩？你如果是店主，就叫他们开门。我们只是路过，只想在这儿给我们的牲口添些草料，然后继续赶路。我们还有急事。”

“骑士们，你们看我的样子像店主吗？”唐吉诃德问。

“我们不管你像什么，”另一个人说，“我只知道你把这个客店称作城堡完全是胡说八道。”

“当然是城堡，”唐吉诃德说，“而且在全省也算得上是高级城堡，里面还住过手持权杖、头顶王冠的人呢。”

“最好倒过来讲，”一个过客说道，“头顶权杖，手持王冠。就是里面有这样的人，也大概是个剧团吧，那种人常常拿着你说的那种王冠和权杖。这个客店这么小，又这么静悄悄的，我不相信有什么拿权杖、戴王冠的人在这儿住宿。”

“你对世界知道得太少，”唐吉诃德说，“而且对游侠骑士常遇到的事情更是一无所知。”

与那个问话者同行的几个人懒得再同唐吉诃德费口舌，又怒气冲冲地叫起门来。叫门声把店主吵醒了，而且客店里所有人都被吵醒了。店主起来问谁在叫门。这时候，那四个人骑的马中，有一匹走过来嗅罗西南多。罗西南多正耷拉着耳朵，怏怏不乐地站在那儿，一动不动地驮着它那位抻长了身子的主人。虽然它像块木头似的戳在那儿，可毕竟有血有肉，不可能总是无动于衷，于是它又去嗅那匹过来同它温存的马。尽管它并没有移动多少，可还是错开了唐吉诃德的双脚。唐吉诃德从马鞍上一下子滑了下来，若不是胳膊还吊在那儿，他就摔到地上去了。这一下可把他疼得够呛，以为手腕断了或是胳膊折了。他的脚距地面很近，用脚尖就可以触到地面，这可把他坑苦了。因为他觉得只差一点儿就可以把脚板放到地上了，所以就狠命地尽可能把身体拉长，想够着地面。他这样似够又够不着的样子，活像在受吊刑，而且，以为再伸长一点儿就可以够着地面的错觉使得他不断向下抻，结果就更加难受了。

第四十四章　客店奇闻续篇

唐吉诃德一阵喊叫，吓得店主赶紧打开了客店的门，慌慌张张地跑出来看究竟是谁这么喊叫。客店外面的几个人也跑了过来。丑女仆也被这阵喊声惊醒，马上就猜想到是怎么回事了。她立刻跑到堆稻草的房子里，神不知鬼不觉地把拴着唐吉诃德的缰绳解开了，结果唐吉诃德在众目睽睽之下摔到了地上。他刚落地，店主和几个旅客就问他是怎么回事，为什么这么拼命地喊叫。唐吉诃德一句话也不说，解开手腕上的活结，从地上站起来，骑上罗西南多，抓起皮盾，拿起长矛，在外面骑马跑了一阵，又不紧不慢地蹓回来，说道：

“谁敢说我被魔法定住是理所当然？只要我的女主人米科米科娜公主允许，我就要驳斥他，向他挑战，跟他展开一场殊死的战斗！”

几个旅客听了唐吉诃德的话很惊奇。店主告诉他们唐吉诃德是什么样的人，他现在神志不正常，不要理会他，大家才不感到奇怪了。

几个旅客又问店主，是否有个十五岁的男孩来过这个客店，那个孩子打扮成骡夫的样子，又如此这番形容了一阵，说的就是克拉拉的情人那样子。店主说客店里每天有很多人，他没注意到是否有他们打听的那个人。可是有个旅客看到了法官的马车，就说：

“他肯定在这儿，这就是据说他追踪的那辆马车。咱们一个人留在门口，其他人进去找，最好有个人在客店周围转一转，免得他从墙头上跳出去。”

“就这么办。”其中一人说。

两人进了客店，一个留在门口，还有一个在客店周围转悠。这一切店主都看在眼里。他虽然知道他们要找的是那个男孩，却不明白他们为什么行动要如此周密。

这时天已经亮了，再加上唐吉诃德刚才的吵闹，客店里的人全醒了，也都起床了。特别是克拉拉和多罗特亚，一个由于情人就在附近而受了惊吓，另一个由于急于看到那个孩子，两个人那天晚上都没有睡好。

唐吉诃德见四个旅客中没有一个把他放在眼里，也不向他应战，恼怒极了。如果他能在他的骑士规则里找到规定，说明游侠骑士在完成他承诺的事情之前去做另一件事也属合法，他早就向那几个人进攻了，不管他们愿意与否，都得应战。不过，他还是觉得在帮助米科米科娜公主重建她的王国之前又开始另一项新的事业不妥，因此只好默不作声，看这几个旅客紧锣密鼓到底干些什么。一个旅客果然找到了他们要找的那个男孩。那个男孩正睡在一个骡夫身旁。他没有想到有人会找他，更没想到居然会找到他。那个旅客抓住了男孩的胳膊，说：

“唐路易斯少爷，看来你这身打扮的确符合你的身份，而你现在睡的这张床也说明你的母亲如何娇惯了你。”

男孩揉了揉惺忪的睡眼，慢慢打量着抓住他胳膊的人，待他认出是他家的用人后，吓了一大跳，竟半天说不出话来。用人接着说：

“现在没别的办法，唐路易斯少爷，只有耐心点，转身回家去，假如你不愿意让你的父亲即我的主人到极乐世界去的话。你的出走给你父亲带来的痛苦已经让他悲痛欲绝了。”

“可是，”唐路易斯问，“我父亲怎么知道我走了这条路，穿了这身衣服呢？”

“是那个学生说的，”用人说，“你把你的想法告诉了他，他见你父亲想念你的样子，实在于心不忍。于是，你父亲就派我们四个用人来找你。我们都在这里听你吩咐,而且很高兴事情比我们想象的顺利。我们可以带你回去，让你见到那双如此疼爱你的眼睛。”

“这要看我愿意不愿意，以及老天如何安排了。”唐路易斯说。

“你除了同意回去之外，还想干什么？老天还能怎么安排呢？其他事情都是不可能的。”

两人这番对话被旁边那个骡夫全听到了。他站起身来，去找费尔南多和卡德尼奥，把这事对他们和其他人说了。此时大家都已起床。骡夫告诉他们，那个人如何称那个男孩为“少爷”，想把他带回他父亲家去，而那个男孩不愿意回去。大家听到这些，刚才又领教过他那副天生的好嗓子，就更想知道他到底是什么人了。此外，如果有人强迫他做什么事情，大家还可以帮他一把。于是大家来到孩子跟前。那个孩子还在那儿同用人争辩。

多罗特亚这时走出房间，后面跟着失魂落魄的克拉拉。多罗特亚把卡德尼奥叫到一旁，向他简单叙述了歌唱家和克拉拉的事情。卡德尼奥也把那男孩父亲家的用人来找他的事情告诉了多罗特亚。他说话的声音不算小，克拉拉全听到了。她急得不知如何是好，若不是多罗特亚赶紧过去扶住他，她就跌倒了。卡德尼奥让她们先回房间去，他来想办法。于是她们回房间去了。

四个来找孩子的用人此时正围着男孩，劝他立刻回去安慰他的父亲。那个男孩说，如果不完成一件与他的性命、名誉和灵魂攸关的事情，他无论如何也不会回去。几个用人也毫不让步，说他们决不会让他留在这里，不管他愿意不愿意，都得把他带回去。

“你们除非带走我的尸体，”唐路易斯说，“否则你们不可能把我带走。随便你们用什么方式把我带走，可带走的只能是个死人。”

这时客店里的很多人都跑来看他们争吵，其中有卡德尼奥、费尔南多和他的伙伴、法官、神甫、理发师和唐吉诃德。唐吉诃德觉得没有必要再守卫城堡了。卡德尼奥已经知道了这个孩子的事情，就问那几个想把男孩带走的人，为什么要强迫他回去。

“为了挽救他父亲的生命，”一个用人说，“由于这个孩子出走，他父亲差点儿急死。”

唐路易斯说：

“没必要在这儿讲我的事情。我是自由人，我愿意回去就回去。如果我不想回去，谁也别想强迫我。”

“做事得讲道理，”用人说，“如果你的道理不充分，而我们的道理充分，就得按照我们说的去做。我们有责任这样做。”

“让我们看看这到底是怎么回事。”法官这时说道。

用人和法官是邻居，认识他。用人说：

“您难道没认出他吗，法官大人？这个小伙子就是您的邻居的儿子。他从他父亲家跑出来，您看看，还穿着这身与他的身份根本不符的破衣服。”

法官仔细看了看那男孩，认出了他。法官抱住年轻人，说：

“你要什么孩子气，唐路易斯少爷？有什么大不了的事，值得你跑到这儿来，还穿着这身破衣服，就像他说的，与你的身份太不相称了。”

男孩眼里涌出了泪水，对法官的问话一句也说不出来。法官叫四个用人先冷静一下，一切都会好的。他拉着男孩的手，把他叫到一旁，问他到底来干什么。法官正在问男孩的时候，忽听得客店门口有人大声喊叫。原来有两个当晚留宿的客人见大家都在忙于弄清四个用人的来意，就想趁乱不付账溜走。可是店主更关心的是他的生意，而不是别人的闲事，所以在那两个人刚走出客店门时抓住了他们，让他们付钱，而且还对他们恶语相讥，惹得那两个人挥拳相报。他们开始殴打店主，店主只得大声呼救。

店主妇和她女儿见只有唐吉诃德有空去救店主，于是那女孩便对唐吉诃德说：

“骑士大人，请您看在上帝的分上行行善，去救我那可怜的父亲吧，那两个坏蛋正在狠命地折磨他呢。”

唐吉诃德却一字一句、无动于衷地说道：

“美丽的姑娘，现在我无法考虑你的请求，因为我在完成我承诺的一件事情之前，不能够参与其他事情。现在我可以为你效劳的只能是：你赶紧去告诉你父亲，让他在这场战斗中一定要顶住，无论如何也不能败下阵来。与此同时，我去求米科米科娜公主允许我解救危难。如果她允许，你放心，我一定会把他救出来。”

“我的天啊！”丑女仆在一旁说，“等您先取得了您说的这个允许，我的主人早就到极乐世界去了。”

“请让我先去求得这个允许，姑娘。”唐吉诃德说，“只要我得到了这个允许，他就是到了极乐世界也没关系，我还可以把他从那儿救出来，即使这边的世界反对也没用；或者，至少我还可以向把他送到极乐世界去的人报仇，你也会由此感到宽慰。”

唐吉诃德没有再说什么，跪倒在多罗特亚面前，以游侠骑士的语言请求她恩准自己去解救陷入严重危难的城堡长官。公主慨然应允。于是唐吉诃德手持皮盾，拿起剑，来到客店门口。两个客人正在那儿继续殴打店主。可是，唐吉诃德刚赶到门口就站住不动了。丑女仆问他为什么站住不动，怎么还不赶快去救她的主人，店主妇也问他为什么不去救她的丈夫。

“我站住是因为我持剑进攻侍从是非法的。”唐吉诃德说，“你们去叫我的侍从桑乔到这儿来，保护长官和为长官报仇都是他的事。”

这些事情就发生在客店门口，拳头正重重地打在店主的脸上和身上，把店主打得真不轻，把丑女仆、店主妇和她女儿也气得够呛。她们对唐吉诃德的怯懦，对她们各自的主人、丈夫和父亲的遭殃简直绝望了。

咱们暂且先不说店主吧，反正会有人救他。如果没人救他，那也只好让他忍耐着受罪吧，全怪他不自量力，粗暴无礼。咱们向后退五十步，看看唐路易斯如何回答法官的问话吧。刚才我们谈到法官问唐路易斯为什么走到这儿来了，而且穿的是这么破的衣服。小伙子紧紧拉住法官的手，似乎在忍受心灵的极大痛楚，泪如泉涌地说道：

“我只能对您说，大人，自从天意让我们成为邻居，我看到了您的女儿、我的意中人克拉拉的第一刻起，我的心就被她征服了。假如您，一位真正的大人，我的父辈，不反对的话，我今天就想同她结婚。我为她离开了我父亲的家，为她换上了这身打扮，为的是无论她走到哪儿，我都要跟随她，就好似箭追逐靶，海员望北斗。她并不知道我的心思，只是有几次远远地望见我眼含泪水才有所领悟。大人，您知道我父亲的财富和地位，还知道我是唯一的继承人。如果您觉得这足以让您成全我们的话，您现在就可以把我当您的儿子看待。如果我父亲另有打算，不满意我自己选择的幸福，时间可以超越人的意志改变事物。”

多情少年说到这儿止住了话语。法官听了这些话，颇感意外，不知所措。这不仅是由于唐路易斯这种大胆的表露，而且还由于他不知道该如何对待这件突如其来又意想不到的事情。他只是让唐路易斯先冷静一下，并且稳住那几个用人，让他们不要当天就赶回去，现在还需要时间把事情考虑得周全一些。唐路易斯坚持吻了法官的手，泪水也洒到了他的手上。别说是法官，就是石头心肠的人见此也会心软。法官知道这桩婚事对自己的女儿很有好处。不过他办事慎重，如果可能的话，他想征得唐路易斯的父亲同意。他听说唐路易斯的父亲正在为自己的儿子谋取爵位。

此时客人和店主已经不打架了。经过唐吉诃德的好言相劝，而不是恶语威胁，客人已经如数把钱付给了店主。唐路易斯的几个用人正在等待法官同唐路易斯的谈话结果，以及唐路易斯的最后决定。可是魔鬼偏偏不闲着，这时候让那个被唐吉诃德抢走了曼布里诺头盔的理发师进了客店。桑乔当时曾把理发师那头驴的鞍子抢了过来，换到自己那头驴身上。理发师把他的驴牵到马厩去，看到桑乔正为他的驴准备驮鞍。理发师认出了那驮鞍，立刻奋不顾身地向桑乔冲去，嘴里还说道：

“嘿，你这个盗贼，我终于抓住你了！还我铜盆、驮鞍和所有鞍具！”

桑乔突然受到攻击，还听到有人在咒骂。他一只手抓住驮鞍，另一只手挥拳向理发师的脸打去，立刻把他打得满嘴是血。可理发师并没有因此就放开抓住驮鞍的手，反而大声呼叫起来。客店里的所有人都循着这打斗的声音赶来了。理发师喊道：

“求国王和正义主持公道！这个拦路打劫的强盗抢了我的东西，还想要我的命！”

“你胡说！”桑乔说，“我才不是强盗呢。这是我的主人唐吉诃德在那场出色的战斗中缴获的战利品。”

唐吉诃德就在旁边，得意扬扬地看着他的侍从能攻善守，并且从此觉得他是个有用的人，心里打算着一有机会就要封他为骑士。唐吉诃德觉得桑乔肯定会很好地发扬骑士精神。理发师吵闹着说道：

“各位大人，这个驮鞍是属于我的，这就好像我肯定会魂归故里一样确凿无疑。我对它非常熟悉，就好像它是我生的一样。我的驴就在牲口棚里，我不会说谎，不信你们就去试试，看看它是不是正好配那头驴。如果不是，我就是混蛋。还有，他们抢走我的驮鞍那天，还抢走了我的一个新铜盆，没有用过的。那个铜盆能值一个埃斯库多。”

唐吉诃德这时忍不住要说话了。他来到两个人中间，把他们分开，又把驮鞍放在地上，待他们把事情辩出个究竟再做处置。他说道：

“诸位可以清楚地看到，这位忠实的侍从分明弄错了。他称之为铜盆的这个东西，过去、现在和将来都是曼布里诺的头盔。这是我在一次出色的战斗中从他那儿夺取的，并且合理合法地拥有了它。至于那个驮鞍，我就不说什么了，我只知道我的侍从桑乔曾请求我允许他夺取这个败阵的胆小鬼的马具，用它来装备他的马匹。我允许了，他就把马具夺了过去。至于马具为什么会变成驮鞍，我只能给一个很简单的解释：这是游侠骑士常遇到的那种蜕变。为了证明这一点，桑乔，你把这位老兄说成是铜盆的那个头盔拿到这儿来。”

"天哪，大人，"桑乔说，"除了说这个盆是什么马里诺[1]的头盔，这个人说的驮鞍是马具，您就没有别的证据说明我们的意思吗？"

"你照我的吩咐去做，"唐吉诃德说，"并不是这座城堡里的所有东西都受魔法的制约。"

桑乔把铜盆拿来了。唐吉诃德马上把它拿在手里，说道：

"诸位看看，这位侍从有什么脸说这是个铜盆，而不是我说的头盔呢？我以骑士界的名义发誓，这就是我从他那儿夺取的头盔，上面的东西一点儿不多，一点儿不少。"

"这肯定没错，"桑乔这时说，"自从我的主人打了那次胜仗以后，只打过一次仗，就是释放了那批带锁链的倒霉鬼那次。要不是这个盆儿盔，那次可就麻烦了，当时石头就像铺天盖地一般地打过来呢。"

第四十五章　曼布里诺头盔和驮鞍疑案及其他事真相大白

"诸位大人，"理发师说，"这两位绅士仍然坚持说这不是铜盆，而是头盔。你们看看到底是什么？"

"谁要是说它不是头盔，"唐吉诃德说，"我都会让他承认自己是在撒谎。不管他是骑士还是侍从，都是在说弥天大谎。"

我们熟悉的那位理发师也在场。他十分了解唐吉诃德的脾气，想让他把洋相出得再大点，好拿他开心，逗大家笑，于是他对这位理发师说：

"理发师大人，或者不管你是什么人吧，你该知道我和你是同行。我领取考试合格证已经二十多年了，对各种理发工具全都熟悉。我年

① 桑乔在这里又把曼布里诺说错成马里诺了。

轻时也当过一阵兵，知道什么是头盔，什么是顶盔，什么是套盔，以及各种军事用品，我是说战士用的各种物品。如果没有其他高见，那么我的看法就算高见了。我说这位杰出的大人在我们面前拿的这个东西，不仅不是理发师用的盆，而且远远不是，就好像黑的同白的、真理和谎言是截然不同的两回事一样。我说它是个头盔，不过是个不完整的头盔。”

“的确是个不完整的头盔，”唐吉诃德说，“还缺少护脸的那一半。”

“是这样。”神甫已经明白了他这位朋友的意图，也这么说。

卡德尼奥、费尔南多和他的伙伴们也都随声附和。法官若不是还在想着同唐路易斯的事，也会帮腔的。不过他正在认真考虑自己的事，很少或根本没有顾及这些人如何胡闹。

“上帝保佑！”这位受到愚弄的理发师说，“怎么可能这么多有身份的人都说这不是盆而是头盔呢？这事太蹊跷了，无论谁听了都会感到惊奇。好吧，假如按照这位大人说的，这个盆就是头盔，那么这个驮鞍就是全套马具了。”

“我觉得它是马具，”唐吉诃德说，“不过我说过，这件事我不插嘴。”

“到底是驮鞍还是马具，全由唐吉诃德大人说了算。”神甫说，“凡是与骑士有关的事情，我们都听他的。”

“上帝保佑，大人们，”唐吉诃德说，“我在这座城堡里住了两次，竟遇到了这么多奇怪的事情，以至于我都不敢对这里的任何事情下定论了。我觉得这里所有的东西都中了邪。第一次在这儿留宿的时候，这儿一个会魔法的摩尔人把我折腾得够呛，桑乔也被他的随从们搞得不善。昨天晚上，我一只胳膊被吊了两个小时，竟不知为什么会倒这个霉。所以，现在让我对这个疑团下结论，未免太冒失。刚才有人说这是盆，不是头盔，我已经反驳过了。可是问那究竟是驮鞍还是马具，我还不敢妄下结论，还要请诸位各抒高见。你们同我不一样，不是受封的骑士，不会受这儿的魔法影响，思维也不受什么约束，可以按照事情的本来面目，而不是按照我的看法来判断这座城堡里的事情。”

“不错，”费尔南多这时说，“唐吉诃德大人说得很对，这件事应该由我们来评断。为了可靠起见，我将秘密征求大家的意见，然后把结果照实公布。”

对于那些拿唐吉诃德开心的人来说，这是个最大的笑料，可那些不知实情的人便觉得这真是天下最荒唐的事情了，特别是唐路易斯和他的用人，以及另外三个偶然来到客店的客人。他们看样子像圣友团的团丁，而且确实也是。不过最感到绝望的还是理发师，他的铜盆竟眼睁睁地在那些人面前变成了曼布里诺的头盔，而且他想，那个驮鞍肯定也会变成贵重的马鞍。费尔南多分别跟几个人交头接耳，悄悄问他们，大家争执不休的那个宝贝究竟是驮鞍还是马具。大家乐不可支地看他到底能得出什么样的结论。费尔南多向那几个了解唐吉诃德底细的人征求过意见之后高声说道：

“好心人，现在的情况是，我不想再继续征求意见了，因为凡是我问过的人都认为，说这个东西是驮鞍太荒唐了。这不仅是马具，而且是纯种马的马具。现在你不要着急，尽管你和你的驴不愿意，这还是马具而不是驮鞍，你的看法是非常错误的。”

“我没有糊涂，”理发师说，“而是你们搞错了。我在上帝面前也这么认为。上帝也会认为这是驮鞍，不是马具。不过法律……我不说了。反正我没醉，我连早饭还没吃呢。反正我没说错。”

理发师的固执像唐吉诃德的荒唐一样逗得大家哄笑起来。唐吉诃德这时候说道：

“现在只好各执己见了。人各有志，不可强求。”

四个用人中有一个说道：

“如果这不是有意开玩笑，我简直不能相信，这些很明白的人，或者看来很明白的人，怎么会硬说这不是盆，那不是驮鞍。不过我看他们都是一口咬定，坚持把它们说成是与事实相反的东西，这其中必有奥妙。我向天发誓，”他随即坚决地发誓，“即使世界上所有人都这么说，我也不会相信这不是理发师的盆，不是公驴的驮鞍。”

“很可能是母驴的驮鞍。”神甫说。

“那倒无所谓，”用人说，“问题不在这儿，问题在于它到底是不是像他们说的那样是驮鞍。”

有个团丁刚才听到了他们的争论，一听用人这话，走了进来，怒气冲冲地说道：

“驮鞍就是驮鞍，就像我父亲就是我父亲一样，谁要不这么说，就是喝多了。”

“你这个恶棍，竟敢胡说八道。”唐吉诃德说。

唐吉诃德说着举起了他那时刻不离手的长矛，向团丁头上打去。若不是团丁躲得快，他就被打倒了。长矛碰到地上断成了几截。几个团丁见自己的同伴被打，立刻高声向圣友团呼救。

店主也是圣友团成员。他立刻跑进屋里拿了棍子和剑，和自己的同伴们站到了一起；唐路易斯的四个用人围住了唐路易斯，怕他趁乱跑掉；理发师见客店大乱，就抓起驮鞍，可是桑乔也抓住不放；唐吉诃德持剑向团丁进攻；唐路易斯大声呼喊他的用人们放开自己，去帮助唐吉诃德，他还叫卡德尼奥和费尔南多都去为唐吉诃德助威；神甫大喊大叫；客店主妇连声呼喊；她的女儿痛心不已；丑女仆哭个不停；多罗特亚不知所措；卢辛达呆若木鸡；而唐娜克拉拉早晕过去了。理发师用棍子打桑乔，桑乔猛烈地还击理发师；唐路易斯的一个用人怕唐路易斯跑了，就抓住他一只胳膊，结果唐路易斯一拳打去，打得那用人满嘴是血；法官连忙去护着用人；费尔南多把一个团丁打倒在地，把他痛痛快快地踢了一顿；店主又提高了嗓门向圣友团呼救，结果客店里有人连哭带喊，有人惊恐不安，有人无辜遭殃，有人挥拳拔剑，拳打脚踢，人们打得头破血流，到处都是一片狼藉。混乱之中，唐吉诃德的脑海里忽然绘声绘影地闪现出阿格拉曼特阵地[①]的混乱场面，于是他大喝一声，震动了客店：

“都住手，放下武器，安静点儿！要是想保命的话就听我说！”

他这一喊，大家全停住了。他又接着说道：

“诸位，我不是对你们说过，这座城堡已经被魔法控制，恐怕已经魔鬼成群了吗？为了证明这点，我想让你们亲眼看看阿格拉曼特阵

---

① 阿格拉曼特是意大利诗人阿里奥斯托的叙事诗《疯狂的奥兰多》中摩尔王特罗亚诺的儿子，进攻巴黎时，死于奥兰多之手。此后，以“阿格拉曼特阵地”来形容混乱的场面。

地的混乱已经转移到了这里。你们看看，有的争剑，有的夺马，有的抢老鹰，有的要头盔，真是互不相让。法官大人，请您过来，还有您，神甫大人，也请您过来。一个人当阿格拉曼特国王，一个当索布利诺国王，让我们握手言和吧。我向全能的上帝发誓，咱们这么有身份的人在这儿为了这些小事而互相残杀，真是太愚蠢了。”

几个团丁并不明白唐吉诃德说的到底是什么意思。他们只觉得自己在费尔南多、卡德尼奥和他的同伴那儿吃了亏，不肯罢休。理发师倒是不想闹了，在刚才的格斗中他的胡子被揪掉了，驮鞍也被弄坏了。桑乔是个好侍从，唐吉诃德稍一吩咐，他就服从了；唐路易斯的四个用人知道再闹下去对他们没什么好处，也就不说什么了；只有店主因为唐吉诃德总是在客店里惹是生非，坚持要对他进行惩罚。最后，这场混乱总算平息下来了。然而，在唐吉诃德的印象里，他至死都认为驮鞍就是马具，铜盆就是头盔，而客店就是城堡。

在法官和神甫的劝说下，大家都平静下来，握手言和。唐路易斯的几个用人又坚持让唐路易斯同他们一起回去。就在唐路易斯同他们商量的时候，法官也把唐路易斯对他说的那些话告诉了费尔南多、卡德尼奥和神甫，并且同他们商量如何处理这件事情。最后他们商定，由费尔南多向唐路易斯的用人们说明自己的身份，以及他想让唐路易斯同自己一起到安达卢西亚去，他的兄弟侯爵大人肯定不会亏待唐路易斯。这次就是把唐路易斯撕成碎片，他也不会回去见他的父亲。四个用人知道费尔南多的身份和唐路易斯的决心后，决定三个人回去向唐路易斯的父亲报告情况，一个人留下来侍候唐路易斯，同时别让他跑了，直到那几个人回来找他们，或者唐路易斯的父亲另有吩咐。

于是，这场纷争凭借阿格拉曼特的威望和索布利诺的忍让终于平息下来。可是和谐与平安的死敌见自己受到了蔑视和嘲弄，刚才把大家闹得乱成一团却没捞到什么好处，就想再挑起一次新的争端。

那几个团丁隐约听说了与他们打斗的那几个人的身份后，觉得再打下去，只能吃更多亏，也就不再吵闹了。可是那个被费尔南多痛打的团丁忽然想起自己身上还带有几份捉拿罪犯的通缉令，其中一张就是捉拿唐吉诃德的。看来桑乔的担心很对，圣友团因为唐吉诃德释放了划船苦役犯，正在缉拿他。想到此，那个团丁就要核对一下唐吉诃德的特征。他从怀里掏出几张羊皮纸通缉令，找到唐吉诃德那张，慢慢看起来。他的阅读能力不强，看一句通缉令，抬头看一眼唐吉诃德，核对通缉令上形容的特征是否符合唐吉诃德。最后，他确定这就是通缉令要找的那个人。一经核实,他马上把其他羊皮纸通缉令都收起来，左手拿着唐吉诃德的那张，右手紧紧抓住唐吉诃德的衣领，紧得让唐吉诃德快要喘不过气来了。他大声说：

"快来帮助圣友团！大家看清楚，我可不是在开玩笑。你们看看这张通缉令，上面说要缉拿这个拦路抢劫的强盗。"

神甫拿过通缉令一看，团丁说的果然是真的，通缉令上描绘的特征与唐吉诃德完全相符。唐吉诃德见这个坏蛋竟敢如此对待自己，立刻气得七窍生烟！他用双手紧紧掐住了团丁的脖子。若不是其他几个团丁赶来，这个团丁不仅没抓住唐吉诃德，反而把自己的性命也搭上了。

店主当然要帮助圣友团自己人，便马上赶来了。客店主妇见丈夫又参与打斗，就又喊起来。喊声引来了丑女仆和店主的女儿，这两个人又赶紧祈求老天和在场的人援助。桑乔见状说道：

"永恒的上帝，看来我的主人说得完全对，这座城堡的确中了魔法，简直一刻也不得安宁！"

费尔南多怕唐吉诃德和团丁闹出事来，赶紧过来劝架。那两个人一人抓住对方的衣领，一个掐着对方的脖子，都抓得很紧。费尔南多掰开了两个人的手，可是团丁们并没有因此就不抓逃犯了。他们请求大家帮忙把唐吉诃德捆起来交给他们，这样才能算为国王尽忠，为圣友团效力。他们以圣友团的名义再次请求大家，把这个拦路强盗抓起来。唐吉诃德听到这话笑了。他不慌不忙地说道：

"过来，你们这些没有教养的贱民！给戴锁链者以自由，释放囚犯，扶弱济贫，帮助受难者，你们竟把这称作拦路抢劫？你们这些卑贱的东西，真是智能低下。老天竟没有告诉你们游侠骑士的高尚和你们的愚昧无知，你们竟敢污辱游侠骑士的形象，而且还当着游侠骑士的面？

“过来，我看你们不像团丁，倒像匪帮，你们是打着圣友团旗号的拦路强盗！告诉我，谁这么无知，竟敢签发捉拿像我这样的骑士的通缉令？他竟无知到不懂得游侠骑士不受任何法律的管辖，他们的剑就是法律，他们的精神就是法典，他们的意志就是法规？我再说一遍，谁这么愚蠢，竟不知道游侠骑士自从受封后投身于这个艰苦职业之日起，所享受的特权和豁免权比贵族证书上规定的还要多？哪个游侠骑士付过贸易税、王后税[①]、王威税[②]、河流通行税等各种捐税？哪个裁缝为他们做衣服还要钱？哪个国王不邀请他们做客？哪个姑娘不倾慕他们，心甘情愿地投入他们的怀抱？一句话，过去、现在和将来，世界上什么时代的骑士不能冲他面前的四百个团丁打上四百大棍？”

第四十六章　团丁奇遇，
好骑士唐吉诃德勃然大怒

在唐吉诃德慷慨陈词的时候，神甫正劝说团丁，告诉他们唐吉诃德如何神志不正常，他的所作所为大家都看到了，因此没有必要把事情再闹下去了。即使把他抓走了，以后看他是个疯子，还得放他。可那个拿通缉令的团丁说，他不管唐吉诃德是不是神志不正常，他只管执行上司的命令。只要抓了他就行，再放三百次都没关系。

“话是这么讲，”神甫说，“不过这次就不要把他带走了，而且，他也不会让人把他带走的，这点我很清楚。”

神甫一再劝说，唐吉诃德做的那些事团丁们也知道，如果他们不承认唐吉诃德是疯子，那么他们就比唐吉诃德还疯了。所以，他们倒

① 国王结婚时臣民缴纳的税。

② 臣民每七年缴纳一次，以示服从国王的威严。

也愿意落个清闲，甚至还愿意为理发师和桑乔斡旋，因为两人还在为那场争执而耿耿于怀呢。团丁们以执法者的身份从中调解裁决，最后双方虽然不能算是满心欢喜，也还可以说是比较满意。他们交换了驮鞍，肚带和笼头就算了。至于那个曼布里诺的头盔，神甫瞒着唐吉诃德，悄悄给了理发师八个雷阿尔，就算买了那个盆。理发师写了收条，表示永不反悔，真是谢天谢地。

这两件最大的纷争解决了，唐路易斯的三个用人也高高兴兴地走了，留下一个用人随便到哪儿都陪着唐路易斯。福祉既开，喜气随来。无论是客店里的情人还是勇士，自己的事情都可望有个圆满的结局。唐路易斯满意，他的用人们也高兴。唐娜克拉拉更是喜笑颜开。只要看看她的脸就可以知道，她的欣喜发自内心。

索赖达虽然对眼前的事情不能全部理解，只是人喜她喜，人忧她忧，不过她特别注意观察她那位西班牙人，眼睛始终不离开他，为他牵肠挂肚。店主对于神甫给理发师的赔偿和赠予不能熟视无睹，他也要求赔偿损坏的皮酒囊和红葡萄酒的损失，发誓说如果少给一分钱就休想让罗西南多或者桑乔的驴出客店的门。神甫安慰店主，法官表示愿意出钱赔偿，不过最后钱还是由费尔南多付了。这回客店里安静下来了，没有了唐吉诃德所说的阿格拉曼特阵地的混乱，倒是出现了奥古斯都大帝时期的和谐宁静。神甫在这个过程中的善意与口才，以及费尔南多的慷慨大度，有口皆碑。

唐吉诃德见已经从与他和桑乔有关的纠纷中解脱出来，觉得该继续赶路，去完成他肩负的那件重任了。决心已定，他跑去跪在多罗特亚面前。多罗特亚让他先起身再说话。唐吉诃德遵命站了起来，说道：

“美丽的公主，俗话说，神速出佳运。过去的很多事实都证明，正是由于当事人当机立断，才使本来后果难料的事情有了良好的结局，而且这点在军事上显得尤为突出。兵贵神速，使敌人措手不及，不等他们来得及抵抗就取得了胜利。

“尊贵的公主，我说这些是因为我觉得咱们再在这个城堡待下去已经没有什么意义了，而对我们到底有多少不利之处，也许我们以后某一天才能知道。谁知道与您为敌的那个巨人是否会通过潜伏在这里的奸细得知，我今天要去攻打他呢？如果他抓紧时间，加固工事，使他的城堡或堡垒坚不可摧，纵使我们出击迅速，我们不知疲倦的臂膀再有力量，也会无济于事。所以，我的女主人，咱们马上出发才会有好运。只要我和您的对手一交锋，您就肯定会如愿以偿。”

唐吉诃德讲到这儿不再说话了，静静地等候美丽公主的回答。公主一副威严的样子，很符合唐吉诃德当时的状态。她答道：

“骑士大人，非常感谢你表达了要帮我解除危难的愿望，这才像个扶弱济贫的骑士的样子。愿老天让你我的愿望得以实现，那时候你也会知道世界上还有知恩图报的女人。我的启程应该尽快安排，我的意见与你一致。你全权酌定吧，我已经把我的人身安全以及光复王国的重任托付给你，你随意安排吧，我不会有异议。”

“那就这么定了，”唐吉诃德说，“既然沦落的是位女王，我一定抓紧时机，把您扶上您的世袭宝座。咱们马上出发，我现在上路心切，否则就会像人们常说的那样坐失良机。能够让我胆怯恐惧的人，恐怕天上没有过，地上也没见过。桑乔，给罗西南多备鞍，还有你的驴和女王的坐骑，咱们告别城堡长官和那几位大人，马上出发。”

桑乔一直在场。这时他摇晃着脑袋说：

“哎呀，大人啊大人，村庄虽小议论多，评头品足又奈何！”

“不管在什么村庄和城市，我有什么不好的事可以让人议论的，乡巴佬？”

“您若是生气，我就不说了，”桑乔说，“本来我作为一个好侍从应该向主人说的事，我也不说了。”

“你随便说，只要你不危言耸听。”唐吉诃德说，“你若是害怕，就随你的便；反正我不害怕，我行我素。”

“不是这个意思，真是的，都怪我！”桑乔说，“我现在已经弄清楚了，这个自称是米科米孔伟大王国女王的女人，跟我母亲比并没有什么特别之处。她要真是女王，就不会趁人不注意偷着同这个圈子里的某个人乱啃了。”

桑乔这么一说，多罗特亚立刻变得满脸绯红，因为她的丈夫费尔南多的确避着大家，用自己的嘴唇从她的嘴唇那儿给自己的情爱以一定的安慰。这些被桑乔看见了，他觉得这样轻佻只能是妓女，而不是一个如此伟大王国的女王应有的行为。多罗特亚无法回答，也不想回答桑乔的话，只好任他说下去。桑乔又说：

“我是说，大人，咱们走大路绕小道，白天黑夜都不得安生，可换来的却是让这些在客店里逍遥自在的人坐享其成。既然这样，我就没必要慌慌张张地为罗西南多备鞍，为我的驴上好驮鞍，为她准备坐骑了。让婊子干她的，咱们吃咱们的。”

上帝保佑！唐吉诃德听到自己的侍从竟说出这般无礼的话来，生了多大的气！他的眼睛都要冒出火来了，急急忙忙又结结巴巴地说道：

“你这个下贱货，这么没头脑，无礼又无知，竟敢背后说别人的坏话！你竟敢当着我的面，当着这么多尊贵的夫人说出这种话，而且还不知羞耻地胡思乱想！你这个万恶的魔鬼，竟敢造谣生事，蛊惑人心，真是卑鄙至极，愚蠢透顶，污辱贵人的尊严。你赶快从我面前滚开，免得我对你不客气！”

说完他紧蹙眉头，鼓着两颊，环顾四方，右脚在地上狠狠地跺了一下，满肚子怒气溢于言表。桑乔听了唐吉诃德这些话，又见他一副怒不可遏的样子，吓得缩成一团，真恨不得脚下的地裂个缝，让他掉进去。他不知如何是好，只好转身走开。聪明的多罗特亚十分了解唐吉诃德的脾气，为了缓和一下他的怒气，多罗特亚对他说：

“你不要为你善良的侍从说的那些蠢话生气，猥獕骑士大人。他只是不应该无中生有地乱说。他是一番好意，而且具有基督徒的良心，没有人会相信他有意诬陷谁。由此可以相信，就像骑士大人你说的，在这座城堡里，各种事情都受到了魔法的控制，肯定是这样。所以我说，桑乔很可能受到了魔法的影响，看到了他其实没有看到的那些有损于我尊严的事情。”

“我向全能的上帝发誓，”唐吉诃德说，“您说得完全对。也许是某种魔法的幻觉使得这个有罪的桑乔看到了根本不可能的事情，而且我也十分了解这个倒霉鬼，他善良单纯，不会有意诬陷人。”

“是这样，肯定是这样，”费尔南多说，“所以您，唐吉诃德大人，应该原谅他，与他和好如初，别让那些幻觉使他丧失了理智。”

唐吉诃德说他原谅桑乔，于是神甫就去找桑乔。桑乔低三下四地回来了。他跪在唐吉诃德面前，请求吻唐吉诃德的手。唐吉诃德把手伸给他，让他吻了自己的手，然后又祝福了他。唐吉诃德说：

“桑乔，我多次对你说过，这座城堡的一切都受到了魔法的控制，现在你该明白了，这的确是真的。”

“这个我相信，”桑乔说，“不过那次被扔可是确有其事。”

“你不要这么想，”唐吉诃德说，“如果是这样，我早为你报仇了，即使那时没报仇，现在也会为你报。可是无论过去还是现在，我都不知道该向谁去报仇。”

大家都想知道被单的事，于是店主又把桑乔的那次遭遇一五一十地讲了一遍，大家听了不禁大笑。若不是唐吉诃德再次保证，那次是由于魔法，桑乔早就羞愧得无地自容了。不过，桑乔即使再愚蠢，也不会不知道自己是被一群有血有肉的人耍了，而不是像他的主人说的那样是什么幻觉。

两天过去了。住在客店的贵客一行人觉得该启程了。他们决定不再烦劳多罗特亚和费尔南多，像原来商定的那样，让神甫和理发师假借解救米科米科娜公主的名义，把唐吉诃德送回家乡去。神甫在当地设法为他治疗。他们决定用一辆恰巧从那儿路过的牛车把唐吉诃德送回去。他们在牛车上装了个像笼子一样的东西，让唐吉诃德能够舒舒服服地待在里面，费尔南多和他的伙伴们、唐路易斯的用人和团丁们按照神甫的主意和吩咐，都蒙着脸，装扮成身份不同的人，让唐吉诃德认不出这是他在客店里见过的那些人。准备得当之后，他们悄悄走进唐吉诃德的房间。唐吉诃德那天经过几番打斗，已经睡觉休息了。

大家来到他身边，在他鼾声如雷、全然不知的情况下把他紧紧按住，把手脚都结结实实地捆了起来。待他被惊醒时，已经动弹不得，只能惊奇地看着眼前这些陌生的面孔。此时他的怪诞念头又闪现出来，相信这些模样奇怪的人就是这座城堡里的鬼怪，他自己也肯定是被魔法制服了，所以既动弹不得，也不能自卫。这一切都已在这次行动的策划者神甫的预料之中。

在场的人中，只有桑乔的思维和形象没有变化。虽然他差一点就要患上同主人一样的疯病了，但还是能认出那些化了装的人来。不过他一直没敢张嘴，想看看他们把他的主人突然抓起来要干什么。唐吉诃德也一言不发，只是关注着自己的下场。人们把笼子抬过来，把唐吉诃德关了进去，外面又钉了许多木条，无论谁也不能轻易打开这个笼子了。

大家又把笼子抬起来，走出房间时，忽然听见一个令人毛骨悚然的声音。那声音是理发师发出来的，不是那位要驮鞍的理发师，而是另一位。那声音说道：

“噢，猥猥骑士，不要为你被囚禁而感到苦恼。只有这样才能尽早完成你的征险大业。这种状况只有等到曼查的雄狮和托博索的白鸽双双垂颈接受婚姻枷锁[①]时才会结束。这个史无前例的结合会产生出凶猛的幼崽，它们会模仿它们的勇敢父亲的样子张牙舞爪。所有这些，在仙女的追求者[②]以他光辉的形象迅速而又自然地两度运行黄道之前就可以实现。你呢，高尚而又温顺的侍从，腰间佩剑，脸上有胡子，嗅觉又灵敏，不要因为人们当着你的面如此带走了游侠骑士的精英而一蹶不振。只要世界的塑造者愿意，你马上就会得到高官显爵，连你都会认不出自己。你的善良主人对你的承诺也一定会实现。我以谎言女神的名义向你发誓，你的工钱一定会付给你，到时候你就知道了。你跟着你那位被魔法制服了的主人一起走吧，无论到哪儿，你都应跟随他。我只能说这些了，上帝与你同在，我要回去了。至于我要回到哪里去，只有我自己才知道。”

说到这儿，那个声音立刻提高了嗓门，然后慢慢转化为非常和蔼的语调，结果就连知道这是理发师在开玩笑的人都信以为真了。

唐吉诃德听到这番话也放心了，因为那些人允诺他和托博索他亲爱的杜尔西内亚结成神圣的姻缘，从杜尔西内亚肚子里可以产生出很

---

① 西方谚语，指结婚后必须承担很多义务。

② 此处指太阳神阿波罗追求达佛涅的神话。

多幼崽，那些都是他的孩子，这将是曼查世世代代的光荣。他坚信这点，长长地吁了一口气，高声说道：

“你预示了我的美好未来。不管你是谁，都请你代我向负责我的事情的智慧的魔法师请求，在我实现我刚才在这里听到的如此令人兴奋又无与伦比的诺言之前，不要让我死在这个囚笼里。如果这些诺言能够实现，我将视我的牢笼之苦为光荣，视这缠身的锁链为休闲，不把我现在躺的这张床当作战场，而视它为松软的婚床和幸福的洞房。现在该谈谈如何安慰我的侍从桑乔了。根据他的品德和善行，我肯定，不管我的命运如何，他都不会抛弃我。假如由于他或我的不幸，我不能够按照我的承诺，给他一个岛屿或其他类似的东西，至少他的工钱我不会不给，这在我的遗嘱里已经注明了。我不是根据他对我的无数辛勤服侍，而是根据我的能力所及，把该交代的事情都在遗嘱里交代了。”

桑乔毕恭毕敬地向唐吉诃德鞠了一躬，吻了他的双手。唐吉诃德的双手被捆在一起，要吻就得吻两只手。然后，那些妖魔鬼怪扛起笼子，放到了牛车上。

第四十七章　唐吉诃德出奇地中魔法及其他奇事

唐吉诃德见自己被关在笼子里，装上了牛车，说道：

“我读过很多有关游侠骑士的巨著，不过我从未读过、见过或听说过以这种方法，用这种又懒又慢的牲畜，来运送被魔法制服了的骑士。他们常常用一块乌云托住骑士，凌空飘过，或者用火轮车、半鹰半马怪或其他类似的怪物，却从没有像我这样用牛车的。上帝保佑，真把我弄糊涂了。不过，也可能是我们这个时代的骑士和魔法都不同以往了。也可能因为我是当今的新骑士，是我首先要重振已被遗忘的征险骑士道，所以就出现了一些新的魔法和运送被魔法制服者的方式。你觉得是不是这么回事，桑乔？”

“我也不知道，”桑乔说，“我不像您那样读过很多游侠骑士的小说。尽管这样，我仍斗胆地认为他们并不完全是妖魔鬼怪。”

“还不完全是？我的天啊！”唐吉诃德说，“他们那幽灵似的打扮，做出这种事，把我弄成这个样子，要是还不算，那么怎样才算是完全的妖魔鬼怪呢？你如果想看看他们是否真是魔鬼，就摸摸他们吧，你就会发现他们没有身体，只有一股气，外观只是个空样子。”

“感谢上帝，大人，我已经摸过了，”桑乔说，“这个挺热情的魔鬼身体还挺壮，跟我听说的那些魔鬼很不同。据说魔鬼发出的是硫黄石和其他怪味，可他身上的琥珀香味远在半里之外就可以闻到。”

桑乔说的是费尔南多。他是个有身份的人，所以身上有桑乔说的那种香味。

“你不必惊奇，桑乔，”唐吉诃德说，“我告诉你，魔鬼都很精明，他们本身有味，却从不散发出什么味道，因为他们只是精灵。即使散发出味道，也不会是什么好味，只能是恶臭。原因就是他们无论到哪儿，都离不开地狱，他们的痛苦也得不到任何解脱。而香味是令人身心愉快的物质，他们身上不可能发出香味。如果你觉得你从那个魔鬼身上闻到了你说的那股琥珀香味，肯定是你上当了。他就是想迷惑你，让你以为他不是魔鬼。”

主仆两人就这么说着话。费尔南多和卡德尼奥怕桑乔识破他们的计谋，因为现在桑乔已经有所察觉了，就决定赶紧启程。他们把店主叫到一旁，让他为罗西南多备好鞍，为桑乔的驴套上驮鞍。店主立刻照办了。这时神甫也已经同团丁们商量好，每天给他们一点儿钱，请他们一路护送到目的地。卡德尼奥把唐吉诃德的皮盾和铜盆挂在罗西南多鞍架的两侧，又示意桑乔骑上他的驴，牵着罗西南多的缰绳，让团丁拿着火枪走在牛车的两边。他们即将动身，客店主妇、她的女儿和丑女仆出来与唐吉诃德告别。她们装着为唐吉诃德的不幸而痛哭流泪。唐吉诃德对她们说：

“我的夫人们，不要哭，干我们这行的免不了要遭受一些不幸。如果连这种灾难都没遇到过，我也算不上著名的游侠骑士了。名气小的骑士不会遇到这种情况，因为世界上没有人记得他们的存在。可那些英勇的骑士就不同了，很多君主和骑士对他们的品德和勇气总是耿耿于怀，总是企图利用一些卑鄙的手段迫害好人。尽管如此，品德的力量又是强大的，仅凭它自己的力量，就足以战胜琐罗亚斯德[1]始创的各种妖术，克敌制胜，就像太阳出现在天空一样屹立于世界。美丽的夫人们，如果我曾对你们有什么失礼的地方，请你们原谅，那肯定是我无意中造成的，我不会故意伤害任何人。请你们祈求上帝把我从这个牢笼里解脱出来吧，是某个恶意的魔法师把我关进了牢笼。如果我能从牢笼里解脱出来，我一定不会忘记你们在这座城堡里施给我的恩德，一定会感谢你们，报答你们，为你们效劳。”

城堡的几位女人同唐吉诃德说话的时候，神甫和理发师也正在同费尔南多和他的伙伴，上尉和他的兄弟，以及那些兴高采烈的女子们，特别是多罗特亚和卢辛达告别。大家互相拥抱，商定以后要常联系。费尔南多还把自己的地址告诉了神甫，让神甫一定要把唐吉诃德的情况告诉他，说他最关心唐吉诃德的情况。他自己也会把神甫可能感兴趣的所有事情告诉他，例如他结婚、索赖达受洗礼、唐路易斯的情况、卢辛达回家等等。神甫说，如果费尔南多以后有求于自己，他一定会帮忙。两人再次拥抱，再次相约。店主跑到神甫身边，对神甫说，自己在曾经找到《无谓的猜疑》那篇故事的手提箱的衬层里又找到了一些手稿。既然手提箱的主人不会再到那儿去了，他自己又不喜欢看书，留着也没用，所以还是请神甫把手稿都带走吧。神甫对他表示感谢，然后翻开手稿，只见手稿的首页写着《林科内塔和科尔塔迪略的故事》，知道这是小说，而且估计到，既然《无谓的猜疑》写得不错，这部小说写得也不会差，因为都出自同一作者。神甫把手稿小心翼翼地收好，准备有空时再读。

---

① 琐罗亚斯德是古波斯宗教改革家、先知，是琐罗亚斯德教的创始人，据说是魔法的祖师。

神甫和理发师都上了马，他们脸上都带着面罩，以防唐吉诃德认出他们来，然后跟在牛车后面走着。牛车的主人赶着牛车走在最前面，团丁就像刚才说的，手持火枪走在牛车两侧，接着是桑乔骑着驴，手里还牵着罗西南多，再往后就是神甫和理发师。他们表情严肃，牛车走得很慢，他们也只能不慌不忙地跟在后面。

唐吉诃德伸直了腿坐在笼子里面，双手被捆着，倚着栅栏默不做声，态度安逸，看上去不像活人，倒像一尊石像。大家就这样静静地走了两西里地，来到一个山谷旁。牛车的主人想停下来休息一下，顺带给牛喂些饲料，就去同神甫商量。理发师认为应该再往前一段，他知道过了附近的山坡，那边山谷的草比这边还要多，还要好。牛车主人同意了。他们又继续向前走。

神甫这时回头发现后面来了六七个骑马的人，他们穿戴都很整齐。那些人不像他们那样慢吞吞地走，倒像是骑着几匹骡子的牧师，急急忙忙往不到一西里之遥的客店去午休的样子，所以很快就赶上了他们。那几个人客客气气地向他们问好。其中一人是托莱多的牧师，是那一行人的头领。他看见牛车、团丁、桑乔、罗西南多、神甫和理发师井然有序地行进着，而且还有个被囚禁在笼子里的唐吉诃德，不由得打听为什么要如此对待那个人，虽然他从戴着标记的团丁可以猜测出，那人准是个抢劫惯犯或其他什么罪犯，因为这种人都是由圣友团来处置的。被问的那个团丁说：

“大人，至于为什么要这样对待这个人，还是让他自己来说吧，我们不知道。”

唐吉诃德听见了他们的对话，说道：

“诸位骑士大人对游侠骑士的事精通吗？如果精通，我可以给你们讲讲我的不幸，否则我就没必要再费口舌了。”

神甫和理发师见那几个人同唐吉诃德说话，就赶紧过来，怕唐吉诃德说漏了嘴。

对于唐吉诃德的问话，牧师回答说：

“说实话，兄弟，有关骑士的书，我只读过比利亚尔潘多的《逻辑学基础》。要是这就够了，那就对我说吧。”

“说就说吧，”唐吉诃德说，“骑士大人，我想告诉你，我遭到几个恶毒的魔法师嫉妒和欺骗，被他们用魔法关进了这个笼子。好人受到坏蛋迫害的程度要比受到好人热爱的程度严重得多。我是个游侠骑士，可不是那种默默无闻的游侠骑士，而属于那种虽然遭到各种嫉妒以及波斯的巫师、印度的婆罗门、埃塞俄比亚的诡辩家的各种诋毁，他们的英名依然会长存于庙宇，供后人仿效的那种骑士。在以后的几个世纪里，所有企图获得最高荣誉的游侠骑士都应该步他们的后尘。”

“曼查的唐吉诃德大人说得对，”神甫这时说，“他被魔法制服在这辆车上并不是由于他犯了什么罪孽，而是由于那些对他的品德和勇气深感恼怒的家伙对他恶意陷害。大人，他就是猥猥骑士，也许您以前听说过这个名字。无论嫉妒他的人如何企图使他黯然失色，用心险恶地企图湮没他的英名，他的英雄事迹都将被铭刻在坚硬的青铜器和永存的大理石上。”

牧师听到这些人都如此说话，不知到底发生了什么事情，惊奇得直要画十字。其他随行的人也颇感诧异。桑乔听见他们说话，又跑过来节外生枝地说：

“不管我说的你们愿意不愿意听，大人们，要是说我的主人唐吉诃德中了魔法，那么我母亲也中了魔法。我的主人现在思维很清楚，他能吃能喝，也像别人一样解手，跟昨天把他关起来之前一样。既然这样，你们怎么能让我相信他中了魔法呢？我听很多人说过，中了魔法的人不吃不喝，也不说话。可我的主人，若是没人看着他，他能说起来没完。”

他又转过身来对神甫说道：

“喂，神甫大人，神甫大人，您以为我没认出您吗？您以为我没有看穿你们用这套新魔法想干什么吗？告诉您，您就是把脸遮得再严实，我也能认出您来。您就是再要您的把戏，我也知道您想干什么。一句话，有嫉妒就没有美德，有吝啬就没有慷慨。该死的魔鬼！如果不是因为您，我的主人现在早就同米科米科娜公主结婚了。不说别的，就凭我的猥猥大人的乐善好施或者我的劳苦功高，我至少也是个伯爵了。不过，看来还是俗话说得对，‘命运之轮比磨碾子转得快’，‘昨天座上宾，今日阶下囚’。我为我的孩子和老婆难过，他们本来完全可以指望我作为某个岛屿或王国的总督荣归故里，现在却只能见我当了个马夫就回来了。神甫大人，我说这些只是为了奉劝您拍拍自己的良心，您这样虐待我的主人，对得起他吗？您把我的主人关起来，在此期间他不能济贫行善，您不怕为此而承担责任，上帝将来要找您算账吗？”

“给我住嘴！”理发师说，“桑乔，你是不是变得和你的主人一样了？上帝啊，我看你也该进笼子跟他做伴去了。活该你倒霉，让人灌得满脑子都是什么许愿，成天想什么岛屿！”

“我没让人往我脑子里灌什么东西，”桑乔说，“我也不会让人往我脑子里灌东西，就是国王也不行。我虽然穷，可毕竟是老基督徒了，从不欠别人什么。要说我贪图岛屿,那别人还贪图更大的东西呢。‘境遇好坏，全看自己’。‘今日人下人，明日人上人’，更何况只是个岛屿的总督呢。我的主人可以征服许多岛屿，甚至会多得没人可给呢。您说话注意点儿，理发师大人，别以为什么都跟刮胡子似的，人跟人还不一样呢。咱们都认识，别拿我当傻子蒙。至于我主人是不是中了魔法，上帝才知道，咱们还是就此打住吧，少谈为妙。”

理发师不想搭理桑乔了，免得他和神甫精心策划的行动被这个头脑简单的桑乔说漏了。神甫也怕桑乔说漏了，就叫牧师向前走一步，自己可以解答这个被关在笼子里的人的秘密，以及其他使他感兴趣的东西。

牧师向前走了一步，他的随从也跟着向前走了一步。牧师认真地听神甫介绍唐吉诃德的性情、生活习惯和疯癫的情况。神甫还向牧师简单介绍了唐吉诃德疯癫病的起因，以及后来发生的种种事情，一直讲到他们把他放进笼子，想把他带回故乡去，看看是否有办法治好他的疯病。牧师和他的随从们听了唐吉诃德的怪事再度感到惊异。牧师听完说：

“神甫大人，我的确认为所谓骑士小说对国家是有害的。虽然过去我闲着无聊的时候，几乎看过所有出版的骑士小说的开头，可是从没有踏踏实实地把任何一本小说从头看到尾，因为我觉得这些小说写的差不多都是一回事，有很多雷同之处。我估计这类小说源于所谓米利都[①]神话，荒诞不经，只能供人消遣，而没有教育意义。它们与那些寓教于趣的寓言故事不同，其主要意图在于消遣，可是，我不知道满篇胡言怎么能达到消遣的目的。人只有从他见到或想象到的东西中看到或欣赏到美与和谐，才会享受到愉悦，而那些丑陋的东西绝不会给我们产生任何快感。

“如果一部小说或一个神话里说，一个十六岁的孩子一剑将一个高塔般的巨人像切糖果条似的一劈两半，或者为了渲染战斗的气氛，先是说小说的主人公面前有一百万敌兵，然后尽管我们不愿意，也得让我们相信这个骑士仅凭他的健臂的力量就取得了胜利，这种小说无论从主题到内容有什么美可言呢？如果一个女王或皇后轻率地投入了一个并不知名的游侠骑士的怀抱，那我们说什么好呢？说一座挤满了骑士的塔像船一样在海上乘风前行，今晚还在伦巴第，明早就到了教士国王的领土或者其他连托勒密都不曾描述，马可·波罗都没见过的什么地方，这种东西，除了粗野无知的人以外，哪个有文化的人会喜欢读呢？如果有人说，这种书编的就是虚构的事情，因而没有必要去追究它的细节和真实性，那么我要说，编得越接近真实才越好，编得越减少读者的怀疑，越具有可能性才越好。虚构的神话应当与读者的意识吻合，变不可能为可能，克服艰险，振奋精神，让人感到惊奇、兴奋和轻松，惊喜交加。不过，所有这些都不能脱离真实性和客观性，这样写出来的东西才算完美。

“我没见过哪本骑士小说能够称得上一个完整的神话故事，做到中间部分与开头呼应，结尾与中间部分呼应，都是七拼八凑，让人觉得它不是要创造出一个合理的形象，却存心要制造一个妖怪。除此之外，它的文笔晦涩，情节荒谬，爱情庸俗，礼仪不拘，还有冗长的战争描写，偏激的谈话，光怪陆离的行程。一句话，全无适当的写作技巧，实在应该从基督教国家清除出去，就像对待那些无用的人一样。”

---

① 米利都是古代小亚细亚城市。

神甫一直认真地听牧师讲述，觉得他是个很有见解的人，说得完全对。于是神甫对牧师说，他自己也是这种看法，而且对骑士小说很反感，已经烧掉了唐吉诃德的许多骑士小说。神甫又告诉牧师，他们曾检查过唐吉诃德的藏书，有的判处火刑，有的予以豁免。牧师听了不禁大笑，说自己虽然列举了骑士小说的许多坏处，可它还有一个好处，那就是可以在内容上让有想象力的人充分表现自己。它提供了广阔的创作天地，让人无拘无束地任意编写，可以写海上遇难、暴风骤雨或大战小冲突，也可以让人任意描写一位勇敢的上尉的各个方面：英勇机智，对狡猾的敌人神机妙算；巧舌如簧，可以做战士的思想工作；深思熟虑又当机立断，无论战前还是战时都很勇敢。它时而描写悲惨的事件，时而记述意外的惊喜；那儿写一个美貌绝伦的夫人正直、机警而又庄重，这儿写一个基督教骑士勇敢而又谦恭；此处写一个凶残蛮横的无赖，彼处写一个彬彬有礼、智勇双全的王子；还可以表现臣民的善良与忠诚，君主的伟大与高贵。

"作者可以自诩为星相家或者杰出的宇宙学家，可以是音乐家，也可以精通国家政务，如果他愿意的话，还可以当巫师。他可以表现尤利西斯的机智、埃涅阿斯的同情心、阿基琉斯[①]的勇敢、赫克托尔[②]的不幸、西农[③]的叛逆、欧律阿勒[④]的亲密、亚历山大的大度、恺撒的胆略、图拉真[⑤]的宽厚和真诚、索皮罗[⑥]的忠实和卡顿的审慎，总之，既可以将这些优秀品质集于一身，也可以分散在许多人身上。只要笔意超逸，构思巧妙，而且尽可能地接近于现实，就一定会做到主题新颖，达到完美的境地，实现作品的最佳目的。就像我刚才说的，就是寓教于趣。这种不受约束的写作可以使作者以诗与议论的各种美妙手法写出史诗、抒情诗、悲剧、喜剧来。史诗也可以用散文和诗写出来。"

---

① 阿基琉斯是荷马史诗《伊利亚特》中的希腊英雄。

② 赫克托尔是荷马史诗《伊利亚特》中的特洛伊主将。

③ 西农是希腊士兵，故意让特洛伊人俘虏，并劝他们把木马拖进城。

④ 欧律阿勒是希腊神话中的三女怪之一。

⑤ 图拉真是古罗马皇帝。

⑥ 索皮罗是古波斯的将领。

第四十八章　牧师谈论骑士小说以及其他事

“你说得对，牧师大人，”神甫说，“因此，现在已经出版的这类书都应该屏弃。它们没有任何教育意义可言，也没有遵循艺术规律，不可能产生出像希腊和罗马两位诗坛王子[①]的诗歌创作中那样优秀的作品来。”

“不过，我曾试图按照我刚才说的那些观点创作一部骑士小说。”牧师说，“不瞒你说，我已经写了一百多页。为了检验我的这种尝试是否符合我的意图，我曾与一些喜爱这类传奇的学者和一味喜欢听荒唐故事的下等人接触过，他们都对我的做法予以肯定。尽管如此，我并没有继续把小说写下去。一方面我觉得这种事情与我的职业无关；另一方面是因为我发现平庸之辈毕竟多于文人墨客，受到少数雅士学者赞扬比受到多数头脑简单的人嘲笑要好。我不愿意曲意迎合妄自尊大的平民市侩，而这种人大部分都喜欢看这类小说。

“不过，让我辍笔不想继续写下去的最主要原因，就是我曾从现在上演的喜剧中得出一个结论：现在风靡于世的都是这种戏剧，它们无论出于虚构还是根据历史改编的，都是彻头彻尾的胡编乱造。尽管这些戏远非好戏，可老百姓却看得津津有味，说这是好戏。创作戏剧的编剧和演戏的演员们都说就得这样，因为老百姓喜欢。另一方面，那些按照艺术要求编排的剧作却只有寥寥几个有学识的人欣赏，其他人对它的艺术技巧全然不知。所以，这些编剧和演员宁愿靠迎合多数人吃饭，而不愿只为少数人服务。我的书也会是这样。如果我想保持它的艺术性，即使我呕心沥血地写出来，也只能落个费力不讨好的结局。

① 此处指荷马和维吉尔。

"虽然有几次，我力图劝阻那些演员不要自欺欺人，上演具有艺术性而不是荒谬的戏剧同样可以吸引很多观众，赢得很高的声誉，但他们仍然固执己见，对你讲的道理和列举的例子根本不予理睬。

"记得有一天，我对一个顽固分子说:'告诉我，你是不是还记得，几年前在西班牙上演了一位著名作家创作的三部悲剧，真是做到了雅俗共赏，而且演员们演这三部戏得到的钱比后来上演三十部上座率很高的戏赚的还多?'

"'不错，'那位艺术家说，'您大概是指《伊萨贝拉》《菲丽斯》和《亚历杭德拉》[1]吧。'

"'就是它们，'我说，'这些剧目保持了自己的艺术特性，可并没有因此不受到人们的喜欢。因此，不能怪老百姓非要看那些胡编乱造的东西不可，而要怪演员们只会演那些东西。的确，《恩将仇报》就没有那些乌七八糟的东西，《努曼西亚》也没有，《多情商人》也是如此，《可爱的冤家》就更别提了。还有一些很有水平的作家编的一些剧目，作者出了名，演员得了利。'我觉得他听了有些动摇，却并没有因此被说服，自然不肯抛弃他的错误观念。"

"您一谈到这点，牧师大人，"神甫说，"就勾起了我对现在风行的喜剧早已形成的愤恨，就像我现在对骑士小说的愤恨一样。我觉得喜剧应该像图利奥说的，是人类生活的反映、世俗的典范和真理的再现。可现在上演的这些东西都是荒诞离奇的反映、愚昧的典范和淫荡的再现。戏的第一幕第一场里还是个幼稚无知的女孩，第二场就成了老态龙钟的男人，还有什么比这更离奇吗?剧目向我们表现的是老人勇敢，年轻人怯懦，用人能言善辩，侍童足智多谋，国王粗俗鄙陋，公主为人浅薄，难道还不荒唐吗?他们是否注意到了剧目情节的时空呢?我曾看过一出喜剧，开始第一场演在欧洲的事，第二场就到了亚洲，第三场结束时已经跑到非洲去了。假如有第四场，那么肯定演到美洲去了，这样世界各地就都演到了。既然如此，我还有什么好说的呢?

---

① 这三部悲剧的作者均为卢佩西奥·莱昂纳多·德阿亨索拉。

“忠实是喜剧的关键，可是有的人假设一个剧情发生在丕平国王[①]和卡洛曼国王[②]的时代，却又让希拉克略皇帝[③]做主角。他手持十字架进入耶路撒冷，又像布荣的哥德夫利[④]一样占领了圣陵[⑤]，而他们却相隔多年。把喜剧建立在杜撰的基础上，却又加上史实，中间再掺入一些不同时期的不同人物，让人看着觉得并不可信，而且还有许多无法解释的明显错误，这种戏剧，即使一个中等水平的观众看了，能够满意吗？最糟糕的就是那些孤陋寡闻的人竟说这种戏剧已经至善至美，如果再对它们提出什么要求，那就是鸡蛋里挑骨头。咱们再来看看神话剧又怎么样呢？这种戏剧里编造了多少奇迹，多少虚假晦涩的东西，把其他人的奇迹安到一个圣人身上！而在世俗剧里也编造奇迹，一味地觉得加进了这种奇迹或者他们称作表现手段的东西，那些愚昧无知的人就会来看戏，为戏叫好。这种做法不尊重事实，不尊重历史，而且也是对西班牙文人学者的侮辱，因为其他国家的人仍然恪守喜剧的原则，见我们如此荒谬，会把我们看成野蛮无知的人。有人说，在一些治理有方的国家里允许演出喜剧，以供大众有正当的消遣，避免那些由无聊产生的低级趣味。所有喜剧不管是好戏还是坏戏，都能起到这个作用。所以，没有必要画出框框，规定编剧和演员应该如何去做。因为就像刚才说的，无论怎样，戏都可以起到这种作用。可是，他们这样说，并不能为自己开脱。

“我对此的回答是，即使出于这个目的，好戏要比不那么好的戏作用大得多，是坏戏远不能相比的。一部精心雕琢、编排合理的喜剧，观众可以开心于它的诙谐，受教于它的真谛，意外于它的情节，受启迪于它的情理，可以在狡诈中学会警觉，可以在典范中学到睿智，可以对丑恶愤愤不平，也可以为高尚品质赞叹不已。所有这些都是一部好喜剧应该在观众的精神上产生的效果，不管这些观众的文化素质有

---

① 丕平国王是8世纪的意大利国王。而丕平一世、二世则是法国加洛林王朝阿基坦的国王。

② 卡洛曼是9世纪的西法兰克国王。

③ 希拉克略又译赫拉克利乌斯，是7世纪东罗马帝国即拜占庭帝国的皇帝。

④ 欧洲第一次十字军东侵的首领之一，1099年7月参加攻占耶路撒冷。

⑤ 指耶稣基督的陵墓，或建在耶稣受难与埋葬原址的教堂。

多么低下。如果一部喜剧具备了上述各种条件，就一定会使观众感到愉快、轻松、高兴和满意，而且会远远超过那些现在上演的普遍缺乏上述条件的喜剧。编写了这种缺乏上述条件的喜剧的作家们并没有过错，因为其中一些作家十分清楚自己的错误所在，他们完全知道自己应该怎样做。可是因为喜剧已经成为一种可出售的商品，他们也是这么说的，而且他们说得也对，若不是这类剧本，演员们就不会出钱买，所以，作家就得按照购买他的剧本的演员的要求去写作。从这儿就可以看出，为什么我们这个王国的一位极其幸运的才子[①]倜傥儒雅，谈吐风趣，诗句华丽，妙语横生，言近旨远，总之，风格高雅隽永，蜚声世界，可是他为了迎合演员的口味，除了少数几部作品之外，都没能达到应有的完美的水平。

“还有一些作家写作时欠考虑，编写了有损于某些国王或败坏了某些家族的名誉的戏剧，所以演员们演完戏后就得赶紧逃走，免得受到惩罚。他们常常为此受到惩罚。这些以及其他一些我还未说到的麻烦，只要宫廷里专设一个聪明而又谨慎的人，负责在所有喜剧上演之前审查剧本，就可以避免。这个人不仅要负责在宫廷里演的戏，而且要负责在西班牙上演的所有喜剧。没有他的批准、盖章、签字，各地机构都不允许任何喜剧上演。这样，喜剧家们在把他们的剧本送往宫廷之前就会小心多了，得估计他们的剧本能否被允许上演。而剧作家也会格外小心仔细，考虑到他们编的喜剧会受到某个行家的严格审查。如果能这样，就会出现优秀喜剧，就会顺利实现喜剧的宗旨，也就能使西班牙的群众得到了消遣，学者受到了尊重，演员们可以安心演戏赚钱，不必担心受到惩罚。

“如果由另外一个人，或者就是由这个行家本人负责审查新编写的骑士小说，那么肯定会出现一些您说的那样的优秀小说，可以丰富我们的语言宝库，使那些旧小说与新出版的文明消遣小说相比黯然失色。文明消遣不仅空闲的人需要，而且繁忙的人也需要，因为弓不能总是绷紧的，人类体质的孱弱性决定了没有正常的消遣，人的生命就

① 此处影射西班牙作家洛贝·德·维加。

不能维持。”

牧师和神甫正说着话，理发师赶到他们身边，对神甫说：

“神甫大人，这就是我说的那个适合我们午休，而且牛也可以得到丰盛水草的地方。”

“我也这样认为。”神甫说。

神甫把自己的想法告诉了牧师。牧师被眼前美丽的山谷吸引，也愿意停下来同他们一起休息，而且他觉得同神甫谈得很投机，还想从他那儿再听到一些唐吉诃德的事情。于是，牧师吩咐一个随从到前面不远的客店去给大家弄些吃的，他想就在那个地方午休。用人说他们那头驮驴已经到了客店，它驮的食物足够大家用的，只需在客店弄些大麦就够了。

“既然这样，你就把所有牲口都赶到客店去，把那头驮驴牵回来。”

桑乔本来就怀疑这两个人是神甫和理发师，此时见他们不在唐吉诃德身边，就赶紧来到关唐吉诃德的笼子旁，对唐吉诃德说：

“关于您被魔法制服的事，我想对您说说我的心里话。我告诉您，这两个蒙面人就是咱们那儿的神甫和理发师。我猜他们设计这样送您走，纯粹是由于您做了一些声名显赫的业绩，超过了他们。假如我这个猜测是真的，就可以断定您并不是中了魔法，而是上当犯傻了。为了证明这点，我想问您一件事，如果您回答得与我估计的一样，这个骗局就昭然若揭了。由此您就会明白，您并不是中了魔法，而是精神错乱了。”

“你随便问，亲爱的桑乔，”唐吉诃德说，“我一定会诚心诚意地满足你的要求。你说，同咱们一起走的那两个人是咱们熟悉的神甫和理发师。很可能他们特别像神甫和理发师，但要说他们就是，那是万万不可相信的。你应该相信和清楚，如果他们真像你说的那样是神甫和理发师，那一定是对我施了魔法的妖怪让他们变得很像神甫和理发师。它们要想变出什么模样来都易如反掌。而妖怪要变出我们朋友的模样，就是为了让你的意识陷入迷魂阵，你就是有英雄忒修斯的本事也不会解脱出来。它们这样做还是为了让我对自己的意识产生怀疑，看不出我的遭遇从何而来。你可以认为与咱们同行的是咱们村上的神甫和理发师；可我被关在笼子里，仍然认为如果不是一种超自然的力量，人类的力量远不足以把我关进笼子里。除了说妖怪在我身上施的魔法已经大大超过了我在所有骑士小说里看到的对游侠骑士施的魔法之外，还能说明什么呢？你完全不必相信他们是你说的什么神甫和理发师，就像我不是土耳其人一样。至于你想问点什么，你就问吧，你就是从现在问到明天早晨，我也会一一回答你。”

“圣母保佑！”桑乔说，“您真的这么死脑筋，没脑子，看不出我对您说的全是真的吗？看不出您被关在这儿不是有什么魔法，而是有人陷害？但愿上帝能够把您从这场苦难中解救出来，让您意想不到地投入杜尔西内亚夫人的怀抱。”

“我刚刚发过誓，”唐吉诃德说，“你随便问，我一定如实回答。”

“我要求您，也希望您能够一五一十地回答，”桑乔说，“就像那些从武的战士说实话一样。您就是从武的，您得以游侠……骑士的名义……”

“我不会撒任何谎，”唐吉诃德说，“你该问了，别这么多‘除非如此’、‘向天发誓’、‘有言在先’什么的，桑乔。”

“我敢肯定我的主人是老实人，说实话。因为这同咱们说的事情有关，所以，我认真地问您，自从您被关进笼子后，或者如您说的被魔法制服在这个笼子里以后，您是不是想过人们常说的大小便？”

“我不懂什么便不便的，桑乔，你想问什么就直接问。”

“您不懂什么叫大小便，这可能吗？学校里骂男孩子就这么说。我是说您想不想做那个不能不做的事情？”

“噢，现在我明白了，桑乔！我想过很多次，现在就想。快把我弄出去，别把这儿弄脏了！”

第四十九章
桑乔同唐吉诃德颇有见地的谈话

“对，”桑乔说，“这下才算说着了。这也就是我最想知道的事情。您说，大人，比如说有个人身体不舒服，大家常说：‘这个人怎么回事？不吃不喝不睡觉，问他什么话他也说得文不对题，像中了邪似的。’这点您不否认吧？由此可见，不吃不喝不睡觉，也不做我说的那种本能的事情，这样的人才算中了魔法。可像您这样，给喝就喝，有吃就吃，有问必答，就不算是中了魔法。”

“你说得对，桑乔，”唐吉诃德说，“不过我已经对你说过，魔法有多种，可能时过境迁，现在中了魔法的人都能像我现在这样，虽然以前中了魔法的人并不是这样。每个时期有每个时期的做法，不能一概而论。我自己清楚我已经中了魔法，这就足以让我心平气和了。如果我认为我并没有中魔法，却因为怯懦懒惰而甘愿被关在笼子里，辜负了那些正急需我帮助和保护的穷苦人，我的心情就会很沉重。”

“话虽然是这么说，”桑乔说，“为了验证一下，您最好试着从这个牢笼里出来，我也会尽全力帮助您。您出来后，再试着骑上罗西南多。看它垂头丧气的样子，大概它也中了魔。然后咱们再去试着寻险。假如不行，您还有时间回到笼子里去。我以一个忠厚侍从的名义向天发誓，万一由于您运气不佳或者由于我考虑得过于简单，事情没有成功，我一定陪您在笼子里待着。”

“我很愿意按你说的去做，桑乔兄弟。”唐吉诃德说，“你找到机会让我脱身的时候，我完全听你的。不过桑乔，到时候你就知道了，你对我的遭遇还没有弄清是怎么回事。”

游侠骑士和这位游而不侠的侍从边走边聊，来到神甫、牧师和理发师面前，他们早已下马在前面等候了。赶牛车的人把牛从轭上解下来，任它们在那个碧翠清幽的地方走动。秀色可餐对于中了魔法的唐吉诃德来说无所谓，却令包括桑乔在内的明白人流连忘返。桑乔请求神甫让他的主人出来一会儿，否则笼子就会弄脏了，这与他主人这样的身份不符。神甫表示理解，说自己非常愿意满足他的要求，可是怕他的主人一旦获得自由，就我行我素，跑得无影无踪。

"我保证他不会跑。"桑乔说。

"我也可以保证，"牧师说，"不过他得以骑士的名义保证，除非我们同意，决不离开我们。"

"我保证，"唐吉诃德说，刚才那些对话他全听到了，"特别是像我这样中了魔法的人，已经身不由己，因为如果对某人施了魔法，就可以让他几百年原地不动。即使他跑了，也可以让他从天上飞回来。"唐吉诃德说，因此完全可以把他放出来，而且这对大家都有好处，否则大家的鼻子就不会太好受了，除非他们走开。

牧师扶着唐吉诃德的一只手，当时唐吉诃德的两只手仍然被捆在一起，让他郑重发誓，然后才把他从笼子里放出来。唐吉诃德见自己已从笼子里出来，简直乐坏了。他做的第一件事就是伸了个大懒腰，接着就跑到罗西南多身边，在马屁股上拍了两下，说道：

"马匹之精华，我相信上帝和他慈祥的圣母很快就会让咱们如愿以偿。那就是你驮着你的主人，我骑在你的背上，去行使上帝派我到世上来承担的职责。"

唐吉诃德说完就同桑乔走到偏僻之处去了。回来后他感觉轻松多了，因此便更急于实施桑乔安排的计划。

牧师看着唐吉诃德，对他如此怪异感到惊奇，同他谈论什么，他的思维都显得很明智，唯独一谈到骑士道，像前几次一样，他就犯糊涂了。牧师不禁动了恻隐之心。当大家在草地上坐下，等待牧师安排的食物时，牧师对唐吉诃德说：

"贵族大人，您读了那些低级无聊的骑士小说，是非不分，真假不辨，竟然相信您中了魔法以及其他诸如此类的事情。一个正常人的头脑怎么会相信世界上有那么多阿马迪斯，有不计其数的著名骑士，有特拉彼松达的皇帝，有费利克斯马尔特·德伊尔卡尼亚，有游侠少女的坐骑，有毒蛇、妖怪和巨人，有惊险奇遇和激烈的战斗，有各种各样的魔法，有华丽的服装、多情的公主、伯爵侍从、滑稽的侏儒，有缠绵的情书和话语，有烈女以及骑士小说里的各种稀奇古怪的事情？我看这些书的时候，如果不想到那全是胡编乱造，也许会有某种快感。可一想到它们竟是那类东西，就想把它们往墙上摔，如果附近或旁边有火，还要把它们扔到火里去。它们妖言惑众，不顾常情，使那些无知的百姓竟然对它们的胡言乱语信以为真，就像那些散布邪说的人一样，理应受到这种惩罚。而且，它们竟迷惑了许多精明的学者和豪门贵族，这一点从您身上就明显表现出来。这些小说导致您最终被人关进笼子，用牛车拉着，就像拉个狮子或老虎到处展览，以此赚钱。唐吉诃德大人呀，您应该为自己感到悲哀，改邪归正，利用老天赐给您的一切，利用您高度的聪明智慧，阅读其他有益于您身心的书籍，也可以提高自己的声誉。

“如果您天生喜欢读有关英雄业绩的书,您可以读《圣经》的《士师记》，那里有许多真正的勇士的伟大业绩。卢西塔尼亚有维里阿图，罗马有恺撒，迦太基有阿尼瓦尔，希腊有亚历山大，卡斯蒂利亚有费尔南·冈萨雷斯伯爵，瓦伦西亚有熙德，安达卢西亚有贡萨洛·费尔南德斯，埃斯特雷马杜拉有迭戈·加西亚·德帕雷德斯，赫雷斯有加尔西，托莱多有加尔西拉索，塞维利亚有唐曼努埃尔·德莱昂，阅读有关这些人的英雄事迹的书既可以让人得到消遣，又可以受到教育，即使很有学识的文人读起来也会饶有兴趣，叹为观止。

“这种书才是像您这样聪明的人读的，唐吉诃德大人。这种书可以让人增长历史知识，陶冶性情，学到优秀品德，改善人的举止，无所畏惧，大胆勇猛。这些可以给上帝带来荣誉，而且更重要的是，在我看来，也为您的故乡曼查赢得名声。”

唐吉诃德一直极其认真地听牧师陈述。他见牧师说完了，又看了牧师好一会儿，才说道：

“贵族大人，我觉得您这番话的目的是要让我相信世界上根本没有游侠骑士，而且所有骑士小说都是胡言乱语，对国家有害无益。我不应该读，更不应该相信它们，更糟糕的是我还模仿它们，按照它们的样子投身于游侠骑士这一极其艰苦的行业。同时您还反驳我说，无论是高卢还是希腊，从来就没有阿马迪斯，也没有骑士小说中通篇出现的其他骑士。”

“确实如此。”牧师说。

唐吉诃德说道：

“您还补充说这些骑士小说深深毒害了我，使我失去了理智，最后被关进笼子，因此我应该改弦易辙，阅读其他一些真正能够寓教于趣的书。”

“是这样。”牧师说。

“可我认为，”唐吉诃德说，“失去理智并且中了邪的正是您。您竟大放厥词，反对这项在世界上如此受欢迎、如此受重视的事物。您读骑士小说时感到气愤，认为应该对骑士小说施行惩罚。其实，正是像您这样反对这种事物的人，才应该受到您刚才说到的惩罚。您想让人们相信世界上从来没有阿马迪斯，也没有骑士小说里随处可见的其他征险骑士，就好比想让人相信太阳不发光，寒冰不冻人，大地不能养育万物一样。世界上哪位学者能够让别人相信佛罗里佩斯公主和吉·德波尔戈尼亚的事以及卡洛曼时期的菲耶拉布拉斯和曼蒂布莱大桥的事呢？而这是千真万确的，无可置疑。如果说这是谎言，就好比说世界上没有赫克托耳，没有阿基琉斯，没有特洛伊战争，没有法国十二廷臣，没有英格兰的亚瑟王一样，而亚瑟王现在已经变成了一只乌鸦，他的王国正翘首企盼着他的归来。还有人竟敢说瓜里诺·梅斯基诺和寻找圣杯[①]的事是编造的，说特里斯坦和艾斯厄王后的爱情，以及希夫内拉和兰萨罗特的爱情是杜撰的。现在还有人记得曾经见过女仆金塔尼奥纳，她是英国最高级的斟酒女。这里绝无虚假。我记得我祖母见到某个女仆戴着大头巾时总对我说：‘孩子，那个女仆就特别像金塔尼奥纳。’由此我可以认定祖母大概认识她，至少曾见过她的画像。谁能说皮埃尔斯和美丽的马加洛纳的事不是真的呢？

---

① 圣杯是神话和骑士小说中耶稣最后一次晚餐时用的杯子。

皇家兵器博物馆里至今还陈列着勇敢的皮埃尔斯在空中调转他骑的那匹木马时使用的销钉，那个销钉的个儿比车辕还大点儿呢。销钉的旁边就是巴比加的鞍子。罗尔丹的号角足有房梁那么大，现在就陈列在龙塞斯瓦列斯。由此可见，十二廷臣确实存在，皮埃尔斯存在，熙德和其他此类的骑士也存在，他们都曾四处征险。勇敢的卢西塔尼亚游侠骑十胡安·德梅尔洛曾见到过波尔戈尼亚，并且在拉斯城同查尔尼大名鼎鼎的皮埃尔斯穆绅[①]交锋，后来又在巴西莱亚城同恩里克·德雷梅斯坦穆绅作战，结果两次他都获胜了，从此闻名遐迩。如果不是确有其事，人们就会告诉我，这些全是假的。西班牙的勇士佩德罗·巴尔瓦和古铁雷·基哈达，说起来我还是基哈达家族的直系后裔呢，他们也是在波尔戈尼亚征险挑战，战胜了圣波洛伯爵的后代们。

“还有人否认费尔南多·德格瓦拉曾到德国征险，并且同奥地利公爵家族的骑士豪尔赫先生搏斗，说苏埃罗在帕索的枪术对练比赛是胡闹，否认路易斯·德法尔塞斯穆绅同西班牙骑士唐贡萨洛·德古斯曼的比赛，以及西班牙和其他王国的骑士那些不可置疑的丰功伟绩。我再重复一遍，否认这些是毫无道理的。”

牧师对唐吉诃德如此混淆是非，以及他对所有与游侠骑士有关的事情了如指掌而深感惊讶。他说道：

“唐吉诃德大人，我不能说您讲的全不是事实，特别是那些有关西班牙骑士的情况。同时我也承认法国有十二廷臣，可是我不能相信蒂尔潘大主教写的有关他们的所有东西。实际上，他们是法国国王挑选出来的骑士，具有同样的意志、素质和勇气，至少他们应该是这样的。他们就像现在的圣地亚哥或卡拉特拉瓦的宗教团，能够参加这种组织的应该是出身高贵的勇敢骑士。就好像现在说‘圣胡安的骑士’或‘阿尔坎塔拉的骑士’一样，那时候称他们为‘十二廷臣骑士’，他们是为这个军事组织选择出来的十二个成员。

① 穆绅是古时西班牙的阿拉贡地区对二等贵族的称号，后来在某些地区改作尊称。

“说世界上有熙德，这没什么疑问，贝纳尔多·德尔卡皮奥就更不用说了。可您说到皇家兵器博物馆里巴比加的鞍子旁边有皮埃尔斯伯爵的那个销钉，恕我孤陋寡闻，眼光不锐利，我看见过那个鞍子，却从未看见什么销钉，而且竟像您说的那么大。”

“肯定就在那儿，”唐吉诃德说，“说得再具体一点，据说是放在一个牛皮袋里，以免生锈。”

“这都有可能，”牧师说，“可我凭我的教职发誓，我不记得我曾见过它。而且就算那儿有销钉，我也不能因此就相信那么多阿马迪斯的故事，也不相信真像人们说的有那么多骑士。像您这样品德高贵、思想敏锐的人，不应该相信骑士小说中胡诌的那些荒诞不经的事情都是真的。”

第五十章　唐吉诃德同牧师唇枪舌剑及其他

“真新鲜！”唐吉诃德说，“这些小说是经过国王允许、有关人员批准才出版的。无论大人还是小孩，穷人还是富翁，学者还是老粗，平民还是骑士，一句话，无论什么情况的人都喜欢读，都很欣赏它们。它们的真实性显而易见，把某个或某些骑士的父母、祖籍、亲属、年龄、所在地和事迹都详详细细、逐天逐日地告诉我们，难道是胡说八道吗？

“请您住嘴，不要再亵渎神明了。您还是听从我的劝告，做得明智些，去读读这些小说吧，那么您就会发现其乐无穷。不信您听我说，假设我们面前有个沸腾的淡水湖，湖里有很多怪蛇、蜥蜴和其他许多可怕的动物穿梭游弋。这时湖中心传出一个极其凄切的声音，说道：‘你，骑士，或者不管你是什么人，你如果想得到你面前这个可怕的湖泊黑水下面的宝贝，就要拿出你的勇气，跳进这滚滚的沸水里去。你如果不跳进去，就不配看到这下面七仙女城堡的良辰美景。’骑士听完这可怕的声音，丝毫不考虑对自己会有什么危险，甚至来不及脱掉身上沉重的甲胄，只请求上帝和自己的意中人保佑自己，便纵身跳进了沸腾的湖泊。他还没明白自己究竟到了什么地方，就已经来到了一个花团锦簇的原野上。它如此美丽，连厄吕西翁[①]都无法与之比拟。

“他觉得那里的天空格外晴朗，太阳的光芒格外明亮，眼前一片绿草如茵，树木苍郁，青翠欲滴，秀色可餐。无数只各种花色的小鸟在枝叶丛中穿梭，啼声婉转。一条清凉的小溪流淌在细沙和白卵石上，仿佛液体水晶流淌在金粉纯珠上。那边有一座用斑纹大理石和单色大理石精雕细琢的喷泉，这边另有一座喷泉却显得纯朴自然，精细的贝壳和白色、黄色的蜗牛壳错落有致地镶嵌在上面，与斑斑点点的发光晶体和祖母绿交织在一起，形成了一幅五彩缤纷的作品，真可谓巧夺天工。

“再往前，只见一座坚实的城堡或引人注目的要塞，黄金的围墙，钻石的城堞，紫晶石的门，总之，它的建筑材料里不乏钻石、红宝石、珍珠、金子和祖母绿，令人叹为观止。此时，从城门里出来一大群少女，衣着鲜艳华丽，如果我现在按照书上记述的那样给你们讲一遍，那且讲不完呢。其中一个大概是管事的少女，拉起了那位勇敢跳进沸腾湖水的英武骑士的手，不声不响地把他带进那座辉煌的要塞或城堡，把他的衣服脱得一干二净，用温水为他洗澡，然后又往他全身涂香脂，给他穿上一件香气扑鼻的极薄的纱衣。另外又过来一位少女，在他肩上披了一条大披巾，那披巾据说价值连城，甚至还不止如此呢。后来又怎么样？少女们又把他带进一个客厅，里面已经摆上宴席，其精美程度令人叹服。你再看往他手上洒的洗手水，都是滤过的香花水。少女们又扶他坐在一把象牙椅上，而且在服侍他的过程中始终一声不响。她们又为他端来各种佳肴，全都美味可口，骑士竟不知该从何下箸。他吃饭的时候还可以听到音乐声，却不知是谁在演奏，在哪里演奏。餐毕撤掉了桌子，骑士躺到椅子上，习惯地剔起牙来。忽然，另

① 厄吕西翁是希腊神话中信徒和阴魂居住的乐土。

一个美人走进客厅，坐在骑士身旁，向他讲述那是一座什么样的城堡，自己又是如何被魔法弄进城堡的等等，无论是骑士还是小说的读者都会为之惊奇。

“我不想再冗述下去了。不过由此可以看出，无论什么人，无论读到游侠骑士小说的哪一部分，都会感到愉快和惊奇。请您相信我，就像我刚才说的，读读这些小说，就会知道它如何能够驱除烦恼，陶冶性情。

“就我而言，可以说我是个勇敢大胆、谦恭有礼、豪爽大方、温文尔雅、颇有教养、吃苦耐劳、忍受魔法的游侠骑士。虽然我刚刚还像疯子似的被关在笼子里，我想，凭我臂膀的力量和老天保佑，我很快就会成为某个王国的国王，那时候我就可以显示出我知恩图报，胸襟宽广。大人，我相信穷人永远无法向任何人表示他的慷慨豪情，尽管他对此有强烈的愿望。只停留在愿望上的感激之心只能算是死物，就好比有信心而无行动只能算死物一样。因此我希望命运能够赐予我一个做皇帝的机会，这样就可以向我的朋友们行善，以此显示我的胸怀，特别是我这位可怜的侍从桑乔，我很早以前就曾许愿给他一个伯爵称号。我现在只担心他没有能力管理好他的封邑。”

桑乔听见了主人最后几句话，于是说道：

“您加把劲，唐吉诃德大人，赶紧把您许过愿的伯爵领地封给我吧，我早等着呢。我觉得我有能力管好它。就算是管不好，我听说有人愿承租领主的土地，每年交一定的租子，而领主们就撒手不管了，只管收租子，其他一概不管。我也这么做，什么都不操心，什么都不管，跟伯爵似的，只管收租子，其他的事随便他们怎么办。”

“可是，桑乔兄弟，”牧师说，“你可以只管收你的租子，但是政务总得有人管理呀。一个领主必须懂得治国，这也需要才智和判断力，特别是要有决断力。如果开头就出现了错误，那么中期和后期阶段也肯定会出现错误。上帝常常帮助好心的老实人，而不帮助狡猾的坏人。”

“我不懂得那些大道理。”桑乔说，“我只知道若是把伯爵的领地拿到手，我也同样能当好伯爵，管好领地。我的脑子与别人比也不差，身体还很强壮，完全可以像别人一样管理好我的领土。只要我当上领主，我就要为所欲为；为所欲为了，我就称心了；称心了，我就高兴；一个人如果高兴了，就会别无他求，也就行了。其他的都像两个瞎子说再见一样，全是胡扯。”

“你称之为大道理的那些东西并不坏，桑乔，而且关于伯爵领地的事，里面还有很多学问呢。”

唐吉诃德插嘴道：

“我不知道还有什么学问，我只知道学习高卢伟大的阿马迪斯的榜样。阿马迪斯曾把菲尔梅封给他的侍从，我也会这样。我会一百个放心地封桑乔做伯爵。桑乔是游侠骑士的最优秀的侍从中的一位。”

牧师对唐吉诃德成套的胡言乱语，对他描述骑士的湖中奇遇，对他把骑士小说上看到的那些乱七八糟的东西记得一清二楚，深感惊奇。此外，牧师没有料到桑乔竟会如此愚蠢，竟如此渴望他主人许愿给他的伯爵领地。这时，牧师那几个到客店去牵驮驴的用人回来了，并且在绿草地上铺了块毯子摆上食物。大家在树荫下就地坐下来吃东西，因为赶牛车的人还想在这个地方喂喂他的牛呢。大家正吃着，忽听得他们身旁的草丛中传来一阵急促的跑动声和铃铛响，只见从那儿蹿出一只漂亮的山羊，羊身上是黑色、白色和棕褐色的斑点。羊的身后有个羊倌在大声呼喊，用他那种惯用语叫羊站住或回到羊群里去。那只惊慌失措的小羊看到这些人仿佛看到了救星，跑到他们面前停了下来。羊倌过来，抓住了羊的两只角，仿佛它真能听懂人话似的对它说道：

“哎呀，小野羊啊小野羊，小花羊啊小花羊，你怎么到处乱跑！是狼把你吓着了吗，宝贝？你为什么不告诉我，这是怎么回事？不管怎么样，你是母羊，却总不能安分下来。你的脾气不好，还不学好样。回去吧，回去吧，朋友，至少你待在圈里或同你的伙伴们在一起，才会安全。你总是这样到处乱跑，其他羊会怎么样呢？”

大家听了羊倌这番话都觉得很有意思，特别是牧师。他对羊倌说：

“兄弟，你先静静气，先别急着把羊赶回去。就像你刚才说的，它是只母羊，母羊就该有它的天性，不管你愿意不愿意都没用。你喝点酒吃口肉，压压火，也让羊歇歇。”

牧师说着用刀尖扎着一块兔子里脊肉递给了羊倌。羊倌接过肉，道了谢，吃完又喝了口酒。平静下来之后，他说道：

“我不希望你们因为看见我如此认真地同羊说话，就把我看成傻子。我刚才那些话是话里有话的。我虽然是个粗人，可是还不至于连如何对待人和畜生都不懂。”

“这点我完全相信，”神甫说，“而且根据我的经验，大山里面有学士，牧人茅屋里出哲学家。”

“至少出吃过亏的人。”羊倌说，“我虽然是不请自来，但为了使你们相信这点，如果你们不讨厌，我希望你们花点工夫听我给你们讲一件事，你们就会知道我和这位大人，”羊倌指指神甫，“说的都是真的。”

这时唐吉诃德说：

“看来这件事还有点骑士征险的意思。所以，就我而言，兄弟，我非常愿意听。这几位大人也很愿意听那些既新鲜又开心的事，我想你讲的事情肯定就属于这类。讲吧，朋友，我们都听你讲。”

“我除外，”桑乔说，“我想拿着这些馅饼到小溪那边去吃，得吃够三天的。我听我的主人唐吉诃德大人说过，游侠骑士的侍从有吃的时候要拼命吃，否则万一走进深山老林，很可能许多天都出不来。如果不吃足了，或者备足了干粮，就会变成干尸，这是常有的事。”

“你做得对，桑乔，”唐吉诃德说，“你随便到哪儿去，能吃多少就吃多少。我已经吃饱了，现在只需要再给我的精神一些给养，所以我要听听这位好人讲的故事。”

“我们都需要这种给养。”牧师说。

牧师请羊倌开始讲。羊倌本来抓着羊角，现在却在羊背上拍了两下，对羊说道：

“在我身边趴下，小花羊，咱们先不着急回羊圈去。”

小羊似乎明白了主人的话。羊倌刚坐下，它就在羊倌身旁趴下来，脸朝向主人，似乎在认真听羊倌说话。于是，羊倌开始讲起来。

第五十一章　羊倌对押送唐吉诃德一行人讲的事

“离这个山谷不到三里地的地方有个村庄。村庄虽小，在这一带却是最富裕的。这个村里有个很受人尊敬的农夫。他虽然富裕，可人们尊敬他主要是由于他的品德,并不是因为他富裕。不过据他自己说，他最幸运的就是有个特别漂亮、极其聪明、文静而又规矩的女儿。凡是认识或见过这个女孩子的人都感叹老天让她天生这样漂亮的模样。她小时候就很漂亮，长大后简直成了美女。她长到十六岁的时候，简直是天下绝伦了。她的美貌开始名扬周围的所有村庄。岂止是四周的村庄呢，已经传到了很远的城里，甚至传进了国王的王宫以及各式各样人的耳朵里。大家都像看什么稀罕物或者新奇人物似的从四面八方跑来看她。她父亲把她看得很紧，她自己也洁身自好。女孩子如果不自重，任何铁锁或者看管都是无济于事的。

“父亲的财富和女儿的美貌打动了很多人。不论本村还是外乡的，都来向她求婚。不过就像一个拥有很多珠宝的人一样，父亲竟拿不定主意，不知在众多的求婚者里该选择谁好了。我也是这许多求婚者中的一个。大家都觉得我很有希望，因为我是本地人，她父亲认识我，而且我家世清白，风华正茂，家境富裕，智力也不差。不过，本村另一个求婚者和我条件差不多。她父亲觉得我们两个人都配得上自己的女儿，迟迟拿不定主意。于是他对莱安德拉说，那个姑娘叫莱安德拉，既然我们两个人条件相当，就由她本人来选择。这下我可麻烦了。不过，她父亲这种做法还是值得所有企图为自己子女安排婚事的父母学习的。我并不是主张允许子女们选择卑鄙的坏蛋，而是应该向子女们提出好的人选，让他们在这些好人选里进行选择。我不知道莱安德拉选择了谁，只知道她父亲借口她年龄小并用其他一些泛泛的话敷衍，既不答应也不拒绝我们。我的对手叫安塞尔莫，我叫欧亨尼奥，让你们先知道这个悲剧里的人物名字吧。事情虽然到现在还没有结局，不过可以料想到结局一定不幸。

“这时我们村子里来了个叫比森特·德拉罗沙的人，他是本地一个贫苦农夫的儿子。这个比森特当了兵，去过意大利和其他一些地方。他十二岁那年，一个上尉带着他的队伍从村里经过时，把他带走了。又过了十二年，他穿着一身花花绿绿、满是玻璃坠儿和金属细链的军服回来了。他今天穿这身衣服，明天换那套衣服，但都是又薄又花、质地一般的料子做的。农夫们本来就爱说长道短，但总得有了话柄，人们才好说长道短。那些人逐一数了他的服装和装饰品，发现他的衣服虽然颜色不同，可是连袜带和袜子一共只有三套。不过，他用这三套衣服换穿出了很多式样来。有人给他数过，说他一共换穿过十多套衣服，有二十多种羽饰。别以为我说这些衣服是无关紧要的事，正是这些衣服在很大程度上促成了这个故事。

“我们村空场上有一棵杨树，他坐在杨树下的石凳上向我们讲述他的英雄事迹，我们听得目瞪口呆。世界上没有什么地方他没去过，没有什么战斗他没参加过。他杀死的摩尔人比摩洛哥和突尼斯的摩尔人总数还要多。他曾经历过许多惊心动魄的格斗，据他说，其程度远远超过了甘特和卢纳，超过了迭戈·加西亚·德帕雷德斯和他列数的其他许多人。每次都是他取胜，而且没流过一滴血。与此同时，他又让我们看他过去受伤留下的伤疤，说是在多次交火中受的伤。其实他身上什么伤疤也没有。他还带着一种无形的傲慢跟与他同辈或认识他的人以‘你’相称。他常说他的靠山就是他父亲，他的事迹就是他的家世，他已当过兵，对国王也不欠什么了。除了傲慢之外，他还装作懂点音乐，能拨拉几下吉他，于是有人就说他是在用吉他说话。不过他的才能还不止这些，他还有作诗的天赋，每当村里发生一点芝麻大的小事，他就能编出很长很长的歌谣来。

“我描述的这位士兵，这位比森特·德拉罗沙，这位勇士、美男子、音乐家、诗人，被莱安德拉从她家一扇能够看到空场的窗户里看到了。

他引人注目的服装的假相使莱安德拉产生了爱慕之情，他的歌谣迷住了莱安德拉。比森特每写一首歌谣都要抄出二十份送人。比森特自己说的那些事迹传到了莱安德拉的耳朵里，结果鬼使神差，莱安德拉竟在比森特还不敢妄自向她献殷勤时就先爱上了比森特。谈情说爱这种事要是女方主动，那就再容易不过了。这么多求婚者还没有一个人意识到莱安德拉这个心思时，莱安德拉就同比森特迅速敲定了，而且也完成了。她抛弃了她可爱的父亲，她母亲已经过世了，她同那个当兵的逃离了村庄。比森特这件事做得比他所有做过的事都成功。

"全村和所有听说这个消息的人都感到很意外。我深感震惊，安塞尔莫也目瞪口呆。她父亲伤心不已，她的亲戚们愤慨极了，司法机关积极寻找，圣友团整装待命。他们在路上设卡，在树林和各个地方搜索，过了三天，才在一个山洞里找到了任性的莱安德拉。当时她身上只剩下一件衬衣了，出来时从家里拿的钱和珍宝也所剩无几了。她被送回她那悲痛欲绝的父亲面前。大家打听她的遭遇，她坦然承认说比森特·德拉罗沙骗了她，说要娶她为妻，让她离开父亲的家，带她到世界上最富有、最奢华的城市那不勒斯去。她没有多考虑，鬼迷心窍，竟信以为真，于是偷了父亲的东西，在逃走的当天晚上就把这些东西全交给了比森特。比森特把她带到一座险峻的山上，把她关在那个山洞里。莱安德拉说那个当兵的并没有玷污她，只是拿了她所有的东西走了，把她一个人丢在那里。这又使大家感到很意外。

"实在让人难以相信那个当兵的会那么老实，可她非常肯定地坚持这一点，这倒让她本来十分伤心的父亲有所安慰，既然他的女儿保住了最宝贵的东西，而那个东西一旦丧失，就难以挽回，那么，损失些钱财也就算了。莱安德拉回来那天，她父亲就把她送到附近一个镇上的修道院，希望随着时间的推移，人们对他女儿的不好印象可以有所减轻。莱安德拉还年轻，所以情有可原，至少对莱安德拉品行无所谓的人这么想，可那些知道她机灵而又聪明的人却说，她做错了这件事并不是由于她无知，而是由于女人轻率的天性造成的，大多数女人都头脑欠缺，行为欠稳重。

"莱安德拉被送进修道院后，安塞尔莫就开始目光呆滞，至少从他的眼睛看不出有什么可以让他高兴的事了。我的目光也开始黯然，对任何值得高兴的事情都无动于衷。莱安德拉走后，我们的忧郁与日俱增，耐心逐渐丧失，诅咒那个当兵的军服鲜亮，憎恶莱安德拉的父亲对她不严加看管。最后，我和安塞尔莫商定离开村庄，来到这个山谷。他放了一大群羊，我放的羊也不少。我们在树林里过着我们的生活，或者一起唱歌，赞颂或咒骂美丽的莱安德拉，或者独自叹息，向天倾诉自己的痛苦，以此排遣自己的情感。

“很多莱安德拉的追求者也学着我们的样子，来到这险峻的山上放起羊来。来的人很多，这个地方简直成了阿卡迪亚田园[①]，到处都是牧人和羊圈,到处都能听到美丽的莱安德拉的名字。这个人咒骂她，说她任性易变，不老实；那个人说她太轻率；有人为她开脱，原谅她；也有人既为她辩解又咒骂她；有人称赞她的美貌；还有人斥责她的本性。总之，所有人都羞辱她，所有人又都崇拜她，简直都疯了，甚至有的人根本没同莱安德拉说过话，却说莱安德拉看不起他；也有人唉声叹气，嫉恨得像得了疯病。其实，莱安德拉不应该引起别人的嫉恨，我刚才说过，她还没有来得及表露就办了错事。岩石间，小溪旁，树荫下，处处都有牧羊人在向老天倾诉自己的厄运。在可能形成回音之处，都回响着莱安德拉的名字。山间回荡着‘莱安德拉’，小溪低吟着‘莱安德拉’，莱安德拉弄得我们这些人神魂颠倒，疯疯癫癫，本来无望，却又期望，无可恐惧，却又恐惧。我觉得在这群疯疯癫癫的人里，最明白又最不明白的就是我的对手安塞尔莫了。他本来有很多可怨莱安德拉的理由，可是他偏偏只怨莱安德拉不该离开他。他还弹三弦牧琴，弹得好极了；他吟诗，他的诗表现出他很有天赋；他歌唱，唱着自己的悲怨。我自有我的做法，我觉得这样做最合适，也就是诉说女人的轻浮多变，两面三刀，言而无信，一句话，她们不知道如何寄托自己的思想和感情。各位大人，这就是我刚才对这只小羊说那番话的缘由。虽然这只羊是那群羊里最漂亮的一只，可因为它是母羊，

① 指古希腊伯罗奔尼撒半岛中部地区。古代居民的牧歌式生活使它在古罗马田园诗和文艺复兴时期的文学作品中被描绘成希腊的世外桃源。

我却不稀罕它。我要给你们讲的故事就是这些。可能我讲得长了些，不过我招待你们不会薄。我的羊栏离这儿不远，那儿有新鲜的羊奶和味道极美的奶酪，还有各种甘甜的水果，看着好看，吃起来也香。”

第五十二章　唐吉诃德同羊倌大打出手，奇遇苦行教徒，以一身大汗收场

大家对羊倌的讲述都很感兴趣，特别是牧师，他感到惊奇。虽说羊倌穿得挺破烂，可讲起话来却像个有水平的官员。看来神甫说“山里出学士”，还是说得很对的。大家都愿意为欧亨尼奥做点什么。唐吉诃德更是一马当先，他对欧亨尼奥说：

“羊倌兄弟，如果我现在能开始一次新的征险，我肯定会立刻上路为你争取好运。不管修道院长和其他人如何阻拦，我都会把莱安德拉从修道院里救出来，因为谁也不愿意在那儿待着，然后再把她交给你，随你对她怎么样，不过你得遵守骑士规则。骑士规则规定不能对姑娘做任何她所不愿意的事情。我希望上帝别让一个恶毒魔法师的力量超过一个好心魔法师的法力。我发誓那个时候我一定会帮助你，这是我的职业要求，也就是帮助弱者和穷苦人。”

羊倌看了看唐吉诃德，见他蓬头垢面，十分不解。他于是问神甫：“大人，这个人为什么这身打扮，又这样说话，他是谁？”

“还能是谁呢！”理发师说，“他就是曼查大名鼎鼎的唐吉诃德。他除暴安良，保护弱女，降伏巨人，而且从来都是战无不胜。”

“这倒有点像写游侠骑士小说上的那套，”羊倌说，“他们就做您说的那些事。不过我觉得，或者是您在开玩笑，或者是这位风度翩翩的人脑袋不正常。”

“你真是个大无赖，”唐吉诃德说，“你才脑袋不正常呢，我的脑

袋比你那个婊子妈妈聪明得多。”

说着唐吉诃德从身边抓起一块面包，扔到羊倌的脸上。他用的劲太大了，把羊倌的鼻子都砸歪了。羊倌从来不开玩笑，见唐吉诃德竟真的动手开打，也就不顾什么地毯、台布和旁边那些正吃东西的人，向唐吉诃德扑过去，双手卡住了他的脖子。若不是桑乔这时赶来，唐吉诃德肯定被掐死。桑乔从背后抓住羊倌，把他推倒在餐布上，弄得餐布上的盘子和杯子一片狼藉。唐吉诃德脱了身，又过去骑在羊倌身上。羊倌脸上全是血，身上也被桑乔踢得很痛。他在餐布上想找把刀子报仇，可牧师和神甫制止了他。理发师乘机把羊倌从唐吉诃德身子下面拉了出来，羊倌挥拳向唐吉诃德的脸猛击，结果唐吉诃德也同羊倌一样血流满面。牧师和神甫看得笑破了肚子，几个团丁也看得兴高采烈，还在一边起哄，仿佛在看两只狗咬架。只有桑乔急得不得了，他被牧师的一个用人抓住脱不开身，不能去帮助他的主人。

总之，打架的人打得热火朝天，看热闹的人看得心花怒放。这时传来一阵忧伤的喇叭声，大家不由得向传来喇叭声的方向转过脸去。最激动的还是唐吉诃德，但他现在正被羊倌压在身下，由不得自己，而且他身上也疼得够呛，于是对羊倌说：

“魔鬼兄弟，你能不能别这样？你的意志和力量制服我了。我请求你暂且休战一小时，那个痛苦的喇叭声似乎正呼唤我进行一次新的征险。”

羊倌也懒得再打下去了，便放开了唐吉诃德。唐吉诃德站起来，转头向传来喇叭声的方向望去，忽然看见从一个山坡上走来了很多穿白色衣服的人，看样子像是鞭打自己以赎罪的教徒。

原来那一年天上一直没下雨，于是那一带各个地方的人都结队游行，有的祈祷，有的苦行，请求上帝开恩下点儿雨。那些结队而行的人就是附近一个村庄的人，到山坡上一个圣庵去求雨的。唐吉诃德见那些人穿着稀奇古怪的笞刑衣服，竟忘了这是他司空见惯的事情，以为这是要由他这位游侠骑士来完成的征险之事。他再一想，那些人所抬的穿丧服的偶像就是被一些居心叵测的歹徒劫持的贵夫人，便更以为是这么回事了。想到此，他敏捷地冲向正在溜达着吃草的罗西南多，从鞍架上取下皮盾和马嚼子，迅速给马套上嚼子，又让桑乔把剑递给他，翻身上了罗西南多，手持皮盾，高声向所有在场的人说道：

“各位勇士们，现在你们马上就会看到世界是多么需要游侠骑士。你们一旦看到那位被囚禁的善良夫人获得了自由，就会知道游侠骑士的重要性了。”

说完唐吉诃德就催马向前，他脚上没有马刺，就用双腿夹紧马肚子，于是罗西南多以它在这个故事里从未有过的速度向前飞奔，直接冲向那些苦行赎罪的教徒。神甫、牧师和理发师想拉住唐吉诃德已经不可能了，桑乔大声喊叫更是无济于事。桑乔喊道：

“你往哪儿去呀，唐吉诃德大人？你见了什么鬼，竟反对起咱们天主教的事儿来了？真糟糕，那是结队行进的苦行教徒！他们抬的那位夫人是圣洁无比的圣母像！你看看，你在干什么呀，大人，这回你可是做了不应该做的事！”

桑乔完全是徒劳一场。唐吉诃德飞速冲向那些穿白衣服的人，要解救穿丧服的夫人，根本没听到别人说什么；即使听到了，他也不会回头，无论谁叫他，他都不会回头。他冲到队伍前，勒住了罗西南多，罗西南多也想歇歇了。唐吉诃德声音嘶哑地说道：

“你们这些人蒙着脸，想必不是好人。现在你们注意听我说。”

抬神像的几个人首先停住了。四个诵经的教士中有一个见唐吉诃德这副打扮，再看看瘦骨嶙峋的罗西南多，还有唐吉诃德的其他许多可笑之处，就说道：

“老兄啊，你如果想说什么，就赶紧说吧。你看我们这些兄弟已经皮开肉绽了，如果你不赶紧说，那么，我们既不能也没有道理在这儿听人讲什么事情的。”

“我说得非常简单，”唐吉诃德说，“那就是你们立刻把这位夫人放了。她的泪水愁容非常明确地表明，她是被你们强迫带走的，你们也一定冒犯了她。我来到这个世界上就是要铲除这种罪恶。你们如果不让她获得应有的自由，就休想向前一步。”

大家一听唐吉诃德这话就知道这人准是个疯子，不禁大笑起来。这一笑简直是给唐吉诃德火上浇油。他二话不说，举起剑向抬架冲去。一个抬架子的人放下架子，举着一个休息时用来支撑抬架的椏叉迎住了唐吉诃德。唐吉诃德一剑劈来，椏叉被劈成两半。抬架人举起手中剩下的那截，打中了唐吉诃德挥剑一侧的肩膀。唐吉诃德的皮盾抵挡不住抬架人的蛮劲，可怜的唐吉诃德被打翻落马。桑乔气喘吁吁地赶过来，见唐吉诃德已经躺倒在地，就大声地喊叫抬架人不要再打了，说他是个中了魔法的可怜骑士，从来没有伤害过任何人。抬架人倒是不打了，不过并不是由于桑乔的喊叫才住手的，而是因为他看见唐吉诃德已经手脚冰凉，以为他死了，于是把长袍往腰间一掖，逃之夭夭。

这时与唐吉诃德同行的那些人全赶来了。这些教徒见跑来这么多人，还有手持弓弩的团丁，唯恐发生什么不测，立刻围在神像周围。他们摘掉头上的尖纸帽，准备迎战。教士们也抄起了高烛台，准备自卫，如果可能的话，还可以向对方进攻。不过，事情并没有人们想象的那么糟糕。桑乔以为唐吉诃德已经死了，扑在他身上大哭起来，可别人却觉得挺好笑。

神甫同那行人中的另一位神甫是熟人，这一下双方的恐惧消除了。这位神甫向那位神甫简单介绍了唐吉诃德的情况，于是那位神甫和那些鞭笞教徒都过去察看可怜的骑士是否已经死了。只听桑乔痛哭流涕地喊道：

“哎呀，骑士的精英，你竟因为这一棍子英年早逝！你是你们家族的光荣，是整个曼查乃至整个世界的骄傲！没有了你，世上的歹徒就会肆无忌惮地到处作恶！你比所有的亚历山大还慷慨，我仅服侍你八个月，你就把海里最好的岛屿赠给了我！你谦恭对昂首，昂首对谦恭[①]，你迎战艰险，忍辱负重，一往情深，你仿善惩恶，扫除丑行，反正你尽了游侠骑士之所能！”

桑乔连哭带叫，把唐吉诃德终于喊醒了，他醒来以后的第一句话

---

① 桑乔在痛苦之中把后半句说颠倒了。

就是：

“最最温情的杜尔西内亚，与你分离的痛苦远远大于现在这些痛苦。桑乔朋友，帮帮忙，让我坐到那辆中了魔法的车上去。我这边的肩膀已经被打坏，不能骑罗西南多了。”

“我非常愿意，”桑乔说，“咱们现在回老家去，这几位大人也愿意与咱们相伴。回去以后，咱们再重振旗鼓，搞一次有利可图的、更能出名的出征。”

“你说得对，桑乔，”唐吉诃德说，“先等这股晦气过去再行动，才是明智之举。”

牧师、神甫和理发师对唐吉诃德说，就按照他自己说的去做，这样做很对。他们对桑乔竟如此头脑简单也感到庆幸。大家把唐吉诃德按照原来的样子放在牛车上，收拾妥当，继续赶路。羊倌同大家告别，团丁也不想再往前走，于是神甫按照约定给了他们一些钱。牧师请求神甫以后把唐吉诃德的情况告诉他，看唐吉诃德的疯病究竟是治好了还是依然如故。说完这些，牧师才吩咐他的用人们启程。大家高高兴兴地各走各的路，只剩下神甫、理发师、唐吉诃德和桑乔，还有温顺的罗西南多，它同主人一样，一直极其耐心地看着眼前的一切。

牛车的主人套上牛，又往唐吉诃德身下加了一捆干草，然后才按照神甫的指点，慢吞吞地上了路。六天之后，他们回到了唐吉诃德的故乡。他们到达村庄时正是大白天，又赶上是星期日，人们都聚集在村里的空场上，送唐吉诃德的牛车就从空场中间通过。大家都过来看车上装的是什么东西，待他们认出车上装的竟是自己的同村老乡时，都非常惊讶。有个男孩子飞快地跑去把消息告诉了唐吉诃德的女管家和外甥女，说唐吉诃德面黄肌瘦地躺在一辆牛车的一堆干草上回来了。两个善良女人的喊声听起来真让人怜悯。她们打自己的嘴巴，又诅咒那些可恶的骑士小说，待唐吉诃德被送进家门时，她们的这些声音更加强烈了。

桑乔的妻子听到唐吉诃德回来的消息也赶来了。她已经听说桑乔给唐吉诃德做了侍从。一见到桑乔，她首先打听的就是那头驴的情况是否还好。桑乔说比自己的主人还好。

“感谢上帝，”桑乔的妻子说，“能如此照顾我。不过，你现在告诉我，朋友，你当侍从得到什么好处了？给我带前开口的女裙[1]了吗？给孩子们带鞋了吗？”

“这些都没有，”桑乔说，“我的老伴儿，不过我带回了更有用、更贵重的东西。”

“那我当然高兴，”妻子说，“让我看看那些更贵重、更有用的东西是什么，朋友。我想看看，也让我的心高兴高兴。你不在家这段时间里，我的心一直很难过。”

“等到家我再给你看，老伴儿，”桑乔说，“现在你就放心吧。若是上帝保佑，我们能再次出去征险，我很快就会成为伯爵或某个岛屿的总督，而且不是一般的岛屿，是世界上最好的岛屿。”

“但愿老天能够保佑我们，我的丈夫，咱们正需要这个呢。不过你告诉我，什么叫岛屿？我不明白。”

“真是驴嘴不知蜜甜，”桑乔说，“到时候你就知道了，娘子，待你听到你的臣民称呼你为女领主时，你就更感到新鲜了。”

“你说的女领主、岛屿和臣民到底是什么东西，桑乔？”胡安娜·潘萨问。人们都叫她胡安娜·潘萨。虽然他们并不是一个家族的，但是在曼查，女人们都习惯使用丈夫的姓。

“你别急着一下子什么都知道，胡安娜。我告诉你实情，你闭着嘴听就行了。我只想告诉你，世界上再没有比为四处征险的游侠骑士当光荣的侍从更美的事情了。不过人不能处处遂愿，这也是事实，一百次征险里，往往有九十九次不能成功。我对此深有体会。我曾被人用被单扔过，被人打过。尽管如此，能够翻越高山，搜索树林，攀登岩石，访问城堡，随意留宿客店，分文都不用付，的确也是件很美的事情。”

桑乔和胡安娜说话的时候，唐吉诃德的女管家和外甥女把唐吉诃德迎进屋里，给他脱掉了衣服，让他在他原来那张旧床上躺下。唐吉

---

① 16世纪时的一种贵重的裙子。

诃德斜眼看着她们，到底还是没明白自己到了什么地方。神甫嘱咐唐吉诃德的外甥女好好照顾她的舅舅，让她们注意可别让唐吉诃德再跑了，又讲了这回费了多少事才把唐吉诃德弄回来。两个女人听了又喊声震天，诅咒骑士小说。她们还请求老天把那些胡编乱造的作者们都扔到深渊的最深处去。最后，她们又担心她们的主人或舅舅待身体稍微有所恢复就又会跑掉。不幸，她们言中了。

尽管这个故事的作者千方百计搜寻有关唐吉诃德第三次出征的材料，却一无所获，至少没有找到真正的文字材料。不过，据曼查的人们记忆，唐吉诃德第三次出征到的是萨拉戈萨，参加了当地几场很有影响的比武，充分显示了他的勇气和智慧。至于他最后的结局，幸亏有一位老医生的铅盒子,否则人们就无从了解了。据那位老医生说，那个铅盒子是他在一个被翻修的寺院墙基下发现的。铅盒里有一些用哥特体的字写的手稿，不过诗文都是用西班牙文写的，里面介绍了唐吉诃德的许多事迹，描绘了杜尔西内亚的美貌、罗西南多的形象、桑乔的忠诚和唐吉诃德本人的坟墓，还记载了一些墓志铭和歌颂唐吉诃德生活习惯的文字。这个新奇故事的作者已经将其中能够看得清的记录于此。作者并没有要求读者称赞他不辞辛苦，查找了曼查的所有档案，然后把这个故事公之于众，只是希望读者能够像相信那些风靡于世的骑士小说一样相信他。如果能够这样，他就满足了，而且还会去寻找新的故事，即使不像这个故事一样真实，也会像这个故事一样使人开心消遣。

铅盒里的羊皮纸上记载的首先是下面这些内容：

曼查的阿加马西利亚城诸院士
在此撰文感怀唐吉诃德生平

阿加马西利亚城的狂人院士
为唐吉诃德题墓志铭

这位疯癫之人为曼查带来了

比克里特的伊阿宋[1]还要多的功利。
他的神志变化无常，
似风标望之莫及。

　　他的臂膀力及八方
从卡塔依到盖亚[2]之地。
可怕而又新颖的灵感
将他的诗刻到了青铜板上。
　　他沉湎于他的爱情和怪诞，
阿马迪斯为之逊色，
加劳尔无法与之比拟。
　　他曾骑着罗西南多游四方，
贝利亚尼斯为之哑然，
如今，他却在这冰冷的石碑下安息。

阿加马西利亚城的受宠院士
赞颂托博索的杜尔西内亚
十四行诗

　　浓眉硕眼，脸庞宽大
降起的胸脯，举止潇洒，
这就是唐吉诃德一往情深的
托博索王后杜尔西内亚。
　　翻越内格罗山，
跋涉著名的蒙铁尔原野，
以及阿兰胡埃斯的沃草平原，
步履维艰皆为她。

① 克里特是地中海中的一个岛屿，属于希腊。希腊神话中的伊阿宋曾率领阿尔戈英雄去那里觅取金羊毛。
② 盖亚是希腊神话中的地神，大地的化身。

责任在罗西南多，命运不济，
曼查的姑娘，无往不胜的
游侠骑士啊，已痛失年华。
　　她已玉殒香消，
他的名字虽刻在大理石上，
却未能摆脱爱情、愤怒和欺诈。

阿加马西利亚城才气极佳的古怪院士
赞颂唐吉诃德的坐骑罗西南多
十七行诗

　　乘坐威武坚实的宝座，
铁蹄带着腥风血雨。
曼查狂人挥舞着他的旗帜，
征险何奇特！
　　披挂着甲胄和利剑，
挥砍刺杀，荡涤污浊。
业绩辉煌，一代新风，
勇士战功真显赫。
　　高卢为阿马迪斯自豪，
希腊勇敢的子孙
已超过千倍，名传山河。
　　柏洛娜[①]在王宫为唐吉诃德加冕，
曼查为之骄傲，
胜过希腊和高卢。
　　他的功名不可湮没，
他英俊的罗西南多

① 柏洛娜是罗马战神马尔斯之妻。

亦胜过布里亚多罗和巴亚尔多[①]。

阿加马西利亚城的嘲弄院士
吊桑乔·潘萨
十四行诗

　　五短身材，桑乔·潘萨，
勇气过人，众人惊讶。
我发誓担保，世界上
最纯朴诚实的侍从就是他。
　　他几乎得到伯爵位，
可惜时代太褊狭，
连一头驴都不放过，
恶毒攻击加咒骂。
　　顺从的侍从骑着驴（恕我用词不雅），
追随顺从的罗西南多，
追随骑士游侠。
　　人世的愿望皆落空，
许诺的是安逸，
得到的却是阴影、尘烟和梦花！

阿加马西利亚城的见鬼院士
为唐吉诃德题墓志铭

　　这里长眠的骑士
曾备受痛楚，命运不佳。
他的罗西南多
驮着他浪迹天涯。

---

① 布里亚多罗和巴亚尔多是传说中出名的战马。

愚蠢的桑乔·潘萨
与他同眠于此，
侍从比比皆是，
唯他忠诚无华。

阿加马西利亚城的丧钟院士
为杜尔西内亚题墓志铭

这里安息着杜尔西内亚，
尽管她体态丰盈，
狰狞可怕的死亡
已使她肉销骨枯埋地下。
她血统纯正，
气度风雅
她燃烧着唐吉诃德的心，
使家乡誉满天下。

这些就是能够看得清的几首，其他的已经被虫蛀得模糊不清，全都委托给一位院士去猜测辨认了。据说他挑灯夜战，已经大功告成，准备连同唐吉诃德的第三次出征记一起出版。

也许别人会唱得更好，
《唐吉诃德》上卷至此结束。

下　　卷

致莱穆斯伯爵[1]

日前，我曾将几个已经印制好但尚未上演的喜剧剧本献给阁下。如果我没记错的话，我说过唐吉诃德已经整装待发，准备去吻阁下的手。现在我要说，唐吉诃德已经整好装，上了路。如果他现在已经到达您那儿，我觉得是为阁下尽了菲薄之力。现在各方都在敦促我赶快送唐吉诃德过去，以消除另一个唐吉诃德[2]的所谓下卷四处流传产生的威胁和令人作呕的影响。不过，催得最急的就是中国的大皇帝了。一个月前，他曾派使者给我送来一封中文信，要求我，或者确切地说，恳求我把唐吉诃德送到中国去，说他想建立一所教西班牙文的学校，而且用唐吉诃德的故事做教材。同时，他还邀请我做那所学校的校长。我问使者，陛下是否给了我一些盘缠，使者说没想到这层。

"那么，兄弟，"我说，"你还是每天走十或二十西里，或者按照你来时的速度回到你的中国去吧。我的健康状况不允许我做如此遥远的旅行。除了身体不佳之外，我的手头也极其窘迫。他当他的皇帝，做他的君主，我自有莱穆斯大伯爵在那不勒斯关照我，保护我，其恩德之重是我始料不及的，而且我不需要什么校长之类的头衔。"

我就这样把他打发走了。现在，我向阁下奉上《佩西莱斯和塞西斯蒙达历险记》，也该告辞了。这部书我将在四个月内完

---

① 莱穆斯伯爵名为唐佩德罗·费尔南德斯·德卡斯特罗，被誉为文学艺术家的保护人，也是唐吉诃德的保护人。

② 此处指费利佩·罗伯假托阿隆索·费尔南德斯·德阿韦利亚内达之名，1614年在塔拉戈纳出版的伪作《唐吉诃德下卷，即他的第三次出片及历险记的第五部分》。

成。若承天意，它也许会是西班牙文中最差或最佳的作品，我是指闲书。我后悔刚才说它是最差的了，因为据我的朋友们看，这本书很可能会完善到登峰造极的地步。谨祝阁下贵体平安，佩西莱斯将吻您的手，而我，阁下的仆人，将吻您的脚。公元一千六百一十五年十月于马德里[1]。

阁下的仆人

米格尔·德·塞万提斯·萨阿韦德拉

① 此献词写于1615年10月21日。6个月后，1616年4月23日，塞万提斯溘然长逝。

下卷前言

上帝保佑，尊贵或普通的读者，您现在大概正渴望看到这篇序言，以为可以从中看到对《唐吉诃德》另一部下卷的作者极尽诅咒辱骂之能事，回敬那本据说怀胎于托德西利亚，落生于塔拉戈纳的书吧。可是，我不能给您以这种快乐。虽然再谦恭的人受到污辱时也会勃然大怒，但我是个例外。您大概想让我骂他是驴，愚蠢妄为吧，而我却从未想过这么做。罪有应得，自食其果，由他自便吧。最令我痛心的就是他说我风烛残年，缺胳膊短臂，好像我有了胳膊就可以青春常驻，不失年华，好像我的胳膊是在酒馆里，而不是在那次过去、现在乃至将来都可以称得上最神圣的战斗中失掉的[①]。如果某些人对我的伤不以为然，那么，至少了解实情的人很看重它。作为战士，战死比逃生光荣。假如现在让我重新选择，我仍然会选择那场惊心动魄的战役，而不会选择逃避战斗以求得安然无恙。战士脸上和胸膛上的伤痕是引导人们追求至高荣誉和正义赞扬的明星。应该指出的是，写作不是靠年迈，而是靠人的思维完成的，而人的思维却可以随着年龄的增长而不断完善。还有，令我遗憾的是，他竟说我羡妒别人。恕我孤陋寡闻，请他告诉我羡妒究竟是什么意思。这个词包括了两种涵义，我只知道那种神圣、高尚和善意的意思，所以我决不会去诋毁任何一位教士，更何况他是宗教裁判所的使节呢。如果这位作者是要替某人[②]说话，那么他就大错特错了。那位天才才华横溢，我推崇他的著作和他那道德卫士的职务。尽管如此，我还是感谢这位作者说我的小说里更多的是讽世而不是示范，这还算不错。如果不是讽世与示范相结合，那就

① 此处指莱潘托战役。塞万提斯在那场战役中胸部中了三弹，失掉了左手。
② 此处指洛贝·德·维加。维加曾任宗教裁判所使节。

称不上好了。

也许你会说我这个人对自己太约束，认为不该穷追猛打，对人太客气了。这位大人大概已经很不好受了，因为他竟不敢光明正大地站出来，而只能隐姓埋名，虚报祖籍，好像犯了什么欺君之罪。如果您有机会见到他，就请代我告诉他，我并没有感到自己受了伤害，我知道完全是魔鬼的意图在作祟，而其中——最大的意图就是想让某个人绞尽脑汁，靠编印一本书获得名和利，获得利和名。为了证明这点，我希望以开玩笑的口吻给他讲讲这个故事：

从前在塞维利亚有个疯子，可以说是疯得滑天下之大稽。他把一节竹管的一头削尖，然后只要在街上或什么地方碰到狗，就一只脚踩住狗的后爪，一只手抬起狗的前爪，把竹管插到狗身上拼命吹气，一直到把狗吹得像个圆球似的，才在狗肚子上拍两下，把狗放开。周围有很多人看。他就对围观的人说：

“你们以为吹狗是件容易事吗？”

您现在还以为写一部书是件容易事吗？

如果这个故事还不够，读者朋友，你可以再给他讲一个故事，也是疯子和狗的事情。

在科尔多瓦也有个疯子，他有个习惯，就是在脑袋上顶一片大理石或一块重量不轻的石头。哪条狗若是不小心碰到他，他就会过去把石头砸在狗身上。狗被砸得晕头转向，连跑过好几条街还狂吠不止。结果有一次他砸了一个制帽匠人的小狗。那个工匠特别喜欢他的小狗。石头砸到小狗的头上，小狗疼得狂吠起来。工匠看见了，非常心疼，抓起一把尺子，追上疯子，把疯子打得浑身青一块紫一块的。工匠边打边说：

“你这个狗贼，竟敢打我的小猎兔犬！你没看见我的狗是小猎兔犬吗？”

工匠一边重复着“小猎兔犬”，一边狠狠抽打疯子。这回疯子可长了记性，此后一个多月，他一直藏在家里没露面。可是，后来他又故伎重演，但现在总是站在狗身边，仔仔细细地看，不敢再贸然砸石头了，嘴里还说着：

“这是小猎兔犬，小心点。”

结果他只要碰到狗，不论是猛犬还是小狗，都说是小猎兔犬，不再用石头砸了。大概这位故事作者将来也会遇到这种情况，弄不好，可能比这还厉害呢，这样他就不会把他的才能用于编书了。

你还可以告诉他，至于他出这本书对我造成的经济损失，我一点儿也不在乎。我引用著名的幕间喜剧《拉佩伦登加》里的话，那就是我的市议员大人和所有人都万岁！伟大的莱穆斯伯爵大人万岁，他的仁慈与慷慨为人所共知，是他在我坎坷的命运中阻止了各种打击，扶植了我。大慈大悲的托莱多主教大人唐贝尔纳多·德桑多瓦尔及罗哈斯万岁，即使世界上没有印刷术，即使攻击我的书比《明戈·雷布尔戈诗集》[1] 的字数还要多！这两位主教并未要求我对他们进行奉承或某种形式的恭维。他们仅仅是出于仁慈之心，给予我很多关照。假如命运能正常地把我推向幸运的顶峰，我会引以为幸福和光荣。穷人可以得到荣誉，而坏人却不能。贫穷可能会玷污人的高贵品质，但并不能完全埋没它。美德有时也会像透过一丝缝隙那样发出自己的光亮，并且因此受到贵人的器重和照顾。

无须赘言，我只需告诉你们，我献给你们的《唐吉诃德》下卷取材于同一个人的同一素材，我把唐吉诃德的事情扩展开来，直到他最后去世，这样就不会再有人编造出新的版本了，已有的版本已经足矣。

某位体面的人物将这些疯癫之举公之于众后，就希望别人别再搅进去了。好东西多了并不会显示其贵重性，东西少了反倒值点钱。我还应该告诉你们，《佩西莱斯》我就要写完了，你们就等着看吧。此外，还有《加拉特亚》的第二部。

---

① 这是讽刺恩里克四世王朝的诗集。

第一章　神甫和理发师与唐吉诃德谈论其病情

锡德·哈迈德·贝嫩赫利在这个故事的第二部分讲到唐吉诃德的第三次出征时，谈到神甫和理发师几乎一个月都没去看望唐吉诃德，以免勾起他对往事的回忆。可他们却去拜访了唐吉诃德的外甥女和女管家，嘱咐她们好好照顾唐吉诃德，给他做些可口而又能补心补脑子的食物，因为据认真分析，唐吉诃德倒霉就倒霉在心和脑子上。外甥女和女管家说她们已经这样做了，而且将会尽可能认真仔细地这样做，看样子现在唐吉诃德已经逐步恢复正常了。神甫和理发师对此感到很高兴，觉得他们就像这个伟大而又真实的故事第一部最后一章里讲到的那样，施计用牛车把唐吉诃德送回来算是做对了。于是，他们又决定去拜访唐吉诃德，看看他到底恢复到什么程度了，尽管他们知道现在他还不可能完全恢复。神甫和理发师还商定绝不涉及游侠骑士的事，避免在他刚结好的伤口上又添新疤。

他们去看望了唐吉诃德。唐吉诃德正坐在床上，身上穿着一件绿呢紧身背心，头戴红色托莱多式帽子，干瘦得简直像个僵尸。唐吉诃德很热情地招待神甫和理发师。神甫和理发师问他的病情，唐吉诃德介绍了自己的状况，讲得头头是道。谈话又涉及了治国治民，他们抨击时弊，褒善贬恶，俨如三个新时代的立法者，像现代的利库尔戈斯[①]或者具有新思想的梭伦[②]。他们觉得要使国家有个新面貌，就得对它进行改造，建成一个新型社会。唐吉诃德讲得条条在理，神甫和

① 利库尔戈斯是传说中古代斯巴达的立法者。

② 梭伦是雅典政治家和诗人，曾为本国同胞制定了宪法和法典，其宪法和司法改革被称为梭伦法律。

理发师都觉得他的身体和神志已完全恢复正常。

他们说话的时候，唐吉诃德的外甥女和女管家也在场。她们见唐吉诃德神志恢复得这么好，都不停地感谢上帝。这时，神甫改变了原来不谈游侠骑士的主意，想仔细观察一下唐吉诃德是否真的恢复正常了，就一一列数了一些来自京城的消息，其中之一就是有确切的消息说，土耳其人的强大舰队已经逼近，其意图尚不清楚，也不知道如此强大的力量究竟目标是哪里。这种大军逼近的消息几乎年年有，所有基督教徒都对此感到紧张。国王陛下已经向那不勒斯和西西里沿岸以及马耳他岛等地区部署了兵力。唐吉诃德闻言说道：

"陛下决策英明，为他的国土赢得了时间，做好了迎战的准备。不过，如果陛下愿意听听我的建议，我就会向陛下提出一种他现在无论如何也不会想到的防御办法。"

神甫听到此话心中暗自说道：

"天啊，可怜的唐吉诃德，你真是疯狂至极，愚蠢透顶。"

理发师本来也同神甫一样，想看看唐吉诃德是否完全恢复健康了，就问唐吉诃德，他说的那个防御之策是什么，也许类似于有些人向国王提出的那类不着边际的建议呢。

"理发师大人，"唐吉诃德说，"我的建议决不会不着边际，肯定切实可行。"

"我不是这个意思。"理发师说，"但事实证明，以前向国王陛下提的各种建议常常不可能实现，或者纯粹是胡说八道，要不就是损害了国王或王国的利益。"

"我的建议既不是不可能实现的，也不是胡说八道，"唐吉诃德说，"而是最简易可行的，是任何人也想不到的巧妙办法。"

"可您始终没说您那建议到底是什么内容呢，唐吉诃德大人。"神甫说。

"我可不想今天在这儿说了之后，明天就传到陛下的谋士耳朵里去，"唐吉诃德说，"然后让别人拿着我的主意去请功。"

"我在这里向上帝发誓，"理发师说，"保证不把您对陛下的建议向任何人透露。我这是从一首神甫歌谣里学到的誓言。那个神甫在做弥撒的开场白里向国王告发了一个强盗，此人偷了他一百个罗乌拉和一匹善跑的骡子。”

“我不知道这类故事，”唐吉诃德说，“但这誓言还是不错的，而且我知道理发师大人是个好人。”

“即使他不是好人，”神甫说，“我也可以为他担保，保证他会绝口不提此事。如果他说出去了，我甘愿掏钱替他受罚。”

“那么，神甫大人，谁又能为您担保呢？”唐吉诃德问。

“我的职业，”神甫说，“我的职业规定我必须保密。”

“确实。”唐吉诃德这时才说，“国王陛下应当下旨，宣召西班牙境内的所有游侠骑士在指定的日期到王宫报到。即使只能来几个人，说不定其中就有人能只身打掉土耳其人的威风呢。难道还有什么比这更好的办法吗？你们注意听我说，一个游侠骑士就可以打败一支二十万人的军队，就好像那些人只有一个脖子，好像他们都是些弱不禁风的人，这种事情难道还算新鲜吗？否则，你们说，为什么会有那么多充满了这类奇迹的故事？我生不逢时，不用说别人，就说著名的唐贝利亚尼斯或者高卢的阿马迪斯家族的人吧，如果他们当中某个人还健在，同土耳其人交锋，土耳其人肯定占不着便宜！不过，上帝肯定会关照他的臣民，肯定会派一个即使不像以前的游侠骑士那样骁勇，至少也不会次于他们的人来。上帝会明白我的意思，我不必多说了。”

“哎呀，”唐吉诃德的外甥女这时说，“如果我舅舅不是又想去当游侠骑士了，我就去死！”

唐吉诃德说：

“不管土耳其人从天上来还是从地下来，不管他们有多强大，我都可以消灭他们。我再说一遍，上帝会明白我的意思。”

理发师这时说道：

“我请诸位允许我讲一件发生在塞维利亚的小事情，因为这件事与这里的情况极为相似，我很想讲一讲。”

唐吉诃德请他讲，神甫和其他人也都注意地听，于是理发师开始讲起来：

“从前在塞维利亚有座疯人院。一个人神志失常，被亲属送进了这座疯人院。这个人是在奥苏纳毕业的，专攻教会法规。不过，即使他是在萨拉曼卡毕业的，很多人也仍然认为他神志不正常。这位学士在疯人院被关了几年以后，自认为已经完全恢复正常了，就写信给大主教，言真意切地再三请求大主教把他从那个苦海里解救出来，因为仁慈的上帝已经恢复了他的神志；可是他的亲属们为了继续霸占他那份财产，不顾事实一直不去接他，想让他在疯人院里一直待到死。大主教被那些言真意切的信说动了心，派一个教士去向疯人院院长了解写信人的情况，并且让教士亲自同疯子谈一谈。如果教士觉得这个人的神志已经恢复正常，就可以把他放出来，让他恢复自由。教士按照大主教的吩咐去了疯人院。可是院长对教士说，那个人的神志还没恢复正常，虽然他有时说起话来显得非常有头脑，但是他又常常做出一些非常愚蠢的事情来，教士如果不信可以同他谈谈看。

“教士也愿意试试。教士到了疯子那儿，同他谈了一个多小时。在这段时间里，疯子没有说过一句不像样的话，相反却讲得头头是道。教士不得不相信他已经恢复正常了。疯子同教士谈了很多事情，其中谈到院长接受了他的亲属的贿赂，对他怀有歹意，因而说他神志仍然不正常，只是有时候清醒。他说他最大的不幸就在于他有很多财产，他的冤家们为了霸占他的财产想陷害他，因而怀疑仁慈的上帝已经使他从畜生变成了人。他这么一讲，显然让人觉得院长值得怀疑，他的亲属们不怀好意，而他已经成了正常人。为了慎重起见，教士决定把他带回去，让大主教见见他，以便明断是非。于是，教士请求院长把这个学士入院时穿的衣服还给他，可院长还是让教士再考虑考虑，因为学士的神志肯定还没恢复正常。可是，院长再三劝阻也无济于事，教士坚持要把他带走。院长因为教士是大主教派来的人，只好服从了，给学士换上了入院时穿的那套衣服。那衣服又新又高级。学士见自己换上衣服以后像个正常人，不像疯子了，就请求教士开恩让他去同自己的疯友们告别。

“教士也愿意陪他一同去看看院里的疯子。于是，院里的几个人陪着他们上了楼。学士来到一个笼子前，笼子里关着一个很狂暴的疯子，但当时他挺安静。学士对那个疯子说：‘我的兄弟，你是否有什么事要托付我？上帝对我仁慈而又富有怜悯之心，尽管我受之有愧，还是让我的神志恢复了正常，我现在要回家了。依靠上帝的力量真是无所不能，我现在已经完全恢复正常了。你也要寄希望于上帝，相信上帝。上帝既然能够让我恢复到我原来的状况，也会让所有相信他的人康复如初。我会留意给你送些好吃的东西来，你无论如何要吃掉。我是过来人，我告诉你，我觉得咱们所有的疯癫都是由于咱们胃里空空、脑袋里虚无造成的。你得鼓起劲来，情绪低落会危及健康，导致死亡。’

“学士这番话被这个笼子对面那个笼子里的疯子听到了。他本来赤身裸体地躺在一张旧席子上，现在站起来大声问是谁的神志恢复正常了。学士回答说：‘是我，兄弟，我要走了。我要感谢功德无量的老天对我如此关照，我已经没有必要继续留在这里了。’‘你别胡说了，学士，别上了魔鬼的当。’那个疯子说，‘你趁早留步，待在这个疯人院里吧，免得再回来。’‘我知道我已经好了，’学士说，‘所以没有理由再重蹈覆辙。’‘你好了？’疯子说，‘那好，咱们就瞧着吧。见你的鬼，我向朱庇特[①]发誓，我是他在人间的化身，塞维利亚今天放你出院，把你当作正常人，我要为它犯的这个罪孽惩罚它，让它世世代代都忘不了，阿门。愚蠢的学士，你难道不知道我手里掌管着能够摧毁一切的火焰，我说过我是掌管雷霆的朱庇特，要摧毁这个世界就能说到做到吗？不过，我只想用一种办法来惩罚这里的无知民众，那就是从我发出这个誓言起整整三年内，让这个地区和周围地带不下雨！你自由了，康复了，而我还是疯子还有病？我不知道该怎么说才好。想让我下雨，除非掐死我！’

“在场的人都静静地听那个疯子乱喊乱叫，可我们这位学士却转过身来，握住教士的手说道：‘您不用着急，我的大人，您别理会他的这些疯话。如果他是朱庇特，不愿意下雨，那么我就是涅普图努斯，

① 朱庇特是罗马神话中最高的神，相当于希腊神话中的宙斯，掌管雷电云雨，是诸神和人类的主宰。

是水的父亲和主宰。只要有必要，我想什么时候下雨就下雨。’教士说道：‘尽管如此，涅普图努斯大人，您最好还是不要惹朱庇特大人生气。您先留在疯人院里，等改天更方便的时候，我们再来接您吧。’院长和在场的人都笑了，教士满面愧容地跑了。于是，大家又把学士的衣服剥光了。学士仍然留在疯人院里，故事也就完了。”

“难道这就是您说的那个与现在这里的情况极为相似而您又非常愿意讲的故事吗，理发师大人？”唐吉诃德说，“哎呀，剃头的呀剃头的，您这不是睁着眼睛说瞎话嘛。难道您真的不知道，将天才与天才相比，将勇气与勇气相比，将美貌与美貌相比，将门第与门第相比，都是可恨的，是最令人讨厌的吗？理发师大人，我不是水神涅普图努斯，我并不足智多谋，也不想让别人把我看成足智多谋的人。我只是竭力想让大家明白，不恢复游侠骑士四处游弋的时代是个错误。在那个时代里，游侠骑士肩负着保卫王国的使命，保护少女，帮助孤儿，除暴安良。不过，咱们这个腐败的时代不配享受这种裨益。现在的骑士呀，从他们身上听到的是锦缎的窸窣声，而不是甲胄的铿锵声。现在的骑士已经不像以前那样露宿野外，忍受严寒酷暑，从头到脚，盔甲披挂，并且脚不离马镫，手不离长矛，只求打个盹就行了。现在也不会有哪个骑士从森林里出来又跑进深山，然后再踏上荒凉的海滩。大海上骇浪惊涛，岸边只有一条小船，船上没有桨和帆，没有桅杆，没有任何索具，可是骑士勇敢无畏，跳上小船，驶向巨浪滔天的大海深处。大浪一会儿把他掀到天上，一会儿把他抛向深渊，可是他毫无畏惧地昂首面对那难以抵御的狂风暴雨。待到情况稍微好转时，他已经离开他上船的地方三千多里了。他踏上那遥远陌生的土地，于是又出现了许多不该记录在羊皮纸上，而是应该铭刻在青铜器上的事迹。

“可是现在，懒惰胜过勤勉，安逸胜过操劳，丑陋胜过美德，傲慢胜过勇气，理论代替了战斗的实践，游侠骑士的黄金时代已经成为辉煌的过去。不信，你告诉我，现在谁能比高卢的著名的阿马迪斯更正直、更勇敢呢？谁能比英格兰的帕尔梅林更聪明呢？谁能比白衣骑士蒂兰特更随遇而安呢？谁能比希腊的利苏亚特更称得上是美男子呢？谁能比贝利亚尼斯受的伤更多而且杀伤的敌人也更多呢？谁能比高卢的佩里翁更无畏，比费利克斯马尔特·德伊尔卡尼亚更临危不惧，比埃斯普兰迪安更真诚呢？谁能比西龙希利奥更勇猛呢？谁能比罗达蒙特更桀骜不驯呢？谁能比索布利诺国王更谨慎呢？谁能比雷纳尔多斯更果敢呢？谁能比罗尔丹更无敌于天下呢？谁能比鲁赫罗更彬彬有礼呢？根据杜平的《宇宙志》，现在的费拉拉公爵还是他的后裔呢。

“所有这些骑士以及其他许多我可以列数出来的骑士都是游侠骑士，是骑士界的精英。这类人，或者相当于这类人的人，就是我要向国王陛下举荐的人。陛下如果能有他们效劳，就可以节约很多开支，土耳其人也只能气得七窍生烟了。如果能这样，我宁愿留在疯人院，因为教士不愿意把我从疯人院放出来。按照理发师讲的，假如朱庇特不愿意下雨，有我在这儿，同样可以想下雨就下雨。我说这些是想让那位剃头匠大人知道，我已经明白了他的意思。”

“实际上，唐吉诃德大人，”理发师说，“我并不是这个意思。上帝保佑，我是一片好意，请您不要生气。”

“我生气没生气，我自己知道。”唐吉诃德说。

神甫说：

“虽然刚才我几乎没说话，可是我听了唐吉诃德大人的话，心里产生了一个疑虑，我不想把它憋在心里，弄得挺难受的。”

“您还有什么话，神甫大人，”唐吉诃德说，“都可以讲出来，您可以谈谈您的疑虑。心存疑虑不是件快乐的事。”

“既然您允许，”神甫说，“我就把我的疑虑讲出来。那就是我无论如何也不能让自己相信，唐吉诃德大人刚才说的那一大堆游侠骑士都是有血有肉的真人；相反，我却觉得这是一种杜撰、传说或者编造，要不然就是一些已经醒了的人，或者确切地说，是一些仍然处于半睡眠状态的人的梦呓。”

“这又是很多人犯的另一个错误，”唐吉诃德说，“那就是不相信世界上真有这样的骑士。我曾试图在各种场合多次向各类人纠正这个普遍的错误观念，有时候，我的努力没有成功，还有一些时候，我以事实为依据，就成功了。事实是确凿无疑的，可以说高卢的阿马迪斯就是我亲眼所见。他高高的个子，白白的脸庞，黑黑的胡子梳理得很整齐，目光既温和又严厉。他不多说话，不易动怒，却很容易消气。我觉得我可以像描述阿马迪斯一样勾勒描绘出世界上所有故事中的游侠骑士。我可以根据故事里的讲述，再加上他们的事迹和性情，活灵活现地想象出他们的面孔、肤色和体形。”

“那么，唐吉诃德大人，”理发师问，“您估计巨人莫尔甘特到底有多大呢？”

“至于世界上究竟有没有巨人，”唐吉诃德说，“有各种不同的说法。不过，《圣经》总不会有半点虚假吧，里面说的非利士人歌利亚就有七腕尺[①]高，这就算够高的了。此外，在西西里岛还发现过巨大的四肢和脊背的遗骨，估计遗骨的主人也会高如高塔，几何学可以证明这一点。不过尽管如此，我还是不能确切地说出莫尔甘特到底有多高，我估计他不会很高。我之所以这样认为是因为我在专门记录他的事迹的故事里发现，他常常睡在室内。既然室内能够容得下他，他就不会很高大。”

“是这样。”神甫说。

神甫对唐吉诃德这样的胡言乱语很感兴趣，就又叫他估计雷纳尔多斯·德蒙塔尔万、罗尔丹以及法国十二廷臣的面孔会是什么样的，这些人都是游侠骑士。

“关于雷纳尔多斯，”唐吉诃德说，“我斗胆说他脸庞宽宽，呈橙黄色，眼睛非常灵活，有些凸出。他敏感易怒，结交的朋友都是小偷或类似的无赖。罗尔丹或者罗托兰多，要不就是奥兰多，这些都是故事里主人公的名字，我认为或者说认定，他们都是中等身材，宽宽的肩膀，有点罗圈腿，褐色的脸庞，红胡子，身上多毛，目光咄咄逼人，不善言辞，却很谦恭，显得很有教养。”

“如果罗尔丹不比您形容的优雅，”神甫说，“那么，美人安杰丽嘉看不上他，而被那个乳臭刚干的摩尔小子的潇洒所吸引，投入了他

---

① 腕尺是指由臂肘到中指尖的长度。

的怀抱，也就不算稀奇了。她爱温柔的梅多罗雨而不爱懒惰的罗尔丹，做得很明智。”

“那个安杰丽嘉，”唐吉诃德说，“神甫大人，是个见异思迁、活泼好动、有些任性的女孩，她的风流韵事也像她的美名一样到处流传。上千个大人、勇士和学者她都看不上，却爱上了一个矮个子翩翩少年，没有财产，只有一个对朋友知恩图报的名声。著名的阿里奥斯托对她的美貌大加赞扬，却不敢或不愿记述她无耻献身之后的事情，那肯定都是些不光彩的事情，而写了这样一句话：

> 至于她如何做了女皇，
> 也许别人会唱得更好。

“这无疑也是一种先知。诗人们也自称是先知、预言家，而且事实也明确地证明了这一点。后来，安达卢西亚就有位诗人为她的眼泪而悲歌，而另一位杰出的卡斯蒂利亚著名诗人也赞颂她的美貌。”

“请您告诉我，唐吉诃德大人，”理发师这时说道，“有这么多诗人赞颂安杰丽嘉夫人，难道就没有诗人讥讽她吗？”

“假如萨格里潘特或罗尔丹是诗人，”唐吉诃德说，“我想他们肯定会把她骂一通的。如果诗人在自己的想象中把某位夫人当成了自己的意中人，但却遭到她们的鄙夷和拒绝，不管是真还是假，诗人都会以讥讽或讽刺文章来报复，这也是诗人的本性。但是胸怀宽广的诗人不会这样做。不过，至今我还没听说有轰动世界的攻击安杰丽嘉的诗。”

“真是奇迹！”神甫说。

这时，忽然听见早已离开的唐吉诃德的女管家和外甥女在院子里吵吵嚷嚷，大家立刻循声赶去。

第二章　桑乔与唐吉诃德的外甥女、女管家激烈争论及其他趣事

故事说到唐吉诃德、神甫和理发师听到喊声，那是唐吉诃德的外甥女和女管家冲桑乔喊的。桑乔非要进来看望唐吉诃德，她们把住门不让进，还说：

“你这个笨蛋进来干什么？回你自己家去，兄弟，不是别人，正是你骗了我们大人，还带着他到处乱跑。”

桑乔说道：

“真是魔鬼夫人！被骗被带着到处乱跑的是我，而不是你们主人。是他带着我去了那些地方，你们自己弄糊涂了。他许诺说给我一个岛屿，把我骗出了家，我到现在还等着那个岛屿呢。”

“让那些破岛屿噎死你！”外甥女说，“混蛋桑乔，岛屿是什么东西？是吃的吗？你这个馋货、饭桶！”

“不是吃的，”桑乔说，“是我可以管理的比四个市政长官管理得还好的一种东西。”

“即使这样，”女管家说，“你也别进来，你这个一肚子坏水的家伙。你去管好你的家，种好你那点地，别想要什么岛不岛的了。”

神甫和理发师饶有兴趣地听着三个人的对话，可唐吉诃德怕桑乔把他们那堆傻事都和盘托出，有损自己的名誉，就叫桑乔和那两个女人别嚷嚷了，让桑乔进来。桑乔进来了，神甫和理发师起身告辞。他们见唐吉诃德头脑里那些胡思乱想根深蒂固，仍沉湎于骑士的愚蠢念头，不禁对唐吉诃德恢复健康感到绝望了。神甫对理发师说：

“你看着吧，伙计，说不定在咱们想不到的什么时候，咱们这位英雄就又会出去展翅高飞了。”

“我对此丝毫也不怀疑，”理发师说，“不过，侍从的头脑竟如此简单，甚至比骑士的疯癫更让我感到惊奇。他认准了那个岛屿，我估计咱们就是再费力也不会让他打消这个念头了。”

“上帝会解救他的。”神甫说，“咱们瞧着吧，这两个人全都走火入魔了，简直如出一辙。主人的疯癫若是没有侍从的愚蠢相配，那就不值得一提了。”

“是这样，”理发师说，“我很愿意听听他们俩现在谈什么。”

“我肯定，”神甫说，“唐吉诃德的外甥女或女管家事后肯定会告诉咱们。照她们俩的习惯，她们不会不偷听的。”

唐吉诃德让桑乔进了房间，关上门。房间里只有他们俩。唐吉诃德对桑乔说：

“你刚才说是我把你从家里骗出来的，我听了很难受。你知道，我也并没有留在家里呀。咱们一起出去，一起赶路，一起巡视，咱们俩命运相同。你被扔了一回，可我也被打过上百次，比你还厉害呢。”

“这也是应该的，”桑乔说，“照您自己说的，游侠骑士遇到的不幸总是比侍从遇到的多。”

“你错了，桑乔，”唐吉诃德说，“有句话说：quando caput dolet……”

“我只懂得咱们自己的语言。”桑乔说。

“我的意思是说，”唐吉诃德说，“头痛全身痛。我是你的主人，所以我是你的脑袋；你是我身体的一部分，因为你是我的侍从。从这个道理上讲，我遇到了不幸，或者说如果我遇到了不幸，你也会感到疼痛。你如果遇到了不幸，我也一样疼痛。”

“理应如此，”桑乔说，“可是我这个身体部分被人扔的时候，您作为我的脑袋却在墙头后面看着我被扔上去，并没有感到任何痛苦呀，它本来也应该感到疼痛嘛。”

“你是想说，桑乔，”唐吉诃德说，“他们扔你的时候，我没感到疼痛吗？如果你是这个意思的话，可别这么说，也别这么想。我的灵魂当时比你的身体疼得还厉害。不过，咱们现在先不谈这个，等以后有时间再来确定这件事吧。咱们现在说正题。你告诉我，桑乔，现在这儿的人是怎么议论我的？平民百姓都怎么说，贵族和骑士们又怎么说？他们对我的勇气、我的事迹、我的礼貌是怎么说的？他们对我要在这个世界上重振游侠骑士之道是怎么评论的？一句话，我想让你告诉我你所听到的一切。你原原本本地告诉我，不要加好听的，也不要去掉不好听的。忠实的仆人应该据实向主人报告，不要因为企图奉承而有所夸张，也不要因为盲目尊崇而有所隐瞒。你该知道，桑乔，如果当初君主们听到的都是不折不扣的事实，没有任何恭维的成分，那么世道就会不一样，就会是比我们现在更为'铁实'的时代，也就是现在常说的黄金时代。桑乔，请你按照我的告诫，仔细认真地把你知道的有关我刚才问到的那些情况告诉我吧。"

"我很愿意这样做，我的大人，"桑乔说，"不过我有个条件，就是不管我说什么，你都不要生气，因为你想让我据实说，不加任何修饰。"

"我不会生气的，"唐吉诃德说，"你放开了讲，桑乔，不必绕弯子。"

"我首先要说的就是，"桑乔说，"老百姓把您看成最大的疯子，说我也愚蠢得够呛。贵族们说，您本来就不是贵族圈子里的人，就凭那点儿家世，那几亩地，还有身上那两片破布，竟给自己加了个'唐'，当了什么骑士。而骑士们说，他们不愿意让贵族与他们作对，特别是那种用蒸汽擦皮鞋[①]、用绿布补黑袜子的只配当侍从的贵族。"

"这不是说我，"唐吉诃德说，"我从来都是穿得整整齐齐，没带补丁的。衣服破了，那倒有可能，不过那是甲胄磨破的，而不是穿破的。"

"至于说到您的勇气、礼貌、事迹等事情，"桑乔接着说，"大家就看法不一了。有的人说：'疯疯癫癫的，不过挺滑稽。'另外一些人说：'勇敢，却又不幸。'还有人说：'有礼貌，可是不得体。'还说了许多话，连您带我都说得体无完肤。"

"你看，桑乔，"唐吉诃德说，"凡是出人头地的人，都会遭到谗害，历来很少或者根本没有名人不受恶毒攻击的。像尤利乌斯·恺撒，是个极其勇猛而又十分谨慎的统帅，却被说成野心勃勃，衣服和生活作

① 当时没有鞋油，只好在皮鞋上抹些水、油和蛋清，再用蒸汽熏。

风都不那么干净。亚历山大功盖天下，号称大帝，却有人说他爱酗酒；再说赫拉克勒斯，战果累累，却说他骄奢好色。高卢的阿马迪斯的兄弟加劳尔，有人议论他太好斗，又说阿马迪斯爱哭。所以桑乔，对这些好人都有那么多议论，我又何尝不是如此呢，你说的那些就属于这种情况。”

“问题就在这儿，而且还不止是这些呀！”桑乔说。

“那么，还有什么？”唐吉诃德问。

“还有没说的呢，”桑乔说，“这些都算是简单的。如果您想了解所有那些攻击您的话，我可以马上给您找个人来，把所有那些话都告诉您，一点儿也不会漏下。昨天晚上巴托洛梅·卡拉斯科的儿子来了。他从萨拉曼卡学成归来，现在是学士了。我去迎接他的时候，他对我说您的事情已经编成书了，书名就叫《唐吉诃德》，还说书里也涉及我，而且就用了桑乔·潘萨这个名字。托博索的杜尔西内亚也有，还有一些完全是咱们之间的事情。我吓得直画十字，不懂这个故事的作者怎么会知道了那些事情。”

“我敢肯定，桑乔，”唐吉诃德说，“一定是某位会魔法的文人编了这个故事。他们要写什么，就不会有什么事能瞒住他们。”

“怎么会又是文人又是魔法师呢！刚才，参孙·卡拉斯科学士，我就是这样称呼他的，他对我说，故事的作者叫锡德·哈迈德·贝伦赫纳[①]。”

“这是个摩尔人的名字。”唐吉诃德说。

“是的，”桑乔说，“我听很多人说，摩尔人就喜欢贝伦赫纳。”

“你大概是把这个‘锡德’的意思弄错了，桑乔。”唐吉诃德说，“在阿拉伯语里，锡德是‘大人’的意思。”

“这完全可能，”桑乔说，“不过，您如果愿意让他到这儿来，我马上就去找。”

“你如果能去找，那太好了，朋友。”唐吉诃德说，“你刚才说的那些让我心里一直惦记着。不把情况完全搞清楚，我就什么也不吃。”

---

① 桑乔把贝嫩赫利误说成贝伦赫纳，而贝伦赫纳是茄子的意思。

“那我就去找他。”桑乔说。

桑乔离开主人去找那位学士，不一会儿就同那个人一起回来了。于是，三个人又开始了一场极其滑稽的对话。

第三章　唐吉诃德、桑乔与参孙·卡拉斯科学士的趣谈

唐吉诃德在等待卡拉斯科这段时间里一直在仔细思考。他想问问这位学士，桑乔说的那本书里究竟写了自己什么。他不能相信真有这本书，因为自己杀敌剑上的血迹尚未干，难道就有人把他的高尚的骑士行为写到书里去了？尽管如此，他还是想象有某位文人，不管是朋友还是对头，通过魔法把他的事写到书里去了。如果是朋友这样做，那是为了扩大他的影响，把他的事迹突出到比最杰出的游侠骑士还要突出的地步。如果是对头做的，那就是为了把他贬低到比有文字记载的最下贱的侍从还要下贱的地步。因为他心里明白，书上从来不写侍从的事迹。不过，假如确有这么一本书，既然是写游侠骑士的，就一定是鸿篇巨著，洋洋万言，写得高雅优美而又真实。这么一想，他又有点放心了。可是，想到作者是摩尔人，因为那个人的名字叫锡德，唐吉诃德又不放心了。摩尔人从来都是招摇撞骗，而且诡计多端。他最担心的就是书里谈到他同托博索的杜尔西内亚的爱情时会有不得体的地方，这样会造成人们对他的贞洁的杜尔西内亚夫人的蔑视和伤害。他希望书里写自己对杜尔西内亚始终忠诚而又尊敬，克制了自己的本能冲动，鄙视女王、王后和各种身份的美女。他正在山南海北地乱想着，桑乔和卡拉斯科来了。唐吉诃德非常客气地接待了卡拉斯科。

这个学士虽然叫参孙，个子却并不很大。他面色苍白，可头脑很

灵活。他二十四岁，圆脸庞，塌鼻子，大嘴巴，一看就是个心术不正、爱开玩笑的人。果然，他一见到唐吉诃德，就跪了下来，说道：

“请您把高贵的手伸出来，曼查的唐吉诃德大人。虽然我的级别只有初级四等，我凭这件圣彼得袍发誓，您是这世界上空前绝后的著名游侠骑士。多亏锡德·哈迈德·贝嫩赫利写下了这部记录您的英勇事迹的小说，多亏有心人又把它从阿拉伯语翻译成我们大众的西班牙语，才让大家都欣赏到这部小说。”

唐吉诃德扶他站起来，说道：

“看来真有一部写我的小说，而且是一位摩尔文人写的！”

“千真万确，大人，”参孙说，“而且据我估计，现在至少已经印了一万二千册。放心，在葡萄牙、巴塞罗那和巴伦西亚都印了。据说在安特卫普也在印呢。我估计无论什么国家、什么语言，都会出版这部小说的译本。”

“在能够让品德高尚、成就突出的人高兴的事情中，”唐吉诃德说，“有一件就是他的美名能够以各种语言印成书在人们中流传。但我说的是美名，如果相反，那就还不如死了呢。”

“若论美名，”学士说，“您已经超过了所有游侠骑士。现在，摩尔人已经使用他们的语言，而基督徒们也用自己的语言，向我们极其逼真地描述了您的洒脱形象。您临危不惧，吃苦耐劳，忍受了各种痛苦，此外，您还在同托博索的唐娜杜尔西内亚夫人的精神恋爱中保持了自己的忠贞。”

“我从没听说过什么唐娜杜尔西内亚夫人，”桑乔这时说，“我只听过称她为托博索的杜尔西内亚夫人。小说里这点写错了。”

“这不是什么大错。”卡拉斯科说。

“的确不是大错，”唐吉诃德说，“不过请你告诉我，学士大人，人们最称赞的是这部小说里的哪些事迹呢？”

“每个人的口味不同，所以意见也就不同。”学士答道，“有些人最喜欢大战风车的事，也就是您觉得是长臂巨人的那些东西；另外一些人爱看研布机的事；这个人觉得描写两支军队那段好，不过那两支军队后来似乎变成了两群羊；那个人推崇碰到送往塞哥维亚的尸体那一节；也有人说释放划船苦役犯那段最精彩；还有人说这些都不如您遇到两个贝尼托巨人，又同勇敢的比斯开人搏斗那一段。”

“告诉我，学士大人，”桑乔又插嘴道，“我们的好马罗西南多癞蛤蟆想吃天鹅肉，于是我们同杨瓜斯人遭遇的那段有吗？”

“那位文人无一遗漏地全都写下来了，”参孙说，“面面俱到，连好心的桑乔在被单里飞腾的事也有。”

“我没有在被单里飞腾，”桑乔说，“我只是在空中飞腾，不管我愿意不愿意。”

“我觉得，”唐吉诃德说，“在世界人类历史中恐怕没有哪一段不带有波折，特别是骑士史。骑士们不可能总是一帆风顺。”

“尽管如此，”学士说，“据说有些人看过这部小说后，倒宁愿作者忘掉唐吉诃德大人在交锋中挨的一些棍棒呢。”

“这些都是真事。”桑乔说。

“为了客观，这些事情其实可以不提，”唐吉诃德说，“因为事实在那儿摆着，不会改变，所以也就没有必要写出来，假如这些事情有损主人公尊严的话。埃涅阿斯就不像维吉尔描写的那样具有同情心，尤利西斯也不像荷马说的那样精明。”

“是这样。”参孙说，“不过，诗人写作是一回事，历史学家写作又是另外一回事。诗人可以不按照事物的本来面目，而按照它们应该是什么样子来描写和歌颂那些事物。历史学家则不是按照事物应该怎样，而是按照事物的本来面目，不加任何增减地写作。”

“如果那位摩尔大人想写真实情况，”桑乔说，“那么，我主人挨的那些棍棒肯定也有我的份儿。哪次不是他背上挨棍子，我就得全身挨打？不过，这也没什么新鲜的，这就像我主人说的，头疼全身疼。”

“你这个狡猾的桑乔，”唐吉诃德说，“看来你不想忘记的事情就一定忘不了。”

“就算我想忘记我挨过的那些棍棒，”桑乔说，“我身上的那些瘀伤却不答应，我的肋骨到现在还疼呢。”

“住嘴，桑乔，”唐吉诃德说，“不要打断学士大人的话。我请他继续讲那本小说里是怎样写我的。”

“还有我呢，”桑乔说，“据说我还是小说里的一个重要‘人伍’呢。”

“是‘人物’，不是‘人伍’，桑乔朋友。”参孙说。

“又来一个抠字眼的，”桑乔说，“要总是这样，咱们这辈子也说不完了。”

“你就是小说里的第二位人物，桑乔。如果不是，上帝会惩罚我的。”学士说，“有的人就愿意听你说话，而不是听全书刻画最多的那个人说话。不过，也有人认为你太死心眼儿，竟然相信在场的这位唐吉诃德大人真会让你当个岛屿的总督。”

“现在还为时尚早，”唐吉诃德说，“等桑乔再上些年纪，有了经验，就会比现在更具有当总督的能力。”

“天啊，大人，”桑乔说，“我现在这个年纪若是当不上总督，那么等到玛土撒拉[①]那个年纪也还是当不上。现在，坏就坏在这个岛屿还不知道藏在哪儿呢，并不是我没有能力管理它。”

“你向上帝致意吧，桑乔。”唐吉诃德说，“一切都会有的，也许比你想象的还要好。没有上帝的意志，连一片树叶都不会摇动。”

“是这样。”参孙说，“如果上帝愿意，别说是一个岛屿，就是一千个岛屿也会给你，桑乔。”

“我见过的那些总督，”桑乔说，“跟我相比，简直没法儿提。尽管这样，还是得称他们为‘阁下’，让他们吃饭用银餐具。”

“那些人不是岛屿总督，”参孙说，“而是其他一些很容易做的总督。岛屿总督至少得懂语法。”

“这个‘语’我还行，”桑乔说，“这个‘法’就跟我没关系了，我不懂。不过，这些事情还是让上帝去决定吧，只求上帝把我派到最适合我的地方去。只要这部小说的作者写我的事情时不写得让我太难堪，参孙·卡拉斯科学士大人，我就会心满意足。我担保，假如把我的事写得不像我这个老基督徒做的，那么，‘就是聋子我也得让他听见’[②]。”

---

① 玛土撒拉是《圣经》里的长寿老人，活了九百六十九岁。

② 西班牙俗语，此处表示气愤。

"那就是奇迹了。"参孙说。

"什么奇迹不奇迹的，"桑乔说，"谁要是介绍或者记述人物，总不能凭想象乱写吧。"

"人们认为这部小说的毛病之一就是作者插进了一个题为《无谓的猜疑》的故事。"学士说，"并不是故事本身不好或写得不好，而是因为放的地方不对，与唐吉诃德大人的故事毫不相干。"

"我敢打赌，"桑乔说，"他肯定是把风马牛弄到一块儿去了。"

"现在看来，"唐吉诃德说，"这部写我的事的小说的作者不是有学识的文人，而是个无知的饶舌者。他写作时没有任何考虑，想到哪儿就写到哪儿，就像乌韦达那位画家奥瓦内哈，人家问他画的是什么，他回答说：'像什么就是什么。'也许他画的是只公鸡，不过画得太不像了，还得在旁边用哥特体的字写上：这是公鸡。写我的这部小说大概也是这样，要看懂它还得加注解。"

"那倒没有，"参孙说，"里面写得很清楚，没有看不懂的地方，而且孩子们爱不释手，少年们争相传阅，成年人一目了然，老人们赞不绝口。这部小说被各个阶层的人广为流传，以至于后来人们一看到一匹瘦马，就说'罗西南多来了'。最爱读这部小说的还是那些侍童，没有一位贵人家的前厅里不摆着《唐吉诃德》。这个人刚放下，那个人就拿走了，这边有人找，那边有人借。总之，这部小说是迄今为止最有意思而且最没有低级趣味的小说，全书里没发现而且也根本没一句不道德或违反了教会思想的句子。"

"如果不这样写，那就不是写真了，"唐吉诃德说，"而是撒谎。对于那些编历史的人，就应该像对造伪币的人一样把他们烧死。仅我的事情就足够写的了，我不明白作者为什么还要写那些与此无关的大大小小的事情。这大概就像俗话说的：'甭管这草那草……'实际上，作者只要写写我的想法、我的感叹、我的眼泪、我的良好的愿望和我的奋争，就足以写出厚厚的一大本了，厚得可以和托斯塔[1]所有的著

---

① 唐胡安二世时期西班牙阿维拉地区的大主教，以著作等身而闻名，其著作达二十四卷。

作相比。实际上，学士大人，我现在得出一个结论，就是编写史书需要具有真知灼见。妙趣横生才谈得上大家手笔。在喜剧里，最愚蠢的角色才是最精明的形象，因为让人以为自己头脑简单的人其实头脑并不简单。历史是一件神圣的事情，必须真实，有真实才有上帝。可是，总有些人胡编乱造，还把他们的书到处滥发。”

“不会有一点好处都没有的书。”学士说。

“这倒无可置疑，”唐吉诃德说，“不过，常常是有的作者本来已经名声在外，可他的作品一出版，他的声誉却一落千丈，或者从此被人看不起了。”

“出现这种现象的原因是，”桑乔说，“印刷出来的东西可以慢慢阅读，所以很容易挑出错来，特别是那些大作家的作品、那些才识出众的人。伟大的诗人、杰出的历史学家总是或者经常受到那些自己没出过书却又特别热衷于给别人挑毛病的人嫉妒。”

“这并不奇怪，”唐吉诃德说，“有的神学家自己布道时讲得并不好，却对别人布道的缺点特别清楚。”

“的确如此，唐吉诃德大人。”卡拉斯科说，“不过，我希望那些评头论足的人多一些宽容，少一些苛求，不要对别人作品的细枝末节嘀嘀咕咕。‘荷马也有失误的时候’。那些人应该多考虑作者为了他的作品得以出版所花费的心血，少考虑作品的阴暗面。也许他们觉得脸上有痣不好看，可是有些人却觉得更漂亮。由此说来，要出版一本书真是要承担极大的风险，因为要让所有的读者都满意和高兴是不可能的。”

“喜欢写我这本书的人大概不会多。”唐吉诃德说。

“正相反，就好比‘愚人无数’，很多人都喜欢这样的小说。甚至还有一些人埋怨作者记性不好或是故意作梗，没有交代是谁偷了桑乔的驴，只是写到驴被偷走了。还说忘了交代在莫雷纳山捡到的手提箱里那一百个盾是怎么处理的，以后再也没有提起过，很多人都想知道那笔钱怎么样了，或者干什么用了。这又是一个很重要的漏洞。”

桑乔回答说：

“参孙大人，我现在不想报什么账。我的胃现在很难受，如果不喝两口陈年老酒，我就没法活了。我家里有酒。您要想听就等着我。我吃完饭就回来，不管您或者其他什么人想问什么，不管是丢驴的事还是盾的事，我都会回答。”

桑乔不等别人回答，也没再说什么，就回家去了。

唐吉诃德请求学士留下来吃顿便饭。学士留了下来。饭桌上添了两只雏鸡,他们还谈论了骑士道。卡拉斯科依然打诨不止。吃完饭后，他们睡了午觉。后来桑乔回来了，他们又旧话重提。

第四章　桑乔为学士解疑及其他应叙述的事情

桑乔回到唐吉诃德家，又接着刚才的话题说起来：

“参孙大人说，人们想知道是谁、什么时候、在什么地方偷了我的驴，那么我告诉你，就是我们为了逃避圣友团的追捕，躲进莫雷纳山的那天晚上。我们在苦役犯和送往塞哥维亚的尸体那儿倒霉之后，我和我的主人躲进了树林。我的主人依偎着他的长矛，我骑在我的驴上。经过几次交战，我们已经浑身是伤，疲惫不堪，就像躺在四个羽绒垫上似的睡着了。特别是我，睡得尤其死，不知来了什么人，用四根棍子把我那头驴的驮鞍架起来，把驴从我身下偷走了，我竟然一点儿也没有察觉。”

“这事很简单，而且也不新鲜。萨克里潘特围攻阿尔布拉卡的时候，那个臭名昭著的盗贼布鲁内洛就是用这种办法把马从他两腿中间偷走的。”

“天亮了，”桑乔说，“我打了个寒噤，棍子就倒了，我重重地摔到地上。我找我的驴，却找不到了。我的眼里立刻流出了眼泪。我伤心极了。如果作者没把我这段情况写进去，那就是漏掉了一个很好的内容。不知过了多少天，我们同米科米科纳公主一起走的时候，我认出了我的驴，那个希内斯·帕萨蒙特打扮成吉卜赛人的样子骑在上面。那个大骗子、大坏蛋，正是我和我的主人把他从锁链里解救出来的！”

“问题不在这儿，”参孙说，“问题在于你那头驴还没出现之前，作者就说你已经骑上那头驴了。”

“这个我就不知道了，”桑乔说，“大概是作者弄错了，要不就是印刷工人的疏忽。”

“肯定是这样。”参孙说，“那么，那一百个盾又怎么样了？都花了吗？”

桑乔答道：

“都花在我身上和我老婆、孩子身上了。我侍奉我的主人唐吉诃德在外奔波，他们在家耐心地等待我。如果等了那么长时间，结果到我回来时钱却没挣着，驴也丢了，那准没我好受的。还有就是，我当着国王也会这么说，什么衣服不衣服、钱不钱的，谁也管不着。如果我在外挨的打能够用钱来补偿，就算打一下赔四文钱吧，那么，就是再赔一百个盾也不够赔偿我一半的。每个人都拍拍自己的良心吧，不要混淆是非，颠倒黑白。人之初，性本善，可是心要坏就不知能坏多少倍呢。”

“如果这本书能够再版的话，”卡拉斯科说，“我一定记着告诉作者，把桑乔的这段话加上去，那么这本书就更精彩了。”

“这本书里还有其他需要修改的地方吗？”唐吉诃德问。

“是的，大概还有，”卡拉斯科说，“不过都不像刚才说的那么重要。”

“难怪作者说还要出下卷，”参孙又说，“不过，他没找到、也不知道是谁掌握着下卷的材料，所以我们怀疑下卷还能不能出来。而且，有些人说：‘续集从来就没有写得好的。’还有些人说：‘有关唐吉诃德的事，已经写出来的这些就足够了。’但也有一些人不怎么悲观，而且说得很痛快：‘再来些唐吉诃德的故事吧，让唐吉诃德只管冲杀，桑乔只管多嘴吧，我们就爱看这个。’”

“那么，作者打算怎么办呢？”

“他正在全力寻找材料，”参孙说，“只要找到材料，他马上就可以付梓印刷。他图的是利，倒不怎么在乎别人的赞扬。”

桑乔闻言道：

“作者贪图钱和利？那要能写好才怪呢。他肯定不会认真地写，就像裁缝在复活节前赶制衣服一样，匆忙赶制的东西肯定不像要求的那样细致。这位摩尔大人或是什么人，在干什么呢？他若是想找有关冒险或其他各种事情的材料，我和我的主人这儿有的是。别说下卷，就是再写一百卷也足够。这位大好人应该想到，我们并不是在这儿混日子呢。他只要向我们了解情况，就知道我们是怎么过来的了。我只能说，我的主人要是听了我的劝告，我们现在肯定像那些优秀的游侠骑士一样，正在外面拨乱反正呢。”

桑乔还没说完，罗西南多就在外面嘶鸣起来。唐吉诃德听见了，觉得这是个极好的兆头，就决定三四天后再度出征。他把自己的想法告诉了学士，并且同学士商量，自己的征程应该从哪儿开始好。学士说他觉得应该首先到阿拉贡王国，到萨拉戈萨城去。过几天，到圣豪尔赫节的时候，那儿要举行极其隆重的擂台赛，唐吉诃德可以利用那个机会击败阿拉贡的骑士，那就等于战胜了世界上的所有骑士，从此名扬天下。学士对唐吉诃德极其高尚勇敢的决定表示赞赏。学士还提醒唐吉诃德，遇到危险时要注意保护自己，因为他的生命不属于他自己，而属于那些在他征险途中需要他保护和帮助的人。

“这点我就不同意，参孙大人，”桑乔说，“想让我的主人见了上百个武士就像孩子见了一堆甜瓜似的往上冲，那怎么行？求求您了，学士大人！该进则进，该退就得退，不能总是‘圣主保佑，西班牙必胜’！而且，如果我没记错的话，我听说，大概是听我主人说的，在怯懦和鲁莽这两个极端之间选择中间才算勇敢。如果是这样，我不希望我的主人无缘无故地逃跑，也不希望他不管不顾地一味向前冲。不过更重要的是，我有句话得告诉我的主人，假如他这次还想带我去，就得答应我一个条件，那就是所有战斗都是他的事，我只负责他吃喝拉撒的事，而且一定尽心竭力，可是要让我拿剑去战斗，即使是对付那些舞刀弄枪的痞子也休想！

“参孙大人，我并不想得到勇者的美名，我只想做游侠骑士最优秀最忠实的侍从。如果我的主人唐吉诃德鉴于我忠心耿耿，想把据他说能夺取到的许多岛屿送给我一个，我会十分高兴地接受。如果他不给我岛屿，那么我还是我，我也不用靠别人活着，我只靠上帝活着，而且不做总督也许会比做总督活得还好。况且，谁知道魔鬼会不会在我当总督期间给我设个圈套，把我绊倒，连牙齿都磕掉了呢？我生来是桑乔，我打算死的时候还是桑乔。不过，若是老天赐给我一个岛屿或是其他类似的东西，只要不用费力气，也不用冒险，我才不会那么傻，推辞不要它呢。人们常说：‘给你牛犊，快拿绳牵’，‘好运来了，切莫错过’。”

“桑乔兄弟，”卡拉斯科说，“你讲话真够有水平的，但即使这样，你还得相信上帝，相信你的主人唐吉诃德，那么，他给你的就不是一个岛屿，而是一个王国了。”

“多和少都是一回事，”桑乔说，“不过，我可以告诉卡拉斯科大人，只要我的主人没有忘记给我一个王国，我会珍重自己的。我的身体很好，依然可以统治王国，管理岛屿。这话我已经同我的主人说过多次了。”

“你看，桑乔，”参孙说，“职业能够改变人。也许你当了总督以后，连亲妈都不认了。”

“只有那些出身低下的人才会那样。像我这样品行端正的老基督徒绝不会这样。你只要了解我的为人，就知道我对任何人都不会忘恩负义。”

“只要有做总督的机会，”唐吉诃德说，“上帝肯定会安排，而且，我也会替你留心。”

说完，唐吉诃德又请求学士，说如果他会写诗，就请代劳写几首诗，自己想在辞别托博索的杜尔西内亚夫人时用，而且，唐吉诃德还请他务必让每句诗的开头用上她的名字的一个字母，等把全诗写出来后，这些开头的字母就能组成“托博索杜尔西内亚”这字样。学士说自己虽然算不上西班牙的著名诗人，因为西班牙的著名诗人至多也只有三个半，但他还是能按照这种诗韵写出几首，虽然写起来会很困难。因为这个名字一共有十七个字母，如果作四首卡斯特亚纳[①]的话，还多一个字母；如果写成五行诗的话，就还欠三个字母。不过，尽管如此，他会全力以赴，争取在四首卡斯特亚纳里放下“托博索杜尔西内亚”这个名字。

“哪儿都是一样，”唐吉诃德说，“如果诗里没有明确写明某个女人的名字，她就不认为诗是写给她的。”

这件事就这样商定了。他们还商定唐吉诃德八天后启程。唐吉诃德嘱咐学士一定要保密，特别是对神甫、理发师、他的外甥女和女管家，免得这一光荣而又勇敢的行动受阻。卡拉斯科答应了，然后起身告辞，而且嘱咐唐吉诃德，只要有可能，一定要把消息告诉他，不管是好的还是坏的。他们就这样告别了，桑乔去做外出的各种准备工作。

第五章　桑乔和他妻子特雷莎[②]的一席有趣的对话

这部小说的译者译到第五章时，怀疑这部分是伪造的，因为桑乔在此处的妙论不同于以往那样傻话连篇，而是言语精辟，这在桑乔是不可能的。不过，译者并没有因此而不履行自己的职责，还是照译如下：

桑乔兴高采烈地回家去了。他的妻子从远处就看到了他那高兴的样子，忍不住问他：

---

① 卡斯特亚纳是一种四行八音节的民歌。

② 编者注。本书上卷中桑乔妻子的名字为胡安娜，此处却变为特雷莎，作者没有对此进行说明。

“你怎么了，桑乔，干吗乐成这个样子？”

桑乔回答说：

“我的老伴儿呀，但愿上帝能让我不像现在这样高兴，我才乐意呢。”

“我不明白，老伴儿，”她说道，“你说，但愿上帝能让你不像现在这样高兴你才乐意呢，这是什么意思？我虽然傻，却没听说过有谁不高兴才称心如意呢。”

“你看，特雷莎，”桑乔说，“我高兴是因为我已经决定再次去服侍我的主人唐吉诃德，他要第三次出去征险了。我又跟他出去是因为我需要这样，而且我还指望这次能再找到一百个盾呢。我正是为此而高兴的。那一百个盾咱们已经花掉了。不过，要离开你和孩子我又难过。如果上帝能够让我不必在外颠沛流离，而是在家里坐享清福，我当然更高兴了。现在，我是既高兴又掺着与你分别的痛苦，所以我刚才说，如果上帝不让我像现在这样高兴我才乐意呢。”

“你看你，桑乔，”特雷莎说，“自从你跟了游侠骑士以后，说话总是拐弯抹角的，谁也听不懂。”

“上帝能听懂就行了，老伴儿，”桑乔说，“上帝无所不懂。咱们就说到这儿吧，这三天你最好先照看好驴，让它能时刻整装待发。你要加倍喂料，仔细检查驮鞍和其他鞍具。我们不是去参加婚礼，而是去游历世界，遇到的是巨人和妖魔鬼怪，听到的是各种鬼哭狼嚎。如果不碰上杨瓜斯人和会魔法的摩尔人，这些都算小事哩。”

“我完全相信，老伴儿，”特雷莎说，“游侠侍从这碗饭也不是白吃的。我会祈求上帝让你尽早脱离这个倒霉的行当。”

“我告诉你，老伴儿呀，”桑乔说，“要不是想到我要当岛屿的总督，我早就死在这儿了。”

“别这样，我的丈夫，”特雷莎说，“‘鸡就是长了舌疮也得活呀’。你可得活着，让世界上所有的总督都见鬼去吧。你没当总督也从你娘肚子里出来了，没当总督也活到了现在；不当总督，若是上帝让你去坟墓，你就是自己不愿去，也会有人把你送去的。世界上那么多人没当总督，人家也没有因此就活不下去，也没有因此就不是人了。世界上最好的调味汁就是饥饿，而穷人从来不缺饿，所以吃东西总是那么香。不过你听着，桑乔，万一你当了什么总督，一定别忘了我和你的孩子们。你看，小桑乔已经满十五岁了，如果你那位当修道院院长的叔叔想让他以后当神甫，也该让他去学习了。你再看看你的女儿玛丽·桑查吧，如果不让她结婚，她非死了不可。现在越来越看得出来，她特别想有个丈夫，就像你想当总督似的。反正，当个不如意的老婆也比当高级姘头强。”

“我明白，”桑乔说，“如果上帝让我当个总督什么的，我一定要让玛丽·桑查嫁给一个地位高的人。谁不能让她当上贵夫人就休想娶她。”

“不，不，桑乔，”特雷莎说，“让她嫁给一个地位相当的人才合适。你要让她不穿木屐而换上软木厚底鞋，不穿粗呢裙而换上带裙撑的绸裙[①]，不叫玛丽，不以‘你’相称，而是称‘唐娜某某’或‘贵夫人’，那可不是她所能做到的，准得处处出洋相，露出她的粗陋本性来。”

“住嘴，你这个傻瓜，”桑乔说，“过两三年就都适应了，该有的派头和尊严也就有了。即使没有又怎么样呢？她还是贵夫人，想怎么办就怎么办。”

“你看看自己的身份吧，桑乔，”特雷莎说，“别净想高攀了。你记着，俗话说，‘邻居的儿子在眼前，擦干净鼻子领进门’。咱们的玛丽若是真能嫁给一个伯爵或骑士，那当然是好事，可就怕他随意欺负玛丽，说她是乡巴佬、庄稼妹、纺织女。只要有我在就休想，老伴儿！她可是我养大的！你只管拿钱来，桑乔，她的婚事由我来办。我看好了，有个洛佩·托乔，是胡安·托乔的儿子，一个健壮又结实的小伙子，咱们都认识他。我知道他对咱们的女儿印象不错。门当户对，这门亲事错不了。而且，这样玛丽总在咱们眼皮底下，大家都是一家人，父母、儿女、孙子和女婿，大家和睦相处，共享天伦之乐。你别着急把她嫁到宫廷和王府去，在那儿人家与她合不到一起，她也与人家合不到一起。”

---

① 木屐和粗呢裙给穷人穿，厚底鞋和绸裙给富人穿。

“够了，你这个乱搅和的粗俗女人！”桑乔说，“你干吗平白无故地不让我把女儿嫁给那种能给我生‘高贵’孙子的人？你看，特雷莎，我总是听老人们说，‘福来不享，福走了就别怨’。现在福气已经来到咱家门口，咱们若是把门关上就不对了，咱们应该借此东风嘛。”

本书的译者认为，桑乔的这段话和下面的一段话都是杜撰的。

“你这个害人虫，”桑乔接着说，“如果我当上一个有油水的总督，咱们从此就翻了身，难道你觉得不好吗？我要把玛丽·桑查嫁给我选中的人，你看吧，到时候人们就会称你为‘唐娜特雷莎·潘萨’。不管那些贵夫人如何不愿意，你去教堂的时候都可以坐在细毯制的坐垫上，还有绸子。你不能一辈子总是这样，像个摆设似的。这件事不用再说了。不管你怎么讲，小桑查也得当个伯爵夫人。”

“我看你说得太多了，老伴儿，”特雷莎说，“不管怎么说，我还是怕她当这个伯爵夫人或者王妃。我可告诉你，这并不是我的意思，我也没同意。伙计，我一直主张门当户对，最看不上那种自己本来什么也不是却要攀龙附凤的人。我洗礼时起的名字是特雷莎，这个名字多痛快，没有什么这个那个，还啰哩啰嗦地‘唐’什么、‘唐娜’什么的。我的父亲叫卡斯卡霍。我是你的女人，所以人家又叫我特雷莎·潘萨，本来我应该叫特雷莎·卡斯卡霍，可法律就是国王[①]，我对特雷莎·潘萨这个名字挺满意，不用加什么‘唐’，那我担当不起。我也不愿意让人见我穿得像个伯爵夫人或总督夫人似的，背后却说：‘你们看，那个喂猪婆还挺傲慢的，昨天还披着麻袋片，去教堂时没头巾，用裙摆包脑袋，今天就穿着带裙撑的裙子，戴着装饰别针，神气十足了，好像咱们不知道她是谁似的。’上帝让我七官或五官俱全，别管有几官吧，我才不想让人家这么说呢。你呢，伙计，去当你的总督或是岛督吧，愿意威风就威风去吧。可我和女儿，我向我已故的母亲发誓，我们绝不离开村子一步。好女就好比没有腿，大门不出，二门不迈。正派的女孩子，干活才是幸福。你跟随你的唐吉诃德去找你

---

① 应为“国王就是法律”，特雷莎把话说反了。

们的好运，让我们母女在家倒霉吧。我们是好人，上帝自然会帮助我们，让我们时来运转。我就是不明白，他的父母和祖父母都没有‘唐’的称号，是谁给他封了‘唐’字。”

“我告诉你，”桑乔说，“你现在大概是中魔了。上帝保佑，老伴儿，你干吗要把这些没头没尾的事连在一起？我说的那些同碎石子[①]、首饰别针、俗话和神气有什么关系？听着，你这个笨蛋，我只得这么叫你，因为你总是听不明白我的话。我是说，假如让我的女儿从一个高塔上跳下来，或者沉沦堕落，就像乌拉卡公主[②]打算的那样，你或许有理由不按照我说的去做。可如果转眼之间，我就能给她安上一个‘唐娜’或贵夫人的头衔，让她脱离苦海，一步登天，让她的会客室里的阿尔摩哈达[③]比摩洛哥的阿尔摩哈达时期的摩尔人还多，你干吗不同意或不愿意让我这样做呢？”

“你知道为什么吗，老伴儿？”特雷莎说，“因为俗话说，‘看得见看不见全是他’。对穷人大家都视而不见，可是对富人就盯住不放。如果某个富人以前曾经是穷人，大家就议论纷纷，说东道西，没完没了。这种人大街上有的是，就像蜜蜂似的一堆一堆的。”

“听着，特雷莎，”桑乔说，“你听我对你说句话，这句话也许你这辈子都没听说过，现在我来告诉你。我要说的这句话是一位神父上次四旬斋布道时讲的，如果我没记错的话，他说的是：‘眼前的东西明摆着，给人的印象比所有过去的东西都深刻。’”

桑乔的这些话又让译者怀疑本章部分是杜撰的，因为它已经超出了桑乔的能力。桑乔又接着说道：

“所以，当我们看到某个人梳理整齐、穿着华丽而且有用人前呼后拥的时候，就仿佛有一种力量使我们对他油然而生敬意，因为那个时刻产生的印象使我们不由自主地感到在他面前矮了一截儿，这就使人们忘记了他的过去，不管他过去是贫穷还是有身份，反正那都是过

① 特雷莎的父亲名叫卡斯卡霍。卡斯卡霍有碎石子的意思。
② 乌拉卡公主是西班牙国王费尔南多一世的女儿，见父亲把国土只分给她的三个兄弟，便威胁要去操皮肉生涯，迫使父亲给了她一个城。
③ 此处为垫子的意思。穆瓦希德人也译为阿尔摩哈达人。两者发音相同。

去的事了，人们只注意到他的现在。命运使这个人由卑微转为高贵，如果他有教养，人大方，对大家都很客气，不同那些世袭贵族闹什么不和，你放心，特雷莎，不会有人记得他的过去，而只会注重他的现在，除非是那种总爱嫉妒别人、看见别人富了就不高兴的家伙。神父说的就是这个意思。”

“我听不懂你说的这些，老伴儿，”特雷莎说，“你想怎么办就怎么办吧，别在这儿长篇大论地让我头疼了。如果你决意要像你说的那样做……”

“你应该说‘决定’，老伴儿，”桑乔说，“不是‘决意’。”

“别跟我争，老伴儿。”特雷莎说，“上帝就是叫我这么说的，我不会说错的。我是说，你如果一定要当总督，就把你儿子小桑乔带走，让他从现在起就学着做总督吧。子继父业是完全正当的。”

“我一当上总督，”桑乔说，“就会派人来接他，还会给你寄钱来。我肯定会有钱。当总督的如果没有钱，肯定会有人借给他。你也得穿得像个样子，别跟现在似的。”

“你就寄你的钱来吧，”特雷莎说，“我肯定会穿得像个贵夫人。”

“那咱们就商定了，”桑乔说，“让咱们的女儿做个伯爵夫人。”

“等我看到她当了伯爵夫人，”特雷莎说，“我就当她已经死了埋了。不过，我再说一遍，你愿意怎么做就怎么做，反正我们女人生来就是这个命，嫁鸡随鸡，嫁狗随狗。”

说到这儿，特雷莎哭起来，仿佛她已经看见小桑查死了埋了似的。桑乔安慰她说，他们的女儿肯定会做伯爵夫人，不过他会安排得尽可能晚些。他们的谈话就这样结束了。桑乔又去看望唐吉诃德，准备收拾启程。

第六章　本书最重要的一章：唐吉诃德与其外甥女、女管家的对话

桑乔·潘萨和他的妻子特雷莎·卡斯卡霍聊天的时候，唐吉诃德的外甥女和女管家也没闲着。种种迹象表明，她们的舅舅或主人又要第二次出门，去从事游侠骑士的破行当。她们想尽各种办法，想让唐吉诃德打消这个可恶的念头，可一切都是对牛弹琴，徒劳一场。尽管如此，她们还是苦口婆心地劝他。女管家说：

“说实在的，我的主人，如果您不踏踏实实地在家待着，而是像个幽灵似的出去翻山越岭，寻什么险，依我说就是自找倒霉，那我只好大声地向上帝和国王抱怨，请他们来管管这事了。”

唐吉诃德对此回答道：

“管家，上帝将怎样回答你的抱怨，我不知道；陛下将怎样回答你，我也不知道。我只知道如果我是国王，就不去理会这些每天没完没了的瞎告状。国王有很多让人挠头的事，其中之一就是要听大家的禀报，还要答复大家。所以，我不想让我的事情再去麻烦他。”

女管家说：

“那么，您告诉我，大人，陛下的朝廷里有没有骑士？”

“当然有，”唐吉诃德说，“这不仅是帝王伟大的一种陪衬，而且是为了炫耀帝王的尊严。”

“那么，”女管家说，“您为什么不安安稳稳地留在宫廷里服侍国王呢？”

“你看，朋友，”唐吉诃德说，“并不是所有的骑士都能成为宫廷侍从，也不是宫廷侍从都能成为游侠骑士的，世界上各种各样的人都得有。虽然我们都是骑士，可骑士跟骑士又有很大差别。宫廷侍从

可以连宫廷的门槛都不出，就在自己的房间里看地图游历世界，不用花一分钱，也不用遭风吹日晒，忍饥受渴。而我们这些真正的游侠骑士就得顶着严寒酷暑，风餐露宿，不分昼夜，步行或骑马，足迹踏遍各地。我们对付敌人并不是纸上谈兵，而是真刀真枪。危险时刻我们冲上前，从不多考虑什么骑士规则，我们的矛剑是否太短，是否带着护身符，是否把阳光分平均了[①]，还有其他一些诸如此类的决斗规则。这些你不懂，我却都知道。而且你应该知道，即使面对十个巨人，那些巨人高得刺破云天，腿似高塔，胳膊好像船上粗大的桅杆，眼睛大如磨盘，还冒出比炼玻璃炉更热的火焰，一个优秀的游侠骑士也不会感到畏惧；相反，他会潇洒勇猛地向巨人进攻，如果可能的话，就一下子把巨人打得落花流水，虽然那些巨人身披一种鱼鳞甲，据说比金刚石还结实，而且手持的不是短剑，是精致闪亮的钢刀，或是钢头铁锤，这种锤子我见过几次。我的管家，我说这些就是为了让你知道骑士与骑士并不完全相同。所以，各国君主特别器重这第二种骑士，或者说是第一等的游侠骑士，是理所当然的。在我读过的几本书里，有的游侠骑士拯救了不止一个王国，而是很多王国呢。”

“可是我的大人，”外甥女这时候说，“您应该知道，这些说游侠骑士的书都是编造的。这些书如果还没被烧掉，也应该给它们穿上悔罪衣或者贴上什么标记，让人们知道它们全是些胡说八道、有伤风化的东西。”

“我向养育了我的上帝发誓，”唐吉诃德说，“假如你不是我的外甥女，不是我姐妹的女儿，就凭你这番侮慢不恭的话，我早就狠狠地惩罚你了，让大家都能听到你叫唤！你这个乳臭未干的毛孩子，怎么能对骑士小说评头论足呢？如果阿马迪斯大人听到了会怎么说呢？不过，我敢肯定他会原谅你，因为他是他那个时代最谦恭的骑士，而且特别愿意保护少女。可是，如果其他不像他那样客气的骑士听到了会怎么样呢？有的骑士就很粗鲁。并非所有自称骑士的人都是一样

① 决斗双方选择位置时，应注意面向阳光的程度要相等，以示公正。

的。有的很优秀，有的就很一般，看上去都像骑士，可并不是所有人都经得起考验。有些出身卑微的人特别渴望能被人看作骑士，可也有出身高贵的骑士却甘愿成为下等人。前一种人凭野心或是凭良心变得有地位了，而后一种人却因为懒惰或行为不轨而堕落了，所以，我们一定要以我们自己的明断力来区分这两类骑士，他们名称相同，行为却不一样。”

“上帝保佑，”外甥女说，“您知道得可真够多的。如果必要的话，您真可以到大街上搭个布道台去进行说教了。可是您又睁着眼睛说瞎话，愚蠢得出奇。您本来已经上了年纪，却想让人以为您还很勇敢；您本来已经疾病缠身，却想让人以为您还年富力强；您本来已经风烛残年，却想让人以为您还能拨乱反正；尤其是您还自以为是骑士，其实您根本不是，破落贵族根本不能做骑士，穷人也不能做骑士！”

“你说得很对，外甥女，”唐吉诃德说，“关于家族问题，我可以给你讲出一大堆话来，你准会感到惊奇。不过，我不想讲那么多了，以免把神圣的事同世俗的事混淆起来。你们仔细听我说，世界上各种各样的家族归纳起来一共有四种。一种是最初卑微，后来逐渐发展到很高贵的层次。另一种是开始就兴旺，后来始终保持着最初的水平。再一种就是开始很兴旺，后来发展成了一个金字塔尖。它的家族逐渐缩小，变成了极小的一部分，就像一座金字塔，它的底座已经毫无意义。最后一种家族人数最多，他们起初还算不错，说得过去，后来也是这样，就像一般老百姓家一样。第一种由卑微发展为高贵，而且仍然保持着高贵，其例子就是奥斯曼家族。这个家族从地位低下的牧人发展到了我们现在见到的这种地位。第二种开始不错，而且也保持下来了，很多君主都可以算作这种例子。他们继承了过去的境况，又把它保持下来，没有发展，也没有衰败，踏踏实实地过着他们的日子。至于那种最初很兴旺，后来只剩下一个尖的例子就成千上万了，例如埃及法老、图特摩斯、罗马的恺撒，还有无数的国王、君主、领主、米堤亚人、亚述人、波斯人、希腊人和北非伊斯兰教各国人，与先人相比，这些人的家族和权势都只剩下一点儿，现在已经找不到他们的后代了，即使能找到，地位也都很低下。

“至于那些平民家族，我只能说他们的人数在不断扩充，可他们没有任何事迹可以留下美名，受到赞扬。你们这两个蠢货，我讲这些是为了让你们明白，现在对家族问题的模糊意识有多么严重。只有那些品德高尚、经济富有、慷慨好施的人才算得上伟大高贵。我说他们必须品德高尚、经济富有，而且慷慨好施，是因为一个人若只是伟大，如果他有毛病，那么他的毛病也大；如果一个人富有而不慷慨，那么他只能是个吝啬的乞丐，因为他只会拥有，不会正确使用他的财富，只会任意乱花或不花，而不会有效地利用它。贫穷的骑士则只能靠自己的品德，靠他和蔼可亲、举止高贵、谦恭有礼、勤奋备至、不高傲自大、不鼠肚鸡肠，尤其是仁慈敦厚来显示自己是个真正的骑士。他心甘情愿地给穷人两文钱，也和敲锣打鼓地施舍一样属于慷慨大方。如果他具有了上述品德，别人即使不认识他，也一定会以为他出身高贵，要不这样认为才怪呢。称赞历来就是对美德的奖励，有道德的人一定会受到称赞。

“宝贝们，一个人要想既发财又有名气，有两条路可以走，一条是文的，另一条是武的，而我更适合于武的。我受战神的影响，生来偏武，所以我必须走这条路，即使所有人反对也无济于事。你们费心劳神地想让我不从事天意所指、命运所定、情理所求、尤其是我的意志希望我去做的事情，那只能是枉费心机，因为我知道游侠骑士须付出的无数辛劳，也知道靠游侠骑士能得到的各种利益。我知道这条道德之路非常狭窄，而恶习之路却很宽广，但是它们的结局却不相同。恶习之路虽然宽广，却只能导致死亡，而道德之路尽管狭窄艰苦，导致的却是生机，而且不是有生而止，是永生而无穷尽，就像我们伟大的西班牙诗人①说的：

沿着这崎岖的道路，
通向不朽的境界，
怯者无指望。”

① 此处指加尔西拉索·德拉·维加（1539—1616）。

“我真倒霉透了，”外甥女说，“瞧我的舅舅还是诗人呢。他无所不知，无所不能。他若是个泥瓦匠，盖一所房子准像搭个鸟笼子似的易如反掌。”

“我敢保证，外甥女，”唐吉诃德说，“若不是骑士思想占据了我的全部身心，我真可以无所不能呢。我什么都会做，特别是鸟笼子、牙签之类的东西，这并不新鲜。”

这时候有人叫门。几个人问是谁在叫门，桑乔说是他。女管家对桑乔简直讨厌透了，一听是他，立刻躲了起来，不愿见他。外甥女打开了门，唐吉诃德出来展开双臂迎接他。两个人又在房间里开始了另外一场谈话，同前面那次一样有趣。

第七章　唐吉诃德与侍从之间发生的事及其他大事

女管家一见桑乔进了他主人的房间，就猜到了桑乔的意图，料想他们又会商量第三次外出的事情。她赶紧披上披风，去找参孙·卡拉斯科学士，觉得他能说会道，又是新结识的朋友，完全可以说服主人放弃那个荒谬的打算。她找到了参孙，参孙正在院子里散步。女管家一见到参孙，就跪到他面前，浑身汗水，满脸忧伤。参孙见她一副难过忧伤的样子，就问道：

“你怎么了，女管家？出了什么事，看你跟丢了魂似的。”

“没什么，参孙大人，只是我的主人憋不住了。他肯定憋不住了。”

“哪儿憋不住了，夫人？”参孙问，“他身上什么地方漏了？”

“不是哪儿漏了，”女管家说，“而是那疯劲又上来了。我是说，我的宝贝学士大人，他又想出门了，这是他第三次出去到处寻找他叫作运气的东西了[1]。我也不明白他为什么这样称呼。第一次，他被打得浑身是伤，被人横放在驴上送回来。第二次，他被人关在笼子里用牛车送回来，还自认为是中了魔法。瞧他那副惨相，就是他亲妈也认不出他了，面黄肌瘦，眼睛都快凹进脑子里去了。为了让他能恢复正常，我已经用了六百多个鸡蛋，这个上帝知道，大家也知道，还有我的母鸡，它们是不会让我撒谎的。"

"这点我完全相信，"学士说，"您那些母鸡养得好，养得肥，即使胀破了肚子也不会乱说的。不过，管家大人，您难道真的只担心唐吉诃德大人要出门，而没有其他什么事情吗？"

"没有，大人。"女管家说。

"那您就不用担心了，"学士说，"您赶紧回家去，给我准备点热呼呼的午饭吧。您如果会念《亚波罗尼亚[2]经》的话，路上就念念《亚波罗尼亚经》吧。我马上就去，到时候您就知道事情有多妙了。"

"我的天啊，"女管家说，"您说还得念《亚波罗尼亚经》？就好像我主人的病是在牙上，而不是在脑子里。"

"我说的没错儿，管家夫人。您赶紧去，别跟我争了。您知道我是在萨拉曼卡毕业的，别跟我斗嘴了。"卡拉斯科说。

学士这么一说，女管家才走了。学士去找神甫，同他说了一些话，这些话下面会提到。

唐吉诃德和桑乔谈了一番话，这本书都做了准确真实的记录。桑乔对唐吉诃德说：

"大人，我已经'摔服'我老婆了，无论您到哪儿去，她都同意我跟随您。"

"应该是'说服'，桑乔，"唐吉诃德说，"不是'摔服'。"

"如果我没记错的话，"桑乔说，"我已经对您说过一两次了，只要您听懂了我要说的意思，就别总是纠正我的发音。如果您没听懂，

---

① 唐吉诃德说要出去征险，而在西班牙语中，"险遇"和女管家说的"运气"只相差一个字母。女管家在此处把唐吉诃德的征险错说成找运气了。

② 地名。按照《圣经》，使徒保罗和西拉到贴撒罗马迦传道时曾经过此地。而按照女管家的说法，念《亚波罗尼亚经》可以治牙痛。

那就说：‘桑乔，见鬼，我没听懂你的话。’那时候您再纠正我。我这个人本来就很‘拴从’……”

“我没听懂你的话，桑乔，”唐吉诃德马上说，“我不明白‘我很拴从’是什么意思。”

“就是很‘拴从’，”桑乔说，“我就是这样的人。”

“我现在更不懂了。”唐吉诃德说。

“如果你还不懂的话，”桑乔说，“我就不知道该怎么对你说了。我不会其他说法，上帝会明白的。”

“好，现在我明白了，”唐吉诃德说，“你是想说你非常顺从、温和、听话，也就是我说什么你都能听，我让你干什么你都能凑合干。”

“我敢打赌，”桑乔说，“您一开始就猜到了是什么意思，就听懂了。您是故意把我弄糊涂，让我多说几句胡话。”

“也可能是吧。”唐吉诃德说，“咱们现在谈正经的，特雷莎是怎么说的？”

桑乔说：“特雷莎让我小心侍候您，少说多做；‘到手一件，胜过许多诺言’；依我说，对女人的话不必在意，可是，不听女人的话又是疯子。”

“我也这么说。”唐吉诃德说，“说吧，桑乔朋友，你再接着说，你今天说话真可谓句句珠玑。”

“现在的情况，”桑乔说，“反正您知道得比我更清楚，那就是咱们所有人都不免一死，今天在，也许明天就不在了，无论小羊还是大羊，死亡都来得很突然。在这个世界上，谁也不能保证自己活得比上帝给他规定的寿命长。死亡总是无声无息的，当它来叩我们的生命之门时，总是很匆忙，不管你软求还是硬顶，也不管你有什么权势和高位。大家都这么说，在布道坛上也是这么讲的。”

“你说得有道理，”唐吉诃德说，“不过，我不明白你的用意何在。”

“我的用意就是要您明确告诉我，在我服侍您期间，您每月给我多少工钱，而且这工钱得从您的家产里支付，我不想靠赏赐过日子。总之，我想知道我到底挣多少钱，不管是多少，有一个算一个，积少成多，少挣一点儿总比不挣强。我对您许诺给我的岛屿不大相信，也不怎么指望了。不过，您如果真能给我的话，我也不会忘恩负义，把事情做得那么绝，我会把岛上的收入计算出来，再按‘百例’提取我的工钱。”

“桑乔朋友，”唐吉诃德说，“有时候按‘比例’同按‘百例’一样合适。”

“我知道了，”桑乔说，“我敢打赌应该说‘比例’而不是‘百例’。不过这没关系，反正您已经明白了。”

“我太明白了，”唐吉诃德说，“已经明白到你的心底去了。我知道你刚才那些俗话的用意所指了。你听着，桑乔，如果我能从某一本游侠骑士小说里找到例子，哪怕是很小的例子，表明他们每月或每年挣多少工钱，那么，我完全可以确定你的工钱。不过，我读了全部或大部分骑士小说，却不记得看到过哪个游侠骑士给他的侍从确定工钱数额，我只知道侍从们都是靠奖赏取酬的。如果他们的主人顺利，他们会意想不到地得到一个岛屿或其他类似的东西，至少可以得到爵位和称号。如果你是怀着这种愿望和条件愿意再次服侍我，那很好；但如果你想让我在你这儿打破游侠骑士的老规矩，那可没门儿。所以，我的桑乔，你先回家去，把我的意思告诉你的特雷莎吧。假如她愿意，你也愿意跟着我，靠奖赏取酬，自然妙哉；如果不是这样，咱们一如既往还是朋友，‘鸽楼有饲料，不怕没鸽来’。‘好愿望胜过赖收获’。‘埋怨也比掏不起钱强’。我这样说，桑乔，是为了让你明白我也会像你一样俏皮话出口成章。总之，我想告诉你，如果你不愿意跟随我，靠奖赏取酬，与我同舟共济，上帝也会与你同在，让你成为圣人。我不乏侍从，而且，他肯定会比你顺从，比你热心，不像你那么笨，那么爱多嘴。”

桑乔听了主人这番斩钉截铁的话，脸上笼罩了一片愁云，心里也凉了半截。他原以为主人没有他就不能周游世界哩。正在他陷入沉思的时候，参孙·卡拉斯科进来了。女管家和外甥女想听听学士如何劝阻唐吉诃德再次出门，也跟着进来了。这个爱开玩笑出了名的参孙一进来，就像上次一样抱住了唐吉诃德，高声说道：

“噢，游侠骑士的精英，武士的明灯，西班牙的骄傲与典范！你向万能的上帝祈祷吧！谁想阻挠你第三次出征，即使他挖空心思也毫无办法，绞尽脑汁也不会得逞！”

他又转过身来对女管家说：

“管家夫人，您完全可以不念《亚波罗尼亚经》了。我知道，唐吉诃德要去重新履行他的崇高设想是个正确的决定。如果我们再不鼓励这骑士去发挥他的臂膀的勇敢力量和他的高贵无比的慈悲精神，我就会感到于心不忍，也会延误他除暴安良、保护少女孤儿、帮助寡妇和已婚妇女以及其他诸如此类属于游侠骑士的事情。喂，我英俊勇猛的唐吉诃德大人呀，您今天，最迟明天，就该上路了。如果还有什么准备不足的方面，我本人和我的财产都可以予以弥补。假如有必要让我做您的侍从，我将引以为荣。”

唐吉诃德这时转过身去，对桑乔说：

“我不是对你说过吗，桑乔？愿做我的侍从的人多的是！你看，是谁自愿出来做我的侍从？是世上少见的参孙·卡拉斯科学士，萨拉曼卡校园的知足常乐者。他身体健康，手脚灵敏，少言寡语，能够忍受严寒酷暑，能够忍饥挨饿，具备了游侠骑士侍从的各种条件。不过，老天不会允许我仅仅为了自己的利益而糟蹋文坛的骨干、科学的主力，影响优秀自由艺术的发展。还是让这位新秀留在他的故乡吧，为故乡增光，而且可以耀祖光宗。我随便找一个侍从就行了，反正桑乔是不肯跟我去了。”

“我愿意去，”桑乔已经被说动了心，两眼含着泪水说，“我的大人，您可别说我是过河拆桥的人。我并不属于那种忘恩负义的人。大家都知道，特别是咱们村上的人，都知道桑乔家世世代代是什么样的人，而且我还知道您有意赏给我很多好处和更好的诺言。要说我过多地考虑了我的工钱，那完全是为了取悦我老婆。她谈什么事情，一定要敲得死死的，比木桶箍还紧。不过，男人毕竟是男人，女人还是女人。我无论在哪儿都是男子汉，在家里也要做个男子汉，不管别人愿意不愿意。现在不需要别的了，只要您立个遗嘱，再加个补充条款，这样就不会‘犯悔’了。咱们马上就可以上路，也免得参孙大人着急，他不是说他的良心让他鼓励您第三次游历世界嘛。现在，我再次请求当您忠实合法的侍从，而且要比过去和现在所有游侠骑士的侍从都服侍得好。”

学士听了桑乔的这番言论深感惊奇。他虽然读过《唐吉诃德》上卷，却从未想到桑乔真像书上描写的那样滑稽。现在，他听到桑乔把“立个遗嘱，再加个补充条款，这样就不会反悔了”说成“不会犯悔”，对书上的描写就完全相信了。他认定桑乔是当代最大的傻瓜，而这主仆二人是世界上罕见的疯子。

最后，唐吉诃德和桑乔互相拥抱言和。此时，参孙已经成了这两个人心目中的权威人物，在参孙的建议和允许下，他们决定三天以后出发。在这三天中，他们要准备行装，而且还要找个头盔，唐吉诃德说无论如何得找个头盔。参孙答应送给唐吉诃德一个头盔，因为他的朋友有头盔，如果去向他要，他不会不给，尽管头盔已经不很亮，锈得发黑了。女管家和外甥女对学士大骂一通自不待言，她们还揪自己的头发，抓自己的脸，像哭丧婆[1]一般哀嚎唐吉诃德的出行，好像他已经死了似的。至于学士力劝唐吉诃德再次出行的意图，下面将会谈到，这全是按照神甫和理发师的吩咐做的，他们已经事先同学士通了气。

三天后，唐吉诃德和桑乔觉得已准备妥当了。桑乔安抚好了他的妻子，唐吉诃德也说服了外甥女和女管家。傍晚时分，两人登上了前往托博索的路程。除了学士之外没有人看见他们。学士陪伴他们走了一西里半路。唐吉诃德骑着他驯服的罗西南多，桑乔依然骑着他那头驴，褡裢里带着干粮，衣兜里装着唐吉诃德交给他以防万一用的钱。参孙拥抱了唐吉诃德，叮嘱他不论情况如何一定要设法捎信来，以便与他们同忧共喜，朋友之间本应如此。唐吉诃德答应了。参孙回去了，唐吉诃德和桑乔走向托博索大城。

① 专门雇来哭丧的女人。

第八章　唐吉诃德
看望杜尔西内亚的遭遇

“万能的真主保佑！”哈迈德·贝嫩赫利在这第八章开头说道。“真主保佑！”他又说了三遍。据说，这是因为唐吉诃德和桑乔已经来到原野上，而这个妙趣横生的故事的读者从此又可以了解到唐吉诃德和桑乔的轶事了。作者要求读者暂且把这位贵族以往的骑士业绩放在一旁，而把眼光放在以后将要发生的事情上。以前的事迹从蒙铁尔原野开始，而这回是从前往托博索的路上发端。他的要求并不为过。作者接着讲他的故事。

路上只有唐吉诃德和桑乔两个人。参孙刚一离开，罗西南多就嘶叫起来，那头驴也发出咻咻的鼻息，主仆二人都觉得这是好兆头。说实话，驴的鼻息声和叫声要比那匹瘦马的嘶鸣声大，于是桑乔推断出他的运气一定会超过他的主人，其根据不知是不是他的占星术，反正故事没有交待。只听说他每次绊着或者摔倒的时候，就后悔不该离家出走，因为若是绊着了或者摔倒了，其结果不是鞋破就是骨头断。桑乔虽然笨，但在这方面还是心里有数的。唐吉诃德对桑乔说：

“桑乔朋友，天快黑下来了。咱们还得摸黑赶路，以便天亮时赶到托博索。我想在我再次开始征险之前，到托博索去一趟，去领受举世无双的杜尔西内亚的祝福和准许。有了她的准许，我想，我就可以顺利地对付一切可能遇到的危险，世界上没有任何东西能比得到夫人们的赞许更激励游侠骑士的勇敢。”

“我也这样认为，”桑乔说，“不过我觉得您想同她说话，想见到她，甚至想领受她的祝福，都很困难，除非是她隔着墙头向您祝福。我第一次去见她就是隔着墙头看到她的，当时您让我带信给她，说您在莫雷纳山抽风。”

“你怎么会想起说，你是隔着墙头看到那位有口皆碑的美女佳人的呢，桑乔？”唐吉诃德说，“难道不该是在走廊、游廊、门廊或者华丽的皇宫里见到她的吗？”

“这些都有可能，”桑乔说，“但我还是觉得当时是隔着墙头，假如我没记错的话。”

“不管怎么样，咱们都得到那儿去，桑乔。”唐吉诃德说，“无论是从墙头上还是从窗户里，无论是透过门缝还是透过花园的栅栏，对我来说都一样，只要她的光芒能够照耀到我的眼睛，照亮我的思想，使我得到无与伦比的智慧和勇气。”

“可是说实话，大人，”桑乔说，“我看见托博索的杜尔西内亚夫人那个太阳时，她并不是亮得发出光来，倒像我对您说过的那样，正在簸麦子，她扬起的灰尘像一块云蒙住了她的脸，使得她黯然失色。”

“你怎么还是这么说，这么想，坚持认为我的杜尔西内亚夫人在簸麦子呢，桑乔！”唐吉诃德说，“这种事情贵人们不会做的，他们也不应该去做。贵人们生来只从事那些能够明确表现其贵族身份的活动和消遣。

“你的记性真不好，桑乔！竟忘记了咱们的诗人的那些诗[①]，他在诗里向我们描述那四位仙女从可爱的塔霍河里露出头来，坐在绿色的草地上编织美丽的布帛。根据聪慧的诗人的描述,那些布帛是由金线、丝线和珍珠编织而成的。所以，你看到我的夫人的时候，她也应该正从事这种活动。肯定是某个对我存心不良的恶毒魔法师把我喜爱的东西改变了模样，变成了与其本来面目不相同的东西。所以我担心，在那本据说已经在印刷的记述我的事迹的书里，万一作者是个与我作对的文人，颠倒是非，一句真话后面加上千百句假话，会把这本记载真实事情的小说弄得面目全非。嫉妒真是万恶之源，是道德的蛀虫！桑乔，所有丑恶的活动都带来某种莫名其妙的快感，可是嫉妒产生的却只有不满、仇恨和疯狂。”

---

① 此处指加尔西拉索·德拉·维加的田园诗。

“我也这样认为。”桑乔说，“在卡拉斯科学士说的那本写咱们的书里，肯定也把我的名誉弄得一塌糊涂。凭良心说，我没有说过任何一位魔法师的坏话，也没有那么多的财产足以引起别人的嫉妒。我这个人确实有点不好，有时候有点不讲道理，不过，这些完全可以被我朴实无华的憨态遮住。就算我没做什么好事，我至少还有我的信仰。我一直坚定地笃信上帝和神圣的天主教所具有和信仰的一切，而且与犹太人不共戴天。所以，书的作者们应该同情我，在他们的作品里别亏待了我。不过，他们愿意怎么说就怎么说吧，反正我来去赤条条，不亏也不赚。只要能把我写进书里，供人们传阅，随便他们怎么写我都没关系。”

“这倒很像当代一位著名诗人遇到的情况，桑乔。”唐吉诃德说，“那位诗人写了一首非常刻薄的讽刺诗，讽刺所有的烟花女。其中一个女子因为他不能肯定是否是烟花女，就没有写进诗里去。那个女子见自己没有被录入，就向诗人抱怨，凭什么没有把她列入诗里。她让诗人把讽刺诗再写长些，把她也写进去，否则就让诗人也当心自己的德行。诗人照办了，把她写得很坏。那女子见自己出了名非常满意，尽管是臭名远扬。还有一个故事，写的是一位牧人放火烧了著名的狄亚娜神庙，据说那座神庙被列为世界七大奇迹之一。牧人这样做仅仅是为了留名后世。虽然当时禁止任何人口头或书面提到他的名字，不让他如愿以偿，人们还是知道了那个牧人叫埃罗斯特拉托。卡洛斯五世大帝和罗马一位骑士的事情也属于这种情况。大帝想参观那座著名的圆穹殿。在古代，那座殿被称为诸神殿。现在的名称更好听了，叫诸圣殿，是世界上保留最完整的非基督教徒建造的建筑物，最能够表现出建筑者的宏伟气魄。殿呈半球状，非常高大，里面很明亮，光线全是从一扇窗户，确切地说，是从顶部的一个天窗射进去的。大帝从那个天窗俯视整个大殿。在大帝身旁，有一位罗马骑士介绍这座优美精湛的高大殿堂和值得纪念的建筑。离开天窗后，骑士对大帝说：‘神圣的陛下，刚才我无数次企望抱着陛下从天窗跳下去，那样我就可以流芳百世了。’‘多谢你，’大帝说，‘没有把这个罪恶念头付诸实施。以后，你再也不会有机会表现你的忠诚了。我命令你，今后再也不准同我讲话，或者到我所在的地方。’说完大帝给了骑士很大一笔赏酬。

“我的意思是说，桑乔，”唐吉诃德说，“在很大程度上，功名之心是个动力。你想想，除了功名，谁会让奥拉西奥全身披挂从桥上跳到台伯河里去呢？谁会烧穆西奥的手臂呢？谁会促使库尔西奥投身到罗马城中心一个燃烧着的深渊里去呢？在不利的情况下，是谁驱使恺撒渡过鲁比肯河呢？咱们再拿一些现代的例子来说吧，是谁破坏了跟随彬彬有礼的科尔特斯[①]登上了新大陆的英勇的西班牙人的船只，又把他们消灭了呢？这些以及其他各种各样的丰功伟绩，在过去、现在和将来都是功名之举。世人总是希望他们的非凡举动得到不朽美名，我们基督教徒、天主教徒和游侠骑士更应该注重身后的天福，天福才是天国永恒的东西。眼前的虚名至多只能有百年之久，最终都会随着这个世界消失，都属气数有限。所以，桑乔，我们的行为不应该超越我们信仰的基督教所规定的范围。我们应该打掉巨人的傲慢；应该胸怀坦荡，清除嫉妒心；应该心平气和，避免怒火焚心；应该节食守夜，不要贪吃贪睡；应该一如既往地忠实于我们的意中人，戒除淫荡；应该游历四方，寻求适合于我们做的事情，避免懒惰。我们是基督徒，更是著名的骑士。桑乔，你可以看到，谁受到人们的极力赞扬，也就会随之得到美名。”

“您刚才说的这些我全明白，”桑乔说，“不过我现在有个疑问，希望您能给我‘戒决’一下。”

“应该是‘解决’，桑乔。”唐吉诃德说，“你说吧，我尽力回答。”

“请您告诉我，大人，”桑乔说，“什么胡利奥呀、阿戈斯特呀，还有您提到的所有那些已故的功绩卓著的骑士们，现在都在哪儿呢？”

“异教骑士们无疑是在地狱，”唐吉诃德说，“而基督教骑士，如果是善良的基督徒，那么，或者在炼狱里，或者在天堂。”

“那好，”桑乔说，“现在我想知道，在埋葬着那些贵人的墓地前

---

① 科尔特斯是西班牙殖民军入侵美洲的军官，后毙命于秘鲁。科尔特斯一词又是“有礼貌”的意思。此处说“彬彬有礼”是取其谐音。

是否也有银灯？或者在灵堂的墙壁上也装饰着拐杖、裹尸布、头发和蜡制的腿与眼睛？如果不是这样，在他们灵堂的墙壁上用什么装饰呢？”

唐吉诃德答道：

“异教骑士的坟墓大部分是巨大的陵宇，例如恺撒的遗骨就安放在一座巍峨的石头金字塔里，如今这座金字塔在罗马被称为‘圣佩德罗尖塔’。阿德里亚诺皇帝的墓地是一座足有一个村庄大的城堡，曾被称为‘阿德里亚诺陵’，现在是罗马的桑坦赫尔城堡。阿特米萨王后把她丈夫毛里西奥的遗体安放在一个被称为世界七大奇迹之一的陵墓里。不过，在这些异教徒的陵墓里，没有一座在墙上装饰裹尸布和其他供品，以表明陵墓里埋葬的是圣人。”

“我正要说呢，”桑乔说，“请您告诉我，让死人复生和杀死巨人，哪个最重要呢？”

“答案是现成的，”唐吉诃德说，“让死人复生最重要。”

“这我就不明白了。”桑乔说，“一个人若能使死者复生，使盲人恢复光明，使跛者不跛，使病人康复，他的墓前一定灯火通明，他的灵堂里一定跪着许多人虔诚地瞻仰他的遗物。无论是现在还是以后，这种人的名声一定超过了所有帝王、异教徒和游侠骑士留下的名声。”

“我承认这是事实。”唐吉诃德说。

“所以，只有圣人们的遗骨和遗物才具有这样的声誉，这样的尊崇，这样的殊礼。我们的圣母准许他们的灵前有灯火、蜡烛、裹尸布、拐杖、画像、头发、眼睛和腿，借此增强人们的信仰，扩大基督教的影响。帝王们把圣人的遗体或遗骨扛在肩上，亲吻遗骨的碎片，用它来装饰和丰富他们的礼拜堂以及最高级的祭坛。”

“你说这些究竟想说明什么，桑乔？”唐吉诃德问。

“我是说，”桑乔说，“咱们该去当圣人，这样咱们追求的美名很快就可以到手了。您注意到了吗，大人？在昨天或者昨天以前，反正是最近的事，据说就谥封了两个赤脚小修士为圣人。现在，谁若是能吻一吻、摸一摸曾用来捆绑和折磨他们的铁链，都会感到很荣幸，对这些铁链甚至比对陈设在国王兵器博物馆里实际上并不存在的罗尔丹的剑还崇敬。所以，我的大人，做个卑微的小修士，不管是什么级别的，也比当个勇敢的游侠骑士强。在上帝面前鞭笞自己几十下，远比向巨人或妖魔鬼怪刺两千下要强。”

“确实如此，”唐吉诃德说，“但并不是所有人都可以当修士。上帝把自己的信徒送往天堂的道路有多条，骑士道也可以算作一种信仰，天国里也有骑士圣人。”

“是的，”桑乔说，“不过我听说，天国里的修士比游侠骑士多。”

“是这样，”唐吉诃德说，“这是因为修士的总数比游侠骑士多。”

“那儿的游侠不是也很多嘛。”桑乔说。

“是很多，”唐吉诃德说，“但能够称得上骑士的并不多。”

两人说着话，已经过去了一夜一天，这中间并没有发生什么值得记述的事情，唐吉诃德因此感到悒悒不欢。第二天傍晚，他们已经看到了托博索大城。唐吉诃德精神振奋，桑乔却愁眉锁眼，因为他不知道杜尔西内亚的家在哪儿，而且，他同主人一样从没见过她。结果，一个为即将见到杜尔西内亚，另一个为从没见过她，两人都心绪不宁。桑乔寻思，如果主人叫他到托博索城里去，他该怎么办才好。后来，唐吉诃德吩咐到夜深时再进城。时辰未到，于是两人就在离托博索不远的几棵圣栎树旁待着，等到既定时间才进城去，结果后来又遇到了一连串的事情。

第九章　本章的事读后便知

大约夜半三更时分，唐吉诃德和桑乔离开那几棵圣栎树，进了托博索城。万籁俱寂，居民们都已经入睡了，而且像人们常说的，睡得高枕无忧。夜色若明若暗，而桑乔希望夜色漆黑，那样他就可以为自己找不到地方开脱了。四周只能听到狗吠声，这吠声让唐吉诃德感到刺耳，让桑乔感到心烦。不时也传来驴嚎、猪哼和猫叫的声音。这些叫声在寂静的夜晚显得格外响亮，使得多情的唐吉诃德感到了一种不祥之兆。尽管如此，他还是对桑乔说：

“可爱的桑乔，你快领我去杜尔西内亚的宫殿吧，大概她现在还没睡哩。”

“领您去什么宫殿哟，我的老天！”桑乔说，“上次我去看她的时候，她住的不只是一间小房子吗？”

“她当时一定是带着几个侍女在宫殿的某个小房间里休息，这是尊贵的夫人和公主的通常习惯。”

“大人，”桑乔说，“您硬要把杜尔西内亚夫人的家说成是宫殿，我也没办法。可就算是那样，现在它难道还没锁门吗？咱们现在使劲叫门，把大家都叫醒了，合适吗？咱们能像到某个相好家去似的，不管什么时候，不管多晚，到了那儿就叫门，然后进去，那样行吗？”

“咱们先到宫殿去，”唐吉诃德说，“到时我再告诉你咱们该怎么做。你看，桑乔，如果不是我看错了，前面那一大团黑影大概就是杜尔西内亚的宫殿映出来的。”

“那就请您带路吧，”桑乔说，“也许真是这样。不过，即使我能用眼看到，用手摸到，要我相信那就是宫殿，简直是白日做梦！”

唐吉诃德在前面引路，走了大约两百步，来到那团阴影前，才看清那是一座塔状建筑物，后来弄清了那并不是什么宫殿，而是当地的一个大教堂。唐吉诃德说：

“这是一座教堂，桑乔。”

“我已经看见了，”桑乔说，“上帝保佑，别让咱们走到墓地去。这时候闯进墓地可不是件好事。如果我没记错的话，您说过这位夫人的家是在一条死胡同里。”

“真见鬼了，你这个笨蛋！”唐吉诃德说，“你什么时候见过建在死胡同里的宫殿？”

“大人，”桑乔说，“每个时期都有各自不同的习惯。也许在托博索，就是把宫殿和高大建筑物建在死胡同里。现在，我请求您让我在这大街小巷到处找一找，也许在哪个旮旯里能找到那个宫殿呢。这个该死的宫殿，害得咱们到处乱找！”

“谈到我的夫人时，你说话得有点礼貌，桑乔。”唐吉诃德说，“咱们就此打住吧，免得伤了和气又办不成事。”

“我会克制自己的，”桑乔说，“不过我只来过一次女主人的家，您就要我务必认出来，而且是在半夜三更找到它，而您大概来过几千次了，居然也找不到，您还要让我怎样耐心呢？”

“我真拿你没办法。”唐吉诃德说，“过来，你这个混蛋！我不是跟你说过上千次，我这辈子从没见过举世无双的杜尔西内亚，也从没跨进她的宫殿的门槛，只是听说她既美丽又聪明才恋上了她吗？”

“那我告诉您，”桑乔说，“既然您没见过她，我也没见过。”

“这不可能，”唐吉诃德说，“至少你对我说过，你替我捎信又为我带来回信，曾见过她正在簸麦子。”

“您别太认真了，大人。”桑乔说，“我可以告诉您，那次说我看见她以及我给您带了回信，也都是听说的。要说我知道谁是杜尔西内亚夫人，那简直是让太阳从西边出来。”

“桑乔啊桑乔，”唐吉诃德说，“玩笑有时候可以开，但有些时候就不该再开玩笑了。不要因为我说我从没和我的心上人见过面、说过话，你也就不顾事实，说你没见过她，没有同她说过话嘛。”

两人正说着话，迎面走来了一个人，还赶着两匹骡子，并且有犁拖在地上的响声。估计是个农夫，一大早起来到地里去干活。实际情况也的确如此。农夫边走边唱着歌谣：

在龙塞斯瓦列斯山，
法兰西人遇到了不幸。

“真要命，桑乔，”唐吉诃德听到这句歌谣说道，“咱们今天晚上不会碰到什么好事。你没听到那个乡巴佬唱什么吗？”

“听是听到了，”桑乔说，“可是，龙塞斯瓦列斯山的事情与咱们有什么相干？他还可以唱卡莱诺的歌谣呢，这对咱们的事好坏并没有什么影响。”

此时农夫已经来到他们面前。唐吉诃德向农夫问道：

“好朋友，上帝会给你带来好运。你是否知道，天下无与伦比的托博索的杜尔西内亚公主的宫殿在哪儿？”

“大人，”那个农夫说，“我是外地人，几天前才来到这个地方为一个富农干农活。他家对面住着当地的神甫和教堂管事。他们或他们当中的某个人或许清楚那位公主的事情，因为他们掌管着托博索所有居民的花名册呢。不过据我所知，在整个托博索并没有什么公主，贵小姐倒是有不少，每一个在家里都可以称得上是公主。”

“朋友，在那些人里大概就有我要找的那位公主。”唐吉诃德说。

“很可能，”农夫说，“那就再见吧，天快亮了。”

不等唐吉诃德再问什么，农夫就赶着骡子走了。桑乔见主人还待在那里，一脸不高兴的样子，就对他说：

“大人，天快亮了。白天让人在街上看到咱们多不好。最好是咱们先出城去，您先藏在附近的某个小树林里，天亮以后我再回来找咱们这位夫人的房子或宫殿。如果找不到，算我倒霉；如果找到了，我就告诉您。我还会告诉她，您待在什么地方，正等待她的吩咐，好安排您去见她。这对她的名声并没有什么影响。”

“你这几句话可以说是言简意切，桑乔。”唐吉诃德说，“你的话正中我下怀，我非常愿意听。过来，伙计，咱们去找个地方，我先藏起来。你就像你说的那样，再回来寻找，看望和问候我的夫人。她聪明文雅肯定超出了我的意料。”

桑乔急于让唐吉诃德走开，以免他发现自己胡诌杜尔西内亚曾带信到莫雷纳山的谎话。因此他们赶紧离开，来到离城两西里远的一片树林里。唐吉诃德藏起来，桑乔又返回城里去找杜尔西内亚。此后，又发生了一些值得注意的事。

第十章　桑乔谎称杜尔西内亚夫人中了魔法的巧计以及其他真实趣事

这部伟大著作的作者在写到此章时，说他怕人们不相信，本想把本章略去。唐吉诃德的疯癫在本章达到了无以复加的程度，使得世界上任何大疯子都自愧不如。

不过最后，尽管作者有此顾虑，还是据实把这些事情写了出来，没有任何增删，以免留下任何可能被认为是编造的口实。作者说得有道理，因为事实即使再扯也扯不断，总是在谎言之上，就像油总浮于水上一样。作者接着写道：唐吉诃德藏在托博索附近的小树林或者圣栎树林里，让桑乔回到城里，让他代表自己去同杜尔西内亚谈，请求她允许这位心已被她俘虏的骑士去拜见她，请她屈尊为自己祝福，以便自己能逢凶化吉，遇难呈祥。如果桑乔办不到这些事情，就不要回来见他。桑乔立刻答应，一定像上次那样带回好消息来。

"你去吧，桑乔。"唐吉诃德说，"当你去寻找的那个美丽的太阳在你面前发出光芒时，你不要眼花缭乱。你比世界上所有游侠骑士的侍从都幸运！你把她接见你的情况都记住，别忘了，例如，你向她陈述我的旨意时，她的脸色是否变了；听到我的名字时，她是否显得心慌意乱；如果她本来是在她那奢华的会客厅里坐着，你看她是否忽然在垫子上坐不住了；如果她是站着，你看她是否一会儿这只脚踩着那只脚，一会儿又那只脚踩着这只脚；她回答你的话时是否总要重复两三遍；她是否一会儿由和蔼变得严肃，一会儿又由冷淡变得亲热；她的头发本来并不乱，可她是否总用手去捋理；总之，伙计，你注意观察她的所有动作。如果你能如实地向我陈述，我就能得知她内心深处与我的爱情有关的秘密。假如你原来不知道，桑乔，那么你现在就应该知道，情人之间在牵涉到他们的爱情时，外观的动作往往是他们灵魂深处信息的极其准确的反映。去吧，朋友，愿你带去一个比我顺利的机遇，又带回一个更好的结果。现在，我只好孤苦伶仃地在这里惴惴期望着这个结果了。”

“我速去速回，”桑乔说，“请您宽心，我的大人。您的心眼儿现在小得比芝麻粒大不了多少。您该想想，人们常说，‘心宽愁事解’，还说‘没咸肉，就没有钩子[①]’。俗话还说，‘出乎意料，兔子跳来’。我是说，虽然咱们晚上没有找到咱们夫人的宫殿，可现在是白天了，我想也许会在咱们意想不到的时候找到它。等找到了，我自有办法对她说。”

“的确，桑乔，”唐吉诃德说，“咱们谈事情时，你总是能恰到好处地运用俗语。但愿上帝能让我得到比我的预期更多的佳运。”

唐吉诃德刚说完，桑乔就转身抽打他的驴走开了。唐吉诃德依然骑在马背上脚不离镫，手不离矛，满腹愁肠，思绪万千。咱们暂且不提唐吉诃德，先看看桑乔吧。桑乔此时同样忧心忡忡，思虑百般，并不亚于他的主人。刚一离开树林，他就回过头去，见唐吉诃德没跟上来，便翻身从驴背上跳下，坐在一棵树下，自问自答地说起来：

“‘告诉我，桑乔兄弟，现在你到哪儿去？’‘是去寻找你丢了的那头驴吗？’‘不,不是。’‘那你找什么？’‘我要找的东西非同小可。我要寻找一位公主，可以说她把美丽的太阳和所有天空都集于一身了。’‘你想到哪儿去找她呢,桑乔？’‘到哪儿？托博索大城呗！’‘那好，是谁派你去的？’‘是除暴除孽的、逢渴者给吃的、逢饿者给喝的曼查的著名骑士唐吉诃德。’‘那很好。你知道她家在哪儿吗，桑乔？’‘我的主人说应该是在王宫或者深宅大院里。’‘你原来是否见过她？’‘我和我的主人都没见过她。’‘那么，如果托博索的人知道你是来勾引公主、骚扰妇人后，棒打你的肋骨，打得你体无完肤，那不是活该吗？’‘如果他们不知道我是受托而来，那样做也许还算有

① 原句应为“本希望得到咸肉，却连挂肉的钩子都没见到”，即希望越大，失望越多。桑乔在此处说错了，而下句唐吉诃德却夸桑乔运用俗语得当，形成讽刺意义。

道理。不过——

你是使者，朋友，
责任不在你，不。’

“‘你可别信这个，桑乔，曼查的人很好，但是火气也盛，不许任何人对他们不恭，所以趁人没发现，你别再找倒霉。’‘婊子养的，滚蛋！’‘天公，你打雷到别处去！’‘真是为讨别人欢心，想找三条腿的猫，而且，这样在托博索找杜尔西内亚，简直是大海里捞针！’‘我怎么这样说话呢，准是魔鬼闹的，没别人！’”

桑乔自言自语地说着，最后他说道：“现在好了，凡事都有解决的办法。除非死亡降临到我们头上，谁都逃脱不了死亡的桎梏。种种迹象表明，我的主人是个疯子，我也快跟他差不多了。我比他笨，还得跟随他，服侍他。看来真像俗话说的，‘近朱者赤，近墨者黑’，‘不看在哪儿生，关键是在哪儿长’。就因为他是疯子，所以常常把这种东西说成是那种东西，把白的看成是黑的，把黑的当成白的。例如，他把风车当成巨人，把修士的骡子当成骆驼，把羊群看成敌军，还有其他一些诸如此类的事情。既然这样，就不难让他相信，我随便碰到的农妇就是杜尔西内亚夫人。如果他不信，我就发誓。他若还是不信，我就再三发誓。他若是坚持不信，我就一口咬定，不管怎么样，绝不松口。也许坚持到最后，他见我没把事情办好，以后就不会再派我送这类的信了。不过我想，他也许会认为是某个对他怀有恶意的魔法师跟他过不去，改变了杜尔西内亚的模样吧。”

这样一想，桑乔的精神就不紧张了。他觉得事情已经办妥，就在那里一直待到下午，让唐吉诃德以为他到托博索去了一个来回。事也凑巧，当他站起身，准备骑到驴背上时，看见从托博索来了三个农妇，骑着三头公驴驹或母驴驹，作者没有说明，估计是母驴驹吧，反正是一般农妇骑的那种牲口。这点并不重要，所以我们也就不必在此探讨了。桑乔一看见农妇，就立刻跑回去找他的主人唐吉诃德，只见唐吉诃德正在那里长吁短叹，情语缠绵。唐吉诃德一看到桑乔就问：

"怎么样，桑乔朋友？我应该把今天记作白石日呢，还是算作黑石日[①]？"

"您最好把它记作红赭石日，就像讲坛上的标牌，很醒目，一目了然。"

"这么说，"唐吉诃德说，"你带来了好消息？"

"极好的消息，"桑乔说，"您只管骑上马，飞奔去见托博索的杜尔西内亚夫人吧。她已经带着两个侍女来看望您了。"

"上帝啊！桑乔朋友，你说什么？"唐吉诃德说，"你别骗我，别用虚假的喜讯来解脱我真正的伤感。"

"我骗您对我有什么好处？"桑乔说，"而且事实就在眼前。您快过来，大人，您看，咱们的女王已经来了，看穿戴她就像个女王。她和她的侍女都是浑身金光灿灿，珠光宝气，有钻石、红宝石，那锦缎足有十层厚[2]呢。她们的头发披散在背上，迎风摆动像射出缕缕阳光。特别是她们还骑着三匹'小花牡'呢，真叫绝了。"

"你是想说'小花马'吧，桑乔？"

"'小花牡'和'小花马'没多大区别。"桑乔说，"不管她们骑的是什么，反正她们都是漂亮女子，简直美貌绝伦，特别是咱们的杜尔西内亚夫人，真令人眼花缭乱。"

"咱们过去吧，桑乔伙计，"唐吉诃德说，"作为你送来这个意想不到的好消息的报酬，我答应你，如果遇到什么征险的事，我一定把最好的战利品给你。如果你不喜欢战利品，我可以把今年我家三匹母马下的小马驹送给你。你知道的，那三匹母马现在正圈在咱们村的公地上等着下小驹呢。"

"我愿意要小马驹，"桑乔说，"因为第一次征险的战利品到底好不好，我心里没底。"

两人说着走出了树林，这时三个农妇已经走近了。唐吉诃德向通往托博索的路上望去，可是只看见三个农妇。他满腹狐疑，问桑乔是

---

① 今天应该算个喜庆的日子呢，还是算个倒霉的日子？古希腊风俗，以白石志喜，以黑石志忧。

② 桑乔在此言过其实。当时最贵重的锦缎也只有三层。

否把杜尔西内亚等人撇在城外了。

“什么落在城外，”桑乔说，“难道您的眼睛长在后脑勺上了？没看见来的这三个人，她们像正午的太阳一样光芒万丈？”

“我没看见，”唐吉诃德说，“我只看见三个骑驴的农妇。”

“上帝把我从魔鬼手里解救出来吧！”桑乔说，“难道这三匹雪白的小马在您眼里竟成了驴？上帝呀，假如真是这样，我就把我的胡子拔掉。”

“那么我就告诉你，桑乔朋友，”唐吉诃德说，“那的确是三头驴，或许是三头母驴。确实如此，就好比我是唐吉诃德，你是桑乔一样。至少我这样认为。”

“别说了，大人，”桑乔说，“别这么说了，快睁开眼睛，过来向您思念的意中人致意吧，她已经走过来了。”

说完，桑乔抢前一步迎接三个农妇。他从驴背上跳下来，抓住其中一头驴的缰绳，双腿跪在地上，说道：

“美丽高贵的王后、公主和公爵夫人，请您当之无愧地接受已被您征服的骑士的致意吧。在尊贵的诸位面前，他诚惶诚恐，脉搏全无，已经呆若木鸡。我是他的侍从桑乔，他是曾历尽千辛万苦的曼查骑士唐吉诃德，别号猥獕骑士。”

此时唐吉诃德也挨着桑乔跪了下来。他瞪着眼睛，将信将疑地瞪着桑乔称为王后和夫人的那个女人。他发现那不过是个农妇，宽脸庞，塌鼻子，并不好看，心里既惊奇又迟疑，始终不敢开口。几个农妇见这两个如此怪异的男人跪在地上，不让她们过去，也同样感到很惊奇。最后，还是那个被桑乔拦住了的农妇恼怒地开口说道：

“倒霉鬼，让开路，放我们过去。我们还有急事呢。”

桑乔说道：

“托博索万能的公主、夫人，您的高贵之心面对跪在至尊面前的游侠骑士为何不为所动呢？”

另外两个农妇中的一个说道：

“吁！我公公的这头驴呀，我先给你挠挠痒吧。你看看这些人，竟拿我们农妇开心，以为我们不会怪他们！走你们的路吧！让我们也赶我们的路，这样大家都方便！”

“快起来吧，桑乔。”唐吉诃德这时候说道，“我已经看清了，厄运总是对我纠缠不休，已经堵死了所有可以为我这颗卑微的心灵带来快乐的途径。噢，夫人，你是我可以期望的勇气，是贵族之精华，是解除这颗崇拜你的心灵之痛苦的唯一希望！可恶的魔法师现在迫害我，在我的眼前蒙上了一层云翳，使你的绝世芳容在我眼里变成了一个可怜的农妇。假如魔法师没有使我的脸在你眼里变得丑陋可憎，就请你温情地看看我吧。从我拜倒在你的芳容面前的崇敬，你可以看到这颗崇拜你的心灵的谦恭。”

“你简直可以当我的爷爷了，”农妇说道，“竟还说这种献殷勤的话！快躲开，让我们过去。求求你们了。”

桑乔让开一条路，让农妇过去了，心里也为自己摆脱了一件棘手的事情而欢喜异常。那个被认为是杜尔西内亚的农妇见到可以脱身了，立刻用随身带的一根带刺的棍子打了一下她的小驴，向前跑去。那头驴因为这一棍而感到一种超常的疼痛，开始尥蹶子，结果把那位杜尔西内亚摔到了地上。唐吉诃德见状赶紧跑过去扶她，桑乔也跑过去把已经滑到驴肚子下的驮鞍重新放好。驮鞍放好后，唐吉诃德想把那位令他神魂颠倒的夫人抱到驴背上，可是农妇已经站起来，用不着唐吉诃德了。她向后退了退，又向前紧跑几步，双手按着驴的臀部，非常敏捷地跳到了鞍子上，那样子简直像个男人。桑乔见状说道：

“我的天啊，咱们这位夫人真比燕子还轻巧呢，即使是科尔多瓦或墨西哥的最灵巧的骑手也比不过她！她一下子就跃上了鞍子，不用马刺也能让她的小驴跑得跟斑马一样快！她的侍女也不落后，她们都能疾跑如风！”

事实确实如此。另外两个农妇见杜尔西内亚上了马，也赶着驴跟她一同飞跑，竟然头也不回地一气跑了半西里多。唐吉诃德一直目送她们远去，直到看不见她们了，才转过身来对桑乔说：

“桑乔，你觉得怎么样？你看，魔法师多恨我呀，竟恶毒到这种程度，想剥夺我见到意中人本来面目的快乐！实际上，我生来就是最不幸的人，成了恶意中伤的众矢之的。你也看到了，桑乔，这些背信弃义的家伙把杜尔西内亚的模样改变了还不够，更把她变成像那个农妇那样愚蠢丑陋的样子，同时还剥夺了她作为贵夫人本身就具有的东西，也就是那种龙涎香和花香的香气。我可以告诉你，桑乔，刚才我要抱她骑上她的马，也就是我看着像驴的那个东西时，我闻到了一股生蒜味，熏得我差点儿没晕过去。”

“噢，恶棍，”桑乔说道，“你们这些居心叵测的魔法师，真应该像穿沙丁鱼那样把你们穿成串！你们懂得多，做得多，干的坏事也多。你们这些坏蛋，把我们的夫人明珠般的眼睛变得像栓皮栎树的虫瘿，把她纯金黄的头发变得像黄牛尾巴毛，把她漂亮的脸庞变得非常丑，还除掉了她身上的香味。有了那种香味，我们就可以知道丑陋面目的背后到底是谁。当然，说实话，我觉得她一点儿也不丑，而是很美，而且，她嘴唇右侧上方有颗痣，还有七八根一拃多长的金丝般黄毛，那更是锦上添花。”

“根据脸和身体相关生长的道理，”唐吉诃德说，“杜尔西内亚大腿内侧与脸上那颗痣相应的部位也应该有一颗痣。不过，你把痣边的那几根毛说得太长了。”

“我可以告诉您，”桑乔说，“那几根毛长在那儿简直再合适不过了。”

“我也这样认为，朋友。”唐吉诃德说，“杜尔西内亚身上长的东西没有一样不是十全十美的。如果她身上有一百颗你说的那种痣，那它们就不是痣了，而是明亮的星星和月亮。不过你告诉我，桑乔，你为她整理的那个我看着像是驮鞍的东西，究竟是无靠背鞍还是女用靠背鞍呢？”

“都不是，”桑乔说，“是短镫鞍，上面还有个罩子，看那华丽的样子，能价值半个城。”

“我看重的不是这些，桑乔。”唐吉诃德说，“我现在再说一遍，我要再说一千遍，我是最不幸的人。”

桑乔见主人如此愚蠢，这么容易就上了当，强忍着才没笑出声来。两人又议论了一阵，然后骑上牲口，往萨拉戈萨方向走。他们想立刻赶到那儿，参加每年一度在那个大城举行的庆祝活动。不过，在他们到达之前又发生了许多新奇的事，值得记录在此，供读者一阅，请看下文。

第十一章　天下奇事：英勇的唐吉诃德与《死神会议》大板车的奇遇

唐吉诃德一边赶路，一边还在想魔法师竟把他的杜尔西内亚夫人变成丑陋农妇的恶作剧，可是他又想不出什么办法来恢复杜尔西内亚原来的模样。想着想着出了神，他不知不觉松开了罗西南多的缰绳。罗西南多感觉到自由了，便走走停停，不时地停下来啃点路边茂盛的青草。桑乔叫唐吉诃德，唐吉诃德才醒过神来。桑乔对他说：

“大人，牲口从不烦恼，只有人烦恼。不过，人如果烦恼过度，也就成牲口了。您忍着点儿，打起精神，拿起罗西南多的缰绳，振奋起来，表现出游侠骑士的抖擞精神来吧。这算什么？这有什么了不起的？咱们是生活在现实中，还是生活在幻想中？让魔鬼把世界上所有的杜尔西内亚都带走吧，一个游侠骑士的健康比世界上所有的魔法和变化都重要。”

“住嘴，桑乔。”唐吉诃德有气无力地说道，“我让你住嘴，不许你污蔑那位着了魔法的夫人。她遭受不幸全都是由于我。是那些坏蛋对我的嫉妒造成了她的不幸。”

“要我说，”桑乔说，“想想她的过去，看看她的现在，有谁能不伤心落泪呢？”

“你完全可以这样说，桑乔。”唐吉诃德说，“你已经看到了她完美的外貌。魔法并不能迷惑你的视线，掩盖她的美貌。它只能迷惑我，迷惑我的视线，然后它就失去了它的魔力。即使是这样，桑乔，只有一件事让我惦记着，那就是你形容她的美貌时形容得不恰当。例如，假使我没记错的话，你说她的两只眼睛像明珠。只有鱼眼睛才像明珠，而不是夫人的眼睛。我觉得杜尔西内亚的眼睛应该像两只祖母绿宝石，另有两只天边弧线般的眉毛。你应该把明珠这个词从她眼睛那儿拿出来，放到她的牙齿那儿去。肯定是你搞错了，桑乔，错把牙齿当成了眼睛。”

“这完全可能，”桑乔说，“正如她的丑陋面目迷惑了您的眼睛一样，她的美貌也照花了我的眼睛。不过，咱们还是祈求上帝保佑吧，上帝对这苦难尘世上应该发生的事情无所不知。在这个罪恶的世界上，几乎无处不混杂着丑恶、欺骗和卑鄙行径。有一件事最让我担心，我的大人，那就是您打败了某个巨人或骑士后，命令他们去拜见美丽的杜尔西内亚。而这个可怜的巨人，或这个可怜又可悲的骑士，该到哪儿去找她呢？我仿佛能看到他们在托博索到处寻找杜尔西内亚，可即使在大街上碰到她，他们也认不出来！”

“桑乔，”唐吉诃德说，“也许魔法不会剥夺那些战败后前去拜见杜尔西内亚的巨人和骑士认出她的能力。我要打败一两个巨人，把他们派去，看看他们是否能认出杜尔西内亚来，然后，命令他们向我报告他们所遇到的情况。”

“我觉得您说得对，大人，”桑乔说，“用这个方法，咱们就可以弄清楚真相了，也就是说，如果只有您认不出她的本来面目，那么您就比她更为不幸。不过，只要杜尔西内亚夫人身体健康，精神愉快，那么咱们尽可以放心，继续征咱们的险，过些时候就会好的。时间是这些病以及其他比这更严重的病的最好医生。”

唐吉诃德正要说话，忽然从路上横出一架木板大车，车上有一些形状极其奇怪的人，而且赶着骡子的车夫竟是个丑恶的魔鬼。这辆敞篷车没有围栏。首先映入唐吉诃德眼帘的是一个面如死神的怪物，旁边是一个戴着两只巨型彩色翅膀的天使。她的一侧是一位头顶金制皇冠的皇帝。死神脚边是人们称为丘比特的神。他的眼睛并未蒙着，还带着弓、箭和箭囊。还有一个除了没戴面盔和顶盔以外，真可以说是全副武装的骑士，他的头上只有一顶插满五颜六色羽毛的帽子。这些服装不同而且形态各异的怪物的突然出现使唐吉诃德不免感到有些惊慌，桑乔也从心里感到害怕。不过，后来唐吉诃德又高兴了，他觉得这又是一次新的征险机会。这样一想，他立刻摆出不惧任何危险的架势，挡在车前，大声喝问：

“车夫，魔鬼，或者不管你是谁，趁早告诉我，你是什么人，到哪儿去，还有车上拉的是什么人！”

车夫不慌不忙地停下车，说道：

“大人，我们是安古洛·埃尔马洛剧团的演员。今天是圣体节的第八天，上午我们在那个小山丘后面的一个地方演了一部劝世短剧[①]《死亡会议》，下午还得到前面那个地方去演出。因为比较近，我们想免去脱衣穿衣之劳，所以就干脆穿着演出服。那个小伙子演死神；那个女人是剧团领班的夫人，演女王；另外一个人演士兵；那边那个演皇帝；我演魔鬼。我是剧团的重要人物之一，因为我在剧团里经常扮演主要角色。如果您还想了解其他什么情况，就问我好了，我都可以准确地告诉您。我是魔鬼，什么都瞒不住我。”

“我以骑士的名义发誓，”唐吉诃德说，“刚才我看到这辆车是如此样子，还以为是遇到了什么巨险呢。现在我要说，凡事不能只看外观，要亲手摸一摸才知虚实。愿上帝保佑好人，去演你们的戏吧，如果有什么需要我效劳的尽管吩咐，我十分愿意帮忙。我从小就喜欢戏剧，年轻时总是追着剧团到处跑。”

他们正说着话，剧团的一个小丑打扮的人恰巧走过来。他身上带着许多铃铛，手里的一根棍子上还拴着三个吹鼓了的牛膀胱。他来到唐吉诃德面前，挥舞着手里的棍子，把牛膀胱使劲往地上摔，一边还跳着，使身上的铃铛叮当乱响。这下可把罗西南多吓坏了，立刻沿着原野拼命奔跑起来，唐吉诃德使劲勒着它嘴上的缰绳，也不能让它停下来。桑乔怕主人从马上摔下来，连忙从驴背上跳下，跑过去救主人。可是等他赶到时，唐吉诃德已经被摔到地上了。罗西南多也同主人一起摔倒了。每次罗西南多一发狂都是落得这种下场。

---

① 一种根据《圣经》故事编的剧目。

桑乔刚刚离开驴去救唐吉诃德，那个拿着牛膀胱的小丑就跳到驴背上，而且用牛膀胱拍打驴。用牛膀胱拍打并不痛，可那声音和恐惧却使得驴沿着原野向剧团下午演戏的地方飞奔而去。桑乔见驴跑了，主人又摔到地上，不知先顾哪一头好。不过他毕竟是个好侍从，对主人的忠诚战胜了对驴的感情，尽管他每一次看到牛膀胱在空中举起又落到驴屁股上的时候，都难过得要命。他宁愿那牛膀胱打在自己的眼珠上，也不愿让驴尾巴上哪怕是最细小的毛受到损伤。他又气又急地来到唐吉诃德身旁，见主人摔得够呛，忙扶他骑上罗西南多，然后说道：

"大人，魔鬼带走了我的驴。"

"什么魔鬼？"唐吉诃德问。

"就是那个拿牛膀胱的魔鬼。"桑乔说。

"他即使把驴藏到地狱最深处，我也要把驴找回来。"唐吉诃德说，"跟我来，桑乔，那大车走不快，我要用他们的骡子抵偿你损失的驴。"

"已经没有必要了，大人。"桑乔说，"您先消消气，我看见那个人好像已经把驴放了，驴又按原路回来了。"

果然如此。原来那个魔鬼同唐吉诃德和罗西南多是一样的下场，跟他骑的驴一起摔倒了。于是，魔鬼步行到前面的村庄去了，驴也回到了主人身边。

"即使这样，"唐吉诃德说，"我也得从那车上找个人，让他替那魔鬼接受我的惩罚，就是皇帝来也饶不了他。"

"您可别这么想，"桑乔说，"听我的劝告吧，千万别去碰那些滑稽演员，他们都很受宠。我曾看见一个滑稽演员因为杀死两个人被抓起来，可是后来又放了，什么钱也没花。您该知道，他们是给大家带来欢乐的人，所以大家都偏向他们，保护他们，帮助他们，尊敬他们。特别是那些皇家剧团和得到正式批准的剧团[①]，所有人，或者大部分人，都生活得很富裕。"

① 17世纪时，为限制喜剧剧团的发展，仅批准少数几家剧团演戏。但后来这项规定并没有认真执行。

“虽然如此，”唐吉诃德说，“即使你再夸他，即使大家都护着他，我也饶不了那个魔鬼演员。”

说完，唐吉诃德向大车走去，大声说道：

“站住，等一等，你们这些逗乐的人，我要让你们知道该怎样对待游侠骑士侍从的坐骑。”

唐吉诃德的声音很高，车上的人都听到了，也都听明白了。他们明白了唐吉诃德的用意，死神就立刻从车上跳下来，皇帝、魔鬼车夫和天使也跟着跳下来，连女王和丘比特也没有留在车上。大家拿起石头，排成一排，准备用碎石迎接唐吉诃德的进攻。唐吉诃德见他们已经摆出如此壮观的阵势，并且高举着手臂准备将石子狠狠地掷过来，便勒住了罗西南多的缰绳，思索该如何在向他们进攻时减少自己受到的威胁。正在这时，桑乔来了。他见唐吉诃德想对那排列有序的阵势发起攻击，便对唐吉诃德说道：

“您若是这么做，那就真是疯了。您想想，我的大人，对于如此猛烈的雨点般的石子，世界上还没有任何可以用来防御的手段，除非是躲进铜钟里。而且您还应该考虑到，一个人进攻一支包括死神在内，有皇帝参加战斗，而且善恶天使都为之助威的军队，并不能算是勇敢，那只能算作鲁莽。如果这样还不能让您罢休，那么您应该注意到，那些人当中虽然有国王、君主、皇帝，却没有一个是游侠骑士。”

“到现在，桑乔，”唐吉诃德说，“你才让我改变了我本来已不可动摇的决心。我已多次说过，我不能够也不应该向非受封骑士进攻。桑乔，你如果想为你的驴报仇，现在正是时候。我可以在这儿为你呐喊助威。”

“没必要向任何人报仇，大人。”桑乔说，“报仇并不是善良的基督徒做的事，而且我还要和我的驴讲好，报仇不报仇得听我的，而我主张在老天赐予我们的日子里过得太平无事。”

“既然你这样决定，”唐吉诃德说，“善良的桑乔，聪明的桑乔，基督徒桑乔，真诚的桑乔，咱们就不理这帮妖魔鬼怪，去寻求更大更有价值的惊险吧。我认为在这个世界上还会有很多神奇的惊险。”

说完，唐吉诃德掉转辔头，桑乔也骑上了他的驴。死神和那些人也回到了自己的车上，继续赶路。死神之车的可怕遭遇由于桑乔对主人的善意劝阻而得到了顺利解决。第二天，唐吉诃德又碰到了一个痴情的游侠骑士，其情节同这次一样令人惊奇。

第十二章　英勇的唐吉诃德与骁勇的镜子骑士会面

唐吉诃德和桑乔在碰到死神的那天夜晚是在几棵高大茂密的树下度过的。唐吉诃德听从了桑乔的劝告,吃了些驴驮的干粮。吃饭时，桑乔对主人说：

“大人，假如我选择您第一次征险得到的战利品作为对我的奖赏，而不是选择您那三匹母马下的小马驹,我也就太傻了。真的,真的,‘手中麻雀胜似天上雄鹰嘛’。”

“你若是能让我任意进攻，桑乔，”唐吉诃德说，“我给你的战利品里至少包括皇帝的金冠和丘比特的彩色翅膀。我完全可以把这些东西夺来放到你手上。”

“戏里皇帝的权杖和皇冠从来都不是用纯金做的，而是用铜箔或铁片做的。”桑乔说。

“这倒是事实，”唐吉诃德说，“戏剧演员的衣着服饰若是做成真的就不合适了，只能做假的。这就同戏剧本身一样。我想让你明白，桑乔，你可以喜欢戏剧，并且因此喜欢演戏和编戏的那些人，因为他们都是大有益于国家的工具，为人生提供了一面镜子，人们可以从中生动地看到自己的各种活动，没有任何东西能像戏剧那样，表现我们自己现在的样子以及我们应该成为的样子，就像演员们在戏剧里表现的那样。不信，你告诉我，你是否看过一部戏里有国王、皇帝、主教、骑士、夫人和各种各样的人物？这个人演妓院老板，那个人演骗子，一个人演商人，另一个人演士兵，有人演聪明的笨蛋，有人演愚蠢的情人。可是戏演完后，一换下戏装，大家都成了一样的演员。”

“这我见过。”桑乔说。

“戏剧同这个世界上的情况一样。”唐吉诃德说，“在这个世界上，有人当皇帝，有人当主教，一句话，各种各样的人物充斥着这部戏。不过，戏演完之时也就是人生结束之日。死亡将剥掉把人们分为不同等级的外表，大家到了坟墓里就都一样了。”

“真是绝妙的比喻，”桑乔说，“不过并不新鲜，这类比喻我已经听过多次了，譬如说人生就像一盘棋。下棋的时候，每个棋子都有不同的角色。可是下完棋后，所有的棋子都混在一起，装进一个口袋，就好像人死了都进坟墓一样。”

“桑乔，”唐吉诃德说，“你现在是日趋聪明，不那么愚蠢了。”

“是的，这大概也是受您的才智影响。”桑乔说，“如果您的土地贫瘠干涸，只要施肥耕种，就会结出果实。我是想说，同您谈话就好比在我的智慧的干涸土地上施肥，而我服侍您，同您沟通，就属于耕种，我希望由此可以得到对我有益的果实，不脱离您对我的枯竭头脑的栽培之路。”

唐吉诃德听到桑乔这番不伦不类的话不禁哑然失笑，不过他觉得桑乔这番补充道的是实情，况且桑乔也确实能不时说出些令人惊奇的话来，尽管有更多的时候，桑乔常常故作聪明，假充文雅，结果说出的话常常愚蠢透顶，无知绝伦。桑乔表现出记忆力强的最佳时刻就是他说俗语时，不管说得合适不合适，这点大致可以从这个故事的过程中看到。

两人说着话，已经过了大半夜。桑乔想把他的眼帘放下来了，他想睡觉时常常这么说。桑乔先给他的驴卸了鞍，让它在肥沃的草地上随便吃草。不过，桑乔并没有给罗西南多卸鞍，因为主人已经明确吩咐过，他们在野外周游或者露宿时，不能给罗西南多卸鞍，这是游侠骑士自古沿袭下来的习惯，只能把马嚼子拿下来，挂在鞍架上。要想拿掉马鞍，休想。桑乔执行了主人的吩咐，但他给了罗西南多同他的驴一样的自由。他的驴同罗西南多的友谊牢固而又特殊，如同父子，以至于本书的作者专门为此写了好几章。但为了保持这部英雄史的严肃性，他又没有把这几章放进书里。尽管如此，作者偶尔还是有疏忽的时候，违背了初衷，写到两个牲口凑在一起，耳鬓厮磨累了，满足了，罗西南多就把脖子搭在驴的脖子上。罗西南多的脖子比驴的脖子长半尺多，两头牲口认真地看着地面，而且往往一看就是三天，除非有人打搅或是它们饿了需要找吃的。据说作者常把这种友谊同尼索和欧里亚诺[1]以及皮拉德斯和俄瑞斯忒斯[2]的友谊相比。由此可以看出，这两头和平共处的牲口之间的友谊是多么牢固，值得世人钦佩。与此同时，人与人之间的友谊倒让人困惑。有句话说道：

朋友之间没朋友，
玉帛变干戈结冤仇。

还有句话说：

朋友朋友，并非朋友。

没有人认为作者把牲口之间的友谊与人之间的友谊相比是做得出格了。人从动物身上学到了很多警示和重要的东西，例如从鹳身上学到了灌肠法，从狗身上学到了厌恶和感恩，从鹤身上学到了警觉，从蚂蚁身上学到了知天意，从大象身上学到了诚实，从马身上学到了忠实。后来，桑乔在一棵栓皮栎树下睡着了，唐吉诃德也在一棵粗壮的圣栎树下打盹。不过，唐吉诃德很快就醒了，他感到背后有声音。他猛然站起来，边看边听声音到底是从哪儿传来的。他看见两个骑马的人，其中一个从马背上滑下来，对另一个说：

① 维吉尔的史诗《埃涅阿斯纪》中的一对好友。
② 在古希腊神话中，这两人既是表兄弟，又是好友。

“下来吧，朋友，把马嚼子拿下来。我看这个地方的草挺肥，可以喂牲口，而且这儿挺僻静，正适合我的情思。”

那人说完就躺下了，而且躺下时发出了一种盔甲的撞击声。唐吉诃德由此认定那人也是游侠骑士。他赶紧来到桑乔身旁。桑乔正睡觉，他好不容易才把桑乔弄醒。唐吉诃德悄声对桑乔说：

“桑乔兄弟，咱们又遇险了。”

“愿上帝给咱们一个大有油水的险情吧，”桑乔说，“大人，那个险情在哪儿？”

“在哪儿？”唐吉诃德说，“桑乔，你转过头来看，那儿就躺着一个游侠骑士。据我观察，他现在不太高兴。我看见他从马上下来，躺在地上，有点垂头丧气的样子。还有，他躺下时有盔甲的撞击声。”

“那您凭什么说这是险情呢？”桑乔问。

“我并没有说这就是险情，”唐吉诃德说，“我只是说这是险情的开端，险情由此开始。你听，他正在给诗琴或比维尔琴调音。他又清嗓子又吐痰，大概是想唱点什么吧。”

“很可能，”桑乔说，“看来是个坠入情网的骑士。”

“游侠骑士莫不如此。”唐吉诃德说，“只要他唱，我们就可以从他的只言片语里得知他在想什么。心里有事，嘴上就会说出来。”

桑乔正要说话，传来了森林骑士的歌声，桑乔打住了。骑士的嗓音不好也不坏。两人注意听着，只听歌中唱到：

十四行诗

　　请你按照你的意愿，夫人，
给我一个追求的目标，
我将铭记于肺腑，
始终如一不动摇。
　　你若讨厌我的相扰，
让我去死，请直言相告。
你若愿我婉转诉情，
为爱情我肝胆相照。

我准备接受两种考验，不论是
蜡般柔软，钻石般坚硬，
爱情的规律我仿效。
任你软硬考验，
我都将挺胸面对，
铭刻在心永记牢。

一声大概是发自肺腑的“哎”声结束了森林骑士的歌声。过了一会儿，只听骑士痛苦又凄凉地说道：

“哎，世界上最美丽又最负心的人啊！最文静的班达利亚的卡西尔德亚呀，你怎么能让这位已经被你俘虏的骑士无休止地游历四方，受苦受罪呢？我已经让纳瓦拉的所有骑士，让莱昂的所有骑士，让塔尔特苏斯的所有骑士，让卡斯蒂利亚的所有骑士，还有曼查的所有骑士，都承认你是世界上最美丽的人，难道这还不够吗？”

“不，”唐吉诃德说，“我是曼查的，我从没有承认也不可能承认，而且更不应该承认这件如此有损于我美丽的夫人的事情。你看见了，桑乔，这个骑士胡说八道。不过咱们听着吧，也许他还会说点什么呢。”

“肯定还会说，”桑乔说，“他可以念叨一个月呢。”

可事实并非如此。原来森林骑士已经隐约听到了有人在议论他。他没有继续哀叹下去，而是站起身，声音洪亮却又很客气地问道：

“谁在那儿？是什么人？是快活高兴的人，还是痛苦不堪的人。”

“是痛苦不堪的人。”唐吉诃德回答说。

“那就过来吧，”森林骑士说，“你过来就知道咱们是同病相怜了。”

唐吉诃德见那人说话客客气气，就走了过去。桑乔也跟了过去。

那位刚才还唉声叹气的骑士抓着唐吉诃德的手说：

“请坐在这儿，骑士大人。因为我在这儿碰到了你，我就知道你是干什么的了，我知道你是游侠骑士。这里只有孤独和寂静陪伴你，是游侠骑士特有的休息地方。”

唐吉诃德说道：

“我是骑士，是你说的那种骑士。我的内心深处虽然也有悲伤、不幸和痛苦，可我并未因此而失去怜悯别人不幸之心。听你唱了几句，我就知道你在为爱情而苦恼，也就是说，你因为爱上了你抱怨时提到的那位美人而苦恼。”

结果两人一同坐到了坚硬的地上，客客气气，显出一副即使天破了，他们也不会把对方打破的样子。

“骑士大人，”森林骑士问道，“难道您也坠入情网了？”

“很不幸，我确实如此，”唐吉诃德说，“不过，由于处理得当而产生的痛苦应该被看作是幸福，而不是苦恼。”

“如果不是被人鄙夷的意识扰乱我的心，你说的倒是事实。”森林骑士说，“不过，瞧不起咱们的人很多，简直要把咱们吃了似的。”

“我可从来没受过我夫人的蔑视。”唐吉诃德说。

“从来没有，”桑乔也在一旁说，“我们的夫人像只羔羊似的特别温顺。”

“这是您的侍从？”森林骑士问。

“是的。”唐吉诃德回答说。

“我从没见过哪个侍从敢在主人说话的时候插嘴，”森林骑士说，“至少我的侍从不这样。他已经长得同他父亲一样高了，可是我说话时他从来不开口。”

“我刚才的确插话了，”桑乔说，“而且，我还可以当着其他人……算了吧，还是少说为佳。”

森林骑士的侍从拉着桑乔的胳膊说：

“咱们找个地方，随便说说咱们侍从的事吧。让咱们的主人痛痛快快地说他们的恋爱史吧，他们肯定讲到天亮也讲不完。”

“那正好，”桑乔说，“我也可以给你讲讲我是什么样的人，看我是否算得上那种为数不多的爱插嘴的人。”

两个侍从说着便离开了。他们同他们的主人一样，进行了一场有趣的谈话。

第十三章 续述与森林骑士的奇遇及两位侍从新鲜别致的对话

骑士和侍从分成两对，侍从谈自己的生活，骑士谈自己的爱情。故事首先介绍侍从的谈话，然后才是主人的议论。据说，两个侍从离开主人一段距离后，森林骑士的侍从对桑乔说：

“我的大人，咱们这些当游侠骑士侍从的，日子过得真辛苦。上帝诅咒咱们的祖先时说过，让他们就着脸上的汗水吃面包。咱们现在就是这样。”

“还可以说咱们是腹中冰冷吃面包。”桑乔说，“谁能像咱们游侠骑士的侍从这样经受严寒酷暑呢？如果有吃的还算好，肚里有食就不那么难受，可咱们常常是一两天没有吃的，只能喝风。”

“不过与此同时，咱们也可望得到奖励。”森林骑士的侍从说，“如果被服侍的游侠骑士不是特别倒霉，侍从至少可以得到某个岛屿总督的美差，或者当个挺不错的伯爵。”

“我已经同我的主人讲过，”桑乔说，“我当个岛屿总督就满足了。我的主人已经慷慨地允诺过好几次了。”

“我服侍主人一场，能随便有个美差就满足了。”森林骑士的侍从说，“我的主人已经答应给我一个美差，真不错！”

“您的主人一定是个教团骑士，”桑乔说，“所以如果服侍得好，他就会奖励他的侍从。可我的主人绝对不是教团骑士。我记得有些聪明人曾劝他做红衣大主教，可我看那些人是别有用心，而我的主人一心只想当皇帝。我当时怕得要命，怕他忽然心血来潮，当了主教，因为教会里的事我做不了。我还可以告诉您，虽然我看起来像个人似的，可要是做起教会里的事来，那就连牲口都不如了。”

“这您就错了，”森林骑士的侍从说，“岛屿总督也不是那么好干的。有的总督很不幸，有的很可怜，也有的悒悒不乐。混得好的也是心事重重，不得安宁，命运在他肩上放了一副沉重的担子。从事咱们这苦差的人最好都回家去，做些轻松的事情散散心，比如打猎钓鱼。世界上恐怕还没有哪位侍从穷得家里连一匹马、几只猎兔狗和一根钓鱼竿都没有。”

“这些我都有，”桑乔说，“不过我没有马，这是真的。可是我有头驴，比我主人的马贵重两倍多。他要想换我这头驴，就是再加四担小麦，而且就在下个复活节换，我也不会换。算我复活节倒霉！我的小灰儿，我那头驴是灰色的，在我眼里是如此值钱，大概让您见笑了。至于猎兔狗，我有不少，我们村里也有的是。要是能借别人的光打猎就更有意思了。”

“真的，”森林骑士的侍从说，“侍从大人，我已经打算并且决定离开这些疯疯癫癫的游侠骑士了。我要回到我的家乡去，哺养我的孩子们。我有三个东方明珠一般的孩子。”

“我有两个孩子，”桑乔说，“漂亮得简直可以面见教皇。特别是我那女儿，上帝保佑，我准备培养她当伯爵夫人，不管她妈愿意不愿意。”

“您那个准备做伯爵夫人的女儿芳龄多少啦？”森林骑士的侍从问。

“十五岁上下，上下不相差两岁吧，”桑乔说，“已经长得像长矛一样高了，而且楚楚动人，力气大过脚夫。”

“那她不仅可以做伯爵夫人，”森林骑士的侍从说，“而且可以做绿色森林的仙女。噢，这个婊子养的，多棒啊！”

桑乔听了有些不高兴地说道：

“她不是婊子，她妈也不是婊子。上帝保佑，只要我活着，她们谁也当不了婊子。您说话得有点礼貌，亏得您还受过游侠骑士的栽培呢，应该同游侠骑士一样有礼貌。我觉得您那些话说得不合适。”

“哎呀，您怎么把这样高级的赞扬理解错了，侍从大人？”森林骑士的侍从说，“您怎么会不知道，如果一位骑士在斗牛场上往牛背扎了很漂亮的一枪，或者某个人某件事干得非常出色时，人家往往说：

‘嘿，这个婊子养的，干得真棒！’这句话貌似粗野，实际上是很高的赞扬。大人，如果您的儿子或女儿没有做出令他们的父母受到如此称赞的事业来，您就别认他们。”

“是的，那我就不认他们。”桑乔说，“既然这样，您完全可以把我和我的孩子、老婆都称作婊子。我的老婆孩子的所作所为对这种赞扬绝对受之无愧。为了能够回去见到他们，我祈求上帝免除我的死罪，也就是免除我当侍从的危险行当。我鬼迷心窍，再一次从事了侍从的行当。有一天，我曾在莫雷纳山深处捡到一个装着一百杜卡多的口袋，魔鬼把钱袋一会儿放这儿，一会儿放那儿，让我觉得似乎唾手可得，可以把它抱回家，用来放印子、收利息，过无忧无虑的日子。也就是这种打算让我跟着我这位愚蠢的主人含垢忍辱，我知道，与其说他是骑士，还不如说他是个疯子！”

“所以人们常说，贪得无厌。”森林骑士的侍从说，“要提到疯子，我的主人可谓天下第一。你应该明白，‘驴子劳累死，全为别人忙’。他为了让别的骑士恢复神志，自己反而变疯了；他要寻找的东西，要是真找到了，我不知道他会不会又后悔。”

“他大概正在恋爱吧？”桑乔问。

“是的，”森林骑士的侍从说，“他爱上了班达利亚的卡西尔德亚。世界上恐怕再没有比她更冷冰冰的女人了。不过，她最坏的地方还不在于冷冰冰，而在于她有一肚子坏水，并且很快就能显露出来。”

“世上无坦途，”桑乔说，“总不免有些磕磕碰碰；‘家家有本难念的经，而我家的经最难念’；‘疯子的伙伴倒比正常人的多’。不过，有句俗话说得很对，‘债多不愁，人多不忧’，有您在我就感到宽慰了，因为您服侍的主人同我的主人一样愚蠢。”

“蠢是蠢，但是很勇敢，”森林骑士的侍从说，“而且论起卑鄙来，比愚蠢和勇敢的程度还要厉害得多。”

“我的主人不这样。”桑乔说，“我认为他一点儿也不卑鄙，相反，人很实在，不对任何人使坏，而且对所有人都好，绝无害人之心。如果一个孩子告诉他白天是黑夜，他也会相信。就冲他这股单纯劲儿，我就从心眼里喜欢他，他就是做出再愚蠢的事，我也不忍心离开他。”

“即使如此，兄弟呀，”森林骑士的侍从说，“瞎子领瞎子，就有双双掉进坑里的危险。咱们最好趁早止步，干咱们自己的事情去。要征险并不等于就能征到真正的艰险。”

桑乔不时地吐点儿什么，看样子是很黏的唾液。森林骑士那位好心肠的侍从看到了，说道：

“我觉得咱们说得太多了，舌头和上腭都快粘上了。我那匹马的鞍架上带着点儿生津的东西，效果挺不错的。”

说着他站了起来，不一会儿就拿回一大皮囊葡萄酒和一个大馅饼。我一点儿不夸张，那馅饼足有一尺见方。馅是用一只大白兔的肉做的。桑乔摸了摸，以为是一只羊的肉做的，而且不是小羊羔，是大山羊。桑乔说：

“难道您把这个也随身带着，大人？”

“怎么，想不到吧？”那个侍从说，“我不过是个微不足道的侍从，但是我在马屁股上带的食物比一个将军出门时带的食物还要好。”

不等人家让，桑乔就狼吞虎咽地吃起来了，还说：

“您真是个忠实合格的侍从，既普通又优秀，而且伟大，这顿饭就可以证明这一点，除非这顿饭是魔法变出来的。看样子它倒是有点像变出来的。我就不行了，既卑微又倒霉。我的褡裢里只有一点奶酪，还挺硬，硬得能把巨人的脑袋打破。此外，还有几十个野豌豆，几十个榛子和胡桃。这全怨我的主人墨守成规，坚持认为游侠骑士只能用干果和田野里的野草充饥。”

“兄弟，”森林骑士的侍从说，“我相信我的胃受不了什么洋蓟、野梨和山里的野根。让咱们的主人去说他们的骑士规矩吧，让他们去吃他们说应该吃的东西吧，反正我带着凉菜盒，鞍架上还带着酒囊，算作备用。我特别喜欢酒，不时要抱着酒囊亲亲。”

说完，他把酒囊递给桑乔。桑乔把酒囊举到嘴边，头朝上足有一刻钟。喝完后，他把头垂到一旁，长吁了一口气，说：

“嘿，婊子养的，好家伙，真不错！”

“您称赞酒好怎么能说是‘婊子养的’呢？”森林骑士的侍从听到桑乔说“婊子养的”，就对桑乔说道。

“如果是赞美，”桑乔说，“称某人‘婊子养的’并不是贬义。凭您最喜爱的年代发誓，大人，请您告诉我，这酒是皇城里出的吗？”

“好一个品酒鬼！”森林骑士的侍从说，“这酒正是皇城里出的，而且是陈年老酒。”

“瞒得了我吗？”桑乔说，“可别小看了我这套本领。侍从大人，我天生就有高超的品酒本领难道不好吗？只要让我闻一闻某种酒，我就可以准确地说出它的产地、品种、味道、贮存时间、是否还会变化以及其他种种有关情况。不过，这也没什么可惊奇的，我家祖上就有两位是曼查多年从未有过的优秀品酒师。为了证明这点，我给您讲一件他们的事。有一次，人们拉来一桶葡萄酒让他们品尝，请他们两人说说酒的质量好坏。他们一个用舌头尖舔了舔酒，另一个只是把鼻子凑到酒前闻了闻。第一个人说有股铁器味,第二个人说还有熟羊皮味。可酒的主人说酒桶是干净的，酒里没有放任何鞣料，不会产生出什么铁器味和熟羊皮味。尽管如此，两位著名的品酒师仍然坚持自己的说法。过了一段时间之后，酒卖完了，人们刷酒桶的时候发现，里面有一串用熟羊皮圈拴着的小钥匙。这回您就该知道了，出身世家，自有所长。”

“所以我说，”森林骑士的侍从说，“咱们也别去征什么险了。家里有面包，就不必去找蛋糕，还是回家好。要是上帝想找咱们，就到咱们家里去找吧。”

“等我服侍主人到了萨拉戈萨以后，咱们再商量。”

后来，两位友好的侍从又是说又是喝，直到困倦了才闭上嘴，缓解一下口渴。要想让他们不渴是不可能的。两个人抓着已经快空了的酒囊，嘴里含着还没嚼烂的食物睡着了。咱们现在别再说他们了，来谈谈森林骑士和猥獕骑士那儿的事吧。

第十四章　唐吉诃德奇遇森林骑士续篇

唐吉诃德和森林骑士谈了很多。据故事记述，森林骑士对唐吉诃德讲道：

“总之，骑士大人，我想让您知道，我受命运驱使，或者说由我自己选择，我爱上了举世无双的班达利亚的卡西尔德亚。说她举世无双，是因为无论比身高、比地位或是比相貌，都没有人能够与她相比。这个卡西尔德亚对我善意的想法和适度的愿望答以各种各样的危险差使，就像赫拉克勒斯的教母对赫拉克勒斯那样，每次都答应我，只要做完这件事后再做一件就可以满足我的愿望。可是事情做了一件又一件，我也不知道究竟做了多少件，究竟做完哪一件才能实现我的美好愿望。有一次，她派我去向塞维利亚那个有名的女巨人希拉尔达[①]挑战。希拉尔达非常勇敢，她仿佛是青铜铸的，屹立在原地寸步不移，但她却又是世界上最轻浮、最易变的女人。我赶到那儿，看见了她，打败了她，让她老老实实地站在那儿，不敢乱动，要知道当时刮了一个多星期的北风呢。后来，她又让我去称两只巨大的吉桑多公牛石像的重量。这种活更适合脚夫干，而不适合骑士干。

“还有一次，她让我跳进卡夫拉深渊，那可是空前可怕的事情哟。她要我把那黑洞深处的东西都给她拿上来。我制服了希拉尔达，我称了吉桑多公牛的重量，我又跳进深渊，把埋藏在深渊底部的东西都拿了上来，可是我的愿望仍然不能实现，而她的命令和嘲弄却没完没了。后来，她又命令我游历西班牙的所有省份，让各地所有的游侠骑士都承认只有她是最漂亮的，而我则是世界上最勇敢最多情的骑士。我按

---

① 此处提到的希拉尔达是著名的塞维利亚人教堂塔楼上的一尊青铜女神像。塔楼因此被称为希拉尔达塔楼。

照她的要求游历了西班牙大部分省份，打败了所有胆敢对我持异议的人。不过，最令我自豪的是我在一次激烈的战斗中打败了曼查的著名骑士唐吉诃德，让他承认了我的卡西尔德亚比他的杜尔西内亚还漂亮。只此一举，我就可以说已打败了世界上的所有骑士，因为我说的那个唐吉诃德已经打败了所有骑士，而我又打败了他，那么他的光荣、名声和赞誉也就都转到了我的头上。

败者越有名，
胜者越光荣。

就这样，原来记在唐吉诃德身上的无数丰功伟绩都算到我身上了。”

唐吉诃德听了森林骑士这番话深感震惊。他多次想说森林骑士撒谎，话已经到了嘴边，可他还是强忍住了。他想让森林骑士自己承认是在撒谎。于是，唐吉诃德平静地对森林骑士说：

“要说骑士大人您打败了西班牙的所有骑士，甚至是世界上的所有骑士，我都不想说什么；可要说您打败了曼查的唐吉诃德，我表示怀疑。很可能那是一个与唐吉诃德极其相似的人，尽管与他相似的人并不多。”

“怎么会不可能呢？”森林骑士说，“我向高高在上的老天发誓，我是同唐吉诃德战斗，并且打败了他，俘虏了他。他高高的个子，干瘪脸，细长的四肢，花白头发，鹰鼻子还有点钩，黑黑的大胡子向下耷拉着。他还有个名字叫猥獕骑士，带着一个名叫桑乔的农夫当侍从。他骑的是一匹叫罗西南多的马，把托博索的杜尔西内亚当作自己的意中人。那女人原来叫阿尔东萨·洛伦索，就好比我的意中人叫卡西尔德亚，是安达卢西亚人，我就叫她班达利亚的卡西尔德亚那样。如果这些特征还不能证明我说的是真的，那么还有我的剑在此，它可以证明我说的确凿无疑。”

“静一静，骑士大人，”唐吉诃德说，“您听我说。您该知道，您说的那个唐吉诃德是我在这个世界上的最好的朋友，可以说好得就像我就是他一样。您刚才说的那些特征说得很准确，但我并不能因此就认为您打败的那个人就是他本人。而且，就我本身的体验来说，也不可能是他本人，除非是他那许多魔法师冤家，而且其中有一个总是跟他过不去，变出了一个和他一样的人，把他打败，借此来诋毁他靠高尚的骑士行为在世界上赢得的声誉。为了证明这点，我还可以告诉您，就在两天前，他的魔法师冤家还把托博索的杜尔西内亚这个美人变成了粗野低下的农妇模样。这些魔法师同样也可以变出一个唐吉诃德来。如果这些还不足以让您相信我说的是真话，那么，唐吉诃德本人就在你眼前，无论是徒步还是骑马，他将以他的武器或者其他任何您认为合适的方式来证明这一点。”

说着唐吉诃德站了起来，手按剑柄，等着森林骑士的决定。可是，森林骑士不慌不忙地说道：

“您真是站着说话不腰疼。唐吉诃德大人，既然我能够打败变成您这个模样的人，也完全可能打败您本人。不过，骑士战斗最好不在暗处，就像那些强盗无赖一样。咱们最好等太阳出来了再比试，而且咱们比试还应该有个条件，那就是输者以后得听赢者的，让他干什么就得干什么，只要不辱没他的骑士身份。”

“我赞成这个条件和约定。”唐吉诃德说。

两人说完就去找自己的侍从。两个侍从自入睡以后一直鼾声不停。两人把侍从叫醒，让他们分头去备马，等太阳一出来，就要进行一场殊死非凡的战斗。桑乔一听这话吓坏了，他为主人的安全担忧，因为他已从森林骑士的侍从那里耳闻了森林骑士的勇猛。不过，两个侍从什么也没说，就去寻找自己的马。那三匹马和一头驴早已凑在一起互相嗅呢。

森林骑士的侍从在路上对桑乔说：

“知道吗，兄弟？在安达卢西亚，决斗有个规矩，那就是如果教父们发生决斗，教子们也不能闲着，也得打。我这是想提醒您，咱们的主人决斗时，咱们俩也得打得皮开肉绽。”

“侍从大人，”桑乔说，“这个规矩在您说的那些强盗恶棍当中或许还行得通，可对于游侠骑士的侍从就休想。至少我没听我的主人讲过这个规矩，而游侠骑士界的所有规定他都能背下来。就算这是真的，明确规定了在侍从的主人决斗时侍从也必须互相打，我也不执行，我宁可接受对不愿打斗的侍从的处罚。我估计也就不过是罚两磅蜡烛罢了。我倒更愿意出那两磅蜡烛。我知道买蜡烛的钱要比买纱布包头的钱少得多，如果打起来准得把脑袋打破了。还有，就是我没有剑，不能打。我这辈子从来没拿过剑。”

“我倒有个好办法。”森林骑士的侍从说，“我这儿有两个大小一样的麻袋，您拿一个，我拿一个，咱们以同样的武器对打。”

“这样也好，”桑乔说，“这样来回掸土要比受伤强。”

“不能这样。”另一个侍从说，“麻袋里还得装五六个光溜溜的漂亮的卵石，否则扔不起来。两个麻袋一样重，这样咱们扔来扔去也不会伤着谁。”

“我的天啊！”桑乔说，“那咱们还得在麻袋里装上紫貂皮或者棉花团之类的东西，以免伤筋动骨。不过我告诉您，我的大人，你就是在麻袋里装满了蚕茧，我也不会打。咱们的主人愿意打就打吧，他们打他们的，咱们喝咱们的，过咱们的。到时候咱们都得死，所以没必要不等到时候就自己赶着去找死。”

“即使这样，”森林骑士的侍从说，“咱们也得打半个钟头。”

“不，”桑乔说，“我不会那么无礼，也不会那么忘恩负义，同人家一起吃喝过后又为一点儿小事找麻烦。更何况咱们现在既没动怒，也没发火，干吗像中了魔似的为打而打呢？”

“对此我倒有个好办法。”森林骑士的侍从说，“在还没开始打之前，我先麻利地来到您身边，打您三四个嘴巴，把您打倒在我脚下，这样一来，就是再好的脾气也会发火的。”

“这种办法我也会，”桑乔说，“而且决不次于您。我可以拿根棍子，不等您勾起我的火来，我就用棍子先把您的火打闷了，让它这辈子都发不起来。这样我就可以让别人知道我可不是好欺负的。谁做事都得小心点儿，不过最好还是别动怒；别人的心思谁也搞不清，别偷鸡不成反蚀一把米。上帝祝福和平，诅咒战斗。兔子急了还会咬人呢，何况我是个人，谁知道我会变成什么样。所以，现在我就告诉您，侍从大人，咱们究竟打出什么恶果，您得好好考虑一下。”

“好吧，”森林骑士的侍从说，“咱们还是天亮了再说吧。”

此时，无数种花色的小鸟已经开始在树林中啼鸣，它们欢快的叫声仿佛在向清秀的曙光女神祝福和问候。女神已经透过门窗和阳台，从东方露出了她美丽的脸庞，从她的头发上洒下无数的液体珍珠。小草沐浴着她的露水，仿佛又从自身产生出无数白色的细珠来。柳树分泌出甘露，泉水欢笑，小溪低吟，树林喜悦，草原也由于小溪的到来而变得肥沃。天色刚刚透亮，周围的一切依稀可见，但首先映入桑乔眼帘的却是森林骑士侍从的鼻子，那鼻子大得几乎把他的全身都遮盖住了。说实话，那鼻子真够大的，中部隆起，上面长满了肉赘，而且青紫得像茄子，鼻尖比嘴还低两指。这个鼻子的体积、颜色、肉赘和隆形使那个侍从的脸变得奇丑无比，桑乔见了就开始发抖，像小孩抽羊角风似的。他心里暗暗打算，宁愿让人打自己两百个嘴巴，也不愿动怒同这个妖怪作战。

唐吉诃德正在观察自己的对手。森林骑士已经戴好了头盔，所以看不到他的脸。但唐吉诃德可以从外观看出，他个子不高，身体却很结实。他在甲胄外面还披了一件战袍或外套，看样子是金丝的，上面缀满了闪闪发光的小镜片，显得威武而又华丽。他的头盔顶上还摆动着很多绿、黄、白色的羽毛，长矛靠在树上，锋利的铁头比巴掌还大。

唐吉诃德仔细观察之后，断定这个骑士的力气一定大得很。不过，他并没有像桑乔那样感到害怕，而是大大方方地对这位镜子骑士说：

“假如您的战斗愿望并没有影响您的礼节，我请您把您的护眼罩掀起一点儿来，让我看看您的脸是否与您的打扮一样威武。”

“无论您此次战胜还是战败，骑士大人，”镜子骑士说，“您都会有时间看我。我现在不能满足您的要求，因为我觉得在您没有承认我要求您承认的东西之前，掀起眼罩，耽误时间，便是对班达利亚美丽的卡西尔德亚的明显不恭。”

“在咱们上马前，”唐吉诃德说，“您还可以告诉我，我到底是不是您说的那个被您打败的唐吉诃德。”

“我对此的回答是，”镜子骑士说，“您同我打败的那个骑士如出一辙。不过，既然您说有魔法师跟你捣乱，我也就不能肯定您到底是不是那个骑士了。”

“这足以让我相信您仍然执迷不悟，”唐吉诃德说，“为了让您清醒清醒，还是叫咱们的马过来吧。如果上帝、我的夫人和我的臂膀保佑我，我马上就会让您掀起您的眼罩，让我看到您的面孔，您也就会知道，我并不是您想的那个唐吉诃德。”

于是两人不再争论，翻身上了马。唐吉诃德掉转罗西南多的辔头向相反的方向跑去，准备跑出一段路后再折回来冲杀。镜子骑士也同样向相反的方向跑去。不过，唐吉诃德还没跑出二十步，就听见镜子骑士在叫他。两人都转过身来，镜子骑士对唐吉诃德说：

“骑士大人，请您记着，咱们搏斗有个条件，也就是我原来说过的，败者必须听从胜者的吩咐。”

“这我知道，”唐吉诃德说，“只要胜者吩咐的事情不违反骑士界的规定。”

“是这个意思。”镜子骑士说。

此时，唐吉诃德眼前出现了那个侍从少见的鼻子，把唐吉诃德吓了一跳，他被惊吓的程度并不次于桑乔。唐吉诃德以为那是个怪物，或者是世界上新发现的某个稀有人种。桑乔见主人已经开始助跑，不愿单独同大鼻子在一起，怕自己同那个侍从搏斗时，他用大鼻子一扒拉，就会把自己打倒或吓倒。于是，他抓着罗西南多鞍镫上的皮带，跟着主人，等到他认为主人该转身往回冲的时候对主人说：

“求求您，我的主人，在您准备返身冲杀之前，帮助我爬到那棵栓皮栎树上去，在那儿我可以比在地上更津津有味地观看您同这位骑士的精彩搏斗。”

“我倒是认为，桑乔，”唐吉诃德说，“你是想爬到高处去隔岸观火。”

“您说得对，”桑乔说，“那个侍从的大鼻子可把我吓坏了，我不敢和他在一起。”

“那鼻子是够吓人的，”唐吉诃德说，“要不是我胆大，也会被它吓坏了。既然这样，你过来，我帮你爬上去。”

就在唐吉诃德帮助桑乔往树上爬的时候，镜子骑士已经跑了他认为足够的距离。他以为唐吉诃德也同他一样跑够了距离。于是，他不等喇叭响或者其他信号，就掉转他那匹比罗西南多强不到哪儿去的马的辔头，飞奔起来。他刚跑了一半儿路，就遇到了自己的对手。他见唐吉诃德正帮着桑乔上树，便勒住缰绳，停了下来。他的马对此感激不已，因为它本来就跑不动了。唐吉诃德意识到对手正飞奔而来，立刻把马刺扎向罗西南多的瘦肋骨，催它跑起来。据故事说，只有这次它才算跑，其他时候都应该说是快走。它跑到镜子骑士跟前时，镜子骑士已经把马刺的整个尖头都刺进了马身里，可那匹马就是待在原地不动。马不动，长矛也没准备好，因为他的长矛仍放在矛托上。在这紧急关头，唐吉诃德已经冲了上来。唐吉诃德并没有发现对手所处的窘境，稳稳当当地用力向对手刺去，只见对手身不由己地从马背上摔到了地上，摔得手脚动弹不得，像死了一样。

桑乔见镜子骑士落地了，立刻从树上滑下来，跑到自己主人身边。这时唐吉诃德已跳下马，来到镜子骑士身旁，解开他头盔上的绳结，看他是否死了，想给他透透气，看他是否能活过来。可唐吉诃德看到的是……谁听说了会不惊奇呢？故事说，唐吉诃德看到的脸庞、脸形、脸面、脸色不是别人，正是参孙·卡拉斯科学士！唐吉诃德一见是他，便高声叫道：

“快来，桑乔！你快过来看看，你肯定不会相信！你快点儿，伙计，你来看看魔法的本事，看看巫师和魔法师的本事吧。”

桑乔过来了。他一见是卡拉斯科的脸，连忙一个劲儿画十字。看样子那位落地的骑士已经死了。桑乔对唐吉诃德说：

“依我看，我的主人，不管对不对，您先往这个貌似参孙·卡拉斯科学士的家伙嘴里插一剑，也许这一下就能杀死您的一个魔法师对手呢。”

“此话不错，”唐吉诃德说，“对手越少越好。”

说完唐吉诃德就要动手，而镜子骑士的侍从跑了过来，此时他那难看的大鼻子也不见了。他大声喊道：

“您要干什么，唐吉诃德大人，您脚下的那个人是您的朋友参孙·卡拉斯科学士，我就是他的侍从呀。”

桑乔见这张脸已经不那么可怕了，便问道：

“你的鼻子呢？”

那个侍从答道：

“放在我的衣袋里了。”

说着他把手伸向右边衣袋，拿出了一个用纸板做的用漆涂过的面具，其相貌前面已经描述过了。桑乔仔细地看了看那个人，惊奇地高声说道：

“圣母保佑！这不是邻居老弟托梅·塞西亚尔吗？”

“正是我，”那位已疲惫不堪的侍从说，“我就是托梅·塞西亚尔，桑乔的老友。待一会儿我再告诉你，我是如何上当受骗，迫不得已来到这儿的。现在我请求您，恳求您，不要碰、不要虐待、不要伤害、不要杀死镜子骑士，他确实是咱们的同乡，是勇敢却又处世不慎的参孙·卡拉斯科学士。”

此时镜子骑士已经苏醒过来。唐吉诃德看见了，把剑尖放在他脸上，对他说：

“骑士，如果你不承认托博索举世无双的杜尔西内亚比你那位班达利亚的卡西尔德亚强，我就杀死你。此外，如果经过这场战斗你能活下来，你还得答应我到托博索城去，代表我去拜见她，听候她的吩咐。如果她让你自己决定，你还得回来找我，把遇见她的情况告诉我。我所做出的丰功伟绩到处都会留下踪迹，你沿着这些踪迹就可以找到我。这些条件都是根据咱们在战前的约定提出的，而且没有违犯游侠骑士的规定。”

“我承认，托博索的杜尔西内亚夫人的开了绽的破鞋子也比卡西尔德亚干净，比她那梳理杂乱的毛发贵重。我答应去拜见您那位夫人，回来后按照您的要求，把情况向您如实汇报。”

“你还得承认和相信，”唐吉诃德说，“你战胜的那个骑士，不是也不可能是曼查的唐吉诃德，而是另一个与他相像的人，就像我承认并且相信你不是参孙·卡拉斯科学士一样。虽然你很像他，但你只是个与他很相像的人。是我的敌人把你变成了这个样子，以便遏制和缓解我的斗志，盗用我战无不胜的美名。”

“您怎么认为、怎么认定、怎么感觉，我就怎么承认、怎么认定、怎么感觉，”在地上动弹不得的骑士说，“只要我还能站起来。求求您，先让我站起来吧。您把我打翻在地，把我伤得真不轻。”

唐吉诃德把他扶了起来，而桑乔却一直盯着托梅·塞西亚尔，问了他一些事情，而他的回答证明他确实就是托梅·塞西亚尔。不过，唐吉诃德坚持认为是魔法师把镜子骑士变成了参孙·卡拉斯科学士的模样，对桑乔产生了影响，使桑乔对自己亲眼见到的事实也不敢相信了。最后，唐吉诃德和桑乔仍然坚持己见，垂头丧气的镜子骑士和侍从只得离开了唐吉诃德和桑乔，想到附近某个地方去上点儿药膏，把断骨接好。唐吉诃德和桑乔继续向萨拉戈萨赶路，故事对此暂且按下不表，先来谈镜子骑士和他的大鼻子侍从究竟是什么人。

第十五章　镜子骑士及其侍从何许人也

唐吉诃德由于战胜了如此勇敢的镜子骑士而傲慢自负，得意极了。他现在只等着从那个骑士嘴里得知他的夫人是否仍然受到魔法的控制。如果那个战败的骑士还算是骑士，就得回来告诉他有关杜尔西内亚的情况。不过，唐吉诃德的想法是这样，而镜子骑士的想法却如刚才说的那样，想先找个地方上点药膏。

故事说参孙·卡拉斯科学士曾劝唐吉诃德继续进行其未竟的骑士事业，其实，他事先已同神甫和理发师商量了既能让唐吉诃德安安静静地待在家里，又不影响他那倒霉的征险想法。卡拉斯科提出一个建议，大家一致赞同，那就是干脆先把唐吉诃德放出去，因为让唐吉诃德留在家里几乎是不可能的；然后，参孙扮成游侠骑士的模样，在半路上与唐吉诃德交战。参孙肯定会打败唐吉诃德，这样事情就好办多了。在唐吉诃德战败后，学士骑士可以命令他返回自己的家乡，在家里待两年，不许再出来，除非是学士骑士另有吩咐。唐吉诃德战败后肯定会履行诺言，从而不违犯骑士界的规定。在家里的这段时间里，也许唐吉诃德会忘记自己的狂妄之念，或者找到治疗他的疯病的合适办法。

卡拉斯科愿意充当骑士，而桑乔的一位老弟和邻居托梅·塞西亚尔，一位生性快活、头脑正常的人，则自告奋勇扮成侍从。参孙就像前面谈到的那样披挂了盔甲，而托梅·塞西亚尔则在自己的鼻子上安了个假鼻子，以免与他的老朋友碰面时被认出来。他们沿着唐吉诃德走过的路线行进。唐吉诃德路遇死神之车的时候，他们已几乎赶上唐吉诃德了。最后，他们在森林里追上了唐吉诃德，才发生了细心的读者前面已经看到的事情。要不是唐吉诃德突发奇想，认为学士并不是那个学士，这位打错了算盘的学士恐怕就永远也当不上教士了。托梅·塞西亚尔见他们的如意计划半路搁浅，对学士说道：

"参孙·卡拉斯科大人，咱们真是罪有应得。人们常常想得容易，匆忙动手，结果却很难实现。唐吉诃德疯疯癫癫，咱们神志正常，结果他倒安然无恙地笑着走了，您却浑身是伤，满心忧愁。咱们现在得搞清楚，到底谁更算是疯子，是身不由己疯了的人，还是自愿充当疯子的人？"

参孙回答说：

"两种疯子之间的区别在于，身不由己疯了的人永远是疯子，而自愿充当疯子的人想不疯时就可以不疯。"

"既然这样，"托梅·塞西亚尔说，"我自己想当您的侍从，属于自愿充当疯子的人。现在我不想再当疯子了，我要回家去。"

"随你的便，"参孙说，"但不把唐吉诃德痛打一顿，就休想让我回家。我现在找他不是想让他恢复神志了，而是要找他报仇。我的肋骨还疼着呢，我不会饶了他。"

两人说着话，来到一个正巧有正骨医生的村镇上。参孙在医生那儿治了自己的伤。托梅·塞西亚尔离开他回家了。参孙仍在考虑报仇的事。此时故事及时转向，让读者先拿唐吉诃德开开心再说吧。

第十六章 唐吉诃德路遇曼查的一位精明骑士

唐吉诃德得意扬扬、高傲自负地继续赶路。他打了胜仗，就把自己看成是世界上最英勇的骑士了。他觉得以后无论再遇到什么危险，他都可以征服，那些魔法和魔法师都不在话下了。他忘记了自己在骑士生涯中遭受的无数棍棒，也忘记了石头曾打掉了他半口牙齿，划船苦役犯曾对他忘恩负义，杨瓜斯人曾对他棒如雨下。现在他暗自想，只要能找到解除附在他的杜尔西内亚夫人身上的魔法，他对过去几个世纪中最幸运的游侠骑士已经取得或者能够取得的最大成就都不再羡慕了。他正想着，只听桑乔对他说道：

“大人，我眼前现在还晃动着我那位托梅·塞西亚尔老弟的大鼻子，您说这是不是怪事？”

“桑乔，难道你真的以为镜子骑士就是卡拉斯科学士，他的侍从就是你那位托梅·塞西亚尔老弟？”

“我也说不清。”桑乔回答，“我只知道他说的那些有关我家、我老婆和我孩子的事，除了托梅·塞西亚尔，别人都不会知道；去掉那个鼻子之后，他那张脸就是托梅·塞西亚尔的脸，我在家里经常看到那张脸；而且，他说话的声调也一样。”

“咱们想想，桑乔。”唐吉诃德说，“你听我说，参孙·卡拉斯科学士是怎么想的，他为什么要扮成游侠骑士的模样，全副武装地同我决斗呢？我难道是他的仇敌吗？难道我做过什么对不起他的事，值得他这么恨我？难道我是他的竞争对手，或者他同我一样从武，我武艺高强，他就嫉妒我的名声？”

“不管他究竟是不是卡拉斯科学士，大人，”桑乔说，“那骑士毕竟很像他，他那位侍从也很像我那位托梅·塞西亚尔老弟，对此我们该怎么说呢？如果像您说的那样，这是一种魔法，为什么偏偏像他们俩，难道世界上就没有其他人可变了吗？”

“这全是迫害我的那些恶毒的魔法师设的诡计，”唐吉诃德说，“他们预知我会在战斗中取胜，就先让那个战败的骑士扮成我的学士朋友的模样，这样，我同学士的友谊就会阻止我锋利的剑和严厉的臂膀，减弱我心中的正义怒火，就会给那个企图谋害我的家伙留一条生路。这样的例子你也知道，桑乔，对于魔法师来说，把一些人的脸变成另外一些人的脸是多么轻而易举的事情。他们可以把漂亮的脸庞变成丑恶的脸庞，把丑恶的脸庞变成漂亮的脸庞。两天前，你不是亲眼看到，美丽娴雅的杜尔西内亚在我眼里面目全非，变成了丑恶粗野的农妇，两眼呆滞，满嘴臭味嘛！而且，既然魔法师胆敢恶毒地把人变成那个样子，他们把我的对手变成参孙·卡拉斯科和你的老弟的样子也就不足为怪了，他们想以此从我手里夺走我取胜的荣誉。尽管如此，让我感到宽慰的是，无论他们把我的对手变成什么样子，最终我都取胜了。”

“事实到底怎么样，只有上帝清楚。”桑乔说。

桑乔知道所谓杜尔西内亚变了模样的事完全是他捣的鬼，所以他对主人的诡辩很不以为然。不过，他也不愿意争论，以免哪句话说漏了嘴。

唐吉诃德和桑乔正说着话，后面一个与他们同走一条路的人已经赶上了他们。那人骑着一匹非常漂亮的黑白花母马，穿着一件绿色细呢大衣，上面镶着棕黄色的丝绒条饰，头戴一顶棕黄色的丝绒帽子。母马的马具是棕黄色和绿色的短镫装备。金绿色的宽背带上挂着一把摩尔刀，高统皮靴的颜色也同宽背带一样。惟有马刺并非金色，只涂了一层绿漆，光泽耀眼，与整身衣服的颜色映在一起，倒显得如纯金色一般。那人赶上唐吉诃德和桑乔时客客气气地向他们问好，然后一夹马肚子，超过了他们。唐吉诃德对那人说道：

“尊敬的大人，既然咱们同路，就不必匆忙，您大概也愿意与我们同行吧。”

“说实话，”骑母马的那个人说道，“若不是怕有我的母马同行，您的马会不老实，我也就不会急忙超过去了。”

“您完全可以勒住您的母马，”桑乔说，“我们的马是世界上最老实、最守规矩的马，它从不做那种坏事。只有一次它不太听话，我和我的主人加倍惩罚了它。我再说一遍，您完全可以勒住您的母马，而且如果它愿意讲排场走在中间的话，我们的马连看都不会看它一眼。”

那人勒住母马，看到了唐吉诃德的装束和脸庞深感惊诧。唐吉诃德当时并没有戴头盔，头盔让桑乔像挂手提箱似的挂在驴驮鞍的前鞍架上。绿衣人打量着唐吉诃德，唐吉诃德更是仔细地打量着绿衣人，觉得他不是个普通人。那人年龄看上去有五十岁，头上缕缕白发，瘦长脸，目光既欢欣又严肃。总之，从装束和举止看，这是个非凡的人。绿衣人觉得像唐吉诃德这样举止和打扮的人似乎从没见过。令绿衣人惊奇的是，脖子那么长，身体那么高，脸庞又瘦又黄，还全副武装，再加上他的举止神态，像这种样子的人已经多年不见了。唐吉诃德非常清楚地察觉到过路人正在打量自己，而且也从他那怔怔的神态中猜到了他在想什么。不过，唐吉诃德对所有人都是彬彬有礼、与人为善的，因而不等人家问，他就对那人说道：

“您看我这身装束既新鲜又与众不同，所以感到惊奇，这并不奇怪。不过，如果我现在告诉您，我是什么人，您就不会感到惊奇了，我是——

众人议论
探险寻奇

的骑士。我离开了我的故乡，抵押了我的家产，放弃了享乐，投身于命运的怀抱，听凭命运的摆布。我想重振已经消亡的骑士道。虽然许多天以来，我东磕西碰，在这儿摔倒，又在那儿爬起来，我仍然帮助和保护寡妇与少女，照顾已婚女子和孤儿，尽到了游侠骑士的职责，实现了我的大部分心愿。我的诸多既勇敢又机智的行为被印刷成书，在世界上的几乎所有国家发行。有关我的事迹的那本书已经印刷了三万册，如果老天不制止的话，很可能要印三千万册。总之，如果简单地说，或者干脆一句话，我就是曼查的唐吉诃德，别号‘猥猥骑士’，虽然自卖自夸显得有些大言不惭，但如果别人不说，我就只好自己说了，我的情况确实如此。所以，英俊的大人，只要您知道了我是谁，知道了我所从事的职业，无论是这匹马、这支长矛，还是这个盾牌、这个侍从，无论是这副盔甲还是这蜡黄的脸庞、细长的身材，从此以后都不会让您感到惊奇了。”

唐吉诃德说完便不再吱声了，而绿衣人也迟迟没有说话，看样子他还没有想好自己到底该不该说。过了好一会儿，他才对唐吉诃德说道：

“骑士大人，您刚才肯定是从我发愣的样子猜到了我在想什么，不过，您并没有解除我看见您时产生的惊奇。照您说，只要知道了您是谁，我这种惊奇就可以消除，可情况并非如此。相反，我现在更糊涂、更惊奇了，当今的世界上怎么还会有游侠骑士，而且还会出版货真价实的骑士小说呢？我简直不能让自己相信，现在还会有人去照顾寡妇，保护少女；您说什么保护已婚女子的名誉，帮助孤儿，如果不是亲眼看见您做这些事，我是不会相信的。老天保佑！您说有关您的高贵的、真正的骑士生涯的书已经出版了，但愿这本书能使人们忘却那些数不胜数的有关游侠骑士的伪作。这种书已经充斥于世，败坏了社会风气，影响了优秀小说的名声。”

“那些有关游侠骑士的小说是否都是伪作，”唐吉诃德说，“还值得商榷。”

“难道还有人怀疑那些小说不是伪作吗？”绿衣人说道。

“我就怀疑。”唐吉诃德说，“不过这事先说到这儿吧。如果咱们还能同路，我希望上帝能够让您明白，您盲目追随那些认为这些书是伪作的人是不对的。”

唐吉诃德这最后一句话让那位旅客意识到唐吉诃德的头脑大概有问题，想再找机会证实一下。不过，在他找到机会之前，唐吉诃德就已经要求旅客讲讲自己是干什么的，介绍一下自己的秉性和生活了。绿衣人说道：

“猥獾骑士大人，我是前面一个地方的绅士。如果上帝保佑咱们，咱们今天就得在那个地方吃饭。我是中等偏上的富人，我的名字叫迭戈·德米兰达。我同我的夫人和孩子以及我的朋友们一起生活。我做的事情就是打猎钓鱼。不过我既没养鹰，也没养猎兔狗，只养了一只温顺的石鸡和一只凶猛的白鼬。我家里有七十多本书，有的是西班牙文的，有的是拉丁文的，有些是小说，有些是宗教方面的书，而骑士小说根本没进过我家的门。我看一般的书籍要比看宗教的书籍多，只是作为正常的消遣。这些书笔意超逸，情节曲折，不过这种书在西班牙并不多。有时候我到我的邻居和朋友家吃饭，但更多的时候是我请他们。我请他们时饭菜既干净又卫生，而且量从来都不少。我不喜欢嘀嘀咕咕，不允许别人在我面前议论其他人，也不打听别人的事情，对别人的事情从不关心。我每天都去望弥撒，用我的财产周济穷人，却从不夸耀我做的善事，以免产生虚伪和自负之心。这种东西很容易不知不觉地占据某颗本来是最谦逊的心。遇有不和，我总是从中调解。我虔诚地相信我们的圣母，相信我们无限仁慈的上帝。”

桑乔一直仔细地听着这位绅士讲述自己的生活和日常习惯，觉得他一定是个善良的圣人，能够创造出奇迹。于是，他赶紧从驴背上跳下来，迅速跑过去，抓住绅士的右脚镫，十分虔诚又几乎眼含热泪地一再吻他的右脚。绅士见状问道：

“你在干什么，兄弟？你这是什么意思？”

“让我吻吧，”桑乔说，“我觉得您是我平生遇到的第一位骑在马上的圣人。”

“我不是圣人，”绅士说道，“是个大罪人。兄弟，看你这纯朴的样子，一定是个好人。”

桑乔又骑到了他的驴背上。桑乔的举动引得本来忧心忡忡的唐吉诃德发出了笑声，这笑声又让迭戈感到惊奇。唐吉诃德问迭戈有几个孩子，又说古代哲学家由于并不真正了解上帝，认为人的最高利益就是有善良的天性，有亨通的福运，有很多的朋友，有很多很好的孩子。

“唐吉诃德大人，”绅士说，“我有一个孩子。假如我没有这个孩子，我倒觉得我更幸运些。并不是他坏，而是他不像我希望的那么好。他大概有十八岁了，其中六年是在萨拉曼卡学习拉丁语和希腊语。我本来想让他改学其他学科，却发现他已经被诗弄昏了脑袋。难道诗也可以称作学问吗？想让他学习法律已经是不可能的事了，其实我更愿意让他学习神学，那才是万般学问之上品呢。我希望他能为我们家族争光。在这个世纪里，我们的国王一直大力勉励德才兼备的人，因为有才而无德就好比珍珠放在了垃圾堆上。他每天都在探讨荷马的诗《伊利亚特》写得好不好，马西亚尔的箴言警句是否写得不正派，维吉尔的哪首诗应该这样理解还是那样理解，反正他的所有话题都是以上几个诗人以及贺拉斯、佩修斯、尤维那尔和蒂武洛的诗集。至于西班牙现代作家的作品，他倒不在意。尽管他对西班牙诗歌很反感，却不自量力地想根据萨拉曼卡赛诗会给他寄来的四行诗写一首敷衍诗[①]。”

唐吉诃德回答说：

“大人，孩子是父母身上的肉，不管孩子是好是坏，做父母的都应该像爱护灵魂一样爱护他们。做父母的有责任引导孩子从小就走正路，有礼貌，养成良好的生活习惯，等长大以后，他们才能成为父母的拐杖，后辈的榜样。强迫他们学这门或那门学问，我觉得并不合适，虽然劝劝他们学什么也没什么坏处。如果这个孩子很幸运，老天赐给他好父母，他不是为了求生，而仅仅是上学，我倒觉得可以随他选择他最喜欢的学科。虽然诗用处并不大，主要是娱乐性的，但也不是什么有伤大雅的事。绅士大人，我觉得诗就像一位温柔而年轻的少女，美丽非凡，其他侍女都要服侍她，装点修饰她。这些侍女就是其他所有学科。这位少女应该受到所有侍女的侍奉，而其他侍女都应该服从她。不过，这位少女不愿意被拉到大街上去让大家随意抚摸，也不愿意在广场的一角或者宫殿的一隅被展示于众。她的品德如此纯正，如果使用得当，她就会变成一块无价的纯金。拥有她的人，对她也必须有所限制，绝不能让蹩脚的讽刺诗或颓废的十四行诗流行。除了英雄

① 一种将一首短诗中的每一句发展成为一节，并将该句用于节末的诗体。

史诗、可歌可泣的悲剧和刻意编写的喜剧之外，绝不能编写待价而沽的作品。不能让无赖和凡夫俗子作什么诗，这种人不可能理解诗的宝贵价值。

“大人，您不要以为我这里说的凡夫俗子只是指那些平庸之辈。凡是不懂得诗的人，不管他是什么达官显贵，都可以纳入凡夫俗子之列。反之，凡是能够按照我刚才说的那些条件对待诗的人，他的名字就将在世界所有的文明国家里得到传颂和赞扬。大人，您说您的儿子不太喜欢西班牙文的诗，我认为他或许在这个问题上错了，理由就是，伟大的荷马不用拉丁文写作，那是因为他是希腊人；维吉尔不用拉丁文写作，那是因为他是罗马人。总之，所有古代诗人都是用他们自幼学会的语言写诗，并没有用其他国家的语言来表达自己高贵的思想。既然情况是这样，所有国家也都理应如此。德国诗人不应该由于使用自己的语言写作而受到轻视；西班牙人，甚至比斯开人，也不应该由于使用自己的语言写作而受到鄙夷。我猜想，大人，您的儿子大概不是对西班牙文诗歌不感兴趣，而是厌恶那些只是单纯使用西班牙文的诗人。那些人不懂得其他语言以及其他有助于补充和启发其灵感的学科。不过，在这点上他也许又错了。实际上，诗人是天生的，也就是说，诗人从娘胎里出来的时候就是诗人，有了这个天赋，他不用学习或培育，就可以写出诗来，表明‘上帝在我心中’，成为真正的诗人。我还认为，天赋的诗人借助艺术修养会表现得更为出色，会大大超过那些为艺术而艺术的诗人。其原因就在于艺术修养不可能超越天赋，而只能补充天赋，只有将天赋和艺术修养、艺术修养和天赋结合在一起的时候，才能培育出极其完美的诗人来。

“我这番话的最终意思，绅士大人，就是让您的儿子听从命运的安排，走自己的路。既然您的儿子是一位如此优秀的学生，想必他已经顺利地登上了做学问的第一个台阶，那就是语言，通过它就可以登上文学的高峰，这就好比一位威风凛凛的骑士一样令人羡慕，人们对他将会像对待主教的冠冕、法官的长袍一样赞美、崇敬和颂扬。如果您的儿子写了损害别人荣誉的讽刺诗，您就得同他斗争，惩罚他，把他的诗撕掉；不过，如果他能像贺拉斯一样进行说教，抨击时弊，您就应该赞扬他，他这样做才称得上高尚。诗人写抨击嫉妒的作品，在他的作品中揭露嫉妒的害处，只要他不确指某人，完全是理所当然的事情。当然，有的诗人宁愿冒着被放逐到庞托岛[①]的危险，也要批评某种不良现象。诗人的品行如果纯洁，他的诗也会是纯洁的。笔言心声，内心是什么思想，笔端就会流露出来。当国王或王子从这些严谨、有道德、严肃的诗人身上看到了诗的神妙之处时，就会非常尊重他们，给他们荣誉，使他们富有，甚至还会给他们加上桂冠，使他们免遭雷击[②]。头顶这种月桂树叶，太阳穴上贴着这种树叶，这样的人不该受到任何人的侵犯。"

绿衣人听了唐吉诃德的慷慨陈词不胜惊诧，不再认为他头脑有毛病了。刚才两人的谈话进行到一半的时候，桑乔就已经不愿意听下去了。他离开大路，向附近几个正在挤羊奶的牧人要了点羊奶。绿衣人对唐吉诃德头脑机敏、能言善辩深感满意，于是想继续谈下去。可是唐吉诃德此时一抬头，发现路上来了一辆车，车上插满了旌旗，以为又碰到了新的险情，就喊桑乔赶紧给他拿头盔来。桑乔听见主人喊他，急忙撇下牧人，牵上驴，来到主人身边。这次，唐吉诃德又遇到了一番可怕离奇的险情。

第十七章　唐吉诃德勇气登峰造极，与狮子对峙圆满结束

故事说到，唐吉诃德大声喊桑乔给他拿头盔来。桑乔正在牧人那儿买奶酪。他听主人喊得急，慌了手脚，不知拿什么装奶酪好。既然已经付了钱，他舍不得丢掉，匆忙之中想到可以用主人的头盔装奶酪。

---

① 古罗马诗人奥维德晚年曾被放逐到庞托岛。
② 当时传说，头顶冠以月桂树叶的人不会遭到雷击。

他抱着这堆东西跑回来，看主人到底要干什么。他刚赶到，唐吉诃德就对他说：

“赶紧把头盔给我，朋友，我看要有事了。或许前面的事非我不能解决呢。快去拿我的甲胄来。”

绿衣人听到此话，举目向四周望去，只见前方有一辆大车迎面向他们走来，车上插着两三面小旗，估计是给皇家送钱的车。他把这意思对唐吉诃德说了，可唐吉诃德不相信，仍以为凡是他遇到的事情都是险情。

“严阵以待，稳操胜券。我已做好准备，不会有任何失误。根据我的经验，我的敌人有的是看得见的，有的是隐身的，不知什么时候、什么地方，他们就会以某种方式向我进攻。”

唐吉诃德转过身去向桑乔要头盔。桑乔来不及把头盔里的奶酪拿出来，只好把头盔连同奶酪一起交给了唐吉诃德。唐吉诃德接过头盔，看也没看，就匆忙扣到了脑袋上。奶酪一经挤压，流出了浆汁，弄得唐吉诃德脸上胡子上都是汁液。唐吉诃德吓了一跳，问桑乔：

“怎么回事，桑乔？是我的脑袋变软了，还是我的脑浆流出来了，或者是我从脚冒到头上来的汗？如果是我的汗，那肯定不是吓出来的汗水。我相信我现在面临的是非常可怕的艰险。你有什么给我擦脸的东西，赶紧递给我。这么多汗水，我都快看不见了。”

桑乔一声不响地递给唐吉诃德一块布，暗自感谢上帝，没有让唐吉诃德把事情看破。唐吉诃德用布擦了擦脸，然后把头盔拿下来，看里面到底是什么东西把他的脑袋弄得凉飕飕的。他一看头盔里是白糊状的东西，就拿到鼻子前闻了闻，说：

“我以托搏索的杜尔西内亚夫人的生命发誓，你在头盔里放了奶酪，你这个叛徒！不要脸的东西！没有教养的侍从！”

桑乔不慌不忙、不露声色地说道：

“如果是奶酪，您就给我，我把它吃了吧……不过，还是让魔鬼吃吧，准是魔鬼放在里面的。我怎么敢弄脏您的头盔呢？您真是找对人了！我敢打赌，大人，上帝告诉我，肯定也有魔法师在跟我捣乱，因为我是您一手栽培起来的。他们故意把那脏东西放在头盔里面，想激起您的怒火，又像过去一样打我一顿。不过，这次他们是枉费心机了。我相信我的主人办事通情达理，已经注意到我这儿既没有奶酪，也没有牛奶和其他类似的东西。即使有的话，我也会吃到肚子里了，而不是放在头盔里。”

“这倒有可能。”唐吉诃德说。

绅士把这一切看在眼里，心里惊讶，特别是看见唐吉诃德把脑袋、脸、胡子和头盔擦干净后，又把头盔扣到了脑袋上，更是愕然。唐吉诃德在马上坐定，让人拿过剑来，又抓起长矛，说道：

“不管是谁，让他现在就来吧！即使魔鬼来了，我也做好了准备！”

这时，那辆插着旗子的车已经来到跟前，只见车夫骑在骡子上，还有一个人坐在车的前部。唐吉诃德拦在车前，问道：

“你们到哪儿去，兄弟们？这是谁的车，车上装的是什么东西，那些旗子又是什么旗？”

车夫答道：

“这是我的车，车上是两只关在笼子里的凶猛的狮子。这是奥兰的总督送给国王陛下的礼物。旗子是我们国王的旗，表示这车上是他的东西。”

“狮子很大吗？”唐吉诃德问。

“太大了，”坐在车前的那个人说，“从非洲运到西班牙的狮子里，没有比它们更大的，连像它们一样大的也没有。我是管狮人。我运送过许多狮子，但是像这两只这样的，还从来没有运送过。这是一雄一雌。雄狮关在前面的笼子里，雌狮关在后面的笼子里。它们今天还没吃东西，饿得很。您让一下路，我们得赶紧走，以便找个能够喂它们的地方。”

唐吉诃德笑了笑，说道：

“想拿小狮子吓唬我？用狮子吓唬我！已经晚了！我向上帝发誓，我要让这两位运送狮子的大人看看，我到底是不是那种怕狮子的人！喂，你下来！你既然是管狮人，就把笼子打开，把狮子放出来。我要让你看看，曼查的唐吉诃德到底是什么人，即使魔法师弄来狮子我也不怕！”

“这下可好了，”绅士心中暗想，“这下我们的骑士可露馅了，肯定是那些奶酪泡软了他的脑袋，让他的脑子化脓了。”

这时桑乔来到绅士身旁，对他说：

“大人，看在上帝分上，想个办法别让我的主人动那些狮子吧。否则，咱们都得被撕成碎片。”

“难道你的主人是疯子吗？”绅士问道，“你竟然如此害怕，相信他会去碰那些凶猛的野兽？”

“他不是疯子，”桑乔说，“他只是太鲁莽了。”

“我能让他不鲁莽。”绅士说。

唐吉诃德正催着管狮人打开笼子。绅士来到唐吉诃德身旁，对他说道：

“骑士大人，游侠骑士应该从事那些有望成功的冒险，而不要从事那些根本不可能成功的事情。勇敢如果到了让人害怕的地步，那就算不上勇敢，而应该说是发疯了。更何况这些狮子并不是冲着您来的，它们根本就没这个意思。它们是被当作礼物送给陛下的，拦着狮子，不让送狮人赶路就不合适了。”

“绅士大人，”唐吉诃德说，“您还是跟您温顺的石鸡和凶猛的白鼬去讲道理吧。每个人管好自己的事就行了。这是我的事，我知道这些狮子是不是冲着我来的。”

唐吉诃德又转过身去对管狮人说：

“我发誓，你这个混蛋，如果你不赶紧打开笼子，我就要用这支长矛把你插在这辆车上。”

赶车人见唐吉诃德这身古怪的盔甲，又见他决心已下，就对他说：

“我的大人，求您行个好，在放出狮子之前先让我把骡子卸下来吧。如果狮子把骡子咬死，我这辈子就完了。除了这几匹骡子和这辆车，我就没什么财产了。”

“你这个人真是胆小！”唐吉诃德说，“那你就下来，把骡子解开吧，随你便。不过，你马上就可以知道，你是白忙活一场，根本不用费这个劲。”

赶车人从骡子背上下来，赶紧把骡子从车上解下来。管狮人高声说道：

“在场的诸位可以作证，我是被迫违心地打开笼子，放出狮子的。而且，我还要向这位大人声明，这两只畜生造成的各种损失都由他负责，而且还得赔偿我的工钱和损失。在我打开笼子之前，请各位先藏好。反正我心里有数，狮子不会咬我。”

绅士再次劝唐吉诃德不要做这种发疯的事，这简直是在冒犯上帝。唐吉诃德说，他知道自己在做什么。绅士让他再好好考虑一下，就会知道他是在自欺欺人。

“大人，”唐吉诃德说，“假如您现在不想做这个您认为是悲剧的观众，就赶快骑上您的母马，躲到安全的地方去吧。”

桑乔听到此话，眼含热泪地劝唐吉诃德放弃这个打算。若与此事相比，风车之战呀，砑布机那儿的可怕遭遇呀，以及他以前的所有惊险奇遇，都是小巫见大巫了。

“您看，大人，”桑乔说，“这里并没有什么魔法之类的东西。我看见笼子的栅栏里伸出了一只真正的狮爪。由此我猜，既然狮子的爪子就有那么大，那只狮子肯定是个庞然大物。”

“你因为害怕，”唐吉诃德说，“所以觉得那只狮子至少有半边天那么大。你靠边儿，桑乔，让我来。如果我死在这儿，你知道咱们以前的约定，你就去杜尔西内亚那儿。别的我就不说了。”

唐吉诃德又说了其他一些话，看来让他放弃这个怪诞的念头是没指望了。绿衣人想阻止他，可又觉得自己实在难以和唐吉诃德的武器匹敌，而且跟一个像唐吉诃德这样十足的疯子交锋，也算不上什么英雄。唐吉诃德又催促送狮人打开笼门，而且还不断地威胁他。绿衣人利用这段时间赶紧催马离开了。桑乔也骑着他的驴，车夫骑着自己的骡子，都想在狮子出笼之前尽可能地离车远一些。桑乔为唐吉诃德这次肯定会丧生于狮子爪下而哭泣。他还咒骂自己运气不佳，说自己真愚蠢，怎么会想到再次为唐吉诃德当侍从呢。不过哭归哭，怨归怨，他并没有因此就停止催驴跑开。管狮人见该离开的人都已经离开了，就把原来已经软硬兼施过的那一套又软硬兼施了一遍。唐吉诃德告诉管狮人，他即使再软硬兼施，也不会有什么效果，还是趁早离开为好。

在管狮人打开笼门的这段时间里，唐吉诃德首先盘算的是与狮子作战时，徒步是否比骑马好。最后他决定步战，怕罗西南多一看见狮子就吓坏了。于是他跳下马，把长矛扔在一旁，拿起盾牌，拔出剑，以非凡的胆量和超常的勇气一步步走到车前，心中诚心诚意地祈求上帝保佑自己，然后又请求他的夫人杜尔西内亚保佑自己。应该说明的是，这个真实故事的作者写到此处，不禁感慨地说道："啊，曼查的孤胆英雄唐吉诃德，你是世界上所有勇士的楷模，你是新的莱昂·唐曼努埃尔[①]二世，是西班牙所有骑士的骄傲！我用什么语言来形容你这骇人的事迹呢？我如何才能让以后几个世纪的人相信这是真的呢？我即使极尽赞颂之词，对你来说又有什么过分呢？你孤身一人，浑身是胆，豪情满怀，手持单剑，而且不是那种镌刻着小狗的利剑[②]，拿的也不是锃亮的钢盾，却准备与来自非洲大森林的两只最凶猛的狮子较量！你的行为将会给你带来荣耀，勇敢的曼查人，我已经找不到合适的词语来赞颂你了。"

作者的感叹到此为止。现在言归正传：管狮人见唐吉诃德已摆好了架势，看来再不把狮子放出来是不行了，否则那位已经暴跳如雷的骑士真要不客气了。他只好把第一个笼子的门完全打开。前面说过，这个笼子里关的是一头雄狮，体积庞大，面目狰狞。它本来躺在笼子里，现在它转过身来，抬起爪子，伸个懒腰，张开大嘴，又不慌不忙地打了个呵欠，用它那足有两拃长的舌头舔了舔眼圈。做完这些之后，它把头伸到笼子外面，用它似乎冒着火的眼睛环顾四周。它那副眼神和气势，即使再冒失的人见了也会胆寒。只有这位唐吉诃德认真地盯着狮子，准备等狮子走下车后同它展开一场搏斗，把它撕成碎片。

唐吉诃德的癫狂此时已达到了空前的顶峰。可是宽宏大量的狮子却并不那么不可一世，无论小打小闹或者暴跳如雷，它仿佛都满不在

① 据传，一次观看几只从非洲为国王运来的狮子，一位夫人不慎将手套掉进了狮笼。唐曼努埃尔走进狮笼，拾回了手套。

② 托莱多著名的剑匠胡利安·德尔·雷伊所铸的剑上镌刻有一只小狗作为标志。

乎。就像前面讲到的那样，它环视四周后又转过身去，把屁股朝向唐吉诃德，慢吞吞、懒洋洋地重新在笼子里躺下了。唐吉诃德见状让管狮人打狮子几棍，激它出来。

“这我可不干，”管狮人说，“如果我去激它，它首先会把我撕成碎片。骑士大人，您该知足了，这就足以表明您的勇气了。您不必再找倒霉了。狮笼的门敞开着，它出来不出来都由它了。不过，它现在还不出来，恐怕今天就不会出来了。您的英雄孤胆已经得到了充分证明。据我了解，任何一位骁勇的斗士都只是向对手挑战，然后在野外等着他。如果对手没有到场，对手就会名誉扫地，而等待交手的那个人就取得了胜利的桂冠。”

“这倒是真的，”唐吉诃德说，“朋友，把笼门关上吧。不过，你得尽可能为你亲眼看到的我的所作所为作证，那就是你如何打开了笼子，我在此等待，可它不出来；我一再等待，可它还是不出来，而且又重新躺下了。我只能如此了。让魔法见鬼去吧，让上帝帮助理性和真理，帮助真正的骑士精神吧。照我说的，把笼门关上吧。我去叫那些逃跑的人回来，让他们从你的嘴里得知我这番壮举吧。”

管狮人把笼门关上了。唐吉诃德把刚才用来擦脸上奶酪的白布系在长矛的铁头上，开始呼唤。那些人在绅士的带领下正马不停蹄地继续逃跑，同时还频频地回过头来看。桑乔看见了白布，说道：

“我的主人正叫咱们呢。他肯定把狮子打败了。如果不是这样，就叫我天诛地灭！”

大家都停住了，认出那个晃动白布的人的确是唐吉诃德，这才稍稍定了神，一点一点地往回走，一直走到能够清楚地听到唐吉诃德喊话的地方，最后才来到大车旁边。他们刚到，唐吉诃德就对车夫说：

“重新套上你的骡子，兄弟，继续赶你的路吧。桑乔，你拿两个金盾给他和管狮人，就算我耽误了他们的时间而给他们的补偿吧。”

“我会很高兴地把金盾付给他们，”桑乔说，“不过，狮子现在怎么样了？是死了还是活着呢？”

于是管狮人就断断续续而又十分详细地介绍了那次战斗的结局。他尽可能地夸大唐吉诃德的勇气，说狮子一看见唐吉诃德就害怕了。

尽管笼门有很长一段时间都是敞开的，可是狮子却不愿意也没胆量从笼子里走出来。骑士本想把狮子赶出来，但由于他对骑士说，那样就是对上帝的冒犯，骑士才很不情愿地让他把笼门关上了。

“怎么样，桑乔？”唐吉诃德问，“难道还有什么魔法可以斗得过真正的勇气吗？魔法师可以夺走我的运气，但要想夺走我的力量和勇气是不可能的。”

桑乔把金盾交给了车夫和管狮人。车夫套上了骡子。管狮人吻了唐吉诃德的手，感谢他的赏赐，并且答应到王宫见到国王时，一定把这件英勇的事迹禀报给国王。

“假如陛下问这是谁的英雄事迹，你就告诉他是狮子骑士的。从今以后，我要把我以前那个猥獕骑士的称号改成这个称号。我这是沿袭游侠骑士的老规矩，也就是随时根据需要来改变称号。”唐吉诃德说道。

大车继续前行，唐吉诃德、桑乔和绿衣人也继续赶自己的路。

这时，迭戈·德米兰达默不作声地观察唐吉诃德的言谈举止，觉得这个人说他明白吧却又犯病，说他疯傻吧却又挺明白。迭戈·德米兰达还没听说过有关唐吉诃德的第一部小说。如果他读过那部小说，就会对唐吉诃德的疯癫有所了解，不至于对其言谈举止感到惊奇了。正因为他不知道那本小说，所以他觉得唐吉诃德一会儿像疯子，一会儿又像明白人；听其言，侃侃而谈，头头是道；观其行，则荒谬透顶，冒失莽撞。迭戈·德米兰达自言自语道：“他把装着奶酪的头盔扣在脑袋上，竟以为是魔法师把自己的脑袋弄软了，还有什么比这类事更荒唐的吗？还有什么比要同狮子较量更冒失的吗？”迭戈·德米兰达正在独自思索，暗自嘀咕，唐吉诃德对他说道：

“迭戈·德米兰达大人，您一定是把我看成言谈举止都十分荒唐的疯子了吧？这也算不了什么，我的所作所为也的确像个疯子。但即使如此，我还是希望您注意到，我并不是像您想象的那样又疯又笨。一位骑士当着国王的面，在一个巨大的广场中央一枪刺中一头咆哮的公牛，自然体面；骑士披一身闪光的盔甲，在夫人们面前得意扬扬地进入比武竞技场，诚然风光；骑士的所有武术演练都是很露脸的事情，既可以供王公贵族开心消遣，又可以为他们增光。不过，这些都还是不如游侠骑士体面。游侠骑士游历沙漠荒野，穿过大路小道，翻山岭，越森林，四处征险，就是想完成自己的光荣使命，得以万世流芳。我认为，游侠骑士在某个人烟稀少的地方帮助一位寡妇，比一位宫廷骑士在城市里向某位公主献殷勤要光荣得多。所有的骑士都各负其责。宫廷骑士服侍贵夫人们，身着侍从制服为国王点缀门面，用自己家丰盛的食物供养贫困的骑士，组织比武，参加比赛，表现出伟大豪爽的气魄，尤其要表现出一个虔诚的基督徒的品德，这样才算完成了自己的职责。可是，游侠骑士要到世界最偏远的地方去，闯入最困难的迷津，争取做到常人难以做到的事情，在草木稀少的地方顶着酷夏的炎炎烈日，在冰天雪地的严冬冒着凛冽的寒冷；狮子吓不住他们，在魑魅魍魉面前他们也无所畏惧，而是寻找它们，向它们进攻，战胜它们，这才是游侠骑士真正重要的职责。

“命运使我有幸成为游侠骑士中的一员，我不能放弃我认为属于我的职责范围内的任何一个进攻机会。因此，向狮子发动进攻完全是我应该做的事情，虽然我也知道这显得过分鲁莽了。我知道何谓勇敢，它是介于两种缺陷之间的一种美德，不过，宁可勇敢过头，近于鲁莽，也不要害怕到成为胆小鬼的地步；这就好像挥霍比吝啬更接近慷慨一样，鲁莽也比怯懦更接近真正的勇敢。在这类征服艰险的事情中，迭戈大人，请您相信，即使输牌，也要能争取一张牌就多争取一张，因为听人家说‘这个骑士大胆莽撞’，总要比听人家说‘这个骑士胆小怕事’好得多。”

“唐吉诃德大人，”迭戈说，“您的所有言行合情合理。我估计，即使游侠骑士的规则完全失传了，也可以在您的心中找到。这些规则已经储存在您的心中。天已经晚了，咱们得加紧赶到我家那个村子去。您也该休息了，辛劳半天，即使身体上不感觉累，精神上也该觉得累了。精神上的疲劳同样可以导致身体上的劳累。”

“我十分荣幸地接受您的盛情邀请，迭戈大人。”唐吉诃德说。

两人加速催马向前。大约下午两点时，他们赶到了迭戈家所在的那个村庄。唐吉诃德称迭戈为绿衣骑士。

第十八章　在绿衣骑士家的遭遇及其他怪事

唐吉诃德发现迭戈的家大得简直就像一座村庄。临街的大门上方有标牌，尽管那是用粗石做的。院子里有酒窖，门廊处有地窖。许许多多的产于托博索的酒坛子又使唐吉诃德怀念起已被魔法改变了模样的杜尔西内亚来。他长叹一声，也不看旁边有什么人，就情不自禁地说道：

“为我受苦的心上人呀，
上帝会让你如意称心。

“托博索的酒坛啊，你勾起了我对那位使我万分痛苦的心上人的甜蜜回忆！”

迭戈的那位大学生兼诗人的儿子闻声同母亲一起出来迎接唐吉诃德。他们一看到唐吉诃德的奇怪装束都愣住了。唐吉诃德下了马，十分有礼貌地请求吻女主人的手。迭戈对他夫人说：

“夫人，请你以非常的热情接待你面前这位曼查的唐吉诃德大人吧，他是世界上最勇敢最聪明的游侠骑士。”

迭戈的夫人唐娜克里斯蒂娜非常热情又非常有礼貌地接待唐吉诃德，唐吉诃德也非常客气地答之以礼。对那个大学生，唐吉诃德也同样寒暄了一番。那个学生根据唐吉诃德的言谈判断，觉得他是一个很机敏的人。

原作者介绍了迭戈家的各种情况，把乡间富裕农户的东西叙述了一遍。可是译者却认为，这些琐屑小事与这部小说的主题无关，就把这些描写全都删去了。他觉得事实比那些干巴巴的细节更有说服力。

唐吉诃德走进客厅,桑乔帮他脱掉甲胄。唐吉诃德只穿着短裤子、羊皮坎肩，衬衣是学生式的大翻领，既没上浆，也没镶花边；脚上穿的是浅黄色的软靴，外面是打了蜡的硬皮鞋，浑身上下都蹭满了盔甲的铁锈。他把剑挂在一条海豹皮宽背带上，据说这是因为他的肾有病已经多年，身上披着一件上等呢料的棕褐色短外套。他首先要了五六桶水冲洗脸和头。各桶的水量不一,可是全都洗完,水还是乳白色的。这都是馋嘴的桑乔造成的。他买的破奶酪把主人弄白了。经过一番打扮，唐吉诃德风度翩翩地走出来，来到另一个房间。那位大学生正在那儿等着他，准备趁着备饭的时候同他随便聊聊。唐娜克里斯蒂娜夫人因有贵客光临，想利用这个机会表现一下，证明自己能够而且善于款待来到她家的客人。

迭戈的儿子叫洛伦索。唐吉诃德刚才脱盔甲的时候,他就问父亲：

“父亲，您带到咱们家来的这个人是干什么的？他的名字，他的打扮，还有他说自己是游侠骑士，使我和母亲都感到很奇怪。”

“我也不知道该怎么对你说才好，孩子。”迭戈说，“我只能对你说，我看见他做了一些世界上最荒谬的事情，可又说了一些聪明绝伦的话，把他的荒谬举动抵消了。你去同他聊聊吧，根据他的谈吐猜测一下他到底是什么样的人。你是个聪明人，他到底是机智过头还是愚蠢透顶，你按照情理自己判断吧。不过说实话，我倒宁愿把他看成是疯子，而不是正常人。”

就这样，洛伦索去找唐吉诃德了。谈话中，唐吉诃德对洛伦索说道：

“您的父亲迭戈·德米兰达对我谈过您的超群的智慧，而且特别提到您是个伟大的诗人。”

“诗人，我也许算得上，”洛伦索说，“可要说是伟大的诗人，那我就不敢当了。我的确是个诗歌爱好者，并且喜欢读一些优秀诗人的作品，但绝对够不上我父亲所说的伟大的诗人。”

“我觉得你如此谦虚很不错，”唐吉诃德说，“因为现在的诗人都很狂妄，都自以为是世界上最伟大的诗人。”

“凡事都有例外，”洛伦索说，“也许有的人就不是这样，就不这么想。”

“这种人很少，”唐吉诃德说，“不过请您告诉我，您现在正写什么诗，竟使得您的父亲有些忧虑不安？如果是敷衍体诗，我略知一二，很希望拜读您的作品。如果这诗是为诗歌比赛准备的，我劝您争取二等奖，因为一等奖往往要照顾人情或是为贵人准备的。二等奖才货真价实。三等奖等于二等奖，以此类推，一等奖就等于三等奖，这就同大学里授学位一样。不过尽管如此，号称‘第一名’的人毕竟是最露脸的。”

“直到现在，我还不能说他是疯子，”洛伦索心里说，“让我再接着同他聊。”

于是，他对唐吉诃德说：

“我觉得您在学校里上过学。您学的是什么专业？”

“游侠骑士专业。”唐吉诃德说，“我觉得它像诗歌一样优美。若说它超过了诗歌，也只是超出了那么一点儿。”

“我不知道那是什么专业，”洛伦索说，“我还从来没听说过。”

“这是一门包括了世界上所有专业或大部分专业的专业。”唐吉诃德说，“因为从事这项专业的人得是法学家，懂得奖惩分明，使每个人都可以得到他应该得到的东西；他应该是神学家，若有人来向他请教，他可以明确地讲解他所信奉的基督教教义；他应该是医生，尤其应该是草药专家，能够识别荒山野岭中可以治伤的药草，免得游侠骑士到处去寻找治伤的药；他应该是天文学家，能够通过观察星星知道已经是深夜几时，知道自己所处的方位和气候带；他应该懂得数学，这门学问每时每刻都会用得上；除此之外，他还应该具有宗教道德和其他各种基本道德。接下来，他还得会其他一些小事情，例如，他应该像尼古拉斯或尼科劳人鱼[①]那样善于游泳，能够钉马掌，或修理马鞍和马嚼子。再回到刚才的话题上，他应该忠实于上帝和他的意中人，

① 15世纪意大利的卡塔尼亚人，善于游泳。据说他每年生活在水里的时间多于生活在陆地的时间，并且频频在西西里和陆地之间往返穿梭。

应该思想纯洁，谈吐文明，举止大方，行动果敢，吃苦耐劳，同情弱者，主要的就是坚持真理，为了保卫真理，即使牺牲自己的生命也在所不惜。这许多大大小小方面的才能构成了一个优秀的游侠骑士。这回您该知道了，洛伦索大人，骑士的学问难道是一门粗浅的学问吗？难道不能同学校和课堂里最高深的学问相比吗？”

“如果真是这样，”洛伦索说，“我承认它是一门超越了其他所有学科的学问。”

“什么叫‘如果真是这样’？”唐吉诃德说。

“我是说，”洛伦索说，“我怀疑世界上过去和现在真有具备了如此才能的游侠骑士。”

“这个问题我已经说过多次了，现在我又得重复。”唐吉诃德说，“那就是大部分人认为世界上不曾有过游侠骑士。依我看，只有老天创造出奇迹，他们才会相信无论过去还是现在都确实存在着游侠骑士，否则我再费力气解释也是徒劳。在这方面我已有多次的经验了。现在，我并不想让您摆脱多数人曾经重复的错误，只是想恳求老天让您醒悟，让您明白，在过去的世纪里，游侠骑士对于世界来说是多么有益和必要，而当今之世如果风行游侠骑士又有多少好处。可是现在，由于人本身的罪恶，却是贪图安逸和追求享乐占了上风。”

“这回我们这位客人可露馅了。”洛伦索心中暗想，“不过，他毕竟是个非常特殊的疯子。如果我没有认识到这点，那么我就太笨了。”

因为叫他们去吃饭了，他们的谈话到此为止。迭戈问儿子对这位客人印象如何，儿子答道：

“要想治好他的疯病，恐怕世界上所有的医生都无能为力，看来只有靠那些摇笔杆子的人了。”

大家去吃饭了。招待客人的饭食果然像迭戈在路上说的那样：干净、丰盛、鲜美。不过，最令唐吉诃德感到满意的是整个家庭像苦修会的修道院一般幽静。饭罢，大家撤掉台布，向上帝致谢，又用水洗洗手。唐吉诃德恳求洛伦索把他准备参加诗歌比赛的诗拿来给自己看。洛伦索说：

“有的诗人在人家请他念自己的诗时，他拒绝；可人家没请他念的时候，他却又自作多情。为了不让你们以为我也是那种人，我就念念我的敷衍诗吧。不过，我并没有指望它得什么奖，只是为了锻炼一下我的智力。”

“我的一位朋友，一位非常明智的人，”唐吉诃德说，“认为不应该给人家念敷衍诗，让人家厌烦。他说理由就是敷衍诗从来都不能表现原文的含义，往往超越了原诗的范围，而且敷衍诗本身的范围也特别窄，不准用问句，不能用‘他曾说’、‘他将说’，不能用动名词，不能改变含义，还有其他一些清规戒律，都束缚了敷衍诗。对于这些，大概您也有所了解。”

“唐吉诃德大人，”洛伦索说，“我存心想找出您的破绽，可是没找到，您像泥鳅一样从我手里溜掉了。”

“我不明白您说的‘溜掉了’是什么意思。”唐吉诃德说。

“以后我会让您明白的。”洛伦索说，“不过，现在您先听听原诗，再听听根据它写的敷衍诗吧。”原诗是这样写的：

假如今能比昔，
明日等待何须。
让时光倒流，
或让未来现在达抵。

敷衍诗

如同一切都会发生，
我的幸福已成陈迹。
那曾经不浅的幸运
一去不复返，
无影无息。
命运之神，你已见到我
在你脚下拜倒了几个世纪。
让我重新成为幸运者吧，
我又会春风得意，

"假如今能比昔"。

　　我并不贪求其他乐趣与荣耀，
其他的掌声和欢呼，
其他的成功和胜利。
只求得到往日的欢乐，
它现在却是痛苦的回忆。
如果你能让我回到往昔，
命运之神，我所忍受的煎熬
将会更替。
如果这一幸运能立刻实现，
"明日等待何须"。

　　我的追求决非可能。
事过境迁，
却要时光倒转，
世上从未有过
如此回天之力。
时间飞逝，
永不回头。
光阴一去不还，
追求者必失败，除非
"让时光倒流"。

　　生活在彷徨中，
希冀又恐惧，
虽生犹死，
不如为超脱痛苦
毅然决然地死去。
我愿一死了之，

可事情未如我意。
斗转星移，
生活还会让我恐惧，
“或让未来现在达抵”。

洛伦索刚念完，唐吉诃德就站起来，拉住洛伦索的右手，声音高得几乎像喊叫，说道：

“老天万岁！出类拔萃的小伙子，你是世界上最伟大的诗人，你应该得到桂冠，但不是在塞浦路斯或加埃塔，就像一位诗人说的那样，而是在雅典科学院，上帝饶恕我吧，假如这些学院现在还存在的话；或者，是在现存的巴黎、波洛尼亚和萨拉曼卡科学院！上帝保佑，评审委员们若是不给你一等奖，就让福玻斯[①]用箭射死他们，就让缪斯永远不进他们家的门槛！大人，如果您能赏光的话，就请再给我念几首更高级的诗吧，我想全面领教一下您的惊人的才华。”

尽管洛伦索把唐吉诃德看成是疯子，这时听到唐吉诃德的赞扬，还是很高兴，这难道不是好事吗？恭维的力量，你真是无处不及，力大无边啊！洛伦索就证明了这个事实。他满足了唐吉诃德的要求和愿望，念了一首根据皮拉摩斯和提斯柏的传说写的十四行诗。

十四行诗

美丽的少女凿开了墙壁，
也打开了英俊的皮拉摩斯的胸臆，
阿摩尔[②]从塞浦路斯赶来，
观看这窄小神奇的孔隙。

相对无言，默默无语，
惟恐声音穿过这狭小的罅缝；
但两相情愿，两心相通，

① 太阳神阿波罗的别名之一。
② 阿摩尔又称厄罗斯，是希腊传说中的小爱神。

爱情面前无阻力。
　　事出预料，情非人意，
少女误走一步，
导致香消玉殒。
　　噢，如此奇妙的悲剧。
同一把剑，他们被掩杀又复生，
留下了一个墓穴，一场回忆。

“感谢上帝，”唐吉诃德听洛伦索念完诗后说，“在当今无数蹩脚的诗人中，我终于发现了像您这样完美的诗人。这首十四行诗的高超技巧就向我证明了这一点。”

唐吉诃德在洛伦索家住了四天，受到了极其盛情的款待。四天后，唐吉诃德向主人告别，对在主人家受到很好的照顾表示感谢。但是作为游侠骑士，过多地贪图安逸就不合适了。他还要去履行他的职责，征服险恶，他听说这种险恶在当地还有很多。他打算就近转悠几天，等到了萨拉戈萨大比武的日子再到萨拉戈萨去。反正他是要去那儿的。不过，他首先得到蒙特西诺斯山洞去。据说那里有很多奇怪的事情，他想去看看。另外，他还想去看看人称“鲁伊德拉七湖”的发源地和它真正的水流走向。迭戈和他的儿子对唐吉诃德的光荣决定大加赞赏，告诉他，家里有什么他认为可能用得着的东西，尽可拿走，对于从事这种高尚职业的好人理应如此。

出发的日子终于到了。唐吉诃德兴高采烈，桑乔却垂头丧气。他对在迭戈家酒足饭饱的日子非常满意，不愿意再到荒郊野林去吃褡裢里那点干粮了。尽管如此，他还是用褡裢装上了足够的食物。唐吉诃德临行前对洛伦索说：

“我不知道是否已经对您说过，如果我已经说过了，那我就再说一遍：如果您想走捷径，少费力气，达到那难以抵达的法玛[1]的顶峰，您不用做别的，只需部分地放弃那略显狭窄的诗歌创作之路，而选择

① 罗马人对希腊神话中的女神俄萨的称呼。法玛本身是“名望”的意思。

更为狭窄的游侠骑士之路。游侠骑士不费吹灰之力就可以成为皇帝。”

唐吉诃德又说了一些疯话，才结束了他的疯癫过程。他说道：

“上帝知道，我本想带洛伦索大人同我一起走，以便教教他该怎样宽恕普通人，打掉狂妄人的威风，这是从事我们这行的人必不可少的品德。不过您年纪轻轻，而且还从事了这个值得赞颂的行当，所以我不能把您带走。我只想告诫您，作为诗人，您应该更多地采纳别人的意见，而不要只是按照自己的意见行事，那才能一举成名。世界上没有哪个父母认为自己的孩子丑；而在意识方面，这种自欺欺人的情况就更为严重。”

迭戈父子俩对唐吉诃德一会儿明白、一会儿糊涂的言语甚感惊讶。唐吉诃德翻来覆去地说，无非就是要去寻求他那倒霉的艰险，这才是他的最终目的。父子二人又客气了一番，女主人也依依惜别，唐吉诃德和桑乔分别骑着罗西南多和驴出发了。

第十九章　多情牧人及其他着实有趣的事

唐吉诃德离开迭戈家后走了不远，就碰到两个教士模样或者学生模样的人，还有两个农夫，四个人都骑着驴。一个学生带着一个绿色粗布包，当旅行包用，里面隐约露出一点白色细呢料和两双粗线袜。另一个学生只带着两把击剑用的新剑，剑上套着剑套。农夫带着其他一些东西。看样子他们是刚从某个大镇采购回来，要把东西送回村里去。学生和农夫同其他初见唐吉诃德的人一样感到惊奇，很想知道这个与众不同的怪人到底是谁。唐吉诃德向他们问好，得知他们与自己同路，便表示愿与他们为伴，请他们放慢一点，因为他们的驴比自己的马走得快。唐吉诃德还简单地向他们介绍了自己是什么人以及自己从事的行当，说自己是个游历四方、寻奇征险的游侠骑士，并且告诉他们，自己叫曼查的唐吉诃德，别名狮子骑士。唐吉诃德这番话对于农夫来说简直是天书，可两个学生却能听懂，他们马上意识到唐吉诃德的头脑有毛病，深感意外，但是出于礼貌，其中一人对唐吉诃德说道：

“骑士大人，假如您的行程路线不是一成不变的，因为寻奇征险的人常常如此，那么您就同我们一起走吧，这样您就会看到曼查乃至周围很多里之内迄今为止最盛大、最豪华的一次婚礼。”

唐吉诃德问他是哪位王子的婚礼，竟如此了不起。

“是一个农夫和一个农妇的婚礼。”学生说道，“农夫是当地的首富，农妇则是男人们见过的最漂亮的女子。婚礼的场面极其新颖别致，因为婚礼将在新娘家所在村庄旁边的一块草地上举行。新娘美貌超群，被称为美女基特里亚，新郎则叫富豪卡马乔。新娘芳龄十八，新郎年方二十二，可谓天生一对，地配一双，虽然有些人好管闲事，总念叨两家的门第不合，因为美女基特里亚家的门第比卡马乔家高。不过，现在已经不太注重这个了，财富完全可以弥补这个裂痕。这个卡马乔很潇洒，忽然心血来潮地要给整片草地搭上树枝，让阳光照不到那覆盖着地面的绿草。他还准备了舞蹈表演，有剑舞和小铃铛舞，村里有的人简直把这两种舞跳绝了；还有踢踏舞，那就更不用说了，请了很多人来跳呢。不过，我刚才说到的这些事，以及其他我没有说到的事，也许都不是这场婚礼上令人最难忘的。我估计最难忘的大概是那个绝望的巴西利奥将在婚礼上的所作所为。巴西利奥是基特里亚邻居家的一个小伙子，他家与基特里亚父母家住隔壁。爱神要利用这个机会向世人重演那个已经被遗忘的皮拉摩斯和提斯柏的爱情故事。巴西利奥从很小的年龄就爱上了基特里亚，基特里亚对他则以礼回报。村里的人在闲谈时就说这两个孩子谈情说爱了。随着两人年龄的增长，基特里亚的父亲不让巴西利奥像以前一样随便到他家去了。为了免得总是放心不下，他让女儿同富豪卡马乔结婚。他觉得把女儿嫁给巴西利奥不合适，巴西利奥的经济条件和家庭境况都不那么好。不过说实话，他是我们所知道的最聪明的小伙子。他掷棒是能手，角斗水平很高，玩球也玩得很好；他跑如雄鹿，跳似山羊，玩滚球游戏简直玩神了；他有百灵鸟一样的歌喉，弹起吉他来如歌如诉，特别是斗起剑来最灵敏。”

“单凭这点，”唐吉诃德这时说，“别说和美女基特里亚结婚，就是同希内夫拉女王结婚，他也完全配得上，假设女王今天还活着的话！兰萨罗特和其他任何人企图阻止都无济于事。”

“你们听听我老婆是怎么说的吧，”桑乔刚才一直在旁边默默地听，这时候突然说道，“她历来主张门当户对，就像俗话说的，‘物以类聚，人以群分’。我觉得巴西利奥这个小伙子不错，应该同那个美女基特里亚结婚。谁要想阻止有情人成为眷属，就让他今世长乐，来世长安①！”

“如果有情人就可以结婚，”唐吉诃德说，“那么儿女和谁结婚，以及什么时候结婚，就由不得父母选择和做主了。如果做女儿的可以自主选择丈夫，她很可能会选中父亲的用人，也可能在大街上见到某个人英俊潇洒，就看上那个人了，尽管那个人其实是好斗的无赖。恋爱很容易蒙住理智的双眼，而理智对于选择配偶是必不可少的。选择配偶很容易失误，必须小心翼翼，还要有老天的特别关照才行。一个人要出远门，如果他是个谨慎的人，就会在上路之前寻找一个可靠的伙伴同行。既然如此，为什么一个人在选择将与自己共同走完生命路程的伴侣时不能这样呢？况且，妻子和丈夫要同床共枕，同桌共餐，做什么事情都在一起呢。妻子不是商品，买了以后还可以退换。这是一件不能分割的事情，生命延续多长，它就有多长。这种联系一旦套到了脖子上，就成了死结，除了死神的刀，任何东西都不可能把它解开。关于这个题目，还有很多可以谈的。不过我现在很想知道，关于巴西利奥的事，学士大人是否还有什么可以告诉我的？”

那个被唐吉诃德称为学士的学生答道：

“也没有太多可说的了，只知道巴西利奥自从听说美女基特里亚要同卡马乔结婚，就再也没笑过，也没说过一句像样的话，总是若有所思，闷闷不乐地自言自语，神志很明显已经不正常了。他吃得少，睡得也少，而且吃的时候只吃水果，睡的时候就像个野兽似的睡在野

① 桑乔在此处把意思说反了。

外的硬土地上。他不时仰望天空，又不时痴呆地盯着地面，除了空气吹动他的衣服之外，他简直就是一尊雕像。他显然已经伤透了心。我们所有认识他的人都认为，明天美女基特里亚的一声‘愿意’就等于宣判了他的死刑。”

“上帝会有更好的安排，”桑乔说，“上帝给他造成了创伤，也会给他治伤；从现在到明天还有很多小时呢，谁知道会发生什么事情？说不定什么时候房子就塌了呢。我就见过一边下雨一边出太阳的情况，说不定谁晚上躺下时还好好的，第二天早晨就起不来了呢。你们说，有谁敢夸口自己总能平步青云呢？没有，肯定没有。女人的‘愿意’和‘不愿意’几乎没什么区别。我觉得基特里亚真心实意地爱着巴西利奥，我祝巴西利奥洪福齐天。我听说，爱情会给人戴上有色眼镜，让人把铜看成是金子，把穷看成富，把眼屎看成珍珠。”

“你还有完没完了，可恶的桑乔？”唐吉诃德说，“你只要说起话来就怪话连篇，非得让魔鬼把你带走才成。你说，你这个畜生，什么‘平步青云’，还有其他那些话，你都懂吗？”

“如果没有人明白我说的是什么意思，”桑乔说，“那么把我的话都看成胡说八道，也没什么奇怪。不过这也没关系，反正我自己知道，我刚才说的绝非胡说八道，倒是您，我的大人，总是对我所说所做百般地‘挑赐’。”

“应该说‘挑剔’，”唐吉诃德说，“不是‘挑赐’，挺好的话让你一说就走了样，真不知是谁把你搞得这么糊里糊涂的。”

“您别跟我生气，”桑乔说，“您知道我不是在京城长大的，也没有在萨拉曼卡上过学，所以不知什么时候，我说话就会多个字或少个字。真得靠上帝保佑了。其实，没有必要让一个萨亚戈人说话同托莱多人一样标准，而且，也不见得所有托莱多人说话都那么利索。”

“的确如此，”学士说，“同在托莱多，在制革厂和菜市等地区长大的人，就同整天在教堂回廊里闲荡的人说话不一样。纯正、地道、优雅和明确的语言应该由言语严谨的朝臣来说，即使他们出生在马哈拉翁达。我说‘言语严谨’是因为他们当中很多人言语并非严谨，而严谨的言语应当是了解一种优秀语言的语法，再伴之以正确的运用。

各位大人，恕我冒昧，我是在萨拉曼卡学习宗教法规的，自认为可以明白、通顺而且言之有意地表达我的思想。”

另一个学生说：“你不是认为你要黑剑[①]的本事比要嘴皮子的本事还大吗？不然的话，你在学习上就应该排第一，而不是排末尾了。”

“喂，你这个多嘴的家伙，”学士说道，“你对击剑的技巧一无所知，所以对它的认识也就大错而特错了。”

“对于我来说，这并不是什么认识问题，而是切切实实的事实。”那个名叫科丘埃洛的学生说，“如果你想找我领教一下的话，就拿剑来，正好我现在来劲儿呢，而且精神头儿也不小，肯定会让你明白我并没说错。你下来，使出你的步伐、弧圈、角度和理论来吧，我就用我的外行蛮技术，准能把你打得眼冒金星。除了上帝，恐怕还没有谁能让我败阵呢，相反倒是一个个都被我打跑了。”

“你败阵没败阵我管不着，”另一个也不示弱，“反正你上场立脚之处很可能就是为你掘墓的地方。我是说，你会死在你的技术上。”

“那就看分晓吧。”科丘埃洛说。

说着他立刻从驴背上跳下来，怒气冲冲地从学士的驴背上抄起了一把剑。

“别这么简单，”唐吉诃德这时说，“我愿意做你们的击剑教练和裁判，否则就可能说不清了。”

唐吉诃德说着跳下马来，抓起他的长矛，站在路中央。此时，学士已经英姿勃勃、步伐有序地冲向科丘埃洛。科丘埃洛也向他刺来，而且眼睛里就像人们常说的那样，冒着火。两个与他们同行的农民则在驴背上观赏这场恶战。科丘埃洛又挥又刺又劈，反手抡，双手砍，重有重力，轻有轻功，频频出击。他像一头暴怒的狮子不断进攻着，可是，学士的剑套忽然迎面飞来，糊到他嘴上，把他的锐气戛然斩断，让他像吻圣物一般吻了那只剑套，虽然并不像吻圣物那样虔诚。最后，学士一剑一剑地把科丘埃洛衣服上的扣子全剥了下来，把他的衣服划成一条一条的，像是章鱼的尾巴，还把他的帽子打掉了两次，弄得他

---

① 黑剑指铁剑，白剑指钢剑。

狼狈不堪，气得他抓住剑柄，用尽全身力气扔了出去。在场的一位农夫曾经当过公证员。据他事后证明，那剑扔出了差不多一里地。由此说明，人们完全可以用智巧战胜蛮力。

科丘埃洛筋疲力尽地坐了下来。桑乔走到他身旁，对他说道：

“依我看，大学生，您就听听我的劝告，从此以后再也不要向任何人挑战比剑了，最多只能比比摔跤或掷棒，因为您既年轻，又有力气。至于那些击剑高手，我听说他们能准确地把剑尖刺进针鼻儿里去呢。”

“我很高兴我能认识到我错了，”科丘埃洛说，“经过亲身经历我才明白，我与事实相距甚远。”

科丘埃洛说着站了起来，拥抱了学士，两人和好如初。这时公证员去捡剑。他们估计他还要一段时间才能回来，就决定不等他了，争取尽早赶到基特里亚那个村庄去，他们都是那个村庄的人。

在后面这段路程里，学士向大家介绍了一些剑术的技巧，讲得既生动又有条理，大家都意识到了技巧的重要性，科丘埃洛也消除了自己的偏见。

已是傍晚了。他们还没到达村子，就觉得前面的村子里仿佛有无数星光在闪烁，同时还听到了笛子、小鼓、古琴、双管笛、手鼓、铃鼓等各种乐器混合在一起的轻柔乐曲。走近村子，他们才发现村子入口处已经用树枝搭起了一个棚子，上面装满了彩灯。当时的风非常微弱，连树叶都不摆动，所以彩灯也都静止不动。

那些吹奏乐曲的人都是来庆贺婚礼的。他们三三两两地来回走动，有的唱，有的跳，还有一部分人演奏着上面说的各种乐器。草地上到处洋溢着欢乐的气氛。更多的人则在忙着搭看台，准备第二天进行歌舞表演，正式举行富豪卡马乔的婚礼和巴西利奥的葬礼。尽管农夫和学生盛情邀请，唐吉诃德却不肯进村。他请求农夫和学生原谅，说他始终认为游侠骑士应当住在野外树林里，而不是留宿在村镇里，哪怕是金屋玉宇也不行。说完唐吉诃德就离开了大路。桑乔对此极为不满，此时他又想起了迭戈家的舒适的住宿条件。

第二十章　富人卡马乔的婚礼和穷人巴西利奥的遭遇

曙光初照，太阳神还没来得及以炽热的光芒揩干它金发上的露珠，唐吉诃德就活动着懒洋洋的四肢，站了起来，去叫桑乔。桑乔此时仍鼾声不止。唐吉诃德见状没有马上叫醒他，只是对他说：

“你呀，真是世界上最有福气的人。你心绪平静，不用嫉妒别人，也没有别人嫉妒你；魔法师不跟你捣乱，魔法也不找你的麻烦！睡吧，我再说一遍，我可以再说一百遍。你不必担心自己的老婆，不必操心如何还债，不必为第二天干什么来养活你和你那小小的苦难家庭而彻夜不眠。你不必由于野心勃勃而蠢蠢欲动，也没有什么虚幻可以让你烦躁不安；你的愿望从来没有超出喂养你的驴的范围，而供养你的担子则落到了我的肩上，这种负担从来都是自然而然地落到主人身上的。仆人睡了，主人却在熬夜，得考虑如何养活仆人，如何改善他的条件，如何奖赏他。老天冰冷着脸不下雨，仆人不愁，主人却心忧。丰年仆人服侍主人，荒年主人得养活仆人。”

唐吉诃德说了半天，桑乔并不理会，他还睡着呢。若不是唐吉诃德用矛头把他弄醒，他肯定不会马上起来。桑乔好不容易才起来了。他睡眼惺忪地、懒洋洋地环顾四周，说道：

“如果我没搞错的话，从那个树枝棚方向传来了一股用灯心草和百里香烤肉条的气味。我在心里担保，开始就是这么好的味道，那婚宴一定很丰盛。”

“够了，馋嘴！”唐吉诃德说，“过来，咱们去看看婚礼，看看那个受到冷落的巴西利奥会干什么吧。”

“他爱干什么就干什么吧，”桑乔说，“要不是他穷，他现在就同基特里亚结婚了。他身无分文还想高攀？依我看，大人，穷人就应该知足常乐，别异想天开。我敢用我的一只胳臂打赌，卡马乔完全能够用钱把巴西利奥埋起来。如果是这样，而且也应该是这样，那么，若是基特里亚回绝卡马乔送给她的华丽的衣服和首饰，因为卡马乔肯定会送给她的，却选择巴西利奥的掷棒和耍黑剑，那她就真是个大笨蛋了。掷棒掷得再好，击剑时假动作做得再漂亮，也换不来酒店里的一杯葡萄酒。技巧和水平卖不了钱,迪尔洛斯伯爵再有水平也赚不了钱。一个有水平的人如果再有钱，那才是像样的日子。在良好的基础上才盖得起高水平的大楼来，而世界上最坚实的基础就是钱。”

“看在上帝分上，桑乔，”唐吉诃德说，“你赶紧住嘴吧。我相信，如果允许你到处都说起来没个完，你恐怕连吃饭和睡觉的时间都不会有，得把所有的时间都用来说话了。”

“如果您记性不错，”桑乔说，“大概还记得，咱们这次出来之前曾有约定，其中一条就是让我任意说话，只要我不攻击别人，不冒犯您的尊严。直到现在，我觉得我还没有违犯这项约定。”

“我不记得有这条约定，桑乔，”唐吉诃德说，“即使有，我也要让你住嘴。你听，昨天晚上咱们听到过的那些乐器演奏的乐曲，今天又在村子里响起来了，婚礼肯定是在凉爽的上午，而不是在炎热的下午举行。”

桑乔按照主人的吩咐办了。他给罗西南多备了鞍，又给他的驴套上了驮鞍，两个人骑着牲口慢慢走进了树枝棚。首先映入桑乔眼帘的是在一棵当作烤肉叉用的榆树上正烤着整只的小牛，用来烤肉的木柴堆起来足有半座小山高。火周围还吊着六只锅，不过这可不是六只普通的锅，而是六个大坛子，每只锅都能盛下一个屠宰场的肉。一只只整羊放进去，就像放进几只雏鸽似的。无数只已经剥了皮的兔子和煺了毛的鸡挂在树上等待下锅，各种各样的飞禽猎物不计其数，也都挂在树上晾着。能装两阿罗瓦酒的酒囊，桑乔数了数，足有六十多个，而且后来知道里面都装满了上等葡萄酒。成堆的白面包堆得像打麦场上的麦垛一样高，奶酪就像砖头那样码在一起，形成了一堵墙，两口比染锅还大的油锅正在炸面食，两只特号的大铲子把炸好的面食从油锅里捞出来，放进旁边一口用来裹蜜的大锅里。五十多个男女厨师穿得干干净净，既高兴又利索地忙碌着。在破开的小牛肚子里，缝着十二只嫩嫩的猪崽，这样烤出来的牛肉更加肉嫩味美。各种各样的调料看来不是论磅，而是论阿罗瓦买来的，都放在一个敞开的大箱子里。总之，婚礼的场面虽然简朴，但食物极其丰盛，足够一支军队吃的。

桑乔看着这一切，欣赏着这一切，喜欢上了这一切。他首先被那些大锅吸引住了，很想先吃它半锅；接着，他又馋上了酒囊；最后，他盯上了煎锅里的东西，假如那些大肚子锅能够叫作煎锅的话。他实在忍不住，而且什么也干不下去了，就跑到一个正在忙碌的厨师身旁，客客气气地解释了一番自己的饿劲儿，请求厨师允许自己讨点锅里的汤来泡泡自己带的干面包。

厨师回答说：

“兄弟，感谢富豪卡马乔，今天不分什么穷人不穷人了。你来，找找看有没有大勺子，先捞一两只鸡，好好吃一顿吧。”

“我找不到勺子。”桑乔说。

“你等等，”厨师说，“我的天，你这个人办事真够磨蹭的，真没用！”

说完他抓起一只锅，从一个大坛子里舀出三只鸡和两只鹅，对桑乔说：

“吃吧，朋友，先吃这点儿当点心，一会儿再吃正餐。”

“我没家伙拿呀。”桑乔说。

“你连锅端走吧，”厨师说，“卡马乔有钱，今天又高兴，不在乎这点儿。”

桑乔在这边忙活的时候，唐吉诃德正在那边观看十二个农夫骑着十二匹马进了树枝棚。十二匹骏马都配着华丽鲜艳的马具，胸带上戴着铃铛。十二个人都穿着节日的盛装，井然有序地排成几行绕着草地慢跑，边跑边欢呼：

“卡马乔和基特里亚万岁！郎财女貌，基特里亚是世界上最美丽的女人！”

唐吉诃德心里想：看来，他们肯定没见过托博索的杜尔西内亚。如果他们见过，就不会这样赞颂这个基特里亚了。

很快又有各种各样的舞队从四面八方走进了树枝棚，其中有一支是剑舞队，二十四个英姿勃勃的小伙子穿着又细又白的麻布衣，头上戴着五颜六色的细绸巾。一伙灵巧的少年在前面引路。骑马的一个人问舞队中是否有谁受了伤。

“感谢上帝，到现在我们还没有任何人受伤，大家都挺好的。”

然后，他进入伙伴们的队伍里，灵巧地转着圈。唐吉诃德虽然见过这种舞蹈，但像今天跳得这么出色，他还是头一回看到。他觉得另一队风姿如玉的姑娘跳得也很不错。那些姑娘都很年轻，年龄都在十八岁和二十四岁之间，衣服都是帕尔米亚呢绒做的，头发有一部分扎成辫子，有一部分散披着，都是金黄色的，完全可以与太阳争辉。头上戴着用茉莉花、玫瑰、苋草和忍冬藤编成的花环。领队的是一位令人尊敬的老头和一位老妇，但是他们跳得轻松自如，远不像他们那个年纪的人。大家随着萨莫拉风笛的旋律起舞，表情庄重，步履轻盈，堪称是世界上最优秀的舞蹈表演家。

接着是一支技巧舞队和一支被称为“告示舞”的舞队。八个仙女分成两队，一队由爱神丘比特率领，另一队由财神打头。爱神的身上有两只翅膀，还带着弓、箭和箭袋，财神则穿金戴绸，五彩缤纷。跟随爱神的仙女每人背上都有一张白羊皮纸，分别用大字写着自己的名字。第一个仙女的名字是“诗艺”,第二个叫“才智”,第三个是“豪门”,第四个称为“勇敢”。财神身后跟随的仙女们也同样背着自己的名字。“慷慨”是第一个仙女的名字，“赠与”是第二个仙女的名字，第三个仙女叫“财富”，第四个叫“享受”。队伍最前面是由四个野人拖着的一座木制城堡。野人身上裹着染成绿色的麻布，再缠上常春藤。他们装扮得太逼真了，把桑乔吓了一跳。城堡的正门上方和城堡的四面都写着“谦逊之堡”的字样，四个鼓乐手和笛手演奏着乐曲。丘比特开始跳舞。他跳了两个组合动作，然后抬头张弓，向站在城堞之间的一位少女说道：

　　无论是在天空、陆地，
还是在波涛起伏的辽阔海洋，
或是在恐怖的阴间地府，
我都是
无所不能的神祇。
　　我从不知道什么叫畏惧。
人所不能，
我能实现；
人之所能，
我也能遂心任意。

念完诗后，他向城堡上射了一箭，然后退回原位。接着是财神出场。鼓乐声停止了，只听财神说道：

　　我比爱神更强，
爱神是我先导。
天上地下万物，
惟我门第最高，
最知名，最兀傲。
　　我就是财神，
但很少有人利用得好，
若无我能成事，那才蹊跷。
我可保佑你，
阿门，万事皆美妙。

财神退了下去，“诗艺”出场。她像其他几个人一样做了几个动作，然后眼睛盯着城堡上的少女，说道：

　　温情的才思，
温情的诗艺。

姑娘，我用我心
给你送去千首
孤傲高洁的诗。
　　即使你的佳运
遭到其他女人妒忌，
只要你不嫌弃，
我会让你升华到
超越月晕凌空立。

“诗艺”让开后，“慷慨”从财神身旁走出来。她做了几个动作，然后说道：

　　人们称我为慷慨，
只要我不是
极度挥霍。
据说挥霍可以
把人的意志消磨。
　　然而为了你更加显贵，
我偏要极度挥霍，
尽管这是坏毛病，却也高尚，
满腔情爱
可借此尽情表露。

两队的各个角色就这样依次出场，每个人都做几个动作，再念几首诗，有的诗高雅华丽，有的诗令人捧腹。唐吉诃德的记性虽好，也只记住了前面说到的那几首。后来，所有的人都混在一起，分分合合，组成了各种美丽奔放的图案。爱神每次从城堡前面经过，就向城堡上射一箭；而财神从城堡前经过，就掷一个空心的金色彩球[①]，彩球落

① 一种游戏。彩球如橘子大小，双方互掷，并用盾牌击碎对方的彩球。

在城堡上就爆裂了。跳了好一阵后，财神掏出一个猫皮钱袋[①]，看样子里面装满了钱，把它也抛到城堡上。随着钱袋坠落，搭建城堡的木板散开，城堡里的少女暴露无遗。财神偕同他那队仙女，上前把一条大金链套到了少女的脖子上，表示已经俘虏并征服了她。爱神和他的仙女们看见了，连忙去抢她。所有这些表演都是载歌载舞，在鼓乐的伴奏下进行的。大家劝说四个野人停止了争斗。四个野人又把搭城堡的木板重新搭建起来，少女又像刚才一样重新藏在里面。大家高高兴兴地看着舞蹈表演全部结束。

唐吉诃德问一个仙女，是谁设计组织了这场舞蹈表演。仙女说是村里一位义演经纪人，他很善于编排这种活动。

“我敢打赌，”唐吉诃德说，“这个教士或义演经纪人亲卡马乔肯定胜过亲巴西利奥，而且更善于当讽刺剧的编导，而不是当主持晚祷的教士。舞蹈很好地表现了巴西利奥的才智和卡马乔的财富。”

这些话桑乔全听到了。桑乔说道：

“胜者为王，我站在卡马乔一边。”

“别说了，”唐吉诃德说，“桑乔，你真像一个势利小人，是那种喊‘胜者万岁’的人。”

“我到底属于哪种人我不知道。”桑乔说，“我只知道，从巴西利奥的锅里绝不会得到今天从卡马乔这儿得到的这么多吃的。”

桑乔把盛满鹅和鸡的锅拿给唐吉诃德看，抓起一只鸡，津津有味地吃起来，并且说道：

“巴西利奥完了，就因为他穷！你有多少钱就值多少钱。世界上的人只有两类，就像我祖母说的，那就是有钱人和没钱人。她站在有钱人那边。这年头儿，看什么都得先掂量掂量。一头披金的驴胜过一匹套着驮鞍的马。所以，我再说一遍，我站在卡马乔一边，他的锅里有的是鹅、鸡、兔子什么的。而在巴西利奥的锅里能得到什么呢？只剩下汤了。”

“你还有完没完了，桑乔？”唐吉诃德问。

---

① 一种不将猫肚子剖开，而将猫皮完整剥下，用来装钱的皮袋。

“没完也得完呀，”桑乔说，“我已经看出来，您特别不爱听。若不是您打断我的话，我可以说三天。”

“上帝保佑，桑乔，”唐吉诃德说，“让我在死之前看到你成为哑巴！”

“要像咱们现在这个样子，”桑乔说，“不等您死，我就先入土了。那么，在世界末日到来之前，至少是最后审判日[①]到来之前，我肯定说不了话啦。”

“就算是世界末日来临了，桑乔，”唐吉诃德说，“你也不会住嘴。你过去说，现在说，要说一辈子。而且，我死在你前面也是理所当然的事，所以，我从来不会想到你有不说话的时候，哪怕在你喝酒和睡觉的时候。这点我可以肯定。”

“说实在的，大人，”桑乔说，“对死神不必抱什么幻想，她是大羊小羊一样吃。我听我们的神甫讲过，无论是国王的深宅，还是穷人的茅屋，她的脚都一律踏平。这位老夫人一点儿也不娇气，没有什么她不敢的。她什么都敢吃，什么都敢做。无论什么人，不分年龄和地位，她统统装入自己的口袋。这位收割者从来不睡觉，总是不分时辰地收割，无论是干草还是绿苗都一律割掉。她吃东西似乎不嚼，把她能找到的东西都吞下去，像只饿狗似的，总是吃不够。虽然她并不是大腹便便，却总像患了水肿一般，焦渴难耐，就像人喝整坛子凉水一样，把所有有生命的东西都喝下去。”

“别再说了，桑乔，”唐吉诃德这时说，“你好自为之，适可而止吧。就冲你对死亡发表的这一番大实话，真可以说你是个杰出的说教者了。我告诉你，桑乔，你天生就聪明，完全可以随身带个布道台，到世界各地去慷慨陈词了。”

“别的我不懂，”桑乔说，“我只知道谁讲得好，谁就活得好。”

“你也不用再懂别的了。”唐吉诃德说，“不过我不明白，对上帝的惧怕本来是智慧的源泉，可你不怕上帝怕蜥蜴，却知道得那么多。”

“大人，关于您的骑士道，您愿意怎么办就怎么办。”桑乔说，“至

---

① 宗教中宣布世界末日来临的日子。

于别人到底是惧怕还是勇敢，您就别操心了。我像所有的孩子一样惧怕上帝，这点我自己知道。您先让我把这些吃的消灭了吧，别的全是空话，等我们来世再说也行。”

说完桑乔又端着那只诱人的锅吃起来，这也激起了唐吉诃德的胃口。若不是由于下面又发生了事情，他肯定也会跟着吃起来。

第二十一章　续述卡马乔婚礼以及其他事

唐吉诃德和桑乔正议论着前章说到的话题，忽听传来一阵喧闹之声。原来是一群马排成长长的队伍，热热闹闹地迎接新婚夫妇。马队周围是各种各样的乐器和表演，以及神甫、新郎新娘双方的亲属和邻村的头面人物。所有人都穿着节日的盛装。桑乔一看见新娘就说道：

“新娘穿戴得完全不像农妇，倒像是宫廷淑女。天哪，我看见她戴的胸章是珊瑚做的，那身昆卡出的帕尔米亚呢绒是三十层的！你看，饰边是用白麻纱做的！我敢保证，那是缎子的！再看她那手上，戴的若不是玉石戒指那才怪呢。那戒指太精美了，上面还镶满了凝乳般的白珍珠，每一颗的价值都很昂贵。嘿，婊子养的[①]！瞧那头发，若不是假发，像这么长又这么金黄的头发，我这辈子还从来没见过呢！无论是气质还是身材，你简直挑不出一点毛病来。还可以把她比喻为挂满了果实的能走动的椰枣树，她头发和脖子上的各种首饰就像树上的一串串椰枣。我从心里发誓，这才是高雅的姑娘，才值得一娶哩。”

唐吉诃德听了桑乔这番粗俗的赞扬不禁哑然失笑。同时，他也觉得除了托博索的杜尔西内亚夫人之外，比这位基特里亚更漂亮的女

① 此处桑乔表示赞叹。

人，他确实没见过。美女基特里亚迎面走来，面色有些苍白，这大概是睡眠不足所致。做新娘的大致都这样，在举行婚礼的前一天晚上忙于打扮，总是睡不好。他们走近草地旁边一座铺满了地毯和鲜花的看台，婚礼和舞蹈演出都将在那里举行。这时，他们忽然听到一阵喊声，其中一个声音喊道：

“等一等，干吗那么着急！”

大家闻声回头，原来是一个身穿带洋红色条饰的黑外套的男人在喊。后来人们发现，他头上戴着一顶办丧事用的柏枝冠，手里还拿着一根长长的手杖。待那人走近，大家认出他就是英俊青年巴西利奥。大家都呆住了，不知道他喊大家停下来要干什么，唯恐发生什么不测。

巴西利奥赶来了。他累得上气不接下气，站在新婚夫妇面前，把手杖带钢头的一端戳在地上，面无血色，两眼盯着基特里亚，声音颤抖而又沙哑地说道：

“忘恩负义的基特里亚，你完全清楚，按照咱们信奉的神圣法则，只要我还活着，你就不应该嫁给别人。同时，你也不是不知道，我本来指望随着时间的推移，再加上我的才智，我的家境会好起来，因此对你的名誉一直很尊重。可是，你竟然辜负了我的一片苦心，不嫁给我，却想嫁给别人！他的财富不仅可以使你过得很富裕，而且可以使你过得很幸福。为了让你幸福如意，尽管我觉得你不配，但这是天意，我要用我自己的双手清除可能妨碍你们的障碍，自寻短见。万岁，富豪卡马乔和负心女基特里亚万岁！祝他们幸福千秋！死吧，让穷人巴西利奥死吧，是他的贫穷使他失去了幸福，把他送入了坟墓！”

说完他拔起戳在地上的手杖，露出了留在地上的长剑，原来这是一把带剑的手杖的剑鞘，可以称之为剑柄的一头仍戳在地里。巴西利奥泰然自若，但却横心已定地往上一扑，剑尖和半截钢剑立刻从他的脊背上血淋淋地露了出来。可怜的巴西利奥被自己的剑刺倒在地，躺在了血泊中。

他的朋友们立刻围上来救他，对他给自己造成的不幸感到悲痛万分。唐吉诃德也下马赶来救巴西利奥。唐吉诃德抱起他，发现他还没断气。大家想把剑拔出来，可是在场的一位神甫却认为，在巴西利奥忏悔之前不能把剑拔出来，因为只要一拔剑，他立刻就会咽气。此时巴西利奥已经有些苏醒了。他声音痛苦而又有气无力地说道：

“如果你愿意的话，狠心的基特里亚，在这最后的危难时刻，请你把手伸给我,同意做我的妻子。我仍然想让我的莽撞能得到些宽慰，也就是能让我属于你。”

神甫听到此话后对他说，应该首先考虑自己的精神健康，其次才是身体的需要。神甫还十分诚恳地祈求上帝宽恕巴西利奥的罪恶和轻生。巴西利奥回答说，如果基特里亚不把手伸给他，同意做他的妻子，他无论如何也不会忏悔。只有基特里亚同意了，他才可能改变主意，才有气力忏悔。

唐吉诃德听了巴西利奥的请求后，高声说他的请求合情合理，而且可行；无论是把基特里亚作为英雄巴西利奥的遗孀娶过来，还是把她从她父母身边直接娶过来，卡马乔都同样体面。

“这里只是一句‘愿意’的问题，并不会有任何实际效果，因为在这种情况下，巴西利奥的婚礼只能是他的葬礼了。”

卡马乔听了此话，惶惶然不知如何说以及如何做才好。可是，巴西利奥的朋友们却七嘴八舌地要求卡马乔同意基特里亚把手伸给巴西利奥，做巴西利奥的妻子，以便这个在绝望中轻生的灵魂得到安慰。卡马乔一方面动了恻隐之心，另一方面也是迫不得已，说只要基特里亚愿意，他也同意，因为这不过是把自己的婚礼推迟一会儿的问题。

大家又围到基特里亚身旁。有的人再三请求，有的人以泪代言，有的人据理力争,劝她把手伸给可怜的巴西利奥。基特里亚一动不动，呆若木鸡，好像她不知道、不能够也不愿意答话似的。若不是神甫说她得马上决定到底怎么办，巴西利奥已经奄奄一息，容不得她再犹豫不决，恐怕基特里亚仍然会默不作声。

这样，美女基特里亚才一言不发、心烦意乱而且看起来似乎有些忧伤地来到巴西利奥身旁。此时巴西利奥已眼睛上翻，呼吸急促，但仍在不断地念叨基特里亚的名字，看来他等不及做忏悔就会死去。基特里亚走过来跪在巴西利奥身边，没有说话，只是示意巴西利奥把手伸出来。

巴西利奥睁大了眼睛，仔细看着她，说道：

“基特里亚，你这时才动了同情心，可是你的同情心现在只能是一把结束我的生命的匕首。我现在已经无力接受你同意嫁给我的荣耀，也无法驱除由于死亡幽灵即将合上我的眼睛而带来的痛苦了。我恳求你，我的灾星，不要为了应付我，也不要为了再次欺骗我，才让我伸出手来，并且把你的手也伸给我；我要你承认，你是心甘情愿地把手伸给我的，同意我做你的合法丈夫。在这种时刻，你再骗我，或者以虚情假意来对待我对你的一片真心，就毫无道理了。”

巴西利奥说着就昏了过去，在场的人都以为巴西利奥这回已魂归西天了。基特里亚郑重而又羞愧地用自己的右手抓住巴西利奥的右手，对他说道：

“任何力量都无法扭转我的意志。我心甘情愿地把我的右手伸给你，愿意做你的妻子，也接受你心甘情愿地伸来的右手，只要这个突如其来的意外并没有扰乱你的意识。”

“我把手伸给你。”巴西利奥说，“我并没有糊涂，而且老天照应，我的意识非常清楚。我把手伸给你，愿意做你的丈夫。”

“我愿意做你的妻子，”基特里亚说，“无论你寿比南山，还是就在我的怀抱里魂归西天。”

“这个小伙子受了那么重的伤，怎么还说那么多的话？”桑乔这时说，“别再让他卿卿我我了，先保重自己的灵魂吧。我觉得他现在光顾得说了。”

巴西利奥和基特里亚的手拉到了一起。神父不禁动情，潸然泪下，为他们祝福，祈求老天让新郎的灵魂得以安息。这位新郎刚受到祝福，就马上很轻松地站了起来，带着一种不易察觉的狡黠拔出了自己体内的剑。在场的人都很惊奇。有几个好奇心盛的人没有多想就喊起来：

“奇迹！真是奇迹！”

可是巴西利奥却说道：

“不是奇迹，而是巧计。”

神甫莫名其妙，立刻用双手扒开巴西利奥的伤口察看，发现原来并没有刺破巴西利奥的肉和骨头，只是刺破了巴西利奥准备的一支铁管。铁管里装满了血，放在一个合适的位置上。据后来所知，巴西利奥进行了精心配制，所以血不会凝固。

于是神甫、卡马乔和其他所有在场的人都感到被愚弄了。基特里亚却并不为这场闹剧难过；相反，当她听说这婚姻是骗局，因而无效时，却再次声明自己愿意同巴西利奥结婚。大家断定这是两人精心策划的骗局。卡马乔和他的那些人愤怒至极，拔出剑向巴西利奥冲去，要找他算账。可是，马上又有很多人出来帮助巴西利奥。这时，唐吉诃德手持长矛，用盾挡着自己的身体，一马当先冲了出来。大家忙为唐吉诃德让出一块地方。桑乔对这种争斗之事从来不感兴趣。刚才他从大坛子里尝到了美味，现在他又跑到大坛子旁边，把那儿看得像圣地似的。唐吉诃德大声说道：

“且慢，诸位大人，为爱情失意而进行报复是没有道理的。爱情同战争一样。在战争中，利用计谋战胜敌人是合法而且常用的办法。同样，在爱情的竞争中，也可以把善意的计谋用作达到自己预期的目标的一种手段，只要它不损害他们所爱的人的名誉就行。基特里亚属于巴西利奥，巴西利奥属于基特里亚，这是天意的合理安排。卡马乔很富裕，他随时随地都可以随意买到自己喜欢的东西。而巴西利奥只剩下一只羊了，任何人，不管他的势力有多大，也不应该夺走他这只羊。上帝把两个人安排在一起，那么，任何人也不应该把他们分开。谁如果想把他们分开，那就首先尝尝我的矛头吧。”

说完，唐吉诃德用力而又灵巧地挥舞起手中的长矛，使那些初识他的人大惊失色。卡马乔刚才一时忘了基特里亚的存在，现在才想起自己已被基特里亚抛弃，仍然耿耿于怀。神甫是个办事谨慎、心地善良的人。卡马乔听从了神甫的劝告，连同他的人一起平静下来，把他们的剑都放回了原处。此时他们并不在意巴西利奥的计谋，只是埋怨基特里亚轻率。卡马乔心想，基特里亚还没出嫁就那么爱巴西利奥，现在同巴西利奥结了婚，就会更加爱他。应该感谢上帝没有把基特里亚给他，而是把她从自己身边夺走了。

卡马乔和他这边的人都安静下来，巴西利奥那边的人也都不说话了。富豪卡马乔为了表示自己对这场闹剧并不介意，就想让婚礼继续举行下去，只当是他在结婚一样。不过，巴西利奥和基特里亚以及他们的那些人却不想这样举行婚礼，就回巴西利奥的村子去了。有钱人能受到一些人的阿谀奉承，品德高尚、头脑机敏的穷人同样也会有人追随、敬重和保护。

巴西利奥那些人觉得唐吉诃德有胆有识，就邀请唐吉诃德随他们回自己的村子去。只有桑乔怏怏不乐，他本来期待着卡马乔那丰盛的宴请，据说那天的宴请后来一直持续到晚上。桑乔跟在与巴西利奥那些人同行的主人后面，闷头赶路，虽然心中念念不忘，也只好把豪华安逸远远抛到身后，这指的是他那锅差不多吃完了的鸡和鹅。桑乔现在虽然不饿了，心中却仍然不快，只是若有所思地骑着驴，跟在罗西南多后面。

第二十二章　英勇的唐吉诃德对曼查中心的蒙特西诺斯洞窟的奇妙探险

这对新婚夫妇觉得唐吉诃德鼎力相助，靠自己的勇敢成全了他们，论武艺比得上熙德，论口才赛得过西塞罗，所以对唐吉诃德热情款待。桑乔也在新婚夫妇家享受了三天。后来,唐吉诃德和桑乔得知，佯装受伤是巴西利奥自己设的计，并非事先与基特里亚共谋，只不过巴西利奥希望基特里亚能同他结婚，就像事情后来果然发生的那样。巴西利奥也承认，他事先曾把自己的计划同几个朋友打过招呼，以便在必要的时候助他一臂之力，保证这个骗局成功。

“为达到正当目的所采取的手段，不能够也不应该说是骗局。”唐吉诃德说，“有情人成眷属是最崇高的目标。不过也应该注意到，饥饿和贫困是爱情的大敌。爱情本来是完完全全的欢乐，但在有情人得到了心爱的东西之后，贫困和饥饿就成了有情人最厉害的敌人。”唐吉诃德说自己这番话的意思是让巴西利奥做正经的事。他的那些特长虽然能够为他赢来虚名，却挣不来钱。他应该合法地从事正当的生计，为自己建立家业，这是勤劳可靠之人必不可少的条件。正派的穷人，假如穷人能够称得上是正派人的话，有了漂亮的妻子之后，就把妻子看成是自己的命根子。谁要是夺走了他的妻子，就等于夺走了他的名誉，就等于要了他的命。而穷人美丽正派的妻子应该得到用月桂树枝和棕榈树叶做的胜利者冠冕。仅美貌本身就足以吸引所有那些见过她或认识她的人，他们会像老鹰或高傲的猛禽扑食一样地追逐她。如果她美貌而又贫困和窘迫，连那些乌鸦、苍鹰和其他鸟儿也都会趋之若鹜。在这种情况下依然能够洁身自好的人，称得上是她丈夫的光荣。

“你听我说，聪明的巴西利奥，”唐吉诃德接着说，“我忘了是哪位圣人说过，美丽的女人全世界只有一个。他劝所有人都把自己的妻子看成是那个唯一美丽的女人，这样他就会生活得很愉快。我没结过婚，而且直到现在，我也不想结婚，不过，如果有人向我请教如何才能找到一个能与之结婚的女人，我要劝告他，首先应当更注重名分而不是钱财。善良的女人不会仅仅由于善良而获得什么名分，她必须拿出自己的样子来。公开的放荡比偷鸡摸狗更损害一个女人的名誉。如果你娶了一个正派女人到家里来，要保持她的名分，甚至使她的名分更好，这是件很容易的事情，但如果你娶来的是个坏女人，要改造她就是件很困难的事情了。不过，也不要因此就从一个极端走到另一个极端。我并不是说这是不可能的事情，只是说它是件很困难的事情。”

唐吉诃德的这些话桑乔全听到了。他自言自语道：

“我这个主人呀，我一说到什么实质性的东西，他就说我可以两只手搬一个讲坛，到处去进行说教了。可是他一说起来，警句成堆，劝勉连篇。他不仅可以两只手搬一个讲坛，而且可以每个手指都搬两个讲坛，到广场去，有问必答。让魔鬼保佑你们这些游侠骑士吧，你们真是无所不知！我原来以为你们只知道那些与骑士道有关的事情，真没想到你们简直没有什么不知道的，到处都要插一杠子。”

桑乔嘟哝的这些话被唐吉诃德听到了一些。唐吉诃德问桑乔：

“你嘟哝什么呢，桑乔？”

“我什么也没嘟哝，”桑乔回答，“我只是在自言自语，为什么我在结婚之前没听到您刚才说的那番话呢？如果我当初听到了，现在我就会说：‘无拘无束，自由自在。’”

“你的特雷莎难道就那么坏吗？”唐吉诃德说。

“没那么坏，”桑乔说，“不过也没那么好，至少没有我希望的那么好。”

“你说你老婆的坏话就不对了，桑乔。”唐吉诃德说，“她至少还是孩子他妈呢。”

“我们谁也不欠谁的，”桑乔说，“她犯起脾气来的时候也说我的坏话，尤其是她吃醋的时候，连鬼都受不了。”

唐吉诃德和桑乔在新婚夫妇家里享受了三天。唐吉诃德请求那位聪明的学士，给他指明通往蒙特西诺斯洞窟的道路，说他非常想进洞去，亲眼看看有关那个洞的各种奇怪现象的传说是否真实。学士说他可以把自己的一位表兄介绍给唐吉诃德。他的那位表兄是学校里的高才生，而且非常喜欢阅读骑士小说。他的表兄非常愿意带他们到那个洞的洞口去，并且把鲁伊德拉的湖泊指给他们看。那些湖泊不仅在曼查，而且在整个西班牙也很出名。他还说，唐吉诃德一定会和那个小伙子相处得很愉快，那小伙子已有著作印刷出版，并且献给了王子。后来，那个小伙子骑着一头已经怀孕的母驴来了。母驴的驮鞍上盖着一条五颜六色的毯子或者麻布。桑乔为罗西南多和自己的驴备好鞍，把褡裢装满，同那个小伙子的褡裢放在一起。收拾妥当后，他们求上帝保佑，向大家告辞，上路直奔著名的蒙特西诺斯洞窟。

路上，唐吉诃德问那个小伙子从事什么职业和研究。小伙子说他是人文学家，他所从事的职业就是著书出版，那些书既有益于人民的生活，也活跃了国家的生活。其中一本叫《礼服大成》，里面收集了七百零三种各类颜色、样式和尺寸的服装，宫廷贵族可以从中选择制作适合自己在节日或参加庆典活动时穿的服装，而不必求人或者绞尽脑汁地按照自己的意图去设计了。

“我也为有猜疑心的人、被鄙视的人、被遗忘的人和下落不明的人设计了适合他们的服装，他们穿起来肯定很合适。我还有一本书，准备称它为《变形记》或者《西班牙的奥维德》。这本书非常独特。我在这本书里模仿奥维德的手法，以戏谑式的文笔描述了塞维利亚的风向标，马格达莱纳的天使，科尔多瓦的贝辛格拉水道，吉桑多的公牛，还有莫雷纳山脉、马德里的莱加尼托斯和拉瓦彼斯的泉水;同时，我也没有忘记皮奥霍、卡尼奥·多拉多和普里奥拉的泉水。我采用了隐喻、比喻和借喻的手法，将娱乐、惊奇和寓意集于一体。我的另外一本书是《维尔吉利奥·波利多罗补遗》，专门记述各种事物的来源。这本书学识渊博，波利多罗没有提到的很多重要东西，我都进行了考证，并且准确地阐述出来。波利多罗没有记述谁是世界上第一个患感冒的人，谁第一个用水银软膏治疗性病，而我对此都逐一进行了考证，参考了至少二十五种书籍进行验证。您由此就可以看出我这本书的水平以及在全世界是否有用处了。”

桑乔一直在认真地听小伙子讲述。桑乔对小伙子说：

“请您告诉我，大人，谁是世界上第一个搔脑袋的人？我觉得应该是我们的祖先亚当。如果您能告诉我，上帝会保佑您的书出版顺利。”

“是亚当，”小伙子说，“因为亚当肯定有脑袋和头发。如果是这样，即使他仅搔过一次，也就成了世界上第一个搔脑袋的人。”

“我也这样认为。”桑乔说，“再请问，世界上谁是第一个翻筋斗的人？”

“说实话，兄弟，”小伙子说，“这个我现在还不敢肯定，待我以后研究一下再说。我那儿有很多书，我得回到我那儿去研究，以后咱们还有机会见面，等咱们见面时再说。”

“大人，”桑乔说，“您就别再费劲了，刚才我问的那个问题，现在我已经明白了。世界上第一个翻筋斗的人是魔鬼。它被从天上扔进了深渊，于是它就成了世界上第一个翻筋斗的。”

“你说得有道理，朋友。”小伙子说。

唐吉诃德却说：

“这个问题和答案都不是你提出来的，桑乔，你肯定是从哪儿听来的。”

“别说了，大人。”桑乔说，“我要是想自问自答，我可以从现在一直问到明天早晨。而且，要是想胡问乱答，我根本就用不着别人帮忙。”

“你懂得不多，说得倒不少，桑乔。”唐吉诃德说，“有的人不辞辛苦地了解调查问题，可是待到了解调查清楚了，无论对理解力还是对记忆力都没有任何帮助，等于一钱不值。”

两人随便东拉西扯，一天过去了。晚上，他们就在一个小村子里留宿。小伙子对唐吉诃德说，从那儿到蒙特西诺斯洞窟只不过两西里远。如果唐吉诃德想进洞去，就得准备点儿绳子，以便下到洞底时用。唐吉诃德说即使是深渊，他也要下去看看里面到底是怎么回事。于是他们买了近一百呏[①]的绳子。第二天下午两点，他们来到洞前。洞口很宽敞，长满了枸杞、野生无花果、黑莓和杂草，盘根错节，把洞口完全遮住了。一到洞口，小伙子、桑乔和唐吉诃德就下了马，小伙子和桑乔把绳子牢牢地拴在唐吉诃德身上。他们正绕着绳子，桑乔对唐吉诃德说：

“您看您要干什么呀，我的主人！您就是想把自己活埋了，也别找这么个像瓶子似的窄洞把自己冻死呀。这个比地牢还可怕的洞里到底有什么，跟您有什么关系？”

“你捆你的绳子，少说话。”唐吉诃德说，“像这种事，桑乔朋友，非我莫属呀。”

这时，向导对唐吉诃德说：

“我请求您，唐吉诃德大人，仔细看看里面到底有什么东西，也许有些还可以写进我那部《变形记》里呢。”

“反正，笨蛋全靠内行人指点。”桑乔说。

说完这话，唐吉诃德身上的绳子也捆好了。绳子并没有捆在盔甲

---

① 长度单位，每一呏等于 1.6718 米。

外面，而是拴在他的紧身坎肩上。唐吉诃德说：

“咱们忘记带个小铃铛来了。如果有个小铃铛拴在我身边的绳子上，听见铃铛响就知道我正在往下去，知道我还活着。不过，现在已经不可能，我只好听从上帝的安排了。”

说完唐吉诃德跪在地上，低声向天祈祷，请求上帝帮助他，让他在这次新奇的探险中马到成功。接着他又高声说道：

“我行动的主宰、托博索举世无双的杜尔西内亚啊！如果你能听到你的幸运情人祈祷的声音，我请求你，绝代佳人，听听我的声音吧。我只请求你不要拒绝对我加以保护，我现在极其需要它。我现在就要下到我面前的这个深洞里去，为的是让世人知道，只要有你的帮助，我就无所不能。”

说完唐吉诃德来到洞口，发现如果不用手拨开或者用刀砍倒洞口的杂草，就根本无法进洞。于是他拔出剑，把洞口的杂草砍倒。随着砍草的声音，洞里猛然飞出无数只大乌鸦，密密麻麻的乌鸦群竟把唐吉诃德冲倒在地。如果他不是个基督徒，而是个迷信的人，就会把这看成是不祥之兆，从而找到借口逃避葬身于洞底。

唐吉诃德站起身来，发现只不过是飞出了一群乌鸦和其他诸如蝙蝠之类的夜飞鸟，便等乌鸦飞完，让小伙子和桑乔放出绳子，使自己下到那个可怕的洞里去。唐吉诃德刚下去，桑乔就在胸前不断地画十字，嘴里说道：

“有上帝为你引路，有法兰西石山[①]和加埃塔[②]三位一体的圣像与你为伴，游侠骑士的精英，你去吧，世界上最伟大的铜心铁臂英雄！上帝为你引路，保佑你从这黑洞中安然无恙地回到光明的生活中来！”

小伙子也做了同样的祈祷。

唐吉诃德不断地喊他们放绳子。两人一点一点地把绳子往下放，放到一百英呼时，喊声从一个转弯处传出来，最后竟没有声音了。两

① 指位于萨拉曼卡省阿尔韦尔卡镇的法兰西石山修道院里的圣母像。

② 加埃塔是意大利拉齐奥区的港口城镇和教区中心。当地的教堂供奉圣父、圣子和圣灵三位一体。

人想把唐吉诃德拉上来，现在已经没有绳子可放了。不过，他们还是先等了半个小时。半小时后，他们再拉绳子时，绳子已经没有任何分量，很容易拉，估计唐吉诃德已经留在里面了。桑乔恸哭不已，赶紧往上拉绳子，想看个究竟。可是，他们在拉了大约八十㖊的时候又感到了重量，两人都欣喜若狂。最后拉到只剩十㖊的时候，他们已经可以清楚地看到唐吉诃德了。桑乔对唐吉诃德大声喊：

“您可回来了，我的主人，我们还以为您要留在洞里呢。”

唐吉诃德一句话也不回答。两人把唐吉诃德拖出洞口后，才发现他还闭着眼睛，看样子是睡着了。小伙子和桑乔把唐吉诃德平放在地上，给他解开绳子，唐吉诃德还是没有醒。两人又晃又摇，过了好一会儿，唐吉诃德才醒过来。他伸了个懒腰，好像刚从一场酣梦中醒来，然后惊恐地环顾四周，说道：

“让上帝饶恕你们吧，朋友们，你们竟打破了我所做的人世间最美的春梦。说实话，我现在才认识到，人类的所有欢乐都不过是过眼烟云，一场美梦，或者就像野地里的花朵那样凋零。不幸的蒙特西诺斯啊！身受创伤的杜兰达尔德啊！倒霉的贝莱尔玛啊！痛哭流涕的瓜迪亚纳啊！还有鲁伊德拉的凄然千金们！你们美丽的眼睛淌出的泪水竟流成了河。”

唐吉诃德肝肠欲断地发着感慨，小伙子和桑乔一直认真听着。他们请求唐吉诃德给他们解释一下这些话的意思，并且讲一讲他在那个地狱里看到的情况。

“你们把它称为地狱？”唐吉诃德问，“别这么叫。那不是地狱，过一会儿你们就知道了。”

唐吉诃德要求给他些吃的，他很饿。他们把小伙子带的粗麻布铺在草地上，把褡裢里的干粮拿出来，三个人亲亲热热地坐在一起，把下午点心和晚饭合成一顿吃了。撤掉粗麻布后，唐吉诃德说：

“你们都别站起来，注意听我说。”

第二十三章　空前绝后的唐吉诃德讲述他在蒙特西诺斯洞窟的见闻，离奇怪诞令人难以置信

下午四点钟，太阳躲进了云层，只露出一点儿微弱的光线。唐吉诃德从容不迫地向他那两位忠实的听众介绍，自己在蒙特西诺斯洞窟里见到的情况。他开始说起来：

“从这儿下到十二人或十四人深的地方，右侧有个凹面，里面宽敞得能够容得下几头骡子和一架大骡车。透过地面上的几个缝隙或窟窿，只能射进几束微弱的光线，远远不够照明用的。我又累又烦，正当我吊在绳子上又急又恼，不知该如何向下走时，我发现了那块凹面，便决定进去休息一下。我大声喊你们，让你们等我叫你们时再放绳子，可你们大概没听见我的叫声。于是，我就把你们徐徐放下的绳子收起，盘成一团，坐在上面考虑待一会儿没人给我放绳子了，我怎么才能下到洞底。我正在胡思乱想，忽然一股极度的困意袭来，我竟不知怎么回事就睡着了。待我醒来时，发现自己竟来到了一片美妙秀丽、人类思维难以想象的风景如画的草地上。

“我睁大了眼睛，又揉了揉眼皮，发现自己并没有睡着，确实醒着。尽管这样，我还是拍了拍自己的脑袋和胸脯，证明那确实是我自己，而不是什么虚无的幻觉，而且我的触觉、感觉和思维能力就和我现在的情况一样。接着，我的眼前出现了一座富丽堂皇的皇宫或王宫，它的墙壁似乎都是水晶的。宫殿的两扇大门打开了，我看见一位令人肃然起敬的长者向我走来。他身穿一件深紫色长袍，袍子长得拖到地上，胸前和肩膀上披着一条青缎披巾，头上戴着黑色米兰帽，长长的白胡须垂过腰间。他的手里除了一串念珠外没有任何东西。念珠的珠子比

普通的胡桃还大，大珠[1]比鸵鸟蛋还大。那长者的气质、步伐以及庄重而又悠然自得的神态，无论是分别讲还是总体说，都使我感到惊奇。他来到我面前做的第一件事就是紧紧地拥抱我，然后对我说：'曼查的英勇骑士唐吉诃德，我们被魔法困在这偏远的山洞里，已经恭候你多年了，希望你能够把这个蒙特西诺斯洞窟里的情况公之于世。这样伟大的业绩只有像你这样勇敢无畏、气概非凡的人才能胜任。跟我来，尊贵的大人，我想让你看看发生在这座水晶宫里的奇事。我就是这儿的总管，将在这里终身留守。我就叫蒙特西诺斯，这个洞窟就是以我的名字命名的。'他一说他是蒙特西诺斯，我就问他，洞外世界传说他按照老朋友杜兰达尔德的吩咐，在杜兰达尔德临死之前，用一把小匕首把老朋友的心脏掏了出来，献给贝莱尔玛夫人，这事是否是真的。他说是真的，不过不是匕首，更不是小匕首，而是一种比锥子还尖的锋利短刀。"

"准是塞维利亚的拉蒙·德奥塞斯造的那种短刀。"桑乔这时候说。

"我也不清楚，"唐吉诃德说，"但绝不会是那位短刀匠造的，因为拉蒙·德奥塞斯是不久前的人物，而发生这桩悲剧的龙塞斯巴列斯年代则是在很早以前。不过，这点情况并不重要，并不影响事情的真实性和历史的连贯性。"

"是这样。"小伙子说，"请您继续讲下去，唐吉诃德大人，我听得简直如痴如醉。"

"我也讲得津津有味，"唐吉诃德说，"令人尊敬的长者蒙特西诺斯领我走进水晶宫，宫殿里又有个雪白的地宫，里面凉快极了，还有一座做工极其精细的大理石陵墓。我看见陵墓里躺着骑士。那骑士不像其他陵墓里的骑士那样，是青铜的、大理石的或玉的，而是有血有肉的人。他的右手放在心脏一侧，我看见他的手毛茸茸的，而且青筋暴露，看样子这位骑士很有力气。蒙特西诺斯见我看着陵墓发怔，不等我发问就对我说：'这就是我的朋友杜兰达尔德，那个时代多情勇敢的骑士精英。他和我以及其他许多在这里的男女一样，被那个法国

---

① 念珠每十粒小珠间有一颗大珠。

魔法师梅兰制服在这里。据说梅兰是魔鬼的弟子，可我觉得他不像，因为人家说他比魔鬼还强点儿呢。至于我们是怎么样以及为什么被制服在这里的，无人知晓，不过，随着时间的推移，以后肯定会知道的，我想这个日子已经为期不远了。令我惊奇的是，杜兰达尔德的的确确死在我的怀抱里，他死后我亲手把他的心脏取了出来。他的心脏大概足有两磅重。据自然科学家讲，心脏大的人要比心脏小的人勇敢。既然这位骑士确实死了，他现在怎么还能不时地唉声叹气，好像他仍然活着似的？’正说到这儿，只听杜兰达尔德大叫一声，说道：

> 蒙特西诺斯呀，我的兄弟，
> 我还有最后一件事求你，
> 那就是等我死后，
> 我的灵魂已经脱离身体，
> 请你用短刀或者匕首，
> 把我的心脏
> 从胸膛取出，
> 送到贝莱尔玛那里去。

“令人尊敬的蒙特西诺斯听到声音，立刻跪倒在骑士面前，眼含热泪地说道：‘杜兰达尔德大人，我极其尊贵的兄弟，我已经在我们遭受重大损失的那一天按照你的吩咐做了。我尽可能小心地把你的心脏取了出来，没有在你的胸膛里留下一丝残余部分。我用花边手绢把你的心脏擦干净，带着它踏上了去法国的路程。启程之前，我挥泪如雨，掩埋了你的尸体。泪水冲洗了我的双手，冲洗了我的手在你的胸膛里沾染的鲜血。说得再具体些，我最亲爱的兄弟，在走出龙塞斯瓦列斯以后，我一到达某个有盐的地方，就往你的心脏上撒了点儿盐，以便它被送到贝莱尔玛夫人面前时，即使不是新鲜的，至少也没有变味。贝莱尔玛夫人，你，我，你的侍从瓜迪亚纳，女管家鲁伊德拉和她的七个女儿、两个外甥女，还有你的其他许多熟人和朋友，都被魔法师梅兰制服在这里已经多年了。五百年过去了，可是我们没有一个人死，只是少了鲁伊德拉以及她的女儿和外甥女们。大概是因为她们总哭哭啼啼，梅兰起了怜悯之心，就把她们变成了同样数量的小河，在人世间和曼查被称为鲁伊德拉小河。七条女儿河属于西班牙国王，两个外甥女小河则属于一个十分神圣的圣胡安骑士团。你的侍从瓜迪亚纳为你的不幸以泪洗面，最终变成了瓜迪亚纳河。这条河流到地面上，看到另一个世界的太阳，想到此时已经没有了你，心里非常难过，就又重新钻入地底。但是，它毕竟不能不顺流而走，所以又不时地露出地面，于是太阳和人们又能看到它了。贝莱尔玛的那些小河和其他许多小河都用自己的水补充它，最后浩浩荡荡地流入了葡萄牙。尽管如此，无论流到哪里，它都显得十分悲伤，不愿意用自己的水喂养珍贵的鱼类，只喂养了一些与金色塔霍河里的鱼大不相同的、味道并不鲜美的低档鱼种。我现在对你说的这些话，我的兄弟，我已经对你说过多次了，可你总是不回答，所以，我认为你是不信任我或者并没有听见我说，对此我到底是多么伤心，只有上帝知道。现在我想告诉你一点儿消息。这消息即使不能减轻你的痛苦，至少也不会给你增加任何痛苦。你知道吗，智人梅兰预言的那位能做很多事的伟大骑士，那位曼查的唐吉诃德，现在就站在你面前，你睁眼看看吧。他以比以往任何时候都辉煌的成就在当今之世重振了骑士道，他可以帮助我们解脱魔法。这样伟大的业绩只有这样伟大的人物才能完成。’‘可是如果解除不了魔法，’那位身受重创的杜兰达尔德说道，‘如果解除不了魔法，兄弟，我说呀，咱们别着急，那就洗牌吧[①]。’说完他就侧过身去，同以前一样默不作声了。

“这时忽然传来哭喊声，还伴着深深的叹息和痛苦的抽泣声。我回过头去，透过水晶墙看见两队极其美丽的少女从另一间大厅里依次走出。少女都穿着丧服，头上像土耳其人一样裹着白头巾。走在队尾的是一位夫人，她那庄重的神态像是夫人。她也穿着黑色的衣服，长长的白纱一直拖到地上，裹头的白巾比其他人都大两倍。她的眉心很窄，鼻子有些塌，偶尔露出那白得像剥了皮的杏仁一样的牙齿，也是

① 当时输了牌的人常这样说，后引申开来，表示不甘心失败，准备从头开始。

稀稀落落，参差不齐。她的手上托着一个薄麻布包，里面隐约可见一块干瘪的东西，想必就是那颗已经干了的心脏。

“蒙特西诺斯告诉我，那队少女是杜兰达尔德和贝莱尔玛的用人，她们同主人一起被魔法制服在这里。用细麻布托着心脏走在最后的那位夫人就是贝莱尔玛。她带领着那群少女每星期列队走四次，为杜兰达尔德的身体和心脏唱挽歌，确切地说，是哭挽歌。要说她的面目显得有些丑陋，不像传说的那么漂亮，那完全是由于魔法日夜折磨所致，这点从她的黑眼圈和憔悴的面容上就可以看出来。‘你别以为她脸色发黄、眼圈发黑与她月经不调有关，她已经有很多个月，甚至很多年没来月经了。完全是由于手里时刻捧着那颗心，她想起了她那苦命情人的不幸遭遇，自己内心悲痛，才变成了这个样子。否则，她的美貌、风度和精神几乎可以与托博索闻名遐迩的杜尔西内亚相比。’‘别说了，’我说，‘蒙特西诺斯大人，你的事你该怎么讲就怎么讲。你知道，任何比较都是可恶的，因此你不要拿某个人同其他人相比。托博索举世无双的杜尔西内亚就是杜尔西内亚，贝莱尔玛夫人就是贝莱尔玛夫人，她们该是谁就是谁，到此为止吧。’蒙特西诺斯回答说：‘唐吉诃德大人，请原谅，我承认我刚才说贝莱尔玛夫人几乎可以同杜尔西内亚夫人相比是不对的。假如我刚才意识到，我也不知道怎么就忽然意识到了，您就是杜尔西内亚夫人的骑士，我决不会拿贝莱尔玛夫人同她相比，而是拿天来同她相比了。’蒙特西诺斯这么一说我才静下心来。刚才我听他拿贝莱尔玛夫人同杜尔西内亚夫人相比，心里很不痛快。”

“不过，更让我惊奇的是，”桑乔说，“您为什么没有骑在那个老东西身上，把他的骨头都打断，把他的胡子揪得一根不剩呢？”

“不，桑乔朋友，”唐吉诃德说，“我如果那样做就不对了。我们大家都应该尊重老人，哪怕他们并不是骑士，尤其是要尊重那种既不是骑士又中了魔法的老人。我十分清楚，我们俩在讨论问题时应该平起平坐。”

小伙子这时说道：

“这我就不明白了，唐吉诃德大人，您在下面只待了这么短的时间，怎么会看见这么多东西，说了这么多的话？”

“我下去有多长时间？”唐吉诃德问。

“一个多小时。”

“不可能，”唐吉诃德说，“我在那儿天黑又天亮，天亮又天黑，一共三次。所以，按照我的计算，我在那个咱们的视线看不到、够不着的洞里一共过了三天。”

“我的主人说的大概是真的，”桑乔说，“他遇到的那些事都是被魔法变了样的，所以我们觉得是过了一小时，可是在那边却过了三天三夜。”

“是这样。”唐吉诃德说。

“您在那段时间里吃东西了吗，大人？”小伙子问。

“一口东西也没吃，”唐吉诃德说，“而且我也不饿，没感觉到饿。”

“那些被魔法控制的人呢，也不吃东西？”小伙子问。

“不吃东西。”唐吉诃德说，“他们也没有大便，虽然他们的指甲、胡子和头发似乎都在长。”

“那些被魔法制服的人睡觉吗？”桑乔问。

“不，不睡觉。”唐吉诃德说，“至少在我和他们在一起的那三天里，没有一个人合眼，我也没睡。”

“俗话说得好，”桑乔说，“近朱者赤，近墨者黑。您和那些不吃不睡的中了魔法的人在一起，您不吃不睡也就不足为奇了。不过请您原谅，我的主人，您刚才在这里说的那些事情，我若是相信了一件，就让我见上帝去……我差点儿说成让我见鬼去了。”

“为什么不相信呢？”小伙子问，“难道唐吉诃德大人说谎了吗？即使他想说谎，要编这么一大堆谎话，恐怕时间也来不及呀。”

“我觉得我的主人没有说谎。”桑乔说。

“那你觉得是怎么回事呢？”唐吉诃德问。

“我觉得是那个梅兰，或者是对您在下面看到并且谈了话的那些人施了魔法的魔法师们，向您的想像力和记忆力灌输了那座宫殿的事情，所以您刚才才那么说，而且以后也会那么说。”

“说来有可能，桑乔，”唐吉诃德说，“不过，我刚才说的那些都是我亲眼见到、亲手摸到的。蒙特西诺斯还告诉了我许许多多新奇的事情，只不过是现在没有时间讲，等咱们以后在路上我再慢慢给你说。对了，还有一件事，就是在那风景秀丽的原野上，在我眼前忽然闪现出三个农妇，像山羊似的蹦蹦跳跳。我一眼就认出其中一个就是托博索美丽无双的杜尔西内亚，另外两个是咱们在托博索出口处见到的另外两个农妇，对此你又该怎么说呢？我问蒙特西诺斯是否认识她们，蒙特西诺斯说不认识，估计是前几天刚在那儿出现的几位贵夫人，他对此并不感到惊奇，因为在那里还有其他几位前几个世纪和当今世纪的夫人，她们已经被魔法变成了不同的怪模样，其中有他认识的希内夫拉女王及其女仆金塔尼奥娜，她们正在为‘从布列塔尼来的’兰萨罗特斟酒。”

桑乔听主人这么一说，就想到唐吉诃德或者是神志不正常，或者就是高兴过了头。桑乔知道所谓杜尔西内亚中了魔法的事是他一手制造的，他就是那个魔法师。现在，桑乔才完全相信他的主人神志不正常，已经全疯了。桑乔对唐吉诃德说道：

“您真是坏时候进洞交坏运，我亲爱的主人，而且糟糕的是碰到了蒙特西诺斯大人，他让您回来变成了这个样子。你没进洞以前神志很正常，就像上帝给了您一个正常的脑袋一样，妙语连珠，还不时给人以教诲。可是，现在您胡说八道得简直没边了。”

“因为认识你，桑乔，”唐吉诃德说，“所以你说什么，我都不跟你计较。”

“我也不跟您计较，”桑乔说，“哪怕您因为我刚才说的那些话打我或者杀了我。还有一些话，若不是您总纠正我，我也得说呢。咱们现在既然没吵架，那就请您告诉我，您凭什么认出那是杜尔西内亚夫人？如果您同她搭了话，都说了些什么？她又是怎样回答的？”

“她穿的就是上次你指给我看时她穿的那身衣服。”唐吉诃德说，“我同她讲话，可她没回答，却转身跑了，快得简直如离弦之箭。我想去追她，可是蒙特西诺斯却劝我别再白费劲，而且我也该出洞了。

“蒙特西诺斯还说以后他会告诉我，贝莱尔玛、杜兰达尔德、他自己以及那里的所有人是如何摆脱魔法的。不过，最让我伤心的是，蒙特西诺斯正同我说着话，我竟没发现是什么时候，不幸的杜尔西内亚的一位女伴已经来到我身边，眼含泪水，颤抖着声音低声对我说：‘我们的杜尔西内亚夫人吻您的手，请您告诉她您的近况；还有，她现在手头紧，请您务必借给她六个雷阿尔，或者您有多少都借给她吧。她以这条白布裙为抵押，会尽快把钱还给您。’我很惊奇，转身问蒙特西诺斯：‘蒙特西诺斯大人，中了魔法的贵人难道也会有手头紧的时候？’蒙特西诺斯答道：‘请相信我，唐吉诃德大人，这种手头紧的情况到处都有，无处不在，即使中了魔法的人也不能幸免。既然杜尔西内亚夫人派人向您借六个雷阿尔，而且抵押品也挺值钱，您就把钱给她吧，看来杜尔西内亚夫人现在确实缺钱。’‘抵押品我不要，’我说，‘而且我也不能如数给她六个雷阿尔，因为我只有四个雷阿尔。’我给了她四个雷阿尔，也就是桑乔你那天给我，准备路上万一遇到穷人乞讨时用的四个雷阿尔。我对杜尔西内亚夫人的女伴说：‘朋友，请告诉你们的夫人，我为她的窘迫从心里感到难过，真想成为富卡尔[①]来救济她。我还要告诉她的就是，如果我看不到她温柔的目光，听不到她睿智的谈话，我的健康就不会也不该得到保障。所以，我诚心诚意地请求夫人允许这位已被她俘虏了心的辛劳骑士能够见到她，同她说几句话。请告诉她，她也许会在某个她意想不到的时候听到我如何向她信誓旦旦，就像曼图亚侯爵在半山腰遇到他行将咽气的侄子巴尔多维诺斯时，发誓要为侄子报仇时说的那样。侯爵发誓在为侄子报仇之前要食不求精，还有其他一些事情。在为杜尔西内亚夫人解除魔法之前，我不图安逸，要游历世界四面八方，要比葡萄牙的唐佩德罗王子走的地方还多。’‘这些都是您应该为我们夫人做的。’那个侍女说。

“她接过了四个雷阿尔。不过她没有向我鞠躬行礼，而是向上跳了一下，跳了差不多有两米高。”

“噢，神圣的上帝啊！”桑乔这时候大喊一声说道，“世界上真有

① 富卡尔是卡洛斯一世时居住在西班牙的一个德国富翁，其富裕程度当时在西班牙有口皆碑。

如此魔力的魔法师和魔法，竟把我本来很精明的主人变得如此疯癫?大人啊大人，请您看在上帝分上，保重自己，保全自己的名声，不要再听信那些让您神经错乱的胡言乱语了！”

“因为你很爱我，桑乔，你才这样对我说话。”唐吉诃德说，“因为你对世界上的事物还缺乏经验，所以稍微困难一点的事情你就以为是不可能的。就像我上次说的那样，等以后有时间的时候，我再给你讲我在下面看到的事情吧，那时你就会相信我讲的这些事都是不容置疑的。”

第二十四章　琐事种种，对理解这部巨著必不可少

这部巨著的译者说，当他翻译到蒙特西诺斯洞窟探险这一章时，发现原作者锡德·哈迈德·贝嫩赫利本人在旁边空白处写了下面几句话：

“我不能相信，也不想让自己相信，英勇的唐吉诃德真会遇到前面一章所记述的事情。他在此之前的各种奇遇都还真实可信，而洞窟奇遇这一章却显得不着边际，太超乎常理了。我不能想象，作为那个时代最当之无愧的贵族、最高尚的骑士，唐吉诃德竟会骗人；就是把他杀了，他也不会骗人。另外，我觉得他能讲得这样有声有色，这绝不是短时间内能够编出来的胡话。假如这段经历是杜撰的，我并没有责任，所以我也不管它是真是假，照写不误。读者须慎重对待，自己去判断，我也只能如此而已。不过，我确实听说唐吉诃德在临终之前反悔，承认这一段是他编的，因为他觉得在有关他的故事里应该有一段这样的经历。”然后，作者又言归正传。

小伙子对桑乔的大胆和唐吉诃德的耐心深感惊讶。他以为，唐吉

诃德是由于见到了他的夫人杜尔西内亚而高兴，尽管是中了魔法的杜尔西内亚也好，否则，桑乔免不了因为自己的那番话而遭受皮肉之苦，桑乔对主人的那番话确实出格了。小伙子对唐吉诃德说：

“唐吉诃德大人，我觉得同您走这一趟确实受益匪浅，我从中得到了四个好处。第一，就是认识了您，我觉得这是我的幸运。第二，我知道了这个蒙特西诺斯洞窟里的情况，并且了解了瓜迪亚纳河和鲁伊德拉诸河的变迁，这对我的《西班牙的奥维德》很有益处。第三，我知道了纸牌自古就有，至少在卡洛马尼奥皇帝时代就有了。按照您所说的，蒙特西诺斯同杜兰达尔德说了半天话之后，杜兰达尔德才醒过来说道：‘别着急，那就洗牌吧。’这种话肯定不会是在他被魔法制服以后，而是在他中魔法以前，在法国，即刚才说的那个卡洛马尼奥皇帝时代学会的。这个考证对于我正在编写的另一本书《维尔吉利奥·波利多罗古代发明补遗》也同样很有帮助。我觉得那本书里似乎忘了写纸牌的由来，现在正好写进去。这很重要，何况引证的又是像杜兰达尔德这样既严肃又可靠的人物。第四，就是确切查明了瓜迪亚纳河的发源地，这个问题到现在尚不为人所知呢。”

“您说得对，”唐吉诃德说，“不过我想问一下，虽说我对上帝能否恩准您的书出版还表示怀疑，但假如他能恩准，您打算把您的书献给谁呢？”

“所有能够接受我献书的达官贵人。”小伙子说。

“那不会有很多，”唐吉诃德说，“并不是他们不配，而是因为他们不愿意接受。他们觉得没有义务满足作者因其作品而应当享受的荣誉。不过，我认识的一位王子可以弥补这项缺陷，而且能弥补得甚好，如果我斗胆说出来，恐怕即使心胸再宽广的人也会嫉妒呢。可是，咱们还是先说到这儿吧，等有时间再慢慢聊。现在，咱们先去找个过夜的地方吧。”

“离这儿不远的地方有座寺院，”小伙子说，“住着一位隐士，听说他当过兵。大家觉得他是个好基督徒，而且特别见多识广，心地善良。他在寺院旁边自己花钱盖了一间房子。房子虽小，毕竟能容得下几个客人。”

“这位隐士也有母鸡吗？”桑乔问。

“很少有隐士不养母鸡的。”唐吉诃德说，“现在的隐士不同于埃及沙漠地带的那些隐士，穿的是棕榈叶，吃的是草根。我并不是想由此及彼,我只是想说明现在的隐士不像以前的教士那样清苦。不过，这并不等于说现在的隐士不像以前的隐士那样善良。至少我觉得他们还是善良的。如果人已经变坏了，假装善良的虚伪总比公开的罪恶强。”

他们正说着，迎面走来一个人。那人走得急，而且不时用棍子抽打一匹驮着长矛和戟的骡子，走到他们面前时，只打了个招呼，便匆匆过去了。唐吉诃德对那人说：

“那位好人，请停一停。看来你走得太快了，那头骡子恐怕不一定受得了呢。”

“我不能停下来，大人。”那个人说，“我带的这些兵器明天还得用呢，所以我现在不能停下来，再见吧。不过，如果你想知道我为什么要运这些东西，我打算今晚就住在过了寺院之后的那个客店里。你要是顺路，就去找我，我可以给你讲些新鲜事。现在还是再见吧。”

说完，不等唐吉诃德问他想讲什么新鲜事，他就急急地催骡走了。唐吉诃德觉得有些奇怪，而且他向来爱打听新鲜事，就吩咐立刻启程，也到那个客店，而不是去寺院光顾小伙子所说的那个隐士了。

于是三个人上了马，直奔客店，到达客店时，天色已接近傍晚。路过寺院时，小伙子曾建议唐吉诃德进去喝一杯。桑乔听到此话，立即掉转驴向寺院奔去，唐吉诃德和小伙子也跟了过去。可是命运好像跟桑乔过不去，隐士偏巧不在家，只碰到一个替隐士看家的人。三个人要向那个看家人买点贵的东西①，那人回答说主人没有贵的东西，不过，若是要便宜的水，他十分乐意提供。

“若是因为口渴，”桑乔说，“路上就有井，我喝井水就可以解渴了。”

于是他们离开寺院，催骡向客店赶去，走了不远，就发现前面

① 当时习惯以此来指葡萄酒。

有一位青年，他走得并不快，所以很快就赶上了他。青年肩上扛着剑，剑上挑着一个包袱，估计里面是短裤或肥腿裤、短斗篷、衬衣之类的衣服。他身上穿着丝绒短外套，有的地方已经磨得发亮了，衬衣也露在外面，脚上穿的是丝袜和京城当时流行的方头鞋[①]，年龄大约十八九岁，一张快活的脸，看样子挺机灵。他嘴里哼着塞基迪亚[②]解闷，走到他们面前时，正好唱完一曲。小伙子记得歌词是这样唱的：

从戎皆因贫困，
有钱决不入伍。

唐吉诃德首先同青年攀谈。唐吉诃德问他：

"英俊的青年啊，看你轻装赶路，要去何方？如果你不介意，我们想知道。"

青年回答说：

"轻装赶路是因为天气热和贫困，我要去投军。"

"因为天气热还说得过去，"唐吉诃德说，"因为贫困是怎么回事？"

"大人，"那个青年说，"我这个包袱里有几条丝绒肥腿裤和一件短外套。如果我在路上穿坏，进城时就没有像样的衣服了，我也没钱再买衣服。还有，也是为了图凉快，我才穿得这么少，等我赶到离这儿十二西里远的步兵连入伍时再把衣服都穿上。那儿有不少车马到码头去，据说码头在卡塔赫纳。我宁愿入伍为国王效劳，也不愿意在京城里伺候穷光蛋。"

"您难道能得到什么赏赐吗？"小伙子问。

"若是我伺候一位西班牙的大人物，或者什么贵人，我肯定能得到赏赐。"青年人说，"伺候贵人总会有好处，仆役里往往出少尉或上尉，或者能弄到其他什么好差事。可是我不那么走运，总是伺候所谓的王位继承人或者收入菲薄的人，浆洗一条衣领就会花掉他们的一半

① 据说，当时一位叫莱尔马的公爵脚孤拐很大，所以穿了一双方头鞋。于是，很多朝臣都仿效他，一时京城颇为风行方头鞋。

② 西班牙一种民间乐曲及舞蹈，歌词为四行至七行的短诗。

薪俸。小听差若能挣大钱，那才是怪事呢。”

“你以你的生命发誓，告诉我，朋友，”唐吉诃德问道，“你干了这么多年，难道连一套制服都没挣到吗？”

“倒是给了我两套，”青年人说，“不过，就像出家人还俗之前要交还法衣，再取回自己的衣服一样，侍从们完成了在宫廷的服役后回家，制服也就收走了。制服当初只是为了装门面用的。”

“就像意大利人说的，真够奸的。”唐吉诃德说，“不过，你已经离开了宫廷，壮志满怀，应当看成是走了幸运之路。世界上再没有比首先为上帝效力，其次为国王和自己的主人效劳，尤其是以习武来为他们效劳更光荣、更有益的事情了。就像我多次说过的那样，习武即使不能像从文那样有利可图，至少比从文更能赢得荣誉。尽管文人比武士建立了更多的功业，我仍然觉得武士与文人相比，有种说不出的感觉，我知道那是一种辉煌的感觉，远远超过了文人。我现在有句话要对你说，你要记在脑子里，这对你会很有益处，会减轻你的负担。这句话就是要摒弃对可能遇到不测的忧虑，因为不测再大，至多不过是一死；如果死得其所，死是最崇高的事情。

“曾经有人问那位英勇的罗马皇帝恺撒，什么是最好的死亡方式。他回答说，最好是突如其来、意想不到地死去。尽管这听起来像是一个无视上帝真正存在的异教徒的回答，却说得很对，因为这样可以免除人类心灵的痛苦。假如你在两军冲突中阵亡，或者被炮弹击中，或者被地雷炸飞，那又何妨呢？反正都是一死，一切都结束了。按照泰伦提乌斯[①]的说法，战死比逃生更能称得上勇士；越是服从指挥官，越是尽可能执行指挥官的命令，就越能获得优秀战士的美名。你记住，孩子，一个优秀战士身上散发出的应当是火药味，而不是香味。当你年事已高却仍然从事这项光荣使命时，即使你满身伤痕，断手瘸腿，你至少也感到一种光荣，不会因为自己的贫困而感到羞耻。况且，现在已就如何救济老弱病残士兵发布了命令。有的人嫌年老的黑奴不能干活，就借口‘解放他们’而把他们赶走，如果用这种办法来对待老

① 泰伦提乌斯是古罗马喜剧家。

弱病残的士兵就不对了，这会使他们遭受饥饿，导致死亡。这件事我现在不想再谈了，你先上来，骑在我的马屁股上。咱们一同到客店去，再同我一起吃顿晚饭吧。明天早晨你继续赶你的路，愿上帝让你如愿以偿。”

那个青年没有骑唐吉诃德的马屁股，不过，他同意与唐吉诃德在客店共进晚餐。据说，桑乔当时心里想：

“上帝保佑我的主人吧！他刚才说了那么多，又说得那么好，可说起蒙特西诺斯洞窟的事情时，他怎么竟胡说他见到了那么多根本不可能见到的东西呢？好吧，以后再看吧。”

傍晚时分，他们到达了客店。这回桑乔有些高兴，因为他的主人没有像以往那样把客店当成城堡，而是把它当成了真正的客店。他们一进客店，唐吉诃德就向店主打听那个运送长矛和戟的人。店主说他正在马厩里安顿他的骡子呢。小伙子和桑乔也去安顿自己的驴，并且把马厩里最好的马槽和地方让给了罗西南多。

第二十五章　学驴叫的风波，木偶艺人及神机妙算的猴子

唐吉诃德就像一只热锅上的蚂蚁，急于了解运送武器的人在路上答应讲的那些奇事。他按照店主的指点，找到了那个人，让那个人无论如何马上给他讲那些事情。那人答道：

“我说的那些奇事得慢慢讲，不能站着说。我的好大人，请先让我给骡子喂点吃的，然后再给你讲吧。我说的那些事准会让你惊奇。”

“那就别耽误时间了，”唐吉诃德说，“我来帮你做。”

说着他就动起手来，筛大麦，刷马槽。那人看到他那副热心的样子，也很愿意满足他的要求。送武器人在一条石凳上坐下来，唐吉诃

德也挨着他坐下了。小伙子、青年人、桑乔和店主都凑过来听。那人讲道：

“诸位大概听说过，离这个客店大约四西里半的地方，有个市镇议员丢了一头驴。其实这是他家的一个女佣搞的鬼,说起来话就长了。议员虽然千方百计地找驴，却总也没找到。十五天过去了，丢驴的议员在广场上碰到了当地的另一位议员。那位议员对他说：‘请客吧，伙计，你的驴找着了。’‘我请客，没问题，伙计，’这个议员说，‘不过你告诉我，我的驴在哪儿呢？’‘在山上，’那个发现了驴的议员说，‘我今天早晨看见的。它身上的驮鞍和轭具都没了，看着真让人可怜。我想把它牵回来交给你，可是它已经变野了，不愿意见人。我刚走到它身边，它就跑掉了，钻进了大山深处。你要是愿意的话，咱们俩可以去找，不过你得先让我回家，把我这头驴安顿好。我马上就回来。’‘你如果能帮忙，’丢驴的议员说，‘我一定厚礼相谢。’我讲的情况就是这样，那些知道实情的人也是这么说的。于是，两个议员一起爬上山，到了那个地方找驴，可是找来找去没找到。他们又在周围的地方仔细寻找，还是没找到。于是那个发现了驴的议员对丢驴的议员说：‘听我说，伙计，我现在想到一个办法，要是照这个办法做，那头驴别说是藏在山里，就是藏在地底下，咱们也能找到它。我学驴叫学得特别好，如果你也能学驴叫，这事儿就成了。’‘你说学驴叫，伙计？’丢驴的议员问，‘天啊，要说学驴叫，我比谁都不差，就是跟驴比也不差呢。’‘那咱们就试试看，’另一位说，‘我想这样：你从山的这一侧上去，我从另一侧上去，咱们围着山走一遍。每走一段，你就学一声驴叫，我也跟着学驴叫。那头驴只要是在山里，就肯定能听见咱们叫,也会回答咱们。’丢驴的议员说：‘伙计,你的主意真不错，你真聪明。’

“于是两人分头行事。结果两人几乎是同时学驴叫，彼此都被对方的叫声欺骗了，以为是他们要找的驴出现了，便循声赶去。两人会合后，丢驴的议员说：‘伙计，难道刚才不是我的驴在叫么？’‘不，是我在叫。’另一个议员说。‘我告诉你吧，’丢驴的议员说，‘你的叫声和驴的叫声没什么区别，我这辈子还没听过谁学得这么像呢。’‘这恭维还是你当之无愧哟，我可不敢受用呀，伙计。我向上帝发誓，世界上学驴叫学得最像的人也只顶你一半。你声音高亢，声调持久，而且抑扬顿挫，有声有色，反正一句话，我只能是望尘莫及，甘拜下风啦。'‘由此看来，'丢驴的议员说，‘我可以引以自豪了，这说明我还有点本事，有一技之长。我以前就认为我学驴叫学得不错，可是从没想到像你说的这么好。'‘我还可以说，'那个议员说道，‘有些绝技已经在这个世界上失传了，那是因为某些不懂得利用它们的人使用不当所致。'‘像咱们这种绝技，若不是现在为自己的事用着了，恐怕在别处也派不上用场。就冲这点，咱们得求上帝保佑这种绝技总能对咱们有用。'

"说完两个人又分头行动，重新学起驴叫来，结果又是互相上当，重新会合在一起。最后，两人约定了暗号，连续叫两声便是他们自己的叫声，而不是驴的叫声。就这样，他们不时发出两声驴叫，走遍了一座大山，结果驴还是没回音。那头可怜而又倒霉的驴怎么会有回音呢，它已经在密林深处被狼吃掉了。后来，两个议员发现了驴的残骨。驴主人说：‘我原来就奇怪它怎么不回答呢。如果它没死，听见了咱们的声音肯定会叫，否则就不是驴了。不过，我听到你学驴叫学得这么像，也不枉我找驴一场，尽管我找到的是一头死驴。'‘你也不差呀，伙计，'另一个议员说，‘名师出高徒嘛！'说完两人便沙哑着嗓子垂头丧气地回到了镇子，并且向他们的朋友、邻居和熟人讲述了找驴的经过，还互相吹捧对方学驴叫顶呱呱。结果这件事被周围村镇的人知道了，并且传开了。魔鬼可没睡觉，它本来就喜欢到处挑拨是非，兴风作浪，结果邻近村镇的人一见到我们镇上的人就学驴叫，分明是以此来羞辱我们的议员学驴叫。

"年轻人也卷了进去，而且连说带比画，乱成一团，各个村镇都是一片驴叫声，闹得我们镇上的人到哪儿都能被人一眼认出来，就像黑白一样分明。最后，这种嘲弄发展到了我们这些被嘲弄者几次带着家伙成群结伙地去同那些嘲弄我们的人打架，打得难解难分，谁都不甘示弱。我估计明天或者哪一天，我们这个驴叫镇的人会去同离我们镇两西里的一个地方的人打架，那个地方的人尤其同我们过不去。你们看，我买的这些长矛和戟就是为此做准备的。这就是我要对你们讲的奇闻。如果你们觉得这算不上什么奇闻，别的事我就不知道了。”

送武器人刚讲完，客店门口来了一个人，他身上穿的袜子、肥腿裤和坎肩都是羊皮的。那人高声说道：

“店主大人，有房间吗？会占卦的猴子和《梅丽森德拉脱险记》的戏班子就要到了。”

“我的天哪，”店主说，“原来是佩德罗师傅！今儿晚上可热闹了。”

刚才忘了说明，这位佩德罗师傅的左眼和几乎半边脸都蒙着用绿色塔夫绸制的膏药，看样子那半边脸有什么毛病。店主接着说道：

“欢迎欢迎，佩德罗师傅。猴子和道具在哪儿呢，我怎么没看到？”

“已经很近了，”佩德罗师傅说，“我先来一步，看有没有房间。”

“就是阿尔瓦公爵在这儿住着，也得把房间让给佩德罗师傅呀！”店主说，“把猴子和道具运来吧。今晚店里有客人，他们要想看您的戏和猴儿表演就掏钱吧。”

“时机不错，”佩德罗师傅说，“我一定让让价，只要保住本就行了。我现在就去催促拉猴子和道具的车赶紧来。”

说完他转身走出了客店。

唐吉诃德问店主那佩德罗师傅是什么人，带来的是什么猴子和道具。店主答道：

“他是著名的木偶剧艺人，在靠近阿拉贡的曼查一带演出《著名的唐盖费罗斯解救梅丽森德拉》，已经好多天了。这是一部在这一带多年来没见过的优秀剧目，而且表演得很出色。他有一只猴子，非常聪明，别说跟猴子比，就是跟人比也不差。如果问它什么，它会认真听着，然后爬到主人的肩膀上，贴着主人的耳朵把答案告诉主人，然后佩德罗师傅再把答案告诉大家。它说的主要是过去的事情，对未来说得不多。虽然不是每次都回答得很准确，但大部分都能说对。因此，我们觉得它有魔鬼附身。猴子每回答一次问题，我是说它向主人耳语后，主人每代他回答一个问题，就收费两个雷阿尔，所以大家认为这位佩德罗师傅很有钱。他是一个风流男子，用意大利语说，是个‘好伙伴’，过着世界上最舒适的日子，说话比六个人说得多，喝酒比十二个人喝得多，这些全都靠他那张嘴、那只猴子和那个木偶剧团。”

这时，佩德罗师傅回来了，还有一辆车，车上是道具和一只猴子。猴子个头不小，没有尾巴，屁股毛烘烘的，不过猴子的脸并不难看。唐吉诃德一看见猴子便问：

“请告诉我，会占卦的先生，我们的命运如何？这是两个雷阿尔。”

唐吉诃德让桑乔交给佩德罗师傅两个雷阿尔。佩德罗替猴子答道：

“大人，这个猴子不回答关于未来的问题，它只谈过去的事情，现在的事情也能说一点儿。”

“岂有此理！”桑乔说，“我决不会花一分钱去让别人告诉我自己过去的事情。关于我自己的事儿，有谁能比我更清楚呢？花钱请教别人我已经知道的事情，那才是犯傻呢。不过，你既然知道现在的事情，这儿是两个雷阿尔，请告诉我，猴儿精大人，我老婆特雷莎·潘萨这会儿正在干什么，她怎样消磨时间？”

佩德罗师傅无意去接那两个雷阿尔，只是说：

“我不能未劳先取酬。”

说着他用右手拍自己的左肩两下，于是猴子一跃跳到了他肩上，把嘴凑到主人耳朵边，急速地搐动着牙齿，过了一会儿才跳回到地上。转瞬之间，佩德罗师傅已跪到唐吉诃德面前，抱住他的腿，说道：

“我抱着这两条腿，就仿佛抱着赫拉克勒斯的两根支柱！已被遗忘的骑士道的伟大振兴者呀！无论如何赞扬您都当之无愧的曼查的骑士唐吉诃德呀！您是呼唤昏厥者的精灵，扶持即将跌倒者的依靠，倒地者的保护人，所有不幸者的慰藉！”

唐吉诃德不知所措，桑乔目瞪口呆，小伙子表情茫然，青年人莫名其妙，送武器人如坠雾中，店主更是不知如何是好。总之，所有听了这番话的人都惊呆了。那木偶艺人继续说道：

“还有你，善良的桑乔！你是世界上最优秀骑士的最优秀侍从，你该知足了。你那位好老婆特雷莎现在很好，这会儿她正在梳理一磅亚麻。说得再具体一些，她身旁有个豁了口的酒坛子，里面装着很多葡萄酒。她正边干边喝呢。”

“我觉得这很好，”桑乔说，“她是个十分幸运的人。她不吃醋的时候，就是拿女巨人安丹多纳来换她，我也不干。据我主人说，那是个完美而又有用的巨人。我的特雷莎就是那种宁可亏待了孩子也不能委屈自己的人。”

“我告诉你们，”唐吉诃德说，“一个人看书多就见得多，也就见多识广，要不是我这会儿亲眼所见，我怎么会相信世界上有会占卦的猴子呢！我就是这个猴子所说的曼查的唐吉诃德，尽管它的颂扬有些言过其实。不过，无论我到底怎么样，得感谢老天，使我成了个心地善良的人，总是善待所有人，没有亏负过任何人。”

“如果我有钱，”青年人说，“我一定问问猴子，我此次远行会遇到什么情况。”

这时，佩德罗师傅已从唐吉诃德身边站起身来。他说道：

“我刚才已经说过，这个小畜生不回答有关未来事情的问题。如果它能回答，没钱也没关系。为了表示愿意为在场的唐吉诃德大人效劳，我愿意放弃我所有的利益。既然我应该而且愿意这样做，我要去布置戏台了，好为客店里的所有人免费助兴。”

店主一听，喜出望外，连忙去指点搭戏台的地方。戏台一会儿便搭好了。

唐吉诃德对猴子占卦并不十分满意，觉得无论是说过去还是道未来，让一个猴子出面总归不太合适。所以，在佩德罗师傅忙着搭戏台的时候，他同桑乔一起来到马厩一角谁也听不到他们说话的地方，对桑乔说：

“你听我说，桑乔，我仔细考虑了，这个猴子的本领很奇怪。我觉得不管是明文还是默契，它的主人佩德罗师傅肯定和魔鬼订过契约。”

“如果是给魔鬼搭的台子，那肯定很脏。”桑乔说，“不过，佩德罗师傅给魔鬼搭台子，对他又有什么好处呢？”

“你没听懂我的意思，桑乔，我是说他同魔鬼之间肯定有某种配合。他通过猴子施展魔鬼的本领，以此谋生，等发财以后，就把自己的灵魂交给魔鬼，而这正是与全人类为敌的魔鬼梦寐以求的。我相信这点是由于这只猴子只回答有关过去和现在的事情，魔鬼的智慧不也是仅限于此吗？对于未来的事情，它只能靠猜测，而且不是每次都能猜出来。只有上帝知道所有时候的事情；对于上帝来说，无所谓过去和未来，一切都是现在。

“事实既然如此，那个猴子显然是在以魔鬼的口吻说话。让我惊奇的是，怎么没有人向宗教裁判所告发它，对它进行调查，彻底搞清究竟是谁在占卦呢？无论是这只猴子还是它的主人，肯定都不会那种占星术。现在西班牙非常流行那种东西，无论是娘儿们还是小孩，或者修鞋的老头儿，都可以拿几张纸牌往地上一摊，靠他们的无知和谎言来断送科学的神圣真理。我听说有一位夫人请教算命先生，她的小母狗如果怀胎下崽，能够生几只什么颜色的小狗。那位算命先生掐算了一番之后说，如果她的小母狗怀胎生崽，能一窝生出三只小狗，一只是青色的，一只是肉色的，还有一只是杂色的，不过，必须是在白天或夜间的十一点和十二点之间交配，而且必须是在星期一或星期六。结果两天之后，那只母狗吃得太多撑死了。那个算命的也就同所有或者大多数算命先生一样，在当地被称为了‘一口清’。”

“不过，我倒是希望您让佩德罗师傅问问那只猴子，您在蒙特西诺斯洞里遇到的那些事情是不是真的。”桑乔说，“真对不起，我总觉得那全是骗人的东西，至少是虚幻的东西。”

“那倒有可能，”唐吉诃德说，“我就照你说的去办；不过，我总还是有点儿顾虑。”

恰巧佩德罗师傅来找唐吉诃德，说戏台已经准备就绪，请唐吉诃德看戏去，那出戏值得一看。唐吉诃德把自己的想法告诉了佩德罗师傅，请他马上就问问他的猴子，蒙特西诺斯洞里那些事究竟是虚幻还是事实。唐吉诃德自己觉得是两者兼而有之。佩德罗师傅一句话也没说，又把猴子带来了，当着唐吉诃德的面问猴子：

“猴儿先生，这位骑士想知道，他在一个名叫蒙特西诺斯的洞里看到的事情究竟是真的还是假的。”

他又像以往一样做了个手势，猴子跳到他的左肩上，那样子仿佛同他耳语了一番，然后佩德罗师傅说道：

“猴子说，您在那个洞里看到或遇到的事情部分是假部分是真。

您问的事情，它现在只知道这些。如果您还有什么情况想了解，得等到星期五再问，它都可以回答您。现在，它神力已耗尽，就像刚才说的，得到星期五才能恢复呢。”

“我不是说过了吗，我的大人？”桑乔说，“我从来都不信您说的洞里那些事是真的，连一半都不信。”

“事实会说明一切，桑乔，”唐吉诃德说，“时间可以揭示一切事物，即使是埋在地下的事物，也终究会搞个水落石出。就说到这儿吧，现在咱们去看看好心的佩德罗师傅的戏吧，我想它肯定有点儿新鲜之处。”

“怎么是有点儿呢？”佩德罗师傅说，“我的戏里新鲜之处数以万计呢。我可以告诉您，唐吉诃德大人，这是世界上最值得看的东西，耳听为虚，眼见为实，咱们赶紧走吧，否则就晚了。我还有很多事要做要说要表演呢。”

唐吉诃德和桑乔跟着佩德罗师傅过去，来到那个露天戏台旁。戏台上到处都点满了蜡烛，显得一片辉煌又引人注目。他们一到，佩德罗师傅就钻进戏台里，他要在那儿操纵小木偶。戏台外面站着一个小伙计，佩德罗师傅让他讲解戏的内容。他手里拿着一根小棍，按照出场顺序一一指点着剧中人物。

客店里的所有人都来了，有的人还得站着。唐吉诃德、桑乔、青年人和那个小伙子坐在最好的位置看戏。讲解员开始讲解。其所说所演请看下章。

第二十六章　续述木偶艺人
以及其他着实有趣的事

全场鸦雀无声，所有人都全神贯注地看着台上，仔细听讲解员讲解。只听一阵铜鼓和喇叭响，接着是一阵炮声。随后，讲解的小伙子提高了嗓门：

“现在，在你们面前表演的是根据法国编年史和西班牙街头流传的民谣编写的一个真实故事。其内容是唐盖费罗斯大人解救他的夫人梅丽森德拉的故事。梅丽森德拉被摩尔人关在西班牙当时叫作桑苏埃尼亚的城里，也就是现在的萨拉戈萨。你们看，唐盖费罗斯正在玩十五子棋，就像歌词唱的：

> 唐盖费罗斯正在玩十五子棋，
> 救梅丽森德拉的事已被忘记。

“那个头戴皇冠、手拿权杖的人就是梅丽森德拉的继父卡洛马尼奥皇帝。他见女婿如此游手好闲非常恼火，过来责备女婿。他责备得非常严厉，似乎恨不得用权杖打女婿十几下，甚至有人说他真的动手打了，而且打得很重。他还说了唐盖费罗斯如果不设法救出自己的妻子，就会名誉扫地等等诸如此类的话。他说：

> 我已经说够了，你看着办吧！

“你们看，皇帝转过身去，只剩下唐盖费罗斯还在那里生气。他离开了棋盘和棋子，让人给他马上拿盔甲来，又向他的兄弟罗尔丹借杜林达纳宝剑。罗尔丹不愿意借剑给他，却愿意陪同他去完成这个艰巨的任务。可是这位怒气冲天的英雄不同意，说单枪匹马就足以救出自己的妻子，哪怕妻子被藏在地下最深处。就这样，他全身披挂上路了。现在，请诸位掉过头来看那座塔楼。假设那是萨拉戈萨王宫，即现在叫阿尔哈费里亚王宫的一座瞭望塔。瞭望塔上那位穿着摩尔人服装的夫人就是举世无双的梅丽森德拉。她多次从这里遥望通向法国的道路，想念着巴黎和她的丈夫，聊以自慰。你们看，现在出现了一个你们或许再也见不到的场面。你们看见了吗，那个摩尔人把手指放在嘴边上，轻手轻脚地走到了梅丽森德拉背后？你们看，他在梅丽森德拉的嘴唇上吻了一下，而梅丽森德拉迅速地用自己的白衣袖擦嘴，伤心不已，难过得直揪自己秀丽的头发，仿佛是她的头发造成了罪孽。你们看，走廊里那个表情严肃的摩尔人就是桑苏埃尼亚的马尔西利奥皇帝。皇帝看见了那个摩尔人的无礼行为，尽管那个摩尔人是他的亲戚，又是他的心腹，他还是下令把那个摩尔人抓起来，抽二百鞭，并且带到城里那个摩尔人常去的街上去游街示众。

叫喊者在前，
押解者在后。

你们看，那个摩尔人马上就要受到惩罚了，尽管他的罪恶企图并没有得逞。摩尔人不像我们，没有什么‘缓期执行，以观后效’。”

“孩子，孩子，”唐吉诃德这时候大声说道，“你有话直说，不要拐弯抹角的。要搞清一件事情，必须有很多的、充足的证据。”

佩德罗师傅也在台里说道：

“孩子，你别说得太离谱，最好是按照那位大人的吩咐去做。你继续讲下去，是怎样就怎样，不要冷嘲热讽的，否则很容易不攻自破。”

“我一定照办，”那个孩子说，“这个骑着马、身披加斯科尼斗篷的人就是唐盖费罗斯。他的妻子现在也在这里。她对那个胆大妄为的摩尔色鬼的愤恨已经解除，现在平静多了。她站在塔楼的瞭望台上同自己的丈夫说话。不过，她并没有认出自己的丈夫来，还以为那是某位过路人呢。她同这位所谓过路人的对话，民谣里是这样说的：

勇士，如果你到法国去，
请去找唐盖费罗斯。

“她的其他话我就不说了，啰啰嗦嗦常会使人生厌。现在只说唐盖费罗斯拿掉了斗篷，再看梅丽森德拉那高兴的样子，就可以知道她已经认出了自己的丈夫。我们可以看到她如何从瞭望台上下来，打算骑到丈夫的马屁股上。可是真不巧，她裙子的一角被瞭望台的铁栏杆挂住了，结果被悬空吊在了瞭望台上。

“你们再看，仁慈的老天总是在关键时刻解救危难。唐盖费罗斯奔驰而至，他不管梅丽森德拉贵重的裙子是否会被挂破，抓住她，硬把她拽了下来，然后一扭身把她放到马屁股上，让她像男人那样骑在马上，等她坐稳又叫她从背后搂住自己的胸，以免掉下去，因为梅丽森德拉夫人不习惯以这种方式骑马。你们看，骏马嘶鸣，表示它很高兴驮着勇敢的男主人和美丽的女主人。你们看，他们两个人转身出了城，兴奋不已地踏上了通往巴黎的路途。祝你们一路平安，你们这一对天下无比的真正有情人！祝你们安然无恙地回到渴望已久的祖国，一路顺风，畅通无阻！你们的朋友和亲戚正注视着你们，祝你们安度余生！”

此时，佩德罗师傅又提高了嗓门说道：

“说得痛快点儿，孩子，别支支吾吾的，各种形式的矫揉造作都不好。”

讲解员没有答话，只是继续说道：

“总有些游手好闲的人到处乱踅摸。他们看见梅丽森德拉从瞭望台上下来，上了唐盖费罗斯的马，就去向马尔西利奥皇帝报告，皇帝立刻下令拿起武器追赶，你们看，他们的动作有多快。全城响遍了钟声，所有寺院的钟都敲响了。”

“这就错了，”唐吉诃德说，“在敲钟这个问题上，佩德罗师傅是大错特错了。摩尔人不敲钟，只敲铜鼓，还吹一种类似笛号的六孔竖笛。要说在桑苏埃尼亚敲钟，那简直是弥天大谎。”

佩德罗师傅闻言停止了表演，说道：

“您不要吹毛求疵，唐吉诃德大人，什么事也不要过分认真。现在上演的上千部滑稽戏，难道不都是一派胡言吗？虽然是一派胡言，可还是照演不误，不仅得到了掌声，而且得到了赞扬，得到了一切。只要能塞满我的钱包，孩子，即使戏里的错误多如牛毛，你也接着往下说！”

“这才是实话。”唐吉诃德说。

那孩子又说道：

“你们看，有多少骑兵出城追赶这对天主教情人啊！无数只小喇叭吹响了，无数只竖笛吹响了，无数只铜鼓敲响了。我真怕他们被抓住。如果他们被抓住，就要被拴在那匹马的尾巴上拖回来，那场面可就惨了。”

唐吉诃德看到这么多摩尔人追赶，又听到这样惊天动地的声音，觉得他应该帮助那两个正在逃跑的人。于是他站起来，大声说道：

“只要我还在，我绝不允许在我面前对这样一位著名的骑士，对勇敢而又多情的唐盖费罗斯进行污辱！站住，你这无耻的混蛋！不许再追，否则我就要动手了！”

说做就做，唐吉诃德拔出剑，一跃跳到戏台旁，雨点般地急速砍向那些木偶摩尔人，结果有的被打倒了，有的被砍掉了脑袋，有的缺胳膊断腿，有的成了碎块。混乱之中，有一剑猛劈下来，若不是佩德罗师傅蹲身躲避，他的脑袋肯定像切面团一样被砍掉了。佩德罗师傅喊道：

“快住手，唐吉诃德大人，您看看，您砍倒、打翻、杀死的摩尔人都不是真人，只是小泥人呀！我真是自作自受！把我的东西全毁了，我的家产全完了。”

不过，唐吉诃德并没有因此就停止砍杀。他双手持剑，连连砍杀，挥剑如雨，不一会儿工夫，戏台就塌了，所有的道具和木偶都变成了碎片。马尔西利奥国王受了重伤，卡洛马尼奥皇帝的脑袋和皇冠分了家。观众大乱，猴子从客店的房顶逃跑了，小伙子吓坏了，那个青年也非常害怕，连桑乔都惊恐不已，事过之后他曾发誓说，他从没见过主人如此狂怒。把戏台全部砸坏之后，唐吉诃德才安静些了。他说道：

“我想让所有那些不相信或者不愿意相信的人都来看看，游侠骑士对于世界是多么有益。假如没有我在这里，善良的唐盖费罗斯和美丽的梅丽森德拉会怎么样呢？他们肯定会被那些坏蛋赶上，遭到不测。一句话，游侠骑士道应当比世界上的所有一切都更永久地存在下去！”

“让骑士道永久地存在下去！”佩德罗师傅这时有气无力地说道，“还不如让我去死吧！我真是倒霉透了，就像唐罗德里戈国王说的：

昨日我是西班牙的主人，
今天我却不能说
我身有分文。

半小时前，或者连半小时的一半时间都不到，我还拥有国王和皇帝，马厩里有许多马，箱子和口袋里有许多华丽的衣服。可现在，只剩下一堆破烂，我成了个穷光蛋。特别是我的猴子也没有了，看来要找回来，得费不少劲呢。这都怪这位不分青红皂白的骑士大人。据说他抑强扶弱，做了许多好事，怎么偏偏对我就不那么宽容呢！求高高在上的老天行行好吧，这位猥獕骑士这回可把我弄得真够猥獕的。”

桑乔听了佩德罗师傅的话不禁动了恻隐之心，说道：

“别伤心，佩德罗师傅，你也别叹气，我听了心里难受。我可以告诉你，我的主人唐吉诃德是个虔诚的教徒，十足的基督教徒。当他意识到他做了错事时，就会向你承认错误，赔偿你的损失，而且条件会优厚得多。”

“如果你的主人能够对他给我造成的损失赔偿一部分，我就知足了，那么他也可以心安理得。要是谁损坏了别人的东西又不赔偿，他的灵魂就升不了天。”

“是这样。”唐吉诃德说，“不过，我到现在仍不明白，我和您有什么关系，佩德罗师傅。”

“怎么没关系？”佩德罗师傅说，“这满地七零八落的东西，是谁把它们打碎的，弄得遍地都是？难道不是您的不可战胜的有力臂膀吗？这些乱七八糟的东西是您的吗？难道不是我的吗？我靠什么过日子，难道不是靠这些东西吗？”

“现在我才明白，”唐吉诃德说，“同前几次的情况一样，那些跟我过不去的魔法师先是让这些人物按照他们的本来面目在我面前出现，然后又改变了它们的模样。诸位正在听我说话的先生们，我实话对你们说，我刚才看到的都是千真万确的，梅丽森德拉就是梅丽森德拉，唐盖费罗斯就是唐盖费罗斯，马尔西利奥就是马尔西利奥，卡洛马尼奥就是卡洛马尼奥，所以我才怒从心头起。我要履行我游侠骑士的义务，我要帮助那两个被追赶的人，出于这一番好意，我才做了我刚才做过的事情。如果事与愿违，那并非我的过错，而是那些跟我过不去的坏人的过错。不过，既然我有错，尽管并非我有意铸成，我还是愿意主动受罚。佩德罗师傅，您看看这些被打坏的木偶一共需要赔多少钱，我一定用西班牙现行金币赔偿你。”

佩德罗师傅对唐吉诃德鞠了一躬，说道：

“我没想到，曼查英勇的唐吉诃德，穷苦弱者的真正恩人和保护人，竟会有如此空前的仁爱品德。至于这些被打碎的木偶到底值多少钱，就请店主大人和桑乔大哥做你我之间的公断人吧。”

店主和桑乔同意做公断人。于是，佩德罗师傅从地上拾起没有脑袋的萨拉戈萨国王马尔西利奥，说道：

“很明显，已经不可能把这个国王修复如初了。除非有什么更好的办法，否则我认为他已经死了，所以，怎么也得赔我四个半雷阿尔。”

“可以。”唐吉诃德说。

“这个已经被从上到下劈开了，”佩德罗师傅又拿起被劈开的卡洛马尼奥皇帝说，“所以，要四个雷阿尔加一个夸尔蒂约[1]并不算多。”

“也不少。”桑乔说。

“不算多，”店主说，“干脆凑个整数，就算五个雷阿尔吧。”

唐吉诃德说：“那就给五个雷阿尔加一个夸尔蒂约吧。损失这么大，我不在乎这一个夸尔蒂约。快点儿吧，佩德罗师傅，该吃晚饭了，我已经有点饿了。”

“这个没了鼻子又少了一只眼的木偶是美女梅丽森德拉。我也不多要，就要两个雷阿尔加十二个马拉维迪[2]。”

“这就有点儿见鬼了，”唐吉诃德说，“因为梅丽森德拉和她的丈夫如果一路顺风，现在至少已进入法国享清福了。我觉得他们的马不是在跑，简直是在飞。所以你也别以次充好，拿别的木偶来冒充没鼻子的梅丽森德拉。上帝会保佑各方，佩德罗师傅，咱们还是都踏踏实

① 古币名，一夸尔蒂约相当于四分之一雷阿尔。
② 古币名，一个雷阿尔兑换三十四个马拉维迪。

实地过好自己的日子吧。您再接着说。”

佩德罗师傅见唐吉诃德又开始犯糊涂，就像刚才那样，生怕他又赖账，就说道：

“这个大概不是梅丽森德拉，而是她的侍女。那么，您赔我六十个马拉维迪，我就知足了。”

就这样，两人又一一讨论了其他被损木偶的价钱，再由两个公断人裁决，让双方都满意。赔款总数为四十雷阿尔零三个夸尔蒂约。桑乔付了钱。佩德罗师傅又要两个雷阿尔作为找猴子的劳务费。

“给他两个雷阿尔，桑乔，”唐吉诃德说，“不过不是找猴子，而是找消息。如果谁现在能够确切地告诉我，梅丽森德拉夫人和唐盖费罗斯大人已经回到了法国，并且已经与家人团聚，我就给他二百个雷阿尔作为奖励。”

“谁也比不上我的猴子说得更准确，”佩德罗师傅说，“可即使是魔鬼这会儿也找不到它。不过我觉得,无论是由于感情还是由于饥饿，它今天晚上都得回来找我，至于结果如何，只能明天见分晓了。”

戏台风波终于平息，大家一起客客气气地吃晚饭，唐吉诃德也显得格外慷慨，支付了晚餐的全部费用。

运送长矛和戟的人天亮之前就走了。天亮以后，小伙子和那个青年人也来向唐吉诃德告别，一个要回到家乡去，一个要继续赶路。唐吉诃德给了继续赶路的青年人十二个雷阿尔作为资助，佩德罗师傅已经很了解唐吉诃德，不愿意再和他纠缠，所以在凌晨太阳出来之前便收拾好自己那些被打坏的道具，带着自己的猴子，去寻找自己的运气了。店主并不了解唐吉诃德，所以对唐吉诃德的疯癫和慷慨感到十分惊奇。桑乔按照主人的吩咐非常大方地付了店钱。八点左右，唐吉诃德和桑乔离开客店上了路。且让他们走吧，咱们可以抽空把一些跟这部著名小说有关的情况介绍一下。

第二十七章　佩德罗师傅与猴子的来历，唐吉诃德调解驴叫纠纷，不料事与愿违，自找倒霉

这部伟大小说的作者锡德·哈迈德在本章开头写道："我以一个虔诚的基督教徒的名义发誓……"可是译者说，锡德·哈迈德明明是摩尔人，却要以一个虔诚的基督教徒的名义发誓，这无非是为了表明，既然他以基督教徒的名义发誓，他说的那些事就都是真实的，或者应该是真实的。所以，他写唐吉诃德的那些事，特别是介绍佩德罗师傅为何许人，那只猴子在那一带村镇以占卦称奇等，也都是真的了。作者又说，读者也许还记得，在本书的上卷里，唐吉诃德在莫雷纳山释放的那批苦役犯里有个叫希内斯·德帕萨蒙特的，唐吉诃德称之为希内西略·德帕拉皮利亚，后来就是他偷了桑乔的驴。可是由于印刷者的失误，小说的上卷里忘了说明驴是如何被偷以及何时被偷的，所以很多人把印刷者的责任归咎于作者的疏忽。其实，希内斯是趁桑乔在驴背上打瞌睡的时候把驴偷走的，就像当初萨克里潘特骑在阿尔布拉卡上时，布鲁内略竟从他的腿下把马偷走了一样。后来桑乔把驴找回来了，这在前面已经有所记述。这个希内斯自知罪孽深重，罄竹难书，为了逃避法律的惩罚，决定逃到阿拉贡境内，蒙上左眼，靠演木偶戏过日子。演木偶戏这类事可是他的拿手本领。

后来，他从几个获得自由后从土耳其的柏培尔回来的基督徒手里买了那只猴子，训练它一看到自己的信号就跳到自己肩上，在耳边嘀嘀咕咕，或者像是嘀嘀咕咕。后来，他带着他的戏班子和猴子去某地演出之前，总是先在附近尽可能了解有哪些人，哪些事情，把这些记在脑子里。到了那个地方之后，他首先演出木偶戏。木偶戏有些是历

史题材的，有些属于其他内容，但都是大家熟悉的有趣剧目。演完木偶戏后，他就开始显示猴子的本领，向当地人说猴子可以算出过去和现在的事情，只是不能预测将来的事情。每回答一个问题收两个雷阿尔，有时候也视问话人的情况酌情减价。他甚至还会到他知道曾出过什么事的家庭去，即使人家不愿意花钱占卦，他也向猴子发出信号，然后说猴子告诉他什么事情，结果当然很符合实际情况。他就这样赢得了大家的信任，人们都很崇拜他。他这个人很机灵，往往能把问题回答得恰如其分。由于从来没人追问过他的猴子是如何占卦的，所以他到处招摇撞骗而饱了私囊。那次，他一进客店就认出了唐吉诃德和桑乔。他很了解他们两人的情况，因此占起卦来很容易让唐吉诃德、桑乔和客店里的所有人感到惊奇。不过,正像前面一章所记述的那样，唐吉诃德挥剑斩掉了马尔西利奥国王的脑袋，并且扫荡了他的骑兵团。如果当时唐吉诃德的手再低一点儿,希内斯付出的代价可就大了。这就是有关佩德罗师傅及其猴子的情况。

再说曼查的唐吉诃德离开客店之后，决定先到埃布罗河沿岸地带，然后再进入萨拉戈萨城。在进行擂台比武之前，他还有的是时间四处周游。他怀着这个目的赶路，走了两天，没遇到什么值得记录在纸上的事情。第三天，唐吉诃德登上一个山区，忽然听到一阵鼓号声和火枪的枪声。

起初唐吉诃德还以为是某支军队从那儿经过。为了看得更清楚些，他催马往山顶赶去，到了山顶才发现是两百多名武装分子，带着各种武器，长矛呀、弩呀、戟呀、扎枪呀，还有一些火枪和护胸盾牌。唐吉诃德沿着山坡往下走，已经接近了那群人，可以清楚地看到他们的旗帜，而且可以看清旗子的颜色和旗帜上的徽记，特别是能看清其中一面白缎尖角旗上画着一头小驴。那头驴画得十分逼真,它昂着头，张着嘴，舌头伸出，那姿态仿佛在嘶叫。它的周围用大字写着两行字：

两位大市长
驴叫没白学

唐吉诃德根据这面旗子断定准是那个驴叫镇的人。于是他告诉了桑乔那旗子上写的是什么，还说，告诉他们这件事的人一定是弄错了，因为原来说学驴叫的是两位议员，可是按照旗子上写的，学驴叫的却是两位市长。桑乔答道：

“大人，这倒无关紧要，说不定当时学驴叫的两位议员后来成了市长呢。如果是这样，用这两种称呼都可以。况且，不管是市长学还是议员学，只要他们学过驴叫就行了。无论是市长还是议员，都可以学驴叫。”

最后，唐吉诃德和桑乔明白了，原来是受羞辱的那个镇子的人出来同羞辱他们的那个镇子的人打架。那个镇子的人闹得实在太不像话，他们已经无法再和睦相处了。

唐吉诃德向那些人走去。桑乔见了不无担心，他向来不愿意让唐吉诃德参与这种事情。那群人以为唐吉诃德是跟他们一伙的，就放他进了队伍。唐吉诃德掀起护眼罩，风度翩翩地来到驴旗下。那伙人当中的几个领头人都围过来看他，而且同所有初次见到他的人一样，感到十分惊奇。唐吉诃德见大家都盯着他，没有一个人说话，就趁别人还没开口，提高嗓门说道：

“各位大人好，我想对诸位说几句话。我恳求你们让我把话讲完。如果有什么地方冒犯了你们，只要你们稍微有所表示，我就会往我的嘴上贴个封条，把舌头缩回去。”

大家都说有话请讲，愿意洗耳恭听。这样，唐吉诃德才继续说道：

“诸位大人，我是个游侠骑士。游侠骑士是个习武行当，他的职责是扶弱济贫。我前几天听说了你们遭遇的不幸，也知道了你们不时同你们的对手发生冲突的原因。关于你们的事情，我已经考虑很久了。按照决斗的规则，如果你们认为自己受了侮辱，那就错了。因为一个人不能侮辱全镇的人，除非他不知道是谁背叛了自己，才把对方的人都一起算上。要说这种例子，只有唐迭戈·奥多涅斯·德拉腊。他不知道只是贝利多·多尔福斯背叛并杀害了国王，所以才侮辱整个萨莫拉的居民，于是全城人都要报仇，都起来反击。当然，唐迭戈大人做得确实有些过分，他所做的已经大大超出了他应该指责的范围。他没有理由侮辱死者，侮辱水，侮辱面包，侮辱那些即将出生的人和其他一些毫不相干的东西。可是愤怒一旦爆发，便一发而不可止，难以遏制。但即使这样，个人也不该侮辱整个王国、省、城市、村镇和全体人民。对于这种侮辱，显然也没有必要去报复，因为这还称不上是侮辱。那些年轻人和粗人总爱起外号，如果‘母钟镇’[①]的人总是去和如此称呼他们的人厮杀，还有‘管家男’、‘茄子秧’、‘小鲸鱼’、‘大肥皂’等地[②]的人也都去拼命，那还得了！如果这些人为了一点儿小事就去争斗，打来打去的，那还得了！那可不行！连上帝也不会答应！明智的男人和治理有方的国家只有在四种情况下才会弹上膛，剑出鞘，不惜牺牲个人的生命和财产。这四种情况就是：第一，保卫自己的天主教信仰；第二，保护自己的生命，这是顺理成章的法则；第三，保护自己的名誉、家庭和财产；第四，在正义战争中为国王效劳。如果可以再加个第五条，或者说附加一条，那就是保卫祖国。除了这五条至关重要的原因之外，还有其他一些正当合理的情况，也可以拿起武器。可是为一些枝节小事，为一些与其说是侮辱还不如说是开玩笑的小事舞刀弄枪，就显得有些欠考虑了。况且，进行这些并非正义的报复直接违反了我们所信仰的神圣法则。当然，如果是正义行动，那就谈不上是报复了。神圣法则要我们友好对待我们的敌人，热爱讨厌我们的人。这点虽然有点儿难以做到，但这是那些只注重人世而不尊重上帝、只注重肉体而忽略了精神的人所必须遵守的。耶稣基督是上帝，也是实实在在的人。他从不说谎，过去和现在都不说谎。作为我们的创世者，他说：‘我的轭是软和的，我的担子是轻的。’他并没有要求我们做任何办不到的事。所以诸位大人，你们有义务遵照人类的神圣法则平静下来。”

“我的主人简直是神学家，”桑乔这时说，“否则真是活见鬼啦。

① 指塞维利亚的埃斯帕蒂纳镇。当地教堂需配置一个大钟，于是要求塞维利亚省为他们装一个“母钟”，以便以后生出小钟来。

② “管家男”指巴利阿多里德人，“茄子秧”指托莱多人，“小鲸鱼”指马德里人。这几个绰号都曾在当时的滑稽戏里使用。“大肥皂”指塞维利亚人，因为该地区肥皂消费量很大。

就算他不是，也同神学家没什么区别。”

唐吉诃德停下来喘口气。他见大家仍然盯着他不做声，就想继续说下去，似乎并没有察觉桑乔的尖刻言辞。桑乔见唐吉诃德停住了，立刻把话头接过来，说道：

“我的主人曼查的唐吉诃德，曾经叫‘猥獕骑士’，现在叫‘狮子骑士’，是一位非常聪明的贵族，精通拉丁文和卡斯蒂利亚语；他无论劝导什么事都是一把好手；对于各种决斗规则，他了如指掌。所以他说什么，你们尽管照办就行了，错了算我的。而且，他刚才说了，没有必要仅仅因为别人学驴叫就发火，我对此也同意。我年轻的时候，想怎么学就怎么学，没有人管我们，而且我学得惟妙惟肖。只要我一叫，全村所有的驴都跟着叫。不过尽管如此，我还是我爹妈的儿子，我爹妈都是很正派的人哩！我这点本领受到我们村几个人的嫉妒，不过我满不在乎。我说的都是真话，不信你们等等，听我叫一下。这种本领就跟游泳一样，一旦学会了，一辈子也忘不了。”

说完桑乔就用手捏着鼻子，开始学起驴叫来。他的叫声非常响亮，使附近所有的山谷都回荡不已。桑乔身旁的一个人以为桑乔是在嘲笑他们，便举起手里的棍子朝桑乔打去，打得桑乔支持不住，倒在地上。

唐吉诃德见桑乔遭打，便提起长矛向打桑乔的那个人冲去，可是两人之间隔着许多人，根本够不着那个人。相反，他见石头像雨点儿似的打来，还有许许多多弩和火枪对着他，只好掉转罗西南多，拼命地逃跑，一边跑还一边祈求上帝保佑他脱离危险，唯恐一颗子弹从背后打进，再从前胸穿出来。此外，他还得不时地喘息一下，以便看看自己是否还有气。不过，那些人见唐吉诃德已经逃跑，也就不再扔石头了。他们把桑乔抬到驴上，让他骑着驴随主人而去，当时桑乔刚刚醒过来，还不足以驾驭自己的驴。好在那头驴始终跟着罗西南多，寸步不离。唐吉诃德跑出一段路，回头见没有人追赶，便停下来等桑乔。

那伙人一直在原地等到天黑，没见对手前来应战，便高高兴兴地回自己的镇子了。如果他们知道古希腊人的习惯，肯定会在那个地方建立一座胜利纪念碑。

第二十八章　作者贝嫩赫利说，细读本章自有体会

敌人诡计暴露，英雄不妨逃跑，伺机东山再起才算得上聪明人。唐吉诃德证实了这个真理。他激起了当地人的怒火，惹得那群愤怒的人对他不客气，他就脚下生烟，扔下了桑乔，置桑乔于危险而不顾，逃到了一个他认为足够安全的地方才止住脚步。桑乔就像刚才说的那样，横卧驴背在后面跟随。等到追上主人时，他已经清醒过来。桑乔从驴背上滚下来，落到罗西南多脚下，浑身疼痛，狼狈不堪。唐吉诃德下马察看桑乔的伤口。他见桑乔从头到脚都是好好的，不禁勃然大怒，说道：

"你偏偏在那个倒霉的时候学驴叫，桑乔！你为什么偏偏在秃子面前说灯泡亮？你学驴叫，除了招棍子打，还能招来什么？你得感谢上帝，桑乔，他们只打了你一棍子，没用刀子在你脸上划个十字。"

"我现在不想说什么，"桑乔说，"我觉得说话有些透不过气来。咱们骑上牲口走吧。我以后再也不学驴叫了，不过有句话我不能不说：有些游侠骑士只顾自己逃走，把忠实的仆人甩给敌人，任凭仆人被打得遍体鳞伤。"

"不是逃跑，是撤退。"唐吉诃德说，"你该知道，桑乔，勇敢而不谨慎，就是鲁莽，而鲁莽者成功多半靠的是运气，而不是靠勇气。所以我承认我是撤退了，但不是逃跑。在这方面，我是模仿许多勇士的做法，准备伺机东山再起。这种例子在历史上比比皆是。不过，讲这些对你没什么用处，我也没兴趣，我这会儿不想说了。"

桑乔在唐吉诃德的帮助下上了驴，唐吉诃德自己也骑上了马。他们慢慢走着，不知不觉走进了不远处的一片杨树林。桑乔不时发出痛

苦的哎哟声和呻吟声。唐吉诃德问他怎么会这么难受，桑乔回答说，他从尾骨到脖子根都疼，疼得快没知觉了。

“他们用来打你的那根棍子很长，”唐吉诃德说，“打到了你的整条脊骨，所以你的脊背疼。如果打到你身上的面积更大，你会疼得更厉害。”

“我的天啊，”桑乔说，“您可帮我解释清楚了一个大问题，而且讲得这么精辟！真是的，我对疼痛的原因就那么不明白，还得您告诉我那是棍子打的！如果是我的脚踝疼，我或许还可以琢磨一下为什么会疼；可我是被打痛的，这原因还用猜吗？我的主人啊，我相信，别人是根本靠不住的。现在我越来越清楚地意识到，跟着您是别想指望得到什么了。这次您让我在那儿挨打，以后，您还会让我上百次地被人用被单扔，或者受其他捉弄。现在他们往我背上打，以后就会往我眼睛上打。我真是个笨蛋，否则我现在会混得好得多。以后除非是有好处的事，我什么也不再干了。我如果回家去照应我的老婆和孩子，靠上帝恩典，我再说一遍，我现在会混得好得多，也用不着跟着您在根本没有路的地方奔波，喝不好也吃不好。要说睡觉呢，侍从老弟呀，你就量七尺地吧，如果愿意，还可以再量七尺，随你的便，你愿意占多大地方就占多大地方。过去的所有游侠骑士都是傻瓜！谁第一个涉足游侠骑士，还有，谁第一个愿意给那些傻瓜骑士当侍从，我咒他被烧死，被烧成灰！至于现在的游侠骑士，我就什么也不说了。对现在这些游侠骑士，我得尊重，因为您就是其中的一个嘛，还因为我知道，在说话和考虑问题方面，您比魔鬼稍微强点儿。”

“我现在可以和你好好打个赌，桑乔，”唐吉诃德说，“你这会儿尽管说，没有人会阻拦你，这样你身上就一点儿也不疼了。说吧，我的宝贝，你脑子里怎么想的，都说出来。只要你不疼了，你胡说八道半天，我不但不生气，反而高兴。既然你那么愿意回家去找老婆孩子，如果我阻拦你，上帝也不容。我的钱就在你手里，你看看咱们第三次出来已经多长时间了，你每月该拿多少钱，你就自己拿吧。”

“您跟参孙·卡拉斯科不是很熟吗，我在为参孙·卡拉斯科的父亲托梅·卡拉斯科干活的时候，”桑乔说，“每月除了吃饭外，还挣两个杜卡多。至于在您这儿我应该挣多少钱，我就不知道了，我只知道当游侠骑士的侍从要比干农活辛苦多了。我们干农活，不管白天干多少活，不管怎么不好，至少可以围着锅吃晚饭，在床上睡觉。可是自从跟了您之后，我就没在床上睡过觉。除了咱们在迭戈·德米兰达家舒服了几天，在卡马乔的聚餐会上从锅里捞了点油水，还有，在巴西利奥家连吃带喝又睡了几天外，其余时间我都是露天睡在坚硬的土地上，忍受着各种恶劣天气，靠干奶酪和面包块充饥，喝的是野地路边的溪水或者泉水。”

“我承认你说的都是真的，桑乔。”唐吉诃德说，“那么你说，我该比托梅·卡拉斯科再加多少钱呢？”

“我觉得如果您每月给我再加两个雷阿尔，”桑乔说，“就很不错了，这可以算是我的工钱。可是，若按照您答应给我一个小岛掌管的话，您应该给我再加六个雷阿尔才对，这样每月加起来就是三十个雷阿尔。”

“很好，”唐吉诃德说，“工钱就照你说的算。咱们离开村子已经二十五天了，你就按照这个数算吧，桑乔，看看我应该给你多少钱，然后就照我刚才说的，你自已拿吧。”

“我的天哪！”桑乔说，“您的账算得太不对了。您答应给我岛屿的那份钱，应该从您答应给我岛屿之日起一直算到现在。”

“那么我答应你多长时间了，桑乔？”唐吉诃德问。

“如果我没记错的话，”桑乔回答说，“大概有二十年，再加三天左右。”

唐吉诃德拍了一下脑门，大笑起来，然后说道：

“从我在莫雷纳山那段日子到现在才将近两个月，桑乔，你怎么说我已经许给你岛屿二十年了呢？现在我告诉你，你是想用付你工钱的办法把我放在你手里的那些钱都拿走。如果真是这样，只要你愿意，我可以现在就把我的钱全部给你，但愿它能对你有用。只要能甩开如此没良心的侍从，我就是身无分文也高兴。告诉我，你这个游侠骑士侍从的叛逆，你在哪儿见过或者读过，某个游侠骑士的侍从敢在他的主人面前说‘您每月应该付我多少多少工钱’？你说，你说，你这个无赖、混蛋、妖怪！你就是一个十足的无赖、混蛋、妖怪！如果你能在那浩如烟海的骑士小说里找出哪个侍从说过，或者哪怕想过你刚才说的那些话，我就去死。还可以把我算成是傻瓜。掉转你的驴，回家去吧。从现在起，你没有必要再跟我往前走一步了，我的好心算让狗给吃了！我的诺言也算白说了！你这个人真是连猪狗都不如！我正要抬举你，让你老婆喊你‘大人’，你却要告辞了？我正打定主意要让你成为世界上最好的岛屿的总督，你却要走了？这真像你常说的那样，‘蜜不是喂驴的’。你是驴，你就是驴，你到死也只能是头驴。依我看，你到死也不会知道你是个畜生。”

桑乔目不转睛地盯着唐吉诃德，听着主人骂自己，内疚不已。他眼里噙着泪花，声音颤抖地说道：

“我的主人，我承认除了差一条尾巴外，我真成一头驴了。如果您愿意给我安上一条尾巴，我很愿意戴上它，这一辈子每天都像驴一样侍奉您。请您原谅我不懂事。您也知道，我懂得很少。如果我说多了，那也是糊涂而决非恶意，况且，‘知错就改，上帝所爱’嘛。”

“你要是说话不带点俏皮话才怪呢，桑乔。那好，只要你改了，从今以后不再热衷于打小算盘，而是心胸宽广，振作精神，等待我的诺言实现，我就原谅你。我许的诺言尽管还没有实现，但并不是不可能的。”

桑乔强打起精神，说他一定照办。

两人说着话进入了那片杨树林。唐吉诃德躺在一棵榆树下，桑乔躺在一棵出毛榉树下，但这里的树都已经是只有根没有叶了。桑乔这一夜过得很难受，安静下来以后，棍子打的地方显得更疼了。唐吉诃德则整夜不断地思念心上人。尽管如此，两人最后都进入了梦乡。第二天天亮以后，两人又继续赶路，向著名的埃布罗河岸边走去。下一章将记述他们在那里遇到的事情。

第二十九章　乘魔法船的险遇

且说唐吉诃德和桑乔走出杨树林,来到了埃布罗河边。一看到河,唐吉诃德不禁心旷神怡。只见岸边一片秀丽景色,河流平缓,河水清清,如水晶一般源源不断,竟勾起了唐吉诃德的无限情思,特别是他在蒙特西诺斯洞里遇到的情景。虽然佩德罗师傅的猴子说过,那些事不过是真假参半,可唐吉诃德还是宁愿相信那些事都是真的。而桑乔却相反,他觉得那些事全是假的。

他们再往前走,眼前出现了一只小船。船拴在岸边的一棵树上,船上既没有桨,也没有渔具。唐吉诃德向四周看了看,不见一个人影。他没说什么,翻身下了马,让桑乔也下了驴,把马和驴都拴在旁边的一棵杨树或者柳树上。桑乔问唐吉诃德为什么要这样,唐吉诃德说:

“你应该知道,桑乔,这条船肯定是在召唤我上去,乘着它去援救某个骑士或者其他有难而又急需帮助的贵人。这是骑士小说里魔法师常做的事情。某位骑士遇到了麻烦事,仅靠自己的力量已经不足以摆脱出来了,就必须求另外一位骑士帮助。虽然两个骑士相隔两三千里,或许更远,魔法师常常借助一块云,或者放上一条小船,让那个骑士上了小船,转眼之间,就从空中,或者海上,把骑士送到了需要他帮助的地方。所以我说,桑乔,这条小船肯定也是起这个作用的,这点可以确信无疑。不过在上船之前,你要先把马和驴拴在一起。我必须按照上帝的指引上船去,谁阻拦我也没有用。”

“如果是这样,”桑乔说,“您又要弄出点儿我不知道是不是该称为胡说八道的东西了。不过我只好低头服从了,就像俗话说的,‘照主人的吩咐办,方能吃饱饭’。尽管如此,我还是于心不忍,想告诉您,我觉得这条船并不是遭受魔法的人的船,而是一条渔船。这条河里有世界上最好的鲱鱼。”

桑乔边说边把驴和马拴在一起。把两头牲口撇下，让它们听天由命，桑乔心疼得很。唐吉诃德让桑乔不用担心，说那个要把他们送到千里迢迢之外的人会喂好这些牲口的。

“我不懂‘千里条条’是什么意思，”桑乔说，“我从来没有听说过这个词。”

“‘千里迢迢’就是遥远的意思，”唐吉诃德说，“你不懂，这不新鲜，你又没学过拉丁文，而且不像某些人那样，自以为懂，其实一无所知。”

“牲口已经拴好了，”桑乔说，“现在该怎么办了？”

“该怎么办？”唐吉诃德说，“画个十字起锚啊。我是说，上船去，砍断缆绳。”

唐吉诃德说着一跃就跳上了小船，桑乔也跟着跳了上去，并且砍断了缆绳，小船慢慢离开了河岸。小船离河岸将近两西里远的时候，桑乔开始哆嗦，唯恐船会沉到河里去。不过，最让他难过的还是听见他的驴在叫，看见罗西南多正在拼命企图挣脱缰绳。于是，他对唐吉诃德说：

“驴离开了咱们，难过得直叫唤，罗西南多也想挣脱出来，以便跟随咱们。最尊贵的朋友们，你们安静下来吧。疯癫把我们分开了，但愿随之而来的如梦初醒还会让我们回到你们身边！”

说到这儿，桑乔竟痛心地哭起来。唐吉诃德又气又恼地说道：

“你怕什么，胆小鬼？你哭什么，软骨头？谁打你了还是追你了，你这个耗子胆！难道你还缺什么吗？真是身在福中不知福。难道让你赤脚穿越里弗山[①]了？难道你不是像一位大公爵似的乘坐小船风平浪静地穿过这段迷人的河流，马上就要到达辽阔的大海了吗？咱们至少已经走出七八百里了。如果咱们这儿有仪器，可以量量北极的角度。那么我就可以告诉你，咱们已经走出多远了。虽然我懂得不多，我也可以说，咱们现在已经穿过或者很快就要穿过将南北极等距离平分的赤道线了。”

“等咱们到达您说的那条赤道时，”桑乔问，“咱们就走出多远了？”

---

① 摩洛哥地名。

“已经很远了，”唐吉诃德说，“因为据已知最伟大的宇宙学家托勒密的计算，地球连水带陆地共有三百六十度。只要咱们到了我说的那条线，咱们就已经走了一半。”

“上帝保佑，”桑乔说，“您引证的是一位多么高级的人物呀！什么指甲和蒜，还加上什么蜜之类的，我真搞不清楚。”

唐吉诃德听到桑乔把宇宙学家、计算和托勒密等都搞错了，忍不住大笑。他对桑乔说道：

“你大概听说过，桑乔，西班牙人或者从加的斯上船去东印度群岛的人，要想知道自己是否已经过了我刚才对你说的那条赤道线，其中一个方法就是看船上所有人身上的虱子是否都死光了。船只要一过赤道线，你就是拿金子换，全船也找不出一个活虱子了。所以桑乔，你可以伸手往自己腿上摸一摸。如果摸到了活东西，咱们就算把这件事搞清楚了。如果没摸到活东西，就是已经过了赤道线。”

“我才不信呢，”桑乔说，“不过即使这样，我还是按您说的去做，尽管我不知道有什么必要做这种试验。凭我自己的眼睛看，咱们离开岸边并不远，而且离拴牲口的地方也很近，罗西南多和驴仍在原地。这么一看，我敢发誓，咱们走得像蚂蚁一样慢。”

“你就照我说的去做，桑乔，别的不用管。你不懂什么叫二分二至圈、经线、纬线、黄道带、黄道、极地、至日、二分点、行星、天体符号、方位、等量呀等等，这些东西构成了天体和地球。如果你懂得这些东西，或者只懂一部分，你就可以知道咱们现在处于什么纬线，现在是什么黄道带，咱们已经经过了什么星座，下面还要经过什么星座。我再说一遍，你往自己身上摸摸，我估计你现在肯定比白纸还干净。”

桑乔用手去摸，逐渐摸到了左膝窝里。他抬起头，看着主人说道：

“这个经验恐怕是假的，要不然就是离您说的那个地方还远着呢。”

“怎么回事？”唐吉诃德问，“你摸到点什么？”

“岂止是一点儿呢！”桑乔说。

桑乔甩甩手指头，又把整只手放进河里洗。小船随着河流平稳地向前漂移，没有任何神秘的魔力或者隐蔽的魔法师暗中推动，只有轻柔的河流缓缓流淌。

这时他们发现前面有几座高大的水磨房。唐吉诃德一看到水磨房就高声对桑乔说道：

“你看到了吗，朋友？前面出现了一座城市、城堡或者要塞，那位受困的骑士或者落难的女王、公主或王妃，肯定就在那儿，我就是为了解救他们而被召唤到此的。”

“您说什么见鬼的城市、城堡或要塞呀，大人？”桑乔说，“您没看清那只是磨小麦的水磨房吗？”

“住嘴，桑乔，”唐吉诃德说，“即使它们像水磨房，也根本不是水磨房。我不是说过嘛，魔法可以使任何东西改变自己的本来面目。不是真把它们改变了，而是把它们变得看上去像某种东西，例如，我唯一的希望杜尔西内亚就被改变了模样。”

他们说话时，小船已经进入河的主流，不像刚才那样缓慢了。磨房里的工人看见一条小船顺流而来，眼看就要撞进水轮，急忙拿起长竿子出来拦挡小船。他们的脸上和衣服上都是面粉，所以样子显得挺怪的。他们高声喊道：

“活见鬼！你们往哪儿去？不想活了？你们想干什么？你们是不是想掉进河里淹死，再被打成碎片呀？”

“我不是说过嘛，桑乔，”唐吉诃德说，“咱们已经到了可以让我大显身手的地方！你看，妖魔鬼怪已经出来了。跟咱们作对的妖怪可真不少，而且面目都那么丑恶……好吧，那就来吧，你们这群混蛋！”

唐吉诃德从船上站起来，对磨房工人厉声喝道：

“你们这群不知好歹的恶棍，赶紧把关在你们的要塞或牢狱里的人放出来，不管他们的身份是高是低，不管他们是什么人，我是曼查的唐吉诃德，又叫狮子骑士。我受上天之命，专程来解除这场危难。”

说完他拔出剑向磨房工人们挥舞。磨房工人们听了唐吉诃德一通乱喊，并不明白他喊的是什么意思，只顾用长竿去拦小船。此时，小船眼看就要进入水轮下的急流了。

桑乔跪了下来，诚心诚意地恳求老天把他从这场近在眼前的危难中解救出来。多亏磨房工人们手疾眼快，用长竿拦住了他们的船。船虽然被拦住了，可还是翻了个底朝天，唐吉诃德和桑乔都掉进水里。算唐吉诃德走运，他会游泳，但是身上的盔甲太重，拖累他两次沉到了河底。若不是磨房工人们跳进河里，把他们俩捞上来，情况就糟了。两人上了岸，浑身上下都湿透了，这回他们可不渴了。桑乔跪在地上，双手合拢，两眼朝天，虔诚地祈求了半天，祈求上帝保佑他从此摆脱主人的胡思乱想与胆大妄为。

小船的主人是几位渔民，此时也到了，可是小船已经被水轮撞成了碎片。看到小船坏了，几位渔民开始动手剥桑乔的衣服，并且要唐吉诃德赔偿小船。唐吉诃德十分镇静和若无其事地对磨房工人和渔民说，只要他们放了关押在城堡里的那个人或那几个人，他可以高价赔偿小船。

“什么人，什么城堡，”一个磨房工人说，“你有毛病呀？你难道想把到这儿来磨小麦的人都带走吗？”

“够了！”唐吉诃德自言自语道，“看来，要说服这些强盗做件好事只不过是对牛弹琴。这回准是有两个本领高强的魔法师在较劲儿，一个想干，另一个就捣乱。一个让我上船，另一个就跟我对着干。上帝帮帮忙吧，这个世界到处都充满了尔虞我诈，我也没办法了。”

唐吉诃德提高了嗓门，看着水磨房说道：

“被关在里面的朋友们，无论你们是什么人，都请你们原谅我。由于我和你们的不幸，我现在无法把你们从苦难中解救出来。这项任务只好留给其他骑士去完成了。”

然后，唐吉诃德同渔民们讲好，赔偿了五十雷阿尔的船钱。桑乔很不情愿地付了钱，然后说道：

“再碰上两回这种乘船的事，咱们的钱就光了。”

渔民和磨房工人见他们两人与众不同，又听不懂唐吉诃德那些话的意思，感到十分惊奇，觉得他们像是疯子，便离开了他们。磨房工人进了水磨房，渔民回到自己的茅屋去了。唐吉诃德和桑乔也回到了他们拴牲口的地方。唐吉诃德和桑乔的魔船奇遇到此结束。

第三十章　唐吉诃德
路遇一位美丽的女猎人

骑士和侍从垂头丧气地回到了自己的牲口旁边。特别是桑乔，用掉那些钱简直让他心疼死了，从他那儿拿钱就像挖了他眼珠似的。两人最后默默无言地骑上了牲口，离开了那条有名的大河。唐吉诃德仍沉浸在他的情思里，桑乔却在盘算，要想发财，看来前途已经很渺茫了。他虽然不聪明，却完全可以看清楚，主人的所有行动或大部分行动都是疯疯癫癫的。他想寻找机会，某一天神不知鬼不觉地回自己老家去。可是，命运偏偏让他越不愿意怎样就越得怎样。

第二天，太阳刚下山，他们就走出了树林。唐吉诃德向绿草地极目望去，只见草地尽头正有一群人向他们走来。唐吉诃德看清了，那是一群放鹰打猎的猎人。待他们走得更近时，又发现其中有一位体态优美的夫人，骑着一匹浑身雪白的小马，绿色的宝石镶嵌座儿，还有个白银的靠背马鞍。那位夫人也穿了一身绿衣服，显得雍容华贵而又英姿飒爽。她的左手托着一只苍鹰，唐吉诃德一见那苍鹰，就猜到她一定是位贵夫人，而且是那群猎人的主子。唐吉诃德果然没猜错。唐吉诃德对桑乔说道：

"你赶紧过去，桑乔小子，告诉那位骑小马、擎苍鹰的夫人，就说我狮子骑士希望吻这位尊贵夫人的手。如果她允许，我就过去吻，并且愿意全力为她效劳，听凭她的吩咐。不过，你说话注意点儿，桑乔，别总是带上你那些乱七八糟的俗语。"

"您这回可算是说错人了！"桑乔说，"您这话竟是对我说的！我这辈子又不是第一次向高贵的夫人传话！"

"除了向杜尔西内亚夫人传过话外，"唐吉诃德说，"我不知道你是否还对别人传过话，至少在我这儿没有。”

“这倒是真的，”桑乔说，“不过，‘兜里有钱，不怕欠账；家里有粮，做饭不慌’。我是说，马镫您什么也不用提醒我，我什么都会，什么都知道一点儿。”

“我也相信，桑乔，”唐吉诃德说，“上帝会帮助你，祝你走运。”

桑乔催着他的驴跑起来。跑到那位美丽的狩猎夫人面前时，他下了驴，跪倒在夫人面前，说道：

“美丽的夫人，那边的那位骑士名叫狮子骑士，是我的主人。我是他的侍从，家里人都叫我桑乔。这位狮子骑士不久前也叫猥獕骑士，他派我来对您说，请您赏光允许他心甘情愿地实现他的愿望。根据他说的和我想的，这个愿望不是别的，就是为您这位高贵美丽的夫人效劳。如果您能同意这件事，不但对您有利，也可以为他脸上增光。”

“说得对，优秀的侍从，”那位夫人说，“你已经十分得体地完成了你的使命。站起来吧，像猥獕骑士这样伟大的骑士我们早有耳闻，他的侍从跪在地上就不合适了。站起来吧，朋友，告诉你的主人，我和我的公爵丈夫欢迎他到我们这儿的别墅来做客。”

桑乔站了起来。他对这位夫人的美貌和气质修养深感惊讶。不过更让他惊奇的是，这位夫人竟然听说过他的主人猥獕骑士。她没称他狮子骑士，大概因为狮子骑士这个称号是最近才提出来的。公爵夫人又问道：

“告诉我，侍从兄弟，你的主人是否就是现已出版的小说《唐吉诃德》里的那个人？而且，他还把托博索一个叫杜尔西内亚的女人当作自己的意中人？”

“就是他，夫人。”桑乔说，“他还有个侍从，这本小说里也应该有，除非是从一开始就漏掉了，我是说，在印刷的时候漏掉了。侍从的名字叫桑乔，就是我。”

“我为此非常高兴，”公爵夫人说，“去吧，桑乔兄弟，去告诉你的主人，说我们欢迎他到我们这儿来，再没有任何事能比这件事更让我高兴了。”

桑乔带着这个令人愉快的答复，非常高兴地跑回到主人那儿，把那位贵夫人对他讲的话又重复了一遍，并且用自己那套粗言俗语把贵夫人的美貌和风雅的举止捧上了天。唐吉诃德在马鞍上气宇轩昂地坐好，把脚在马镫里放正，戴好护眼罩，催动罗西南多，风度翩翩地去吻公爵夫人的手。公爵夫人此时也把公爵丈夫叫来，把自己刚才对桑乔说的那番话告诉了丈夫。两人都是骑士小说的爱好者，原来都读过这部小说的上卷，了解唐吉诃德缺乏理智的可笑行为，所以非常愿意也非常高兴认识唐吉诃德。他们打算按照小说里记述的各种习惯和礼节来接待唐吉诃德，在唐吉诃德同他们在一起的几天里继续看他的热闹，他说什么都依着他。

这时唐吉诃德到了。他掀起护眼罩，看样子是想下马。桑乔赶紧过去为唐吉诃德扶住马镫，可是很不幸，他下驴时，一只脚被驮鞍的绳子绊住，挣脱不出，结果脚吊在绳子上，嘴和胸着地摔了下来。唐吉诃德已经习惯了有人为他扶住马镫下马，这回也以为桑乔已为他扶好了马镫，便猛然翻身下马。那鞍子大概没捆好，结果他连人带鞍摔到了地上。唐吉诃德很不好意思，心里暗暗诅咒桑乔，其实桑乔的一只脚那时仍被绊着呢。

公爵连忙吩咐那些猎手把唐吉诃德和桑乔扶起来。唐吉诃德摔得浑身疼痛，一瘸一拐地想向公爵夫妇跪拜。可是公爵无论如何也不同意。相反，公爵却跳下马来，抱住了唐吉诃德，对他说道：

“我很抱歉，猥獕骑士大人，您第一次到我这儿来就发生了这样不幸的事情。侍从不小心往往会招致很严重的麻烦。”

“我见到了您，勇敢的公爵大人，”唐吉诃德说，“就不可能存在任何不幸了。即使我摔进深渊，见到您的荣耀也会让我重新腾飞，从深渊里脱身。我这个侍从，让上帝诅咒他吧，他只会张嘴胡说八道，连个鞍子都捆不结实。可是无论我怎么样，无论我摔倒了还是站立着，无论我步行还是骑马，我都时刻准备为您和您尊贵的夫人——美女之王、风雅公主之典范即我们的公爵夫人效劳。”

“且慢，我的唐吉诃德大人！”公爵说，“只要有托博索的杜尔西内亚夫人在，您就不该称赞其他美人。”

桑乔此时已从绳子的纠缠中解脱出来，正站在旁边。他不等主人答话，就抢先说道：

“无可否认，我们的杜尔西内亚夫人确实很美丽。不料，能人又遇到高手，我听说这叫自然规律。这就好比一个陶器工匠做出一只精美的陶杯，也就可以做出两只、三只、上百只精美的陶杯那样。我这样说是因为我们的公爵夫人肯定不次于我的女主人杜尔西内亚夫人。”

唐吉诃德转身向公爵夫人说道：

“您完全可以想象到，世界上所有游侠骑士的侍从都不如我这个侍从多嘴而又滑稽。如果您能允许我为您效劳几天，他就会证明我说的是真的。”

公爵夫人答道：

“要是这位好桑乔滑稽，那我就更喜欢他了，滑稽证明他很机灵。滑稽与风趣，唐吉诃德大人，您知道，并不是愚蠢的人能够做到的。所以，如果说桑乔滑稽而又风趣，那么，我可以肯定他很机灵。”

“还爱多嘴。”唐吉诃德又补充了一句。

“那就更好了，”公爵说，“很多滑稽的事情不是三言两语可以说完的。咱们先不要在这个问题上耽误时间了，伟大的猥猥骑士，请您……”

“您该称狮子骑士，”桑乔说，“猥猥骑士已经不存在了，现在是狮子骑士的形象了。”

公爵接着说道：

“我说狮子骑士大人，请您到附近我的城堡里去吧，您将在那里享受贵人的待遇。我和我的夫人常常在那里接待路过的游侠骑士。”

桑乔此时已把罗西南多的鞍具收拾妥当，并且捆好，唐吉诃德骑了上去。公爵也骑上一匹漂亮的马，让公爵夫人走在两人中间，一起向城堡走去。公爵夫人吩咐桑乔跟在她旁边，说她喜欢听桑乔说话。桑乔也不客气，夹在三人中间，一起说着话。公爵和公爵夫人很高兴，觉得在他们的城堡里接待这样一位游侠骑士和一位侍从游子，真是一件很有趣的事情。

第三十一章　许多大事

桑乔感觉自己得到了公爵夫人的赏识，很高兴。他想，他在这座城堡里得到的款待不会亚于在迭戈和巴西利奥家得到的待遇。桑乔总是想过舒适的生活，所以只要有机会，他就决不放过。

据说公爵抢先一步回到了别墅或者城堡，向用人们吩咐接待唐吉诃德的方法。唐吉诃德刚同公爵夫人来到城堡门口，就有两个穿着洋红色细缎晨衣的仆役或马夫从城堡里出来，把唐吉诃德从马上迅速扶了下来，又对唐吉诃德说：

“请您扶我们的公爵夫人下马。”

唐吉诃德要去扶公爵夫人下马，结果两人客气了半天，公爵夫人坚持要公爵抱她下马，说不能让堂堂的大骑士做这种小事。最后，还是公爵出来把她抱下了马。他们刚走进一个大院子，就有两位美丽的少女往唐吉诃德肩上披了一条红色大披巾。院子的走廊里立刻挤满了男女用人，他们高声喊道：

“欢迎游侠骑士的精英！”

所有人，或者说大部分人，还往唐吉诃德、公爵和公爵夫人身上洒香水。唐吉诃德又惊又喜，这是他第一次切切实实地体验到自己是个游侠骑士了。这并非幻觉，他亲身体验到了过去只有在书里才能看到的游侠骑士所享受的待遇。

桑乔没有去照顾他的驴，紧随着公爵夫人进了城堡。可是，他又不忍心把驴孤零零地留在外面，就走到一群出来迎接公爵夫人的女仆面前，对其中一位老妇低声说：

“冈萨雷斯夫人，或者您的芳名是……”

“我叫唐娜罗德里格斯·德格里哈尔瓦。”老妇说道，“你有什么吩咐，兄弟？”

桑乔回答道：

“我想请您出城堡门一趟，我的灰驴还在外面。劳驾您找人或者您本人把它带到马厩里去。那可怜的驴胆小，从来没这样单独待过。”

“主人聪明，侍从也机灵，”老妇说，“真让我们长见识。去你的吧，兄弟，算你和带你来的那个人倒霉，你还是自己去照顾你的驴吧，这儿的女仆可没干过这种活儿！”

“可是，我确实听我的主人说过兰萨罗特的故事。我的主人满肚子都是故事。他说过：

他来自布列塔尼，
夫人们为他治伤，
女仆们为他看驴。

我这头驴，要是兰萨罗特大人拿他的坐骑来换，我还不干呢。”

“兄弟，你真有意思。”老妇说，“把你的滑稽留到有人掏钱听你说的地方去说吧，我这儿最多只能给你一下子。”

“那可好，”桑乔说，“您这一下子准轻不了。冲您这把年纪，您准亏不了！”

“婊子养的！”老妇发起怒来，说道，“我年纪老不老，我自己会告诉上帝，用不着告诉你，你这个混蛋，没教养的东西！”

老妇这句话的声音很高，公爵夫人也听见了。她回过头来，看见老妇怒不可遏，眼睛都红了，就问她在同谁说话。

“我刚才同这位好人说话，”老妇说，“他非叫我把城堡门口他的驴送到马厩去，还举例说，不知是在什么地方，有几位夫人为一个兰萨罗特治伤，有女仆照看他的驴。最不像话的就是他竟说我老了。”

“如果是说我，”公爵夫人说，“我也会觉得这话比什么都厉害。”

她又对桑乔说：

“你应该知道，桑乔朋友，唐娜罗德里格斯还很年轻。她戴头巾主要是保持尊严和出于习惯，并不是因为年纪大了。”

“我要是有那个意思，就让我余生不得安宁！”桑乔说，“我只是想说，我太心疼我的驴了，要交给像唐娜罗德里格斯夫人这样慈祥的人照管才行。”

这些话唐吉诃德全听到了。他对桑乔说：

“这些话是在这种地方讲的吗？”

“大人，”桑乔说，“一个人不论在什么地方，都可以按照自己的需要讲话。我在这儿想起了驴，就在这儿说驴；如果我在马厩里想起来，就在马厩里说。”

公爵说道：

“桑乔说得很对，他完全没有责任。桑乔你尽管放心，你的驴会得到应有的照顾，他们会像对待你一样对待你的驴。”

公爵这么一说，大家都很高兴，只有唐吉诃德除外。大家登上城堡高处，把唐吉诃德让进一座装饰着极其贵重的金色锦缎的客厅。六名少女帮助唐吉诃德脱下盔甲。这些少女事先已被公爵和公爵夫人教过，应当如何招待唐吉诃德，以便让他觉得自己是被当作游侠骑士款待的。唐吉诃德脱去盔甲后，身上只剩瘦腿裤和羊皮紧身坎肩，显得又细又高又瘦又干瘪，两颊瘦得几乎贴在一起了。看他那个样子，若不是主人事先嘱咐的几点注意事项里有一项是必须忍住笑，这几位少女早就笑出声来了。

她们请求唐吉诃德把衣服都脱下来。她们要给他换件衬衣。唐吉诃德坚决不同意，说游侠骑士的尊严同勇气一样重要。不过，他让人把衬衣交给了桑乔，自己则同桑乔一起躲进了一个小房间。房间里有个豪华床，唐吉诃德脱光衣服，换上了衬衣。他见只有自己和桑乔在场，就对桑乔说道：

“告诉我，你这个新小丑、老笨蛋，你觉得让那样一位令人尊敬的老妇人难堪对吗？那是你说你的驴的时候吗？或者说，像他们这样的大人既然能对客人百般照顾，还能让客人的驴受委屈吗？上帝保佑，桑乔，你得注意点儿，别露了馅，让人看出你是个乡巴佬。你呀，真糟糕！你记住，用人表现得越好，越有教养，主人就越受到尊重；王公贵人居于其他人之上的一大高贵之处就是：他们拥有像自己一样高贵的用人。算你命苦。算我倒霉！你难道没发现，如果人们看出你是个粗俗的乡巴佬或滑稽的傻瓜，就会把我也当成江湖骗子、冒牌骑士？别这样了，桑乔朋友，千万别再做这些失礼的事情了。爱多嘴又爱出洋相的人稍有闪失，就会被人看成是令人讨厌的骗子。管好你的舌头吧，说话之前再三考虑一下，别忘了，承蒙上帝的恩赐，靠我臂膀的力量，咱们的名声以及财产前景可观呢。”

桑乔十分恳切地答应唐吉诃德，他一定会按照主人的吩咐，管好自己的嘴巴，藏好自己的舌头，不经过仔细考虑不说话。他让唐吉诃德放心，自己不会给主人丢脸。

唐吉诃德穿好衣服，把皮肩带连同剑披挂在身上，再披上红色的披巾，戴上少女们为他准备的绿缎帽子。穿戴停当，他走出小房间，来到一个大厅里。少女们分排站立，手里都端着洗手水，毕恭毕敬地请他洗手。十二个侍者连同管家又来请他去吃饭，说主人已经在恭候了。这些人前呼后拥地围着唐吉诃德来到了另一个大厅，厅里已经摆好一桌丰盛的酒席，桌子上只有四套餐具。公爵和公爵夫人在大厅门口迎接，他们身旁还有一位庄重的教士，这种教士是专为贵族管家的。这种教士并非出身于贵族，所以并不知道该如何教育贵族，而是以小人之心去度君子之腹。所以，他们只希望他们管理的贵族家庭心胸狭隘，成为可怜人。我说的这位陪同公爵和公爵夫人出来迎接唐吉诃德的教士，大概就是这种人。他们极其客气地寒暄一番，又左右相伴地陪同唐吉诃德来到桌前。公爵请唐吉诃德坐在首席上。尽管唐吉诃德再三推辞，公爵还是坚持，唐吉诃德只好从命。教士坐在唐吉诃德的对面，公爵和公爵夫人分坐在唐吉诃德两侧。

桑乔也一直在场。他看到公爵夫妇对唐吉诃德如此礼遇，不胜惊奇。他见公爵和唐吉诃德你推我让，互相请对方坐在首席，就说：

“如果你们二位允许的话，我给你们讲一个我们村里关于坐席的故事吧。”

桑乔此话一出口，唐吉诃德不禁一哆嗦，他知道桑乔肯定又要说什么傻话了。桑乔看见了，懂得唐吉诃德的心思，就说道：

“我的大人，您不必害怕我会胡来，或者说一些不该说的东西。您嘱咐我的说多说少、说好说坏那一套，我都没忘。”

“我倒什么也不记得了，桑乔。”唐吉诃德说，“你随便说吧，反正你来得快。”

“我说的都是实话，”桑乔说，“有我的主人唐吉诃德在场，他不让我说谎。”

“你随便说谎，桑乔，”唐吉诃德说，“我不管，不过你说话要先想想。”

“我已经再三想过了，谁想找茬儿都没门儿，您回头就知道了。”

“诸位最好还是让这个笨蛋出去吧，”唐吉诃德说，“否则他不知道要说多少胡话呢。”

“我以公爵的名义发誓，”公爵夫人说，“千万别让桑乔走开。我很喜欢他，他很机灵。”

“承蒙您对我信任，”桑乔说，“可是我并不机灵。但愿夫人您永远机灵。我要讲的故事是这样的：我们村的一个贵族要请客。这个贵族很富有，而且有势力，是阿拉莫斯·德梅迪纳·德尔坎波家族的人。他同圣地亚哥骑士团骑士唐阿隆索·马拉尼翁的女儿唐娜门西亚·基尼奥内斯结了婚。唐阿隆索·马拉尼翁在埃拉杜拉淹死了，为此几年前在我们村还发生过一场争斗。我记得我的主人唐吉诃德也参加了，结果铁匠巴尔巴斯特罗的儿子，那个淘气鬼托马西略受了伤……这难道不是真事吗，我的主人？您倒是说句话呀，别让他们以为我是个多嘴多舌的骗子。”

“在此之前，”教士说，“我认为你倒不像说谎的人，只像个多嘴的人，不过从现在开始，我就不知道该怎么看你了。”

唐吉诃德说：“你举了这么多例证，桑乔，又介绍了这么多情况，我不能不说，你说的大概都是实话。你接着说吧，把故事讲简短些。照你这么讲，两天也讲不完。”

“你不必讲得简短，”公爵夫人说，“我喜欢听。相反，你知道什么就讲什么，即使六天都讲不完也没关系。如果真能讲那么多天，那也是我平生最愉快的日子。”

“那么，诸位大人，”桑乔接着说下去，“我对这个贵族了如指掌，他家离我家只有一箭之地。他请的客人是个穷农夫。农夫虽然穷，却是个正派人。”

“接着说吧，兄弟，”教士说，“像你这么讲，恐怕这辈子也讲不完了。”

“只要上帝保佑，用半辈子就能讲完。”桑乔说，“后来，农夫到了那个请客的贵族家。那个贵族现在已经死了，愿他的灵魂安息。据说他死得很安详。我当时不在场，到腾布莱克收割去了……”

“我的天啊，那你就赶紧从腾布莱克回来吧。如果你不想为那个贵族举行葬礼，就把他埋了拉倒，赶紧把故事讲完吧。”

“问题是，”桑乔说，“当两个人正要入席的时候……此刻他们好像就在我眼前，很清楚。”

教士见桑乔讲得啰啰嗦嗦，断断续续，很不耐烦，唐吉诃德也是强压着怒火，公爵和公爵夫人却听得津津有味。

“我刚才说，他们正要入席。”桑乔说，“农夫一定要贵族坐在首席，贵族则坚持让农夫坐在首席，说在他家里就得听他的。可农夫自以为懂规矩，有教养，就是不肯坐在首席。后来那贵族火了，双手按着农夫的肩膀，硬逼他坐了下来，并且对他说：‘坐下吧，你这个笨蛋，我无论坐在什么地方，总是在你上首。’这就是我的故事。我觉得没有什么不合适的地方。”

唐吉诃德那本来是褐色的脸上，此时又仿佛涂上了无数种颜色。桑乔话里有话，他已经听明白了，有些羞愧难当。公爵和公爵夫人只好强忍着笑。为了转移一下话题，以免桑乔再继续说下去，公爵夫人就问唐吉诃德，有没有关于杜尔西内亚的消息；此外，他一定又打败了不少巨人和坏蛋，是不是又派他们去拜见杜尔西内亚了。唐吉诃德答道：

“夫人，我的不幸从来都是有始有终的。我打败过巨人，我派遣过坏蛋和恶棍去拜见杜尔西内亚夫人，可是她已经被魔法变成一个难以想象的丑农妇了，我派去的那些坏蛋又怎么能找到她呢？”

“这我就不知道了，”桑乔说，“我觉得她是世界上最漂亮的人；另外，若论轻盈和灵巧，她不亚于一个翻筋斗的演员。她能像猫一样从地面一下子蹿到驴背上。”

“你看见过那个被魔法改变了模样的杜尔西内亚夫人吗？”公爵问。

“什么看见呀！”桑乔说，“是哪个家伙第一个发现她被魔法改变了模样的？不就是我吗？此事千真万确！”

教士听他们讲什么巨人呀、恶棍呀、魔法呀，意识到旁边这个客人大概就是曼查的唐吉诃德。关于唐吉诃德的那本小说公爵经常阅读。教士曾多次责怪公爵，说阅读这种胡说八道的东西本身就是一种无聊。可现在，他怀疑的事竟变成了现实。于是他十分恼火，对公爵说道：

“大人，您必须向上帝交代这个人做的好事！这个唐吉诃德，或者唐笨蛋，或者随便怎么称呼他吧，并不像您希望的那样糊涂，他只是趁机在您面前装疯卖傻。”

教士又转身对唐吉诃德说：

“还有你，蠢货，谁告诉你，说你是游侠骑士，还战胜了巨人，抓住了坏蛋？你趁早走人吧！我还告诉你，你回你的家里去，如果有孩子，养好你的孩子，管好你的财产，别再到处乱跑，装傻充愣，让认识你或不认识你的人笑话你啦。你这个倒霉鬼，无论是过去还是现在，你什么时候见过游侠骑士？西班牙有巨人吗？曼查有坏蛋吗？有你说的那个遭受魔法迫害的杜尔西内亚吗？有你说的那堆乱七八糟的东西吗？”

唐吉诃德认真倾听着那位令人尊敬的教士慷慨直言。见教士不说话了，唐吉诃德才不顾公爵和公爵夫人在座，满面怒容地站起来说道……

至于唐吉诃德怎样说，需专门记录一章。

第三十二章　唐吉诃德怒斥污蔑者以及其他严肃而又滑稽的事情

唐吉诃德站了起来，颤抖着全身，声音急促而又含糊地说道：

“此地此时以及我对您所处地位的一贯尊重，压抑了我的正义怒火。还有，就是我说过的，所有穿长袍的人都使用同女人一样的武器，那就是舌头。所以，我也只想同您开始一场舌战。我本来以为您会好言相劝，却没想到您竟然出口伤人。进行善意有效的指责应该选择其他场合，需要一定的条件。您刚才当众尖刻地指责我，显然已经完全超出了善意指责的范围。善意的指责最好是和颜悦色，而不是疾言厉色，而且，更不应该在还没搞清自己指责的对象究竟有没有错的时候，就无缘无故地指责人家是笨蛋、蠢货。请您告诉我，我究竟做了什么蠢事，值得您如此指责我？您让我回家去管好家，您可知道我有没有老婆孩子，就让我去管好老婆孩子？有的人自己在小家小户长大，所见识的只不过是他们村周围方圆二三十里地方的事，却钻到别人家去教训人，还规定骑士道应该如何如何，对游侠骑士评头论足，这难道不是胡闹吗？如果一个人东奔西走，不谋私利，历尽千辛万苦，最后得以流芳千古，你能说他虚度光阴、枉费年华吗？如果是各类骑士和各类出类拔萃、慷慨大方、出身名门的人把我看成傻瓜，我无可非议；可如果是那些从未涉足骑士道的学究把我说成是蠢货，我不以为然。我就是骑士，如果上帝愿意，我这个骑士可以去死。有的人有追求广阔天地的雄心大志，有的人有阿谀奉承的奴颜媚骨，有的人贪图虚伪的自我欺骗，还有的人追求一种真正的信仰。而我呢，只按照我的命运的指引，走游侠骑士的狭窄之路。为此，我鄙夷钱财，却不放弃荣誉。我曾经为人雪耻，拨乱反正，惩处暴孽，战胜巨人，打败妖怪。我也多情，而游侠骑士必然如此。可我不是那种低级情人，我只追求高尚的精神向往。我一直保持着我的良好追求，即善待大家，不恶对一人。请尊贵的公爵和公爵夫人评评，一个如此情趣、如此行事、如此追求的人是否应当被人称为傻瓜？”

“天啊，说得真好！”桑乔说，“您不必再说下去了，我的大人，我的主人，因为这个世界上已经没什么可再说、再想、再主张的了。这位大人一再坚持说，无论过去还是现在，世界上都没有游侠骑士。这是因为他对此一无所知，才这样说，这又有什么可奇怪的呢？”

“大概你就是那个桑乔吧，兄弟？”教士问，“据说你的主人曾许诺过给你一个岛屿？”

“我就是桑乔，”桑乔说，“而且我也同别人一样，当得了总督。我是‘近朱者赤’，属于那种‘不求同日生，但要同日过’，‘背靠大树好乘凉’的人。我已经找到了一个好主人，并且陪伴他很多个月了。假如上帝愿意，我也会变得同他一样。他长寿我也长寿；他不乏统帅的威严，我也会成为岛屿总督。”

“确实如此，桑乔。”公爵此时说道，“我这儿正好有一个不错的岛屿，没人管理，现在我就代表唐吉诃德大人，把它分配给你。”

“赶紧跪下，桑乔！”唐吉诃德说，“快吻公爵大人的脚，感谢他对你的恩赐。”

桑乔照办了。教士见状极其愤怒地从桌子旁站起身来，说道：

“我以我的教袍发誓，您像这两个罪人一样愚蠢。连明白人都变疯了，疯子岂不更疯！您接着陪他们吧。只要他们还在这儿，我就回我家去。既然说了也无济于事，我省得白费口舌。”

教士不再多说，什么也没吃便离去了。公爵夫妇请求他留下也无济于事，公爵就不再说了。他觉得教士如此生气大可不必，他已经笑得说不出话来了。

公爵最后终于止住了笑，对唐吉诃德说道：

“狮子骑士大人，您回答得太高明了，使得他无言以对。虽然他觉得这是对他的冒犯，可事实绝非如此。您很清楚，这就如同妇女不冒犯别人一样，教士也从不冒犯别人。”

“是这样。”唐吉诃德说，“道理就在于：不应该受到冒犯的人也不应该去冒犯别人。妇女、儿童和教士即使受到攻击也不能自卫，所以他们不应该受到凌辱。冒犯与凌辱之间有这种区别,这点您很清楚。凌辱来自能够做到、已经做到而且仍坚持做的一方；而冒犯可能来自任何一方，但是这并不等于凌辱。举例说吧：一个人在大街上漫不经心地走，忽然来了十个手持武器的人，把他打了。尽管他拔剑尽力自卫，仍然寡不敌众，最终没能达到自己的目的，也就是报仇。这个人受到的就是冒犯,而不是凌辱。同样的情况还可以再举另外一个例子：如果一个人正在走路，背后来了一个人打他，而且打完了就跑。挨打的人追他，结果没追上。这个挨打的人受到的也是冒犯，而不是凌辱。如果打人者还坚持打他，那才是凌辱。如果那个人打了他，尽管是突然袭击，可随后仍然持剑原地不动，面对自己的对手，那么挨打的人就是既受到了冒犯，又受到了凌辱。说他受到了冒犯是因为那个人对他突然袭击；说他受到了凌辱是因为打他的那个人不仅没有逃跑，反而留在原地不动。

“所以，按照这个决斗的规则，我很可能受到了冒犯，但是没有受到凌辱。儿童们不懂事，同妇女们一样逃跑不了，而且他们也没有能力坚持对抗。宗教界的人也同样如此。前面说到的这三种人缺少进攻和防御的能力。虽然他们本能地要保护自己，可他们无法冒犯任何人。我刚才说我可能受到了冒犯，但现在一想，这根本算不上冒犯。不能凌辱别人的人，自己也谈不上受到污辱。因此我不该生气，其实也并没有为那位善良人说我的那些话生气。我只希望过一段时间后，他能够明白，他以为世界上过去和现在都没有游侠骑士的想法是错误的。如果阿马迪斯或者他家族中的某个子孙知道了这件事，我想这对他就不妙了。”

“这点我敢肯定，”桑乔说，“他们肯定会把他像切石榴或熟透了的甜瓜似的从头到脚劈开。他们若是发起怒来可叫人够受的！我凭我的信仰发誓，我敢肯定，假如雷纳尔多斯·德蒙塔尔万听见了这小子说的话，准会一个嘴巴打得他三年说不出话来。谁要是惹了他们又想逃出他们的手心，那才是怪事呢。”

公爵夫人听了桑乔的话觉得很可笑。她觉得桑乔比唐吉诃德更滑稽更疯癫。当时在场的许多人也都这么想。

唐吉诃德终于平静下来了。宴请结束，撤去台布，又来了四个侍女。其中一个手里端着一个银盘，另一个端着一个洗手盆，也是银的，还有一个肩上搭着两块极白极高级的毛巾，最后一个裸露着半截胳膊，她那双雪白的手上托着一块那不勒斯出产的圆形香皂。托盘的侍女走过来，潇洒而又灵活地把盘子举到唐吉诃德的胡子下面。唐吉诃德一句话也没说，对眼前这个侍女的举动感到惊奇，以为这是当地的什么习惯，不洗手反倒洗胡子，于是他尽可能地把胡子往前凑。端洗手盆的侍女立刻往唐吉诃德的脸上撩水，拿香皂的侍女用手在唐吉诃德的脸上急速地抹香皂，唐吉诃德老老实实地任凭她涂抹，结果不仅他的胡子，而且他的整个脸甚至眼睛上都是雪花似的香皂沫了，唐吉诃德只好使劲闭上眼睛。公爵和公爵夫人不知其中实情，只是眼睁睁地看着侍女们到底要干什么。待唐吉诃德脸上的香皂沫有一拃厚时，涂香皂沫的侍女推说没有洗脸水了，叫端盆的侍女去加水，让唐吉诃德等着。唐吉诃德只好等在那里，当时他那可笑的样子可想而知。

当时在场的人很多，大家都看着唐吉诃德。他们见唐吉诃德把他那深褐色的脖子伸得足有半尺长，紧闭着眼睛，胡子上全是香皂沫，实在令人忍俊不禁。侍女们都低着头，不敢看自己的主人。公爵和公爵夫人觉得这些侍女既可气又可笑，不知该如何是好，到底是对她们的恶作剧进行惩罚呢，还是为她们把唐吉诃德弄成这个样子，给大家带来了快乐而给予奖励。端水盆的侍女回来后，她们为唐吉诃德洗了脸，拿毛巾的侍女为唐吉诃德仔细擦干了脸。然后，四个侍女一齐向唐吉诃德深深鞠了一躬，准备离去。可是公爵为了不让唐吉诃德看破这个恶作剧，便叫过端盆子的侍女来，对她说：

“过来帮我洗洗，你看水还没用完呢。”

侍女很机灵，走过来像对唐吉诃德那样把盆子端给公爵，并且迅速而又认真地为公爵洗脸涂香皂，并且为公爵把脸擦干净，然后鞠躬退了出去。事后才得知，原来公爵觉得如果不像唐吉诃德那样也给他洗洗脸，侍女们肯定会因为她们的恶作剧而受到惩罚。既然同样为公爵洗了脸，事情就可以巧妙地掩饰过去了。

桑乔仔细地看着这种洗脸方式，心里想："上帝保佑，这个地方是否像给骑士洗胡子一样，也有为侍从洗胡子的习惯？无论对上帝而言还是对我而言，显然都需要这么洗洗。若是再能用剃刀刮刮胡子，那就更妙了。"

"你说什么，桑乔？"公爵夫人问。

"我是说，夫人，"桑乔说，"我听说过在别处王宫贵府吃完饭要洗手，但从没听说过要洗胡子。到底还是活得越久越好，这样见识就更多。谁说活得越长，倒霉就越多呀？这样洗洗胡子毕竟不是受罪嘛。"

"别着急，桑乔，"公爵夫人说，"我让侍女们也给你洗洗胡子，以后必要时甚至可以给你大洗一通。"

"只要现在能给我洗洗胡子我就知足了，"桑乔说，"至于以后怎么样，那就看上帝怎么说了。"

"当差的，"公爵夫人对餐厅侍者说，"你就按这位好桑乔要求的去做吧，他要怎么办就怎么办。"

侍者说他愿全力为桑乔效劳，说完就带着桑乔去吃饭了。只剩下公爵夫妇和唐吉诃德天南海北地聊天，不过，都没离开习武和游侠骑士的话题。

公爵夫人请唐吉诃德描绘一下杜尔西内亚的美貌，说唐吉诃德对此肯定有幸福的回忆，据她所知，杜尔西内亚夫人的美貌不仅名扬四海，而且连曼查都知道了！唐吉诃德听了公爵夫人的话，长叹一声说道：

"假如我能够把我的心掏出来，放在您面前这张桌子上的一个盘子里，您就可以看见印在我心上的倩影，用不着我再费口舌描述她那难以形容的美貌了。不过，为什么要让我来仔细描述举世无双的杜尔西内亚的美貌呢？这件事也许别人更能胜任，像帕拉西奥、蒂曼特斯、阿佩勒斯，可以用他们的画笔，利西波可以用他的镂刀，把杜尔西内亚的相貌刻画在大理石和青铜器上；还有西塞罗和德摩斯梯尼，可以用他们的文辞来赞美她。"

“什么是德摩斯梯尼文辞，唐吉诃德大人？”公爵夫人问，“我还从来没听说过呢。”

“‘德摩斯梯尼文辞’就是‘德摩斯梯尼的文辞’，就好比说‘西塞罗文辞’是‘西塞罗的文辞’一样。他们两位是世界上最伟大的文辞家。”

“原来是这样。”公爵说，“夫人糊涂了，竟提出这种问题。尽管如此，如果唐吉诃德大人能向我们描述一下杜尔西内亚的情况，我们还是很高兴的。我敢肯定，哪怕您只是大略地描述一下，她也一定漂亮得足以让最美丽的女人嫉妒！”

“我怕把她不久前遭受的不幸从我心头抹掉，”唐吉诃德说，“不然我就加以描述了。现在，我更为她难过，而不是描述她。二位大概知道了，前些天我曾想去吻她的手，得到她的祝福，指望她允许我第三次出征，可我碰到的却是一位与我所寻求的杜尔西内亚完全不同的人。她受到魔法的迫害，从贵夫人变成了农妇，从漂亮变成了丑陋，从天使变成了魔鬼，从香气扑鼻变成了臭不可闻，从能言善辩变成了粗俗不堪，从仪态大方变成了十分轻佻，从春风满面变成了愁眉不展，总之一句话，托博索的杜尔西内亚变成了萨亚戈的一个乡下妇女。”

“上帝保佑！”公爵喊了一声，说道，“是谁制造了世界上这样大的罪恶？是谁夺走了她的美貌、气质和荣誉？”

“谁？”唐吉诃德说，“除了某个出于嫉妒而跟我过不去的恶毒的魔法师，还能有谁呢？这种坏东西生在世上就是为了污蔑诋毁好人的业绩，宣扬他们的丑恶行为。以前有魔法师跟我过不去，现在有魔法师跟我过不去，将来还会有魔法师跟我捣乱，直到把我和我的骑士精神埋葬进被遗忘的深渊。在这方面，他们选择了最能触痛我的方式，因为夺走游侠骑士的情人就好比夺走了他用于观看的眼睛，夺走照亮他的太阳，夺走养活他的食粮。我已多次说过，现在还要再说一遍，没有夫人的游侠骑士就好比没有树叶的大树，没有根基的建筑物，没有形体的阴影。”

“说得太对了，”公爵夫人说，“不过，假如我们相信前些天刚刚出版的那本已经受到了普遍欢迎的有关唐吉诃德的小说，假如我没有记错的话，那么，您好像从没见过杜尔西内亚夫人，而且这位夫人压根儿就不存在，她只是您幻想之中的一位夫人，是您在自己的意识里造就了这样一个人物，并且用您所希望的各种美德勾画了她。”

“关于这点，我可要说说。”唐吉诃德说，“上帝知道世界上到底有没有杜尔西内亚，她到底是不是虚构的人物，这种事没有必要去追根寻底。并非我无中生有，我确实把她当作一位具有各种美德、足以扬名于世的贵夫人，非常崇拜。她美丽无瑕，端庄而不高傲，多情而不失节，并且由于知恩图报而彬彬有礼，由于彬彬有礼而不失为大家闺秀，总之，正因为她出身豪门，所以才显示出她血统高贵，显示出她远比那些门第卑微的美女更完美。”

“是这样，”公爵说，“不过，唐吉诃德大人想必会允许我斗胆告诉您，我读过有关您的那本小说。按照那本小说上写的，就算在托博索或者托博索之外的什么地方有一位杜尔西内亚，而且她也像您描述得那样美丽可爱，可是若论血统高贵，她恐怕比不上奥里亚娜、阿拉斯特拉哈雷娅、马达西玛和其他此类豪门女子。像这样的豪门女子在骑士小说里比比皆是，这点您很清楚。”

“对此我要说，”唐吉诃德说，“杜尔西内亚行如其人，她的道德行为表现了她的血统。一位道德高尚的平民比一位品行低下的贵人更应当受到尊重，况且，杜尔西内亚完全有条件成为头戴王冠、手持权杖的女王呢。一位貌美品端的女子的地位应当奇迹般地提高，即使没有正式提高，也应当从精神上得到承认。”

“唐吉诃德大人，”公爵夫人说，“您说起话来真可谓是小心翼翼，就像人们常说的，字斟句酌。我从此相信，必要的话还要让我家里的所有人，包括我的丈夫相信，在托博索有个杜尔西内亚。她依然健在，而且容貌艳丽，出身高贵，值得像唐吉诃德这样的骑士为她效劳。不过，我还有一丝怀疑，并且因此对桑乔产生了一点儿说不出来的反感。我的怀疑就是那本小说里说过，桑乔把您的信送到杜尔西内亚那儿时，她正在筛一口袋麦子，而且说得很明确，是荞麦，这就让人对她的高贵血统产生怀疑了。”

唐吉诃德回答说：

“夫人，您大概知道，我遇到的全部或大部分情况都与其他游侠骑士遇到的情况不同，也许这是不可捉摸的命运的安排，也许这是某个嫉贤妒能的魔法师的捉弄。有一点已经得到了证实，那就是所有或大多数著名的游侠骑士都各有所长。他们有的不怕魔法，有的刀枪不入，譬如法国的十二廷臣之一，那个著名的罗尔丹。据说他全身只有左脚板能受到伤害，而且必须用大号针的针尖，其他任何武器都不起作用。所以，贝尔纳多·德尔卡皮奥在龙塞斯瓦列斯杀他的时候，见用铁器奈何不了他，就想起了赫拉克勒斯把据说是大地之子的凶恶巨人安泰举起杀死的办法，用双臂把罗尔丹从地上抱起，扼死了他。

“我说这些话的意思是，我也可能在这些方面有某种才能，不过不是刀枪不入的本领，因为我的经历已多次证明，我皮薄肉嫩，绝非刀枪不入。而且，我也无力抵制住魔法，因为我曾经被关进笼子里。不过，从我那次脱身之后，我相信已经没有任何魔法可以遏制我了。所以，魔法师见他们的恶毒手段对我已经不起作用，就下手害我心爱的人来报复我，想采取虐待杜尔西内亚的办法置我于死地，因为杜尔西内亚就是我的命根子。因此我觉得，当我的侍从为我送信去的时候，他们就把她变成了一个正在干筛麦子之类粗活儿的农妇。不过我已经说过，那麦子绝非荞麦或小麦，而是一颗颗东方明珠。为了证明这点，我可以告诉诸位，前不久我去了一趟托博索，却始终没找到杜尔西内亚的宫殿。第二天，我的侍从看到了她的本来面目，真可谓是世界美女之最；但在我眼里，她却成了一个粗俗丑陋的农妇，本来挺聪明的人，却变得语无伦次。我并没有身中魔法，而且照理我也不可能再中魔法了，所以，只能说是她受到了魔法的侵害，被改变了模样，是我的对手们想以她来报复我。在见到她恢复本来面目之前，我会始终为她哭泣。我说这些，是想让大家不要相信桑乔说的杜尔西内亚筛麦子的事。杜尔西内亚既然可以在我眼里被改变模样，也完全可以在桑乔眼里被改变模样。杜尔西内亚属于托博索的豪门世家，当地有很多这种高贵古老的世家。我相信，杜尔西内亚的家族一定有举足轻重的地位。在未来的几个世纪里，她的家乡一定会以她的名字命名，并且因此而名噪一时，就如同特洛伊以海伦而闻名，西班牙以卡瓦而著称一样，甚至比她们的影响还大得多。

“此外，我还想让公爵夫人知道，桑乔是有史以来游侠骑士最滑稽的侍从，而且有时候，他又傻又聪明，让人在想他到底是傻还是聪明时觉得很有趣。有时他办坏事，人家骂他混蛋；有时他又犯糊涂，人家骂他笨蛋。他怀疑一切，又相信一切。有时我以为他简直愚蠢透了，可后来才发现他真是聪明极了。总之，如果用另外一个侍从来同我换，即使再另加一座城市，我也不换。我现在正在迟疑，把他派到您赐给他的那个岛上去是否合适。至于当总督的能力，我觉得只要指点他一下，他肯定能像其他人一样当好总督。而且，我们多次的经历也证明了，做总督不一定需要很多知识和文化，现在几乎有上百个总督不识字，可是他们却管理得很好。其中的关键就在于，只要他们有良好的意图，又愿意把事情做好，就会有人为他们出主意，告诉他们应该怎样做才好。那些没有文化的优秀总督，就是靠谋士来决断事情的。我只想劝您不要贪不义之财，也不放弃应得之利。还有其他一些小建议，我暂且先留在肚子里不说，到必要的时候再说，这对于您起用桑乔以及他管理岛屿都是有益处的。”

公爵、公爵夫人和唐吉诃德刚说到这儿，忽听得城堡内一片喧闹。只见桑乔惊慌失措地猛然闯了进来，脖子上像戴围嘴儿似的围着一条围裙。他身后跟着很多用人，更确切地说，是厨房里的杂役和一些工友，其中一个人手里还端着一小盆水。看那水的颜色和浑浊的样子，大概是洗碗水。拿盆的人紧追桑乔，十分热切地要把盆送到桑乔的胡子底下，另外一个杂役看样子是想帮桑乔洗胡子。

“这是干什么，诸位？”公爵夫人问，“这是什么意思？你们想要对这位善良的人干什么？你们怎么不想想，他已经被定为总督了？”

那个要给桑乔洗胡子的杂役说：

“这位大人不愿意让我们按照规矩给他洗胡子，而我们的公爵大人和他的东家大人都是这样洗的。”

“我愿意洗，”桑乔说，“但是我想用干净点儿的毛巾，更清点儿的水,他们的手也别那么脏。我和我的主人之间不该有这么大的差别，让侍女用香水给他洗，却让这些见鬼的家伙用脏水给我洗。无论是百姓之家还是王宫的习惯，都必须不使人反感才好，更何况这儿的洗胡子习惯简直比鞭子抽还难受。我的胡子挺干净，没必要再这么折腾。谁若是想给我洗，哪怕他只是碰一碰我脑袋上的一根毛，我是说我的胡子，对不起，我就一拳打进他的脑袋。这种怪‘鬼矩’和洗法不像是招待客人，倒像是要弄客人呢。”

公爵夫人见桑乔气成这个样子，又听他说了这番话，不禁笑了。唐吉诃德见桑乔这副打扮，身上围着斑纹围裙，周围还有一大群厨房的杂役，便有些不高兴。唐吉诃德向公爵和公爵夫人深深鞠了一躬，像是请求他们允许自己讲话，然后就声音平缓地对那些用人说道：

“你们好，小伙子们，请你们放开他吧。你们刚才从哪儿来的，现在请回到哪儿去，或者去你们想去的地方吧。我的侍从现在脸很干净，这套东西只能让他感到难受。听我的话，把他放开吧。他和我都不习惯开玩笑。”

桑乔又接过话来说道：

“你们这是拿笨蛋开心！我现在简直是活受罪！你们拿个梳子或者别的什么来，把我的胡子梳一梳，如果能梳出什么不干净的东西，那就给我剃个阴阳头！”

公爵夫人并没有因此而止住笑，她说道：

“桑乔说得很有道理，他说什么事儿都有道理。就像他说的，他现在挺干净的，没必要洗，既然他不习惯我们这儿的习惯，就请他自便吧。你们这些人也太不在意，或者说你们太冒失了，对于这样一位人物，对于这样的胡子，你们不用纯金的托盘和洗手盆以及德国毛巾，却把木盆和擦碗用的抹布拿来了。反正一句话，你们是一群没有教养的混蛋。正因为你们是一群坏蛋，才对游侠骑士的侍从不由自主地表现出恶意。”

那些杂役和与他们同来的餐厅侍者以为公爵夫人真是在说他们，便赶紧把围裙从桑乔脖子上拿下来，慌作一团地退了出去，撇下了桑乔。桑乔见自己已经摆脱了他认为是天大的危险，立刻跪到公爵夫人面前，说道：

“夫人尊贵，恩德无限。您对我的恩德，我唯有在来世被封为游侠骑士后终生服侍您才能报答。我是个农夫，名叫桑乔·潘萨，已婚，有子女，给人当侍从。如果我有什么能为您效劳的地方，只要您吩咐一声，我俯首听命。”

“桑乔，”公爵夫人说，“看来你已经在礼貌中学到了礼貌。我是说，你已经在唐吉诃德大人的熏陶下学会了礼貌，可以说是礼貌的规矩或者如你所说的‘鬼矩’的榜样了。有这样的主人和仆人多好！一位是游侠骑士的北斗，一位是忠实侍从的指南。起来吧，桑乔朋友，对于你的礼貌，我也予以回报。我要敦促公爵大人尽快履行让你做总督的诺言。”

他们的谈话到此结束。唐吉诃德去午休，公爵夫人对桑乔说，如果他不是特别困乏的话，就请他陪同自己和侍女们到一个凉爽的客厅去度过下午。桑乔说，夏季他有每天睡四五个小时午觉的习惯，不过为了给夫人效劳，他宁愿争取全天不睡觉，随时听候夫人的吩咐。说完他便离去了。于是，公爵又吩咐家人怎样按照古代骑士的习惯，把唐吉诃德当作游侠骑士款待好。

第三十三章　公爵夫人与侍女同桑乔的趣谈，值得一读并记载下来

据说桑乔那天没有睡午觉，因为他有言在先，所以吃完饭就去找公爵夫人了。公爵夫人很愿意听桑乔说话，就让他坐在自己身旁的矮凳上。桑乔很有教养，不肯坐。公爵夫人就让他以总督的身份坐下来，以侍从的身份说话。有这两种身份，就是勇士锡德·鲁伊·迪亚斯的椅子也能坐。桑乔耸了耸肩膀，表示服从，便坐下了。公爵夫人的所有女仆都过来了，极其安静地围着桑乔，想听听他到底讲什么。不料公爵夫人先开了口，她说道：

“趁着现在没有外人在场听咱们说话，我想请教一下总督大人。我读了已经出版的那本写伟大骑士唐吉诃德的小说，有几个疑问，其中一个就是善良的桑乔既然没见过杜尔西内亚，我指的是托博索的杜尔西内亚夫人，也没有替唐吉诃德大人带信去，因为那封信还留在莫雷纳山唐吉诃德的记事本上，桑乔怎么敢大胆瞎编，说什么他看见杜尔西内亚夫人正在筛麦子呢？这是一派胡言，既不利于举世无双的杜尔西内亚的名誉，也与忠诚侍从的身份和品性不相称嘛。”

桑乔一句话也没回答，站起身来，弯着腰，把手指放在嘴唇上，轻手轻脚沿着整个客厅走了一遍，又把所有窗帘都掀起来看了看，然后才重新坐下说道：

“夫人，我刚才已经看过了，除了在场的各位之外，没有人偷听咱们的谈话。现在，无论是您刚才那个问题还是其他任何问题，我都可以放心大胆地回答了。我首先要告诉您的是，我的主人唐吉诃德是个十足的疯子，尽管有时候他说起事情来让我觉得，甚至让所有听他议论的人都觉得，他讲得明明白白，头头是道，连魔鬼都比不上。即使这样，我也可以坦率地说，他是个疯子。这点我已经想象到了，所以才敢瞎编一些完全是无中生有的事情，例如那次回信的事。还有一件七八天前的事，这件事还没写进小说里去呢，我认为应该写进去，那就是我们的夫人杜尔西内亚中魔法的事儿。我告诉他杜尔西内亚中了魔法，其实那是没影儿的事。”

公爵夫人请桑乔讲讲那件事儿或者说那个玩笑，桑乔就一五一十地讲了一遍，在场的人都听得津津有味。后来公爵夫人说：

“听了这位好桑乔讲的事儿，我不禁心生疑窦，仿佛有个确确实实的声音在我耳边说：‘如果曼查的唐吉诃德是个疯子、笨蛋，是个头脑发昏的人，而且他的侍从桑乔对此很清楚，尽管如此桑乔还是服侍他，跟随他，仍然执著地相信唐吉诃德那些不可能实现的诺言，那么，桑乔一定比自己的主人更疯癫、更愚蠢。既然这样，公爵夫人，你打算把岛屿交给他去管就是失策了。他连自己都管不好，怎么能管得好其他人呢？’”

“上帝保佑，夫人，”桑乔说，“您这个疑虑来得真突然。不过您尽可以直言，或者随您怎么说吧，我承认您说的是事实。我要是聪明的话，早就离开我的主人了。可这就是我的命运，是我的不幸。我只能跟随他。我们是同一个地方的人，我服侍过他，他是知恩图报的人，把他的几头驴驹给了我。更重要的是，我是个忠心的人。现在除了铁锹和锄头，已经没有任何东西能把我们分开了。如果您不愿意把已经答应的总督位置给我，我当总督就没希望了。不过，不当总督我心里更踏实。我虽然不聪明，却懂得‘蚂蚁遭祸因为长翅膀’，说不定当侍从的桑乔比当总督的桑乔更容易升天堂哩。‘此地彼处一样好’，‘夜晚猫儿都是褐色的’，‘人最大的不幸是下午两点还没吃上早饭’，‘谁的胃也不比别人的胃大多少’。而且就像人们常说的，‘不管是好是赖都能吃饱’，‘田间小鸟自有上帝供养’，‘四米昆卡粗呢比四米塞戈维亚细呢更保暖’呢。当我们离开这个世界入土的时候，无论是君主还是工友，都得同走这条狭路，无论是教皇还是教堂司事，谁的身体也多占不了地方，尽管前者比后者的身份高得多。只要进了坟墓，我们都得收缩，或者不由自主地收缩，不管我们愿意不愿意，不管我们知道不知道。

“我再说一遍，如果您觉得我笨，不愿意把岛屿给我，我知道这跟聪明不聪明根本没关系。我听说，‘十字架后有魔鬼’，‘闪光的不一定都是金子’。如果古代叙事歌谣没有说谎的话，赶牛使犁拉轭绳的庄稼汉万巴后来成了西班牙国王；而细绸锦缎、花天酒地和堆金积玉的国王罗德里戈后来却被喂了蛇。”

“怎么会说谎呢！”一直在旁边听着的那个女仆唐娜罗德里格斯插嘴道，“有一首歌谣就说罗德里戈国王被活活扔进一个满是癞蛤蟆、毒蛇和蜥蜴的坑里。两天之后，国王还在坑里低声沉痛地哼哼道：

> 我的身上罪恶重，
> 它们就在我身上咬。

由此说来，这位大人说他宁愿做农夫而不愿做国王就很有道理了，免得被那些爬虫吃了。”

听了女仆的这些蠢话，公爵夫人可笑不出来了。同时，她对桑乔的那番议论和成串的俗语感到惊奇，对桑乔说道：

"你知道，好桑乔，君子一言，即使豁出性命也得兑现。我的丈夫公爵大人虽然不是游侠骑士，但这并不等于他不是君子，所以他一定会履行他的诺言，把岛屿给你，不管其他人如何嫉妒，如何捣乱。打起精神来吧，桑乔，你会在你意想不到的时候坐上岛屿总督的宝座，行使你的管辖权。除非以后有更好的美差，你千万不要放弃。我要提醒你，你要注意管好你的臣民，他们都忠心耿耿，而且出身高贵。"

"应该好好管理他们之类的话不用您嘱咐我，"桑乔说，"我生性仁慈，而且同情穷人。别人的事情别人做，谁也别惦记。我凭我的信仰发誓，谁也别想哄我。我也算个老家伙了，什么都见过。我知道该怎么应付事儿，谁也别想糊弄我，我自己怎么回事我自己知道。我说这些话无非是说，谁若是对我好，什么都好商量，若是对我不好，那就什么都别提了。我觉得当总督这样的事关键在于开头，等当了一段时间后就会得心应手，而且会比我从小就熟悉的农村活计更熟悉。"

"你说得对，桑乔，"公爵夫人说，"谁也不是生来就会做事的。主教也来自人间，而不是石头造就的。不过，咱们还是回到刚才谈到的杜尔西内亚夫人中魔法那件事上来吧。我现在已经查明，桑乔自以为他戏弄了主人，让主人以为那个农妇就是杜尔西内亚，如果主人没有认出杜尔西内亚，那就是杜尔西内亚被魔法改变了模样，所有这些都是跟唐吉诃德大人过不去的某个魔法师一手造成的。但是我确信，跳上驴背的那个农妇真的是托博索的杜尔西内亚。善良的桑乔以为他骗了人，其实是他自己被骗了。有些事我们虽然没亲眼看到，却是确凿无疑的事实。桑乔你应该知道，我们这儿也有魔法师，只不过他们对我们很友好，告诉我们世界上发生的各种事情，而且原原本本，没有任何编造。相信我吧，桑乔，那个跳上驴背的农妇就是托博索的杜尔西内亚，此事千真万确！说不定哪一天，咱们就会看到杜尔西内亚的本来面目，到那个时候桑乔就会明白是自己上当了。"

"这倒完全有可能。"桑乔说，"我现在愿意相信，我的主人介绍的他在蒙特西诺斯洞窟里的见闻都是真的，他说他看见杜尔西内亚夫人穿的就是我胡说她被魔法改变模样后穿的那套衣服。可是若照夫人您所说，这一切都该是相反的。我的低下智力既不会也不应该一下子编出那么完整的谎话来。我的主人即使再疯癫，也不会相信一套如此荒诞离奇的事情。夫人，您不要以为我有什么坏心，像我这样一个笨蛋，不可能识破魔法师的恶毒诡计。我编造那个谎话是为了逃脱主人对我的惩罚，并不是存心同他捣乱。如果事与愿违，有上帝在天上可以明断。”

“此话有理，”公爵夫人说，“不过桑乔，你给我讲讲蒙特西诺斯洞窟是怎么回事吧，我很想听呢。”

于是，桑乔又把那次经历的事情讲了一遍。公爵夫人听罢说道：

“从这件事里可以推断出，伟大的唐吉诃德说他看到了桑乔在托博索城外看到的那位农妇，那么她肯定就是杜尔西内亚。那儿的魔法师都很精明，很不一般。”

“所以我说，”桑乔说，“如果我们的杜尔西内亚夫人中了魔法，那就由她去受罪吧。我犯不着去同我主人的冤家对头打架，他们人数很多，又很恶毒。我看到了一位农妇，这是事实，我觉得她是个农妇，所以就认为她是农妇了。如果那人是杜尔西内亚，我并不知情，所以不怨我，无论如何也不能怨我。你们不要总是怨我，整天吵吵嚷嚷什么‘这是桑乔说的’，‘这是桑乔做的’，‘这又是桑乔做的’，‘这还是桑乔干的’，就好像桑乔是谁都可以指责的人，而不是桑乔本来那个人，参孙·卡拉斯科说的那个已经被写进书里的桑乔似的。参孙·卡拉斯科至少是在萨拉曼卡毕业的学士，他不应该说谎，除非是别有用心。所以，谁也没必要跟我过不去，我已经名声在外了。我听我主人说，一个人的名声比很多财富都重要。所以，还是让我去当总督吧，我一定会让大家喜出望外。能当好侍从的人，也能当好总督。”

“善良的桑乔刚才说的全是卡顿式的警句，”公爵夫人说，“至少像英年早逝的米卡埃尔·贝里诺的思想，就像他自己说的那样，‘穿破衣不妨有海量’。”

“是的，夫人，”桑乔说，“我这辈子从没喝多过，除非有时候口渴了。我从来也不装模作样，想喝就喝，不想喝的时候，如果有人请我喝，为了不让人以为我假惺惺或者没规矩，我也喝。朋友请我干一杯，我不回敬人家一杯，那心肠也未免太狠了吧？不过，我虽然常在河边走，就是不湿鞋。况且，游侠骑士的侍从平时只喝水，因为他们常常出没于深山老林，走荒野，攀峭壁，即使出再大的价钱，也换不到一丁点儿葡萄酒。”

“我也这样认为。”公爵夫人说，“现在，让桑乔先去休息吧，然后咱们再长谈。我们很快就会像桑乔说的那样，把他放到总督职位上去。”

桑乔又吻了公爵夫人的手，并请求公爵夫人照看好他的灰灰儿，灰灰儿简直就是他的命根子。

“什么灰灰儿？”公爵夫人问。

“就是我的驴。”桑乔说，“我不愿意叫它驴，所以叫它灰灰。我刚到城堡时，曾请求那位女仆帮我照看它，结果把她吓成那个样子，好像谁说她丑了或者老了似的。其实，喂牲口跟在客厅里装门面相比更是她分内的事。上帝保佑，我们家乡有个绅士，对这种婆娘简直讨厌透了！”

“他大概是个乡巴佬吧。”女佣唐娜罗德里格斯说，“如果他是个绅士，有教养，就会把女仆们捧上天。”

“好了，”公爵夫人说，“别再说了，唐娜罗德里格斯快住嘴吧，桑乔大人也静一静，照管灰灰的事儿由我负责。既然它是桑乔的宠物，我一定会像对待自己的眼睛一样对待它。”

“让它待在马厩里就行了。”桑乔说，“要说您像对待自己的眼睛一样对待它，无论是它还是我，都实在不敢当，让我简直如坐针毡。尽管我的主人说过，即使输牌，也要先输大的，可是对驴就不一样了，应该照章办事，公事公办。”

“你带着驴去上任当总督吧，”公爵夫人说，“到了那儿，你可以如意地伺候它，也可以让它退休。”

“公爵夫人，”桑乔说，“您不要以为您说得言过其实了。我就见过至少有两个人是骑着驴去当总督的。所以，我骑着我的驴上任当总督也算不得新鲜事儿。”

桑乔这番话又惹得公爵夫人开心地大笑起来。她打发桑乔去休息，自己则把刚刚发生的事情都告诉了公爵。两人又一同策划完全按招待骑士的那套方法招待唐吉诃德，好拿他开开心。他们的玩笑开得精彩别致，在这部巨著里是十分出色的。

第三十四章　为杜尔西内亚解除魔法，本书最奇特的经历之一

公爵和公爵夫人觉得同唐吉诃德和桑乔的谈话非常有趣，于是他们进一步拿他们开心，决定按照唐吉诃德说他在蒙特西诺斯洞窟里看到的那种情况，布置一场大闹剧。不过，公爵夫人没想到桑乔竟会如此单纯，当初明明是他一手制造了杜尔西内亚被魔法改变了模样的荒唐之说，现在他自己却又信以为真了。公爵和公爵夫人吩咐手下人如何如何行事。六天之后，他们率领大批猎手像陪同国王似的邀请唐吉诃德和桑乔去打猎。公爵和公爵夫人送给唐吉诃德一套猎装，另外也送了一套青色细呢猎装给桑乔。可是唐吉诃德不愿意穿那套猎装，说他第二天还得重新投入艰苦的戎马生涯，不可能带什么衣柜或食品柜。桑乔却接受了送给他的那套猎装，打算以后有机会就把那套衣服卖掉。

打猎那天，唐吉诃德浑身披挂，桑乔也穿好衣服，骑上驴，加入了打猎的行列。虽然人家愿意为他提供一匹马，可他还是舍不得那头驴。公爵夫人整装一新，大大方方地走出来。唐吉诃德出于礼貌，尽管公爵极力反对，还是坚持为公爵夫人的马牵着缰绳。他们来到两座高山中间的一片树林中，大家分散开来，各自找好自己的位置和埋伏处，随后便高声喊叫起来，开始围猎。他们的喊声很大，再加上狗叫声和号角声，以至于彼此之间连说话都听不见了。

公爵夫人下了马，手持一把锐利的投枪站在她以为野猪经常出没的地方。公爵和唐吉诃德也下马站在公爵夫人两侧。桑乔位于他们后面。他并没有下驴，不愿意冒险让他的驴遭到不测。他们的两边站着许多用人。大家刚刚站定，就看见一头巨大的野猪龇牙咧嘴、口吐白沫地向他们奔来，后面有一群猎人和猎犬在追赶。唐吉诃德见状抄起剑，拿起盾，抢先迎上去。公爵也手持投枪迎上去，不过，若不是公爵拦着，抢在最前面的还是公爵夫人。只有桑乔一见到这头凶猛的野兽，就撇下他的驴拼命跑起来。桑乔想爬上一棵圣栎树，却又爬不上去，只能抓住一根树枝，在树干上往上蹿。偏偏该他倒霉，树枝折断了。他摔下来时又被椏杈挂住悬在了半空。

桑乔眼看自己的绿色猎装就要被撕破，而且觉得那只野兽马上就要够着自己了，便大声喊救命，而且声音非常急迫。若是没看见他，光听他那喊声，准以为他已经被野猪咬着了。后来，野猪终于被众多的投枪刺倒了。唐吉诃德循着桑乔的喊声回头望，只见桑乔倒挂在树上，旁边是那头跟桑乔患难与共的灰驴。正如锡德·哈迈德所说，很少看见有桑乔没驴的时候，也很少看见有驴没桑乔的时候，两者之间的友谊和信任已经达到了这种程度。

唐吉诃德过去把桑乔解了下来。桑乔落地脱了身，见自己的猎装被撕破了，心疼得要死，因为他本来把那件衣服当成了一份资产。这时，有几个人已经把野猪横放到一匹骡子的背上，又用迷迭香和爱神木的树枝把野猪盖上，把它作为战利品带到了树林中搭设的几个帐篷那儿。帐篷里已经摆好了桌子，准备好了丰盛的酒席，让人一眼便知主人在此摆出了极大的排场。桑乔指着他那件撕破的衣服说：

“假如咱们打的只是兔子或小鸟，我的衣服肯定不会弄成这个样子。我不知道打这样一头野兽有什么好玩儿。要是被它咬一口，那就连命都没了。我记得一首老歌谣唱道：

就像著名的法维拉一样
被熊吃掉。”

“那是一位哥特族国王。”唐吉诃德说，“他去打猎时，被熊吃掉了。”

“我说的就是他。”桑乔说，“我不赞成让所有的王宫贵族都冒这样的危险，去换取一种无谓的乐趣，况且，这种乐趣只是杀死一头没犯任何罪的野兽。”

“你又错了，桑乔，”公爵说，“围猎是王宫贵人最适宜而又最不可缺少的一件事。狩猎可以说是战争的一种表现形式，也需要利用战术、狡诈和诡计去打败敌人。为此，需要忍受凛冽的严寒和难以忍受的酷暑，不得休息和睡眠。它可以锻炼人的力量，使人们的四肢更加灵活。总之，这是一项对任何人都没有害处的活动，并且可以给很多人带来欢乐。而它最大的好处就在于它不同于一般狩猎，那是大家都可以从事的。它就像用鹰打猎一样，只有王公贵族才能做到。所以桑乔啊，你得改变一下看法。等你当了总督，也去打猎的时候，你就知道打猎有多大的好处了。”

“不见得吧，”桑乔说，“优秀的总督应当是大门不出，二门不迈。有人气喘吁吁地跑来找他办事，他却在山上消遣打猎呢，这样不合适呀！这样的总督太差劲了。大人，我觉得打猎和消遣是游手好闲之徒的事，而不是总督的事。我想要的娱乐就是复活节时打打牌，星期日或节日时打打球。什么打猎、打累呀，我既不习惯，也不忍心那样做。”

“上帝保佑，但愿如此，桑乔，说是说，做是做，两者并不是一回事。”

“不管怎么说，”桑乔说，“‘打算还债，就不能心疼抵押品’，‘上帝帮忙胜过自己瞎忙’，‘肚子填满，腿就不软’。我是说，只要上帝肯帮忙，我当总督肯定比谁都当得好。不信你们就试试看，看我到底行不行！”

“你真该被上帝和所有的圣贤诅咒，该死的桑乔！”唐吉诃德说，“我说过多少回了，你什么时候才可以不扯俗语就把事情说清楚呀！两位大人，别理这个笨蛋，他真能把人烦死。他说起话来可不是一两句俗语哩。要是上帝不谴责，我再愿意听，他能够讲上两千句呢！”

公爵夫人说："即使桑乔的俗语比希腊修道院长[①]的俗语还多，也不会因为多就减少了其价值。从我这方面来说，即使别的俗语说得再好，比他用的更恰当，我也还是乐意听他讲。"

他们说着闲话，走出帐篷，察看了几个埋伏处和岗哨，一天就过去了，夜幕渐渐降临。虽然是仲夏之夜，却不像往常那样明晰宁静，仿佛天公作美，朦胧的月色也要帮助公爵实现自己的目的似的。天色渐黑，黄昏刚刚来临，树林里突然狼烟四起，接着便听到远远近近一片号角和军乐声，仿佛有大批骑兵从树林里通过。伴着震耳欲聋的军乐声，耀眼的火光使周围的人几乎看不清眼前的一切，就更不用说森林里面的人了。随后，便是摩尔人打仗时呼喊的"雷里里"声，喇叭、号角和战鼓声连在一起，谁听了都会张皇失措。公爵慌乱，公爵夫人愕然，唐吉诃德惊讶不已，桑乔浑身颤抖，最后连一些知情人都害怕了。恐惧使大家都闭上了嘴。这时，一个魔鬼装束的驿车向导从他们面前跑过。不过他没有像其他向导那样吹着喇叭，而是吹着一只很大的空心牛角，牛角发出空荡而又可怕的声音。

"喂，向导兄弟，"公爵说，"你是谁？到哪儿去？似乎有军队从此地路过，那是些什么人？"

向导的声音既响亮又令人恐惧，他说道：

"我是魔鬼，我来寻找曼查的唐吉诃德。来到此地的是六支魔法师军队，他们用一辆彩车载来了托博索的举世无双的杜尔西内亚。她同法国勇士蒙特西诺斯一起被魔法制服了。她是来命令唐吉诃德为她解除魔法的。"

"如果你真像你说的那样，而且也像你的外观那样是魔鬼，你就应该认识曼查的唐吉诃德呀，他现在就在你面前。"

"我向上帝并且凭着我的良心发誓，"魔鬼说，"我并不认识他。现在我脑子里有好多乱七八糟的事情，倒把主要的事儿忘了。"

"这个魔鬼肯定是好人，是个好基督徒，"桑乔说，"否则他就不

---

① 此处指萨拉曼卡教授、圣地亚哥修道院院长和古希腊文化学者埃尔南·努涅斯·古斯曼。他曾于 1555 年出版了一本俗语专集。

会说‘向上帝并且凭着我的良心发誓’了。现在我明白了，即使在地狱里也有好人。”

那魔鬼说完并没有下马，却转过头去对唐吉诃德说：

“狮子骑士，我真想看到你落到狮子爪下！落难的勇士蒙特西诺斯派我来，让我一碰到你就告诉你，让你在原地等他，他要带着托博索的杜尔西内亚夫人来找你，让你为她破除魔法。我的任务仅只如此，没有必要再耽搁了。愿所有像我一样的魔鬼同你在一起，愿善良的天使同这些大人在一起。”

说完他又吹起那只巨大的牛角，不等别人说什么，便转身离去了。

大家这次更惊讶了，尤其是桑乔和唐吉诃德。桑乔知道杜尔西内亚中魔法的事情是假的，所以对此事居然弄假成真感到惊讶。而唐吉诃德惊讶的是，这样就更不明白自己在蒙特西诺斯洞窟遇到的事情是真还是假了。大家正想着，只听公爵说道：

“您想在这儿等吗，唐吉诃德大人？”

“为什么不等呢？”唐吉诃德说，“即使地狱里的所有魔鬼都来找我，我也毫无畏惧，岿然不动。”

桑乔说：“如果我再看见一个魔鬼，再听到刚才那种牛角声，我就说不准还等不等了。”

此时天色已经完全黑下来，树林里流动着许多火光，仿佛大地冒出了阵阵气体飘浮在空中，在我们眼里仿佛变成了颗颗流星。这时，又听到一种类似牛车的实心轮子发出的声音。那种持续不断的凄厉声音，即使狼和熊也会被吓跑。伴着这种声音的是另外一种可怕的猛烈枪炮声，而且声音越来越响，仿佛树林里真的是四面开战了。那边响起了密集的枪声，近处又听到战士的呐喊，远处则是摩尔人的“雷里里”声。总之，号音、牛角、喇叭、战鼓、炮火、枪声，特别是那种可怕的车轮声，汇成了一种混乱而又令人恐惧的声音，连唐吉诃德也得鼓足他的全部勇气才勉强支撑住。桑乔已经吓昏了，倒在公爵夫人的裙下。公爵夫人忙吩咐往桑乔脸上泼水。

泼完水后，桑乔发现一辆发出那种吱嘎轮声的牛车来到了他们那个哨位。四头懒洋洋的牛罩着黑色饰布，拉着那辆车，每头牛的牛角上都缚着一支点燃的四芯大蜡烛。车上有个高高的椅子，椅子上坐着一位令人肃然起敬的老者。老人的胡子比雪还白，并且长长地垂过腰间，身上穿的是黑色粗麻布长袍。牛车上点着无数支蜡烛，因此可以清楚地看到车上的一切。两个也穿着同样的粗麻布衣的魔鬼牵着牛车。魔鬼的面目太丑了，桑乔只看了一眼，就不敢再看。牛车来到哨位前站住了。那位令人肃然起敬的老者从他那高高的椅子上站起来，大声说道：

“我是智者利尔甘多。”

他不再说什么，牛车继续向前走。随之而来的是另外一辆样式完全相同的牛车，以及另外一位傲慢的老者。老者让牛车停下，也同样威严地说道：

“我是智者阿尔基费，是变幻莫测的乌尔甘达的老朋友。”

牛车继续向前走，接着又来了一辆牛车。不过，这回车上坐的不像刚才那两辆车上的老者，而是一个身体强壮、面目丑恶的彪形大汉。他一到，就像刚才那两个人一样站起来，声音更响亮、更可怕地说道：

“我是魔法师阿卡劳斯，是高卢的阿马迪斯和他所有亲属的死对头。”

牛车继续向前走。三辆牛车走出不远便停住了，车轮那种刺耳的声音也随之而止，接着便是一种轻柔悦耳的音乐。桑乔听了很高兴，觉得这是个好兆头。他一直待在公爵夫人身旁，此时便对公爵夫人说道：

“夫人，有音乐就不会有麻烦事了。”

“有光亮的地方也不会有麻烦事。”公爵夫人说。

桑乔说道：

“火产生光，火堆发出亮。现在火已经向我们靠近，很可能要烧着我们了。不过，音乐毕竟是欢乐和节日的征兆。”

“咱们看看再说吧。”唐吉诃德听了桑乔的话说道。

唐吉诃德说对了。详情请看下章。

第三十五章　续谈唐吉诃德为杜尔西内亚解除魔法，以及其他奇事

随着优美的音乐，一辆彩车向他们开来。彩车由六匹披着白麻布的棕色骡子拉着，而每匹骡子背上都骑着一位光赎罪者[①]。他们都穿着白衣服，手里各举一支大蜡烛。这辆车比刚才那几辆车大两三倍，车上两侧站着另十二名赎罪者。他们的衣服比雪还白，手里也都拿着点燃的大蜡烛，让人惊奇不已。在高高的宝座上端坐着一位仙女。她身穿千层银纱，纱上又有极小的金箔点缀，即使称不上华丽，至少也可以说是引人注目。她的脸上罩着薄纱，透过轻纱，可以看到她那清秀无比的脸庞。明亮的烛光可以让人看出她的姣好容貌与妙龄，看起来还不到二十岁，但是又超过十七岁。她的身旁是一个身穿拖地衣的人。那人的衣服盖到了脚面，头上还罩着黑纱巾。车子到公爵、公爵夫人和唐吉诃德面前停下了，音乐声戛然而止。接着，车上又响起了竖琴和诗琴声。穿拖地长袍的人站了起来，把衣服向两边掀开，又揭掉头上的纱巾，竟露出一副骷髅相，十分难看。唐吉诃德见了不禁有些惊慌，桑乔见了更是怕得要死，公爵和公爵夫人也有些惴惴不安。这个活骷髅站起来，声音仍带着某种睡意，舌头有些发涩地说道：

　　我就是小说中
多年误传
父亲为魔鬼的梅尔林。
我是魔法之王，琐罗亚斯德教的

---

① 赎罪者可分为光赎罪者和血赎罪者。前者手举蜡烛，后者鞭打自己，以示赎罪。

君主和化身。
我与时代和世纪抗衡，
不让时代和世纪湮灭
英勇的游侠骑士的殊勋，
我眷顾他们自始至今。
虽然众多的魔法师和巫师
心狠手辣，冷酷无情，
奸诈阴险，
我却心慈手软，乐善好施，
普度众生。

在阴森的狄斯[①]府里，
我的魂灵绘写符咒和字样，
聚精会神，
忽然传来了托博索的杜尔西内亚
痛苦的声音，
方得知她不幸身中魔法，
从贵夫人变成了农妇，
我心痛如焚。
在阴暗可怕的地府内，
我潜心研究，
翻阅书籍无数本，
今日方得来解除
这万恶祸根。

噢，智勇双全的唐吉诃德大人，
你是所有身披盔甲的
勇士的骄傲，
你是所有
抛弃愚梦，投笔从戎，

① 狄斯是冥王普卢同的别名。狄斯府指地狱。

从事艰苦流血生涯者的
明灯和指路人。
我要告诉你,
荣获赞誉的勇士,
曼查的辉煌，西班牙的星辰，
为了恢复杜尔西内亚的
音容笑貌,
需要你的侍从桑乔
在光天化日之下,
裸露他的肥屁股
自抽三千三百鞭,
直打得他疼痛难忍。
此乃制造此劫难的魔法师们
商量决定。
我就是为此而来，谨告诸位大人。

“见他的鬼去吧！”桑乔说，“别说打三千鞭子，就是打我三鞭子，也跟捅我三刀一样疼！这叫什么解除魔法的鬼主意呀！上帝保佑，如果解除杜尔西内亚所遭受的魔法，梅尔林大人只有这个办法，那还是让杜尔西内亚带着魔法进坟墓去吧！”

“你这个乡巴佬，没有教养的东西，”唐吉诃德说，“我真该把你捆在树上，剥得一丝不挂，不是打你三千三百鞭子，而是打你六千六百鞭子，而且要打得结结实实，让你挣三千三百下也挣脱不了！你别跟我顶嘴，否则我就宰了你。”

梅尔林闻言说道：

“别这样，应该让善良的桑乔在自愿的时候自觉地吃鞭子，不要强迫。不要给他规定期限。如果桑乔愿意让别人来打，可以给他减少一半数量，不过那就可能打得重些。”

“不管是别人打还是我自己打，不管是手重还是手轻，”桑乔说，“谁也休想碰我一下。难道我是为了杜尔西内亚才活着的吗？她的脸受了罪就该让我拿屁股来补偿吗？我的主人跟她才是一回事呢，动不动就叫她‘我的宝贝’、‘我的命根子’、‘我的靠山’什么的，他才应该为杜尔西内亚受过，为杜尔西内亚摆脱魔法尽心竭力呢！为什么要打我？我‘急绝’！”

桑乔刚说完，梅尔林身边那位披着银纱的少女就站起身来，掀掉脸上的薄纱，露出一张非常美丽的脸庞。她的举止有些男子气，而且声音也不像女子，她面对桑乔说道：

“你这个倒霉的侍从，愚蠢的家伙，硬心肠的东西，坏蛋，不要脸的人，人类的公敌！如果有人命令你从一个高塔上跳下来，要求你吃一打癞蛤蟆、两条蜥蜴和三条蛇，劝你用一把又长又尖的大刀把你老婆孩子都杀了，而你犹豫彷徨逃避，那倒还不算新鲜。想不到只挨三千三百鞭子，你就当回事了，孤儿院收养的那些孤儿，不管淘气不淘气，哪个月不挨鞭子？像你这么说，哪个慈善心肠的人听见了，哪怕是以后听见了，不会诧异愕然？你这个可怜而又狠心的畜生，用你那双贼眼看看我的眼睛吧，和我这双明亮的眼睛比较一下吧，你就会看到泪水正一缕缕缓慢而持续地流淌，在我美丽的面颊上形成了一条条沟沟坎坎。动动心吧，你这个卑鄙恶毒的妖怪。我正值豆蔻年华，我才十几岁，才十九岁，还不到二十岁，却要在这农妇的相貌下凋零枯萎！也许我现在的样子还不像农妇，那是这位在场的梅尔林大人特别关照的结果，而这仅仅是为了让你见到我的美貌后心肠变软。我这痛苦的美貌，即使石头见了也会变成像棉花一样软，即使猛虎见了也会变成像绵羊一样温顺。赶紧打吧，你这桀骜不驯的怪兽，拿出你吃东西的那股劲头来，恢复我平滑的肌肤、温顺的性情和秀丽的面容吧。如果你的心不愿为我所动，不愿为我效劳，你也该为你身旁这位可怜的骑士着想呀！我是指你的主人，我看见他的灵魂已经哽在喉咙里，离嘴唇不远了，只等你一个冷酷或温情的回答，就会脱口而出或者咽回肚里呢。”

唐吉诃德听到此话，用手摸了摸喉咙，转身对公爵说道：

“我向上帝发誓，大人，杜尔西内亚说的是真的，我的灵魂已经在喉咙这儿了，正哽在这里呢。”

“你说这事该怎么办呢，桑乔？”公爵夫人问。

“夫人，”桑乔说，“我还是刚才那句话，我‘急绝’！”

“应该说‘拒绝’，桑乔，你刚才说得不对。”公爵说。

“您别跟我那么较真儿。”桑乔说，“我现在没时间考虑那么细，说得差不多就行了。我应该挨的这些鞭子，或者我必须挨的这些鞭子，搅得我心烦意乱，我也不知道该怎么说，怎么做了。我倒是想知道，我们的杜尔西内亚夫人从哪儿学会了这样央求人。她让我露出肉来挨打，却骂我是愚蠢的家伙、桀骜的怪兽等一大串难听的话，谁能受得了呀！难道我的皮肉是铁打的，或者跟是否能解除魔法有什么相干？她并没有拿一筐家用的白单子、衬衫、头巾和短袜来感谢我呀！老实说，这些东西我都用不着，可是总不该一句接一句地骂我呀。她知道不知道俗话说的，‘驴背驮金，上山才有劲’，‘礼物能够打碎顽石’，‘一边求上帝，一边给实惠’，‘给一样胜过两声空许诺’？至于我的主人，也应该好好地哄我，让我高兴，我不就服服帖帖了吗？可是他却说要抓住我，剥光我的衣服，把我捆在树上，再多打一倍鞭子！若真是那样，诸位好心的大人不妨想想，挨打的人不光是侍从，而且还是总督呢！就像人们常说的，‘那就更不得了啦’！这帮人真该好好学学怎样央求人，学学讲礼貌。就是同一个人，也不会总是那么好脾气呀。我现在看见我的绿猎装撕破了正难过得要死，他们却来让我心甘情愿地挨鞭打，这不是自找没趣嘛！”

“实际上，桑乔朋友，”公爵说，“如果你不服服帖帖，你就谋不到总督的位置。如果我给我的臣民委派一个残忍冷酷、在落难女子的眼泪和德高望重的魔法师的请求面前毫不动心的总督，那合适吗？反正一句话，桑乔，或者你鞭打自己，或者让别人鞭打你，不然你就休想当总督。”

“大人，”桑乔说，“您给我两天期限，让我考虑一下哪种情况对我最好，行吗？”

“不行，绝对不行，”梅尔林说，“必须在此时此地就做出决定。或者杜尔西内亚回到蒙特西诺斯洞窟去，恢复她农妇的模样，或者让她到极乐的福地去等着你完成挨打的数目。”

“喂，好桑乔，”公爵夫人说，“你既然吃了唐吉诃德大人这碗饭，就应该鼓足劲，好好给他干。对于这样品德优秀、道德高尚的骑士，我们大家都应该效劳，满足他的要求。挨鞭子的事，你就答应吧。办事要快，免得夜长梦多。‘好心可以解厄运’，这点你很清楚。”

听公爵夫人这么一说，桑乔忽然对梅尔林胡说八道起来。桑乔问道：

“请您告诉我，梅尔林大人，刚才那个该死的驿车向导给我的主人带来了蒙特西诺斯的口信，让我的主人在这儿等他，他要来教我的主人为杜尔西内亚解除魔法。可是到现在，我并没见到蒙特西诺斯或其他类似的人呀。”

梅尔林答道：

“桑乔朋友，那个该死的向导是个大笨蛋、大坏蛋。我派他来找你的主人，并不是叫他传达蒙特西诺斯的口信，而是传达我的口信。蒙特西诺斯现在仍在洞窟里，正等着为他解除魔法呢，尽管现在只差最后一步了。如果有什么需要他为你做的事情，或者你有什么事情要跟他商量，我可以把他叫来，把他送到你指定的任何地方。不过，现在你还是先答应挨鞭子的事儿吧。请你相信我，无论从精神上还是从肉体上，这都会对你有好处。从精神上说，它可以使你更仁慈；从肉体上说，我知道你是多血的体质，出点儿血没什么关系。”

“世界上医生真多，连魔法师都成医生了。”桑乔说，“既然大家都这么说，尽管我并不自愿，我还是说愿意挨这三千三百鞭子吧。不过有个条件，那就是必须在我高兴的时候才打，不能给我规定期限。我争取尽快把这笔账了结，让大家都能欣赏到杜尔西内亚的美貌。看来她与我想象的不一样，真的很漂亮。我还有个条件，那就是不能要求我非得打出血不可，假如有几下打得像拍蚊子似的，那也得算数。还有，就是为了防止我数错，无所不知的梅尔林大人得认真计数，告诉我是打少了还是打多了。”

“打多了也用不着通知，”梅尔林说，“因为只要打够了数，杜尔西内亚夫人身上的魔法就会立即被解除，她就会立即跑来向好人桑乔致谢，弄好了还会奖励你呢。所以，你没有必要计较打多了或打少了。

老天不会允许我欺骗任何人，哪怕是一丝一毫。”

“哎，那就干吧！”桑乔说，“我只好认倒霉了。我是说我同意挨打，但是要遵守我刚才说的那些条件。”

桑乔刚说完这句话，笛号和音乐声顿时响起，又放了一阵阵火枪。唐吉诃德勾住桑乔的脖子，在桑乔的额头和脸颊上吻个不停。公爵夫人和公爵都显出极其高兴的样子。那辆牛车走了起来，经过公爵夫妇面前时，杜尔西内亚向他们低头行礼，又向桑乔深深地鞠了一躬。

此时天已渐明，一片喜气洋洋的景象，田野间的花草昂首挺立，跳珠溅玉般的溪水在白色和褐色的卵石间低吟，汇入远处的河流。大地欢唱，天空明朗，阳光柔和，所有景象都预示着与黎明一起到来的这一天是宁静晴朗的一天。公爵和公爵夫人对打猎的结果感到满意，也为他们机智顺利地达到了预期的目的而感到高兴。他们又回到城堡，准备继续把玩笑开下去。他们觉得再没有比这更有意思的事情了。

第三十六章　三摆裙伯爵夫人又称忧伤妇人的咄咄怪事，以及桑乔写给他老婆的信

公爵有个管家很爱开玩笑，也很会开玩笑。是他扮演了梅尔林，策划了刚才那场闹剧，编了那首诗，并且指使一个侍童串演了杜尔西内亚。最后，管家又与男女主人一起精心策划了另一场更加滑稽的闹剧。

公爵夫人第二天问桑乔，他是否已经开始为解救杜尔西内亚而鞭打自己。桑乔说已经开始了，前一天晚上打了五下。公爵夫人问他是用什么打的，桑乔回答说是用手。

“这算拍，不叫鞭打。”公爵夫人说，“你打得这么轻，我估计梅尔林魔法师不会满意。好桑乔得做一条带三角钉的粗鞭子，那样抽打

自己才会感觉到疼。‘若要学好，功夫得到家’，低廉的代价换不来像杜尔西内亚这样尊贵的夫人的自由。桑乔，你应该知道，随随便便敷衍的慈善行为算不上功德，也没有任何价值。”

桑乔回答说：

“夫人，请您给我一条不太粗的鞭子或绳子吧。我就用它抽打，而且不能把自己打得太疼。我应该告诉您，虽然我是个粗人，可我的肉更像棉花，而不像针茅。我没有必要去为了别人的好处而遭受皮肉之苦。”

“好吧，”公爵夫人说，“明天我给你一条适合你的皮肉的鞭子，让你不会有任何疼痛。”

桑乔说：

“尊贵的夫人，我给我老婆特雷莎·潘萨写了一封信，把我同她分手以后的事都告诉了她。信就在我怀里，现在只欠在信封上写通信地址了。我想让您也看看。我觉得这封信写得像个总督的样子。我的意思是说，是按照总督写信应该用的那种方式写的。”

“由谁写的呢？”公爵夫人问。

“除了倒霉的我，还会有谁呢？”桑乔说。

“你亲笔写的？”公爵夫人问。

“那可没门儿。”桑乔说，“我既不会读，也不会写，只会签个名。”

“那就让我们看看信吧。”公爵夫人说，“你肯定在你的信里充分表现了你的才华。”

桑乔从怀里拿出一封尚未封口的信。公爵夫人接过来，见到信是这样写的：

桑乔·潘萨给他老婆特雷莎·潘萨的信

虽然我挨了一顿鞭子，却称得上是个男子汉了；只要我能当个好总督，挨一顿鞭子也值得。这些你现在可能还不懂，我的特雷莎，不过以后你会明白的。你该知道，我的特雷莎，现在我已决心让你出门乘马车，这符合你的身份。出门不坐车等于爬。你是总督夫人了，谁敢在背后议论你呢！我派人给你送上一件绿猎装，这是我的女主人公爵夫人送给我的。你把它改一下，给咱们的女儿做条连衣裙吧。我在这儿听说，我的主人唐吉诃德是个有头脑的疯子，是个滑稽的蠢货，而我比他也并不逊色。我们一块儿去过蒙特西诺斯洞窟，梅尔林大师要利用我为杜尔西内亚解除魔法，其实，她叫阿尔东萨·洛伦索。我只要打自己三千三百鞭子，她就会恢复她的本来面目。现在我已经打了五下。这件事你对任何人都不要讲，否则会有人说东道西。过几天我就要启程上任去做总督了。我这次去一心想挣钱，听说所有的新总督都是这么想的。我先去摸摸情况，再通知你是否该来陪伴我。毛驴挺好，它让我代它向你多多问候。我就是做了土耳其苏丹，也不会抛弃它。我们的公爵夫人上千遍地吻你的手，而你得回吻她的手两千遍。我的主人说，得体的礼貌不花钱，却比什么都更值钱。上帝没有像上次那样开恩，再赏给我一个装有一百金盾的手提箱。不过你别难过，我的特雷莎，留得青山在，当了总督就不怕没柴烧。让我担心的是，据说一旦当上了总督，就撒不开手了。如果真是那样，我就太亏了，即使缺胳膊短腿的人，靠乞讨也能得不少钱呢。不过无论怎样，我都会让你享福的。上帝会赐福予你，并且让我服侍你。

你的总督夫君

桑乔·潘萨

1614年7月20日于公爵府

公爵夫人看完信对桑乔说：

“善良的总督在两件事上有偏差：其一是信上说或者让人觉得，这个总督的位置是靠吃鞭子换来的，其实，吃鞭子本来就是他分内之事。他明明知道，而且也无法否认，公爵大人许诺他当总督的时候，还没有谁想到吃鞭子的事呢。另外一点就是从信上可以看出他野心很大。我不想让他适得其反，贪心太大反而会坏了事，贪心的总督执法就会不公正。”

“我并不是那个意思，夫人。”桑乔说，“您如果觉得这封信写得不好，那就把它撕了重写。只怕我这点儿本事，越写越糟。”

“不，不是这样。”公爵夫人说，“信写得不错，而且，我还想让公爵大人看看呢。”

说完他们就到花园去了，那天他们要在花园里吃饭。公爵夫人把桑乔的信拿给公爵看，公爵饶有兴趣地接过来看了一遍。吃完饭，撤去了台布，大家又同桑乔说笑了不少时间。这时，忽然响起一阵凄凉的笛声和沉闷杂乱的鼓声。大家都被这种慌乱、急促和忧伤的旋律弄得心慌意乱，唐吉诃德更是坐立不安。桑乔就更别说了，早又吓得习惯性地跑到他的庇护者——公爵夫人的裙边藏了起来，因为那阵阵鼓乐声听起来确实够瘆人的。

心神不定的众人忽然发现有两个人跑进花园来，长长的黑衣服直拖到地上。他们边走边敲鼓，鼓上也蒙着黑布。旁边还有一个人吹笛子，他也像那两个人一样穿着一身黑衣服。后面还有一个身材魁梧的人，他身上披着一件黑长袍，而不是穿着，长袍的下摆特别大。长袍上斜搭着一条宽宽的黑色皮肩带，肩带上挂着一把大刀，刀把和刀鞘也都是黑色的。那人脸上蒙着透明的黑纱，透过黑纱隐约可见他那极长的胡子。他随着鼓声严肃而又平稳地移动着脚步。他那高大的身材，那从头到脚的黑色，以及那相伴的鼓乐声，使所有不相识的人见了都不寒而栗。

公爵和其他人都站在原地没动。那人走到公爵面前，跪了下来。公爵坚持让那人站起来说话。那个面目可怕的人站了起来，揭开脸上的面罩，露出一张世人从未见过的可怕、修长、白皙而且胡须浓密的脸。他的眼睛盯着公爵，浑厚而又洪亮的声音从他那宽阔的胸膛里传出。他说道：

“尊贵的大人，我叫‘白胡子三摆’，是‘三摆裙伯爵夫人’又称‘忧伤妇人’的侍从。我代她给您捎来个口信，就是请您允许她进来诉说一下她的悲伤，她的悲伤可以说比世上最大的悲伤更悲伤。她首先想知道曼查的那位战无不胜的英勇骑士唐吉诃德是否还在您府上，她为此徒步从坎达亚赶到您这儿，连早饭都没吃呢。这简直可以说是奇迹，或者说是靠魔法的力量才能做到的事情。她这会儿就在这座城堡或是别墅的门口，只要您吩咐一声，她就可以进来。我说完了。”

他说完咳嗽一声，双手从上到下一捋胡子，十分平静地等候公爵的回答。公爵说：

“好吧，好侍从‘白胡子三摆’，很多天以前我们就听说了‘三摆裙伯爵夫人的不幸’,魔法师们使她成了‘忧伤妇人’。优秀的侍从啊，你不妨叫她进来，曼查的英勇骑士唐吉诃德就在这里。他襟怀宽广，肯定会答应全力保护和帮助夫人。另外，你还可以替我告诉她，如果她需要我的帮助，我将义不容辞，这也是一个男人应尽的义务。帮助各类妇女，特别是像夫人这样受到欺侮的忧伤寡妇，更是我们的分内之事。”

“三摆”听了此话，跪拜了一下，就示意吹笛敲鼓，然后踏着来时那样的鼓点，迈着同样的步伐走出了花园。众人对这个人的出现和举止依然惊魂未定。公爵转过身来对唐吉诃德说：

“著名的骑士啊，邪恶和无知的阴云终究遮盖不了意志和道德的光芒。我这样说是因为您到此地才六天，就有痛苦忧伤的人仰慕您的盖世功名，从遥远的地方赶来，并且不是乘马车或者骑骆驼，而是饿着肚子徒步走来，相信您的坚实臂膀可以把他们从痛苦和忧伤中解救出来。”

“公爵大人，”唐吉诃德说，“我很希望那天在饭桌上恶意诋毁游侠骑士的可爱教士现在能在这里，让他亲眼看看世界上是否需要游侠骑士。他至少可以亲眼观察到，那些遭受到极大苦难的人在遇到巨大危难的关头并没有去律师事务所，也没有到村里的教堂司事和从来不离开家乡的绅士那儿去寻求解决办法，更没有去找无所事事的朝臣。这种人不去争取建立让人们歌功颂德的事业，却只会把人家的事当新闻到处传播。没有任何人能像游侠骑士这样解除痛苦、救危济困、保护少女、安慰寡妇。我不胜感谢老天，让我有幸成了一名游侠骑士。我将不辞万苦行使我的光荣职责。让这位夫人来吧，她有什么要求尽管说，我将以我的臂膀的力量和我的昂扬精神的坚定斗志，把她从危难中解救出来。”

第三十七章　续谈忧伤妇人的怪事

公爵和公爵夫人见唐吉诃德按照他们的意图乖乖地上了钩，十分高兴。这时桑乔却忽然说道：

“我不想让这位女佣妨碍实现让我当总督的诺言。我听托莱多的一位饶舌的药剂师说过，凡事只要有女佣插手准糟糕。那位药剂师是多么讨厌她们呀！由此我想到，既然所有的女佣不管是什么性格和脾气都令人讨厌，那么，这位被称作三摆裙或三尾裙伯爵夫人的女佣又能怎么样呢？在我们那儿，摆就是尾，尾就是摆，都是一回事。”

“住嘴，桑乔朋友，”唐吉诃德说，“这位女佣既然从很远的地方跑来找我，就决不会是药剂师说的那类女佣，况且她还是伯爵夫人呢。伯爵夫人当女佣，肯定是服侍女王或王后，而在家里则受其他女佣服侍，是十足的贵夫人。”

这时，在场的唐娜罗德里格斯说道：

“我们公爵夫人的女佣若是运气好，也可以做伯爵夫人，只可惜命运的安排往往不如意。谁也别想说女佣的坏话，特别是身为老处女的女佣的坏话！虽然我不是老处女，也完全了解身为老处女的女佣比身为寡妇的女佣强多少。有人剪了我们的头发，手里却仍然拿着剪刀。”

“即使剪了头发，”桑乔说，“女佣身上还是有很多可剪的东西。我们那儿的理发师说过，‘米饭即使粘锅，还是别搅好’。”

“侍从们总是和我们作对。”唐娜罗德里格斯说，“他们就像是前厅里的幽灵，总是随时注视着我们。除了祈祷之外，他们常常嚼舌头议论我们，翻我们的老账，诋毁我们的名誉。不管这些笨家伙愿意不愿意听，我都得告诉他们，即使我们忍饥挨饿，仅用黑衣服裹着我们的细嫩或者不细嫩的肌肤，就像在游行的日子里得用什么东西把垃圾堆盖上一样，我们还是存活于世，而且生活在贵人家里！如果有可能的话，而且时间又允许，我会让在场的人以及世界上所有的人都知道，女佣身上具备了各种美德！”

“我觉得唐娜罗德里格斯说得不错，”公爵夫人说，“而且说得很对。不过，你若是想为自己和其他女佣辩护，驳斥那个药剂师的恶意中伤，根除桑乔的偏见，最好还是另外再找时间吧。”

桑乔于是说道：

“自从我有望当上总督之后，骄矜使我摆脱了侍从的所有晦气，我根本就不把这些女佣放在眼里。”

若不是又响起了鼓乐声，表示忧伤妇人已经光临，他们的谈话还会继续下去。公爵夫人问公爵该不该出去迎接，因为这毕竟是一位伯爵夫人，是贵人呀。

“因为她是伯爵夫人，”桑乔不等公爵答话便抢先说道，“所以我主张你们出去迎接。但她又是个普通妇人，所以我又觉得你们根本用不着挪步。”

“谁叫你多嘴了，桑乔？”唐吉诃德说。

“谁叫我多嘴，大人？”桑乔说，“是我自己。我这个侍从已经从您那儿学到了规矩，可以称得上是最有礼貌的侍从了。关于这种事，我听您说过：‘同样是输牌，输多输少无所谓’，‘对聪明人不必多言’。”

“桑乔说得对。”公爵说，“咱们先去看看这位伯爵夫人究竟是什么样子，再说该怎么样招待她吧。”

这时，鼓手和笛手又像刚才那样吹吹打打地进来了。

作者将这一短章写至此，便又开始了另一章，继续介绍这件令人难忘的事情。

第三十八章　忧伤妇人讲述其遭遇

十二个妇人排成两行，跟在那几个忧伤的吹鼓手后面走进了花园。她们身上穿着宽大的丧服，丧服像是一种类似哔叽的绒布做的。她们头上披着细白布长巾，只露出丧服的一点儿饰边。侍从白胡子三摆牵着三摆裙伯爵夫人的手跟在后面。夫人穿的是极细密的黑色台面呢，如果用刷子卷刷一下，那结成的卷儿肯定比马托斯出产的鹰嘴豆还大。她的所谓“三尾”或“三摆”都是尖形的，由三个身着丧服的侍童提着，三个三角形构成了一个引人注目的几何图形。看到这尖摆裙，所有人都明白她为什么叫三摆裙伯爵夫人了。据贝嫩赫利说，她确实是由此得名为三摆裙伯爵夫人的，其实按照她的本名，她应该叫母狼伯爵夫人。当地习惯于以某人领地上最多的东西来称呼他。如果这位夫人的领地上狐狸多，就会叫她狐狸伯爵夫人。不过，这位夫人为了突出她的裙子，没有叫母狼伯爵夫人，而是叫三摆裙伯爵夫人。

十二个女佣和伯爵夫人迈着稳重的步伐行进。女佣们脸上都蒙着黑纱，不过不像伯爵夫人的黑纱那样透明，而是很厚实，让人一点儿也看不见黑纱后面的东西。这一行人刚一出现，公爵、公爵夫人和唐吉诃德就站了起来。其他人见到这一队人也都站了起来。十二个女佣停住了脚步，让开一条路，三摆裙伯爵夫人从后面走上前来，拉着白胡子三摆的手依然没有松开。公爵、公爵夫人和唐吉诃德上前十几步去迎接这位夫人。这时，伯爵夫人跪到地上，不是细声细气而是粗声粗气地说道：

“诸位大人，对你们的仆人，对你们这个女佣，不必过分客气。我是忧伤人，不懂得还礼，我的天大不幸已使我不知魂归何处了，大概已经跑到很远的地方去了。我越是寻找，越找不到。”

“伯爵夫人，”公爵说，“如果有谁没发现您的风雅，那才是有眼无珠呢。您的雍容华贵和文质彬彬是有目共睹的。”

公爵拉着伯爵夫人的手，请她站起来，让她坐到公爵夫人身旁的一把椅子上。公爵夫人也非常客气地请她坐下。唐吉诃德默不作声。桑乔却急于看到三摆裙夫人和那些女佣的面孔。不过，除非那些人自愿把脸露出来，否则桑乔是根本不可能看到的。

大家都静静地等着，看谁先开口。最后，还是忧伤妇人先开了腔：

“最尊贵的大人，最美丽的夫人，最机智的各位先生，我相信我的最大痛苦已经在你们宽广的胸怀里引起了最深切的同情。我的痛苦足以让大理石动情，让钻石伤感，让世界上最冷酷的心牵肠挂肚。不过，在我讲述我的痛苦经历之前，我希望你们能告诉我，最曼查最正直的骑士唐吉诃德和他的最侍从桑乔是否在你们这里。”

“桑乔在这里，”桑乔不等别人答话就抢先说道，“那个最唐吉诃德也在这里。所以，最忧伤的贵妇人，您最可以畅所欲言，我们大家都最愿意为您效劳。”

唐吉诃德这时站了起来，对忧伤妇人讲道：

“忧伤妇人，如果某位游侠骑士的勇气和力量有希望使您摆脱痛苦，那么我愿意用我的菲薄之力为您效劳。我就是曼查的唐吉诃德。我的任务就是帮助各种各样的落难者。所以，您不必感恩戴德地拐弯抹角，请您把您的痛苦直截了当地说出来吧。我们听了以后即使不能帮助您，至少也会对您表示同情。”

忧伤妇人闻言扑到唐吉诃德脚下，然后又抱住他的脚说：

“我要扑在您脚下，无敌的骑士！这双脚是游侠骑士的支柱。我想吻这双脚，解脱我的痛苦全得靠这双脚迈出的步伐。勇敢的游侠骑士，您的光辉事迹使阿马迪斯、埃斯普兰蒂安和贝利亚尼斯的传奇般的业绩都相形见绌！”

说完她又转向桑乔，拉着桑乔的手说：

“你是古往今来最忠实地为游侠骑士效劳的侍从，你的恩德比我的伙伴‘白胡子三摆’的胡子还长！你完全可以因为你为伟大的唐吉诃德效劳，从而为全世界所有从武的游侠骑士效了劳而感到骄傲！你忠实善良，因此我请求你帮我恳求你的主人，让他救助我这个卑微不幸的伯爵夫人吧。”

桑乔回答说：

“夫人，我的恩德是不是像您的侍从的胡子那样长，我倒不在乎。关键是来世我的灵魂还得有胡子，至于现在的胡子怎么样，我倒是无所谓的，或者说根本没关系。您用不着百般请求，我一定会请我的主人尽力帮助您。我知道我的主人非常喜欢我，更何况他现在还需要我帮忙为他做件事呢。您可以把您的痛苦都讲出来，咱们不妨商量商量。”

公爵、公爵夫人和其他知情人顿时笑出了声。他们暗自称赞三摆裙夫人善于随机应变，而且装得惟妙惟肖。三摆裙夫人重新又坐下，说道：

“在特拉波瓦纳和南海之间，离科摩林角两西里外的地方有个著名的坎达亚王国，由阿奇彼拉国王的遗孀唐娜马贡西娅管理。阿奇彼拉国王和唐娜马贡西娅有个公主叫安东诺玛霞，她是这个王国的继承人。安东诺玛霞是由我带大的，我是她母亲手下资格最老、作用最大的女佣。

“天来日往，安东诺玛霞长到了十四岁。她长得太美了，美得不能再美了。她很聪明，但那时还是孩子式的聪明。她既聪明又漂亮，简直可以说是世界上最漂亮的人。她现在也是世界上最美丽的人，除非嫉妒美丽的命运和狠毒的命运女神[①]割断了她的生命线。不过，老天不会允许，也不应该允许人间出现这样的罪恶，那就等于是把人间最甜美的葡萄在还没成熟的时候摘了下来。这位美丽的姑娘，都怪我嘴笨，不能把她的美貌形容出来，她引起了国内外无数王孙公子的爱慕。其中有京城的一位男子，自恃貌美有钱而且多才多艺，竟然对姑娘想入非非。如果你们不讨厌的话，我可以告诉你们，他弹起吉他来如歌如诉，而且他不仅会作诗，还会跳舞。他还会做鸟笼子，以后如果生活上窘困，他光靠做鸟笼子就能维持生活。他的这些本领完全可以倾倒一座大山，就更别说倾倒一个姑娘了。可是，这个不要脸的家伙若不用计策首先

---

① 命运女神共有三个，共同掌管人的生命之线，一个纺，一个量，一个剪。

攻破我这一关，他的所有那些才能就很难或者根本不可能征服姑娘这座堡垒。这个心术不正的家伙想首先打通我这一关，博取我的欢心，好让我这个糊涂看门人把我看守的这座堡垒的钥匙交给他。总之，他用一些小首饰笼络我，买通了我。不过，最令我俯首听命的还是一天晚上我听到他唱的一首歌。我的住处的一扇窗户就对着他住的那条小巷。如果我没记错的话，歌词是这样的：

我那甜蜜的冤家对头
把我的心灵伤透，
纵然备受煎熬，
苦不堪言，我仍极力忍受。

“当时我觉得这歌词字字珠玑，歌声似蜜，从那以后我才知道了这类诗的害处。我觉得应该像柏拉图建议的那样，在正经八摆的国家里把那些诗人驱逐出境，至少是那些写坏诗的人。这种人的诗不像曼图亚侯爵的诗那样，能为儿童和妇女带来欢乐和眼泪，却只能产生害处，就像软刀子一样刺穿你的灵魂，或者像闪电一样，虽然并没损害人的衣服，却已伤害了人的灵魂。他还唱道：

让死亡不知不觉
悄悄来临吧，
死亡的快乐
也不能重新给我生命。

“这类歌的歌声让人心旷神怡，歌词让人如痴如醉。如果将这类词句改写成那种在坎达亚颇为流行的塞基迪亚，又会怎么样呢？那就会让人神魂颠倒、嬉笑无常和坐立不宁，总之一句话，人就像抽风似的。所以我说，诸位大人把这类诗人驱逐到拉加托岛[①]去完全是名

① 关押重犯的岛屿，位于牙买加西侧。

正言顺的。不过这也不怪他们，全怪那些吹捧他们、相信他们的笨蛋。如果我是个好管家，就不会相信他们那些陈腐的观念和骗人的谎话，什么‘我在死亡里生活’，‘在冰块里燃烧’，‘在火里发抖’，‘毫无希望地期待’，‘我走了依然留下’，以及其他这类根本不着边际的东西。他们还动不动就许给你长生鸟、阿里阿德涅的北冕星座[①]、太阳车上的马、南海的珍珠、台伯河的黄金，以及潘卡亚的香脂等等，结果又怎么样呢？反正他们大笔一挥，不费什么力气就许诺了很多连想都想不出，而且也根本办不到的东西。可是，我扯到哪儿去了？我这个人真糟糕，自己这么多事还没说呢，怎么倒数落起别人的过错来了？我这个人真糟糕，那些诗并没能征服我，倒是我自己的单纯征服了我。那些音乐并没能打动我的心，倒是我自己的轻浮动摇了我。我的愚昧无知和缺少警惕为克拉维霍打开了方便之门，克拉维霍就是我刚才说的那个男子。我成了他们的中间人。他一次又一次以安东诺玛霞真正丈夫的名义来到安东诺玛霞的房间。安东诺玛霞实际上不是受克拉维霍的骗，而是受了我的骗。但我虽然有错，如果不是她丈夫，我决不会让别人沾她的边儿！

“这不行，我要管这种事，他们无论如何也得结婚！他们的这桩婚事里只有一点不好，就是两人地位不平等。克拉维霍是个普通男子，而安东诺玛霞公主则是这个王国的继承人。我精心策划这件事，可是后来安东诺玛霞的肚子鼓了起来，吓得我们三个人赶紧商量对策，决定在事情还没有败露之前，先让公主出一张愿意做克拉维霍妻子的字据，由我来证明，铁证如山，就是大力士参孙也推不翻，然后再让克拉维霍拿着这张字据去找教区牧师，请求允许安东诺玛霞做他的妻子。牧师看了字据，又听了公主的忏悔，公主说出了实情，于是他吩咐把公主送到京城一个很正直的小官吏家里藏起来……”

桑乔这时说：

“原来在坎达亚也有官吏，也有诗人和塞基迪亚呀。我敢说，世界上哪儿都一样。不过，三摆裙夫人，您快点讲吧，时间不早了，我

① 阿里阿德涅是希腊神话中一女神，后升天化为北冕星座。

特别想知道这个长长故事的结局呢。”

“那我就讲下去。”伯爵夫人说。

第三十九章 三摆裙夫人继续讲她难忘的奇遇

无论桑乔说什么，公爵夫人都很喜欢听，可是唐吉诃德却急坏了，他让桑乔赶紧住嘴。忧伤妇人又接着说道：

“简单说吧，后来几经反复，公主还是坚持已见，不改初衷，于是牧师批准了克拉维霍的请求，让安东诺玛霞做了他的妻子。这一下可把安东诺玛霞的母亲唐娜马贡西娅气坏了。没过三天，我们就把她埋掉了。”

“那么她准是死了。”桑乔说。

“那当然，”白胡子三摆说，“在坎达亚从来不埋活人，只埋死人。”

“侍从大人，”桑乔说，“以前可有过晕过去的人被当成死人埋掉的事情。我觉得马贡西娅王后可能是晕过去了，并不是死了。只要人还活着，很多事都可以商量，而且公主的事也并不是什么很大的蠢事，何至于让她这么难过！如果公主同某个侍童，或者同她家的某个用人结了婚，这种事常有，那才是没有办法的糟糕事呢。若是照您说的，她嫁给了一个英俊而又有才华的男子，即使是件蠢事，也并不像人们想象得那么蠢。按照我主人的规定，他就在旁边，从来不许我说谎，既然文人雅士可以成为主教，那么骑士，特别是游侠骑士，就完全可以成为国王和皇帝。”

“你说得对，桑乔，”唐吉诃德说，“游侠骑士只要有一点运气，就可以成为世界上最高贵的主人。不过忧伤妇人，请您继续讲下去吧，我似乎觉得这个甜蜜的故事后面就是悲苦的部分了。”

“岂止是苦呀，”伯爵夫人说，“而且是苦得很呢！与这个苦比起来，药西瓜[①]都算是甜的，夹竹桃也算是香的了。王后不是昏过去了，她确实是死了，我们把她掩埋了。这事谁能闻之不泣呢？我们刚刚把土盖好，还没来得及说一声‘安息吧’，就看见马贡西娅的表兄马兰布鲁诺巨人骑着一匹木马出现在王后的坟墓上。他这个人不仅狠毒，而且会魔法。为了给王后报仇，他就在王后的坟墓上对胆大妄为的克拉维霍和轻佻放纵的安东诺玛霞施了魔法。他把安东诺玛霞变成了一只青铜母猴，把克拉维霍变成了一条不知是什么金属的可怕鳄鱼，在他们俩中间还立了一个同样是用那种金属做的纪念碑，上面用叙利亚文写了几行字，若是译成坎达亚语，现在再翻成西班牙语，意思就是：‘在曼查的勇士同我展开一场恶战之前，这一对胆大妄为的情人不得恢复原状，这次空前的事件要靠那位勇士才能解决。’施完魔法后，马兰布鲁诺从刀鞘里抽出一把又长又大的大刀，揪着我的头发，做出要切断我的喉咙、割掉我的脑袋的样子。我吓坏了，可我还是竭尽我的全力，声音颤抖而又痛苦地对他说这说那，这才使他放了手。最后，他把王宫里的所有女仆都叫来，也就是现在旁边这几位女仆，除了大骂女仆们品行恶劣、诡计多端之外，还把我的罪责也都加到了她们身上。他说，他不想一下子杀了我们，他要慢慢地折磨我们，让我们欲死不能，欲活不成。他刚说完这句话，我们就觉得我们脸上的毛孔都张开了，整张脸都像被针扎了似的，用手一摸脸，我们发现自己已经变成了现在这模样。”

忧伤妇人和其他女仆说着就摘掉了头罩，露出了满是胡须的脸庞，有的是金黄色的，有的是黑色的，有的是白色的，还有的是灰白色的。公爵和公爵夫人都惊讶不已，唐吉诃德和桑乔也呆住了，在场的其他人更是面带惧色。三摆裙夫人又接着说道：

“那个坏蛋马兰布鲁诺就是这样惩罚我们的，他用这些猪鬃似的东西遮盖了我们娇嫩的脸庞。我宁愿祈求老天让他用大刀割掉我们的脑袋，也不愿意让这些毛烘烘的东西遮住我们的脸！再往下讲我本来

---

① 一种植物，味苦。

会泪如泉涌的，可是一想到我们遭受的不幸，我们已经欲哭无泪，所以再往下讲我也就不会流泪了。咱们不妨想一想，诸位大人，一个满脸胡须的女仆能够到哪儿去呢？谁家的父母能不为自己的女儿变成这个样子而心疼呢？谁能帮助她呢？以前她的脸细滑柔嫩，还涂了很多香脂，尚且没有人十分爱她，现在她满脸胡须，又该怎么办呢？我的女仆伙伴们啊，咱们真是生不逢时啊，父母是在不吉利的时辰生养了我们！”

说到这儿，她似乎要昏过去了。

第四十章　与这个难忘的故事和奇遇有关的细节

所有喜欢这个故事的人真应该感谢原作者锡德·哈迈德，他事无巨细地向我们介绍了故事的每一个细节。他向我们刻画了人物的思想，揭示了人物的想像力，道出了隐情，解开了疑团，分析了情节，总之，把人们想知道的每一点细微的东西都做了交代。噢，杰出的作者！幸运的唐吉诃德！大出风头的杜尔西内亚！滑稽的桑乔·潘萨！这些人一个个都将千秋万代地为生活带来笑谈。

故事说，桑乔看见忧伤妇人昏了过去，就说：

“我凭着一个正直人的信仰，凭着潘萨家族的历代祖先发誓，这种事我从未听过也从未见过，我的主人也从没有对我讲过，甚至他连想也没有想到过会有这种事。见你的鬼去吧，你这个魔法师巨人马兰布鲁诺！你除了让她们满脸长满胡须外，就没有别的办法来惩治这些娘儿们吗？怎么搞的！你把她们的下半个鼻子割掉岂不更好？尽管以后她们说起话来会瓮声瓮气，可那对她们岂不是更合适吗？我敢打赌，她们连剃胡须的钱也没有。”

“是的，大人，”一个女仆说，“我们没钱剃胡须，所以我们有的人采用了一个省钱的办法，把膏药贴在脸上，然后猛地揭下来，这样脸上就像磨盘一样平滑了。虽然在坎达亚专有女人挨家串户为人去汗毛、文眉毛或者兜售妇女化妆品，可是我们从来不让她们进门，因为这种人以前都是卖身的，现在又来拉皮条。如果唐吉诃德大人不能帮助我们，我们就得带着胡子进坟墓了。”

“我若是不能帮助你们，”唐吉诃德说，“我就到摩尔人那儿去把我的胡子揪掉。”

此时三摆裙夫人也苏醒过来，说道：

“英勇的骑士，我在昏迷中听到了你的诺言，于是我就苏醒过来了。现在我再次请求你，著名的游侠骑士和战无不胜的大人，你一定不要食言啊。”

“我决不会食言，”唐吉诃德说，“夫人，您看我现在应该怎么办呢？我现在随时听候您的吩咐。”

“现在的情况是，”忧伤妇人说，“从这儿到坎达亚王国，如果从陆地走，距离有五千西里，多少不会相差两西里地；如果从空中走直线，就只有三千二百二十七西里。我还应该告诉你们，马兰布鲁诺对我说，如果我有幸找到了能帮我解脱魔法的骑士，他就送给那位骑士一匹马。那匹马比租来的马只好不坏，是英勇的彼雷斯夺回美丽的马加洛娜时骑的木马。木马靠额头上的一个当辔头用的销子操纵，飞起来特别轻盈，像是见了鬼。按照以前的传说，这匹马是魔法师梅尔林组装的，后来借给了他的朋友彼雷斯。彼雷斯就骑着它到处周游，并且像刚才说的，骑着它夺回了美丽的马加洛娜。彼雷斯用马的臀部驮着马加洛娜在空中飞行，当时看见他们的人无不目瞪口呆。梅尔林只把马借给他喜欢的人或是能出大价钱的人。自从伟大的彼雷斯那次骑马之后到现在，我们还没听说有谁骑过那匹马呢。马兰布鲁诺靠他的手腕把马弄了出来，霸占了它，并且骑着它到处奔波。他去过世界上许多地方，今天在这儿，明天就到了法兰西，后天又到了波多西。妙就妙在这匹马不吃不睡也不用马蹄铁，没有翅膀却能疾步如飞，而且走得非常稳，骑马的人可以手里平端满满一杯水，水一点儿也不会洒出来。所以，美人马加洛娜骑上这匹马时很高兴。”

桑乔这时说道：

“要说走得稳，还得数我那头驴。它虽然不能在空中飞，只是在地上走，我却敢说世界上的任何马都跑不过它。”

大家都笑了。忧伤妇人又接着说道：

“如果马兰布鲁诺想结束我们的不幸，他就会在午夜之前把这匹马送到我们面前，这是个信号。他若是把马送来，我马上就知道我已经找到了我要找的骑士。”

“那匹马能够载几个人？”桑乔问。

忧伤妇人回答道：

“两个人，一个骑在马鞍上，另一人骑在鞍后。如果没有夺来的女人的话，两个人通常是一个骑士和一个侍从。”

“忧伤妇人，”桑乔说，“我想知道那匹马叫什么名字？”

“它并不像贝来罗丰特的马那样叫佩加索，”忧伤妇人说，“也不像亚历山大的马那样叫布塞法罗，不像疯狂的罗兰的马那样叫布里利亚多罗，更不叫巴亚尔特，那是雷纳尔多斯·德蒙塔尔万的马；它不像鲁赫罗的马那样叫弗朗蒂诺，也不叫布特斯或佩里托亚，据说那是索尔的马；它也不叫奥雷利亚，哥特人倒霉的末代国王罗德里戈就是骑着那匹马参战，结果丧命亡国的。”

“我敢打赌，”桑乔说，“既然那么多名马的响亮名字它都不用，它肯定也不会采用我主人那匹马的名字罗西南多，而这个名字显然比所有马的名字都强。”

“是的，”忧伤妇人说，“不过这匹马的名字也起得很合适。它叫轻木销，因为它是用木头做的，额头上有个销子，而且跑得飞快。论名字，它完全可以同驰名的罗西南多比美。”

“名字倒不错，”桑乔说，“可是用什么样的缰辔来驾驭它呢？”

“我刚才说过了，”三摆裙夫人说，“就靠那个销子。骑马的人把销子往这边或那边拧，就可以任意操纵它，或者让它腾云驾雾，或者让它掠地飞翔，或者不高不低，这是最好的，办事要有条理就得这样。”

“我倒想见见这匹马，”桑乔说，“不过，若想让我骑到它的鞍子上或屁股上去，那可别指望。我骑驴时要坐在比丝棉还软的驮鞍上，才勉强能走稳，现在要我骑在木马的硬屁股上，什么垫子都没有，那怎么行呢！我可不愿为了去掉别人脸上的胡须而让自己受罪。谁觉得合适谁就去做，我可不想陪我的主人跑那么远，况且，这不像使我的女主人杜尔西内亚解脱魔法，根本用不着我去管什么去掉胡须的闲事。”

“用得着，”三摆裙夫人说，“而且你应该管。我觉得若是没有你，我们什么事情也做不成。”

“我的天啊！”桑乔说，“主人征险同侍从有什么相干呀？他们征险成功，获得美名，却要我们去吃苦受罪，这像什么话！如果骑士小说的作者写上‘某某骑士完成了什么征险，但这是在他的侍从某某的帮助下完成的，没有侍从的帮助，骑士根本不可能完成这次征险’……那倒也成。可书上只是干巴巴地写：‘三星骑士唐帕拉里波梅农完成了某次征险，降伏了六个妖怪。’却只字不提侍从，好像世界上根本就没有侍从似的，其实，侍从一直跟随在左右嘛！各位大人，我现在再说一遍，让我的主人只身前往吧，他一定会马到成功。我要留在这里陪伴我的女主人公爵夫人。很可能在我的主人回来时，杜尔西内亚夫人的事情已大有好转了。我宁愿在这里抽空打自己一顿鞭子，把自己打得浑身是伤。”

“即使这样，如果有必要，你还是得陪你的主人去，好桑乔，这么多的好人都在求你呢。不能仅仅因为你害怕，就让这些女仆永远满脸胡须，那可是件丢人的事。”

“我还得再喊一遍我的天啊！”桑乔说，“如果是为一些幽居的女人或慈善堂的女孩做善事，那么男子汉作出冒险牺牲或许还值得；可如果是为了去掉女仆脸上的胡须而受罪，那就太冤枉了！我倒宁愿看到，从老太太到小姑娘，从娇声娇气到白皮嫩肉的，一个个都长上胡须！”

“你对女仆们太过分了，桑乔朋友。”公爵夫人说，“你太偏信药剂师的话了。你肯定是错了。我家有的女仆可以说是女仆的楷模。我身边这位唐娜罗德里格斯就无可挑剔。”

“随您怎么说，”唐娜罗德里格斯说，“上帝反正会判明是非。无论我们好还是不好，长胡须还是不长胡须，都像其他女人一样是从娘肚子里出来的，上帝既然让我们来到这个世界上，就知道该如何安排我们。我只接受上帝的怜悯，不接受什么胡须！”

“行了，唐娜罗德里格斯夫人、三摆裙夫人以及其他各位，”唐吉诃德说，“我希望老天会怜惜你们的痛苦，桑乔也会按照我的吩咐去做。只要轻木销一到，我就与马兰布鲁诺交手，准能去掉你们脸上的胡须，用快刀把马兰布鲁诺的脑袋从他的肩膀上砍下来。上帝有时会让好人受苦，可是并不永远如此。”

“啊！”忧伤妇人说道，“让天上所有的星星都用温和的目光看着您吧，英勇的骑士，让它们给您以运气和勇气，来保护这些被人唾弃的女仆吧。药剂师憎恶她们，侍从议论她们，侍童也欺骗她们。她们年轻时没做修女却当了女仆，真是邪了门，活该受罪！我们这些倒霉的女仆，即使是特洛伊王子赫克托的直系后代，也还是要被我们的女主人以‘你’相称，也许这样她们就觉得自己是女王了。啊，巨人马兰布鲁诺啊，你虽然是魔法师，却言而有信，赶紧派那举世无双的轻木销来吧，快来结束我们的不幸吧！假如天气热了，我们仍长着胡子，那可就糟了！”

三摆裙夫人这番伤心之言使所有在场的人都流下了眼泪，连桑乔也不例外。他心想，若能除去这些令人尊敬的脸庞上的胡须，即使陪主人走到天涯海角，他也心甘情愿。

第四十一章　“轻木销”到来，故事告终

此时天已傍晚，约定让著名的轻木销木马到来的时间也临近了。唐吉诃德开始不安起来。他怕马兰布鲁诺迟迟不把马送来，是觉得他不能胜任这次征险，再不然就是马兰布鲁诺不敢前来同他交战。这时，

他忽然看见四个浑身披挂着常春藤的野人，肩扛着一匹木马走进了花园。他们把木马放到地上，一个野人说道：

“哪位骑士有勇气，就骑上去吧。”

“我不骑，”桑乔说，“我不是骑士，也没有勇气。”

野人又接着说：

“如果这位骑士有侍从，就让他的侍从骑到马屁股上吧。请相信英勇的马兰布鲁诺，他只想比剑，决无其他恶意。只需拧一下马脖子上的这个销子[①],马就可以带你们飞到马兰布鲁诺所在的地方。不过，飞得高会让人头晕，所以得把你们的眼睛蒙上，等到听到马嘶，就说明到了目的地，那时再把你们的眼睛解开。”

说完，几个野人便撇下木马，神气活现地顺着原路出去了。忧伤妇人一看到木马，便几乎是眼含热泪地对唐吉诃德说道：

“英勇的骑士，马兰布鲁诺已经说到做到了。现在木马果然来了，我们的胡须仍在增长。我们每个人，每根胡须，都请求您快点为我们动手吧。我们需要您做的只不过是同您的侍从一起骑上马去，开始你们的新旅程。”

“我马上就照办，三摆裙伯爵夫人，而且心甘情愿，不会浪费时间去配坐垫，戴马刺。我急着要看夫人您和所有女仆的光滑面孔呢。”

“我可不去，”桑乔说，“无论是软哄还是硬逼，我都不去。如果一定要我骑到木马的屁股上去，才能去掉她们的胡须，那就让我的主人另找一个侍从陪他，这几位夫人也另想办法去掉脸上的胡须吧。我不是巫师，不想到天上去飞。假如海岛上的臣民听说他们的总督在天上飞行，会怎样想呢？况且，从这儿到坎达亚有三千多西里，假如马累了或者巨人生气了，我们得耽搁五六年才能回来呢。到那时候，世上就没有什么岛屿要我去管了。常言道，‘越晚越玄’，还有，‘给你一头牛，赶紧拿绳牵’。让这些夫人的胡须原谅我吧。‘维持现状，再好不过。’我是说让我留在这儿最好，他们待我很好，我还指望在这儿弄个总督当呢。”

---

① 上文说销子安在马额头上，这里变为安在马脖子上了。

公爵说道：

“桑乔朋友，我许诺给你的岛屿不会动，跑不了。它的根扎得很深，直扎到地底深处，就是费尽了力气也拔不出来挪不动。你我都知道，所有这类比较重要的官职总得多少付点代价才能得到。而我需要你为当这个总督付出的代价，就是同你的主人唐吉诃德一起去完成这件流芳千古的大事。你很快就可以骑着轻木销赶回来。即使你时运不佳，像朝圣者似的一个客店一个客店走回来，你仍然会得到原来的那个岛屿，你的臣民们仍然会欢迎你去做他们的总督。我的主意不会改变。你对此别怀疑，桑乔朋友，否则就是辜负了我的一片厚意。”

“别再说了，大人。”桑乔说，“我是个穷侍从，当不起您的如此厚望。让我的主人上马，再给我蒙上眼睛吧，愿上帝保佑我们。等飞到天上的时候，请告诉我一声，我要向上帝祈祷，还要祈求天使保佑呢。”

三摆裙夫人答道：

“桑乔，你可以向上帝或者任何人祈祷。马兰布鲁诺虽然是个魔法师，可他也是个基督徒。他施魔法时准确而又谨慎，不会殃及其他人的。”

“那么，”桑乔说，“就让上帝和加埃塔的三位一体来保佑我吧。”

“自从那次难忘的砑布机冒险之后，”唐吉诃德说，“我从没见桑乔像现在这样害怕过。如果我也像其他人一样迷信，他这么怯懦就会使我从精神上气馁了。你过来，桑乔，如果诸位大人允许的话，我想单独同你说几句话。”

唐吉诃德同桑乔走到花园的树丛中，拉着桑乔的双手对他说道：

“桑乔兄弟，你看到了，长途跋涉在等着咱们，连上帝都不知道咱们什么时候才回来，是否还有机会和时间。所以，我想让你假装去找一点路上需用的东西，现在就回到你的房间里去，赶紧把你承诺的那三千三百鞭子至少打五百下。该打的总得打呀。‘事情一着手，就算完成了一半’。”

“我的上帝！”桑乔说，“您大概又犯糊涂了，就像人们常说的，‘又要马儿跑，又让马儿不吃草’！我现在得坐着硬木板远行，您这样做不是要打烂我的屁股吗？无论如何您都没道理。咱们现在先去为女仆们去掉胡须吧。我向您保证，等咱们回来，一定赶紧履行我的诺言，让您满意，别的我就不说了。”

唐吉诃德说道：

“既然你这么承诺，我也就放心了。我相信你会履行诺言。你虽然笨，可是人挺实在。”

“我不算笨，也不算聪明，”桑乔说，“即使我条件一般，却能说到做到。”

说完两人就回来骑木马。唐吉诃德一骑上马就说道：

“把眼睛蒙上，桑乔。上马吧，桑乔。人家从那么远的地方把马派来，不会骗咱们。欺骗相信自己的人是不光彩的。即使事情同我想象的相反，咱们的这次行动也只会带来荣誉，不会产生任何不良后果。”

“咱们走吧，大人。”桑乔说，“这几位夫人的胡须和眼泪真是刺痛了我的心。在看到她们的脸光洁如初之前，我恐怕连一口东西也吃不下去。您先上马，把眼睛蒙上。我是坐在马屁股上的，当然应该是坐在鞍子上的先上马。”

“是应该这样。”唐吉诃德说。

他从衣袋里掏出一条手绢，请忧伤妇人为他仔细地蒙上眼睛。眼睛蒙好后，他又把手绢解开，说道：

“如果我没有记错的话，在维吉尔的著作里有个特洛伊的帕拉狄翁,那是希腊人献给帕拉斯女神的木马。在它的肚子里藏着武装骑士，这些骑士后来毁掉了特洛伊城。所以，最好是先看看轻木销的肚子里有什么东西。”

“这不必了，”忧伤妇人说，“我相信马兰布鲁诺，知道他不会做背信弃义的事。请您上马吧，唐吉诃德大人，用不着有丝毫害怕。如果出了什么事，由我负责。”

唐吉诃德觉得，提出任何有关安全的要求都会有损于他的勇气，也就不再争辩，骑上木马，试了试销子，转动得挺灵便。木马身上没有备马镫，所以唐吉诃德垂着腿，样子就像弗拉门科壁毯上描画或织绣的罗马凯旋图中的某个人物。桑乔非常不情愿地慢慢爬上木马，尽可能地在马屁股上坐好。他发现这个马屁股有点硬，一点儿也不软，就问公爵是否能给他从公爵夫人的客厅或哪个侍童的床上找个坐垫或靠垫来。那马屁股简直不像是木头做的，倒像是大理石。三摆裙夫人说这匹木马不能再装任何东西，桑乔可以按照女式骑法横坐在马屁股上，那样就不会觉得那么硬了。桑乔照办了，并且说了声“再见”，让人蒙上了他的眼睛。眼睛蒙好后，他又重新解开，久久地凝视着花园里的所有人，眼含热泪地请求大家在这个关键时刻为他念《天主经》，念《万福玛利亚》。一旦他们遇到危险，上帝就会派人为他们念经。

唐吉诃德说道：

“你这个混蛋，难道你是要上断头台，或是快要咽气了，竟如此祈求祷告？你这个没有良心的胆小鬼！你现在坐的位子不正是美丽的马加洛娜原来坐过的地方吗？历史总不会骗人，后来她从马上下来后并没有进坟墓，而是当了法兰西的王后。我就在你旁边，我现在坐的地方就是彼雷斯原来坐过的地方，难道我比不上他吗？你这个没心没肺的畜生，蒙上眼睛，蒙上眼睛吧！别让你的恐惧从嘴上表现出来，至少别在我面前出声！”

“请把我的眼睛蒙上吧。”桑乔说，“既然不愿意让我祈求上帝，又不愿意让别人为我祷告，我害怕又有什么可说的呢？说不定会有一群魔鬼把咱们弄到佩拉尔比略[①]去呢。”

两人蒙上了眼睛，唐吉诃德觉得一切已准备就绪，就伸手去摸销子。他的手刚刚触到销子，在场的女仆和其他所有人都高喊起来：

“上帝为你引路，英勇的骑士！”

“上帝与你在一起，无畏的侍从！”

“你们已经飞起来了，以超过飞箭的速度刺破天空吧！”

“地上所有注视着你们的人已经开始惊讶和羡慕了！”

“坐稳了，英勇的桑乔，别晃悠！小心别摔下来！从前那个鲁莽

① 佩拉尔比略是在雷阿尔城附近民团处决罪犯的地方。

的小伙子驾驭太阳车就摔了下来。好家伙，你若是摔下来，就会比他摔得还惨！”

桑乔听到喊声，紧紧地搂着唐吉诃德，对他说道：

“大人，他们说咱们飞得已经很高了，可是为什么咱们还能听见他们的声音，而且声音就像在咱们身边似的？”

“你就别管了，桑乔，这种事情以及咱们的飞行都是超常规的，你能够任意看到和听到千里之外的事情。别搂我这么紧，你快要把我拽倒了。我真不明白你究竟怕什么。我发誓，这是我平生骑得最平稳的一次，简直就像在原地不动似的。别害怕，伙计，一切正常，而且非常顺利。”

“是啊，”桑乔说，“我这边风特别大，好像有上千只风箱在对着我吹似的。”

确实有几只大风箱在吹他们。公爵、公爵夫人和管家对这个闹剧进行了精心策划，没有露出一点儿破绽。

唐吉诃德觉得有风，就说：

“桑乔，咱们大概是到了第二层天，这儿有冰雹雪花，而雷鸣电闪是在第三层天。如果照这样往上升，咱们很快就会到达火焰天了。我不知道该怎么拧这个销子，才能够不继续上升，否则咱们就得被烤焦了。”

此时正有人用竹竿挑着一些点燃的薄麻布片，从远处烤他们的脸。桑乔觉到了热，说道：

“我敢打赌，咱们现在已经到了火焰天，或者离它很近了，因为我的一大片胡子已经被烤焦了。大人，我想打开布看看咱们到底在什么地方。”

“不行，”唐吉诃德说，“你可别忘了托拉尔瓦[①]的真实故事。魔鬼驱使他骑着竹竿，闭着眼睛，十二个小时就到了罗马。他在罗马城

---

① 欧亨尼奥·托拉尔瓦，西班牙16世纪一教士，在宗教法庭上说他被魔鬼驱使，骑着一根竹竿，一夜之间往返罗马，目睹了1527年罗马大劫乱的场面。

一条名叫托雷·德诺奈的街上落地，看到了波旁[①]失败、被袭和死亡的全过程。翌日早晨他又回到了马德里，报告了他在罗马看到的事情。他还说，他在空中飞行的时候，魔鬼叫他睁开眼睛。他把眼睛睁开了，觉得自己离月亮已经很近，简直伸手可得。他不敢往地面上看，怕自己会昏厥过去。所以桑乔，咱们没必要把蒙眼布解开。如果有什么情况，带咱们飞的人会告诉咱们。也许咱们现在正盘旋上升，准备直奔坎达亚王国，就像猎鹰在草鹭上方盘旋那样。它飞得再高，也是要扑下来捕捉草鹭的。虽然咱们离开花园才不过半小时，我却觉得咱们已经走了很远的路。"

"我不知道，"桑乔说，"我只知道马加良娜或马加洛娜夫人若是喜欢这种马屁股，她的皮肉也不会很娇嫩。"

两位勇士的对话都被公爵、公爵夫人和花园里的其他人听到了，大家觉得很开心。他们觉得这场精心策划的闹剧该收场了，就用点燃的麻布去烧木马的尾巴，马肚子里装满了花炮，立刻一声巨响爆炸了，把唐吉诃德和桑乔掀到了地上。两人都被烧得半焦。

此时，花园里那群满面胡须的女仆和三摆裙夫人都不见了，花园里的其他人则像昏了过去似的躺到地上。唐吉诃德和桑乔遍体鳞伤地从地上爬起来，惊恐地看到他们还在刚才的那个花园里，而且地上躺了许多人。更让他们惊奇的是看到花园一侧的地上有一支巨大的长矛插在地上，长矛上用两条绿色绸带系着一张白羊皮纸，上面用金色大字写着：

> 曼查的著名骑士唐吉诃德初试得手，结束了三摆裙夫人又名忧伤妇人及其同伴的苦难。
>
> 马兰布鲁诺心满意足，女仆的胡须已一根不剩，克拉维霍国王和安东诺玛霞王后已恢复原样。魔法师之王梅尔林有令，待骑士的侍从打够了鞭数，白鸽就能摆脱恶鹰的追逐，投入情侣的怀抱。

---

① 法国陆军元帅，1527 年进攻罗马时战死。

唐吉诃德看完羊皮纸上的字，知道这是指为杜尔西内亚解除魔法的事。他一再感谢老天让他仅冒如此小的风险就完成了如此伟大的事业，让那些令人尊敬的女仆又恢复了原来的样子。不过，现在那些女仆已经不见踪影了。唐吉诃德来到尚未苏醒过来的公爵和公爵夫人身旁，拉着公爵的手说道：

“喂，善良的大人，醒醒，醒醒吧，一切都过去了，而且十全十美，在那张羊皮纸上写得很清楚。”

公爵慢慢睁开眼睛，仿佛刚从梦中醒来。公爵夫人和花园里的其他人也都苏醒过来。大家都装出十分惊奇和意外的样子，仿佛他们刻意安排的那些事确实发生过一样。公爵眼睛半睁半闭地看了看那张羊皮纸，然后张开双臂拥抱唐吉诃德，说唐吉诃德是古往今来最优秀的骑士。桑乔四处寻找忧伤妇人，想看看她没有胡须的脸是什么样子，是否真像她俊俏的身材那样漂亮。可是别人告诉他，木马燃烧着从空中落到地上时，包括三摆裙夫人在内的所有女仆脸上都已一干二净，而且转眼就不知去向了。公爵夫人问桑乔这次长途旅行的情况，桑乔回答说：

“夫人，我觉得我们飞到了我的主人说的火焰天。我想把蒙眼睛的布掀开一点儿往外看看，可是我的主人不允许。不过，我也不知道是出于什么好奇心，越是不让我知道的事情我就越想知道。我不露声色地把蒙眼睛的布往鼻子那儿挪了挪，偷偷往地球看了一眼，看到地球只不过是芥菜子那么大，上面走动的人倒比榛子还大点儿，一个人就可以把整个地球盖住，由此可见我们飞得有多高了。”

公爵夫人说道：

“桑乔朋友，你看你说些什么呀。看来你并没有看见地球，只是看到了地球上行走的人。你看见地球只有芥菜子那么点儿，而人倒有榛子那么大，当然一个人就可以把地球遮住了。”

“事实就是这样。”桑乔说，“不管怎么说，我是从一道缝里往下看的，看到了整个地球。”

“桑乔，”公爵夫人说，“从一条缝里是看不到事物全部的。”

“我不知道是否看得到全部，”桑乔说，“我只知道您该明白，我们是靠魔力飞行的。靠着魔力，我从任何方向都可以看到整个地球和地球上的人。如果您不相信这点，也就不会相信我是把蒙眼睛的布挪到了眉毛上，看见自己已经挨近天了，离天只不过一拃半远。我敢发誓，那个天特别大。后来我们又经过了七只小羊的地方①。上帝可以作证，我小时候在家乡当过羊倌，所以一看见它们，就想过去逗它们玩一会儿。若是不能和它们玩一会儿，我会难受死的。怎么办呢？我不声不响，对任何人都没说，也没和主人说，就悄悄地下了木马，同小羊玩起来。那小羊漂亮得像花朵似的。我同它们玩了三刻钟，那木马在原地一动不动，一步都没有向前走。”

“那么，在好桑乔同小羊玩的时候，”公爵问，“唐吉诃德大人干什么呢？”

唐吉诃德答道：

“这种事情已经超出了常规，所以随便桑乔怎么说，都算不了什么。至于我，我没有把蒙眼布往上掀或者往下拉，没看见天，也没看见地，没看见海，也没看见沙滩。我只是确实感觉到我在天空中飞，几乎快到火焰天了。我不相信能穿过位于月亮层和天顶之间的火焰天。如果我们到了桑乔所说的有七只小羊的那层天，我们早就被烧死了。既然我们没有被烧死，那就说明桑乔在说谎或是做梦。”

“我没说谎，也没做梦。”桑乔说，“不信你们问我那几只羊的情况，就能知道我说的是不是真话了。”

“你说吧，桑乔。”公爵夫人说。

“有两只是绿色的，”桑乔说，“有两只是红色的，有两只是蓝色的，还有一只是杂色的。”

“这些羊可真新鲜。”公爵说，“我是说在我们这个地方，羊一般不是这种颜色。”

“这很清楚，”桑乔说，“天上的羊和地上的羊就是不一样嘛。”

“那你说，桑乔，”公爵问道，“那几只羊里有公羊吗？”

“没有，大人，”桑乔说，“我听说它们都没什么区别。”

---

① 这里指昴星座。

大家不再问他旅途上的事，觉得桑乔虽然并没出花园，却准备把他在天上见到的所有事情都一一细数呢。

忧伤妇人的故事到此结束。它不仅当时为公爵提供了笑料，而且成了他一辈子的笑料。如果他能活几百年，他会把桑乔的事讲上几百年。唐吉诃德凑到桑乔身边，对桑乔耳语道：

“桑乔，你若想让人们相信你在天上的那些见闻，就应该先相信我在蒙特西诺斯洞的见闻，别的我就不多说了！”

第四十二章　在桑乔就任岛屿总督前夕，唐吉诃德的谆谆教导以及其他深思熟虑的嘱咐

所谓忧伤妇人苦难的滑稽闹剧顺利结束。公爵和公爵夫人见唐吉诃德和桑乔竟信以为真，便决定把这个玩笑再开下去。于是，他们吩咐用人和下属，继续同桑乔开总督的玩笑。第二天，也就是乘木马飞行之后的那天，公爵通知桑乔准备赴任去当总督，说他的岛屿臣民正对他翘首以待呢。桑乔对公爵鞠了一躬，说道：

“自从我由天上下来之后，自从我居高临下地看地球，看到地球是那么小之后，我原来一心要当总督的劲头就有所减少了。在芥菜子那么大的地方当官有什么了不起呢？管辖十几个榛子大小的人也没什么可神气的。地球上难道就没有其他事可做了吗？如果您能给我一小块天空，哪怕只有半里地，我也宁愿要这块天空，而不要地上最大的岛屿。”

“可是桑乔朋友，”公爵说，“我不能给谁一小块天空，哪怕只是指甲那么大一块也不行。只有上帝才能恩赐天空。我能给你的只是一个地地道道的岛屿，十分肥沃。你如果真有本领，完全可以利用地上

的财富去赢得天上的财富。”

“那好，”桑乔说，“我就要那个岛屿吧。我一定当好总督。不过，即使有千难万险，以后我还是要上天。这倒不是我贪心太大或者不自量力，我只是想尝尝当总督的滋味。”

“一旦你尝到了这种滋味，桑乔，”公爵说，“你肯定会难舍难离。发号施令是一件很美的事情。根据目前的情况，你的主人准会当上皇帝。我敢肯定，他当了皇帝以后，谁也别想再把他拉下来。到那时，他心里最难受的肯定是没能早点当上皇帝。”

“大人，”桑乔说，“我觉得，即使是对一群牲畜发号施令，也是件挺美的事儿。”

“我的看法和你一样，桑乔，你真是心明眼亮。”公爵说，“我希望你能做个像你说的那样的总督。这件事就说到这儿吧。明天你就要去做岛屿总督了，今天下午，你就收拾该准备的衣服和其他启程需要的东西吧。”

“随便给我穿什么都行，”桑乔说，“不管穿什么衣服，我总归是桑乔。”

“话虽这么说，”公爵说，“衣服还是应该与人的职业和身份相称。法官穿得像个士兵就不合适，士兵穿得像个牧师也不妥。你得穿得既像文官，又像武官，因为在我给你的那个岛上，既需要文，也需要武，既需要武，也需要文。”

“若论文的我不行，”桑乔说，“我大字不识一个。不过，只要我记好一个‘十’字，就能当好总督。若论武的，给我什么家伙我都能使，直到使不动为止，到那时就只好听天由命了。”

“你既然有这么好的记性，”公爵说，“就不会出错儿。”

这时候唐吉诃德来了。他听说桑乔要当总督，而且马上就要赴任，便征得公爵同意，拉着桑乔的手，来到自己的房间，想告诉桑乔应该怎样当总督。一进房间，唐吉诃德就随手关上门，几乎是硬按着桑乔坐在自己身边，心平气和地说道：

“我得万分感谢老天，桑乔朋友，老天让你先于我交上了好运。我本来指望待我发迹后再酬劳你。现在我刚刚开始时来运转，你却超乎常规地提前实现了自己的愿望。有的人又是贿赂，又是托人，又是起早贪黑，又是乞求，又是纠缠，却并没有得到他们想要得到的东西。而有的人还不知道是怎么回事，就得到了别人梦寐以求的职位。在我看来，你只不过是个笨蛋，并没有起早贪黑地干，也没有出什么气力，只凭游侠骑士给你带来的福分，就不费吹灰之力地成了一个岛屿的总督。桑乔，我说这些无非是让你不要把得来的好处归功于自己，而应该感谢暗中掌握着万物的老天，还应该感谢伟大的骑士道。你应该真心相信我对你说的这些话，孩子，仔细倾听你这位卡顿的话吧。他在开导你，他是指引你进入安全港湾的北斗星。你就要驶入惊涛骇浪的大海了，官场就好比是波涛汹涌的大海哟！

“孩子，你首先应该畏惧上帝，畏惧上帝就是智慧，有了智慧就不会犯任何错误。

“第二，你应该认清你自己到底是什么人，尽力做到有自知之明，这是最难能可贵的。有自知之明，你才不会像妄想跟牛比大小的蛤蟆那样自大。你得意忘形的时候，只消想想自己曾在家乡喂过猪，就会像开屏的孔雀看到自己的丑脚一样清醒了。”

“话是这么说，”桑乔说，“但那时我还是个孩子。后来我大点儿了，喂的就是鹅而不是猪了。不过，我对此并不在意，并非所有的总督都是皇亲贵族呀！”

“是啊，”唐吉诃德说，“所以，那些非贵族出身的人担任了要职，要宽以待人，谨慎处事，免得遭到恶意中伤。任何职位的人都可能遭到恶意中伤。

“你应该以你的卑微出身为荣，桑乔，不要耻于说自己出自农家。只要你不作践自己，别人也不会作践你。你应该为自己是一个正直的平民，不是一个高贵的罪人而感到自豪。有许许多多出身低下的人最后当上了教皇或皇帝，这种情况的例子数不胜数哩。

“桑乔，如果你以道德为重，以做正直的事情为荣，你就不必去羡慕那些豪门贵族，因为血统可以继承，道德却不能世袭。道德本身就具有价值，而血统本身却不值分文。

“所以，假如你到了岛上，有什么亲戚来看望你，你不要撵他走，也不要对他发火，而应该热情款待他。这样不仅老天满意，因为老天总希望人们不鄙视自己的过去，而且也顺应了民情。

“当总督的长期不带老婆恐怕不合适。如果你把老婆接去了，就应该教导她，使她克服陋习。常常有这种情况：一个贤明的总督做了好事，却被他愚蠢的老婆给毁了。

“万一你成了鳏夫，这种事完全有可能发生，你想利用你的职位找到更好的配偶，可千万别找那种想拿你当工具，嘴里说不要，却伸着手要钱的女人。我告诉你，即使是法官的老婆勒索了别人的钱，到了阴间以后也还是要法官把他生前该负责的那部分加倍偿还。

“许多自以为聪明的蠢人总是依照自己的意志办案，你可千万不要这样。

“无论是富人许诺或馈赠，还是穷人流泪或纠缠，你都要注意查明真相。

“只要能宽恕，就不要严酷苛刻，严厉法官的名声毕竟不如好心肠法官的名声。

“如果你审理某个冤家对头的案子，一定要排除个人感情，实事求是地判案。

“你不要徇私枉法。案子判错了往往无法补救，即使能够补救，也会损害自己的名誉和财产。

“如果有漂亮的女人请你办案，你一定不要被她的眼泪和呻吟蒙蔽，要仔细研究她所要求的内容，免得让她的哭泣影响你的理智，让她的唉声叹气动摇了你的心。

“对于那些必须动刑法的人不要再恶语相向。他受了刑本来就很不幸，就不要再辱骂了。

“把你处分的罪人看成是本性未改的可怜虫，尤其是从你这方面不要伤害他，要对他宽容。虽然仁爱和公正同样是上帝的品德，但我们总觉得宽容比严厉更可取。

“如果你能够按照这些话去做，桑乔，你就会长命百岁，英名永存，功禄难以估量，幸福难以形容，就可以使你的子女婚姻美满，你的子孙后代留名，你就能与大家和睦相处，就能安度晚年，到你百年时，你的重孙们就会为你轻轻合上眼睛。我刚才是教你如何美化你的灵魂，现在，我再来告诉你如何美化你的外表吧。”

第四十三章　唐吉诃德对桑乔的第二部分告诫

听了唐吉诃德这番话，谁会不把他当成一个足智多谋、识见万里的人呢？不过，就像这部巨著里记述的那样，他只是在谈论骑士道时才胡言乱语，而谈论其他事情时则头脑清晰，所以他时时表现出言行不符的情况。他对桑乔的第二部分告诫表现得更为风趣，把他的才智和疯狂都提高到了一个新的高度。桑乔全神贯注地聆听着，似乎要把这些话牢牢记住，以便遵照这些话当好总督。唐吉诃德接着说道：

“至于应该如何管好你自己和你的家，桑乔，我首先告诉你，你应该注意整洁，要剪指甲，不要像某些人那样，留着长长的指甲，还以为那样手形美，其实，那倒更像丑恶的蜥蜴的爪子了。这是个不讲卫生的陋习。

“你不要衣冠不整、邋邋遢遢的，桑乔。衣冠不整给人一种萎靡不振的印象，除非像人们说恺撒大帝那样，是故意装的。

“你要认真掂量一下你的职务的分量。如果你想给你的用人做制服，就要做既实用又大方的，别要那种花里胡哨的，而且还要兼顾穷人。我的意思是说，假如你想给六个侍童做制服，那么你就做三套，再做另外三套给穷人，这样你在天上和人间就都有人侍候了。这种做衣服的办法，虚荣心强的人是不会办到的。

“你别吃大蒜和葱头，免得人家闻到你身上有这种味就知道你是个乡巴佬。

“你走路要慢，说话要沉稳，不过，也别声音小得像是说给自己听似的。这些都不好。

“饭要少吃，尤其是晚饭，因为身体好全都靠胃里消化得好。

“酒要少喝，别忘记酒喝得多了既容易说漏嘴，又容易误事。

“你得注意，桑乔，吃饭时不要狼吞虎咽，也不要在别人面前‘嗝儿’。”

“我不懂什么叫‘嗝儿’。”桑乔说。

唐吉诃德对他说：

“‘嗝儿’就是打嗝儿，桑乔，这是西班牙文里最难听的一个词，尽管它的意义很明确。所以，斯文人就选择了拉丁语，‘打嗝儿’就说‘嗝儿’。如果有些人还是不懂，那也没关系，慢慢地人们就会接受，也就容易懂了。这样可以丰富语言，要知道能够改变俗人语言的是习惯。”

“是的，大人，”桑乔说，“我应该记住您的教诲，也就是不要打嗝儿，我总是打嗝儿。”

“是‘嗝儿’，不是‘打嗝儿’。”唐吉诃德说。

“以后我就说‘嗝儿’，”桑乔说，“肯定不会忘了。”

“还有桑乔，你说话时不要总带那么多俗语。那样虽然有时显得很简练，可更多的时候却显得牵强附会，反而显得不伦不类了。”

“这就得靠上帝帮忙了，”桑乔说，“因为我知道的俗语比书上还多。我一说话它们就拥到我的嘴边，争先恐后地要往外跑，顾不上合适不合适，还没等找到合适的词就跑了出来，不过，我以后说话一定注意，要与我的重要职位相符，反正‘家里有粮，做事不慌’，‘一言既出，难以收回’，‘站着说话不腰疼’，‘别管给还是要，都得有头脑’。”

“你就是这样，桑乔，”唐吉诃德说，“一说起俗语来就一串一串的，谁也拿你没办法！仍然是‘你说你的，我该干什么还干什么’！我正在告诉你说话时少带俗语，你就马上又说出一大串来，而且内容根本不沾边！桑乔，我并不是说讲话时带俗语不好，但如果是乱用一气，就显得既无意义又粗俗了。

“你骑马的时候不要把身子往后仰，也不要直着两条腿不夹马肚子，骑马时不能像你骑驴那样吊儿郎当的。同样是骑马，有的人像骑士，有的人就像马夫。

“你不要睡懒觉，日出不起身就等于白过了一天。你注意，桑乔，勤奋是成功之母，而懒惰从来都不能完成自己的预定目标。

“我要给你的最后一句忠告不是给你美化外表的，但我希望你永远记住它，我觉得它就像我刚才说的那些话一样重要。这句话就是你永远不要追问别人的家世，至少不要互相比。一比就会有高低，被比下去的人会恨你，比上来的人也不会抬举你。

“你应该穿紧身长裤，长外衣，斗篷也要长些。至于肥腿裤，千万别穿，无论是骑士还是总督都不应该穿肥腿裤。

“桑乔，我现在想起来的就是这些。以后想起什么来再告诉你，你也别忘了把你的情况告诉我。”

“大人，”桑乔说，“我知道您对我说的这些都是善意、珍贵和有益的，可是如果我无论如何也记不住，那又有什么用呢？您不让我留长指甲，让我有机会就再结婚，我都不会忘记。可是，您说了那么一大堆东西，就像过眼烟云一样，我现在记不住，以后也记不住。最好您给我写下来。不过，我又不识字。您还是等我向牧师忏悔时，把它交给牧师吧。”

“我的天啊，”唐吉诃德说，“总督不识字多不像话呀！桑乔，你该知道，如果一个人不会写字，或者不聪明，那只能说明他的父母太卑贱，或者是他太调皮捣蛋，实在不可教养。你的差距真不小呀。我觉得你至少得学会签字。”

“签名字我倒会。”桑乔说，“我以前是我们那儿的总管，学会了写几个字母，就像货包上的标记，人家说那就是我的名字。有时我还装作右手有毛病，让别人为我代签。反正干什么都有办法对付，若是没法对付，我反正有绝对权力，想怎么办就怎么办，更何况我还有靠山呢……我是总督，比靠山还靠山，到时候就知道了。谁要想跟我捣乱，准让他搬起石头砸自己的脚。‘富在深山有远亲，富人的蠢话也成了格言。’我当了总督，就会成为富人，而且我花钱大方，我本来就打算大方，那么我就是完人了。‘人善被人欺，’我祖母常这样说，‘有根有势，无奈他何。’”

“这个该死的桑乔，”唐吉诃德说，“真应该让你和你的俗语见鬼去！你一口气能说半天俗语，我听着像被灌了辣椒水似的。我敢保证，你这些俗语迟早得把你送上绞刑架。你的臣民们也会因为这些俗语把你从总督的位子上赶下来，或者联合起来推翻你。告诉我，你这个白痴，你哪儿来的这么多俗语？你又是怎么会用的呢？我怎么要说一句恰当的俗语就那么费劲呢？”

“天啊，我的主人，”桑乔说，“您真不该为这区区小事大动肝火。我用的是自己的东西，这跟见不见鬼有什么关系呢？别的东西我没有，除了俗语还是俗语。现在我又想起了四句俗语，用起来恐怕再恰当不过了，可是我别再说了，‘慎言即君子’嘛。”

“你可不是君子，”唐吉诃德说，“因为你不仅不慎言，而且还到处乱说，说个不停。但即使这样，我还是想听听你现在想起来的那四句非常合适的俗语是什么。我的脑子也不错，可是想了半天，也没想出一句合适的。”

桑乔说:“‘千万别往智齿中间伸指头’，‘问你想找我老婆干什么，就是叫你滚蛋，你还有什么好说的’，‘甭管石头碰坛子还是坛子碰石头，倒霉的都是坛子’，这几句话难道不是很合适吗？难道还有什么比这些更好吗？谁也别想跟总督或者管他的人过不去，否则最后吃亏的还是他自己，这就好比你要把手指放到两个智齿中间，即便不是智齿，只是放到牙齿中间也一样。不论总督说什么也别顶嘴，就好比人家对你说‘你想找我老婆干什么？滚出我家去’一样。至于石头碰坛子的结果，就是瞎子也能看见。所以，能够看到别人眼里有斑点的人，也应该看到自己眼里的梁木[①]，免得别人说‘死人还怕吊死鬼’。您很清楚，傻子在家里比聪明人在外面懂得还多。”

“不是这样，桑乔，”唐吉诃德说，“傻子无论在家里还是在外面，都是什么也不懂，而笨人什么聪明事也办不成。咱们先不说这些吧，桑乔。你如果当不好总督，那就是你的罪孽，我的耻辱。令我宽慰的是，

① 参见《圣经》。“为什么看见你兄弟眼中有刺，却不想想自己眼中有梁木呢？”意指看人不看己。

我已经把我应该告诉你的东西都尽我所能地如实告诉你了，这就尽到了我的义务，履行了我的诺言。让上帝指引你，桑乔，督促你当好你的总督吧。我用不着担心你把整个岛屿搞得一团糟了。我只要向公爵说明你是什么人，说这个小胖子是一个满肚子俗语和坏水的家伙，就可以问心无愧了。”

“大人，”桑乔说，“如果您觉得我不配做这个总督，我就不去了。我注重人的点滴精神胜于人的整个肉体。这个桑乔当百姓时是粗茶淡饭，当了总督也不过是个酒足饭饱，更何况若论睡觉，大人物或是小人物，富人和穷人，全都是一样哩。如果您注意到了这点，就会想起当初还是您要我当岛屿总督的，我其实对管理岛屿的事一无所知。假如因为当总督而让我去阴间，我宁愿仍做桑乔升天堂，却不愿意当个总督下地狱。”

“天啊，桑乔，”唐吉诃德说，“就凭你最后这几句话，我觉得你就应该当上千个岛屿的总督。你天性好。没有好的天性，再有心计也没用。你向上帝祈祷，保佑你实现初衷吧。我是想让你不改初衷，心想事成，老天总是扶助善良的愿望。咱们去吃饭吧，那些大人大概正等着咱们呢。”

第四十四章　桑乔赴任当总督与唐吉诃德在城堡的奇遇

据说小说作者锡德·哈迈德写的这章，译者没有照原文翻译。锡德·哈迈德对自己总是干巴巴地局限于唐吉诃德不满意，因为这样就总得写唐吉诃德和桑乔，而不能扩展到其他更严肃或者更风趣的故事上去。他觉得总是把自己的心思、手和笔集中在一个题目上，而且总是叙述那么几个人，简直让人难以承受，而且读者也不满意。为了避免这个缺陷，他在上卷里采取了穿插几个故事的手法，例如《无谓的猜疑》和《被俘虏的上尉》。那两个故事与这部小说没有什么联系，可是其他故事却与唐吉诃德相关，所以不能不写。作者还说，他估计很多人只注意唐吉诃德的事迹，而忽视了那些故事，匆匆带过，或者读起来满心不快，却没有注意到故事本身所包含的深刻内涵。如果把这些故事单独出版，不与疯癫的唐吉诃德和愚蠢的桑乔交织在一起，就容易发现它们的深刻含义了。所以在下卷里,作者不准备采用故事，无论它们与本书有关还是无关，而是记述一些从本书事件中衍生出来的情节，并且要语言精练。虽然语言不多，但是作者的能力、才干和智慧足以描述世间的一切。作者请人们不要忽略了他的良苦用心，别只是对他写出的东西加以赞扬，而且要注意到他没有写出来的东西。

言归正传。那天唐吉诃德开导完桑乔，就去吃饭了。吃完饭，他又把自己的话写了下来，让桑乔以后找人给他念。可是，桑乔刚拿到这几张纸就把它丢了,结果落到了公爵手里。公爵又告诉了公爵夫人。他们不禁再次对唐吉诃德的疯癫和聪慧感到意外，于是决定把这个玩笑继续下去。当天下午，他们派了不少人陪着桑乔到了准备让桑乔当总督的地方，而领队的就是公爵的管家。这个人很机灵，也很风趣，他若是不机灵也就不会风趣了，刚才说的那个三摆裙夫人就是他装扮的。管家已从主人处得知应当如何对付桑乔，结果扮演得十分成功。且说桑乔一见到管家，就觉得他的脸同忧伤妇人的脸完全一样，便转身对唐吉诃德说道：

“大人，看来我又见到鬼了。不过，您恐怕也得承认，这位管家的这张脸就是忧伤妇人那张脸。”

唐吉诃德仔细看了看管家，看完后对桑乔说：

“没必要让你见什么鬼，桑乔，我不明白你的意思。即使忧伤妇人的脸像管家的脸，那也不等于说管家就是忧伤妇人。如果他们同是一个人，那问题就太复杂了。现在不是弄清这个问题的时候，那会把我们弄糊涂的。相信我吧，朋友，现在需要我们十分虔诚地请求上帝，把我们俩从巫师和魔法师的恶作剧里解脱出来。”

“这并不是开玩笑，大人。”桑乔说，“刚才我听他说话，就仿佛是三摆裙夫人在我耳边说话似的。那好吧，我不说了，不过我会从现在起开始留心，看是否会发现什么迹象来证实或者否定我的怀疑。”

“你这样做就对了，桑乔。”唐吉诃德说，“无论你发现什么情况，还有你当总督时遇到的各种情况，都要及时告诉我。”

桑乔终于在众人的簇拥下出门了。他打扮成文官的样子，又披了一件很宽大的棕黄色羽纱风衣，头戴一顶用同样面料制作的帽子，骑着骡子，后面跟随着他的驴。按照公爵的吩咐，驴已经配备了鞍具和发亮的丝绸饰品。桑乔不时回头看看他的驴。有这么多人簇拥着他，他感到十分得意，这时候就是让他去做德国的皇帝，他也不会去了。

桑乔向公爵和公爵夫人告别，又接受了唐吉诃德的祝福。唐吉诃德祝福时眼含热泪，桑乔也是一副哭相。

亲爱的读者，让桑乔一路平安，事事如意吧。你若是知道了他后来在总督职位上的行为，准会笑个不停的。现在，且看看唐吉诃德那天晚上所做的事吧。你看了即使没有笑出声，也会像猴子一样把嘴咧开！唐吉诃德那天晚上做的事真是让人既惊奇又好笑。据记载，那天桑乔刚走，唐吉诃德就感觉到孤独。如果可能的话，他肯定会让公爵收回成命，不叫桑乔去当总督了。

公爵夫人见唐吉诃德郁郁不乐，便问他为什么不高兴。如果是因为桑乔不在的缘故，那么，公爵家里的侍从、女佣和侍女都可以供他使唤，保证让他称心如意。

“的确是因为桑乔不在的缘故，夫人。”唐吉诃德说，“不过，这并不是我看起来郁郁不乐的主要原因。您对我的关怀,我只能心领了。我请求您让我在自己的房间里自己照顾自己。”

“可不能这样，”公爵夫人说，“我这儿有四个侍女可供您使唤，她们个个都花容月貌。”

“对于我来说，”唐吉诃德说,“她们并非花容月貌,而是如芒在背。让她们进入我的房间，那绝对不行。您是关怀我，可我不该享受这种关怀，您还是让我自便吧。我宁愿在我的欲望和贞操之间建起一道城墙，也不愿意由于您对我的关怀而失去贞操。我宁可和衣而睡，也不愿意让别人给我脱衣服。”

“别再说了，唐吉诃德大人。”公爵夫人说，“我会吩咐的，别说是一个侍女，就是一只母苍蝇也休想进入您的房间。我可不是那种人，让唐吉诃德大人您败坏自己的尊严。我已经意识到了，贞操是您诸多美德中最突出的一点。您可以在房间里自个儿关着门，随时任意脱衣服和穿衣服，绝对没有人来阻拦您。您可以在房间里找到各种必要的器皿，即使您要方便也不必出门。让托博索的杜尔西内亚长命百岁，让她的芳名传遍整个大地吧，只有她才配被如此英勇、如此自重的骑士所爱。让仁慈的老天催促我们的桑乔总督尽早完成他的鞭笞苦行，好让世人重新欣赏到如此伟大的夫人的美貌吧。”

唐吉诃德说：

“高贵的夫人说起话来真是恰如其分，善良的夫人讲起话来从来不会有任何恶意。而世界上最幸运的人当属杜尔西内亚，因为她竟受到了您的赞扬。在她受到的各种赞扬里，唯有您的赞扬最有分量。”

“那么好吧，唐吉诃德大人，”公爵夫人说，“已经是吃晚饭的时候了，公爵大概正在等咱们呢。请您同我们一起吃晚饭，然后您就早点睡觉吧。昨天的坎达亚之行可不近，您大概也累了。”

“我一点儿也没感到累，夫人。”唐吉诃德说，“我可以向您发誓，我平生从未骑过像轻木销这样平稳的马。我真不明白马兰布鲁诺凭什么把如此轻盈、如此英俊的马无缘无故地烧掉。”

“这很容易理解。”公爵夫人说，“作为巫师和魔法师，他已经对三摆裙夫人及其一行还有其他人造了孽，后来他后悔了，想毁掉他这个造孽的主要工具。就是这匹木马带着他到处奔波，所以他把木马烧了。随着木马燃烧留下的灰烬和由此建立的丰碑，曼查的伟大骑士唐吉诃德的英名将与世长存。”

唐吉诃德再次对公爵夫人表示感谢。吃完晚饭后，唐吉诃德回到房间里，只身一人。他不许任何人进去服侍他，以免遇到什么情况使他身不由己地失掉对他的杜尔西内亚夫人的忠贞。他的脑子里时刻不忘游侠骑士的精英阿马迪斯的美德。他随手关上门，借着两支蜡烛的光线脱衣服。真糟糕，像他这样正统的人真不该遇到这种不正统的事——不是什么污染房间空气的排放秽气之类的事，而是在他脱袜子的时候有一只袜子上出现了几十个洞，简直成了网状。唐吉诃德懊丧极了，他宁愿花一盎司银子去换一点儿绿色绸布。要绿色绸布是因为他那双袜子是绿色的。

贝嫩赫利写到这里惊叹道："贫困啊贫困，我不明白为什么那位科尔多瓦大诗人会称你为：

> 未受答谢的神圣礼品！

"我虽为摩尔人，但通过同基督徒们的交往，我得知基督教的神圣之处就在于仁慈、谦逊、信念、恭顺和贫困。尽管如此，我还是认为甘于贫困更接近于圣德，只要不是那种圣人所说的'置买了财产却好像一无所有'[①],即人们所称的精神贫困就行。我说的这另一种贫困啊，你为什么偏偏跟一些破落贵族和有身份的人过不去呢？你为什么总是让他们的鞋上裂口子，让他们的衣服扣子有的是丝绸的，有的是鬃的，有的是玻璃的呢？为什么让他们大部分人的衣领总是皱皱巴巴，而不是挺括的衣领呢？（由此可见，以前就开始时兴上浆的衣领了。）那些可怜的有身份的人，为了炫耀自己的身份，在家里偷偷地胡乱吃一些东西，牙齿间并没有什么可剔之物，可是走到大街上却要装模作样地剔牙！这种人真可怜，为了那一点点体面，总怕别人从一里之外就能看到那带补丁的鞋、帽上的汗渍、短短的斗篷和饥肠辘辘的样子！"

唐吉诃德见袜子上开了线，烦恼起来，但他看到桑乔留下了一双旅行靴，又放下心来。他想，第二天就穿这双靴子。最后，他上床躺下，心事重重，又闷闷不乐，这一方面是因为桑乔不在的缘故，另一方面是因为那双倒霉的袜子。即使能用另外一种颜色的丝绸补上那双袜子，那也是一个破落贵族贫困潦倒的明显标志。他吹灭了蜡烛。天气很热，他不能入睡，于是起身把朝向花园的一扇窗户打开了一点儿。刚一打开窗户，他就感到有人在花园里走动，而且还听到有人在说话。

---

① 参见《新约全书》的《哥林多前书》第七章第三十节。

他仔细谛听。说话人抬高了嗓门，他听到了这样的对话：

“别勉强我唱歌，埃梅伦西亚。你知道，自从那个外来人一到咱们城堡，我的眼睛看到了他，我就不会唱歌而只会哭了。况且，咱们的女主人睡觉很警醒，我不想让她知道咱们在这里。即使没有把她惊醒，若是我的那位令我心焦的埃涅阿斯没听见我唱的歌，那也是白唱呀。”

“别这么想，亲爱的阿尔蒂西多拉。”另一个人说道，“公爵夫人和这儿的所有人肯定都睡熟了，只有那位令你心神不安的心上人还没有睡。我觉得房屋的窗户打开了，他肯定没有睡。可怜的痴情人，你就随着竖琴的伴奏低声婉唱吧，如果公爵夫人听到了，咱们就说天气热，睡不着。”

“哎，你没说到点子上，埃梅伦西亚。”阿尔蒂西多拉说，“我不愿意让我的歌暴露我的心扉，让那些不了解爱情力量的人误以为我任性而又轻浮。但是不管怎样，我还是宁愿羞在脸上，也不愿意难受在心里。”

此时，竖琴非常悦耳地响了起来，唐吉诃德听到后不由得十分紧张。他立刻想到他在那些异想天开的骑士小说里看到的许多类似的情况，什么窗户、栅栏、花园、音乐、卿卿我我和异想天开等等。他马上意识到，一定是公爵夫人的某个侍女爱上了他，可是羞怯又迫使她把秘密埋藏在心底。唐吉诃德怕自己把持不住，心里告诫自己不能屈服。他一方面真心实意地祈求杜尔西内亚保佑自己度过这一关，另一方面又决定先听听乐曲，搞清楚到底是怎么回事。他装着打了个喷嚏。两个侍女听到了喷嚏声很高兴，她们就是希望让唐吉诃德听到她们的对话。阿尔蒂西多拉调好竖琴，唱起了这首歌谣：

　　你铺盖着洁白的亚麻布哟，
躺在床上，
仰天大睡，
从天黑到天亮。
　　你是曼查

最英勇的骑士，
正直宽厚，
品德高尚。

　　请你倾听这位
出身好运气糟的侍女的忧伤歌声吧，
你那两只炽热的眼睛
已使她心魂荡漾。

　　你外出征险，
却给别人带来痛苦；
你制造了麻烦，
却拒绝抚慰那创伤。

　　让上帝激励你的热情，
告诉我吧，年轻人，
你究竟是生长在利比亚，
还是生长在哈卡山梁？

　　是蛇哺育你乳汁，
还是粗野的森林
或恐怖的大山
把你喂养？

　　美女杜尔西内亚
胆高志壮，
征服了猛虎野兽，
得意扬扬。

　　从埃纳雷斯到哈拉马，
从塔霍到曼萨纳雷斯，
从皮苏埃加斯到阿兰萨，
她的美名传四方。

　　如果能让我代替她，
我将把我最鲜艳的裙子
加上金边饰，

拱手奉上。

　　即使不能投入你的怀抱
我也要服侍在你的床榻旁，
为你去头屑，
为你搔头挠痒。

　　我已要求得太多，
恐怕不配享受这样的荣光，
我只想为你搓脚，
这事儿理应我担当。

　　我想送你许许多多的发网，
许许多多的银拖鞋，
许许多多的花锦缎裤，
许许多多的白衣裳！

　　我要送你许多珍珠，
颗颗晶莹，
堪称“独一无二”①，
举世无双！

　　你不必管你的塔耳珀伊业②，
你这位曼查的尼禄③，
烈火在把我烘烤，
你千万不要再风助火旺。

　　我是个娇嫩的少女，
我凭着灵魂向天发誓，
我芳龄十五还不足，
才十四岁零三个月的模样。

---

① 此处大概是指西班牙王宫的一颗珍珠。该珍珠又称“奇珠”、“单珠”。

② 古罗马神话人物。其父在萨宾战争中镇守卡庇托，她向萨宾人表示愿意献出城堡，条件是萨宾人将左臂所戴的手镯都赠给她。但萨宾人却将左手所执的盾牌掷起来，将她砸死。

③ 尼禄是古罗马暴君。

我的屁股不歪，
腿不跛，四肢健全。
我的头发似百合花，
长垂至地上。
我天生一张鹰嘴，
有点塌鼻梁，
一口牙齿似黄玉，
衬得我貌美如国色天香。
我的声音你已听到，
如蜜似糖，
我的身材比中等矮，
可是矮中又偏上。
我绰约多姿，
专门为给你欣赏。
我就是这城堡中
人称阿尔蒂西多拉的姑娘。

伤心至极的阿尔蒂西多拉唱完了歌，饱受青睐的唐吉诃德受宠若惊。他长叹一声，心里想："我这个游侠骑士真不幸，没有一个姑娘不想见到我，不爱上我！……举世无双的杜尔西内亚可真是好运不长，总是有人不想让她单独享受我的无可动摇的忠贞！……女王们，你们想把她怎么样？女皇们，你们为什么要折磨她？十四五岁的姑娘们，你们为什么同她过不去？你们让这个可怜人在爱情的命运安排中占上风吧！让她享受这种安排并且为此而得意吧！爱情已经使我把我的全部心灵都献给了杜尔西内亚。对于她来说，我是面团，是糖果条；而对于其他女人来说，我就是燧石。我只对她柔情似蜜，而对别的女人都不感兴趣。我觉得唯有杜尔西内亚美丽、聪明、正直、风雅和出身高贵，而其他人都丑陋、愚蠢、轻浮和出身卑微。我来到世上只属于她，而不能属于其他任何人。阿尔蒂西多拉，随你哭，随你唱吧！那位害得我在受魔法控制的城堡里被揍了一顿的姑娘啊，你也死了心吧。我是个纯洁、正直、有教养的人，无论把我烹还是把我烤，无论使用世界上什么巫术，我都属于杜尔西内亚！”

想到这儿，唐吉诃德愤愤地“砰”的一声关上了窗户，好像他受到了多大的不幸，然后躺回到床上。咱们现在且不说他，桑乔正在召唤咱们呢。桑乔就要开始做他那著名的总督了。

第四十五章　伟大的桑乔就任总督，开始行使职权

太阳啊，大地的永恒观察者，地球的火炬，天空的眼睛！你促使人们使用凉杯；有人称你是廷布里奥，有人称你是费博[①]；在这儿你是射手，在那儿你是医生；你是诗歌之父，你又是音乐的创始者！你只升不落，虽然看起来你也沉落。我要告诉你，太阳，在你的帮助下，人们一代代繁衍。我要告诉你，太阳，是你在黑暗中照亮了我的智慧，让我能逐一叙述出伟大的桑乔担任总督的事情。没有你，我会感到虚弱无力，迷茫彷徨。

且说桑乔带着他的全体随行人员来到了有一千多居民的地方，那是公爵最好的领地之一。小岛的名字叫巴拉托里亚岛，这也许是因为那个地方本来就叫巴拉托里亚，也许是因为给桑乔的是个便宜的总督位置[②]。小岛上围了一圈城墙。桑乔刚到城门口，城内的全体官员就出来迎接。人们敲起了钟，大家显示出一片欢腾的样子。桑乔被前呼后拥着送到当地最大的教堂，向上帝谢恩。在举行了一些滑稽的仪式之后，人们向桑乔赠送了该城的钥匙，接受他为巴拉托里亚岛的永久总督。

---

① 廷布里奥和费博都是太阳神的意思。

② 巴拉托里亚与西班牙语中“便宜”一词的语音相近。

新总督的服装、大胡子和胖身子使所有不明底细的人都感到惊奇，就连知道底细的人也不无诧异。从教堂出来后，桑乔又被送到审判厅的椅子上。公爵的管家对桑乔说：

“总督大人，这个岛上有个老习惯，就是新总督上任，必须回答向他提出的一个问题，而这个问题可能有点棘手，以便让人们了解一下新总督的智慧，由此看出他的到来究竟是可喜还是可悲。”

管家对桑乔说着这些话，桑乔却在观看椅子对面墙上的很多大字。他不识字，便问墙上画的是什么。有人告诉他：

“大人，那上面注明了您就任这个岛屿总督的日期。上面写着：今天，某年某月某日，唐桑乔·潘萨就任本岛总督，祝愿他享职多年。”

“谁叫唐桑乔·潘萨？”桑乔问。

“就是您呀，”管家说，“在这个岛上，除了您这位坐在椅子上的潘萨，再没有其他人了。”

“那你听着，兄弟，”桑乔说，“我没有什么‘唐’的头衔，我家世世代代也没有过这个头衔，称我桑乔·潘萨就行了。我的父亲叫桑乔，我的祖父叫桑乔，所有的桑乔都没什么唐不唐的。我估计这个岛上的‘唐’准比石头还多，这已经够了。上帝会理解我。只要我做上四天总督，就会把这些‘唐’都清除掉。他们一群一群像苍蝇一样讨厌。管家，请提问吧，不管老百姓伤心不伤心，我都会尽我所知来回答。”

这时有两个人走进了审判厅，一个人是农夫的打扮，另一个人像是裁缝，手里还拿着把剪刀。裁缝说道：

“总督大人，我和这个农夫是来请您明断的。这个农夫昨天到我的裁缝店来。诸位，对不起，上帝保佑，我是个经过考核的裁缝。他拿着一块布问我：‘大人，这块布能够做一顶帽子吗？’我量了量布，说行。我想，他肯定怀疑我会偷他一小块布。果然，我想对了。这完全是出于他对裁缝的恶意和偏见。他又问我做两顶帽子行不行。我猜透了他的心思，对他说行。他仍然贼心不死，还要加做帽子，我也同意了。最后，我们一直加到了五顶帽子。现在，他来取帽子，我把帽子给了他，可是他不愿意掏钱，还让我赔他钱或者还他布。”

"就这些吗，兄弟？"桑乔问。

"是的，大人，"农夫说道，"不过，您还是让他把他给我做的那五顶帽子拿出来看看吧。"

"那没问题。"裁缝说。

裁缝立刻把手从短斗篷里抽了出来，手的五个手指头上各戴着一顶小帽子。裁缝说道：

"这就是这个人让我做的五顶帽子。我凭良心向上帝发誓，我没留下一点儿布。我可以让裁缝行业的监查员来检验。"

看见这几顶帽子，听了这场官司，所有在场的人都笑了。桑乔考虑了一下说道：

"我觉得这个案子不用拖延很久，明眼人马上就可以裁断。现在我判决：裁缝不许要工钱，农夫不许要布料，帽子送给牢里的囚徒，行了。"

大家对刚才那牧主钱包案[①]的判决感到佩服，对这个判决却不由得哄堂大笑。不过，他们还是按照总督的吩咐去做了。这时又来了另外两位老人，一位手里拿着竹杖。没拿竹杖的老人说道：

"大人，不久前我为了满足他的要求，做点好事，曾借给他十个金盾，讲好在我向他要的时候他就还我。我不想让他因为还钱而过得比向我借钱时还窘迫，因此就很长时间没催他还钱。后来我觉得他好像不想还了，就再三找他要。可是他不仅不还我钱，还矢口否认，说他从来没有向我借过十个金盾；如果真借了，他早就还了。我没有证人能证明我把钱借给了他，他也没有证人证明他把钱还给了我，因为他根本就没还给我钱。我想请您让他发个誓。如果他敢发誓说已经把钱还给我了，我今生来世都不要这笔钱了。"

"你有什么好说的，拿竹杖的好老头？"桑乔问。

老人答道：

"大人，我承认他曾借钱给我。请您垂下您的权杖吧。既然他让我发誓，那我就对着权杖发誓吧，我确确实实把钱还给他了。"

---

① 此处有误，牧主钱包案是下面的案子。

总督把权杖交给拿竹杖的老人。老人把他的竹杖交给另一位老人，似乎有些行动不便地走过去，手摸着权杖的十字架说，他的确借了十个金盾，但他已经把钱还到了另一位老人手里，而那位老人忘记了，现在又来要他还钱。

伟大的总督于是问债主怎么回答，说欠债人肯定是已经把钱还了，他觉得欠债人是个好人，是善良的基督徒，估计是债主忘记了欠债人在什么时候和什么地方已经把钱还给他了，所以以后再也不许向欠债人讨债了。欠债人拿过竹杖，低着头退出了审判厅。桑乔见状也立刻要退堂。可是他看到原告仍等在那里，便垂头到胸前，把右手的食指放在眉毛和鼻子之间，若有所思了一会儿，然后抬起头，叫人把拿竹杖的老人找回来。老人回来了，桑乔一见到他便说道：

“善良的人，请您把竹杖交给我，我有用。”

“我十分愿意交给您，”老人说，“请您拿去吧，大人。”

竹杖交到了桑乔手里。桑乔一拿到竹杖，就把它交给另一位老人，并对那位老人说道：

“上帝保佑您，欠您的钱已经还给您了。”

“还给我了，大人？”老人问，“这么一根竹杖就值十个金盾吗？”

“是的，”总督说，“如果不是这样，我就是世界上的头号笨蛋。现在，就可以看出我是否有能力管理一个王国啦。”

桑乔命令当众把竹杖打开。竹杖打开后，在里面发现了十个金盾。众人都惊奇不已，觉得他们的总督真是个新萨洛蒙[①]。大家问桑乔怎么会想到竹杖里面藏有十个金盾。桑乔回答说，他见那个老头把竹杖交给了对方，才发誓说确实把钱还了，可是发完誓以后又把竹杖要了回来，于是他就猜到那十个金盾在竹杖里面。由此人们可以推断出，有些总督虽然笨，却有上帝指引他们断案。另外，桑乔曾听村里的神甫讲过一个类似的案子。若不是桑乔偶尔会把他想记住的事情忘掉，整个岛上恐怕找不出比他更好的记性呢。最后，两位老人一个满面愧色，另一个拿到了钱，一同离去了。在场的人都深感意外，为桑乔写

---

① 古代一贤王，以善断疑案著称。

传的人也拿不定桑乔到底是愚蠢还是聪明了。

这个案子刚了结，又进来一个女人。她紧紧抓着一个男人，看打扮，那男人是个富裕的牧主。女人边走边喊：

“请您主持公道啊，总督大人，请您主持公道！如果我在地上找不到公道，就只好上天去找了！尊贵的总督大人，这个臭男人在田里抓住了我，像用破抹布似的把我糟蹋了。我真倒霉，我守了二十三年多，躲过了摩尔人和基督徒，躲过了当地人和外来人。我一直守身如玉，平安无事或是逢凶化吉，结果到头来却让这个家伙坐享其成了。”

“这个男人是否坐享其成，还得调查呢。”桑乔说。

桑乔转身问那个男人，对于那女人的指责有什么可说的。那人已慌成一团，答道：

“诸位大人，我是个可怜的牧主。今天上午我出去卖——对不起，恕我失言，卖了四头猪。交了贸易税和其他各种苛税杂税后，刚刚够本。在回村的路上，我碰到了这个臭婆娘，我们竟鬼使神差地混到了一起。我付了她足够的钱，可她还不满足，揪住我不放，把我拽到这儿,说我强奸了她。我发誓,我马上就发誓,她撒谎。这就是全部真相，一点儿不假。”

总督问他身上是否带着钱。牧主说他怀里的一个皮钱包里有二十杜卡多。总督让他把皮钱包拿出来，原封不动地交给那女人。牧主颤抖着把钱包掏了出来。女人把钱包拿过去，向所有人千恩万谢，又祈求上帝让保护苦难弱女的总督健康长寿，然后双手抓着钱包走出了审判厅。不过，在走出去之前，她已经看到了钱包里确实有钱。牧主眼含泪水地一直盯着自己的钱包。那女人刚走出去，桑乔就对牧主说：

“喂，你去跟着那女人，不管她答应不答应，都要把钱包抢回来，然后再同她一起回到这儿来。”

桑乔这句话可没白说。牧主立刻闪电般地冲出去抢钱包。所有在场的人都莫名其妙，等着看这个案子怎样收场。过了一会儿，这一男一女就回来了，两人比先前扭得还紧。那女人提着裙子，把钱包放在裙兜里。牧主想把钱包夺回来，可那女人一直死死护着，竟夺不回来。那女人大声喊道：

“让上帝和世人主持一下公道吧，您看看，总督大人，这个没心没肺的东西多不要脸，多大的胆子，竟敢在光天化日之下把您判给我的钱包抢回去！”

“他把钱包抢走了吗？”总督问。

“抢走？”那女人说，“谁要想抢走这钱包，得先要了我的命。这个宝贝儿！别人或许还能吓唬吓唬我，但不是这个令人恶心的倒霉鬼！即使用钳子、锤子、榔头、凿子，他也休想把钱包从我手里抢走，就是用狮爪子也不行，除非先把我杀了！”

“她说得对，”牧主说，“我服输了。我承认我没那么大力气把钱包从她那儿夺回来。只好这样了。”

于是，总督对那女人说：

“正直而又勇敢的女人，把那钱包拿出来让我看看。”

女人把钱包递给总督，总督又把钱包递给了牧主，然后对那个力大无比的女人说道：

“我说大姐呀，如果你用你刚才保护钱包的勇气和力量来保护自己的身体，即使是赫拉克勒斯也不能奈何你！你趁早滚蛋吧，滚出这个岛屿，滚得远远的，否则就打你二百鞭子。赶紧滚吧，你这个骗子，不要脸的东西！”

那女人吓坏了，低着头，垂头丧气地走了。

“臭东西，带着你的钱滚回去吧。如果你不想再赔钱的话，从今以后就再也不要跟谁鬼混了。”

牧主十分尴尬地道了谢，然后走了。周围的人再次对新总督的判断感到佩服。这些都被桑乔的传记作者记了下来，并且送到了公爵那儿，公爵正急着要看呢！

桑乔的事就先写到这儿，咱们赶紧去看看他的主人吧。唐吉诃德这时正被阿尔蒂西多拉的音乐弄得神魂颠倒呢。

第四十六章　唐吉诃德同多情的阿尔蒂西多拉情意绵绵，却受到铃铛和猫的惊吓

前面说到，伟大的唐吉诃德被阿尔蒂西多拉姑娘的歌声搅得心绪不宁。他虽然躺到了床上，却仿佛有跳蚤在身上无法入睡，一刻也不能安宁。可是时间在悄悄流逝，没有任何东西阻挡得住。时间从唐吉诃德身边溜过，很快就到了第二天早晨。唐吉诃德看见天亮了，便撇开柔软的羽被，并没有一丝困意。他穿上他的麂皮衣，又穿上旅行靴，以此遮掩那倒霉的袜子，又往身上披了件红色披风，往头上戴了一顶银带镶边的绿色天鹅绒帽子。他把那柄锋利的剑挂到皮肩带上，拿起一大串他时刻不离手的念珠，装模作样地一摇一晃向前厅走去。公爵和公爵夫人已穿戴整齐，正在前厅等着他。唐吉诃德经过一个长廊时发现阿尔蒂西多拉和她的朋友，也就是那另外一位姑娘，正特意在长廊上等着他呢。阿尔蒂西多拉一看到唐吉诃德就假装晕了过去。她的朋友立刻把她抱在自己腿上，并且马上要为她解开胸衣。

唐吉诃德见状立刻走过来说道：

"我知道这是怎么回事。"

"可我不知道。"阿尔蒂西多拉的朋友说，"阿尔蒂西多拉是我们这儿身体最好的姑娘。自从我认识她以后，从没听她哼过一声。如果世界上的游侠骑士都是无情无义的东西，那就让他们都不得好死吧。请您走开，唐吉诃德大人，如果您在这儿，这个姑娘就不会醒来。"

唐吉诃德说道：

"姑娘，请你今晚在我的房间里放一把琴，我将尽力安抚这位心受创伤的姑娘。在爱情萌芽之际就及时让当事人醒悟，通常是最有效的补救办法。"

唐吉诃德说完就走了，他不愿意让别人看见他在那儿。

唐吉诃德刚刚走开，阿尔蒂西多拉就苏醒过来，对她的伙伴说道：

“得往唐吉诃德的房间里放一把琴。他肯定会给咱们唱歌，而且唱得很不错。”

她们把刚才的事和唐吉诃德要琴的事告诉了公爵夫人，公爵夫人非常高兴。她同公爵和姑娘们商量好，要同唐吉诃德开一个风趣而无恶意的玩笑。大家高高兴兴地等着天黑。那天，公爵和公爵夫人同唐吉诃德美美地聊了一天，白天像黑夜一样很快就过去了。公爵夫人还真的派了她的一名侍童去找特雷莎·潘萨，派的就是那个曾在森林里扮成被魔法改变了模样的杜尔西内亚的侍童。公爵夫人让侍童送去桑乔写给特雷莎·潘萨的那封信和桑乔要捎回家的一捆衣服，并且在回来以后把他在那儿遇到的事情详细讲述一遍。一切准备就绪，此时已是半夜十一点，唐吉诃德发现他的房间里有一把琴。他调了调琴弦，打开窗户，觉得花园里有人在走动，便试了一下琴弦，仔细调好音，用力清了清嗓子。虽然他是个哑嗓子，可还是自鸣得意地唱起了他当天编的这首歌：

　　爱情的力量
常令人春心荡漾，
造成它的就是
人的悠闲游逛。
　　缝缝补补，操劳耕作，
终日奔忙，
就是医治爱情饥渴的
最好处方。
　　深闺佳秀
追求的是在结婚之日，
贞操和人们的赞扬
能成为她的嫁妆。
　　游侠骑士

和宫廷朝臣，
总是同浪女调情，
同正派的姑娘拜堂。
　　也有些萍水相逢，
野路鸳鸯，
他们逢场作戏，
分手便忘。
　　突然降临的爱情
今日到来明日忘，
不会在人心中
留下坚实的印象。
　　画上再作画，
徒劳一场。
有了第一个心上人，
便容不得旁人争抢。
　　托博索的杜尔西内亚
已经印在我心灵的空白画板上，
留下了不可磨灭的
肖像一张。
　　爱情的忠贞
最为宝贵，
爱情由此升华，
爱情由此高尚。

唐吉诃德的歌谣就唱到这里。公爵、公爵夫人、阿尔蒂西多拉和城堡里几乎所有的人都在那儿听他唱。忽然，从唐吉诃德房间窗户正上方的阳台上垂下一条系着一百多个铃铛的绳子，接着又有人从上面放下一大口袋猫，猫的尾巴上都系着小铃铛。

铃铛和猫叫的声音都很大，使得这场玩笑的组织者公爵和公爵夫人也吓了一跳。唐吉诃德更是吓得魂飞魄散。偏巧，有两三只猫从窗户掉进了唐吉诃德的房间里。它们在房间里东奔西窜，简直像闹鬼似的。猫把房间里的两支蜡烛扑灭了，然后到处乱跑，寻找逃走的出口。绳子一上一下铃声不止，城堡里的人大多数都不知实情，感到非常惊讶。唐吉诃德站起身，把剑伸到窗外，一边挥砍一边喊道：

“滚出去，恶毒的魔法师！滚出去，会巫术的混蛋！我是曼查的唐吉诃德，任何罪恶的企图都对我无能为力！”

唐吉诃德又转身对在他的房间内乱窜的那些猫乱刺一通。几只猫都跑到窗户那儿逃了出去，只有一只猫被唐吉诃德追得太急了，竟跳到了唐吉诃德的脸上，用爪子抓住唐吉诃德的鼻子乱咬，疼得唐吉诃德拼命大喊。公爵和公爵夫人听到了喊声，急忙跑到唐吉诃德的房间门前，用万能钥匙打开了房门，看见这位可怜的骑士正用尽全力把猫从自己的脸上往下拽。他们手持蜡烛走进来，看到了这场不同寻常的搏斗。公爵要上去帮助他把猫拽下来，唐吉诃德却大声说道：

“谁也不要把它弄开！让我同这个魔鬼、这个巫师、这个魔法师徒手格斗吧！我要让它知道曼查的唐吉诃德到底是什么人！”

可是，猫却不为这些威胁所动，依然嘶叫着紧抓不放。最后，还是公爵把猫拽了下来，扔出了窗户。

唐吉诃德满脸是伤，鼻子也被抓出了一道道印痕。可是，唐吉诃德仍然为未能把这场同恶毒魔法师的激战进行到底而垂头丧气。有人为唐吉诃德拿来了阿帕里西奥油[①]，阿尔蒂西多拉用她极其白皙的双手为唐吉诃德的伤口包上了纱布。她一边包伤口，一边低声对唐吉诃德说：

“无情的骑士，你遇到了这些晦气的事情皆因你冷若冰霜。但愿上帝让你的侍从桑乔忘了鞭笞自己的事情，让你心爱的杜尔西内亚永远摆脱不了魔法，让你永远不能与她共入洞房，至少在我活着的时候是这样，因为我喜欢你。”

唐吉诃德听了一言不发，只是深深地叹了一口气，然后躺到了床上。他对公爵和公爵夫人表示感谢，说自己并不怕魔法师、混蛋猫和

---

① 一种治伤的药，是以其研制者的名字命名的。

铃铛，但他知道他们是好心来救自己。公爵和公爵夫人让唐吉诃德好好休息，然后就离开了。他们为这场玩笑竟让唐吉诃德付出了如此沉痛的代价而深感内疚。唐吉诃德闭门在床上躺了五天，在此期间他又遇到了更为可笑的事情。不过，小说的作者现在暂时还不想叙述，且让我们先去看看正在热心而又滑稽地当总督的桑乔·潘萨吧。

第四十七章　桑乔做总督续篇

且说桑乔从审判厅来到一座富丽堂皇的宫殿里，那里已经摆上了一张豪华而又十分干净的桌子。桑乔刚走进去,立刻就响起了笛号声，随之走出来四个侍童，为桑乔端来了洗手水。桑乔非常庄重地洗了洗手。笛号声止。桑乔坐到了上首的位置上，其实，也只有那一个位置，而且桌上也只有一套餐具。桑乔身旁还站了一个人，后来才看出来，那是一位医生，他手里拿着一根鲸鱼骨。侍童撤去桌上那块极白的高级毛巾布，露出了各种水果和许多美味佳肴。一个学生模样的人为桑乔祝福，一个侍童为桑乔戴上了镶花边的围嘴儿。一个餐厅侍者为桑乔端来一盘水果[①]，可桑乔还没来得及吃上一口，拿鲸鱼骨的那个人就用鲸鱼骨敲了一下盘子，侍者立刻把盘子飞快地撤走了。接着，侍者又为桑乔端来一盘菜。桑乔刚要吃，可他还没来得及尝到滋味，那人又用鲸鱼骨敲了一下盘子，侍者又像撤水果盘那样把那道菜飞快地端走了。桑乔见状感到奇怪，看着大家，问这是吃饭还是变戏法。拿鲸鱼骨的人答道：

“总督大人,吃饭得有规矩,在其他有总督的岛屿上也同样。大人，我是医生，我在这个岛上的职责就是当岛屿总督的医生。我注重总督的健康胜于自己的健康。我日夜研究总督的体质，一旦总督生病

① 据说当时贵人在用餐前先吃水果，餐后再吃甜食。

时就为总督治病。不过，我做得更多的是当总督吃东西或吃饭时站在一旁，同意总督吃我认为适合于他的东西，撤掉我认为不利于总督脾胃的东西。所以，我刚才让人把水果拿走了，因为水果是生冷之物。我让人撤去那盘菜是因为那菜太燥热，而且里面有很多香料，吃了会让人口渴。水喝多了就会冲淡人的体液，而人的生命就是由体液构成的。”

“那么，我觉得那盘烤石鸡味道肯定不错，吃了不会有任何坏处。”

医生说道：

“只要我活着，就不会让总督吃那盘菜。”

“为什么？”桑乔问。

医生答道：

“因为我们医学界的祖师希波克拉底[①]有一句名言：‘多食有害，石鸡尤甚[②]。’意思是说，什么吃多了都不好，特别是石鸡，更不能多吃。”

“这么说来，”桑乔说，“大夫，你看看桌子上的这些菜里，哪些菜对我最合适，哪些菜不太伤身，就直接让我吃，不必用鲸鱼骨敲了。天哪，我都快饿死了，况且上帝也让我吃呢。无论大夫你愿意不愿意，无论你怎么说，反正不让我吃就是要我的命，而不是让我延年益寿。”

“您说得对，总督大人，”医生说，“那么，我觉得您不要吃那盘炖兔肉，那菜有点儿硬；那份牛肉，如果不是腌烤的，倒还可以尝尝，可是现在也吃不得。”

桑乔说：

“最前面那个冒着热气的大盘子，我估计是什锦火锅，那里面有那么多东西，总会有一些既合我口味又有营养的东西吧。”

“非也。”医生说，“这种破菜咱们根本别考虑，世界上再没有什么比什锦火锅更糟糕的了。这种火锅是牧师、学校的校长和农家办婚

---

① 希波克拉底是古希腊医学家，被誉为古代“医学之父”。曾提出“体液病理学说”，认为人体由血液、黏液、黄胆汁和黑胆汁四种体液组成，四液调和则体健，失调则患病。

② 原文为“面包尤甚”。医生在此做了改动。

事时食用的，还是让它从总督的餐桌上消失吧。总督餐桌上用的应该是精心选料、精心烹制的菜肴，其理由就是无论在什么情况下，无论对什么人，单味药总比多味药好。因为单味药不会用错，而多味药由于药剂多了就可能会改变药的作用。所以我说，总督大人要想保养身体，使身体强壮，就应该吃一百个蛋卷和薄薄几片肉，这些东西既养胃又有助于消化。”

桑乔听了这话后往椅背上靠了靠，仔细打量着这个医生，厉声问他叫什么名字，是在哪儿学的医。医生回答道：

“总督大人，我是佩德罗·雷西奥·德阿圭罗大夫。在卡拉库埃尔和阿尔莫多瓦尔·德坎波之间，路右边有个地方叫蒂尔特亚富埃拉，我就是那儿的人。我有奥苏纳大学颁发的博士学位。”

桑乔立刻怒气冲天地说道：

“好吧，卡拉库埃尔和阿尔莫多瓦尔·德坎波之间路右边蒂尔特亚富埃拉的、毕业于奥苏纳大学的臭佩德罗·雷西奥·德阿圭罗医生，你马上从我眼前滚开！否则我向太阳发誓，我要拿一根大棒子把岛上所有的医生都打跑，至少是那些我觉得一窍不通的医生。对于那些高明的医生，我待若上宾，奉如神明。我再说一遍，佩德罗·雷西奥，你马上给我滚开，否则我就抄起我现在坐的这把椅子，让它在你头上开花！不管谁来问，我都会说，我为上帝做了件好事，打死了一个混蛋医生，国家的一个刽子手！快给我吃饭吧，要不就让你们来当总督。连饭都不让吃的总督算老几呀。”

医生见总督大怒，不由得慌了手脚，打算溜出去。正在这时，外面响起了驿车的号角声。餐厅侍者探头向窗外望了望，说道：

“公爵大人的邮车来了，大概送来了什么重要的消息。”

邮差满脸大汗且惊魂未定地跑了进来。他从怀里掏出一个密封函件，送到总督手上。桑乔又把它交给文书，让他念念函件封面。封面上写着：巴拉托里亚岛总督桑乔·潘萨亲启或转交其文书。桑乔闻言问道：

“谁是我的文书？”

在场的一个人答道：

“是我，大人，我识字。我是比斯开人。”

“就凭这点，”桑乔说，“你就是给国王当文书也行[①]。你把函件打开，看看上面说了些什么？”

文书把函件打开看了一遍，说这件事得单独谈。桑乔吩咐除了管家和餐厅侍者之外，其他人都出去。其他人和医生都出去了。文书把函件念了一遍，上面写道：

> 唐桑乔·潘萨大人，据我得到的消息，那座岛屿以及其他地方的一些敌人可能会对该岛发动一次疯狂的袭击，不过我不知道是在哪天晚上。请务必提高警惕，不可大意。我还听说，有四个经过乔装打扮的奸细已经潜入你那个地方，企图杀害你，因为他们对你的智慧感到十分恐惧。请你睁大眼睛，注意那些去找你说话的人，还有，不要吃别人送的东西。如果你遇到了麻烦，我肯定会悉心相助。我相信，凭你的智慧，完全可以应付各种情况。
>
> 你的朋友
>
> 公爵
>
> 8 月 16 日晨于本地

桑乔吓坏了，其他几个人也惊慌起来。桑乔转身对管家说道：

“现在，马上应该做的就是把雷西奥大夫投入大牢。如果有人想害我，那就是他。他想慢慢把我折磨死，譬如说采取饿的办法。”

“不过，我觉得这桌上的东西您都不能吃。”餐厅侍者说，“这些东西都是几个修女送来的。人们常说，十字架后有魔鬼。”

“这我同意，”桑乔说，“现在，你们给我拿一块面包和四磅葡萄来吧。这些东西不会有毒，我总不能不吃东西呀。如果咱们眼下面临一场战斗，那就得先吃饱，因为肚子不饱，心慌腿软。你，文书，给我的主人公爵回个函件，说我会不折不扣地执行他的指示，并代我吻

---

① 当时王宫里的文书大部分是比斯开人。

我的女主人公爵夫人的手，请她别忘了派人把我的信和那个包袱送给我老婆特雷莎·潘萨。承蒙她的关照，我以后一定会尽全力报答。你顺便也给唐吉诃德带个吻手礼吧，我可是个知恩的人。你呢，算个好文书，是个好比斯开人，还有什么该加上的东西你都加上吧。现在，让人把这桌食物撤下去，另外给我弄点儿吃的，那么，无论什么奸细或刺客想冒犯我或者我的岛屿，我就都能对付了。”

这时，一个侍童进来说道：

“有个农夫想同您谈件事，他说事情很重要。”

“这种人真怪，”桑乔说，“难道他们就这么笨，没看见现在不是谈事情的时候吗？难道我们这些管理的总督就不是有血有肉的人，该休息的时候也不让我们休息，我们是石头做的吗？上帝保佑，我预感到，我这个总督是当不长了。如果我想把这个总督当下去，就得给这些来谈事的人立下点儿章法。现在，你让那个人进来吧，不过你要先弄清他是不是奸细或刺客。”

“不会的，大人，”侍童说，“他看上去像个大笨蛋。不过我不太了解情况，也许他还是个大好人呢。”

“没什么可怕的，”管家说，“我们大家都在这儿呢。”

“餐厅侍者，”桑乔说，“现在佩德罗·雷西奥大夫不在这儿，能不能弄点顶事的吃食来？哪怕是一块面包或一个葱头也好。”

“今天的晚饭会把这些都补上，让您心满意足，一点儿也不亏。”餐厅侍者说。

“但愿如此。”桑乔说。

这时，那个农夫进来了。他的样子很和气，让人老远就可以看出他是心地极其善良的人。他说道：

“哪位是总督大人？”

“哪位？”桑乔说，“除了椅子上坐的这位还有谁啊？”

“那我就拜见您了。”农夫说。

农夫跪下来，请桑乔把手伸出来给他吻。桑乔没有伸手，只是让农夫站起来，有什么事尽管说。农夫起身说道：

“大人，我是离京城两西里的一个名叫米格尔图拉的地方的农夫。”

“又是个从蒂尔特亚富埃拉来的！”桑乔说，“说吧，老兄，我告诉你，我对米格尔图拉很了解，我们村离那儿不远。”

“事情是这样的，大人，”农夫接着说道，“靠上帝开恩，我在天主教堂结了婚。我有两个上学的儿子，小的读学士，大的读硕士。我现在是光棍，我老婆死了，说得更确切些，是一个江湖医生害死了她。她怀孕的时候，那个医生给她吃了泻药。如果上帝保佑，让那个孩子生下来，而且是个男孩，我就会让他去读博士，那么他就不会嫉妒他的一个兄弟读学士，另一个兄弟读硕士了。”

“这样说来，”桑乔说，“如果你老婆没死，或者没有被害死的话，你现在就不是光棍了。”

“是的，大人，不会是光棍。”农夫说。

“这就行了。”桑乔说，“你快接着说，老兄，现在是该睡午觉的时候，而不是谈事情的时候。”

“好，我说。”农夫说，“我的那个准备读学士的儿子爱上了本村一个叫克拉拉·佩莱里娜的姑娘。她的父亲叫安德烈斯·佩莱里诺，是个富裕农民。这‘佩莱里’并不是世袭祖传的姓氏，而是因为这个家庭的所有人都是佩拉[①]病人，为了叫起来好听点，才叫他们‘佩莱里’什么。不过说实话，这个姑娘还真像颗东方明珠。从右边看，她宛若花朵；可是如果从左边看，她就不那么漂亮了，因为她少了一只左眼，是得天花时瞎的。她脸上有很多大麻点，有人说对于那些爱她至深的人来说，那不是麻点，而是坟墓，是埋葬那些对她有情的人的灵魂的坟墓。她的脸非常干净，为了保持脸的清洁，她长了个翘鼻子，那鼻子就好像是从嘴里跑出来的似的。尽管如此，她还是显得非常美，因为她的嘴特别大，要不是因为缺了十颗或十几颗牙，那简直可以赶上甚至超过最标致的嘴了。她的嘴唇就更没得说了，又薄又嫩，如果努嘴的话，她那嘴就像个线团。她那嘴唇的颜色也不同寻常，简直神了，有蓝色，有绿色，有紫色，一道儿一道儿的。对不起，总督大人，我是不是对这个终将成为我儿媳的姑娘描述得太细致了？我很喜欢她，

---

① “佩拉”的意思是“风瘫”，下句的“佩莱里”意思是“珍珠”。

觉得她挺不错。”

“你随便描述吧，”桑乔说，“如果我已经吃过了饭，就会更喜欢听你描述，我可以把你的描述当作饭后的甜食。”

“甜食当然得上，”农夫说，“可不是现在，得等到合适的时候。大人，如果我能把她的优美高贵的身材描述一下，你们准会感到惊讶，可是我描述不出来，因为她是驼背，膝盖挨着嘴。即使这样，人们也可以看出，假如她能站起来，脑袋准能顶到天花板呢。本来，她早就可以同我那个准备读学士的儿子携手结连理，可是不幸，她的手总是蜷曲着，尽管如此，从那凹陷的长指甲还是可以看出她的手形很优美。”

“好了，”桑乔说，“老兄，你已经把她从头到脚描述了一遍，那么，你到底想说什么事呢？有什么事你就说吧，别拐弯抹角，吞吞吐吐的。”

“大人，”农夫说，“我是想请您给我的亲家写一封举荐信，让他同意这门亲事，因为无论财产还是天姿，他们都并非不般配。我跟您说实话，大人，我儿子中了邪，每天都三番五次地受妖精折磨。有一次，他掉进火里，脸给烧得像羊皮纸那么皱，眼睛也总是湿漉漉的。如果他不是总用棍子和拳头朝自己乱打，他肯定是个条件很不错的人。”

“你还有什么事，老兄？”桑乔问。

“还有一件事，我不敢说。”农夫说，“不过，管它呢，无论有没有用，我还是说出来吧，免得让它烂在肚子里。大人，我想请您给我三百或六百个杜卡多，资助我那个读学士的儿子。我是说，帮他成个家。他们得自立门户，免得岳父岳母乱搅和。”

“你还有什么事都说出来，”桑乔说，“别不好意思。”

“没了，真的没了。”农夫说。

农夫刚说完，总督就马上站了起来。他抓住自己的座椅说道：

“他妈的，你这个不识抬举的乡巴佬！你若是不马上从我面前滚开，找个地方藏起来，我就用这把椅子打烂你的头！你这个婊子养的恶棍，能说会道的魔鬼，竟在这个时候向我要六百杜卡多！我哪儿来这笔钱，讨厌鬼？就算我有，又凭什么要给你，你这个蠢货！什么米格尔图拉以及佩莱里，同我有什么关系？滚！我告诉你，你若是不马上滚开，我向我的主人公爵发誓，我就不客气了！你根本不是从米格尔图拉来的，而是地狱里某个狡诈的家伙派你来试探我的！你说，你这个没良心的东西，我才当了一天半的总督，你就以为我能有六百杜卡多吗？”

餐厅侍者示意农夫赶紧出去。农夫怕总督发怒，低着头出去了。这个家伙还挺知趣的。

不过，咱们还是让桑乔去生他的气，让大家相安无事吧。现在，咱们再去看看唐吉诃德。刚才谈到他的脸被猫抓伤了，包上了纱布，过了八天伤才好。在这段时间里，唐吉诃德又遇到了一件事，锡德·哈迈德答应像本书里的其他事一样，事无巨细都原原本本地讲出来。

第四十八章　唐吉诃德同公爵夫人的女仆唐娜罗德里格斯的一场风波，以及其他值得永世不忘的事件

唐吉诃德受了伤，十分懊丧。他脸上的印迹不是上帝留下的，而是猫抓的。这是游侠骑士难免的倒霉事儿。在他没露面的六天里，有一个晚上，他思量着自己遇到的种种不幸以及阿尔蒂西多拉的纠缠，夜不能寐。忽然，他觉得有人用钥匙开他房间的门，于是马上想到是那个多情的阿尔蒂西多拉想趁他不注意，迫使他失去对杜尔西内亚的忠贞。他对此确信无疑，就把嗓门提高到可以让对方听到的程度，说道：“就是世界上最漂亮的女子，也不会让我放弃我对我夫人发自内心最深处的崇拜。我的夫人，无论你变成丑陋的农妇还是变成金色塔霍河里正在用金色丝纱编织锦绣的仙女，无论你被梅尔林或蒙特西诺斯关在什么地方，你都属于我；而我无论在什么地方，

也都属于你。”

唐吉诃德刚说完这几句话，门就开了。他连忙在床上站起来，从头到脚裹着黄缎床单，头上扣着一顶便帽，脸上和胡子上都缠着纱布。脸是因为被猫抓的，胡子是因为要它向上翘。他这副样子，看上去真像个幽灵。他两眼盯着门，满以为进来的是已经被他弄得神魂颠倒而且心灵受伤的阿尔蒂西多拉，却没想到进来的是一个极其庄重的女佣。她身上穿着又宽又长的白色长袍,长袍把她从头到脚都盖住了。她左手拿着半截点燃的蜡烛，右手遮着眼，以免烛光直射她的眼睛。她慢慢地移动着脚步，落地很轻。

唐吉诃德站在床上，看到进来一个这样装束的怪物，而且脚步特别轻，以为是一个巫婆或女魔法师来害他，立刻慌不迭地画起十字来。女佣走到房子中间，一抬头，立刻看到了正在画十字的唐吉诃德。刚才唐吉诃德看到她时非常害怕，现在，她看到唐吉诃德那又高又黄的裹着床单和纱布的怪样子就更害怕了，不由得大叫一声说道：

“天哪，我看到的是什么？”

惊慌之中蜡烛掉到了地上，周围一片漆黑。她转身想跑，可又被裙子绊住了，摔了个大跟头。只听唐吉诃德胆战心惊地说道：

“幽灵，或者随便你是谁，我向你发誓，只要你告诉我你是谁，到我这儿想干什么，即使你是个冤魂，我也会尽我的全部力量帮助你。我是个天主教徒，愿意对所有人行善，而且我也正是为此才当上游侠骑士的。我甚至对炼狱里的鬼魂行善。”

惊魂未定的女佣听了这番带着恐惧腔调的发誓，猜出是唐吉诃德，就沉痛地低声说道：

“唐吉诃德大人，如果您确实就是唐吉诃德的话，我告诉您，我不是幽灵，不是怪物，也不是鬼魂。您大概也猜到了，我是您尊贵的女主人公爵夫人的女佣唐娜罗德里格斯。有些事只有您帮忙才能解决，我正是为了这样一件事而来的。”

“说吧，唐娜罗德里格斯夫人。”唐吉诃德说，“你是不是来给我拉皮条的？我告诉你，为了举世无双的美人杜尔西内亚，我不会被任何人引诱。一句话，我告诉你，唐娜罗德里格斯夫人，只要你不提那些男女私情的事，你不妨先回去点上蜡烛再来。你有什么吩咐，想干什么，咱们都可以商量，就像我刚才说的，只要不是那种邪门歪道的事就行。”

“我给谁拉皮条呀，大人？”女佣说，“您真是看错人了。我这把年纪还不至于糊涂到那种程度，去干那种卑鄙的事情呀。托上帝的福，我身体健康，除了因为感冒掉了几颗牙之外，我的牙齿仍然很齐全。感冒在阿拉贡这儿很流行。请您等一会儿，我去点上蜡烛，马上就回来，好向您这位解救苦难的救世主诉诉我的苦楚。”

她不等唐吉诃德回头就出去了。唐吉诃德一边静静地等候，一边思考着。想到这次意外的事情，他心绪纷乱，觉得这是糟糕的事情，很可能会破坏他对他的夫人的忠贞。唐吉诃德心想：“谁知道是不是诡计多端的魔鬼现在想用女佣来迷惑我，达到他们用女皇、王后、公爵夫人、侯爵夫人和伯爵夫人都没有达到的目的呢？我常听一些聪明人说，魔鬼常常是一计不成又施一计。谁知道在这夜深人静的时候，我会不会控制不住自己的欲望，同她睡觉，使我保持多年的忠贞付诸东流呢？遇到这种情况，免战比迎战好。不过，我也不必想入非非，这些全是我自己想的。像这样身穿白色长袍、高个子、戴眼镜的女佣，就是世界上最大的好色之徒也不会动心。难道世界上还有哪个女佣是细皮嫩肉吗？难道还有哪个女佣不是五大三粗、满脸皱纹而且还装模作样吗？让那群女佣都滚出去吧，她们真让人索然无味！据说，有个夫人做得挺不错，在她的客厅里放了两个女佣半身像，还戴着眼镜，靠着垫子，好像在那儿做活的样子，那样客厅里就好像真有了两个女佣似的，显得很有气派。”

唐吉诃德这么想着，从床上一跃而起，打算把门关上，不让女佣唐娜罗德里格斯进来。可是他走到门口，唐娜罗德里格斯已经点燃一支白蜡烛回来了。她迎面看见唐吉诃德近在眼前，身上依然裹着床单、纱布，头上还戴着帽子，又吓了一跳。她后退几步，说道：

“您能让我放心吗，骑士大人？我觉得您下床来，好像不是正常举动。”

“我正要问你呢，夫人。”唐吉诃德说，“我正要问你能否让我放心，保证我不受到骚扰或强暴？”

“到底是谁让谁放心呀，骑士大人？”女佣问。

“是我求你让我放心，”唐吉诃德说，“因为我不是石头人，你也并非青铜心，况且现在不是上午十点，而是深更半夜，也许比深更半夜还晚些呢，而且这个地方很隐蔽，也许它会成为背信弃义的埃涅阿斯占有美丽而富有同情心的狄多的地方。不过，请您把手伸过来吧，夫人，我觉得我的良心和自重以及您那令人起敬的长袍，已能让我放心了。”

说完唐吉诃德吻了吻自己的手，然后又去拉女佣的手。女佣也以同样的动作回报唐吉诃德。

锡德·哈迈德在此有一段插话，说他向穆罕默德发誓，假如能让他欣赏到两个人手拉手走到床前那情景，他宁愿从他那两件最好的斗篷中拿出一件来捐献。

唐吉诃德上了床，唐娜罗德里格斯坐在一把椅子上，椅子与床有一定的距离。她没有摘眼镜，也没有吹灭蜡烛。唐吉诃德缩在床上，全身捂得严严实实，只露出一个脑袋。两人定下神以后，唐吉诃德首先开了口：

“唐娜罗德里格斯夫人，现在您不妨把您内心的痛苦事都说出来，我一定仔细倾听，真心相助。”

“从您慈善和蔼的面孔上，”女佣说，“我就断定一定会从您这儿得到这种诚恳的回答。现在的情况是，唐吉诃德大人，虽然您现在看见我坐在这把椅子上，身在阿拉贡，穿着一身受苦受罪的女佣的衣服，其实我是奥维多的阿斯图里亚斯人，我家和当地的许多豪门都有关系。可是我命运不佳，父母又不会过日子，结果稀里糊涂地就把家产丢尽了。后来父母把我送到了首都马德里。为了让我过上踏实日子，不再受更大的苦，他们把我放在一个贵夫人家做侍女。我不妨告诉您，若论做抽结[1]或白料加工[2]的活儿，这辈子也休想有谁比得过我。父

① 缝纫式刺绣的花饰，在布上抽掉几根纱后分段结扎而成。
② 指在白色床单、罩布或内衣上做的针线活。

母把我留在那人家干活，自己就回去了，大概过了没几年就死了。他们是非常善良的基督教徒。我孤身一人，靠那点儿可怜的工钱和深宫大院里的侍女所能得到的菲薄赏赐生活。这时候，她家的一个侍从爱上了我，是他主动找我的。那个人年纪不小了，满面胡须，人却挺精神。他是山上人,那气派简直像国王似的。我们并不掩饰我们的爱情，后来消息传到了女主人那儿。她为了避免让人说闲话，就让我们在教堂结了婚。结婚后我们有了一个女孩，可是我好运不长。我倒没有死于分娩，而是孩子出生后不久，我的丈夫就受了一场惊吓去世了。我现在给您讲讲这件事，我想您一定会感到惊讶。”

女佣伤心地哭起来，说道：

“请您原谅，唐吉诃德大人，您也不用劝我。每当我想到我那死去的丈夫，就泪水盈眶。上帝保佑，当时他把女主人带在那匹高大黝黑的骡子屁股上，可威风啦！那时候不像现在这样，贵夫人出门都是乘车或坐轿子。那时的贵夫人都是坐在侍从的鞍后。这件事我不能不讲，因为从这儿可以看出我那好丈夫的礼貌和办事认真的态度。他们刚走上马德里的圣地亚哥大街，那条街比较窄，迎面就走来一位京城的长官，前面有两个差役开路。我的丈夫一看到差役，就掉转骡子的缰绳，准备让路。可是坐在鞍后的女主人却低声说道：‘你干什么，倒霉鬼？你不知道我在这儿吗？’那长官很有礼貌，他勒住马，对我丈夫说：‘请您先过，大人，我应该给唐娜卡西尔达夫人让路。’我的女主人叫唐娜卡西尔达。

“可是我丈夫把帽子拿在手里，仍然坚持让那位长官先过。我的女主人不由得怒气冲天，从一个匣子里拿出一个大号别针或锥子来，刺进了我丈夫的腰。我丈夫一弯腰，连同女主人一起摔到了地上。女主人的两个仆役赶紧去扶女主人，那位长官和两个差役也跑来帮忙。瓜达拉哈拉大门[①]一下子就乱了，我是说，旁边那些无所事事的人一下子就乱了。女主人走了，我丈夫来到一家理发馆，说他的肚子被刺穿了。我丈夫的过分礼让一下子就传开了，连街上的孩子们都追着他

① 瓜达拉哈拉大门据说是游手好闲的人聚集的地方。

起哄。就因为这个，再加上我丈夫有点儿近视，我的女主人把他辞退了。肯定是因为这事，我丈夫郁郁而死。我成了寡妇，无依无靠，还带着我女儿。我女儿慢慢长大了，漂亮得像朵花。后来，因为我善于做手工活是出了名的，我的女主人那时刚刚同公爵结婚，就把我也带到了阿拉贡这儿。我女儿也一起来了。她一天天长大了，多才多艺。她唱歌如百灵，宫廷舞跳得很轻盈，民间舞又跳得很豪放。她读书写字绝不逊于学校的老师，算起账来也十分精明。至于她多么讲卫生就不用说了，连流水都不如她干净。如果我没记错的话，她现在应该是十六岁五个月零三天了。

“公爵在离这儿不远有个村庄，那儿有个大富农，他的儿子后来爱上了我的女儿。实际上我还没明白是怎么回事，他们就结合了。富农的儿子声称要同我女儿结婚，其实是骗了我女儿，却又不想履行他的诺言。公爵知道这件事，我同他说过不止一次。我请公爵让那个富农的儿子同我女儿结婚，可是公爵充耳不闻，甚至不愿意听我说。原因就是那个富农很有钱，他借钱给公爵；公爵要借别人钱时，他又出面作保，所以公爵无论如何也不想得罪他。所以，大人，我想请您做主，无论是好言相劝还是武力相逼，总之要结束这种罪恶状况。大家都说您生来就是要铲除罪恶、拨乱反正、扶弱济贫的。我已经对您说过了。我女儿无依无靠，漂亮而又年轻，还有许多别的优点。无论是向上帝发誓还是凭良心而论，在我女主人身边的这么多姑娘里，没有一个能比得上她。我可以告诉您，大人，闪光的不一定都是金子。那个叫阿尔蒂西多拉的自以为很漂亮，可是她并不文静，倒有点疯劲儿，而且她身体也不怎么好，总是有那么一股让人讨厌的气味。谁要是在她身边，连一会儿也待不下去。还有公爵夫人……我不说了。俗话说，隔墙有耳。”

“天哪，唐娜罗德里格斯夫人，公爵夫人又怎么了？”

“您既然这样恳求，”女佣说，“我就得据实相告了。唐吉诃德大人，您发现我的女主人公爵夫人的美貌之处了吗？她的脸光润滑腻，两颊可谓雪肤冰肌，宛如日月相映；她走路轻盈风雅，所到之处都让人感到她秀美的仪容。您应该知道，这首先得感谢上帝，不过还有一点，那就是要归功于她的两条腿上的两个排泄口。医生说她身上全是坏水，而坏水都从那两个口子里排泄出来。”

“圣母玛利亚啊！”唐吉诃德说，“我们的公爵夫人身上真会有这种排泄口吗？如果是别人说，我绝对不会相信，可这是唐娜罗德里格斯说的，也许真是这样。不过，从这种地方的排泄口里流出来的不应该是坏水，而应该是琥珀之液。现在我才真正相信，这种排泄口对于人体健康是十分重要的。”

唐吉诃德刚说完这几句话，就听见房间的门“砰”的一声打开了，唐娜罗德里格斯手中的蜡烛连吓带震地掉到了地上。可怜的女佣马上感到自己的脖子被两只手死死地扼住了，喘不过气来。同时，另一个人一声不吭地撩起女佣的裙子，用一个好像是女拖鞋的东西抽打女佣，而且打得很厉害。唐吉诃德虽然看着很心疼，却不敢从床上跳下来。他不知道那到底是什么东西，只好默不作声地蜷缩在床上，怕自己也遭到一顿打。他的这种担心也有道理。那两个打手把女佣打得浑身是伤，可女佣连呻吟都不敢。然后，那两个打手又来到唐吉诃德的床边，掀开床单，对唐吉诃德又拧又掐，唐吉诃德只好挥拳招架。奇怪的是他们都不出声。

这样打了半个小时，两个幽灵才出去。唐娜罗德里格斯放下裙子，为自己的不幸呻吟着，然后走出门，没有再和唐吉诃德说一句话。唐吉诃德被掐得浑身疼痛。他摸不着头脑，百思不得其解，很想知道是哪个恶毒的魔法师把他害成这样。咱们暂且不管他，先去看看桑乔·潘萨吧。这本小说安排得很好，桑乔正在叫咱们呢。

第四十九章　桑乔巡视岛屿见闻

前面说到桑乔正在为农夫的那番描述而生闷气。其实，那个农夫是受管家的委派，管家又受公爵的指使，前来捉弄桑乔的。桑乔虽然又粗又笨，却并没有被耍弄。桑乔看完公爵给他的密信，又回到客厅，对身边的人和佩德罗·雷西奥大夫说：

“现在我算真正明白了，无论是地方官还是总督，都得是铁人才成，以便无论什么时候有人来找他，他都不能烦，都得听他们说，为他们办事，不管有什么情况，都得先办他们的事。如果长官不听他们说，不办他们的事，或者办不到，或者当时不见他们，他们就骂骂咧咧，嘀嘀咕咕，甚至连老祖宗也捎带上。这些前来办事的笨蛋，你着什么急呀，你等合适的时候再来，别在吃饭和睡觉的时候来嘛。长官也是肉长的，该怎么样时就得怎么样。可我就不能这样，想吃也不能吃。这全怪旁边这位佩德罗·雷西奥·蒂尔特亚富埃拉。他想饿死我，却说这样才能长寿。但愿上帝让他和所有像他这样的医生都如此长寿。当然，我说的是坏医生，对于好医生应该嘉奖。”

那些认识桑乔的人听到他如此慷慨陈词都感到吃惊，不知他为什么会这样，认为大概是重要的职位能使人更聪明，或者更愚蠢吧。最后佩德罗·雷西奥大夫答应，无论希波克拉底还有什么告诫，也要让桑乔当天吃晚饭。总督听了十分高兴，焦急地等着晚饭时间到来。虽然桑乔觉得时间似乎静止不动了，晚饭的时间总算如期而至。晚饭是凉拌牛肉葱头和已经放了几天的炖牛蹄，桑乔吃得津津有味，比吃米兰的鹧鸪、罗马的雉鸡、索伦托的小牛肉、莫隆的石鸡或拉瓦霍斯的鹅还香。他边吃还边对医生说：

“我说大夫，以后你不必给我弄什么大鱼大肉或者美味佳肴，那样反倒让我倒胃口。我的胃就习惯羊肉、牛肉、腌猪肉、咸肉干、萝卜、葱头什么的。如果吃宫廷大菜，我倒吃不惯，有时候还恶心呢。餐厅侍者可以把那个叫什锦火锅的菜给我端来，里面的东西越杂，味道越好，只要是吃的，往里面放什么都可以。我早晚会酬谢他的。谁也别想拿我开心，否则我就豁出去了。大家在一起客客气气，彼此都愉快。我在这个岛上该管的就管，不该管的就不管；大家各扫门前雪就行了。我告诉你，否则就会乱成一团。到时候你们就知道我的厉害了，别敬酒不吃吃罚酒。”

“真的，总督大人，”餐厅侍者说，“您刚才说得太对了。我代表岛上的居民向您表示，愿意不折不扣而且满腔热忱地为您效劳。您一开始就对我们这么好，我们怎么会不尽心竭力地为您效劳呢！”

“我相信这点，”桑乔说，“谁要想干别的，那可就是自找倒霉了。我再说一遍，你们注意给我和我的驴弄好吃的，这才是最要紧的事。等会儿咱们去巡视一下，我想把这个岛上的种种坏事以及游手好闲、不务正业的人都清除干净。我可以告诉你们，各位朋友，游手好闲的人在这个国家里就好像是蜂房里的雄蜂，它们专吃工蜂做的蜂蜜。我要照顾劳动者，维护贵族的地位，奖励品行端正的人，尊重宗教和宗教人士的名誉。你们觉得怎么样，朋友们，我是不是有点烦人呢？”

“您讲了这些，”管家说，“使我感到很佩服。像您这样没有文化的人，我估计甚至是大字不识一个的人，竟能如此金口玉言，已经超出了派我们到这儿来的人以及我们这些人的意料。看来世界上真是无奇不有，玩笑竟变成了现实，想嘲弄别人的人自己倒被嘲弄了。”

到了晚上，经过雷西奥的批准，桑乔吃过晚饭，大家收拾妥当，便准备外出巡视。陪同的有管家、餐厅侍者、专门记录桑乔行踪的传记作者、差役和文书，浩浩荡荡，行色壮观。桑乔拿着他的权杖神气活现地走在中间。他们才巡视了几条街，就听见一阵乒乒乓乓的声音，原来是两个人在打架。他们一见来了当官的，就住了手。其中一人说道：

“上帝保佑！国王保佑！在大街上竟会遭抢，在光天化日之下竟有人行劫！”

“别着急，好人，”桑乔说，“告诉我为什么打架，我是总督。”

有一个人说道：

“总督大人，我来简单讲一下。您大概明白，这个道貌岸然的人刚才在对面那家赌场里赢了一千多雷阿尔，天知道他是怎么赢的。我当时就在旁边，知道他做了几次手脚，可是我昧着良心没说。他赢了钱，我等着他给我至少一个埃斯库多做抽头儿，这是我们这类人的规矩。我们专门给人帮忙，谁手脚不干净也不说，以免打架。可是他却把钱一揣，出了赌场。我气急败坏地跟了出来，对他好言相劝，让他怎么也得给我八个雷阿尔。他知道我这个人没职业也没收入，因为我父母既没教我也没给我什么职业。可这个狡猾的家伙比卡科还贼，比安德拉迪利亚还鬼，他只想给我四个雷阿尔。您看，总督大人，他多不要脸，多没良心！不过就是您没来，我也会让他把钱吐出来，让他明白明白。"

你有什么好说的？"桑乔问另一个人。

那个人说这个人说的全是实话，他只能给这个人四个雷阿尔，因为他已经给过这个人好几次钱了。另外，要抽头儿的人得讲点礼貌，如果他不能肯定赢钱的人手脚不老实，那钱不是正经赢来的，他拿钱时应赔着笑脸，不能计较给多少。为了证明自己是好人，而不是像那人说的那样手脚不老实，他一个钱也不准备多给。只有手脚不老实的人才会给旁边看破他作弊的人一些赏钱呢。

"是这样，"管家说，"总督，您看该怎样处理这两个人呢？"

"现在应该做的是，"桑乔说，"你，赢家，不管你是不是好人，或者你又是又不是，马上给跟你打架的这个人一百个雷阿尔，然后你还得掏三十个雷阿尔给监狱里那些可怜的人们。而你这个既没职业又没收入而且在岛上无所事事的人呢，拿上这一百个雷阿尔，明天就离开这个岛吧，十年内不许回来，如果违反，就罚你来世补罪。我要把你吊在耻辱柱上，至少我派去的刽子手会这样做。谁也别再说什么，否则我就要揍你们了。"

一个人掏了钱，另一个人收了钱；这个人离开了岛屿，那个人回了家。总督说道：

"除非我能力不足，否则我一定要取缔这些赌场，我觉得它们是非常有害的地方。"

"至少这一家您不能取缔。"文书说，"这家赌场是一个大人物开的，他打牌每年输掉的钱比赢的钱还多。对其他小赌场您可以显示一下您的权力。那种小赌场更有害，更可恶。那些出了名的爱做手脚的人不敢到达官贵人的赌场上去要手腕。赌博是一种通病，在大赌场赌就比在小赌场情况好。小赌场若是在后半夜逮着一个倒霉鬼，非得活剥了他的皮才算完。"

"文书啊。"桑乔说，"现在我明白了，这里面还有不少说头呢。"

这时候，一个捕快揪着一个小伙子过来了。捕快说道：

“总督大人，这个小伙子本来是朝咱们这儿走的。可他一看到咱们，转身就跑，而且跑得飞快，看样子是个罪犯。我在后面追，若不是他绊倒了，我恐怕还抓不着他呢。”

“喂，你为什么跑呢？”桑乔问。

小伙子答道：

“为了避免捕快们问的许多问题。”

“你是干什么的？”

“编织工人。”

“编织什么？”

“请您别见怪，织长矛上的铁枪头。”

“你想跟我耍贫嘴？那好，你现在要到哪儿去？”

“去透透空气。”

“好，你这就说对了。小伙子，你还挺聪明。可是你要知道，我就是空气，就是吹你的，要把你吹到大牢去。把他抓起来，带走！我要让他今晚闷在大牢里睡觉！”

“上帝保佑！”小伙子说，“您想让我在大牢里睡觉，那根本不可能。”

“为什么我不能让你在大牢里睡觉？”桑乔问，“难道我没权力想抓你就抓，想放你就放吗？”

“您就是再有权力，”小伙子说，“也不能叫我在大牢里睡觉。”

“为什么不能？”桑乔说，“马上把他带走，让他亲身尝尝滋味就明白了。即使他买通了典狱长也不能放他。如果典狱长让你离开大牢一步，我就罚他两千杜卡多。”

“这都是笑话，”小伙子说，“谁也不能让我在大牢里睡觉。”

“告诉我，你这个魔鬼，”桑乔说，“我要给你戴上脚镣，难道有哪位天使能够去掉你的脚镣吗？”

“好了，总督大人，”小伙子不慌不忙地说，“咱们现在论论理，说到正题上吧。假设您能够把我投入大牢，给我套上锁链脚镣，而且如果有哪个典狱长敢把我放出来，您就重罚他。可是我不睡觉，整夜都不睡觉，连眼皮都不眨一下，您有什么办法能让我睡觉呢？”

“不能，”文书说，“这回他算是达到目的了。”

“如果是这样，”桑乔说，“那是你自己不愿意睡，而不是跟我过不去。”

“不是，大人，”小伙子说，“我绝对没想跟您过不去。”

“滚蛋，”桑乔说，“回你的家睡觉去！愿上帝让你睡个好觉，我也不想阻止你睡个好觉。不过，我劝你以后别跟长官开玩笑，弄不好，玩笑就开到你脑袋上去了。”

小伙子走了，总督又继续巡视。不一会儿又来了两个捕快，还带来一个人。捕快说道：

“总督大人，这个貌似男人的人不是男人，而是女人，长得不难看。她穿了一身男人的衣服。”

两三只灯笼一齐向那人的脸上照去，确实是一张女人的脸。看样子她有十六七岁。她的头发罩在一个高级的青丝线发网里，宛如无数珍珠在闪烁。大家从上到下打量着她，只见她脚穿肉色丝袜，配着白塔夫绸袜带和珍珠串状的穗子，身穿高级面料的宽短裤和短外套，外套敞开着，露出里面的白色精纺面料的紧身坎肩，足蹬白色男鞋。她腰里别的不是剑，而是一把非常华贵的匕首，手指上还戴着许多贵重的戒指。大家都觉得她很漂亮，可是在场的人没一个认识她，都想不起她是谁，而那些明知这是一场戏弄桑乔的闹剧的人更是感到意外，因为他们并没有安排这件事。大家都迷惑不解，想看看事情会怎样发展。桑乔对这个姑娘的美貌很惊讶，问她是什么人，为什么穿这身衣服。姑娘低着头，十分羞涩地说道：

“大人，我不能当着众人说这么重要的事情，这是我的秘密。不过有一点我想让您知道，那就是我既不是盗贼，也不是坏人，而是个不幸的姑娘，只是凭一时冲动，才做了这样不够庄重的事情。”

管家听姑娘这么一讲，便对桑乔说道：

“总督大人，您让其他人走开，让这个姑娘放心大胆地讲讲她的事吧。”

于是，总督让其他人都走开，只留下管家、餐厅侍者和文书。姑娘见只剩下几个人了，便说道：

“诸位大人，我是当地一个卖羊毛的佃户佩德罗·佩雷斯·马索卡的女儿，他常到我父亲家来。”

“不对，姑娘，”管家说，“我跟佩德罗·佩雷斯很熟，知道他没有儿女。还有，你说他是你父亲，怎么又说他常到你父亲家？”

“我早就注意到这点了。”桑乔说。

“诸位大人，我现在心慌意乱，也不知道自己都说了些什么。”姑娘说，“实际上我是迭戈·德拉利亚纳的女儿，大概你们都认识他。”

“这才对，”管家说，“我认识迭戈·德拉利亚纳，知道他是这儿一个有钱的贵族，有一儿一女。不过，自从他妻子死了以后，这儿就再也没人见过他女儿了。他把女儿关在家里，看管得紧紧的。尽管如此，我还是听说他女儿非常漂亮。”

“是这样，”姑娘说，“我就是他的女儿。至于说我漂亮不漂亮，诸位大人，你们都已经看见我了，当然很清楚。”

接着，姑娘伤心地哭起来。管家见状就走到餐厅侍者身旁，对他耳语道：

“这个可怜的姑娘肯定遇到了什么事，否则，如此尊贵人家的女孩子不会在这个时候这身打扮跑出来。”

“没错，”餐厅侍者说，“她这一哭，更说明是这么回事了。”

桑乔竭力劝慰，让她别害怕，到底遇到了什么事，都告诉他，大家会尽可能地真心帮助她。

“诸位大人，”姑娘说，“我母亲入土十年，我父亲就把我关在家里十年，连做弥撒也是在家里一个漂亮的小教堂里做。我从没有见过日月星辰，不知道大街、广场、庙宇是什么样子；除了父亲、我的一个弟弟和那个叫佩德罗·佩雷斯的佃户外，我也见不到其他男人。那个佃户常出入我家，所以我刚才突然想起说他是我父亲，以避免说出我父亲是谁。这样长期把我关在家里，不让我出门，连教堂都不让我去，使我特别伤心。我很想看看外面的世界，至少看看我出生的那个村镇，并且觉得这不会有失大家闺秀的身份。我一听说有什么斗牛、骑马打仗或演戏，就问我弟弟。弟弟比我小一岁，他告诉我这些都是怎么回事，还有其他许多事情，我都没见过。他说得绘声绘色，可这样一来，我更想到外面去看看了。干脆我简单点儿说，我为什么会弄成这个样子吧。我求我弟弟……我再也不会求人做这种事了……”

说到这儿她又哭起来。管家对她说道：

“姑娘，你接着说吧，把你遇到的事都说出来。我们听了你的话，看到你流眼泪，都感到很惊讶。”

“我没什么好多说的了，”姑娘道，“不过，眼泪倒是还有很多，随着非分的愿望而来的只能是眼泪。”

餐厅侍者对姑娘的美貌动了心，于是又把灯笼拿到姑娘脸前照了照。他觉得从姑娘眼睛里流出来的不是眼泪，而是珍珠、露珠，甚至可以说是东方大明珠。尽管姑娘又是哭又是叹气，他还是希望姑娘没遇到多大的不幸。总督对姑娘讲得啰啰嗦嗦有点儿不耐烦，让她赶紧讲那些最重要的事情，时间也不早了，他还有很多地方要去巡视呢。姑娘哽咽着说道：

“我倒霉就倒霉在让弟弟借给我一身他的衣服，晚上趁父亲睡觉了，带我到整个村庄看看。他经不住我的恳求，给了我这身衣服。他穿上我的一身衣服，还挺合适。他还没长胡子，穿上我的衣服，挺像个漂亮的姑娘。今天晚上，我们出来大概一小时了，到处瞎转，走遍了整个村镇。后来我们正要回家，忽然看见来了一群人。弟弟对我说：‘姐姐，大概是巡夜的来了。你脚步轻点，赶紧跟我跑，若是让他们认出咱们来就糟了。’说完他转身就跑，他哪儿是跑呀，简直是飞。我慌慌张张地没跑几步就摔倒了。这时候捕快赶到了，就把我带到了您这儿。我太任性，所以才在众人面前出了丑。”

“那么，小姐，”桑乔说，“你并没有遇到什么倒霉的事，也不像你开始说的那样，是一时冲动跑出来的？”

“我没遇到什么事，也没有什么一时冲动，只不过是想看看外面的世界，看看这个地方的街道。”

姑娘的话得到了证实，捕快把她弟弟也带来了。他刚才与姐姐分手后很快就被捕快抓到了。他身着漂亮的短裙，披着一条有金银花边的蓝缎大披巾，头上没戴头巾，也没有什么头饰，只有一绺绺的金发。总督、管家和餐厅侍者把那男孩拉到一旁，为的是不让他姐姐听到他们说话。他们问这个男孩子为什么穿这身衣服。男孩子像姐姐一样不好意思。他把事情的原委讲了一下，同他姐姐讲的一样。餐厅侍者听了很高兴，而桑乔对姐弟两人说道：

“孩子们，这只是一件小孩子淘气的事。这点事用不着讲那么半天，而且又是掉泪又是叹气。你们只要说‘我们是某某人，仅仅因为好奇，从家里跑出来转转，并没有其他目的’，也就完了，没必要唉声叹气、哭哭啼啼的。”

“您说得对，”姑娘说，“可是要知道，我刚才吓坏了，不知怎么办才好。”

“好在没什么事，”桑乔说，“走吧，我们送你们回家去。也许你们的父亲还不知道你们不在家呢。你们以后别再淘气了，也别老想看什么外面的世界了。一个正派姑娘，应该大门不出，二门不迈；‘女人和母鸡，迷路最容易’；‘想看别人，也就是想让别人看自己’。我不多说了。”

男孩子感谢总督的好意。两个孩子的家离那儿不远，大家一起走过去。来到家门前，男孩子往一个窗户上扔了一块卵石，立刻有个女佣出来开门。女佣一直在等他们。两人进去了。大家对姑娘的绰约风姿感到惊讶，对她竟想在深更半夜跑出来看外面的世界感到意外，但她毕竟是个孩子。餐厅侍者已经动了心，想改日再来向姑娘的父亲提亲。他觉得自己是公爵的用人，姑娘的父亲肯定不会拒绝。其实，桑乔很想让他同自己的女儿桑奇卡[①]结婚，正准备择日办理呢。桑乔觉得，对于总督的女儿来说，没有哪个男人会拒绝做她的丈夫。

当晚的巡视就此结束。两天之后，他的总督任职也结束了。他的打算全部落空了。请看下文。

① 本文第五章中作者称桑乔的女儿为“玛丽·桑查”，这里又变成了“桑奇卡”。

第五十章　抽打女佣并对唐吉诃德又掐又抓的魔法师是谁，侍童给桑乔的老婆特雷莎·潘萨送信

锡德·哈迈德这部书中描写的每个细节都准确无误。他说，唐娜罗德里格斯走出自己的房间到唐吉诃德那儿去的时候，被另一个与她同居一室的女佣发觉了。所有的女佣都喜欢打听、了解和刺探别人的情况。她悄悄跟在唐娜罗德里格斯后面，而唐娜罗德里格斯对此却一无所知。那个女佣见唐娜罗德里格斯进了唐吉诃德的房间，马上也像其他爱搬弄是非的女佣一样，把这件事报告给公爵夫人，说唐娜罗德里格斯正在唐吉诃德的房间里。

公爵夫人又把这件事告诉了公爵，并请求公爵允许她和阿尔蒂西多拉一起去看看，到底唐娜罗德里格斯在唐吉诃德那儿干什么。公爵同意了，于是两人一步步摸索着，悄悄来到唐吉诃德房间的门前。因为离得近，所以里面说的话都能听到。公爵夫人听到唐娜罗德里格斯把她腿上有排泄口的事情抖搂了出来，怒不可遏，阿尔蒂西多拉也气坏了。两人满腔怒火，非要教训唐娜罗德里格斯不可，于是猛然冲进去，就像前面说到的，把唐吉诃德掐了一遍，又把唐娜罗德里格斯抽打了一顿。有损女人美丽形象的攻击最令女人恼火，她们总得设法报复了才罢。公爵夫人把发生的事情告诉了公爵，公爵听了觉得很有趣。公爵夫人也想把玩笑继续开下去，拿唐吉诃德解闷，就派了那个曾经装扮成中了魔法的杜尔西内亚的侍童，把桑乔给他老婆特雷莎·潘萨的信和自己的一封信送去，还送了一大串珊瑚珠作为礼物。此时的桑乔正忙着当总督，早把为杜尔西内亚解除魔法的事扔到脑后去了。

据说那个侍童很聪明，很愿意为自己的主子效劳，于是他高高兴兴地到桑乔家去了。还没进村,侍童就看见有些女人在小溪边洗衣服，于是侍童问她们，那地方是否有个叫特雷莎·潘萨的女人，她的丈夫桑乔·潘萨是曼查一个叫唐吉诃德的骑士的侍从。一个正在洗衣服的女孩站起来说道：

“特雷莎·潘萨是我母亲，桑乔是我父亲，那个骑士是我们的主人。”

“那么你过来，小姑娘，”侍童说，“带我去见你母亲吧。我给她带来了你父亲的一封信和一件礼物。”

“我很愿意带您去，大人。”小女孩说道。看上去她十四岁左右。她把自己洗的衣服交给一个同伴，没戴头巾，也没穿袜子，就卷着裤腿，披散着头发，跳到侍童的马前说道：

“请您跟我来吧。我家就在村口，我母亲也在家，已经好多天没听到父亲的消息了，她正着急呢。”

“那么我给她带来了好消息，”侍童说，“这可得感谢上帝。”

小姑娘蹦蹦跳跳地来到村头，还没进屋就喊道：

“快出来，妈妈！快出来，出来呀！”

随着喊声，女孩的母亲特雷莎·潘萨出来了，手里还在绕着一团麻绳。她穿着一条棕褐色裙子，裙子短到仅够遮羞的部位；上身的紧身背心和衬衫也都是棕褐色的。人看样子倒不很老，不过也四十多岁了。然而，她的身体很健壮，皮肤也晒成了褐色。她一见女儿和骑在马上的侍童，便问道：

“怎么回事，孩子？这位大人是谁？”

“是唐娜特雷莎·潘萨夫人您的仆人。”侍童答道。

侍童说完就下了马，毕恭毕敬地跪倒在特雷莎夫人面前，说道：

“唐娜特雷莎夫人，您是巴拉托里亚岛总督桑乔·潘萨的结发妻子，请您把手伸给我吧。”

“我的天啊，滚一边儿去，别跟我来这套！”特雷莎说，“我又不是什么宫廷夫人，只是个贫苦农妇，是个短工的女儿，是个游侠骑士侍从而不是什么总督的老婆！”

“您就是最尊贵的总督的最尊贵夫人，”侍童说，“为了证明我说的是真的，请您接受这封信和这份礼物。”

接着，侍童从衣袋里拿出一串珊瑚珠，两端是两颗金珠，把它挂到了特雷莎的脖子上，并且说道：

“这儿还有总督大人的一封信。另一封信和珊瑚珠是我的女主人公爵夫人派我给您送来的。”

特雷莎和她的女儿都惊呆了。小姑娘说道：

“我拿性命担保，这准是我们的主人唐吉诃德干的。他多次答应要让父亲当总督或伯爵，大概现在已经让父亲当上了。”

“是的，”侍童说，“靠着唐吉诃德大人的面子，桑乔大人现在已经是巴拉托里亚岛的总督了。你们看看信就知道了。”

“请您给我念念吧，侍臣。”特雷莎说，“我只会纺线，不识字。”

“我也不识字。”桑奇卡也说，“不过你们等等，我去找个人来念念，找牧师，或者参孙·卡拉斯科学士。他们也愿意知道我父亲的消息，肯定会来。”

“没必要去找人念。我不会纺线，可是识字。”

侍童把信念了一遍。信的内容前面已经提到，此处就不赘述了。侍童又掏出了公爵夫人的信，信是这样写的：

> 特雷莎朋友，您的善良聪明的丈夫桑乔的优秀品质感动了我，迫使我请求我的丈夫公爵给他一个岛屿，让他当总督，我丈夫有很多岛屿。听说他把岛屿管理得很不错，我为此感到高兴，我丈夫也同样高兴。我非常感谢老天没让我选错人。我想告诉特雷莎夫人，要在世界上找到一个好总督很困难。感谢上帝让我找到了桑乔这样的人当总督。
>
> 亲爱的朋友，我派人给您送去一串两端是金珠的珊瑚珠子。我很愿意送您这东方明珠，礼轻情义重。咱们也许会有机会认识交流，谁知道以后会怎么样呢。代问您女儿桑奇卡好，告诉她也许在她意想不到的时候，我会让她嫁到高贵人家去。
>
> 听说你们那儿的橡子特别大，请给我带几十个来。因为是来

自您的手，我会特别珍重它们的。请给我多多写信，告诉我您的身体状况。有什么事需要我帮忙的，尽管开口，您的要求一定会得到满足。愿上帝保佑您。

您的好朋友

公爵夫人于本地

"哎呀，多么善良、多么平易近人、多么谦虚的夫人啊。"信刚一念完，特雷莎就说道，"我愿意永远和这样的夫人在一起。我讨厌我们村的那些贵夫人，她们谁也不理，把自己想得跟女王一样高贵，觉得看农妇一眼就有失她们的身份。你们看这位夫人，虽然是公爵夫人，却称我为朋友，对我平等相待，可我觉得她像曼查的钟楼一样高。至于橡子，侍臣，我要送给夫人一塞雷敏[①]，若论个儿，颗颗都大得出奇。桑奇卡，现在你先照顾一下这位侍臣，把他的马安顿好，再从马厩拿几个鸡蛋来，切一大块腌猪肉，让咱们好好犒劳犒劳他吧。就冲他带来的好消息和他那张漂亮的脸蛋，真该好好款待他。我先去把咱们的好消息告诉邻居，告诉神甫，告诉理发的尼古拉斯师傅，他们都是你父亲的好朋友嘛。"

"我就去，妈妈，"桑奇卡说，"可是您得把那串珊瑚珠分给我一半儿。我觉得公爵夫人不会那么笨，把一串珊瑚珠都送给你一个人。"

"这串珠子全是你的，"特雷莎说，"不过你先让我戴几天，我从心里特别喜欢它。"

"这个口袋里的衣服你们也一定喜欢，"侍童说，"全是细料子衣服，总督只是在打猎时穿过一天。这些都是送给桑奇卡的。"

"爸爸千岁！"桑奇卡说，"把衣服送来的人也千岁！如果需要的话，还可以两千岁！"

特雷莎手里拿着信，脖子上挂着珊瑚珠出了家门，边走边像敲手鼓似的拍着信。正巧她碰到了神甫和参孙·卡拉斯科，便手舞足蹈地说起来：

---

① 容量单位，一塞雷敏相当于 4.625 公升。

“现在我们家可不算穷人了！我们家出了个总督！无论哪个贵族夫人，无论她有多神气，我都不把她放在眼里！”

“怎么回事，特雷莎·潘萨？你抽什么风？那几张纸是什么？”

“我没抽风。这是公爵夫人和总督的来信。我脖子上戴的是用高级珊瑚做的念珠，两头的珠子是真金的。我是总督夫人！”

“除了上帝，我们谁也听不懂你的话，不知道你在说什么。”

“那你们看看这个。”特雷莎说。

她把信交给神甫和参孙·卡拉斯科。神甫把信念了一遍，参孙·卡拉斯科在旁边听着，结果两人面面相觑，对信上的内容感到很吃惊。卡拉斯科问是谁把信送来的，特雷莎让他们随自己去她家，就可以见到送信人了。那是个仪表堂堂的小伙子。他还带来了一件贵重的礼物。神甫把她脖子上的珊瑚珠拿下来看了看，确实挺高级的，这就更奇怪了。神甫说：

“我凭我身上的法衣发誓，我不明白也想不出这两封信和这件礼物到底是怎么回事。凭我眼看手摸，这串珊瑚珠的确很精致，可是写信的公爵夫人怎么会只要几十个橡子呢？”

“别瞎猜了！”卡拉斯科这时候说道，“咱们还是去看看带信来的那个人吧。咱们搞不清楚的事情可以让他告诉咱们。”

于是他们来到特雷莎家。侍童正在筛大麦准备喂他的马；桑奇卡正在切肉，准备再摊上几个鸡蛋，做给侍童吃。侍童的外貌和服饰使神甫和参孙产生了一种好感。他们非常客气地互致问候后，参孙请侍童谈谈唐吉诃德和桑乔的情况，说他和神甫虽然看了桑乔和公爵夫人的信，但还是没弄清桑乔当总督到底是怎么回事，因为地中海里的全部或者大部分岛屿都是国王的。侍童答道：

“桑乔·潘萨当了总督，这点没错；至于当的是不是岛屿的总督，我可没打听，只知道那是一个有一千多人的地方。说到要橡子的事，那得说我们公爵夫人平易近人，不摆架子（侍童没说公爵夫人不仅向农妇讨橡子，而且还向一位女街坊借过梳子呢）。我想你们应该知道，阿拉贡的贵夫人虽然身份高贵，却不像卡斯蒂利亚的贵夫人那样摆臭架子，而是同平民百姓很接近。”

他们正说着，桑奇卡兜着几个鸡蛋蹦蹦跳跳地跑进来问侍童：

“请您告诉我，我父亲当了总督以后还穿连袜裤[①]吗？”

“我没看见，”侍童说，“大概穿吧。”

“啊，我的上帝呀，”桑奇卡说，“我父亲穿连袜裤会是什么样子呀！我从小就喜欢看他穿连袜裤，这难道不好吗？”

“以后你都会看到，”侍童说，“我向上帝发誓，只要你父亲当上两个月的总督，出门就还得戴套头棉帽呢[②]。”

神甫和学士看出侍童说话时明显带着一种嘲弄的口吻。可是侍童确实带来了精美的珊瑚珠，特雷莎还让他们看了桑乔送来的猎服，这又打消了两人的疑虑。听了桑奇卡的愿望，他们不由得笑起来，特雷莎更是让他们乐得嘴都合不上了。特雷莎说：

“神甫大人，请您留意一下是否有人到马德里或托莱多去，让他给我带一条地地道道的带裙撑的裙子，而且要最好的，最时髦的。我怎么也得给我当总督的丈夫争点面子。就是我不愿意，我也得像其他夫人那样，坐着马车去京城呢。丈夫当了总督，当然坐得起马车了。”

“可不是嘛，妈妈！”桑奇卡说，“求上帝保佑，让我们早早坐上车，别人看见我坐在车上准会说：‘你们看那个丫头，满身蒜味，还像个[illegible]女皇似的出门乘马车呢。’让他们去踩烂泥吧，我可得乘车，不[illegible]沾地。这年头哪儿都有人嘀嘀咕咕的。随便他们怎么说吧，反正我舒服了。我说得对吗，妈妈？”

“你说得太对了，孩子！”特雷莎说，“我的好桑乔早就告诉我会有这些好事，而且以后还会有更大的好事呢。你看着吧，孩子，我早晚得当上伯爵夫人。咱们这才是个开头。我常听你那好爸爸说，噢，他不仅是你的好爸爸，也是俗语的好爸爸。他说，人家给你牛，你就赶紧拿绳牵走；让你当总督，你就当；让你当伯爵，你就别客气；若是送你一件令人啧啧称羡的礼物，你就赶紧揣起来。你只管睡你的觉，好事自然会来敲你的门，你都不用吭气！”

---

① 侍从穿的一种裤子。

② 贵人戴的帽子，既防冷又防土。

“有人看见我生活得好，得意扬扬，”桑奇卡说，“就说什么‘狗穿上麻裤[1]’之类，我才不在乎呢！”

神甫闻言说道：

“我相信桑乔家族的人都是天生满肚子俗语。无论什么时候，一张嘴就是俗语。”

“是的，”侍童说，“桑乔总督一张嘴就是俗语。虽然常常用得并不合适，却挺有意思的，我的女主人公爵夫人和公爵都很赞赏。”

“大人，”学士说，“您仍然坚持说桑乔当总督的事是真的，而且真有公爵夫人写信送礼物来吗？虽然我们摸过了礼物，也看过了信，可我们还是不能相信这些事，总觉得这属于我们的老乡唐吉诃德遇到的那种事。他认为他遇到的那些事都是受魔法操纵的。所以，我现在只差说我该摸摸您了，看看您究竟是一位魔幻使者还是一个有血有肉的人？”

“诸位大人，”侍童说，“我只知道我是个地地道道的使者。还有，桑乔·潘萨确实当了总督，是我的主人公爵和公爵夫人让他当的总督。我还听说这个桑乔·潘萨当总督当得很有魄力。至于这里面是[illegible]有魔法，你们自己去争论吧。我只能发誓担保我说的是真的。我以父母的生命发誓。我的父母都还健在，我非常爱他们。”

“事情可能确实如此，”学士说，“不过谁都有权利怀疑。”

“谁愿意怀疑就怀疑去吧，”侍童说，“反正事实我已经说过了。假话总是靠不住的，早晚得露馅。‘你们纵然不信我，也应当信这些事[2]。’你们可以选哪一位跟我回去，既然耳听为虚，那就眼见为实吧。”

“那就让我去吧，”桑奇卡说，“您让我坐在您的马屁股上，我很想去看看我父亲。”

“总督的女儿不能独来独往，得有大批车轿和侍者相随。”

“我向上帝发誓，”桑奇卡说，“我也可以骑一头母驴去。这也跟乘车一样，您别以为我太娇气了。”

---

① 全句应为“狗穿上麻裤，就不认识同伴了”。

② 此处是引用《圣经》里的一句话。

“住嘴，孩子！”特雷莎说，“你没听明白，这位大人说得对。什么时候得说什么话。他是桑乔，我就是桑查；他是总督，我就是总督夫人。不知我说得对不对。”

“特雷莎夫人说得言简意深。”侍童说，“给我点吃的吧，帮我准备一下，我想今天下午回去。”

神甫说：

“请您到我那儿吃顿便饭吧。招待您这样的贵客，特雷莎夫人恐怕有此心无此力。”

侍童不想去，不过后来他还是接受了神甫的好意。神甫很愿意让侍童到自己家来，这样就可以仔细打听唐吉诃德和他的所作所为了。

学士自告奋勇替特雷莎写回信，可特雷莎不愿意让学士插手，她觉得学士办事总不太可靠。于是，她拿了一个小面包和两个鸡蛋去找一个会写字的少年。少年替她写了两封信，一封给她丈夫，一封给公爵夫人。从这两封信里可以看出，特雷莎的才智在本书里不算是最差的。请看下文。

第五十一章　桑乔继续担任总督及其他趣事

在总督巡视的那天晚上，餐厅侍者夜不能寐，一直在想那个女扮男装的姑娘的如玉风姿和如花容貌。管家则利用第二天天还没亮的时间，把桑乔的言行记录下来，准备报告给他的主子。桑乔的言行使他感到惊奇，他觉得桑乔的言行总是前后不一致，愚中有智，智中有愚。

总督大人也起床了。按照佩德罗·雷西奥的吩咐，桑乔只吃了一口腌蔬菜，喝了几口凉水，其实桑乔很想吃一块面包和一串葡萄。不过他知道他必须这样做，由不得自己，也就将就了，可是心疼得厉害，胃也不好受。佩德罗·雷西奥已经告诉他，吃得少而精可以活跃人的智慧，而掌大权当大官的人用得更多的是脑力而不是体力。

既然这样,桑乔就只好挨饿了。他在心里暗暗诅咒这个总督职位，甚至还诅咒让他当总督的那个人。尽管只吃了点腌蔬菜，仍然饥肠辘辘，桑乔那天还是去升堂判案了。第一个上来的是个外地人。他当着管家和其他人的面问桑乔：

“大人，有一条大河把一位领主的领地一分为二。请您注意听好，这个情况很重要，而且有点复杂。这条河上有一座桥，桥的一头有一个绞刑架和一幢当审判厅用的房子，平时总有四个法官在那儿执行这条河、这座桥和这片领地的主人的命令。这个命令是这样的：如果有人要经过这座桥到河的对岸去，他首先得发誓声明他过桥后要到哪儿去,要去干什么。如果他说的是真的,就让他过桥;如果他说的是谎话，就在旁边的那个绞刑架上绞死他，绝不宽恕。

“这个命令和这个苛刻的条件生效后，有很多人过了桥。法官只要看他们发誓时说的是真话，就让他们过桥。后来有一天，一个人发誓说他要做的就是死在旁边那个绞刑架上，没有其他事。几位法官考虑了一下这个人的誓言，议论道：‘如果咱们让这个人过去，那么他发誓时就是说了谎，按照命令就得绞死他；可如果咱们绞死他，他又发誓说他要死在那个绞刑架上，那么他的誓言又是真的了，按照命令，就应该放他过河。’那么请问您，总督大人，几位法官应该怎样处置这个人呢？他们到现在还没有拿定主意。他们仰慕您的聪慧大名，派我来请您谈谈您对这个如此棘手的案子的看法。”

桑乔答道：

“其实这几位法官大可不必派你来，因为我也并不聪明。不过既然这样了，你就再讲讲这件事，让我听个明白，说不定我还能抓住问题的关键呢。”

来人又把刚才说过的事说了两遍。桑乔说道：

“我觉得这件事我两句话就可以说清楚。事情是这样的：有个人发誓要死在绞刑架上。如果他真的死在绞刑架上，那么他发的誓就是真话，按照命令，就该让他过桥；可是如果不绞死他呢，他发誓时就撒了谎，按照同一命令，就该绞死他。”

“事情正像总督大人说的这样，”来人说道，“明明白白，清清楚楚。”

“那么，我说呀，”桑乔说，“这个人说真话那部分应该过桥，把他说假话那部分绞死，这就不折不扣地执行了有关过桥的命令嘛。”

“总督大人，”来人说道，“那就得把人分为两半，一半撒谎的，一半真实的。可如果真分了，那人准得死，也就根本无法执行什么命令了，可是那个命令又必须执行。”

“你听我说，好人，”桑乔说，“或者是我这个人笨，或者是提到的这个人既有理由去死，也有理由活着过桥。如果他说了真话，他可以免于一死；可他若是说了假话，就该处死他。既然这样，我觉得你应该告诉派你来的那些人，既然处死他和赦免他并放他过桥的理由是一样的，那么行善总是比作恶容易受到赞扬。如果我会签字的话，我就会签上我的名字，把这件事定下来。这种处理方法并不是我说的，我想起了我到这个岛屿就任总督之前我的主人唐吉诃德，他给我的诸多告诫之一就是在执法可宽可严的情况下以宽为好。上帝提醒我这句话，现在正好用上。”

“有道理，”管家说，“我觉得，就是为斯巴达人立法的利库尔戈也不会做出比我们伟大的桑乔更为英明的判决了。今天上午的审判到此结束，我去吩咐他们给总督大人做点可口的饭菜。”

“我正需要呢，你可别骗我。”桑乔说，“让我吃饱了，别管什么疑难案子都尽管来，由我来指点迷津！”

于是管家吩咐人做饭。他觉得让如此英明的总督饿死实在于心不忍，而且他还想在当晚结束他奉命同唐吉诃德开的最后一个玩笑呢。那天桑乔不顾蒂尔特亚富埃拉那位医生的劝诫大吃了一顿。刚吃完饭，一个信使就送来了唐吉诃德给总督的一封信。桑乔让文书把信念给他听听，而且如果没有什么机密内容的话，就大声念。文书打开信看了一遍，说道：

“完全可以大声念。唐吉诃德大人给您的这封信真可谓字字珠玑。信是这样写的：

曼查的唐吉诃德给巴拉托里亚岛总督桑乔·潘萨的信

桑乔朋友，我本以为别人会说你办事粗心愚蠢，可没想到别人却说你处事灵敏。我为此特别感谢老天，是‘他从粪堆中提拔穷乏人’[①],使笨蛋变得聪明。据说你当总督时还像个人似的,可你当普通人的时候,就凭你那寒酸劲儿,却像个牲口似的。桑乔,你应该告诫自己，时时注意，而且也有必要注意，当官就得有个当官的样子，身居要职的人外观必须与他的身份相符，而不能由着自己的寒酸性子来。你应该穿得好一点儿，一经包装，大不一样。我并不是让你穿金戴银，不过作为长官，也不要穿得跟士兵似的，而是应该根据你的职位穿戴，只要干净整洁就行。

要想赢得你所管辖的百姓的拥护，你就得做两件事情：第一就是要与人为善，其实这点我已对你说过多次；另一点就是保证要丰衣足食，对于老百姓来说，没有什么比饥饿和贫困更令他们忧虑的了。

你不要颁布很多法令，而如果要颁布，就一定要颁布好的法令，尤其要注意的是，这些法令必须得到遵守执行。有令不行等于没有，而且还会让人以为他们的君主有能力和权力制定法令，却没有力量使法令得到贯彻执行。咋咋唬唬而又不执行的法令早晚得像充当蛤蟆王的木头一样，蛤蟆开始还怕那根木头，后来便看不起它，最后干脆跳到它上面去了。

你要厚道德薄恶习。你不要总是那么严厉，也不要总是那么和善，而要寻求两个极端之间的中庸之道，这才是最聪明的。你应该到监狱、屠宰场和广场去，总督在这些地方出现是很重要的。囚徒总希望他们的案子早点结束，你去就可以安慰他们；对于屠夫们，你是一种威慑，他们就不敢缺斤短两；对于摊贩们你同样是一种威慑。你即使有点儿贪婪、好色和贪吃，也不要表现出来,我相信你不是这种人。在你上任之前我给你写的那些劝诫,

---

① 此处援引了《圣经》中的话。

你如果还保留着的话，要反复重温，你就会知道，它们可以帮助你克服那些当总督的人时时遇到的困难和麻烦。你要给你的主人写信，表示你是知恩图报的人。忘恩负义由高傲产生，是人类已知的几大罪孽之一。对恩人知恩图报的人自然也知道感激上帝，因为上帝曾经而且不断地赐予他恩德。

公爵夫人已经派人把你的衣服和另一件礼物给你妻子特雷莎·潘萨送去了，目前还没有回音。我现在有些不舒服，鼻子被猫抓了几下，但并不严重。这没什么，如果说有专门同我过不去的魔法师，那么也会有专门保护我的魔法师。

你告诉我，同你在一起的管家是不是像你怀疑的那样，同三摆裙夫人的事情有牵连？还有，你在那儿遇到的事情都请一一告诉我，咱们离得不远。此外，我还想尽快摆脱这种无所事事的生活，我生来就不是过这种日子的人。

我现在遇到了一件事，估计公爵和公爵夫人不会高兴。我虽然很为难，却又顾不得了。我首先得履行我的职责，而不是依照我个人的好恶来决定，就像人们常说的："柏拉图亲，真理更亲。"我说这句拉丁文也是为了让你知道，你当总督以后也得学拉丁文。向上帝致意，让上帝保佑你别成了可怜虫。

你的朋友

曼查的唐吉诃德

桑乔认真地听完了这封信。其他听到信的人也齐声称赞这封信写得有水平。桑乔从桌旁站起来，叫文书到他的房间去。他刻不容缓地要给他的主人唐吉诃德写回信。桑乔告诉文书，他说什么，文书就写什么，不必有任何删改。文书答应照办。他的回信如下：

桑乔·潘萨给曼查的唐吉诃德的信

我现在太忙了，忙得连挠头剪指甲的时间都没有，所以我现在的指甲长得很，只好听天由命吧。我最亲爱的大人，我到现在一直没有把我当总督的情况告诉您是怕您担忧，我现在正挨饿，比咱们在荒郊野岭时饿得还厉害。

公爵大人有一天给我写来一封信，告诉我已经有几个奸细潜进这个岛屿想害死我。不过到目前为止，我只发现了这儿的一个大夫，他受雇把来这儿的总督全都害死了。他就是佩德罗·雷西奥大夫，是蒂尔特亚富埃拉人，您听听这名字，我怎么能不担心死在他手里呢！这个大夫说，他并不是有病医病，而是无病预防，而他采用的方法就是节食再节食，直到把人饿成皮包骨，就好像瘦弱并不比发烧更糟糕似的。最后，他会把我逐渐饿死。我也快气死了。我本来想到这个岛上来吃香的喝辣的，铺软的盖绒的，可是到头来却像个苦行僧似的。我并不是自愿节食的，所以早晚得见阎王。

至今我还没有获取应得之利，也没有得到不义之财。我无法想象这些都从哪儿来。我听说，岛上的总督往往在上岛之前就有人送给他或借给他很多钱。据说不仅是这儿，其他地方的总督也都是这样。

昨天晚上我出去巡视，碰到了一个女扮男装的姑娘和她的男扮女装的弟弟。我的餐厅侍者爱上了那个姑娘，据他说，他甚至想入非非地要娶她为妻。我倒是看上了那个男孩子，想让他做我女婿。今天，我们两人要去找那两个孩子的父亲，把我们的想法提出来。那人叫迭戈·德拉利亚纳，是一位很老的基督徒绅士。

我已经照您的劝告去过广场了。昨天我在那儿检查了一个卖榛子的女贩子，发现她把一法内加的新榛子同另一法内加又陈又空又烂的榛子混在一起卖。我把她的榛子全没收了，送给孤儿院的孩子们，他们能区分出新老榛子来；我又罚那个女贩子十五天内不准进入广场。别人都说我做得很棒。我告诉您，这个地方的女贩子最坏，是出了名的，她们都恬不知耻，丧尽良心，而且胆大妄为。我相信是这样的，我在其他地方看到的女贩子也是这样的。

您说公爵夫人给我老婆特雷莎·潘萨写了一封信，还送了她一件礼物，我对此非常满足。我会找机会报答的。请您代我吻她的手，告诉她，她的好心不会白费，以后就看我的行动吧。

我不希望您同公爵和公爵夫人闹别扭。如果您同他们斗气，也会影响到我。您劝我知恩图报，公爵和公爵夫人如此照顾您，而且在他们的城堡里热情款待您，如果您不知恩图报就不对了。

至于猫抓的事我还不清楚。不过我可以想象得到，一定是那些常常同您过不去的恶毒魔法师捣的鬼，此事咱们见面再谈。

我想送您一点儿东西，可又不知道该送什么，要不就送您这个岛上出产的几根洗肠子用的灌肠管吧，样子很别致。假如我还继续担任总督，我无论如何也会给您送点儿东西去。

如果我老婆特雷莎·潘萨给我寄信来，请您先代付邮费，再把信转给我。我很想知道我家、我老婆和孩子们的情况。最后，愿上帝保佑您摆脱那些魔法师的恶意纠缠，让我这个总督当得平平安安。我对此还有点怀疑，因为若是照佩德罗·雷西奥大夫那样对待我，我恐怕连总督的位置带性命都保不住。

您的仆人

桑乔·潘萨总督

文书把信封好，然后派人送走。几个拿桑乔开心的人又聚集在一起，商量怎样把这位总督打发走。那天下午，桑乔准备了几个法令，要治理他心目中的岛屿。他命令不准在岛上贩卖食品，不过允许从任何地方向岛上进口酒，但必须标明是何地的产品，以便按照它的质地和名气制定价格；如果有人胆敢掺水或者改变酒的名称，格杀勿论。他还把鞋袜的价格都降了一些，特别是鞋的价格，他觉得鞋的价格太高了。他规定了用人的工钱标准，因为有的用人利欲熏心，漫天要价。他规定对于唱淫秽歌曲的人，无论是白天唱还是晚上唱，都一律严惩。他命令不准瞎子唱奇迹剧[①]中的民谣，除非他有确凿的证据表明那些都是事实，因为他觉得瞎子唱的东西都是假的，有损于真实性。他还创设了一个专管残疾人的官儿，不过不是为了迫害

① 奇迹剧是中世纪的一种剧目。

残疾人，而是让他去检查那些人是否真正是残疾人，因为有的人假装腿脚有毛病或者身上有烂疮，其实是盗贼或酗酒的健康人。总之，桑乔颁布了一些很好的法令，至今还在那里沿用，而且被称为“伟大总督桑乔·潘萨大法”。

第五十二章　另一位“忧伤妇人”或称“痛苦女仆”的唐娜罗德里格斯的奇遇

锡德·哈迈德说到唐吉诃德的伤口已经愈合，于是他觉得继续在那个城堡里住下去有悖于他所奉行的骑士道，便决定请求公爵和公爵夫人允许他到萨拉戈萨去。萨拉戈萨的节日已经临近，唐吉诃德想在节日里参加比武赢一副盔甲。一天，他同公爵和公爵夫人一起吃饭。他正要张口说出自己的请求，忽然看见大门口进来两个女人，她们从头到脚都罩着黑衣服。其中一人走到唐吉诃德面前伏了下来，嘴贴着他的脚抽泣起来。她抽泣得如此伤心，如此深切，如此悲痛，使得所有在场的人都不知所措了。尽管公爵和公爵夫人猜想，可能是用人们又要拿唐吉诃德开心，可是看到那女人唉声叹气并且哭得那么悲切，也觉得莫名其妙了。最后，还是唐吉诃德动了恻隐之心，把那女人扶了起来，让她揭去蒙在头上的黑纱，露出脸来。那女人把黑纱拿了下来，大家万万没想到原来是女佣唐娜罗德里格斯。另一个穿黑衣服的女人是她那个遭富农儿子耍弄的女儿。所有认识她们的人都大为吃惊，尤其是公爵和公爵夫人。虽然他们觉得唐娜罗德里格斯有些呆头呆脑，而且脾气也怪，却没想到她会做出这种疯事来。唐娜罗德里格斯向公爵和公爵夫人转过身来说道：

“请你们允许我同这位骑士说几句话，只有这样我才能摆脱一个心怀叵测的家伙对我的无礼行为。”

公爵说他允许唐娜罗德里格斯同唐吉诃德大人说话，而且想说什么都可以。唐娜罗德里格斯转向唐吉诃德说道：

“英勇的骑士，前两天我已经向您讲过一个坏农夫糟蹋我心爱的女儿的事情，这个不幸的姑娘就在您眼前。您曾答应我要保护她，要为她所遭受的痛苦伸张正义，可我现在却听说您要离开这座城堡，去追求上帝赐予您的好运。我想让您在上路之前向那个野小子挑战，让他同我女儿结婚，实现他在同我女儿结合之前许下的诺言。要指望我的主人公爵主持公道，那是白日做梦，这里面的原因我私下已经同您讲过了。为此，愿上帝保佑您身体健康长寿，保佑我们能够得到您的庇护。”

唐吉诃德对此一本正经地答道：

“好女佣，擦干你的眼泪吧，或者说，你不要再唉声叹气了。我来负责拯救你的女儿。其实，当初她不轻信情人的诺言就好了，这种诺言常常是说得容易实现难。这样吧，只要我的主人公爵允许，我马上就去找那个没良心的家伙。找到他我就向他挑战。如果他逃避兑现他的诺言，我就立刻杀了他。我的主要职责就是惩强扶弱，也就是说，帮助弱者，惩罚强暴者。”

“您不必费力去找这位善良的女佣所指责的农夫了。”公爵说，“您也不必请求我允许您向他挑战了。现在，我就确认这场决斗，并且负责把你的挑战通知他，让他到我的城堡来应战。我将在城堡里为你们提供可靠的场地，并且像其他所有在自己的领地内为交战双方提供场地的贵族一样，保证对双方不偏不倚。”

“既然您允许，而且又这么肯定，”唐吉诃德说，“那么我就在此宣布，这次我放弃我的贵族身份，自贬为平民，以便与这个害人的家伙平起平坐，让他能够同我决斗。虽然他现在不在场，我也宣布向他挑战。他做了坏事，没有履行对这个可怜姑娘的诺言，玷污了她的清白。他必须履行他答应做这个姑娘的丈夫的诺言，或者是为此而丧命。”

说完唐吉诃德就摘下一只手套，扔到了大厅中央。公爵把手套拾了起来，说就像刚才自己说过的那样，他以他那位臣民的名义接受挑战，并且确定日期就在六天之后，地点就在城堡的一块空场地上。骑士们惯用的各种武器，包括长矛、盾牌、合成盔甲[1]以及各种附件都一应俱全，而且要经过裁判官的检查，无一作假。

“不过，在此之前需要我这位好女佣和苦命的姑娘赋予唐吉诃德全权，让他为她们主持公道，否则就不算数，连这次挑战也不能算数。”

“我全权委托他。”女佣说。

“我也全权委托他。”那姑娘满面泪痕，既羞愧又沮丧地接着说道。

事情敲定了，公爵也想好了下面该怎么做。两个穿黑衣服的女人离开了大厅。公爵夫人吩咐从那以后不要再把她们看作用人，而要把她们看成是跑到公爵家来请求公道的江湖女子，并且为她们单独准备了房间，把她们当成外人看待。这一下其他女佣可有点害怕了，不知道愚蠢放肆的唐娜罗德里格斯和她倒霉的女儿会把事情弄到什么地步。这时，为了凑热闹活跃气氛，让人愉快地吃完这顿饭，给桑乔·潘萨总督的夫人特雷莎·潘萨送信和礼物的侍童进来了。他这一到，公爵和公爵夫人都高兴起来，他们急于知道侍童此行的情况。他们问侍童，侍童说不便在大庭广众面前讲，而且也不是几句话就可以说完的，请求主人允许他以后再单独同他们讲，现在则可以先看看回信。侍童说着拿出了两封信，交给公爵夫人。一封信上面写着“不知何在的公爵夫人收”，另一封上面写着“巴拉塔里亚岛总督、我的丈夫桑乔·潘萨收，愿上帝让他比我多享福”。

公爵夫人迫不及待。她打开信看了一遍，觉得可以让公爵和其他在场的人听，便念起来：

特雷莎·潘萨给公爵夫人的信

亲爱的夫人，很高兴收到您的来信，说实话，这封信我期待已久。珊瑚珠很好看，我丈夫的猎服也不错。这儿的人听说您让我丈夫桑乔当了总督，都非常高兴，尽管有些人并不相信，特别是神甫、理发师尼古拉斯师傅和参孙·卡拉斯科学士。不

---

① 一种可拆卸的盔甲，以利于骑士的行动。

过，我对此无所谓，随他去吧，他们愿意怎么说就让他们去说吧。说实话，如果不是见到珊瑚珠和猎服，我也不会相信，因为这儿的人都把我丈夫看成笨蛋，除了能管一群羊外，无法想象他还能管好什么。但愿上帝保佑他当好总督，这对子女们也有利。有利时机不可错过，尊贵的夫人，我已经决定，只要您允许，我就乘车到京城去，让那些嫉妒我的人把眼珠子都气出来。所以，我请求您让我丈夫给我寄点儿钱来，得要一笔钱呢。因为京城的开销很大，面包论雷阿尔卖，肉论磅卖，三十马拉维迪一磅，真够贵的。如果他不想让我去，也早点儿告诉我。我现在已经像热锅上的蚂蚁，急着要上路呢。我的女朋友和女邻居们都对我说，如果我和我女儿在京城春风得意，神气活现，那么，就是我丈夫靠我们出了名，而不是我们靠他出了名。那时候很多人肯定会问：'车上的夫人是什么人？'我的用人就会回答：'是巴拉塔里亚岛总督桑乔·潘萨的夫人和女儿。'这样桑乔就出名了，我也身价倍增，反正我是豁出去了。

很抱歉，今年我们这儿橡子歉收。尽管如此，我还是为您送去半塞雷敏的橡子。这些都是我到山上一个一个捡来的，我捡的都是最大的。我很希望它们个个都像鸵鸟蛋那么大。

请您务必给我写信，我也一定给您回信，告诉您我的身体状和这儿的各种情况。我请求上帝保佑您，也保佑我。我的女儿奇卡和儿子吻您的手。

我不仅愿意给您写信，而且更愿意见到您。

您的仆人

特雷莎·潘萨

大家听公爵夫人念完特雷莎·潘萨的这封信，都觉得很有意思，尤其是公爵和公爵夫人。公爵夫人问唐吉诃德，是否可以把特雷莎·潘萨给总督的信也打开看看，估计也非常有意思。唐吉诃德说他可以把信拆开，以飨众人。唐吉诃德把信拆开了，信是这样写的：

特雷莎·潘萨给丈夫桑乔·潘萨的信

我亲爱的桑乔，来信收到了。我向你保证，并且以一个基督教徒的身份发誓，我差点儿高兴得疯了。你听着，伙计，我一听说你成了总督，就高兴得以为自己快要死过去了。听说突如其来的喜悦也会像巨大的痛苦一样让人毙命。你女儿桑奇卡高兴得眼泪都出来了，可是她自己却不知道。你派人送来的衣服就在我眼前，公爵夫人送给我的珊瑚珠就挂在我脖子上，信就在我手上，信使就在我身旁。即使这样，我还是觉得我看到摸到的都是一场梦。谁能想到一个牧羊人能够成为岛屿的总督呢？你也知道，伙计，我母亲常说："人活得长，才见识多。"我这么说是因为我想活得长，见得多，直到看见你成为税吏的时候。虽然那种差事干得不好会去见阎王，但他们手里总是有钱。女主人公爵夫人会向你转达我想去京城的愿望。你考虑一下，决定之后告诉我。我打算乘车去京城，为你争光。

神甫、理发师，甚至包括教堂司事，都不相信你当了总督，说这是一种哄骗或者魔法之类的事情，就像你主人唐吉诃德遇到的那些事情一样。参孙还说要去找你，把你头脑里的总督赶走，也除掉唐吉诃德脑袋里的疯狂。我对此只是一笑置之，然后看看自己的珊瑚珠，盘算着怎样把你的衣服给女儿穿。

我送给公爵夫人一点儿橡子，但愿它们都是最好的。如果那个岛上时兴珍珠项链，你给我带几串来。

咱们这儿的新闻就是贝鲁埃卡把她的女儿嫁给了一个糟糕的画家。他到咱们这儿来看看有什么好画的。村委会就让他把国王的徽记画在村委会的门上。他要两个杜卡多，结果画了八天，什么也没画出来。他说他不善于画这种零七八碎的东西，又把钱还回来了。即使这样，他还是以画家的名义结了婚。实际上他已经不再画画儿了，而是拿起锄头下地干活，也算个正经人了。佩德罗·德洛沃的儿子已经准备出家当教士。明戈·西尔瓦托的孙女明吉利娅则要求他履行诺言，同自己结婚。有些碎嘴的人说她怀的孩子就是他的，可是他矢口否认。

今年油橄榄没有收成，全村找不到一滴醋。有一队士兵从咱们村路过，顺便带走了三个姑娘。我不想告诉你是哪三个人。也许她们还会回来。无论她们是不是有事，我想，肯定会有人愿意娶她们为妻。

桑奇卡织花边，每天可以挣八个马拉维迪。她把钱放在储钱罐里，以后可以补充她的嫁妆。不过，现在她已经是总督的女儿了，即使不干活，你也可以给她准备嫁妆了。广场上的泉眼干涸了，一个闪电击到山峰上，可是这些跟我又有什么关系呢！

我等着你的回信以及有关我去京城的决定。愿上帝保佑你比我活得更长，或者同我活得一样长，因为我不想让你单独留在这个世界上。

你的妻子

特雷莎·潘萨

大家对这两封信大加赞扬，谈笑不休。这时邮差又带来了桑乔给唐吉诃德的信，大家也把这封信念了一遍。于是人们对桑乔到底是否蠢笨开始怀疑了。公爵夫人退了出去，问了侍童有关他在桑乔家乡遇到的情况。侍童一五一十地讲了一遍，除了把橡子交给公爵夫人外，还呈上特雷莎送给她的一块奶酪。那块奶酪特别好，比特龙琼出产的奶酪还要好。公爵夫人非常高兴地收下了奶酪。我们暂且先不谈公爵夫人，而是去看看海岛总督的精英桑乔·潘萨如何结束他的总督任职吧。

第五十三章　桑乔·潘萨总督仓促离职

“若想让生活中的事物永远保持永恒不变的状态，那只能是一种妄想。相反，人们应该想到一切都是循环往复的：春去夏来，夏过秋至，秋往冬到，冬逝春临，时间就是如此循环不已的。只有人的生命有其尽头，而且赛过日月穿梭，除非在天国英灵长存，否则永远不得复生。”这是伊斯兰哲学家锡德·哈迈德的话，让人懂得了人生如梦，永存只是一种企盼。人们不必靠信仰指点，只靠自己天生的感应就能领悟到这一点。我们作者的这段话只是想说明桑乔当总督不过是过眼烟云，转瞬即逝。

这是桑乔当总督的第七天晚上。他在床上躺着，不仅因为面包没饱酒未足，而且因为忙于批文审卷，制定法规法令，所以困意袭来，虽然饥肠辘辘，眼皮还是慢慢地合上了。这时，忽然响起了巨大的钟声和喊声，似乎整个岛屿都要沉陷下去了。桑乔从床上坐起来，仔细倾听着，想辨明究竟发生了什么事，外面竟这样乱哄哄的。可是他不仅没把骚乱的原因搞清楚，反而听到除了喊声和钟声之外，还增加了号角声和鼓声。于是桑乔更加慌乱了,恐惧万分。他赶紧下地。地上潮，他穿上拖鞋，来不及披上外衣，就跑出门外，恰巧看见二十多个人手里拿着火炬和剑跑过来，边跑边大声喊道：

“拿起武器，赶快拿起武器，总督大人！已经有无数敌人上了咱们的岛，如果您不用您的智慧和勇气拯救我们，我们就完了！”

桑乔对这些喊声和狂乱感到惊慌失措，目瞪口呆。这时，有人跑到他身边对他说：

“大人,如果您不想完蛋,不想让这座岛完蛋,就赶紧拿起武器！”

“我有什么武器呀，我又能帮你们干什么呢？”桑乔说，“这种事情最好让我的主人唐吉诃德去做，他三下五除二就可以完事大吉。我这个上帝的罪人，对这些事情一窍不通呀。”

“哎呀，总督大人，”另一个人说，“您怎么这么窝囊呀！我们给您带来了进攻和防御的武器，您赶紧拿起武器，带领我们杀敌吧。您是我们的总督，这是您的分内之事。”

“那就给我武器吧。”桑乔说。

于是，有人立刻给他拿来两个大盾牌[①]，一前一后地扣在他的衬

① 一种可以遮挡全身的长盾牌。

衣上，来不及让他再套一件外衣，就从盾牌的凹处把桑乔的胳膊掏出来，用绳子把盾牌牢牢地捆在桑乔身上，弄得桑乔像根木头似的直直地站在那儿，既不能弯腿，也不能挪步。有人往桑乔手里塞了一根长矛，让他当拐棍撑着，以免跌倒。弄好以后，大家让桑乔在前面带路，给大家鼓劲，说他是北极星、指路灯、启明星，有了他一定会取得最后的成功。

"可是，"桑乔说，"我觉得真别扭，两块盾牌捆在我身上，膝盖动弹不得，我怎么走得了路呢？你们把我抬着或者架着弄到道口去，让我用我的长矛或者我的身体守住道口吧。"

"行了，总督，"另一个人说，"是恐惧而不是盾牌让您迈不开步子。您快点挪步吧，否则就晚了。敌人越来越多，喊声越来越大，危险也更大了。"

大家连劝带骂，可怜的总督只好试着挪动步子，结果一下子就重重地摔倒在地上，他还以为自己摔成了几块呢。桑乔趴在地上，就像一只缩在龟壳里的乌龟，像半扇夹在木槽中的腌猪肉，或者像一只扣在沙滩上的小船。那些拿桑乔开心的人并没有因为看到他倒在地上而生出一点儿怜悯之心，相反却熄灭了火把，又重新提高了嗓门，不断喊着"拿起武器"，在他身上快速地跑来跑去，而且用剑向他身上的盾牌不断地刺。若是桑乔没有把头缩在两个盾牌之间，他可就遭了大殃了。桑乔蜷缩在两块盾牌之间，大汗淋漓，一心只求上帝保佑他脱险。有的人被桑乔绊倒，有的人摔倒在他身上，还有人竟在他身上站了半天，拿他的身体当瞭望台，一边指挥着队伍一边大声喊道：

"现在全看我们了，让敌人都往这儿来吧！守住那个缺口！关上那座大门！截断那个楼梯！赶紧上燃烧罐！把松脂放到油锅里去煮！用垫子把那几条通道堵住！"

那个人把守城时能够用得着的术语和武器弹药都起劲地数了一遍，被压在下面的桑乔浑身疼痛，心里说道："哎哟，但愿上帝保佑，让这个岛赶紧失守吧，让我赶紧死掉或者赶紧摆脱这场苦难吧！"老天听到了他的请求，桑乔出乎意料地听见人们在喊：

“胜利了！胜利了！敌人被打败了！噢，总督大人，您赶紧起来，享受胜利的欢乐吧。靠您战无不胜的勇气，我们从敌人那儿得到了不少战利品，您把这些战利品给大家分了吧！”

“你们把我扶起来。”浑身疼痛的桑乔痛苦地说道。

大家把他扶了起来，桑乔站好后说道：

“我可不相信我打死了某个敌人，我也不想去分配从敌人那里夺来的战利品。如果有谁还同我是朋友，就请这位朋友给我一口葡萄酒吧，我快要渴死了，再帮我擦擦汗吧，我浑身都湿透了。”

大家给桑乔擦了擦汗，给他拿来葡萄酒，又把他身上的盾牌解了下来。桑乔连惊带吓，坐在盾牌上竟昏了过去。于是大家都为恶作剧搞得太过火而发慌了。不过，桑乔马上又苏醒过来，大家这才放了心。桑乔问现在是什么时候，大家说是凌晨。桑乔一声不响地开始穿衣服。大家也都默不作声地看他穿衣服，看他这么早穿上衣服到底要干什么。桑乔穿好了衣服,慢慢地走向马厩。他浑身疼痛,根本走不快。大家都跟在他后面,只见他走到他的驴前,亲热地吻了一下驴的额头,噙着眼泪对驴说道：

“来吧，我的伙计，我的朋友，与我同苦共难的伙伴，我同你在一起的时候，只想着别忘了给你修补你的鞍具，喂饱你的肚子。对于我来说，那些时光、那些年月都是幸福的。可是自从我离开了你，爬上了野心和狂妄的高塔之后，心中却增加了数不尽的苦恼和不安。”

桑乔一边说一边给他的驴套上驮鞍，旁边的人都一言不发。套好驮鞍后，桑乔十分伤心地骑了上去，嘴里对管家、文书、餐厅侍者、佩德罗·雷西奥大夫和其他人嘟哝着。他说道：

“请让开路吧，诸位大人，让我回到往日自由自在的生活里去吧，让我去寻找往日那种生活，使我从现在这种死亡中复生吧。我生来就不是当总督的料，敌人向我们进攻的时候，我却不能带着大家保卫岛屿和城市。我更善于耕田锄地，修剪葡萄枝，压葡萄蔓，而不是颁布命令，也不懂得保卫辖区或王国的事。‘维持现状，再好不过’，我是说每个人生来就注定了干什么。我一把镰刀在手，胜过握着总督的权杖；我宁愿饱饱地喝一顿冷汤，也不愿忍受一个劣等医生的折磨，那样非把我饿死不可；我宁愿夏日躺在圣栎树的树阴下，冬天穿着只有几根毛的羊皮袄，逍遥自在地生活，也不愿床上铺着白亚麻细布，身上穿着紫貂皮大衣当总督。再见吧，诸位大人，请告诉公爵大人，我来去赤条条，不多也不少，我的意思是说，我来当总督的时候身无分文，离开总督职务时也两袖清风，与其他岛屿总督离任时的情况完全相反。请你们靠边点儿，让我过去，我要去上点儿膏药。我觉得肋骨疼得厉害，这全是敌人昨晚在我身上踩的。"

"您不必这样，总督大人。"雷西奥大夫说，"我给您一点治摔伤的汤药，您喝了以后很快就会精力充沛如初。至于吃的，我向您保证一定改正，让您想吃什么就痛痛快快吃个够。"

"晚矣！"桑乔说，"想让我留下来，那是不可能的事。这种捉弄已经不是一两回了。我向上帝发誓，当总督的事情仅此一回，以后就是再大张旗鼓地请我，也休想叫我当总督了。我们潘萨家族的人都很固执，说不行就是不行，怎么说也不行。让蚂蚁的翅膀留在马厩里吧，就是这副翅膀，把我带到了天空，想让燕子或其他鸟儿把我吃掉。还是让我回到陆地上踏踏实实地走路吧。即使这双脚没有网眼羊皮鞋[①]，至少我不缺草鞋穿。物以类聚，人以群分，谁也别想跑出自己那个圈儿去。还是让我过去吧，已经晚了。"

管家说道：

"总督大人，尽管我们非常惋惜，但我们还是会痛痛快快地放您过去。您机智灵敏，品行端正，我们也愿意放您走。可是大家都知道，每个总督在离任之前都有责任谈谈自己这段时间的工作情况。那么，您就谈谈您当这十天总督的情况，然后您爱到哪儿就到哪儿去吧。"

"除了公爵大人，谁也不能要求我做什么。"桑乔说，"待我见到公爵大人，我会向他如实禀告的。况且，我走时两袖清风，这就足以说明我这个总督当得多好了。"

"我向上帝发誓，"雷西奥大夫说，"桑乔说得很对。我觉得咱们现在可以让他走了，公爵大人现在也一定很想见到他。"

---

① 这种鞋曾一度在贵族中流行。

大家都同意让桑乔走，而且愿意送他一段路，再送他一些礼物和路上需要的东西。桑乔说他只需要一点儿喂驴的大麦和他自己吃的半个面包。路并不远，所以没必要多带，也最好别带那么多东西。大家拥抱了桑乔，桑乔含泪拥抱了大家，然后离去。大家对桑乔那番议论和他果断而又明智的决定表示钦佩。

第五十四章　仅仅与本书有关的几件事

公爵和公爵夫人决定让唐吉诃德同他们的臣民进行决斗，其起因前面已经提到过了。那个小伙子不愿意同唐娜罗德里格斯的女儿结婚，已经跑到佛兰德去了。于是公爵和公爵夫人商定，让他们的一个仆人顶替那个小伙子。仆人是加斯科尼人，名叫托西洛斯。公爵和公爵夫人详细地告诉他应该如何如何做。两天之后，公爵告诉唐吉诃德，那个小伙子坚持说，若说他答应过同那个姑娘结婚，那就是姑娘睁着眼睛说谎话，而且是弥天大谎，所以，他准备四天之后以武装骑士的身份前来决斗。唐吉诃德听到这个消息后十分高兴，自信这回可以大显身手了。他把这次决斗当成向公爵和公爵夫人显示其勇敢臂膀的力量之天赐良机，焦急而又兴奋地等了四天，就好像过了四个世纪似的。

咱们暂且把唐吉诃德放在一边，去看看桑乔吧。桑乔悲喜交加地骑着他的驴赶路，来找他的主人，觉得能同唐吉诃德在一起比当岛屿总督还让他高兴。

桑乔走出他当总督的那个岛屿不远（其实桑乔从来没搞清，他当总督的那个地方到底是岛屿还是城市、乡镇或其他什么地方），看见迎面走来六个拿着长拐杖的朝圣者，也就是那种唱着歌乞讨的外国人。那几个人走到桑乔面前，一字排开，提高了嗓门，用他们自己的语言唱起了歌。桑乔听不懂，只有一个词他能理解，那就是“施舍”，于是他明白了，那几个人只不过是想要施舍。就像锡德·哈迈德说的，桑乔是个非常慈善的人，从褡裢里拿出了半块面包和半块奶酪递给他们，并且比画着告诉他们，自己没有其他东西可给了。那几个人高兴地接过东西说道：

“盖尔特[①]！盖尔特！”

“几位好人，”桑乔说，“我不明白你们要什么东西。”

其中一个人从怀里掏出一个口袋让桑乔看，桑乔这才明白他们要的是钱。桑乔用大拇指顶着自己的喉咙，摊开两手，意思是说他没有一文钱，然后便催驴冲了过去。就在他冲过去的一刹那，那几个人当中的一位仔细看了他一下，立刻扑过来双手抱住他的腰，用非常地道的西班牙语高声喊道：

“上帝保佑！我看见谁了？我抱住的不就是我尊贵的朋友，我的好邻居桑乔·潘萨吗？对，肯定是他，我现在既不是在做梦，也没有喝醉。”

桑乔听到有人喊他的名字，还抱住他的腰，十分惊奇。他一句话也没说，仔细地看了那人一会儿，仍然没有认出他是谁。那个人见桑乔还在发愣，便对他说道：

“桑乔兄弟，你怎么连你的邻居，摩尔人店主里科特都认不出来了？”

桑乔再仔细看看，才慢慢认出确实是那个人。桑乔骑在驴上，抱着那人的脖子说：

“你这身小丑打扮，里科特，哪个鬼能认出你呀！告诉我，谁把你变成外国佬了？你怎么还敢回到西班牙来？假如有人遇到你，认出你，你可就麻烦了。”

“只要你不说出去，桑乔，”那个朝圣人说，“就冲这身打扮，我敢肯定没有谁能认出我来。咱们离开大路，到那片杨树林那儿去吧。我的几个同伴想在那儿吃点东西，休息一会儿。你也同他们一起吃，

---

① 盖尔特是德语单词“钱”的译音。

他们都是老实人。我可以给你讲讲我遵照皇上的谕旨[①]离开咱们村以后遇到的事情。那个法令可把我们这些倒霉的人害苦了，这你想必听说过。”

桑乔同意了，里科特招呼同伴向离大路很远的那片杨树林走去。那几个人扔掉长拐杖，脱去披肩，原来除了里科特已经上了年纪之外，他们都是些很精神的小伙子。他们都带着褡裢，而且看上去都装着不少令人垂涎欲滴的东西。他们坐到地上，以青草为台布，摆上面包、刀叉、核桃、奶酪片，还有几根大骨头，虽然没什么肉可啃，却还可以吮一吮。还有一种黑色食物，据说叫鱼子酱，是用鱼子做的，很适合下酒。油橄榄也不少，尽管都已经干瘪，没腌过，但可以含着吃，味道也不错。不过，在这些食物里最引人注目的还是六个小酒囊，他们每人都在褡裢里带了一个。那个里科特也带了一个，他现在已从摩尔人变成德国人了。他把酒囊拿了出来，大小也和另外五个酒囊差不多。

他们开始极有兴致但又极从容地喝酒，仔细地品味着每一口酒；吃的东西也都是一点儿一点儿地用刀尖挑着吃。吃到一定时候，大家一齐抬起胳膊，举起酒囊，嘴对着酒囊口，眼睛看着天，仿佛在向天空瞄准，然后才左右摇着头，做出非常快意的样子，过了好一会儿才把酒囊里的酒喝到肚子里去。桑乔把这一切都看在眼里，可他并不感到难过，相反，他就像那句俗语常说的那样，来了个入乡随俗，向里科特要过酒囊，也像其他人一样瞄向天空，然后津津有味地把酒喝下去。

酒囊一共举了四次，要举第五次已经不可能了，酒囊里已经空空如也，令大家很扫兴。不过，他们还是不时地用自己的右手去握桑乔的手，嘴里还说着“西班牙人德国人，都是一家人，都是好兄弟”。桑乔也回答：“我向上帝发誓，都是好兄弟！”桑乔这样嘻嘻哈哈地笑了一个小时，把他当总督遇到的那些事情都忘得一干二净。人们在吃喝的时候一般都很少考虑事情。喝完酒后，困意又开始袭扰大家，

① 西班牙历史上曾多次颁布法令，驱逐摩尔人出境。

大家就在他们刚才还当桌子和台布用的草地上睡着了。里科特和桑乔喝得比较少，所以还清醒。里科特拉着桑乔，来到一棵山毛榉树旁边坐下，让那几个人甜蜜地睡去。里科特讲摩尔人的语言当然没问题，可是他却用地地道道的西班牙语向桑乔说道：

“我的邻居和朋友桑乔，你很清楚，陛下颁布的那个驱逐我们的谕旨可把我们吓坏了，至少把我吓得够呛。还没到限定我们离开西班牙的时间，我和我的孩子们就已经受到严厉的惩治了。我觉得还是应该先安顿好再搬走，所有被限定时间离开他们居住的家园而搬到另一个地方去的人都是这么认为的。所以，我决定先一个人出去找好住的地方，然后再回来同家人一起搬出去。我清楚地看到，我们那儿的所有老人都看得很清楚，皇上的谕旨并不像有些人说的那样只是随便说说而已，而是不折不扣的法令，到了时间就一定会执行。我必须承认这个现实。我知道我们有些人曾有过恶毒的企图，皇上受了神灵的启示才做出这个英明的决定。可这并不是我们所有人都有罪，我们中间也有一些虔诚的基督徒。不过这种人毕竟是少数,大部分人与此相反，因而不能把敌人留在家里，把蛇留在怀里当然不行。

“反正我们遭驱逐是理所当然，罪有应得。有的人觉得驱逐我们还算轻的，可是对于我们来说，这已经是最严厉的惩罚了。我们无论到了什么地方，都因思念西班牙而哭泣，毕竟我们出生在西班牙，那里是我们的故乡。我们到处流浪，始终没有找到一个合适的地方。我们本来指望在柏培拉，在非洲的某个地方受到款待，可是偏偏那里的人最虐待我们。我们真是‘有福不懂享，失掉后方知’。我们都非常想回到西班牙来，其中很多人像我一样会讲西班牙语，他们已经回到了西班牙，而把老婆孩子留在外面无依无靠，他们太爱西班牙了。现在我才理解了人们常说的‘乡情最甜’的意思。我离开咱们村，去了法国。虽然我们在那儿受到了很好的招待，我还是想到处看看。我又经过意大利去了德国。我觉得在那儿生活得更自在些，那儿的居民不怎么小心眼儿，每个人都按照自己的意志生活，他们大部分人在思想上没有什么约束。

“我在奥古斯塔[①]附近找到了一所房子，并且在那儿遇到了这几个外国人。他们很多人都习惯了每年来一次西班牙，看看西班牙的教堂。他们把西班牙当成了他们的安乐园，每次都肯定能赚到不少钱，而且收入颇丰。他们几乎走遍了整个西班牙，而且每到一个地方，都是酒足饭饱，离开的时候手里至少有一个雷阿尔。等到走完西班牙，每个人都有一百多个杜卡多。他们把杜卡多换成金子，或者藏在长拐杖的筒里，或者藏在披肩的补丁里，或者用其他办法，把钱带出西班牙，送回他们国家去，尽管路上有层层关卡检查他们。桑乔，现在我想把我当初埋藏的财宝取出来。财宝埋在村外，所以去取不会有什么危险。我想写信或者取道瓦伦西亚去找我女儿和我老婆，我知道她们正在阿尔及尔。我正筹划如何把她们带到法国的某个港口，然后再把她们带到德国去，再往后就听天由命了。桑乔，我的确知道我女儿和我老婆是真正的基督徒。我虽然比不上她们，但也应该算基督徒而不是摩尔人了。我总是祈求上帝睁开眼睛，并且告诉我应该如何敬奉他。最让我感到意外的就是我不知道，我老婆和女儿为什么选择了柏培拉而没有去法国。她们是基督徒，完全可以在法国生活。”

桑乔答道：

“你看，里科特，这件事大概由不得你，她们是由你老婆的兄弟胡安·蒂奥彼索带走的。他是个地道的摩尔人，当然要到最适合他的地方去。还有一件事我要告诉你，就是我估计你去找你埋藏的那些东西恐怕是徒劳。我们听说，你老婆和她兄弟带的很多珠宝和金钱都被检查出来没收了。”

“被没收了倒有可能，”里科特说，“不过桑乔，我知道我埋藏的那些东西他们没动，因为我怕出意外，没有告诉他们东西埋在哪儿了。桑乔，你如果愿意同我一起去，把埋的那些东西挖出来收好，我给你二百个盾。你可以添补些东西，我知道你现在很缺钱。”

“我即使陪你去，”桑乔说，“也决不为贪钱。如果我贪钱，凭我

---

① 奥古斯塔即现在德国的奥格斯堡。

今天早晨放弃的一个官职，六个月前我就可以用金砖砌墙，用银盘吃饭了。我觉得同你一起去就等于背叛了国王，帮助了他的敌人。别说你答应给我二百个盾，就是你现在给我四百个盾，我也不去。”

“你放弃的是什么官职，桑乔？”里科特问。

“我放弃的官职是海岛的总督，”桑乔说，“说实在的，要想再找到那样的官职可就不容易了。”

“那个岛屿在什么地方？”里科特问。

“在哪儿？”桑乔说，“离这儿两西里地远，叫巴拉塔里亚岛。”

“别说了，桑乔，”里科特说，“岛屿都在海里，陆地上根本就没有岛屿。”

“怎么没有？”桑乔说，“我告诉你，里科特朋友，我今天早晨就是从那儿出来的。昨天，我还在那儿挺得意地当总督，干得蛮不错呢。不过，我觉得当总督有危险，所以不干了。”

“那你当总督得到什么好处了？”里科特问。

“得到的好处就是，”桑乔说，“知道了我不适合当总督，只配管一群牲畜；还有，就是当这类总督赚钱要以牺牲休息和睡眠甚至放弃吃饭为代价。因为在岛上，总督得吃得少，特别是在身边有保健医生的时候。”

“我不明白你说的是什么，”里科特说，“我觉得你讲的这些全是胡说八道。谁会把岛屿交给你，让你做总督呀？世界上难道就没人比你更有当总督的才干？别说了，桑乔，你还是先清醒清醒吧，看看你是不是愿意同我一起去，就像我刚才说的，帮我把埋在地下的财宝挖出来。说实话，那东西真不少，可以称得上是财宝了。我也说过了，我一定会给你报酬。”

“我已经对你说过了，里科特，”桑乔说，“我不想去。不过你放心，我不会告发你。你我趁早各赶各的路。我知道，好来的钱易丢，不好来的钱连钱带人一起完。”

“我也不想勉强你，桑乔，”里科特说，“不过你告诉我，我女儿、老婆和她兄弟离开时，你在村子里吗？”

“是的，我在。”桑乔说，“我还可以告诉你，你女儿离开的时候打扮得很漂亮，村里所有的人都出来看，大家都说你女儿是世界上最漂亮的人。她边走边哭，同她的女伴和相识的人拥抱。她请求所有前来看她的人祈求上帝和圣母保佑她。她说得那么伤心，连我这个不怎么爱哭的人都掉泪了。肯定有很多人想把她藏起来，或者在半路把她截回来，可是又怕违抗了国王的命令，只好罢休。最伤心的就是唐佩德罗·格雷戈里奥，就是你知道的那个很有钱的少爷，听说他非常喜欢你女儿。你女儿走后，他再也没有在村里露过面。大家都猜想他也跟着走了，想把你女儿抢回来。不过，到现在还没有听到任何消息。"

"我原来一直怀疑那个小伙子爱着我女儿。"里科特说，"不过我相信我的里科塔的品行，因此虽然知道他爱着我女儿，我并不担心。你也一定听说过，桑乔，很少有或者根本没有摩尔姑娘同笃信基督教的男子通婚的。我相信我女儿主要是因为她信奉基督教,而不是多情，所以她不会理睬那个殷勤的少爷。"

"但愿如此，"桑乔说，"否则双方都不好办。我该走了，里科特朋友，我想今天晚上赶到我主人唐吉诃德那儿去。"

"愿上帝保佑你，桑乔兄弟。我的伙伴们也快醒了，我们也得接着赶路了。"

两人相互拥抱，桑乔骑上驴，里科特拿起长拐杖，彼此分手。

第五十五章　桑乔在路上的遭遇及其他新奇事

桑乔那天半路遇见里科特耽误了时间，当天没能赶回公爵的城堡。他离城堡还有半西里路的时候，天色就黑下来了。不过因为是夏天，问题也不大。桑乔离开了大路，想找个地方，等到天亮再走。

可他偏偏那么倒霉，就在他找地方休息的时候，竟然连人带驴掉进了几座破旧建筑物之间一个又深又黑的坑里。往坑里摔的时候，桑乔在内心虔诚地祈求上帝保佑。他以为自己摔到万丈深渊里去了，可事实并不是这样。他的驴摔到三人深的时候就落了地，桑乔在驴背上竟然安然无恙。他摸遍了自己的全身，又屏住气，看自己到底是完整无缺还是身上哪儿摔出了窟窿。他见自己好好的，没有摔坏，便不停地感谢上帝对他大发慈悲，否则他肯定会摔得粉身碎骨了。他用手摸着坑壁，想看自己能否爬出去，可到处都是光秃秃的，没有可以下手的地方，因此他很沮丧，再听到他的驴的痛苦呻吟声，就更难过了。不过这不怪驴，它并不是无病呻吟，而是确实不好受。

“哎，”桑乔感慨道，“人活在这个可怜的世界上，随时都有可能遇到飞来的横祸！谁能想到，岛屿的总督昨天还对用人和臣民颐指气使，今天竟摔到了一个坑里，而且无论是他的用人还是他的臣民，居然无一人赶来相助！即使驴不疼死，我不伤心死，我们也得在这儿活活饿死！至少我不像我的主人唐吉诃德那样走运。他下了蒙特西诺斯洞窟后，那儿的饭桌和床铺都是现成的，条件比他家里还好。他在那儿看到的幽灵都漂亮文静，而我在这儿看到的只能是蛤蟆和蛇。我真倒霉，我的疯癫和幻想落了个什么结局呀！等到老天有眼发现我们的时候，我们已经成为两具白骨了。他们发现我这头好驴的骨头，大概就会猜到我们是谁了，至少那些听说过桑乔离不开驴，驴也离不开桑乔的人可以猜到。我再说一遍，我们真可怜，我们的倒霉的命运竟不让我们死在家乡，死在亲人中间，否则，即使无法把我们从不幸中解救出来，至少还有人为我们伤心，在我们临终时为我们合上眼睛！哎，我的伙伴，我的朋友，你忠心耿耿地为我服务，可是我对你的报答多么不够呀！原谅我吧，请求命运尽可能把我们从困境中解脱出来吧。我发誓要在你的头上戴个桂冠，让你像个得了桂冠的诗人一样，而且还要把你的饲料增加一倍。”

桑乔在那儿唉声叹气，他的驴在旁边听着一声不吭，这就是可怜的桑乔当时的处境。桑乔在哀叹和抱怨中度过了那个凄凉的夜晚。白昼来临，天亮了，这回桑乔才看清，如果没人帮忙，他就休想从坑里出去。他哀叹起来，喊叫起来，看是否有人听见自己的喊声。可是他的喊声如落入荒野，没人能听到，于是桑乔以为自己死定了。驴仰面躺在地上，桑乔把它扶了起来，它才算勉强站住了。褡裢也同桑乔一起落入了坑内。桑乔从褡裢里拿出一块面包喂驴，驴也不客气。就好像驴能听懂他说话似的，桑乔对驴说道：

“肚子吃饱，痛苦减少。”

这时，桑乔发现坑的一侧有一个洞，容得下一个人蜷缩进去。桑乔爬了进去，看到那洞里面非常宽敞，一束阳光从一个可以称为洞顶的地方射进来，照亮了洞里。他还看到，这个洞延伸到另一边，另外还有一个宽敞的洞穴。看完后，桑乔又回到驴身边，拿起一块石头，把洞口周围的土挖掉，一直挖到能够让驴顺利通过的程度才罢手。桑乔扯起驴缰绳走过洞口，向前走去，看是否能从另一侧找到出口。洞内忽明忽暗,令人提心吊胆。“万能的上帝保佑我吧。”桑乔心里说，“这种事对于我来说是倒霉事，但若是遇到我的主人唐吉诃德，就成奇遇了。他肯定会把这地穴洞窟当成是鲜花满园和富丽堂皇的宫殿。而且，他还希望走出又黑又窄的洞后，外面又是遍野的鲜花。我就没那么有运气了。我没这个意识，也没这个情绪。我每走一步都想着脚下会裂出一个更比一个大的深渊，把我吞进去。‘祸如果单行，就算是万幸’。”桑乔就这样想着，走了大约半西里路，发现前面有一束朦胧的光线。对于桑乔来说，也许这就意味着他的生死路走到了尽头。

锡德·哈迈德·贝嫩赫利写到这儿，又把故事转到了唐吉诃德那儿。唐吉诃德正惊喜地等着与夺走了唐娜罗德里格斯女儿名誉的家伙决斗，他要让那个家伙为自己造的孽付出代价。在预定决斗的前一天早晨，唐吉诃德骑着罗西南多疾驰出去，准备为决斗做些演练活动，结果跑到一个坑边的时候，幸亏他紧紧勒住了缰绳，不然就掉下去了。唐吉诃德催马走到坑边，从马上向坑内张望。他正看着，忽听坑内有人大声喊叫。他又仔细听了听，听到仿佛有人在向他呼救：

“喂，上面的人，有哪位基督徒能听见我喊叫吗？或者，有哪位好心的骑士心疼这位被活埋的罪人，这位已经不再是总督的不幸总督吗？”

唐吉诃德听着觉得像桑乔的声音，非常惊奇。他尽力提高了嗓门，问道：

“谁在下面？谁在叫苦？”

“还有谁能在这儿叫苦呢？”桑乔说，“只能是那个由于自己的罪孽和厄运而吃尽了苦头的巴拉塔里亚岛总督，也就是曼查的著名骑士唐吉诃德以前的侍从桑乔·潘萨呗。”

唐吉诃德听下面这么一说，更惊奇了，而且开始感到害怕。他立刻想到桑乔大概已经死了，眼下在下面赎罪的是桑乔的鬼魂。这样一想，他便说道：

“我以一个虔诚的基督徒的名义向你发誓，请你告诉我你是谁。如果你是个正在赎罪的鬼魂，请告诉我，我能为你做点什么。我的职业就是帮助这个世界受苦受难的人，而且我也扶助另一个世界的苦难者，假如他们不能自助的话。”

“这么说来，”桑乔说，“上面同我说话的人大概就是我的主人唐吉诃德吧，听声音只能是他，不可能是别人。”

“我是唐吉诃德。”唐吉诃德答道，“我从事的事业就是帮助受苦难的活人和死人。告诉我你是谁，我简直莫名其妙了。如果你是我的侍从桑乔，那么你大概已经死了。可是上帝开恩，没让魔鬼把你带走，而是让你留在炼狱里。我们神圣的天主教完全可以帮助你，把你从这个炼狱里解脱出来。我也愿意用我的全部财力求教会超度你。所以我刚才问你，你到底是谁。”

“真见鬼了，”下面答道，“不管您怎么说，唐吉诃德大人，我发誓，我就是您的侍从桑乔。我一天也没死过，只不过是不再当总督了。这里面的情况和原因待我以后再找时间告诉您。昨天晚上，我掉到了这个坑里。我的驴也在这儿，它可以作证，它就在我身边呢。”

驴似乎听懂了桑乔说的话，立刻大声嘶叫起来，叫声在整个坑里回荡。

“真是个好见证！”唐吉诃德说，“这驴叫声我太熟悉了，你的声音我也听到了。桑乔，你等着，公爵的城堡离这儿不远，我马上就去找人把你从坑里弄出来。你掉进坑里，大概是因为你造了孽。”

“您去吧，”桑乔说，“看在上帝分上，您快点儿回来。我被活埋在这儿，真受不了，简直快要把我吓死了。”

唐吉诃德离开桑乔回到城堡里，把桑乔的事告诉了公爵和公爵夫人。他们虽然知道那个坑，那个坑早在不知什么年代就有了，可还是感到很意外。他们不明白桑乔为什么不事先通知他们就决定不当总督了。最后，派很多人带了很多绳索，费了很大气力，才把桑乔从那个坑里拉了上来。一个学生模样的人见状说道：

“所有坏总督离职时都应该是这个样子，就像这个罪人从坑里出来时一样，饿得面无血色，而且看样子身无分文。”

桑乔听到后说道：

“那位说话的老弟呀，在八天或十天以前，我得到了一个岛屿，当上了总督。在这段时间里，我从没有一刻吃饱过，而且有医生害我，有敌人踩疼了我的骨头；我既没有得到不义之财，也没有赚到钱。在这种情况下，我觉得我不该落得这样的下场。可是‘人生有命，富贵在天’，每个人怎样才好，上帝自有安排，只能听天由命，这话真绝了。‘以为那儿挂着咸肉，其实连挂肉的钩子也没有。’只要上帝理解我就够了，我也不再说什么了，尽管我还能说。”

“你不要生气，桑乔，也不必为别人说什么而发火，那就没完了。你只要问心无愧就行，别人爱说什么就让他们去说吧；若想管住多嘴人的舌头，只能是螳臂当车。如果总督离任时发了财，人们就会说他是盗贼；如果他离任时没钱，人们就会说他是傻瓜笨蛋。”

“我敢肯定，”桑乔说，“这次人们不会说我是盗贼，只会说我是笨蛋。”

他们就这样边走边说，由许多大人和孩子簇拥着回到公爵的城堡。公爵和公爵夫人正在走廊里等着唐吉诃德和桑乔。可桑乔还是先到马厩把他的驴安顿好，才去见公爵和公爵夫人，解释说他的驴前一天晚上已经受了不少罪。桑乔见到公爵和公爵夫人时双膝跪地，说道：

“两位大人，我按照你们的意愿，而并非自己有此能力，到巴拉塔里亚岛当了总督，结果来去赤条条，没亏也没赚。至于我这个总督当得好不好，这儿自有证人，他们可以随便说。我判明了疑案，解决了争端，总是饥肠辘辘，因为岛上总督的医生，那个蒂尔特亚富埃拉的佩德罗·雷西奥大夫，总让我这样。敌人趁夜向我们进攻，情况十分危急，岛上的人说只有靠我的臂膀的力量，他们才能安然无恙，取得胜利。他们说的是实话，愿上帝保佑他们身体健康。反正经过这段时间，我已经体会到了总督的重负和责任，而且也意识到我的肩膀和肋骨，还有我的承受能力，都不足以担负起如此的重负和责任。所以，与其让总督职务把我解除，还不如我先把总督职务解除了。昨天早晨我离开了海岛，走过了我去岛上时走过的街道和房子。我没有向任何人借过钱，也没有赚到一点儿钱。我本来想颁布几个有益的法令，可是我没有颁布，怕它们得不到遵守，那就等于没颁布一样。就像我刚才说的，我只身一人离开了海岛，只有我的驴陪伴我。我走过一个坑边时摔了进去，今天早晨，出了太阳，我才看到出口。出来可不那么容易，若不是老天派我的主人唐吉诃德去救我，我肯定就死在那儿了。所以，我的公爵大人和公爵夫人，你们的总督桑乔·潘萨就在你们面前。他当了十天总督，所得的收获就是认识到，别说当一个海岛的总督，就是当全世界的总督，他也无所谓了。他就是带着这个想法前来吻你们的脚，而且还模仿着孩子们做游戏的话说：‘你跳来，我跳去。’现在我从总督的位置上跳出来，再回来服侍我的主人唐吉诃德。同他在一起，虽然吃饭时常担惊受怕，我也知足了。无论是熊掌还是鱼，对我来说都一样。”

桑乔就这样长篇大论地说了一通。唐吉诃德本来怕桑乔说起话来又是漏洞百出，见桑乔这么快就说完了，直在心里感谢老天。公爵拥抱了桑乔，说他从心里对桑乔如此迅速地离开了总督职务感到遗憾，不过他会尽力为桑乔物色一个担子轻可是油水大的差事干。公爵夫人也拥抱了桑乔，并且吩咐家人好好招待桑乔，因为看样子桑乔伤得不轻，情绪也不佳。

第五十六章　唐吉诃德为维护唐娜罗德里格斯女儿的名誉，与仆人托西洛斯进行了一场空前的决斗

公爵和公爵夫人对他们让桑乔当总督这个玩笑并没有感到后悔。特别是管家当天也赶回来了，向他们一五一十地把桑乔说的话和做的事都讲述了一遍，甚至包括他们佯装攻岛，桑乔害怕，一走了事等等，公爵和公爵夫人更觉得有意思了。接着，故事说到规定的决斗日期到了。在此之前，公爵已经多次嘱咐仆人托西洛斯，该如何战胜唐吉诃德，却又不能伤害他。公爵还吩咐把长矛的铁尖取了下来。公爵对唐吉诃德说，他所信奉的基督教不允许这次决斗太残酷，千万别危及性命。他能够在自己的领地上提供决斗场地就很不错了，因为决斗违反了教会关于禁止决斗的规定。他不想让这次决斗那么严酷。

唐吉诃德说公爵尽管吩咐，他都会服从。可怕的一天终于到了，公爵已吩咐在城堡前面的广场上搭起了一个宽敞的决斗台，决斗的裁判和原告女佣母女都坐在台上。当地和附近的无数人都跑来观看。在那个地方，无论是仍然健在的人还是已经死去的人，都没见过甚至没听说过这种决斗。

司仪首先进入场地，在场地内巡视察看，以防有任何欺骗行为或者有可能绊倒人的东西。女佣母女俩随后进入场地，坐到了自己的位置上。她们的头巾盖住了眼睛，甚至盖到了胸口，以示她们的极大悲痛。唐吉诃德出场了。不一会儿，身材高大的仆人托西洛斯也骑着一匹高头大马，在一片号角声的伴奏下从决斗台的另一侧出场了。他眼睛上戴着护眼罩，身上穿着亮光闪闪的坚固盔甲。他的

马看样子是弗里萨马[1]，身体宽大，呈黑白色，每个蹄子上都长着一大丛毛。

这位勇敢的战士已从公爵处得知该如何对待勇敢的唐吉诃德。他无论如何也不能杀死他，只能在交锋时尽力躲闪，以免在两人正面冲杀时危及自己的生命。他沿着决斗场转了一圈，来到母女俩面前，看了一眼那位要求同他结婚的姑娘。司仪召唤已经来到决斗场上的唐吉诃德，让唐吉诃德当着托西洛斯的面问两位女佣，是否同意让唐吉诃德为她们主持公道。她们回答说同意，而且无论出现什么结果，她们都认账，都认为有效。此时，公爵和公爵夫人正在决斗场上边的一个回廊里观看。他们周围簇拥着无数人,都想看看这场空前严酷的决斗。决斗的条件是，如果唐吉诃德战胜对手，那个对手就得同唐娜罗德里格斯的女儿结婚；如果唐吉诃德战败了，那个对手就不再履行同那个姑娘结婚的诺言，而且不承担任何义务。

司仪让两个人站到平等地面向阳光的位置，让他们在各自的位置上站好。鼓声响起，号角声响彻天空，脚下的大地在颤动。大家都悬着心，有些人害怕，有些人则期待着决斗的结果，不管是什么结果。唐吉诃德此时一边在心里虔诚地向上帝、向杜尔西内亚夫人祈祷，一边等待着发出开始进攻的信号。可是，那位仆人却另有想法，且看下面。

那个仆人看了姑娘一眼，立刻觉得她是自己平生见过的最美丽的姑娘。那个被人们称为爱神的瞎小子居然不放过战胜一个仆人灵魂的机会，以便给自己的功劳簿再添光彩。他神不知鬼不觉地来到仆人身旁，把一支两尺长的箭从左侧射进了仆人的胸膛，箭穿透了仆人的心。爱神完全可以做到这点，因为他是隐而不见的，可以任意穿梭，而且没有任何人要求他解释自己做的事情。

进攻的信号发出时，那个仆人已经走了神，正对那个姑娘的美貌想入非非，竟没有听到号角声。唐吉诃德一听到号角声就立刻开始进攻。他催动罗西南多快速冲向敌人。他的侍从桑乔见状大声喊道：

---

① 弗里萨出产的马非常雄健，四蹄毛多。

“上帝为你指路，游侠骑士的精英！上帝保佑你胜利，正义在你一边！”

托西洛斯虽然看见唐吉诃德向他冲来，却待在原地一动不动，相反，他大声呼唤司仪。司仪跑过来看他想干什么。仆人对司仪说道：

“大人，这场战斗是为了决定是否同那个姑娘结婚的问题吧？”

“是的。”司仪答道。

“那么好吧，”仆人说，“我内心感到害怕。如果把这场战斗进行下去，我于心不忍。我愿意认输，同那个姑娘结婚。”

司仪是这次活动的知情者之一，所以听了托西洛斯的话十分惊讶，不知如何回答是好。唐吉诃德见自己的对手不向前进攻，跑了一半也停下来。公爵不知道决斗为什么停了下来，待司仪向他报告了托西洛斯的话以后，他不禁勃然大怒。此时，托西洛斯已经来到唐娜罗德里格斯面前，大声说道：

“夫人，我愿意同您的女儿结婚。我不愿通过争斗获取本来可以心平气和、相安无事地得到的东西。”

唐吉诃德听到此话后说道：

“既然这样，我的话也就算兑现了。让他赶紧结婚吧，这是上帝的安排，让圣佩德罗为他们祝福吧。”

公爵从城堡的看台上走下来，来到托西洛斯身旁问他：

“小伙子，你真的认输了？你是不是因为内心感到恐惧才愿意同这个姑娘结婚的？”

“是的，大人。”托西洛斯说。

“他做得对。”桑乔此时说道，“本来应该给耗子的，现在给了猫，这回倒省事了。”

托西洛斯想摘掉头盔，就请大家帮忙，因为头盔扣得太紧，他有点受不了。大家立刻帮他把头盔摘了下来，结果仆人露出了他的本来面目。唐娜罗德里格斯和她女儿一见就大声喊道：

“这是个骗局！他们让公爵的仆人托西洛斯冒充我真正的丈夫！愿上帝和国王为我们主持公道！这要不说是卑鄙，也够恶毒了！”

“别着急，”唐吉诃德说，“这并不恶毒，也不卑鄙，即使恶毒卑鄙，也不是公爵所为，而是那些专跟我捣乱的魔法师干的事情。他们嫉妒我在这次决斗中取得胜利，于是把你丈夫的面孔变成了你说的那个公爵仆人的面孔。你就听我的劝告吧，尽管我的敌人在捣乱，你还是同他结婚吧，他肯定就是你想得到的那个丈夫。"

公爵听了差点儿大笑起来，说道：

"唐吉诃德遇到的事情总是这么奇怪！我竟差点相信我这个仆人不是我的仆人了。咱们还是采取这个办法吧：如果你们同意，咱们把婚礼推迟十五天，先把咱们怀疑的这个人关起来。这期间他肯定会恢复原形，魔法师们对唐吉诃德大人的仇恨不至于持续那么长时间，况且他们把人的面孔改变了对他们也没什么好处呀。"

"噢，大人，"桑乔说，"这些坏蛋常常把一些与我主人有关的东西变成另外一种东西。前几天我的主人打败了一个叫'镜子骑士'的骑士，可是魔法师们把他变成了我们村一位老朋友参孙·卡拉斯科的模样，还把我的女主人杜尔西内亚变成了一个丑陋的农妇。所以，我觉得这个仆人无论是生是死，这辈子只能当仆人了。"

唐娜罗德里格斯的女儿说道：

"无论这个向我求婚的人是谁，我都要感谢他。我宁愿成为一个仆人的正式妻子，也不愿意当一个绅士的玩物，更何况玩弄我的人还不是绅士呢。"

不过，最后托西洛斯还是被关了起来，以便看看他到底能变成什么模样。很多人欢呼唐吉诃德的胜利，可是更多的人却因为没有看到两个战士被撕成碎片而感到沮丧，就像那些本来想看绞死人的孩子却看到被判绞刑的人被赦免时那样沮丧。人们离去了，公爵和唐吉诃德回到了城堡，托西洛斯被关了起来。唐娜罗德里格斯和她女儿满意地看到，不管怎么样，这件事最终将以结婚收场。托西洛斯也对此寄托了很大的希望。

第五十七章　唐吉诃德告别公爵；公爵夫人的淘气侍女阿尔蒂西多拉同唐吉诃德的纠葛

唐吉诃德觉得自己应该摆脱城堡里这种安逸的生活了。他觉得让自己无所事事地留在这里，让公爵和公爵夫人像对待所有游侠骑士那样，每天都沉溺在歌舞升平之中，实在有负于上帝。于是有一天，他请求公爵和公爵夫人准许自己离开。公爵和公爵夫人表现出很依依不舍的样子，同意了唐吉诃德的请求。公爵夫人把桑乔的妻子给丈夫的信交给了桑乔。桑乔看完信，不禁泪流满面，说道：

"我老婆特雷莎听说我当了总督，对我寄托了如此大的希望，哪里会想到到头来，我还得跟着主人唐吉诃德四处漂泊呢？但即使这样，我还是很高兴我的特雷莎不忘本分，给公爵夫人送来了橡子，否则她就显得忘恩负义了，那么我会很伤心的。令我宽慰的是，这礼物不能算贿赂，因为在她送橡子之前，我已经当上了总督。如果得到了别人的好处，哪怕只送一点儿小小的礼物，也算是知恩图报了。实际上，我当总督来去都是赤条条，因此我可以心安理得地说：'我生来赤条条，现在也是赤条条，没亏也没赚。'这就不错了。"

这是桑乔出发那天发生的事。唐吉诃德在前一天晚上已经向公爵和公爵夫人告别，现在他全身披挂地出现在城堡的空场上。城堡里的所有人都已聚集在走廊里看着唐吉诃德，公爵和公爵夫人也来了。桑乔带着褡裢、提包和干粮，骑在驴背上，非常高兴，因为前一天晚上，公爵的管家，也就是那个扮成三摆裙夫人的人，给了他一个小口袋，里面有两百个金盾，以备路上用。这件事连唐吉诃德也不知道。大家正为唐吉诃德送行，女佣群里那个机灵淘气的阿尔蒂西多拉忽然提高了嗓门，语调凄凉地说道：

　　坏骑士，请你勒一下缰绳，
听我讲，
不必催动你那不驯的马匹
把蹄扬。
　　虚伪的人，你逃避的
不是一条毒蛇，
而是一只
小小的羔羊。
　　恶毒的魔鬼，你嘲弄的
是山上的狄安娜和树林里的维纳斯
都相形见绌的
美丽姑娘。

冷酷的比雷诺[①]，逃亡的埃涅阿斯[②]，
让恶魔与你为伴，我心才舒畅。

　　你用你的爪子
无情地带走了
一个多情温柔姑娘的
肝胆心肠。
　　你还带走了三块头巾，
一副吊袜带，
就从我那
洁白似玉的细嫩腿上。
　　你还带走了我的无数叹息，

① 比雷诺是阿里奥斯托的《疯狂的奥兰多》中的人物，曾将其情人抛弃于荒岛上。
② 埃涅阿斯抛弃了他的情人迦太基女王，逃到意大利，参见《埃涅阿斯纪》。

倘若它们能变成火焰，
即使有无数的特洛伊，
也会被烧光。

冷酷的比雷诺，逃亡的埃涅阿斯，
让恶魔与你为伴，我心才舒畅。

　　你的侍从桑乔
冷漠无情，
却使你的杜尔西内亚
摆脱不了魔障。
　　也许在我这里，
好人为罪人受过。
你是自作自受，
重罚应当。
　　你的最佳运气
终将变成不幸，
你的遐思只能变成梦想，
你的忠贞必将被人遗忘。

冷酷的比雷诺，逃亡的埃涅阿斯，
让恶魔与你为伴，我心才舒畅。

　　从塞维利亚到马切纳，
从格拉纳达到洛哈，
从伦敦到英国[①]
让你的伪君子臭名远扬。

---

① 马切纳位于塞维利亚境内，洛哈位于格拉纳达境内，伦敦是英国首都。此处均为戏谑语。

如果你玩
“王朝”、“百分”或“头牌”①，
大小王不到你手，
七和A也无望。
你若修趼子，
让你血流不止；
你若拔牙，
让你牙根断在牙床！

冷酷的比雷诺，逃亡的埃涅阿斯，
让恶魔与你为伴，我心才舒畅。

心受创伤的阿尔蒂西多拉哀叹着自己的命运，唐吉诃德一直注视着她，一言不发。阿尔蒂西多拉唱完后，唐吉诃德转过头对桑乔说道：

“我以你家先辈的性命发誓，我的桑乔，你必须对我说实话，是不是你拿了这位多情姑娘说的那三块头巾和一副吊袜带？”

桑乔答道：

“三块头巾是我拿的，可那副吊袜带，跟我根本就不沾边。”

公爵夫人对阿尔蒂西多拉的大胆行为甚感惊讶。她虽然知道阿尔蒂西多拉冒失、爱开玩笑并且放肆，却没料到这个姑娘会放肆到这种程度。而且，她事先并不知道阿尔蒂西多拉会开这个玩笑，所以更是惊奇不已。公爵想把气氛搞得更活跃些，便说道：

“骑士大人，您在我的城堡里受到了很好的款待，却居然偷走我的侍女的至少三块头巾，也许还有一副吊袜带，我觉得这样不好。这表明您居心不良，与您的盛名不符。请您把吊袜带还给这位姑娘，否则我就要同您展开一场生死决斗，而且决不惧怕恶毒的魔法师像对待与您交战的仆人托西洛斯那样，改变我的面孔。”

① 三种牌戏名。在这三种打法中，大小王、七和A分别是最大的。

“上帝并不希望我向曾经热情照顾我的大人拔剑。”唐吉诃德说，“头巾我可以还回去，桑乔说在他手里呢。可是还吊袜带就不可能了，因为我和桑乔都没拿。如果您这位女佣仔细翻翻自己的东西，准能找到。公爵大人，我从没有偷过东西，今生今世也不想偷，上帝也不允许我这样做。至于这位姑娘已经坠入情网而不能自拔，我没有责任，因此也就没有必要向您和向她道歉。我只请求您不要把人看扁了，还是重新让我上路吧。”

“愿上帝保佑您一路平安，唐吉诃德大人。”公爵夫人说，“愿我们总能听到您的好消息。再见吧。只要您还留在这里，所有看到您的姑娘就都会欲火难捺。我这个侍女我自会责罚，让她以后心正眼不斜。”

“请您再听我说一句，英勇的唐吉诃德。”阿尔蒂西多拉说道，“请您原谅我说您拿了我的吊袜带。我向上帝和我的灵魂发誓，吊袜带现在就在我腿上呢。我真是骑驴找驴。”

“我早就说过，”桑乔说，“若是我拿了东西不说，那像话吗？如果我想拿，我当总督的时候有的是机会。”

唐吉诃德向公爵、公爵夫人和所有在场的人低头鞠躬，然后掉转缰绳走出了城堡。桑乔骑着驴跟在后面，两人直奔萨拉戈萨。

第五十八章　唐吉诃德一路上的奇遇应接不暇

唐吉诃德摆脱了阿尔蒂西多拉的纠缠，来到旷野，觉得自己又如鱼得水，可以重新当他的游侠骑士了，便精神抖擞起来。他转身对桑乔说道：

“桑乔，自由是老天赐予人类的无价之宝之一，埋藏在地下和海底的宝藏都无法与之相比。人们应当不惜冒生命危险去追求自由，就像人们追求荣誉一样。反之，囚禁是人类的最大痛苦。桑乔，我说这些是因为你也看到了，咱们抛弃了城堡里那种花天酒地的生活。虽然在那儿吃的是美味佳肴，喝的是冰镇美酒，可是我却觉得饥饿难忍，因为吃起来总不像吃自己的东西那样自在。得到了人家的好处就得报答，所以精神上总是不能放松。上帝赐予他面包，他只需要感谢上帝就行，这样的人多幸福呀！”

“如果是这样，”桑乔说，“公爵的管家还给了我一个小口袋，里面有两百个金盾，咱们却没报答，这就不好了。有了这个小口袋，我就像吃了一颗定心丸。咱们并非到处都能遇到免费款待咱们的城堡，说不定又会碰到如果不交钱就把咱们揍一顿的客店呢。”

游侠骑士和侍从说着话已经走出了一西里多地，忽然，他们看到，在前面一片绿草如茵的草地上，十几个农夫打扮的人把外衣垫在身子下面坐着吃饭。一些用白布单盖着的东西错落有致地摆放在他们身旁。唐吉诃德走过去，首先彬彬有礼地向他们问候，然后问他们白布下面盖着的是什么东西。其中一人答道：

“是一些浮雕圣像，我们村里建祭坛要用它们。用白布盖上是怕它们褪色，另外，抬的时候也免得碰坏了。”

“如果你们不介意的话，”唐吉诃德说，“我很高兴看看它们。你们对它们这么小心翼翼，一定是上品。”

“那当然，”另一个人说道，“不信，您听听价钱，它们每一个都值五十多杜卡多呢。您等一下，让您自己亲眼看看，就知道我们说的都是真的了。”

那人站了起来，揭掉盖着最边上的神像的白布，原来是跃马扬威的圣豪尔赫。一条毒蛇正缠在他的腿上，他的长矛刺中了毒蛇的喉咙，其勇猛赫然可见。整个圣像显得光彩夺目。看到圣像，唐吉诃德说：

“这位是圣教的优秀游侠骑士之一，名叫圣豪尔赫。此外，他还是少女的保护神。咱们再看另一个吧。”

那人又揭开了另一座圣像的盖布，看样子是骑在马上的圣马丁。他正在把自己的斗篷撕开分给穷人。唐吉诃德一见圣像就说道：

“这位大概也是基督教的勇士。我觉得他最突出的是慷慨，其次才是勇敢。桑乔，你一看就明白了，他正在把自己的斗篷撕开分给穷人。他把自己的半个斗篷送给了穷人。当时肯定是冬天，否则他那么仁慈，一定会把自己的整个斗篷都送给穷人。”

“不见得吧，”桑乔说，“他应该像俗语说的那样，‘无论给还是留，都得有个分寸’。”

唐吉诃德笑了。他让再拿掉一块盖布。这回是骑在马上的西班牙帕特龙圣像。他的剑上沾着血，脚踏在摩尔人的脑袋上。唐吉诃德立刻说道：

“这才是真正的骑士。他是基督骑士队伍中的一员，名叫圣迭戈·马塔莫洛斯[①]，无论过去还是现在，无论在天上还是在人间，他都称得上是一位最勇敢的圣徒和骑士。”

他们又揭开了一块盖布，露出的是正从马上往下跳的圣保罗，其背景也像宗教组画上画的那样。塑像栩栩如生，似乎是耶稣在问，圣保罗在答。

“他是上帝当时最大的敌人，”唐吉诃德说，“后来又成了上帝最忠实的保卫者。他生前是游侠骑士，死时却是个坚定的圣人，在上帝的葡萄园里辛勤地劳作。他是人们的导师，曾经亲聆耶稣的教诲。”

神像看完了。唐吉诃德让人把神像盖好，然后对运送神像的几个人说道：

“我看到了我应该看到的东西，看来这是个好兆头。这些圣人和骑士从事的正是我所从事的行业，也就是从武。我与他们之间的区别在于他们是圣人，使用的是神圣的武器，而我只是个罪人，只能以凡夫俗子的方式去战斗。他们靠自己臂膀的力量夺取了天堂。要进入天堂就得付出努力，而我奋斗至今，还不知道会落得什么结局。不过，如果我的杜尔西内亚能够摆脱她的困境，我也就会吉星高照，智慧倍增，时来运转。”

桑乔说：“愿上帝能听到他的话，充耳不闻者只能是聋子。”

---

① 这个名字也可理解为“杀死摩尔人”。

几个人瞧着唐吉诃德的样子，又听他说了这番话，十分诧异，不明白唐吉诃德到底在说什么。他们吃完饭，抬起神像，告别了唐吉诃德，又继续赶路。

桑乔再一次觉得他好像不认识自己的主人似的，没想到自己的主人竟如此博学，对世界上的各种事情无不了如指掌。他对唐吉诃德说道：

“说实话，我的主人，假如咱们今天遇到的事情能够称得上是奇遇，那么可以说，这是咱们的征程中最轻松愉快的一次。咱们没挨棍棒，没受惊吓，不必拔剑迎战，没有摔倒在地，也没有忍饥挨饿。感谢上帝让我亲眼看到了这些。”

“你说得对，桑乔，”唐吉诃德说，“不过我得告诉你，人的运气并不总是一成不变的。这个俗人称为兆头的东西并没有什么合理的依据，因此明智的人只把它看作良好的巧遇。一个相信兆头的人早晨走出家门，碰到一个圣方济会的教士，结果就像碰到了狮身鹰头兽似的转身回家了。另一个迷信的人在桌子上撒泼了一点盐，他心里就忧愁起来，本来是一点儿小事，他却以为是老天向他预示有什么灾难要降临一样。聪明的基督徒从来不必关心什么天意。埃西皮翁到达非洲时，一上岸就摔了一跤，他的士兵们认为这是不祥之兆。可是，他却拥抱着大地说：‘你可跑不了啦，非洲，我已经抓住你了。’所以，桑乔，遇到这些神像对于我来说只是一次令人愉快的巧合。”

“我也是这样想的，”桑乔说，“不过请您告诉我，为什么西班牙人打仗时总是喊着那个圣迭戈·马塔莫洛斯的名字呢？喊什么‘圣地亚戈，西班牙关闭[①]！’难道西班牙一直是敞开着，所以得关上吗？还是有别的什么意思呢？”

“你头脑真简单，”唐吉诃德说，“你看，上帝把这位伟大的橙色十字骑士赐予西班牙，作为西班牙的保护神，尤其在西班牙人同摩尔人交战的关键时刻更是如此。所以，他们每次打仗时总是呼喊他的名

① 此处“关闭”一词应理解为“向敌人进攻”的意思。这句话应译为“圣主保佑，西班牙必胜！”下面唐吉诃德并未能解释清楚这句话。

字，把他当作自己的保护神，而且人们也多次看到他显灵，结果摩尔人的军队被打得人仰马翻。这种事我可以从西班牙的历史上给你举出很多例子。”

桑乔又转了个话题，对主人说道：

“大人，公爵夫人的那个女仆阿尔蒂西多拉竟然那么厚脸皮，我真感到吃惊。那个爱神，听说他是个瞎小子，大概已经用箭射穿了她的心。那个瞎小子虽然眼睛迷糊，或者说是睁眼瞎，却能用箭击中人的心脏，并且把它射穿，无论那颗心是多么小。我还听说，爱情之箭遇到有羞耻心的庄重姑娘就会折断并反弹回来，可是在这个阿尔蒂西多拉身上，箭不仅没有折断，反而更锋利了。”

“你应该注意到，桑乔，”唐吉诃德说，“爱情并不是按照常规行事的。它同死亡一样，无论是国王的王宫大殿，还是牧人的茅棚小屋，都摆脱不了它的进攻。它一旦占据了某个人的心灵，首先要做的就是剥夺他的畏惧和羞耻心。所以，阿尔蒂西多拉恬不知耻地表白她的欲望，只能让我感到迷茫而不是怜悯。”

“真无情！”桑乔说，“真不知好歹！若是我，遇到别人说几句动情的话，我早就服服帖帖了。活见鬼，您真是铁打的心肠钢铸的身。可是，我就想不明白，这个姑娘究竟看上您什么了，居然如此魂不守舍。是您的华丽服装，您的气质，您的举止，还是您的脸庞？究竟是其中某一样还是所有这些加在一起，令她这样动情？说实话，我常常从头到脚地打量您，却没看到有什么让人动情的地方，相反倒是挺让人害怕的。我听说美貌是让人爱慕的首要条件。可是您一点儿也不美呀！我不知道这个可怜的姑娘究竟爱上您什么了。”

“你应该知道，桑乔，”唐吉诃德说，“美有两种。一种是心灵美，一种是肉体美。聪明、正直、慷慨、良好的举止和修养都属于心灵美，而这些特性往往可以在一个貌不惊人的人身上体现出来。如果把自己的眼光放在心灵美上，而不是放在肉体美上，就会产生出一种爱的冲动。桑乔，我很清楚，我并不漂亮，可我也不是丑八怪。一个人只要不是像魔鬼那么丑陋，而且具有我刚才说到的心灵美，他就会被人爱慕。”

他们说着话，走进了路边的一片树林。忽然，唐吉诃德意想不到地撞到一张挂在几棵树之间的绿线网上。唐吉诃德想不出这是怎么回事，便对桑乔说：

“桑乔，我觉得这张网可能是咱们遇到的最蹊跷的遭遇了。我可以拿性命打赌，肯定是那些跟我过不去的魔法师想用网拦住我，不让我继续赶路，以报复我对阿尔蒂西多拉的无情。不过，让他们瞧瞧吧，别说这网是用绿线织的，就是用坚硬的金刚石或其他什么材料做的，比炉火如焚的火神为捕捉维纳斯和玛斯[①]而设的网子还要结实，我也可以势如破竹地冲过去。”

他们正打算冲过去，前面的树林里忽然走出了两个十分美丽的牧羊女。她们穿的是牧羊女的衣服，但衣料和短裙却是锦缎做的，而且裙子是金色平纹绸的。她们的头发披散在肩上，其金黄的颜色完全可以与太阳争辉。两个绿桂叶和红花编织的花环戴在她们头上。看年龄她们是十五岁至十八岁之间的样子。

桑乔十分惊奇，唐吉诃德也呆若木鸡。连太阳也似乎静止不动了，默默地看着这四个人。最后，还是一个牧羊女先开口说了话。她对唐吉诃德说道：

“骑士大人，请您止步，不要弄坏了网子。这网子不是用来供你们破坏的，而是让我们挂着玩的。我知道您会问我们，为什么要挂这个网，我们是什么人。让我简单跟您说几句吧。在离这儿两西里地的一个村庄里，住着很多富贵人家。他们有很多朋友和亲戚，商定带着自己的夫人、孩子、邻居以及亲朋好友一起到这个地方来玩。这是这一带最好的地方。姑娘扮成小伙子，小伙子扮成牧童，把这里变成了牧人的乐园。我们已经熟读了两首田园诗，一首是著名诗人加西拉索写的，另一首是杰出诗人卡蒙恩斯[②]用他的母语葡萄牙语写的，不过到现在我们还没有朗诵过。昨天是我们到这里的第一天。这里有一条大河，灌溉着两岸的草地。我们在河边的树阴下搭了几座帐篷，人们

---

① 维纳斯的丈夫是火神赫费斯托斯，他得知妻子与战神玛斯偷情，便设了一张大网，将两人捉住，使其出丑。

② 卡蒙恩斯（1525—1580），葡萄牙诗人。

把这叫作野营。昨天晚上，我们又在这几棵树上挂了这几张网，想蒙骗几只被我们的喊声吓昏了头的小鸟撞进网来。大人，如果您有兴趣，到我们这儿来做客，我们一定盛情款待。在这里没有忧愁和悲伤。”

牧羊女不再说话了。唐吉诃德答道：

“美丽无比的姑娘，我看到您的俏丽容貌时，简直就像阿克泰翁[①]猛然看到狄安娜出浴一般不胜惊奇。我非常赞赏你们的娱乐方式，并且感谢你们对我的一片盛情。如果有什么需要我效劳的地方，请尽管开口，我一定遵命。我的责任要求我知恩图报，为各种善良的人尽心竭力，特别是对于像您这样高贵的人。如果这些本应只占一小部分空间的网子把整个世界都占据了，我也会寻找新的世界绕过去，绝不会毁坏这些网子。对于我这种夸张，还请您相信，因为向您发誓的是曼查的唐吉诃德，您大概听说过这个名字。”

“哎呀，我的好朋友，”另一个牧羊女说道，“我们多幸运啊！你看到我们面前的这位大人了吗？他就是世界上最勇敢、最多情、最谦恭的人！有关他的业绩已经出版了一本书，我已读过。这本书总不会骗咱们吧。我敢打赌，与这位好人一起同行的就是他的侍从桑乔·潘萨，这个人滑稽得无与伦比。”

“是的，”桑乔说，“我就是您说的那位滑稽的侍从。这位就是我的主人，也就是书上说的那个曼查的唐吉诃德。”

“哎呀，朋友，”这个牧羊女说，“咱们求求他别走了，咱们的父母兄弟听说后也会高兴无比呢。我听说他就像你说的那样既勇敢又谦恭，特别是我还听说他用情专一，他坚定不移地忠于他的意中人，那个托博索的杜尔西内亚夫人。整个西班牙都公认她是天下第一美人。”

“你们说得对，”唐吉诃德说，“她的举世无双的美貌是毋庸置疑的。你们不必费心挽留我了，我的职责不允许我偷闲片刻。”

这时，一个牧羊女的哥哥朝这四个人走来。他也是牧羊人的打扮，但是衣服的面料像这两位牧羊女的一样华贵。两个牧羊女告诉他，

① 按照希腊神话，阿克泰翁偶然看到了狄安娜洗澡。狄安娜羞恼成怒，将他变成了鹿。

同她们在一起的就是曼查的英勇的唐吉诃德，旁边这个人就是他的侍从桑乔·潘萨，她们的这位兄弟大概也听说过这两个人吧。牧羊人彬彬有礼地向唐吉诃德问候，并且请唐吉诃德同自己一起到帐篷去。唐吉诃德推辞不过，也就跟着去了。这时，捕鸟的又开始吆喝了。各种各样的小鸟被网子的颜色所迷惑，纷纷撞进网内，想逃却逃不脱了。三十多个穿着华丽的衣服、装扮成牧羊人或牧羊女的人聚集在那个地方,结果人们一下子都知道唐吉诃德和桑乔在这里了。大家都很高兴，他们都听说过唐吉诃德和桑乔。大家来到帐篷里，那儿已经摆好了丰盛的酒席。大家非常尊重唐吉诃德，让他坐在首席。大家都看着唐吉诃德，觉得他挺怪。吃完饭，撤去台布后，唐吉诃德不慌不忙地提高了嗓门，说道：

“人类最大的罪孽就是知恩不报，尽管有人说最大的罪孽是骄傲自满。人们常说，地狱里净是些忘恩负义的人。这一罪孽我也有可能留下，因此，我从开始懂事的时候起就留心这点了。如果我不能以德报恩，我也要保持报恩的愿望。如果这样还觉得不够，我就把它公之于众。如果一个人把他从别人那儿受到的恩惠公之于众，那么他一定会在力所能及的时候报恩。在大部分情况下，受惠者的情况要逊于施惠者。上帝高于一切，他赐福于大家，而大家对于上帝的回报则微不足道，因为相比差距甚大。这个巨大的空缺在某种程度上就要靠感激之心来弥补。所以，对于你们的热情款待，我无力用同等的感情予以回报，只能聊尽绵薄，按照自己的方式予以回报。我准备在这条通往萨拉戈萨的道路上留守两天，让大家都知道这两位扮成牧羊女的姑娘，除了托博索举世无双的杜尔西内亚之外，是世界上最漂亮最知书达礼的姑娘。请诸位不要见怪，杜尔西内亚才是我心上最美丽的人。”

桑乔一直在旁边仔细听着，这时他大声说道：

“世界上怎么竟有人敢说我主人是疯子呢？你们说说，诸位大人，有哪一位乡村神甫，不论他多么聪明，多么有学问，能够说出像我主人说的这样的话？有哪一位游侠骑士，无论他如何以勇敢闻名，能够做出像我主人提出要做的这种事情？”

唐吉诃德转过身，怒容满面地对桑乔说道：

“喂，桑乔，世界上怎么会有人说你不是一个恶毒而又卑劣的笨蛋呢？谁让你来管我的事，说我疯不疯的？住嘴，不许跟我顶嘴！如果你还没给罗西南多备好鞍的话，赶紧去备鞍吧。我马上要把我的诺言付诸实施。现在真理在我一边，所有与此相违背的东西都可以说已经不攻自破了。”

唐吉诃德怒气冲冲地从椅子上站起来。在场的人无不惊奇，弄不清他的神经到底正常不正常。大家都劝说他不必那样做，他们已经知道他的感恩之心了；至于他的勇气，大家已经从有关他的书中了解到了，不必再有什么新的表示。唐吉诃德依然故我。他骑上马，手持盾牌和长矛出了门,来到离绿草地不远的大路上。桑乔骑着驴跟在后面。大家也都跟了过去，想看他的前所未有的壮举到底会是什么结果。

唐吉诃德在大路当中站定，气冲山河地说道：

“喂，你们这些将在今后两天内通过此地的过路人，无论是骑士还是侍从，无论是骑马还是步行，都听着，曼查的游侠骑士唐吉诃德将在此证明，若论美貌知礼，世界上的所有姑娘都比不过草地上的这两位人间仙女，当然，我心中的托博索的杜尔西内亚不在此列。如果谁对此持异议，那就过来吧，我正等着他呢。”

唐吉诃德又把这话重复了两遍，可是路上没有过路人，自然也就没人听到他的话了。不过挺凑巧的，过了一会儿，路上就出现了一群骑马的人，手里都拿着长矛，蜂拥着疾驰而来。同唐吉诃德在一起的人都转身离开了大路，站到远远的地方。他们知道，如果不躲开就可能会有危险。只有唐吉诃德仍威风凛凛地留在原地不动。桑乔已经躲到了罗西南多的屁股后面。那群人过来了，其中一个跑在前面的人大声对唐吉诃德说道：

“真见鬼，赶紧让开路，当心公牛把你踩扁了！”

“喂，你们这些匪徒，即使是哈拉马沿岸饲养的最凶猛的公牛，对于我来说也算不了什么！你们这群混蛋必须毫不犹豫地承认，我刚才宣布的都是事实，否则我就对你们不客气了。”

驯牛人来不及答话，唐吉诃德想躲也躲不及了，一大群凶猛的公牛和领头的几只驯牛，再加上众多的驯牛人和圈牛人，把唐吉诃德和桑乔连马带驴一起撞倒在地打了几个滚。原来，第二天有个地方要举行斗牛比赛，他们要把牛先送过去圈起来。桑乔浑身疼痛，唐吉诃德惊魂未定，驴受了伤，罗西南多也体无完肤。不过，最后他们总算都站起来了。唐吉诃德在牛群后面跌跌撞撞地拼命追赶，边追边喊：

“站住，等一等，你们这群混蛋！这里只不过有一个骑士，但他绝不是那种‘穷寇莫追’的人。”

可是，那群人和牛并没有因此而止步，也没有理会他的恐吓。唐吉诃德终于累得跑不动了，坐在路上等着桑乔、罗西南多和驴赶上来。聚齐之后，他们又重新骑上牲口，满心羞愧，没有向那个牧人乐园告别，就继续赶路了。

第五十九章　唐吉诃德遇到一件可以称为奇遇的怪事

唐吉诃德和桑乔遭受了公牛的非礼之后，一路风尘，来到了树林间的一泓清泉边。他们为驴和马摘掉了笼头，任其游荡。主仆二人坐下来，桑乔从他藏食品的褡裢里拿出了一些他称为熟肉的食物。唐吉诃德漱了口，洗了脸，清凉了一下，觉得精神爽快些了。他心中烦闷，没有吃东西；桑乔仅仅是出于礼貌才没动摆在自己面前的东西，主人没吃，他也不敢先尝。可是，他见主人只管自己想心事，根本就没想去拿面包，也就不顾什么规矩了，一声不吭地拿起面包和奶酪往肚子里填。

“吃吧，桑乔朋友，”唐吉诃德说，“你得维持生命，这比我维持自己的生命更重要。我忧心忡忡，厄运不断，干脆让我死掉算了。桑乔，我生来就是虽生犹死，而你呢，是为死而吃。为了让你知道我说的是实话，你不妨想想，我这个人史书有载，武艺有名，行为有礼，王宫有请，姑娘有求，总之，我本来应该由于我的英勇业绩而得到桂冠，取得英名，可是今天上午我却被那些粗野无礼的牲畜踩得浑身疼痛。现在，我的牙崩了，手也麻了，完全没有胃口了。所以，我想还是让自己饿死算了，这是一种最残酷的死亡方式。”

“可我觉得，”桑乔说，“有句俗语，您大概不会赞成，就是说‘死也要当饱死鬼’。至少我不想把自己饿死，相反，我倒想像皮匠那样。皮匠用牙齿把皮子咬住，尽可能地拉长。我也会拼命吃，尽力延长我的生命，一直到气数已尽。您应该知道，大人，世界上再没有比像您这样绝望更傻的事了。还是听我的吧，吃完东西以后在这片绿草垫子上睡一会儿，醒来后您就会觉得好一些。”

唐吉诃德觉得桑乔这几句话不仅不傻，倒有点哲学家的味道，便同意了。不过，他对桑乔说道：

“喂，桑乔，如果你能按照我现在说的去做，我的心情就会轻松一些，不那么难受。那就是当我按照你说的去睡觉的时候，你往远处走一点儿，解开衣服，用罗西南多的缰绳抽打自己三四百下。要想让杜尔西内亚摆脱魔法，你还差三千多下呢。由于你的疏忽，她现在仍然受着魔法的折磨，这是多大的憾事呀。”

“这事可得从长计议，”桑乔说，“咱们俩现在还是先睡觉，然后再说吧。您该知道，让一个人狠狠抽打自己，这可不是简单的事情，更何况是个腹中空空的人呢。我的女主人杜尔西内亚夫人还是耐心点儿吧，也许她在某个意想不到的时候发现我已经被打得百孔千疮了。‘不死就有日子’，我是说，只要我还活着，我就愿意实现我的诺言。”

唐吉诃德对此表示感谢，然后吃了点儿东西。桑乔吃得可不少。吃完后，两人倒地睡觉，任凭那两头牲口在肥沃的草地上随意啃青。他们醒来时天色已渐晚，两人便赶紧骑上牲口继续赶路，想尽快赶到一西里外的一个客店去。我这里说客店是因为唐吉诃德称它为客店，而没有像以往那样把所有的客店都称为城堡。

他们来到客店，问店主是否还有房间。店主说不仅有，而且条件很好，在萨拉戈萨可称是独占鳌头。两人从马背和驴背上翻身跃下。店主给了桑乔一把钥匙，桑乔把他们带的食物放到一个房间里，又把两匹牲口牵到马厩里，喂了些草料，然后出来看唐吉诃德还有什么吩咐。唐吉诃德正坐在一个石凳上。桑乔特别感谢老天，他的主人这次没把客店当成城堡。到了吃晚饭的时间，两人回到他们的房间。桑乔问店主，晚饭有什么可吃的，店主回答说，那要看客人的口味了，可以说想吃什么就有什么，从天上的飞鸟到地上的家禽，还有海里的鱼，应有尽有。

“用不了那么多，”桑乔说，“我们俩只要有两只烤鸡就够了。我的主人身体不舒服，吃不多，我吃得也不是特别多。”

店主说没有鸡，鸡都被老鹰叼走了。

“那么，您就去让他们烤一只嫩母鸡吧。”桑乔说。

“母鸡？我的妈呀！”店主说，“实话告诉你，我昨天把五十多只母鸡都拿到城里卖掉了。除了母鸡，你随便要什么都可以。”

“那么，”桑乔说，“牛犊肉或羊羔肉总该有吧。”

“现在客店里没有，”店主说，“没有是因为用完了。不过，下星期有的是。”

“这下可好了，”桑乔说，“这也没有，那也没有，咸肉和鸡蛋总该有吧？”

“我的天哪，”店主说，“这位客人可真够笨的。我刚才说过这儿没有母鸡，你怎么还想要鸡蛋呢？你再想想，还有什么好吃的，可以要点儿美味的东西。”

“我的天哪，这么办吧，”桑乔说，“店主大人，你说说你这儿有什么吧，我们也不用再考虑了。”

“我有两只牛犊蹄一般大小的老牛蹄，或者说两只像老牛蹄一般大小的牛犊蹄，现在正煮着呢。我已经加了豆子、葱头和咸肉。这会儿它们正叫着：快来吃我吧，快来吃我吧。”

“那么现在我们就要它，谁也不许再要了。”桑乔说，“我一定出比别人多的价钱。我最喜欢吃这种东西了。无论什么蹄子我都爱吃。”

“没有人会再要的，”店主说，“因为我这里的其他客人都很有身份，他们都自己带着厨师、管理员和原料。”

“若论有身份，”桑乔说，“谁也不如我的主人有身份。不过，他所从事的职业不允许他带着食物和饮料。我们躺在草地上吃橡子或野果就饱了。”

桑乔同店主的谈话到此为止，因为店主问桑乔他的主人是干什么的，桑乔就不愿意再往下说了。到了吃晚饭的时候，唐吉诃德仍留在房间里。店主把那锅牛蹄端来，自己也坐下来大大方方地一起吃。这个房间同隔壁那个房间似乎只隔着一堵薄墙。唐吉诃德听到那个房间里有人在说话：

“亲爱的唐赫罗尼莫大人，趁现在还没有送晚饭来，咱们还是看看《唐吉诃德》的下卷吧。”

一听到提起自己的名字，唐吉诃德立刻站起来，仔细倾听他们的谈话。只听得那个唐赫罗尼莫大人说道：

“唐胡安大人，您为什么要看那些胡言乱语呢？凡是读过《唐吉诃德》上卷的人都知道，这部小说索然无味，那么下卷还会有什么意思呢？”

“尽管如此，”唐胡安说，“还是看看为好。无论哪本书，都是开卷有益。不过，我最不满意的就是书上说，唐吉诃德已经不再忠于托博索的杜尔西内亚了。”

唐吉诃德闻言勃然大怒，说道：

“无论是谁，只要他说曼查的唐吉诃德抛弃了托博索的杜尔西内亚，我就要同他拼命，让他知道这纯粹是一派胡言！唐吉诃德根本不可能抛弃杜尔西内亚。杜尔西内亚也不可能被唐吉诃德抛弃，她不会被任何人抛弃。唐吉诃德并不是那种见异思迁的人，而且他的职业也不允许他移情别处。”

“谁在听我们说话？”隔壁有人说道。

“还能有谁呢，”桑乔说，“只能是曼查的唐吉诃德本人。他说到就能做到，更何况他‘既然能还账，就不怕抵押’呢。”

桑乔刚说完，就看见两个骑士装束的人进了房门。其中一人搂住唐吉诃德的脖子说道：

“见了您，果然名不虚传。而您的盛名又使您不虚此行。确切无疑，您就是真正的唐吉诃德，是游侠骑士的北斗星和指路明灯。有的人竟想顶替您的英名，诋毁您的功绩，就像这本书的作者那样，只能是徒劳一场。”

那人说着把同伴手里的一本书交给唐吉诃德。唐吉诃德接过来，一言不发，翻了翻书，过了一会儿才说道：

“我只随便翻了一下，便发现作者有三点不堪一击。首先是序言上的几句话；其次是作者的阿拉贡语风，他写东西时有些地方没用冠词；第三点就是主要情节不符合事实。例如，这儿说我的侍从桑乔·潘萨的妻子叫玛丽·古铁雷斯，其实她叫特雷莎·潘萨。既然在这么重要的地方都有误，其他地方的谬误就可想而知了。”

桑乔说道：

“这种人算什么呀！居然把我老婆特雷莎·潘萨说成是玛丽·古铁雷斯！大人，您再翻翻书，看看书里是不是有我的名字，是不是把我的名字也改了？”

“朋友，听你说话这口气，”唐赫罗尼莫说，“你肯定就是唐吉诃德大人的侍从桑乔·潘萨了？”

“正是我，”桑乔说，“我为此感到骄傲。”

“实话对你讲，”那人说道，“这位作者并没有把你如实写出来。他把你描述成一个贪吃的笨蛋，一点儿也不滑稽，与写你主人那本书上卷里的桑乔完全不同。”

“愿上帝饶恕他吧，”桑乔说，“他完全可以不写我嘛。不知道就别乱说，事情该怎么样就是怎么样。”

那两个人请唐吉诃德到他们房间去与他们共进晚餐。他们很清楚，那个客店里没有什么适合唐吉诃德吃的东西。唐吉诃德不便推辞，就很有礼貌地过去同他们一起吃晚饭，于是这锅牛蹄就成桑乔的了。桑乔坐到了上首位置，店主也挨着他坐下来。他同桑乔一样对蹄类食品很感兴趣。

吃晚饭时，唐胡安向唐吉诃德打听有关杜尔西内亚的情况，问他们是否已经结婚，杜尔西内亚是否怀孕了，或者仍是个处女。如果她仍守身如玉，那么，她对唐吉诃德也肯定一往情深。唐吉诃德答道：

“杜尔西内亚仍然完好如初，我对她也比以往任何时候都忠贞。

我们之间的联系同以前一样，并不频繁，不过，她的花容月貌现在已变成一个丑陋的农妇模样了。”

接着，唐吉诃德讲述了杜尔西内亚中魔法以及他在蒙特西诺斯洞窟内看到的情况，还提到了贤人梅尔林曾吩咐过，若想让杜尔西内亚摆脱魔法，就得让桑乔自己鞭笞自己。那两个人听唐吉诃德讲述他的这些奇遇觉得非常有意思，同时又对他能把这些乱七八糟的东西讲得有声有色感到惊奇。他一会儿讲得有条有理,一会儿又讲得糊里糊涂，让人搞不清他到底是明白人还是疯子。

桑乔吃完晚饭，撇下那个已经醉倒的店主，来到唐吉诃德所在的房间，进门便说道：

“我敢拿生命打赌，诸位大人，你们看的那本书的作者肯定是跟我过不去。他把我说成了馋鬼，但愿他别再把我称为醉鬼。”

“他的确把你说成醉鬼，”唐赫罗尼莫说，“但我忘记是怎么说的了，我只知道说得挺不好的。不过，我亲眼见到了眼前这位桑乔，就知道那全是胡说八道。”

“请你们诸位相信，你们看的那本书里的桑乔和唐吉诃德大概是另外两个人，而不是锡德·哈迈德·贝嫩赫利写的书里的桑乔和唐吉诃德。我们是贝嫩赫利写的唐吉诃德和桑乔。我的主人勇敢、机智而又多情，我单纯、滑稽，既不贪吃也不贪杯。”

“我也这样认为。”唐胡安说，“如果可能的话，应该下令除了原作者锡德·哈迈德之外，任何人都不许记述伟大的唐吉诃德的事情，就像亚历山大下令除了阿佩莱斯[①]之外，任何人都不许画他的像一样。”

“谁愿意写我就写吧，”唐吉诃德说，“但是不要丑化我。污蔑太多往往会导致让人失去耐心。”

“若不是唐吉诃德大人这么有耐心，”唐胡安说，“我估计他这种耐心是相当大的，恐怕没有什么污蔑可以逃脱他的反击。”

大家说着话消磨了大半夜，虽然唐胡安想让唐吉诃德再翻翻那本

---

① 阿佩莱斯是古希腊时代早期的画家，曾为马其顿的腓力二世及其子亚历山大大帝充当宫廷画师。

书，看看还有什么可说的，最终却未能如愿。唐吉诃德说，就算他把全书都看了，也只能说是满篇荒谬，而且，万一传到那本书作者的耳朵里，说唐吉诃德见过那本书，他就该得意了，还以为唐吉诃德通读了那本书呢。人心里应该干净，眼睛里更应该干净。那两个人问唐吉诃德准备到哪儿去，唐吉诃德说要到萨拉戈萨去参加一年一度的盔甲擂台赛。唐胡安说，那本书里讲到唐吉诃德或其他什么人曾参加了一次穿环擂台赛，写得毫无新意，缺乏文采，没有特点，全是一派胡言。

"如果情况是这样，"唐吉诃德说，"我就不去萨拉戈萨了，这样就可以揭穿作者的谎言，让人们知道我并不是他说的那个唐吉诃德。"

"您做得很对，"唐赫罗尼莫说，"在巴塞罗那另外还有其他一些比赛，您可以在那儿显示您的风采。"

"我也想这样。"唐吉诃德说，"现在是睡觉的时候了，请原谅，我要上床休息了。请你们务必把我当成你们的一位老朋友和侍者。"

"我也如此，"桑乔说，"也许什么时候我能为你们做点儿事情。"

他们互相道别，唐吉诃德和桑乔回到了自己的房间，剩下唐胡安和唐赫罗尼莫仍在那里为看到唐吉诃德既明智又疯癫而发呆。他们确信，这两个人就是真正的唐吉诃德和桑乔，而不是那位阿拉贡作者杜撰的那两个。

第二天早晨，唐吉诃德用手拍打着隔壁房间的薄墙，向那两个人告别。桑乔慷慨地向店主付了钱，让店主少吹牛，多置办些东西。

第六十章 唐吉诃德赴巴塞罗那路上的遭遇

唐吉诃德离开客店的那个早晨，天气很凉爽，看样子全天也不会热。他已打听好哪条路可以直奔巴塞罗那而不必绕道萨拉戈萨，目的是要揭穿那本新书作者的谎言，因为听说作者对他进行了恶毒攻击。他们走了六天路，没遇到什么可以记述的事情。六天后，他们离开了大路，刚走进树林，天就黑了。记事准确的锡德·哈迈德这次没有说明那是橡树林还是栓皮栎树林。

两人从牲口背上下来，靠在树干上休息。桑乔那天已吃饱了，马上便进入了梦乡。唐吉诃德却合不上眼，主要不是由于饿，是由于思绪万千而不能成眠。他的思绪到处飘荡，一会儿觉得自己到了蒙特西诺斯洞窟，一会儿又看到被变成农妇的杜尔西内亚跳上了她那头母驴，接着又听到贤人梅尔林的话语在耳边回响，提醒他如何才能解除附在杜尔西内亚身上的魔法。他见桑乔仅打了自己五下，离所需数目差得太远了，又气又恼，心中想："如果亚历山大大帝割断了戈迪乌斯的绳结，说'割断就算解开了'，而且并没有因此就没能主宰整个亚洲，那么，要解除附在杜尔西内亚身上的魔法，也可以采用这种办法，那就是不管桑乔愿意不愿意，由我来鞭打他。既然为杜尔西内亚解除魔法的条件就是桑乔挨三千多鞭子，那么，由我打，让他自己打，或是让其他人打，都是一样的。因为关键在于挨打的是他，不管是由谁来打。"

于是，唐吉诃德首先解开了罗西南多的缰绳，做好了鞭打的准备，然后来到桑乔身边，开始解桑乔的腰带，他知道桑乔只用一条带子系着自己的肥腿裤。但是不等他解开带子，桑乔就醒了。桑乔马上睡意全消，问道：

"怎么回事，是谁在动我？谁在解我的腰带？"

"是我，"唐吉诃德说，"我来帮你完成你尚欠的部分，同时也解除我的烦恼。我来抽打你，桑乔，让你偿还你欠的那部分债。杜尔西内亚受尽了折磨，你却在这里无动于衷，我都快急死了。最好是你自己解开裤子，让我在这荒郊野岭打你至少两千鞭子吧。"

"不行，"桑乔说，"您还是老实点儿，否则我向上帝发誓，我会闹得让聋子都能听见咱们的动静。让我抽打自己必须是心甘情愿的，不能强迫，可现在我不想打自己。我告诉您，当我愿意的时候，我一定会抽打自己，这就够了。"

“不能由着你来，”唐吉诃德说，“你心肠冷酷，而且人虽然是乡巴佬，皮肉却挺嫩的。”

唐吉诃德还是要解开桑乔的裤子。桑乔见状站了起来，扑向主人，双手抓着他，脚下一绊，把唐吉诃德推了个仰面朝天，摔倒在地。接着，桑乔又用右膝盖压住唐吉诃德的胸膛，按住唐吉诃德的双手，让他动弹不得，连喘气都难。唐吉诃德说道：

“你这个叛逆，竟敢跟你的主人造反？主人养活了你，你竟敢对主人无礼？”

“我不偏不倚。”桑乔说，“我这是自己帮助自己，我就是我的主人。您答应老实点儿，现在不再想抽打我，我就放开您，否则的话呀——

> 你就死定了，叛逆，
> 唐娜桑查的敌人[①]！”

唐吉诃德答应了，他以自己的生命发誓，连桑乔衣服上的一根毛也不想碰了，而且同意桑乔在他愿意的时候自觉自愿地鞭打自己。桑乔站起身，走出很远，才靠在一棵树上。可是，他忽然觉得有什么东西碰到了他的脑袋，伸手一摸，竟是两只穿着鞋袜的人脚。桑乔吓得直发抖，赶紧跑到另一棵树下，结果又遇到了同样的情况。他大声喊叫唐吉诃德来救他。唐吉诃德问他发生了什么事，是什么可怕的东西。桑乔回答说，那些树上全都挂满了人脚和人腿。唐吉诃德摸了一下，立刻猜到是怎么回事了。他对桑乔说道：

“你没有必要害怕，这肯定是一些在树上被绞死的逃犯与强盗的脚和腿。这一带抓到逃犯和强盗，往往把二三十人或三四十人一起吊在树上绞死。我估计这儿离巴塞罗那不远了。”

事情果然不出唐吉诃德所料。

天蒙蒙亮时，唐吉诃德和桑乔抬眼细望，看到树上吊着的果然是强盗们的尸体。强盗尸体本来就把他们吓了一跳，不料，突然又有

---

① 这里引用的是民歌里的句子。

四十多个活强盗围住了他们，这一吓更是非同小可。强盗们用卡塔卢尼亚语告诉他们老实点儿，等着强盗们的头儿来。唐吉诃德站在那里，毫无防范，马没戴嚼子，长矛靠在树上。他只好抱着双臂，低着头，准备见机行事。

强盗们先搜查了驴，把褡裢和手提袋里的东西洗劫一空。桑乔暗自庆幸，公爵和公爵夫人送给他们的金盾和他们从家里带来的一些钱都藏在贴身的腰包里，没有被那些人拿走。若不是那些强盗的头目这时候到了，那些强盗说不定还会把他们里外搜个遍呢。强盗头儿看样子有三四十岁，身体挺结实，中等偏高的身材，目光严肃，皮肤黝黑。他骑着一匹高头大马，穿着一身铁甲，腰两边分别插着四支小火枪。他见他的侍从们正要剥桑乔的衣服，须知在他们那帮人里也称侍从，就命令不要再剥了，这样桑乔的腰包才算侥幸保存了下来。那个强盗头儿看到靠在树上的长矛、放在地上的盾牌以及全身披挂、若有所思却又忧心忡忡的唐吉诃德，便走近唐吉诃德，说道：

“不要难过，好兄弟，你并没有落到残忍的布西里斯[①]手里，而是在心地善良、并不残酷的罗克·吉纳德[②]手里。”

“我并不是为落到你手里而难过，英勇的罗克，你的英名传颂遐迩。我只是怨自己一时大意，马未上鞍就被你的兵士围住了。按照我所奉行的游侠骑士道，我应该时刻警惕，永不懈怠。我应该告诉你，伟大的罗克，假如我是骑在我的马上，手持长矛和盾牌，要抓住我可不那么容易。我是曼查的唐吉诃德，我的业绩名扬四方。”

罗克·吉纳德马上就意识到了唐吉诃德的毛病，与其说这是吹牛，还不如说是疯癫。对此他虽然原来就有所耳闻，但从不认为确有其事，也不相信一个人会疯成这个样子。现在，他遇到了唐吉诃德本人，能够切身体验一下他听说的事情了。他觉得很有意思，就对唐吉诃德说道：

“英勇的骑士，不必心灰意冷，怨天尤人。现在看来是倒霉的事，

① 布西里斯是古希腊神话中的埃及国王，以残忍著称。
② 罗克·吉纳德是西班牙的著名侠盗。

可说不定你马上就会时来运转。老天做事总是神秘莫测，它常常会让跌倒的人重新站立起来，让穷人变成富人。”

唐吉诃德正要道谢，背后忽然传来一阵马蹄声。其实只有一匹马，是一个小伙子疾驰而来，看样子最多二十岁，穿一身金边绿色锦缎肥腿裤和套头短上衣，头上像瓦龙人[①]那样斜戴着帽子，皮靴锃亮，马刺、剑和匕首都是镀金的。他手里拿着一支猎枪，腰两侧又各插着一支手枪。罗克循声回过头去，只见这英俊少年来到他身边说道：

“喂，英勇的罗克，我是来找你的。即使你不能救助我，至少能减轻我的痛苦。你大概还没认出我来吧，为了不让你感到意外，我想先告诉你我是谁。我是西蒙·福特的女儿克劳迪娅·赫罗尼玛。我父亲和你是朋友，他也同你一样，是克劳克尔·托雷利亚斯的死对头。这个人是与你对立的帮派头头之一。你知道，托雷利亚斯有个儿子叫比森特·托雷利亚斯，至少刚才他还叫这个名字。这个……且让我长话短说，简单说几句我的不幸是如何引起的吧。他看上了我，向我求爱，我听信了他的话，背着父亲偷偷同他谈情说爱。一个女人，无论她住得多么偏僻，无论对她约束得多么紧，只要她想实现自己那骚动的欲望，就总能找到机会。后来，他答应做我的丈夫，我也答应做他的妻子，但只是说说而已。昨天，我听说，他已经忘了他对我的诺言，要同别的女人结婚了，今天上午就要举行婚礼。我知道后实在控制不住了，趁着父亲不在家，换上了这身衣服，骑着这匹马匆忙追赶，在离这儿约一西里远的地方追上了比森特。我没抱怨他，也没听他道歉，就用这支猎枪朝他开了一枪，又用这两支手枪补了两枪。我觉得他身上中的枪弹肯定不止两颗。我用他身上流淌的鲜血挽回了我的名誉。当我离开时，他的几个用人围着他，那些用人不敢也没能力起来抵抗。我来找你是想让你把我带到法国去，我在那儿有亲戚。同时，我还请求你保护我父亲，别让他们到我父亲那儿去报仇。”

罗克对美丽的克劳迪娅的绰约风姿、优美身材以及她的所作所为

---

① 瓦龙人是比利时南部的人。

感到吃惊。他对克劳迪娅说道：

“来吧，姑娘，咱们去看看你的对手死了没有，然后再说你到底应该干什么。”

唐吉诃德一直在仔细听着克劳迪娅和罗克·吉纳德的对话。唐吉诃德说道：

“不用烦劳谁来保护这位姑娘了，这是我的事。把马和武器还给我，你们在这儿等着。无论那个青年是死是活，我都要找到他，让他履行对这位如此美丽的姑娘的诺言。”

“对此谁也不用怀疑，”桑乔说，“我的主人在撮合婚姻方面很有一手。前不久，他还让另一个拒绝同姑娘履行结婚诺言的小伙子同那个姑娘结了婚。若不是魔法师把那个小伙子的本来面目变成了仆人模样，现在那姑娘早成媳妇了。”

罗克正在想美丽的克劳迪娅的事情，并没有注意唐吉诃德和桑乔的话。他让他的随从们把从桑乔那儿抢走的东西都还给桑乔，并且各自回到他们前一天晚上待的地方去，然后就同克劳迪娅一起飞马去寻找那个受了伤或是已经死了的比森特。他们来到克劳迪娅说的那个地方，却没发现比森特，只见到地上有一摊鲜血。两人举目向四周望去，见到山坡上有一些人，估计是比森特和他的用人们。果然不错，他的用人不管他死没死，正抬着他走，也不知是要送他去治伤还是去掩埋他。两人赶紧追过去。那些人走得很慢，所以很快就赶上了他们。比森特被用人们抬着，正用疲惫和微弱的声音请求用人们让他死在那儿，伤口疼得太厉害了，他实在没法再走了。

克劳迪娅和罗克从马上跳下来，来到比森特身边。用人们见罗克来了都很害怕。克劳迪娅看到比森特也百感交集。她既心疼又严厉地走到比森特身旁，对他说道：

“如果你按照咱们的约定同我结婚，就不会落到这种地步了。”

受伤的比森特吃力地睁开眼睛，认出了克劳迪娅。他对克劳迪娅说道：

“我看得很清楚，上了当的美丽姑娘呀，是你杀了我，辜负了我的一片情意，我从来没有想做对不起你的事呀。”

“人家说你今天上午要同富豪巴尔萨斯特罗的女儿莱昂诺拉结婚，难道这不是真的？”

“不，不是真的。”比森特说，“我真不幸，叫你得到这种消息，结果你妒火攻心，想要我的命。我能死在你的怀抱里，也算我幸运。为了向你证明我说的是实话，如果你愿意，请你握住我的手，接受我做你的丈夫。这是我能给你的最好答复，尽管你以为我伤害了你。”

克劳迪娅抓住了比森特的手，肝肠欲断，昏倒在比森特那冒血的胸口上。比森特也昏死过去了。罗克慌了，不知如何是好。用人们找来凉水，喷到克劳迪娅和比森特的脸上。克劳迪娅醒了过来，可比森特却永远也不可能苏醒了。克劳迪娅哭天号地，揪下自己的头发到处乱扔，还抓自己的脸，显出一副悲痛欲绝的样子。

“你这个狠心的糊涂女人呀，”她叫道，“你怎么会如此轻率地下了毒手呢？疯狂的嫉妒竟让你把你的心上人推上了绝路！噢，我的丈夫，你太不幸了。你本是我的亲人，却从洞房被送到了坟墓！”

克劳迪娅的悲痛使从来没哭过的罗克也流下了泪水。用人们呜咽着，克劳迪娅不时地晕过去，周围成了一片悲伤和不幸的原野。后来，罗克·吉纳德吩咐用人们把比森特的尸体送到他父亲那儿去安葬。克劳迪娅对罗克说，她想到一家修道院去，她的一个姨妈在那个修道院当院长。她要在修道院里了却余生，以上帝为她的永恒伴侣。罗克对克劳迪娅的想法表示赞同，并且愿意陪同她去她想去的任何地方。如果比森特的亲戚或者其他什么人想伤害她父亲，他都会出面保护她父亲。克劳迪娅坚持不让罗克陪送，对他的好意深表感谢，然后哭着走了。比森特的用人们把比森特的尸体抬走了，罗克也回到了他手下那些人身旁。这就是克劳迪娅·赫罗尼玛爱情的结局。难以按捺的嫉妒之火导致了她的这段伤心事，这又何足怪呢？

罗克·吉纳德看见他的随从们仍待在自己原来的位置上，唐吉诃德也骑着马置身于他们当中，正劝说他们放弃那种无论对灵魂还是对肉体都很危险的生活方式呢。然而，那些人都是粗野放荡的加斯科尼人，根本听不进唐吉诃德的话。罗克一到，就问桑乔，他手下人从桑乔的驴那儿拿走的东西是否都已经归还了。桑乔说已经归还了，但是还缺三块价值连城的头巾。

“你说什么？”在场的一个人说，“头巾在我这儿呢，它们也就值三个雷阿尔。”

“是的，”唐吉诃德说，“不过我的侍从很珍视它。这是别人送给他的。”

罗克·吉纳德吩咐立刻把头巾还给桑乔，然后又吩咐他手下那些人一字排开，把所有衣物、珠宝和钱财都拿出来摆在自己面前。他简单估算了一下，又把那些不能分割的东西折算成钱，统一分配给大家。他分得既仔细又合理，大家都很满意。分完东西后，罗克对唐吉诃德说：

“如果不能分配得如此公平，就无法在他们中间生存下去。”

桑乔说道：

“现在我看到了，还是公平好，就是盗贼之间也需要公平。”

罗克的一个随从听到桑乔的话，举起火枪的枪托欲打桑乔，被罗克喝住了，否则桑乔的脑袋非得开花不可。桑乔吓坏了，决定和这群人在一起的时候再也不开口了。

这时，罗克的几个守在路上监视过往行人的随从跑来向罗克报告说：

“大人，离这儿不远，在通往巴塞罗那的路上来了一大群人。”

罗克问道：

“是找我们的人，还是我们要找的人？”

“是我们要找的人。”随从答道。

“全体出发！”罗克说道，“马上把他们都带到这儿来，不许让一个人跑掉！”

随从们都走了，只剩下唐吉诃德、桑乔和罗克在原地等着随从们把那些过路人抓来。这时，罗克对唐吉诃德说：

“唐吉诃德大人一定会觉得我们这种生活很新鲜，我们所做的事情很危险。您如果这样认为，我并不感到奇怪。我承认，再没有什么生活比我们的生活更动荡不安了。我知道是受了冤屈的力量让我选择了这种生活，这是一种要扰乱所有宁静生活的力量。就我的本性来说，我是富有同情心的善良人，可是就像我刚才说的，一种要为我所受到的伤害复仇的力量压倒了我所有的善良意愿，使我身不由己地走上了这条罪恶之路，结果‘深渊与深渊响应[①]’，罪恶接着罪恶，我不仅为自己报仇，还负责为别人报仇。虽然我现在处在彷徨的迷宫中，可是上帝保佑我，我并没有失去从这个迷宫里安然逃脱的希望。”

唐吉诃德听了罗克这番有理有节的议论，感到很意外，他原以为在这些偷杀抢掠的人里没有人会如此明智呢。他对罗克说道：

“罗克大人，恢复健康的原则就是首先要了解自己的病情所在，然后按照医生的指示服药。您现在有病，而且知道病痛何在，老天或者说上帝就是我们的医生，会给您开出治病的药。不过，病常常是逐渐好的，不是突然就奇迹般地好了。聪明的病人比头脑简单的人更容易治疗。从您刚才的谈话中可以看到您很明智，现在只需您鼓起勇气，等着您意识上的疾病逐渐好转。如果您想少走弯路，尽快拯救自己，您就跟我走，我会教您如何做游侠骑士。您经历了千辛万苦，以此来赎罪，很快就可以升入天堂。”

罗克听了唐吉诃德的话笑了。他转了个话题，向唐吉诃德讲述了克劳迪娅·赫罗尼玛的悲剧。桑乔听了十分难过，他对这个美丽、开朗而又朝气蓬勃的姑娘已经产生了好感。

这时，那几个出去抓人的随从回来了，还带回两个骑马的小伙子、两个步行的朝圣者和一车妇女，车旁边有六名步行或骑马的用人伴随，此外还有那两个骑马的小伙子带的骡夫。罗克的随从们把这些人围在中间，大家都不说话，等着罗克开口。罗克问那两个骑马的小伙子是什么人，要到哪儿去，带了多少钱。其中一人答道：

“大人，我们是西班牙步兵的两名上尉，我们的部队现在驻扎在那不勒斯。据说在巴塞罗那有四艘船奉命要开往西西里，我们是去登船的。我们身上带了两三百个盾，我们挺知足的，当兵的平时穷惯了，不可能有很多钱。”

罗克向两名朝圣者问了同样的问题。朝圣者说他们要乘船去罗

---

① 引自《旧约全书·诗篇》。

马，两人一共只带了六十雷阿尔。罗克又问车上坐的是什么人，想到哪儿去，一共带了多少钱。一个骑马的小伙子说道：

“车上坐的是我的女主人，那不勒斯法庭庭长的夫人唐娜吉奥马·德基尼奥内斯，以及她的一个小女儿、一个女佣和一个女管家。我们六个仆人就是护送她们的。我们一共带了六百个盾。”

“既然这样，”罗克说，“咱们一共有九百个盾和六十个雷阿尔，我的兵士大概有六十人，你们算算，他们每个人可以得多少？我算术不好。”

他的随从们听到这话，齐声喊道：

“罗克·吉纳德万岁，气死那些想毁掉他的混蛋们！”

眼看自己的钱就要被没收，两名上尉垂头丧气，庭长夫人伤心不已，朝圣者满腹牢骚。罗克等了一会儿，见他们的悲伤表情仍然那么明显，便不想让他们再伤心下去了。他转过身对两个上尉说：

“两位上尉大人，请你们帮帮忙，借给我六十个盾；庭长夫人，请您借我八十个盾，别让和我一起来的这些人失望，就是‘修道院长也得靠唱歌吃饭’呢。然后，你们痛痛快快地赶你们的路。我给你们开个通行证，如果再碰到我手下的其他人，他们决不会伤害你们。我既不想冒犯我的兵士们，也不想冒犯任何一位妇女，特别是那些贵族妇女。”

两位上尉对罗克说了不少好话，对他的宽容表示感谢。唐娜吉奥马·德基尼奥内斯夫人欲下车来吻伟大罗克的手和脚，罗克坚决不允。相反，他请庭长夫人原谅自己，自己也是迫不得已，干这行的只能这样做。夫人吩咐她的仆人拿出了八十个盾，而两个上尉早已把他们该拿的六十个盾准备好了。两个朝圣者也打算倾其所有，可是罗克叫他们先等一等，转身对他的部下说：

“这些盾你们每人拿两个，这样就还剩二十个。十个给朝圣者，十个给这位善良的侍从，别让他说咱们的坏话。”

罗克吩咐把随身携带的文具准备好，给他手下的几个小头目写了通行证，然后向那些人告别，让他们走了。那些人对这位慷慨大度的罗克的奇怪举动感到惊奇，觉得他不像一个臭名昭著的强盗，倒像是亚历山大大帝。有个侍从用加斯科尼和卡塔卢尼亚语说道：

“这个头头更适合当教士，而不是当强盗。他若是想表现他的大度，以后就应该只花自己的钱，而不要花别人的钱。”

这个倒霉鬼说话的声音不算小。罗克伸手拔出剑，把他的脑袋几乎劈成了两半。罗克说道：

“谁敢口吐狂言，我就这样惩罚他！”

大家都吓坏了，谁也不敢说话，只能唯唯诺诺。

罗克向旁边走出几步，给他在巴塞罗那的一个朋友写了封信，告诉那位朋友，自己如何遇到了曼查的著名的唐吉诃德，关于这位游侠骑士有很多话题可以谈，他是世界上最滑稽又最清醒的人。四天之后，也就是‘施洗的约翰[1]日’，他会骑着他的罗西南多，与他的骑驴的侍从桑乔一起，全身披挂地出现在巴塞罗那的海滩上。罗克让朋友把这消息告诉尼亚罗[2]的朋友们，叫他们拿唐吉诃德开开心，但他不想让自己的对立派凯德尔也分享这份快乐。不过，这似乎又不可能，因为对于疯癫而又明智的唐吉诃德及其滑稽的侍从桑乔，大家都非常感兴趣。罗克让自己的一个随从换上农夫的衣服，把信送往巴塞罗那。

第六十一章　唐吉诃德到了巴塞罗那的见闻，以及其他不新奇但却真实的事情

唐吉诃德同罗克一起度过了三天三夜。不过，即使他同罗克一起度过三百年，罗克的生活也总是那么变化无穷：早晨还在这儿，吃饭

① 这里指的是为耶稣施洗的圣约翰。

② 尼亚罗和下面的凯德尔是西班牙的两个有名的对立强盗帮派。罗克·吉纳德是尼亚罗派的头领。

时就跑到别处去了；有时不知要躲避什么人，有时又不知在等待什么人。他们睡觉时都站着，睡到一半又转移地方。他们所做的就是站岗放哨，吹旺火枪的引火绳，尽管他们并没有几支火枪，大部分人只是用燧石枪。罗克不同他的部下一同过夜，总是独处一地，谁也不准打听他在哪儿。巴塞罗那总督已经发布了很多布告，悬赏捉拿他，因此罗克总是忐忑不安，心惊胆战，怕他的部下把他杀了或者把他送交官府。他这种生活真是可怜而又可悲。

罗克、唐吉诃德、桑乔和另外六个随从沿着荒凉的小路，一路披荆斩棘地赶赴巴塞罗那，在圣约翰日前夜来到了巴塞罗那的海滩。罗克拥抱了唐吉诃德和桑乔，把前面曾许给桑乔的十个盾交给了桑乔。几个人客气一番，罗克便告别了。

罗克走了以后，唐吉诃德仍留在原地，骑在马上等待天明。东方很快就露出了晨曦，乳白色的晨光为绿草鲜花带来了愉悦。人们可以听到笛声、鼓声和铃铛声，以及从城里来的脚夫“让一下！让一下！”的吆喝声。晨曦又迎来了太阳。太阳就像一块大护胸盾，从地平线冉冉升起。

唐吉诃德和桑乔放眼向四方望去，看到了他们从未见过的大海。大海浩瀚无垠，比他们在曼查看到的鲁伊德拉湖大得多了。他们还看到，停泊于海岸的几艘船已经降下了船篷。船上无数彩带和三角旗迎风飘动，还不时地垂掠水面。船上鼓号齐鸣，悠扬而又雄壮的音调远近可闻。那几艘船摆开战斗的阵势，开始在平静的水面上缓缓移动。地面上与之呼应的是无数身着艳丽服装的骑手，骑着英俊的马匹从城内奔出。船上的士兵连连射击，城墙上和堡垒里的士兵放炮回敬，炮声隆隆，划破了天空。船上的士兵也不甘示弱，开炮作答。大海起舞，大地欢腾，空气清新，只有炮火的烟雾偶尔混浊了晴空。此情此景仿佛让所有人都感到了一种从未有过的兴致。只有桑乔无论如何也想象不出，为什么那些在海上移动的庞然大物竟有那么多只脚[①]。

那些高喊着“雷里里”的骑马人已经冲到了唐吉诃德面前，把唐

---

① 指船桨。

吉诃德吓得不知所措。其中一个骑马人就是罗克通知的那个人。他对唐吉诃德说道：

“欢迎您到我们城市来，游侠骑士的楷模、明灯和北斗星，还有您的其他数不尽的英名。欢迎您，曼查的英勇的唐吉诃德，我说的不是我们最近看到的那部伪作里的假唐吉诃德，而是史学家精英锡德·哈迈德·贝嫩赫利描述的那个真正的唐吉诃德。”

唐吉诃德并不答话。那几个骑马人也不等他答话，便同一起来的那些人围着唐吉诃德绕起圈来。唐吉诃德转身对桑乔说道：

“他们认识我。我敢打赌，他们一定读过写咱们的书，连刚刚出版的阿拉贡人写的那本也读过。”

刚才同唐吉诃德说话的那个骑马人又转回来对唐吉诃德说道：

“请您跟我们走吧，唐吉诃德大人。我们是罗克·吉纳德的老朋友，都是您的仆人。”

唐吉诃德答道：

“如果礼貌能够带动礼貌，那么骑士大人，您的盛情源于伟大的罗克对我的盛情。您随意带我到任何地方去吧，我愿意尊崇您的意志，而且只要您乐意，我愿意为您效劳。”

那位骑马人也同样客套了一番。然后，那些人簇拥着唐吉诃德，随着鼓乐的伴奏，一起走向城里。他们刚进城，就有两个坏得不能再坏的顽童挤进了人群里，一个掀起灰驴的尾巴，另一个掀起罗西南多的尾巴，把两束棘豆分别插进两头牲口的屁股。两头牲口感到疼痛，可是越夹尾巴越难受，便尥起蹶子来，把两个主人摔到了地上。唐吉诃德又羞又气，赶紧把插进马屁股的东西拔了出来，桑乔也把驴屁股里的东西扯了出来。伴随唐吉诃德的那些人想惩罚那两个顽童，可是已经不可能了，两个孩子早已混进了数以千计的人群之中。

唐吉诃德和桑乔又骑上牲口，仍然在鼓乐声的伴奏下来到了那个引路的骑马人的家。那是个高门大宅，看样子是个富裕人家。这些咱们暂且不提吧，因为这是锡德·哈迈德的意思。

第六十二章　通灵头像以及其他不可忽略的琐事

唐吉诃德的东道主叫安东尼奥·莫雷诺，是个富裕而又精明的绅士，喜欢开一些并不粗俗的善意的玩笑。他见唐吉诃德来到了他家，就想让大家拿唐吉诃德的疯癫开心，但是又不伤害唐吉诃德的自尊心。刺伤了人的自尊心就算不上玩笑了，哪怕是伤害第三者也称不上是娱乐。他做的第一件事就是让唐吉诃德脱去盔甲，仅穿着我们在前面叙述过的那件羚羊皮紧身背心，走到一个面对该城主要大街的阳台上去，让众多大人和孩子像看猴子似的看他。唐吉诃德面前又出现了许多穿艳丽服装的骑马人，他们跑来跑去仿佛不是为了庆祝当天的节日，而是专门供唐吉诃德检阅似的。桑乔特别高兴，竟莫名其妙地以为又碰上了一次卡马乔的婚礼，又到了一个像唐迭戈·德米兰达那样的宅第，又出现了一个像公爵府那样的城堡。

那天，安东尼奥请几个朋友吃饭，大家对唐吉诃德都很尊重，把他当游侠骑士对待。唐吉诃德自然得意扬扬，喜形于色。桑乔更是妙语连珠，吸引了所有用人和能听到他讲话的人，席间安东尼奥对桑乔说：

"好桑乔，我们听说你特别喜欢吃米粉牛奶杏仁羹和丸子，如果吃不完，你还藏到怀里留着第二天吃。"

"并不是这样，大人。"桑乔说，"我很爱干净，并不那么贪吃。我的主人唐吉诃德就在旁边，他十分清楚，有时候一把橡子或胡桃就够我们俩吃八天。的确，也有可能遇到人家给我一头小牛，我马上就拿绳去牵的情况，我的意思是说，有什么我就吃什么，有机会就不放过。可是，无论谁说我贪吃或者不讲卫生，你们都千万别信。若不是有诸位贵宾在席，这话我还会另有说法呢。”

“的确如此，”唐吉诃德说，“桑乔的克制和讲卫生真值得载入史册，供后人怀念。他饿的时候确实有点儿贪吃，吃得既快又狼吞虎咽，不过他一直很注意卫生。他当总督的时候吃东西就很文雅，曾经用叉子吃葡萄和石榴子。”

“怎么，”安东尼奥说，“桑乔还当过总督？”

“是的，”桑乔说，“我当过一个叫巴拉塔里亚的海岛的总督。我痛痛快快地当了十天总督。后来我失去了耐心，开始鄙视世界上的所有总督，于是就从那儿逃了出来，结果掉进了一个大坑。我以为我要死在那儿了，可是却奇迹般地活了下来。”

唐吉诃德把桑乔当总督的事情详细地叙述了一遍，众人听得津津有味。

吃完饭后，安东尼奥拉着唐吉诃德的手来到一个单独的房间。房间里只有一张桌子，看样子是碧玉的；桌子只有一条桌腿，也是碧玉的。桌子上摆放着两个罗马皇帝的半身像，大概是用青铜制的。安东尼奥带着唐吉诃德绕桌子转了几圈，然后才说道：

“唐吉诃德大人，我已经察看过了，现在没有任何人看见咱们或者听见咱们说话，门也关上了。我想告诉您一件最罕见的奇闻，或者说是一件难以想象的新闻，不过我有个条件，那就是您得严守秘密。”

“我发誓，”唐吉诃德说，“为了更保险起见，我还可以在严守秘密之上再压一块石头。”唐吉诃德现在已经知道了安东尼奥的名字，又说道，“而且我想告诉您，安东尼奥大人，我只有耳朵往里进，没有嘴往外传。所以您尽可放心，心里有什么事都完全可以告诉我，就算是把秘密扔到沉默的深渊里去了。”

“既然您这么说，”安东尼奥说，“我可要让您对您的所见所闻大吃一惊了。这也算是我的一种排遣吧。这件事我一直无处可讲，它并不是随便可以和任何人讲的。”

唐吉诃德觉得很好奇，等着安东尼奥到底说什么。这时，安东尼奥抓着唐吉诃德的手，把那青铜像、那碧玉桌子以及那条桌腿都摸了一遍，然后才说道：

“唐吉诃德大人，这个头像是由世界上最优秀的魔法师制作的。那个魔法师大概是波兰人。他是著名的埃斯科蒂略的门徒，关于他有很多神奇的传说。那个魔法师就在我家住过。我出价一千个盾，请他制作了这个头像。您靠近头像的耳朵随便问什么问题，他都能回答。那位魔法师画符念咒，观象掐算，让这个头像具备了这种特异功能。明天，咱们可以试试看。星期五这个头像不说话，而今天恰好是星期五，所以咱们得等到明天。在这段时间里您可以准备一下要提的问题。根据我的经验，它回答得都很准确。”

唐吉诃德听说头像有这种特异功能，感到非常惊奇，对安东尼奥的话不太相信。不过，既然过不了多长时间就可以试验，他也就不想再说什么了，只是对安东尼奥如此推心置腹表示感谢。两人走出房间，安东尼奥用钥匙把门锁好。两人来到客厅，其他人仍在那里听桑乔讲他和他主人的种种奇遇。

当天下午，他们陪唐吉诃德外出散步。唐吉诃德没有穿盔甲，一身休闲装束，穿着棕黄色的长袍。当时，那样的天气别说穿长袍，即使是冰块也要冒汗的。安东尼奥吩咐用人们与桑乔周旋，别让他出门。唐吉诃德出了门，他没有骑罗西南多，而是骑着一匹高大、驯顺的骡子，并且鞍具也很漂亮。他们让唐吉诃德穿上长袍，并且在长袍背部悄悄地贴了一张羊皮纸，上面用大字写着：“这就是曼查的唐吉诃德。”他们开始在街上走动，这张羊皮纸吸引了过往行人的注意力。大家念着“这就是曼查的唐吉诃德”。唐吉诃德见有很多人看他，说得出他的名字，认出了他，甚觉惊讶。他转过身对身旁的安东尼奥说：

“游侠骑士就是与众不同，可以使人名扬天下。不信，您看看，安东尼奥大人，这个城市这么多人，甚至包括许多孩子，他们根本没见过我，却能够认出我来。”

“是这样，唐吉诃德大人。”安东尼奥说，“这就如同火不可能被包藏一样，功德也不可能被湮没。游侠骑士道永远辉煌，功盖四方。”

唐吉诃德正走着，忽然有个卡斯蒂利亚人看到了唐吉诃德背上的羊皮纸，高声说道：

“见鬼去吧，曼查的唐吉诃德！你挨了那么多棍子，居然没死，又跑到这儿来了！你是个疯子！如果你只是在自己家里疯，那还好点儿，可是你还要把跟你交往的人都变得疯疯癫癫的，否则，为什么会有这么多大人跟着你？你还是趁早回家去吧，笨蛋，照顾好你的财产，照顾好你的老婆孩子，别再鬼迷心窍，疯疯癫癫啦。”

“兄弟，”安东尼奥说，“你还是走你的路吧。别人没向你请教，你也就不必为别人操心了。唐吉诃德大人非常明智，我们这些陪着他的人也不傻。品德高尚的人到处都应该受到尊重。你别自找倒霉了，没叫你来，你就别掺和。”

“不错，您说得对，”那个卡斯蒂利亚人说，“劝说这种人等于对牛弹琴。让我遗憾的是，据说这个笨蛋在各方面都很聪明，只是让游侠骑士的疯癫给毁了。从今以后，我谁也不劝了，即使我能长命百岁，即使别人向我讨教，我也不管了，否则就像您说的那样，让我和我的后代倒霉透顶！”

那人说完就走了，大家又继续在街上闲逛。可是，总有很多大人和小孩挤着念那张纸。安东尼奥只好假装给唐吉诃德掸什么东西，把那张纸条取了下来。

傍晚，他们回到安东尼奥的家，正好赶上一个贵妇舞会。原来，安东尼奥的夫人是个高贵而又快活、美丽而又聪明的女人，她邀请了很多女伴一起来招待客人，同时也想拿唐吉诃德的疯癫开开心。因此，到了几位女客，大家共进了一顿丰盛的晚餐。舞会在晚上十点左右开始。来客中有两位喜欢恶作剧的夫人。她们虽然是正派人，但若是开起无恶意的玩笑来，就显得有些放肆了。她们请唐吉诃德拼命地跳舞，折腾得唐吉诃德不仅身体很累，精神上也感到很疲惫。这从唐吉诃德那副又细又高、又瘦又黄、衣服紧裹在身上、萎靡不振、毫不感到轻松的样子就可以看出来。两位夫人悄悄地向唐吉诃德暗送秋波，唐吉诃德也悄悄地予以蔑视。后来，唐吉诃德见两位夫人的攻势越来越紧，便提高嗓门说道：

“滚开，我的敌手！不要再来纠缠我！你们还是知趣些吧，托博索无与伦比的杜尔西内亚才是我心中的皇后，其他任何人都不可能征服我的心！”

说完，他就坐在了大厅中央的地面上，此时，他已跳得浑身像散了架似的。安东尼奥赶紧叫人把他背到床上去。桑乔首先抢上来抓着唐吉诃德说：

“您跳什么舞呀，我的大人，真是自找倒霉！您以为所有的勇士都能跳舞，所有的游侠骑士都是舞蹈家吗？我是说，您如果真这么想，那就是自欺欺人。有的人宁愿去杀一个巨人，也不愿意蹦蹦跳跳。若论蹦蹦跳跳，我完全可以代替您，我跳得好极了。可要是跳正经的舞蹈，我就一点儿也摸不着门了。”

桑乔这些话把舞会上的人都逗乐了。桑乔把唐吉诃德弄到床上，给他盖好被子，以免他因为跳舞出汗而着凉。

第二天，安东尼奥觉得可以做通灵头像的试验了。他同唐吉诃德、桑乔、另外两位朋友以及那两个在舞会上把唐吉诃德累得够呛的夫人一起，来到安放头像的房间。两位夫人在舞会当晚留宿在安东尼奥夫人那儿了。安东尼奥向他们讲述了头像的特异功能，并嘱咐大家一定保密，还说这是第一次验证这种功能。除了安东尼奥的两位朋友，其他人都不知道这件事的实情。如果不是安东尼奥事先把这件事告诉了那两位朋友，他们也会像其他人一样惊讶不已的。由此可见，一切都安排得井井有条。

安东尼奥首先凑近头像的耳朵，低声提问。声音虽然低，可是在场的人都能听到。安东尼奥问：

“头像啊，凭着你的本领，告诉我，我现在在想什么？”

头像的嘴唇并没有动，可是说话的声音却很清晰，屋里的人都能听清楚。头像说：

“我不管别人想什么。”

听到这声音，大家都很惊奇，因为在整个房间里，包括桌子底下，都没看见有答话的人。

“我们一共有多少人？”安东尼奥又问。

头像回答的声音仍然那样低沉：

“你和你夫人，还有你的两个朋友，你夫人的两个朋友，曼查的一位叫唐吉诃德的著名骑士，以及他的名叫桑乔的侍从。”

大家更加吃惊，惊得头发都直立起来了。安东尼奥离开头像，说道：

“这足以证明，我并没有受那个把头像卖给我的人欺骗。多么聪明的头像啊，会说话的头像，还能回答问题，多么神奇啊！现在换换人吧，谁想问什么都可以。”

女人们一般都好奇，爱打听，安东尼奥夫人的两位女伴中有一个人问道：

“告诉我，头像，我怎样做才能变得更漂亮？”

头像回答说：

“人得正派。”

“我不问别的了。”那位夫人说。

另一位夫人也过去问，她说：

“头像，我想知道，我丈夫是否真心爱我。”

头像回答说：

“这要看他的行动才能清楚。”

这位夫人走到一旁说：

“这不算回答。一个人的行动当然能表现出他的心思。”

安东尼奥的一位朋友走过去问道：

“我是谁？”

头像回答说：

“你自己知道。”

“我不是问这个，”安东尼奥的这位朋友说，“我问的是你是否认识我？”

“是的，我认识你，”头像答道，“你是唐佩德罗·诺里斯。”

“我不想再问其他事情了，知道这些就够了。噢，头像，你真是无所不知！”

安东尼奥的另一位朋友也走过去问道：

“告诉我，头像，我的大儿子现在想干什么？”

“我已经说过了，”头像说，“我不管别人想干什么。不过，尽管如此，我还是可以告诉你，你的大儿子想埋葬你。”

“真是这样，”安东尼奥的那位朋友说，“我确实亲眼见到，亲身体会到了。”

他不再问什么了。安东尼奥的夫人又走过去问道：

“头像，我不知道我该问你什么，我只想让你告诉我，我的好丈夫是否能陪伴我多年。”

“是的，能够陪伴你多年，因为你起居有节，可以长寿。放纵的生活常常缩短人的生命。”

接着，唐吉诃德走过去问道：

“请你告诉我，答话人，我讲述的在蒙特西诺斯洞窟里遇到的那些事，究竟是真的还是在做梦？我的侍从桑乔应该受鞭笞，确有其事吗？这能够解脱附在杜尔西内亚身上的魔法吗？”

“关于洞窟的情况，”头像回答说，“得视情况而定，两种可能性都有。桑乔受鞭笞的事得慢慢来。只要鞭打够了数量，杜尔西内亚就可以摆脱魔法。”

“就这些，”唐吉诃德说，“只要能看到杜尔西内亚摆脱魔法，我就会好运从天降，心想事成。”

最后问话的是桑乔。桑乔问道：

“头像，我还能当总督吗？我能摆脱侍从的苦差吗？我还能见到我的老婆和孩子吗？”

头像回答说：

“你只能当你们家的总督。只要你回家，就可以见到你的老婆和孩子，也不用再服侍别人，当侍从这份苦差了。”

“说得多妙呀，”桑乔说，“这话我也会说，连预言家佩罗格鲁略[①]也会说这些！”

“畜生，”唐吉诃德说，“你还想怎么回答你？头像有问必答，这还不够吗？”

“够了，”桑乔说，“不过，我想让它说得再清楚点儿，再多说点儿。”

问答结束了。除了安东尼奥那两位知情的朋友，大家都感到很惊

---

① 佩罗格鲁略是传说中的滑头预言家。

奇。锡德·哈迈德·贝嫩赫利为了不让大家感到惊奇，后来解释说，一定是某个魔法师在头像的脑袋里安了什么东西。据说，这个头像是安东尼奥·莫雷诺按照他在马德里看到的一个巧匠制作的另一个头像仿造的。安东尼奥把它放在家里聊以解闷或者蒙骗无知的人。头像的制作过程是这样的：先做个木头桌子，经过涂漆刷釉，让它看起来像是碧玉做的。桌腿也采用了同样的方法，而且还从桌腿里伸出四只魔爪来，这样桌子就更稳当了。头像做成某个罗马皇帝的样子，颜色涂成青铜色，里面是空心的。桌面也是空心的，把头像镶嵌在桌子上，连接得天衣无缝，一点儿破绽都看不出来。桌子腿同样是空心的，与头像的喉咙和胸部衔接，然后通过头像下面的一个小房间与另外一个房间相通。一根铁皮管子把桌腿、桌面、头像胸部和喉咙部分贯通起来，可谓珠联璧合，任何人也不会察觉。在与房间相通的下层那个小房间里，答话的人把嘴贴在铁皮管上，把铁皮管当成传话筒，声音由下到上，再由上到下，话语连贯清晰，谁也不会发现其中的奥秘。安东尼奥有个侄子，是个机灵而又聪明的学生，答话的就是他。他事先已经知道有哪些人同他叔叔在放头像的房间里，所以很容易就迅速准确地回答了第一个问题，其他问题则靠他的聪明机智来猜测作答。

锡德·哈迈德还说，这个神奇的头像此后只存在了十天或十二天。原来，城里立刻就传开了，说安东尼奥家里有个通灵头像，能够有问必答。没想到这件事被警觉的宗教卫士知道了，他们把这件事报告了宗教裁判所。宗教裁判所下令毁掉头像，以免那些无知的百姓大惊小怪。不过，唐吉诃德和桑乔仍然认为那头像通灵，因此能回答问题。而且，唐吉诃德对头像比桑乔更为满意。

城里的绅士们为了讨好安东尼奥，庆贺唐吉诃德的到来，同时也为了让唐吉诃德的疯癫多出点洋相，决定在六天后举行一次跑马穿环比赛，但是由于下面发生的事情，这次比赛未能如期举行。唐吉诃德想在城里的大街上随便逛逛。他担心如果骑马，后面又会有很多孩子跟着，就和桑乔以及安东尼奥派给他的两名用人一起步行出了门。走到一条大街上，唐吉诃德抬头望去，看到一扇门上有个大字招牌，上面写着“承印书籍”。唐吉诃德非常高兴，因为他从未见过印刷厂，想看看到底是怎么回事。他和他的一行人走过去，看到这儿在印刷，那儿在校样，有的人排版，有的人校改，反正都是大印刷厂里那一套。唐吉诃德走到一个大字盘前,问排字工人在干什么。工人们做了解释，唐吉诃德觉得很新鲜，然后又继续往前走。他又来到一个排字工人面前，问他在干什么。那工人答道：

“大人，”他指着一位相貌端正、神情严肃的人说，“这位大人已经把一本托斯卡纳语的书译成了西班牙文，我们正在排版，准备印刷。”

“这本书的书名叫什么？”唐吉诃德问。

那个译者答道：

“大人，这本托斯卡纳语的书名原文叫 Le Bagatelle。”

“Le Bagatelle 译成西班牙文是什么意思？”唐吉诃德问。

“Le Bagatelle 就相当于我们西班牙语的‘小玩意儿’。”译者说,“虽然从书名看，这本书很普通，但是内容很好，很深刻。”

“我懂得一点儿托斯卡纳语，而且常为自己能念几段阿里奥斯托的诗而自豪。不过大人，我想请教您一点儿事。我这样做并不是想考验您的才智，而是出于个人好奇。您在您的译作里是否遇到过 pinata 这个词？”

“经常遇到。”译者说。

“那么，您把它译成西班牙文的哪个词呢？”唐吉诃德问。

“译成哪个词？”译者说，“只能译成‘锅’嘛。”

“谢天谢地！”唐吉诃德说，“您对托斯卡纳语真是太精通了！我敢跟您打个大赌,托斯卡纳语中的 piace,您一定译成了西班牙文的‘喜欢’，凡是遇到 pi ù，您都说成是‘多’，把 su 当作‘上面’，而 gi ù 是‘下面’。”

“是这样，”译者说，“这正是这几个词的本义。”

“我敢发誓，”唐吉诃德说，“您不是当代的著名人士，而且，您反对褒扬才子佳人和传世佳作。有多少有本领的人被埋没，有多少天才被打入冷宫！有多少道德高尚的人没有得到应有的称赞！尽管如此，我觉得把一种语言翻译成另外一种语言，除非原文是像希腊语和拉丁语那样的经典语言，否则，都会像从背面看佛兰德的挂毯一样，虽然图案看得见，可是底线太多，使得图案黯然失色，失去了作品的原有光彩。至于翻译其他一些简单的语言，更会失去才华和文采，就像只是生搬硬套过来或者只是从一张纸抄到另一张纸上一样。我并不是因此就说翻译这个行业一无是处，因为其他一些职业的情况比这个行当还糟糕，而且收益也少呢。可是有两个著名译者不在此列，一个是克里斯托瓦尔·德菲格罗亚，他翻译了《忠实牧人》；另一个是胡安·德豪雷吉，他翻译了《阿明塔》。他们的译文流畅，让人难分原作和译作。不过，请您告诉我，您这本书是自费印刷还是已经把版权卖给了某个书商？”

“我这是自费印刷。”译者说，“我估计，这第一版至少可以赚一千个盾。这一版大约印两千册，每册卖六个雷阿尔，我估计很快就可以销完。”

“您盘算得不错。”唐吉诃德说，“这说明你很不了解印刷厂商的花招和他们之间的关系。我敢肯定，您背着两千册书，累得腰酸腿疼的时候，您就慌了，如果这是平淡无奇的书就尤为如此。”

“什么？”译者说，“您想让我把这本书交给书商吗？他们买我的版权只出三个马拉维迪，还以为是对我开恩呢。我印书并不是为了成名，我的作品已经有名声了。我只是想得一点儿利，没有利，空名不值半文钱。”

“但愿上帝能让您一本万利。”唐吉诃德说。

唐吉诃德走到一个字盘前，看到那儿正在校改一部清样，书名是《灵魂之光》。唐吉诃德说：

“这类书虽然已经出了很多，但还是应该再出版。现在有罪孽的人太多，需要有很多光明来指引他们。”

唐吉诃德又继续往前走，看到人们正在校改另外一本书。他问书名叫什么，那些人告诉他是《唐吉诃德》的下卷，是托德西利亚斯附近的某某人著的。

“我听说过这本书，”唐吉诃德说，“说句良心话，我觉得真应该把这本荒谬的书付之一炬烧成灰。不过，是猪总免不了挨刀子，虚构的故事编得越真实或者越像真的才越好，而真实的故事当然也是更真实才更好。”

说完，唐吉诃德满面不悦地走出印刷厂。那天，安东尼奥已经安排了他们去参观海边的几条船。桑乔没见过船，所以特别高兴。安东尼奥通知四船船队[①]的指挥官，说他的客人唐吉诃德下午要去参观船队。船队的人员和周围的居民都听说过唐吉诃德，有关唐吉诃德在船上的事情请看下章。

第六十三章　桑乔·潘萨船上遭殃，摩尔美女意外相逢

唐吉诃德仍在思索着通灵头像的那些答话，丝毫未意识到这里有什么诡诈，并且对那些有关杜尔西内亚能够摆脱魔法的话信以为真。他想来想去，觉得这个诺言很快就可以实现，心中暗自欢喜。桑乔虽然像刚才说的那样对当总督厌倦了，但还是盼着能重掌大权，发号施令。虽然当总督只不过是一场玩笑，他还是落了个愿意当官的毛病。

那天下午，安东尼奥和他的两个朋友陪同唐吉诃德和桑乔去船上参观。船队指挥官事先已得知他们要光临，指挥官也愿意见识一下这两个出名的人物。他们刚接近船队，几艘船就一齐降下船篷，拉响汽笛，并且很快地放下一只小船，船上铺着高级地毯，备有洋红色天鹅绒软垫。唐吉诃德刚刚踏上小船，指挥船就鸣炮致意，其他几艘船也跟着鸣炮响应。唐吉诃德登上右翼的舷梯，船上的所有人都按照欢迎贵宾的习惯，三呼“呜、呜、呜”以示致意。船队的将军，我们暂且称他为将军吧，是瓦伦西亚的一位贵族。他拥抱着唐吉诃

① 每四艘船为一个船队。

德说道：

“今天我见到了集游侠骑士各种美德于一身的曼查的唐吉诃德大人，这是我一生中最幸运的一天，我要把这一天定作白石日。”

唐吉诃德同样彬彬有礼地答谢。他见自己被当成了大人物，心里很高兴。船上所有人都集中到了船尾，船尾布置得很漂亮。大家一起坐在船尾的长凳上。水手长跑到甲板中央吹哨，示意水手们脱衣服[1]，水手们立刻都把衣服脱了。桑乔见转眼间这么多人都把衣服脱了，有点儿害怕，特别是见到水手们迅速升起了船篷，更害怕了，觉得这一切都仿佛是魔鬼们在那儿操作。不过，比起下面发生的事情来，这就是小事一桩了。桑乔坐在驶帆杆上，身旁是右舷领船手[2]。领船手事先已得到吩咐，心中有了数。现在他抓住桑乔，把桑乔举了起来。所有水手也都站了起来。他们开始沿着船右舷依次传递桑乔，边传边转动桑乔的身体。他们传递得非常快，桑乔头晕目眩，以为自己肯定完了。最后，桑乔又被传回到船尾。可怜的桑乔被传得浑身酸痛，气喘吁吁，一身冷汗，到末了也没弄清究竟发生了什么事情。

唐吉诃德见水手们传递桑乔，便问将军是否对所有初次登船的人都要这样做。如果是这样，他说自己并不想在船上待下去，因而不愿意接受这种操练，并且向上帝发誓说，如果谁想把他举起来依次传递，他一定会叫那个人小命归西天。唐吉诃德说完便站起来，手握剑柄。

这时，船篷降了下来，随着一声巨响，桅杆也倒了。桑乔以为天塌了，就要砸到自己的脑袋上，吓得立刻蜷缩起身子，把脑袋夹到两条腿中间。唐吉诃德也并非处变不惊。他吓了一跳，耸起肩膀，脸上大惊失色。水手们立刻又把桅杆竖了起来。所有这一切都默不作声地进行，仿佛大家都不会出声似的。水手长又发出了起锚的信号，然后跳到甲板中间，挥鞭向水手们的背上抽去。船慢慢启动了。桑乔把船桨当成了船的脚。他见那么多红色的船脚一齐摆动，心中暗自说道：

---

① 脱衣服是为了使大劲划船。
② 指挥水手划桨的人。

“这才是真正的魔法呢！我主人说的那些魔法根本算不了什么。这些不幸的人究竟犯了什么罪，竟这样抽打他们？而这个吹哨的家伙一个人怎么敢打那么多人呢？现在我明白了，这里是地狱，或者至少也是炼狱。”

唐吉诃德见桑乔正在认真观察所发生的一切，便对他说道：

“桑乔，如果你愿意的话，现在就把上衣脱掉，站到他们中间去，那么，为解除杜尔西内亚的魔法挨鞭子就方便多了。有这么多人受苦受难，你也就会觉得自己受的苦没什么了不起，而且说不定梅尔林看见打得这么狠，会以一鞭当十鞭算呢。”

将军正要问鞭笞是怎么回事，为杜尔西内亚解脱魔法又是怎么回事，一个水手忽然报告说：

“蒙特胡依奇发来信号说，沿西海岸有一条手划船。”

一听这话，将军跳到甲板中央，说道：

“哎，孩子们，瞭望哨说的那条船大概是一条阿尔及尔的海盗船，可别让它跑了。”

另外三艘船也按照指挥船的吩咐马上跟了上来。将军吩咐其中两艘船开到海上去，自己这艘船和另外一艘船则沿海岸行驶，这样，那条手划船就跑不掉了。水手们加紧划桨，船如飞一般向前疾驶。到海上去的那两艘船在距离那条船大约两海里的地方发现了目标，并且看出是一条有十四五排坐板的手划船。事实确实如此。那条船发现了这支船队，企图逃跑，想靠自己船的灵巧脱身。可是事与愿违，这艘指挥船是当时海上最轻巧的船之一，它逐渐接近了那条船。船上的人已明显意识到他们肯定跑不掉了。为了不激怒指挥船上的人，手划船的船长想让船上的人放下船桨投降。然而，命运却另有安排。指挥船已经接近了那条船，船上的人已经可以听到让他们投降的喊声了，可是船上有十四个土耳其人，其中两个喝醉了酒，竟放了两枪，打死了指挥船船头过道上的两个士兵。

将军见状发誓要杀死手划船上的所有人。指挥船拼命向前驶去，却又冲过了手划船，让那条船从指挥船的船桨下躲过去了。指挥船冲过头很大一段距离。手划船见指挥船超过了自己，便趁指挥船掉头的机会升起了船帆，帆桨并用，再次企图逃跑。可是他们的办法没能奏效，反而因为冒险闯了祸，没跑出半海里就被指挥船追上了。指挥船往手划船上抛过去一排桨，然后把船上的人全部生擒了。这时，另外两艘船也赶了上来，四艘船一起带着俘获物返回海岸。岸上有无数人正翘首以待，想看看他们究竟带回了什么。将军命令在靠近海岸的地方抛锚。他发现城市的总督也在岸上的人群里。

将军吩咐放下小船把总督接上船，又下令放倒桅杆，准备把手划船的船长和其他人都绞死。那条船上一共有三十六个人，不少是年轻力壮的土耳其小伙子，其中大部分是枪手。将军问谁是船长，俘虏中有个人用西班牙语回答，原来他是个叛教的西班牙人。他说：

"大人，这个小伙子就是我们船长。"

说着他指了指其中一个非常英俊的小伙子，看样子还不到二十岁。将军问他：

"你说，你这个缺心眼儿的狗崽子，既然已经跑不掉了，你为什么还要杀死我的兵士？你就是这样对待指挥船的吗？你难道不知道，你的鲁莽算不上勇敢吗？渺茫的希望可以使人勇敢，但并不是让人鲁莽啊。"

手划船的船长要答话，但是将军已经来不及听了，他得去迎接总督。总督带着几个用人和当地的几个居民上了船。

"干得好啊，将军大人。"总督说。

"太好了，"将军说，"您马上就可以看到，他们要被吊在桅杆上绞死了。"

"为什么要绞死他们呢？"总督问。

"因为他们违反了法律，违反了战争的常规，杀死了我们船上两名最优秀的兵士。我发誓要把抓到的所有人都绞死，特别是这个小伙子，他是这条船的船长。"

将军说着指了指那个小伙子。小伙子已经被捆绑住双手，脖子上套着绳索，正等着被处死。总督看了看他，见是个英俊潇洒、神态谦和的小伙子，不禁动了恻隐之心，想免他一死，便问道：

"告诉我，船长，你是土耳其人、摩尔人还是叛教者？"

“我不是土耳其人，不是摩尔人，也不是叛教者。”

“那么你是什么人呢？”总督问。

“是个基督徒女人。”小伙子回答。

“你穿这身衣服，做这种事情，竟是基督徒，而且是女人？真让人难以置信，简直让人惊奇。”

“诸位大人，”那“小伙子”说，“请暂缓处死我吧，待我讲完我的身世，你们再向我报仇也不晚呢。”

即使心肠再硬的人听到这话能不动心？至少可以先听听这个伤心忧郁的人到底讲些什么。将军说，他可以随便讲，但休想最后逃脱惩罚。于是，“小伙子”开始讲起来：

“我的父母都是摩尔人，我们这个民族不够明智，并且很不幸，尤其是最近，灾难更是不断地降临。在不幸的潮流中，我的两个舅舅根本不理睬我说我是基督徒，把我带到了柏培拉。其实我真是基督徒，而且不是装的，是真的基督徒。我曾把我的情况告诉了负责放逐我们的人，可是根本不起作用，连我舅舅都不愿意相信。相反，他们以为我是在说谎，是编造借口想赖在我出生的那块土地上，所以还是硬逼着把我带走了。我的母亲是基督徒，父亲很有本事，也信奉基督教。我从吃奶时就信奉基督教，信奉基督教的良好习俗，无论是语言方面还是其他方面，我都一点儿不像摩尔人。

“随着我的各种美德日益增长，我认为自己有不少美德，我的美貌也与日俱增，如果说我还算漂亮的话。虽然我规规矩矩，闭门不出，还是让一个叫加斯帕尔·格雷戈里奥的小伙子看见了，这个小伙子是与我们家相邻的一个绅士的长子。至于他如何看见了我，我们说了什么，他如何倾心于我，而我又对他很满意，说起来话就长了。也许我刚说到半截儿，我脖子上的绳索就勒过来了。所以，我只说格雷戈里奥愿意陪同我一起外逃。他的摩尔语讲得很好，便同其他地方的摩尔人混到了一起。路上，他同我的两个舅舅交上了朋友。我父亲既机灵又谨慎。他一听说要驱逐我们的法令，便离开家到国外去找能够安身的地方。父亲把很多贵重的珠宝、钱财和罗乌拉埋藏在一个地方，那个地方只有我一个人知道。父亲说，假如在他回来之前我们就被赶走了，我千万不要去动那些埋着的宝藏。我确实没有去动那些宝藏，随着两个舅舅和亲朋好友一起到了柏培拉。我们最终在阿尔及尔落了脚，从此就好像进了地狱。

“当地国王听说我长得美，又听说我有一笔财富，就派人把我叫去，问我是西班牙什么地方的人，带了多少钱和珠宝。我把藏宝的地点和藏了什么东西都告诉了他，而且说，如果我亲自回去，就很容易找到。我知道他不仅贪图我的美貌，而且还贪图我的财产，才对他说了这些。我们正说着话，有人进来报告说，我们这一伙中还有个非常英俊的小伙子。后来我才知道他们说的是加斯帕尔·格雷戈里奥，他的美貌使所有人都大为逊色。一想到格雷戈里奥面临的危险，我就慌了。我听说，那些野蛮的土耳其人喜欢一个漂亮的男孩或小伙子往往胜过漂亮的女人，无论那女人是多么漂亮。国王吩咐把格雷戈里奥带来看看，又问我他是否像报告的人说的那么漂亮。我好像事先想好了似的，说他的确很漂亮，不过他不是男的，他同我一样是女人。我请求国王允许我去为他换上自己的衣服，让他充分显示出自己的美貌，也免得他来见国王时难为情。国王让我赶紧去，至于我如何回到西班牙去取那些宝藏，且留待以后再谈。我同加斯帕尔讲了他暴露出自己是男人会遇到危险，让他换上摩尔女人的衣服，当天下午就带他去见国王。国王见了他十分高兴，打算把他留下来作为礼物献给土耳其皇帝。国王怕后宫的女人害他，也怕自己把持不住，就吩咐把他送到几个摩尔贵夫人家里，把他看管好并服侍好。他马上就被送走了。

“我不能否认我爱他。我们两人都很难过，这时我们才体会到相爱之人离别的痛苦。国王后来安排我乘这条手划船返回西班牙，叫那两个杀死了你们士兵的土耳其人与我同行。另外，还有这个西班牙叛教者，”说着她指了指刚才最先说话的那个人，“我很清楚他暗里仍然信奉基督教，指望留在西班牙而不再回到柏培拉。其他人都是摩尔人和土耳其人，只管划船。这两个贪婪卑鄙的土耳其人，国王吩咐他们给我和这个叛教者换上基督徒的衣服，在西班牙上岸，可他们不听国王吩咐，在沿岸地区游弋，如果可能就抢些财物。他们怕我们先上岸，万一遇到事，就会暴露他们在海上的船，要是岸边再有船，就会抓住他们。昨天晚上，我们发现了这个海滩，却不知道这儿还有四艘船。我们暴露了，而后来的事情你们都清楚。现在，格雷戈里奥正身着女装混在女人中间，随时都有生命危险。我双手被捆着，正在等死。确切地说，我怕死，可是我已经活够了。诸位大人，这就是我的伤心经历，既真实又不幸。我只请求你们让我作为一个基督徒去死。我已经说过，跟我同族的人犯的错误与我毫无关系。”

讲到这儿她不再说话，眼中噙满了泪水，其他在场的人也陪着落泪。总督非常同情她，一言不发地走到她身边，解开了捆着她那双纤纤素手的绳子。

当摩尔姑娘讲述她的颠沛流离的经历时，有一位朝圣老人的眼睛一直盯着她。那位老人是跟着总督上船的。摩尔姑娘刚讲完，他就扑倒在姑娘的脚下，抱着她的脚泣不成声地说道：

“哎，安娜·费利克斯，我不幸的女儿哟！我是你父亲里科特。我回来就是找你的，没有你我活不下去呀，你是我的心肝！”

桑乔正低着头想他这次出游遇到的倒霉事。听到这话，他睁开眼睛抬起头，看着那个朝圣人，认出他就是自己离开总督职位那天遇到的里科特，而且也认出那个摩尔姑娘就是里科特的女儿。里科特的女儿现在已被松了绑，她抱着父亲，两人的眼泪流到了一起。里科特对将军和总督说：

“两位大人，这就是我那个名字虽好听、身世却不幸的女儿。她叫安娜·费利克斯，又名里科塔。她由于美貌和财富而出了名。我离开了我的祖国，到国外去寻找能够安顿我们的地方。现在我已经在德国找好了地方，于是打扮成朝圣者，跟几个德国人一起回来寻找我女儿，想取出我埋藏的财宝。

“我没有找到女儿，却找到了财宝。现在我把财宝带来了，经过刚才这段曲折的奇遇，我又找到了我的无价之宝，也就是我女儿。如果我们的小小罪孽和她与我的眼泪能够引起你们的怜悯，就请你们可怜可怜我们吧。我们从未想冒犯你们，也从未想同我们那些被放逐的同胞一起做什么对不起你们的事情。”

桑乔这时说道：

“我认识里科特，知道安娜·费利克斯确是他女儿。至于其他什么来来去去、好意歹意的烦事，我就管不着了。”

所有在场的人都被这故事惊呆了。将军说道：

“你们的眼泪已经使我无论如何也不能再履行我的诺言了。美丽的安娜·费利克斯，活下去吧，老天会让你安享余生，而让那些犯下罪行的大胆无礼的家伙受罚。”

接着，将军命令绞死那两个杀害了士兵的土耳其人，然而总督却请求不要绞死这两个土耳其人，因为他们犯下罪恶主要是出于一种疯狂，而不是出于勇气。将军同意了总督的请求，不准备再进行残酷的报复了。接着，大家又策划如何把格雷戈里奥从危险中解救出来。里科特主动提出愿拿出价值两千杜卡多的珠宝。大家出了很多主意，可是哪个都不如那个西班牙叛教者的主意好。他自告奋勇要带领一条配有划船手的六对桨船返回阿尔及尔，他知道应该在何时何地如何营救加斯帕尔，而且他了解加斯帕尔所在的那间房子。将军和总督对叛教者表示怀疑，准备当划船手的西班牙人也不信任他。可是安娜·费利克斯信任他，她的父亲里科特也说，如果几个划船的西班牙人被俘，他愿意出钱去赎人。

商量好这个办法之后，总督下了船。安东尼奥·莫雷诺也带着摩尔姑娘和她父亲回到自己家，因为总督已委托他尽力照顾好这父女二人。安东尼奥本人也很愿意照顾好他们。安东尼奥的热情主要是出于对安娜·费利克斯的美貌颇有好感。

第六十四章　唐吉诃德平生最倒霉的遭遇

安东尼奥·莫雷诺的夫人见安娜·费利克斯来到她家非常高兴，十分热情地接待了安娜·费利克斯。她不仅喜欢安娜·费利克斯的美貌，而且喜欢她的聪敏，在这两方面，安娜·费利克斯都可以说是出类拔萃。全城居民都跑出来看安娜·费利克斯。

唐吉诃德对安东尼奥说，他觉得大家商定的解救加斯帕尔的方法不妥，而且很危险，最好是让他全身披挂，带着他的马去柏培拉。即使全体摩尔人出动，他也能把加斯帕尔救出来，就像唐盖费罗斯那次救他夫人梅丽森德拉一样。

“您别忘了，”桑乔说，“唐盖费罗斯是从陆地上把他妻子救出来，而且是通过陆地把妻子送到法国的。可我们即使把加斯帕尔救出来，中间隔着海，也无法把他送回西班牙。”

“天无绝人之路，”唐吉诃德说，“只要船到岸边，我们肯定能上岸，多少人也拦不住。”

“您说得倒轻巧，”桑乔说，“可是说来容易做到难。我还是主张让那个叛教者去。他是个好人，心肠也很好。”

安东尼奥说，如果叛教者没能把事情办好，他就请唐吉诃德出征柏培拉。

两天后，叛教者乘一条六对桨的小船出发了，船上配备了勇敢的划船手。又过了两天，那几艘大船也驶往东方。临行前，将军请求总督把营救格雷戈里奥的情况和安娜·费利克斯的状况告诉他，总督答应一定做到。

一天清晨，唐吉诃德全身披挂地在海滩上散步。就像他常说的，甲胄即服装，战斗即休息，所以他总是甲胄不离身。此时他忽然发现，前面有一个同样全副武装的骑士向他走来，骑士的盾牌上还画着一个亮晶晶的月亮。那人走到两人相互听得见的距离，便提高嗓门对唐吉诃德说道：

“受到举世称赞的杰出骑士，曼查的唐吉诃德啊，我是白月骑士，我的英雄业绩也许你还记忆犹新。我特来向你挑战，试试你臂膀的力量，要你承认我的情人，别管她是谁，都显而易见地比托博索的杜尔西内亚漂亮。如果你痛痛快快地承认这个事实，我可以免你一死，我也就不用再劳神动手了。假如你同我比试，而且我战胜了你，我只要求你放下武器，并且不再征险，回到你的家乡一年内不许出来。在这期间，你不许舞刀弄剑，老老实实地过日子，这样才能增加你的财富，拯救你的灵魂。假如你打败了我，我的脑袋就交给你了，我的盔甲和马匹成为你的战利品，我的功名也都转让到你的名下。你看怎么办好吧，马上告诉我，我今天就要把这件事了结。”

唐吉诃德对这位趾高气扬的白月骑士的挑战甚感意外和惊奇。他心平气和但又神态严肃地对白月骑士说道：

“白月骑士，你的业绩我至今没听说过。我可以向你发誓，你从未见过尊贵的杜尔西内亚。如果你见过她，就不会向我提出这种要求了。你的亲眼所见就会让你明白，世界上没有也不可能有能与杜尔西内亚相比的美貌。所以，我不说你撒了谎，只说你讲得不对。你刚才提出的挑战条件我接受，而且，咱们马上就进行决斗吧，今天决定的事情就别拖到明天。不过，你提出的条件中有一条我不能接受，就是你要把你的功名让给我那条。我不知道你有什么业绩，而且我有自己的业绩就够了，且不管我的业绩如何。你任意选择你的位置站好吧，我也选择好我的位置，现在，就请上帝保佑，老天祝福吧。”

城里有人发现了白月骑士，马上报告了总督，说白月骑士正在同唐吉诃德说话。总督估计，肯定又是安东尼奥或者城里的其他某位绅士出的点子，便带着安东尼奥和其他绅士一起赶到了海滩。他们赶到时，唐吉诃德正掉转马的缰绳，准备站到自己的位置上去。总督见两个人眼看就要对冲过去，便站到了两人中间，问他们为什么忽然想起要进行这次决斗。

白月骑士说是为了决定两个女人究竟谁最漂亮，接着便介绍了他对唐吉诃德说的那些话，以及唐吉诃德接受了他的挑战条件等情况。总督走到了安东尼奥身旁，悄声问他是否知道白月骑士是什么人，这是不是同唐吉诃德开个玩笑。安东尼奥说，他也不知道这究竟是玩笑还是真的决斗。听安东尼奥这么一说，总督也拿不定主意这场决斗该不该进行了。不过，他估计是个玩笑，便退到一旁说道：

“两位骑士大人，既然已经无法调和，就只能决一雌雄了。那好，让唐吉诃德在他的位置上准备好，白月骑士您也准备好，开始吧。”

白月骑士客客气气地感谢总督慷慨准许他们进行决斗，唐吉诃德也同样表示了谢意。唐吉诃德虔诚地祈求上帝和他的杜尔西内亚保佑他。唐吉诃德每次准备开始战斗时都这样。唐吉诃德见对手纵马跑开，准备把距离拉大一点儿，就自己也催马往远处跑了一点儿。没有号角或其他什么进攻的信号，两个人同时掉转了马头。白月骑士的马跑得比较快，所以，它跑了三分之二的距离才与唐吉诃德相遇。白月骑士并没有用长矛去碰唐吉诃德，好像故意把长矛抬高了一些，只是凭借巨大的惯性，把唐吉诃德连人带马撞倒在地上，而且撞得不轻。然后，白月骑士居高临下地用长矛指着唐吉诃德的护眼罩说道：

“你输了，骑士，如果你不认可我提出的挑战条件，你就死定了。”

唐吉诃德摔得浑身疼痛，头晕目眩。他并没有掀开护眼罩，声音就像是从坟墓里发出的一样，有气无力地说道：

“托博索的杜尔西内亚是世界上最美丽的女人，我是世界上最倒霉的骑士。我不能因为自己的无能而抹杀这个事实。握紧你的长矛，骑士，杀死我吧，我已经名誉扫地了。”

“我肯定不会杀死你，”白月骑士说，“托博索的杜尔西内亚夫人的美貌名声也不会受到损害。我只要你像咱们开始决斗前商定的那样，回到你的老家去，一年之内，除非我另有吩咐，不准再出来，这就够了。”

总督、安东尼奥和其他许多在场的人都听到了这些话。他们还听到唐吉诃德说，只要不损害杜尔西内亚，他作为一个说到做到的真正骑士，一切都可以执行。白月骑士听到唐吉诃德这几句话，便掉转马头，向总督点头致意，然后不慌不忙地向城里走去。

总督吩咐安东尼奥在后面跟着，以便弄清那个白月骑士到底是什么人。大家扶起唐吉诃德，为他卸下面具，只见他面无血色，大汗淋漓。罗西南多伤得不轻，当时已动弹不得。桑乔忧心忡忡，愁眉不展，不知该说什么做什么才好。这件事简直如一场噩梦，他觉得这一切都是魔法操纵的。他见主人已经认输，答应在一年之内不再动兵器，便联想到主人的英名已经黯淡，主人兑现新近答应的诺言的希望已经化为乌有。他担心罗西南多被摔坏了，担心主人骨头脱臼了。不过，如果因此把主人的疯病摔没了，那倒也算是一件幸事。

后来，总督派人送来了轿子，大家把唐吉诃德抬到城里。总督也回到城里，急于打听那个把唐吉诃德打得一败涂地的白月骑士究竟是何许人也。

第六十五章　白月骑士的来历，格雷戈里奥获释及其他事

安东尼奥跟着白月骑士一直走进城里的客店，想弄清他到底是谁。一路上，一群孩子也跟着白月骑士起哄。一个侍从自客店里出来，为白月骑士卸去了盔甲。白月骑士走进一间客房，安东尼奥也跟了进去，他迫不及待地想看到白月骑士的本来面目。白月骑士见安东尼奥紧追不放，便对安东尼奥说道：

“大人，我知道你想弄清我到底是谁。我没有必要隐瞒你。趁着侍从为我卸去盔甲的工夫，我可以把事情的真相一五一十都告诉你。大人，我是参孙·卡拉斯科学士，与唐吉诃德同住一村。看见他那疯呆模样，我们所有认识他的人都可怜他，特别是我。我们觉得要想让他恢复健康，就得让他回到村里去，在家好好休养。我正是为此而来的。三个月前，我扮成游侠骑士的样子，自称是镜子骑士，在路上等着他，想同他交锋，打败他却又不伤害他，条件是谁败了谁就服从胜利者。我想如果他败了，我向他提出的条件就是让他回到村里去，一年之内不准再出村，也许在这段时间里，他的病可以治愈。谁知天有不测，他把我打败了，把我掀下了马。结果我没有达到预期的目的，他继续走他的路。我被打败了，满心惭愧，而且摔得不轻，只好回家了。不过，我并没有因此就放弃再次找他并打败他的想法。你们今天也看到了，他是个恪守游侠骑士规矩的人，因此，他既然答应了我向他提出的条件，就肯定会说到做到。

“大人，这就是事情的全部原委。我请求您不要暴露我的身份，也不要告诉唐吉诃德我是谁，以免我的良好愿望落空。他本来是个很聪明的人，只要他放弃那愚蠢的骑士道，就会恢复他的神志。”

“噢，大人，”安东尼奥说，“愿上帝饶恕您吧！您想让世界上最滑稽的疯子恢复正常，就等于冒犯了大家。您难道没看到吗，大人？一个头脑正常的唐吉诃德给人们带来的利益，并不如一个丑态百出的唐吉诃德给人们带来的乐趣多。我估计，学士大人的计策并不能让一个如此疯癫的人恢复正常。若不是于心不忍，我倒真希望唐吉诃德别恢复正常。因为他一旦恢复正常，我们就不仅失掉了从他身上得到的乐趣，而且也失掉了从他的侍从桑乔·潘萨那儿获得的乐趣。这两种乐趣都足以给人带来欢乐，排忧解愁。尽管如此，我会守口如瓶的，决不向唐吉诃德透露半点儿实情。我想以此来证实我怀疑卡拉斯科大人的计策能否奏效是正确的。”

卡拉斯科说，无论怎样，既然事情已经有了开头，他就希望有个圆满的结局。他问安东尼奥还有什么吩咐，然后向安东尼奥告别，把自己的兵器收拾好，放到骡背上，又骑上他刚才同唐吉诃德交战时骑的那匹马，当天就出城返乡了，一路上并没有遇到什么值得记述的事情。安东尼奥把卡拉斯科对他讲的话告诉了总督，总督听了有些沮丧。他觉得唐吉诃德一旦返乡隐居，就失去了可以借他的疯癫开心的那种欢乐。

唐吉诃德在床上躺了六天，闷闷不乐，情绪低落，反反复复地想他被打败的倒霉事。桑乔来宽慰他，对他说道：

“大人，抬起头来，若是可能就高兴起来吧。您得感谢老天，虽然您被打翻在地，却并未摔断一根肋骨。您应该知道，恶有恶报，‘以为那儿有咸肉，其实连挂肉的钩子都没有’。您也别理医生，现在并不需要他们为您看病。咱们还是回家去吧，别再在异地他乡征什么险了。其实您想想，虽然您最倒霉，最吃亏的却还是我。我放弃了总督的位置，不再想当总督了，可是我并没有放弃当伯爵的愿望。如果您放弃做游侠骑士，不当国王，我也就当不成伯爵，我的希望就全部化为乌有了。”

“住嘴，桑乔，你明白，我退居家乡只不过是一年时间，然后，我还要重操我的光荣事业，那时候还会有王国等着我去征服，也还有伯爵的头衔可以授予你。”

“愿上帝听见此话，”桑乔说，“充耳不闻的是罪人！我常听人说，‘良好的希望胜过菲薄的实物’。”

他们正说着话，安东尼奥走过来，十分高兴地说道：

“好消息，唐吉诃德大人，格雷戈里奥和去营救他的叛教者已经上岸了。我怎么只说上岸了？他们现在已经在总督家里，并且马上就要到这儿来了。”

唐吉诃德略微高兴地说道：

“说实话，如果事情的结局相反，我倒会更高兴。那样我就得去柏培拉了，用我臂膀的力量解救格雷戈里奥，而且还要解救那里的所有西班牙俘虏。可是，我这个可怜人，还有什么好说的呢？战败者难道不是我吗？被打翻在地的难道不是我吗？一年之内不准再操兵器的难道不是我吗？我都答应了什么？我更适合纺线而不是操剑，我还有什么可夸口的呢？”

“别这样，大人，”桑乔说，“‘掉了毛的凤凰也赛过鸡’，‘三十年河东，三十年河西’，‘胜负乃兵家常事’，今天摔倒了，只要不是泄了气趴在床上，我是说只要不自暴自弃，而是准备重振旗鼓，明天就可以重新崛起。您赶快起来接待格雷戈里奥吧，外面人声嘈杂，我估计他们已经到了。”

果然如此，在格雷戈里奥和叛教者向总督汇报了他们的情况之后，格雷戈里奥急于见到安娜·费利克斯，就同叛教者一起来到了安东尼奥家。格雷戈里奥从阿尔及尔逃出时仍然身着女装，后来在船上与一个同行的俘虏对换了衣服。可是无论穿什么衣服，他都显得那么惹人喜欢，那么英俊，他太漂亮了。他的年龄看上去大约十七八岁。里科特和女儿出来迎接他。里科特眼含热泪，安娜·费利克斯倒显得有些矜持，两个年轻人并没有互相拥抱。爱情笃厚并不一定要十分外露。格雷戈里奥和安娜·费利克斯这一对儿的美貌使在场的人无不啧啧赞叹。一对情人相对无言，眼睛成了传递他们欢乐而又圣洁的情思的媒介。叛教者讲述了他们设法解救格雷戈里奥的过程，格雷戈里奥则介绍了他在女人堆里的危险和窘境。他没有长篇大论，而是寥寥数语，表现了一种少年老成的智慧。后来里科特慷慨解囊，酬谢了划船的水手。叛教者重又皈依了圣教，他那已腐烂的身体经过忏悔认罪重又纯洁健康了。

两天之后，总督同安东尼奥商量，怎样才能让安娜·费利克斯和她父亲留在西班牙。他们觉得，把如此虔诚的基督徒安娜·费利克斯和她的善良的父亲留在西班牙，并没有什么不合适的地方。安东尼奥自告奋勇到京城去游说这件事，而且他正好有事要到京城去办。他觉得在京城通过熟人关系送点儿礼，很多麻烦的事情都可以迎刃而解。

"并非如此，"里科特在一旁听到了安东尼奥的话之后说道，"靠熟人关系和送礼并不能解决问题。对于我们的萨拉萨尔伯爵、伟大的唐贝尔纳迪诺·德委拉斯科大人来说，任何乞求、许诺、送礼和可怜相都无济于事。当初，皇上就是责成他把我们赶走的。虽然他对我们恩威并用，可是他看透了我们这个民族已病入膏肓，只能用烧灼疗法来根治，不能再用涂膏药来敷衍了。于是，他凭着他那处事谨慎、嗅觉灵敏、聪明的才智和令人生畏的威严挑起了这副重担，无论我们如何绞尽脑汁、费尽心机、苦苦哀求或者企图蒙混过关，都无法逃脱他那双阿尔戈斯[①]的眼睛。他总是时刻警惕着,不让我们任何一个人能够留下来,不让任何一件事瞒住他。万一有根茎留下来，随着时间的流逝，就会在西班牙发芽并结出毒果。而目前，西班牙已经彻底排除了由于我们存在而造成的隐患。菲利普三世责成唐贝尔纳迪诺·德委拉斯科负责这件事，这是多么大胆的决定，多么英明的决策呀！"

"无论如何，我到了京城以后都会尽力而为。谋事在人，成事在天。"安东尼奥说，"格雷戈里奥同我一起去。他走了以后，他的父母很伤心，他也得安抚一下父母。安娜·费利克斯不妨同我夫人留在

---

① 希腊神话中的三眼、四眼或多眼怪物，力大无穷，睡觉的时候总睁着一些眼睛。

家里或者到修道院去。我知道总督大人很愿意让善良的里科特到他家去，然后等我回来再视情况做出决定。”

总督同意安东尼奥的意见，可是格雷戈里奥说，他无论如何也不愿意和不能离开安娜·费利克斯。不过，后来考虑到还得去见父母，回来后仍然可以找她，他便同意了。于是，安娜·费利克斯留下来同安东尼奥的夫人在一起，里科特去了总督家。

安东尼奥出发的日子到了。唐吉诃德因为摔伤了，不便赶路，因此和桑乔又待了两天才走。格雷戈里奥同安娜·费利克斯告别时，两人哭得死去活来。里科特对格雷戈里奥说，如果他愿意，可以给他一千个盾。可是格雷戈里奥一个盾也没要，只是向安东尼奥借了五个盾，而且说到京城之后一定还。于是两人上路了。两天之后，唐吉诃德和桑乔也离开了。唐吉诃德没有穿盔甲，只是一身便装。桑乔的驴驮着盔甲，因而桑乔只能步行跟在后面。

第六十六章　读者看后便知，闻者听后便知

离开巴塞罗那时，唐吉诃德回头看了看他被撞倒的地方，说道：

“这里就是特洛伊！并非我的胆怯，而是晦气在这里断送了我已经取得的荣誉。命运在这里捉弄了我，使我的丰功伟绩黯然失色。我的运气在此彻底消失，再也不能复得了！”

桑乔闻言说道：

“大人，得意之时不忘形，身处逆境不气馁，才称得上是英雄胆略。我对自己也是这样要求的。我当总督时很高兴，现在是侍从，而且得步行，可我并没有伤心。我听说人们称为命运的那个东西就像个瞎眼醉婆，胡搅蛮干，连她自己也搞不清她究竟推翻了谁，扶植了谁。”

“你说得太有道理了，”唐吉诃德说，“你说得太精辟了，我不知道是谁教了你这些东西。我告诉你，世界上根本就不存在什么命运，也没有什么事情是靠命运产生的，不管是好事还是坏事。除非是天意，否则所有的事情都是偶然的。这就是人们常说的‘不信命运信自己’，我就是这样。可是我不够谨慎，而且刚愎自用，所以出了丑。我本应想到白月骑士的马身高体壮，瘦弱的罗西南多抵御不了它。但我毕竟是尽了力。我被撞倒在地，虽然丢了脸，却没有丢掉敢作敢当的美德。我做游侠骑士时勇敢顽强，以我的双手和行动建立了我的业绩。现在我是个落魄的绅士，也一定要遵守诺言，建立我的信誉。开步走吧，桑乔朋友，咱们回家去苦修一年，养精蓄锐，然后再准备重返我念念不忘的武士行当吧。”

“大人，”桑乔说，“走路的滋味可不好受，而且也走不远。咱们还是把这盔甲像对待绞刑犯那样挂在树上吧。我骑在我的驴背上，双脚不沾地，您愿意走多远咱们就走多远。要想让我靠脚板走路，而且走得远，那可是根本办不到的。”

“说得好，桑乔，”唐吉诃德说，“你就把我的盔甲当作纪念品挂到树上去，并且在那棵树和周围的树上刻下罗尔丹为它的盔甲镌刻的那句话吧：

不敌罗尔丹，
莫把盔甲犯。”

“我觉得您说得好极了。”桑乔说，“若不是因为咱们路上少不了罗西南多，真该把它也挂到树上去。”

“说实话，无论是罗西南多还是盔甲，我都不想挂到树上去，”唐吉诃德说，“免得人家说辛劳一场，如此下场。”

“您说得很对，”桑乔说，“据聪明人讲，驴的错不赖驮鞍。这件事是您的错，所以应该惩罚您，不该迁怒于已经沾上了血迹的破盔甲和性情温和的罗西南多，更不能怪我的脚板太软，明明走不了那么远的路还非要走。”

他们说着话，一天过去了，以后几天也一路顺利，没有遇到什么事情。第五天，他们在一个村口遇到很多人聚集在一个客店门前。原来是过节，他们正在那儿娱乐消遣。唐吉诃德走近时，一个农夫高声喊道：

“来的这两位大人谁都不认识，咱们让他们中的一个人说说咱们打赌的事应该怎么办吧。”

“只要我能弄清是怎么回事，”唐吉诃德说，“我一定秉公评判。”

“这位好大人，”那个农夫说道，“现在的情况是，有一位村民特别胖，体重为十一阿罗瓦，他要同一位体重不足五阿罗瓦的村民赛跑，条件是同样跑一百步，而且负重也一样。可是当人家问那个胖子，体重不同的问题怎么解决时，他却说让那个体重五阿罗瓦的人再背六阿罗瓦的东西，这样两个人的体重就一样了。”

“这就不对了，”不等唐吉诃德答话，桑乔就抢先说道，“大家都知道，前不久我当过总督和判官，这类疑难问题还是让我来判断吧。”

“那你就说吧，桑乔朋友，”唐吉诃德说，“我现在糊里糊涂的，脑子很乱。”

很多人张口结舌地围着桑乔，等着他的判断。桑乔说道：

“诸位兄弟，这个胖子的要求毫无道理。如果我听说的是真的，那么受到挑战的人应该有权挑选武器，若是只让受挑战的人挑选妨碍自己取胜的武器就不对了。依我之见，提出赛跑的胖子应该去掉多余的体重，不管是切还是削，是割还是剔，也不管是从身体什么部位，反正他觉得合适就行，去掉多出来的那部分肉，只剩下五阿罗瓦，这样体重就和对手一样，可以赛跑了。”

“太棒了，”农夫听了桑乔的决断后说，“这位大人果然真知灼见，料事如神。不过我敢肯定，那个胖子连一盎司肉都不会割，就更别说六阿罗瓦了。”

“既然瘦子不愿受累，胖子不愿割肉，”另一个农夫说，“那就别赛了。咱们还是拿出一半赌注去喝酒吧。咱们带这两位大人到最好的酒店去，我那份钱呢……到时候再说。”

“诸位大人，”唐吉诃德说，“我感谢你们，可是我一刻也不能停留。

我现在境遇不好，心绪不佳，恕我失礼了，我得赶紧赶路。”

说完唐吉诃德就催马向前。在场者看到唐吉诃德那副奇怪的模样，又看到他的侍从料事如神，觉得很奇怪。他们觉得桑乔是个精明人。另一个农夫说道：

“如果仆人都这么精明，那么他的主人还用说吗？我敢打赌，他们若是再去萨拉曼卡学习学习，转眼之间就可以成为京城的市长。这种事就跟开玩笑似的，上点学，托点儿关系，再碰上好运气，不知什么时候就权杖在手或者戴上主教的冠冕了。”

当天晚上，唐吉诃德和桑乔露宿在野外。第二天他们继续赶路，走到半路，忽见一个人迎面走来，脖子上挎着一个褡裢，手里拿着一杆标枪或者梭标之类的东西，看样子像个步行信使。他走近唐吉诃德时快步抢上前，摽住唐吉诃德的右腿，显出十分高兴的样子说道：

“哎呀，我的唐吉诃德大人，我们公爵大人若是知道您要回到他们的城堡去，该有多高兴啊，他和公爵夫人正在城堡里等着您呢！”

“我并不认识你呀，朋友，”唐吉诃德说，“如果你不告诉我，我想不起你是谁。”

“唐吉诃德大人，”信使答道，“我是公爵的仆人托西洛斯呀。正是我不愿为了同唐娜罗德里格斯的女儿结婚的事同您决斗呀。”

“上帝保佑！”唐吉诃德说，“我的对头魔法师为了诋毁我取胜的荣誉，把那个人变成了仆人，而你就是那个人吗？”

“别说了，好大人，”信使说道，“根本就没有什么改变模样的事。我上决斗场时是仆人托西洛斯，下场时仍然是仆人托西洛斯。我觉得那个姑娘很漂亮，想娶她，所以就不决斗了。可是，事与愿违。您刚刚走出城堡，公爵大人就让人打了我一百棍子，说我违背了他在决斗前给我的指示。最后的结果是姑娘当了修女，唐娜罗德里格斯回卡斯蒂利亚去了。我现在要去巴塞罗那，主人让我给总督送信去。如果您想喝点儿酒，我带了个酒葫芦，里面装着香醇的上等好酒，而且还有点热乎呢。我还带了一些特龙琼奶酪片可以下酒。您就是睡着了，也能把您馋醒。”

“我是来者不拒，”桑乔说，“你把酒分分吧，给我斟点儿酒，好托西洛斯，即使西印度群岛[①]的所有魔法师都不愿意也没关系。”

“你真是世界上最大的馋鬼，最大的白痴。”唐吉诃德说，“你竟看不出这是中了魔法的信使，是个假托西洛斯吗？那么你就在这儿和他喝个够吧。我先慢慢向前走，在前面等着你。”

托西洛斯不由得笑了。他打开葫芦，从褡裢里拿出奶酪片，又取出一个小面包，和桑乔一起坐到绿草地上，亲亲热热地把褡裢里的东西吃了个精光。他们吃得特别香，因为信札也沾了点奶酪味，他们还把信札也舔了舔。托西洛斯对桑乔说：

“桑乔朋友，你的主人肯定是个疯子。”

“怎么会呢？”桑乔说，“他并不欠任何人钱，该付的钱都付了，但他支付的是他的疯癫。这点我看得很清楚，而且也对他说过，可是又起了什么作用呢？况且，现在这种情况已经结束，他被白月骑士打败了。”

托西洛斯请求桑乔给他讲讲是怎么回事，可桑乔说，让主人在前面等着太不礼貌，以后找时间再说吧。说完桑乔抖了抖外衣，擦了擦胡子上的面包屑，又对托西洛斯说了声“再见”，便去追赶唐吉诃德了。唐吉诃德正在一棵树的树阴下等着他呢。

第六十七章　唐吉诃德决定履行隐退一年的诺言，当牧人，过田园生活，以及其他有趣的真事

如果说唐吉诃德在被打倒之前就总是忧心忡忡，这次吃了败仗更显得烦躁不安了。前面说到他正在树阴下等待桑乔，脑子里乱哄哄的。

---

① 指今日的美洲。

他一会儿想到为杜尔西内亚解除魔法的事，一会儿又想到他迫不得已隐退后的生活。桑乔过来了，向他夸奖托西洛斯的慷慨大方。

“桑乔啊，”唐吉诃德说，“你仍然以为他真是那个仆人吗？你曾亲眼看到杜尔西内亚变成了农妇，镜子骑士变成了卡拉斯科学士，这些都是同我作对的魔法师们干的。看来你把这些都忘了。不过你告诉我，你向托西洛斯打听过那个阿尔蒂西多拉后来怎么样吗？她当着我的面哭哭啼啼，是不是在我走后就把同我的缠绵之情全都抛到脑后去了？”

“我没打听这些，也没时间问这种傻事。真见鬼，您这会儿怎么还打听别人的心思，特别是情思呢？”

“你看，桑乔，”唐吉诃德说，“爱慕之情与感激之情有很大区别，一个骑士可以对别人的爱慕之情不动声色，但是万万不可不感谢她的一片厚意。阿尔蒂西多拉看起来非常爱我，送给我三条头巾，这事你知道。我走的时候，她哭哭啼啼，不顾廉耻地诅咒我，埋怨我，这些都证明她对我一片痴心。情人的愤怒最后往往变成咒骂。我不能让她指望得到我的财富，因为我的财富像水中的月亮，是虚幻的东西。我能给她的只是我对她的怀念，不过这并不影响我对杜尔西内亚的怀念。说到杜尔西内亚，你总是迟迟不肯抽打自己，抽打你的皮肉，这可把她坑苦了。我真想看到你的皮肉被狼吃了！你宁可留着你的皮肉让蛆虫咬，却不肯用它去救那位可怜的夫人。”

“大人，”桑乔说，“说实话，我不相信抽打我的屁股跟解除魔法有什么关系，这就好比你头痛却让你去医脚似的。至少我敢发誓，您看过的那些有关游侠骑士的书里没有靠鞭笞解除魔法的事。不过，不管怎样，待我有了时间，而且愿意抽打自己的时候，我还是要打的。”

“但愿如此。”唐吉诃德说，“愿老天能让你明白，你有责任帮助我的女主人，她也是你的女主人，因为我是你的主人。”

他们边说边赶路，又到了他们那天被公牛群撞倒的地方。唐吉诃德认出了这个地方，对桑乔说道：

“咱们就是在这片草地上遇到了英姿飒爽的牧羊女和精神抖擞的牧羊人，他们想在这里重现当年的牧羊人乐园。这倒是个挺新奇的想法。桑乔，如果你觉得合适，咱们也可以学学他们，做做牧羊人，至少在我隐退的这段时间里可以这样。我去买些羊和其他牧人需要的东西。我可以取名为牧人吉诃蒂斯，你就叫牧人潘西诺。咱们可以漫步在山间、森林和草地上，这儿唱唱歌，那儿吟吟诗，饮着晶莹的泉水，清澈的溪水，或者汹涌的河水；圣栎树以它极其丰富的枝叶供给我们香甜的果实，粗壮的栓皮栎树干是我们的坐凳，柳树为我们遮阴，玫瑰给我们送来芳香，广阔的草原就像是一块五彩斑斓的地毯；夜晚，空气清新，星月皎洁，咱们纵情歌唱，忧愁化为欢乐，阿波罗给我们带来诗兴，爱情为我们创造灵感，这样咱们就可以在现在和未来的世纪里闻名遐迩，功垂史册了。"

"天哪，"桑乔说，"我仿佛已经置身于这种生活之中了。参孙·卡拉斯科学士和理发师尼古拉斯师傅要是看见这种生活，也会来同咱们一起当牧羊人；冲这快活劲儿，就连神甫也会身不由己地钻进羊圈里来呢。"

"你说得很对，"唐吉诃德说，"如果参孙·卡拉斯科加入我们这个牧人乐园，他肯定会来，可以叫他参索尼诺或者牧人卡拉斯孔；理发师尼古拉斯可以叫尼库洛索，就像博斯坎叫内莫罗索[①]一样；至于神甫，我就不知道该起什么名字了，除非起个派生的名字，叫库里昂布罗。至于那些可以做咱们情人的牧羊姑娘的名字，咱们不妨再仔细斟酌。不过，我的意中人叫牧羊姑娘或牧羊公主就行了，不必再费心另外寻找，没有比这更合适的名字了。桑乔，你的意中人叫什么名字，你可以随便起。"

"她块头大，"桑乔说，"原名又叫特雷莎，我只能给她起个名字叫特雷索娜。此外，我还要在诗里赞颂她，以表现我的忠贞，并没有到外面去找野食。神甫应该以身作则，不应该有牧羊女做情人。如果学士想要情人，那就随他的便吧。"

"上帝保佑，"唐吉诃德说，"那是一种什么样的生活啊！木笛声飘送到我们耳边，还有萨莫拉风笛、长鼓、铃鼓和三弦琴！在这些乐

---

① 博斯坎·阿尔莫加维尔是16世纪初的西班牙诗人，曾引进意大利诗歌的格律和形式，并且影响了西班牙的伟大诗人加尔西拉索·德拉·维加。现代研究资料认为，内莫罗索是指加尔西拉索本人。

器的音乐声中还能听到钹的声音，这样牧人的乐器就基本上全有了。”

“什么是钹呀？”桑乔问，“我这辈子还没听说过这个名字，也没见过这种东西呢。”

“钹就是两块烛台形的铜片，”唐吉诃德说，“中间隆起的部分撞击在一起时发出一种声音，即使算不上和谐悦耳，也不难听，而是像风笛和长鼓一样质朴。这个词源于摩尔语，就像西班牙语中所有那些以 al 开头的词一样，如 almohaza、almorzar、alfombra、alguacil、alhucema、almacén、alcancía 等等，不用再一一罗列了。以 i 结尾的源于摩尔语的词只有三个，那就是 borceguí、zaquizamí 和 maravdí 。albelí 和 alfaauí 以 al 开头，以 í 结尾，显然都是源于阿拉伯语。你刚才问到钹，我想起了这些，顺便说说。我还有点儿诗才，这你知道，参孙·卡拉斯科更有了不起的诗才，这有助于使咱们的这种生活更加美满。至于神甫，我就不说什么了。不过我敢打赌，他也准有几分诗人的才气。尼古拉斯师傅肯定也是这样，我对此毫不怀疑，因为所有或大多数理发师都能弹弹吉他，念念诗。到时候我倾诉我的离情别绪，你自夸是忠实的情人，牧人卡拉斯孔为遭到鄙夷而愤愤不平，神甫库里昂布罗随便当什么角色都行，那种日子该多美呀！”

桑乔说道：

“大人，我总是很不幸，恐怕永远也不会有那么一天了。等我成了牧人，我得做光滑的木匙，还得做油煎面包，甜奶酪、花冠和许许多多牧人要做的事情呀！虽然别人并没有说我心灵，但我手巧是出了名的。我女儿桑奇卡可以给咱们送饭来。不过，也得小心，她相貌不错，有的牧人并不那么单纯，总是不怀好意。本来是好事，可别闹出个坏结局来。无论是乡村还是城里，无论是牧人的茅屋还是王宫的大殿，都有爱情，都有叵测的居心。‘祸根不存，罪恶不生’，‘眼不见，心不动’，‘与其操心，不如脱身’。”

“别说那么多俗语了，桑乔，”唐吉诃德说，“你说了那么多，其实一句话就足以表达你的意思。我讲你多少次了，别说那么多俗语，这等于对牛弹琴，可你总是‘你说你的，我干我的’。”

“而我觉得您总是‘煎锅嫌炒锅黑’。”桑乔说，“您总怪我说俗语，其实您说起俗语来也是一串一串的。”

“可是桑乔，”唐吉诃德说，“我说俗语总是用得恰到好处，而你却是不管三七二十一，抓来就说。如果我没记错的话，我曾对你说过，俗语是历代聪明人从他们的经验里提炼出来的警句，如果用得不当，就成了胡言乱语。咱们先别说这个了，天已经晚了，咱们得找个地方过夜。谁知道明天的情况会怎么样呢。”

他们离开大路去找住处。晚饭吃得很晚，也吃得不好，桑乔很不满意。桑乔想到游侠骑士只能在荒郊野岭凑合着吃，虽然有时也能在城堡或大户人家里饱餐一顿，就像在迭戈·德米兰达的家里、富人卡马乔的婚礼上和安东尼奥·莫雷诺的家里那样。不过，世界上不能总是白天，也不能总是黑夜，他想着想着就睡着了。唐吉诃德却彻夜未眠。

第六十八章　唐吉诃德遇猪群

那天晚上比较黑。虽然月亮仍在天上，可就是不愿露面。这位狄安娜夫人大概到地球的另一面去散步了，结果弄得山谷都是黑乎乎的。唐吉诃德只打了个盹儿，就再也没睡着。桑乔却相反，一觉睡到大天亮，一看就知道是个心宽体胖的人。唐吉诃德心事重重，睡不着，只好把桑乔叫醒，对他说道：

“桑乔，我对你什么都不在乎的脾气真感到惊讶。你大概是石凿的或铁打的，什么时候都无动于衷。我守夜时你睡觉，我哭泣时你唱歌，我饿得头昏眼花时你却撑得直犯懒。好用人应该为主人分忧，忧主人之忧嘛。你看这夜色多么清幽，万籁俱寂，仿佛在邀请我们从梦中醒来，与它共度良宵呢。赶紧起来吧，往远处走一点儿，拿出点儿勇气和报恩的精神来，打自己三四百鞭子，为了让杜尔西内亚摆脱魔法而把欠的账还上一部分吧。我求求你，我不愿像上次那样跟你动手了。你打完自己之后，今夜剩下的时间咱们就唱歌儿。我倾诉我的相思，你赞颂你的忠贞。回村以后那种牧羊的生活咱们现在就可以开始了。”

“大人，”桑乔说，“我又不是苦行僧，没必要半夜三更起来鞭笞自己，而且我也不信鞭笞的痛苦能转化为快乐的歌声。您还是让我睡觉吧，别再逼我抽打自己了，不然的话我发誓，以后别说碰我的皮肉，就连衣服上的一根细毛儿也休想碰我！”

“多狠的心肠呀！多么冷酷的侍从呀！我白养活你了，我对你的照顾和以后会给你的照顾，你全忘记了！你靠着我才当上了总督，你靠着我才有望获得伯爵或者类似的称号，而且在过了这一年之后，这个诺言很快就会实现。黑暗即将过去，曙光就在前头呀。”

“这些我不懂，”桑乔说，“我只知道在我睡觉的时候，既没有感到痛苦，也没有感到希望，没有辛劳，也没有荣耀。不知是谁发明了睡眠，真该感谢他。睡眠消除了人类的一切思想，成了解饥的饭食，解渴的清水，驱寒的火焰，驱热的清凉，一句话，睡眠是可以买到一切东西的货币；无论是国王还是平民，无论是智者还是傻瓜，它都像个天平，一视同仁。我听说睡眠只有一点不好，那就是和死差不多，睡着了的人就像死人一样。”

“我从没有听到你像现在这样慷慨陈词，”唐吉诃德说，“由此我认识到，你的一句口头语说得很对：‘出身并不重要，关键是跟谁过。’”

“见鬼去吧，我的大人，”桑乔说，“现在并不是我张口就是俗语，而是您动不动就来两句俗语，而且比我说得更多！您和我之间只有一个区别，那就是您比我说得恰当，我说得常常对不上号。但是不管怎么说，它们都是俗语。”

这时，他们忽然听到一阵沉闷的嘈杂声以及凄厉的声音响彻了谷地。唐吉诃德站起来，手握剑柄；桑乔则赶紧钻到驴下面，用驴驮的盔甲和驮鞍挡住自己。桑乔吓得直发抖，唐吉诃德也茫然不知所措。声音越来越大，离他们越来越近，把其中一个人吓得够呛，而另一个人的胆量是大家都知道的。原来，是有人赶着六百多头猪到集上去卖，正好从那儿路过。那群猪呼哧着鼻子拼命地叫，把唐吉诃德和桑乔的耳朵都快震聋了，因而他们已经分不清那到底是什么声音了。大群的猪浩浩荡荡地哼叫着开过来，根本不理会唐吉诃德和桑乔的尊严。它们冲破了桑乔的防御工事，不仅撞倒了唐吉诃德，顺便还把罗西南多也带倒了。那群愚蠢的牲畜迅速地冲过来，把驮鞍、盔甲、驴、罗西南多、桑乔和唐吉诃德都掀翻在地，一片狼藉。桑乔挣扎着站起来，向唐吉诃德要剑，说要把这帮粗鲁的猪大爷宰掉几个。唐吉诃德对桑乔说道：

"算了吧，朋友，是我造了孽，咱们才受到这种冒犯。这是上帝对一个战败的游侠骑士的惩罚。战败的游侠骑士就应该被狼啃，被蜂蜇，被猪踩！"

"这也是老天对战败骑士的侍从的惩罚。"桑乔说，"这样的侍从就应该被蚊虫叮，被虱子咬，忍饥挨饿。假如我们这些侍从是我们服侍的骑士的儿子或者什么近亲，那就是把我们惩罚到第三代或者第四代也不为过。可是，桑乔家族跟唐吉诃德家族有什么关系呀？好了，咱们还是先歇着吧。天快亮了，咱们再睡一会儿，有什么事天亮再说吧。"

"你去睡吧，桑乔，"唐吉诃德说，"你就知道睡觉！我可要守夜。在天亮之前的这段时间里，我要丢开我的思绪，作一首情诗。你不知道，昨天晚上我就已经打好腹稿了。"

"依我看，"桑乔说，"想作诗的心情也没什么了不起的。您愿意怎么作诗就怎么作吧，我反正是能睡多少就睡多少。"

然后，他随意躺到了地上，蜷缩成一团，进入了梦乡，什么欠账、痛苦之类的事情，全都置之脑后了。唐吉诃德靠着一棵山毛榉或者栓皮栎，锡德·哈迈德·贝嫩赫利没说清是什么树，唉声叹气地念起诗来：

　　每当我想着你，爱情，
都是对我的痛苦折磨。
我真想奔向死亡，
从此把无穷的痛苦摆脱。
　　然而当我到达死亡的边缘，
却又裹足不前；

爱情给我带来了如此的欢乐，
欲死不忍心，生活更执著。
　　我总是虽生求死，
死又复活；
生生死死，
百般蹉跎[①]！

唐吉诃德念着诗，叹着气，泪眼潸然，心中似乎为自己战败和思念杜尔西内亚而痛苦万分。

天亮了，阳光照到了桑乔的眼睛上。他起身伸了个懒腰，活动了一下四肢，望着自己带的干粮被猪群毁得一片狼藉，不禁又诅咒起来，而且骂的还不仅仅是那群猪。后来，唐吉诃德和桑乔又继续赶路。下午，他们看到迎面走来近十个骑马的人和四五个步行的人。唐吉诃德不由得心情紧张起来，桑乔也吓得够呛，因为那些人手持长矛和盾牌，一副气势汹汹的样子。唐吉诃德转身对桑乔说：

"桑乔，如果不是我的诺言束缚了我的手脚，如果我还能操持武器的话，我完全可以把对面来的这群人打得落花流水，那么情况就不一样了。"

这时，那几个骑马的人手持长矛，一声不响地围住了唐吉诃德，分别用长矛指着他的前胸和后背。一个步行的人把手放在嘴边上，示意唐吉诃德别出声，抓着罗西南多的笼头，把它牵出了大路。其他几个步行的人揪着桑乔的驴，非常奇怪地一句话也不说，跟在唐吉诃德他们后面。唐吉诃德几次想开口问他们要把自己带到哪里去，想干什么，可是刚一开口，就有人用长矛的铁头指指他，示意他住嘴。桑乔的情况也一样，他刚要说话，就有人用带刺的棍子捅他，而且还捅他的驴，仿佛驴也想说话似的。夜色降临，那几个人加快了脚步，唐吉诃德和桑乔也更紧张了，尤其是听到那几个人不时地吆喝：

"快走，你们这两个野人！"

---

① 这是意大利诗人佩德罗·本博的一首情诗。

“住嘴，蠢货！”

“小心点儿，你们这两个吃人的家伙！”

“别吭声，够了！不许把眼睛瞪那么大，你们这两个杀人的魔鬼，吃人不吐骨头的野狮！”

那几个人还骂了其他一些话，唐吉诃德和桑乔听着都十分刺耳。桑乔心里说:“我们怎么‘噎人’,怎么‘闯祸’,又怎么成‘痴人’和‘野屎’[①]啦？这些话真不好听。真是屋漏偏逢下雨，人不顺心连喝凉水都塞牙缝儿。但愿这场灾祸到此为止吧。”

唐吉诃德也同样莫名其妙，猜不透那些人为什么用这些词骂他和桑乔，但他估计是凶多吉少。

他们在黑夜中走了大约一小时，来到一座城堡前。唐吉诃德认出那是他们前不久还住过的公爵城堡。

“上帝保佑！”唐吉诃德说道，“这是怎么回事呀？这儿原先是热情好客的地方，可是，对战败的人连好地方也变坏了，坏地方就变得更糟糕了。”

他们进了城堡的院子。看到里面的陈设,唐吉诃德和桑乔更惊奇，也更害怕了。详情请看下章。

第六十九章　本书中唐吉诃德经历的最罕见最新奇的事

那几个骑马的人下了马，和几个步行的人一起，把桑乔和唐吉诃德推推搡搡地弄进了院子。院子周围的大烛台上插着一百多支火炬，走廊里还有五百多盏照明灯，虽然天已渐黑，院子里却依然如同白

① 桑乔没听清楚那几个人喊的话，误作声音相近的词了。

昼。院子中间设置了一个两米高的灵台，上面盖着一块巨大的黑色天鹅绒。灵台四周的一百多个银烛台上燃着白色的蜡烛。灵台上摆放着一位姑娘的尸体，人虽已死去，容貌依然楚楚动人。她头戴由各色花卉编织的花环，枕着锦缎枕头，双手交叉在胸前，手里还有一束已经枯萎的黄色棕榈叶。院子的一端有个台子，后面的两把椅子上坐着两个人。他们头戴王冠，手持权杖，看样子像国王之类的人物，但真假就不知道了。台子只能沿阶而上，旁边还有两把椅子，唐吉诃德和桑乔被带过去，坐到了这两把椅子上。大家都默不作声，同时也示意唐吉诃德和桑乔不要出声。其实，用不着告诉他们俩，他们也不会出声。他们早已被眼前的奇怪景象惊得目瞪口呆了。

这时，有两位贵人在很多人的簇拥下登上了台子，唐吉诃德认出那是公爵和公爵夫人。那两个像国王的人身旁有两把豪华的椅子，公爵和公爵夫人坐到了那两把椅子上。唐吉诃德又认出躺在灵台上的竟是美丽的阿尔蒂西多拉，他怎能不更加惊奇呢？公爵和公爵夫人登上台子后，唐吉诃德和桑乔站起来，向他们深深地鞠了躬，公爵和公爵夫人也对唐吉诃德和桑乔微微点头。

这时，有一位陪祭从侧面走到桑乔身边，给他披上一件黑麻孝衣，衣服上画满了火焰，又摘掉了桑乔头上的帽子，给他戴上一个纸糊的高帽，就像宗教裁判所审判犯人时给犯人戴的那种帽子。这人还对他耳语说不许开口，否则就把他的嘴堵上或者要他的命。桑乔把自己上上下下地打量了一番，看到自己虽然满身是火焰，却并不灼人，也就不在意了。他把纸帽子摘下来，看了看上面画的魔鬼，又把帽子戴上了，心想只要火不烧身，魔鬼不要他的命，这副样子倒没什么关系。

唐吉诃德也看了看桑乔，尽管唐吉诃德已经吓呆了，可看到桑乔那个模样，还是忍不住笑了。这时，轻柔的笛声仿佛从灵台下面飘了出来。没有任何人吭声，那笛声显得越发缠绵动人。忽然，那个貌似尸体的姑娘枕边忽然出现了一个罗马人打扮的英俊少年。他弹着竖琴，在琴声的伴奏下非常深情地唱起了两首诗：

冷酷的唐吉诃德使得你
香消玉殒，阿尔蒂西多拉呀，
在这阴曹地府，
贵夫人们都为你身裹素纱。
女主人已吩咐所有的女佣
为你戴孝披麻。
我则以胜过色雷斯[①]歌手的灵感，
唱出你的美貌和不幸的生涯。
我不仅今生今世
把你赞颂，
我还要用我冰冷的舌头
让你来世美名传天下。
愿我的灵魂
飞入冥湖[②]之中，
挡住那忘却记忆的湖水，
秋水伊人，令我魂牵肠挂。

“不必再说了，”一个国王模样的人说道，“圣洁的歌手，不必再说了，举世无双的阿尔蒂西多拉命途多舛，一言难尽，她的美德真是唱也唱不完。她并不是像凡夫俗子想象的那样已经死去，而是永生在人们的传颂之中。若想让她起死回生，桑乔·潘萨就得付出代价，现在他正好在场。那么你，与我同在冥国当判官的拉达曼托[③]呀，你知道，神秘莫测的命运已经决定让这个姑娘还魂，你赶紧当众宣布吧，我们一直在等着这个消息呢。”

弥诺斯刚说完，拉达曼托便起身说道：

“凡是在这儿干事的人，无论高的矮的还是大的小的，都排队过

① 巴尔干半岛东南部一地区。色雷斯人尤为诗歌和音乐著称。
② 在希腊神话中指意大利的阿尔维诺湖，据说是地狱的入口。
③ 宙斯和欧罗巴之子，后来成为乐土的统治者和冥界的判官之一。此处的说话者应为另一判官弥诺斯。

来，把桑乔的下巴胡噜二十四下，再在他的胳膊上和腰上掐十二下，用针扎六下，这样，阿尔蒂西多拉就能死而复生。”

桑乔听了立刻大声喊道：

“我敢发誓，想在我脸上胡噜，根本没门儿！真见鬼，在我脸上胡噜跟这个姑娘死而复生有什么关系？真是眉毛胡子一起来。杜尔西内亚中了魔法，就得让我挨鞭笞，她才能摆脱魔法；这个姑娘要还魂，就得胡噜我二十四下，用针往我身上乱扎，还得把我的胳膊掐痛！我可不吃你们这一套！”

“你找死呀！”拉达曼托说，“放老实点儿，你这吃人的老虎；低下头来，你这傲慢的宁录[①]；住嘴，又没让你做什么办不到的事。你就别找辙了，老老实实地让人胡噜你的脸，让人用针扎你，让人掐得你直叫唤吧！喂，凡是在这儿干事的，都赶紧执行我的命令！否则，我让你们吃不了兜着走！”

此时，已有六个女佣排成一队来到院里，其中四个还戴着眼镜。她们高举右手，露出四寸长腕。现在人们都时兴长手腕。桑乔一见就立刻吼起来：

“我可以让任何人胡噜我的脸，但是女佣不行！我可以像我的主人那次在这个城堡里一样，让猫抓我的脸，让锋利的匕首刺穿我的身体，让烧红的火钳拧我的皮肉，这些我都可以忍耐，任凭各位大人发落。可是，如果想让这几个女佣碰我，我宁死不从！”

唐吉诃德此时也开了口，他对桑乔说道：

“忍耐一下吧，宝贝，让这几位大人也高兴高兴吧。你得感谢老天让你积德行善，帮中了魔法的人解脱魔法，使死者复生，从而做出你的牺牲！”

女佣已经走近了桑乔。桑乔被说服了，他服服帖帖地在椅子上坐好，冲着第一个女佣扬起脸，撅起胡子。那个女佣在桑乔的下巴上用劲胡噜了一下，然后深深鞠了一躬。

“少来点儿礼，少抹点儿油吧，女佣夫人。”桑乔说，“我向上帝

---

① 《圣经》中的人物，在耶和华面前被称为“英勇的猎户”。

发誓，你手上的味儿够酸的。”

几个女佣都胡噜了桑乔的脸，其他用人也都拧了他。可是轮到用针扎他的时候，他再也受不了啦。他从椅子上猛然跳起来，怒气冲冲地抓起椅子旁边的一支火炬，撵着那几个女佣和扎过他的人喊道：

“滚开，你们这些地狱里的小鬼，难道我是铁打的，受得了这般折磨？”

阿尔蒂西多拉已经躺得太久了，这时她侧了一下身子。在场的人看到后几乎同声喊道：

“阿尔蒂西多拉活了！阿尔蒂西多拉活了！”

拉达曼托让桑乔息怒，现在他们的目的已经达到了。

唐吉诃德见阿尔蒂西多拉又能动弹了，连忙过去跪到桑乔面前，说道：

“我的心肝宝贝，你现在可不仅是我的侍从。现在你该抽自己几鞭子了，快帮助杜尔西内亚解脱魔法吧。这会儿你的本领已经学到家啦，完全可以水到渠成。”

桑乔答道：

“真是没完没了，又要给我加码呀！刚才又拧又胡噜又扎，现在还要鞭子打！干脆拿块大石头绑在我脖子上，把我扔到井里去吧。总是为了给别人治病而拿我开涮，我可受不了！饶了我吧，不然我向上帝发誓，我可不管三七二十一，豁出去了！”

这时，阿尔蒂西多拉已经在灵台上坐了起来，笛声也随之而起。大家齐声喊道：

“阿尔蒂西多拉万岁！阿尔蒂西多拉万岁！”

公爵、公爵夫人、弥诺斯和拉达曼托都站起身来，同唐吉诃德和桑乔一起过去，把阿尔蒂西多拉从灵台上扶了下来。阿尔蒂西多拉似乎刚刚苏醒，向公爵和公爵夫人以及弥诺斯和拉达曼托鞠了个躬，然后又斜瞄着唐吉诃德说道：

“让上帝饶恕你吧，丧尽天良的骑士。由于你的冷酷无情，我在另一个世界里仿佛度过了上千年。而你呢，世界上最富有同情心的侍从呀，感谢你让我又获得了生命。桑乔朋友，以后我要送给你六件衬衫，你可以改改自己穿。那些衬衫虽然不是件件完整如新，但至少都是干净的。”

桑乔手里拿着纸高帽，跪在地上吻了阿尔蒂西多拉的手。公爵吩咐把纸高帽拿走，把桑乔的帽子还给桑乔，并且给桑乔穿上他自己的外衣，把画着火焰的衣服也拿走。桑乔则请求公爵把那件衣服和那顶帽子留给他，他准备把这两件东西带回家乡，作为对这次前所未闻的奇遇的纪念。公爵夫人满口答应，想以此证明她是桑乔的好朋友。公爵吩咐大家离开院子，于是众人都回到了各自的房间。唐吉诃德和桑乔也回到了他们原先住过的那个房间。

第七十章　承接上一章，故事补白

当晚，桑乔与唐吉诃德同住一屋，睡在一张带轱辘的床上。桑乔本想避免与唐吉诃德同居一室，他知道唐吉诃德肯定会问这问那，不让他睡觉。桑乔不想多说话，浑身的疼痛迟迟不消，连舌头也不利索了。他宁愿只身睡在茅屋里,也不愿同唐吉诃德共享那个华丽的房间。桑乔的担心果然有道理。唐吉诃德一上床就说道：

“桑乔，你觉得今晚的事情怎么样？冷酷无情的力量有多大，你亲眼看到了。不用箭，不用剑或其他兵器，仅凭我的冷酷就使阿尔蒂西多拉断送了性命。”

“她愿意什么时候死，愿意怎么死，就去死吧，”桑乔说，“反正跟我没关系。我这辈子既没爱上她，也没蔑视她。我真不明白，就像我上次说过的，阿尔蒂西多拉这个想入非非的姑娘的死活，跟桑乔·潘萨受罪有什么关系？现在我必须承认，世界上的确有魔法师和魔法。让上帝保佑我吧，因为我也免不了会中魔法。不过，现在您还是让我睡觉吧。别再问这问那了，除非您是想逼我从窗口跳出去。”

“那你就睡吧，桑乔朋友，”唐吉诃德说，“只要你在挨了针扎、又掐又拧和胡噜之后还能睡得着。”

“疼倒是不疼，”桑乔说，“最讨厌的就是乱胡噜，让那些女佣乱胡噜一气。我再求您，让我睡觉吧，清醒的时候感觉到的痛苦，睡着了就会大大减轻。”

“但愿如此，”唐吉诃德说，“愿上帝与你同在。”

两人睡觉了。这部巨著的作者锡德·哈迈德想利用这段时间讲述一下，公爵和公爵夫人为什么又想起了安排上文那场闹剧。原来，参孙·卡拉斯科学士扮作镜子骑士被唐吉诃德打败，计划落空以后，他仍然念念不忘，仍然想再试试运气。他碰到曾经给桑乔的老婆特雷莎·潘萨捎信送礼的那个仆人，打听到唐吉诃德的下落，另找了一套盔甲和一匹马，拿着一块画有白月的盾牌，雇了个农夫，牵着一匹骡子，驮上各种必要的物品，又去找唐吉诃德。不过，他没有用原来那个侍从托梅·塞西亚尔，免得让桑乔或唐吉诃德认出来。

参孙·卡拉斯科来到公爵的城堡。公爵告诉他唐吉诃德已经去了萨拉戈萨，准备参加在那儿举行的擂台赛。公爵还讲了戏弄桑乔，让他鞭打自己的屁股，为杜尔西内亚解除魔法的事，而且把桑乔欺骗唐吉诃德，说杜尔西内亚中了魔法，变成了农妇，而公爵夫人又让桑乔相信受骗的是他自己，杜尔西内亚真的中了魔法等等，都告诉了卡拉斯科。卡拉斯科感到很可笑，也感到惊奇，没想到桑乔竟如此单纯，而唐吉诃德又如此疯癫。公爵请求卡拉斯科在找到唐吉诃德后，无论是否战胜了唐吉诃德，都要回来把结果告诉他。卡拉斯科同意了。他启程去萨拉戈萨找唐吉诃德，没找到。他又继续找，结果出现了前面说过的情况。于是，他回到公爵的城堡，把情况告诉了公爵，包括他同唐吉诃德决斗前讲好的条件，而唐吉诃德作为一名忠实的游侠骑士，已同意回乡隐退一年。卡拉斯科说，但愿唐吉诃德的疯病在这一年里能够治愈，他也正是为此才化装而来的。他觉得，像唐吉诃德这样聪明的贵族竟变成了疯子，真是件令人遗憾的事情。

卡拉斯科后来告别公爵，回到了家乡，等着唐吉诃德随后归来。公爵对桑乔和唐吉诃德意犹未尽，利用这段时间又开了刚才叙述的那场玩笑。公爵派了很多用人，让他们有的骑马，有的步行，等候在城堡附近唐吉诃德可能经过的各条道路上，一旦发现唐吉诃德和桑乔，无论是哄骗还是强拉，一定要把他们带到城堡来。用人们果然找到了唐吉诃德和桑乔，并且通知了公爵。公爵事先已准备好，于是点燃了院子里的火炬和蜡烛，并且让阿尔蒂西多拉躺到灵台上，一切都演得那么惟妙惟肖，跟真的差不多。锡德·哈迈德还说，他觉得，无论是戏弄别人还是被人戏弄都够疯的。公爵和公爵夫人起劲地戏弄两个疯子，他们自己也快成两个疯子了。而那两个真疯子一个睡得正香，另一个却睡不着觉，正在胡思乱想。天亮了，他们也该起床了。特别是唐吉诃德，无论是胜是负，从来都不喜欢睡懒觉。

唐吉诃德真的以为那个阿尔蒂西多拉死而复生了，而她却接着她的主人继续拿唐吉诃德开心。她头上仍然戴着她在灵台上戴的那个花环，穿着一件绣着金花的白色塔夫绸长衫，头发披散在背上，手拿一根精制的乌木杖,走进了唐吉诃德的房间。唐吉诃德一见她进来，立刻慌作一团，缩进被单里，张口结舌，竟连一句客气话都说不出来了。阿尔蒂西多拉坐到床边的一把椅子上，长叹了一口气，娇声细气地说道：

"尊贵的女人和庄重的姑娘只有在万不得已的时候才不顾廉耻，毫无顾忌地当众说出自己内心的秘密。唐吉诃德大人，我现在就处于这种情况。我多情善感,但仍然不失体面,内心十分痛苦。我难以忍受，因而丧了命。你如此冷酷地对待我——

面对我的哀怨，你竟然无动于衷！

没有良心的骑士啊，我已经死了两天，至少凡是看见我的人都认为我已经死了两天。若不是爱情怜悯我，以这位善良侍从受难的方式解救了我，现在我还在冥府里待着呢。"

"爱情完全可以让我的驴来做这件事嘛，"桑乔说，"那我就真得感谢它啦！但愿老天给你找一个比我主人更温存的情人。不过,姑娘，请你告诉我，你在冥府都看见什么了？真有地狱吗？凡是绝望而死的人，最后都得下地狱的。"

“实话告诉你吧，”阿尔蒂西多拉接着说，“我并没有完全死去，所以我也没进入地狱。如果真进了地狱，那我就无论如何也出不来了。不过，我的确到了地狱的门口，有十几个鬼正在打球。他们都穿着裤子和紧身上衣，衣领和袖口上都绣着佛兰德式的花边，露出四寸长的手腕子，这样可以显得手更长。他们手里拿着火焰拍。令我惊奇的是，他们打的不是球，而是书，书里装的是气或者烂棉花之类的东西，真新鲜。而且，更让我惊奇的是，一般打球的时候是赢家高兴输者悲，可是，他们打球的时候都骂骂咧咧地互相埋怨。”

“这不算新鲜，”桑乔说，“他们是鬼，所以不管玩不玩，不管赢没赢，他们都不会高兴。”

“大概是这样吧。”阿尔蒂西多拉说，“还有一件事我也挺奇怪，应该说我当时非常奇怪，那就是他们的书只打一下就坏，不能再打第二下。所以总得换书，不管是新书旧书，简直神了。其中有一本新书，装订得很好，刚打了一下，书就散了。一个鬼对另一个鬼说：‘你看那是什么书？’那个鬼答道：‘这是《唐吉诃德》下卷，但不是原作者锡德·哈迈德写的那本，而是一个阿拉贡人写的，据说他家在托德西利亚斯那儿。’‘把它拿开，’另一个鬼说，‘把它扔到地狱的深渊里去，再也别让我看到它。’‘这本书就那么差吗？’一个鬼问道。‘太差了，’第一个鬼说，‘差得就是我想写这么差都写不了。’他们又继续玩，打一些书。我听他们提到了唐吉诃德这个名字，而我热爱唐吉诃德，所以把这个情况尽力记了下来。”

“那肯定是一种虚幻，”唐吉诃德说，“因为世界上只有一个唐吉诃德。而且，这本书在这儿也曾传阅过，传来传去的，因为谁也不想要它。无论是听说这本书被扔进了地狱的深渊，还是听说它光明正大地在世上流传，我都不在乎，反正那本书里写的不是我。如果那本书写得好，写得真实，它就会流传于世；如果写得不好，它问世之后不久就会消失。”

阿尔蒂西多拉还想继续埋怨唐吉诃德，唐吉诃德却对她说道：

“我已经同你说过多次了，姑娘，你总是对我寄托情思，这让我很为难。我对此只能表示感谢，却不能予以回报。我生来就属于托博索的杜尔西内亚。如果真的存在命运的话，那么，命运已把我安排给了她。若想用另外一个美女来代替她在我心中的地位，那是根本不可能的事。这就足以让你明白了，你应该自重，不可能的事情谁也不能勉强。”

听到此话，阿尔蒂西多拉脸上骤然变色。她对唐吉诃德说道：

“好啊，你这个骨瘦如柴的家伙，榆木脑袋死心眼，比乡巴佬还固执，怎么说都不行！我真想扑过去，把你的眼睛挖出来！你这个战败的大人，挨揍的大人，难道你真以为我会为你去死吗？你昨天晚上看到的一切都是假的，我可不是那种女人！谁稍微碰我一下我都嫌疼，就更别说为了像你这样的笨蛋去死了。”

“这点我相信，”唐吉诃德说，“为情而死是笑话，那只是说说而已；要说真的去死，鬼才信呢。”

他们正说着话，前一天晚上唱歌的那位音乐家、歌手兼诗人进来了。他向唐吉诃德鞠了个躬，说道：

“骑士大人，我很早以前就听说了您的英名和事迹，非常崇拜您。请您把我当作您的一个仆人吧。”

唐吉诃德说：

“请您告诉我您是谁，我将以礼相待。”

小伙子说他就是前一天晚上唱歌的那个人。

“不错，”唐吉诃德说，“您的嗓子确实不错。不过，我觉得您唱的内容不一定合适，加西拉索的诗同这个姑娘的死有什么关系呢？”

“您别见怪，”小伙子说，“我们这些毛头诗人总是想写什么就写什么，想抄谁的就抄谁的，也不管对题不对题。如果不是胡唱乱写，那倒是怪事了。”

唐吉诃德正要答话，却被进来看望他的公爵和公爵夫人打断了。宾主高高兴兴地谈了很长时间，桑乔又说了很多趣话和傻话，让公爵和公爵夫人出乎意料，弄不清桑乔到底是聪明还是傻。唐吉诃德请求公爵和公爵夫人允许他当天就离开，因为像他这样的战败骑士应该住在简陋的小屋，而不是住在豪华的殿堂里。公爵和公爵夫人很痛快地答应了。公爵夫人问唐吉诃德是否喜欢阿尔蒂西多拉，唐吉诃德说道：

“大人，您应该明白，这个姑娘的毛病来源于闲散，解决的办法就是让她总有点儿正经活干。她说地狱里很时兴花边，而且她又会织花边，那就不应该让她的手闲着。织来织去，就没工夫想什么情人不情人的事情了。这是事实。这是我的看法，也是我的忠告。”

“这也是我的看法和忠告。”桑乔说道，“我这辈子还没听说过哪个织花边的姑娘为爱情而死呢。活儿一多,姑娘们就只想着完成任务，没时间去想什么爱情了。我的情况就是这样。我刨地的时候就爱把我的内人，我是说我的特雷莎·潘萨忘记，尽管我爱她胜过自己的眼睫毛。”

“你说得很对，桑乔，”公爵夫人说，“以后我准备让阿尔蒂西多拉做点针线活。她的针线活很好。”

“没必要采用这种方法，夫人。”阿尔蒂西多拉说，“一想到这位流浪汉对我的冷酷无情，不必采用任何方法，我就会把他忘得一干二净。夫人，请允许我出去吧，免得这个已经不是可悲而是可恶的形象总是在我眼前晃动。”

“我觉得，”公爵说，“这就是人们常说的——

骂个不停，
怒气将平。”

阿尔蒂西多拉假装用手绢擦了擦眼泪，向公爵和公爵夫人鞠了个躬，然后走出了房间。

“我敢担保，”桑乔说，“姑娘，你运气不好，因为你碰到了一个心眼好、心肠硬的人。要是碰上我这样的人，情况就大不一样了。”

聊完以后，唐吉诃德穿好衣服，同公爵和公爵夫人一起吃了饭，当天下午就离开了。

第七十一章　唐吉诃德与桑乔在回乡路上遇到的事

战败以后失魂落魄的唐吉诃德一方面郁郁不乐，另一方面心里又很高兴。他悲的是自己被打败了，喜的是发现了桑乔的本领居然能让阿尔蒂西多拉起死回生。不过，唐吉诃德对此仍有一点儿疑虑，他以为阿尔蒂西多拉并没有真正死去。桑乔却一点儿也不高兴，因为阿尔蒂西多拉答应给他衬衫，却并没有给他。想来想去，桑乔对唐吉诃德说：

"说实话，大人，可以说我大概是世界上最倒霉的医生了。别的医生把他看的病人治死了，还让人家掏看病钱。他们做的只不过是开个药方，在上面签个名，而且药还不是他们做的，是药房做的，让病人喝下去就算完事了。可是我呢，为了给别人治病，我得流血，得让人胡噜，还得让人又掐又扎又打，我自己却什么好处也没得到。我发誓，下次若是再有人找我看病，我得先让他给我上点儿供。修道院院长还得靠唱歌挣饭吃呢。我就不信老天教给我看病的本领，却让我白白地给别人看病。"

"说得对，桑乔，"唐吉诃德说，"阿尔蒂西多拉答应给你衬衫却没给，她这样做很不好。尽管你那本领是白捡的，没费什么工夫去学，可你是通过挨打受罪才掌握这个本领的。从我这方面来说，如果你原来提出为解除附在杜尔西内亚身上的魔法而要报酬，我早就付你一大笔钱了。不过，我不知道拿了钱以后再治病是否还奏效。我可不想让金钱影响疗效。尽管如此，我觉得咱们不妨试试。桑乔，你先说，你想要多少钱，然后你就鞭打自己吧，钱最后扣除，反正我的钱都在你手里呢。"

桑乔一听这话立刻睁大了眼睛，把耳朵伸出一拃长。只要能得到优厚的报酬，他打心眼里愿意自己打自己。他对唐吉诃德说：

“那么好吧，大人，我愿意满足您的愿望，那样我自己也可以得到好处。我非常爱我的孩子和老婆，而这使得我需要钱。您说吧，我每打自己一鞭子您给我多少钱？”

“桑乔，”唐吉诃德说，“你这本是件功德无量的事，我即使把威尼斯的财宝和波托西的矿藏全都给你也不为过。你估计你身上有我多少钱，开个价吧，每打一鞭子给你多少钱。”

“一共得打三千三百多下，”桑乔说，“我已经打了自己五下，其余的还没动呢。把这五鞭子算作零头去掉，还剩下三千三百鞭子。就算每鞭一个夸尔蒂约吧，如果再少，谁逼我干我也不干了，那就是三千三百个夸尔蒂约；三千夸尔蒂约就是一千五百个二分之一的雷阿尔，相当于七百五十个雷阿尔；三百个夸尔蒂约就是一百五十个二分之一的雷阿尔，相当于七十五个雷阿尔；再加上七百五十个雷阿尔就是八百二十五个雷阿尔。这钱我得从您的钱里扣出来。那么我虽然挨了鞭子，回家时毕竟有钱了，心里也高兴。要想抓到鱼……我不说了[①]。”

“积德行善的桑乔啊，可爱的桑乔啊，”唐吉诃德说，“我和杜尔西内亚这辈子该如何报答你呀！如果这次能成功，她肯定会恢复原貌，她的不幸就会转化为幸运，我的失败也就会转化为极大的成功。桑乔，你看你什么时候开始鞭打呀？为了让你早点儿动手，我再给你加一百个雷阿尔。”

“什么时候？”桑乔说，“就今天晚上吧。你准备好，咱们今晚露宿在野外，我一定把自己打得皮开肉绽。”

唐吉诃德急不可耐地等着夜晚到来。他觉得太阳神的车子好像车轮坏了，他就像情人期待幽会那样，觉得那天特别长，而没有意识到是自己太着急了。夜晚终于到来了。他们来到离大路不远的一片葱郁的树林中，从马背上和驴背上下来，躺在绿色的草地上吃着桑乔带来

---

① 下半句是“就得湿裤子”。

的干粮。吃完东西后，桑乔用驴的缰绳做成一根粗而有弹性的鞭子，来到离主人大约二十步远的几棵山毛榉树中间。唐吉诃德见到桑乔那副毅然决然的样子，对他说道：

“朋友，别把自己打坏了，打几下就停一停，别急着使劲打，中间歇口气儿。我是说你别打得太狠了，结果还没打够数就送了命。为了避免你计错数，我在旁边用念珠给你记着鞭数。但愿老天成全你的好意。”

“没有金刚钻，就不揽瓷器活儿。”桑乔说，“我自有办法既不把自己打死，也不把自己打疼，这样才算显出我的神通。”

桑乔说完脱光了自己上半身的衣服，抓过鞭子开始抽打自己，唐吉诃德则开始为他计数。刚打了七八下，桑乔就意识到这个玩笑开得太重了，自己开的价也太低了。他停了一下，对唐吉诃德说刚才自己吃亏了，他觉得每鞭应该付半个雷阿尔，而不是一个夸尔蒂约。

“你接着打吧，桑乔朋友，”唐吉诃德说，“别松劲儿，我把价钱提高一倍。”

“既然这样，”桑乔说，“那就听天由命吧，让鞭子像雨点一般地打来吧！”

可是，狡猾的桑乔并没有把鞭子打在自己的背上，而是打到了树干上，而且每打一下还呻吟一下，仿佛每一下都打得非常狠似的。唐吉诃德心肠软，怕桑乔不小心把自己打死，那么他的目的也就达不到了，便对桑乔说道：

“喂，朋友，为了你的性命，咱们这次还是到这儿为止吧。我觉得这服药太厉害了，得慢慢来。一口吃不成胖子。如果我没数错的话，你已经打了自己一千多下。这次打这么多就够了，驴虽然能负重，太重了也驮不动。”唐吉诃德说话就是这么粗鲁。

“不，不，大人，”桑乔说，“我可不想让人说我拿了钱就不认账。您让开一点儿，让我再打一千下，有这么两回就可以完事了，也许还能有富余呢。”

“既然你能受得了，”唐吉诃德说，“愿老天助你一臂之力。你打吧，我走开一点儿。”

桑乔又继续抽下去，把好几棵树的树皮都抽得脱落了。由此可见他抽得有多狠。有一次他狠命地抽打一棵山毛榉，竟提高了嗓门喊道：

“参孙啊，我宁愿与他们同归于尽！”

听到这凄厉的喊声和猛烈的抽打声，唐吉诃德赶紧跑了过来。他抓住桑乔那根用缰绳做的鞭子，对桑乔说道：

“桑乔，命运不允许你为了我的利益而牺牲你的性命。你还得养活老婆孩子呢，还是让杜尔西内亚再等个更好的机会吧。实现我的愿望已经指日可待，我知足了。你还是先养足精神，找个大家都合适的时候再了结这件事情吧。”

“我的大人，”桑乔说，“既然您愿意这样，就先打到这儿吧。您把您的外衣披到我背上吧。我出了一身汗，可千万别着凉，初次受鞭笞的人最怕着凉。”

唐吉诃德把自己的外衣脱下来给桑乔披上，自己仅穿着内衣。桑乔裹着唐吉诃德的外衣睡着了，一觉睡到了日出。两人继续赶路，走了三西里远。

他们在一个客店前下了马和驴。唐吉诃德认出那只是一个客店，而不是什么带有壕沟、瞭望塔、吊门和吊桥的城堡。自从吃了败仗以后，唐吉诃德比以前清醒多了，下面就可以证明这一点。他们被安排到楼下的一个房间里。在房间的墙壁上，按照当时农村的习惯挂着几幅旧皮雕画，其中一幅拙劣地画着海伦被特洛伊王子帕里斯从墨涅拉俄斯[①]那儿拐走的情景，另一幅画的是狄多和埃涅阿斯的故事。狄多站在一座高塔上，挥舞着半条床单，向海上乘着三桅船或双桅船逃亡的远客示意。唐吉诃德发现画上的海伦并非不情愿，因为她正在偷偷地笑；而美丽的狄多脸上则淌出了胡桃般大小的泪珠。唐吉诃德说道：

“这两位夫人没有出生在当今的时代真是太不幸了，而我没有出

① 在希腊神话中，帕里斯从海伦的丈夫墨涅拉俄斯处拐走了海伦，引起了特洛伊战争。

生在她们那个年代也很不幸。那几个人若是遇到了我，特洛伊就不会被烧掉，伽太基也不会被毁掉，我一个人就可以把帕里斯杀掉，就可以免除这些灾难！”

“我敢打赌，”桑乔说，“不用多久，所有酒店、客店、旅馆或者理发店，都不会不把咱们的事迹画上去。我希望有比这些人更优秀的画家来画出咱们的事迹。”

“你说得对，桑乔，”唐吉诃德说，“而且，这个画家应该像乌韦达的画家奥瓦内哈那样，人家问他画的是什么东西时，他说：‘像什么就是什么。’如果他偶然画出了一只公鸡，他就会在下面注上：‘这是一只公鸡。’免得别人以为他画的是一只狐狸。桑乔，绘画和写作其实是一回事，我觉得那个出版了唐吉诃德新传的家伙，大概就是这样的人，他写的像什么就算什么。他大概也像多年前宫廷的一位叫毛莱翁的诗人一样，别人问他什么他都信口乱说。别人问他 Deum de Deo 是什么意思，他就说是 De donde diere[①]。不过，咱们暂且不谈这些吧。桑乔，你告诉我，你是否愿意今天晚上再打自己一顿？而且，你是愿意在屋里打呢，还是愿意在露天打？”

“大人呀，”桑乔说，“我觉得在屋里打和在野外打都一样，不过最好还是在树林里，这样我就会觉得有那些树同我在一起，可以神奇地同我分享痛苦。”

“那就算了，桑乔朋友，”唐吉诃德说，“你还是养精蓄锐，等咱们回到村里再打吧。最迟后天，咱们就可以到家了。”

桑乔说随唐吉诃德的便，但他愿意趁热打铁，一鼓作气，尽快把这件事了结：“‘拖拖拉拉，事情就玄’，‘板上钉钉事竟成’，‘一个在手胜过两个在望’，‘手里的鸟胜过天上的鹰’嘛。”

“看在上帝分上，你别再说俗语了。”唐吉诃德说，“我看你老毛病又犯了。你有话就直说，别绕弯说那么多乱七八糟的东西。我跟你说过多少次了，你以后会知道这对你有多大好处。”

---

① 前句为拉丁文“上帝啊”的意思，后句为西班牙文“无论从哪儿来”的意思。两句形相近，意义不同。

“我也不知道这是什么毛病，”桑乔说，“不说点俗语，我就觉得没说清楚。不过，以后我尽可能改吧。”

他们这次谈话到此结束。

第七十二章　唐吉诃德和桑乔如何返乡

唐吉诃德和桑乔那天在客店里等待天黑。他们一个想在野外把自己那顿鞭子打完，另一个想看看打完之后，自己的愿望是否能够实现。这时，一个骑马的客人带着三四个用人来到了客店。一个用人向那个看样子是主人的人说道：

“阿尔瓦罗·塔费大人，您可以先在这儿睡个午觉，这个客店既干净又凉快。”

唐吉诃德听到此话，对桑乔说道：

“你看，桑乔，我随手翻阅那本写我的小说下卷时，常见到这个阿尔瓦罗·塔费的名字。”

“那很可能，”桑乔说，“咱们等他下了马，然后去问问他。”

那人下了马，来到唐吉诃德对面的房间。

原来店主也给了他一个楼下的房间。在那间房子里也挂着同唐吉诃德这个房间一样的皮雕画。新来的客人换了身夏天的衣服，来到客店门口。门口宽敞凉爽。他见唐吉诃德正在门口散步，便问道：

“请问您要到哪儿去，尊贵的大人？”

唐吉诃德答道：

“离这儿不远的一个村庄。我是那儿的人。您准备到哪儿去？”

“我嘛，大人，”那人说道，“要去格拉纳达，那儿是我的故乡。”

“多好的地方啊！”唐吉诃德说，“请问您尊姓大名，这对我来说很重要，只是说来话长。”

“我叫阿尔瓦罗·塔费。”那个客人答道。

唐吉诃德说道：

“有一位文坛新手刚刚出版了一本《唐吉诃德》下卷，里面有个阿尔瓦罗·塔费，大概就是您吧。”

“正是我，”那人答道，“书里的那个主人公唐吉诃德是我的老朋友，是我把他从家乡带出去的。别的不说，至少他去萨拉戈萨参加擂台赛，就是我鼓动他去的。说实在的，我真帮了他不少忙，多亏我才使他背上免受了皮肉之苦。他这个人太鲁莽。”

“那么请您告诉我，您看我有点儿像您说的那个唐吉诃德吗？”

“不像，”那人说道，“一点儿也不像。”

“那个唐吉诃德还带了一个名叫桑乔·潘萨的侍从吧？”唐吉诃德问道。

“是有个侍从。”阿尔瓦罗说道，“虽然我听说这个侍从很滑稽，却从来没听他说过一句俏皮话。”

“这点我完全相信，”桑乔这时也插嘴道，“因为俏皮话并不是人人都会说的。尊贵的大人，您说的那个桑乔准是个头号的笨蛋、傻瓜、盗贼，我才是真正的桑乔·潘萨呢。我妙语连珠，不信您可以试试。您跟着我待一年，就会发现我开口就是俏皮话，常常是我还没意识到自己说了什么，就把听我说话的人全都逗笑了。曼查的那位真正的唐吉诃德声名显赫，既勇敢又聪明。他多愁善感，铲除邪恶，扶弱济贫，保护寡妇，惹得姑娘们为他死去活来，他唯一的心上人就是托博索的杜尔西内亚。他就是您眼前这位大人。他是我的主人，其他的所有唐吉诃德和桑乔都是骗人的。”

“天哪，一点儿也不错。”阿尔瓦罗说，“朋友，你开口几句就说得妙不可言。我原来见过的那个桑乔说得倒是不少，可是没你说得风趣。他不能说却挺能吃，不滑稽却挺傻。我敢肯定，那些专同唐吉诃德作对的魔法师也想借那个坏唐吉诃德来同我作对。我不知道该怎么说才好，但我敢发誓，那个唐吉诃德已经让我送到托莱多的天神院①去治疗了，现在又冒出一个唐吉诃德来，虽然这位大人与我那个唐吉

① 这里指疯人院。

诃德大不相同。”

“我是不是好人，我不知道。”唐吉诃德说，“我只知道我不是坏人。为了证明这一点，我想告诉您，阿尔瓦罗·塔费大人，我这辈子从未去过萨拉戈萨。我听说那个冒牌的唐吉诃德已经去了萨拉戈萨，准备参加擂台赛，我就不去了，以正视听。于是我直奔巴塞罗那。那儿是礼仪之邦，是外来人的安身处，是济贫处，是勇士的摇篮。它给受难之人以慰藉，给真正的朋友以交往的场所，无论地势或者风景，都是独一无二的理想之处。

“虽然我也在那儿遇到一些不愉快的事情，而且很糟糕，但毕竟亲眼见到了它，总算不虚此行。总之，阿尔瓦罗·塔费大人，我就是曼查的那位名扬四海的唐吉诃德，而不是什么欺世盗名的可怜虫。您既然是位绅士，我就请求您当着这个村的长官的面声明，您是平生第一次见到我，我不是那本书的下卷里说的那个唐吉诃德，我的这个侍从桑乔·潘萨也不是您见过的那个桑乔。”

“乐于从命。”阿尔瓦罗说，“想不到我竟同时见到了两个名字完全相同、行为却大相径庭的唐吉诃德和桑乔，真让我惊讶。我简直不能相信我见到和遇到的事情了。”

“您肯定像托博索的杜尔西内亚一样中了魔法。”桑乔说，“您可以祈求老天，让我像对待她那样，为解除附在您身上的魔法而再打自己三千多鞭子。我一定尽力，而且分文不取。”

“我不明白什么鞭子不鞭子。”阿尔瓦罗说。

桑乔说，说来话长，不过既然同路，可以在路上再慢慢讲。这时，到了吃饭的时间，唐吉诃德和阿尔瓦罗一起进餐。恰巧该村的村长来到了客店，还带了个文书。唐吉诃德请求村长，说他有权利让那位在场的绅士阿尔瓦罗·塔费在村长面前发表声明，这位绅士刚才居然没认出曼查的唐吉诃德，而这个唐吉诃德并不是托德西利亚斯一个叫阿韦利亚内达的人出版的一本《唐吉诃德》下卷里说的那个唐吉诃德。村长按照法律规定办理了这个声明，而且这个声明具有完全的法律效力。唐吉诃德和桑乔非常高兴，觉得这个声明对于他们很重要，似乎他们自己的言行还不足以证明两个唐吉诃德和两个桑乔之间的差别似的。阿尔瓦罗和唐吉诃德寒暄了一番，感觉这位曼查的唐吉诃德很明事理，于是阿尔瓦罗真的以为是自己错了，竟遇到了两个完全不同的唐吉诃德，以为是自己中了魔法。

当天下午，他们离开了那个客店，走了约半西里路，来到一个岔路口，一条路通向唐吉诃德居住的村庄，另一条则是阿尔瓦罗要走的那条路。在这段短短的路程上，唐吉诃德向阿尔瓦罗讲述了他被打败的倒霉事，以及杜尔西内亚如何中了魔法又如何摆脱魔法的事，令阿尔瓦罗惊讶不已。阿尔瓦罗拥抱了唐吉诃德和桑乔之后继续赶自己的路。唐吉诃德也接着往前走。当晚，他在一片小树林里过夜，以便让桑乔完成他尚未完成的那部分鞭笞。桑乔又像前一天晚上那样如法炮制，结果没伤着自己的背，倒把几棵山毛榉的树皮打得够呛。桑乔根本就没抽自己的背。假如他背上有个苍蝇，也不会被鞭笞轰走。唐吉诃德丝毫不差地计着数，加上前一夜打的，一共打了三千零二十九下。太阳好像早早就升起来了，想看看桑乔怎样折腾自己。天亮之后，他们又继续赶路，一路上谈的无非是阿尔瓦罗如何受了骗，他们又如何办理了正式的法律文件。

他们走了一天一夜，一路上没遇到什么值得记叙的事情。由于桑乔完成了鞭笞的任务，唐吉诃德特别高兴。他期待着天明，想看看能否在路上遇到他那位已经摆脱了魔法的杜尔西内亚。路上每碰到一个女人，唐吉诃德都要看看是不是杜尔西内亚。他坚信梅尔林的话不会有错。他这样胡思乱想着，同桑乔一起爬上了一个山坡，从山坡上可以看到他们的村庄。桑乔一看到村庄，便跪下来说道：

"我渴望已久的家乡啊，睁开眼睛看看吧，你的儿子桑乔·潘萨回来了。他虽然没能发财，却挨足了鞭子。张开你的臂膀，也请接受你的儿子唐吉诃德吧。他虽然败在了别人手下，却战胜了自己。他对我说过，这是他所企盼的最大胜利。我现在手里有钱了。虽然我狠狠地挨了鞭子，却也算个体面的人物了。"

"别犯傻了，"唐吉诃德说，"咱们还是径直回村吧。回去以后咱们就充分发挥咱们的想像力，筹划一下咱们的牧人乐园生活吧。"

说着两人就下了山坡，进村去了。

第七十三章　唐吉诃德进村遇先兆，及其他为本书增辉的事

锡德·哈迈德说，唐吉诃德进村时，看到两个孩子正在打谷场上吵架。一个孩子说：

"你死心吧，佩里吉略，你这辈子别想再看到她了。"

唐吉诃德听见了，问桑乔：

"你听见那个孩子的话了吗，朋友？他说：'你这辈子别想再看到她了。'"

"听见了，"桑乔说，"那又有什么关系呢？"

"什么关系？"唐吉诃德说，"那句话是冲我说的，意思是说我这辈子别想再看到杜尔西内亚了。"

桑乔刚要说话，忽然看见野地里有一只兔子正向他们跑来，许多猎狗和猎人在后面追赶。兔子吓得东躲西藏，最后窜到了驴肚子下面。桑乔伸手抓住兔子，把它交给了唐吉诃德。唐吉诃德喃喃自语道：

"不祥之兆，不祥之兆！猎狗追，兔子跑，杜尔西内亚见不到！"

"您真怪，"桑乔说，"就算这只兔子是杜尔西内亚，后面追赶的是把她变成农妇的可恶的魔法师，她不是已经脱身了吗？而且，我又把它抓住交给了您，您正把它抱在怀里抚摸，这里有什么不祥之兆呢？"

两个吵架的孩子也跑来看兔子。桑乔问其中一个孩子刚才为什么吵架。那个说过"你这辈子别想再见到她了"的孩子说，他拿了另外一个孩子的一笼子蟋蟀，打算一辈子不还了。桑乔从衣袋里掏出四文钱，送给那个孩子，向他要过那个笼子，再把它交给唐吉诃德，并且说道：

“大人，这样不祥之兆就被打消了。其实，它和咱们的事根本没关系。我虽然笨，可是我知道，这些预兆只是过眼烟云。如果我没记错的话，我记得咱们村的神甫说过，基督徒和聪明人不该注意这些枝节小事。您前几天也对我说过，相信兆头的人都是傻瓜。咱们不值得在这些事情上纠缠，还是进村吧。”

猎人们跑过来要兔子,唐吉诃德把兔子给了他们。两人又往前走，在村口看到神甫和卡拉斯科学士正在一块草地上祈祷。应该说一下，在阿尔蒂西多拉还魂的那天晚上，桑乔曾穿过一件画满火焰的麻布衣服。现在,桑乔却把这件衣服当作盖布盖住了驴和放在驴背上的盔甲，还把那顶纸高帽戴到了驴头上。可以说,世界上从没有驴是这种打扮。神甫和学士马上认出了唐吉诃德和桑乔，张开双臂过来迎接他们。唐吉诃德下了马，紧紧拥抱了神甫和学士。孩子们眼尖，一下子就发现了驴头上的纸高帽，都跑过来看，而且还互相招呼着：

“伙伴们，快来看啊，桑乔·潘萨的驴打扮得多么漂亮！唐吉诃德的马可是比以前更瘦了。”

唐吉诃德和桑乔在神甫和学士的陪伴下以及孩子们的簇拥下进了村子。他们先来到唐吉诃德家。唐吉诃德的女管家和外甥女听说唐吉诃德要回来了，正在门口等着呢。桑乔的老婆特雷莎·潘萨也听到了消息，披头散发、袒胸露背地拉着女儿桑奇卡跑来找丈夫。她见桑乔没有如她想象的那样像个总督似的穿得衣冠楚楚，便对桑乔说道：

“你怎么这个样子呀，我的丈夫？看你像是走回来的，一定把脚走疼了。我看你像个逃难的，哪里像什么总督！”

“别说了，特雷莎，”桑乔说，“以为有好事的地方，常常根本就没那么回事。咱们先回家吧，我有好多新鲜事要告诉你呢。我带钱回来了。这是大事。钱是我想法子挣的，谁也没坑。”

“别管是怎么挣的，”特雷莎说,“只要带回钱来就行,我的好丈夫。无论怎样挣，你也不会挣出什么新花样。”

桑奇卡抱着父亲，问他为自己带了什么东西，她一直在等着呢。女儿一手抓着桑乔的腰带，一手牵着驴，特雷莎拉着丈夫的手，一起回了家。唐吉诃德家里只剩下唐吉诃德、女管家和外甥女。神甫和学士也留下来陪伴唐吉诃德。

唐吉诃德立刻把学士和神甫拉到一边，简单地介绍了自己如何吃败仗，按讲定的条件得在家里待一年；他是真正的游侠骑士，决心恪守条件的规定，不越雷池一步。他又说，他打算这一段时间过无忧无虑的牧羊生活，在田野树林里抒发他的情思。他还请求神甫和学士，如果没有其他重大的事情，就来跟他做伴。他要买一大群羊，并且已经为他们取了世界上最有牧歌风味的名字。神甫问他都是什么名字。唐吉诃德说，他本人叫牧羊人吉诃蒂斯，学士叫牧羊人卡拉斯孔，神甫叫牧羊人库里昂布罗，桑乔·潘萨叫牧羊人潘希诺。

神甫和学士眼见他的疯劲又有了新花样，十分吃惊，但是想到这样可以把他留在家乡，并且可望在这一年内治好他那游侠骑士的疯癫，于是就接受了他这种牧羊生涯的痴想，并且表示愿与他共度牧羊生涯。

"大家都知道，"参孙·卡拉斯科说，"我作诗是非常在行的，我可以写好多好多牧歌。咱们在田野里漫游时，可以引吭高歌。不过，先生们，有件事可别忘了，咱们得给自己歌颂的牧羊姑娘选一个名字，这是绝对必要的。还别忘了多情的牧羊人的习惯：不管树有多硬，要在每棵树上都刻上那个牧羊姑娘的名字。"

"你讲得太对了，"唐吉诃德答道，"不过，我是不用费神给虚拟的牧羊姑娘找名字了，因为我的心已经被绝代佳人杜尔西内亚占据了。她是河边的光环，草原的花朵，美女的典范，风雅的楷模，总之，对她极尽赞颂也毫不过分。"

"是这样，"神甫说，"但我们还得为我们的牧羊姑娘起几个名字，即使没有很合适的，也得找几个差不多的。"

参孙·卡拉斯科说道：

"如果没有合适的名字，咱们可以借用书上的。书上有的是，什么菲丽达、阿玛丽丝、迪亚娜丝、弗莱丽达丝、加拉特娅丝、贝丽萨尔达丝等等。这些在市场上就有卖的，咱们买回来就是咱们的。假如我那位夫人，最好说我那位牧羊姑娘，名叫安娜，我就以安娜尔达的名字歌颂她；如果她叫弗朗西丝卡，我就叫她弗朗塞妮亚；她若是叫露西亚，我就叫她露辛达，这就行了。如果桑乔·潘萨愿意加入进来，可以把他老婆特雷莎·潘萨称为特雷萨依娜。”

唐吉诃德听到这些名字，不禁笑了。神甫再次称赞他的决定英明，表示只要不忙就来跟他做伴。然后他们二人告辞，同时还劝他注意保养身体。

女管家和外甥女跟往常一样偷听了他们的谈话。神甫和学士刚走，她们俩就进来找唐吉诃德。外甥女说：

“这是怎么回事，舅舅？我们以为您这次回来会老老实实地待在家里，过点清闲日子呢，可是您又想起了什么馊主意，说什么——

小牧童你来了，
小牧童你又走了。

老实说吧，您这把年纪，干什么都力不从心了。”

女管家也说道：

“大人，旷野里奔波，夏天的烈日，冬天的寒霜，您怎么受得了？还有豺狼的嚎叫哩！老天保佑！大人，您连想也别去想。那行当只配给天生干那活儿的人去干，给健壮如牛的人去干。当游侠骑士纵有千不好，万不好，也比当牧羊人强。说实话，主人，听我的忠告吧。我并不是吃饱了撑得胡乱说，我还在吃斋修身哩。我都五十多了，还是听我的吧：守在家里，照料一下家业，常做忏悔，帮穷人做点好事，要是有什么灾害降临，全由我顶着好了。”

唐吉诃德说：“孩子们，别多说，该干什么我心中有数。我这会儿觉得有点不舒服，你们扶我上床吧。你们放心，不管我当游侠骑士还是当牧羊人，我都会照顾你们，到时你们就知道了。”

外甥女和女管家无疑都是好脾气。她们扶他上了床，给他吃的，精心地照料他睡下。

第七十四章　唐吉诃德生病、立遗嘱和逝世

人世间一切事物，无不经历了由兴至衰并且最后导致消亡的历程，特别是人的生命。唐吉诃德的生命也并未得到老天的特别关照，因而不知不觉地走了下坡路。也许是因为他被打败了，心中郁郁不乐，也许是因为老天的安排，他高烧不退，在床上躺了六天。神甫、学士和理发师常常来看他，桑乔也一直守在他床边。他们估计，唐吉诃德是因为被打败造成的忧伤，以及未能实现他为杜尔西内亚解除魔法的初衷而病倒的，便尽可能地为他宽心。学士叫唐吉诃德振作起精神来，准备过牧羊人的生活，为此他还写了一首牧歌，可以说超过了萨纳萨罗[①]所有的诗；此外，他还花钱买了两只著名的牧羊犬，一只叫巴尔西诺，另一只叫布特龙，是一个叫金塔纳尔的牧人卖给他的。可是，唐吉诃德仍然愁眉不展。

朋友们又为唐吉诃德请来了大夫。大夫号了脉，说情况不好，现在无论如何得先拯救他的灵魂，他的身体已经很危险了。唐吉诃德听了以后很镇静，可是女管家、外甥女和侍从却伤心地哭了起来，好像唐吉诃德已经死到临头了。大夫认为忧郁是唐吉诃德的病根。唐吉诃德说，他想一个人待一会儿，睡一会儿觉。大家出去了，唐吉诃德一下子就睡了六个小时。女管家和外甥女生怕唐吉诃德一下子睡过去，可他醒来后却大声说道：

“感谢万能的上帝，给了我如此的恩典。上帝慈悲无量，盖过了世人所有的罪孽！”

---

① 萨纳萨罗是意大利诗人，曾出版诗集《牧人乐园》。

外甥女仔细听着，觉得他的谈吐比以前清醒了，至少比生病期间清醒了，便问道：

“您说什么呀？咱们又得了什么新的恩典？慈悲是怎么回事？罪孽是怎么回事？”

“慈悲就是上帝现在对我发的慈悲。”唐吉诃德说，“外甥女，我刚才说，他的慈悲盖过了世人所有的罪孽。他恢复了我的理智，使我不再受任何干扰。过去，我老是读那些该死的骑士小说，给自己罩上了无知的阴云。现在，这些阴云已荡然无存。我已清楚那些书纯属胡说八道，只是深悔自己觉悟太迟，没有时间去研读一些启迪心灵智慧的书来补救了。外甥女啊，我发现自己死期已至，尽管我一生都被别人当成疯子，我在死时却不愿如此。孩子，去把我的好朋友神甫、卡拉斯科学士和尼古拉斯师傅叫来吧，我要忏悔和立遗嘱。”

这三个人正好进来了。唐吉诃德一见到他们就说：

“善良的大人们，我有个好消息，我不再是曼查的唐吉诃德了，而是阿隆索·基哈诺，人们习惯称我为‘大好人’。我现在把高卢的阿马迪斯和他的世代家族视为仇敌，对所有荒诞不经的骑士小说弃之如敝屣。我意识到了阅读这些小说的愚蠢性和危险性。靠上帝的慈悲，我现在已翻然悔悟，对骑士小说深恶痛绝了。”

三个人听了都以为唐吉诃德又发疯了。参孙说道：

“唐吉诃德大人，您这是怎么了？我们刚刚得到消息说，杜尔西内亚夫人已经摆脱了魔法。现在咱们马上就要去当牧人，过无忧无虑、无拘无束的生活了，您怎么又临阵退缩呢？您清醒清醒，别再说了。”

“正是那些东西害了我一辈子，”唐吉诃德说，“靠老天帮忙，但愿在我临死前，它们能对我转害为益。大人们，我觉得我现在已行将就木，别再耍弄我了。请你们找个忏悔神父和公证人来吧，我要立遗嘱。在这种时刻不应该拿人的灵魂开玩笑。所以，我请神甫听我忏悔，其他人去找公证人来。”

大家听了唐吉诃德的话十分惊奇，面面相觑。尽管他们仍有所怀疑，但还是愿意相信这件事，料想是唐吉诃德快死了，因此由疯癫变得明智了。他还说了许多虔诚而有道理的话，证明他确实已经恢复正常了。

神甫让大家出去，他自己留下听唐吉诃德忏悔。学士去找公证人，一会儿就和桑乔一起回来了。桑乔听学士介绍了唐吉诃德现在的状况，又见女管家和外甥女哭哭啼啼，也抽泣起来，泪流满面。唐吉诃德忏悔完，神甫出来说道：

“这个神志清醒的大好人阿隆索·基哈诺真是要死了，咱们进去为他立遗嘱吧。”

女管家、外甥女和唐吉诃德的好侍从桑乔听到这话泪水又夺眶而出，而且哽咽不止。前面讲过，无论在这个唐吉诃德确实是大好人阿隆索·基哈诺的时候，还是在后来成了曼查的唐吉诃德以后，都性情温和，待人厚道，所以不仅家里人喜欢他，村里所有认识他的人也都喜欢他。公证人跟着大家来到唐吉诃德的房间里，准备好了遗嘱的开头格式。在为唐吉诃德的灵魂祝福后，人们又按照基督教的规定举行了仪式，然后唐吉诃德说道：

“遗嘱内容：我曾自愿将一笔钱交给桑乔·潘萨掌管。在我疯癫的时期，他充当了我的侍从。现在，我们之间的账目和纠葛我不再追究，他也不必再向我交代账目。如果除了我欠他的款项之外还略有结余，也全部都归他所有，但愿能对他有所帮助。在我疯癫之时，我曾让他出任岛屿的总督，现在我并不糊涂，如果可能的话，我将让他出任一个王国的国王，他忠厚老实，受之无愧。”

唐吉诃德又转过头对桑乔说：

“朋友，请原谅我把你害得像我和世界上的所有游侠骑士一样疯疯癫癫。”

“哎哟，”桑乔哭着说道，“您可别死呀。您听听我的劝，长命百岁吧。一个人最大的疯癫就是让自己无缘无故地死去！现在既没人杀您，也没人打您，您可别因为忧郁就结束了自己的性命。您别犯懒了，从床上爬起来，咱们按照约定的那样，穿上牧人的服装到野外去吧，也许咱们能在某一丛灌木后面碰到杜尔西内亚呢，肯定能碰到！如果您因为战败而忧郁致死，那全都怨我，是我没把罗西南多的肚带拴好，让它把您摔了下来。况且，您在那些骑士小说里也见到过，一些骑士被另外一些骑士打败是常有的事，今日败，明天又会胜嘛。”

“是这样，”参孙说道，“桑乔这些话说得确实很对。”

“诸位大人，”唐吉诃德说，“且听我说，一朝天子一朝臣。我过去是疯子，现在不疯了；我以前是曼查的唐吉诃德，现在就像刚才我说过的，我是大好人阿隆索·基哈诺。但愿诸位见我真心忏悔，能够像以前一样尊重我。请继续写下去吧，公证人大人。

“内容：除去应扣除的款项外，将我的全部财产遗赠给我在场的外甥女安东尼娅·基哈娜，但首先应支付女管家在我家做工期间应得到的全部报酬，另外再加二十个杜卡多和一件衣服。我指定在场的神甫大人和参孙·卡拉斯科学士大人为遗嘱执行人。

“内容：如果我的外甥女安东尼娅·基哈娜愿意结婚，她必须嫁给一个经查明对骑士小说一无所知的人；若查明此人读过骑士小说，而我的外甥女仍然愿意同他结婚，并且同他结了婚，我将收回我的成命，由我的遗嘱执行人将我的财产捐赠给慈善机构。

“内容：我请求上述遗嘱执行人，如果遇到那位据说是撰写了《唐吉诃德》下卷的作者，请代我向他竭诚致歉。我竟意想不到地促成他写了这部荒谬绝伦的小说，对此我深感不安。”

立完遗嘱，唐吉诃德昏了过去，直挺挺地躺在床上。大家七手八脚地赶紧抢救，就这样醒过来又昏过去地持续了三天。

唐吉诃德家里乱成一团，不过，外甥女照常吃饭，女管家依然喝酒，桑乔情绪也还行，因为继承的财产多多少少减轻了继承者怀念垂死者的悲伤。最后，唐吉诃德接受了各种圣礼，又慷慨陈词地抨击了骑士小说之后便溘然长逝了。公证人当时在场，他说，他从未在任何一本骑士小说里看到过任何一个游侠骑士像唐吉诃德这样安然死在了床上。唐吉诃德在亲友的同情和眼泪中魂归西天，也就是说他死了。

神甫见状立刻请公证人出具证明：人称曼查的唐吉诃德的大好人阿隆索·基哈诺已经过世，属自然死亡。神甫这样做是为了避免有人在锡德·哈迈德之后又杜撰唐吉诃德起死回生，建立了无穷无尽的英雄业绩等等。唐吉诃德从此告别了人间。关于他的家乡，锡德·哈迈德不愿明确指出来，以便让曼查所有村镇的人都以为自己是唐吉诃德的后代，就像希腊的六个城市都争说荷马是自己那个地方的人一样。

至于桑乔、外甥女和女管家如何哀悼唐吉诃德，我们姑且略去，只说参孙·卡拉斯科学士在唐吉诃德的墓碑上写的墓志铭吧：

高尚贵族，
长眠此地，
英勇绝伦，
虽死犹生，
功盖天地。
雄踞世界，
震撼寰宇，
身经百难，
生前疯癫，
死后颖异。

具有远见卓识的锡德·哈迈德又写道："我的笔呀，我且把你搁置于此。你将存在几个世纪，也许会有某些文痞把你重新拿起，滥用一气。不过，不等他们下手，我就要用最好的方式告诉他们：

请不要碰这支笔，
不要那么卑鄙；
这项伟大的事业
专为我立。

"唐吉诃德只为我而生，我也只为他而生；他能做，我能写，只有我们俩能够合二为一。托德西利亚斯的冒牌作家竟敢用他的拙笔刻画我们的英勇骑士的业绩，实在是力不从心，才思也不够功底。如果你碰到了他，就告诉他，还是让唐吉诃德那把老骨头安息吧。不要违背死亡的规律，让他又从墓地里跑出来，到老卡斯蒂利亚去了[1]。他确实已经躺到了地下，不可能再作第三次出游了。他两次出征，已经让人们把游侠骑士的行径嘲弄得淋漓尽致了，无论是当地还是其他王国的人对此都很赞赏。你对怀有恶意的人好言相劝，已经尽到了你作为基督徒的义务。我的愿望无非是让人们对那些骑士小说里人物的荒诞行径深恶痛绝。现在，我首先享受到了这种成果，已经心满意足。由于我这本关于唐吉诃德的真实故事，骑士小说将日趋衰落，并且最终将彻底消亡。

“再见。”

① 那本伪作说，唐吉诃德从疯人院出来后又去了旧卡斯蒂利亚等地方。

塞万提斯生平简历

1547 年	9 月出生于西班牙的阿尔卡拉 · 德埃纳雷斯。父亲罗德里戈 · 德 · 塞万提斯和母亲莱昂诺尔 · 科尔蒂娜是破落贵族。
1550—1565 年	举家迁居至巴利阿多里德、马德里和塞维利亚。
1566—1569 年	居住于马德里，在人文主义者胡安 · 洛佩斯 · 德奥约斯神甫的学校就读，后被神甫称为诗人。
1569 年	发表最初的几首诗，开始军旅生涯，并且作为胡里奥 · 阿夸比瓦枢机主教的侍从出行罗马。
1570 年	离开教廷参加了步兵团。
1571 年	参加了莱潘托战役。左手在战斗中被打残，由此落得了"莱潘托残臂人"的绰号。
1572 年	加入洛佩 · 德菲格罗亚兵团，后开赴希腊的科孚岛，参加了西班牙东部沿海地区及希腊的纳瓦里诺战役。
1574—1575 年	辗转于意大利的撒丁、热那亚、那不勒斯和西西里，在乘"太阳号"船赴西班牙途中被非洲柏柏尔族人的三只海盗船俘虏，送到阿尔及尔。
1575—1580 年	在阿尔及尔当俘虏期间曾数次向西班牙几位大臣写信求助，并且创作了一些幕间短剧和喜剧。后被家人用五百金盾赎回。《唐吉诃德》中的俘虏经历就是塞万提斯这段生活的写照。
1581—1582 年	在里斯本结识了葡萄牙的安娜 · 弗兰卡夫人，并养有一女伊萨贝尔 · 德萨阿韦德拉。

1584 年	同西班牙的卡塔利娜·德帕拉西奥斯·萨拉萨尔结婚。
1585 年	出版了《加拉特亚》第一部，随后出版了《阿尔及尔生涯》和《努曼西亚》。
1587—1589 年	在安达卢西亚接受了皇家军需官的职务，负责为无敌舰队和陆军采购军需品。
1590 年	向国王请求到西印度群岛供职，未获准。
1591—1592 年	辗转于村落之间采购军需品，后被诬告为账目不清，身陷囹圄。
1594 年	回到马德里，后任格拉纳达税吏。
1597 年	被人指控为私吞钱财，再次入狱。
1598 年	获释出狱，担任一些私职，其间创作了一些诗歌、十四行诗和一首歌谣。
1603 年	赴巴利阿多里德为自己洗刷冤名，随身携《唐吉诃德》上卷手稿。
1605 年	《唐吉诃德》上卷出版，一年之内再版六次。不料又卷入一场官司中，同姐妹、女儿和外甥女一起在牢房中度过了几天。事实澄清后获释。
1606 年	在马德里落脚，担任私职，经济状况窘迫。
1607 年	开始在文学界树敌，其中包括洛贝·德·维加。《唐吉诃德》被译成欧洲几种主要语言。
1609 年	加入圣体教友会。
1613 年	加入圣方济会。《惩恶扬善故事集》出版。
1614 年	《帕尔纳索游记》出版。
1615 年	《八部喜剧及八部幕间短剧集》和《唐吉诃德》下卷出版。
1616 年	身患严重水肿，为《佩西莱斯和塞西斯蒙达》写了《向莱穆斯伯爵致辞》，4 月 23 日逝世于马德里，其坟茔至今未找到。